新日本古典文学大系 76

好色二代男
西鶴諸国ばなし
本朝二十不孝

冨士昭雄
井上敏幸
佐竹昭広
校注

岩波書店刊行

目次

西鶴諸国ばなし

本朝二十不孝

付録

解説

凡例

一　底本は、以下のとおりである。
『好色二代男』　京都大学附属図書館蔵本。ただし、挿絵のうち、巻一の二・巻五の二・巻八の一は東京大学総合図書館霞亭文庫蔵本を用いた。

『西鶴諸国ばなし』　東京大学総合図書館霞亭文庫蔵本。

『本朝二十不孝』　国立国会図書館蔵本。

二　本文作成にあたっては、できる限り原本を正確に伝えるようにつとめた。また、挿絵はそのすべてを本文の該当箇所に収めた。

三　本文には適宜段落を設けた。ただし、意味の上から読点の部分で段落を切った場合がある。また、会話や心内語(心中思惟)に相当する部分に「　」を付けた。

四　句読点は原本では一定しておらず、『二代男』では白丸。点、『諸国ばなし』ではおおむね黒丸・点で一部白丸。点があり、『二十不孝』では白丸。点と黒丸・点とが混在している。またそれぞれその付けられている位置は必ずしも厳密なものではない。そこで校注者により新たに句読点を付けた。

五　漢字の翻字にあたっては、原則として現在通行の字体に変えた。常用漢字表にあるものは新字体を用いたが、ないものはそのまま使った。また常用漢字と字体の違うもの(別字)はそのまま使った。
なお、特殊なものについては左の要領によった。

1　略字　通行の字体と一致するものはそのまま残した。ただし、次のような草字・略字は改めた。

(例)　壬→閏　ヽ・ハ→候　ホ→等　鼡→鼠　卩→部

2　異体字　通行の活字体にみられない特殊な文字(古字・同字・俗字・国字などあるが、ここでは異体字という)は、次のように通行の文字に改めた。

(例)　逺→違　勒→勤　筭→算　刕→州　敉→数　灵→霊

ただし、当時慣用のもののうち、次のようなものは残した。

(例)　菴　皃　躰　嶋　相　薗　泪　娌　窂

3　当て字　当時慣用のものはなるべく残した。

(例)　社《こそ》　十面《じふめん》　扨《さて》　慥《たしか》・慥　迚《とて》　抔《など》　計《ばかり》　風与《ふと》

4　誤字・誤刻　明らかに誤字・誤刻と思われるものは改めたが、次のように当時広く慣用したものはそのまました。

(例)　維(帷)子　小性(姓)　灯挑(挑灯)　幡(播)磨

六　原本には歴史的仮名遣いに一致しない用例が多いが、これは概して当時の慣用によるものであるから、原本のままとして改めなかった。

七　振り仮名は、原則として原本どおりとした。また衍字は、捨て仮名など当時の慣用によるものもあるが、これを正しく改めた。

（例）立破《たちやぶり》りて→立破《たちやぶ》りて　小作《こづくり》り→小《こ》作《づく》り

なお、その他次のような処置をした。

1　本来本文中にあるべき「に」「の」「は」などの助詞が振り仮名中に含まれている場合は、これを本文に戻した。

（例）神田橋《かんだばしに》たてる→神田《かんだ》橋《ばし》にたてる

2　本文の変体仮名に振り仮名が付けられている場合は改めた。

（例）す衛《ゑ》に→すゑに　手《て》越《を》取《とり》→手《て》を取《とり》

3　振り仮名の中には、当時の発音が二通りあったと思われるものがある。これは原本のまま両用とし、統一しなかった。

（例）北浜《きたはま》・北浜《きたばま》　烏丸《からすま》・烏丸《からすまる》

4　振り仮名が必要と思われる箇所や、活用語尾を補う必要がある箇所には、（　）でそれらを補った。また、漢字に付けられた濁点は、訓みを示すものとして、振り仮名の形で（　）に入れて示した。

（例）花車事《きやしや》→花車事《きやしや(こと)》　嬉し悲し→嬉し悲《(がな)》し

八　本文及び振り仮名の濁点表記・半濁点表記には誤脱が多いので、これを補正した。

九　特殊な合字・連体字などは、通行の字体に改めた。

（例）ヿ→こと　[illegible]→さま　ゟ→より　[illegible]→かしく

十　反復記号（ゝ・ゞ・〱）は、原則として原本のままとした。

ただし、平仮名の反復で、次のように品詞の異なる場合は、本文を正しい仮名に改め、反復記号は〔 〕に入れ、振り仮名の位置に残した。

（例）野ゝ→野の《〔ゝ〕》　思はゝ→思はば《〔ゝ〕》

十一 脚注では次のような方針をとった。

1 本文の見開きごとに通し番号を付けた。

2 引歌・引用文は、読みやすいように原典に整理を加え、時に漢文を訓み下した場合もある。原典の割り注は小字とせず、〈 〉で括った。

3 矢印(→)を用いて、脚注の別項や付図・解説を参照できるようにした。

4 縁語・付合語の類は、連想関係を—で示し、典拠のあるものは（ ）内に示した。

（例）慈悲—観音(類船集)

5 西鶴作品・古辞書類・遊女評判記などの書名を適宜略称した。

（例）諸艶大鑑(好色二代男)→二代男　好色盛衰記→盛衰記
西鶴置土産→置土産　万の文反古→文反古
易林本節用集→易林本　饅頭屋本節用集→饅頭屋本
書言字考節用集→書言字考　日葡辞書・邦訳日葡辞書→日葡
連珠合璧集→合璧集　吉原大ざつしよ→大ざつしよ
諸国色里案内→色里案内　定本西鶴全集→定本

好《こう》色《しよく》二《に》代《だい》男《おとこ》

冨士昭雄 校注

西鶴の処女作『好色一代男』は、封建体制下の禁欲的な社会では否定視された、人間生来の愛欲面を肯定し、秘められるべき情愛の諸相を、開放的にそれも俳趣豊かにさらりとユーモラスに描き上げて、予想外の喝采を浴びた。新文学浮世草子の誕生である。

『好色二代男』は、このような『一代男』の跡を追う西鶴の第二作で、正しくは『諸艶大鑑』という。しかし傍題に「好色二代男」とあり、後述のように世之介の遺児世伝《よでん》が主人公で登場するので、「諸艶大鑑」という固苦しい題名よりは、当時から世間一般に「好色二代男」として呼びならわしている。

本書『二代男』の題名は、一代男世之介の後裔、二代目の男の生涯の意味である。世之介には妻はないが、実は十五歳の時、さる後家の腹に子ができて捨てる話がある(一代男二の二)。本書ではその捨て子が富裕な商家に拾われたとして、主人公世伝を設定している。しかし実際には、世伝を主人公とするのは、本書の首尾の二章、すなわち巻一の一と巻八の五である。強いて加えるなら巻八の四がある。要するに全四十章のうち残りの三十八章の話は、世伝が島原の出口の茶屋で太鼓持らと休んでいたところ、古狸のくにという遺手が通りかかったので引き留め、遊里の慣習や遊女のことなどを語らせ、聞書にし、それに、世伝を始め近年の色道の達人が残らず加筆したものである、という(一の一)。二代男世伝の設定は、三十八章の話を統括する枠組みの役割で、いわば小説としての趣向といえる。

本書の内容は、『諸艶大鑑』の題名のように、諸国の遊里における遊興の諸相、あるいは様々な遊女の生き方や心情を描いている。例えば、身請けの際に女の心を試し、それでもなお信じきれない男の話(五の二)や、せっかく女と暮らせるようになったのに、女の深情けがうとましく逃げ出す男の話(七の四)など、男女の複雑な心情が描かれている。その他、遊女が身請けの後もなお色香の失せない話や、遊女の敵討、駆け落ち、心中など、人情の機微に触れる話があり、多様にして密度の濃い作品となっている。『一代男』に始まる浮世草子は、本書を俟って地歩を固めたといえる。

装丁　大本　袋綴　八巻八冊

刊年　貞享元年(一六八四)四月

底本　京都大学附属図書館蔵本

絵入

好色二代男

諸艶大鑑

一

好《こう》色《しよく》二《に》代《だい》男《おとこ》

諸《しよ》艶《ゑん》大《あふ》鑑《かゞみ》　巻一

目《もく》録《ろく》

一 主人公の世伝の父親は、一代男の主人公、世之介である。一代男・巻二の十五歳の章で、世之介が後家に産ませた子を捨てる話があるが、本書ではその子を二代男世伝と設定する。「皃」は「顔」の異体字で慣用。
二 日本の南方にあり、女性のみ住むという伝説の島。ニョゴノシマ・ニョウゴノシマともいう(節用集類)。「嶋」は「島」の異体字で慣用。
三 美人の顔をもつきれいな鳥。→九頁挿絵。
四 京都の遊廓。朱雀村西新屋敷(下京区西新屋敷)にあった。寛永十七年(一六四〇)六条三筋町の遊里がこの地に移された(角屋文書)。その構えが島原の乱の城に似ていたので、島原と俗称されたともいう(色道大鏡十二など)。
五 遊里で遊女の世話や監督をする年配の女。
六 諸分は、遊里での作法や慣習などのこと。
七 遊女が客に対して心変りしないことを、神仏にかけて誓った文書。起請文(きしようもん)。
八 現大阪市に当るが、近世では一般に「大坂」と書き、オオザカと発音。以下脚注でも「大坂」と書くのは近世の地名。
九 初会の床入りの作法。
一〇 客が遊里に行く途中、休息したり、身なりを整える家。ここは揚屋のことで、客たちが指名した遊女たちの来ない間に、太夫らの困るような難題を工夫する話があるのをさす。
一一 大坂の遊廓、新町下之町の遊女屋。延宝期では又七郎・七郎兵衛・四郎右衛門家があった(色道大鏡十三)。
一二 新屋抱えの太夫。ただし現存の評判記では新町下之町木村屋(このむらや)又次郎抱えの太夫(承応期で名妓とされた)や、佐渡島町下之町堺屋与市兵衛後家抱えの太夫(貞享期)などが知られるが、ここは延宝期の小太夫か、抱え主は未詳。

◇三◇

[一三]詰《つま》り肴《さかな》には戎大黒《ゑびすだいこく》

一　嶋原棚《しまばらたな》さがしの事

一　夜《よる》も日傘《ひがらかさ》さす事

一　寝覚《ねざめ》の[一四]なげぶし命取《いのち(とる)》事

◇四◇

心《こゝろ》を入《いれ》て釘付《くぎづけ》の枕《まくら》

一　[一五]吉原《よしはら》の曙《あけぼの》は雪《ゆき》より面白《おもしろき》事

一　[一六]薄雲《うすぐも》が情《なさけ》は恋《こひ》の外《ほか》の事

一　都《みやこ》の名所《めいしよ》きる物[一七]高橋《たかはし》が昔《むかし》の事

◇五◇

[一八]花《はな》の色替《いろかへ》て[一九]江戸《ゑど》　紫《むらさき》

一　越路《こしぢ》の文《ふみ》は届《とゞ》かずに捨《すつ》る事

一　[二〇]綿《わた》くりの音《おと》に[二一]吉野《よしの》の桜散《さくらちる》事

一　やりにくひ物生《いき》ながらやる事

一三　酒のさかなの尽きた時、あり合わせの物をさかなにすること。
一四　投節。島原の流行小歌。寛文末から歌われ、貞享・元禄ごろ特に流行した。音声しめやかに歌のとまりは「やん」と投げて歌った(松の葉五など)。島原大坂屋太郎兵衛抱えの河内が歌い始めたもの(松の葉五など)。
一五　江戸の遊廓。元和三年(一六一七)に開かれ、明暦三年(一六五七)正月の大火で焼失した元吉原と、同年秋、浅草山谷付近(台東区千束四丁目辺)に移された新吉原とある。ここは後者の方。
一六　吉原京町、三浦四郎左衛門抱えの太夫。ここは寛文ごろ在廓の初代薄雲。
一七　京都島原下之町、大坂屋太郎兵衛抱えの太夫。ここは初代で、名は蘭子(らん し)。寛文六年(一六六六)太夫に出世、同十一年退廓。定紋は藤巴で、本文の橘は替紋か。
一八　島原の花(太夫吉野)を身請けしそこねた男が、江戸吉原の花(太夫小紫)をもらい受けることになったのをいう。
一九　紫草の異名で、また藍色の勝った紫色をいうが、ここは江戸の遊女小紫のこと。
二〇　綿繰り車。綿花を木製のローラーの間にかませて、綿の繊維だけを引き出し、種子を取り除くもの。ローラーの回転に反動をつけるため二尺ぐらいの棒を付けてある。↓三七頁挿絵。
二一　桜の名所の吉野山と、島原の太夫吉野と掛けた表現。吉野は、島原上之町、喜多八左衛門抱えの太夫。名は媛子。喜多家の三代目で、延宝二年(一六七四)正月太夫に出世(色道大鏡十六)。延宝七年のころ長崎の客に千両で身請けされ(恋慕水鏡三)、小説や芝居で喧伝された。「山里の春の夕暮れ来て見れば入相の鐘に花ぞ散りける」(新古今集・春下・能因)をきかす。

親《おや》の皃《かほ》は見ぬ初夢《はつゆめ》

[一]我化《われけし》て死《しゝ》、又化《(け)》して生《しやう》じ、母《はゝ》は今《いま》の都《みやこ》の若後家《わかごけ》、[二]西洞院《にしのとうゐん》の[三]ひとつ前《まへ》と、浮世《うきよ》の立名《たつな》かくれなし。父《ちゝ》は[四]一代男《(いち)だいおとこ》とて、子の初声《はつごゑ》もきかず、[五]取揚《とりあげ》ばゞの手よりすぐに、[六]襁褓《ぎやうぼう》にまきながら、[七]六角堂《(ろく)かくだう》の門前《もんぜん》に捨《すて》られ、[八]慶安《けいあん》四年のうき秋《あき》、よるの霜《しも》、朝《あした》の風にいたみ、かぎりのしるゝ命《いのち》を、犬も[九]不思儀《ふしぎ》に喰残《くいのこ》してありける。

此所《(この)ところ》は、洛中《らくちう》のお乳《ち》の人の集《あつま》りあそび所なり。[一〇]銭太鞁《ぜにだいこ》・[一一]唐人笛《たうじんぶゑ》のひゞき、竹馬《たけむま》の鈴《すゞ》の音《おと》、物のさはがしき中《なか》へ、きのふまでは子を抱《いだき》し姥《うば》の、あき懐《ほところ》になりて、泪両袖《なみだりやうそで》をつらぬき、[一二]筒守《つゝまぼ》りをもちて、神《かみ》をうらみ、仏《ほとけ》に歎《なげ》き、乱人《らんじん》となつて、「悲《かな》しや、やしなひぎみは、嵐無常《あらしむじやう》を導《みちびき》、花葉露《くわようつゆ》にさきだつて落《おつ》るを、はかなや[一三]舟岡《ふなおか》に埋《うづ》み、老木《おいき》は跡《あと》に」と、[一四]吊《とぶら》ふ人にかたる。やう〳〵[一五]中居《なかゐ》・腰元《こしもと》が勇《いさ》めて帰《かへ》るに、門外《もんぐわい》に捨《すて》たる子の形《かたち》を見るに、空《むな》しくなり給ひし、竹丸《たけまる》さまのいきうつしなれば、下《した》におかず、乳参《ちゝまい》らせて、歎《なげき》の中《なか》に抱《いだき》てかへれば、二《に》親《しん》の思ひをはらし、「是《これ》ぞ我子《わがこ》の替《かは》り」とそだてさせて、十四歳の時[一六]雨月《しぐれ(づき)》、さだめ

一「人の天地の間に生まるる、白駒の郤(ひま)を過ぐるがごとく、忽然たるのみ。…すでに化して生じ、又化して死す」(荘子・知北遊)。
二 京都の南北の通り。烏丸通より西へ六筋。
三 重ね着にした着物の前褄を一つに揃えて着ること。伊達な風俗。 四 →四頁注一。 五 産婆。
六 産衣。転じておむつ。ここは前者の意。普通キヨウホウと清音(日葡)。原本は「褦襶」。
七 京都(中京区)六角通烏丸東へ入ルの天台宗頂法寺の俗称。本坊を池坊と言い華道の家元。毎年春・秋の出替りの時期には、奉公人がこの堂に集まる慣習があり(京童跡追一)、平常でも乳母や子守りの遊び場所となっていた。
八 世伝は三十三歳で没するが、本書執筆時天和三年(一六八三)から逆算して誕生の年とする。「うき秋」は寂しい秋の意の歌語(藻塩草)。なおこの年四月二十日に三代将軍家光が死去し、「うき秋」を将軍の服喪に結びつける所説もある。
九 当時は「儀」「議」ともに慣用(黒本本)。
一〇 形の小さい太鼓。また太鼓の周囲に銭をさげ、打ち振って鳴らす玩具。豆太鼓とも。
一一 ラッパやチャルメラの別名。「喇叭(ラッパ)…俗云フ唐人笛」(和漢三才図会十八)。
一二 竹筒に守り札を入れたもの。竹筒の両端にひもを付けて首に掛けた(雍州府志七)。
一三 京都(北区)紫野の丘陵。当時この西麓は蓮台野・千本などと言い、火葬場や墓地。
一四「吊」は「弔」の異体字として慣用。 一五 腰元と下女との間に位置する役。取次ぎ・給仕などをする。 一六 陰暦十月。「さだめなや」は、時雨の定めない意もこめ、上下の文に掛かる表現。
一七「年浪」は歳月の重なるのを打ち寄せる波にたとえた歌語だが、西鶴は年の瀬、大晦日へと一年の月日が迫る意で用いる(永代蔵五の二、

なや、父《ちゝ》も母《はゝ》も世《よ》をさり給ふに、彼姥《かのうば》が後見《うしろみ》して、今《いま》三十余《よ》まで、台所《だいどころ》を見ず暮《くら》しぬ。

[一七]年浪《としなみ》の静《しづか》に、[一八]舟《ふね》を敷寝《しきね》の小夜更《さよふけ》て、飾《かざり》おかせし[一九]蓬莱山《ほうらいさん》の、[二〇]北《きた》の洲崎《すさき》の海老《ゑび》の髭《ひげ》に、唐織《からおり》の[二一]金帯《きんたい》一すじかゝつて、春《はる》の初《はつ》風に翻《ひるがへる》と見しは、心地《こゝち》のよき事大形《かた》ならず。[二二]千鶴万亀《せんくわくばんき》の[二三]祝《いわ》ひの水《みづ》、汲《くむ》とおもへば、はるかの沖《おき》より、目馴《めなれ》ぬ[二四]翅《つばさ》の飛来《とびきた》つて、「是《これ》は[二五]女護国《にようごこく》に住《すむ》、[二六]美面鳥《びめんちよう》なり。御身《おんみ》の父世之介《ちゝよのすけ》、まれに彼地《かのち》に渡《わた》り給ひ、女王《にやうわう》と、玉殿《ぎよくでん》の御かたらひあさからず、二度《ふたゝび》かへし給はぬなり。されば、親子《おやこ》の契《ちぎ》りふかく、色道《しきどう》の秘伝譲《ひでんゆづ》り給ふ」と、一つの巻物《まきもの》、左《ひだり》の袂《たもと》になげ入《(い)》ると思へば、初夢覚《はつゆめさめ》て、曙《あけぼの》の東《ひがし》山、霞《かすみ》もほのかに、[二七]物もうの声《こゑ》。

はや色里《いろざと》より[二八]祝義状《しうぎじやう》、詠《なが》め入《(いり)》、[二九]正月買《がい》の[三〇]若男《わかおとこ》、廿五日までは[三一]手《て》生《いけ》なれば、心の行時《ゆくとき》、[三二]長者《ちやうじや》町《(まち)》の[三三]次郎介《(じろすけ)》駕籠《かご》をとばすに、なんぞやあぶなき海上《かいしやう》を越《こへ》、無景《むけい》の女嶋《おんなじま》にわたり給へり。目前《もくぜん》の[三四]喜見城《きけんじやう》とは、よし原《はら》・嶋原《しまばら》・[三五]新町《しんまち》、此《(この)》[三六]三个《さんが》の津《つ》にます女色《じよしよく》のあるべきや。殊更衣裳《ことさらゐしやう》も、むかしの[三七]筋段子《すじどんす》、[三八]八端掛《はつたんがけ》の八丈《じやう》、[三九]大宮《(おほ)みや》の左吉《さきち》ゆひの[四〇]水鹿子《みづかのこ》も、今、[四一]加賀絹《かがぎぬ》にかはれど、姿《すがた》はすこしも見おとらざりしは、[四二]石流《さすが》京そだち、そなはつての美顔《びがん》は、[四三]先書《せんしよ》にしるせり。[四四]柳《やなぎ》の九市《(くいち)》が[四五]内証論《ないしやうろん》、[四六]小堀法師《こぼりほつし》が[四七]まさり草《ぐさ》、[四八]よしが染《ぞめ》の宗吉《むねよし》が[四九]白鳥《しろがらす》にも、書《かく》につ

胸算用三の四など)。ここは正月のおだやかで天下太平であるの意。年浪(節分)—宝舟。
一八 宝舟の絵の刷り物を、節分または大晦日の夜、枕の下に敷いて寝るとよい初夢を見るとされた(日本歳時記七)。なお二日の夜とするのは後代江戸などのこと(民間時令)。
一九 蓬莱山をかたどった台上に、鶴亀・尉姥などを飾った島台(武家義理一の二挿絵)もいうが、ここは三宝などの台上に紙・シダなどを敷き、松竹・鶴亀などの作り物を置き、伊勢海老・熨斗鮑《(のしあわび)》・勝栗・橙などを飾ったもの(日本歳時記一)。挿絵は三宝に鏡餅などを飾る。
二〇 三宝の北端を蓬莱山の北の洲先と見立てる。
二一 金襴の帯。
二二 寿命長久を祝う語。蓬莱—鶴—亀。
二三 若水。元日の朝井戸より汲み上げる水。
二四 鳥のこと。 二五 女護の島と同じ。→四頁注二。 二六 →四頁注三。
二七 ここは年始の客の案内を請う声。 二八 年始の挨拶状。ここは遊女からの年始の手紙。
二九 大晦日から正月三日までの四日間、遊女を揚げる契約をし、仕着せや庭銭(祝儀の金銭)などの面倒をみてやること。一年中の最大の物日で経費がかかったが、客は手柄とした。
三〇 正月の行事を勤める役の男。
三一 自分の独占物にすること。手活・手池とも。ここは二十五日まで揚げ詰めの契約。
三二 京都の御所の西にあり(上京区)、上・中・下の三つの通りがある。富裕な町人が住んだ。
三三 悪所(遊廓・芝居)通いの駕籠屋らしい。
三四 仏説で須弥山《(しゅみせん)》頂上にあるという帝釈天の居城。ここは極楽世界のこと。
三五 大坂の遊廓。現大阪市西区新町一丁目にあった。寛永八年(一六三一)に開かれ、揚屋は島原・

きせず。其後《(そののち)》、一《(いち)》条《じやう》[一]の甚入道《じんにうどう》が遊女割竹集《ゆうじよわりたけしう》[二]にも、すいりやうの沙汰多《おゝ》し。伏見《ふしみ》の浪人《ろうにん》が作《つく》りし、太夫前巾着《たゆふまへぎんちやく》[三]といふ悪書《あくしよ》[四]も、見分計《けんぶんばか》りにておかしからず。

或時《あるとき》、願西《ぐわんさい》[五]の弥七・神楽《かぐら》の庄左・鸚鵡《あふむ》の吉兵衛・乱酒《らんしゆ》の与左衛門まじりに、揚屋《あげや》[六]町《(まち)》を立破《たちやぶ》[七]りて、出口《でぐち》[八]の茶屋《ちや》に腰掛《こしかけ》ながら、朝《あさ》がへりの客《きやく》に賛付《さん(つく)》[九]るに、独《ひとり》も違《ちが》はず。亭主横手《ていしゆよこで》をうつて、「いかにもあれは嵯峨《さが》の材木《ざいもく》屋殿、其次《(その)つぎ》は鳥羽《とば》

吉原の揚屋町のように一区域をなさず、延宝期では九軒町に九軒、佐渡島町揚屋町に十七軒、阿波座上・下之町に六軒、葭原町に三軒、計三十五軒あった(色道大鏡十三)。↓五〇五頁付図。
三六 三都。ここでは江戸・京・大坂の順。
三七 金筋入りの緞子。
三八 八丈島産の絹織の一種。上品で丈夫なので一反の価格が黄紬の八反に相当するのでいう。
三九 京都大宮通に住んだ鹿子結(ゆ)いの職人か。
四〇 水色の鹿子絞りの着物。
四一 加賀国産の生(き)織の平絹。なお天和二年(一六八二)・三年等に、町人が縫(刺繡)・金紗・惣鹿子などの着物を着ることの禁令が出ている。
四二 当時は流石・石流とも表記。　四三 先行の遊女評判記。例えば以下の書。　四四・四五 未詳。
四六 藤本(畠山)箕山の替名。古筆鑑定家。色道大鏡、顕伝明名録などの著述もある。
四七 大坂新町の遊女評判記。明暦二年(一六五六)刊。
四八 吉長染の職人。「君が寝姿」の小歌も作詩。
四九 色道大鏡凡例に書名が載るが、未詳。

一・二・三 未詳。
四 悪所への手引き書。遊女評判記の類。
▽本条は先書の評判記を批判し、新小説を編もうとする西鶴の意欲が感じられる段である。
五 以下当時著名な太鼓持。都の末社四天王とも称された。願西弥七は文作(もんさく)の上手、神楽庄左衛門は囃子・座持の上手、鸚鵡吉兵衛は物まねの上手、乱酒与左衛門は酒興・座持の上手。
六 揚屋(上級の遊女を遊女屋から招いて遊ぶ大店)で構成する町。島原の南西の一町。
七 荒々しく座をけって立つさま。
八 島原大門口を入った所の茶屋町。↓五〇三頁付図。　九 品定めする。批評する。

の米屋《こめ》の手代《てだい》なり。見立《みたて》のごとく、一〇かこひを買ふ男《おとこ》じや」と大笑《わら》ひして、「世《せ》間《けん》は広《ひろ》し。此里《(この)さと》へかよふに、皆《みな》〳〵が見しらぬ人もある」といふ所へ、見たやうなる女。

ひたひには一一志賀《(し)が》の浦《うら》をたゝみ、頭《かしら》には一二都《みやこ》の富士《ふじ》の雪《ゆき》をいたゞき、いつの比《(ころ)》か時花《はやり》し、一三亀屋嶋《かめやじま》の着物《きもの》に、はしつぎのある帯《おび》、一四右《みぎ》の脇《わき》に結《むす》び、一五置綿《おきわた》したる取《とり》なり、たゞ者とは見えず。扨《さて》こそ、古狸《ふるだぬき》のくにといふ、一六やり手の開山《かいさん》、一切《さい》の女

一〇 囲・鹿恋とも書く。太夫・天神に次ぐ遊女。
一一 近江国(滋賀県)の歌枕。「さざなみの滋賀」と言われる縁で、額に皺の寄る意に用いる。
一二 比叡山の異称。志賀―都の富士―雪。
一三 亀綾(かめ)(や)縞。亀甲模様を細かに織り出した白羽二重。紅・紫などの色糸を入れ、縞柄で多く女模様に織った(万金産業袋四)。
一四 右脇で結ぶのは遣手の風俗。
一五 真綿を平たく伸ばして作ったかぶり物。
一六 遣手の第一人者。遣手 →四頁注五。

挿絵解説 門口に門松、注連縄も張られ、正月風景。庭には早梅が咲く。座敷には、世伝が黒紋付に肩衣・袴姿で、脇差を横に置き、能のワキの姿勢でうたた寝の様子。その前に美面鳥が下り立っている。床の間には掛軸、三宝に鏡餅・海老・熨斗鮑・譲り葉を飾る。右脇の壁には下地窓がある。床の間右手前には、三宝に熨斗鮑が載せられ、側に長柄の銚子を置く。

美面鳥は御伽草子の梵天国の迦陵頻(かりょう)(びん)の姿に似る。また師宣の美人絵づくし(天和三年刊)の当麻姫の挿絵に、「天人」として美面鳥が描かれている(図)。迦陵頻は極楽浄土の鳥。

郎をすゝめこみ、かしこふなすも是《(これ)》が業《わざ》なり。今《いま》は[一]千本通《せんぼんどを》りの末《すへ》に、うそつかぬ身《み》過《すぎ》をして有《(あり)》けるが、「幾年《いくとし》か、旦那殿《だんなどの》より[二]蓮《はす》の食《めし》を給はり、[三]鏡《かゞみ》の餅《もち》をすはる、その御礼《れい》にまいる」といふを引留《ひきとゞ》め、過《すぎ》にし事《こと》をかたらすに、聞《(きく)》に、やうも〳〵[四]諸国《しよこく》の諸《(しよ)》分覚《わけおぼ》えて、永《なが》き日の[五]西《にし》の岡《おか》に入《(いる)》まで聞書《きゝがき》して、世伝《よでん》が二代男《おとこ》、近年《きんねん》の[六]色人《いろびと》、残《のこ》らず是《これ》に加筆《かひつ》せし。されども替名《かへな》にして、あらはにはしるしがたし。此道《(この)みち》にたよる人は、合点《がってん》なるべし。其里《(その)さと》、其女郎に、気《き》をつけて見給ふべし。時代前後《じだいぜんご》もあるべし。

紅葉《もみぢ》見て、桜猶《さくらなを》すてがたし。[七]折ふしの移《うつ》り替《かわ》る水の月の、[八]影《かげ》も形《かたち》もなき事にはあらず。見及《みおよび》、聞伝《きゝつた》えしは、[九]松《まつ》の葉《は》の塵《ちり》なれば、[一〇]祇薗箒《ぎおんぼゝき》の跡《あと》までも、心の奇《き》麗《れい》なる事ばかりあらはし、よしなきことは、はき捨《すて》る物にぞ。京の[一一]帥中間《すいなかま》、[一二]末《まつ》社《しゃ》、[一三]卸《おろせ》のかしらまでも、是《これ》は[一四]見る世の友《とも》に、ならばなるべし。

[一五]誓紙《せいし》は異見《いけん》のたね

競《くら》べ物なき富士《ふじ》の雪《ゆき》も、「是《これ》は」と詠《ながめ》た計《ばかり》なり。吉野《よしの》の花も夜《よる》までは見られず、[一六]姨捨《おばすて》山の月も、世間《せけん》にかわつて、毛《け》がはへてもなし。[一七]是《これ》をおもふに、人間《にんげん》

一 当時京都西端のさびしい南北の通り。
二 盆に餅米を蒸して蓮の葉に盛り、仏前に供えたり、親類などに配った(日次紀事・七月)。
三 年末鏡餅を親類に配った(日次紀事・十二月)。
四 →四頁注六。
五 京都の西方に連なる山々(山城名跡志十)。
六 色道の粋人。　七「折節の移りかはるこそ、ものごとに哀れなれ」(徒然草十九段)。
八「影も形もなき事」にかかる序。
九 古今集・仮名序の「松の葉の散り失せずして」をもじって、「松の葉の塵」とした。
一〇 藁しべで作った箒。京都の名物(毛吹草)。「祇薗箒の跡までも」は、「奇麗なる事」にかかる序。塵―箒―はき捨る。
一一 粋人仲間。帥は粋の意の慣用字。
一二 幇間、太鼓持の異称。(末社は本社に付属する小社のことから)大尽客を本社に、取り巻きの太鼓持を末社になぞらえていう。　一三 駕籠かき(色道大鏡一)。遊廓の関係者の一例。
一四 古人の書物を「見ぬ世の友」と言い(徒然草十三段)、それをもじる。当世の慰み草。
▽本章は二代男の大序に当たる。世伝が出口の茶屋で、遣手のくにをとどめ、諸国の遊里の諸分を聞く趣向は、宇治拾遺物語で、宇治大納言隆国が往来の者を呼びとめて聞書をしたという(序)のに拠る(山口剛)。世伝の初夢の中に色道の秘伝一巻を授かる話は、先行文学、とりわけ浄瑠璃・歌舞伎の夢想の場面の影響である。この夢想の趣向は、椀久一世物語一の一、五人女一の四、三の四などにも見られる(野間光辰)。また浮世栄花一代男一の一にもある。
一五 →四頁注七。　一六 信濃国の歌枕。大和物語や謡曲「姨捨」などの棄老説話で、月の名所とされた。長野県更級郡上山田町と埴科郡戸倉町と

遊山《ゆさん》の[一八]うはもりは、色里《いろざと》に増《ます》事《(こと)》なし。此《(この)》道《みち》に身を染《そめ》、[一九]八宗見学《はつしうけんがく》、女色《ちよしよく》一《(いつ)》遍《ぺん》上人の進《すゝ》めに、「女郎買《かい》は、抑《そもそも》より[二〇]太夫《(たいふ)》にかゝるがよし。子細《しさい》は、又上《またうへ》もなき職《しよく》なれば、かぎりをしつて、留《とま》る事はやし」。

何国《いづく》にても、初対面《しよたいめん》の[二一]すてまくらとて、やりくりのむつかし。京は、はじめから帯《おび》をとき、情《なさけ》らしき言葉《ことば》もかけ、ゆたかによはくとしてから、底心《そこごゝろ》のつよく、自然《しぜん》とくらゐをとられ、[二二]近衛《このゑ》殿《(どの)》の糸桜《いとざくら》、[二三]中院《なかのゐん》殿《(どの)》の歌《うた》ばなし、[二四]万花車《よろずきやしや》事《(ごと)》で埒《らち》をあけ、[二五]宝《たから》の床《とこ》へ入《(いり)》ながら、[二六]七拾壱匁の損《そん》して帰《かへ》る。江戸《ゑど》は、頭《かしら》から寝道《ねだう》具《ぐ》も出さねば、いつそ[二七]思ひねんきれて、後生《ごしやう》大事とふんどしをしめ、秘仏《ひぶつ》の[二八]光《ひかり》堂《だう》へ参《まい》るがごとく、有《あり》がたいとおもふて計《ばかり》、たうといはだへも拝《おがま》ず。

大坂は、[二九]諸分《しよわけ》の定《さだめ》がたき所ぞかし。客《きやく》も諸国《しよこく》を引請《ひきうけ》、酒の[三〇]品《しな》より、いやと思ふ男《おとこ》には、はや座敷《ざしき》のしかけかはるなり。寝前《ねまへ》の身《み》ごしらへに、いづれもたゝるゝをもかまはず、杯《さかづき》の納《おさま》り所をあらため、座《ざ》配能《はいよく》見せて、隙《ひま》をいるゝは曲物《くせもの》なり。[三一]勝手《かつて》にたつて、衣裳《ゐしやう》づけに気《き》をくばり見るに、[三二]ふらふとおもふときは、古《ふる》き肌着《はだぎ》にも仕《し》かえず、[三三]伽羅《きやら》をたくにも、袖口《そでぐち》のそこそこにして、上着《うわぎ》成程《なるほど》奇麗《れい》なる物を、うちかけ姿《すがた》を見て、爰《こゝ》は[三四]禿《かぶろ》のかしこさ、いはねど合点《がてん》して、寝間《ねま》は[三五]あい床《どこ》ちかくとらせ、広《ひろ》き所を好《この》み、太夫に[三六]つけ入《(いり)》、枕《まくら》の前後《ぜんご》をはなれず。

の境、冠着(かむりき)山のことともいう。
一七 西鶴が評言を述べ始める際の常套語。
一八 上盛り。最上のもの。
一九 一遍上人は、既存の仏教八宗の教義を合わせて修得し、時宗を開いた中世の高僧。諸国を教化遍歴したので遊行上人と称された。それを女色道にもじる。ここは諸国の女色・男色の様々な色道を体得した末、女色に勝る者はないと悟った色道の達人の意。
二〇 遊女の最高位。タユウと発音(日葡)。揚代は時代・土地により異なる。島原は寛文以前は五十三匁、延宝期に五十八匁。吉原は延宝期三十七匁、延宝―貞享期昼夜続きは七十四匁、貞享期昼三十五匁、夜三十五匁。新町は延宝期四十三匁、貞享期四十六匁(色道大鏡、色里案内)。
二一 初会には太夫は床入りをせず、たとえ床入りをしても情を交わさない作法(色道大鏡二)。
二二 (上京区)上立売新町の西南に近衛殿の別邸があり、桜御所といい、糸桜(枝垂れ桜)の名木があった(山城名勝志・二下)。「花の名高きは…近衛殿の糸桜」(謡曲・西行桜)。
二三 冷泉家歌道伝授の家。近世初期の中院通勝・通村・通純と続き、当時は通茂の代。
二四 風流上品なこと。
二五 諺の「たからの山に入りながらむなしくかへる」(毛吹草など)をきかす。
二六 寛文ごろの太夫の経費。揚代五十三匁に、付添う引舟女郎(囲職)の揚代十八匁の合計。なお延宝期からは太夫五十八匁、引舟十八匁。
二七 思ひ念。思慕の念。執着の気持。
二八 金箔などで荘厳したお堂。陸奥(岩手県平泉町)の中尊寺の金色堂が有名。
二九 →四頁注六。
三〇 品は方法、やり方の意で、酒のもてなし方。
三一 揚屋の座敷に対して、台所などをいう。
三二 振るは、遊女が客を嫌って相手にしない意。

灯心《とうしん》かゝげて、其《(その)》あたりあらはになし、[一]莨菪吸付《たばこすいつけ》て、煙《けぶり》の輪《わ》などを吹出《ふきいだ》し、又は鼻《はな》からかよはせ、[二]てんがうの有程《あるほど》尽《つく》して後《のち》、吸口《すいくち》拭《のご》ふて、「まいりませい」とさし出す。何《なに》の子細《しさい》もなき事を、[三]耳雑談《みゝぞうたん》など仕懸《しかけ》、とやかく隙入《ひまいれ》、立《たち》のく。[四]男口解《おとこくどき》かゝつて、首尾《しゆび》ならぬうちに、はや、「お迎《むかへ》が参《まい》りました」といふ。此声《(この)こゑ》きくと、いかなる男《おとこ》も[五]せき出《(だし)》て、云事《いふ(こと)》不出来《ふでき》にて、言質《ことばじち》をとられ、[六]上手《じやうず》を尽《つく》すまに、[七]一番太鞁《(いちばん)だいこ》をうち、[八]「お客《きやく》たゝじやりませい」の声《こゑ》せはしく、起《おき》ねばならぬ様子《やうす》になりぬ。

又、ふるまいとおもふ床入《とこいり》には、肌着《はだぎ》もふるき白《しろ》むくになし、髪《かみ》まで香《かう》をとむる時は、禿《かぶろ》が枕《まくら》ちかくはな紙などを、ふとんの下《した》に置《おく》もおかし。惣じて男、座敷《ざしき》では口賢《がしこ》く、[九]すいのやうに見えて、床《とこ》にて散ゝ取乱《さん〴〵とりみだ》し、大形《おゝかた》はふるうなり。物に馴《なれ》たるやつは、一座《ざ》はさもなくて、床《とこ》のこなししとやかに、各別《かくべつ》なる物なり。皆目《かいもく》の[一〇]やぼ太郎は、むごうてふらず、中位《ちうぐらゐ》なるやつは、いつとても[一一]とばすなり。

ふるに、ふたつの秘伝《ひでん》あり。漸ゝ取出《やう〳〵とりで》[一二]の男《おとこ》は、ふられて、其儘捨《(その)まゝすて》ず、いつまでも手《て》に入《(いる)》まで、人に[一三]内証《ないしやう》はいはず、逢物《あふ(もの)》なり。人によつて、ふると、面《おも》白《しろ》からずと、女郎を替《かへ》て、しかも[一四]跡引《あとひく》も多《おゝ》し。又、口説《くぜつ》してのいたる男にあふ

二三 香の名。沈香の光沢ある黒色の優良品。
二四 太夫・天神など上級の遊女に仕えて見習い中の少女。カブロ(日葡)・カムロとも。
二五 相床。同室内に寝床を敷くこと。間に屏風を置く。また襖をへだてた隣室の床をもいう。
二六 太夫に付きまとい離れないのをいう。

一 煙草。「莨菪、烟草」(書言字考)。
二 悪ふざけ。転合・転業などと表記。
三 耳元でささやき合うこと。原本は「耳囃談」。
四 口説く。求愛する、しきりに言い寄る。
五 急(せ)く。あせる。あわてる。
六 ここは客が遊女の機嫌をとるのをいう。
七 新町で、大門の門限を知らせる太鼓。夜泊りしない客に退廓時を告げる。限りの太鼓ともいい、三番まであり、前触れに打つのが一番太鼓。次に定刻より前に二番太鼓を打ち、最後の三番太鼓で門を閉じた。三番太鼓は、延宝期は四つ時(午後十時ごろ)(色道大鏡十三)、貞享期は九つ(午前零時ごろ)であった(色里案内)。
八 揚屋の男が客を起こして歩く触れ言葉。「立たしやりませい」のなまった語。「お客立(た)しやりませひ」(一代男七の六)。
九 粋・帥。遊里の事情に精通し、遊びの言動の洗練された人。
一〇 野暮な男。野暮介(すけ)とも。本章と類似の表現に、「さればふるといふ事、ひたぶるのやぼすけには、せぬ事也」(吉原すゞめ・上)がある。
一一 遊女が客をはねつける意(色道大鏡一)。
一二 女郎買いをしはじめた駆け出しの男。
一三 遊女に振られたこと。
一四 後々まで未練を残すこと。
一五 挨拶する意。廓の作法として、客に以前親

時《とき》、右《みぎ》の女郎方《かた》へ、尤《もつとも》[一五]付《(つけ)》届《とゞけ》して出合《(であへ)》ども、是《(これ)》はふらねばならず。大かたは、宿《やど》より頼《たの》み、やりてがなげき、なじみへ戻《もど》るものなり。[一六]其時《(そのとき)》、世間《せけん》の評判《ひやうばん》も弱《よは》し。ふつて日をかさね逢《あふ》うちに、先《さき》の女郎《ぢよらう》見捨《すて》、こちの物になる事あり。

爰《こゝ》に[一七]口伝《くでん》は、かしらからいやといわせぬ[一八]手くだあり。「此程《(この)ほど》は、上気《うわき》の沙汰《さた》と思ひますれば、寔《まこと》さうなる御執心《しうしん》。いやとおもはぬかたさまなれば、此《(この)》身誓《せい》紙《し》を仕《つかまつ》るが、貴《き》さまは何《なに》と」と云時《いふとき》、分別《ふんべつ》する男ひとりもなし。うれしいがあまつて、ついかための釘付《くぎづけ》、一年《ひとゝせ》はこたゆる。されば、無用《むよう》の[一九]神《かみ》おろしをして、[二〇]七枚《まい》つぎの紙《かみ》を耗《つい》やし、傾城《けいせい》の[二一]起請《きしやう》、何《なに》のやうにか立《たつ》べし。勤《つとめ》のうちに、七十五枚までは、習《なら》ひあつて、書《かく》事なり。

或時《あるとき》、[二二]伊丹《いたみ》の明樽《あきだる》といふ男、[二三]一切経《(いつ)さいきやう》と云《(いふ)》法師《ほつし》交《まじ》りに、物の寂《さび》しき五月雨《さみだれ》の折ふし、聞《きゝ》たいと思ふ杜鵑《ほとゝぎす》も啼《なか》ず、かりたい太夫はまだこず、「女郎《ぢよらう》のめいわくがる誓紙《せいし》を工《たく》め」といふ。「常《つね》の事《こと》はおかしからず。思ふまゝに[二四]个条《かじやう》させて、「これを相背《あいそむき》申さば、[二五]東西《とうざい》の門《もん》に[二六]御押《おし》あれ」と書《かゝ》すべし」「それよりきつい事あり。「其《その》かたさまの[二七]紙入《かみいれ》、いらい申《(まうす)》を見付《(みつけ)》られ、人しれず御侘《わび》事申《(まうし)》候。御気に背申《そむき(まうし)》候はゞ、[二八]千三百余人《(せんさんびやく)よ(にん)》の女郎に御伝《つた》へあるべし。恨《うらみ》にぞんじ申《(まうす)》まじ」」と、曾而《かつて》形《かたち》もなき[二九]難躰《なんだい》を書《かゝ》すに、勤《つとめ》の身《み》の悲《かな》しさは、御心に順《したが》ひ、歴《れき》〻の太夫

しい関係の遊女がいた場合、その遊女と確かに縁が切れているかを吟味し、前の遊女に挨拶した上で、自分の客とすることになっていた。
一六 そうこうしているうち、二人のことが世間であまり取り沙汰しなくなる。
一七 奥義を内密に伝授すること。
一八 手管。客をうまく操る術策。
一九 誓紙の中に、「梵天帝釈《ぼんてんたいしやく》」、四大天王、惣而日本国中大小神祇」などと、神々の名を書き連ねて誓約するのをいう。
二〇 誓紙は、熊野の牛王《ごおう》の護符の裏側に記すのが建前で、前書を長く書く時は、奉書紙を前に継ぎ足した。また牛王を七枚など奇数に継ぎ足したりした(色道大鏡六)。
二一 起請文《もん》。誓紙に同じ。
二二 伊丹(兵庫県伊丹市)は富裕な酒造家が多く、そこの出身の豪遊客の替名。
二三 一切経はあらゆる仏教聖典の総称で大蔵経とも。「法師」は僧侶に限らず、剃髪した隠居や医者などもいう。ここはなんでも心得ている隠居のあだ名か。
二四 起請の前書に、こちらの注文通りのことを箇条書にさせて。「个」は「箇」と同意の正漢字。
二五 新町遊廓は、もと西口の大門だけであったが、明暦三年(一六五七)に東口の大門も開かれた(摂陽奇観十五)。なお通り抜けは自由であった。
二六 「押す」は張り出すの意。
二七 鼻紙入れ。鼻紙などのほか金銭を入れた。
二八 天和のころの新町の遊女の数か。延宝七年(一六七九)刊の難破鶴には「千二百二人」、貞享五年(一六八八)刊の色里案内には「九百八十三人」とある。西鶴は二代男八の五、俗つれ〴〵五の二でも「千三百余人」とする。
二九 難題。「書すに」は原本「書ずに」とある。

達《たち》もかき給ふて、恋覚《こいさめ》て後《のち》、世のそしり一草《ぐさ》となれる。

同《おな》じ遊女《ゆうぢよ》なればとて、同《おな》じ事にはいはれず。そのかみ、二新屋《あたらし》の小太夫、三平《ひら》野橋《のばし》の源《みなもと》といふ人、二年《ふたとせ》あまり、一日も外《ほか》の男には見せず、万願《よろずねが》ひのまゝにしてとらせ、此上《(この)うへ》には何《なに》かあるべし。此《(この)》人、小太夫に一度も望事《のぞみ(こと)》をいはず。或《ある》時《とき》、「我《われ》を思ふとの誓紙《せいし》をかけ」といふ。其儘書《(その)まゝかく》べき所を、「是はいらぬ事で御座ります。御心に任《まかせ》、千枚《まい》にても四書中《かき(まうす)》べし。さりながら、其《その》かたさまを、

一 悪口の種(材料)。
二 →四頁注一一・一二。「はりのつよきは類もなく」と評された(恋慕水鏡(三))。
三 大阪市中央区平野町の東、東横堀川に架かる橋。「源」は源兵衛・源蔵などの遊客の替名。
四 原本の振り仮名は「かく」と誤刻。

五未塵《みぢん》おいとしうぞんじ申《まう》さぬに、かくのごとく書申《(かきまうす)》は、皆偽《みないつわ》りでもくるしう御座《ざ》りませぬか。此《(この)》二とせあまり、御威勢《いせい》にて結構《けつこう》にあそばし、まことは六流《ながれ》の身の外《ほか》のやうに、あいなれ候へども、実《じつ》は縁《ゑん》なきにや、それ程《ほど》にはぞんぜぬ」と申《(まうす)》。そもやいはれまじき事を、天晴《あつぱれ》小太夫なればこそ、前代未聞《ぜんだいみもん》の太夫なり。

此《(この)》男の身にしては、腹《はら》の立《たつ》べき所を、たてず、しばし工夫《くふう》して、「然《しから》ばほれぬといふせいしを書《(かけ)》」といふ。「それはまことで御座る程《ほど》に」と、書《かき》けるを、

五 微塵。
六 遊女の身とは思われないほどに。

挿絵解説 新町揚屋の内幕。吹抜き屋台の手法をとる。右半図の部屋では、雲文模様の襖をあけ、大和の入ってくるところ。髪は島田髷で、立湧(たてわき)模様の着物。客は霞形模様の夜具を掛け、くくり枕に寝る。枕元に懐紙・印籠などを置く。衣桁には花文亀甲つなぎ模様の衣裳が掛かる。奥の縁先に木の胴をくり抜いた手水鉢や南天が見える。

左半図の座敷では、明るい燭台の下、兵庫髷の越前が、花文亀甲つなぎ模様の着物を着て、顔を襟の中にうずめた、当時好まれた姿態で、大輪の菊柄の炬燵布団の上に腰を掛けている。大柄な花菱の着物の禿は、その前にひざまずき、薫物の香炉をすすめている。

廊下の舞良戸(まいらど)の陰では、きぬがえが間夫と忍び逢いのところ。女は兵庫髷で、雪輪模様、男は釘貫き紋の着物姿。裏梯子をかけ上がる女は、花七宝つなぎ模様の着物で、腰や素足の線も軽妙に描かれている。

「是《(これ)》もかたじけない」といたゞき、此《(この)》いさぎよき心中《しんぢう》をかんじ、其後《(その)のち》かはらず、半年《はんねん》もあふて、「我傾城《われけいせい》ぐるい、是《(これ)》までにしてとまるなり。又こゝろざしのときは、其《(その)》かたにあふべし」。名残《なごり》の酒呑《さけのみ》かはし、袂《たもと》から一よい物取出し、今《いま》の世《よ》の二身請《みうけ》のなる程《ほど》とらし、其外《(その)ほか》へも残《のこ》る所なし。ふつと此道《(この)みち》をとまり、又ためしなき事也《こと(なり)》。太夫も当座《とうざ》に、三定紋《じやうもん》の男着物《おとこきる》、十重進上《とかさねしん》申《(まうす)》。兼《かね》て此《(この)》拵《こしらへ》、不思議《ふしぎ》なり。さて形見《かたみ》には、大巻物《まき》に、そも〳〵四水揚《みづあげ》の日より已来《このかた》のありさま、今月今日《こんぐわちこんにち》まで書《(かき)》つゞけ、外題《げだい》に、「我身《わがみ》の上《うへ》」としるし、「覚《おぼ》しめし出《(いだ)》されし折からは、これを御読給《よみたま》はれ」と渡《わた》す。あかぬわかれとは、是《これ》なるべし。

老《おい》て後《のち》、子共《こども》・手代《てだい》の異見《いけん》にも、彼誓紙《かのせいし》を取出《とり(いだ)》し、「悪所《あくしよ》ぐるいにも、よひ程《ほど》しるべし。ほれませぬといふ起請《きしやう》、世《よ》になひ事なれども、是《これ》にさへ見捨《みすて》がたく、心を尽《つく》し通《かよ》ひぬ。まして汝等《なんじら》に、今世知賢《いませちがしこき》女郎が、指先《ゆびさき》やぶりて筆を染《そめ》、五烏《からす》の目の所はよけて、水に六酒塩《さかしほ》をまぜて、裏《うら》よりまじない事して、科《とが》からさきへ遁《のが》るゝ誓紙《せいし》を取《(とり)》て、うれしがるこそあさましけれ。十月廿日《(はつか)》は七誓文払《せいもんばらい》、たゞ商《あきない》大事にして、何《なに》の事もなふ、買《かふ》てあそぶべし」。

一 金貨銀貨をさす。
二 遊女の身代金を払って手元に引き取ること。
三 なじみの客の定紋を染めた男着物。全盛の太夫は客への進物に用意しておいた。
四 遊女が初めて客を取ること。勤め始めの遊女を船になぞらえて新艘《(しんぞう)》、また初めて売出すのを水揚げという(色道大鏡四)。
五 誓紙を書く料紙の「牛王の護符」は、数多くの烏で梵字形を作り、その間に宝珠の玉を描く。牛王の烏は熊野の神使とされ、その烏の目の所にも文字を書き入れて誓約するのが作法であった(島原大和暦一)。偽りの手管で起請を書く時には、神仏の罰をまぬがれるために、わざと烏の目の所を避けて書いた。
六 料理に味をつけるために用いる酒。後に文字が消えるためのまじない。
七 旧暦十月二十日に、京都の商人や色町の人は、四条京極の祇園のお旅所にある冠者殿の社に参詣して、一年中の商売上のうそをついた罪をはらい清めた(日次紀事・十月)。「十月二十日　今日京坂にて誓文払と云、江戸にて恵比寿講と云」(守貞漫稿二十四)。
▽本章の、遊女が客の気をひく手管の諸相は、一代女一の四でも類似な描写を示す。
八 →五頁注一三。
九 京都東山の茶屋や、霊山《(りようぜん)》・丸山の諸寺院の貸座敷で、謡や楊弓の会が催された(一代女五の四、桜陰比事五の九)。　一〇 本阿弥光叔。
楊弓の弓を改造して命中率を高めたという。一一 今井一中。天和・貞享ごろ、光叔らと楊弓の射法を確立。楊弓射礼蓬矢抄を著す。
一二「あかなくにまだきも月のかくるか山の端にげて入れずもあらなむ」(古今集・雑上・在原業平、伊勢物語八十二段)の引歌。

[八]詰《つま》り肴《さかな》に戎大黒《えびすだいこく》

[九]東《ひがし》山のあそび、[一〇]光叔《くはうしゆく》・[一一]一中《いつちう》まじりに、楊弓《やうきう》の会《くわい》も詠《なが》め暮《くら》し、[一二]山の端《は》にげし酒嫌《さけぎら》ひを引留《ひきとゞ》め、長座敷《ながざしき》になれば、[一三]千秋楽《せんしうらく》を下戸《げこ》から謡《うた》[一四]ひ出して、昼《ひる》の桜《さくら》を夜《よ》嵐《あらし》に預《あつ》けて、此《(この)》気遣《きづかい》さは、男ぶりのよき役者《やくしや》を太鞁持《たいこもち》にして、[一五]女郎に付《つけ》て置《おく》に同じ。

「夜《よ》は何時《なんどき》じや。是《(これ)》から直《すぐ》におせ[一六]」といふ。「はや[一七]嶋原《しまばら》の門《もん》ざしは、いつの事」と申《(まうす)》。「鬼《おに》の嶋《しま》にあるとや、[一八]千里飛車《せんりとぶくるま》もがな。[一九]目《め》ふる間《ま》行《ゆく》べき物を」といふ。「とてもならぬ願《ねが》ひ、若其車《もし(その)くるま》があるにしてから、飛過《とびすぎ》て、[二〇]淀《よど》・鳥羽《とば》のあたりに落《おち》なば、今宵《こよい》の役《やく》には立《たつ》まじ。[二一]小判《こばん》一両あれば、[二二]浮雲《あぶなげ》なしに通《とを》る」といふ。「それこそやすし」と急行《いそぎ(ゆく)》に、揚屋町《あげや(まち)》は鼾《いびき》の最中《さいちう》。[二三]廿三夜《(にじふさん)や》の月[二四]しろもあがりて、客《きやく》なしの女郎が拝《おが》ふて居《ゐ》らるゝ。「無用《むよう》の信《しん》心《ぐ》なり。それよりはならぬ[二五]親《おや》の方《かた》へ、すこしづゝのお[二六]初尾《はつお》をあげ給へ」と、「知《しら》ぬ事か、[二七]小川《こがわ》の糊屋《のり》の娘目《むすめ(め)》が、[二八]今天神皃《いまてんじんがほ》をしをつて」と、にくさげにそしる。「さては[二九]日外《いつぞや》ふられたか。さもなくては、しかるまじ」と、大笑《はら》ひして、[三〇]扇屋《あふぎ(や)》の長左衛門が門《かど》に立聞《たちぎゝ》すれば、爰《こゝ》も摺鉢《すりばち》の音《おと》たえて、[三一]三文字《(さん)もんじ》屋の戸《と》は細《ほそ》

一二 宴会の最後に、謡曲「高砂」の終りの一節を謡うのが習わし。「千秋楽は民を撫で、万歳楽には命を延ぶ。相生の松風颯々の声ぞ楽しむ、〳〵」(高砂)。 一四 原本は「證ひ」と誤刻。

一五 大尽が揚詰めの遊女の監視役に付けておく。

一六 押し出せ。

一七 島原の大門は四つ(午後十時ごろ)に門を閉じ、泊り客以外の客を帰した。四つ門うつ。

一八 風車に当たる。「賢女の手習幷新暦」に、「神通自在の風車(しやうしや)に乗り」とある(図)。また諸国ばなし二の五に見える。 一九 目を振り向けるほどの間。わずかの間。

二〇 京都市伏見区淀、同下鳥羽・南区上鳥羽辺。

二一 島原大門の番人、与右衛門に袖の下をつかますのである。

二二 「浮雲 アブナシ」(増補下学集)。

二三 陰暦二十三日の夜、月の出を待ち、月を拝む行事。願い事がかなうとされた。

二四 月代(つきしろ)。月のこと。

二五 暮らしのならぬ。生活の苦しい。

二六 お賽銭。ここは実家への仕送りを「信心」の縁で洒落ていう。 二七 小川通。堀川通の東二筋目。当時はコガハドオリ(京羽二重一)。

二八 天神は太夫に次ぐ遊女の位。寛文ごろ揚代が二十五匁だったので、天神の縁日にちなみ天神という。延宝・貞享ごろは三十匁。

二九 「日外 イツゾヤ」(童訓集、書言字考)。

三〇 島原揚屋町西側の揚屋(色道大鏡十二)。

三一 島原揚屋町の揚屋。同町東側に清左衛門、西側に権左衛門の二軒ある(色道大鏡十二)。

目にあいて、のぞけば、半兵衛が花鰹《がつほ》などかく。よもや今時分《いまじぶん》、蕎麦切《そばきり》ではあるまじ。但《たゞし》、湯豆府《ゆだうふ》か。又おくの間《ま》より、手燭《てしよく》ともさせて、[一]ぬぎ掛《かけ》して、遥《はるか》に見ゆるは、[二]くらがりにても[三]初音《はつね》なり。あのうつくしき、外《ほか》に誰《たれ》か有《(ある)》べし。然《しか》も[四]折梅《おりむめ》の肌着《はだぎ》、今夜《こんや》はどいつが抱《だい》て寝おるぞと、少《すこし》はにくし。

それより[五]柏《かしは》屋の妙安《めうあん》に行《ゆき》て、とかふなしに思ひ〳〵の床入《とこいり》、君《きみ》どもに夢《ゆめ》おどろかし、「[六]冷《ひへ》もの御免《(ご)めん》」と、足《あし》をさしこめば、「[七]床机《しやうぎ》が広《ひろ》ふ御座《ござ》る」と、うち懐《ほところ》をあけて、ざつと[八]一《(ひと)》風呂《ふろ》してから、此里《(この)さと》の[九]夜起《よおき》のおもしろさ。はや隣《となり》には挽《ひい》て[一〇]なげぶし、「[一一]河内《かはち》と聞《きこ》へた。あれをこちの肴《さかな》に」と、太夫まじりに台所《だいどころ》に出《いで》て、万《よろづ》のあり所覚《おぼへ》たる[一二]太皷《たいこ》女郎を案内《あんない》にて、玉子《たまご》十三、蛸《たこ》二はい、「其《(その)》塩《しほ》鯛《だい》もあますな」と、常《つね》にもたざる[一三]真名箸《まなばし》なれば、「あらもどかしや」と、斧《まさかり》ふりあげ、あたまをはる。水をくまする女郎もあり、鍋釜《なべかま》の下焼《したたく》もあり、膳立《ぜんだて》をする所もあり。「某《それがし》は火を持役《もつやく》」「我《われ》は擂小木《すりこぎ》請取《うけとり》たり」。戸棚《とだな》さがしの五郎右衛門、「[一四]野秋《のあき》は食《めし》をもるはづ」と、さだめければ、終《つい》に[一五]飯貝《いひがい》しらぬとは。「或時《あるとき》、[一六]女院様《にやうゐんさま》にしやくしを見せ奉《たてまつ》りしに、「それはまゝ盛《もる》ものよ」と、仰《おゝせ》られたる事《こと》もあるに、是非《ぜひ》に盛習《もりならひ》や。自然《しぜん》旗籠《はたご》屋の女房《にうぼう》に、ならりよもしれぬ浮世《うきよ》」といふ。「此《(この)》[一七]しめしは聞所《きゝどころ》で御ざんす。いかにももりましよが、誰《たれ》やら二階《にかい》から見

一　肩ぬぎをして。上文「間」の原本振り仮名は「おく」。
二　暗がりでも鶯の初音のようにそれと分かる。「朱雀の野辺近く、はや鶯の初音といふ太夫」(一代男六の五)。上文「見ゆる」は原本「見れゆる」。
三　島原上之町上林五郎右衛門抱えの太夫か。延宝期の初音は三代目諦子。初音―折梅。
四　梅の折り枝の模様。
五　島原揚屋町の揚屋。同町東側の南端にある。
六　湯屋で風呂に入る時の挨拶の言葉。
七　床几。風呂の腰掛けになぞらえていう。
八　情交することをたとえていう。
九　揚屋で遊び、一寝入りした後、夜中に起き出して酒を飲み興じること(色道大鏡四)。
一〇　→五頁注一四。
一一　島原下之町大坂屋太郎兵衛抱えで、名は経子。寛文十一年(一六七一)天神になり、延宝六年(一六七八)太夫となる(色道大鏡十六)。投節の名手で、その歌い方を河内風という(松の葉五)。なお一説に、明暦ごろ柏屋又十郎抱えの太鼓女郎とする(一目千軒など)のは誤り(野間光辰)。
一二　歌舞・音曲を担当し、宴席を盛り立てる女郎。位は囲職。
一三　真魚箸。魚鳥を料理する時、右手に庖丁、左手に真魚箸(鉄製の箸)を持つのが作法。
一四　野風の替名か。野秋は当時実在せず、島原で類似の名を探すと野風がおり、次注のように照応する話がある。これは島原下之町北川喜兵衛抱えの太夫で、名は貞子。寛文七年(一六六七)に太夫になり、同九年退廓(色道大鏡十六)。
一五　飯匙。しゃもじ。貞子野風が夜起きの時、玉子の割り方を知らなかったという、おうようさをたたえる逸話がある(色道大鏡四)。

さんす物」といふ。「それこそ任《まか》せ。一八所帯《しよたい》の取付《とりつき》、くろめてやらふ」と、一九日傘《ひがらかさ》をさしかけて、「上《うへ》からは見えぬぞ。下《した》の御用心《ようじん》、それ出たは」「いかひらその、たしなまんせ」「さあ何《なに》も出来《でき》た。二〇なをれ」といふ。

二一居間《いま》には二二ひきふね・禿《かぶろ》まじりの丸寝《まるね》、わけもなき姿《すがた》ども、二三持仏堂《ぢぶつだう》の前《まへ》へ押《おし》よせ、「まだ是《これ》でもせまい」といふ。「少《すこし》は堪忍《かんにん》せよ。二四御幸町《ごかうまち》三条《(さん)じやう》に、表一間口《おもて(いつ)けん》の家《いへ》に、七八人も住《すむ》さへ有《(ある)》に」と、皺面《ぢうめん》つくつて申《(まうす)》。「それもそふよ」と、しづまれば、又さはぎ、二五吉《(きち)》がね白《がほ》に髭《ひげ》をつくり、たつが帯《おび》に竹箒《たけぼうき》をさゝせ、八兵衛に筵《むしろ》をきせ、片木《へぎ》に札《ふだ》書《(かき)》て、「年《とし》の比《ころ》は廿七計《ばかり》の男《おとこ》、二六梅《むめ》がえしの布子《ぬのこ》、下にびろうどの二七襟《ゑり》をかけて、ふんどしは四五年になる幅広《はゞびろ》の二八加賀《(か)が》、前巾着《まへぎんちやく》に質《しち》の札弐枚、左《ひだり》の手の中《うち》に二九百にぎり、なる程耳《ほどみゝ》三〇ちいさく、日比《ひごろ》三一賢性《じんせい》つよく、河鯀汁《ふぐじる》数《ず》寄《き》、いづくの者《もの》ともしれず。常《つね》〴〵申《(まうす)》は、金子《きんす》五十両と、三二衣《ころも》の棚《たな》に家《いゑ》を一軒《けん》ほしいとのねがい、叶《かな》はず、夜前相果《やぜんあいはて》、三三哀《あはれ》なる物語《がたり》に候。三四三月十五日」「是《(これ)》から三五万日《まんにち》の廻向《ゑこう》じや」と、薬鑵《やくわん》をたゝいて三六責念仏《せめねぶつ》、三七「願以此功徳《ぐわんゐしくどく》、是《これ》でしまへ」と、又寝所《ねどころ》に入《(いり)》、「明日《あす》は独《ひとり》目のあくまでねるぞ。せわしき鶏目《にわとり(め)》に申《(まうし)》わたせ」といふ。夜《よ》の中《うち》にかへらぬは無分別《むふんべつ》なり。さるかしこき人のいへり。「嶋原《しまばら》の三八五つから昼《ひる》まで、三九公事宿《くじやど》の見舞《みまい》、ぶらりと居る所にてあらず」と申《(まう)》せし。

一六 後水尾天皇中宮、東福門院和子をさす。ある時女院に大きな杓子をお見せすると、鬼の耳掻きであろうと言われたという話がある(醒睡笑五・姹心)。 一七 示し。教訓。
一八 所帯始めのふなれなところを隠してやろう。
一九 挿絵で日傘を持つ男は、「心だまの八」とあり、「下京の若手ども」の一人。
二〇 座に着けの意。 二一 原本は「今(まい)にには」。
二二 太夫に付き添い座を取りもつ遊女。位は囲(かこい)。揚代は京で延宝ごろ十八匁。
二三 仏間。ここは仏壇の意。
二四 御幸町通と三条通の交わる辺(中京区)。
二五 吉・たつは下女の名。八兵衛は下男の名。
二六 梅染めで染め返したもの。「布子」は木綿の綿入れ。 二七 原本は「裾(ゑり)」とある。
二八 加賀絹。
二九 男では、左手の親指と人差指との間にある手の筋が、小指の下部まで一直線に横断しているもの。貧乏な手相という。
三〇 小耳は貧相という。 三一 賢精。精力。
三二 三条通室町西入ルより新町東入ル町(中京区)。法衣店が多かった。なお衣棚通という場合は、前記の町を南北に縦断する通りのこと。
三三 謡曲「隅田川」の船頭の言葉をもじる。「なんぼうあはれなる物語にて候ぞ」(隅田川)。
三四 謡曲「隅田川」の梅若丸の死んだ日。
三五 長期間にわたって念仏供養をすること。
三六 鉦(かね)を鳴らし、高声で早口に念仏をとなえること。
三七 法事の最後にとなえる回向文の初句。転じて終わり・最後の意。ここは両義を掛ける。
三八 ここは午前八時ごろ。
三九 訴訟のために、地方から出て来た者が滞在する宿。宿の主人が公事人の補佐などもした。

是《(これ)》は[一]尤《もつとも》の伝蔵・[二]嵐《あらし》三右衛門、其外《そのほか》弐三人[三]大名借《だいめうがし》する男、[四]唐土《もろこし》一座にて、奥《おく》の二階《にかい》にありしが、下京《しもぎやう》の若手《わかて》どもが[五]そゝりに目覚《めざめ》て見れば、万事《ばんじ》[六]不破《ふわ》の関屋《せきや》となしにけり。はや住《すみ》かへて、[七]薄鍋《うすなべ》に醬油《しや(う)ゆう》を[八]はしらかし、「日本一の御吸物《すいもの》あり」と、[九]那波《なば》屋何《なに》がし、恵美酒《ゑびす》・大黒《だいこく》をおろし、「是《(これ)》にもなまぐさ物」と焼立《たき(たて)》て、継目《つぎ》はなるゝ時《とき》、「是《(これ)》から[一〇]杓子果報《しやくしくわほう》」と、嵐《あらし》が盛《もり》、「[一一]一に俵《たはら》は仕合《しあはせ》、こなたへは[一二]槌《つち》が行《ゆく》。あなたへは[一三]ほうろく頭巾《づきん》。太夫さまへは[一四]釣竿《つりざほ》の所、よい大臣《だいじん》の

一 太鼓持の名。「是は尤」と言い掛けた表現。
二 初代。延宝三年(一六七五)から元禄三年(一六九〇)にかけての上方の座本兼立役(たちやく)。元禄三年、五十六歳で没。嵐は無常物語・上の一など参照。
三 大名貸し。大名相手の金融業を営む富裕な町人。「借」「貸」は、当時それぞれカス・カルの両訓があり(節用集)、よく混用された。
四 島原中之町、一文字屋七郎兵衛抱えの太夫。初代は名は義子。寛文十一年(一六七一)より太夫(色道大鏡十六)。「上座の宿老碩徳…尤利口発明なり」(朱雀遠目鏡)。
五 浮かれ騒ぐこと。
六 「人すまぬ不破の関屋の板びさし荒れにしのちはただ秋の風」(新古今集・雑中)により、荒れたさまをいう。不破の関屋―住かへて。
七 鉄製の鍋。土鍋より薄いのでいう。
八 醬油をさして煮立たさせるのをいう。
九 京都の富裕な町人。大名貸し。寛文四年(一六六四)当主常有の没後、長男九郎右衛門及び次男十右衛門が豪遊して有名(町人考見録・上)。
一〇 食べることに運のよい意の諺。
一一 大黒舞の唱歌のもじり。「一に俵踏まへて、二ににつこと笑ふて、…九つ小蔵をぶつ立て、十でとうど治まつた」(淋敷座之慰・昔大黒舞)。
一二 大黒天が右手に持つ打ち出の小槌。
一三 炮烙頭巾。大黒頭巾とも。大黒天がかぶる。
一四 恵比須の持ち物。「烏帽子」も恵比須の物。
一五 原本は「まいらぬ」と「か」が誤脱。
一六 あらゆる願いが思いのままにかなうという不思議な珠で、如意輪観音などの持ち物。
一七 恵比須・大黒を祭る台座の洲浜台のこと。

か丶るやうに。まだ烏帽子《ゑぼし》が御座るが、[一五]まいらぬか。我等《われら》は[一六]如意宝珠《にょいほうじゅ》の光《ひか》る所をしてやる。鯛《たい》の目があるが、まいらぬか。[一七]た丶みの所は残して、袋《ふくろ》は[一八]幸袋《さいわいふくろ》屋殿へ」もり合《あはせ》て、「三に三右衛門、酒《さけ》を忘《わす》れたか」と、「九つ小盃《こさかづき》、手に持《もち》ながら」の軽口《かるくち》。

いつともなふ夜《よ》が明《あけ》まして、青覚《あをざめ》たる皃《かほ》つき、「これでもおもしろからず。朝日《あさひ》の出るまで[一九]猩《しやう》〲呑《のみ》」と、庭《にわ》の手水鉢《てうづばち》に[二〇]薬酒《くすりざけ》を湛《たゝへ》、[二一]紅《もみ》きる物[二二]つぼをりて、

一八 京都の大名貸し。袋屋常皓、またはその弟与左衛門か。那波屋の親類(町人考見録・上)。

一九 猩々のように、浴びるように酒を飲むこと。

二〇 「薬の名をも菊の水」(謡曲・猩々)による。なお薬酒は屠蘇酒・葡萄酒・梅酒などをいう(本朝食鑑二)が、ここは酒を洒落ていう。

二一 紅染めの着物。能の「猩々」の衣装は赤づくめであるのをまねる。

二二 着物の裾を折って前の帯にはさむ。

挿絵解説 島原の揚屋(柏屋)での夜起きの情景。右手前に野秋が飯匙を持つところ。垂れ髪姿で、花文七宝つなぎの着物を着る。わきに下京の若手、「心だまの八」が、菊模様の派手な姿で傘をさしかけている。右隅に流水模様の着物の遊女が膳を出している。背後の膳棚の前では、島田髪で紅葉柄の着物の太鼓女郎が、左手に紙燭を持ち、膳棚の戸をあけている。膳棚には、上段に石皿・足鍋、中段に飯櫃・壺・瓶子など、下段に重箱・三宝などが見える。男は五郎右衛門で、さばき髪に襦袢姿で酒樽と食器を持つ。中央の俎板には塩鯛の頭が載せられ、わきに真魚箸と包丁がある。武田菱の着物の男が斧をふりかざしている。左手前のかまどの前に、髪の元を締めた下げ髪の遊女が鍋のふたをとっている。着物は小桜模様で、大輪の花模様の打掛けをはおる。その左右の床上に肴を盛った足つきの大皿がある。左隅には釘貫に十の比翼紋の男がすり粉木を持つ。その右の男は、替りたすき模様の着物で、右手に灯明皿を持って下を照らし、左手には牡丹唐草柄のくくり枕を抱えている。内井戸をつかう女は剣弁菊模様の着物。背後に、扇と二つ柏の紋入りの衣装櫃が置かれてある。なお揚屋の台所は難波鉦一の挿絵参照。

はじめの程《ほど》は、わざと、「[一]足《あし》もとはよろ〱」と諷《うた》ひしが、後《のち》は誠《まこと》に[二]乱《みだ》れて、頼《たの》みもせぬ[三]五月の節句《せつく》を請取《うけとり》、「[四]衣替《ころもがへ》の呉服《ごふく》物、御望《(お)のぞみ》次第。四月中《ちう》は、人に太夫を見せな」と、よい事計《ばかり》を申《(まうす)》。此夢《(この)ゆめ》の中に、何《なに》にても、御無心《むしん》があらば申《(まう)》せ、[五]夢《ゆめ》は覚《さむ》る物ぞかし。

心を入《(いれ)》て釘付《くぎづけ》の枕《まくら》

此里《(この)さと》の事《こと》は、皆偽《みないつわ》りかとおもへば、折《おり》ふしは[六]まことも降《ふり》けり。時雨《しぐれ》も、[七]初《はじ》めの薄雲《うすぐも》ほど、情《なさけ》ふかきはなし。風義《ふうぎ》も、吾妻《あづま》そだちの女には、競《くら》べて、都《みやこ》の[八]花崎《(はな)さき》が姿《すがた》と、[九]咲分《さきわけ》なるべし。

[一〇]鴉計《からすばかり》を似《に》た物と思へば、嶋原《しまばら》の別《わかれ》も、吉原《よしはら》の「おさらば」といふ声《こゑ》も、同じ物うき朝《あさ》、宵《よい》の気色《けしき》もかはつて、[一一]清十郎が軒《のき》につもれば、「[一二]まだふれ小雪《こゆき》」と、禿《かぶろ》が[一三]褄《つま》に請《うけ》て、独寝《ひとりね》て居《ゐ》る[一四]沢都《さわいち》に、あたまからかけて、「こりや何じやとおもやる」といへば、ぬからぬ白《かほ》して、「[一五]吉野《よしの》の山を雪《ゆき》かと見れば」と、[一六]謡《うたい》ながら起《おき》て、腹《はら》をも立《(たて)》ず。太鞁持《たいこもち》の役《やく》とて、夕《ゆふ》べは無理酒《むりざけ》のあいをさせられ、埒《らち》もあかぬ端歌《はうた》をほめ、女房《にうぼう》どものかくす事まで、人中《なか》でかたらせ、世《よ》に身過程《みすぎほど》

一 「足もとはよろ〱と」(謡曲・猩々)。
二 酔って足もとの乱れる意と「猩々」の「乱《(みだれ)》」の語を掛ける。
三 五月四、五、六日の三日間、太夫を揚げ詰めにする約束をする。端午の節句は島原の紋日。
四 四月一日に冬物より袷になる、その新調用。
五 謡曲「猩々」末尾、「酔ひに臥したる、枕の夢の、覚むると思へば泉はそのまま」による。
▽本章の嵐三右衛門や那波屋らが同じ遊興の座に加わる話が男色大鑑七の五にもみられる。また野秋は一八頁注一四のように、野風の夜起きの逸話を下敷きにする。
六 「偽りのなき世なりけり神無月誰が誠より時雨そめけむ」(続後拾遺集・冬・藤原定家、謡曲・定家)。偽り—まこと—時雨、時雨—薄雲。
七 →五頁注一六。 八 島原下之町、桔梗屋(北川)喜兵衛抱えの太夫。初代は名は仇子、寛文十一年(一六七一)に太夫。延宝三年(一六七五)退廓。
九 いずれ劣らぬ美しさを、花崎の縁でいう。
一〇 区別がつかないほど似ている意の諺に、「にたものはからす」(毛吹草)という。
一一 吉原揚屋町の揚屋、尾張屋(松本)清十郎。店構えの奥行きが深く、座敷が大きいので有名(讃嘲記時之太鼓)。 一二 童謡の一節。
一三 原本は「妻」。 一四 座頭の名。
一五 「吉野のお山を雪かと見れば、雪にはあらで、花の吹雪よの」(糸竹初心集・三味線唄)。
一六 原本は「謟」と誤刻。
一七 金子一角は金一分(歩)の異称。
一八 金竜山浅草寺の晨朝の鐘をさす。浅草寺は当時天台宗で寺領五百石。「金竜山」はまた、浅草寺の末寺、本竜院(待乳山聖天)のある小丘、待乳山をさすこともある(江戸鹿子二)が、ここは時の鐘のある浅草寺の方。江戸の時の鐘とし

悲《かな》しき物はなし。「かくお気《き》に入《(いられ)》ても、此年《(この)とし》の暮《くれ》に、一七金子《きんす》弐角《(に)かく》と古袴《ふるばかま》、やうくだされて壱両《(いち)りやう》じや。此広《(この)ひろ》ひ世界《せかい》に、小判《こばん》の降国《ふるくに》はないか。我《われ》も人もほしがるに」と、三味線《さみせん》捨《(すて)》て、無常《む(じやう)》を観《くわん》ずる時《とき》、一八金竜山《きんりうざん》の恋《こひ》しらず、突鐘《つきがね》におどろき、「又此中《(この)ぢう》に」と、立帰《(たちかへ)》る客《きやく》の、一九衣紋坂《ゑもんざか》までは夢《ゆめ》も覚《さめ》ざりしが、それを過《すぎ》て、二〇土手《どて》のすべり道《みち》も目に見へ、二一玉水《たまみづ》のすそにきわづくも、始末《しまつ》心にはしおり、屋《や》敷《しき》の首尾《しゆび》、二二宿《やど》の気遣《きづかい》思へば、命《いのち》に替《かへ》ての二三三野通《さんやがよ》ひ、是《(これ)》にこりてとまれと、二四心の駒《こま》を乗沈《のりしづ》め、魂《たましい》に合点《がてん》させてもどれど、はや明《あけ》の日は忘《わす》れて、火《ひ》に入事《(いること)》をもかまはぬは、太夫に二五焼《やき》たてられ、二六羽柴《はしば》の煙《けぶり》かぎりと思ひつくを、いづれをさして馬鹿《ばか》とはいはれじ。

二七鎌倉《かまくら》屋の何《なに》がし、二八分限長者経《ぶんげんちやうじやきやう》にも入《(いり)》、九千貫目《せんぐわん(め)》二九家継《やつぎ》にゆづりしに、色《いろ》あそびさかんになつて、跡《あと》なくつかひ捨しとかや。一生《しやう》の三〇思ひ出是《(これ)》なるべし。とても死《しん》では持てゆかず、三一帷子《かたびら》一つで済《すむ》事なり。三二人間万事《にんげんばんじ》は夢《ゆめ》の見残《みのこ》し、たゞ三三ひどんすの三四長枕《(なが)まくら》、まことの三五極楽《ごくらく》遠《とを》きにあらず。

三六紫《むらさき》立《(だち)》たる曙《あけぼの》は、うす雲《ぐも》さまの三七御むかいに、御紋付《もんつき》の傘《からかさ》、三八角助がさし掛《かけ》、肩《かた》で風切《きつ》て、ちらしぬる粧《よそおい》は、「三九玉雨枝《ぎよくうゑだ》なき白梅落《はくばいおつ》」と、詩人《しじん》などの詠《なが》むべき所なり。四〇角内《かくない》が背中《せなか》に乗《のり》うつり給ふありさまは、四一如来《によらい》四二善光《よしみつ》におわれ、御身より

て上野大仏前のと共に有名(続江戸砂子五)。「恋しらず」とは別離の朝を告げるのでいう。
一九 日本堤より吉原の大門へくだる坂。
二〇 日本堤は道が悪く、両端の衣紋坂・田町には洗足を職業とする者がいた(吉原常々草・下)。
二一 玉水は雨だれなどの水滴の美称。ここは泥水がはねて、着物の裾にしみのつくのをいう。
二二 家の者への言い訳けなどの心配。
▽評判記たきつけ草も、遊客が廓帰りに宿の首尾を気づかうことを記すが、西鶴の描写は精細。
二三 吉原の異称。「あさぢが原・こつか原・吉原、ともに名所野三つ有ゆへに、三野と申とかや、又三谷とも書り」(好色由来揃一)。
二四 煩悩にはやりたつをたとえる。意馬心猿。
二五 焼くは、遊女が客をおだてる意の通言。火に入—焼く—羽柴の煙。
二六 橋場。吉原の近隣の地で火葬場があった。
二七 鎌倉屋甚兵衛(永代蔵三の一)か。本材木町(中央区日本橋一丁目東部)の材木問屋。
二八 江戸の分限者の名鑑の類か。 二九 家督相続人。
三〇 後の思い出となるような歓楽。
三一 経帷子。背に経文等を書いた死者の白衣。
三二 諺に「人間万事夢の世の中」という。
三三 緋色の緞子製。 三四 二人寝用の長いくくり枕。太夫と天神のみ許された(色道大鏡三)。
三五 「汝今不知、阿弥陀仏去レ此不レ遠」(観無量寿経)。各自の心次第と説教などでも説かれた。
三六 枕草子「春は曙。…紫だちたる雲のほそくたなびきたる」に拠る。
▽本条の文章には極楽の連想の語を活用する。極楽—紫—雲—御むかい—如来—しま黄金—衆生—すくひ入れ—拝む。
三七 太夫の揚屋への往復は六尺が送り迎えする。極楽へのお迎えには紫雲がたなびくという。

のひかり、今[一]の玉虫《たまむし》色の御小袖《こそで》、しま[二]黄金《わうごん》の肌《はだへ》、胸高《むなだか》にあけ掛《かけ》、縁《えん》ある衆生《しゆじやう》は、あの御懐《ふところ》にすくひ入《(いれ)》給ふ。有難《ありがたく》も簾越《すだれごし》に、茶屋《ちや(や)》より拝《おが》み奉り、しるべの人声《こへ》を掛《かく》れば、ゆたかに見かへり、「まめかへ[三]、後《のち》にへ」と、すこしなまりのある二声《(ふた)こゑ》を、聞人《きく(ひと)》感《かん》[四]に絶《たへ》て、唐土《もろこし》の虞《ぐ》[五]公《こう》が歌《うた》の声《こゑ》には、魚鱗《ぎよりん》も躍《おど》ると伝《つた》へし事、これを思ふにさも有《ある》べしと、御後姿《うしろすがた》まで見送《おく》るは、揚屋《あげや》町《(まち)》の名残《なごり》ぞかし。

[六]大門筋《(おほ)もんすじ》の辻越《つぢこへ》て、身にあたる風もひややかに、おのづから心もしめやかになつて、かわひらしきかほり、我袖《わがそで》の外《ほか》を聞《きく》に、正《まさ》しく角内が袂《たもと》よりかよはせ、人の心をそゞろになしぬ。猶髪《なをかみ》にも深《ふか》く留《とめ》て、此《(この)》[七]やさしさ、言葉《ことば》ではいわず、身もだへして、宿《やど》にかへりて其儘《そのまゝ》、やり手の久米《くめ》にたづね給へば、「角内[八]常《つね》にはさもなく、太夫さま負《おい》にまいる時《とき》は、むくつけなる下男《しもおとこ》の、あらいもやらぬ鬢《びん》の匂《にほ》ひ、薄雲《うすぐも》さまにきかせましてはと、しほらしき心ざしから、伽羅《きやら》[九]に身をなし候」と申せば、太夫いとゞ不思議《ふしぎ》に思ひ、「角内がけふ着《き》たる、紺染《こんぞめ》の布《ぬの》子《こ》をかりてまいれ」のよし、子細《しさい》はしらずかりてまいれば、「それくけ目をほどけ」と、久米《くめ》にとかせて見給ふに、垢《あか》なれぬ白小袖《(しろ)こそで》を、中《なか》にくけ込《こみ》ありける。

「是《(これ)》橘《たちばな》は、いづれの太夫どのの御紋《(と)(ご)もん》ぞ」と、尋《たづね》給ふ。「此町《(このちやう)》にては見しら

三八 六尺仲間の通名。ここでは傘持ち。↓二六頁挿絵。
三九 出典あるか、未詳。「玉雨」は雪をさす。
四〇 六尺仲間の通名。ここでは太夫を背負う役。
四一 信濃善光寺の本尊阿弥陀如来。原本「女来」。
四二 信濃の人、本田善光。昔、善光が都に上り、その帰途難波堀江より如来像を奉持して、信濃の国に安置したのが善光寺であるという(平家物語二、塵添壒囊鈔十七)。

一 昔の如来に対して、今の薄雲はの意。
二 紫磨黄金は紫色を帯びた最上質の黄金で、仏の肌の色の形容。転じて美しい女の肌の形容。
三 達者かえ、後ほどに。原本は「真目替(まめかへ)」。
四 感に堪えて。ここは深く感動しての意。
五 魯の唱歌の名人。歌声が澄みわたり梁(はり)の上の塵まで動いたという(劉向別録など)。これと瓠巴(はこ)、楚の琴の名人)が琴をひくと鳥舞い魚躍るという故事(列子)とを混交する。「されば共瓠巴琴を弾ぜしかば、魚鱗躍りほとばしる。虞公歌を発せしかば、梁塵うごきうごく」(平家物語三)。
六 中之町の揚屋町へ曲る四つ辻。待合の辻。
七 原本は「やさしさ」の「さ」が誤脱。
八 原本は「角介」と誤刻するのを改めた。
九 伽羅を身に焚きしめる意。
一〇 ↓六頁注一七。
一一 京都市右京区嵯峨の辺は古来景勝の地として名所に富む。それを数多く取り挙げたもの。
一二 広沢の池は月見の名所として有名。歌枕。
一三 丹波より出た保津川の下流で、嵐山の麓、渡月橋付近を大井川(大堰川)という。歌枕。
一四 丹波より京へ下す筏は、秋は紅葉を乗せ、「春は花筏」となるという(出来斎京土産六)。

ぬ」よしを申《(まうす)》。「是《(これ)》は慥《たしか》、京の[一〇]高橋《たかはし》どのと覚《(おぼゆ)》る」。裙《すそ》に[一一]嵯峨野《さがの》の名所尽《めいしよづく》し、そこが嵐《あらし》山、これが[一二]広沢《ひろさは》の月、[一三]大井川には[一四]花筏《(はな)いかだ》、[一五]千代《ちよ》の古道《ふるみち》には御所車《ごしよぐるま》、[一六]野《の》ゝ宮《(の)みや》に[一七]萩《はぎ》の枯垣《かれがき》、[一八]定家《ていか》の亭《ちん》に蔦《つた》かづら、[一九]砥取《ととり》山に時鳥《ほとゝぎす》、[二〇]ならびの岡《おか》に若松《わかまつ》の数《かず》茂り、[二一]桂《かつら》川にさし捨小舟《すておぶね》、[二二]清滝《きよたき》に白玉《しらたま》を砕《くだき》、[二三]入日《(いりひ)》の岡《おか》と思ふ所に、[二四]雲とりのうつくしく、[二五]衣《ころも》かせ山に妻鹿《つましか》のありさま、[二六]梅津《むめづ》川《がわ》のしがらみ、[二七]松の尾《お》に[二八]仏法僧《ぶつぽうそう》の鳥も目に珍敷《めづらし》く、[二九]小倉《おぐら》山の八重《やゑ》紅葉《もみじ》、[三〇]心あらばかゝる衣裳《ゐしやう》物数寄《(もの)ずき》、絵《ゑ》に見る上方《かみがた》ゆかし。

「角内よべ」とて、化粧部屋《けしやうべや》の、人しれぬちかふめしよせられ、「そなたさまは何《なに》として、都《みや(こ)》の高橋《たかはし》さまを見捨《すて》、あづまの爰《こゝ》にいやし身をなし給ふは」とあれば、「まんざら左様《さやう》の事は」。しらぬ皃《かほ》つきすれども、問《とは》れてはや泪《なみだ》ぐみ、かさねて物をもいわずありける。「隠《かく》し給ふな。これは」と、着物《きもの》を出して、「大かたならぬ覚《おぼ》しめし入《(いり)》」と、様子《やうす》をきかぬ先《さき》から、薄雲《うすぐも》も[三一]袖行水《そで(ゆくみづ)》に沈入《しづみ(いり)》、いな心になりぬ。角内今は包兼《つゝみかね》て、高橋《たかはし》に馴初《なれそめ》し物語《(もの)がたり》。

「此度《(このたび)》の別《わか》れは、太夫と申《(まうし)》かはせし事もあるに、女房《にようばう》もてとはかなしく、四五度も母人《はゝ(びと)》にまで、いやの断《ことはり》も聞《きゝ》いれず、[三二]祝言取《しうげん(とる)》をうたてく、二親《ふたおや》こらしめのために身をかくし、「[三三]弘法大師《こうぼうだいし》のまします山に入《(いり)》て、墨染《すみぞめ》の形《かたち》にかへる世《よ》」

一五 嵯峨亀山(天竜寺の後)の北にあり、京より上嵯峨(大覚寺)への道(京羽二重、名所都鳥)。都名所図会は広沢の東南とする。歌枕。「御所車」は大宮人の訪れを示す。
一六 小倉山の麓、現在の野々宮神社辺に、伊勢の斎宮の潔斎の場として卜定された。歌枕。
一七 謡曲「野宮」の詞章「小柴垣」による。野宮―小柴垣、萩―嵯峨野(類船集)。
一八 定家の山荘時雨亭《(しぐれ)(のちん)》には諸説あり、京羽二重織留は、小倉山の麓、常寂光寺の中とする。「蔦かづら」は謡曲「定家」の「定家葛《(かず)(ら)》」による。
一九 「鳴滝山の北にあり。古歌に、高おなる砥取の山の時鳥おのがかたちをとぎすとぞ鳴く」(名所都鳥一)。砥石を産す(山城名勝志九)。
二〇 双ヶ岡。仁和寺の南の二つ並ぶ山。歌枕。
二一 大井川の下流で、桂を経て淀川に注ぐ。歌枕。桂川―鵜飼舟―鮎(類船集)。
二二 愛宕山麓の清滝川の渓谷。歌枕。
二三 歌枕。類字名所和歌集、歌枕名寄など「未勘国」(不明の部)に入れる。ここは京の西郊を南北に連る山々、西山のこと。文反古三の三所出。
二四 雲中を飛ぶ鳥。雁とも。模様では多く鶴。
二五 京都府相楽郡木津町の鹿背山。歌枕。しかし「あたご山の中程に有」とも(名所都鳥一)。
二六 梅津の西を流れる桂川の一部の称。歌枕。
二七 西京区の松尾山。松尾大社がある。歌枕。
二八 コノハズク。松の尾―仏法僧(類船集)。
二九 歌枕。小倉山―紅葉(類船集)。
三〇 「小倉山峰のもみぢ葉心あらば今ひとたびの御幸待たなむ」(拾遺集・雑秋・藤原忠平)。歌枕。
三一 涙をいう。
三二 ここは結納を取り交わすこと。
三三 高野山(和歌山県伊都郡高野町)。真言宗の総本山、金剛峰寺を中心とする霊場。

と、まことなき書置《かきおき》を残し、又高橋《たかはし》には、「生駒《いこま》の麓《ふもと》にさそはれ、一追鳥狩《おいとりがり》に、二三日も見まじや、皃《かほ》ばせを」と申せば、「我《わが》身も雉子《きゞす》になりたや。君《きみ》があたりにとらへられて、御機嫌《(ご)きげん》のよきをば見たし」と、大和路《やまとぢ》迄《(まで)》の別《わか》れさへ、遥《はるか》に見えぬ山をうらみ、「もし二葛城《かづらき》の峰《みね》風《(かぜ)》も、こゝろもとなし。三朝日《あさひ》のうつりて虹立《にじたつ》かたを、高橋が俤《おもかげ》と覚しめして、此下着《(この)したぎ》めさば」と、手づから着《きせ》て、四襟《えり》を折《(をり)》こみ、後《うしろ》にまはり、「今此《(この)》町へかよひ男、其数《(その)かず》をしらず。其《その》中に、五野秋《のあき》さ

一 網を仕掛け、そこに勢子(せこ)が野鳥類を追い立てて捕える(滑稽雑談二十二)。冬の季語。「生駒」は大阪府と奈良県の境の生駒山。
二 大阪府南河内郡と奈良県御所(ごせ)市との県境にある山。歌枕。ここは葛城連峰の意。
三 朝虹―西(類船集)。朝虹の脚は北と南に立つから、ここは北の脚の方角(京)を指す。
四 原本は「裙(ゑり)」とある。
五 →一八頁注一四。

まのあはんす、六下立売《しもだちうり》の清《きよ》さまと、かたさまと、お二人《ふたり》につゞくはなし。お目のうへの出来《でき》物《(もの)》、ちいさいとて其《(その)》儘《まゝ》おかんすがわるい」と、薬《くすり》ぜんさくする時、「罷帰《まかりかへ》る」と、七鶴屋《つるや》の伝左が二階《にかい》からおりて、八門《かど》おくりには太夫・引舟《ひきふね》・禿《かぶろ》・やり手、九宿《やど》のあるじを先《さき》として、一〇出口《でぐち》の平野《ひらの》屋に立寄《たちより》、一一れいの素湯《さゆ》呑捨《のみすて》立出《(たちいで)》、「頓《やが》ておかへり」と、我姿《わがすがた》の見ゆるうちは、一二霜《しも》をも立《(たち)》すくみて、小手《こで》招《まねき》をする程《ほど》に、「武蔵野《むさしの》の土《つち》になるぞ」と働《どよ》ぐを、何《なに》ときいたやら、やり手の

六 丸太町通りの二筋北、烏丸以西の東西の通り。
七 島原揚屋町西側の揚屋、鶴屋伝三郎。
八 大門口まで見送ること。
九 揚屋の主人。
一〇 出口の茶屋平野屋七郎兵衛(朱雀遠目鏡)。
一一 朝帰り客は出口の茶屋で素湯を飲むならわしがあった。
一二 霜柱も立つなか寒さに立ちすくみながら。また、霜をもいとわず立ちすくみながらの意か。

挿絵解説　吉原の雨中の太夫お迎えの情景。右側の太夫は下げ髪で、中陰の花模様の着物、中央の太夫は垂れ髪で楓の模様、左側の太夫も垂れ髪で、四ッ酢漿草(かたばみ)模様らしい着物姿。六尺は傘を持つ者、太夫を背負う者、それぞれ脚絆・草鞋姿である。右から十の字紋に下に変りたすきの模様あるはっぴ姿、二番目は針貫の紋、三番目は花文立涌(たてわき)模様、四番目は丸に三の字の紋、五番目は替り横縞、六番目は桐など模様のはっぴ姿である。右手前に、こわれた高足駄を点出してあるのは、酔客のものらしいが、画に一抹の俳趣を添えている。寛文期の薄雲の紋は枝桜だが、敢えて挿絵で推定するならば、右端の遊女か。背負う六尺も左の二人の六尺に比べてどこか品がある。中央の遊女は、紋が楓の高尾太夫、左端は紋が四ッ酢漿草の吉野太夫(時之太鼓)。

みやが声《こゑ》して、「此《(この)》寒空《さむぞら》に[一]奈良団《ならうちわ》の土産《みやげ》はいやで御《(ご)》ざんす」といふ。[二]耳《みゝ》とつて鼻《はな》が笑《わら》ふと、聞捨《きゝずて》に、丹波口《たんばぐち》より駕籠《かご》をも戻《もど》し、それよりすぐに下りて、頼《たの》むべき嶋《しま》も山も案内《あんない》しらねば、奉公《ほうこう》の口のある幸《さいわい》に、今爰《こゝ》に」と、男鳴《おとこなき》に、恥捨《はぢすて》ての物語《ものがたり》。

薄雲《うすぐも》も取《(とり)》乱《みだ》し、「高橋《たかはし》どのの身になつて見ての悲《かな》しさ。あたりに剃刀《かみそり》おかねばよいが、命《いのち》の程心元《ほどこゝろもと》なし。哀《あはれ》けふのうちに、都《みやこ》へ無事《ぶじ》を告《つぐ》る鳥《とり》もがな」と、しばし物《(もの)》案《あん》じて、「夜《よ》もあけば、そのまゝ京へ御上りあるべし。[三]旦那《だんな》の首尾《しゆび》は、我に任《まかせ》給へ」と、よきにすまし、旅《たび》の事ども取《(とり)》いそぐとき、「さりとては此程《(この)ほど》の物うさは、責《せめ》ては名残《なごり》の酒《さけ》よ」と、其夜《(その)よ》は、揚屋町《あげやまち》にもゆかず、戯《たはぶ》れにはあらぬ枕《まくら》をならべ、人は疑《うたが》ふ夢《ゆめ》を覚して、一番鶏《(いち)ばんどり》[四]の鳴時《なくとき》、数《(かず)》〱の心付《(こころづけ)》、中《なか》にも[五]木地《きぢ》のさしまくらをひとつわたして、「此箱《(この)はこ》は道《みち》すがら、物の淋《さび》しき寝覚《ねざめ》にあけ給へ」と、さゝやく。「此度《(このたび)》のかたじけなさ、忘《わす》れたらばわすれたまゝに、御ゆるしあれ」と、又泪《なみだ》をながす時、馬《むま》に[六]折《(をり)》かけ蒲団《ぶとん》敷《しき》て、「乗御人《のるお(ひと)》は」と呼立《よび(たつ)》る。太夫、出行《(いでゆく)》袖《そで》をひかへ、「[七]もは別《わか》れで御座るが、まだ本《ほん》の名《な》は聞《きか》したまはぬか」ととへば、「今はかくす所もあらず、佐渡《さど》やの源《げん》といふ[八]小男」と、あらはして、其日《(その)》は藤沢《ふぢさは》泊《どま》り、あけの日は箱根《はこね》の峠《とうげ》に旅寝《たびね》して、[九]玉笹《たまざゝ》の嵐、湖《こ》

一 奈良産のうちわ。もと春日の神職の者が作り出したといわれ、地白く判じ物の絵など描く。
二 見当違いなことを言うたとえ。
▽本条の旅立ちの描写は、盛衰記四の二で、一夜のうちに零落した大尽が、高橋(ことと同名)と別れて旅に出る条にも用いられる。
三 角内の親方(雇い主)の手前。
四 原本は「のに」と「に」が衍字。
五 漆を塗らない白木の指し枕(箱枕)。
六 乗掛け馬の上に敷く布団。乗掛け布団・乗掛け下地とも。乗掛け馬は、馬の背の両側に明け荷という葛籠を渡し、旅人の二十貫目までの荷を入れ、その上に布団を敷き、人を乗せる。
七 「もはや」の略。
八 つまらない男の意。
九 玉は美称の接頭語。西鶴の発句に、「玉笹や不断時雨るゝ元箱根」(蓮実)がある。

水《すい》の浪《なみ》は枕《まくら》にかゝり、目のあはぬ夜の[一〇]南表《みなみおもて》、神無《かみな》月末《づきすへ》の三日の月、戸《と》のたて合《あはせ》もりて、せめては友《とも》ともなりぬ。かゝるとき、彼《かの》さし枕《まくら》心にかゝれば、暮《くれ》に有《あり》所《どころ》を見て置《おき》しなたをさがして、釘目《くぎめ》をあけて見るに、引出《ひき(だ)》し二つ、上《うへ》には高《たか》はしかたへの書簡《しよかん》、封《ふう》じもせずに有《(ある)》を読《よむ》に、皆我《みなわ(れ)》らが為《ため》よき事を書《(かき)》つゞけ、下《した》には「道《みち》すがらの入物《(いるもの)》」とて、[一一]四角《かく》にして梧《きり》のとうの付《(つき)》たる物五十入《(いれ)》て、其外《(そのほか)》新《しん》板《ばん》の[一二]道中記《だうちうき》、「[一三]万《よろづ》によし」と書付《かきつけ》のある丸薬《ぐわんやく》二包《(ふたつつみ)》、[一四]御関所《(お)せきしよ》の通《とを》り手形《てがた》まで、残る所もなふ御心をつけられ、此《(この)》うれしさ、[一五]ねてもとおもふうちに、あくれば廿四日の朝曇《あさぐも》り、此所《この(ところ)》の[一六]わたくし雨、濡《ぬ》るゝをいとはず急《いそ》ぐに、[一七]田子《たご》の入海《いりうみ》を見おろし、[一八]親《おや》しらず・子しらずといふ、岩根《いわね》高浪《たかなみ》に、身の程《ほど》をおもひやられ、おきつ川をわたりて、[一九]清見寺《きよみでら》の鐘《かね》も、暮《くれ》に数《かず》きくとき、[二〇]一駄荷《(いち)だに》の馬《むま》たゝき立《(たて)》て、町人らしき者《もの》ども三人、「思ひもよらぬ事に、江戸を見に行《(ゆく)》」といふこゑきけば、皆《みな》手代どもなり。

「京での御なげき、高野《かうや》は申に及《およば》ず、諸国《しよこく》へ人さしつかはされ、御たづねあそばし、我《われ》〳〵は江戸へ、御むかいにまいる」と申《(まうす)》。馬《むま》からおりもせず、「太夫は無事《ぶじ》か。親仁《おやぢ》はこりたか。母《はゝ》は泣《なゐ》ていらるゝか」と、其夜《(その)よ》は此所《(このところ)》にとまりて、荷物《にもつ》ほどけば、都《みやこ》の[二一]花車道具《きやしやどうぐ》あまた、「是はよふこそ持《(もつ)》てまいつたれ」

一〇 宿舎の南に面した座敷。

一一 一歩金のこと。金座の後藤家の桐のとう紋の極印が打ってある。五十は十二両半に相当。
一二 道中の宿場・里数などを記した旅の案内記。
一三 薬袋の表に記す効能書。
一四 旅人の携帯した関所通行の証明書。東海道では箱根・新居の二関所で厳しく吟味した。
一五 寝ても覚めても忘れられないの意。
一六 私雨。限られた小地域に降るにわか雨。
一七 静岡県の富士川河口付近の海岸。歌枕。西鶴は由比側に位置づけている(一目玉鉾二)。
一八 由比と興津の間で薩埵山麓の海岸の難所。西鶴当時は薩埵山上に街道が出来ていた。
一九 興津(清水市)の巨鼇山(こごうさん)清見寺(せいけんじ)。臨済寺で寺領三百石。
二〇 四十貫目までの荷物を一駄荷とする。
▽佐渡やの源と京の手代たちが駿河の興津で遭遇するのは、伊勢物語九段で業平が駿河の宇津谷峠で知人に逢った話の俳諧化である。一代男七の四などにも類似の趣向がみられる。

二一 茶道・香道などの風流な道具。双六・楊弓などの遊び道具も入っていたか。

と、其内《(そのうち)》色品《いろしな》見合《(みあはせ)》、こま〴〵と文認《ふみしたゝめ》、すぐにうす雲方へ、礼《れい》に人つかはし、其身《(そのみ)》は京都《きやうと》に上《のぼ》り、高橋《たかはし》にかたれば、又是《(これ)》からも[一]思出《おもひで》の吉介《(きちすけ)》を仕立《したて》、よし原へ返事送《おく》りけるとなり。[二]目出度《めでたく》、かしく。

花[三]の色替《かへ》て江戸紫《むらさき》

人の[四]女房家主《にようぼういゑぬし》の、[五]せちべんなる事をおもへば、[六]年季《ねんき》の小草履取《(こ)ぞうりとり》などは、世間《せけん》を広《ひろ》ふ[七]つるゝ物なるに、盆《ぼん》・正月の[八]仕着物《しきせ(もの)》、たとへば[九]近江嶋《あふみじま》一たんたち合《あは》せば、[一〇]風俗《ふうぞく》も見よきに、残《のこ》して何《なに》の役《やく》にもたゝざりし切《きれ》を惜《おし》み、ふり袖短《みぢか》くして、見苦《みぐる》し。又は、[一一]小《こ》めろ、古郷《ふるさと》の垢《あか》もじねんに落《おち》て、[一二]薬紙《くすりがみ》の「せんじやう」と書《かき》つけの所を切抜《きりぬき》、[一三]平《ひら》もとゆひにこしらへ、頸筋《くびすじ》を鰹《かつほ》かきの小刀《こがたな》にてそりあげ、遣《つか》ひ捨《すて》の[一四]茶袋《ちやぶくろ》に小糠《こぬか》を入《(いれ)》、見るを見まねに明暮洗《あけくれあら》ふ程《ほど》に、[一五]「うらが」といふた言葉《ことば》つきもなをりて、[一六]「御しんぞうさまからお使《つかい》」と、[一七]つぼ口《ぐち》して、長文箱《ながふばこ》をさし出す手元《てもと》も、今《いま》はおかしからず。在郷《ざいごう》よりあいによられたる人、[一八]ふごに、酢徳利《すどくり》、[一九]塩《しほ》ぐちたる[二〇]目黒《めぐろ》、[二一]廿五日さまのお筆《ふで》、表具《ひやうぐ》の仕替《しかへ》、ぬり杓子《じやくし》を取《(とり)》まぜ、片荷《かたに》には、[二二]槙骨《まきぼね》の障子《しやうじ》、[二三]綿《わた》くり、[二四]半弓《はんきう》、[二五]割松《わり(まつ)》など買物《かい(もの)》して、門口《かど(ぐち)》におろし、

一 太鼓持か。
二 女性の手紙の終わりに書くことば。めでたくかしこ。高橋の手紙の用語で話の結びとした。
三 →五頁注一八・一九。
▽初めの三段は本章の枕に当たる。山出しの小娘も奉公先でお洒落を覚え見よげになる、まして容姿を吟味した、禿上がりの太夫の色々と美しいのは当然であるという内容。
四 一家の主婦。
五 世智弁。勘定高いこと。けちなこと。
六 年季奉公。普通は十年契約。
七 連れて歩く。
八 主人が奉公人に季節に応じて与える着物。
九 近江国高宮(彦根市高宮町付近)産の麻に絹糸入りの縞織物。帷子や袴の生地。高宮縞。
一〇 身なり。服装。
一一 小女郎(こめろう)の変化した語。小娘。
一二 薬袋の上書きに、「煎じやう常の如し/生姜一片」などと、服用法が記されてある。
一三 平元結。元結は髻(もとどり)を結ぶ細ひもで、平元結は丈長(たけなが)紙を平たく畳んだ、幅広の元結。ここは薬袋で代用した。
一四 葉茶を煎じる時に使う布袋。
一五 「うら」は自称の田舎言葉。おれ。おら。
一六 御新造様。中流以上の町人の若妻への敬称。
一七 壺口。おちょぼ口。
一八 畚(ふご)。藁や竹で編んだかごで、天秤棒にさげて用いる。 一九 塩漬けにして赤くなった。
二〇 鮪の二、三尺ぐらいのものを上方でいう。
二一 法然上人自筆の名号(刷り物)を張った掛軸。法然は浄土宗の開祖で、建暦二年(一二一二)一月二十五日寂。忌日により二十五日様という。
二二 障子は杉を最上、檜が次ぎ、槙は下等。
二三 →五頁注二〇。

[二六]中戸《なかど》より腰《こし》をかゞめ、「[二七]おなべがてゝ親で御座ります」と申《(まうし)》、鼻《はな》の先《さき》に居《ゐ》るをも、皃見違《かほみちがへ》て帰《かへ》る程《ほど》になりぬ。

召遣《めしつかい》の者《もの》も、うるはしきこそよきに、女気《(をんな)ぎ》は何国《いづく》も同じ。[二八]悋気《りんき》よりおこつて、皆無理《みなむり》なるそねみ、「何《なに》の為《ため》に朝起《あさおき》するぞ。誰《た》がゆるして、尻《しり》をふつてありくぞ。食鍋《めしなべ》をみがき過《すぎ》て、白《しろ》いが気にいらぬ。[二九]我際墨《わがきわずみ》の仕様《しやう》は、どこに花遣《はやる》ぞ。手足《てあし》のゆびの、ほそふなるが合点《がてん》がゆかぬ」と、責《せめ》つかはれて、漸《やう》ゝ年《ねん》もあけば、すぐにむかしの里《さと》へは帰《かへ》らず。[三〇]小宿《こやど》ばいりをして、きのふは[三一]恵美酒《ゑびす》屋が芝居《しばゐ》見に、けふは[三二]集銭《しゆせん》出しの[三三]浜焼《はまやき》、腹《はら》ふくるゝまゝの昼寝《ひるね》、夜《よる》は男《おとこ》ぐるひ、誰《たれ》ともさだめがたき[三四]血落《ちおろ》し、罪《つみ》ともむごいとも、[三五]命勝負《いのちしやうぶ》とも、跡先《あとさき》しらずの身となつて、奉公《ほうこう》の口をもきかず、主《しう》なしの思ひ出にうかれありく風情《ふぜい》は、下《した》に[三六]浅草嶋《あさくさじま》に[三七]かのうらを付《つけ》て、木綿《きわた》の中入《なか(いれ)》、上《うへ》に[三八]かぴたんの玉子色《たまごいろ》なるを[三九]ひつかへしに、黒糸《くろいと》の[四〇]ぬいもん、[四一]きやうろくの幅広帯《はゞびろおび》、[四二]こぶし絹《ぎぬ》の[四三]ふたの、[四四]白目《しろめ》ぶちのさし櫛《ぐし》、[四五]浅黄緒《あさぎお》の雪踏《せつた》をならし、室町通《むろまちどをり》三《(さん)》条《じやう》下《(さが)》る[四六]西行桜《さいぎやうざくら》の町《てう》は、両《りやう》がわの[四七]人手代《(ひと)てだい》、見る目のしげく、中〳〵男さへ通る事を斟酌《しんしやく》するに、わざと此所《(このところ)》を好《この》み、人に気《き》をうつさせける。「あれがあのやうにもなる物か」と、[四八]年切《ねんきり》の時をしつたる人の、横手《よこで》うたるゝ程《ほど》に、見よげになりぬ。

二四 ここは雀おどしの半弓か。
二五 松材を細かく割った物で灯火用にした。
二六 店から奥へ通じる土間に設けた仕切り戸。
二七 お鍋。下女の通名。　二八 嫉妬。
二九 額の生え際を墨で整え化粧すること。
三〇 小宿は奉公人宿のことで、奉公人が暇を貰い、一時小宿に寄宿すること。
三一 京の歌舞伎芝居、夷屋儀左衛門座。京都七櫓の一で、櫓幕の紋は鯛を抱えた恵比須。
三二 皆で金銭を出し合うこと。割り勘。
三三 鯛を塩でまぶして蒸焼きにしたもの。
三四 血堕し。堕胎。　三五 原本は「無悟意(むご)」。
三六 八王子村(東京都八王子市)産の紬の縞織物。女模様が多く丈夫でない(万金産業袋四)。
三七 未詳。
三八 オランダ舶載の縞織物。縦糸が絹、横糸が木綿で縞は黄茶・鼠色など(万金産業袋四)。
三九 袖口や裾回しに表と同じ布地を用いたもの。
四〇 縫紋。刺繡で紋所を表したもの。
四一 京六。下等な繻子(しゅす)の帯地。
四二 小節絹。縦糸が絹糸など、横糸に節のある玉糸を入れて平織にしたもの。
四三 二布。腰巻。
四四 白味がかった斑点のあるべっ甲の挿櫛。
四五 浅葱(あさぎ)色(緑がかった薄青色)の鼻緒。雪踏は裏底に牛皮を張った竹皮草履。
四六 中京区烏帽子屋町。祇園会に黒主山(西行桜山とも)の山鉾を出す町なのでいう。烏帽子屋が多かった(京雀三)。
四七 商家の使用人の意。手代。
四八 奉公の初めに年季を切って契約をすること。また年季奉公人。ここは年季奉公の初めの意。
▽本条の小宿ばいり(注三〇)の年切り女の生態は、西鶴織留五の二でさらに精細に活写される。

されば、傾城《けいせい》にする女は、ちいさき時《とき》より皃《かほ》の吟味《ぎんみ》、姿《すがた》を改《あらた》め、大分《だいぶん》の金銀《きんぎん》に買《かい》とり、[一]禿立《かぶろだち》のときより、太夫になるべきほどの者《もの》と思へば、太夫につけて、万《よろづ》の首尾《しゆび》を見ならはせ、諸芸《しよげい》をおしへ、よいものをよく仕立《したて》ければ、あしかるべき事にもあらず。皆姿《みなすがた》[二]の花《はな》、銘ゝ《めい(めい)》[三]木ゝ《(きぎ)》の物数寄《(もの)ずき》、松《まつ》にかゝり、藤《ふぢ》[四]のしなだるゝも[五]だじない物、岸《きし》の山吹《(やま)ぶき》の、色《いろ》のこきも捨《すて》がたし。梅《むめ》のひとへなるが、しやんとしたるも見よし。

[六]よしや中古《ちうこ》[七]のよし野《の》は、千本《ちもと》[八]の山桜《ざくら》にすぐれて、あながち遊女《ゆふぢよ》の風俗《ふうぞく》にたよらず。たとへて、[九]みだれ柳《やなぎ》に雪《ゆき》の消《きへ》もせぬ夕《(ゆふ)》げしき、宵《よい》は[一〇]乱酒《らんしゆ》の与左衛門、[一一]「あいの又あい」「大あい」と申出《(まうしだ)》して、雪《ゆき》に[一二]深草《ふかくさ》の花塩《はなしを》をまぜて、是一種《これ(いつ)しゆ》の[一三]口取《(くちとり)》にして、呑程《のむほど》に、烏丸《からすま》の鬼《おに》さまといふお[一四]敵《てき》も、夜《よ》中過《なかすぎ》より[一五]たゝまれ給ふ。ひとり〳〵前後《ぜんご》をしらず、丸寝《まるね》して、わけもなふ身もだへするに、[一六]下戸《げこ》の吉右衛門が、やう〳〵ふとんなどきせて、間《ま》もなく明《あけ》て、下《した》にましますす太夫さま達《たち》は、身拵《(み)ごしら》へも出来《でき》て、御有様《ありさま》も一《(ひと)》きわ見よげなりぬ。皆美形也《みなびけい(なり)》。しばしあつて、[一七]吉野《よしの》は寝皃其儘《ねがほ(その)まゝ》、[一八]「そのうつくしさ、白粉《おしろい》ぬるにまされる」と、目のよき時《とき》、[一九]素法師《そうほうし》がかたりぬ。

古今《ここん》まれなる女、つとめ姿《すがた》さつて、[二〇]おかみけなる、御所風《ごしよふう》あり。只《たゞ》ひとつの

一 遊女になる前に禿として養成される時期。
二 容姿の美しいのをいう。
三 「木々」は「気々」に通じ、人によりそれぞれ心の違うことをいう諺。花—木々。
四 松—藤(類船集)。ここでは藤・山吹・梅・山桜は、それぞれ異なる美人のたとえ。
五 大事ない。差支えない。それも悪くない。
六 「よき人のよしとよく見てよしといひし吉野よく見よよき人よく見つ」(万葉集一・天武天皇、歌枕名寄七)によるか。見よし・よしや・よし野と同音を続ける。 七 →五頁注二一。
八 吉野山の一目千本という名花の桜。
九 飾らぬ吉野の美しさをたとえていう。また実際の夕景色の様子として後文に続く。
一〇 太鼓持。都の四天王の一人。
一一 間(あい)の又間。間は酒盃の応酬をする二人の間に第三者が入り、代りに盃を受けること。ここはそれを幾度もするのをいう。
一二 粗塩を蒸し焼きにして精製し、小梅の花型に入れて固めたもの。伏見深草の平田家の産。
一三 料理の初めに酒の肴として出すもの。
一四 遊女と客が、それぞれ相手をさしていう。ここは客の方。 一五 酔いつぶれてしまうのをいう。 一六 太鼓持か。
一七 六条三筋町、林与次兵衛抱えの太夫で、名は徳子。元和五年(一六一九)太夫に出世、寛永八年(一六三一)二十六歳で退廓。西鶴は「むかしの吉野」などという。一代男五の一にも描かれる。
▽以下はこの吉野の逸話。西鶴は後文で島原の延宝期(中古)の吉野の身請け話を問題にするが、本章には時代の違う二人の吉野を混交した虚構がみられる。
一八 同趣の記事が、色道大鏡三に載る。
一九 色道大鏡(延宝六年成)の著者、藤本箕山。

[二一]おもひどは額《ひたい》[二二]、遠山《えんざん》の朧《おぼろ》なる月を見る心地して、うす〳〵となるを、人毎《ごと》に歎《なげ》きぬ。世《よ》は思ふまゝならず。有時《(あるとき)》釜《かま》[二三]の座《ざ》を通《とを》りしに、雨《あめ》のあげくに、傘《かさ》をかへしに行《ゆく》と見へし女、[二四]わきはふさげど、まだ廿《はたち》にはなるまじ。横《よこ》ぶとつて中《なか》[二五]びくに、出尻《でじり》にして口広《くちひろ》く、どこに一つもとりへなし。されば額《ひたい》のはへぎわ、人《にん》[二六]形屋外記《ぎやうげき》も鉋《かんな》を捨《すつ》べし。「是《これ》をよし野にかへて」と、無理《むり》の願《ねが》ひするほどに、世上《せじやう》の人におもはれぬ。「扨《(さて)》又、京にも女房《にようばう》日でりにや、あのやうなる下子《げす》つかふ親方《おやかた》もある」と笑《わら》へば、「都《みやこ》とても小便《しやうべん》の仕所《しどころ》、ちり塚《づか》のあるべし。あれはさのみ見ぐるしからず。人の目に立《たつ》物は、嶋原《しまばら》の入口まで茄子畠《なすびばたけ》にして、木《き》[二七]に竹《たけ》のみだれ垣《がき》、門番《ばん》[二八]の与右衛門も心あれかし」。

或時《あるとき》、[二九]朱雀《しゆじやく》の野を行《ゆく》に、[三〇]東寺《とうじ》の長《おさ》と見へて、あらがねの土《つち》をくだく男に、[三一]「中道寺《ちうだうじ》の、今朝《けさ》の女郎の気違《きちがい》は、何《なに》とした」とたづねければ、「我等《われら》六十九にまかりなれども、いまだあの中《うち》へゆかねば、今《いま》[三二]の金《きん》太夫がうつくしひも、塀《へい》の内に[三三]石仏《いしぼとけ》のあるも、しらぬ」といふ。「追《おつ》付《(つけ)》しんだら、閻魔《えんま》に問《とは》りやうが、目の前《まへ》の浄土《じやうど》は爰《こゝ》じや」。遠《とを》ひ[三四]長崎《ながさき》の鹿《しか》と人さへ、妻《つま》にとこがれ、千三百両に[三五]吉野《よしの》を替《か》へて、[三六]伏見《ふしみ》に[三七]墨染桜《すみぞめざくら》、人には見せずなりにき。[三八]難波《なには》人《(びと)》も春《はる》を待《まち》て、此《(この)》[三九]松根《ね》引《びき》と思ふ間《ま》に、此《(この)》花《はな》絶《たへ》て、詠《なが》めの替《かは》る藤《ふち》[四〇]屋の奥州《おうしう》[四一]、仕合《しあはせ》となりぬ。

素仙とも号す。→七頁注四六。
二〇 御上家。上品なさま。
二一 「思ひ所」。欠点。　二二 原本は「頽」とある。三行あとの「額」も同じく改めたもの。
二三 新町通りの西、下長者町より三条までの南北の通り。二条辺に釜の鋳物師が多い(京町鑑)。
二四 女子は十九歳の秋に袖脇を縫い閉じた。
二五 額とあごが出て鼻の低いさま。
二六 浮世人形の細工人、山田外記。
二七 諺の「木に竹」(釣り合いのとれないことのたとえ)を掛ける。
二八 島原大門の番人。代々与右衛門を名乗る。
二九 葛野(かどの)郡朱雀村の野道。島原はこの村に属し、遊客は朱雀の細道を通った。朱雀は、古くはスザクだが、近世ではシュジャカ、またはシュジャクと読む例が多い。シュジャカ(胸算用二の四)、シュジャク(二代男三の一)。
三〇 島原付近の田畑は東寺(南区九条町の真言宗東寺派の本山)の所領。「長」は村長の意。
三一 中堂寺町。島原の遊女町。端女郎が多い。
三二 島原上之町、上林五郎右衛門抱えの太夫。ここは延宝六年(一六七八)より貞享期在廓の四代目、名は媧子。
三三 廓内の各町に石の地蔵が祭ってあった。
三四 長崎より上京した大尽。「鹿と人さへ」は「鹿といふ人さへ」の誤りか。
▽恋慕水鏡二は男の名を長崎の源(みなもと)、御伽名代紙衣一は小倉屋源兵衛とする。
三五 →五頁注二一。
三六 置土産四の二では、粟田口に住んだと描く。そこでは長崎の鹿の親類の者が、太夫野風を身請けして、伏見の里で暮らしたという。
三七 吉野の縁で桜を出し、伏見に住みと、墨(すみ)染桜と掛ける。墨染桜は、京都市伏見区深草墨

外《ほか》に吉野を恋《こい》せしは、越中《ゑつちう》[一]の新《しん》といふ男、これも請出《うけ》す事を取《(とり)》いそぐに、雪《ゆき》国《ぐに》の難義《なんぎ》に、漸《やう》ゝ二月の末《すへ》にまかりて、人手にわたる跡《あと》をかなしみ、金銀《きんぎん》此《(この)》里《さと》に蒔《まき》ちらし、泪《なみだ》は袖《そで》こそ形見《かたみ》、太夫が残せし毛《け》[二]ぢりめんをきせ、姿人形《すがたにんぎやう》[三]を作《つく》らせ、名《な》によせて、よし野の麓《〔こ〕ふもと》、[四]むつだといふ所に、しる人をたのみ、二とせあまりうか〳〵と暮《くら》し、死《しな》れぬいのち、今となつて、世《よ》をわたる業《わざ》とて、木《き》[五]綿《はた》をくり習《なら》ひ、物をもいわぬ姿《すがた》を友《とも》として、笑《わら》ふ時《とき》有《(あり)》、泣《なく》時有《(あり)》。所《ところ》の人もきゝ馴《なれ》て、後《のち》にはおかしがらず。

折ふし山も盛《さかり》の梢《こずへ》、人麿《(ひと)まる》[六]の目には白雲《しらくも》と見へしも、かゝる時なるべし。講《こう》[七]参《まいり》の道者《どうしや》、岩《いわ》[八]の陰道踏《かげみちふみ》ならす中《なか》に、年《とし》の程《ほど》廿一二と見へし女の、夕紫《ゆふむらさき》[九]の小袖《こそで》ばかり三つかさねて、帯《おび》・笠《かさ》の緒《を》・[一〇]三尺帽子《ぼうし》、草履《ぞうり》のはなをまでも、同じ色《いろ》をこのみ、弐人《(ふたり)》つれし下女も、日野《ひの》[一一]むらさきの妻高《つまだか》に、跡《あと》より駕籠《かご》つらせて、物[一二]の埒《らち》をあけそうなる手代《てだい》を付《(つけ)》、旦那《だんな》らしき人は法師《ほうし》[一三]なるが、つれにもあらぬもてなし。彼女《かの(をんな)》のありさまは、吉野《よしの》に取違《(とり)ちが》へ、初瀬《はつせ》[一四]かと思ひ、大宮人《(おほ)みや(びと)》を見る心地のするに、里《さと》の童《わらべ》の花《はな》あらすを、「それしばし、枝折事《ゑだおる》はいやよ」と、江戸《ゑど》のよし原言葉《はらことば》を聞《きく》に、猶《なを》ゆかしく、仕事《しごと》をやめて是《(これ)》を見るに、茶弁当《ちやべんとう》[一五]をまねき、湯《ゆ》をまいるのよし、銀《ぎん》の器《うつはもの》取出《(とり)いだ》し、「茶杓《ちやしやく》がない」と、尋《たつ》ぬるも気毒《きのどく》。近く

染町の墨染寺にあった伝説上の桜。「深草の野辺の桜し心あらば今年ばかりは墨染に咲け」(古今集・哀傷・上野峰雄、謡曲・墨染桜)。日蓮宗墨染寺の境内とも(雍州府志五)。

三八 京の吉野と大坂の奥州を続け買いをした大坂の豪商、岡本氏(古今若女郎衆序)。淀屋の四代目岡本重当か(小野晋)。

三九 太夫の異称。松の縁で身請けを根引という。

四〇 大坂新町、佐渡島町上之町の遊女屋、藤屋(富士屋とも、佐渡島)勘右衛門。

四一 前注勘右衛門抱えの太夫。

一 越中(富山県)出身の、松葉屋の新三郎。

二 毛縮緬。薄くて柔らかい唐縮緬の一種。

三 美人の人形。盛衰記三の五には、駿河の府中に吉野の姿人形(からくり仕掛)を作らせて秘蔵する男の話がある。

四 吉野山の麓で、吉野川の渡し場があった。歌枕。奈良県吉野郡吉野町六田(だむ)。

五 →五頁注二〇。→三七頁挿絵。

六 「春のあした吉野の山の桜は、人麿が心には雲かとのみなむ覚えける」(古今集・仮名序)による。人麿は当時ヒトマルと発音し、人丸とも表記された。

七 講を作り連れ立って寺社に参詣する旅人。ここは吉野山上の修験道の総本山、金峰山寺蔵王堂への参詣。なお大峰参りの方は女人禁制。

八 「世にふれば憂さこそまされみ吉野の岩のかげ道ふみならしてむ」(古今集・雑下など)。

九 青みがかった紫。夕方の紫がかった空の色。

一〇 鯨尺で三尺(約一一四センチ)ぐらいの木綿の布で、頬かぶりや帯に用いる。三尺手拭。

一一 紫の日野絹。日野絹はもと近江国日野地方産の絹織物。一般には上野国(群馬県)藤岡辺よ

の庵《いおり》に立寄《たちより》、軒《のき》の呉竹《くれたけ》を所望《しよもう》して、「茶杓《(ちやしやく)》といふものに切《きる》」といふ。

　あるじ、奥《おく》より[一六]甫竹《ほちく》がためたる一節《ふし》に、[一七]塩瀬《しほぜ》が[一八]不洗《ふくさ》を取添《とりそへ》、「もしかやうの物でも御座《ござ》らぬか。御用に立《(たつ)》べし」と出《(いだ)》せば、かゝる所にあるべき物ともおもはねば、いづれもかんじて、先腰《まづこし》を掛《かけ》て、居間《ゐま》の様子《やうす》を、すこしこぐらき所に[一九]絵簾《ゑすだれ》をかけて、其《(その)》うちにうつくしき俤《おもかげ》の、「内義《ないぎ》、御免《めん》なりませい」と申せど、返事《へんじ》もなし。「あれはどなた」と、とはれて、亭主《ていしゆ》泪《なみだ》を流《なが》し、つゝまずはじめをかたる。

　「さては松葉《まつば》屋の新三郎殿にてましますか。名《な》はさきだつて承《うけたまは》りしに、是《(これ)》はあさましき御暮《くら》し。今《いま》は我名《わがな》も隠《かく》さじ。[二〇]小田原《おだはら》町《(ちやう)》の中《なか》といふ[二一]坊主《ぼうず》也《(なり)》。是《(これ)》なる人は、吉原《よしはら》の[二二]小紫《こむらさき》、かりそめに申《(まうし)》かはして、身《み》請《うけ》の後《のち》、上がた見度《(みたい)》との願《ねが》ひ、同じ道《みち》に今爰《こゝ》まで、参《まいり》あふこそ[二三]縁《えん》なれ。我は妻子《さいし》の有《(ある)》者《もの》なれば、過《すぎ》にし大坂の[二四]八木《やぎ》屋の市之《(いちの)》丞《じやう》も、手に入《(いれ)》て程《ほど》なく、外《ほか》へつかはしける。今《いま》又、紫《むらさき》も其《(その)》約《やく》束《そく》にして、いづ方《かた》へも縁《ゑん》にまかするなれば、そなたに進《しん》ぜたし。よし野にも、さのみおとるまじき女なり。又紫《むらさき》も、とても世《よ》に男《おとこ》を持《もつ》ならば、かゝる情《なさけ》しりを」と申せば、真《まこと》なる㒵《かほ》つきになつて、「あなたさへ御合《が》点《てん》にて、不《(ふ)》便《びん》に覚《おぼ》しめし給《たまは》らば、綿《わた》をもくり、落葉《おちば》の煙《けぶり》に身はすゝけるとも、爰《こゝ》の住居《すまい》をのぞ

り産した上州絹をいう(万金産業袋四)。
一二　物の役に立ちそうな手代。
一三　僧侶に限らず、頭を剃った者を広くいう。
一四　奈良県桜井市初瀬(はせ)町。古くは「はつせ」。真言宗豊山派の総本山、長谷寺がある。歌枕。吉野―(桜)―初瀬。趣の違う美をいう。
一五　茶の湯の道具を入れた木箱で、物見遊山用。
一六　甫竹重右衛門。近世初期の堺の茶杓の名工。
一七　塩瀬九郎右衛門。著名な袱紗所。三条烏丸東へ入町に居住(京羽二重六)。
一八　茶道で茶器を扱う際用いる絹布。袱紗。
一九　簾に絵模様を描いたもの。
二〇　現在の中央区日本橋室町一丁目のうち。小田原町には魚問屋が多かった(江戸鹿子六)。
二一　僧侶に限らず、坊主頭の者をいう。楽隠居。
二二　吉原京町、三浦四郎左衛門抱えの太夫。ここは延宝期の二代目小紫。二代目は、置土産三の一に江戸の「三木」が身請けしたとあり、其角の吉原源氏五十四君(貞享四年成)にも「みやこの三木」に身請けされたという。また延宝八年(一六八〇)二月、京の大尽と遠い山河を隔てて盃の献酬をした逸話もある(恋慕水鏡二)。その退廓は天和二年(一六八二)か。
二三　原本の振り仮名は「へん」とある。
二四　新町佐渡島町上之町に八木屋九郎次郎、阿波座下之町に八木屋弥九郎、同仁兵衛の名がみえる(色道大鏡十三)が、どの抱主か未詳。「丞」は原本「允」とある。

み」と、法師《ほうし》さまの手前《てまへ》をも憚《はゞか》らず、泪《なみだ》をこぼす[一]。新《しん》三郎も、此《(この)》一言《(いち)ごん》に万事《ばんじ》をわすれ、「夢《ゆめ》[二]かとぞ思ふ君《きみ》のありさま、かたじけないといふ計《ばかり》にや。吉野《よしの》が形《かたち》よしなし」と、木鎌《きがま》[三]でうちくだき、今《いま》[四]は心にかゝる山もなく、思ひの雲《くも》を晴《はら》し、よろこぶ事限《かぎり》なし。「迚最《とても》の事《こと》に、一度《(ひとたび)》東路《あづまぢ》に下《くだ》り給ひ、紫《むらさき》がゆかりの者《もの》どもにも、あい給ひて後《のち》は、御心まかせに」と、はや其日《(その)》より、紫《むらさき》を新三郎に渡《わた》し、とし月此《(この)》かたの悪所咄《あくしょばな》し。

一 原本は「こづす」とある。
二 「忘れては夢かとぞ思ふ思ひきや雪ふみわけて君を見むとは」(古今集・雑下・在原業平、伊勢物語八十三段)による。
三 草刈り鎌に対して、木を切る鎌をいう。
四 「出づるとも入るとも月を思はねば心にかかる山の端もなし」(風雅集・釈教・夢窓国師、類船集)による。

五 気さんじなる人のつき合《あい》、末《すへ》ほどしたしみ、住所《すみどころ》を江戸に極《きわ》めて、其後（そのゝち）は越《こし》六のたよりも鴈《かり》七に取（とり）かはして、北国《ほつこく》の魚問屋《うおどいや》となりぬ。「これをおもへば干鮭《からざけ》も、八 朽木《くちき》に二度花をやるとかや」、人の申（まう）せし。

五 気散じなる。気楽な。
六 「越」は新三郎の故郷、越中の国をさす。
七 漢書・蘇武伝の故事から、手紙のことを雁の便り・雁書などいう。越のたより—雁。
八 「枯木に花」などの諺をきかす。干鮭は北国の魚問屋の縁で、新三郎の逆境をたとえた。
▽本章の吉野像には、延宝期の吉野に六条三筋町の吉野の逸話を重ね合わせた虚構がみられる。また吉野身請け後の逸話の素材は、盛衰記三の五や、置土産四の二でも、それぞれの作品に合わせて活かされる。

挿絵解説　花の吉野山中の新三郎のわび住居。草庵の土間で綿繰り車をつかっているのが新三郎。黒紋付の着物は、まだ仕事に不慣れな、やつしの風俗を示す。後に箕を置く。居間の絵簾の中にうかがわれるのが吉野の姿人形。

小田原町の「中」の一行の、先頭に立つのが手代で、着物は三星模様。次に小紫が浮世笠をかぶり、杖をつき、紫の鼻緒の草履をはく。髪は下げ髪で、着物は花文七宝つなぎ模様。その後は「弐人つれし下女」の独りで、色替りの輪違い模様の着物。絵の中央に、長煙管をくわえ、旅笠をかぶるのが「中」で、格子模様の着物姿。後に渦巻模様の揃いの法被姿の駕籠かきが続く。駕籠の敷物は牡丹唐草模様。

草庵の軒近くに「呉竹」（淡竹の異名）が群生し、左右の背景に桜花爛漫たる吉野山が描かれている。

絵入

好色二代男

諸艶大鑑

二

好色《こうしょく》二代男《にだいおとこ》

諸《しょ》艶《ゑん》大《あふ》鑑《かゞみ》　巻二

目《もく》録《ろく》

一 大臣《だいじん》北国《ほっこく》落《おち》[一]

一 蚊屋《かや》[二]の中《うち》はおもはく違《ちが》ひの事

一 太鞁四天王《たいこしてんわう》[三]歩行路《かち》[四]の雪《ゆき》の事

一 遊女掛物《ゆうぢょかけもの》[五]ぞろへの事

二 津浪《つなみ》[六]は一度《いちど》の濡《ぬれ》

一 九軒《(く)けん》[七]のさはぎ舟《ぶね》の事

一 あらはれわたる[八]宇治《うち》[九]の俤《おもかげ》の事

一 我指《わがゆび》[一〇]もまゝならぬ事

一 金平浄瑠璃、井上大和少掾(後に播磨掾)の正本・頼義北国落の翻案。
二 玉滴隠見二十に伝える寛文八年(一六六八)八月十五夜の実話による(前田金五郎)、また松平大和守日記の寛文十一年七月二十二日、八月二日の条に類似な話を記載する(横山重)。
三 本文の高松三四郎の太鼓持四天王を、頼義北国落の頼義の家臣、坂田金平などの四天王になぞらえる。
四 頼義北国落で頼光は、「我一人馬に、心やすく有るべきは、じんぎの道にはづれたり」と、馬を下りて、四天王と共に歩くが、その翻案。
五 頼義北国落の第四段「掛物揃へ」の翻案。また、これに先立つ江戸和泉太夫の正本・頼光勇力諍にも掛物揃えの景事がある。
六 津波で一度に水びたしになった意と、ある太夫が津波の折に一度忍び逢いをした意と掛ける。
七 大坂新町の揚屋町、九軒町。
八 「朝ぼらけ宇治の川霧たえだえにあらはれわたる瀬々の網代木」(千載集・冬・藤原定頼、百人一首)による。「宇治」は次注の宇治と掛ける。
九 本文には「主ある女を宇治川へつれし、いにしへ」とあり、ある太夫が客の目をぬすんで忍び逢いをしたのは、薫大将の恋人浮舟を、匂宮が連れ出して宇治川を渡った話(源氏物語・浮舟、謡曲・浮舟)を思い起させるの意。「俤」は典拠を暗示した表現をいう連俳用語。
一〇 心中立ての一つに「切指」があるが、遊女の切指の手管の話をさす。

〈三〉

一一髪《かみ》は嶋田《しまだ》の一二車僧《くるまぞう》

一 恋《こひ》の一三中宿男《なかやどおとこ》ぶりの事

一 野辺《のべ》の軽口《かるくち》はうその真《まこと》の事

一 物まねの末社揃《まつしやぞろへ》の事

〈四〉

男《おとこ》かと思《おも》へば知《しれ》ぬ人さま

一 よし原《はら》一四正月買《がい》の事

一 一五さん茶呑《ちやのん》だ程《ほど》しる事

一 女《おんな》の女に馴初《なれそむ》る事

〈五〉

一六百物語《ものがたり》に恨《うらみ》が出《で》る

一 家《いゑ》に伝《つた》はる言葉《ことば》つきの事

一 一七くづれ橋《ばし》轆轤《ろくろ》頸《くび》の事

一 現《うつゝ》にも借銭《しやくせん》はおそろしき事

一一 髪を島田に結った遊女を太鼓持たちが笑わせようとして失敗する話。これは謡曲「車僧」の間狂言に出る「溝越天狗（みぞごえてんぐ）」の翻案。

一二 謡曲「車僧」は、愛宕山の大天狗太郎坊が、高徳の車僧を魔道に引き入れようとして、禅問答をしかけるが失敗するという筋。そのモデルは、破車に乗って京都市中で布教した禅僧、深山和尚正虎(雍州府志五、遠碧軒記)。

一三 →四頁注一〇。

一四 →七頁注二九。

一五 散茶、山茶とも書く。散茶女郎。江戸吉原で太夫・格子に次ぐ位。揚代は銀二十匁、金一歩(約銀十五匁)の二種類(色道大鏡十二)。散茶はひき茶・抹茶のことで、煎茶が袋に入れて振り出して飲むのに対して、振らないで用いるところから、意気や張りもなく客を振らない女郎の名称になる。また寛文五年(一六六五)、江戸府内の茶屋・風呂屋七十余軒を吉原に収容し、吉原遊廓内の堺町・伏見町などで営業させたのが散茶の始まりという(異本洞房語園・下)。後には角町にも散茶の店があった(三茶三幅一対)。

一六 夜、数人の者が集まり、百本のろうそく、または百筋の灯心に火をともし、交替で怪談を語り、一話終るごとに火を一つずつ消してゆき、最後の一つを消して闇となるとき、怪異が現れるといわれた(伽婢子十三の九)。

一七 土橋(槌橋)のこと。大坂町鑑は立売（たちうり）橋が本名という。立売堀（いたちぼり）川の東から二筋目の橋。なお立売堀川は昭和三十一年に埋め立てられた。現大阪市西区立売堀一丁目内。

大《だい》臣《じん》[一]北《ほつ》国《こく》落《おち》

[二]忘《わす》れては春《はる》の夜《よ》や、花火《はなび》の盛《さかり》を見んと、[三]浅草川《あさくさがわ》の暮《くれ》をいそぎしに、[四]九間市丸《くまいちまる》の大船《ぶね》、金銀《きんぎん》のかざり浪《なみ》に移《うつ》つて、見るに小座敷《こざしき》九つあるに付《つけ》て、名《な》のおもしろし。一間《(ひと)ま》には、色《いろ》よき男《おとこ》四五人、同じ枕《まくら》に、[五]高雄《たかお》が遣手《やりて》の[六]千代《ちよ》が噂《うはさ》、「揚屋《あげや》は[七]桐屋《きりや》の市左衛門もよし。[八]藤《ふぢ》屋の太郎右衛門かたも、鼻口《かか》がよい者《もの》じや」と、[九]お町咄《ちやうばな》し、其次《そのつぎ》の間《ま》には、[一〇]無人嶋《むにんじま》の大海老《ゑび》の沙汰《さた》、見て来《き》たやうなる皃《かほ》つきおかし。又一間《(ひと)ま》には、[一一]祝弥《いわゐ》四郎がゝりの[一二]かはりまがきのつれ歌《うた》、[一三]永閑《ゑいかん》ぶしの道行《みちゆき》、艫《とも》の間《ま》には、[一四]伊勢守《いせのかみ》が斗樽《とだる》、[一五]高砂《たかさご》屋の白味噌《しろみそ》、[一六]川越瓜《かわごへふり》の組籠《くみかご》、青鷺《あをさぎ》は[一七]大汁《じる》、真《まな》鰹《がつお》はさしみと、取交《とりまぜ》てのさはぎ、世間《せけん》もおそれず。

[一八]天下《てんが》の町人《まちにん》なればこそ、一日五両《りやう》の船賃《ふなちん》は出《いだ》せ、是《これ》さへ奢《おごり》と詠《なが》め行《ゆく》に、[一九]河竹《かわたけ》丸《まる》といふ船《ふね》に、八畳釣《じやうづり》の[二〇]紋紗《もんしや》の蚊屋《かや》、乳《ち》・縁《へり》ひどんす、四角《よすみ》の唐房《からふさ》、[二一]匂《にお》ひの玉《たま》靡《なび》かせ、[二二]和国美人揃《わこくびじんぞろへ》の枕屏風《まくらびやうぶ》、[二三]高蒔絵《たかまきゑ》の書棚《しよだな》を飾《かざ》り、替帷子《かへかたびら》の数《かず》を見せかけ、大ふり袖《そで》のこしもと、[二四]御前様《ごぜんさま》ぢかき風俗《ふうぞく》して、[二五]茶台《ちやだい》のかよひ、[二六]軸簾《ぢくすだれ》のうちには、人も大勢《ぜい》あると見へしが、琴《こと》・三味線《さみせん》の音《おと》もなく、お手がなれば、「あい〳〵」

一 →四〇頁注一。
二 「忘れては春かとぞ思ふ蚊遣火の煙にかすむ夏の夜の月」(新後拾遺集・夏・足利基氏)。
三 隅田川の一部、向島より浅草付近の流れ。
四 寛文・延宝(一六六一―八〇)ごろ著名な遊山用の大型な屋形船。幅三間長さ十一間で、内部が九つの間に仕切ってあり、九間一丸・熊一丸とも。
五 高尾。吉原京町、三浦四郎左衛門抱えの太夫。西鶴は明暦・万治の高尾を初代と称し、寛文期の高尾を中ごろの高尾(俗つれ〳〵五の二)、二代目の高尾(盛衰記一の四)と言い、延宝期の高尾を、今の高尾(置土産三の一)、三代目の高尾(色里三所世帯・江戸)と呼ぶ。ここは延宝期の三代目(世にいう四代目)か。
六 三代目の高尾の遣手より代々千代を名乗る。
七 桐屋市左衛門。吉原揚屋町の北側の揚屋。
八 藤屋太郎右衛門。揚屋町南側の揚屋。
九 廓の噂話。 一〇 小笠原島をさす。延宝三年(一六七五)八月、巡見使の同島の視察報告に、長さ四、五尺、太さ二尺に近い大海老のことがあり、江戸で見世物にされた(小笠原島記など)。
一一 京の小歌の名人、岩井弥四郎風の歌い方。
一二 籬節の替え歌の合唱。籬節は新町で流行。
一三 江戸の虎屋永閑が延宝年間に創めた曲節。
一四 将軍家御前酒屋。俗つれ〳〵一の二にも。
一五 江戸の白味噌屋。三武屋と共に有名。
一六 川越(埼玉県)産の真桑瓜(本朝食鑑四)。
一七 二の汁・三の汁に対して、本膳の汁。
一八 将軍家お膝元の町人の意。
一九 川武丸。著名な大型の屋形船。
二〇 紋様を織出した薄絹。「乳」は蚊帳のみみ。
二一 匂い袋。蚊帳の四隅に結び下げた。
二二 小町などわが国古今の美人を掲げた絵。
二三 漆等で模様を盛り上げ金粉で仕上げた蒔絵。

といふ声計《こゑばかり》して、此奥《(この)おく》ゆか敷《しく》、けふの見物《けんぶつ》これぞと、川中《かわなか》の遊山舟《ゆさんぶね》ちかくさしよせし時《とき》、彼蚊屋《かのかや》をたゝむ。内《うち》には腰《こし》のかゞみし髭親仁《ひげおやぢ》の、広袖《ひろそで》のかさね着《ぎ》、[二七]弥左衛門だちの袴《はかま》に、綿帽子《わたぼうし》にてあたまを包《つゝ》み、目八分《ぶん》に見台《けんだい》をなをし、[二八]古文《こぶん》を勤学《きんがく》して居《ゐ》る。いづれも興覚《きやうさめ》て、「是《これ》はにくき仕方《しかた》、何者《なにもの》ぞ」と見れば、[二九]吉《よし》原雀《はらすゞめ》の早口《はやくち》の茂介《もすけ》目なり。

此《(この)》させては、[三〇]通町《とをりちやう》の高松《たかまつ》三四郎なり。明暮《あけくれ》たはけを尽《つく》し、四年此《(この)》かたに七千両行方《りやうゆくかた》しらず。武蔵野《むさしの》の恋草《こひぐさ》に、身のかくし所《どころ》もなく、[三一]旧離《きうり》きられて行末《ゆくすへ》は、旅《たび》北国《ほつこく》にある人、[三二]悪所《あくしよ》の出合《あい》に、たのもしき言葉《ことば》を残《のこ》されける。是《これ》を頼《たの》みに、旅はじめ、神田《かんだ》の[三三]筋違橋《すじかひばし》を渡《わた》りて、[三四]湯嶋《ゆしま》の宮《みや》の前《まへ》なる[三五]藤《ふぢ》の丸《まる》の膏薬屋《かうやくや》にたより、立《たち》ながら硯《すゞり》かりて、[三六]君《きみ》かたへの捨文《すてぶみ》して、まだ朝霜《あさじも》の木《こ》の葉《は》に見ゆる、[三七]森川《もりかわ》宿《じゆく》・[三八]吹上《ふきあげ》を過《すぎ》て、[三九]追分《おいわけ》にさしかゝり、もしも呼返《よびかへ》しに人や来《く》ると、詠《なが》むる跡《あと》は其《(その)》事なくて、科《とが》なき一門《(いち)もん》を恨《うら》み、罪《つみ》なき継母《まゝはゝ》をつらく、今《いま》は泪《なみだ》に[四〇]群内嶋《ぐんないじま》の[四一]襟《ゑり》をひたし、漸ゝ《やうやく》[四二]日本橋《につぽんばし》より弐里《にり》、[四三]板橋《いたばし》の宿《しゆく》になると、年比《としごろ》目を懸《かけ》し、天晴《あつぱれ》伝兵衛・宵寝《よいね》の治兵衛・猪首《ゐくび》の小左衛門・早口《はやくち》茂介、これらは三四郎が太鞁《たいこ》四《し》天王《てんわう》とて、色里色町《いろざといろまち》のつめひらき、一度もふかくをとらず、当世男《とうせいおとこ》にして、[四四]よねのすくべき風俗《ふうぞく》なり。「此度《(この)たび》の首尾《しゆび》、せめては見送《おく》り申さでは」と、四人心を一

二四 大名・高家の奥方をいう。
二五 茶托に茶碗を捧げて、茶の給仕をするさま。
二六 細い篠竹の軸で作った簾。管(だく)簾。
二七 弥左衛門裁。寛永ごろの江戸の仕立師、池上弥左衛門が創始した袴の仕立て方(八水随筆)。
二八 古文真宝。宋の黄堅編。戦国時代末から宋代までの詩文を集めたもの。前集・後集各十巻。当時広く読まれた。松平大和守日記・寛文十一年(一六七一)八月二日の条は、「白髪のつけ髪をしてくすみたるなりにて見台に大学のせよみ有」。
二九 吉原の内情に詳しい人。茂介は太鼓持。
三〇 日本橋を中心として、北は筋違(すじかい)橋より南は金杉橋までの大通り(続江戸砂子三)。江戸第一の大通りで、大店が多かった。
三一 正式の勘当で、親は町年寄・五人組同道で町奉行所に訴願し、人別帳から除名する。
三二 遊里や芝居町などをいう。
三三 千代田区神田須田町一丁目の東北、今の万世橋より少し西にあった。橋の通町側に筋違御門があり、渡ると中山道等へ踏み出した形。
三四 文京区湯島三丁目の湯島天神。社領五石。
三五 藤の丸が商標の有名な膏薬屋。本店は興津清見寺前にあり、湯島天神前のは江戸の出店。
三六 君方。傾城の方。
三七 「森川宿 本郷の末をいふ」(江戸鹿子五)。中山道の街道筋。現在の文京区本郷六丁目辺。
三八 「吹上 もり川宿西」(元禄二年・江戸図鑑綱目・乾)。文京区の小石川から大塚あたりの旧称。地理的には吹上は追分よりあと。
三九 本郷宿に続き、右は王子方面、左は板橋・中山道方面の分岐点。現向丘一丁目と西片二丁目の境で東大農学部門前辺。
四〇 甲斐国郡内地方(山梨県東部)産の絹織物。格子縞などが多い。

筋《すじ》に、跡《あと》をしたひて追付《おつつく》。三四郎が見て、「これ迄《まで》の心ざしこそ嬉《うれ》しけれ。扨《さて》きのふの、太夫がふつての跡《あと》は、何《なに》とした」とたづね給へば、「御身の難義《なんぎ》は苦《く》に仕《し》給はず、何《なん》ぞや人の事を」と、御異見《いけん》申《(まうす)》。日比《ひごろ》はきかぬ気《き》なれども、「是《これ》はゆるせ」と、世《よ》につれての御有様《ありさま》もいたはしさに、戻《もど》り駕籠《かご》かりて、「是《これ》より末《すへ》は[一]玉鉾《たまぼこ》の、足元《あしもと》もほこりに埋《うづ》めば、これにめせ」と申せば、「かた〴〵が心底《しんてい》、千喜万楽是《せんきばんらくこれ》なれども、乗《のる》べき所《ところ》にあらず。[二]同《おな》じ歩行路《かちぢ》」と仰《おゝ(せ)》ける。四人泪《なみだ》を流《なが》し、「かゝる分知《わけし》りの大臣《だいじん》を、おもへば口惜勘当《くちおしきかんどう》や」と、年比《としごろ》もらふたる物を、思《おも》ひ出してぞ歎《なげ》きける。

「扨《さて》はる〴〵の旅《たび》なれば、路銀《ろぎん》はあるか」と、互《たがひ》に巾着《きんちやく》・紙入《かみいれ》さがせば、五人の中に金子一両《りやう》三歩《ぶ》、銀が九匁、銭《ぜに》弐百、むかしは[三]田町《た(まち)》の[四]露《つゆ》にもさて、今《いま》大切《たいせつ》な銀《かね》なれば、随分始末《ずいぶんしまつ》の夜を籠《こめ》て、日数《ひかず》かさなる山を越《こへ》、橇《そり》の浮舟《うきふね》、[五]ひまの駒《こま》、松の葉末《はずへ》をはしり行《ゆく》。[六]印《しるし》の竿《さほ》は降埋《ふりうづ》む、[七]雪《ゆき》に声《こへ》ある里問《さとと》へば、[八]福井《ふくゐ》の町《まち》に棟高《むねたか》き、[九]小林《こばやし》仁兵衛殿に尋着《たづねつき》、[一〇]門家《もんや》作《づく》りの内を見れば、此霜《このしも》月が[一一]髪置比《かみおきごろ》の子を、小女《こおんな》が抱《いだき》て、[一二]山茶花《さざんくわ》の一枝《あだ》を持《もた》せても泣《なき》やまず、「かゝさまへつれて行《ゆき》おれ」といふ。「けふは仏《ほとけ》になつてもどらしやる」と申《(まうす)》。三四郎立寄《たちより》、「是《これ》のあるじさまは」と聞《きけ》ば、「奥《おく》さまの墓参《はかまい》りましますす」と、かこち皃《がほ》にて申《(まうす)》。[一三]中陰《ちうゐん》と

四一 原本は「裙」とある。
四二 東京の日本橋は、大阪と違いニホンバシだが、当時ニッポンバシともいう(江戸鹿子五)。
四三 板橋は日本橋より二里(国花万葉記七など)。中山道の宿駅。原本は「宿に」の「に」が誤脱。
四四 遊女の異称。

一 「道」の枕詞だが、「足」の枕詞に用いる。
二 頼義北国落で、頼義が自分一人馬には乗れない、四天王と共に歩こうと言う条の翻案。
三 浅草田町の日本堤の下(現在の浅草五丁目の馬道通りに面した辺)には、遊客が休息した編笠茶屋があった(続江戸砂子二)。
四 小粒の銀貨。細銀《(こまがね)》。豆板銀。茶屋などへの祝儀、心付。
五 月日の早く経つ意の諺。「隙行く駒」とも。
六 北国で積雪量を計るのに用いる竿。雪竿。
七 「吹払ふ嵐はよわる下折れに雪に声ある窓の呉竹」(玉葉集・冬・藤原伊平)による。
八 福井県福井市。当時は松平昌親、二十五万石の城下町。頼義北国落の若狭の小浜の翻案。
九 頼義北国落では逸見判官忠光に当たる。
一〇 長屋門の構え。
一一 幼児が初めて頭髪をのばす儀式。多くは三歳に行ない、元禄ごろより十一月十五日となる。
一二 冬季の花を織り込んだ表現。
一三 人の死後四十九日の間。また四十九日目。頼義北国落では、八月十五日夜のこと。

見へて、庭《には》には[一四]四十九日の餅《もち》つく音《おと》、[一五]あげ麩《ふ》のかほり、荒和布《あらめ》刻《きざ》むなど、世中の無常《むじやう》、時《とき》しも参《まい》りあふこそ悲《かな》しけれ。「外《ほか》に一夜《(ひと)よ》もあかすかたもなし。亭主《ていしゆ》の下向《げこう》を待《まつ》べし」と、軒《のき》の玉水袖《たまみづそで》によけて、雪《ゆき》に絵《ゑ》などを書《かき》てたゝずむ。

時にあるじは愁《うれい》に沈《しづみ》て帰《かへ》り、三四郎を見しより、「此度《(このたび)》の御越《こし》心得《へ》がたし。さだめて彼里《かのさと》やむ事なく、親達《おやたち》の御気《き》を背《そむき》給ふと見請《うけ》たり。御心やすかれ。先《まづ》こなたへ」とある時、「かゝる折《おり》から」と申せば、「人間生死《にんげんしやうじ》はのがれがたし。少《すこし》も悔《くや》む事なし。嘸《さぞ》此度《(このたび)》の御難儀《なんぎ》、思ひやられて候。殊更《ことさら》に各《おの》ゝは頼母《たのも》敷《しき》事どもや」と、其夜《(その)よ》は焼火《たきび》して、旅《たび》のうさを忘《わす》れ、明《あく》れば十月廿一日、勝手《かつて》にも笑《わら》ひ声《ごへ》して、亭主《ていしゆ》も精進《しやうじん》あげて、[一六]月代《さかやき》をそり、座敷《ざしき》に出て、「寔《まこと》に此所《(このところ)》は[一七]かたへと申《(まうし)》、雪国《ゆきぐに》にて、春《はる》ならでは山の形《かたち》も見る事なし。何をかもてなしの便《たよ》りもなく、責《せめ》ては今日《けふ》のつれ〴〵に、家《いへ》に久《ひさ》しき掛物《かけもの》あり、親類《しんるい》にも見せ申さず候へども、是《これ》を御慰《なぐさみ》に」と、[一八]内蔵《うちぐら》に入《(いり)》て、[一九]梨子地《なしぢ》の箱《はこ》より取出し、[二〇]八幅《ぶく》揃《そろ(へ)》て見へにける。心もことばも及《およ》ばれず。「いづれも近《ちか》ふ拝《はい》し申せ」と、大臣《だいじん》も四天王《てんわう》も、詠《なが》めにあかぬ有様は、皆《みな》〳〵[二一]太夫の姿絵《すがたゑ》に、[二二]銘《めい》〳〵書《がき》とぞ見へにける。

「とても御事に、此君達《(この)きみたち》のむかしをば、御物語《がたり》あそばせ」と、ひたすら

一四　四十九日の法事に仏前に供えたり、親類や知人に配ったりした。四十九の餅とも。
一五　揚麩。麩を油で揚げたもの。精進料理用。
一六　額から頭上にかけての髪。
一七　かたわき。地方。田舎。
一八　母屋の軒続きに建て、金銀や貴重な道具などを収納する蔵。庭蔵に対していう。
一九　蒔絵の一種で、塗地が梨子の実の肌に似る。
二〇　目録見出しの「遊女掛物ぞろへ」に当たる。
▽また延宝末年(一六八〇ごろ)の宇治加賀掾の正本、十六夜物語の五段目「賢女尽」に、十人の賢女の姿絵を掛け並べる趣向があり、それを真似るか(横山重)。この段前後は古浄瑠璃の文体をまねる。
二一　美人画。
二二　太夫がそれぞれ自賛をしてあること。

所望《しよもう》ありければ、「何《なに》が扨《さて》、此《(この)》上はありし様子《やうす》を語《かた》るべし。先《まづ》一番《ばん》に、立姿《たちすがた》は都《みやこ》の三夕《(さん)せき》[一]、各別世界《かくべつせかい》[二]の道中《だうちう》なり。内《うち》八文字《もんじ》[三]にかいどりまへ[四]、胸《むね》あけかけて、時《とき》ならぬ雪《ゆき》かと、見る人わかやぎて、女仙《によせん》[五]の洞《ほら》とぞおもはるゝ。

二番《ばん》は、江戸《ゑど》の勝《かつ》山[六]が、一風《ひとふう》かはる男髪《おとこがみ》。あいそめ枕《まくら》つれなくも、廿五までふられて悪《にく》からず。後《のち》は手《て》に入《(いれ)》、したしみの血文《ちぶみ》[七]は消《きへ》ず、今更《さら》に。

三番《ばん》は、難波江《なにわゑ》[八]の藻《も》に埋《うづ》もれぬ、宝螺《ほら》の貝《かい》の紋所《もんどころ》は、越中《ゑっちう》[九]が心の盛《さかり》なり。見

一 色道大鏡により次の三人が知られる。⑴六条三筋町時代、上林五郎右衛門抱えの天神、秋子三夕。⑵島原下之町、林与次兵衛抱えの天神、佳子三夕。明暦期で、後に抱主の妻女となる。⑶同下之町、林四郎兵衛抱えの天神、野子三夕。寛文期。以上はすべて天神で、太夫の三夕は未詳だが、一代男一の一に出る三夕は六条三筋町の太夫とするので、⑴の秋子三夕のことか。

二 この世のものと思われない、見事な。

三 島原の太夫道中の歩き方。両足のつま先を内側に向け、八の字形にゆったりと歩く。

四 着物の前褄をつまみ上げて歩くこと。

五 女仙の住む奥深い神秘的な所。両乳房の谷間の形容。

六 正保三年(一六四六)江戸神田の紀伊国風呂の湯女となり、承応二年(一六五三)八月元吉原の山本芳潤に迎えられて太夫となる。名は張子で、明暦二年(一六五六)退廓。髪形・衣装などに伊達な一流を創り出し、勝山髷・丹前風などを流行させた(色道大鏡十七、一代男一の六)。

七 遊女が心中立てに誓紙を血書すること。

八「難波江の藻にうづもるる玉柏あらはれてだに人を恋ひばや」(千載集・恋・源俊頼)。

九 新町下之町、木村(こむら)屋又次郎抱えの太夫。名は寃子。寛文二年(一六六二)九月太夫に出世、同五年三月より島原上之町柏屋(伊藤家)に移ったが、寛文六年三月大坂に帰った(色道大鏡十六)。

一〇 寛文年間、越中の道中に見物が群集したので、木村屋又次郎屋敷の裏より九軒町にかけて水道の上に橋を架けたが、これを越中橋と称したという(澪標、浪華青楼志)。

一一 七月七日。新町の紋日。ここは七夕の牽牛織女の二星の故事を踏まえる。

一二「春雨の降るは涙か桜花散るを惜しまぬ人し

る人浦《うら》に山なして、俄《にわか》に道橋《みちはし》[一〇]、其名《(その)な》をかける。我渡《われわた》りしは初秋《はつあき》の、しかも七日[一一]の初床《はつどこ》に、朝《あした》をまたぬ別《わか》れを惜《おし》み、東《ひがし》の門《もん》まで送《おく》られしが、誰忍《たれしの》ぶやら袖笠《そでがさ》の、[一二]ふるは泪《なみだ》をうつしたり。

四番《ばん》は、是《これ》も大坂に、ふかき契《ちぎ》りを人はしらず、神《かみ》[一三]ぞ知《しる》らん、八幡《やはた》[一四]といへる[一五]忍草《しのぶぐさ》。乱《みだ》れ心になる時《とき》は、其身《(その)》は我《われ》にまかせ、「勤《つと》めといふも今《いま》一年、外《ほか》へは首尾《しゆび》の帯《おび》とかじ」と、男結《おとこむす》[一六]びといへる証文《しやうもん》も、わすれて忘《わす》れぬ俤《おもかげ》なり。

なければ」(古今集・春下、謡曲・熊野)。

一三 石清水八幡の御神詠に「世の中の人はなにとも岩清水すみにごるをば神ぞ知るらん」(謡曲・船弁慶)による。

一四 未詳。

一五 忍ぶ恋路の女郎。忍草―乱れ心。

一六 下紐を固く男結びにすると誓った起請文。

挿絵解説 名妓掛物揃えの場面。右側が主人、小林仁兵衛。沢瀉《(おもだか)》模様の着物に三角雷の家紋の黒羽織を着て、掛物の絵解きをしている。左半図中央寄りが高松三四郎。着物の左胸に丸に三星の紋、右胸にもの字紋があり、腰に脇差をさす。後に太鼓四天王のうち三人が座る。右の男は一つ巴の模様の着物、中央の男は四ッ目菱、左の男は竪縞の着物を着て、それぞれ脇差をさす。

掛物は、右から一番が都の三夕、二番が江戸の勝山、三番が新町の越中、四番が新町の八幡、五番が都の薫、六番がさる太夫の形見の扇、七番が長崎の花鳥、八番が新町の夕霧である。

一「さつき待つ花橘の香をかげば昔の人の袖の香ぞする」(古今集・夏)などによる。 二 島原上之町、上林五郎右衛門抱えの太夫。初代か。名は美子、正保四年(一六四七)三月太夫に出世、承応三年八月、二十歳で病没。その折、禿の万吉(十一歳)食を断ち殉死した(色道大鏡十七)。

三 薫が偽りのない心中を書き表わし、題を付けたもの。原本は「疑ひ草申」と「と」が誤脱。

四 書地の扇。扇面の地模様を肉筆で描いた扇。

五 島原の太夫班女をいうか(横山重)。中国の班女が扇の故事や、謡曲「班女」の形見の扇などは有名で、類船集も扇―班女、扇―形見と付合語

五番《ばん》は、ねもせで待宵《まつよい》の、山時鳥《ほとゝぎす》誠《まこと》に啼《なく》、[一]袖《そで》の橘《たちばな》[二]かほるとは、むかしの太夫の有様《ありさま》を、今《いま》見るやうに筆染《ふでそむ》る。此《(この)》女にも身の上を、包《つゝ》むまじとのかため、[三]「疑《うたが》ひ草《ぐさ》」と申《(まうす)》、大事《だいじ》の物をかゝせたり。

さて六番《ばん》に、[四]かき地《ち》の扇《あふぎ》に歌《うた》一首《しゆ》、あはぬ恋《こひ》の心ぞかし。一生《しやう》の物思ひ、此《(この)》太夫計《ばかり》也《(なり)》。[五]名《な》はいわずとも合点《がてん》なるべし。せめては形見《かたみ》に、是《(これ)》を見る事ぞ。今《いま》は鎌倉《かまくら》に居《ゐ》るよしも、よしなや。

七番《ばん》に掛《かけ》たるは、長崎《ながさき》の[六]花鳥《くわちやう》なり。かはつて[七]風月《ふうげつ》のあぢな所、[八]やつこ三《み》笠《かさ》が生《しやう》かへて、又あらはるゝかとおもはれて、あかぬは袖に留伽羅《とめきやら》の、[九]煙《けぶり》に栬折《もみぢおり》くべて、世《よ》におもしろき酒《さけ》の間《かん》、其《(その)》盃《さかづき》は珊瑚《さんご》珠《じゆ》の、光《ひかり》も今に国《くに》みやげ。

八番《ばん》は、新町《しんまち》の[一〇]夕霧《ゆふぎり》が、女郎盛《ざかり》も死前《しにまへ》の、風俗絵師《ふうぞくゑし》も留兼《とめかね》て、古今類《ここんるい》なき遊《ゆう》女《ぢよ》なり。是《(これ)》にも賛《さん》を[一一]のぞみしに、「一つある命《いのち》を、進《しん》ずるより外《ほか》は」と計書残《ばかりかきのこ》し、其《(その)》身は誠《まこと》の夢《ゆめ》となる。

実《げに》〳〵夢《ゆめ》にて候へば、必《かならず》悪所狂《あくしよぐる》ひをやめ給ふな。縦親仁《たとへおやぢ》は見捨《すつ》るとも、今《いま》一度[一二]天神《てんじん》を買《かい》給ふ御身躰《しんだい》には、それがし取立《とりたて》申《(まうす)》べし。扨《さて》、我等《われら》も勘当《かんどう》せられ、[一三]丹後《たんご》に罷有《(まかりあり)》し時、国元《くにもと》より親《おや》が相果《あいはて》申《(まうす)》と、よびにおこせしも、[一四]个様《かやう》の雪《ゆき》の夕暮《ぐれ》なれば、各《おの〳〵》吉例《きちれい》にまかせ、今《こ》宵《よい》はひとしほいさみ給へ」と、頓《やが》て酒宴《しゆゑん》をは

とする。本文に「形見」の語もあり、班女をさすか。班女とすると、島原上之町、上林五郎右衛門抱えの太夫。名は爵子、寛文十二年(一六七二)冬に太夫に出世、延宝三年(一六七五)三月退廓。
六 長崎丸山寄合町、豊後屋五郎兵衛抱えの太夫。長崎土産(延宝九年)によると、丸山町の美濃屋五郎右衛門、佐土屋与兵次、寄合町の豊後屋五郎兵衛の三軒に太夫花鳥がいる。本章の花鳥がどの時代のどの遊女か未詳だが、五の四に豊後屋抱えの金山と一座しているので、豊後屋抱えか。当時十九歳(長崎土産六)。
七 風流な振舞の気のきいたところがあって。
八 島原下之町、大坂屋太郎兵衛抱えの天神。名は累子、もと大坂新町で出世し、三笠と称していたが、大坂屋の島原移転に連れて、寛文四年(一六六四)四月島原に移り、延宝二年(一六七四)五月退廓。一代男六の一にも奴女郎として登場。
九 「林間に酒を煖(あたた)めて紅葉を焼(た)く」(白氏文集十四、和漢朗詠集・秋興、謡曲・紅葉狩)による。「栬」は紅葉の国字(和漢三才図会十五)。
一〇 もと島原太夫町、宮嶋甚三郎抱えの太夫で、寛文十二年大坂に移り、新町中之町、扇屋四郎兵衛抱えの太夫となる。延宝六年正月六日没(澪標)、享年二十五歳とも。当時歌舞伎の夕霧伊左衛門劇で取り扱われた。
一一 原本では「のみしに」と「ぞ」が脱字。
一二 西鶴は、傾城買いはその分際より派手に仕過ごすから、資産二百貫目以上の人なら天神を相手にしてもよいという(一代女二の一)。
一三 京都で勘当された者は、よく丹波や丹後に住んだ。　一四 「个」は「箇」と同じ意の正漢字(集韻)。　一五 →四〇頁注六。　一六 諺。
一七 寛文十年(一六七〇)八月二十三日、辰の下刻より午の刻まで、大坂は暴風雨のため海水が増水

じめける。

津浪《つなみ》[一五]は一度《ど》の濡《ぬれ》

寝耳《ねみゝ》[一六]に水《みづ》とは、過《すぎ》にし八月[一七]廿三日の夜半《よは》、いかなる風の吹《ふく》や、須磨《すま》の高浪《たかなみ》うちかさなりて、難波江《なにはゑ》の水串《みをづくし》[一八]も見へず、さし入汐《(いる)しほ》の、新《しん》町越後《ゑちご》[一九]町の、熊野屋《くまのや》[二〇]が門《かど》まで、音無川《おとなしがわ》[二一]となりぬ。あけの日は、すこし干潟《ひがた》となつて、藻屑《もくず》の下のさゞれ貝《がい》の、浦《うら》[二二]めづらかに、女郎は藤《ふぢ》[二三]屋のあづま[二四]からげに、浅妻《あさづま》[二五]の濡《ぬる》るをいとはず、手づから玉拾《たまひら》ふ業《わざ》して、まゝ[二六]事《ごと》のむかしを今《いま》に、はじきといふなどしてあそびぬ。

阿波座《あわざ》[二七]は、明石《あかし》[二八]屋の辻《つぢ》まで、人麿《(ひと)まる》[二九]の海《うみ》のごとくなりて、漕行棚無船《こぎゆくたなゝしぶね》に、揚《あげ》屋へのかよひ、九軒《(く)けん》は殊《こと》に、湊《みなと》[三〇]屋のにしより、沖乗心地《おきのるこゝち》して、住吉《すみよし》[三一]屋にうかれよりて、小《こ》[三二]まんに「水《みづ》の見舞《みまい》」と申《(まうし)》て、奥《おく》を詠《なが》むれば、お琴《こと》[三三]は首筋《くびすじ》あちらへなして、大橋《はし》[三四]はうたゝね、長谷川《はせがわ》[三五]は目付紋《めつけもん》[三六]あはして、客《きやく》はまだこず、何かなしてと見へし時《とき》、格子《こうし》[三七]に出《いづ》れば、いかなる者《もの》か手馴《てなれ》し、鏡台《きやうだい》一つ流《なが》れよるを、引出《ひきいだ》し床敷《ゆかしく》見るに、はらや[三八]箱《ばこ》に玉虫《たまむし》[三九]、盆前《ぼんまへ》の書出《かきだ》しども、「お八《はち》[四〇]が臍《へそ》の尾《お》、子《ね》[四一]の十二

し、十津川口および四貫島川沿岸一帯に浸水し、被害甚大であった(摂陽奇観十七など)。「夜半」は原本では「夜は」とある。

一八 河口などの水脈や水深を知らせる目印の杭。難波江の澪標は有名。振り仮名は原文のまま。当時はミオヅクシとも発音(書言字考)。

一九 佐渡島町、また特に佐渡島町の西一町の俗称(澪標)だが、ここは佐渡島町筋全体とする。

二〇 佐渡島町上之町の北側東端の遊女屋、熊野屋又右衛門(色道大鏡十三)。

二一 和歌山県の熊野川の上流、東牟婁郡本宮町付近の流れ。歌枕。熊野(屋)―音無川。

二二 浦珍しと、心(うら)珍し(なんとなく珍しいと思う意)と掛ける。

二三 佐渡島町上之町、藤屋(佐渡島)勘右衛門。

二四 吾妻。前注藤屋抱えの寛文年間の太夫。寛文末ごろ摂津国川辺郡山本村の大庄屋、坂上(かさのうえ)与次右衛門に三百両で身請けされて有名。俗謡では大尽を山崎与次兵衛と替えている(澪標など)。延宝五年(一六七七)五月八日没。ここは吾妻とあづまからげ(裾からげのこと)と掛ける。

二五 藤屋勘右衛門抱えの太夫朝妻と、浅褄(着物の前褄を軽く持ち上げること)と掛ける。

二六 飯事(ままごと)遊び。

二七 新町廓内の、新町大通りの一筋北の町。

二八 阿波座上之町の南側の遊女屋、明石屋八右衛門(色道大鏡十三)。左角が四辻。

二九 明石屋―人麿。人麿は当時ヒトマルともいう。「ほのぼのと明石の浦の朝霧に島がくれ行く船をしぞ思ふ」(古今集・羇旅・伝柿本人麿)。

三〇 阿波座下之町の遊女屋、湊屋昭甫か。

三一 新町九軒町の揚屋、住吉屋四郎兵衛。町の年寄。九軒並ぶ揚屋の西端。→次頁挿絵、五〇五頁付図。

三二 住吉屋の女房か。

月廿六日の朝食時《あさめしどき》に」と印《しるし》て、懇《ねんごろ》に包置《つゝみおき》、「さても[一]閙敷中《いそがはしきなか》に生《むま》れた事《こと》よ。此《(この)》娘目《むすめめ》は[二]年《とし》よわじや。よねたち是《これ》にあやかりて、[三]独《ひとり》づゝは」と、大笑《わら》ひして、其《(その)》日も暮方《くれがた》になれば、揚屋《あげや》の門《かど》〳〵に篝火焼《かゞりびたき》て、さながら[四]蜑《あま》の塩屋《しほや》の[五]小藤《こふぢ》をのせて、神主《かんぬし》らしき人も友《とも》にうかれて、「[六]舟《ふね》こそ笹《さゝ》の一夜《ひとよ》」とうたふ。東《ひがし》のかた、[七]妻川《つまがわ》・[八]葛城《かづらき》、[九]夜《よる》の契《ちぎ》りを浪《なみ》の瀬枕《せまくら》もおかし。男《おとこ》は棹《さほ》さして、[一〇]井筒屋《いづゝや》の軒端《のきば》によする。「更行《ふけゆく》月の影《かげ》を、水《みづ》にうつして見る事は、又いつの世《よ》にあるべし」

三三 佐渡島町下之町の丹波屋抱えの太夫。丹波屋は二軒あるが善太郎の方か。お琴は「首すぢの出来物、ひとつの歎也」(一代男六の二)。
三四 新町中之町、扇屋四郎兵衛抱えの太夫か。「せい高くうるはしく目つきすゞやかに、口つき賤しく道中思はしからず」(一代男六の二)。
三五 未詳。延宝期の天神(難波鉦)。「明てわるひ物…長谷川が口」(盛衰記三の一)。
三六 目付絵の一種。相手に多くの紋の中から一つを覚えさせ、他の者がその紋を言い当てる。
三七 格子造りの店先の座敷。
三八 白粉箱。はらやは水銀粉に明礬塩を和して作った白粉。伊勢射和地方(松阪市内)の名産。
三九 白粉の腐敗防止のため箱に入れておく。
四〇 鏡台の持ち主の幼名か。
四一 万治三年(一六六〇)子年生まれなら当年数え十一歳、慶安元年(一六四八)子年生まれなら二十三歳。

一 「閙」の俗字でイソガハシと訓む(文明本等)。
二 一年のうち秋から冬に生まれた者のこと。数え年では正月がくると一つ年を加えるので。
三 だれも年を一つずつ少なくしたいだろう。
四 漁夫が海水を煮て塩を作る小屋。篝火―塩屋。これを佐渡島町下之町の遊女屋、塩屋三右衛門の屋号に言い掛ける。
五 塩屋抱えの囲女郎か。
六 歌詞未詳。舟―笹、笹―一節。一夜は一節(ひとよ)と掛詞。参考「笹の一夜の契りだに、名残は思ふ習ひ」(謡曲・楊貴妃)。
七 新町寛文すえの太夫か。置土産四の三に登場。
八 佐渡島町上之町、藤屋勘右衛門抱えの太夫。
九 葛城―夜の契り。「岩橋の夜の契りも絶えぬべしあくるわびしき葛城の神」(謡曲・葛城)。
一〇 九軒町の揚屋、井筒屋太郎右衛門。

と、俄《にわか》にさはぎ舟《ぶね》、女郎交《ぢよろうまじ》りの一一枕踊《まくらおどり》、一二四竹《よつだけ》の拍子《ひやうし》にあはせて、其比《(その)ころ》の花遣歌《はやりうた》、一三「唐人《とうじん》の恋《こひ》するは、きつくりきつちや」なんどと、〔と〕分《わけ》もなき事《こと》のみ。又小舟《こぶね》に女郎一人、菅笠《すげがさ》きせて、皃《かほ》は見へず。一四太鞁《たいこ》の伊右衛門が声《こへ》して、「人買舟《(ひと)かいぶね》よ」とどやく。「それは売物《うりもの》に極《きは》まつた女《おんな》」といへば、しらけてぞ帰《かへ》りける。其後《(その)のち》、此里《(この)さと》の若《わか》き者《もの》ども、一五比丘尼舟《びくにぶね》の仕出《しだ》し、一六山伏《やまぶし》舟、一七しらさ海老《えび》売《うる》まね、其儘《(その)まゝ》一八三軒《(さん)げん》屋川口屋《かわぐちや》の格子《こうし》にさしよせ、酒《さけ》事にして、一九「山市晴嵐《さんしせいらん》、二〇西湖《せいこ》の万景《ばんけい》、此《(この)》一

一一 木枕を手玉に取る遊び。
一二 二枚の竹片を各両手に握って鳴らす楽器。
一三 全歌詞未詳。当時、唐人歌といって、唐音をはさんだ色里の騒ぎ歌があり、その類。
一四 著名な太鼓持、石車の伊右衛門。
一五 大坂の川口に停泊中の船頭・水主相手に売色する歌比丘尼の舟。一代女三の三に見える。
一六 歌比丘尼の夫の山伏が監視護衛を兼ねて勧進に出ている舟。
一七 白狭海老。川口で産する薄白い小海老。
一八 三軒屋川口と川口屋と掛ける。三軒屋川は木津川の下流で、現大阪市大正区三軒家東辺を流れていた川。「川口屋」は九軒町の揚屋、川口屋彦兵衛。
一九 中国湖南省の名勝、瀟湘八景の一。
二〇 中国浙江省杭州市西郊の湖。著名な名勝。

挿絵解説　九軒町の大水、揚屋住吉屋の前。住吉屋の暖簾を下げる入口には、置手拭に桜模様の着物の遣手と、三星の着物の座頭。店前を漕ぎ行く舟には、左から、提灯を持つのは禿で、髪は禿髪(奴島田)、着物の柄は鹿島牡丹か。次に滕(ちぎり)模様の着物の男は大尽か。霞模様の着物で三味線をひくのは太鼓女郎。水棹をさす男の着物の柄は三つ撫子。左側の舟には、右端の楓模様の着物の遊女は島田髷。次は禿で奴島田髷で立浪模様の着物。棹を握る男は渦巻模様の着物。店前で手を差し伸ばす男は、中陰松皮菱の着物。その左の提灯を持つ女は兵庫髷で、中陰花模様の着物。

大水で右から左へ流されて行くのは、右から桶、大福帳の類、算盤、尾長鶏、長柄の傘、猫、少し奥に鏡台。

景《けい》にまさらんや。目《め》の見へぬ[一]井《い》八《はち》は不便《ふびん》」と、詠《なが》め行《ゆく》に、西横《にしよこ》町のかた陰《かげ》に、つなぎ捨《すて》たる舟《ふね》に人音《おと》もせず。

こぐらき艫《とも》の間《ま》をすかしてみれば、黒《くろ》き小袖《こそで》の下臥《したぶし》、正《まさ》しく二人の俤《おもかげ》、これは、せんさくする時、[二]茶筅髪《ちやせんがみ》の男《おとこ》、声《こゑ》をふるはして、「恋《こひ》は互《たがひ》なれば、見ゆるし給《たま》へ」といふ。扨《さて》は、[三]主《ぬし》ある女を宇治川《うぢがわ》へつれし、いにしへも思ひ出《いだ》されて、「世《よ》になき事《こと》にもあらず。どさくさまぎれによい事《こと》」と、云捨《いひすて》て、船《ふね》もさしもどさす時《とき》、[四]宿《やど》の男《おとこ》、「太夫さまが見へぬ」と、浪《なみ》を蹴立《けたて》、たづぬるありさまは、[五]武文《たけぶん》が松浦《まつら》を追《おつ》かくるにかはらず。彼舟《かのふね》をとらへ、あらけなく吟味《ぎんみ》する時、かくし男をうち掛《かけ》の後《うしろ》に包《つゝ》み、さばき髪《がみ》になつて、うつくしき皃《かほ》をかへて、人をおどする事あつて、「此姿《(この)すがた》にして船《ふね》に乗《のり》しに、是迄《これまで》流《なが》れ過《すぎ》ぬ。其裸身《(その)はだかみ》は我《われ》ゆへの、寒《さむ》さもさぞ」と、うへなる御着物《きもの》を給《たま》はれば、忽《たちまち》機嫌《きげん》をなをして、「舟引《ふねひき》もどすもおそし。是《これ》へ」と、[六]肩《かた》くまに乗《のせ》て、首尾《しゆび》よく揚屋《あげや》に入《いら》せたまふ。「手くだもかゝるかしこき人とありたき物」と、見る人のうらやむ。其名《(その)な》は、なみだもろき、「[七]衣《ころも》ほすてふ天《あま》の」と読《よみ》しとまりなり。此《(この)》太夫は、人のこがるゝ事《こと》、今《いま》なればなり。

其夜《(その)よ》の客《きやく》、しばし女郎の見へぬ事を、うたがわしく思へど、此道《(この)みち》の師《すい》なれ

一 未詳。九軒町揚屋か(定本)。延宝期は井筒屋太郎右衛門、貞享末には孫太郎の代。「目の見へぬ」ことも不明。↓一〇三頁注四。あるいは挿絵の座頭か。

二 髻を元結でくくり、髪先が茶筅の形をした髪形。ここは髪が乱れて茶筅髪となったか。

三 ↓四〇頁注九。

四 揚屋の男。

五 元弘の変の時、秦武文(はたたけぶん)は一の宮(尊良親王)の御息所を守護して京から土佐に下ったが、尼崎で松浦(まつら)五郎に奪われ、武文は切腹して怨霊となって松浦を殺したという説話(太平記十八、謡曲・武文)。

六 肩車。当時はカタクマと発音(日葡)。

七 香具山。新町の太夫。抱え主未詳。「春すぎて夏来にけらし白妙の衣ほすてふ天の香具山」(新古今集・夏・持統天皇)。「とまり」は結語。

ば、常《つね》にかはらず、物の見合《みあはせ》るうちに、[八]京屋の門《かど》より禿《かぶろ》よび出《いだ》して、当座書《とうざがき》のたて文《ぶみ》、[九]浅黄《あさぎ》[一〇]ちりめんのふくさ包《づゝみ》、ひそかに送《おく》る。太夫あけて見るに、まだ今切《きつ》てぬくもりの覚《さめ》ぬ小指《こゆび》、「さき程《ほど》のお情《なさけ》わすれもやらず、かくこゝろざしを知《しら》せまいらす。猶行末《なをゆくすへ》とてもかはらせ給ふな」と、[一一]そめ〴〵の筆《ふで》の跡《あと》、中程《なかほど》より読捨《よみすて》、おもてに走《はし》り出《いで》、其《その》男を呼掛《よびかけ》、「そなた物《もの》しらず也《なり》。「年《とし》月恋侘《こひわび》しれて、あはれぬ身なれば、夢計《ゆめばかり》の情《なさけ》」とあるを見捨《すて》がたく、わりなき所《ところ》を忍《しの》び、かりにも枕《まくら》をかはし、「あい初《そめ》てのかぎり、おもひきられよ」といへば、「此《この》上には浮世《うきよ》に望《のぞみ》なし」と、いはれし言葉《ことば》の下《した》から、あさましき仕掛《しかけ》なり」と、彼《かの》ゆび行水《ゆくみづ》にかいやり捨《すて》て、内《うち》に入《いり》、客《きやく》へ一通《とを》りの断《ことは》り、「万事《ばんじ》ゆるし給《たま》はれ。抑《そも〳〵》傾城《けいせい》の身は、まづしき親《おや》の為《ため》に、あまねく主取《しうどり》をする事、親方《おやかた》も金銀《きんぎん》に替《かへ》て、世を渡《わた》る業《わざ》はいづれも同じ。それに疎略《そりやく》をして、勤《つとめ》をかく事勿躰《もつたい》なし。まして人さまは心をなぐさめる為《ため》とて、さりがたき日を爰《こゝ》に暮《くら》し給ふに、其《その》気《き》は背《そむき》、男《おとこ》ぶりなどにて恋《こひ》を求《もと》むる事《こと》なし。いにし年《とし》、[一二]半太夫さまに[一三]秋田《あきた》彦《ひこ》三郎が、指《ゆび》切《きつ》てまいらせしは、人のしらぬ子細《しさい》も有《ある》に、太夫を恋《こひ》しらずとも沙汰《さた》するぞかし。是《これ》をおもふに、ひかゆれば[一四]一分《ぶん》よはし。つのれば身《み》も捨《すつ》る程《ほど》の事あり。此《この》よい加減《かげん》をおしへて給はれ」と、[一五]身まかせば、大臣《だいじん》をはじめ一座《いちざ》至極《しごく》して、

八 九軒町の揚屋、京屋作兵衛。川口屋からは西へ三軒目(色道大鏡十三)。→五〇五頁付図。
九 書状を白紙で縦に包み、包紙の上下の端を筋違いに左に折り、右に折り、更に裏に折る。
一〇 浅葱縮緬。薄青色のちりめん。
一一 墨黒々としたためるのをいう。
一二 抱え主未詳。延宝期の半太夫は天神(難波鉦)。一代男七の三に登場。
一三 寛文・延宝期の上方道化方の役者。物まね・軽業・軽口などの名手(役者評判蚰蜒)。
一四 一身の体面。面目。
一五 身を投げ出して、相手の処置に任せること。

「今《いま》の世《よ》の御太夫、諸事《しよじ》[一]あまるは」と、横手《よこで》をうつ。

其中《(その)なか》に、物毎念《ものごとねん》を入《(いる)》る男《おとこ》ありける。「次而《ついで》ながら太夫殿《どの》へたづねまいらす。見ますれば、貴《き》さまにも小指切《こゆびきつ》て御座《(ご)ざ》るが、それは独《ひとり》として御切《(お)きり》候事《こと》か、又は談合《だんごう》のうへか」と、今迄《いままで》人の気《き》のつかぬ事とへば、「人に相談《さうだん》してから、我身《わがみ》のいたさがやむではなし」との返事《へんじ》。「いよ〱合点《がてん》が参らぬ。間夫《まぶ》[二]をさへせ[三]く親方《おやかた》が、よもや身に疵《きず》のつくを、知《しら》ぬ皃《かほ》はせまじ」といふ。太夫もあきれて、かさねて詞《ことば》もなし。是非《ぜひ》きかねばおかぬやつなり。

此座《(この)ざ》に年《とし》たけし、かこひの女郎ありしが、「各《おの》〱さまに何《なに》かくすべし。いかにも我《わが》まゝにはきられず。よき男口説《おとこくぜつ》[四]してのかるゝ時《とき》、誓紙《せいし》は品《しな》を替《かへ》、爪《つめ》も前《まへ》かどにはなすれば、此度《(このたび)》無念《むねん》ながら指《ゆび》なり。前《まへ》の段《だん》〱親方《おやかた》へ断《ことは》り申せば、姉《あね》女郎まじりに、切《きつ》ての後《のち》見捨《すつ》る男の吟味《ぎんみ》をして、初対面《しよたいめん》此《(この)》かたの勤帳《つとめちやう》を引《ひき》合《あはせ》、もしも手くだ[五]の男《おとこ》かと、前《まへ》[六]の一座《ざ》の僉義《せんぎ》つよく、此跡《(この)あと》[七]の盆《ぼん》、高嶋屋《たかしま》の参《さん》会《くわい》の女郎はと、外《ほか》の家迄《いへまで》とひにつかはし、偽《いつは》りなければ、此男《(この)おとこ》[八]にのかれては、俄《にわか》に淋《さび》しくなるべしと、漸《やう》〱定《さだめ》て切事《きること》」といふ。

「さもあるべし。扨《さて》は指《ゆび》とてもうれしからず。あまたの人にしらせて、何《なに》かたのしみなるべし。上分別《じやうふん(べつ)》は、ふかくならぬしこなし」[九]といふ。「それではこ

一 万事ゆきとどいて落ち度のないやり方をほめたたえていう語。
二 遊女の情夫。
三 塞く。男女の仲を妨げる。無理にへだてる。
四 嫉妬などによる男女間の言い争い。痴話げんか。
五 遊女が手管で逢う男の意で、情夫。間夫。
六 前にその客と一座した時のことをきびしく調べ立て。「此跡」は、この前の意。
七 佐渡島町の揚屋に二軒あり、北側なら半左衛門、南側なら八兵衛(色道大鏡十三)。
八 退《(の)》くは男女関係を絶つ、手を切るの意。原本は「のがれては」とある。
九 上手に処置すること。うまく振舞うこと。

ぬこそましなれ。内の女房《にようぼう》どもに娵入小《よめいりこ》袖《そで》を着《(きせ)》て、腰《こし》に万《よろず》の鎰《かぎ》どもをさげさせず、米《こめ》・薪《たきゞ》の事を云《(いひ)》やまして、「銭《ぜに》とは何《なに》の事じや」などと《〔ゝ〕》、おろかな㒵《かほ》をさせ、[一〇]莨若《たばこ》のむ時小《ときこ》指《ゆび》をそらし、酒《さけ》のこぼしやうをはやく、空寝《そらね》入《いり》を仕《し》覚《おぼ》へさせ、無心云時《むしんいふとき》の状《じやう》をながく、泣《なき》たい時《とき》に泪《なみだ》をこぼすと、新《あたら》しひうそつくと、是《これ》で別《べつ》にかはる事《こと》もない」と、笑《わら》い立《だち》にして、あゝまぼろしの世界《せかい》、かた時《とき》も爰《こゝ》をわすれな。今《いま》にもしれぬは命《いのち》、きのふの水《みづ》を末期《まつご》に、[一一]了渓和尚《りやうけいおしやう》も夢《ゆめ》[一二]なれや。

[一三]髪《かみ》は嶋田《しまだ》の車僧《くるまぞう》

[一四]鮹薬師《たこやくし》通《どを》り、[一五]御《ご》幸町《こうまち》のあたりに、門《かど》に縄簾《なわすだれ》を掛《かけ》て、せまき所《ところ》をよく住《すみ》なして、鼻《か》口《か》もさのみ手《て》あらき事《こと》をするとも見へず、茶釜《ちやがま》まはりきよらに、[一六]階《はし》の子《こ》あれば、内二《うちに》階《かい》に、衣装《いしやう》だんすあまたならべありける。爰《こゝ》に伴《ともな》ひし人に、「亭主《ていしゆ》は何者《なにもの》」ときけば、「嶋原《しまばら》への[一七]卸《おろせ》、早雲孫兵衛《はやくもまご(べゑ)》」と、語《かた》りもあへぬ所《ところ》へ、油屋《あぶらや》の手《て》代《だい》めきて、二十四五なる男《おとこ》、[一八]布地《ぬのぢ》の柿染《かきぞめ》に縄帯《なわおび》をして、[一九]花色《はないろ》の木綿《もめん》ふんどし見へすきて、懐《ほところ》には塵紙《ちりがみ》さへかすかに、[二〇]あたまつきは髪結《かみゆひ》次第《だい》に、其《(その)》律義《りちぎ》さ、後生大事《ごしやうだいじ》とかまへて、銭《ぜに》一文《もん》あだにつかひさふには見へぬに、人はしれぬ

一〇「煙草」の慣用字(書言字考)。
一一 黄檗宗の高僧、竜渓性潜(しようせん)。竜渓はリヨウケイ・リュウケイとも。京都の人、隠元を補佐して宇治万福寺の建立に功績があった。寛文十年(一六七〇)、たまたま九条島(現大阪市西区本田町(ほんでんちよう)三丁目)の九島(きゆうとう)禅院に滞在中、八月二十三日の津波に遭い示寂。年六十九歳(芦分船五、続日本高僧伝六)。
一二「津の国の難波の春は夢なれや芦の枯葉に風わたるなり」(新古今集・冬・西行、謡曲・芦刈)などによる。
一三 →四一頁注一一・一二。
一四 中京区、三条通の二筋南の東西の通り。東端に蛸薬師(浄土宗永福寺、現在は妙心寺という)があり、西は大宮通西入ルまで(京町鑑)。
一五 寺町通の一筋西の南北の通り。ここは蛸薬師通と交差する辺のこと。
一六 階段。「内二階」は中二階。
一七 遊里通いの駕籠屋。
一八 木綿の布地を柿色に染めた着物。
一九 縹(はなだ)色。薄い藍色。
二〇 洒落気のないことを示す。

物ぞかし。内儀《ないぎ》にむかつて、「太夫《たゆふ》が今朝《けさ》おこしたる状《じやう》は」といふ。封目《ふうじめ》に[一]印《ゐん》判《ばん》あつて、「七月廿三日午《むま》の上刻《じやうこく》」と、書付《かきつけ》しを切破《きりやぶ》りて、ろくに読《よみ》もせず、「是《こ》りや逢《あふ》てのつめひらき。今から行《ゆく》ぞ」と、よごれたる手を洗《あら》ふ間に、[二]越後《ゑちご》ちゞみの帷子《かたびら》に、[三]生平《きびら》の羽織《はをり》、[四]飛《とび》ざやの下帯《したおび》、替草履《かへぞうり》まで気付《きつけ》て、ありし姿《すがた》は忽《たちまち》に本大臣《ほんだいじん》となつて、畳《たゝみ》よりすぐに[五]三枚肩《まいがた》に乗《のり》うつれば、[六]立髪《たてがみ》の小者《こもの》、[七]べんがら嶋《じま》の風呂《ふろ》敷包《しきづゝみ》に、[八]竹《たけ》のねぢ杖《づゑ》を持添《もちそへ》、跡《あと》につゞきてかけ出《いだ》す。

扨《さて》も都《みやこ》の自由《じゆう》さ、駕籠《かご》一挺《(いつ)ちやう》[九]三匁五分《(ごふん)》、[一〇]倩男《やとひおとこ》壱匁弐分《(にふん)》、文の使《つかい》五分《(ごふん)》、当座《とうざ》払《ばらひ》に万《よろずか》个様《やう》の[一一]分《わけ》ぞかし。諸事卸《おろせ》がきもいれば、[一二]五節句《せつく》に[一三]一角宛《いつかくづゝ》、此外盆前《(この)ほかぼんまへ》に晒半疋《さらし(はん)びき》と、大晦日前《(おほ)つごもりまへ》に[一四]八木《こめ》の一俵《ひやう》も、[一五]手をよくとらせてよし。其上《(その)》に家賃《やちん》などの無《む》心《しん》は、否《いや》な白《かほ》してもくるしからず。「今の男は[一六]三五の二十五、追付《おつつけ》あはぬ算用《さんよう》、[一七]請人《(うけにん)》やつかい」と、人を笑《わら》ふ我身《わがみ》も、我物を盗《ぬすみ》て、内の首尾《しゆび》はない事でかため、女房《にようばう》どもに[一八]しんゐをもやさせ、縁者《ゑんじや》の交《まじは》りうとく、隠居《ゐんきよ》の見舞《みまい》も忘《わす》れ、明暮《あけくれ》わけもなき事とは思ひながら、けふ計《ばかり》はと[一九]忍《しの》び駕籠《かご》。

[二〇]松原通《まつばらどをり》をいそがせ、[二一]因幡堂《いなばだう》の前《まへ》にて、かならず肩替《かたかゆ》る間《ま》もいらちて行《ゆく》に、[二二]新《しん》町通《まちどを》りの辺《ほとり》に、むかしから染手拭《そめてぬぐい》屋あり。そこの娘《むすめ》が五つ計《(ばかり)》の時《とき》から、鼻筋《はなすじ》さしとをつて、二皮目《ふたかわめ》の形《かたち》うるはしく、伊勢《いせ》土産《みやげ》の[二三]笛《ふへ》をふきて、門《かど》にあそびしを、

一 遊女の手紙に印判を押すのはならわし。当時は定紋を彫った印判を用いるようになり、印肉は墨もよいが、青花印も「やさしくてよろし」とされた(色道大鏡九)。 二 越後の小千谷(おぢや)地方(新潟県小千谷市)産の麻織物のうち、織面にしぼを出したもの。小千谷縮とも。
三 晒してない麻布。近江高宮(彦根市高宮町辺)などから産した。多く羽織地に用いた。
四 飛紗綾。地が紗綾に似て厚く、花模様が飛びにある模様(和漢三才図会二十七)。
五 肩替り共に三人の駕籠かきの付いた駕籠。
六 月代を剃らないで長く伸した髪形。伊達風。
七 インドのベンガルで産して舶来したもので、またそれを模した紬織物。地色は樺色などで千筋・棒筋など縦縞ばかり(万金産業袋四)。
八 余情(よせ)杖といい、替え衣装の入った風呂敷包みと共に草履取りに持たせた。
九 銀三匁五分。 一〇 「雇 ヤトフ、倩 同(ヤトフ)」(易林本)。 一一 諸分(しよわけ)。勘定。
一二 人日(正月七日)・上巳(三月三日)・端午(五月五日)・七夕(七月七日)・重陽(九月九日)。
一三 一歩(分)金の異称。
一四 米の異称。古来「米」を二字に分けて書く。
一五 体裁よくの意もあるが、ここは気前よく。
一六 勘定の合わないこと、見込み違いのことのたとえにいう。「三五の十八」とも。
一七 保証人。奉公人の使いこみなどの不始末は、保証人が連帯責任をとるのがならわし。
一八 瞋恚。嫉妬。
一九 遊里通いの駕籠。遊び駕籠とも。
二〇 下京区、五条通の二筋北の東西の通り。島原通いには、普通松原通まで南下して西進した。
二一 下京区因幡堂町(松原通烏丸東入ル)北側の真言宗智山派の平等寺の俗称。因幡薬師とも。

「あの子は」と思ひしに、今《いま》みれば其姿《(その)すがた》はなくて、髪《かみ》かしらもおかしうなる物かな。[二四]車《くるま》の早緒《はやお》といふ物をたすきに掛《かけ》て、中抜《なかぬき》の大根揃《だいこんそろ》へる片手《かたて》に、二つ計《ばかり》の子の、鼻《はな》たれて[二五]あたまの辻《つぢ》ゆがふで、まだ泣《なき》たいといふやつをすかして、しゝやつて居《ゐ》る。あれをおもへば、とし久《ひさ》しう此道《(この)みち》をかよふ事よ。大かた[二六]大宮《みや》の溝蓋《みぞぶた》の石《いし》も踏《ふみ》へらして、[二七]羽衣《はごろも》といへるかこひにあい初《そめ》し時は、内から揚銭《あげせん》もりんと掛《かけ》て、[二八]其日払《(そのひ)ばら》ひにして帰《かへ》り、四五日も胸《むな》さはぎして、其銀惜《(その)かねおし》かりしに、今《いま》の奢《おどり》にくらべて、其《(その)》時の心を忘《わす》れ、うか〳〵と行《ゆけ》ば、丹波《たんば》口より見へわたる、[二九]弐丁計《ばかり》の野辺《のべ》のおもしろさ。

「是《これ》から[三〇]出口《でぐち》の門《もん》までに、成程短《なるほどみじか》ひうそを、いくつつかるゝぞ」とあれば、[三一]小賢《こがしこ》き太鞁《たいこ》、「心得《こゝろへ》ました」と[三二]いふしでの、「夜前《やぜん》は鬼《おに》と一所に、蕎麦切喰《そばきりく》ふて、それより達磨《だるま》の雪隠《せつゐん》へ行《ゆき》て、[三三]紙燭《しそく》の消《きへ》ぬ間に、[三四]愛宕《あたご》様と[三五]火渡《ひわた》しして、其跡《(その)あと》で頼朝殿《よりともどの》の[三六]月代《さかやき》そつてやつて、明日《あす》は盆《ぼん》じやと、宵《よい》から門松立《かどまつたて》て、いそがしき中に、さる女郎さまから着《き》おろしの[三七]袴《はかま》・肩衣《かたぎぬ》くださる。其外《(その)ほか》「内証《ないしやう》は仕《し》舞《まふ》たか」と、金子弐十両、[三八]能登鯖《のとさば》十さし、もらふた」と語《かた》る。「こりや鯖計《(ばかり)》が本《ほん》であらふ」と笑《わら》へば、笑ふて、随分早《ずいぶんはや》口に、ない事廿七云《いふ》間に、門《もん》に入《(いり)》て、揚屋町《あげやまち》の[三九]北《きた》口より南の門までは、太夫[四〇]ぬめり道《だう》中、百九十六足《あし》の所《ところ》なり。「此《(この)》間にて小《こ》

二二 ここは松原通の新町通と交差する辺り。
二三 笙の笛。伊勢の土産(毛吹草)。
二四 車の引き綱。　二五 頭のつむじ毛。その位置のゆがんでいる者は意地が悪いとされた。
二六 大宮通の五条辺の溝川にかけた石蓋か。島原へは大宮松原を南下し、丹波街道町を西進した。　二七「君が代は、天の羽衣まれにきて、撫づとも尽きぬ巌ぞと」(謡曲・羽衣)による命名か。羽衣をもてなづる石―ちびる(類船集)。
二八 揚屋の払いは普通毎月二日払い。
二九 朱雀の野辺である。→三三頁注二九。
三〇 島原遊廓の大門のこと。
三一 原本は「小質き」とあり、質を賢と改めた。
三二「言ふ」を「木綿(ゆう)四手(しで)」に掛けて文末をゆがめた表現。四手は玉串やしめ縄に垂らした物で、木綿を用いた物を木綿四手といい、現在では紙を用いている。　三三 紙や布を細かく巻いて縒った上に蠟を塗った物で、小型の照明具。
三四 京都市右京区の愛宕山に祭る愛宕大権現。祭神は、記紀にみえる火の神、かぐつちの神と、須佐之男命。中世・近世では、勝軍地蔵を本地仏とし、かぐつちの神をその垂跡と考えて、勝軍地蔵を愛宕権現と称した。火伏せの守護神として有名。明治三年仏寺を廃し神社のみとなる。
三五 数人が車座になり、火のついた線香や紙燭などを持って、ひの字で始まる物の名をあげながら順に回し、言い詰って最後に持った者を負けとする遊び。火回しとも。原本は「火渡して」とあり、間に「し」を補う。
三六 京の童歌「京都鼠を捕らまへて、月代剃つて、髪結つて」によるか。胸算用二の二に見える。
三七 男の礼装で女郎の着古しがあるはずはない。
三八 背を開いた鯖を塩漬けにして、二枚を一刺しにする。能登の名産。盆などの贈答に用いた。

煎餅《せんべい》四枚《まい》喰《くわ》れぬ」と、いふ者あり。「それは」と、一神楽《かぐら》の庄左衛門、両《りやう》の手に持《(もち)》て、くひかゝる時、女郎どよみ作《つく》つて、おかしさも今一枚残るを、門《もん》の鐶《くわん》貫《ぬき》にあげて置《おく》。

是《(これ)》も一興過《きやうすぎ》て、二丸屋七左衛門が見せにて、呑掛《のみかけ》引掛《(ひきかけ)》、三びいどろの与平次が、下調子《したぢやうし》の小歌《うた》、「男計《おとこばかり》はおかしからず。太夫もらへ」といへば、「けふの御客《きやく》は、まだふかき御なじみにあらねば、ならぬ」よし、遣手目《やりてめ》がさし心得《こゝろへ》ての返《へん》

三九 揚屋町の北端と南端に町の木戸があった。
四〇 太夫が内八文字で練るように道中すること。

一 太鼓持。都の末社四天王の一人。
二 島原揚屋町の西側、南端の揚屋。七左衛門は、寛文期から延宝初期の主人で、後は三郎兵衛の代になる。
三 太鼓持。

事《じ》、にくし。「其客《(その)きやく》は」と、せんさくする時《とき》、東側《ひがしがわ》の中程《ほど》から、最初《さいぜん》の男ちらりと見ゆる。「扨《さて》は四油《あぶら》屋さまの御逢《あい》なさるゝ」と、すこしせき心になれども、是《これ》を口説《くぜつ》すれば、太夫が五ひける。何者じややら六しらぬが仏《ほとけ》、「明日《あす》は廿四日、七六地蔵《ろくちざう》なれば、廿九日まで六日つゞけて」、申《(まうし)》てやれば、彼油屋聞《かのあぶらやきゝ》もあへず、「十二日つゞけて爰《こゝ》に置《おく》」と、つのる。「菟角《とかく》は太夫が仕合《しあはせ》、とてもかぎりのある男《おとこ》、急《きう》に埒明《らちあき》たもまし」と、了簡《りやうけん》して、「あれも女郎に思ひつかせたき仕《し》

四 前出の「油屋の手代めきて、二十四五の男」。
五 名折れになる。恥になる。
六 真実を知らない方が面倒でない意の諺。また、当人だけが知らないのをあざけっていう。
七 六地蔵参り。陰暦七月二十四日、京都郊外の六か所の地蔵尊を巡拝する行事。当時は、御菩薩池(みぞろがいけ)の地蔵、山科四ノ宮徳林庵、伏見六地蔵大善寺、上鳥羽浄禅寺、桂地蔵堂、太秦(うずまさ)の地蔵(日次紀事・七月など)。

挿絵解説 遊女たちを賭け事で笑わせようとする場面。左側の柳に鷺の図柄の屛風の前に、三人の遊女が座る。左端の遊女は兵庫髷で、剣弁菊の模様の着物を着て、将棋盤に座る。真中の遊女は御所風の髪形で、霞模様の着物で碁盤に座る。一番右の遊女は大島田で、花文亀甲つなぎの着物で双六盤に座る。思い思いの工夫をこらす太鼓持は、左下の天狗の面に楊枝をくわえ置手拭をし、花文立涌(たてわき)の着物で女装をし、天狗の女郎に扮するのはなぐら三右衛門。下帯に猫をつなぎ、括り頭巾をかぶり竪縞の羽織で鞭をもち、猿まわしの餌ふごに代わる瓢簞を腰に下げるのは広がり源太。烏帽子・肩衣で、右手に釣竿、左脇に立浪模様の着物姿の禿の浪をかかえるのは長柄の次兵衛。四ツ目菱の着物で、足駄をはき、頭に臼をいただくのは雁金屋利右衛門である。替りたすき模様の襖の向こうに、笠を手に持つのは勘七で、三星柄の着物。窠文(かもん)模様で黒襟の着物の男は、手に小鼓を持つ。その後の男も太鼓持。

掛《かけ》ぞかし。人の親類《しんるい》は、何国《いづく》いかなる者《もの》にもあるべきに、現在《げんざい》の伯母《おば》、[一]姉小路《あねがこうぢ》の針屋《はりや》はかくして、[二]念仏講中間《ねんぶつこうなかま》に、酒屋《さかや》・両替屋《りやうがへ》の有《ある》を、近《ちか》き一門《もん》に申《まうし》なして、爰《こゝ》に来《き》ての[三]世間気《せけんぎ》、皆《みな》これなり。只何事《たゞなにごと》も[四]すぐばけがよし」といへば、[五]鳥居《とりゐ》幾《いく》度《たび》か越《こへ》て、[六]背《せ》のはげたる末社《まつしや》が申《(まうす)》は、「人に[七]そだてられて、[八]大《おふ》はづいふ程《ほど》のおてきは、十にひとつも物になるぞかし。宿《やど》の夫婦《ふうふ》をも結構《けつこう》にあしらい、薪《たきゞ》の[九]買《かい》しゆん、[一〇]味噌《みそ》突込《つきこみ》の時《とき》を沙汰《さた》する人は、大かたの義理《ぎり》はかけてもかまはず。[一一]いやな所《ところ》に、[一二]大節季《ぜつき》を廿日より内に知《しら》る丶事、一つのとりゑなり」。

世は何《なに》に付《つけ》ても銀《かね》せんぎをして、「あたら夜《よ》の更行《ふけゆか》ぬうちに、[一三]かはりをとれ」と、太夫よりの差図《さしづ》に任《まか》せ、末《すへ》の女郎三人取寄《とりよせ》、是《これ》でも酒《さけ》は呑《のま》れず。殊《こと》に[一四]ふしやうらしき皃《かほ》つき、[一五]弥七が異見《いけん》して、「勤《つとめ》は泣《なく》と笑《わら》ふとが第《だい》一」といふ。「三人ながら生《むま》れ付《つき》て、笑ふ事がきらひ」と申《(まうす)》。「こりや少笑《すこしわら》はして見よふ」と、[一六]かけづくにして、笑《わら》ふたれば、三人の女郎丸盆《まるぼん》を持《もち》て、[一七]出口《でぐち》の茶屋《ちやや》まで行筈《ゆくはづ》、笑はす事がならねば、末社残《まつしやのこ》らず、大臣《じん》もまる裸《はだか》になつて、日中《につちう》に此里《(この)さと》ぐるりとありくに定《さだ》め、大事《だいじ》の勝負《しやうぶ》、爰《こゝ》なり。

三人上座《じやうざ》に直《なを》し置《おく》。思ひ〳〵の仕出《しだ》し、[一八]広《ひろ》がり源太《げんた》は、下帯《したおび》に猫《ねこ》をつなぎて猿廻《さるまわ》し。[一九]なぐら三右衛門は、天狗《てんぐ》の面《おもて》を掛《かけ》て、楊枝《やうじ》をくはへ、「[二〇]太郎坊《ぼう》さまは

一　中京区、御池通と三条通の間の東西の通り。中世以来縫針の製造で有名（京羽二重六）。
二　念仏信者の信仰と親睦の会合。
三　みえや外聞を飾ろうとする気持。虚栄心。
四　直化け。ありのままに打ち明け、かえってうまくだますやり方。白化（しらばけ）けとも。
五　稲荷の鳥居を幾度も越えた古狐は神通力を備えるといわれ、ここは老練なの意。
六　甲羅を経る。年功を積むの意。すぐばけ―鳥居―背のはげる、また鳥居―末社。
七　おだてる、のせるの意。
八　大筈。大言壮語。でまかせ。
九　買入れに適当な時期。薪は、真夏の六月。
一〇　味噌の仕込み時。十二月（日本歳時記）。
一一　いやなところがあるなかで、の意。
一二　大晦日の支払いを二十日までに済ませてしまうこと。「知る」は世話をする、責任をもって処理するの意。
一三　名代（みょうだい）。代理。貰いを掛けた太夫が来れないので、名代の女郎を呼ぼうとする。その際その太夫に名代の人選を任せるのが普通で、太夫の名代なら天神というように、同じ家の下級の女郎が出る。
一四　不祥らしき。迷惑そうな。名指しではなく代理役で勤めるから。
一五　願西弥七。太鼓持。末社四天王の一人。
一六　賭づく。賭にすること。
一七　↓八頁注八。
一八　太鼓持。↓五九頁挿絵。
一九　太鼓持。↓五九頁挿絵。
二〇　愛宕山の大天狗で、守護神となっていた（源平盛衰記八）。謡曲「車僧」の趣向の縁。

まだ見へさんせんか」と、いふて出る。[二一]長柄《ながら》の次兵衛は、恵美酒《ゑびす》になつて、鯛《たい》には、浪《なみ》といふ禿《かぶろ》を左《ひだり》のわきに挟《はさ》み、「釣《つつ》た所《ところ》」とわめく。[二二]鴈金屋《かりがねや》の利《り》右衛門《(ゑもん)》は、下駄《げた》はいて、うすをいたゞき、「[二三]お茶《ちゃ》をひかしやれぬまじない」といふ。[二四]勘七笠《かさ》に書付《かきつけ》をして、[二五]ぬけ参《まい》りのまね。此外《(この)ほか》の太鞁《たいこ》、つゞみをならし、一時《とき》あまりもさはげど、さりとてはおかしからず。女郎は三人心を合《あは》せ、[二六]身《み》あがりの悲《かな》しさ、淋《さび》しき時《とき》の親方《おやかた》の皃《かほ》つき思ひ出して居《ゐ》れば、笑《わら》ひはせで、泪《なみだ》ぐむこそ不思儀《ふしぎ》なれ。

京中の[二七]おかし中間《なかま》の集《あつま》り、おかしがらぬのは口惜《くちおし》。負《まけ》に極《きわ》めて、いづれも裸《はだか》になる時《とき》、三人口《くち》を揃《そろ》へて、「笑《わら》はんしても見さんせい」といふ。其《(その)》時、「待《まち》給《(たまへ)》」と、弥七分別《ふんべつ》して、小石《こいし》を紙《かみ》につゝみ、袖《そで》に入《(いれ)》て、耳近《みゝちか》くよりてさゝやくは、「[二八]九月の節句《せつく》も、遠《とを》ひやうでから今《いま》の事じや。[二九]跡《あと》も先《さき》も仕手《して》があるぞ。先是《まづこれ》でせはしういふ払《はらい》をしやれ」と、一包《つゝみ》なげだせば、につこりと、いな事にて笑《わらひ》ぬ。

二一 太鼓持。→五八頁挿絵。
二二 有名な太鼓持(置土産五の二)。→五八頁挿絵。
二三 遊女が客に呼ばれないで遊女屋に残っているのを、お茶を挽くという。
二四 太鼓持。→五八頁挿絵。
二五 親や主人の許しを受けないで、伊勢神宮に参詣すること。伊勢参宮に限り罰してはならないことになっていた。
二六 物日に客がつかないとき、遊女が揚代を自弁すること。また、遊女が自分で揚代を払って勤めを休むこと。
二七 太鼓持の連中。
二八 九月九日の重陽の節句。島原の大物日(紋日)。遊女は必ず客をとらなければならない。
二九 九月の節句の前日は、物前といって掛買いの支払い日。節句や物前の、大変な時期を「跡も先も」という。「仕手」は、その面倒を見てくれる客のこと。

男《おとこ》かと思へばしれぬ人さま

[一]三浦《みうら》の隠居《ゐんきよ》、[二]新町《しんてう》の、[三]和泉《いづみ》につきし[四]新艘出《しんぞういで》て、[五]伊勢屋《いせや》の久左衛門門《かど》は、[六]せいろう山をなし、庭《にわ》には[七]金銀《きんぎん》の嶋台《しまだい》・[八]巻樽《まきだる》・[九]箱肴《はこざかな》、衣装《いしやう》の色《いろ》かさね、いにしへの[一〇]衣掛《きぬかけ》山を爰《こゝ》にうつす。都《みやこ》には、[一一]ありてなき事なり。太鞁《たいこ》は、善左衛門・ちんば新介などいさみをなし、酒宴《しゆゑん》なかばに、[一二]下谷《したや》筋《すじ》のさる屋《や》敷方《しきがた》より、[一三]大杉重《あふすぎぢう》に五色《しき》の網《あみ》を掛《かけ》て、けふの祝義《しうぎ》とて送《おくら》れしに、見た所の草《くさ》づくし、野辺《のべ》の秋風《あきかぜ》に、薄《すゝき》も萩《はぎ》もさながらなびきあへる。蓋《ふた》を明《あく》れば、切箔《きりはく》に埋《うづもり》し鶉《うづら》たちさはぎて、己《おの》が様《さま》ゝに、是《これ》ぞばつとしたる慰《なぐさみ》なり。

しばし詠《ながめ》て後《のち》、[一四]情《なさけ》らしき太夫、「[一五]籠鳥《ろうちやう》の雲《くも》をこうも、我《わが》身の曲輪《くるわ》住居《ずまい》も、思ひは同《おな》じ」と、南《みなみ》の障子《しやうじ》をあけ給へば、物いわぬ計悦《ばかりよろこ》びてかけり。江戸《えど》なればこそ、かゝる事もぞ。今朝《けさ》より遣手《やりて》のたねが承《うけたま(は)》りて、使《つか(ひ)》の者《もの》に祝《いわ》ひとて、物《もの》をとらする心覚《こゝろおぼへ》の書付《かきつけ》を見るに、[一六]五十両替《かへ》し一歩《ぶ》の、残《のこ》りずくなくなりぬ。是《これ》皆《みな》、姉《あね》女郎のせはぞかし。

折節《おりふし》、会津《あいづ》の客《きやく》、[一七]小船《こぶな》丁の宿《やど》をつれて、「此里初《(この)さとはじめ》てなれば、万事《ばんじ》よきに」と

一 吉原京町の遊女屋、三浦四郎左衛門は、隠居すると新町に移り、「三浦隠居」として営業した。寛文ごろは道安、天和ごろは祐意という。
二 ここは倒置法的に、新町の三浦の隠居の意。
三 三浦隠居抱えの太夫。延宝の初め格子に下る。
四 禿が出世して、遊女として初めて客をとるようになった時の称。新造とも書く。新艘出世の日には、姉女郎が廓中の親族を引き回して挨拶した後、水揚げをする揚屋で祝宴を張るのが作法(色道大鏡三)。
五 吉原揚屋町左側の揚屋。
六 蒸籠。祝儀として廓中に配る餅菓子の蒸籠。
七 金銀の箔で飾った、婚礼時などの飾り物。
八 蕨縄(わらびなわ)で巻き立てた進物用の酒樽。
九 贈答用の箱入りの魚。
一〇 京都の北区と右京区の境にある衣笠山。昔、宇多法皇が真夏に雪景色を望まれ、この山に白絹を掛けさせた故事による(都名所図会六)。
一一 これまでないような豪勢さである。
一二 上野の北隣の地。武家の下屋敷や寺が多い。
一三 杉のへぎ板で作った白木の重箱の大形の物。
一四 天和・貞享ごろの吉原新町、山本助右衛門抱えの散茶女郎、勝山(江都著聞集五)。
▽勝山は町奉行甲斐庄某(飛騨守正親か)より金銀の籠に入れたひよ鳥を贈られたが、籠中の鳥をわが身の上とあわれに思い、逃がしてやった(江都著聞集五)。
一五 捕われの身が自由な境遇をうらやむことのたとえ。「籠鳥の雲を恋ひ」(謡曲・敦盛など)。
一六 五十両を一歩金に両替した、その一歩が。
一七 中央区日本橋小舟町辺。通りの西側は堀で、米や塩物類の問屋などがあった(江戸鹿子五)。
一八 丁銀一枚は約四十三匁。
一九 吉原中之町の大門口の茶屋。

いふ。大方定《おゝかたさだま》り有《あり》。亭主《ていしゆ》に銀[一八]三枚《まい》、内義《ないぎ》に弐枚、惣内《さううち》へ弐枚、若《わか》ひ者に弐角《かく》、遣手に弐枚、[一九]入口《いりぐち》の茶屋《ちやや》に弐歩《ぶ》、[二〇]泥町《どろまち》の編笠《あみがさ》茶屋に一歩、銀九枚と一両一歩、是中位《これちうぐらい》の付届《つけとゞけ》なり。[二一]揚銭《あげせん》、太夫を昼夜《ちうや》七十四匁、[二二]格子《かうし》は五十弐匁なり。是《(これ)》は上《かみ》方《がた》にて天神《てんじん》といふなるべし。昼計《ひるばかり》は廿六匁也《(なり)》。

さて、「[二三]正月をする時《とき》の様子《やうす》は」と聞《きけ》ば、「太夫さまへの遣《つか》ひ金、先《まづ》十五両、外《ほか》に小袖《そで》一重《かさね》。禿《かぶろ》に小袖《そで》代、金子三両。遣手に銀弐枚、是《これ》は年《とし》の暮《くれ》にとらせ、春《はる》は小判《こばん》一両とらすなり。[二四]轡《くつわ》へ金子十両、うちへ同《おな》じく五両。[二五]勤日《つとめ》、大晦日《つごもり》より十五日まで、十七日八日、廿日・廿五日・廿八日まで、[二六]正月買《がい》の役《やく》なり。右は[二七]六拾目小判《ばん》になをし、六十壱両一歩にては、諸事《しよじ》仕舞《しま》はるゝ」といふ。脇《わき》から思ふた程《ほど》の物入《ものいり》にもあらず。

おもしろきは[二八]初買《はつがい》なり。是《(これ)》がならずば、それ〳〵に、爰《こゝ》にも[二九]さん茶《ちや》といふは、ふらぬと申《(まうす)》心なり。近年《きんねん》の仕出《しだ》し、[三〇]弐丁目の[三一]玉屋《たまや》・[三二]兵庫《ひやうご》屋・[三三]大津《つ》屋を、是《これ》から見れば、[三四]揚《あげ》女郎にもさのみおとらぬ姿《すがた》を、一軒《けん》に五十人づゝも見せかけ、大かたは歌謡《うたうた》ふて、引《ひか》ざるはなし。書物《しよもつ》見るもやさし。菊《きく》の一枝《あだ》に詠《なが》め入《(いる)》も、心ありげにおもはる。或《あるひ》は手相撲《てずまふ》、又は[三五]なんこよぶもあり。[三六]火渡《ひわた》し・[三七]糸《いと》どり・[三八]浄《じやう》土双六《どすごろく》、心に罪《つみ》なくうかれあそぶを、目数寄《めずき》に、どれにても一歩に定《さだ》めて、た

二〇 浅草田町の異称。浅草五丁目の馬道通りに面した辺。泥町とは、吉原通いの客がここの茶店で手足の泥を洗ったためという。またここの茶店で編笠を借り廓に入った(吉原恋の道引)。
二一 以下は寛文・延宝ごろの揚代(色道大鏡十二)。なお貞享期は、太夫昼夜七十匁、格子は五十匁と下がる(色里案内)。
二二 格子女郎。吉原で太夫の次位の遊女。
▽本段及び前後の段は評判記風な内容。本段は吉原の初めての客への諸分の案内。次段は正月買いの規模を示す。なお色道大鏡は、正月買い(巻二)、正月売り(巻三)として、客・太夫側の内訳を詳述する。
二三 正月買いをする。→七頁注二九。
二四 遊女屋の異称。亡八とも。
二五 吉原では元日から十五日のほか、十八日・二十五日・二十八日が一月の物(紋)日(色道大鏡十二)。 二六 →七頁注二九。
二七 金一両六十匁替えの相場。
二八 正月買いに同じ。 二九 →四一頁注一五。
三〇 ここは吉原江戸町二丁目。 三一 江戸町二丁目左側の散茶屋、玉屋山三郎(吉原人たばね)。元禄には伏見町に移る(吉原大画図)。
三二 同二丁目右側の散茶屋、兵庫屋佐左衛門。
三三 未詳。
三四 揚屋に呼ばれる遊女。太夫・格子など。散茶は揚屋へ行かず、内留め(色道大鏡十二)。
三五 何箇よび。二人が対座して、一人の手に握った碁石や木片などの数を、相手が当てる遊び。
三六 →五七頁注三五。
三七 糸取り。あや取り。子供の遊びの一種。
三八 絵双六の一種。良い目を振っての上がりは極楽浄土、悪い目を振り下がっていくと地獄に落ちるという形式のもの。

とへしるべなくても、望《のぞめ》ば[一]、作配《さはい》する男《おとこ》、二階《かい》へあげぬさきに金子《きんす》を請取《うけとり》、ちんともかんともいわせぬ事《こと》に、埒《らち》のあいたる事ぞかし。侘《わび》[二]たる人の遊《あそ》び所《どころ》、爰《こゝ》なるべし。

有時《あるとき》、やさがた男《おとこ》、其年《(その)とし》は廿六七にして、形《かたち》[三]の厳《うつく》しき事、「立別《たちわか》[四]れ因幡《いなば》の山の」と、読《よま》れし人の、若盛《わかざかり》もやと思はるゝ。頭巾《づきん》ふかく忍《しの》[五]び笠《がさ》、かゝる格子《こうし》に立寄《たちより》、玉鬘《たまかづら》[六]といふ女を思ひ初《そめ》、かりの枕《まくら》をならべし後《のち》、間《ま》なく通《かよ》ひて、はや心[七]

一 原本振り仮名は「のぞみ」とある。
二 ここは隠居した人などの洒落た遊び所の意。
三 容貌の端正なのをいう。
四 中納言在原行平。美男で知られる業平の兄。謡曲「松風」に登場。「立別れ因幡の山の峰に生ふるまつとし聞かば今帰り来む」(古今集・離別・在原行平、百人一首)。
五 廓通いの編笠。
六 江戸町二丁目、玉屋山三郎抱えの散茶(延宝八年・吉原人たばね)。
七 心もうわの空になるの意と、空に鳴る雁の意と掛ける。「雁の帰る」のは春、また「渡る折ふし」は秋。因幡―雁、雁―文。
八 「分を立てる」は、男女の情を交わすのをいう。
九 「わが袖は潮干(ひしほ)に見えぬ沖の石の人こそ知らね乾く間もなし」(千載集・恋二・二条院讃岐、百人一首)による。
一〇 締める。(手を)じっと握る。
一一 衣服にたきしめる香木。ここはその香り。
一二 陰暦九月十三日の月。豆名月といい、莢(さや)豆を煮て食す、月見の日(日次紀事・九月)。

挿絵解説 吉原散茶町夜店の風景、吹抜き屋台の構図で、左半図の格子は道路に面し、右半図ののぞめき(素見)ののぞく格子は店の土間の方。蝶草花の屏風の前、行灯の明かりの下、散茶女郎が張り見世に出ている。一番右の遊女が三味線で弾くのは清掻(すがき)か。遊女の髪形は左手前から二番目のみ島田、他は玉結び(髪を背に垂らし、その末端を折り返し輪としたもの)。服装は左手前から右回りに、渦巻き模様、霞形模様の着物に亀甲模

も空《そら》になる鴈《かり》の帰《かへ》るより、又其鳥《(その)とり》の渡《わた》る折ふし迄馴《(まで)なれ》ても、文取《ふみとり》かはす事もなく、一度《ど》も[八]分《わけ》を立《たて》たる事もなし。[九]人こそしらね、いつとても上帯《うわおび》もありのまゝ床《とこ》に入《(いり)》て、しめやかに手迄《て(まで)》は[一〇]しめて語《かた》るに、かりにもいやしき言葉《ことば》なく、御袖《そで》の[一一]留木《とめぎ》さへ常《つね》ならず、次第《しだい》に女郎の身《み》はぢらいてありける。

秋《あき》も最中《もなか》の、[一二]十三夜《や》の月待暮《まつくれ》に、御帰りを引留《ひきとめ》、「是非《ぜひ》に其情《(その)なさけ》あれかし」と戯《たはぶ》れしに、「あいそめし時《とき》しらせ申《(まうす)》とをり、二世とおもひし妻《つま》におくれ、いま

様の帯、蜘蛛の巣模様の打掛け、雪輪の着物に撫子模様の打掛け、日足車の模様の打掛けに七宝柄の帯、楓模様、四星の色替りの着物に違い釘貫の色替りの打掛け、四つ酢漿草《(かたばみ)》模様の着物である。ぞめきの客は、左から、輪違いの紋の町人、横縞の着物に梅鉢紋の羽織をかぶった武士、黒羽織に編笠の武士、佐竹扇紋の武士、榺《(ちぎ)》の柄の羽織りで惣髪姿は医者か、一人後に離れて替り格子縞の男は作り髭をつけており、だれかの供の者。

散茶店の内格子右に木瓜の紋があり、これは元禄二年(一六八九)の吉原大画図では、江戸町二丁目の左側「はなや長次郎」の紋(花形瓜。花弁が五枚)に酷似する。実は花屋の位置は、延宝八年(一六八〇)の吉原人たばね、同九年の三茶三幅一対では「玉や山三郎」の店で、持主が替ったものか。挿絵の木瓜の紋は、本文の「玉屋」を示すものか。なお本文の「玉鬘」は玉屋の抱えである。

この挿絵の構図、人物の配置などは、評判記「吉原恋の道引」の散茶の挿絵(図)、仮名草子「元のもくあみ物語」の下巻の挿絵に酷似する。なおこの二つは菱川師宣の筆で、本書の絵師といわれる西鶴が評判記類を参照した証左である。遊女の着物やぞめき客の後をふりむく者のいる細部まで構図は似るが、筆致は本書の方が生彩がある。

だ其《(その)》悔《くや》み事、[一]やむ事。其《(その)》姿《すがた》に貴様《きさま》が似《に》てあれば、過《すぎ》にし思ひ[二]晴《はら》しに、責《せめ》ては化《あだ》なる枕《まくら》をならぶ。かくて春《はる》にもならば、誠《まこと》ある情《なさけ》を互《たがひ》に」と、哀《あはれ》なる物語《ものがたり》に、泪《なみだ》もこぼさずおはしけるも、不思義《ふしぎ》は、鉢巻《はちまき》とき給へる事もなし。今宵《こよい》は頻《しきり》に留《とめ》るを、うたてくや覚《おぼ》しめして、しづ心なく[三]箱階子《はこばしご》をりさまに、くれなゐの[四]二《ふた》布《の》物《もの》、すそに引《ひき》はへ給ふを、深《ふか》く隠《かく》して、「さらば」の声《こへ》も跡《あと》なし。

「扨《さて》は、いかなる太夫さまあい給ふもしらず。御口説《くぜつ》のうち、賤《いや》しき我《われ》などに」と、[五]思ひ念切《ねんきれ》て、下男《しもおとこ》の団介《だんすけ》を頼《たの》み、「御行方《ゆきがた》、忍《しの》びて、いづく迄《まで》も見まいらせよ」といふ。[六]土《ど》手《て》の下道《したみち》にかゝり、[七]観音堂《くわんおんどう》の表門《おもてもん》を、壱丁計《ばかり》[八]北《きた》のかたへ行《ゆき》て、簾掛籠《すだれかけこめ》たる水茶屋《みづぢやや》あり。此《(この)》内に入《いら》せけるに、数多《あまた》はしたの女房《にようぼう》・こしもと、御小袖《こそで》をめしかへさせ、御手拭《てぬぐい》とり奉《たてまつ》れば、又あるまじき若後家《わかごけ》なり。其《(その)》まゝ御乗物《のりもの》にうつして、飛《とぶ》がごとくに、はや御俤《おもかげ》も見へずなりにき。

団介《だんすけ》も腰《こし》をぬかして、漸ゝ《やう〱》彼茶屋《かのちや》に[九]蹸《にじり》こみて、あらましを尋《たづね》ければ、「あれは去《さる》御方《かた》の奥《おく》さまなるが、御つれあいに離《はな》れさせ給ひて、[一〇]御ぐしなども切《きら》せ給ひ、世《よ》に替《かは》りたる御物数寄《ものずき》、心まかせの御身《み》とて、[一一]鏡袋《かゞみぶくろ》にこんな物を大分《だいぶん》いれて、御気《き》にあい申《(まうす)》者には給《たま(は)》る」と、一歩《ぶ》一合《どう》あまり見せける。[一二]欲《よく》の世中なれば、団介髪《だんすけびん》をなでつけ、袂《たもと》の皺《しわ》をのして、「今《いま》の後家《ごけ》さまとは耳《みゝ》よりな。御宿《やど》

一 「やむ事なし」の「なし」の誤脱か。
二 原本振り仮名は「はれ」とある。
三 階段の側面下部に戸棚や引出しを設けたもの。
四 腰巻。ふたの(二幅・二布)ともいう。
五 思慕の念。執着の気持。↓一一頁注二七。
六 日本堤を下りて浅草田町にさしかかる。
七 浅草観音堂。表門は風神雷神門。
八 「北」は南の誤りか。表門の北一丁は、浅草観音堂の方向で、今の仲見世、当時は浅草寺の坊舎が並ぶ。江戸方角安見図(延宝八年)や吉原大画図(元禄二年)によると、雷門の南側を並木町といい、両側に茶屋が並んでいた。
九 「躙 ニジル　蹸 同(ニジル)」(書言字考)。
一〇 御髪。
一一 懐中用の鏡を入れる錦地などの袋で、金入れにも用いた。
一二 世の中は欲得で動いている意の諺。
一三 ↓四一頁注一六。
一四 三光は太陽・月・星のこと。鶯の中に「つきひほし」と、三光に鳴くのがいると、これを珍重し飼鳥にした。また鶯の雛をそのそばに置いて、その鳴き声を仕込んだ。これを「三光に付くる」という。桜陰比事三の九に見える。
一五 原本は「からず」と「な」が誤脱。
一六 新町中之町、丸屋九郎左衛門抱えの天神。延宝期。「丸屋の梅が枝」(椀久一世・上の五)。鶯―梅が枝。
一七 新町下之町の遊女屋、新屋又七郎。
一八 辛気。いらいらすること。つらいこと。

は」と聞《きけ》ば、「それはしらぬ」といふ。残《のこり》おゝひ事《こと》の。

[一三]百物語《ひやくものがたり》に恨《うらみ》が出《いづ》る

鶯《うぐひす》の子《と》を[一四]三光《さんこう》に付《つく》ると、[一五]かならず其声《(その)こゑ》を囀《さへづ》るぞかし。昔《むかし》、[一六]梅枝《むめがへ》といふ天神《てんじん》、「お情《なさけ》ない」と申言葉《(まうす)ことば》を、一日の内《うち》には弐百もいわるゝ。耳《みゝ》にたつて、有人《あるひと》しらせて、其後《(その)のち》はやむ事《こと》をよろこぶ。其家《(その)いへ》の姉《あね》女郎のまねをするにや、聞《きゝ》とがむれば、定《さだ》まつてくせあり。[一七]新《あたらし》屋の「あゝ[一八]しんき」、[一九]木村《このむら》屋の「[二〇]百癩《びやくらい》」、[二一]扇子《あふぎ》の「あゝ[二二]ゑず」、[二三]八木《やぎ》屋の「[二四]つがもない」、[二五]金田《かなだ》屋の「[二六]名利《みやうり》」、[二七]明石《あかし》屋の「うるさ」、[二八]丹波《たんば》屋の「[二九]無下《むげ》ない」、[三〇]藤《ふぢ》屋の「[三一]てんと」、[三二]堺《さかい》屋の「下卑《げび》た」、[三三]松原《まつばら》屋の「気《き》の毒《どく》」、[三四]伏見《ふしみ》屋の「にくやの」、[三五]塩《しほや》屋の「それとても」、[三六]京屋の「何が扨《さて》」、[三七]大坂《(おほ)ざか》屋の「[三八]みぢん」、[三九]住吉《すみよし》屋の「今にかぎらず」、[四〇]槌《つち》屋の「[四一]けりやう」、[四二]湊《みなと》屋の「神《かみ》ならぬ身《み》」、[四三]茨木《いばらぎ》屋の「[四四]そもや」、此外遣手《(この)ほかやりて》・禿《かぶろ》までも、口《くち》ぐせあれども、書《かく》につきず。大かたの事は人も見ゆるせかし。

遊女《ゆうぢよ》の身程《みほど》、大事に悲《かな》しき物はなし。請覆《うけこぼ》す酒《さけ》に[四五]うわがへの妻《つま》もいとはず、大奉書《あふほうしよ》を用捨《ようしや》もなくつかはれ、町《まち》からの太鞁《たいこ》持《もち》にさし櫛《ぐし》をとられ、なじみもな

一九 新町下之町の遊女屋、木村屋又次郎。
二〇 断じて、どうしても。自ら誓って言う語。
二一 新町中之町の遊女屋、扇屋四郎兵衛。
二二 「えずい」の語幹。気味が悪い。恐ろしい。
二三 八木屋は四軒あり(色道大鏡十三)、どの遊女屋か未詳。
二四 たわいもない。また、とんでもない、不都合だの意。
二五 新町阿波座上之町の遊女屋。二軒あり、どちらか未詳。
二六 名利は名声と利益の意だが、ここは冥利の方で、神仏の加護の意。約束を背けば神仏の加護が尽きてもかまわないと、自ら誓って言う語。
二七 新町阿波座上之町の遊女屋、明石屋八右衛門。「うるさ」は、うるさい。
二八 新町佐渡島町下之町の遊女屋。二軒あり。
二九 思いやりがない。冷酷である。
三〇 新町佐渡島町の遊女屋、藤屋勘右衛門。
三一 まったく。本当に。誓って。
三二 新町の遊女屋。五軒あり、どれか未詳。
三三 新町の遊女屋。四軒あり、どれか未詳。
三四 新町の遊女屋。十一軒あり、どれか未詳。
三五 佐渡島町下之町の遊女屋、塩屋三右衛門。
三六 新町の遊女屋。十六軒あり、どれか未詳。
三七 新町東口之町の遊女屋、大坂屋九郎右衛門。
三八 微塵。ちっとも。決して。
三九 新町の遊女屋。四軒あり、どれか未詳。
四〇 新町東口之町の遊女屋、槌屋彦兵衛。
四一 仮令。たとえば。仮に。
四二 新町阿波座下之町の遊女屋、湊屋昭甫。
四三 新町の遊女屋。四軒あり、どれか未詳。
四四 そもやそも。一体全体。
四五 上交(うわがえ)の褄。上交は着物の前を合わせた時、表に出る方をいう。上前とも。

き男《おとこ》に、[一]ひつしごきの帯《おび》をもらはれ、揚屋《あげや》に子が出来《でき》たの、旦那《だんな》の娘《むすめ》が[二]娵入《よめ(いり)》せらるゝの、見もせぬ芝居《しばい》の[三]請桟敷《うけさじき》があるの、お寺《てら》に地蔵堂《ぢざうどう》が立《たつ》のと、皆借《みなしやく》銭《せん》になる内証《ないしやう》づかひ。折《おり》ふしは小鴨《こがも》の味《あぢ》も思ひやられ、鯉《こい》の[四]糸作《いとづく》りも[五]九軒《くけん》では喰《くわ》れず。三つ葉《ば》のしたし物など、[六]せゝり箸《ばし》して、[七]すまし汁吸《じるすい》もあへず、楊枝《やうじ》をつかひ、[八]納戸《なんど》食《めし》にも[九]浅漬《あさづけ》ならでは、万《よろづ》の肴《さかな》も、禿《かぶろ》の時喰覚《ときくひおぼゆ》る事あり。是《これ》は此《(この)》里《さと》にかぎらず、女郎は何国《いづく》もかはらず、縦年《たとひとし》を重《かさ》ね、念比《ねんごろ》なる客《きやく》の前《まへ》にても、喰《くわ》ぬこそ見よけれ。されば[一〇]連歌《れんが》にも、食物《しよくもつ》は酒計《さけばかり》ぞかし。

　上戸《じやうご》には無心《むしん》も云《いひ》よけれども、座敷《ざしき》が長《なが》し。下戸《げこ》に紋日《もんび》を頼《たの》めば、「[一一]盆掛《ぼんかけ》て[一二]熊野《くまの》参《まい》りをする」といふ。隙《ひま》な男《おとこ》は昼《ひる》から来《き》て、[一三]三番太鞁《ばんだいこ》の過《すぎ》まで居《ゐ》れば、大かたは[一四]八つの鐘《かね》がなれども、[一五]あかず、すぐにはかへらず。又[一六]格子《かうし》まで送《おく》り、小《こ》者《もの》に[一七]灯挑《ちやうちん》けさせて、揚屋《あげや》の女子《おなご》も戻《もど》し、「是《これ》まで送《おく》りてまいつた徳《とく》に、ちとお袖《そで》へ手《て》を入《いれ》ましよか」と、いやな風《ふう》なる男《おとこ》ぶり。[一八]算《さん》くづしの紬嶋《つむぎじま》に、黒《くろ》ひ[一九]半《はん》ゑりをかけて、[二〇]青茶小紋《あをちやこもん》の[二一]細帯《ほそおび》、[二二]目くら嶋《じま》の給羽織《あはせばおり》、白鮫《しらさめ》の[二三]小《こ》脇差《わきざし》、[二四]こいからじの[二五]革踏皮《かわたび》、[二六]毛雪踏《けせつた》をはきて、綿入《わたいり》の頸巻《くびまき》、夜《よる》なればこそ門《かど》で咄《はな》しもなれ、一座《ざ》なしにあへばこそなれ。何事《なにごと》も浮世《うきよ》とて、しなだるゝを[二七]柳《やなぎ》にやつて、幾度《いくたび》も目《め》をふさぎて勤《つとめ》しに、又[二八]中戸《なかど》の腰掛《こしかけ》もひへて、「思《おも》ひ残《のこ》す事《こと》もない」とて、お帰《かへ》

一　しごきの帯。
二　「娵」は当時、嫁の意で慣用した俗字。
三　前もって買っておく芝居などの桟敷。義理のつきあいで割り当てられることもあった。
四　刺身用に魚肉を細く作った料理。
五　九軒町の揚屋。遊女は揚屋の客の前では物を食べないのがたしなみ。
六　少しずつせせるように箸をつけること。
七　多く二の膳の汁に用いる。　八　遊女が揚屋の納戸などで、空腹しのぎに茶漬飯を食べること。
九　大根・瓜などを塩や糠で短期間漬けた物。
一〇　連歌では酒以外の食物は、植物・鳥・魚などに分類されて、食物として扱われていない。
一一　客が盆の節句買いを断る口実にしたところ。
一二　紀州(和歌山県)熊野地方の熊野三山(本宮・新宮・那智)を参詣すること。
一三　新町で大門を閉じる合図に打った太鼓のうち、最後の太鼓。限りの太鼓。新町は延宝ごろは四つ(午後十時ごろ)が定め(色道大鏡十三)。なお貞享・元禄ごろは九つ(午前零時ごろ)まで延長した(摂陽落穂集)。
一四　午前二時ごろの時鐘。　一五　埒が明かず。客がなかなか事を済まさないこと。
一六　揚屋から遊女屋の格子まで送る。
一七　提燈(灯)、灯挑とも慣用した。
一八　算木くずしの意で、三筋ずつ縦横に石畳のようにした模様。
一九　上着に半襟をかけるのは野暮で初心の風俗。
二〇　緑と黄の中間の色(日葡)。
二一　遊客の細帯は野暮とされた(色道大鏡二)。
二二　縦糸・横糸とも紺糸で織った綿布。紺無地。
二三　遊里では長脇差が好まれた(色道大鏡二)。
二四　濃い柑子。濃いだいだい色。
二五　鹿などのなめし革製の足袋。丈夫だが、延

り。

　下《(した)》〴〵にもやさしく言葉《ことば》をかけ、それ迄《まで》は是非《ぜひ》と身《み》をかためしが、揚《あが》り口《ぐち》より取乱《とりみだ》して、漸〻《やうやう》衣装《ゐしやう》を着替《きかへ》、膳《ぜん》をすはれば、[二九]折屋《おりや》のたつが声《こゑ》して、又格子《こうし》をたゝく。「[三〇]京橋《ばし》の吉《よし》さまか。かなしや、あはねばならず」。不断着《ふだんぎ》の姿《すがた》を恥《はち》らい、灯《ともしび》をそむき、闇《くら》がりより手《て》を取《とり》かはし、四五日の首尾《しゆび》をかたれば、さきからも、「此中《(この)ちう》は内蔵《うちぐら》の大普請《(おほ)ぶしん》。[三一]鯰川《なまづがわ》の石垣《いしがき》を、親仁《おやぢ》が念《ねん》を入《いる》る」と、[三二]ぜいをいわるゝ。「其石垣《(その)いしがき》がくづれたら大《(だい)》事か」と、ひとつも耳《みゝ》に入《(いれ)》ず。大かたにしてお帰《かへ》りを嬉敷《うれしく》、跡《あと》をも見《み》ず戸《と》をさして、身仕舞《みじまい》・行水迄《ぎやうずいまで》して、とゞけの文《ふみ》ども認《したゝめ》、「此勤《(この)つとめ》のせはしき。天満《てんま》から出《いづ》る、[三三]賃嶋織《ちんしまおり》ても、世《よ》はわたるべきに」と、思ふもはや忘《わす》れて、傍輩《ほうばい》の女郎あまたに、[三四]中間《なかま》の焼炭《たきずみ》、[三五]二人あいの薬鑵《やくわん》を掛《かけ》て、是《これ》もたのしみの伴《ともな》ひ、「けふ[三六]吉田《よしだ》屋の喜左衛門咄《はな》し、きゝやつたか。其《(その)》女郎の名《な》はいわれぬ事、轆轤《ろくろ》頸《くび》のぬけて、[三七]鼬堀《いたちぼり》の[三八]くづれ橋《ばし》に出《いで》て、其夜《(その)よ》あはんす、[三九]新《しん》うつぼ町《まち》の今津《いまづ》さまにま見へ、其《(その)》身は何の覚《おぼへ》もなく、床《とこ》に寝《ね》皃《がほ》のうるさく、此《(この)》女郎やめぶんにあそばしける」と云《いふ》。「[四〇]近付《ちかづく》[四一]彼岸《ひがん》の入《いり》、[四二]涅槃《ねはん》・[四三]廿二日の事《こと》こそ、こはけれ」と、[四四]売日《うりび》のつゞくに物思ふ。

「今《いま》から寝《ね》られもせぬ夜半《よは》なれば、百物語《ひやくものがたり》初《はじめ》て、何が出《いづ》るぞ、[四五]様《ためし》に」と、

宝以後は時代おくれの物とされた。
二六 雪踏の表に毛皮を張ったもの。防寒用。
二七 相手にさからわないようにして、うまくあしらう意の諺。しなだるる—柳。
二八 店の奥へ通じる土間の仕切り戸口の腰掛け。
二九 新町佐渡島町の揚屋。二軒あり、どちらか未詳。「たつ」は揚屋の者。
三〇 現大阪市中央区京橋一—三丁目辺。当時は六丁目まであった(貞享四年・大坂大絵図)。
三一 鯰江川。大和川の支流で、現在の都島区の片町と、東野田町・網島町との境辺を流れて淀川に注いだ(大坂大絵図、摂陽群談三)。
三二 「贅を言う」は、見えから大言壮語するの意。
三三 賃縞。賃仕事で木綿縞を織ること。
三四 仲間買い。ここは共同で購入した炭。
三五 共同で使用すること。相合いとも。
三六 九軒町の揚屋、吉田屋の主人の話。
三七 立売堀・伊達堀とも書く(大坂町鑑)。現西区立売堀(いたちぼり)一—六丁目の地を西流していた堀。
三八 →四一頁注一七。
三九 現在の西区靫(うつぼ)一・二丁目辺。新町の北側至近の堀。
四〇 原本の振り仮名は「ちかつき」とある。
四一 彼岸の第一日。春の彼岸は当時二月にあり、春分を真中として七日間をいう。月令広義は、春分は二月の中、啓蟄の後十五日としている。色道大鏡は二月二十五日を彼岸で物日とする。
四二 涅槃会。陰暦二月十五日は釈迦入滅の法会の日。新町の物日(色道大鏡十三)。
四三 陰暦二月二十二日は、聖徳太子の忌日。聖霊会(しょうりょうえ)(日次紀事・二月)。大坂では四天王寺で大法事があり、新町の物日であった。
四四 遊女が客をとらなければならないとされた特別の日。物日(紋日)に同じ。
四五 「様 タメシ」(増補下学集)。

年明前《ねんあきまへ》の女郎の、しかもふてきない[一]人、座《ざ》をしめて、小橋《おばせ》[二]の井戸《いど》へはめの子どもが歎《なげき》、[三]人くひ祖母《ばゝ》のむかし、大和《やまと》の孕女《うぶめ》[四]のはなし、彼是取《かれこれ(とり)》まぜて、物語《ものがたり》は百にも過《すぐ》[五]れども、何《なに》のしるしもなし。

次第《しだい》に咄《はな》し替《かわ》りて、身《み》の上《うへ》のおそろしき、人をだませし事《こと》どもを、「今思《いま》へば、千日寺《せんにちでら》[六]にさるかたさまの、石塔《せきとう》を立《たつ》る奉加《ほうが》の大分《だいぶん》あまるを、身《み》[七]あがりにさしつぎ、又は長門《ながと》[八]の助《すけ》さまに、切《きり》もせぬ外《ほか》のかもじをやりてのぼらせ[九]、くだる[一〇]

一 不敵な。大胆な。
二 大坂の東郊、小橋村（摂陽群談一）。天王寺区小橋町（おばせちよう）辺。野井戸が多かった。「はめの子」は口べらしのため井戸にはめた子か。
三 未詳。
四 未詳。鬼子母神のような説話によるか。孕女は産女とも書く。難産で死んだ女の幽霊で、産児を抱かせようとするという。
五 原本は「勝（すぐ）れども」とある。
六 法善寺の別名。道頓堀の芝居裏にあり、火葬場と墓所があった。現中央区難波新地一番町の浄土宗の寺。
七 →六一頁注二六。
八 山口県北西部の旧国名。
九 おだてる。夢中にさせる。
一〇 長門に帰るの意。のぼらす―くだる。
一一 山の口筋は大道筋より東の町名だが、ここは山口一丁目（現北旅籠町東一丁）か（元禄二年・

事《こと》はならず、いとしや、一一堺《さかい》山の口《くち》に、夜番《やばん》をして、浦風《うらかぜ》がさぞ」と思ひやる。「それよりは、一二肥後《ひご》の久《ひさ》さまこそ。秤《はかり》・十露盤《そろばん》をも一代手《だいて》にもたず、人さへ五十人もつかはれし身が、お内義《ないぎ》さまとは別《わか》れ、今《いま》は一三高原《たかはら》のほとりにましまして、一四竜頭《たつがしら》をかづき、一五あつた大明神《だいみやうじん》さまのお初尾《はつほ》を、申請《(まうし)うけ》にあるかしやると、聞《きく》も悲《かな》し」「金屋《かなや》の七さま・八さまお兄弟《きやうだい》は、家《いゑ》も質《しち》に流《なが》れて、それより一六松屋町《まつ(や)まち》とやらに引込《ひつこみ》、夜《よる》さへ編笠《あみがさ》を着《き》て、つれぶしの一七読《よみ》うり、うはがれ声《ごゑ》のかくれないと、

堺大絵図)。高須の遊廓の西隣で、揚屋も三軒あった(色道大鏡十三)。

一二 熊本県大半の旧国名。

一三 末吉橋より二丁東の町の異名(大坂町鑑)。現中央区谷町六・七丁目辺。当時は瓦の産地で、貧しい芸人などが住んだ。

一四 竜の頭の形をしたかぶり物。→挿絵。

一五 尾張国(愛知県名古屋市)の熱田神宮。祭神は草薙剣。熱田の宝剣—大蛇。熱田神宮の祭礼の行列に竜頭の供も出ており(古浄瑠璃・あつた大明神の御本地)、竜頭はゆかりある祭具。

一六 現中央区松屋町辺。高原(注一三)の近隣。

一七 世間の出来事を浄瑠璃・小歌に作り、これを瓦版の一枚刷りにして、二人で連節(つれぶし)で歌いながら売り歩く絵双紙売り(人倫訓蒙図彙四)。

挿絵解説 百物語に怪異が出た場面。吹抜き屋台の構図をとる。右半図は新町の遊女が怪異の出現に恐れおののくさま。百物語をしていた最後の燭台を囲んで、左から、霞形模様の着物に波形模様の帯、桜模様の着物、流水模様の着物に雷文の帯、輪違い模様の着物。手前の遊女は楓模様の着物に花文亀甲つなぎ模様の帯をしめる。うつ伏しているさまは西鶴織留四の一の挿絵中の恐れおののく女に似る。

蒼暗い雲の上に現れた恨みの怪異は、左手前から、行人姿鳥足の高下駄をはくは津村の茂、親方に縛られたという長堀の木、腰にさすのは鳶口(とびぐち)、竜頭をかぶる肥後の久、すっぽん突きの嶋田屋の善、連れ節で瓦版の読売りをする金屋の七、八の兄弟、向こう鉢巻きで左に太鼓を抱えるのは、夜番をする長門の助。大坂方面では夜番のほか太鼓を打って時刻を知らせた(守貞漫稿三)。

聞《きい》て来《き》た人もあり」「嶋田屋《しまだ》の善《ぜん》さまは、四百貫目《くわん(め)》、弐年《ねん》にははやう埒《らち》があいた。常《つね》には虫《むし》もふまぬかたさまなれども、世渡《よわた》りとて、一鼈突《すぽんつき》になつて、天満《てんま》におはしけると云《(いふ)》」「二長堀《ながほり》の木《もく》さまが見へぬとおもへば、勘定《かんじやう》があわぬとて、親《おや》方目《かため》がしばつて、僉義《せんぎ》をするといの。「其銀《(その)かね》は落《おと》しました」と、いはんしたら、つひすまふに、扨《さて》」「三津村《つむら》の茂《しげ》さまは、入聟《いりむこ》の所《ところ》を追出《おひいだ》されさゝんしてから、よもや四心太売《ところてんうり》はなされまいとおもへば、案《あん》のごとく、五天王寺《てんわうじ》の六南門《なんもん》で、七行人《ぎやうにん》になつて、後《のち》の世《よ》をふかく願《ねが》ひ給ふとや。こりやもし、よい大臣《だいじん》に生《むま》れ替《かわ》らしやんして、おれが又前《さき》の世《よ》で、傾城《けいせい》してあふ事も、是《これ》には少頼《すこしたのみ》があるなり」。

誠《まこと》に此年月《(この)としつき》、いやといはさぬ仕掛《しかけ》、其《(その)》人も此客《(この)きやく》も、あるほどは取《とり》うしない、世《よ》にある身《み》を捨《すて》させ、其後《(その)のち》は文《ふみ》してさへとひもやらず。ある夜《よ》は、忍《しの》びて門《かど》に立《たゝ》るゝ俤《おもかげ》を、知《しら》ぬ白《かほ》に通《とを》り過《すぎ》、申《(まうし)》かはせし八入瘊子《いれぼくろ》も、今《いま》の勤《つとめ》の邪魔《じやま》になると、もぐさの煙《けぶり》に焼《やき》うしない、俄《にわか》に九紋所《もんどころ》を染《そめ》つぶし、親《おや》の所《ところ》はいふまい物と悔《くや》み、其時《(その)とき》〴〵に替《かは》るは、此流《(この)なが》れのならひとは云《いひ》ながら、懇《したし》き時《とき》は一〇うらなく、命《いのち》も其男《(その)おとこ》には惜《おし》からざりしに、一一心から一二心の鬼《おに》の物すごく、独《ひとり》〳〵泪《なみだ》に沈《しづ》み、しばし身《み》をふるはして歎《なげ》く時、天井《てんじやう》のうら板《いた》ひゞき渡《わた》り、屛風《びやうぶ》・ふすまもなりやまず、四方《しほう》の角《すみ》より一三青雲落重《あおぐもおちかさな》りて、今申《いま(まうし)》出《いだ》せし人達《たち》のあさましき姿《すがた》、幻《まぼろし》に顕《あらは》れ、

一 鼈突き。もりなどで、すっぽんを突き刺して捕えるのを仕事とする者。↓七一頁挿絵。
二 もと東横堀川の末吉橋の南で西流し、西横堀川と交差し、新町遊廓の南を西流した堀。ここは長堀川に面した町筋。材木問屋・薪問屋などがあった。本文の「木さま」は、材木問屋などの手代か。
三 津村は北・中・南之町、東・西之町の五町あり、現中央区淡路町五丁目・瓦町四・五丁目・備後町五丁目の辺(大坂町鑑、『大阪の町名』)。津村別院(西本願寺・北御堂とも)の北方の町。
四 心太(ところてん)の行商人。津村町に隣接した西横堀には、「ところてん草」を扱う店があった(難波鶴)ので、夏にその行商に出たのか。一代女二の二などに見える。
五 大阪市天王寺区元町の四天王寺。
六 南門には庚申堂があり、特に庚申(かのえさる)の日は、帝釈天の青面金剛童子の縁日で(一年に六度、閏の年は七度あり)、無病息災を祈るため参詣人が多かった(難波鑑六)。
七 仏道の苦行をしているところを人に見せ、米・銭を受けた者。鳥足の形の二尺ほどの鉄柱を付けた足駄をはき、頭に水桶をいただき、首に鉦を掛けたりしている(人倫訓蒙図彙七、諸国ばなし一の五)。↓七一頁挿絵。
八 入黒子(いればくろ)に同じ。遊女などが心中立てで、相手の名を腕などに入れ墨した。
九 遊客を喜ばせるため入れていた相手の紋所。
一〇 心(うら)なし。隠し立てをしない。
一一 わが心ながら。
一二 鬼のような冷酷な心。
一三 ここは青味を帯びた暗い雲。

「少《すこし》は恨《うらみ》に思ふ身《み》を、何《なに》とて見捨《すて》給ふぞ。日比《ひごろ》の偽《いつわ》りかへすぞ」と、はなちたる爪《つめ》・黒髪《くろかみ》、一四日帳《ひちやう》も、いらぬと歎《なげ》きつくる。是《(これ)》におそれて、思ひ〳〵の侘《わび》事すれども、家《いへ》の内の荒《ある》る事やまず。中《なか》にも物かしこき女郎、考《かんがへ》て、「各〳〵《おの〳〵》揚屋《あげや》の算用残《さんようのこ》りは」と、高声《こうしやう》に申せば、現《うつゝ》にも世中《よのなか》は、借銭程《しやくせんほど》すかぬ物はなきにや、此《(この)》声聞《こゑきく》と、化《け》したる形《かたち》、消《きへ》うせけるとぞ。

一四 日記帳。遊女がなじみの客に誠意を示すために、毎日の勤めを記して贈った。

▽本章の勘定を請求されて幽霊が退散したという、現実味のある落ちは、笑話本・かす市頓作・巻四「食類百物語」に影響を与えたか(野間光辰)。西鶴の類似な話に、百物語の最中に、幽霊ならぬ若衆が出たが、金勘定してみて男の方が逃げてしまったという挿話がある(難波の㒵は伊勢の白粉二・松玉小太夫の条)。

絵入

好色二代男

諸艶大鑑

三

好色《こうしよく》二代男

諸《しよ》艶《ゑん》大《あふ》鑑《かゞみ》　巻三

目《もく》録《ろく》

一　→三三頁注二九。転じて、島原遊廓の異名。

二　思いがけない幸運を得ること。

三　欲の世の中であるのに、大金を拾った船頭が船着き場に落とし主を探す立札を立てたこと。「高札」はコウサツとも。

四　遊里通いの船。ここは吉原通いの二挺立ての猪牙(ちよき)船。

五　山谷とも書く。現在の台東区千束四丁目付近一帯の総称であった。明暦三年(一六五七)八月、江戸の遊廓がここに移されてから、吉原の異称となる。「三野　遊女の住める里也。名所の野三つ有とて此名のおもしろき」(一目玉鉾一)。

六　吉原新町、彦左衛門抱えの太夫。寛文中期より延宝末まで在廓(大ざつしよ、下職原)。

〈三〉 一《(いち)》言《ごん》聞《きく》身《み》の行《ゆく》へ[七]

一　ぬけ参《まいり》の娘《むすめ》はまだ分《わけ》なき事[八][九]

一　新町出口の茶《ちゃ》屋少《せう》ぬれの事[一〇]

一　つぼねに艶《やさ》女置《をく》事[一一]

〈四〉 楽《らく》助《すけ》が靫《うつぼ》猿《ざる》[一二][一三]

一　世《せ》帯《たい》に積《つも》り知《しる》事[一四]

一　万《よろづ》やり帳《てう》引合《(ひきあはせ)》て見る事[一五]

一　太夫用《よう》意《い》挟箱《はさみばこ》の事[一六]

〈五〉 敵《てき》無《なし》の花《はな》軍《いくさ》[一七][一八]

一　九《(く)》軒《けん》に夏《なつ》の名花《めいくは》集《あつまる》事[一九]

一　女郎は陰《かげ》の間《ま》に心有《(ある)》べき事[二〇]

一　此《(この)》里の太夫以《(い)》前《ぜん》の形《かたち》はなき事

七　ある少女のなげやりな物言いを聞いた座頭は、五音の占の名人で、今の少女は将来必ず遊女になると予言したが、その行末はどうなったかという話。

八　↓六一頁注二五。農閑期の二月より四月までが特に参詣が多かった(日次紀事・二月)。

九　「分」は男女間の情事をさし、ここは男を知らないこと。

一〇　新町東口之町に、播磨屋四郎右衛門など十六軒の茶屋があった(色道大鏡十三)。

一一　端傾城(局女郎とも)のいる店。

一二　隠居して世事から解放された、裕福な者。

一三　靫は矢をいれる容器で、竹製・漆塗り製のほか、上等なものは毛皮や鳥毛などを張る。「靫猿」は狂言の曲名で、大名が靫にかけるため猿引きに猿の皮を所望するが、猿引きの悲嘆の様子に感動して許してやり、猿の舞に賞でて狩衣・刀・扇子などを与えるという話で、本章はこれに拠る。

一四　見積り。予算。

一五　万遣り帳。商家などで総支出を記しておく帳簿。類似な用語に、万有り帳(よろずありちょう)・万売り帳・万掛け帳などがある。

一六　着替えの衣服などを入れる箱で、棒に通して供などがかついだ。

一七　「敵」は遊客と遊女が互いに相手をさしていう語。「敵無」は客のない暇な折の意。

一八　唐の玄宗が、侍女を二組に分けて、花の枝で戦わせたという故事にならった遊び。ここは花を出し合って優劣を競う催しを描く。

一九　新町九軒町の揚屋。

二〇　人目から離れて独りでいる時のこと。

[一]朱雀《しゆじやく》の狐福《きつねふく》

[二]東福寺《とうふくじ》の[三]開山忌《かいさんき》に参詣《もふで》て、[四]通天《つう》の紅葉《もみぢ》見るに、今は梢《こずへ》に残《のこり》すくなき。人も散《ちり》〴〵の夕暮《ゆふぐれ》、[五]樌《ひつ》川の水の音迄《おと(まで)》も冬《ふゆ》めきて、淋《さび》しき道《みち》づれに、踊子《おどりこ》の師《し》をする、お亀九兵衛《かめ(くへゑ)》といふ男と語《かた》り行《(ゆく)》に、「さるかたの下屋敷《(しもや)しき》へ是非《ぜひ》よれ」と、[六]黒谷《くろだに》の辺《ほとり》に竹一村《(ひと)むら》のかまへあつて、見た所はさもなく、門《もん》に入《(いり)》てのびゞしさ、是《(これ)》を[七]新《しん》隠《かく》れ里といひならはし、上京の人の遊山所《ゆさん(じよ)》とや。

九兵衛が案内《あんない》して入れば、座敷《ざしき》はきのふのさはぎの跡《あと》とて、能衣装《のういしやう》取乱《みだ》し、[八]筋《すじ》男の面《おもて》も踏割《ふみわけ》てかたよせ、[九]鞠垣《まりがき》の柳《やなぎ》は根引《ね(びき)》にして置《おく》、何《なに》事でか有《(あり)》つる。又数《す》[一〇]奇《き》屋の掛絵《かけゑ》は、[一一]雪村《せつそん》の観音《くわんおん》と見えしが、御《み》手に包《ほう》丁と[一二]まな箸持《ばしもた》せ、「[一三]醜《なまぐさ》寺」と落書《らくがき》、さても惜《お》しき事かな。

又南方《みなみかた》の[一四]切戸《(きりど)》ひきあくれば、[一五]兵庫砂蒔《ひやうごずなまき》て、遥《はるか》なるくれ[一六]縁《ゑん》に、蘭鉢《らんはち》三十ならべて、其奥《(その)おく》の間《ま》に、[一七]鬢切《びんぎり》したる[一八]女小性《おんなこしやう》、七八人も見えしが、皆《みな》十五六にして、いづれかいやなるはなし。其《(その)》中に壱人、寒《さむ》き折ふしなるに、白小袖《しろこそで》ひとつ着《き》て、足に金行燈《かなあんどう》くゝりつけられ、しかも結《むす》びし縄目《なはめ》に封迄《ふう(まで)》付《(つけ)》られ、[一九]泪《なみだ》ぐみし有様、

一 →七六頁注一・二。
二 京都市東山区本町十五丁目の臨済宗の寺。京都五山の一つ。
三 陰暦十月十六日。東福寺の開山、聖一(しよういち)国師が、弘安三年(一二八〇)、七十九歳で遷化した忌日。国師の木像を輿に乗せ寺中を回り、法要を営んだ(京童四など)。
四 通天橋。東福寺十景の一つで、紅葉の名勝。
五 現在の山科川。北山科から出て東山の東を南流、伏見区六地蔵を経て宇治川に注ぐ。歌枕。
六 京都市左京区黒谷町、金戒光明寺の付近。
七 ここは人目を避けた遊里の意。忍び里とも。
八 能の男面の一種。怨霊物に用いる。
九 蹴鞠の鞠場の周囲にめぐらした竹垣。四隅に桜・柳・松・楓を植えた。柳は東南隅。
一〇 茶室のこと(日葡)。
一一 室町時代末期の画家。水墨画で知られる。
一二 →一八頁注一三。
一三 腥寺。生臭坊主のいる寺。「醜」は原本どおり。
一四 塀や座敷の壁などに作った小さなくぐり戸。
一五 兵庫(兵庫県神戸市)の海浜からとれる白色の砂。庭の蒔砂に用いる。
一六 榑縁。細長い板を、框(かまち)に平行に張った縁側。
一七 前髪を切って額に垂らし、また鬢の毛を切って耳の後ろへ垂らした髪形。少女・禿の髪形。
一八 貴人のそば近くで使われる少女。「小性」は小姓とも書くが、節用集類は小性が多い。
一九 原本は「泪ぐむし」とある。

これは合点《がつてん》のゆかぬ時《とき》、爰《こゝ》あづかりし年《とし》がまへなる女房《にようばう》出《(いで)》て、九兵衛に頼《(たのむ)》は、「此《(この)》こさんどの、過《すぎ》つる夜《よ》、御座敷《ざしき》にて燈火《ともしび》に行当《ゆきあた》り、其《その》まゝ消《きへ》ぬる科《とが》とて、御《(ご)》酒機《しゆき》嫌《げん》にて、かくあそばしける。見る目のいたましければ、はやく御侘《わび》[二〇]」と申《(まうす)》。「それまでの事にもあらず。御目に懸《かゝ》るまでもなし」と、其《(その)》難《なん》をのがして行《ゆく》に、是《(これ)》が御内証間《ないしやうま》とて見する。

八畳敷《じやうじき》の所《ところ》に、四つの角《すみ》にこたつを四つ切《きり》て、同じ色《いろ》なるふとんを掛《かけ》、「足《あし》をさし込《こみ》、枕《まくら》はひと所《ところ》へよせて、御咄《はな》しを申《(まうす)》」といふ。物の自由《じゆう》こしらへ、かゝるくはれい[二一]の遊興《ゆうきやう》、町人のぶんとしては、天のとがめもおそろし。さりながら、ならばしても見たしと、火《ひ》のあるを幸《さいわい》に、九兵衛と枕《まくら》ちかよせて語《かた》るうちに、最前《さいぜん》の女、薄茶《うすちや》などはこびてもてなす後《のち》、甚《ぢん》六とて、万事《ばんじ》の鎰《かぎ》をあづかりし男出て、「「九兵衛が参《(まゐり)》たらば、此《(この)》文持《ふみもた》せて、昼《ひる》より前《まへ》につかはせ」との御申付《(まうし)つけ》」と、棚《たな》より出頭箱《しゆとうばこ》[二二]をおろし、御状《じやう》と香箱《かうばこ》をわたす。

「今鳴鐘《なるかね》が九つ[二三]」とおどろき、人には暇乞《いとまごひ》もせずはしり行《ゆく》に、智恩院《ちおんゐん》[二四]の門前《ぜん》より時雨《しぐれ》て、やう〳〵大和橋《やまとばし》[二五]にわたりつき、人置《おき》[二六]の五郎四郎が許《もと》にて、さしがへもなき一本かりて、いそぐ次手《つゐ(で)》ながら、壬生《みぶ》[二七]に寄事《よる》有《(あり)》て、野《の》道を行《(ゆく)》に、七十ばかり成《(なる)》ばゞの雨《あめ》にぬれて、物がなしき白《かほ》つきして、我先《わがさき》に立《(たつ)》てゆかるゝを、

二〇 御詫。当時は詫言の詫も、侘(増補下学集)・侘(饅頭屋本)などと慣用した。

二一 華麗。ぜいたく。

二二 未詳。役所用の書類箱か。

二三 ここは正午ごろ。

二四 京都市東山区林下町の浄土宗鎮西派の総本山。

二五 東山区内、鴨川の東、三条と四条との間の大和大路(縄手通)の白川に架かる橋。

二六 奉公人の周旋業者。

二七 葛野郡壬生村。現在の中京区椥(なぎ)ノ宮町の壬生寺付近の地。

母の事思ひ出して、傘《からかさ》を借《かし》ておくれば、此《(この)》老女《らうによ》うれしさのあまりに、とはず語《がた》りも、聞程耳寄也《きくほどみゝより(なり)》。すこし袖を引《(ひい)》て、「こなたは[一]みさほさまとよい中《なか》、しらぬ事か」といふ。「是《(これ)》は[二]めいよじや。そちは嶋原《しまばら》の人か」ととへば、「さはなくて、かくしたまふ女《じよ》郎の身の上、しらぬ事なし。[三]今《いま》八文字屋の二階《かい》で、けふは[四]小太夫さまのお中がいたむ。夜《や》前《ぜん》の酒《さけ》がすぎた。[五]井《ゐ》筒《づゝ》屋では、[六]せきしうさまの[七]瘊子《ほくろ》をほらして御座《ざる》が、あつてからうつくしい皃《かほ》じやに」と、見たやうに申《(まうす)》。是《(これ)》不《ふ》思《し》儀《ぎ》なり。

懐《ふところ》の文取《ふみとり》出して、上書《うはがき》は見せず、「是《(これ)》はどこへ持《もつ》てまいる」ととへば、「それは[八]三夕《せき》さまへ、正月の事、心《こゝろ》へたとの御状《じやう》なるべし。此《(この)》太夫さまは、物《(もの)》毎《ごと》勤《つとめ》を大事《じ》に掛《かけ》たまふ事かな。まだ七十日あれば、其《(その)》内には素《しろ》ひ客《きやく》もかゝるべきに、年取《としとり》はづさぬやうに、あなたこなたの長文章《ながぶんしやう》、ことに上包《うはづゝみ》を二重《ふたへ》に、封《ふう》じ目には[九]印判定紋《いんばんじやうもん》を押《おし》て、御念《ねん》の入《(いつ)》たる事《こと》ぞかし。[一〇]永禄《ゑいろく》の比迄《ころまで》は、世《せ》間《けん》に状文《じやうぶみ》さへ、包《つゝ》みて封《ふうず》る事なし。ましてや遊女《ゆうぢよ》の文《ふみ》などは、当座《とうざ》のなぐさみに見捨《すて》しに、むかし[一一]此《(この)》里六条にありし時《とき》、[一二]玉虫《たまむし》といふ女郎、客《きやく》の方《かた》へ[一三]銭《ぜに》壱貫の無《む》心《しん》、はじめて封《ふう》じ文《ぶみ》つかはしける。それより次第に、二十両《りやう》、三十両の[一四]御《ご》内用《ないよう》申《(まうし)》こされ、念《(ねん)》比《ごろ》の男、[一五]かはせ手《て》形《がた》よりおそろしき世とはなりぬ。京にかぎらず、よねの

一 島原上之町、菱屋与左衛門抱えの囲(鹿恋)か(朱雀遠目鏡)。
二 名誉。世にまれなこと。不思議。
三 島原揚屋町西側の揚屋、八文字屋喜右衛門。
四 島原上之町、柏屋吉右衛門抱えの太夫。名は省子、寛文十二年太夫に出世、延宝期在廓。
五 同揚屋町東側の揚屋。隣接して二軒あり、北が甚左衛門、南が半右衛門。 六 石州。島原太夫町、宮島甚三郎抱えの天神か。名は利子、寛文四年(一六六四)天神になり、延宝期にかけて在廓。
七 美容のためにほくろを抜き取った。「瘊子」は、いぼの意だが、黒子(ほくろ)の意で通用。武家義理一の二など参照。
八 島原下之町、林四郎兵衛抱えの天神か。名は野子(やし)、寛文より延宝にかけて在廓。
九 遊女が封じ文に印判を押すことは、遊廓が六条にあったころから行われたが、古文字を彫ったものであった。印判に定紋を彫らせたのは島原下之町、柏屋又十郎家の太夫小藤(正保より明暦三年在廓)より始まった(色道大鏡九)。
一〇 室町末期の年号、一五五八―一五七〇年。
一一 京都の遊廓は、天正十七年(一五八九)柳町に設けられ、慶長七年(一六〇二)に六条通室町の西北部に移された。上・中・下の三筋から成り、三筋町という。寛永十八年(一六四一)より西新屋敷の地に移され(実際は十七年七月ごろより移転)、島原という(色道大鏡十二など)。本条は六条三筋町時代のこと。 一二 六条三筋町の遊女。「其頃の時花女郎、亀菊・玉虫・金弥」(好色由来揃一)。
一三 銭一貫文、すなわち一千文。
一四 内々の用事。内証の借金。
一五 為替手形。近世、大坂を中心に江戸や京など遠隔の地との送金・取引に用いられた手形。振出人が、その支払人に宛てて、指定の金額を

印判持《ゐんばんもつ》は、[一六]宗旨《しうし》改《あらため》の外《ほか》、[一七]質《しち》の時入《(いる)》なるべし」と、笑《わろ》ふ。

聞程《きくほど》おかしく、「今《いま》の太夫様達《たち》の身持《みもち》、さもしき事はなし。溜《たま》り金《きん》あるを、去揚屋《さるあげや》へ利廻《りまは》しに[一八]借《かし》、又は[一九]わたくし衣装《いしやう》の中綿《なかわた》にくけ込《こみ》、四五年も[二〇]勤《つとめ》の内《うち》よりも、[二一]かせ世帯《たい》の心掛《がけ》、手桶《おけ》・米櫃《びつ》・しやくし・菜刀《ながたな》、おそからぬ調物《とゝのへ》して、よしみ有町家《ある(まち)や》に預ケ、伽羅《きやら》もらひためて焼《たか》ず。着物《きる》も白小袖《しろ(こ)そで》を頼《たの》まるゝは、してやる人もむつかしからず。是《(これ)》はさだまつて下着《したぎ》なれば、其《(その)》まゝとつて置《(おか)》るゝに勝手也《かつて(なり)》。万《よろず》の[二二]巻物《まき》は、下されてから、仕立《(したて)》て着《き》ねばならず、薄《うす》よごれて妹女郎《いもとじよらう》にもらはれ、身を切《きら》るゝよりかなしき首尾《しゆび》ぞかし。去《(さる)》太夫さまは、此程《(この)》も[二三]為家《ためいへ》の歌書《かしよ》を[二四]取売《とりうり》に渡《わた》し、[二五]雲竜《うんりやう》の卓香炉《しよくこうろう》を売捨《(うり)すて》、皆《みな》[二六]ゐんつうに替《かへ》て」、さもしき心ねの程、独〳〵産《うん》だやうにいふ事、物毎《ごと》おそろしくなつて行《(ゆき)》けるに、[二七]朱《しゆ》雀《じやく》の寺ちかくなりて、「我住里《わがすむ》も見へければ、語《かた》るにいとまなし」と、懐《ふところ》よりひとつの書《しよ》を取出す。

上書《うはがき》は、「[二八]噂《うわさ》町の日記《き》」也《(なり)》。「此《(この)》二十年此かたの諸分《しよわけ》、是《(これ)》にもるゝ事なし。かまへてうたがひたまふな。我《わが》いふ事、偽《いつわり》なき印《しるし》には、今行《(ゆき)》たまふ先《さき》の揚《あげ》屋に、女郎集《あつま》りて、「けふの雨中《うちう》に、よもや男はわせまじ。いざ[二九]寄合《よりあい》出しの振舞《ふるまひ》」と、鯛《たい》は[三〇]杉焼《すぎやき》、[三一]ねぶかも喰《くふ》て、「匂《にほ》ひは跡《あと》で、[三二]壁土《かべつち》をなめてやめよ」と、物に

受取人に支払うように委託するもので、支払日には振出日より一か月程度先に指定してある。これに対し遊女の無心は、体面上急に用立てなければならず、恐ろしいというのである。
一六 近世の宗教制度。当初はキリシタン取締りで行われたが、寛文九年(一六六九)以後はさらに博奕及び傾城町以外の売色を取締まるため、毎年三月など一定の時期に、家持ちより下男・下女に至るまで全員の宗旨などを記した宗門改帳を作り、町奉行所に提出させた。宗門改めとも。
一七 質入れには、本人と請人の記名捺印が必要。
一八 「貸」と表記すべきだが、当時は貸・借の両字とも、それぞれカス・カルの両訓があり、混用。
一九 遊女屋から支給した衣服以外の私物の衣装。
二〇 勤めのあける前から。遊女の年季、公界(苦界とも)は十年が定めである。
二一 悴世帯。貧乏暮らし。 二二 唐織の絹布。一疋ごとに巻いてあるのでいう。
二三 藤原為家。定家の子。続後撰集などの撰者。歌書には、為家集・詠歌一体などがある。いずれも西鶴以前には刊本がなく、古写本である。
二四 古道具屋。
二五 雲竜の図柄を彫った卓上香炉。
二六 員子。銀子の宋音。金銀の貨幣のこと。
二七 朱雀権現堂。中古には広幡院、または歓喜寺という著名な寺で、天正以後七条朱雀に移され、祇陀林寺とも称した。藤の名所(扶桑京華志三、堀川の水・下)。元禄九年(一六九六)刊・京大絵図に見える。なお明治以後、下京区朱雀裏畑町に移り、権現寺(浄土宗)という。
二八 島原出口の茶屋町をいう。 二九 大勢の者が金を出し合って飲食すること。集銭出しとも。
三〇 魚鳥の肉を杉板にはさんだり、杉箱に詰めて焼き、杉の移り香を賞味する料理。

なれたる女のしらせて、箱《はこ》に箸《はし》も乱《みだ》れて、目の所のせんさく、おかしさも只今《たゞいま》也《(なり)》。其中《(その)》に物をもくはず、素湯《さゆ》に粉薬《こぐすり》を好《このみ》、みだれ髪《がみ》なる太夫は、誰《たが》子ともしれず、とまつて、お腹《はら》をなやみ」といふ時《とき》、はるかなる草村《くさむら》より、まだらなる小狐《ぎつね》の、彼《かの》人を見て、にげさらずよろこびなす。姥《うば》目の色《いろ》かはり、それとつれて、むかふの一穴《あな》に入《(いり)》て、跡《あと》なし。

「さては、兼《かね》て聞《きゝ》つる嶋原狐《しまばらぎつね》なるべし」。よき事聞過《きゝすぎ》て、二宿屋《やどや》の入口より、

三二 根深。葱(ねぎ)。

三三 なまぐさい物を食べた後でにおい消しのため壁土をなめることは、色道秘伝書に出ている。

一 狐—草村、狐—穴(類船集)。

二 揚屋。

「集銭《しゆせん》出しのひともじ三の残《のこり》はないか。てゝなし子の、お中《なか》がいたみますか」と、大声《ごへ》あげて申せば、いづれもきもつぶして、「誰《たれ》が伝《つた》へたぞ」と、ぎんみすれども、しれず。太夫達《たち》、沙汰《さた》なしのわび事、何《なに》せうともまゝ也《(なり)》。菟角《とかく》は寒空《さむぞら》にもなれば、四手前拵《(て)まへごしら》への夜着《よぎ》ぶとん申請《(まうし)うけ》て、其後《(その)のち》も彼手帳《かのてちやう》にあはせ、人の噂《うわさ》を見通《とを》しに申《(まうし)》て、ほしき物をとつて、此所《(この)ところ》の五御《を》髭《ひげ》の塵《ちり》を取《とり》やめて、六白川《しらかわ》の流《ながれ》の末《すへ》に、万代《よろずよ》を七祝《いわ》ひの水《みつ》、お亀酒屋《かめさか》となる事、日比《ごろ》上戸のたのしみ。

三 一文字。女房詞で葱のこと。
四 遊女が自費でこしらえた夜着蒲団。
五 目上の人にこびたりご機嫌をとること。太鼓持の職業。
六 左京区北白川の山中より出て、南禅寺西方を流れ、三条白川橋から智恩院古門前を経て、大和橋辺で鴨川に注ぐ。
七 「祝ひの水」は、岩井の水(岩間からわき出る水)と掛詞で、養老の滝の故事(謡曲・養老)から酒の異称。ここはまた上文の「万代を祝ひ」から掛かる表現。白川—流の末(ながれ久しき)(類船集)。また、祝ひの水—亀—酒—上戸。

挿絵解説 島原近辺、朱雀野の時雨の景。手前の築地塀で囲まれた建物は島原遊廓。遠近法を無視した遠景の田圃道で、老婆に傘をさすのはお亀九兵衛。三星紋の着物で、腰に脇差をさす。老婆は銀杏の散らし模様の着物の裾をからげる。左半図の柳陰に狐が出迎えているように、老婆は島原狐である。

島原で植込みが多いのは、廓の西南部の揚屋町の一画である。その瓦屋根が見えるが、手前に石を重しにした取葺き屋根の見えるのは、局見世か。植込みは松・槇・楓などか。

島原の近くには柳が多かった。本文の「朱雀の寺」という朱雀権現堂は、島原の南にあったが、富尾似船の地誌、堀川之水・下によると、「権現堂より二町余北の方に、柳町一村、恋のけぶりゆたかにたちならびて見へ侍る」などとあり、ここも柳の多い実景を写したものか。

欲《よく》捨《すて》て高《たか》札《ふだ》

人間《にんげん》は欲《よく》に手足《てあし》の付《つい》たる物《もの》ぞかし。爰《こゝ》に壺《つぼ》口[一]のおなべとて、世《よ》を仲人《なかふど》として渡《わた》る者《もの》、恋《こい》の中橋《なかばし》[二]の広小路《ひろこうぢ》に住《すみ》ける。有時《あるとき》、男所帯《おとこじよたい》にして年久《としひさ》しき、瀬戸物《せともの》[三]町《(ちやう)》の酒棚《さかだな》に来《き》てさゝやくは、「幸《さいわい》の御縁《ごゑん》が御座《ござ》る。去方《さるかた》に、金子《きんす》弐百両《りやう》と、十八九成小娘《なるこむすめ》を独付《ひとりつけ》て来《く》る。是非《ぜひ》よばしやれ」といふ。

「其小判《そのこばん》は切《きれ》[四]もなく、かる目[五]もないか」ととへば、「駿河町《するがてう》[六]の勘四郎[七]包《づゝみ》にして渡《わた》しましよ」と慥《たしか》[八]に申《(まうす)》。「其娘《そのむすめ》の㒵《かほ》は」ときけば、「ちんばは見ゆる程《ほど》でない」といふ。「みつちやはないか」ととへば、「まだ白歯《しらは》[九]じや」と申《(まうす)》。「目は別《べつ》の事はないか」と尋《たづ》ぬれば、「耳《みゝ》がふたつなくば、其儘《(その)まゝ》[一〇]され」といふ。「見ぬ商事《あきなひ》はならぬ。せめて三野《さんや》[一一]の西尾《にしを》程《ほど》、うつくしければよいが」といふ。仲人《なかふど》のなべけしき替《かへ》て、「今《いま》のはやり太夫、金車引《きんじやひき》[一二]ても、五日や七日には逢事《あふこと》まれなるよねさまと、同じ日おしやるもおろかなる事や」と、大声《ごへ》に笑《わろ》ふは、代《だい》[一三]八車《(はち)ぐるま》のごとし。足元《あしもと》にありし冷水《ひやみづ》を蹴立《けたて》、天目《てんもく》[一四]も踏落《ふみおと》してかへる。是《(これ)》を思ふに、なべが申《(まうす)》ごとく、よき女に敷金付《しききんつけ》[一五]て送《おく》るは、他《た》人の所務分《しよむわけ》[一六]とつて、跡吊《あととは》ぬ

一 おちょぼ口とも。
二 中橋には元来橋はなく、日本橋と京橋の間なのでいう。中橋広小路は、広小路をはさむ上槙町一・二丁目と南槙町一・二丁目のこと(延宝八年・江戸方角安見図)など。現在の中央区八重洲通りのうち、外堀通りと中央通りとの間辺。
三 日本橋瀬戸物町一丁目に下り酒屋があった(江戸鹿子五)。現在の中央区日本橋室町一丁目の中央通りより東側の一部。
四 激しい使用で小判の表面に切り傷のあるもの。悪貨として一般に受け取るのを嫌った。 五 軽目金の略。金貨が摩損して目方の軽減したもの。
六 日本橋駿河町。西隣の本両替町と共に両替屋が多かった(江戸方角安見図)。中央区日本橋室町一丁目と二丁目の間で、中央通りの西側。
七 本両替屋三谷勘四郎。本両替仲間では、各両替屋の名前を表記した金銀包みを、仲間のほか一般にも、その封包みのまま信用によって通用させた。これを仲間包みともいう。
八 「確かに」の意で、慥・慥の字を通用した。
九 処女の意。既婚の女性は歯を黒く染めた。
一〇 「去る」は離縁するの意。
一一 →七六頁注五・六。
一二 両替屋で金銭を運ぶのに用いる車。ここは小判を山のように積んで見せてもの意。
一三 江戸で用いられた二輪の大きな荷車。数人で引いたり押したりする。金車―代八車。
一四 天目茶碗。底の浅くてすり鉢形の茶碗。
一五 持参金。 一六 遺産の分配。
一七 死んでくれるとよい、目玉までくり抜いてやろうの意。強欲非道なことのたとえ。
一八 隅田川・宮戸川ともいう(江戸砂子二)。
一九 →七六頁注四。山谷堀が浅草川に注ぐ、浅草今戸橋に船宿があり(江戸鹿子一)、また浅草

よりむごし。
[一七]死《しね》がな目《め》くじろ、欲《よく》の世《よ》の中なるに、[一八]浅草《あさくさ》川の[一九]悪所船《あくしよぶね》の乗場《のりば》に、札書《ふだかき》て置《(おき)》しは、「[二〇]夜前《やぜん》に弐挺立《てうだて》の戻《もど》りに、お侍《さむらい》衆[二一]上下乗《のせ》けるが、御皃《かほ》は見しらず。舟よりあがらせられし跡《あと》に、鼠羅《ねずみら》紗《しや》の紙入《かみ(いれ)》、金物《かなもの》に藤菱《ふぢびし》の[二二]みつ紋、此中《(この)なか》に一歩《ぶ》弐百五拾、三疋《びき》づれの[二三]獅子《しし》の目貫《めぬき》、[二四]早縄《はやなわ》一筋《すじ》、女筆《(によ)ひつ》の[二五]立文《たてぶみ》五つ、此外《(このほか)》、[二六]花車《きやしや》道具《どうぐ》の品《しな》〴〵、態《わざと》かきのこす。此《(この)》主《(ぬし)》さまへありのまゝ戻《もど》したし。いつによらず、舟着《ふなつき》にて、燃杭《もへぐい》の戸《と》右衛門《(ゑもん)》と呼《よび》たまへ」と、書付《かき(つく)》。
[二七]申《さる》ノ六月廿九日の夜《よ》、「[二八]戸《と》右衛門船《ぶね》」と[二九]どよむ。折ふし爰《こゝ》に有合《ありあわ》せ、此《(この)》人達《たち》を乗《の》せて、「御いそぎ合点《がつてん》じや。あれなる[三〇]都鳥《みやこどり》の飛《とぶ》がごとく」といふ。「[三一]我思《わがおも》ふ事を尋《たづ》ねたし。拾《ひろ》はれし物の中に、若《もし》廿二日より六日迄《(まで)》の、毎《まい》日届《とゞけ》の文《ふみ》はあらずや。万《よろづ》の物《もの》は惜《おし》からず、其文給《(その)ふみたま》はれ」といふ。「文《ふみ》に限《かぎ》らず、一品《(ひと)しな》も取《とる》べき物《もの》にあらず、かへすべし。うたがふ事にはなけれども、廿二日の状《じやう》の書出しは」と尋《たづね》ける。「それ愚覚《おろおぼへ》ながら、「今日《けふ》涼風《すゞかぜ》の吹《ふか》ぬ事、[三二]桜田《さくらだ》のたより絶《たへ》て、此《(この)》宿花《やどはな》もなき里《さと》に、墨絵《すみゑ》の御扇子《あふぎ》、[三三]雪《ゆき》の芭蕉《ばせを》はいやよ。何《なに》事も男《おとこ》は偽《いつわ》りの世《よ》じや物。[三四]野上《のがみ》の女の手枕《てまくら》も、我夢《わがゆめ》くらべて見る事、皆《みな》そなたさま」。此跡《(この)あと》はゆるせ、いわれぬ」と、船《ふな》人もともに大笑《わら》ひして、「此道《(この)みち》の奥《おく》ふかきは、人にかたられ

橋・日本橋等にもあった(吉原恋の道引)。
二〇 二挺の艪をつけて漕ぐ細長い小船。七六頁の悪所船のこと。　二一 主人と供の者。主従。
二二 三つ紋。ここは藤菱を三つ組合せた紋。
二三 目貫は、刀身と柄を固定させる目釘の頭などを飾る金具。ここは獅子の細工が施されている目貫。原本「師子」。　二四 捕縛用の縄。
二五 →五三頁注九。　二六 風流な遊芸や身だしなみに使う上品な道具。ここは毛貫などか。
二七 西尾の話なので延宝八年(一六八〇)庚申の年か。
二八 吉原帰りの客は、山谷堀の今戸橋で、「よき船に心をつけば、浅草ふねは十兵、権右、三右衛門、山の宿の船頭は金右、十右、五郎兵衛、此船共をよばるべし」とされた(吉原恋の道引)。
二九 叫ぶ。わめく。
三〇 ゆりかもめの雅称。隅田川―都鳥(類船集)。
三一 「名にし負はばいざ言問はむ都鳥わが思ふ人はありやなしやと」(伊勢物語九段、謡曲・隅田川など)による。都鳥―わが思ふ事。
三二 江戸城桜田御門の外付近の地。大名屋敷が並ぶ地域で、この武士の居所を示す。現在の千代田区霞が関・日比谷公園辺。風の吹ぬ―たより絶て、また、桜田―花。
三三 王維が事実にこだわらず雪中の芭蕉を描いたという故事から、誠でないこと、偽りのことをいう。「雪のうちの芭蕉の、偽りの姿」(謡曲・芭蕉)。雪中の芭蕉―偽り(類船集)。
▽ここは武士から贈られた扇子に、墨絵で雪の芭蕉が描かれていたらしく、薄情なのはいやだというのである。なお、涼風―扇子。
三四 謡曲「班女」の主人公。美濃国野上(岐阜県不破郡関ヶ原町野上)の遊女、花子。吉田の少将の形見の扇子を持って都に上り、ついに少将と再会したという。

ぬ事のみ」と、彼紙《かのかみ》入《(いれ)》をかへす。「金子《きんす》は汝《なんじ》〳〵」と申せど、「無用《むよう》の御仕方《しかた》也《(なり)》」とて、ほしがるけしきなし。

「むかしは何人《なに》」ととはれて、目の雫袖《しづくそで》をつたはせ、櫓柄《ろづか》とり捨《すて》、「我《われ》[一]今こそ、元《もと》は宇都《うつ》の宮《みや》の者《もの》なるが、神《かみ》にも仏《ほとけ》にも、恋《こい》にも親仁《おやじ》にも見はなされ、か〻るいやしき世渡《よわた》りすればとて、筋《すじ》なきものを取《(とる)》べきや」といふ。「さて恋《こい》にもとは、いかなる御かたを、今もしのびたまふぞ」ときけば、「昔日《そのかみ》、御町《(お)てう》[二]

一 我今こそあれ。「今こそあれ我も昔は男山さかゆく時もありこしものを」(古今集・雑上・読人しらず)。

二 公許の遊廓のこと。ここは吉原をさす。

に名《な》のありし太夫に、壱人もあはざるはなし。されども新町《てう》[三]の彦左衛門かゝへの太夫、西尾《にしを》を二とせ余《あま》りもこがれしに、さはる事ありて首尾《しゆび》せぬうちに、身は国元《くにもと》を追出《おい》され、又此所《(この)ところ》に来《き》て、せめては三野《さんや》にかよふ人の、足手《あして》影《かげ》[四]なり共《(とも)》[五]見しや、思《をも》ひ晴《ばら》しに、舟《ふね》もひとしほにはやめ、行《ゆく》人の心、待《まつ》人の心を思ひやる」と、恋の只中《たゞなか》を語《かた》る。

「やれその西尾《にしを》社《こそ》[六]、我《われ》もこがるゝ君也《きみ(なり)》。是《これ》にある物も、其《(その)》太夫の盆仕《ぼんじ》舞《まい》[七]に、

三 吉原新町の遊女屋。
四 「都の人の足手影もなつかしう候へば」(謡曲・隅田川)による。
五 「見ばや」とあるべきところ。
六 「社」は助詞「こそ」の当て字として慣用。
七 盆節季の支払い勘定を済ませること。

挿絵解説 浅草川の悪所船での異変。右半図中央の船は、二挺立ての猪牙船。船首の武士は、本文の紙入れを落とした侍衆。後はその供の者。侍は横縞の着物に釘抜き紋の羽織姿、供は丸輪紋の着物で付け髭をする。後の船頭のうち、前の方が、以前は吉原の大尽客でもあった戸右衛門であろう。

左半図は「紫だちたる筋はへ」た雲の下、川面に幻のように現前した西尾の居姿。根結(ゆ)い下げ髪で、花文亀甲つなぎの着物に流水模様の打掛け姿。顔を襟にうずめるのは、当時好まれた姿態。その上方に、夕立の上がったあとの都鳥を点出させる。

右手前の船は、本文中の「先船」などに当たる。編笠に風抜きの穴があるのは、師宣の和国百女(元禄八年刊)にもみられる。右半図の遠景は向島の郊外風景。左半図手前は「茂りの芦」に当たる。

猪牙船などは吉原大ざつしよ(延宝三年刊)の挿絵を参照したか。

入《(いる)》べき事とさしこゝろへて、持《もつ》ては参りしかども、やる首尾《しゆび》なくてかへりさまに、取落《とりおと》せしぞかし。其身《(その)み》になりても、ぬしをたづねてかへさるゝは、前《ぜん》代《だい》ためしなき心ざしなり。[一]釈迦《しやか》も女郎《じよらう》もよもやかへすまじ。此《(この)》事太夫に語《かた》りて、是《ぜ》非《ひ》恋《こい》の仲立《なかだち》せん。太夫いなといはゞ、分《わけ》しらず也《(なり)》。いやならん返事《へんじ》ならば、逢《あい》たまふか」と、根《ね》を押《をし》てとへば、「是《(これ)》は情《なさけ》なし。夢《ゆめ》にさへ、まことの姿《すがた》を見ば、命《いのち》といふ物有《(ある)》べきや。折からはまぼろしに見る事も百度《もゝたび》」と、いふ時《とき》、空《そら》俄《にわか》に薄曇《うすぐもり》て、[二]堀兼井《ほりかねのゐ》の辺《あたり》より、[三]観音堂《くわんをんどう》を限《かぎ》りて、夕立のしきりに、[四]風の神《かみ》も袋《ふくろ》あけられてはげしく、神鳴《かみなり》も撥《ばち》のつゞく程《ほど》うちならして、遣手《やりて》の[五]みつが声《こへ》よりおそろしく、苫《とま》などふかくかぶりて、袖《そで》もる水《みづ》に夏《なつ》も恨《うら》めしく、茂《しげ》りの芦添《あしぞへ》に立浪《(たつ)なみ》は、[六]やがら網《あみ》をうつ音《おと》のみ。蛍《ほたる》も先船《さきぶね》の[七]火《ひ》縄床《なわゆか》しく、[八]蛤《はまぐり》の貫実《ぬきみ》、蛎辛《かきがら》なん、岸《きし》の[九]しやれ貝《がい》の光《ひかり》も目にあやなく、口にせはしく念仏《ねんぶつ》申《(まうし)》て、[一〇]道鉄《どうてつ》が菴《いほり》もまだはるかに、川瀬《せ》の浅《あさ》きかたを見し[一一]に、行水《(ゆくみづ)》の上《うへ》に、今迄《いま(まで)》はありとも覚《おぼへ》ぬ、紫《むらさき》だちたる筋《すじ》はへて、居姿《いすがた》の女[一二]忽然《こつぜん》とあらはれ、打掛《うちかけ》して、髪《かみ》はしやらほどけの後付《うしろつき》、「やれ[一三]命《いのち》をとるは、[一四]おせ〱」と、[一五]水押《みよし》に立あがりて聞《(きけ)》ば、歌《うた》うとふやうにもあり。正しく[一六]初《はつ》山が上調子《うはぢやうし》の声《こへ》とも聞え、[一七]市川流《りう》の琴《こと》かとうたがはれ、[一八]浪《なみ》の底《そこ》にも吉原《よしはら》ありやと、先立《さきだつ》女の面《おもて》見まくほしく行《(ゆく)》に、跡《あと》見かへれば、

一 金銭に無欲な者の例に挙げた。
▽本章の、船頭が拾った紙入れを落とし主に返す話の素材は、堪忍記八「陰徳をおこなふべき事」の、舟頭余干（よかん）の話であろう。
二 武蔵国の歌枕。牛込村にあるとされた（江戸鹿子一、国花万葉記七）。ただし西鶴は本所辺とする（一目玉鉾）。 三 浅草観音堂。台東区浅草二丁目の金竜山浅草寺。現在は聖観音宗、当時は天台宗で寺領五百石。
四 浅草観音の雷門（風雷神門）にあった運慶作の風神・雷神像の風神の連想。後文の「神鳴」は雷神の連想。 五 西尾の遣手は「なつ」（吉原大ざつしよ）。 六「やがら」は矢柄投げ（古相撲でうっちゃりのわざ）のことで、ここは夕立のはげしい雨足が川面を打つさまを表現したもの。
七 檜の皮・竹の繊維・木綿などを縄に編み、硝石をしみこませたもの。煙草などの火付け用。ここは飛び迷う蛍の光も、先船の煙草の火縄のように思われて、人懐しく心細いさま。
八 ここは蛤の殻の方であろう。
九 曝貝。肉の落ち水に洗いさらされた貝殻。
一〇 明暦のころ、待乳山の北麓、日本堤（土手とも）へ取付く左手に、道哲（道鉄とも）という道心者が住み、近くの刑死者のために常念仏を勤めていたので、土手の道哲と呼ばれた。その草庵の地に建てられたのが浄土宗西方寺という（吉原恋の道引、吉原大全一など）。浅草新鳥越町一丁目、現在の台東区浅草七丁目内。
一一 原本は「見しに」の「に」誤脱。
一二 原本は「勿然」とある。
一三 魅力的な美しさに命ももたないの意。
一四 櫓をもっと早く押して、舟を急がせろの意。
一五 舳（へさき）。
一六 吉原京町、権左衛門抱えの格子女郎。寛文

西尾《にしを》也《(なり)》。是《(これ)》はとおどろき、言葉《ことば》かけてもへんじせず。舟《ふな》人の戸右衛門申《(まうす)》は、「我《わが》心玉《だま》にもせよ、思入《おもひ(いれ)》の浅《あさ》からぬしるしを見せん」と、まねけばうなづく。笑《わら》へば[一九]あいをなし、いつとなく消《きへ》にける。

大臣是《じんこれ》に哀《あはれ》みふかく、太夫に此《(この)》事をかたれば、「それこそおもひ当《あたり》たる人さま也《(なり)》。勤《つとめ》て三とせばかりもすぎて、[二〇]脇《わき》などふさぎて、情《なさけ》もしらぬとは申されぬ時《とき》、さま〴〵くどきましませども、其《(その)》おつれさまにあいなるれば、したがふわけもなく、いたづらにすぎぬ。今其《(その)》御なりさまにておはしけるに、あふてしんぜいでは。[二一]とても事にきさま一座《ざ》」とたのめば、是《(これ)》かはつたる[二二]浮世《うきよ》あそび、彼《かの》戸右衛門を引合《ひきあはす》に、西尾《にしを》が万事《ばんじ》のこなし、かたじけなさも、とうとさも、うれしさも、ひとつにからげて、皆男泣《みなおとこなき》にぞ。

[二三]一言聞身《ごんきくみ》の行《ゆく》ゑ

[二四]神風《かみかぜ》や、伊勢《いせ》の[二五]右望《よも》都《いち》といふ座《ざ》頭《とう》、[二六]五音《いん》の占《うらない》を聞《きゝ》て、万《よろづ》の事を見通《とを》しぞかし。有時《あるとき》、[二七]難波《なには》の春《はる》に住所《すみどころ》を替《かへ》て、梅《むめ》のかり宿《やど》を定《さだ》め、旦那《だんな》まはりの[二八]御師《おし》、彦六[二九]太夫を道《みち》すがらの友《とも》として、[三〇]鈴鹿《すゞか》川を越《こへ》て、「[三一]桐《きり》の朽橋《くちばし》と読《よみ》しも、是《(これ)》なる滴《したゞ》り。

から延宝期に在廓。延宝七年(一六七九)ごろ散茶に下る。小歌の名手(吉原大ざつしよなど)。
一七 寛文・延宝のころ、京都の地歌の名手、市川検校のはじめた琴の手法。 一八 「波の底にも都ありとはと」(謡曲・大原御幸)の表現をまねたか。普通波の底に竜宮があるとされた(謡曲・碇潜)。
一九 愛。愛想。やさしい応対ぶり。
二〇 遊女は十四、五歳で新造として初めて客をとり、十七、八歳で着物の脇をふさぎ、それまでの振袖を留袖にする。 二一 とてものことに。いっそのこと。 二二 遊里での遊び。色遊び。
二三 →七七頁注七。 二四 伊勢の枕詞。
二五 正保より寛文ごろ、調子聞きの名人として有名な伊勢の座頭。寅年の京都大地震の際、愛宕山の護摩堂で没した。享年は六十余り(槐記・享保十年九月十六夜の条)。寅年で大地震のあったのは寛文二年(一六六二)(五月一日)のこと。
二六 五音の占は、物音、特に人の声で身の上を判断すること(人倫訓蒙図彙三・占師)。五音は中国の五行思想から物の音を宮・商・角・徴(ち)・羽の五つに分けることだが、特に人の声音・話声のこと。 二七 「心あらむ人に見せばや津の国の難波あたりの春のけしきを」(後拾遺集・春上・能因)や「難波の春も幾久し」(謡曲・難波)など、「難波の春」は雅語表現。難波—梅。
二八 伊勢神宮の下級の神職で、参宮者の宿泊などの世話をし、また手代を諸国の檀那に派遣して、お祓箱や祝儀状を配り、初穂料を徴集した。
二九 太夫(たゆう)は神社の御師の称号。
三〇 三重県北部、鈴鹿山脈より出て、東海道の坂の下や関(関町)を経て伊勢湾に注ぐ。歌枕。
三一 鈴鹿山中にある。「梧の朽橋 鈴鹿山きりの古木の丸木橋是もや琴のねにかよふらん」(一目玉鉾三)。俊成の歌で夫木抄・雑三にも所収。

あれなる岩《いわ》のとつぱなに、年《とし》かさねたる蜂《はち》の巣《す》のあるは」と、目の[一]見える人におしへるもおかし。

腹《はら》をかゝへて上《のぼ》れば、[二]蟹《かに》が坂《さか》をくだるに、此所《(この)》の[三]我《わが》まゝ雨《あめ》、[四]夕日は照《てり》ながらふりて、参宮人《さんぐう》も立《たち》さはぎ、[五]丸粘売軒端《まるあめうるのきば》に、[六]三方荒神引掛《ばうかうじんひきかけ》、「そりやあたるは、のひて」と、[七]与作丹波《よさくたんば》が馬《むま》かたの言葉《ことば》つきも、せはしき折ふし、[八]ぬけ参《まいり》と見へしが、菅笠《すげがさ》に国里《くにざと》の書付《かきつけ》もなし。[九]皆豊後《みなぶんご》しぼりの[一〇]脇《わき》あけ、まだそんな事はしらぬ尻《しり》つきなる娘《むすめ》、九人行中《ゆくなか》にも、すこし[一一]髪《かみ》ちゞみて、色《いろ》はあさ黒《ぐろ》ふしてしほらし、木陰《こかげ》に雨《あま》やどりせしが、「つれなき松にいつ迄《(まで)》。ぬれかゝつた袖《そで》じや物」と、云捨《いひすて》て行《ゆく》を、右望都聞《よもいちきゝ》て、「今《いま》の少女《しやうぢよ》は、行《ゆく》すゑかならず遊女《ゆふぢよ》になる者」といふ。それはしれぬ事也。世《よ》の中《なか》の巾着切《きんちやくきり》も、腹《はら》のうちからの[一二]それ者《しや》にもあらず。[一三]百菊作《ぎくつく》るによつて、花《はな》へんじて咲出《さき(いづ)》る。[一四]平野《ひらの》の上人《しやうにん》にそなはれば、里《さと》人其《(その)》まゝ有難《ありがた》し。公家《くげ》も装束《しやうぞく》なしには、[一五]かうやく売《うり》の皃《かほ》の白《しろ》ひもの也《(なり)》。[一六]一切《(いつ)さい》の人間《にんげん》、其職《そのしよく》にうつせば、うつる物ぞかし。

諸職人《しよしよく(にん)》の[一七]手間取《てまとり》・弟子等《でしとう》も、親方《おやかた》の勤《つとめ》の外《ほか》、冬《ふゆ》の夜《よ》の氷《こほり》をたゝきて、手《て》の中《うち》の荒《ある》るをもいとはず、私仕事《わたくししごと》をこしらへ、其銀《(その)かね》壱匁になる事、[一八]岩《いわ》に花咲《はなさく》こゝちして、[一九]新町《しんまち》の暮《くれ》をいそぐ風情《ふぜい》、過《すぎ》つる[二〇]正月布子《ぬのこ》を盗《ぬすみ》出し、あい弟子《でし》の羽織《はおり》を

一 原本は「見えぬ」とあるのを改めた。
二 東海道土山の宿はずれの急坂。現在の滋賀県甲賀郡土山町南土山蟹坂。一目玉鉾三に地名に関する伝説を所載。「坂」は原本「板」と誤刻。
三 限られた地域だけに急に降る雨。私雨。
四 歌謡の文句によるか。「坂は照る〳〵鈴鹿は曇る、…間(あい)の土山雨が降る」(落葉集四・馬士唄、丹波与作待夜の小室節・上)。
五 丸飴。蟹が坂の茶屋の名物(一目玉鉾三)。
六 三宝荒神。駄賃馬の鞍の両側に櫓状の物をとりつけ、中央に一人、左右に各一人乗る仕掛けのもの。参宮客用。五人女二の三挿絵に見える。
七 丹波国出身の馬方与作。関の小万との情事は俗謡となり、本条は俗謡の歌詞による。「与作丹波の馬追ひなれど、今はお江戸の刀指し」(山家鳥虫歌・下)。　八 →七七頁注八。
九 豊後国名産の絞り染めの木綿(毛吹草)。
一〇 袖の脇下をあけた年少者の衣服。女子は未婚でも十九歳の秋に脇をふさぎ、留袖にした。
一一 縮れ髪の女は閨房の語らいよしといわれた。
一二 その道の者。専門家。
一三 多くの種類の菊。多種の菊を育てることによって、はじめて美しい花の変種ができる。多年の経験が大事のたとえ(范至能・菊譜)。
一四 河内国平野(大阪市平野区平野上町一丁目)の融通念仏宗、大念仏寺の上人。中興の祖、法明上人は、摂津国深江村(大阪市東成区深江辺)の農家の出身(国花万葉記六)。
一五 編笠をかぶり、夜行商に出たりした。
一六 「それ人間の一心、万人ともに替れる事なし。長釼させば武士、…十露盤をきて商人をあらはせり」(武家義理・序)などと類似の見解。
一七 手間賃かせぎの下請け職人。住込みで見習い中の職人、「弟子」よりはやや格が上。

かり、小倉帯《こくらおび》[二一]を前《まへ》むすびに、盆《ぼん》[二二]の雪踏《せつた》を取出し、床《とこ》[二三]の髪結《かみゆひ》に物好《ものごのみ》をして、鼻紙《はながみ》半帖《はんじやう》思ひ切《きつ》て折込《おりこみ》、道行《みちゆき》づくしの浄瑠利本《じやうるりぼん》[二四]、皮付《かわつき》[二五]の大楊枝《やうじ》、喜三郎[二六]が琢砂《みがきずな》をたしなみ、宿《やど》を出て壱丁計《ばかり》は足元《あしもと》もさだめ、それより飛立《とびたつ》心玉《だま》にも、彼《かの》一粒《りう》の銀《かね》を、いろふて見る事幾度《いくたび》か。

[二七]御堂《みどう》の前《まへ》にありし、折《をり》からの草花《くさばな》を買《かふ》て、其《その》心にはやさしくも提《さげ》て、「こちの花畠《はなばたけ》に今《いま》を盛《さかり》との、うそは悪《にく》からず。敵《てき》[二八]にあふたらば、そふいふてたらして」と、さま〲に思ひをはこぶ。此間《(この)あいだ》のたのしみ、日比《ひごろ》は肱《ひぢ》[二九]を曲《まげ》て、金鎚《かなづち》をつかひしんくも、此時忘《(この)ときわす》れて、東《ひがし》[三〇]の門《もん》に入《(いる)》と、気《き》もさは〲となつて行《(ゆく)》に、[三一]扇《あふぎ》屋の荻野《おぎの》、[三二]おくれなしの二つ[三三]折《をり》に、髪先長《かみさきなが》く、丸皃《まるがほ》[三四]のうつくしさ。沖之丞《おき(の)じやう》[三五]に源平香合《げんぺいかうあはせ》[三六]の道具《どうぐ》もたせて、静《しづか》に豊《ゆたか》に行《ゆく》を、皆《みな》見もどるも断也《ことはり(なり)》。

[三七]おもはく阿波座《あはざ》[三八]にあれば、太夫などは目にも懸《かけ》ずゆきて、つぼね[三九]へすぐには入らず、わざと門《かど》を行過《ゆきすぐ(る)》を、内より結柴小紋《ゆいしばこもん》[四〇]の鼠色《ねずみいろ》に目印《じるし》ありて、「今のは七[四一]蔵さまじや」と、遣手《やりて》を付《つけ》て、袖《そで》にすがれば、「九軒《(く)けん》[四二]に友達《ともだち》どもが、けふは大《あふ》[四三]寄《よせ》するが、ちつと見まふて、かへりにそれへ」といふ。「先《まつ》あはんしてから」と、是非《ぜひ》にとめるをしほに立帰り、庭《には》に立ながら、火箸《ひばし》を取《(とり)》、灰《はい》せゝりして、「此《(この)》中はめづらしい雪《ゆき》がふりまして、又御子[四四]がしろふならじやつた。米《こめ》が安《やす》ひ

一八 現実にはあり得ないことのたとえにいう諺。
一九 新町への夕暮れを急ぐの意。
▽本条以降は職人の弟子風情の廓遊びを描く。
二〇 正月の晴れ着の布子(木綿の綿入れ)。
二一 豊前(福岡県)小倉産の厚手の木綿織の帯。
二二 盆に主人より支給され、七月十六日の藪入りなどにおろした雪踏。
二三 町内、木戸際、橋詰めなどに店を出した髪結い。各戸を回って営む回り髪結いと区別する。
二四 浄瑠利は浄瑠璃の慣用字。
二五 木の皮を削り残してある歯磨き用の房楊枝。
二六 大坂本町三丁目(中央区内)喜三郎の歯磨粉。
二七 北の御堂(西本願寺津村別院、中央区本町四丁目)と、南の御堂(東本願寺難波別院、北久太郎町四丁目)付近には花屋が多かった(難波鶴)。
二八 客と遊女が、それぞれの相手をいう。相方。
二九 論語の文句取り。「肱を曲げてこれを枕とす。楽しみ亦その中にあり」(述而・第七)。
三〇 新町東口の大門。
三一 新町中之町、扇町三郎右衛門抱えの太夫。
三二 後れ毛。 三三 男髪のように髷を上に折り返して元結で締め、刷毛先を長く結ったものか。
三四 当時は丸顔が喜ばれた。一代女一の三参照。
三五 荻野の引舟か。
三六 組み香の一種。源平の二組に分かれ、香をきき当てた方が、盤上に旗を進めて争うもの。
三七 思いかけている相手。愛人。
三八 新町阿波座上之町と同下之町には、端局(はしつぼね、端女郎の店)が多く並ぶ。
三九 端局は、土間のほか畳二畳敷が普通の構えで、三畳や四畳半に床棚を付けたものもあった。
四〇 束ねた柴の小模様を散らしたもの。
四一 鍛冶屋などの弟子の通称。
四二 九軒町の揚屋。鹿恋以上の遊女を揚げる所。

によつて、足《あし》もふとい」と云。女郎《じよらう》それはきゝもせず、「是《(こ)》りやよい羽織《はをり》一さじやんした。とてもの事に、ゆきがみぢかい」といへば、「さてはかり着《ぎ》じやとおもはしやるか。親仁《おやぢ》がくれたさかいに着《き》る」と、腹立《はら(たつ)》るを、さま〴〵侘事《わびこと》して、引揚《ひきあげ》、隣局《となりつぼね》より来《き》て取持《とりもち》、いやあふなしに戸《と》をさせば、二勝手《かつて》屛風《びやうぶ》の先《さき》より、敷御座《しきござ》・木枕《きまくら》二つ、帯《をび》ときて寐《ね》さまに、火鉢《ひばち》おしのけ、燈心《とうしん》へして、上着《うはぎ》はぬぎて、「今夜《こんや》は三亥《いのこ》の荒《あれ》がして寒《さむ》ひ」といふ。「四餅《もち》もつて来て五進上物《しんじやう》を」といひさま、近寄《ちかより》、六勝間《こつま》ふんどしを袂《たもと》へくろめ、此《(この)》思ひ出、七井筒屋《ゐづゝや》の大座敷《ざしき》に、八小太夫と枕《まくら》ならべしも、替《かは》る事なし。九夕霧《ゆふぎり》が泣《なく》も、一〇丹州《たんしう》が大声《あふごへ》も、皆心《みなしん》の臓《ざう》からなり。位《くらい》こそ、五一一分《(ふん)》と一二四拾六匁なり。目鼻《めはな》・手足《てあし》、首筋《くびすじ》をしめる迄《(まで)》、女《おんな》に違《ちが》ひはなし。起別《おきわか》れて、女郎《じよらう》は内《うち》に入跡《(いる)あと》へ、遣手《やりて》せんじ茶持《ちやもち》てくる時《とき》、銀払《ぎんばら》ひをする。壱匁で弐分一三掛込《かけこみ》、つりの銭持来時《ぜにもちきたるとき》、なにとも物《もの》いわねば、女郎《じよらう》の取《とり》になる。言葉《ことば》を掛《かく》れば、遣手《やりて》の物《もの》になるぞかし。其後名残《そののちなごり》の暇乞《いとまごい》して、また立《(たち)》もどり、「そこらに書《かい》た物《もの》はなかつたか」と、子細《しさい》らしく尋《たづ》ね、「もしまた、七蔵様は見へぬかと、いふてくる人あらば、謡芸古《うたひけいこ》の所《ところ》に居《ゐる》と、いふてたまふ」と、帰《かへ》る姿《すがた》、東口《ひがしぐち》をすぐるといなや、尻《しり》からげていそぐ。此《(この)》心になつて見るもおもしろし。

四三 客が友達を誘い、揚屋に大勢の遊女を揚げて遊ぶこと。
四四 遣手などが遊女をさしていう語を使う。

一 さしゃんした。なさいました。
二 勝手元に立てる二曲の屛風。丈が低く横にやや広い。「暦張の勝手屛風」(一代女六の一)。
三 陰暦十月の初の亥の日前後に吹く烈しい風。
四 亥の子餅。十月初の亥の日に餅をつき、安産や子孫繁栄を祈る年中行事があり、その餅。
五 進じょうものを。上げればよかったのに。
六 西成郡勝間村(西成区玉手・千本など辺)産の絹のような上等な木綿で仕立てた褌。
七 九軒町の揚屋、井筒屋太郎右衛門。
八 小太夫は新屋(一の二)・木村屋(置土産二の三)と抱え主を明記するのもあるが、ここは抱え主未詳の延宝ごろの太夫か。前出(一の二)。または佐渡島町下之町、堺屋与市兵衛抱えの天和・貞享ごろの太夫か。
九 →四八頁注一〇。
一〇 五分取りの端女郎らしいが、未詳。色里案内に、佐渡島町藤屋種松家の三匁女郎に丹州の名があるのみで、五分取りの名は未掲載。
一一 端女郎のうち、銀五分取りの揚代。上から三匁取り・二匁取り・一匁取りとある、最下位。
一二 貞享期の新町の太夫の揚代(色里案内)。延宝期では銀四十三匁(色道大鏡十三)。
一三 銀貨を実際より少なめに計るずるいやり方。
一四 →九一頁注一七。
▽本段では手間取りの廓遊びを描く。
一五 先端をそいだ竹筒。米の質を検査する時、米俵にさし込んで米粒を抜き出すのに用いる。
一六 外に張り出した格子に、横へ貫《(ぬき)》が一本通してある。端女郎の店の構え。

又、手間取《てまとり》[一四]は、すこし味《あぢ》にやつて、「雨《あめ》の日しめやかに」と約束《やくそく》すれば、新《あたら》しき傘《からかさ》を買《かふ》て、「弐拾本之内」と、大文字の書付《かきつけ》、米[一五]ざし指《さし》て、袂《たもと》に大豆を入《いれ》、面《おもて》に釣《つり》[一六]ごうしのあるは、弐匁取《とり》のしるしなり、つぼねに揚《あが》りさまに、米・大豆などを滴《こぼ》し掛《かけ》、「けふ出雲《いづも》[一七]・加賀《かが》[一八]の入札[一九]に行《いき》て、それから是《これ》へまいつた」と、[二〇]よせいなる商内咄《あきないばな》し。箱屋[二一]の腰《こし》つきはかくれなし。やう〳〵三十日に、弐拾四匁取内《とる》を、拾三[二二]匁出してする事は、博多《はかた》[二三]の小左衛門が、大判の風車[二四]を拵《こしら》へ、長[二五]崎屋の出羽《でわ》[二六]にとらし、禿《かぶろ》の金作に、唐人踊《おどり》[二七]をさせしより、競《くら》べて是《これ》が奢《おごり》也《なり》。

定宿《じやうやど》の茶屋[二八]を見わたせば、見世に柾《まさき》のかい敷[二九]、鯛《たい》は薄塩《うすじほ》して、小板の蒲鉾《かまぼこ》、栄螺《さゞい》、蛤《はまぐり》、たこは天蓋釣《てんがいづり》[三〇]にして、車海老はにしき[三一]をあらそひ、かゝが赤前垂《あかまへだり》は夕日にうつろひ、簾越《すだれごし》の目づかひ、客《きやく》をせはしくあしらい、菓子盆・油さし[三二]、両の手に持《もち》て出、戻《もど》りに茶碗《ちやわん》・火入《ひいれ》を提《さげ》て、鍋《なべ》の蓋《ふた》を明《あけ》て見たり、買物の帳を付《つけ》たり、独《ひとり》して万事の埒《らち》をあくる。爰《ここ》もそれ〳〵のおもはく、折ふしは撥音《ばちをと》もして、恐れる人もなきに、自然と爰の小歌はひくう、物言迄《ものいひまで》[三三]もおつへ入《いり》て、物静《しづか》也《なり》。

有《ある》時、伊勢の彦六太夫、右望都《よもいち》同道の後、四五年も過《すぎ》て、大坂にまかり、御《おん》[三四]祓《はらい》・暦《こよみ》をくばり仕舞《しまひ》て、隙になりての夕暮、彼《かの》[三五]四町を詠《なが》めありきて、かへさに、

一七 出雲藩の蔵屋敷は土佐堀白子町(難波鶴)。
一八 加賀藩の蔵屋敷は上中之島淀屋橋西(同)。
一九 各蔵屋敷での蔵米払い下げの入札。この入札には蔵名前をもつ米仲買だけが参加できた。
二〇 余情なる。みえをはる。また景気のよい。
二一 指物(さしもの)屋職人。
二二 二匁取りの揚銭は、局遊びで十匁、夜に入って八匁(色里案内)。ただし本文に「定宿の茶屋」とあり、「茶屋売りは価さだまらず」(色道大鏡十三)というのであるから、「十三匁」は茶屋の酒肴代の入った遊興費か。
二三 筑前博多の豪商、伊藤小左衛門。何かと豪遊したが、寛文七年(一六六七)(一説に寛文四年)密貿易の咎で処刑された(田中伸)。
二四 風車を模して大判を配して作った置物。
二五 未詳。阿波座上之町、長崎屋長左衛門か。
二六 前注抱えの寛文期の太夫。延宝期は天神(難波鉦)。一代女一の四に見える。
二七 唐人笠・唐人衣装で、唐人歌をうたって踊る。その歌詞は松の落葉四・唐人踊に所載。
二八 茶屋は、新町筋東口に十七軒、西口に七軒、佐渡島町東口に五軒あり、往来の客を留めて、端女郎を揚げた(色道大鏡十三)。
二九 搔敷。食物を盛る器の下に敷く物。よく南天や檜葉などの小枝を使うが、ここは柾の小枝。
三〇 天蓋をつり下げるように、物をつるすこと。
三一 「にしき」は秋の紅葉をたとえていう語。
三二 行灯などの油皿に油を補給する容器。
三三 乙は邦楽で甲(かん)より低い音のこと。乙へ入るは、しんみりとした低い調子になるの意。
三四 伊勢神宮のお祓いのお札と、伊勢暦。伊勢の御師が毎年地方の檀那に配った。
三五 新町廓内の、新町筋・佐渡町筋・阿波座町・吉原町をいう。→五〇五頁付図。

一越後町の二吉野屋の辺《あたり》の見世に、いやしからぬ女の、髪は三投嶋田《なげしまだ》に結《ゆふ》て、小徒《こいたづら》なる脇㒵《わきがほ》、立寄《(たちより)》て見るに、四無点《むてん》の大学を心静《こゝろしづか》に読《よみ》て、人近寄《ちかよれ》ばかくす風情《ふぜい》、何とやら五孔子《こうし》の娘《むすめ》めきて、かたひ所にやはらかなる物ごし、是《(これ)》に思ひつきぬ。

惣じて人を六括《あなど》る事なかれと、言葉をさげて恋を仕掛《しかけ》、ひそかなる揚屋《あげや》に呼《よび》て、かりそめながら更《ふく》る夜を惜《をし》まれ、酒もそこ〱にして、床《とこ》はとらずに、語るよりやさしくおもはれ、物いひにすこしなまり有《(あれ)》ば、「七西国衆か」と尋ねければ、

一 新町佐渡島町の西一町の俗称(澪標など)だが、ここは広く佐渡島町筋全体をさす。
二 佐渡島町下之町遊女屋、吉野屋与三右衛門。
三 島田髷の根を低く後ろへそらした髪形。
四 訓点の付いていない大学(四書の一つ)。
五 堅苦しい、まじめくさった態度を孔子臭いというが、ここは若い女性なのでこういう。
六 「括 アナトル」(増補下学集)。
七 東国に対して中国・四国・九州地方をいう。

「いかにも[八]備後《びんご》福山ちかき里也。人のなり行末《(ゆく)》はしれぬ物ぞかし。かゝる勤《つとめ》の身にとは、神掛《かけ》て思ひよらず。十一歳《さい》の春の比《(ころ)》、女友達《ともだち》にさそはれ、伊勢迄《(まで)》参詣《まふで》せし道にて、雨《あめ》やどり[九]つれなきに、何国《いづく》ともしれぬ座頭《ざとう》の坊《ぼう》のいへるは、「あの娘《むすめ》は遊女になる者」と、先も見えぬ事なん申《(まうす)》を、心腹立《ばら(たち)》て、何をか申《(まうす)》ぞ、我人、しれぬ旅《たび》なれや。国元《くにもと》の親は、男《おとこ》女のめしつかひさへ、三十人にあまりて、[一〇]有徳人《うとく(じん)》なる物をと、思ひしに」と、かたる。

八 広島県福山市。当時水野氏十万石の城下町。
九 なんの変りもない、退屈である意。
一〇 裕福な者。

挿絵解説　新町の茶屋の風景。手前に忍び返しの塀があるのは、新町遊廓の外塀で、これに面する茶屋は、新町東口之町に入る両側の片側町のみで、新町通りに向って右側(北)に七軒、左側(南)に九軒あった(→五〇五頁付図)。右半図の「さかいや」は、前記の北側の堺屋長左衛門か(色道大鏡十三)。左半図の「なだや」は未詳。堺屋の女は、三星の着物で、鱧などの串焼きをする。揚縁には、杠の掻敷に薄塩の鯛・車海老・蛤などがある。灘屋の女は、雪輪の着物で、「簾越の目づかひ」だろうか、顔は見えない。わきの横縞の男は遊客か。灘屋の揚縁には、右から左へみると、俎板には真魚箸と包丁、ごぼうや蜜柑の野菜類、磁器皿には魚、天蓋釣にした蛸、左端にはさざえが置かれている。

通行人は、右から、編笠に中陰菱紋の浪人、霞形模様の着物の端女郎、置頭巾に黒い半襟、沢瀉模様の着物の遣手、菱に三の字の紋の着物でわびしい帯をしめた手代風の男、中陰の花柄の着物で沢瀉の紋入りを着た端女郎、置頭巾に渦巻き模様の着物の遣手、大福帳と風呂敷包みを紐でしばって肩にする掛取りの手代が描かれている。

横手《よこ(で)》をうつて、「其《(その)》時の友《とも》は我也《(なり)》。[一]五音《ゐん》を聞《(きく)》も[二]めいよなり。身の上あしくはなすまじ」と、親方に[三]年《(ねん)》の内をもらいて、古里の妻《つま》にも此《(この)》事をあかし、つれくだりて、[四]山田《やうだ》の片陰《(かた)かげ》にしのばせ、杉の門をさしこめ、小女《しやうじよ》に物読《(ものよみ)》おしへて、色も情《なさけ》も、魚類《ぎよるい》の味《あぢ》も、しらぬ身となりぬ。是《(これ)》もましなるべし。

[五]楽《らく》助《すけ》が靫猿《うつぼざる》

元《ぐはん》日より大晦日《あふつごもり》迄《(まで)》、毎《まい》日濃茶《こいちや》一服《ぷく》、伽羅《きやら》三焼《たき》、らうそくを壱挺《てう》づゝともして、一年中に銀三拾枚《まい》ならでは入らぬ物也《(なり)》。外より見て、是程《(これほど)》大気《たいき》なる事はなし。楊枝《やうじ》三百六拾本、遣ひ捨《すて》てからわずかなり。

さる人、庭桜咲《にはざくらさき》て、見にまかりしに、きのふも客《きやく》ありし跡《あと》と見えて、[六]紅梅染《こうばいぞめ》の手拭掛《てぬぐいかけ》は、[七]信長《のぶなが》の時代《じだい》物、檜垣《ひがき》の蒔絵《まきゑ》このもしかりしに、其《(その)》竹縁《えん》のはしに、[八]丹波《たんば》笊籬《いかき》に入《(いれ)》て、杉箸《すぎばし》を洗《あろ》ふてほしておかせしは、[九]此《(この)》心入《(いれ)》のうるさし。しばらく詠《なが》めし花《はな》もあさまになりて、立帰《(たちかへ)》るを、あるじ留《とゞめ》て、[一〇]馬刀《まて》の吸物《すいもの》出《(いだ)》せど、いやな所《ところ》ありて、酒《さけ》ものまずに立《(たち)》ぬ。

人皆《みな》たしなむべし。箸何程《はしなにほど》が物かといふ。万《よろづ》に付《(つけ)》て、つもれば大分《(だいぶん)》なり。太《たい》

一 人の声を聞いてその将来を言い当てたこと。
二 名誉なり。不思議である。また、技能などのすぐれているの意。
三 年季のあけるまでまだ期間があるのを、暇をもらって。
四 伊勢の山田(三重県伊勢市の外宮の所在地)。山田は当時ヨウダと発音。
▽本章の五音の占と類似な素材を、西鶴は諸国ばなし一の五「不思義のあし音」でも描く。
五 →七七頁注一二・一三。
六 臙脂(えんじ)で絹布を染めたもので、黒味を帯びた紅色。
七 信長時代は、前時代の意、また時代おくれの意があるが、ここは信長時代製の骨董品の意。
八 丹波産のざる。「畿内にていかき、江戸にてざる」(物類称呼)。「笊籬 イカキ」(易林本)。
九 この倹約の心がけはいやらしい。
一〇 馬刀貝のすましの吸物。
▽本段の庭桜を見に出かけ、先方の風流な道具に感心していた折、かたわらに卑俗な始末心を見せつけられて幻滅するという話は、徒然草十一段にみられる内容に似通っている。
一一 遣り帳。→七七頁注一五。
一二 着物の数。
一三 遊山の携帯用に重箱に酒器を組合せた物。
一四 →七七頁注一六。
一五 色々な品。
一六 兼好法師。徒然草に「よき友三つあり。一には物くるゝ友。二には医師(くすし)。三には知恵ある友」(一一七段)とある。
一七 もっともな書物であるの意を、仮名草子の尤之双紙に掛けた表現。尤之双紙は、斎藤徳元の作で、枕草子にならい「物は尽くし」の趣向で、

鞁持《こもち》に[一一]やり帳《てう》を見るに、四年半に七十六両一歩、[一二]襟数《えりかず》十三、其外《(そのほか)》鼻紙《はながみ》入《(いれ)》二度《ど》、[一三]寝覚《ねざめ》の提重《さげぢう》、桐《きり》の[一四]挟箱《はさみばこ》、紫《むらさき》のふとん壱つ、[一五]色品《いろしな》弐百卅四度にとられける。それでも内証《ないしやう》のよろしきはなし。菟《と》角《かく》物をやらいではおかしがらず。「物くるゝ友《とも》」と、[一六]法師が書《(かき)》しも、[一七]尤《(もつとも)》の草紙《そうし》ぞかし。ある御公家がたのお居間《いま》の床《とこ》に、[一八]板銀《いたがね》を山なして、ほしそふなる下《(した)》〳〵にくだし給ふに、御自《じ》筆短冊《ひつたんざく》うれしからず。

爰《(ここ)》に都の[一九]楽坊主《らくばうず》、したひ事してあそびしに、「人に物とらす程、心のよき事はなし」と、ある日[二〇]丸屋へゆけば、女郎どもが[二一]伊勢講《いせかう》をむすびて、[二二]百廿末社《まつしや》の集《あつま》る中へ、巾着《きんちやく》に有切《(ありきり)》あけて、「お初尾《はつを》」と申《(まうし)》てなぐれば、「[二三]太夫着《つき》なされましよば、御案内」といふ者もあり。四つ這《ばい》なつて、「神馬《じんめ》飼《かわ》しやりませい」といふもあり。[二四]間鍋提《かんなべさげ》て、「[二五]松尾さま」としやべる。食焼《めしたき》のはつをとらへて、「是《(これ)》は縁《ゑん》遠ひむすぶの神さま」と笑《わろ》ふ。

[二六]千早《ちは》や掛帯《かけおび》とひてとらせば、羽織《はをり》をとる。脇指《わきざし》は引船《ひきふね》に、印籠《ゐんらう》は禿《かぶろ》に、着《きる》物《(もの)》は男共《(ども)》にとらして、丸裸《まるはだか》になる時、緞子《どんす》の下帯に遣手《やりて》取《(とり)》つき、「是《(これ)》は守袋《まもりぶくろ》にせん」と、引《(ひき)》ほどく。跡《あと》ほどおかしく成《(なる)》時、背虫《せむし》の作兵衛参りあい、「御編笠《あみがさ》をもらいました。それも[二七]百貫に一盞《かい》」と、ぬからぬ白《かほ》して申《(まうし)》、門を出ずれば、[二八]焼印《やきじるし》を[二九]三星《(みつ)ぼし》屋庄兵衛に見付《(みつけ)》られて、取《(とり)》かへされてかへる。其後《(その)》、[三〇]善都《よしいち》聞付《(ききつけ)》て、

近世的な好尚が多彩に示されている。

一八 丁銀のこと。一枚約四十三匁。「鈑 イタガネ〈金鈑曰二大判一、銀鈑曰二丁銀一〉」(書言字考)。

一九 ここは楽隠居のこと。楽助に同じ。

二〇 島原揚屋町西側南端の揚屋、丸屋三郎兵衛。

二一 伊勢参宮を目的とした団体。掛け金を積み立て、くじで代参を立てたり、また当番の家で親睦会を開いたりした。

二二 数多くの太鼓持(末社)のこと。遊客の「大尽」を伊勢の「大神」にかけ、大尽の取り巻き太鼓持を、大神を取り巻く百二十末社でたとえていう。伊勢神宮には内宮八十、外宮四十、合わせて百二十の末社があった。伊勢講―百廿末社―お初尾。

二三 伊勢の御師のこと。お初尾―太夫、また、お初尾―神馬。

二四 酒の燗をする鉄または銅製の鍋で、注ぎ口と弦が付いている。

二五 嵐山の南方の松尾神社(京都市西京区の松尾大社)。酒の神とされた。お初尾―松尾さま、また、お初尾―むすぶの神。

二六 巫女(こみ)が神事で着る白の袖のない羽織のようなもの。「掛帯」は、社寺参詣の女子が、物忌みのしるしとして、赤い帯を胸にかけ、背中で結ぶもの。ここは「お初尾」以下の神社ゆかりの趣向が続く中で、大尽が「帯とひて」というところを、「千早や掛帯とひて」と洒落た表現。

二七 諺の「百貫のかたに編笠一盞(かい)」。ここは後日、大尽より編笠を種に応分な祝儀をもらおうという魂胆。

二八 編笠の焼印。島原の遊客は、丹波口一貫町の茶屋の、焼印の編笠をかぶって廓に入った。

二九 一貫町の茶屋。

三〇 座頭の太鼓持か。

御見舞《みまい》申《(まうし)》、「ひさしう銀《かな》けの物申請《(まうしうけ)》ぬ。私にもおつとつて[一]つかわるゝ程《(ほど)》、かねがほしや」と申《(まうす)》。座中おかしがる時、弥七[二]荒鍬《あらくわ》[三]を取《(とつ)》てまいつて、「さあつかわるゝかねをくださるゝ」と、肩《かた》[四]げさすこそ一興《きやう》もあれ。

今ははやとらする物もなく、「是《(これ)》から太夫さまのお情《なさけ》でなければ立《(たて)》ぬ」と、袖のちいさき、すその長き借着《かりぎ》もおもはしからず。中京[五]迄《(まで)》取《(とり)》にやる間《ま》も見ぐるし。かしこさもはじめ[六]のかほる、さはぎのうちは、軒《のき》ちかき花に見とれてあ

一　さしあたって。とりあえず。
二　願西弥七。都の末社四天王の一人。
三　土を粗(あら)起こしするのにつかう鍬。
四　原本の振り仮名は「かだ」とある。
五　楽助(楽坊主)の住所。下立売通から南、三条通まで、東洞院通から西洞院間の俗称(京城勝覧)。烏丸・室町辺の富裕な町人が多い所。
六　島原上之町、上林五郎右衛門抱えの太夫。ここは初代。名は美子。正保四年(一六四七)三月に太夫に出世、承応三年(一六五四)八月、二十歳で病没(色道大鏡十七)。
▽遊女から客に衣装の贈り物をするには作法があり、多く田舎の客にし、地の客でも旅に出る際に贈った。それは小袖を正式とし、これに遊女あるいは客の紋を付けたりした(色道大鏡四)。しかし本章の初代薫のように、替衣装を万端整えていたというのは逸話に値する。

りしが、「やれお風ひかしますな」と、禿《かぶろ》に咡《さゝや》きたまふ。間《ま》もなく御挾箱《はさみばこ》取出して、御紋付《もんつき》の着物《きる(もの)》・羽織《はをり》、其外《そのほか》申《(まうす)》におよばず、中脇《ちうわき》ざし迄《(まで)》用意《ようい》ありて、大じん有《(あり)》し姿《すがた》になしたまふ。

其比《(その)ころ》あはせらるゝ客《きやく》、[七]寺町の二三さま、六条《じやう》の椿《つばき》さま、かれ是《(これ)》三人ありしに、皆此《(この)》ごとく、替衣装《(かへ)ゐしやう》をこしらへ置《(おき)》て、[八]自然《しぜん》の御用《よう》にあはされしを、今《いま》の不自由《ふじ(ゆ)う》さに見くらべ、むかしの幅《はゞ》[九]十がひとつにもあらず。

七 寺町通は、河原町通の西側、北は鞍馬口通から南は五条通までの南北の通り(京雀二)。「二三」は五兵衛などの替名(色道大鏡六)。
八 万一の意。
九 威勢のあること。はぶり。

挿絵解説 島原の揚屋、丸屋での遊興。薄・菊を描く屛風の前で、丸裸で編笠をかぶるのが、人に物をとらすのを楽しみとする都の楽隠居。今しも緞子の下帯を取ろうとするのは、置頭巾に剣弁菊の着物の遣手。鍬をかつぐのは、かねがほしいと言ったばっかりに、弥七から鍬を渡された座頭の善都で、四星の紋付に袴をはく。そのわきに立ち手を打っているのが、末社の願西弥七。手前の三人の太鼓持は、大尽の羽織や着物を抱えている。右の男は横縞、中の男は四ッ目菱、左の男は釘抜き紋の着物。その左、兵庫髷で違い雪輪の着物の女は、脇差を貫った引舟女郎である。またその左の花文立涌《(たて)(わき)》模様の着物で、大尽の印籠を持つのは禿。

軒先の枝垂れ桜を見て、そしらぬ顔の遊女は、兵庫髷で、花文七宝つなぎ模様の着物を着る。これが本章の主人公、初めの薫である。

一 遊女がぜひ客をとらねばならない日。紋日・売り日とも。
二 五節句は大物日に当たる。→五六頁注一二。
三 物日に、遊女が揚屋や遊女屋の家内の者に与える祝儀のこと。これは客の負担になる。
四 御方狂い。傾城買い。
五 →七七頁注一七・一八。　六 四月八日は灌仏会で、寺院では各種の花で飾った花御堂の内に釈迦像を祭り、甘草などの香水を注ぐ(日次紀事・四月)。これにならった催しらしい。

一切《(いっ)さい》の女郎《じよらう》、万事は男《おとこ》次第也。物をやらぬのみか、物日《(ものび)》[一]をさへろくには勤《つとめ》ず、「なじみもないに、節句《せっく》[二]を頼む」の、「庭銭《にわせん》[三]はやめにしや」と、ありきたりたる祝儀《しうぎ》もそこ〳〵にして、さりとてはおかたぐるひ[四]も末《すへ》にはなりぬ。人皆かしこ過《すぎ》たる世也《(なり)》。

敵《てき》無《なし》の花《はな》軍《いくさ》[五]

花揃《はなぞろへ》[六]、卯月《(うづき)》八日に定《さだ》め、吉田屋[七]の喜左衛門かたへ、色深《いろふか》き太夫・天職《てんしょく》を、弐十人の大寄《あふよせ》、越後《ゑちご》の竹六《ちく(ろく)》といふ男《おとこ》、かりそめにもこがまへなる事は嫌《きら》ひなり。六条[八]の一日買《がい》と申《(まうす)》も、此《(この)》人はじめての都《みやこ》のぼりに、せしとかや。

けふまた、北面《おもて》の長椽《ながゑん》に、花桶《はなおけ》をならべけるに、春《はる》の名残《なごり》の藤《ふぢ》は野田《のだ》[九]・東洞《とうがん》[一〇]寺《じ》の葉末《はずへ》をもとめ、生玉《いくたま》[一一]の若楓《わかかいで》、佐太《さだ》[一二]の芍薬《しやくやく》、浅沢《あさざわ》[一三]のかきつばた、中津《なかつ》[一四]川の花菖蒲《しやうぶ》、御堂《(み)どう》[一五]の白牡丹《ぼたん》、野里《のざと》[一六]の美人草《びじんそう》[一七]、玉造《たまつくり》[一八]の二重芥子《へげし》[一九]、木津《きづ》[二〇]の大毛毬《てまり》[二一]、長《なが》[二二]町の薄花葵《うすあをひ》[二三]、今市《いまいち》[二四]の樗《あふち》[二五]、中嶋《じま》[二六]の昼顔《ひるがほ》、天満《(てんま)》の五月躑躅《さつきつゝじ》[二七]、安部野《あべの》[二八]の風車《かざぐるま》[二九]、森《もり》[三〇]の早百合《さゆり》、三津寺《つでら》[三一]の夏菊《なつぎく》、十三《(じふそ)》[三二]川原の撫子《なでしこ》、ひがし[三三]高津《たかつ》の橘《たちばな》、下寺町《(したでらまち)》[三四]の卯《う》の花、釈迦誕《しやかたん》[三五]生《じやう》ましますも、かゝる花薗《はなぞの》にての事とや。

七 新町九軒町の揚屋、吉田屋喜左衛門。
八 京都の遊廓が六条三筋町にあった時代に、廓中の遊女を一日中買占めにしたこと。
九 摂津国西成郡野田村(大阪市福島区の野田辺)の名木の藤(芦分船五)。
一〇 天王寺寺町(天王寺区夕陽ヶ丘町辺)の洞岩(巌)寺の藤は有名(延宝八年刊・難波十観、貞享四年刊・大坂大絵図)。「東洞寺」の表記原本のまま。「洞岸寺の藤」(盛衰記三の一)。
一一 天王寺区生玉町の生国魂神社の境内。
一二 河内国茨田(まんだ)郡大庭一番村(守口市佐太中町)の佐太の宮。佐太天満宮とも。京街道に面し、また淀川東岸の水駅でもあった。「佐太宮芍薬の名花有」(一目玉鉾三)。
一三 住吉郡住吉村の浅沢沼(住吉区上住吉辺という)。杜若の名所(摂陽群談四)。歌枕。
一四 淀川の支流で、長柄(ながら)より分かれ、野里村などを経て海に注ぐ。長柄川とも。西成郡浦江村了徳院が花菖蒲に似た杜若の名所であった(摂津名所図会十など)。
一五 ここは南の御堂(中央区北久太郎町四丁目、東本願寺難波別院)。境内の築山はさつきなど四季の花で名所(摂津名所図会大成・十三下)。
一六 西成郡野里村(西淀川区野里町辺)。中津川の下流で、野里の渡しがあった。
一七 ひなげしの異名。四月の季語(増山の井)。
一八 東成郡玉造村(天王寺区東北部辺)。大坂東郊の小家がちな所。一代女六の三参照。
一九 花弁が二重の芥子。四月の季語(毛吹草)。
二〇 西成郡木津村(浪速区敷津町付近一帯の地)。
二一 てまり花とも。四月の季語(毛吹草)。
二二 大坂堺筋の日本橋以南、紀州街道の両側に細長く続いた町。当時は九丁目まであった。
二三 花葵の季語は四月の季語(毛吹草)。

「いづれの女郎衆《じよらう》も、たとへ月がしら[三六]に歯黒《はぐろ》[三七]を呑《のみ》たまふとも、とまるべき時《とき》はとまるべし。脇《わき》[三八]の下《した》からもあぶなし。口からうみたまへ」と、いやがらるゝ事のみ申《(まうし)》つくして、「我〳〵は心ざしあつて、舎利寺《しやりじ》[三九]にあるじをつれてまいるなれば、其跡《(その)あと》はをの〳〵御心のまゝに、名花陰《めいくわかげ》に、何《なに》ぞうまき物まいつて、相《あひ》手なしの中間《なかま》あそび」と申せば、一度《ど》に立出《(たちいで)》て、おもひ〳〵の暇乞《いとまごい》、彼花軍《かのはないくさ》は、見《み》ぬもろこしの事、目のまへの天人《てんにん》、通《かよ》[四〇]ひ路《ぢ》の雲川《くもかわ》[四一]が、久しひ[四二]皃《かほ》もあかず、見捨行《すてゆく》。跡《あと》にもどつと、笑《わろ》ふ声《こへ》やむ事なし。

是《(これ)》は新屋《あたらしや》[四三]の初雪《はつゆき》[四四]・高瀬《たかせ》[四五]のかたより、禿《かぶろ》に切溜《きりため》[四六]の桶《をけ》もたせて、おくられけるに、万《よろづ》の花の中に、しれぬ草《くさ》の一《(ひと)》もと有《(ある)》を、名をさしてあらそひ果《はて》ぬ時《とき》、こさしでたる下男《(しも)おとこ》、「それは皆《みな》様へのさし合《(あひ)》、茶引草《ちやひきぐさ》[四七]」と申《(まうす)》。又、連玉《れだま》[四八]の一枝《えだ》を、「身上《あが》[四九]り草《ぐさ》といふ物」と申《(まうす)》。花さへ興覚《きやうざめ》て、身にこたへたる草《くさ》の名《な》をいやがり、独《ひとり》〳〵大座敷《ざしき》に入《(いり)》て、盃《さかづき》の取揚《あげ》てもなく、小歌《うた》をうたひさして、其《その》一家《け》の女郎《じよらう》、五人三人づゝかた寄《より》、何《なに》がいふぞと、次《つぎ》の間《ま》にさし足《あし》をして聞《きく》に、頼《たの》みにせし男《おとこ》の家質《いへじち》[五〇]をなげき、上町《うへまち》[五一]の母親《はゝおや》、見世《せ》迄来《(まで)き》て、呼出《よび》さるゝもつらし。禿《かぶろ》も袷《あわせ》[五二]時迄《(まで)》、綿入《わた(いれ)》きせてもおかれず、空《そら》が曇《くも》れば、長柄《ながへ》の傘《からかさ》なき事をかなしみ、夜《よ》は当座買《とうざがい》のらうそく、茶《ちや》も人並《ひとなみ》[五三]につめねばならず、二布《ふたの》も昼《ひる》の床《とこ》ははづかしく、

二四 東成郡今市村(旭区今市町辺)。淀川堤の街道の並木が樗であった(一目玉鉾三)。
二五 おうち(楝・樗)は梅檀の古名。花は紫色で、雲見草といわれ、五月の季語(毛吹草)。
二六 中世・近世で、神崎川と中津川間の地域を北中島、中津川と淀川(大川)間を南中島と称した(近世では天満を除く)。明治・大正に中島村ができたのは、北中島で、現在も中島の名を残すのは北中島の方(東淀川区・淀川区東部)である。ここでは中世史料にも社名の載る中島惣社(現在は中島神社、東淀川区東中島四丁目)一帯の地を想定しておく。四の二に「南中島」あり。
二七 つつじの花期のおそい種類。五月の季語。
二八 東成郡安部野村(安倍野区)。安部野街道(安倍野筋)沿いの村落。
二九 てっせんの仲間。四月の季語(増山の井)。
三〇 東成郡森村。東区森之宮・城東区森之宮辺。
三一 三津寺町(中央区)の三津寺観音(大福院)。
三二 西成郡成小路(なるしようじ)村の地名。淀川区十三付近。中津川に面し渡し場があった。
三三 東成郡高津(こうづ)村。天王寺区東高津町辺。西鶴はタカツとも使う(一目玉鉾三)。
三四 天王寺区下寺町一・二丁目。西寺町とも。
三五 冒頭の「卯月八日」の縁でいう。
三六 月の初めの数日をいう(日葡)。
三七 歯を黒く染めるのに用いる液。歯黒の原料の五倍子(ふし)は、タンニンを多く含むので薬用にされた。当時は通経剤とされた。
三八 釈迦は麻耶夫人の右の脇から生まれたという(過去現在因果経一など)。
三九 東成郡舎利寺村の舎利尊勝寺(生野区舎利寺一丁目)。聖徳太子の創建というが、中世末より荒廃していたのを、宇治万福寺の二世、木庵禅師が寛文十二年(一六七二)に再興。黄檗宗。

万事《ばんじ》に付《つけ》て、此《(この)》勤《つとめ》のはじめ、情《なさけ》なしといふて、何《なに》のやくにも立《(たた)》ぬ事をのみ高咄《たかばなし》し。見る人もなしとて、湯漬食《ゆづけめし》の早喰《はやぐい》、肴重箱《さかなぢうばこ》には、山桝《さんせう》の皮《かわ》ばかり残《のこ》して、手《て》洗《あら》ふてじねんにひあがらせ、しのびて見る程《ほど》おかしや。人は陰《かげ》の間《ま》を嗜《たしなむ》べき事也《(なり)》。殊《こと》に女郎《じよらう》の身《み》はむつかし。

すぎし年、村雨《むらさめ》のふらぬやうにて降《ふり》て、一人たらす雨もきのどくなる日、さる太夫さま、ぬり下《げ》駄《た》の道中《どうちう》、ゆたやかにありしを、是《(これ)》は見物と待《まつ》甲《か》斐《ひ》なく、九《(く)》

▽前文に竹六は「六条の一日買」をしたことになっており、舎利寺参りとは時代錯誤するが、それを問題としないところに西鶴の方法がある。四〇 竹六が通いつめている雲川の馴染んだ顔も見飽きない意を、次の古歌で洒落ていう。「天つ風雲の通ひ路吹きとぢよをとめの姿しばしとどめむ」(古今集・雑上・良岑宗貞、百人一首)。天人(乙女)—雲の通路(類船集)。

四一 新町の伏見屋抱えの天神。伏見屋は何軒もあり未詳。「伏見屋の雲川」(椀久一世・上の二)。

四二 「ふるき物 雲川」(盛衰記三の一)とあり、椀久の延宝ごろ長く在廓。「久しひ良」は長く勤めている顔の意も掛けてあるか。

四三 新町下之町の遊女屋、新屋又七郎。

四四 延宝期の太夫(難波鉦)。 四五 未詳。

四六 草花に水揚げしておく水桶。花桶。

四七 烏麦・雀麦の異名(和漢三才図会一〇三)。四月の季語(増山の井)。「茶引」は、客のないひまな遊女の意があるので、差障りがある。

四八 マメ科の落葉低木。エニシダに似る。夏に梢上に蝶形の黄花が総状花序につく。花の枝が上に伸びるので身揚り草というか。四月の季語。

四九 「身上り」は、遊女が揚代を自弁して勤めを休むの意があるので、差障りがある。

五〇 家屋敷を抵当にして借金をすること。

五一 大坂の東部、東横堀川以東の高台の称。私娼や妾奉公を希望する者が多く住む淋しい地域。

五二 陰暦四月一日には、冬の小袖や綿入れを袷(裏地のある着物)に着替えた。衣更(が)え時。

五三 ひまな遊女は葉茶を茶臼で挽いて抹茶にする手仕事をさせられた。ここはその抹茶を茶壺に詰める仕事をいう。

一 降ったりやんだり、人をだます村雨。

軒《けん》の[二]横《よこ》ぎれして、[三]西《にし》がわの座《ざ》頭《とう》の許《もと》へよられける程《ほど》に、何《なに》事かと、[四]井八が窓《まど》よりのぞけば、小者《もの》が振袖上《ふりそでうへ》に引張《ひきはり》、竹《たけ》の小笠《こがさ》をかづき、軒《のき》もる雫《しづく》をよけて、[五]腹《はら》心の自由《じゆう》に行《(ゆか)》る丶様《さま》、見とがめて笑《わろ》ふ。「太夫殿の浅黄《あさぎ》じゆすのいたわりも、[六]八蔵がもめん着《きる》物のぬる丶も、かなしさは同じ事」と笑《わろ》ふ。

さる太夫殿は、中戸より、「干鱈《ひだら》を焼《やけ》」と、せはしくいわる丶。せめて居間《いま》にあがられてから、いわれてもよし。ある太夫殿は、こうしへ紙売《かみうり》を近寄《ちかよせ》、

二 横道に曲がること。
三 太夫が九軒町へ入る手前で北側の横町に曲り、その西側(横町のすぐ左手)の座頭の家へ避難したこと。色道大鏡の地図によると、「座頭城行」とある。入口は横町側。→五〇五頁付図。
四 未詳。九軒町の揚屋か(定本)。→五二頁注一。井八は「目が見へぬ」(二の二)とあるように、「井八が窓より」のぞいたのは、話手たちである。
五 腹心は本心の意で、自分の思いのままに。
六 職人の弟子ふぜいの者の通名。

挿絵解説 新町吉田屋での花競べ。水桶の花は、右半図手前の花菖蒲、左半図手前の芍薬、次の風車、右半図右奥の早百合などがそれかと思われるほどで、あとは本文の花のどれと決めにくい。庭に下り立つ二人は禿らしく、右から輪違い、花菱の着物。座敷の遊女は、左から、芦に流水、窠文(かもん)、七宝つなぎ、渦巻文、替り梅鉢、剣弁菊、霞形の着物。

「[一]拾弐匁銭《ぜに》にしてとるより、三分《(ぶん)》かるひぶんには、取《(とつ)》てかへらりや」と、世間《けん》もかまはず、[二]節季声《せつきごゑ》を出して、見れば秤《はかり》を持《もつ》て居《い》ながら、いやしきは是《(これ)》ぞかし。又、いやなる女郎《じよらう》、隙日《ひま》に、宿《やど》の[三]広敷《ひろしき》に出て、片肌《かたはだ》ぬぎて、さばき髪になつて、片手《かたて》に水呑《みづのみ》ながら、[四]しころ槌《づち》の拍子《ひやうし》うたるゝを、男物陰《おとこものかげ》より見て、恋《こい》を捨《すて》ける。

有夜《あるよ》、[五]阿波座《あわざ》のひがし、南がわの[六]まがきに、とも し火《び》のほのかに、寝所《ねどころ》、横嶋《よこじま》のふとんも有、[七]耳組《みゝぐみ》の敷莚《しきむしろ》もあり。[八]松屋町焼《やき》の土火入《つち(ひいれ)》に、反椀《そりわん》の莨菪入《たばこ(いれ)》、取集《とりあつ》めたる[九]めげ煙管《ぎせる》、片方《かたほ》に客《きやく》の文《ふみ》を、[一〇]寄合読《よりあひよみ》に、そしる。[一一]壁《かべ》に耳当《みゝあて》てきかれず。「皆是《みなこれ》見て笑《わら》や。請《うけ》出す談合《だんかう》をするとひの。[一二]瓦《かわら》町のぬけ蔵が、あぢをやらるゝ。今おれを勤《つとむ》るも、[一三]大黒講《だいこくこう》の掛銭《かけせん》をかつて、とやかく間《ま》をあはすなりをして、ふとひ事をいふ。[一四]いわれぬ見世出して、紋羽《もんは》二重《ぶたい》一疋《ぴき》、たぶん[一五]買《かい》がゝつておこしたであろふ。いやはや、[一六]いた貟付《かほつき》をして見せたれば、俄《にわか》に[一七]厚鬢《あつびん》、[一八]はきかけの帯《おび》がおかし[一九]たい。供《とも》は町の[二〇]夜番《やばん》じやといの。とてもつゞかぬ男《おとこ》、ふら〳〵として置《おく》がぬるひ。[二一]五月の跡先《あとさき》もさして、若《もし》つゞかば、[二二]御祓《(お)はらい》どもをあてつけ、[二三]七月には淋《さび》しがらしておこ」と、さても〳〵むごひ物語《ものがたり》。いかに其《(その)》身なればとて、まことに思《おも》ふ者《もの》を、人中にて[二四]かきさがしけるはにくし。我《わが》物遣《つか》ひながら、やりながら、大坂一番《ばん》のたわけさま也《(なり)》。品《しな》こそ替《かわ》れ、大かたこんな事成《(なる)》べし。分別《ふんべつ》し

一 銭一貫文につき銀十二匁替えの交換比率をいう。一分は銀貨の単位で、一匁の十分の一。
二 盆・暮れなどの節季のやりくりに興奮して、わめきちらすのをいう。
三 台所の板の間。
四 衣をたたく槌。砧を打つ槌。
五 新町阿波座上之町。→五〇五頁付図。
六 籬。遊女屋の格子造りの店先の間。
七 ござなどの縁を織りっぱなしにせず、組合せたもの。ここは寝具用の筵。寝ござ。
八 松屋町(大阪市中央区松屋町辺)で焼き立てた粗製の火鉢。
九 使い古して雁首などのつぶれている煙管。
一〇 何人か集まって読むこと。会読。
一一 諺の「壁に耳」に、耳当てて聞かれず(まともに聞いていられない意)とを掛けた表現。
一二 瓦町は当時一・二丁目だけで、現在の中央区瓦町一丁目と同二丁目の東部まで(大坂町鑑)。諸国問屋や、畳表問屋などがあった(難波鶴)。
一三 大黒天を信仰する者の親睦・互助の団体。
一四 出しもしない(呉服)店を出したといって。
一五 掛け買いにして(支払いは後日の契約)。
一六 「いた」は「行った」。すっかり惚れた。
一七 公家や神主が冠をかぶるために厚鬢にしていたので、物がたい、上品な髪形とされた。
一八 縁の部分を他の色で刷きかけたように染めた帯。当時の流行。
一九 やめさせたい。きざで見ていられない。
二〇 火災・盗難防止のために夜中に町内を巡回する番人。町にやとわれている。「ヤバン」(日葡)。
二一 五月五日(端午)前後の物日を勤めさせて。
二二 大坂の夏祭り。六月二十二日には座摩神社の御祓い、同二十五日には天満天神の御祓いがあり、どちらも新町の物日(色道大鏡十三)。

てふか入《(いり)》せぬがよひぞと思ひしも、其時《(その)》におよびては、定《さだめ》がたし。

又、けいせいなればとて、皆同《みなおな》じ心入《(こころいれ)》にもあらず。すぎにし[二五]藤屋《ふぢ》の吾妻《あづま》などは、客《きやく》にあひそめしより、[二六]首尾《しゆび》の別《わか》れ迄《まで》の状文《じやうぶみ》、ひとつもあだにはなさず、終《つい》に人に見せける事もなく、のきし男《おとこ》の沙汰《さた》する事もなし。勤《つとめ》を大事にして、客《きやく》の気をそむかず、さのみぬるき所もなく、一代其名《(その)な》を流《なが》す。遠国《をんごく》の人の目にも、くらがりにても、其時《(その)とき》の太夫どもは、とはで太夫とは見へける。

今時の太夫、さのみうつくしさもむかしに替らずして、次第《しだい》に[二七]小女房《にようばう》になりて、[二八]仕出しのよき天神《てんじん》と、取違《とりちが》へ侍《はべ》るはうれしからず。しかれども、よふは[二九]ねうち付《(つけ)》て、かこひのよきも、[三〇]天神《てんじん》にならべて、梅《うめ》の花《はな》と菜種《なたね》の花程違《はなほどちが》ひあり。てんじんの見よきも、太夫にくらべて、大かたは[三一]寝道具《ねどうぐ》が違《ちが》ふ。まだどこぞ違《ちが》ひはないか。

二三 新町では七月七日(七夕)、盆をはさんで十四日から二十日まで物日が続いた。
二四 欠点を洗い立てるの意。
二五 新町佐渡島町、藤屋(佐渡島)勘右衛門抱えの太夫。寛文期の吾妻が有名。→四九頁注二四。
二六 年明け、また身請けで、めでたく廓を出ること。
二七 押出し・風格などの柄が小さい女性。
二八 よそおい。おめかし。
二九 新町の揚代は、延宝期で太夫が四十三匁、天神が二十八匁、囲職(鹿恋)が十六匁(色道大鏡十三)。
三〇 天神の異名を梅という。「太夫を松とし、天神を梅とし、囲(かこ)を鹿(し)とせり」(色道大鏡一)。天神—梅。梅の花と菜種の花の比較は、花揃えの趣向による。
三一 太夫は三つ布団。天神は二つ布団、囲は一つ布団と、格式により違った(色道大鏡三)。
▽本章の目録見出しにもいう、「女郎は陰の間に心有べき事」の内容と類似な描写が、一代男六の四「寝覚の菜好」にある。そこでは新町の太夫御舟が「塗下駄のをと静に、さしかけから笠もれて、ふる雪袖といとはず、大やう成道中」と、本章の雨中の太夫とは対蹠的に描かれる。

絵入

好色二代男

諸艶大鑑

四

好色《こうしよく》二代男

諸《しよ》艶《ゑん》大《あふ》鑑《かゞみ》　巻四

目《もく》録《ろく》

一 ここは吉原新町の遊女屋、三浦隠居。→六二頁注一。「よね」は遊女の異名。
二 →九一頁注四三。
三 心玉は魂の意。葡萄を食べたいと思ってうたた寝をした太夫の執心が、鼠となって袖口から現れ、葡萄に食いついたが、人々に追われて火入れに駆け込み、また太夫の袖口に逃げ込んだ。よく見ると、太夫の脇腹に火傷ができていたという話。
四 遊女が客を喜ばせる手段に用いる櫛。ここは客と遊女の紋を小さく二つ比翼に並べた櫛。
五 十六種の菓子。嘉祥食(かじようぐい)の行事による。
六 当時はワビコトと清音(日葡)。

三

[七]七《(なな)》墓参《はかまいり》に逢《あふ》は昔《むかし》の

一　死《しな》れはせず坊主《ばうず》になる事

一　揚屋《あげ》あそびも留《とま》り時《どき》の有事《(ある)》

一　女郎身の上物語《ものがたり》の事

四

[八]忍《しの》び川は手洗《たらい》が越《(こす)》

一　[九]古《ふる》かね棚《だな》から仕合出《しあはせ(いだ)》す事

一　思《おも》ひまゝ普請《ふしん》して見る事

一　[一〇]月待《まち》はてくだの事

五

情掛《なさけかけ》しは春日野《[一一]かすがの》の釜《かま》

一　[一二]洞《ほら》の紅葉《もみぢ》見る事

一　[一三]きさが茶《ちや》の湯《ゆ》の事

一　[一四]若紫都《わかむらさきみやこ》にもならぬ事

七 陰暦七月十五日の宵から明け方にかけて、七か所の墓地を鉦や太鼓をたたいて念仏供養して回ること。大坂では、梅田・葭原・蒲生・小橋(おばせ)・高津・千日・飛田をいう(賀古教信七墓廻四)。

八 人目を忍び、遊里(吉原)の外堀を、遊女を盥に乗せて逃げた話。「手洗 タラヒ、盥 タラヒ」(易林本)。

九 古道具屋。

一〇 三、十七、二十三、二十七日の夜、月の出を待って拝む行事。この夜は供物を供え、僧侶・陰陽師を招き読経させ、親戚・友人らを招いて飲食をし、遊び興じた(日次紀事・一月)。

一一 春日大社のある奈良市春日野町一帯の古称。歌枕。

一二 若草山の北腹にあった紅葉の名木(奈良名所八重桜二)。懐硯三の四では、「紅葉の洞」として春日野辺に描く。紅葉の洞は紅葉が洞(トンネル)状に茂った勝景で、類字名所和歌集では「未勘国」の部に入れ、特定の場所ではない。

一三 奈良木辻の遊女。奈良の遊女は小天神(二十一匁)が上位(色道大鏡十三)。一代男二の四、盛衰記三の五に登場。

一四 春日野での遊女を交えての遊山。伊勢物語・初段の「春日野の若紫のすり衣しのぶの乱れ限り知られず」に拠り洒落ていう。春日(野)―若紫(類船集)。「此里の遊女町の鬼(木)辻・鳴川のやさもの引連て、春日野の花むらさきの帽子すがた、其所〱の慰みぞかし」(西鶴独吟百韻自註絵巻)。

縁《ゑん》の撮取《つかみどり》は今日《こんにち》

[一]水無月《みなづき》の夜を籠《こめ》て、江戸の[二]新富士《しんふじ》に参詣《まふで》する事有《(あり)》。人皆《みな》、白衣《はくゑ》の袖《そで》をつらね、[三]水道《すいどう》の流《なが》れに身を清《きよ》め行《(ゆく)》に、松明《たいまつ》立《(たて)》つれて、煙《けぶり》はそらに、諒《まこ》とは「[四]風になびく」と読《よみ》し山かとぞ思ふ。才覚《さいかく》なる神主《かんぬし》、去年《こぞ》ふる雪《ゆき》を[五]日影《かげ》に埋《うづ》みおきて、けふ掘《ほり》出すに、消《きへ》ずも有《(ある)》物かな。参《まい》らぬ人の為《ため》とて、手毎《てごと》にとりて帰《かへ》る。

「是《(これ)》は太夫に見せばや」と求《もとめ》て、紙《かみ》に包《つゝみ》し上を、ふくさ取出してむすび込時《こむとき》、目なれぬ大男の、夏《なつ》ながら紙子《かみ(こ)》に[六]朱鞘《しゆざや》のひとつざし、[七]夜《よる》の編笠《あみがさ》は[八]すまぬもの也。ふくさに手をさして、紋所《もんどころ》を見入《(みいれ)》けれども、とがめもせず、太鞁《たいこ》の新作《しんさく》を先《さき》に立《(たて)》て、[九]下谷《したや》通《どを》りの[一〇]田堀道《たんぼうみち》を行《(ゆく)》に、[一一]水鶏《(くひ)な》の音《をと》、[一二]馬追《むまおい》むしの鳴音《なくね》も、こきみのあしくおもふに、声懸《こへかけ》て、「やらぬ」といふ。町人《てうにん》のかなしさ、思《をも》はずにげのびて、荻一村《おぎ(ひとむら)》のしげりに隠《かく》れて、物の様子《やうす》見れば、最前《さいぜん》の男《おとこ》につれ壱人出来《でき》て、鑓《やり》・長刀《なぎなた》をぬき持《もち》、「遠《とを》くはゆかじ」と、あたりをさがして大息《いき》をつく。

独《ひとり》のいふは、「我宿《わがやど》の組垣《くみがき》をたゝきて、「助太刀《すけだち》頼《たの》む」とよばわる程に、何《なに》の子細《しさい》もきかず、先《まづ》はかけつけしが、して是《これ》は」と聞《きけ》ば、胸《むね》をおさへて心静《しづか》に語《かた》

一　ここは六月一日の夜。原本「無水月」と表記。
二　江戸の富士山。寛永年間(一六二四—四四)より駒込の富士山に似た小丘に富士浅間権現を祭る。陰暦六月朔日の夜、富士詣といって、水垢離をとって参詣するのが年中行事。別当は天台宗真光寺(江戸鹿子一、江戸砂子二)。現在の文京区本駒込五丁目の富士神社。
三　上水道。井の頭池より神田上水、多摩川より玉川上水を引き、江戸の下町に給水した。
四　「風になびく富士の煙の空に消えてゆくへも知らぬわが思ひかな」(新古今集・雑中・西行、西行物語など)。
五　氷室に雪を貯えていたのをいう。
六　朱塗りの鞘。当時は時代後れの風俗。
七　夜の通行に編笠をかぶるのは禁じられた。
八　済まぬは、気がはれない、気に入らない意。
九　上野の山下の通り。現在の上野広小路より上野駅前を経て、昭和通りを下谷一丁目辺まで。
一〇　田圃道。「田堀道 タンボミチ」(書言字考)。
一一　クイナ科の鳥。水辺にすむので水鶏と書く。鳴く声が戸をたたくようなので、水鶏たたくという。
▽西鶴は吉原の田圃道の情景を、他でも「色こそ見へぬ鞘とがめに、水鶏も扣《(たた)》ひてにぐる声」(八の四)と描く。
一二　キリギリス科の昆虫。すいっちょ。

りぬ。「其方《(そのはう)》おぼしめしの外《ほか》なるべし。我恋《われこい》を仕掛《しかけ》し女郎《じよろう》に、ふかくあひなれし男目《おとこ(め)》と見えて、今宵《こよひ》も又自由《じゆう》なる床入《とこ(いり)》、[一三]にくさも。爰《こゝ》にてさしころさんと思ひしに、見うしなひけるよ」と申せば、是《(これ)》に[一四]類友《るいゆう》なれば、「それはどうり」と、又あたりをせんさくして、足元《あしもと》に一重《(ひと)へ》羽織《ばをり》の落《おち》て有《(あり)》けるを、「にげさまに是《(これ)》を落《おと》すや」と、其《(その)》まゝ捨《すて》てとりては帰《(かへ)》らず。「此《(この)》草村《くさむら》心掛《がゝ》り」と、鑓先《やりさき》耳をこすりて、魂《たまし》ひ消《きゆる》がごとし。

「[一五]むかしおとこの、[一六]其時《(その)とき》の事を思ひやる」といへば、新作も今は口をあきて、「すぎし年《とし》の三十日《みそか》の夜、万《よろづ》の[一七]買掛《かいがゝ》り、棚賃乞《たなちんこひ》たてられてかくれしは、今のせつなさよりは」といふ。此中《(この)》でも大笑《わら》ひして、それより道《みち》をいそぐに、又、三野《さんや》がへりの酒機嫌《さけきげん》の男ども、無分別《むふんべつ》にぬきける。菟《と》角《(かく)》夜《よる》は通《とを》るまじき所也。

やう〳〵大門《もん》口にはしり込《こみ》、足《あし》をさだめ、[一八]伊勢《いせ》屋の久左衛門方《がた》に行《(ゆけ)》ば、皆待《みなまち》皃《がほ》に撥音《ばちをと》をやめ、二階《かい》より来《きた》る、[一九]張貫《はりぬき》の藤助、[二〇]鈴木町《すゞきてう》の才兵衛、[二一]平太《ひらた》蜘《ぐも》の勘《かん》八、其《(その)》外[二二]おかしひ中間《ま》の若《わか》ひ者《もの》ども、いづれも下座《げざ》にかたまる。大臣《じん》よどれ足《あし》を見せたまひて、「[二三]太夫をおもへば、[二四]富士《ふじ》より磯《いそ》づたへに、歩行《かち》やはだし」とのたまへば、新作大声あげて、「命《いのち》をふたつ拾《ひろ》ふて来《きた》ぞ。此《(この)》御祝《いわ》ひに、七日が間《あひだ》大さはぎと、新町《しんてう》の[二五]三浦《うら》隠居《ゐんきよ》の君《きみ》を、残らず揚《あげ》まして」と、申《(まうし)》もあへず、[二六]お宿《やど》

一三　憎さも憎し、の略。
一四　類をもって集まる友の意。
一五　伊勢物語の各段が「昔、男ありけり」と始まるところから、当時その主人公とされた在原業平をさす。
一六　昔男が人の娘を盗んで武蔵野に隠れたとき、追手に草むらを焼かれそうになった(十二段)。
一七　現金でなく、月末など後日にまとめて払う契約での買物。またその代金。掛買いとも。なお売る側からは、掛売り・売り掛けなどいう。
一八　吉原揚屋町南側の揚屋(吉原鑑など)。
一九　太鼓持。以下の二人も同じ。
二〇　南伝馬町三丁目の横町で魚店があった(続江戸砂子二)。現在の中央区京橋二丁目、中央通り(通り町)の東側の横町(江戸方角安見図)。
二一　ヒラタグモ科のクモ。腹部がやや平たい。転じて、平身低頭してわびるさまをたとえる。ここもその意から出たあだ名か。
二二　太鼓持仲間。
二三　「山城の木幡の里に馬はあれど君を思へばかちはだし」(謡曲・通小町)による。なおこの本歌は、下の句に異同がある(万葉集十一)。
二四　富士は、前文の「江戸の新富士」と、諺の「富士は磯」と掛け、それを「磯づたへに」(下谷の田圃伝えに)と続けた表現。「富士は磯」とは、その物事に比べると、高い富士山も磯同然に低い、問題にならないの意。
二五　→六二頁注一。
二六　揚屋。

のよろこび、されども、どなたを誰《たれ》と枕《まくら》さだむべきもなし。

大臣《だいじん》、「幸《さいわひ》のむすび[一]あり。目無《めなし》[二]どちをはじめて、取《(とり)》あたりたるよねさまを、それ〳〵の縁《ゑん》ぞ」とあれば、いづれもよろこぶ事かぎりなく、藤介紅《くれな》ゐの手細《てぼそ》[三]に目をふさぎ、裏付《うらつけ》の袴《はかま》すそ高《だか》に、黄色《きいろ》なる肌着《はだぎ》ひとつになつて、「我《われ》よねぐるひ此時也《(この)とき(なり)》。弁才天女《べんざいてんによ》[四]もあはれみたまひて、見よき御かたに、取《(とり)》あたらせたまはれ」と観念《くはんねん》して、敷板踏《しきいたふみ》ならし、「物〳〵[五]しや、手取《(てどり)》にせん」と、爰《こゝ》の角《すみ》、

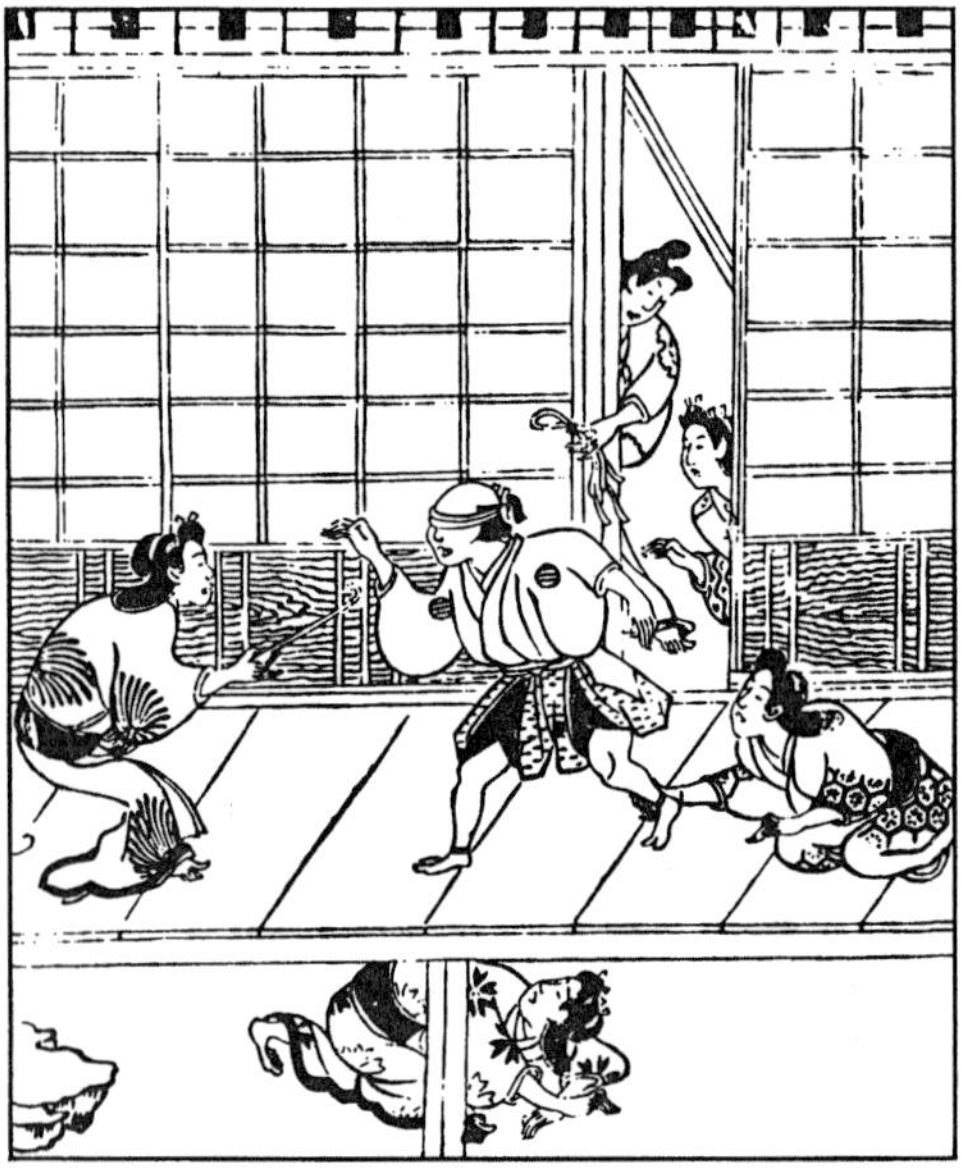

一 縁結びの方法。
二 目隠し遊び。めんないちどり。
三 頰かぶりなどに用いる手拭い状の布。
四 弁財天とも書く。七福神の一つ。
五 「物〳〵し」は、こしゃくなの意。ここは謡曲「熊坂」による表現。熊坂長範が牛若丸と戦う条で、「熊坂思ふやう、ものものしその冠者(くわじや)が、斬るといふともさぞあるらん、…手取りにせんとて…大手をひろげて、ここの面廊(めんろう)かしこの詰りに、追つかけ追つめ取らんとすれども」。

かしこの屛風《びやうぶ》を、たゝき[六]めぐりぬるは興《きやう》あり。女郎《じよらう》は心中《しんぢう》に願《ぐはん》を掛《かけ》、「ねがわくは、太鞁持《たいこもち》にだきつかれぬやうに」と、身をちゞめてかけまはる。いたづらなる女、鼻《はな》つまむも有《あり》。又は髪《かみ》に[七]わなかけるも有《あり》。寝《ね》て歌《うた》うとふて、にげるも有《あり》。終《つゐ》にとらへる事をえず。

小座敷《こざしき》の入口に、はじめからにげもせぬ女の有《あり》ける。腰《こし》にしがみつき、「是《これ》じや」と目をひらけば、[八]若野《わかの》とてつぼね女郎《じよらう》なり。是非《ぜひ》におよばぬ仕合《しあはせ》、一座《ざ》

六 原本は「めくるぬる」とある。
七 紙やひもなどで輪にしたもの。→挿絵。
八 未詳。

挿絵解説 揚屋でのつかみ取りの情景。目隠しをするのは太鼓持の新作。丸に三つ引きの紋の着物で袴の裾を端折り、夏足袋をはく。縁下に逃げた遊女は、色変り山桜模様の着物で、髪は島田。縁側の遊女は、右から(1)亀甲花文模様の着物、(2)剣弁菊模様の着物、(3)中陰花模様の着物で、兵庫髷、(4)流水模様の着物、(5)牡丹唐草模様の着物。左半図の座敷からのぞくのは、霞形模様の着物で、兵庫髷。その左は、花模様の着物。後の箒を持つのは太鼓持か。右半図の座敷から立ってのぞく女は、中陰雪輪模様の着物で、兵庫髷、左手に持つのは、「髪にわなかける」というひも。座る女は、花文立涌(たてわき)模様の着物。座敷の障子の上は、垂木を描いたものか。

笑《わろ》ふての後《のち》、新作《しんさく》が番《ばん》とて、身拵《みごしら》へして踊《をどり》出る。そも〳〵此《(この)》男《おとこ》、せいたん[一]にて猪首《いくび》にして、口中いやな事あつて、片《かた》あしすこし長《なが》く、白目《しろめ》がちにて、あたまは[二]六《む》筋《すじ》右衛門《(ゑもん)》にて、何《なに》にひとつ取得《とりゑ》なし。是《(これ)》に取らるゝ事かなしく、おろ〳〵泪《なみだ》になつてかけまはる。新作、兼《かね》て足音《あしをと》聞付《きゝつけ》て、よき人ばかりを心掛《がけ》けるに、あんのごとく、若《わか》ひ太夫さまに取《(とり)》つき、「是《(これ)》にするぞ」と、にが〳〵しくものがさず。目かくしをはづす時《とき》、「我身《わがみ》は[三]親《おや》の日じやが」といわれければ、其《(その)》まゝはなちける。「いそがしき中《なか》に、かる口」とぞほめける。

けはしくおつつめられし女、袖垣《そでがき》を越《こし》て、椽《ゑん》の下にかゞむありさま、いとはしたなく見へける。折しもうち水のしめやかに、袂《たもと》もすそもしたして、其《(その)》まゝは座敷《ざしき》にあがりがたし。かりそめの事も、あしく申《(まうし)》なす太皷《たいこ》口にて、「まだ[四]下《しも》野《つけ》のあたりは、[五]奥手田《おくてだ》を植《うへ》ますとや。[六]五月乙女《さうとめ》が入《(いる)》よし、其《(その)》御姿にて、やとはれて御座りませい」と、おろかなる者どもの沙汰《さた》也《(なり)》。数年《すねん》此《(この)》町《てう》の諸事《しよじ》を見分《わけ》、聞知《きゝし》る程にもなき事なり。うるはしき衣装付《ゐしやうづけ》のすたるをもかまはず、「只《たゞ》新作が手に入《(いる)》事を、情《なさけ》なくおもはれて」とあれば、まこと有《(ある)》所を何《いづ》れも感《かん》じける。新作も是《(これ)》を聞《(きき)》て、「それ程嫌《きら》わるゝ君《きみ》を、取《とら》へてからおもしろからず」と、「是《(これ)》迄《(まで)》」とやめける。

一 背短。
二 頭髪の薄いのをいう。三筋右衛門・十筋右衛門とも。
三 親の命日。精進をする日。
四 栃木県の旧国名。
五 晩稲(おくて)を植える田。
六 田植えをする少女。さおとめ。「ソウトメ」(日葡)。

[七]心玉《こゝろだま》が出て身の焼印《やきじるし》

世《よ》に無理《むり》は、[八]虎落《もがり》の目安《めやす》を書《かく》よりは、[九]接木《つぎき》に一りん咲《さき》し椿《つばき》を折《をる》よりは、[一〇]銀極《かねぎわめ》の遊女《ゆふじよ》を只《たゞ》といふは、[一一]横《よこ》に車道《くるまみち》ぞかし。川原町《かわらまち》四条《じやう》の角《かど》屋に[一二]湯《ゆ》屋あり。[一三]菊《きく》屋の小八二階座敷《かいざしき》に、東《ひがし》山の風待《かぜまて》ども、汗《あせ》のやむ事なし。彼湯《かのゆ》に入《(いり)》にまかりて、[一四]役者《やくしや》まじりの[一五]入《(いり)》込《こみ》、ざつと[一六]揚場《あがりば》に、[一七]散《ちら》しなど呑《のみ》、[一八]明衣《ゆかた》たゝむ間《ま》見合《(みあはせ)》けるに、三十四五にて小作《こづく》りなる男《おとこ》、そこねぬ鬢《びん》をなでける。其櫛《そのくし》、見しりの有《ある》[一九]弐つ紋《もん》なり。友《とも》とする人に、[二〇]灸《やいひ》の蓋《ふた》をしてやりながら語《かた》るを聞《きけ》ば、「我《われ》太夫に逢初《あひそめ》て、まだ間《ま》もなきに、それがし定紋《じやうもん》付《(つく)》る事、[二一]祇薗《ぎおん》八幡《まん》、自慢《じまん》はせぬが、ならふ事か」と、人に聞《(きこえ)》がしに咄《はな》す。

「広《ひろ》ひ都《みやこ》に居《い》ながら、さてもうとし。あれをしらぬげな。恋《こい》の目じるしとて、其《(その)》時あふ程《ほど》の客《きやく》の紋《もん》所を書《かゝ》せて、櫛何枚《くしなんまい》か拵《こしら》へ置《(おき)》、其《(その)》日のおてきにあはせてさすは、うれしき事にもあらず」と、紋《もん》有《(ある)》くしを弐三枚《まい》取出し、小者《こもの》などに取らして笑《わら》へば、彼《(かの)》男みぢかく、ふたつに折《をり》て、大釜《がま》の下にくべける。なを赤面《せきめん》して、着物取《きるものとり》いそぎ、[二二]白柄《しらづか》の脇指《わきざし》に気《き》を付《(つけ)》、喧嘩眼《けんくわまなこ》もむつかし。

七　→一〇八頁注三。
八　もがりは、言いがかりをつけてゆすること。また、ゆする人。目安は、箇条書にした文書、特に訴状をいう。目安書・目安状。
九　近世初期より椿の栽培が流行し、珍種が多く作られ、接木の椿は珍重された。
一〇　揚代の定まっている遊女にただで逢うの意。
一一　諺の「横に車(を押す)」と、車道と掛ける。車道は牛のひく荷車の通る道。当時鴨川の橋は、三条大橋以外は河原に板を渡した仮橋であったので、牛車は河原に下ろして渡し、その堤の坂道を車道と称した。数箇所あったが、現存するのは三条大橋の西南隅や、四条の橋の東北側など(新撰京都名所図会三)。ここは四条河原の車道。
一二　未詳。川原町二条上ルに清水風呂、麩屋町四条下ルに丁子風呂があった(京羽二重六)。
一三　石垣町辺の茶屋か。鴨川の四条と五条間の西岸の、東西の石垣町には水茶屋や色茶屋が多かった。
一四　主人公は茶屋に役者を呼んで遊興し、暑気払いに湯屋に行くが、役者も連れて行ったらしい。「役者」の原本の振り仮名は「やくじや」。
一五　原本は「人込」とある。
一六　湯屋の脱衣場。
一七　煎った麦や米の粉に、陳皮・山椒などを細末にしたものを湯に浮かべた飲物。香煎とも。
一八　「明衣　ユカタビラ、ユカタ」(書言字考)。
一九　比翼紋。遊女と客の紋を二つ並べた紋。
二〇　膏薬などを塗った紙切れを、化膿を防ぐために灸のあとにはる。やいと。「ヤイヒ」(日葡)。原本の振り仮名は「やひ」とある。
二一　近くの氏神などにかけて誓う語。断じて。
二二　白い鮫皮を柄にかけた脇差。伊達な好み。

易《あき》なき所にと、足《あし》ばやにかへりて、彼里《かのさと》にさがれば、折ふし扇屋《あふぎ》[一]の長左が座《ざ》敷《しき》は、今日《けふ》嘉祥喰《かじやうぐい》[二]とて、二口屋《ふたくちや》[三]がまんぢう、道喜《だうき》[四]が笹粽《さゝちまき》、虎屋《とらや》[五]のやうかん、東《とう》[六]寺瓜《じふり》、大宮[七]の初蒲萄《はつぶどう》、粟田《あわ》[八]口の覆盆子《いちご》、醒井餅《さめがいもち》[九]、取《とり》まぜて十六色《いろ》、[一〇]はん女《ぢよ》さまへの御調物《みつぎもの》[一一]、勢田《せた》[一二]の長橋《ながはし》、幾世《いくよ》といふ禿《かぶろ》とらへて、「我《われ》、人前《まへ》にして、うまき物を喰《くう》も、今弐三年のたのしみ、何《なに》なりとも望次第《のぞみしだい》。太夫さま達《たち》も、喰《くひ》たひ虫《むし》は鳴《なけ》ども、身すぎとて、かんにんづよひ事や」と、西瓜《すいくわ》を香《かう》[一三]の図《づ》に切《きり》ちらし、

一 島原揚屋町の西側の揚屋、扇屋長左衛門。
二 陰暦六月十六日の疫除けの年中行事。銭十六文で食物を買い食す(日次紀事・六月)。また十六種の食物を食す。嘉定とも。
三 京都市上京区室町今出川角にあった菓子所(京羽二重六)。
四 上京区烏丸上長者町下ルにあった餅屋(雍州府志六)。渡辺道喜が創め、笹粽が有名。
五 上京区一条烏丸西へ入ルの菓子所、虎屋近江(京羽二重六)。
六 東寺辺産の真桑瓜は美味(雍州府志六)。東寺は南区九条町、真言宗東寺派教王護国寺。
七 大宮通り。京の西端で葡萄を生産(毛吹草)。「蒲萄 ブダウ」(易林本)。
八 京の東海道の出口辺の地名。「覆盆子 イチゴ」(書言字考)。
九 下京区醒井通五条下ル二丁目、醒井の水付近で製したへぎ餅。「醒井分(ヘ)餅」(毛吹草)。「醒」は原本は「酔」と誤刻。
一〇 島原上之町、上林五郎右衛門抱えの太夫。寛文十二年(一六七二)冬、太夫に出世、延宝三年(一六七五)三月退廓の爵子(色道大鏡十六)か。
一一 「御調物 (ミ)ツキモノ」(増補下学集)。
一二 「幾代(世)」の序。御調物―瀬田の長橋。「みつぎ物絶えず供ふる東路の瀬田の長橋音もとどろに」(風雅集・賀歌・平兼盛、一目玉鉾三など)。
一三 香道の源氏香の図形。

末社《まつしや》の左兵衛がねがひ、「[一四]広口《ひろ》伝左衛門になりたし」といふ。「女郎《じよらう》なればとて、腹《はら》はなき物か。さらば喰《(くつ)》て見せん」、さながら[一五]山吹餅《(やま)ぶきもち》も色ふかければ、[一六]御室《をむろ》の桜《さくら》の実《み》など、歯《は》に乗《のせ》てもおもしろからず。

さる太夫殿、葉《は》がくれに物のうるわしき蒲萄《ぶどう》一房《ふさ》見しを、「あれがな」と思ひ、手枕《たまくら》をして、「いつとなく寝《ね》ゐらんした」とて、小才覚《こざいかく》らしき引舟《ひきふね》が、[一七]絹《きぬ》平《ひら》の袷《あはせ》ぶとんを、腰《こし》より下《した》に掛置《かけをく》。[一八]前《まへ》ばさみの帯《おび》しぜんととけて、風《かぜ》もいたづ

一四 口の大きな者を人名になぞらえていうか。
一五 くちなしの実の染料で黄色に色付けをしたふわ餅(古今名物御菓子図式・下)。
一六 御室は右京区の仁和寺のことで、当時都の名勝(都名所車)。ここは「桜の実」の修飾語。
一七 平織の絹織物。
一八 帯の端を結ばず前に折り込む。突込み帯。

挿絵解説　島原の揚屋扇屋の嘉祥食い。蒲萄を食べたいと思いながら眠る太夫の執心が鼠となり、人々に追われ煙草盆を走り抜けて太夫の袖口へ入ろうとするところ。左半図はそれを見て驚く大尽と遊女たち。寝ている太夫の着物は七宝つなぎ柄模様。その背後で禿が団扇で風を送っている。着物は大内菱に立浪模様。左手前二人の遊女のうち、左側の顔を襟にうずめている方は太夫か。着物は霞形模様。右側は本文にいう引舟か。着物は菊水模様。右半図の三人は太鼓持。左側の坊主頭が林菴か。右半図奥の男は足付きの箱入りの蓋をあけている。嘉祥には杉の葉など草木の枝を菓子の掻敷(かいしき)に用いたという(嬉遊笑覧・十上)。手前の男は西瓜を切っている。座敷には真桑瓜や桃などが並べられている。

らなる所《ところ》へ吹込《ふきこみ》、うはがへしどけなく、[一]物がくしのひぢりめんも、裙《すそ》壱尺あまりまくれて、[二]粂《く》仙《せん》も死《し》ぬる程《ほど》の足首《あしくび》見へて、然《しか》も[三]親指反《おやゆびそつ》て迄《(まで)》あつて、すこし髪《かみ》のちゞみたると思《をも》ひ合《あはせ》、此《この》無疵《むきづ》[四]千枚《せんまい》道具《どうぐ》也《(なり)》。「こんな物《もの》を買《かわ》ぬは、目《め》の明《きか》ぬ大臣《だいじん》や」と、せめては見て居《い》る内《うち》に、正《まさ》しく左《ひだり》の袂《たもと》より[五]鼠《ねずみ》一疋飛出《ぴきとび(だし)》、蒲萄《ぶどう》に喰《くい》つきしを、追《をい》まわして行《ゆく》に、[六]火入《ひ(いれ)》にせつなくかけ込《こみ》、又袖《そで》口に入《(いり)》ける。

座中《ざちう》不思議《ふしぎ》のおもひをなし、「申《(まうし)》〳〵」と起《をこ》せば、太夫目覚《さま》して、「[七]けはしき夢《ゆめ》を見し事よ」と、物語《ものがたり》有《(あり)》ける。先《まづ》、「色《いろ》のあさぐろひ坊主《ぼうず》目が」と咄《はな》し出《(だせ)》ば、其座《そのざ》に[八]林菴居合《りんあんいあはせ》、「是《これ》はわたくしの身《み》の上《うへ》のやうで、きみがわるひ」と申《(まうす)》。「心に掛《かけ》さんすな。其外《(その)ほか》弐三人して、おれを追《おゝ》てまはる程《ほど》に、火《ひ》へ入《(いる)》事《(こと)》もかまはず、おそろしくてにげける」といふて、脇腹《わきばら》を見たまへば、焼所《やけど》あり〳〵と、「是はいかなる事ぞ。身に覚《おぼ》へのなき」となげきたまふ。[九]付者《つきもの》の女郎《じよらう》、はじめのあらましをさゝやけば、太夫泪《なみだ》を滴《こぼ》し、「何《なに》をかかくすべし。我《われ》一念《ねん》に一房《ふさ》を思《おも》ひ入《(いれ)》、鼠《ねずみ》となりし夢《ゆめ》見しが、さてもあさましや。勤《つとめ》の身《み》程《ほど》いや成《なる》事はなし」と、ありのまゝ申されし心中《しんぢう》かんじて、世間《せけん》へは沙汰《さた》する事なし。

[一〇]唐土《もろこし》の画師《ぐはし》も姿《すがた》の牛《うし》となり、上戸《じやうご》の目《め》からは、[一一]横《よこ》川の杉《すぎ》も[一二]皆酒《みなさか》ばやしと見ゆ

一 腰巻。
二 久米の仙人。女の白脛を見て通力を失ったという。原本は「米仙」とある。「久仙(くせん)」(浮世栄花一代男一の三)。
三 閨中の情がこまやかという。縮れ髪も同様。
四 大判千枚の価値の代物。古美術品の折紙(鑑定書)は大判で評価額を示し、一枚は金十両。
五 鼠—葡萄(類船集)。
六 煙草盆の炭火などを入れておく小さな器。
七 危険な、恐ろしい。
八 太鼓持。
九 太夫に付添う引舟女郎。
一〇 未詳。鎌倉時代の宅磨は牛を好んで描き、昼寝をすると牛に変じていたという(一夜船五の三)。「宅磨が牛」(若風俗六の三)。
一一 比叡山延暦寺の最も奥の霊場。「ヨカワ」(書言字考)。
一二 酒林。杉の葉を丸く束ねたもので、酒屋の軒先にかけて看板とする。
一三 源九郎判官義経は、「面長うして身短く、色白うして歯出でたり」(源平盛衰記四十三)。
一四 頬の赤い女は玉門が臭いといわれた。「頤ホフ、…頬 ホフ」(易林本)。

る。雷嫌《いかづちぎら》ひのちかくには、碓《いしうす》も引《(ひか)》れず。かはひ女郎《じよらう》の出歯《でば》は、[一三]判官殿《はうぐわんどの》の生《うま》れ替《かわ》りかとおもはれ、[一四]頬先《ほうさき》の赤《あか》ひも合点《がってん》にて、念比《ねんごろ》するこそおかし。

女郎《じよらう》も、あけくれの勤《つと》めさへうたてき事なるに、なんぞ間夫《まぶ》ぐるひする事、常《つね》の女の[一五]不儀《ぎ》よりはにくし。人の妻《さい》になる事は、たとへばいやしき者《もの》の娘《むすめ》も、形《かたち》にひかれ、姉《あね》の死跡《しにあと》へ行《ゆき》て、年寄男持《としよりおとこもつ》も有《(あり)》。商売《しやうばい》の勝手《かつて》づくに、下人を引《ひき》揚《あげ》、ひとつにするも有《(あり)》。[一六]敷銀《しきぎん》を見掛《みかけ》、在所《ざいしよ》より養子《やうし》をするも有《(あり)》。[一七]七明年《(しち)みやうねん》なる親共《おやども》、云名付《いひなづけ》して、年《とし》たけて、娘《むすめ》はおもひの外美形《ほかびけい》にそだち、男《おとこ》ははげあたまになるも、末《すへ》は見ぬ事也《(なり)》。これらの女の身にしては、当世男《とうせいおとこ》の[一八]川原者《かわらもの》の風俗《ふうぞく》をうつして、[一九]中折《ちうをり》の髪先《かみさき》、[二〇]ぬぐひ白粉《おしろい》の地皃《ちがほ》など見《み》て、「あんなをほしや」と、思ふもにくからず。それさへ[二一]隠居《ゐんきよ》さまおそろしく、茶《ちや》の下《した》の薪《たきゞ》をへしたり、[二二]真《ま》綿引《わたひく》こそあれ。

いづれ[二三]娌取《よめとり》て、人の[二四]懐子《ふところご》を、[二五]乗物《のりもの》すぐに奥座敷《おくざしき》にかき入《(いれ)》て、[二六]愛興《あひきやう》の守取《まもり(とり)》かはすなど、[二七]貝桶《かいおけ》わたし、[二八]奉公雛《びな》の置所《おきどころ》、[二九]腰巻《こしまき》仕たる女、[三〇]長柄《ながへ》・[三一]加《くわ》への[三二]品《しな》を盛《もり》、[三三]千《ち》代《よ》がさねの白むく、[三四]皆《みな》ぐれなゐに着替《きがへ》、[三五]嫗《うば》・[三六]介添《かいぞへ》・中居《なかい》・こしもと、[三七]ざざめき、[三八]釣夜着《つりよぎ》・長枕《ながまくら》・帯掛《おびかけ》の屛風《びやうぶ》、此床《このとこ》はじめ、女郎《じよらう》ぐるひとはかはりて、一代一度の大願《だいぐわん》、下帯《をび》ばかりの裸《はだ(か)》参り、ふられる気遣《きづかひ》もなし。

一五 不義。密通。
一六 持参金。
一七 気の長いさま。
一八 歌舞伎役者。
一九 刷毛先を出した二つ折りの髷か。
二〇 白粉を塗り軽く拭い取って、目立たないようにする化粧。
二一 隠居した母親。
二二 衣類に入れる真綿を薄く引き伸ばす。当時女の手仕事の一つとされた(永代蔵一の五)。
二三 「嫁」の通用字。
二四 秘蔵の子。箱入り娘。
二五 引戸付きの上等な駕籠。
二六 婚礼の時、新婦が襟にかけた守り袋。愛染明王の守護札を雌雄二つに作り、中に入れた。愛敬の守り。
二七 貝合せの貝を入れた桶を、嫁入り道具の中で最初に請け取り渡しをするのが作法。
二八 嫁入りの時持参する御伽婢子(おとぎぼうこ)。天児(あまがつ)とも。
二九 上着を脱ぎかけて腰に巻きつけたもの。女子の礼装の一。
三〇 長柄の銚子。
三一 酒を杯や銚子に注ぎ足す水差しに似た器。
三二 三々九度の酌をすること。
三三 新婦の式服の白無垢の小袖。
三四 全部紅色であること。紅一色。ミナグレナイ。
三五 乳母。原本は「娼」とあるが、「嫗」の誤り。嫗は老女をさすが、乳母の意に通用。
三六 原本は「貝添」。
三七 原本は「ざらめき」。
三八 掛け布団を軽くするため、夜具の中央に鐶を付け、天井から吊すようにしたもの。

又《また》、丸盆《まるぼん》にふたつ盃《さかづき》、[一]石皿《いしざら》に小鰖魚《するめ》さき入《(いれ)》て、口の欠《かけ》たる徳利《とくり》に、[二]小半《こなから》入《(いれ)》て、隣《となり》から来《き》て、かゝが[三]取持縁組《とりもつゑんぐみ》も、世のたのしみは同じ。「菟《と》角《かく》は身《み》過《すぎ》が大事《だいじ》、明日《あす》から情《せい》を[四]出じやれ。井戸《いど》は遠《とを》けれども浅《あさ》し。酢《す》・醤油《しやうゆ》が入《(いら)》ば、筋向《すじむか》ひにあり。今夜《こんや》は宵《よひ》から[五]寝《ね》やじやれ」と、燈心《とうしん》へして帰る。

女郎の契《ちぎ》りも、なじみてはかはる事なし。万勤《よろづつとめ》る男《おとこ》には、大かたの事は[六]始末《しまつ》して、物つかはせぬこそよし。壱年《ねん》に[七]埒《らち》あく身も、すこしは間《ま》の有《(ある)》物ぞかし。あまたの男《おとこ》にあひなれ、[八]手くだするも又男也。然《しか》も[九]不男《(ぶをとこ)》に、物迄とらしてあはるゝ太夫あり。親方《おやかた》には損《そん》を掛《かけ》、其身《そのみ》いため、何《なに》が男《おとこ》めづらしかるや。いろ〳〵分別《ふんべつ》して見れども、是《(これ)》ばかりは合点《がってん》ゆかず。

[一〇]七《(なな)》　墓参《はかまい》りに逢《あへ》ば昔《むかし》の

親仁《おやぢ》の手前《てまへ》、八十三度《ど》の詫事《わびこと》も、[一一]元《もと》の木阿弥《もくあみ》、[一二]藤《ふぢ》は松につれてもゆがみはなをらず、あたら春《はる》を過《すぎ》て、今《いま》となつて、合点《がつてん》がゆけど、[一三]六年おそし。[一四]過書《くはしよ》町の[一五]祖母《おば》聟《むこ》に迄、世《よ》に捨《すて》られし身は、[一六]まだも坊主《ばうづ》にならひではと、三十六の夏《なつ》、[一七]四月二日より、墨《すみ》の衣《ころも》に替《か》へて、[一八]南中嶋《みなみなかじま》によしみ有《(あり)》て、長柄《ながら》の[一九]橋本寺《はしもとでら》の[二〇]跡《あと》ふり

一 磁器製の皿。
二 一升の四半分の分量。二合五勺。
三 原本振り仮名は「とりもち」とある。
四 「出(だ)しやれ」の音転。
五 「寝やしやれ」の音転。
六 原本は「初末」。
七 かたがつく。ここは遊女の年季があける意。
八 手管は遊女の情夫のことで、遊女が親方や客などに内緒に好きな男と逢うのをいう。
九 醜男の当て字。
一〇 →一〇九頁注七。
一一 せっかくうまくいったことが無駄になる意の諺。
一二 藤―松(類船集)。
一三 後文に「三十六」とあるが、三十歳までが遊興の面白い時期とされた。→二五八頁。
一四 大阪市中央区北浜三丁目西部と同四丁目東部辺(大坂町鑑)。両替商など大商人が居住。
一五 ここは伯・叔母の所へ入婿した男。
一六 「まだ」を強めたいい方。まだしも。
一七 四月一日は衣更えの年中行事。その翌日に墨染めの衣に変えたという。
一八 近世では中津川と淀川に挟まれた地。現、大淀区・北区(天満組を除く)・福島区の一部辺。
一九 西成郡仏性院村(淀川区東三国一丁目)の孤雲山大願寺。推古朝の創建、九世紀長柄橋の人柱を弔うために再建され、橋本寺とも称した。
二〇 「名ばかりは在原寺の跡ふりて、〳〵、松も老いたる塚の草」(謡曲・井筒)。

て、[二一]塚《つか》もすかれて、[二二]年貢地《ねんぐち》と成《(なる)》片陰《かたかげ》に、玉笹《たまざゝ》など切敷《きりしき》て、[二三]むすめば柴《しば》の庵《いほり》、くずせば元《もと》の野原《のばら》、夢《ゆめ》のかり枕《まくら》もなく、小鍋《こなべ》壱つに盆《ぼん》弐枚《まい》、是《(これ)》でも埒《らち》のあく世《よ》やと、蚊払《かばら》ひの団《うちは》をたのしみ、念仏《ねんぶつ》の替《かは》りに、「[二四]なげきながらも月日をおくる」と、調子《てうし》違《ちが》ひの小歌《こうた》、三味線《しやみせん》にあはしやうともおもはねば、人にきいてももろふまじ。

されば、東《あづま》の[二五]小相模《こさがみ》といふ里《さと》に、身《み》を[二六]長明《てうめい》が方丈《ほうじやう》よりはかるく、壱畳敷《いちぢやうじき》の板《いた》屋《や》を作《つく》り、四車《よつぐるま》を付《(つけ)》て、心の行所《ゆくところ》へ引《ひい》てうとふて、撥音《ばちをと》を明暮《あけくれ》のたのしみにせらるゝ道心者《どうしんじや》のあるとや。近《ちか》くばよき友《とも》なるに、是《(これ)》もいかなる人の果《はて》ぞかし。[二七]備利国《びりこく》が針《はり》よもやかこひなど買《かい》し、男《おとこ》の時《とき》とはおもはれず、うらめしの世《よ》や。[二八]木半《きはん》が土人形《つちにんぎやう》をするも、[二九]嶋吉《とうきち》が古道具《どうぐ》見世出すも、是皆味《これみなあぢ》な事し立《たて》になるも、り過《すぎ》てなり。

女郎《じよらう》の仕掛《しかけ》を見出し、揚屋《あげや》も見えぬ客《きやく》の内談《ないだん》をたのみ、遣手《やりて》も気《き》に入《(いる)》皃《かほ》をして見せ、町からの友《とも》も万《よろづ》のさし図《づ》を請《うけ》、此里《このさと》の男達《おとこだて》の若《わか》ひ者《もの》も、おのづから近《ちか》付《づき》になり、[三〇]東西《とうざい》の門番《もんばん》も声《こへ》を聞《きゝ》しり、物やらぬ末社《まつしや》迄《(まで)》もつきしたがひ、口拍子《びやうし》の万六、[三一]舞《まひ》まいの惣太夫、此所《(この)ところ》の物もらひ、犬《いぬ》も見しりて、とがめぬ程《ほど》になりて、さのみ物をもつかはずして、なぐさみの深《ふか》く成時《なるとき》は、手前《てまへ》に有《ある》ものを遣《つかい》

二一 「古き塚はすかれて田となりぬ」(徒然草三十段)。古くは文選十五の古詩を典拠とする。西鶴独吟百韻自註絵巻にも見える。
二二 年貢を収める農地。
二三 「引よせてむすめば草の庵にてとくればもとの野原成けり」(一休和尚法語)。
二四 投節の一節。下句は「さても命はあるものを」。
二五 未詳。
二六 鴨長明が日野山(京都市伏見区内)に閑居して営んだ一丈四方の庵室。
二七 著名な大尽。零落の後京都東山智恩院の門前町に住んだ。置土産五の三に見える。
二八 著名な大尽。零落の後、大坂の場末高原に住み、油屋の職人となった。置土産二の三に木半(ぼく はん)として見える。
二九 未詳。
三〇 新町遊廓の東口・西口の門番。
三一 幸若舞の大道芸人。

絶《たへ》て、世間《せけん》に[一]はき掛帯《かけおび》のはやる時、紬嶋《つむぎじま》の[二]丸ぐけもおもはしからず。同《をな》じ着《きる》物をしたうへに、替《かへる》も五度《ど》や三度《ど》こそ。不埒《ふらち》を[三]宿屋《やどや》より見て、後《のち》にはあいたがる女郎《ぢよらう》もよけて、おのづときのどくかさなるに、いやしくもおもひとまらず行《ゆき》て、人もおもしろからぬ落《をと》しの咄《はな》し、[四]こうしふさげて、[五]さしすての盃手《さかづきて》にふれ、やう〳〵[六]白歯《しらは》の袖《そで》にたより、[七]上《かみ》する女に、「水ひとつ」といへば、返事《へんじ》もせずに持《もつ》て来《き》て、目の上《うへ》から指《さし》出す。是《(これ)》にもこりず、台所《だいどころ》ににじり込《こみ》、[八]ぐるり高《だか》なる娘《むすめ》をほめ、棚《たな》から物《もの》をおろしてやり、方角《かたすみ》にうづくまひぬれば、いつともなく煮《に》かたする男《おとこ》も、心安《やす》立《(だて)》出《(だし)》て、「鰹《かつほ》などかけ」といふ。いやといへば、当言《あてこと》うたてく、折ふしは煙管《きせる》迄《(まで)》さらへて、むねん覚《おぼ》へて幾度《いくたび》なるべし。

今《いま》此《(この)》身程気《き》さんじ成《(なる)》事はなし。野鳥《のがらす》の鳴《なく》も耳《みゝ》にかゝらず、軒《のき》の[九]風鈴《ふりやう》の[一〇]不《ぶ》落《ら》離《り》と、日数《かず》の過《すぐ》るもよしなしと、[一一]無常野《むじやうの》の焼場《やきば》を[一二]隔夜《かくや》してまはりけるに、有《(ある)》時[一三]吉原《ときよしはら》の墓《はか》より、酒《さけ》のかほりふかく、六十余《よ》のせい高坊主《たかぼうず》出《(いで)》て、「我仏躰《われぶつたい》を得《え》ながら、浮世《うきよ》に思《おも》ひ残《のこ》すは、三升入《(いり)》の[一四]吸筒有《すいづゝあり》。是《(これ)》を手向《たむけ》よと、御しらせ給《たま》はれ」といふ。「御身《み》いかなる人」ととへば、「[一五]葉箒《ははうき》〳〵」と、売声《うるこへ》ばかりして消《きへ》ぬ。ある夜《よ》又、[一六]道頓堀《どうとんぼり》の火屋《ひや》に、一寸法師《ぼうし》の[一七]夏書《げがき》して居《いる》を、心を留《とめ》て見れば、[一八]甫春《ほしゆん》也《(なり)》。

一 →一〇四頁注一八。
二 芯に綿を入れ、丸くくけた男帯。
三 揚屋。
四 遊女屋の格子の前に立ちふさがって。
五 格子の透き間から遊女が差出してくれた盃。
六 年若い未婚の女。ここは禿。
七 座敷に料理を運んだり、床の上げおろしなどをする揚屋の女。下働きの女に対していう。
八 中低な顔。鼻の低い顔。
九 ふうりん。「風鈴 フウリヤウ」(増補下学集)。
一〇 「不落離 フ(ブ)ラリ」(反故集)。
一一 墓地内の火葬場。
一二 一定期間、特定の寺社や墓所を一晩ずつ参籠して回る修行。隔夜参詣。ここは七墓参り。
一三 天神橋筋の北郊、西成郡川崎村内、現、北区天神橋六丁目辺にあった墓地。
一四 酒または水を入れる携帯用の竹筒。
一五 葉箒売りの触れ声。貞享頃大坂に酒好きの棕梠の葉箒売りがいて、「下戸の建てたる蔵もなし」と歌って歩いた(正月揃五の二)。
一六 道頓堀の芝居裏の火葬場兼墓所。入口に千日寺(法善寺)があった。現中央区難波一丁目辺。七墓の一。
一七 陰暦四月十五日から三か月の夏安居《げあんご》の期間、経文を書写すること。
一八 延宝年間、道頓堀の見世物に出た一寸法師。背は二尺、三十歳ぐらいで、よく文字を書き、八卦で吉凶を占った(和漢三才図会十)。

雨降《あめふり》風立《(たち)》、筑《つき》山の新墓《しんばか》、物の淋《さび》しき夜《よ》更《ふけ》て、爰《こゝ》にめぐりて、立帰るを後《うしろ》より、「是《(これ)》心ざし」と呼懸《よびかけ》て、手より手に渡《わた》しぬる物は、[一九]匂《にほ》ひあつて色黒《いろくろ》き物《もの》、[二〇]唐《とう》胡桃程《ぐるみほど》まろめて、其《(その)》女はまぼろしにもあらず。廿一日の空《そら》ほのあかく、松の木《この》間《ま》よりすかして見るに、[二一]分有《わけ(ある)》姿《すがた》、後世《ごせ》を忘《わす》れ、いな事に心はなりぬ。やれ、一大事爰《こゝ》と、下帯《をび》を引しめ、「汝《なんじ》いかにしてかりにあらはれ給ふぞ。殊更今《ことさらいま》は夏《なつ》なるに、何とて手に炭俵《すみだはら》は提《さげ》たまふぞ」。

「はづかしや、我、新町に勤《つと》めしむかしは、太夫とはよばれながら、内証《ないしやう》のくるしさ、胸《むね》に[二二]火宅《くわたく》をはなれず。此《(この)》苦《くる》しみのやるせなきを、せめては分知《わけしり》の御かたへ語申《(まうす)》べし。そも〳〵けいせいとなる事、其《(その)》身いたづらより是にはならず。大かたは親《おや》の為《ため》ぞかし。[二三]公儀《こうぎ》十年《ねん》と申《(まうす)》は、姉女郎《あねじよらう》に引《ひき》まはされ、万《よろづ》のあてがひは親方《おやかた》より、先《まづ》太夫は、水揚《みづあげ》の日より定《さだ》めぬ。勤《つと》めは毎《まい》日伽羅《きやら》二焼《たき》、奉書《ほうしやう》五枚《まい》、[二四]中折《なかをり》半帖《じやう》、封《ふう》じ紙《がみ》三枚《まい》、のべ紙《がみ》五《(いつ)》[二五]折《をり》、楊枝《やうじ》三本、弐年が間《あひだ》、月に雪踏《せつた》一足《そく》、草履《ぞうり》三足《ぞく》、蠟燭《らうそく》、禿《かぶろ》の[二六]仕出し迄《(まで)》も、内より拵《こしら》へぬ。四季《き》の衣装《いしやう》も、正月には上着《ぎ》弐つ、下着《ぎ》二つ、[二七]埃取《ほこりとり》の木綿着物《もめんきるもの》壱つ、四月に袷《あわせ》弐つ、五月に帷子《かたびら》弐つ、単物《ひとへもの》ひとつ、七月に帷子《かたびら》弐つ、明衣《ゆかた》壱つ、九月に着《きる》物壱つ、仕立直《なを》し物壱つ。それより下位《げい》次第に、万事の違《ちが》ひあり。[二八]天神《てんじん》に壱年《ねん》、かこひに半

一九 未詳。
二〇 中国原産で長崎に舶来し、価安く、殻は薄く割りやすく、味も少しうまい(本朝食鑑四)。
二一 色里の女の姿。
▽本段の類話に、応仁年間、西阿弥(さいあみ)という時宗の行者が、毎夜京の五葬場を念仏して歩くと、三年目のある夜、女の幽霊から新しい布の布施を手渡された話がある(奇異雑談集四の六)。
二二 苦悩の絶えないさまをたとえる、仏教語。
二三 遊女が客勤めをする年季のこと。禿時代は入れない。公界(くが)十年・苦界十年とも。
二四 中折紙。鼻紙用の粗末な半紙。束のまま二つに折って懐中する。
二五 原本振り仮名は「をる」とある。
二六 服装や身の回りの世話。
二七 埃(ほこり)除けに着るうわっぱり。
二八 天神は初めの一年は抱主が面倒をみる。

年、見世の女郎《ぢよらう》には三十日、諸事《しよ》を内よりまかのふ事、心やすきほど、客《きやく》もはやくつく物也《なり》。禿《かぶろ》に髪結《かみゆは》す迄《まで》も違《ちが》ひはなきに、太夫の禿《かぶろ》は、月に弐百一、天神百、かこひ六十、つぼねの禿《かぶろ》は三分《ぶん》、かやうに替《かは》るなれば、位《くらゐ》になる程《ほど》、身持《みもち》二のむつかし。二とせすぎて、銘《めい》〳〵さばきの身となれば、着類《きるい》の外《ほか》は手《て》三もめとなつて、色《いろ》あげの染賃《そめちん》、糊《のり》の銭《ぜに》まで、勤《つとめ》のうちなれば、四もらはひではならず、くれる男《おとこ》は稀《まれ》也《なり》」と、泪《なみだ》を流《なが》して申《まうす》。聞《きゝ》てひとつもやくに立《たた》ぬ事也《なり》。

一 銀二百匁。以下銀貨の価格。
二 重い位になるほど格式を保つのが大変、の意。
三 手揉め。自分持ち。自弁。
四 客から金をもらわねばならず。

「さて持《もち》たまふ炭《すみ》こそ不思儀《ふしぎ》」と申せば、「過《すぎ》つる十二月雪《ゆき》の夜《よ》に、相果《あひはて》る時迄《とき(まで)》、此《(この)》五炭《すみ》の口をあけずに、浮世《うきよ》に残《のこ》すを、惜《おし》まれし一念《ねん》の、手《て》はよごれてもはなさず」といふ時《とき》、さま〲の女の首《くび》が飛来《とびきた》りて、彼遊女《かのゆふじよ》の身《み》に喰付《くい(つき)》て、さいなむ。「是《(これ)》は情《なさけ》なし。をの〲の亭主《ていす》の、たわけにて、身上《しんしやう》のつゞかず、六地黄丸《ぢわうぐわん》のまるるを、我《われ》がしつたる事か。身は売物《うりもの》にて、人をたらするがもとでなり」と申せば、ばつと消《きへ》て、七礼場《れいば》の朝風《あさかぜ》、茂《しげ》りの八草《くさ》ぼう〲と、九石仏《いしぼとけ》はあり

五 参考「火鉢は主人よりわたす。炭は端女(はしおんな)自分にこれをまかなふ」(色道大鏡三)。
六 地黄の根茎を主薬とした強精剤。地黄はゴマノハグサ科の多年草。
七 葬礼場。墓場にある葬式用のお堂。三昧堂。
八 「草茫々たるあしたの原に、虫の音ばかりや残るらん」(謡曲・松虫など)。
九 葬礼場の石造りの供養仏。
▽本章は謡曲「錦木」の翻案ともみられる(野間光辰)。

挿絵解説 道頓堀裏千日寺の墓場。七墓参りの僧の前に、新町のさる太夫の幽霊が現れ、生前の公界(くがい、苦界とも)十年の苦しみを訴えている。髪は根結い垂れ髪で、日足車模様の打掛け姿である。僧はたたき鉦(ねが)を腰にさげ、手には数珠と撞木を持つ。霊屋(たまや)の屋根には、この太夫に惚れてたわけを尽くした大尽らの女房の怨霊が描かれている。右半図には五輪の墓や塔婆のほか、右方に、数本の竹を上で束ね、下は丸く広げて立てた少年の新墓が描かれる。これは犬・狼などや邪霊を防ぐためのもの。一代男四の二挿絵にも見える。下部には秋の草花が描かれている。

しまゝにて立帰《たちかへ》る。あらこはやの。

忍《しの》び川は手洗《たらい》が越《こす》

[一]江戸《ゑど》じやとても、落《をと》してある銀《かね》はなし。去時《さるとき》、[二]大門筋《もんすじ》の[三]仕舞棚《しまいだな》に、[四]昔長持《むかしながもち》の目出度《たく》も煙《けむり》幾度《いくたび》かのがれしを、誰《たれ》が持《もち》あきて、今売物《いまうり》となりぬ。有人《（ある）》もとめて、中を洗《あら》へば、[五]雲紙《くもがみ》まくれて、弐重底《ちうぞこ》に、百両包《づゝみ》にして、あきどもなくならべ置《をく》。此者《（この）もの》[六]俄長者《にわかちや（う）じや》となりぬ。

こんな仕合《しあわせ》、女郎買《じよらうかい》のあてどにはならず。菟角行《とかくゆか》ねば見へぬによつて、恋《こい》もなかりしに、[七]八丁堀《ぼり》の薪屋《まきや》の手代《てだい》、[八]三野《（さん）や》にかゝりて、それ〳〵の楽《たのし》み、前巾《まへぎん》着限《ちやくかぎり》に、[九]局《つぼね》ありきして、あれは鼻筋通《はなすじとを》り過《すぎ》て、おもわしからず。是《（これ）》は物云《ゆひ》が気《き》に入らず。そこなは振袖《ふりそで》いやなり。又は目つき細《ほそ》すぎたり。[一〇]髪《かみ》のちゞみに思ひ付《つけ》ば、手足《てあし》がふとし。小歌《（こ）うた》よくうたへば、色黒《いろくろ》し。出尻《でじり》はいやなり。耳《みゝ》のちいさいもよろしからず。やせたはおもしろからずと、[一一]三町残《のこ》さず、廿四五へんも見合《みあわせ》て、後《のち》には目まぎれして、心のせくまゝに、つい揚《あがり》てからは、いづれにてもかわゆさ、替《かわ》る事なし。女も此男《（この）おとこ》の心根《ね》をはや見すかし、うれしがる事

一　西鶴は繁華な江戸で物を拾って成功した話を永代蔵三の一で描くが、江戸で一稼ぎ出来たのは一昔前のことで、貞享ごろにはそんな幸運はあり得ず、世知辛い世の中となる。
二　江戸日本橋通旅籠町と通油町との間の南北の通り。現中央区大伝馬町を南北に縦断し、富沢町と堀留町二丁目との間の通り。この通りの南に明暦以前に元吉原遊廓の大門があったのでいう(続江戸砂子二)。
三　店仕舞いで投げ売りした品を売る古道具屋。
四　昔作りの古長持。車長持の類。
五　雲形の模様を漉き出した鳥の子紙。
六　にわか成金。俄分限《（にわか ぶげん）》とも。
▽この長持の二重底から大金を得る話は、胸算用五の一、耳袋三「奇物を得て富みし事」や、市井雑談集・下に類話が載る(中村幸彦)。
七　北八丁堀一—五丁目(中央区八丁堀四丁目)と南八丁堀一—五丁目(中央区新富一丁目・入船一丁目・湊一丁目北側)とあり、当時は炭・薪屋が多かった(江戸鹿子五)。
八　吉原遊廓の異名。吉原通いに打ち込んで。
九　下級の遊女のいる店。
一〇　閨中の情のこまやかであるとされた。
一一　吉原の中で局見世の多い伏見町・江戸町二丁目・堺町の三町をいうのであろう。
一二　扇—形見(類船集)。謡曲「班女」のもじり。
一三　扇《（あふぎ）》は「逢ふ」に通じる語。ここにいう古歌は未詳。
一四　駒形堂の南、現台東区駒形一丁目と二丁目の間の大通り(江戸方角安見図)。通りの東側が

のみ咄《はな》し出して、別《わか》れさまに扇《あふぎ》[一二]を取《とり》て、「又逢《あふ》[一三]迄《(まで)》の形見《かたみ》に」と、当字《あてぢ》まじりの古歌《こか》かきて、「此中《(この)ぢう》にこよとの、言葉《ことば》たがへるはいやだによ」と、門《かど》に見送《おく》り、「おさらばへ」といふ。此《(この)》かたじけなさ、外《ほか》に何《なに》か有《(ある)》べし。

帰《かへ》りに駒形《こまがた》[一四]の茶屋《ちや》へよりて、打置《うちをき》の温飩《うんどん》[一五]いそがせ、酒《さけ》ひとつすごして行時《ゆくとき》は、[一六]川尻《かわじり》もをそれず、弐本道具《ほんどうぐ》[一七]の大名《だいみやう》も、此身《(この)み》替《かわ》る事なし。先手《さきて》[一八]、「はい〱」と声掛《こへかけ》れ共《(ども)》、天下《てんか》[一九]の町人《てうにん》の気《き》まゝは、足ばやにもよけず。宿《やど》に戻《もど》り、親方《おやかた》の十露《そろ》盤持《ばんもつ》て居《いる》は、負《まけ》[二〇]六法組《ぼうぐみ》の、反刀《そりがたな》よりはこはし。心玉《だま》に是《(これ)》は忘《わす》れず。

すぐにかへればよき物、無用《むよう》の辻《つぢ》[二一]に、揚《あげ》や帰《がへ》りを詠《なが》めけるに、其年《(その)とし》も花月《くはげつ》[二二]が仕出し、洗鹿子《あらいかのこ》[二三]の虫《むし》づくし、本国寺《ほんこくじ》[二四]のおつやが、ひとつに三とせづゝ心をつくし、六年目に着物《きるもの》ふたつ緯立《ぬひたて》[二五]、染《そめ》ぬ先《さき》より、ひとつは御所方《ごしよがた》[二六]にあがりぬ。今《いま》壱つは是《これ》、五拾両《りやう》に調《とゝのへ》て、去人《さる》、都《みやこ》みやげにおくられけるとかや、分有下着《わけあるしたぎ》。[二七]中は国《くに》づくしの縫紋《ぬいもん》[二八]、武蔵《むさし》の爰《こゝ》に生如来《いきによらい》、彼男《かのおとこ》見初《みそめ》て、つぼねの楽《たのしみ》を忘《わす》れ、禿《かぶろ》にすがりて、お名《な》を聞分《きゝわけ》て、手遠《てどを》き恋《こい》のおもひ立《たち》、旦那《だんな》に断《ことはり》申《(まうし)》て、又十年《ねん》[二九]切増《きりまし》て、前銀《まへがね》かれども、百五拾目、とても是《(これ)》ではかどらずと、明暮分別《あけくれふんべつ》して見れども、天から降《ふら》ず、地《ち》からも涌《わか》ず。世《よ》を観念《くわんねん》[三〇]のあかり窓《まど》、心の月[三一]もさし入《(いり)》、軒《のき》には霜《しも》の曙《あけぼの》迄《(まで)》、独寝《ひとりね》られぬまゝに、「身を壱万両持《りうもち》[三二]になりて、先普請《まづふしん》からし

茶屋町で、その裏が大川端(続江戸砂子二)。
一五 うどんの古称。当時はウンドン・ウドンと両用(日葡)。餛飩。
一六 隅田川への諸川の合流点。浅草から八丁堀まで数多く、夜間人通りのない所。
一七 大名行列の供先に立てる二本一対の槍。二本道具は三万石以上の大名行列の格式。
一八 大名行列の先頭を行く供の者。
一九 将軍家お膝元の町人。
二〇 六方組とは、肩を怒らし市中を徘徊した旗本奴(やっこ)や町奴のことで、負六方組とは、その連中の喧嘩に負かされた一群。くやしまぎれに町人などに当たり散らした。
二一 吉原仲之町と揚屋町との辻。待合いの辻。ここで太夫の道中姿を見物する者が多かった。
二二 吉原京町、高島屋清左衛門抱えの太夫。寛文七年(一六六七)ごろ格子に下がる(讃嘲記時之太鼓)。
二三 鹿子絞りで染めた後、すぐ糸を解き水洗いをして、わざと色をぼかしたもの。
二四 京都堀川通松原(下京区柿本町)にあった日蓮宗本国寺付近に住む鹿子結(ゆ)い。
二五 緯(かく)は縫う の意の語。
二六 堂上・公家方。
二七 中着。
二八 刺繡で模様を表わしたもの。
二九 奉公の年季を十年延長すること。
三〇 「世を観念する」(思いあきらめる意)と、「観念のあかり窓」(明かり取りの窓の下で思案にくれる意)と掛けた表現。
三一 「心の月」は心の清く澄むさまをたとえていい、「月もさし入(い)り」と掛けた表現。
三二 「りう」は原本のまま。これで「リョウ」と読む。

て、人もあまた置《をき》て、花月《くはげつ》を請出《うけいだ》して、遣手《やりて》にも宿《やど》にも、小判《こばん》の花《はな》をふらして、京《きやう》から手《て》懸《かけ》を置《をき》て、物の静《しづか》なる[一]向《むか》ひ嶋《じま》に下屋《しもや》敷《しき》、弐百人前の[二]浅黄《あさぎ》椀《わん》、三町ばかり[三]牡丹畠《ぼたんばたけ》をこしらへ、我《わが》うちの自由《じゆう》は、[四]花車《はなぐるま》に乗《のつ》てありきて、鼻《はな》も人にかませ、月代《さかやき》も夢《ゆめ》見て居《い》てそらせ、油火《あぶらび》見ずに」と、胸算用《むねざんよう》すれば、壱万両《りやう》も弐年迄《まで》はなし。「三万両《りやう》の分限《ぶんげん》になつてみて、思《おも》ふ儘《まゝ》につかひて見るこそ、心ながらおかしけれ。せめて命《いのち》のうちの思ひ出に、花月にかりの枕《まくら》もがな」と、人のしら

一 当時は両国・本所・深川・霊岸島など隅田川の東岸一帯の地を称した。ここは主人公利兵衛が八丁堀から見ての向い島で、霊岸島辺の大屋敷地をさすか(真山青果)。
二 黒漆塗りの上に浅葱色(緑がかった青色)または紅白の漆で花鳥を描いた椀。
三 あるいは河村瑞軒屋敷の牡丹畠などを連想して用いたか(真山青果)。
四 花で飾った車。

ぬ泪《なみだ》を流《なが》し、「しよせんながらへて居《ゐる》に、かゝるうき事もあり」と、[五]半櫃《はんびつ》より[六]仕着《しき》せの[七]正月布子《ぬのこ》取《とり》のけ、脇指《わきざし》は取《(とり)》だせども、「いや〳〵死《し》んでから、此《(この)》恋《こい》のたよりにはならず」と、先《まづ》心に合点《がつてん》をさせるうちに、横雲《よこぐも》も引捨《ひきすて》て、夜《よ》もしらけ渡《わた》り、[八]奥戸《をくど》明《あく》る音《をと》、旦那《だんな》が声《こへ》して、「利兵衛〳〵」と呼《よば》るゝ。

心元《もと》なく、内に行《ゆけ》ば、俄《にはか》なる頼事《たのみ》、「太儀《たいぎ》千万《せんばん》ながら、其《(その)》方《ほう》は[九]高野山《かうやさん》に参《まい》るべし。母《はゝ》の三十三年也。毎《まい》年一両づゝ掛《かけ》て、三拾三両《りやう》、是《(これ)》にて石塔《せきとう》を供養《くやう》し、

五 長持の小型のもの。衣類や夜具を入れる。
六 時候に応じて主人から奉公人へ支給する衣服。商家では盆と正月に支給。
七 正月の晴着に新調した木綿の綿入れ。
八 奥の間の戸。原本振り仮名は「をくニと」とある。「ニ」は「ど」の濁点表記か。
九 現和歌山県伊都郡高野町、真言宗の総本山金剛峰寺を中心とする霊場。近世では宗旨に関係なく、遺髪や遺骨を納め、死者を供養した。

挿絵解説　花月の吉原遊廓駈け落ち。右半図は八丁堀の薪屋の手代利兵衛が花月と示し合わせ、廓の塀を梯子で越え、花月を盥(たらい)に乗せ、外堀(お歯黒溝(どぶ))を渡るところ。花月は桜花小紋の着物で、髪は兵庫髷。男は釘抜き紋の着物を着る。左半図は吉原京町など遊女町の風景。屋根も取葺き屋根で、揚屋町に比べやや粗末。塀の梯子の上で見送るのは引舟女郎か。兵庫髷で輪違い模様の着物。左上の建物の屋根には天水桶を置く。揚屋町に当たる。

一日牌《につぱい》も立《（たて）》てかへれ。いつぞの年は、我参詣《われさんけい》申《（まうす）》べしと、今《いま》迄《（まで）》御骨桶《こつおけ》も是《（これ）》に」と、又親《おや》に別《わか》るゝごとく袖《そで》しぼりて、路銀《ろぎん》・珠数《じゆず》迄《（まで）》給《たま》はりぬ。内義《ないぎ》も手拭《てぬぐい》、あられに大豆《まめ》等《など》二いりまぜし、菓子袋《くわしぶくろ》のはなむけ、心ざし有《（ある）》下女共《（ども）》も、思ひ〳〵に御あかしをことづてける。

「頓《やが》て」と立出《たちいで》、品川《しながわ》の三片原《かたはら》町にて、旅装束《たびしやうぞく》を取捨《とりすて》て、四横《よこ》わたしに三野《さんや》へあがりて、日比立寄茶屋《ひごろたちよるちやや》を頼《たのみ》、伊豆《いず》の大臣《だいじん》に仕立《したて》られて、様〳〵《さま》手《て》をつくして、花月にあはせけるに、かしらからよの事なしに、おもひそめしより此《（この）》かた、殊《こと》更此度《さらこのたび》の首尾《しゆび》を、五骨仏証拠《こつぼとけしようこ》にして、残《のこ》らず語《かた》れば、ふびんに思ひつき、「扨《さて》も〳〵、それ迄《（まで）》は心をつくしまします御事、いやしき身なればとて、あだにはなすまじ」と、先飛脚《まづひきやく》を仕立《したて》、高野山《かうやさん》への代参《だいまい》り、其《（その）》ものの下向《〔ゝ〕げかう》迄《（まで）》は、利兵へを花月つゞけて揚《あげ》たまひ、自然《しぜん》のなじみ、勤《つとめ》の客《きやく》とおもひ替《か》へて、六身あがりしてあひたまふに、其名《（そのな）》の人もしる程《ほど》につのりて、何《なに》となく此《（この）》男《おとこ》も通はず絶《たへ》て、三とせばかりも過《すぎ》て、五月三日の夜《よ》、花月七月待《くはげつつきまち》をもやうして、八歌《うた》うとふ程《ほど》の末《すへ》の女郎《じよらう》を宿《やど》にまねき、酒《さけ》の事かさなり、夜更《よふけ》て女客《きやく》もかへり、枕《まくら》も定《さだ（め）》ず眠《ねむり》けるに、親方人《おやかた》改《あらた》めて、門《もん》口をしめるとき、「花月が見へぬは」と、下男《おとこ》も起《をき》さはぎ、爰《こゝ》かしこのつまり〳〵さがしてまはれど、さらに行方《ゆきがた》しれず。うらにまは

一 毎日の読経供養を依頼して安置した位牌。
二 原本は「謎《など》」とある。「など」は「なぞ」とも用いるので「謎」の字を当てたか。
三 片側だけ家並みのある町。品川の宿は両側町だが、高輪から北品川にかけては片側が海の片側町。
四 東京湾を舟で横断して、今戸橋で上陸。
五 遺骨。
六 身揚がり。遊女が揚代を自分で持ち、その日の勤めを休むこと。
七 →一〇九頁注一〇。
八 太鼓女郎(囲職)以下の下級の遊女。

れば、階《はし》の子掛《こかけ》て、堀《ほり》にのき道《みち》と見へて、手洗《たらい》に細引付《ほそびきつけ》て、向《むか》ひの岸《きし》によすると見へて、花菖蒲《はなしやうぶ》・村芦《むらあし》の押分《をしわけ》て、其足跡《（その）あしあと》をしたひ、日本堤《にほんづゝみ》より手分《てわけ》して、追《おつ》かけけるに、九こつが原《ばら》の野末《のずへ》に、「「うれしや」といふ人声《ごへ》するは」と、いそぎしうちに見うしないける。

一〇折《をり》ふし秋《あき》も入《（いり）》て、麦《むぎ》こなしたるわらを重置《かさねをき》ける所《ところ》、「もし此中《（この）うち》も心にくし」と、大脇指《わきざし》ぬきて、あらましつきさがしてかへる。花月股《もゝ》つかれながら、声《こへ》をも立《（たて）》ず、いたむ所を二布《ふたの》にて血《ち》をとめて、男《おとこ》には何《なに》ともいわずして、又立《たち》のき行《（ゆく）》。追手《おつて》かへりて、鞘《さや》に血《のり》のかゝりを不思儀《しぎ》と、二たびたづね行《ゆく》に、はやしれがたし。請出《うけいだ》す事のならずや、一一命《いのち》に替《か》への盗《ぬすみ》、すかぬ事也《（なり）》。

情懸《なさけかけ》しは一二春日野《かすがの》の釜《かま》

「一三戯女《たはれめ》の袖《そで》ふきかへす」と読《よみ》しも、一四木辻《きつぢ》の古歌《こか》の姿《すがた》なるべし。東北《ひがしきた》のつきぬけを、鳴川《なるかわ》といへり。むかし、一五横萩右大将《よこはぎうだいしやう》の息女《そくじよ》に、一六中将姫《ちうじやうひめ》の誕生《たんじやう》まします跡《あと》とて、一七三棟《（みつ）むね》といふ。爰《こゝ》に藁《わら》の屋かすかに、ともし火《び》の消《きへ》がてに、誰《たれ》すむともしれぬ所へ、此里《（この）さと》の一八化《ばけ》たる人に、そゝのかされて行《ゆく》に、色有女《いろある》、「人も待程《まつほど》こ

九 小塚原・骨が原とも書く。千住の磔場のある辺で、所々に農家などがある(江戸鹿子 一)。現、荒川区南千住五丁目を中心とした一帯。
一〇 ここは麦秋。五月の季語(毛吹草)。
一一 遊女の情夫との駈け落ちは、捕えられると残酷な仕置きがあり、男も私刑に遭った。
一二 →一〇九頁注一一。
一三 「たをやめの袖吹き返すあすか風都を遠みいたづらに吹く」(続古今集・羇旅など)。万葉集の初句は「采女(うねめ)の」。西鶴作歌謡「色香」では「戯女(たはれめ)の袖吹き返す飛鳥風」(松の葉二)とする。
一四 木辻・鳴川は奈良の遊里。東西の通りを木辻(現東木辻町)、町の東端から北の通りを鳴川(現鳴川町)という。
一五 正しくは横佩(よこはぎ)の右大臣で、藤原豊成。天平神護元年(七六五)六十二歳没(帝王編年記)。
一六 前注豊成の娘で、十六歳で大和当麻寺に入り出家し、深く阿弥陀仏を信仰し、蓮糸で曼陀羅を織ったという(元亨釈書、謡曲・当麻)。
一七 現、奈良市三棟町。町内安養寺に中将姫の誕生所とする石塔がある(色道大鏡十三)。
一八 「化ける」は、その道で年功を積む、の意。

そあれ」と、すこしは恨《(うらみ)》皃《がほ》にて、[一]太子《たいし》の御伝記《ごでんき》を、つゐ読《よみ》て居面影《ゐるをもかげ》見るに、[二]大坂にて盃《さかづき》の[三]間《あい》を頼《たの》みし事も有《(あり)》つる女也《(なり)》。爰《こゝ》に名《な》を替《かへ》て、[四]橋姫《はしひめ》といふ。其儘鬼《そのまゝおに》にして、[五]かみころされたくもありて、其《(その)》夜《よ》は闇《やみ》を幸《さいわひ》に、[六]よねまじりに[七]揚《あげ》屋さがし。

[八]妙庵《めうあん》かたには、[九]井筒《いづゝ》・さほ野《の》、此《(この)》所《ところ》の出来物《できもの》、難波《なにわ》に何《なに》かおとるべし。[一〇]此《(この)》里《さと》はなべてかこひに定《さだ》め置《をき》ぬれば、能分《よいぶん》がそんぞかし。[一一]井筒《いづゝ》屋、[一二]横手《よこて》の[一三]権《(ごん)》之《の》

一 聖徳太子伝暦。寛文五年(一六六五)等の刊本や、了意の聖徳太子伝暦備考(延宝六年(一六七八)刊)等がある。
二 大坂新町下りの遊女。一代男二の四、遊女玉の井の話に類似。
三 盃の献酬をする二人の間に別人が入って、一方に代り盃を受けて酒席の興を助けること。
四 同名の宇治の橋姫は、嫉妬のあまり鬼になったという(謡曲・橋姫など)。
五 女に悩殺された男が、その女にいっそ好きなように料理されたい、の意。伊勢物語六段の鬼一口の条をパロディ化した語。「それも彦七が皃して、願くは咀(かみ)ころされてもと通へば」(一代男一の二)。
六 遊女の異称。
七 木辻・鳴川の遊女は、定付(じょうづき)といって各自の揚屋を定め、客のない時もその揚屋に寝泊りし、朝夕の食事にだけ抱え主の所に帰った(色道大鏡十三)。両町の揚屋は延宝期は十一軒、貞享期は十三軒(奈良曝など)。
八 未詳。色道大鏡の揚屋のうちの代替りか。
九 この二人は未詳。
一〇 延宝ごろは小天神(二十一匁)・鹿恋(十五匁)・半夜(九匁)・端女郎(八匁)であった(色道大鏡十三)が、その後廓が衰えて、貞享ごろは鹿恋が最上位(色里案内)。揚代は十五匁。
一一 揚屋の井筒屋次郎右衛門(色里案内)。
一二 木辻町西端より北に折れた浄言(ごん)寺町。
一三 浄言町東側の揚屋、越前屋六之丞。貞享期は権兵衛に代替り。

丞《じよう》迄《(まで)》詠《なが》めまはりて、独《ひとり》も残《のこ》さずよぶに、十九人より外《ほか》なし。むかしに替《かわ》り、物のさびける。去人《さる》の大屋敷《やしき》に集《あつ》めて、どれに心をよするともなくさはぎて、風呂《ふろ》たかせて、男女《なんによ》の乱《みだ》れ入《(いり)》、一四恋《こい》の夜《よる》なればこそ、昼《ひる》はおもしろ過《すぎ》て有《(ある)》べし。明《あけ》の日《ひ》は、一五末《すへ》の秋《あき》の中《なか》の二日、一六洞《ほら》の紅葉《もみぢ》も今と、色町《いろまち》よりすぐにさそはれ行《ゆく》に、一七かすり井も朽葉《くちば》に埋《うづ》もれ、一八袖垣《そでがき》の森《もり》のあたりは、一九櫟狩《ゐちいがり》の折ふし、所の人の手馴《てなれ》し二〇振梢《ふりずばひ》を打掛《うちかけ》、ばらりと落《をつ》るは、袖《そで》に時雨《しぐれ》の音《をと》のみ。二一若草《わかくさ》山も名《な》を替《かへ》て、

一四 恋の夜なればこそ面白いので、昼はかえって興がさめるであろう。なお西鶴は「恋は闇」(恋は人を盲目にする意)の諺を、恋の逢瀬には闇夜がよいの意に用いる(五人女一の二)。
一五 陰暦九月十二日。御霊祭で奈良の遊里の物日(色道大鏡十三)。
一六 →一〇九頁注一二。
一七 奈良市橋本町にあった弘法大師ゆかりの名井。日照りにも涸れない(奈良名所八重桜八)。
一八 西鶴は神垣の森を誤っていう。春日明神(春日大社)二の鳥居を入った左手、祓戸(はらいど)の社の北にある(南都名所集一など)。
一九 イチイガシやクヌギなどの実を採り集めること。櫟は現在クヌギと訓むが、当時はイチヒと訓む(易林本など)。イチイガシはブナ科の常緑高木。クヌギはブナ科の落葉高木で、その実を団栗という。大和の名物、「春日山ノ櫟(イチキ)」(毛吹草)。櫟は九月の季語(毛吹草)。
二〇 竿の先につけた紐に小石をはさんで振り飛ばす道具。ふりづんばい(振飄石)。
二一 東大寺東方の山。三笠山とも。歌枕。

挿絵解説　きさの茶の湯の情景。春日野の萩の群生する辺、右半図中央奥の紅葉の枝より茶釜を掛け、大坂の客の手紙を表装した軸物を下げる。茶釜の脇に台子(だいす)、その上に茶杓などが置かれている。図の手前の路地に見立てた所には、大杉原紙で仮の飛石が設けられ、路地草履を履いた客達が進む。男は扇子を持ち裃姿、女は兵庫髷の遊女で、前が雲形模様、後が花菱七宝つなぎ模様の着物。左半図左に手水桶・柄杓・手拭掛けの竹などが描かれてある。

枯葉《かれは》のひがし原《はら》に、氈敷《せんしか》せて、是《(これ)》は又一高尾《たかを》・二牛滝《うしたき》も三中紅《ちうもみ》なるべし。夕日のさし所もなくて、詠《なが》め暮《くれ》なむ。

酒《さけ》の後《のち》、四「乱《みだ》れ」一番《ばん》はやされしに、秋鹿《あきしか》の近《ちか》く集《あつま》り、果《はて》ればさま〴〵に立《(たち)》のく。五笛《ふへ》はなかりしに、鞁《つゞみ》にもよるやと、やさしく六おもはる。ひとつは上手《じやうず》のしるしなるべし。又七梅《むめ》もどき荒《あら》する小鳥を、八宗益《そうゑき》といふ人の、吹矢《ふきや》にて一羽《は》もとまらぬといふ事なし。鴨《かも》は申《(まうす)》までもなく、鳫《がん》も吹矢《ふきや》にて留《とめ》る事、又あるまじき名人《めいじん》なり。

かへるさは、九春日野《かすがの》に入《(いり)》て、尾花《をばな》かたよせ、萩《はぎ》ばかりの野《の》に行《ゆけ》ば、一〇此前《(この)まへ》きさが爰《こゝ》にて、茶《ちや》の湯《ゆ》出《(いだ)》せし所《ところ》。「それよ〳〵」、唐蔦《からつた》のかゝりし岩《いわ》を目覚《めをぼへ》にたづねければ、石《いし》の割目《われめ》に、其時《(その)とき》うつて、竹花《たけはな》入《(いれ)》掛《かけ》し折釘《をりくぎのこ》残りて、むかしを今に、やれなつかしや。其《(その)》女、是《(これ)》なる一一椛《もみぢ》より一二鏁《くさり》をおろし、釜掛《かまかけ》て、そこに袋棚《ふくろだな》、爰《こゝ》に懸物《かけ》は、大坂よりことづかりて、宵《よひ》にわたせし男《をとこ》の文を、其《(その)》まゝ一夜《や》に表《ひやう》具《ぐ》して、手拭《てのごい》かけの竹こそ枯《かれ》つれ、一三蒔石《まきいし》は人もくずさず、爰《こゝ》が一四腰懸《こしかけ》の跡《あと》。其《(その)》日も忘《わす》れず、神無月《かみなづき》のはじめの四日、霜《しも》は日かげに消《きへ》ず、一五奈良《なら》草履《ぞうり》のはきかへもいかゞと思ひしに、挾箱《はさみばこ》より一六大杉原《すぎはら》を取《とり》出し、何束《なんぞく》かかりの飛石《とびいし》にならべて、客《きやく》を通《とを》せし事、世に聞《きゝ》ふれて、一七大和屋《やまと》が狂言《きやうげん》の種《たね》ともなりぬ。かゝる所に惜《をし》き

一 京都市右京区の高雄山。神護寺があり、紅葉の名所。歌枕。高雄(節用集類)・高尾とも。
二 大阪府岸和田市大沢町の牛滝山大威徳寺。南は葛城連山に続き、境内は紅葉の名所。
三 茜(あかね)草や蘇枋木(すおうぎ)で染めた紅染。紅花で染めた本紅(もみ)に比べて紅の色合いが劣るのでいう。
四 能の「猩々」の乱れ。乱れは、緩急の変化に富む舞事の一つ。笛を主調として大小鼓・太鼓で囃(はや)す。ここは小鼓だけらしい。
五 笛の音には秋の鹿が必ず近寄るといわれている(徒然草九段)が、その笛はないのに。笛—鹿(類船集)。
六 原本は「おはる」とある。
七 モチノキ科の落葉低木で、その赤い実を観賞する。九月の季語(毛吹草など)。
八 奈良東向中之町の針医、宗益か(奈良曝四)。
九 →一〇九頁注一一。春日野—萩(類船集)。
一〇 →一〇九頁注一三。
一一 「椛 モミヂ」(反故集・下)。国字。
一二 「鏁 クサリ」(字彙、増補下学集など)。
一三 茶室の露地の蒔石。
一四 茶室の露地に設ける客の小憩用の腰掛。
一五 奈良地方産の藁草履。鼻緒が細いのが特徴。
一六 大形の杉原紙(奉書紙の一種)。
一七 大坂道頓堀の大和屋甚兵衛座の座本と立役を兼ねた。ここは二代目。俳号を生重といい、俳諧は西鶴の門人。本文の「狂言」のこと未詳。

女にてありつる。

其《(その)》あけの年の二月に、[一八]森《もり》五が[一九]七日の能《のう》を見にまかりし時《とき》、[二〇]古里《ふるさと》にて[二一]高間《たかま》にあひし、きのふ別《わか》れをけふわすれて、幾佐《きさ》におもひつき、[二二]七郎兵衛が小座敷《こざしき》も、桜《さくら》なき山に榎《ゑ》の木《き》を見るとおもへば、素人書《しろとがき》の襖《ふすま》に、石竹《せきちく》は長《なが》ふ、柳《やなぎ》はみぢかく、鷺《さぎ》の足《あし》に水掻《みづかき》あるもおもしろく、床《とこ》に入《(いり)》ての手《て》だれ、互《たがひ》に[二三]位《くら》ひとつて、日をつゞけて五つ、情名残《なさけなごり》もなく、物の見事にふれども、仕かたにくからず。
[二四]十四日の薪《たきゞ》を見果《は》て、明日《あす》は大坂にかへる夜《よ》、「[二五]ゐていぬ男《おとこ》に、是《(これ)》がなる物か」と、黒髪跡《くろかみあと》は見ぐるしき程切《ほどきつ》て、俄《にわか》に[二六]なづみ、身はまかせながら、それでも帯《おび》はとかず、泪《なみだ》こぼすばかり語《かたり》て、あけの日留《とめ》て、[二七]若紫《わかむらさき》といふ、[二八]野懸《のがけ》あそびに品替《しなかへ》て、幕《まく》[二九]十張《はり》、弐丁程の間《ま》に[三〇]所《ところ》〴〵の仕出し、女郎《じよらう》十八人、[三一]大鳥居《とりい》迄《(まで)》忍《しの》び駕籠《かご》、それより[三二]木地《きぢ》の平笠《ひらがさ》に紙緒《かみを》を付《(つけ)》て、上着《うわぎ》を[三三]つぼ折《をり》、皆竹杖《みなたけづへ》も[三四]しやれて、昼《ひる》迄《(まで)》の酒《さけ》[三五]かぎりしられず。又都《みやこ》にてもなるまじき、旅《たび》おくりにあひてかへる。[三六]業平《なりひら》も是《(これ)》にはよもや。

一八 大坂の大尽、森五郎か。置土産五の三に見える。一代男七の七、男色大鑑八の四の「森」。
一九 陰暦二月七日から十三日までの七日間、奈良興福寺の南大門で行われた薪能。その初日の能。木辻・鴨川は薪能で物日(色道大鏡十三)。
二〇 大坂をさす。
二一 新町佐渡島町、藤屋勘右衛門抱えの太夫。延宝期のか。
二二 鳴川町東側の揚屋、平野屋七兵衛か(奈良曝四)。
二三 気位高く構える。
二四 注一九の薪能は、七日間のうち雨が降れば、十四日に臨時に催した(日次紀事・二月)。木辻・鳴川の物日。「薪」の原本振り仮名は「たゝき」。
二五 惚れていない男。「いている」は「行っている」の上方表現で、惚れる、まいっている意。
二六 惚れ込む意のほか、ここはなれ親しむの意。
二七 →一〇九頁注一四。
二八 春の花見、秋の紅葉狩などの遊山。野遊び。
二九 原本振り仮名は「はる」。幕十張り張る意。
三〇 所々に趣向をこらして遊びを設けて。
三一 春日神社(現大社)の一の鳥居。
三二 漆を塗らず木地のままで浅く平たい女笠。
三三 上着の両褄を折りつぼめ前帯にはさむこと。
三四 洒落て。原本「じやれて」(ふざける意)。
三五 「春日野の若紫のすり衣しのぶの乱れ限り知られず」(伊勢物語・初段など)による。
三六 在原業平が春日の里で美しい姉妹を垣間見て恋歌(→注三五)を贈った故事。業平―色好み。

絵入

好色二代男

諸艶大鑑

五

好《かう》色《しよく》二代男

諸《しよ》艶《ゑん》大《あふ》鑑《かゞみ》　巻五

目《もく》録《ろく》

一　腰巻の下の内密にしている傷。

二　風流で上品な遊び。本文では活け花の催し。

三　金拾両。大判は贈答用で、当時小判八両前後に通用。なお享保十年(一七二五)以後は七両二分に両替。

四　恵比須・恵比寿。七福神の一人で、商業・漁業の守護神。鯛を釣り上げる姿に描かれる。本文では恵比須の掛絵の釣糸の先に大判をつないだ大尽のことを描く。

五　破産して差押さえにあう大尽が、四匁七分の大きな珊瑚珠を猫の首玉にくけ込んで立ち退いたが、それもやがて遊興でつかい果たす話。

六　大坂新町遊廓内の町。→五〇五頁付図。

七　新町の揚屋は、延宝(一六七三-八一)ごろは九軒町に九軒、佐渡島町に十七軒、阿波座町上下に六軒、葭原(よしわら)町に三軒、計三十五軒あった(色道大鏡十三)が、阿波座や葭原町は九軒町・佐渡島町の揚屋のように一区画に集まっていないので、その目立たない地味な揚屋のことをいうか。本文には「吉原の忍び揚や」とある。

八　零落した男が、大尽であった昔のことを思い出しながら、傘もなく軒伝いに歩いて行くと、庶民の様々な暮らしが見聞きされること。置土産一の一に類似の叙述がある。

三

死《しな》ば諸《もろ》ともの木刀《きがたな》

一　三野《(さん)や》若《わか》[九]山今《いま》すこしの事

一　[一〇]花夕《くわせき》苅藻《かるも》声《こへ》を売《うる》事

一　太鞁《たいこ》は[一一]沓《くつ》の次郎が事

四

夜《よる》の契《ちぎり》は何《なに》じややら

一　長崎《ながさき》金山《きんざん》[一二]袖乞《そでごひ》にあふ事

一　俄《にはか》衣装《いしやう》は才覚《さいかく》の事

一　[一三]花鳥《くわてう》[一四]尤咄《もつともばな》しの事

五

[一五]彼岸参《ひがんまいり》の女不思儀《しぎ》

一　[一六]町の女房品定《にようばうしなさだめ》の事

一　恋《こい》は見へすく幕尽《まくづく》しの事

一　遊女《ゆふじよ》はむかしの残《のこ》る事

九 吉原京町、三浦四郎左衛門抱えの太夫。延宝初期在廓(大ざつしよ)。西鶴は三浦抱えとするが、次注と同じく寛文中期とすると、新町彦左衛門抱えの太夫(吉原こまざらい)。
一〇 いずれも寛文中期の吉原江戸町二丁目、次郎左衛門抱えで、花夕は鹿恋、苅藻は格子。共に小歌・浄瑠璃・三味線の上手だが、苅藻の方が芸も器量も評判がよい。「きゝたきもの　かるも花夕がつれぶし」(讃嘲記時之太鼓)。
一一 沓は沓持(くつもち)の略で、江戸で太鼓持をいう(色道大鏡一)。ここは沓の次郎という太鼓持。
一二 長崎丸山寄合町(真鍮町とも)、豊後屋五郎兵衛抱えの太夫。延宝九年に二十二歳(長崎土産三)。
一三 →四八頁注六。
一四 聞いてなるほどと思う話。
一五 陰暦二月・八月の彼岸(各七日間)に仏寺に参詣すること。大坂では特に四天王寺に参詣した(難波鑑二・天王寺彼岸詣)。
一六 遊女に対して町家の女性の品定めの趣向は、五人女三の一、俗つれ〴〵四の四にあり、特に四天王寺参詣の女性品定めで本章と類似するのが、盛衰記四の三である。

一 恋路《こいぢ》の内証疵《ないしやうきず》

雪《ゆき》の中《うち》より咲《さき》二はじめの、花崎《はなさき》三が申出して、其比都《そのころみやこ》の御太夫六人、心をひとつに、生花《いけばな》の会《くわい》せられし事、やさしくも見えて、梅《むめ》、水仙《すいせん》の一色詠《しきなが》めなり。柳《やなぎ》のをのれと枝《えだ》たれしは、更《さら》に心《こゝろ》も移《うつ》るぞかし。又《また》、天情《せい》四を請《うけ》ぬ玉椿《たまつばき》を、室咲《むろざき》させしは、花《はな》もいたみて、長《たけ》の短《みじか》ひ女郎《じよらう》の、無理《むり》に爪先立《つまさき(だち)》て歩《あゆま》るゝがごとし。うつくしうてからいやな所有《ところ(あり)》。

去《さる》太夫どの、常《つね》にも短気《たんき》にして、よき客取《きやく(とり)》はなされし事たび〴〵なり。禿《かぶろ》が水次持《みづつぎもち》てまいつて、置所《おきどころ》あしきとおゝせける程に、又置所《をきどころ》を替《かへ》るも、お気《き》にいらぬとて、花切《はなきり》の刃物《はもの》にてうちたまへば、鼻《はな》の先《さき》に当《あた》り、生《むま》れもつかぬ疵付《きずつき》て、するゐに勤《つと》めのなげきとも成《なり》ぬべし。今《いま》五の奥州《をうしう》に、すこしの面疵《をもてきず》、いかにして付《(つけ)》けるぞや。あつてから太夫にそなはりし女ぞかし。ふたつ取《(どり)》六には、なくてありたし。禿《かぶろ》もめしつかひなればとて、さのみ荒《あら》く当《あた》るべき事にもあらず。次《し》第《だい》おくりの皆《みな》ほうばいならずや。

難波《なには》にても、木村屋《このむら》七の越前《ゑちぜん》、柳《やなぎ》八といふ男《をとこ》ふかき手くだ九、後《のち》には血文《ちぶみ》一〇のとりか

一 →一三八頁注一。
二 「はじめの」は上下に掛かる表現。
三 島原下之町、桔梗屋喜兵衛抱えの太夫。初代花崎は名は仇子、寛文十一年(一六七一)太夫に出世、延宝三年(一六七五)退廓。
四 天性。天然自然の性質。
五 島原中之町、一文字屋七郎兵衛抱えの太夫。今の奥州は延宝末から貞享期(朱雀遠目鏡)。
六 二つのうちどれか一つ選ぶこと。二者択一。
七 新町下之町、木村屋又次郎抱えの太夫。延宝期。原本振り仮名「ゑぢぜん」とある。
八 未詳。
九 手管男。遊女の情夫。
一〇 →四六頁注七。

はし、まんざら世《よ》の勤《つと》めも外《ほか》なし、命《いのち》も捨《すて》てかゝる時《とき》、親方《おやかた》一一せつかんして、「かさねてあはぬ」に、詫言《わびこと》しての後《のち》も、なをやめず。十一歳《さい》に成禿《なるかぶろ》を、三日物をもあたへず、くゝりあげて、折ふしは身より血《ち》をたらすうきめを見せつれども、「頼《たの》む」といふ一言《ごん》を忘れず、又はかりにも主なれば、太夫様の御事に、身のくだけるもといはで、舌喰切所存《したくいきるしよぞん》見へし時《とき》、縄《なわ》ほどきて、其《(その)》なりけりに済《すみ》ぬ。それより日数《かず》ふりて、越前《ゑちぜん》すこしの事に、彼禿《かのかぶろ》を人中にして、焼《やき》たる煙管《きせる》にて、うたれける恨《うらみ》、宿《やど》一二に帰《かへ》りて申《(まうし)》あらはし、難儀《なんぎ》にあいつる事も有《(あり)》。

一三柳八《りう》が一四八千代《ちよ》に一五忍《しの》びのぬれも、禿《かぶろ》があぶなき手引一六せし事にて、昔日《そのかみ》一七井筒《いづゝ》屋にて、女郎椽《ぢよらうゑん》の板敷《いた》に長居《ながい》して、腰《こし》ひへ渡《わた》り、取《とり》はづされし音《をと》、一座《ざ》の耳《みゝ》に入《(いり)》て笑《わろ》ふ時、其《(その)》まゝ禿《かぶろ》、身もだへして泣《なき》出し、しばらくやむ事なく、此座《(この)ざ》の興《きやう》も覚《さめ》ける。人立寄《より》、「いかに」と尋《たづ》ねけるに、「今へをこきましたを、宿《やど》にかへらば、よもや此《(この)》まゝはをきたまふまじ。つめりころさんすで御座《ござ》ろふ」と、又泣《なく》を、やう〳〵いさめて、太夫様の手前《てまへ》、よしなに申なすもおかし。此《(この)》かしこさ、女郎《ぢよらう》の心だすけぞかし。

京はかつて禿《かぶろ》の一八才覚《さいかく》もいらぬ所也《(なり)》。引舟《ひきふね》あるがゆへなるべし。太鞁持《たいこもち》、すゐ〳〵男、中〳〵一九間夫《まぶ》のならぬ所《とこ(ろ)》ぞかし。女郎《じよらう》しどけなくゆたかに、外《ほか》の男《おとこ》と同

一一 折檻。厳しく責め戒めること。

一二 ここは遊女屋。

一三 未詳。

一四 島原の八千代は数人いるが、最も著名な下之町奥村三四郎抱えの太夫か。名は尊子、慶安二年(一六四九)太夫に出世、万治元年(一六五八)二十四歳で退廓(色道大鏡十七)。

一五 濡れ。情事。

一六 原本は「手引てし事にで」とある。

一七 島原揚屋町東側の揚屋。隣接して二軒あり、北が甚左衛門、南が半右衛門。→五〇三頁付図。

一八 機転。姉女郎のために客の手前をとりつくろうこと。

一九 遊女が情夫と密会出来ない所。

じ枕物語《まくらものがたり》、うますぎたるまじわりなれども、脇《わき》から目《め》をやる女郎《じよらう》もなし。まして宿《やど》[一]よりせわしく心もつけず、床《とこ》ばなれての朝《あした》、夜前《やぜん》の首尾《しゆび》互《たがい》に聞《きく》事もなし。遊女《ゆふじよ》はかく物やはらかに、人に身をまかせて、気《き》に入《(いる)》物と覚《(おぼえ)》て、さもしからず。都《(みやこ)》の風俗《ふうぞく》に、いづれかますべし。[二]一切《さい》の本地も爰《こゝ》なれば、此《(この)》道《みち》の学《がく》文の嶋原《しまばら》にて、十年ばかりに[三]諸分《しよわけ》覚《(おぼえ)》たまへ。[四]十万億《まんおく》は只黄金《たゞわうごん》也《(なり)》。此《(この)》巻《まき》〳〵に、いやしき金銀《きんぎん》の沙汰《さた》よろしからねど、[五]元来《ぐわんらい》は此《(この)》事なれば、いわねば聞へず、いへば口《く》[六]

一 ここは揚屋。
二 島原が諸国の遊廓の根源、手本とされた。江戸吉原・大坂新町なども、島原の遊女屋がその開発に関係している。「本地」は、ここでは根源、本場の意。
▽「一切の本地」の条は傾城禁短気六の四に影響。
三 遊里の慣習・作法。
四 十万億土の略。極楽浄土。色道の極楽世界というのは結局は金次第であるの意。本地―十万億。
▽「此巻〳〵」以下は、作者が読者に直接語る、いわゆる草子地のような箇所。
五 遊興は金銀あってのこと。
六 痴話げんか。口舌(くぜ)。原本「口話」。

説《ぜつ》になつて、人のほしがる物は是《(これ)》ながら、七花車《きやしや》には見へず。八出口《でぐち》の藤屋《ふぢや》に、上京《かみぎやう》の九常法師《じやうほうし》の物数奇《ものずき》にて、一〇若戎《わかゑびす》の懸絵《かけゑ》に、釣《つり》の糸《いと》ながく、大判《ばん》つなぎて、左《ひだり》の脇《わき》にはさませけるが、爰《こゝ》にはまり過《すぎ》て、人の目立《(めだつ)》事を、彦右衛門も心有《(あり)》て、懸《かけ》ざりし。惣じて出過《ですぎ》たる事によき物はなし。一一源助が額《ひたひ》も、一二まんが尻《しり》つきも、売《うり》物でなけれど、同じくは人並《なみ》がよし。大臣《じん》もうちばなること一三奥《おく》おかし。それでは此里《(このさと)》おもしろからず。

七 金銀を話題にするのはあまり上品なことではない。
八 島原の出口の茶屋、藤屋彦右衛門。大門口から出口の茶屋を見て左から三軒め。→五〇三頁付図。
九 未詳。「法師」は僧侶に限らず、隠居・医師などのすべて法体した者をいう。ここは、一の三にも登場した、京の豪商、袋屋常皓か。同じく福神恵比須を扱う趣向と関連がある。
一〇 正月用の恵比須を描いた掛軸。
一一 太鼓持。後文に「出額の源助」とある。
一二 遣手。
一三 「おくゆかし」に同じ。

挿絵解説 島原の活け花の催し。大床に活けられたのは、右から室咲きの椿、梅、水仙と続き、左からは柳と水仙、次はなし。右半図奥の太夫は水盤に入れた椿を手にしている。中陰花模様の着物に島田髷。手前右は剣弁菊柄の着物に島田。手前左は花模様の着物で兵庫髷。左半図奥は霞形模様の着物で島田、センリョウなどを活けようとしている。その側に剪枝用の道具や水指を置く。その左の二人はいずれも島田髷で懐手をして、手前の太夫は中陰松皮菱、後の太夫は蜘蛛巣模様の着物。

日にまし夜籠《よこめ》てのさはぎ、太夫を自由《じゆふ》せしを見ては、たま〲あふ男《おとこ》のうらむも断り也《(なり)》。[一]六条《じやう》の時《とき》、無用《むよう》の[二]買論《かいろん》、大坂《ざか》の[三]法師《ほうし》の浪《らう》人にさしころされしも、[四]丸屋が座《ざ》敷に、[五]那波《なば》屋を[六]見せ掛《かけ》て、[七]野《の》鉄炮《でつぱう》うちしも、当《あた》らねばこそあれ、「いせいにまかせて、我《わが》まゝする事なかれ」と、皆《みな》はや合点《がつてん》なる男ども、はし近《ちか》く酒《さけ》にして、けふも夢《ゆめ》に暮《くれ》て、又明日《あした》のなぐさみを、おもひ〱に中《(まうし)》あはする折ふし、[八]算《さん》くづしの布子《ぬのこ》に、[九]馬乗《のり》のあきし木綿《もめん》羽織《ばをり》、[一〇]目貫《めぬき》のをちたる小脇指《こわきざし》で、古編笠《ふるあみがさ》の下に頭巾《づきん》ふか〲と、鼻緒《はなを》違《ちが》ひの雪踏《せつた》をはき、親骨《おやぼね》のなき扇子《あふぎ》をかざし、揚《あげ》屋町を四五度《ど》も行帰《かへ》り、外《ほか》にも出懸《かけ》たる太夫もあれど、心をとめず、小《こ》歌有所《うた(ある)ところ》をも耳《みゝ》ふさぎて、立《(たち)》もどりては、[一一]彼《かの》見世先《さき》にたゝずむを、はじめの程《ほど》は、指《ゆび》さして有《(あり)》けるが、「恋《こい》はいづれか。此《(この)》よね様達《たち》の中に、あの男《おとこ》の思ひ人ありや」といへば、はしたなき女は笑《わら》ふ。情《なさけ》らしきかたは、「おれかもしらぬに」と、[一二]衣裏《ゑり》を重《かさ》ねなをし、風情替《ふぜいかへ》らるゝ、興有《きやう(あり)》。

其後《(その)のち》、出額《(で)びたひ》の源助と見掛《かけ》て、「のがさじ」と飛《とび》つく。[一三]覚《(おぼえ)》あらねばこそ、二階《かい》へかけ揚《あが》り、日比《ひごろ》勝手《かつて》をしつたこそ、此《(この)》時の用《よう》に立《(たち)》、うらへにげのび、[一四]肴置《さかなをき》の戸《と》をさし込《こめ》て隠《かく》れぬ。彼親仁《かのをやぢ》、「無念《むねん》」と歯《は》がみをなし、[一五]さびたれどもこはき物を鞘《さや》に納《おさ》め、「己《をのれ》幾程《いくほど》か、此世《(この)よ》の酒《さけ》は呑《のま》すまじ」と、立帰る。様子《やうす》知《し》らねば

一　六条三筋町時代。↓八〇頁注一一。
二　遊女を揚げる際、客同士がその先後を争うこと。
三　未詳。「法師」↓三四頁注一三。楽隠居など。
四　島原揚屋町、西側南端の揚屋、丸屋三郎兵衛(色道大鏡十二)。
五　京都の富商。↓二〇頁注九。
六　見世先から屋内へかけての意か。
七　目当てもなく鉄砲をうつこと。
八　↓六八頁注一八。布子は木綿の綿入れ。
九　羽織などの背縫いの下の少し縫わずにあけてある部分。乗馬の際活動しやすくしたもの。
一〇　↓八五頁注二三。
一一　花崎らが活け花の会をしている揚屋の見世先。
一二　「衣裏　エリ」(易林本)。
一三　ここは後文からして、「覚あらばこそ」の意。
一四　料理用の魚鳥などを入れて置く戸棚か。
一五　浪人生活で錆びてはいるが、人を斬る刀。「錆びたりとも薙刀《なぎなた》を持ち」(謡曲・鉢木)。

おとなげなく、彼者《かのもの》に手[一六]もさゝれず、源介が行所《ゆく》さがして見れば、汗は玉《たま》なし、脇指《わきざし》のぬけぬやうに下緒《さげを》と持添《もちそへ》、人声《ごへ》を聞て力《ちから》を得、「水が呑《のみ》たひ」と申《(まうす)》。「扨《さて》も気《き》のよはひやつ」としかれば、「[一七]命勝負《しやうぶ》と、女郎《じよらう》に[一八]売掛《うりかけ》してのないとは、其《その》身《み》になつてみねば、せつなさもしれぬ」と、口はへらず、やう〳〵立出る。

「子細語《しさいかた》れ」と申せば、「皆私《みなわたくし》がわるう御《ご》ざります。今の浪《らう》人は、我宿《わがやど》[一九]のむかひ、[二〇]丸太町《まるた(まち)》に、年久しき住《すま》ひする。あれが娘《むすめ》、三歳《さい》の霜《しも》月に、見世にあそびしを、愛《あひ》のあまりに、[二一]遠掛《がけ》に抱《だか》ふとよべば、はしりかゝつて下に落《(おち)》て、浮世のかぎり、脈《みやく》もあがりて、気付《きつけ》も通《かよ》はざりしに、[二二]百年《ねん》目とて、我《われ》に恨《うらみ》をなさざりし。後《のち》、命《いのち》はあれども、内股《もゝ》うちくだきて、なげかはしきに、年をかさねて、此娘《(この)むすめ》、今十四才になりぬ。姿《すがた》は都に[二三]又都《みやこ》の女也《(なり)》。是《(これ)》に付《(つけ)》ても、母《はゝ》の親我《おやわれ》をにくむ事、尤《(もつとも)》とおもふうちに、[二四]をはをからして、[二五]立《(たち)》ぬる力もむかし、恥《はじ》を捨《すて》て、人置《(ひとおき)》のかゝがひらに物せよと、進《すゝ》めるを幸《さいはい》に、此色里《(この)いろざと》の奉公《ほうこう》を極《きは》め、[二六]身の代《かはり》を渡《わた》す時、抱《かゝ》えの親方《おやかた》、我《われ》に[二七]内縁《ゑん》とはれし時、よしなに申《(まうす)》べきを、すこしのお[二八]もひどあからさまに語る。此《(この)》事やみぬ。[二九]それをうらむると聞《(きき)》て、此程《(この)ほど》は宿《やど》にもかへらず」と、[三〇]はじめを申せば、「さても〳〵むごき仕《し》かた也《(なり)》。面影《をもかげ》さへうつくしければ、女郎の勤《つとめ》なることぞ。ことに[三一]きやふより下のおもひどは、今歴《れき》

一六 手出しも出来ず。
一七 命がけの勝負。
一八 掛売りをしてくれる商人がいない。
一九 ここは自分の家。
二〇 京都市上京区南端の丸太町通の油小路西の辺を当時丸太町といい、丸太材木屋が多かった(京雀五)。なお当時の丸太町通は春日通ともいい、前記丸太町を中心に東は寺町通より西は日暮通まで(京羽二重一など)。
二一 遠くから声をかけること。
二二 百年に一度のような、めったに起こらないことが起こったのは運命だ、の意。運のつき。
二三 美人の多い都の中でも代表的な美人だ。
二四 尾羽を枯らして。落ちぶれてみすぼらしい姿となる意。
二五 武士の道を立て通す力も今はなくなって、の意。
二六 身売りの代金。
二七 内輪の事情。原本は「同縁」と読める。
二八 心配されるところ。欠点。
二九 原本は「それをそれを」とある。
三〇 ここは一部始終、事の次第の意。
三一 脚布。腰巻。

〱の太夫達《たち》に、[一]尻《しり》ばすねも有《(あり)》、たむしもあり。見へる所の[二]銭瘡《(ぜに)がさ》も、是《(これ)》には[三]土《うごろ》竜《もち》の手して、掻《かく》が妙薬《やく》也《(なり)》。さて其《(その)》娘を其まゝはをかれじ。是《(これ)》を次手《(ついで)》に源介にもたすべし」と、此座《(この)ざ》にあり合《(あはす)》大臣取持《とりもち》、是非《ぜひ》にもろふて、不思議の縁組《あんぐみ》、しれぬ世也《(なり)》。

四匁七分《(ふん)》の玉もいたづらに

[四]世盛《よざかり》の時《とき》、長崎通《ながさきがよ》ひの商人より調置《とゝのへをき》し、[五]天川《あま》の玉ひとつ有《(あり)》。少疵物《すこしきず》なれども、四匁七分あつて、色《いろ》よし。[六]勘清縫《ぬい》の前巾着《まへぎんちゃく》に付《(つけ)》て、腰《こし》に紅葉《もみち》の秋は、[七]名月といふよねにしたしく、物の哀《あはれ》をもしらず、人の[八]分散《ぶんさん》にあへるもおかしかりしに、今身の上に[九]目安付《(つけ)》られ、[一〇]あしもとから酉《(とり)》の霜月に、入口には番きびしく、諸道《しょ》具ののけ道も絶《たへ》て、[一一]皆借方《みなかし》の物になれる。やう〱家に久しき[一二]飛鳥《あす(か)》川の茶入《ちゃ(いれ)》を、妹《いもうと》が[一三]轆轤引《ろくろ(びき)》にしづめ、[一四]定家《ていか》の三首物の表具《ひやうぐ》はづして、みだれ箱に畳込《たゝみこみ》、[一五]すき紙《がみ》と見せ、彼《(かの)》珊瑚《さんご》珠《じゅ》は猫《ねこ》の首玉にくけ込《(こみ)》、人の気のつかぬ様《やう》にしてのけける。

其《(その)》年中は[一六]曖《あつかひ》も埒《らち》あかず、永《なが》びきて、明《あけ》の年の六月に、勘定仕《かんじやうし》立《たて》、[一七]三分《(さんぶ)》で済し、裸《はだか》で立《(たち)》のくを、いづれも情《なさけ》を懸《かけ》て、「せめて身に着《き》たひ物はとつてのけ」とゆ

一 尻蓮根。尻などにできる皮膚病の一種。
二 皮膚病のたむしの古称。患部が銭形になる。
三 もぐらの異名。もぐらの手足を乾燥したもので疥癬などをかくと、かゆみが治るとされた(本朝食鑑十一)。「京にて、うごろもち、東武にて、むぐらもち、西国にて、もぐら」(物類称呼)。 四 その家の全盛時代。
五 中国広東省内のポルトガル領マカオの古称。阿媽港(あまかわ)・亜媽港とも書く。天川の玉は、阿媽港から舶来した上質の珊瑚の玉。
六 袋物のふちを糸を外に見せ、打ち違いにからげ縫いしたもの。閑静(かんせい)縫いとも。
七 未詳。遊女の名(色道大鏡十一)。秋―名月、珊瑚珠―赤き、珊瑚珠とる―名月(類船集)。
八 自己破産。全財産を債権者たちに委せて入札売却し、それを債権額に応じて配当する法。
九 目安は民事訴訟の訴状。ここは被告として訴えられた意。被告は町年寄・五人組同道で出頭を命じられるが、逃げぬよう監視される。
一〇 諺の「足もとから鳥が立つ」と、「酉」の年とを掛ける。
一一 貸し方。当時は貸・借の字は、それぞれカス・カル両様に混用された(書言字考)。
一二 美濃国金華山焼きの名物の茶入れ。小堀遠州の命名という。釉(うわぐすり)は濃い柿色に梨地が一面にある。肩ばかり黒く下に少しでも流れのあるのは高価で、逸品は金二十枚、釉が多いのは金二十三枚以下の下直(古今和漢万宝全書六)。
一三 ろくろ細工の木地の器物。髪油など入れた。
一四 藤原定家自筆の歌三首を掛軸に仕立てたもの。中でも定家の小倉色紙は高価(譚海)。
一五 梳紙。櫛をぬぐう紙。
一六 扱い。調停。示談。ここは裁判沙汰も途中で示談の運びになったが、結局は分散で解決す

るせば、折ふしは帷子《かたびら》時なるに、色よき小袖を五つ迄かさね、汗《あせ》にはだぎをしたし、住宅《ぢうたく》を立のく。

はや此《(この)》心のあさましく、先旦那《まづだんな》寺に身をかくし、茶《ちや》入・懸物《かけ》を江戸の[一八]うとくなる人に、[一九]判金五拾枚にかへて、かなしき事を又わすれて、[二〇]吉原《よしはら》の[二一]忍《しの》び揚《あげ》やにて、[二二]吉おかにおもしろがり、二とせたらずに[二三]名残《なごり》の太鞁《たいこ》[二四]たゝきあげて、[二五]残《のこ》る物とては珊瑚《さんご》珠計《じゆばかり》有《(ある)》を、[二六]伏《ふし》見町の[二七]加賀やよりさる方へ、銀三貫目に売《(うり)》て、[二八]あわざにかよひ、[二九]山口や・[三〇]湊《みなと》やにて、我《われ》を見しらぬ[三一]鹿《しか》にこがれ、秋ののも次第に枯《かれ》て、今迄は化《ばけ》たる尾《を》を見せて、爰《こゝ》も道ふさがり、それより新町筋《すじ》のはしつぼねに、[三二]唐崎《からさき》といへる女に夜《よる》の契《ちぎり》を籠《こめ》、[三三]藤《ふじ》やの葛城《かづらき》にあいなれし昔を思へば、四年跡《あと》の[三四]雲《くも》立《(たち)》さはぎ、奢《おごり》の山も見えずなりにき。

比《ころ》は極月廿日過《(すぎ)》なれば、算《さん》用して見て人も来ぬ時分《じぶん》、暮《くれ》方より物淋《さび》しく、殊《こと》更《さら》雪ふりて横風《よこかぜ》、くるはにいる空《そら》もなく、[三五]出口の小間《こま》物棚《ものだな》にたゝずみけるに、[三六]村川六郎左衛門がゐいきげんの声《こへ》して、「長袋《ぶくろ》のたばこ入《(いれ)》があらば、とつておけ」と、門迄送《おく》る女房にことばのこすもおかし。見付《(つけ)》られてはと身をちゞめるに、跡《あと》より[三七]砂《すな》の善兵衛、年忘《(わすれ)》の献立《こんだて》もつて、「若《もし》白魚《うを》がなくば、お吸《すい》物はかるう蜆《しゞみ》、[三八]大しる、がん、[三九]ぜんのさきは、[四〇]かいもりひとつで出します」と、世のせ

ることになったのであろう(定本)。

一七 ここは三割の意。分散の標準は、大体預け銀四割、買掛け六割で(好色敗毒散一の二)、分散の財産評価が総債権額の三割にしか当たらないのはひどい方である。

一八 有徳なる人。裕福な人。

一九 判金は大判のこと。刀剣・茶器など骨董品の評価には判金何枚という。→一三八頁注三。

二〇 新町遊廓の南端の片側町。局見世が多く、揚屋は三軒あった。葭原とも書く。→五〇五頁付図。

二一 吉岡。吉原町の局女郎か。

二二 →一三八頁注七。

二三 限りの太鼓ともいい、廓の門限を知らせる太鼓。新町では夜の四つ時(午後十時ごろ)の太鼓を合図に、泊らぬ客は帰り、大門を閉じた。

二四 財産を使い果たす、身代をつぶす意。「名残の太鞁」は、「たゝきあげて」の序の表現。

二五 西鶴の慣用句。「松風ばかり残るらん」(謡曲・松風)による。「残る物とて…一つ」とも。

二六 大阪市中央区伏見町三丁目西部と四丁目東部辺(大坂町鑑)。

二七 伏見町の長崎貿易商人に、唐物屋や骨董商が多かった。加賀屋孫左衛門、治左衛門、治兵衛等がいた(難波鶴)。

二八 阿波座。→一三八頁注六。

二九 阿波座下之町の揚屋、山口勘兵衛。

三〇 阿波座下之町の揚屋、湊屋九左衛門。

三一 鹿恋(囲)女郎の異名。

三二 鹿恋の「唐崎」は未詳。「夜の契」は「岩橋の夜の契りも絶へぬべしあくるわびしき葛城の神」(拾遺集・雑賀、謡曲・葛城など)による。

三三 新町佐渡島町、藤屋勘右衛門抱えの太夫。夜の契り—葛城、葛城—雲、葛城—山(類船集)。

三四 妄執の雲。思い出に胸ふさがり、以前の奢りの気分などもなくなったの意。雲—山。

はしき折ふし、一仕舞屋《しまふた》の大臣は、廿七八日のよのやみをもしらず、大挑燈《ちやうちん》の光につれて、六尺・小者《こもの》、手車《てぐるま》に乗《の》せて、二頓《どん》太郎殿もかしこくする事ぞかし。

三我《われ》もむかしは、四男に竹杖もたせし事もありこし物をと、五八まん口惜《おし》く、こよいかさかる方もなく、六塩《しほ》町筋《すじ》を東へ軒下《のき》を行《（ゆく）》に、かならず七せつ季の夫婦いさかひ、四拾計《（ばかり）》の女の声して、「もちもつかずに、朝《あした》の薪《たきゞ》もたへて、八年取《（とる）》所が有《（ある）》か」とわめく。其隣《そのとなり》には、「九取揚《とりあげ》ばゞさまの御座《ござ》つた。さあ腰《こし》を抱《だけ》」と、いふ

三五 新町東口大門左側の小間物屋虎屋か（定本）。
三六 未詳。後文に「仕舞屋の大臣」とある。
三七 未詳。太鼓持か。
三八 →四二頁注一七。「雁」は大汁の材料。
三九 本膳の中央より向う側に出す料理。向付。
四〇 貝盛。貝の実を料理して、貝の殻に盛る。

一 商売をやめ金利・地代等で暮らす富裕な家。
二 愚鈍な男。ここは狂言・鈍太郎による。狂言では、鈍太郎が下京の女（本妻）と上京の女（妾）の組む手車に乗る話がある。
三 「今こそあれ我も昔は男山さかゆく時もありこしものを」（古今集・雑上）による。
四 供の男に余情《よせ》杖を持たせて、廓に通ったこともあったのに。
五 少しも偽りのない意の誓いの語。断じて。男山―八幡（類船集）。
六 大阪市中央区塩町通一丁目東部より三丁目東部までの東西の通り（大坂町鑑）。新町東口より東に進むと順慶町通りで、その二筋南の通り。
七 盆・暮れ、または三月・五月・九月の各節句前の収支決算期。ここは大晦日、大節季の頃。
八 （こんな貧しい）正月を迎える家の意。
九 産婆。

かとおもへば、はつごへ、「娘《むすめ》の子でもくるしうない」と、とゝが悦《よろこ》ぶ。其向《そのむか》ひには、燈《ともしび》ひそかにして、四五人寄合《より》、「一〇付目《（つけ）》の跡で置《（おか）》ぬか」と、一一貫銭の音《をと》は小勝負也《こしやうぶ（なり）》。其《（その）》ひがしのかたへ、人けはしくはしり入《（いり）》、「一二気付《（きつけ）》よ、水よ」といふうちに、「一三もは叶《かな》はぬ」と泣出《なき》す。「極楽《ごくらく》を忘《わす》りやるな」と一四進《すゝ》める。人間一度《ど》はとおもひながら、余所《よそ》をなげきて行《（ゆく）》に、南輪《がわ》のさかやに、一五大釜《がま》が鳴《なる》とて、山伏《ぶし》よびにやるもおかし。何事が有《（ある）》べし。

一〇 ばくち用語で、自分に得な賽の目が出ること。「置ぬか」は賭銭を置ぬかの意。
一一 貫緡（かんざし）にさした銭。一貫文（正味は九六〇個の銅貨）をさす銭緡。
一二 気付け薬。
一三 「もは」は「もはや」の略。
一四 ここは勧める意。
一五 釜の鳴るのは不吉とされた（譬喩尽）。

挿絵解説　新町東門客送りの情景。門送りするのは右半図の島田髷で花文亀甲つなぎの着物姿が太夫。右端の島田髷に横縞姿は引舟女郎か。左半図中央手前の黒頭巾に丸輪の紋の着物姿が、大尽の村川六郎左衛門か。師走の暮れ時で寒いのか懐手をしている。その右脇の、白頭巾に菱紋の着物姿も同じく大尽客。前に山形紋の法被を着た提灯持が歩み、後に大尽の竹杖を持つ若衆頭の小者が供をする。松皮菱柄の着物を着る。左半図奥の白頭巾に井筒紋の着物姿が、本章の主人公。零落した身を恥じて、顔をそむけ、姿を隠したいと願っているところ。新町東門の塀には、忍び返しが付けてある。→九五頁挿絵。

それより半丁程過《(すぎ)》て、まだよぶかきに、鶏《とり》の声《こへ》不思儀《ぎ》なるに、[一]水右衛門がまねして、諸芸《しよげい》を仕入《し(いれ)》る。犬《いぬ》に烏帽子《ゑぼし》をきせ、猿《さる》に袴《はかま》かたぎぬ、鼠《ねずみ》の宮参《(まゐり)》、まへに[二]反橋懸《そりはしかけ》て、それ〳〵[三]によをわたるわざ、のぞひて見るも独《ひとり》わらわれて、爰《こゝ》を行《(ゆく)》に、[四]厚鬢《あつびん》のわかき友《とも》、[五]松囃《ばやし》のためにとて、寒声をつかふなど、[六]「哀《あはれ》いにしへを、思ひ出《(いづ)》ればなつかしや」。都《みやこ》へのぼり、太夫どもが[七]精進日《しやうじん(び)》をかいし事も、今はありがたきといふ人もなく、[八]せかいにまれなる物を、つかひ捨《すて》けるとおもふ所へ、[九]丁銀入《(いれ)》し箱《はこ》四五十荷《か》も、肩《かた》をならべてつゞきぬ。ある所には有《(ある)》物也《(なり)》。[一〇]道頓堀《どうとんぼり》のにしより、此銀《(このかね)》かると見へたり。「ほしや是《(これ)》みな。[一一]正月をしてのない女郎どもに、よろこばすべき物を」と、無用のよくしん出来《(いでき)》ぬ。

次第に色里のつましくなりぬべきは、此《(この)》所の[一二]眼《まなこ》、北浜《はま》の東より横堀迄《よこぼり(まで)》、棟《むね》高き屋作《づくり》、[一三]人のさしづの分限《ぶんげん》につもり、すべて三千七百貫目たらぬとかや。されども日本第一の大湊《みなと》なればこそ、[一四]勧進能《くわんじんのう》の金壱枚の桟敷《さんじき》もあけず、[一五]銀弐百枚の手水砵《(てう)ずばち》も買《(かひ)》て、[一六]肩つきひとつ百貫目の質《しち》に取《(とり)》て、[一七]水仙《せん》の初咲《はつざき》を待《まつ》心もあり。[一八]臼《うす》やの六兵衛が聞分《きゝわけ》し小鳥を、七拾両に求《もとめ》て、秋の朝待《あした(まつ)》人もあれば、世は好《すき》〴〵、なぐさみ、遊女程《ゆふじよほど》やすき物はなし。自由《じゆふ》ならぬ物ならば、人に命も有《(ある)》べきか。

一 江戸湯島天神前に住んでいた獣芸仕付け師(江戸鹿子六)。船来の長崎仕込みの意で、長崎水右衛門という。大坂長堀に水右衛門の弟子藤兵衛という鼠つかいがいた(胸算用一の四)。
二 神社の境内の反橋の模型を用意して。
三 ソレソレとの指図に鼠が橋を渡る芸をする意と、人それぞれに暮らしを立てている意と掛ける。橋―わたる。
四 鬢を厚くした上品だが野暮な髪形。公家・神主などが冠をかぶるために厚鬢にしていたが、ここは謡《うた》いうたい(人倫訓蒙図彙七)か。謡曲をうたう門付け芸人。一代男三の一に見える。
五 松囃子。正月松の内に行なう謡い初め。
六 「あはれ古を、思ひ出づればなつかしや、行平の中納言、…都へのぼり給ひしが」(謡曲・松風)。
▽この前後は注六の謡曲の文句をたどりながら主人公の過去の追憶へとつながる表現。
七 近親の忌日などで精進をする日。ここは遊女が揚代を自弁して休む精進日を、慈悲買いで面倒をみてやったこと。
八 金・銀貨。金銭。
九 丁銀は一枚が約四十三匁のなまこ形の銀貨。十貫目入りを一箱とする。
一〇 当時和漢皮問屋のあった渡辺村(『大阪市史』)の商人からの融資か。
一一 正月買いの客のまだいない遊女。
一二 中心というべき所。北浜一丁目から西へ過書町、梶木町を経て西横堀に至る通り筋。
一三 だれもが分限者と推定する人の財産を見積ってみても、総額で三千七百貫目に足らないという金づまりのせいである。
一四 寛文十二年(一六七二)九月、観世太夫左近重清が京都北野神社で催した勧進能。永代蔵四の五

さても浮世《うきよ》かな。男はすぐれて、然《しか》も分《(わけ)》[一九]の道にかしこく、心もいやしからず、女郎に掛《かけ》たらば、はじめからせ[二〇]いしなども出て、二度目には門迄《(まで)》もおくりて、人にもひけらかすべき男は、揚《あげ》やに近付《(づき)》さへなく、酔《あい》も寝もせずにかへる。又[二一]借屋《かしや》の者《もの》にしたらば、[二二]計塩売《はかりしほうる》べき小男《おとこ》、[二三]かたことまじりの高咄《たかばな》し、太夫にひざまくらして、禿《かぶろ》に腰《こし》をうたせ、[二四]宿《やど》の嬶《かゝ》に酒《さけ》をつがせ、寝《ね》ながら呑《のみ》て、[二五]亭主《ていしゅ》はけいはくづくし、若《わか》ひ女郎《じょらう》を呼付《よび(つけ)》て、「[二六]革《かわ》たびをぬがせ」といふ。着物《きる(もの)》[二七]はふとりを[二八]花色《はないろ》にして、幾度《いくたび》かせんだく、袖《そで》も[二九]奥《おく》口に縫直《ぬいなを》し、肌着《はだぎ》は腰切《こしぎり》に、白木綿《もめん》の単物《ひとへ》、いやな風俗《ふうぞく》は、[三〇]口きくつぼねの女郎《じょらう》も、言葉《ことば》は掛《かけ》まじ。彼親仁目《かのおやぢ(め)》、人にゑんりよもなく、女子《をんなご》どもよびて床《とこ》をとらせ、「太夫を先《さき》へやつて、寝《ね》ぬくもらせてをけ」とぬかした。かまはぬ事ながら、聞《(きい)》て無理《むり》な事に腹立《ふくりう》して、[三一]つらきりわりたし。

[三二]むかしは我《われ》も、[三三]野間《のま》屋の万太夫にあひなれ、野菊《のぎく》・白菊《しらぎく》、弐人の引《(ひき)》[三四]女郎に、両《りやう》の足《あし》をさすらせ、遣手《やりて》のよしに、「かたじけない」と、百も弐百もいはせしに、残《のこ》る物とては、[三五]鶴菱《つるびし》の下着《したぎ》ひとつ、是《(これ)》も破《やぶ》れ時《どき》になりぬ。今《いま》一度ほしや。

に見える。
一五 銀一枚は丁銀一枚。約四十三匁。
一六 肩の部分が張っている茶入れ。
一七 水仙の開花は十一月だが、早咲きは七、八月ごろ(和漢三才図会九十二)。
一八 未詳。
一九 色道。
二〇 誓紙。→四頁注七。
二一 仮に借家の住人にしたならば。
二二 量り売りの塩。零細な行商の一つ。「売」の振り仮名は原本に「うり」とある。
二三 訛語《(ごか)》・訛音・方言などを含めていう。
二四 揚屋の女房。
二五 揚屋の主人は精一杯のお世辞。
二六 →六八頁注二五。無粋な身なり。
二七 太織《(ふとおり)》。銘仙・紬《(つむぎ)》など太い練絹糸で織った絹織物。丈夫だが、野暮ったい。
二八 薄い藍色。染返しがきき、ふだん着風。ふとり・花色染は律義で無粋。永代蔵一の一に見える。
二九 摺り切れた袖口を奥に、奥切れを袖口に出して仕立て直し。
三〇 口達者な局女郎。
三一 面の皮をはがしてやりたい。
三二 前出の古歌による。→一四八頁注三。
三三 新町下之町、野間屋万兵衛抱えの太夫。
三四 引舟女郎。
三五 二羽の鶴が羽を広げたのを菱形に図案化した模様。「残る物とては」は西鶴の慣用句。

死《しな》ば諸共《もろとも》の木刀《きがたな》

けふあつて明日《あす》は、露《つゆ》も消《きゆ》るに間《ま》のあり。稲妻《いなづま》・石火《せきくは》[一]、たばこ呑間《のむま》も、女郎《じよらう》の命程《いのちほど》はかなき物はなし。それじやとて、先《さき》は見へぬ世《よ》の中、一日増《まさ》りになじめば、人程《ほど》かはひらしき物はなし。

半留《はんる》といふ男《おとこ》、[二]三浦《うら》四郎左衛門抱《かゝへ》の太夫、若山《わかやま》[三]に、年《とし》久しくあひなれ、勤《つとめ》の程《ほど》も今《いま》一とせにたらず。何国《いづく》にても、[四]出前《まへ》の女郎《じよらう》は淋《さび》しくなる物ぞかし。若山《わかやま》かしこき太夫にして、お敵《てき》の気《き》を取事《とる》を得《え》て、[五]ぜいむかしにかはらず。是《(これ)》ひとつは、半留《はんる》心のまゝ、[六]役日《やく》の外勤《ほかつと》めてやらるゝゆへ也《(なり)》。一日あはねば、太夫も思ひにしづみ、半留《はんる》も通《かよ》はぬ日はなし。

有時《(ある)とき》申《(まうし)》かわして、頓《やが》てに請《うけ》出し、本妻《ほんさい》にしてから、ふそくなき女也《(なり)》。若山《わかやま》、万《よろず》に此上《(この)うへ》はなき心ざしを、半留《はんる》、まだうたがひて、よき中《なか》を絶《たへ》て、十日にあまりゆかざりしに、其内《そのうち》の文《ふみ》かきつくして、後《のち》は泪《なみだ》といふ字《じ》計《ばかり》、[七]百も二百目も、筆《ふで》つゞく程《ほど》、封《ふう》じ籠《こめ》て遣しけるに、態《わざ》と返事《へんじ》もせず。

ある日、[八]作《つく》り文して持せやるに、太夫その日は、蔦屋《つた》[九]の市左衛門かたに、[一〇]

一 火打ち石を打って出す火。転じて、きわめて短い時間、あるいははかないことのたとえにいう。「電光(稲妻)・石火」は、命のはかない意の慣用句。碧巌録・第十六則・評唱など。火―たばこ、たばこ―女郎、露―命(類船集)。
二 吉原京町の遊女屋。
三 →一三九頁注九。
四 年明き前。十年の遊女の年季が終るころ。
五 贅。見栄を張ること。ここは全盛の意。
六 遊女が客を取らねばならない特定の日。毎月の一・十五・十八・二十五・二十八日や、節句・祭日など。上方では物日(紋日)という。
七 百も二百もとあるべきところ。二百目というのは手紙の重さを言い掛けたものか(定本)。
八 計略で偽りを書いた手紙。
九 吉原揚屋町の揚屋、桐屋市左衛門か。→五〇四頁付図。
一〇 市谷辺の旗本か。

谷《がい》の去《さる》御方に出合、一座《ざ》に一一花夕《くはせき》・苅藻《かるも》、つれ引《(びき)》・つれ歌《うた》、古今《ここん》めいよの上手、一二梁《うつばり》の墋《ほこり》も落《おち》ぬるばかり、人皆《みな》心をうつしけるに、太夫は只《たゞ》おもふにせまる胸《むね》をさすらせ、「けふも又見えぬか」と、人しれぬ泪《なみだ》の袖《そで》口へ、禿《かぶろ》が状ひとつさし込《こみ》、心は先《さき》へ飛《とび》て、一三箱階子《はこばしご》のをりさまあらけなく、小座敷《こざしき》に入《(いり)》て、あくるまもおそく読初《よみそむ》るより、「つねとは替《かわ》る浮世《うきよ》や、かりそめにせまじき夜《よ》あそびに、身躰残《しんだいのこ》らずうち込《こみ》、一四菰《こも》をかぶるより外《ほか》はなし。日比互《ひごろたがい》に申せし事も、勤《つとめ》のさはりにもなればなり。今《いま》よりは我《わが》事忘《わす》れたまへ。更《さら》に恨《うらみ》におもはず」と、真言《まこと》をつくして書送《かきおく》る。

若山《わかやま》おどろき、其夜《そのよ》に男着物《おとこきる》一《(ひと)》重《かさね》仕《し》立《たて》させて、あけの日はやく、金子《きんす》拾四両添《そへ》ておくり、「菟《と》角《かく》はあひまして、申《(まうし)》あげたし。ふびんにおぼしめさば、一五夢《ゆめ》もはやくまみへたまはれ」と、くれ〴〵申《(まうし)》伝《つた》へける。

半留《はんる》其《(その)》衣装《いしやう》を着《き》て、忍《しの》び姿《すがた》に小者《こもの》をもつれず、一六柵迄便《まがきまでたよ》り、皃見合《かほみあはせ》、一度《ど》に鳴《なき》出して、是《(これ)》にて語《かた》るもよしなし。一七太郎右衛門かたへ行《ゆき》て、若山《わかやま》申《(まうす)》は、「さて〳〵気《き》のよはき御事なり。たとへ身を捨《すて》、命《いのち》を掛《かけ》て、あひませひでは置《おく》まじ。御身《み》はすたらず、御家《いへ》の捨《すた》る事、さのみ御なげきは口惜《くちおし》。いかにもなるまじき御事にあらず」といさめて、「先《まづ》お盃《さかづき》」と、心よく呑《のみ》かはして後《のち》申《(まうす)》は、「今迄《いままで》

一一 →一三九頁注一〇。
一二 魯の虞公(ぐこう)という歌の名手が歌うと、梁(はり)の上の塵まで動かしたという故事から、歌のうまいことをほめる言葉。「梁の塵を動かす」とも。
一三 屋内の階段で、側面の下部を戸棚や引出しに利用する。
一四 乞食になること。
一五 夢にても早くの意。
一六 遊女屋の入口の土間と張見世の間を仕切る格子。
一七 吉原揚屋町の揚屋、藤屋太郎右衛門。

此《(この)》町《てう》にて名《な》は先立《さき(だち)》しに、人に指《ゆび》さゝるゝも無念《むねん》。ねがはくは一所《ところ》に死《しな》ば、世《よ》に何《なに》をか思ひ残《のこ》さじ」といふ。「何《なに》がさて、兼《かね》てよりまかせ置身《おくみ》なれば、只今《たゞいま》」と、胸《むな》もとあくるを押留《おしとゞ》め、「爰《こゝ》にては、目掛《かけ》し揚《あげ》屋も、跡《あと》の迷惑《めいわく》なるぞ。中《なか》二日過《すぎ》て十三日は、一 頼《たの》みし仏《ほとけ》の日なれば、二 谷中《やなか》に参《まいり》て、それよりかならずまいるべし」と、かたく約束《やくそく》してかへる。

是迄《(これまで)》にて、残《のこ》る所《ところ》なき心底《しんてい》見しに、世《よ》にはきびしき男《おとこ》も有物《(あるもの)》かな。是でもう

一 父親の命日。
二 現台東区谷中一丁目から七丁目辺。当時から寺町で、感応寺(寺領三十八石)など日蓮宗の寺院が多い(江戸鹿子四)。

たがひをやめず、其《(その)》日昼《ひる》にかたむく、影法師《かげぼうし》もながく、みぢかく待《まち》て、つぼね三の金弥《きんや》にのかせて、両《りやう》人入《(いり)》て跡《あと》をさし籠《こめ》、互《たがひ》に上着《うわぎ》をぬげば、死出立《しにでだち》四。半留《はんる》、申《(まうす)》は、「まこと定《さだ》まり事とは申《(まうし)》ながら、かくなるべき事はしれぬ身《み》の上《うへ》、書置《かきをき》にても有《ある》か」といふ。「御申出《(おまうしいで)》しより三日過《すぎ》ければ、親里《おやざと》へも人を遣し、七日に当《あた》る時《とき》に、文《ふみ》を見られてなげかるべし。万事《ばんじ》に付《つけ》て物思ふは、身は、最後《さいご》いそぎたし」と、りんじう慥《たしか》に二《に》念《ねん》五はなかりき。「かへすぐ我《われ》ゆへうきめ見す

三　局女郎の金弥に局見世を立ち退かせて。
四　死装束。
五　裏切る気持。二心(ふたごころ)。

挿絵解説　心中騒ぎの情景。局見世の小座敷を借りて、半留と若山が心中しようとするが、若山の思わずあげた一声に、大勢が駆けつけて止めるところ。半留は髻(もとどり)を切り、若山は首に数珠を掛け、死装束姿。半留は脇差に手をかけている。二人の前には遺言状や、若山の筒守り(竹筒入りの護符)が置かれてある。右半図は下働きの男女が駆けつけたところ。左半図の止めに入った左側の男は、渦巻柄、右側は替り滕(ちぎり)柄の着物姿。

るも、前世《ぜんぜ》の定《さだま》り事、[一]もは今《いま》也《(なり)》。ひくう[二]念仏《ねんぶつ》」と申《(まうす)》。我《われ》は[三]題目《だいもく》となへ、「さあ是迄《これまで》」と、[四]取付時《とりつくとき》、太夫おもはずも、「かなしや」、声《こへ》をあげければ、内より大勢《ぜい》かけ込《こみ》、此《(この)》有《(あり)》さまを見て先《まづ》とらへて[五]僉儀《せんぎ》をする。

半留《はんる》さはぐ気色《きしよく》もなく、「是《これ》には様子《やうす》有《(ある)》ぞ」と、内に入《(いる)》。親方《をやかた》、いづれも聞《きゝ》も分《わけ》ず、「人をころしにまいりける者、只《たゞ》はおかじ。[六]番所《ばんどころ》へ御断《ことはり》申《(まうす)》」と、ひしめく時《とき》、一腰《こし》をぬひて見するに、箔置《はくをき》の木《き》脇指《わきざし》也《(なり)》。「扨様子《さてやうす》は、あの太夫、兼《かね》て女房《にようばう》に持《もつ》べき申合《(まうし)あはせ》、然《しかれ》ども女郎《じよらう》は[七]奥《おく》のしれぬものなれば、かく心をためして、我《わが》心に叶《かない》なば、是非《ぜひ》[八]一年《ねん》の所《ところ》を申請《(まうし)うく》るかくご。諸事《しよじ》六百三拾両《り(や)う》では、埒《らち》も明《あく》と申せし程《ほど》に、弐百三拾両の借金《しやくきん》迄《(まで)》持《もつ》てまいつた」と、供《とも》の者《もの》共よびて、挟箱《はさみばこ》あくれば、それに違《ちが》ひはなし。をの〳〵かんじける。

太夫も、更《さら》〳〵身の捨《すつ》るを、[九]鍔《つば》ぎわになつて、すこしも惜《おしま》ぬに、いとしき男《おとこ》をころすと思へば、自然《しぜん》と声《こへ》をあげぬ。「命《いのち》が惜《おし》きものか」と、剃刀持《かみそりもつ》を、おの〳〵押留《おしとゞむ》る。男《おとこ》も是《(これ)》に至極《しごく》して、「此《(この)》上は我《われ》にたまはれ」と、請《うけ》出して、「存《ぞん》知寄子細有《じよるしさい(あり)》。先親《まづおや》の許《もと》へ」と、其《(その)》日すぐに、本国《ほんごく》に[一〇]馬乗物《うまのりもの》を拵《こしらへ》ておくりて、其足《(その)あし》ですぐに、宿《やど》は[一一]太郎右衛門方にて、[一二]立出《たてだ》し伊左衛門抱《かゝへ》の[一三]明石《あかし》におもひつく。

一 「もはや」の略。
二 「南無阿弥陀仏」と唱えること。
三 日蓮宗で唱える「南無妙法蓮華経」の七字。
四 原本振り仮名は「とりつきとき」。
五 ここは取り調べ。詮議・詮義と書くべきところ。一方、僉議・僉儀は大勢で評議する、衆議の意。当時は両者を混用。
六 吉原大門を入り右手にある。四郎兵衛と名乗る番人が詰め、特に遊女の逃亡などを監視した。
七 心の底が分らない。
八 年明きまで今一年あるのを。
九 刀の鍔もとの意から転じて、いよいよという場合。瀬戸際(せとぎわ)。
▽本章の半留が若山の心中を試めす話の素材は、色道大鏡十五に堺の廓のこととして伝える、丁字円(ちようじえん)とあだ名の付いた遊女の話である(前田金五郎)。
一〇 人を乗せる仕度をした馬。ここは馬と駕籠の意ではない。
一一 前出の揚屋、藤屋太郎右衛門。
一二 吉原新町のうち中之町に面し、新町の木戸口から外にあったので建出しという。伊左衛門は中之町から新町に向かって右側の遊女屋(吉原人たばね)。
一三 前注の伊左衛門抱えの格子女郎(吉原人たばね)。延宝・天和期。

「女郎《じよらう》の分《わけ》[一四]はさにはあらず。殊更若《ことさらわか》山さまの跡《あと》なれば」と申《(まうす)》。「若《わか》山手前《てまへ》の義理《ぎり》は、はや此里《(この)さと》をはなれ、常《つね》の女也《(なり)》。年比《としごろ》よしみゆへ、身を自由《じゆう》なして遣しける。大事の時《とき》の一言気《ごんき》にあはねば、重《かさね》てあふ事は絶《たへ》たり。まだも女郎《じよらう》は、貴《き》様《さま》を見立《(みたて)》、つね〳〵の心ざしも有《(あり)》、外には望《(のぞみ)》もあらず、色《いろ》あそびを一代やめぶん。我おつかなくおぼしめさずば、あふてたまはれ」と、沓《くつ》[一五]の次郎・そしり[一六]の仁兵衛、其比三野《(その)ころさんや》のしやれ者なり。かれらを恋《こい》[一七]の橋掛《はしかけ》て申《(まうし)》やる。[一八]わたり違《ちが》へる男《おとこ》どもにあらず。さま〳〵明石《あかし》に進《すゝめ》て、「[一九]御あひなされば、此《(この)》町の通《かよ》ひ男《おとこ》。あたら名《めい》物独《ひとり》、なひものにいたします」と、なげく。「そこはともあれ、智恵自慢《ちゑじまん》をして、[二〇]我をそろしくばとて、にくや。さらばあふて、しこ[二一]なして見せばや」と、はじめから風替《ふがわり》に持《もつ》てまいつて、両方ともに上手、人も見習《なら》ふ程の事ぞかし。

夜の契《ちぎり》は何《なに》じややら

一切《さい》の人も也《(なり)》、殊《こと》に遊女《ゆふじよ》は、人を[二二]謾《あなどる》事なかれ。むかしは[二三]玉花金殿《ぎよくくわきんでん》の眠《ねぶり》も夢《ゆめ》に替《かわ》りて、今松門《いましやうもん》[二四]に霜露《そうろ》をしのぎ、高名埋《かうめいうづ》まれし御かたも有《(あり)》。ましてやすへ

一四 遊里での作法の意だが、ここは遊女の体面ぐらいの意。
一五 →一三九頁注一一。
一六 太鼓持。
一七 「橋掛て」は、人橋をかけることで、仲立ちをする意と、続けざまに使者を出す意があるが、ここは両者の意をきかす。すなわち、恋の仲立ちをして、しきりに話をすすめる意。
一八 「わたる」は橋の縁でいう。ここは話をつけそこなう、失敗するの意。
一九 「御あひなされずば」と、「ず」を補うと意味が通りやすいが、一応原本のままとする。「逢ってくだされば、相変らずこの廓に通って来るお方。そうでないと…」の意。
二〇 前出の半留の言葉では、「我おつかなくおぼしめさずば」(自分を恐ろしく思わないなら)とある。
二一 ひどい目にあわせる意。
二二 「謾 アナドル」(易林本)。
二三 出典未詳。「昨日までは、玉楼金殿の、床を磨きて玉衣の、袖ひきかへて今日は又、…竹の柱に竹の垣…藁屋の床」(謡曲・蟬丸)。
二四 松の木が自然に門の形となっているもの。「禁裏仙洞ハ松門茅屋ノ如クナレバ、禅家ニハ玉楼金殿ヲミガキ」(太平記二十四)。

ぐ〳〵、きのふは天秤《てんびん》一をなやみ、けふは朸《あふこ》二一本《ぼん》にもなりぬ。

長崎《ながさき》の町はなれに、一村の乞食住《こつじきすめ》る。此所《(この)ところ》の色《いろ》ふかき丸山《まる》三しんちう町に行《ゆき》て、太夫四金山《きんざん》に思ひ初《そめ》、つねにも身はいやしからず持《もち》て、忍《しの》び〳〵に衣服《ゐふく》を拵《こしらへ》、三とせがうちに心掛《がけ》れば、五たよるべき金子《きんす》たまりて、有時《あるとき》、人の見しらぬ供《とも》まはりを、男《おとこ》もすぐりて、其身《そのみ》もよろしき出立《いでたち》、然《しか》も夜《よ》に入《(いり)》て仕《し》かけぬれば、神《かみ》も見分《わけ》はたまふまじ。

一 銀貨を量る秤《はかり》。天秤で銀貨を盛んに秤って嬉しい悲鳴をあげていたのをいう。
二 物を担う棒。天秤棒。
三 長崎の遊廓。長崎の廓は初め博多町(古町)にあったが、寛永七年(一六三〇)丸山町に移した。また古町以外の遊女屋も丸山の廓内に集めたが、これを寄合町《よりあいまち》とも真鍮《しんちゅう》町ともいった(色道大鏡十三)。
四 →一三九頁注一二。
五 延宝・貞享期の丸山の太夫の揚代は三十匁、天神は二十匁であった(色道大鏡十三)。

丸山の案内《あんない》するもののかたへ尋《たづね》て、「我《われ》は中国《ちうごく》の方《かた》より、六此嶋《(この)しま》はじめての祝《しう》儀《ぎ》」とて、先嚊《まづかゝ》が手元《てもと》へ弐両なげければ、俄《にはか》に笑《わら》ひ機嫌《きげん》、是《これ》でなければ何国《いづく》にても埒《らち》はあかず。「さて主持《しうもち》の身《み》なれば、人もしらぬ七ぐめんに、金山《きんざん》さまとやらを、国方《くにがた》にて承りおよびしに、御心よくあいたまふやうに」と、頼《たの》む。成程《(なるほど)》請合《うけあひ》、ばんじよしなに中《(まうし)》なして、其夜《(その)よ》首尾《しゆび》させける。床《とこ》の分《わけ》はしりがたし。

人よりはやく別《わか》れて、八又日《(またのひ)》やめず約束《やくそく》して、はや我《われ》忘《(わすれ)》、宵《よひ》よりの酒《さけ》に乱《みだ》れ

六 ある限られた地域をさし、ここは遊廓。
七 工面。工夫・才覚。
八 次の日。

挿絵解説 菩薩祭での唐人の歌舞音曲の催しと見物客の情景。仮舞台の上では唐人二人が唐人笠をかぶり、華やかな衣裳で舞う。左脇では唐人が笙(しやう)を吹く。舞台の左右には毛皮の敷物を置き、また前面左右に唐旗を掲げる。右半図中央奥の遊女は太夫と思われる。兵庫髷で蜘蛛巣模様の着物。手前三人のうち、左右は天神、中央は禿。天神二人は兵庫髷、左は霞形模様の着物で、右は剣弁菊模様の着物。禿は釘貫紋に立浪模様の着物。右端の男は窠文(かもん)模様の着物を着る。

て、後《のち》は台所《だいどころ》迄《(まで)》出て、あまたの女郎《じよらう》を手《て》に入《(いれ)》、心のまゝなる折ふし、此里《(この)さと》の目かしこき人の参《(まゐり)》あはせ、身ぶり見るより、「乞食《こつじき》の四郎目也《(なり)》。是《(これ)》は合点《がつてん》がゆかぬ」と、供《とも》べやに弐人つれし者《もの》を見れば、あんのごとく中間《なかま》者也《もの(なり)》。さては正《まさ》しくそれぞと、声高《こへだか》に、「おのれは、食《めし》もらいのぶんとして慮外者《りよぐわい》」としかれば、[一]あらはれ渡《わた》る瀬《せ》ゝの、[二]立浪《たつなみ》の羽織《はをり》、そこ〳〵に着《き》て、大小も手《て》に持《もち》ながらにげて行《ゆく》。

其夜《そのよ》に此《(この)》事沙汰《さた》して、太夫[三]一ぶん捨《すた》る時《とき》、夜中《やちう》に着物《きる》こしらへ、其《(その)》[四]散《ちら》し形《がた》に、[五]欠五器《かけごき》・竹箸《たけばし》・[六]めんつう、其《(その)》ものの持《もち》ぬる道具《どうぐ》を、品《しな》〳〵[七]切付《きりつけ》して、「世《せ》間晴《けんはれ》て、我恋《わがこい》人をしらすべし。人間《げん》に、何《いづれ》か違《ちが》ひ有《(ある)》べし」と申せば、是《(これ)》なるまじき事也《(なり)》。「女郎《じよらう》はかくありたきもの」と、やさしく申《(まうし)》なして、すぎにし時《とき》よりはひとしほにはやりけるは、深《ふか》き才覚《さいかく》ぞかし。さま〴〵悪敷《あしく》申《(まうす)》も、[八]世《よ》になき事さへうたへば、此《(この)》事是非《ぜひ》もなし。

其座《そのざ》に[九]花鳥《くわてう》といふ女郎有合《じよらうありあはせ》、申されけるは、「我身《わがみ》も同じ流《なが》れなり。しるべ有《ある》人の[一〇]つれなりせば、あふまじき事にはあらず。又恋《こひ》ならば、いかなるものにも情《なさけ》を掛《かけ》てこそなり。[一一]勤《つとめ》の人さまに、とやかくをもひつくす事は、おろかなる人ごゝろや。是皆世《これみなよ》渡《わた》りのため、[一二]唐土《もろこし》人にもいやなる枕《まくら》をかはす。それもなじ

一「朝ぼらけ宇治の川霧たえだえにあらはれわたる瀬々の網代木《(あじろぎ)》」(千載集・冬・藤原定頼、小倉百人一首など)による。

二 立浪模様。波の逆巻くさまを模様化したもの。川・網代—波(類船集)。

▽本章の素材として、長崎丸山の遊女左馬之介が富裕な少年に化けた猫を客としたため、「猫のわけ」とあだ名されて一分すたった怪異談(新御伽婢子一の八)の影響があるか(長谷川強)。

三 面目がつぶれる意。

四 着物全体に散らした模様。

五 欠けた椀。御器。食器、特に漆塗りの椀。

六 面桶。曲げ物の弁当入れ。

七 いろいろな形に裁ち切った別の布地を着物の上にあてがい、色糸でかがりをつけ模様とする。

八 世間ではありもしないことまで噂をするのだから。

九 →四八頁注六。

一〇 連れ。同伴者。

一一 客勤めをする遊女のすることに、あれこれ気をつかうのは、の意。

一二 丸山には日本むきの女郎と、唐人むきの女郎とあり、大体容姿の少し劣る女郎を唐人むきとした(色里案内)。

めば、出船《いでぶね》をかなしみ、[一三]松浦《まつら》さよ姫《ひめ》が思《おも》ひをなす。[一四]菟角《とかく》間夫《まぶ》せぬ女は、物の哀《あはれ》もしらず、おもしろき事かつて有《ある》まじ。都《みやこ》の[一五]吉野《よしの》は、鉄職《てつしよく》にま見へ、江戸《ゑど》の尾《を》[一六]崎《ざき》は、病難人《びやうなん》に身《み》を任《まか》す。大坂《さか》の[一七]夕霧《ゆふぎり》は、座頭《ざとう》も一度《ど》は。これらこそまことのけいせいぞかし。[一八]名山様《めいざん》も此《この》人を、よもや見捨《すて》たもふまじ」と。

日数《ひかず》をふりて、[一九]秋舟《あきぶね》も入れば、此津《このつ》、[二〇]糸《いと》・[二一]にしきの山をなし、[二二]唐《とう》人寺にして、[二三]菩薩祭《ぼさつまつり》もやうして、[二四]種〴〵《しゆ》のなり物心をすましぬ。毎年《まいねん》見馴《なれ》て、かはらぬ事も又をかし。金《きん》山、一家《け》引つれて、見物に出る道中《どうちう》にて、彼乞食《かのこつじき》、書置《かきをき》ほをり付《つけ》て、行《ゆき》方しらずなりぬ。

世の人も見て、かくれもなき事なれば、捨《すて》ずひらけば、そも〳〵の恋《こい》より、皆《みな》金山が情《なさけ》に書《かき》つゞけて、我《われ》ゆへに御名《な》の立《たつ》事をくやみ、国所《くにところ》をさるとかや。金山《きんざん》も、今《いま》はじつの心になつて、「我《われ》まことははまりしに、[二五]其難《そのなん》をすくひ、かく迄《まで》思ひはこばるゝは、たとへ手足《てあし》のなき人なりとも、耳《みゝ》さへあらば、一度《ど》、此断《このことはり》を語《かた》りたし」と、しばし泪《なみだ》にしづむ事、又あるまじき心底《しんてい》、日本は中《まうす》におよばず、[二六]唐《から》へも[二七]かたりくになるべし。

一三 松浦佐用姫《まつらさよひめ》は夫の大伴狭手彦《おおとものさでひこ》が唐(任那とも)に渡る際、別れを悲しんで山に登り領巾《ひれ》を振ったという(万葉集五、十訓抄六など)。また悲しみのあまりそのまま石になったとも伝える(曾我物語四、堪忍記八など)。
一四 本条以下は傾城禁短気五の一に引かれる。
一五 六条三筋町、林与兵衛抱えの太夫、二代目吉野。鍛冶屋の弟子に一夜の情けをかけた逸話は、一代男五の一、色道大鏡十七に載る。
一六 吉原京町、清左衛門抱えの格子(吉原大全新鑑)や、京町三郎右衛門抱えの格子などがいたが、事跡未詳。
一七 →四八頁注一〇。座頭に情けの件未詳。
一八 金山様の誤りか。
一九 中国船は、季節風の関係から春・夏・秋に来航し、それぞれ春船・夏船・秋船と称した。
二〇 中国産の生糸(白糸)。
二一 舶来の金襴・緞子など。永代蔵五の一に見える。
二二 来日中国人の菩提寺。長崎の興福寺(南京寺)・崇福寺(福州寺)・福済寺(漳州寺)の三寺。いずれも黄檗宗で、現存。
二三 媽祖祭《まそさい》とも。媽祖は船の守護神で、俗に船菩薩ともいう。もと三月・七月・九月の各二十三日が祭日。ただし、糸切歯(宝暦十二年)などは八月二十二日とする。
二四 銅鑼・チャルメラなど。
二五 だまされる意。
二六 聖人の教えを説く儒教の本家、中国は律義な国とされた。「是程の聖人、唐土も見ぬ事」(織留二の四)。
二七 語り句。語り草。

[一]彼《ひ》岸参《がんまいり》の女不思《し》議《ぎ》

「さあ〳〵、[二]中日じや。参《まい》らじやれ」と、是非《ぜひ》にさそひて行《ゆく》に、[三]仏法《ぶつぽう》の昼《ひる》なれや。[四]下寺町《したでらまち》にさしかゝる時《とき》、わら屋にはしり寄《よる》を、「何《なに》の用か」と、尋《たづね》ければ、「珠数《じゆず》預《あづ》けて来た」といふ。「いづれ[五]女房《にうばう》こそ見に行《ゆけ》、それはいらぬ物よ」と、無分別《むふんべつ》中間《ま》、[六]難波《なには》の大寺《あふでら》に入《(いり)》て、[七]東門中心《とうもんちうしん》の額《がく》の銘《めい》もとうとからず。[八]十五社《しや》の新左衛門が烏帽子《ゑぼし》おかしく、[九]奥《おく》の院《ゐん》、[一〇]亀井《かめゐ》の流《なが》れ、あらましに見めぐりて、[一一]茶臼《ちやうす》山の松陰《まつかげ》に座《ざ》して、諸《しよ》人の有《(あり)》さまを見るに、此《(この)》広《ひろ》き野山《のやま》迄《(まで)》、[一二]所《ところ》せきなく、[一三]小提《(こ)さげ》ひらくべきかたもなし。[一四]寺内は幕《まく》うちつゞき、草菴《そうあん》もおもひ〳〵のしるべ、なを[一五]清水《きよみづ》・[一六]天神《てんじん》の[一七]借座《かしざ》敷《しき》もふさげて、此《(この)》はんじやう、唐《から》にも有《ある》べきや。

男女《なんによ》の中《な(か)》に、けふの[一八]七不《しちふ》思議《しぎ》は、二十四五の後家《ごけ》と見えて、あたら黒髪《くろかみ》を切《きり》て、風俗《ふうぞく》も浮世《うきよ》を捨《すて》て、すてず。[一九]紋《もん》なし[二〇]鶯茶《うぐひすちや》の物《もの》を着《きる》とおもへば、下は紫鹿《むらさきかの》子《こ》の[二一]ひつかへし、左《ひだり》に壱本[二二]しきみをさげて、先立《さきだゝ》れしつれあひの事計《ばかり》おもふやうに見へしが、右《みぎ》の手《て》より[二三]袖香炉《そでかうろう》出して、下女《げじよ》につがせて、然《しか》も[二四]白歯《しらは》なり。

又、十八九なる大振袖《ふりそで》の娘《むすめ》、肌《はだ》には黄欝金《きうこん》のひつかへし、中に玉虫色《たまむしいろ》の[二五]りん

一 →一三九頁注一五。 二 彼岸の中日。
三 仏法の盛んなことのたとえ。
四 現天王寺区下寺町一・二丁目辺。生国魂(いくにたま)神社の西南方、高台の下の寺院の多い町。
五 広く女性をいう。参詣の女性の品定め。
六 大阪市天王寺区元町の四天王寺。天王寺とも。聖徳太子建立。当時天台宗で寺領千百七十七石。現在は和宗の大寺。「難波の寺」は歌枕。
七 四天王寺西門の外の石鳥居西正面には、ここが極楽の東門の中心という旨を記した扁額を掲げる(摂津名所図会大成五)。なお石鳥居は永仁二年(一二九四)の建立で、現存。「此寺の石の鳥井は、極楽の東門の中心なれば、彼岸の時正(じしよう)には、日輪極楽の東門にいらせ給ふとて、人々是をおがまむと、歩(み)をはこぶ」(難波鑑二)。
八 四天王寺南大門の東にあり、祭神が天照大神・住吉・熊野三所など十五社の神なのでいう(摂津名所図会大成五)。新左衛門は神主か。
九 四天王寺境内東南部の聖徳太子を祭る聖霊院(しようりよういん) 太子堂とも)を中心に、宝殿、絵堂、経堂などがあった(摂津名所図会大成五など)。
一〇 四天王寺境内亀井堂にわく清泉。歌枕。
一一 四天王寺南西、天王寺公園内の小丘。一名荒陵山。大坂冬の陣で家康の本陣が置かれた所。
一二 天王寺の彼岸参りは、春秋とも七日間、人々が境内で遊宴し、乗物や弁当で、広い道野辺も「所せくまでこみあ」うという(難波鑑二)。
一三 小提重(こさげじゆう)の略。提重箱(携帯用に酒器食器などを組入れた重箱)の小さいもの。
一四 茶臼山の西北の一心寺境内。浄土宗。書院から海への展望がきいて、彼岸の時正には日想観の念仏が唱えられた(摂津名所図会大成五)。
一五 天王寺区伶人町の清水寺。京都清水寺の別院として、新清水という。天王寺西の高台にあ

ず、上には[二六]福嶋絹《ふくしまぎぬ》を空色《そらいろ》にして、墨絵《すみゑ》の山水《さんすい》、朱印《しゆゐん》を紋《もん》に付《つけ》て、[二七]曙染《あけぼのぞめ》の裏《うら》を[二八]貝《かい》の口にくけあはし、帯《をび》に木綿《もめん》の[二九]小倉嶋《こくらじま》、しかも細《ほそ》し。針《くぎ》けずる弟子《でし》もせまじきもの也《(なり)》。供《とも》の下女《げじよ》、弐人ともに[三〇]竜門《りうもん》の[三一]大幅《をゝはゞ》、白ちりめんに梅《うめ》の落葉《をちば》などちらしたる帯《をび》するぞかし。

[三二]二王門《にわうもん》を出る時《とき》、四十三四と見えし女房《にうばう》、[三三]地《ち》なしのむかし着物《きる》に[三四]金入《きん(いり)》の帯《をび》して、中間《ちうげん》らしき者《もの》に、[三五]つぎ〳〵の袋《ふくろ》もたせて行《ゆく》に、袖乞《そでごひ》あまたつきける。袋《ふくろ》の口あけて、田楽串《でんがくぐし》を一把《わ》づゝやつて通《とを》る。もらいながら、「竈《かまど》はなし」と笑《わら》ふ。又、[三六]浮世《うきよ》小路《しやうじ》の早駕籠《はやかご》、三人ともに揃《そろへ》の[三七]大紋《だいもん》、「[三八]逢坂迄《あふさかまで》の御約束《やくそく》、是《(これ)》でおろしましよか」と申《(まうす)》。中より物ごし、去迚《さりとて》はやさしく、「そち達情《たちせい》に入《(いれ)》て、ひとしほはやかつて」といふ。扨《さて》は忍《しの》び者《もの》、さては問屋《とい》の[三九]はすは女なるべしと見る時《とき》、左右《さゆう》の[四〇]脇《わき》を揚《あぐ》る。四十七八なる嚊《かゝ》が、よごれたる[四一]露草色《つゆくさいろ》の布子《ぬのこ》に、[四二]むかしぬり笠《がさ》に、観世《くわんぜ》ごよりの緒《を》を付《つけ》て、ふるき綿帽子《わたぼうし》に、寺《てら》の[四三]礼扇《れいあふぎ》を持添《もちそへ》、袂《たもと》よりつなぎ[四四]銭取出《ぜにとりいだ》し、三人のやとい賃《ちん》、六匁分渡《わた》し行《ゆく》。[四五]椎寺《しいでら》の地蔵《ちぞう》の前《まへ》をにしへ、まだ其年《(その)とし》も廿《はたち》にはなるまじき女《をんな》、地《ち》は薄玉子《うすたまご》に[四六]承平《しやうへい》の染紋《そめもん》、下には[四七]花柴《はなしば》の[四八]千種《ちぐさ》がへし、[四九]虹嶋《にじじま》の糸屋《いとや》帯《をび》、すこしは分《わけ》らしき風情《ふうぜい》に、二つ計《ばかり》の娘《むすめ》の子《こ》を抱《だき》て行《ゆく》。目つき鼻筋《はなすじ》、それが[五〇]自子《じつし》にはうたがひなし。機嫌《きげん》の

り、眺望のきく景勝地(蘆分船一など)。

一六 前注清水寺と一心寺の間にある安居天神。祭神菅原道真。天王寺区逢坂一丁目の安居神社。

一七 貸座敷。借は当時カル・カスの両義に混用。

一八 天王寺の三水四石(蘆分船一)の七不思議にならって数え上げたもの。　一九 模様のない無地の着物。　二〇 褐色がかった黄緑色。

二一 引返し。着物の袖口や裾回しに表地を引返して用いてあるもの。ぜいたくになる。

二二 榁・梻。モクレン科の常緑灌木。葉から抹香や線香をつくるが、枝葉は仏前に供える。

二三 懐中用の香炉。下女に香を炷きつがせる意。

二四 当時既婚の女性は歯を黒く染めるのが習俗。

二五 綸子。地紋に稲妻に花などを織り出し、滑らかで光沢のある綾絹類の最上品。

二六 奥州福島地方産の絹織物。羽二重に似る。

二七 裾は白地で、上は曙の空のように紅や紫色でぼかしたもの。

二八 着物の袖口やふきなどの縫い合わせを貝の口のように付け合わせに絎(く)けた仕立て方。

二九 豊前小倉(北九州市小倉)産の木綿の縞織物。袴や男帯の生地とした。

三〇 もと中国舶来の太糸で織った綾織物。国産の太糸の平織や紋織もいい、袴・帯地に用いた。

三一 大幅帯の略。並幅より大きい帯。

三二 四天王寺南大門の内の門。現在中門という。

三三 総地を刺繡と摺箔の模様で埋めた着物。

三四 金糸入りの織物の帯。

三五 色々な小切れを縫い合わせて作った袋。

三六 大阪市中央区の今橋筋と高麗橋筋との間の小路。両筋の裏手で土蔵多く、駕籠屋・花屋・出会い宿など浮世各種の店があり、地名となる。

三七 駕籠屋・中間などの着た筒袖の上っ張り。

三八 四天王寺西門の西筋、一心寺の前の坂。

よきを、にくさげにつめりて泣《なか》す事、度重《たびかさ》なりなば、命《いのち》の程《ほど》もあぶなし。

また、[一]神子町《みこまち》の東《ひがし》より、人の女房《にようばう》とは見へて、物《もの》に馴《なれ》たそふなる風俗《ふうぞく》、着物《きるもの》三つながら、黒《くろ》きひつかへしに、黒糸《くろいと》の縫紋《ぬいもん》、目だゝぬ[二]茶《ちや》もうるの帯《をび》して、此《（この）》[三]程年切《ほどねんきり》て置《をい》たらしき下女《げじよ》に、[四]嵐《あらし》が狂言《きやうげん》の咄《はな》しを、口《くち》から果迄聞《はてまできく》。「我《われ》を見せにやるは、内《うち》へ帰《かへ》りてとはれし時《とき》、語《かた》るためじや」と、懐《ふところ》より[五]鬢鏡《びんかゞみ》取出《とりいだ》してやらるゝ。

三九 蓮葉女。問屋で客の接待や夜伽をした女。
四〇 駕籠の両脇の垂れをはね上げたのをいう。
四一 青色。 四二 昔風の塗笠。
四三 年始の祝儀に配る安扇。
四四 銭緡にさし通した銭。
四五 四天王寺北門の傍の椎寺にあり、聖徳太子自作の六万体の石地蔵の一という。
四六 古衣などの旧紋を胡粉や漆で塗りつぶし、新しく紋所を描いたもの。正平《（しようへい）》紋とも。
四七 樒《（しきみ）》の花の異名で、ここはその模様。
四八 千種色(薄い青色)に染め返し。
四九 虹に似た五色の縞模様か。糸屋帯は未詳。
五〇 実子。

一 四天王寺の北、現上本町九丁目南部と上汐町南部の町。梓巫女《（あずさみこ）》が多く住んでいた。
二 「もうる」は、舶来の緞子《（どんす）》に似た浮織《（うけおり）》の絹織物。当時京都でも織出した。
三 年季を限って雇用契約をするのをいう。
四 嵐三右衛門座の芝居。初代三右衛門は、延宝三年(一六七五)から八年までは京の座本、八年冬大坂に下り、延宝九年(天和元年)から天和年間は荒木与次兵衛、あるいは鈴木平左衛門と相座本を勤め、貞享期(一六八四―八八)には嵐座の座本となる。一の三にも登場し、「好色の二代にも三楽と有しは此人の事ぞかし」(難波立聞昔語)とも伝える。ここは天和年間の芝居。「狂言の咄し」は原本は「狂言を咄し」とある。
五 懐中用手鏡。

六石《いし》の鳥井《とりい》を入《(いる)》時《とき》、七あら嶋《じま》にみる八茶《ちや》の裏《うら》を付《つけ》、下《した》に九貫物《ぬきもの》の一〇菜種色《なたねいろ》なるを着《き》て、白りんずの中幅《ちうはゞ》の帯《をび》して、一一取《とり》あげ髪《がみ》、物《もの》ぬりたる皃《かほ》にもあらずして、人は見てびくりする程《ほど》うつくしく、其近所《そのきんじよ》のものとしれて、後世《ごせ》大事《だいじ》にかまへたる男《をとこ》、「是《(これ)》は御内義《ないぎ》、まいらじやつたか」といふ。彼女上気《かのをんなじやうき》して、「内《うち》を天王寺《てんわうじ》参《まい》りとは、申《(まうし)》て出《で》ましたれ共《(ども)》、爰《こゝ》で逢《あふ》たと、いふてはくだされな」と、頼《たの》む。彼是《かれこれ》心を付《(つけ)》て見れば、おもしろき事のみ。「皆《みな》、一二讃付《さん(つけ)》て見よ」といふ。それ

六 四天王寺西門外の石の鳥居。→一六二頁注七。
七 粗縞。目の粗い縞。
八 海松茶。暗緑色を帯びた茶色。
九 綿入れの綿を抜いて袷《(あわせ)》にしたもの。綿抜きとも(本朝世事談綺 一)
一〇 菜種の花のような黄色。当時では古風な色。
一一 無造作に取上げて束ねた髪。
一二 品定め。批評すること。

挿絵解説 天王寺彼岸の行楽風景。彼岸桜の咲き初める辺に幕を引き回し、数人の老若の女性が物見高に往来の人を眺めている。桜の木には女笠が掛けてある。幕には入り山形に中陰花菱と菊の紋が並べてある。幕の下よりのぞく女性の着物は霞形模様。右半図には花文七宝つなぎの小袖に黒帯をしめ、花文亀甲つなぎの被衣《(かずき)》姿の女性と、その供の輪違い模様の着物の少女が通り過ぎようとしている。

もむつかし。気《き》をとめずに見る事、なぐさみにもなるべし。「それ〳〵、[一]御所《ごしよ》染被《ぞめかづき》一むれ、皆《みな》よし」「其跡《そのあと》の[二]木地《きぢ》の笠《かさ》、是《(これ)》一じや」「それより[三]浅黄鹿子《あさぎかのこ》」「[四]取《とり》物ならば、今朝《けさ》の花《はな》もたせ行《(ゆく)》女房《にやうばう》」「いや〳〵、上物《じやうもの》は、[五]黄《き》八丈《じやう》の裙《すそ》に、水車《みづぐるま》付《(つけ)》たる女」「おれは亀井《かめい》の水《みつ》で見た紫鹿子《むらさきがのこ》」と、皆男《みなおとこ》の有《(ある)》者《もの》に、いはれぬ品《しな》を定《さだ》めける。

誠《まこと》にけふの参詣《さんけい》、[六]幾万《いくまん》人の女、近年《きんねん》は[七]大吉弥《きちや》をうつし、風義《ふうぎ》よく、いづれかいやなるはなし。あの幕《まく》の中《うち》には、太鞁《たいこ》・つゞみ、[八]細工《さいく》浄溜利《じやうるり》、はやり歌《うた》、[九]十種香《しゆご(う)》のかほり、連俳《れんぱい》をする所《ところ》も有《(あり)》。[一〇]一節切《(ひと)よぎり》のつれ吹《ぶき》、人形廻《にんぎやうまわ》し、[一一]猩《しやう》〳〵呑《のみ》をするもあり。[一二]野掛振舞《のがけぶるまい》に[一三]木具拵《きぐごしら》へ、又重箱《ぢうばこ》に食入《めし(いれ)》て、あへ物ひとつ、[一四]瓢箪《へうたん》の酒《さけ》もたのしみは同じ。

絹幕《きぬまく》にくゝり枕《まくら》の見えすくに、風呂敷《ふろしき》ひつぱりし中《うち》に、[一五]入子鉢《いれこばち》のあきがらを枕《まくら》にしたも、夢《ゆめ》まぼろしの春《はる》じや物、恥《はぢ》ぬべき事にもあらず。たとへば[一六]唐房《からふさ》の玉《たま》をつまぐりもせず、[一七]ぜいに見せ懸《かけ》しも、[一八]湯出蓮《ゆではす》さげたる参《まいり》も、願《ねが》ひにへだて有《(ある)》べきや。袖《そで》も絶《たへ》ず、[一九]太子堂《たいしだう》迄《(まで)》参詣《もふで》ながら、信心《しんじん》に拝《はい》する人はまれ也《(なり)》。女は大かた立《(たち)》ながらかへる。仏《ほとけ》もおかしかるべし。

[二〇]糸桜《いとざくら》の咲初《さきそめ》る辺《ほとり》に、五月の幟《のぼり》に[二一]もしたる幕《まく》の中《うち》より、下に白むく、上着《うはぎ》は黒《くろ》

一 御所染めは女院の御所(東福門院)の好みで流行した絹染め。地白染めともいい、白地に多くの小色を所々に入れ、檜垣に菊、竜田川などの模様を染め出す(万金産業袋四)。被(かずき)は上流の女性が外出の際頭から背にかぶる衣。
二 木地のままで漆を塗らない葛籠(つゞら)笠。
三 浅葱色(あさぎいろ 緑がかった薄青色)の鹿子絞りの着物。 四 選り取りに出来るものならば。
五 八丈島産で、黄地に茶や鳶色(とびいろ 焦茶色)の縞柄のある紬(つむぎ)。
▽本章の彼岸参りの人出の中で、女性の品定めをする題材は、後年の五人女三の一、盛衰記四の三、俗つれ〴〵四の三・四の四に影響する。
六 誇張した表現だが、難波鑑二でも、天王寺彼岸参りの群集を、「幾千万とも知(り)がたく」と表現するほど、大変な人出であった。
七 初代上村(うえむら)吉弥。寛文・延宝期の上方の女方の名優。延宝末年引退し、上文字屋吉左衛門と改名し、白粉屋を開業。俳号は吉也、西鶴と交遊あり。帯の結びを八の字にする吉弥結びを創始し流行。二代目に対して大吉弥という。
八 酒席に座興に語る短い浄瑠璃。肴(さかな)浄瑠璃とも。本文の「浄溜利」は当時の慣用的表記。
九 聞香で、四種の異香を十の包みにし、十回香炉で炷き、その香銘を当てさせる遊び。ジッシュゴウ(書言字考など)・ジシュコウとも発音。
一〇 尺八に似て長さはやや短く、一尺一寸一分。竹の一節で作るので一節切(ひとよぎり)という。本文振り仮名はその音転。当時尺八は仏具で使用に制限があり、一般に一節切が用いられた。
一一 酒好きという猩々のような、がぶ飲み。
一二 野遊びに人を招いてご馳走すること。
一三 木地のままの器物。
一四 論語の「一瓢飲(いっぴょうのいん)」により、わずか瓢箪

羽二重《はぶたい》の紋《もん》二二なしに、黒《くろ》き帯《をび》して、紙緒《かみを》の草履《ぞうり》をはき、人に見られたき風情《ふぜい》もなく、初心《しよしん》にはあるけ共《（ども）》、上《（うは）》二三がへの蹴《け》二四出し、腰《こし》のひねり、かざす手元迄《てもと（まで）》、いづれかしほらしからざる所《ところ》なし。其《その》うつくしさ、今朝《けさ》よりすぐれし女、幾人《いくたり》か面影《をもかげ》に立《（たち）》て、忘《わす》れざりしに、扨《さて》も有物《あるもの》かな。麦畠《むぎばたけ》の中《なか》に紅梅《こうばい》の散《ちる》にちかけれ共《（ども）》、未《いまだ》梢《こずへ》にはひらき残《のこり》し思ひなして見るに、人はちかよるに恋《こい》の替《かわ》る事多《を丶》し。次第《しだい》に、是《これ》は〳〵、どうりでこそあれ、昔日《そのかみ》、藤《ふぢ》二五屋の太夫、背山也《せやま（なり）》二六。

勤《つと》めし時の形《かたち》はなきに、町の女房《にようばう》とはあふきに違《ちが》ふ物《もの》かな。今は人の、それ二七からそれ迄切《（まで）きり》の身とはなりけるとや。此《（この）》太夫におもひをつくせし、伏見《ふしみ》二八町のごふく屋も、むかしを浄土衣《じやうどごろも》二九かへて、世《よ》を見かぎりぬ。折《をり》三〇ふし殊勝《しゆしやう》にこそ。

一杯の酒でも楽しみは同じの意。
一五 大小組入れになった鉢。
一六 唐房(色の美しい房)を付けた数珠の玉。
一七 自慢そうにの意。
一八 天王寺参詣者への土産に、境内でゆでた蓮根を売っていた(定本)。
一九 四天王寺聖霊院。聖徳太子十六歳の尊像を祭り、太子堂とも。前出「奥の院」の内。
二〇 四天王寺五重塔の前に二本あり、当時難波十観の一。同寺の花見は三月だが(日次紀事・二月)、二月彼岸には彼岸桜も咲き初め、花見客でにぎわった(難波鑑二、椀久一世・上の一)。糸桜・彼岸桜は二月(毛吹草など)。
二一 原本は「したり」とある。
二二 模様のない無地の着物。
二三 上交(うわがえ)。着物を着て前を合せた時、表に出る方の部分。上前とも。
二四 着物の裾を現すような派手な歩き方。蹴出し歩み、蹴出し褄なども。
二五 新町佐渡島屋の遊女屋、藤屋勘右衛門。
二六 前注抱えの太夫。置土産二の三には、背山が白子町(西区土佐堀一丁目)の播磨という大尽に身請けされたとある。これは同町の肥前蓮池藩の蔵元、播磨屋長右衛門(難波鶴)か。
二七 そうなったらそれまでの身の上。人の女房となった以上、もう自由に会えない身の上。
二八 大阪市中央区伏見町三丁目西部と四丁目東部辺(大坂町鑑)。唐物屋の多い町で、呉服屋はこの町の西部と、西に隣接する呉服町(現、伏見町四丁目西部と五丁目)に多かった(難波鶴)。
二九 極楽浄土を願う者の着る衣。一説に浄土宗所用の法衣か(定本)。ここは昔の廓通いの晴れ着を浄土を願う法衣に替えての意。
三〇 彼岸の折から。

絵入

好色二代男

諸艶大鑑

六

好色二代男

諸《しよ》艶《ゑん》大《あふ》鑑《かゞみ》

目《もく》録《ろく》

巻(一)六

一 原本は「六巻」とあるが、ここのみなので仮に改めた。

二 京都室町御池の呉服商、三井六右衛門の鳴滝の山荘、花林園は、当時「鳴滝の竜宮」といわれた(町人考見録・中)。六右衛門は俳号を秋風といい、初め貞門の梅盛や季吟に師事し、のち談林の常矩に近づき、文人とも交遊がある。黄檗禅に帰依し、法体して道会(恵)と号した。豪奢な暮らしのあまり江戸の二軒の店をつぶし、やがて分散して江戸に下り、享保二年(一七一七)、七十二歳で没した(前掲書)。

三 島原上之町、長崎屋七郎右衛門抱えの太夫。ここは二代目、名は頼子。寛文十年(一六七〇)二月太夫に出世、延宝三年(一六七五)十二月退廓(色道大鏡十六)。両替商大黒屋に身請けされ、後に三井の鳴滝の山荘に囲われた(古今若女郎衆序)。置土産四の二では五条の市が身請けしたと描く。

四 横に長い大盥《だらい》に寝ながら温浴した話。

五 伏見撞木町、一文字屋喜右衛門抱えの天神。椀久一世・下の二にも登場。延宝期。

六 伏見撞木町、扇屋八左衛門抱えの天神、加門の異名。「班女」は本来、前漢成帝の寵妃、班婕妤《はんしようよ》で、君寵の衰えを秋の扇にたとえた「班女が扇」の故事で知られるが、ここはそれを下敷にした謡曲「班女」による。美濃国野上の宿の遊女花子《はなご》は、客の吉田少将が忘れられず、物狂いとなったが、所持していた形見の扇により再会がかなったというが、その当代版の意。

七 伏見城は元和九年(一六二三)に廃城となり、その後城山には桃が植えられ、延宝以後近世を通じて桃の名所となる。「伏見の城山は、桃林に牛馬の捨置とはなりぬ」(武家義理四の二)。

三　人魂《ひとだま》も死《しぬ》る程《ほど》の中《なか》

一　格子《かうし》の先《さき》は畳腰掛《たゝみこしかけ》[八]の事

一　人しれぬ文《ふみ》の置所《をきどころ》の事

一　間夫《まぶ》[九]はうつけ[一〇]のならぬ事

四　釜《かま》迄《(まで)》琢《みが》く心底《しんてい》

一　京は銀《かね》でも自由《じゆう》させぬ事

一　はつ物出しおくれの事

一　三野《さんや》[一一]丹州《たんしう》[一二]庭《には》はたらきの事

五　帯《おび》は紫《むらさき》[一三]の塵《ちり》人手を拳《にぎる》

一　門《もん》の中《うち》より送《おく》り盃《さかづき》の事

一　嶋原《しまばら》[一四]の風呂《ふろ》に入らねばしれぬ事

一　太夫唐土《もろこし》[一五]人を見違《ちが》へぬ事

八　脚が折畳み式になっている腰掛け。
九「間夫せぬ女は、物の哀もしらず、おもしろき事かつて有まじ」(五の四)とか、「間夫する程の女郎に、よはきは独(ひとり)もなし」(本章)ともいう。
一〇　空・虚(気)。ぼんやりしている者。愚か者。
一一　吉原の異称。→二三頁注二三。
一二　吉原新町の格子。寛文期の三浦隠居抱えか(吉原よぶこ鳥)、また延宝・天和ごろの三郎左衛門抱えの格子か(大豆俵)。
一三　紫の塵は蕨(わらび)の芽、早蕨(さわらび)の異称。歌語(藻塩草)。「紫塵(しじん)の嫩蕨(わかきわらび)は人手を拳(にぎ)る」(和漢朗詠集・早春・小野篁)の「紫塵」の訓読みから出た語。ここは「帯は紫」と「紫の塵」と掛け、章題は前掲和漢朗詠集の詩句をもじり、太夫唐土の手を大吉という若者が握った話を描く。
一四　揚屋の客が風呂に入る作法は、揚屋が風呂屋に伝え、相方の遊女の遣手が、抱主の所からその遊女所持の風呂道具を運ばせるなど、色道大鏡三「寛文式上」に詳しい。揚屋町の風呂屋→五〇三頁付図。
一五　島原中之町、一文字屋七郎兵衛抱えの太夫。ここは初代。「上座の宿老碩徳なり。…尤利口発明なり。御茶よし」(朱雀遠目鏡)などと評された。→二〇頁注四。

[一]新《しん》竜《りう》宮《ぐう》の遊興《ゆふきやう》

[二]御室《おむろ》の名木咲《めいぼくさき》て、[三]「酒幔高楼寺前《しゆまんかうろうじぜん》の花《はな》」と、[四]あちの人《ひと》の詠《なが》めしも、爰程《こゝほど》には有《ある》まじ。乳房隠《ちぶさかく》す女より、胸《むね》あけ掛《かけ》て見せたる、和朝《わてう》の風俗増《ふうぞくます》べし。「万《よろず》かくす事によきはなし」と、妾者《てかけもの》を聞《きゝ》出す、[五]御《を》池《いけ》のたねが姨《おば》も申せし。

難波女《なにわめ》に、姿《すがた》のたらはぬ所なしとて、八方《はつぽう》よしといふ者《もの》有《(あり)》。常住長衣《じやうじうちやうへ》を好《この》む。何《なん》ぞ片足《かたあし》ふときをなげく。又、[六]藤《ふぢ》屋の太夫に、遣手《やりて》右《みぎ》の方《かた》に立《たち》ならびて、いつとても道中《どうちう》を大事に懸《かく》る。有時《あるとき》、気《き》を付《(つけ)》て見るに、耳《みゝ》よりしたに流《なが》れて、すこしの[七]蓮根《はすね》の跡《あと》、人の目《め》に懸《かゝ》る程《ほど》にはなきに、女郎《じよらう》はむつかしき物也《(なり)》。是《これ》も今は、乗物《のりもの》の窓《まど》より花《はな》をだに見する、奥様《おくさま》となれば、何《なに》があつてもかまはず。

又、嶋原《しまばら》の太夫、[八]左門《さもん》が行《ゆく》へは、[九]両替《りやうがへ》が[一〇]手前《てまへ》に有《(ある)》物を[一一]懸《かけ》出して、身請《うけ》の間《ま》もなく、天窓剃《あたまそり》こぼして、袖《そで》は[一二]黒谷《くろだに》の片里《かたざと》に、男《おとこ》の道絶《みちたへ》て、世《よ》に身すぎ迚《とて》、今迄《いままで》の偽《いつわ》りもおそろしく、朝《あした》に[一三]血《ち》を出《いだ》す指《ゆび》を悔《くや》み、夕に[一四]求猴《きうこふ》をかなしみ、[一五]称名《しやうみやう》の暇《いとま》なく、後《のち》の世《よ》を忘《わす》れぬ身にも、春《はる》の花《はな》には美景《びけい》にひかれ、都《みやこ》の町は鼾聞時《いびききくとき》、[一六]あけぼの桜《ざくら》見る事にしのびて、[一七]大内《あふうち》山の陰《かげ》にいそぎて、見る人なしと、[一八]加賀《が》笠《がさ》

一 →一七〇頁注二。
二 仁和寺(現右京区御室大内)の異称。真言宗、当時寺領千五百石。背後の山を大内山といい、境内と共に桜の名所。「此寺の花、東山よりさかり遅し。清水のちり過る頃、御室の桜最中なり」(堀川之水一)、「八重桜おほく咲みだれ、其外さくらの諸木有て」(都名所車)。
三 「酒幔高楼一百家、宮前楊柳寺前花」(三体詩一・王建・華清宮)。酒幔は酒宴の幕。
四 唐土、中国の人。
五 (人置きの)御池通のたねという年配の女。
六 大坂新町佐渡島町、藤屋勘右衛門抱えの太夫。
七 小児の頭部やしりにできる瘡(かさ)の一種。
八 →一七〇頁注三。
九 両替商大黒屋(若女郎衆序)。京羽二重織留六「両替屋」のうち、大黒屋善五郎(室町下立売上ル町)、大黒屋善四郎(室町下立売下ル町)などか。二人ともやがて没落(町人考見録・上、中)。
一〇 手元にある現銀(金)。
一一 天秤で相手に支払う銀貨を量るとき、正当な量り目より重いように量ってみせ、実際より少ない額を払うのをいう。「掛け込む」の反対。
一二 東山岡崎村の北の新黒谷(左京区黒谷町)。浄土宗、金戒光明寺があり、俗に黒谷という。当時寺領百三十石、塔頭三十一、道心者の庵が十八あった(国花万葉記一など)。
一三 遊女の時、客に血文を書いたり、誓紙に血判を押したりしたのをいう。朝・夕と対句表現。
一四 ここは入れ黒子(ぼくろ)。遊女が心中立てで、客の名を小さく腕などに入墨(いれずみ)した。
一五 「南無阿弥陀仏」と念仏を唱えること。
一六 八重桜の一種。御室には曙・霧ケ谷・塩竈などの八重桜があり、有名(都花月名所)。なお桜の異名を曙草・夢見草という(類船集)。

ぬぎ捨《すて》、女《め》の童《わらは》に持《もた》せ、むかしの残《のこ》る袖口《そでぐち》より、[一九]打曇《うちぐもり》の短冊巻《たんざくまき》のべて、[二〇]万年筆《まんねんふで》を染《そめ》もあへず、「捨《すて》し身の」と、五文字《もじ》書付《かき(つく)》る折[二一]し、葉隠《はがく》れの枝《えだ》に、宵《よひ》に懸《かけ》しや、蜘《くも》の糸筋《すぢち》千度《たび》の網《あみ》に、飛蝶《とぶてふ》羽をとゞめられ、[二二]遽〻然《きよ〳〵ぜん》として、あれで果《はつ》べき[二三]夢《(ゆめ)》虫《むし》の命惜《おし》まれ、[二四]朱骨《しゆぼね》の地《ち》紙に取《(とり)》うつし、[二五]露草《くさ》をそゝぎ、次第《しだい》によはるをなげき、泪《なみだ》つながぬ玉のごとし。

愁《うれい》にしづむ時、[二六]彼里《かのさと》にてあい馴《なれ》し人、自然《しぜん》と通《とを》りあはせ、根笹分入《ねざゝわけ(いり)》、立聞《(たちぎき)》して、「是《(これ)》御法師《ほうし》様、只今《たゞいま》の言葉《ことば》の末《すへ》、諒《まこと》にはあらず。虫《むし》の命をさへ哀《あはれ》みたまふ御心に、人間《にんげん》の命は、何《なに》とてすくひましまさぬぞ」。[二七]あて〳〵しく申せば、此《(この)》びくにしばしさしうつむきて、物をもいはざりしが、「人の情《なさけ》は世《よ》にありし時ぞかし。あい見る事もつらやの姿《すがた》」と、衣を面《おもて》に押当《おしあて》、上気《じやうき》忽《たちまち》汗《あせ》となつて、唇《くちびる》のうごくは、[二八]六字《じ》をとなへて、又様替《さまかゆ》る気色《けしき》はなし。彼男《かのおとこ》なをなげきて、「蝶《てふ》よりもろき命、目の前《まへ》の黄泉《こうせん》」と、沢《さは》の流《なが》れ、手して心せはしくむすぶ時《とき》、左《さ》門法師《もんほうし》取《とり》つき、「此《(この)》身《み》後《のち》の世《よ》は鬼《おに》の物ぞ」と、大地《ち》に衣《ころも》ぬぎ捨《すて》、早駕籠《はやかご》にうつして、[二九]鳴滝《なるたき》の遊《ゆ》山屋《さんや》敷《しき》にしのばせ、心のまゝに日数《ひかず》ふりて、春《はる》は[三〇]梅林《ばいりん》に舞子《まいこ》を集《あつ》め、夏《なつ》の夜《よ》は[三一]蚊《か》よげの間《ま》とて、薄絹《うすぎぬ》の障子《しやうじ》の中《うち》に、五尺四方《ほう》の盆石《ぼんせき》に、[三二]水行燈仕懸《あんどうしかけ》、[三三]宇治《うぢ》・勢田《せた》の蛍《ほたる》を取《とり》よせ、涼風《すゞかぜ》の外《ほか》に、[三四]散切《ざんぎり》の女《め》童子《どうじ》四人、皆《みな》ひぢ

一七 仁和寺背後の山。同寺の山号。大内山―桜。
一八 加賀国産の女性用菅笠。品質よく当時流行。
一九 内曇。上方に青色、下方に紫色の雲形を漉き出した鳥の子紙。色紙や短冊などに用いる。
二〇 矢立（やたて）の異称。
二一 「し」は強意の助詞か。「折しも」の「も」脱か。
二二 はっと驚くさま。ここはあわてるさま。「昔者、荘周夢為二胡蝶一。…俄而覚、則遽々然周也」（荘子・斉物論・第二）。
二三 蝶の異名。胡蝶―夢。
二四 朱骨の扇の地紙。
二五 露の置いた草。また露の意。ここは後者。
二六 三井秋風。→一七〇頁注二。
二七 あてつけがましく。あてこすって。
二八 「南無阿弥陀仏」の六字。
二九 三井秋風の鳴滝の山荘。花林園と称し、仁和寺から西へ約一キロメートル、右京区鳴滝蓮池町にあった（岡田利兵衛）。別荘の景観は、季吟の花林園記に詳しい。秋風の甥三井高房の町人考見録には、奢りのあまり山荘を構え、「種〳〵の栄耀を極む」とある。延宝初年（一六七三）から元禄五年（一六九二）ごろまで営まれた（雲英末雄）。
三〇 黄檗の高泉和尚の詩文にも、広い山荘内は「環レ山皆梅也」（洗雲集四）など叙べる。芭蕉も「梅林」と題し、「梅白し昨日や鶴をぬすまれし」と秋風の隠栖を讃えた（野ざらし紀行）。
三一 秋風の発句に、「忙然と覚蚊屋あさがほの繡（ぬひもの）せり」とある（吐綬鶏）。
三二 水からくりの行灯。原本「水行焼」とある。
三三 瀬田（勢田）の蛍は陰暦五月上旬、下流の宇治川の蛍は五月中旬が出盛り、形大きく光強く、地元では紗の籠に入れて市中で売った（日次紀事・五月、滑稽雑談十など）。
三四 頭髪をえり元で切り揃えた髪形。

りめんの広袖《ひろそで》に、金《きん》の団《うちは》をかざし侍る。秋《あき》は一広沢《ひろさは》の月を二手《て》池《いけ》にして、三影《かげ》はふたつの枕《まくら》にあかし、冬《ふゆ》は洞《ほら》に四一の里《さと》をかまへ、五白炭を焼《やか》せ、雪《ゆき》の夜《よる》は鰒《ふぐ》の間《ま》に籠《こも》り、かくて六三とせふり行《ゆけ》ば、黒髪《くろかみ》むかしにのびて、七「二度《ど》の姿《すがた》見とて、おかしき事に入《(いる)》」とて、さしわたし三尺五寸の、水精《すいしやう》の玉鏡《ぎよくきやう》を、はるかの国迄《(まで)》中《(まうし)》やりけるを、又なきたはぶれとおもへば、八

九三野《さんや》のさかりに、一〇高嶋《たかしま》屋の清左衛門抱《かゝ》への太夫、一一花月《くわげつ》・一二三笠《みかさ》を、同じ心の友《とも》、

一 広沢池（右京区嵯峨広沢町）は観月の名所。歌枕。池の西の月見壇からは、東山に出た月が二つにも見えるという（雍州府志九）。
二 自分の自由に賞玩するものをいう。手活・手生とも書く。山荘から広沢池は半里足らずの所。
三 謡曲「松風」の「月は一つ影は二つにみつ汐の、夜の車に月をのせて」による。「影はふたつ」「ふたつの枕」と、上下に掛かる表現。
四 未詳。「洞」はほら穴、渓谷の意のほか、仙境の意もある。「女仙の洞」（二の二）。あるいは風除け・雪囲いなどをした洞状の別世界の意か。なお定本は、未詳とし、あるいは洞ヶ峠（京都府八幡市八幡南山）辺かという。
五 しろずみ。ナラ・クヌギなど原木を高温で焼き上げ、窯の外に出して、土と炭粉を混ぜた消粉をかぶせ消火して作った炭。灰白色の固炭で火持ちがよいので茶の湯などで珍重された。和泉の横山・槇尾山の山椿の枝や、摂津池田のつつじの根を再度焼いて灰の中に埋めて作ったものは茶会用となった（和漢三才図会五十八）。炭―冬構え（類船集）。
六 謡曲「松風」の「かくて三年《(みとせ)》も過ぎ行けば」などの口調によるか。
七 還俗して再び姿をうつし見る鏡。
八 以下「そうでもない」の意で、江戸と大坂の大尽の豪遊ぶりが紹介される。以下の段と文章は続いているが、別な挿話になるので、仮に段落を切ることにした。
九 吉原遊廓の全盛時は上方と同じく寛文期。
一〇 吉原京町の遊女屋。
一一 前注高島屋抱えの太夫。寛文ごろ格子に下がる（讃嘲記時之太鼓）。「是はたかしまやの花月・三笠」（盛衰記一の四）。
一二 高島屋抱えの太夫（吉原鑑）。万治・寛文ごろ。

平六・平内、対平《つゐひら》と名に立《(たち)》て、元《もと》より年買《(ねん)がい》[一三]と定《さだ》め、四季《き》の衣装《いしやう》を請合《うけあい》、さま〴〵求《もとめ》てつかはしける。弐人の女郎《じよらう》、すぐれて美形《びけい》也《(なり)》。毎《まい》日、肌着《はだぎ》と下《した》の腰《こし》巻《まき》とは仕《し》捨《ずて》にして、親方《おやかた》の内にても、公儀《こうぎ》[一四]の出立《(いでたち)》に替《かわ》る事なし。今時《いまどき》の太夫も、それに心はかはらねども、かゝる本客《ほんきやく》[一五]なし。有時《(ある)とき》、平内が申出して、「銘〳〵《めい〳〵》に床道具《とこどうぐ》もむつかし」と、本町《ほんてう》の越後《ゑちご》[一六]屋に申付《(つけ)》て、裙《すそ》なしの大夜着《よぎ》、両方《りやうほう》に袖《そで》を四つ付《(つけ)》、長《たけ》一丈五尺の白《しろ》びろうど、さながら雪の富士《ふじ》もうごくがごとく、留木《とめ》[一七]

[一三] 一年中遊女を買切ること。
[一四] 客の勤めに出る服装。
[一五] 真の大尽客。本大臣。
[一六] 三井八郎右衛門一族は、延宝元年(一六七三)江戸本町一丁目に間口九尺の呉服店を開き、次第に基礎を築き、同四年に本町二丁目にも店を開いたが、本町呉服屋仲間の妨害もあり、天和三年(一六八三)駿河町に間口七間余奥行二十間の店舗を新築し、移転した。ここは本町一丁目(現中央区日本橋本石町二丁目と三丁目の境の通り)の店。
[一七] 衣服に炷きこめる香木。伽羅(きゃら)などは高価。

挿絵解説 御室仁和寺の観桜の情景。右半図左側の山が大内山(御室山とも。一三〇メートル)、左半図中央奥が白砂山(二六四メートル)になぞらえるほど、背後の山々は実景に近い。御室にはあけぼの桜など多種の八重桜があり、本章では曙時分にあけぼの桜を観ると洒落ていう。左端が太夫上がりの左門。本文には剃髪して尼になったとあるが、ここでは茶筅髪の後家風に描く。着物は花窠文立涌模様に黒帯をしめ、懐手をしている。散切(ざんぎり)の女(め)の童四人も揃いの着物姿。手んでに籠を下げ、若菜などを摘むさまが描かれている。なお、挿絵では桜が梅に見えるのは、画師(西鶴か)が三井秋風の著名な梅園の趣を連想したものか。

の煙《けむり》たちならび、花《くわ》月に平六、三笠《かさ》に平内、跡《あと》さして、へだてなき枕《まくら》、これもなるべき事也《(なり)》。

大坂にても、[一]中の嶋米法師《しまこめほうし》、藤《ふぢ》屋の[二]金子《ご》にあふも、さのみ恋《こい》にもあらず、なきにもあらず。世の気《き》のばし、是《(これ)》ぞかし。栄耀《ゑよう》の仕所《しどころ》に極《きわ》め、[三]茨木《いばらき》屋の次兵衛座敷《ざしき》に、「夏《なつ》をしのぐは行水《ぎやうずい》」と、道頓堀《どうとんぼり》の[四]千日寺より、毎《まい》日清水《しみづ》を汲《くま》せ、大釜《がま》にうつし、白檀《びやくだん》を煎《せん》じ出し、此《(この)》匂《にを》ひを楽《たのし》み、横《よこ》に長《なが》き大盥《だらい》に、女郎《じよらう》も同じ枕《まくら》に、二布《ふたの》・[五]てゝれにうちとけて、何程《なにほど》か[六]湯《ゆ》を水になし、座頭《ざとう》に按摩《あんま》をとらせ、禿《かぶろ》に足《あし》のうらをかゝせ、六月中旬に御所柿《ごしよがき》を好《このみ》、此有様《(この)ありさま》、[七]華清宮《くわせいきう》もかくやとおもはる。[八]暁風残《ぎやうふうざん》月、夜《よる》の涼《すゞ》み、今朝《(け)さ》おもへば夢《ゆめ》。

小指《こゆび》は恋《こい》の焼付《たきつけ》

[九]夜船《よぶね》に乗《のり》おくれじとの、早駕籠《はやかご》かと思《おも》へば、[一〇]伏見卸《ふしみおろせ》が通《とを》ると云《いふ》。是《これ》は京都《きやうと》を忍《しの》び大臣《だいじん》、色里《いろざと》を仕過《しすご》し、又は中分《ちうぶん》の人の遊《あそ》び所には、[一一]鐘木町《しゆもく(まち)》なくば、事の欠《かけ》るなるべし。[一二]廓《くるは》の外《そと》に、京屋の七左衛門、大和屋《やまとや》の七兵衛とて、[一三]卸宿有《おろせやど(あり)》。是《これ》に夜明《よあけ》を待《まち》て、乗《のせ》てかへる。[一四]三人懸《がゝ》り、[一五]銀一両と定《(さだめ)》し。

一　中之島米問屋の隠居で知られる大尽。未詳。淀屋(岡本)三郎右衛門重当か(小野晋)。辰五郎の父、四代目。定本は二代目言当(个庵)かとするが、寛永二十年(一六四三)没で時代が合わない。

二　金吾。新町佐渡島町、藤屋勘右衛門抱えの太夫。延宝期(難波鉦)。盛衰記四の三、置土産二の三などにも登場。

三　新町佐渡島町の揚屋(色道大鏡十三)。

四　法善寺の俗称。道頓堀の芝居裏の火葬場兼墓地の入口にあった。浄土宗。寺中の井水は名水として有名。大阪市中央区難波一丁目内。

五　ててら。褌(ふんどし)。

六　むだなことのたとえの諺。

七　唐の玄宗が楊貴妃と遊んだ離宮。現、陝西省西安市の東郊臨潼(りんとう)東南の驪山(りざん)にあった。前掲王建の華清宮の詩(→一七二頁注三)に「内園分↓得温湯水↑、二月中旬已進↓瓜」とある。

八　杜常の華清宮の詩、「行尽江南数十程、暁風残月入↓華清↑」(三体詩一)による。

九　伏見・大坂間の淀川下りの夜船。四つ(午後十時ごろ)から九つ(午前零時ごろ)まであり、船賃は銀五分(人倫訓蒙図彙三)。

一〇　京から伏見通いの駕籠屋。

一一　伏見の遊廓、撞木町。京都市伏見区撞木町にあった。撞を鐘とも書くのは当時の慣用。

一二　原本は「堺」とある。

一三　駕籠かきが寝泊りし、詰めている所。

一四　通例の先棒・後棒のほか、肩代りが一人付き添う駕籠。三枚肩とも。通例より急ぐときや遊里に行くとき見栄で頼む。「急がぬ時は三枚肩、急ぐ時は四枚、或六枚」(色道大鏡十八)。

一五　銀一両とは四匁三分に相当する豆板銀を紙包みにしたもの。原本は「銀一両の」とある。

揚屋《あげ》は、[一六]江戸屋・八幡《(やはた)》屋、[一七]笹《さゝ》屋の清右衛門に行《ゆき》て、此《(この)》里《さと》の女郎《じよらう》見る事、目《め》利《きゝ》といふを触《ふれ》て、親方《おやかた》の家〱に入《(いり)》て、目好《ずき》にする事也《(なり)》。[一八]小便《しやうべん》の小路《こうぢ》といふ迄《(まで)》、残《のこ》さず詠《なが》めまはりて、「心立《(だて)》にもかまはず、[一九]同じねあらば、見よきを爴《つか》め」と、七八人集《あつ》めて、三畳敷《じやうじき》づゝに仕切《しきり》たる、間《あい》の障子《しやうじ》を取《(とり)》はなち、酒《さけ》は定《さだ》まつて、[二〇]川海老《かわゑび》の吸《すい》物に、[二一]ひね米の[二二]奈良茶《ならちや》、おかしく思ふ時《とき》、[二三]竹田《たけだ》の院《ゐん》の鐘《かね》も、[二四]突《つき》出しともに七つなれば、すこしは心せはしきに、[二五]京橋《きやうばし》の旅籠《はたご》屋の亭主《ていしゆ》らしき者《もの》、[二六]西国《さいとく》の侍《さむらい》を同道《どうど(う)》して、あらまし内義《ないぎ》に頼《たの》み置《をき》てかへる。「女郎《じよらう》さまはいづれか」と、僉儀《せんぎ》すれば、彼男《かのをとこ》待兼《まちかね》て、「御合力《(ご)こうりよく》に、近《ちか》ひ所から呼《よふ》でたまはれ」と申《(まうす)》。さしこゝろへて、不断《ふだん》御隙《(お)ひま》の有《(ある)》を取寄《とりよせ》て、盃《さかづき》はじめて、女郎《じよらう》がさゝるれば、いたゞきて、内義《ないぎ》に「[二七]おさめ」と申《(まうす)》。「あまりみぢかふ御座《ざ》ります。せめてお一つあげまして」と、手《て》を扣《たゝ》きて、「何《(なん)》ぞお肴《さかな》」と申せば、「御無用《むよう》じや。国元《くにもと》で鱸《すゞき》も[二八]鰈《かれい》もたべる。寝《ね》所はまだか」といふ。「莵《と》角《かく》御心まかせに」と、床《とこ》に入れば、先帯《まづをび》ときて、鼻紙《はながみ》を手元《もと》へ取《(とり)》なをし、今一つの枕《まくら》を近《ちか》くへよせ、足《あし》をのばしたりかゞめたり、女郎身拵《じよらうみごしら》へのうちを、あくび幾度《いくたび》か。「扨《さて》も遅《をそ》し」と舌打《したうち》して、「国《くに》の女房《にようぼう》どもならば、はやうこひと呼《よぶ》に」と、独言《ひとりごと》いふうちに、門《かど》の戸けはしく扣《たゝ》きて、「いづれも[二九]御本陣《ごほんぢん》へ」と申《(まうす)》。「弓矢《ゆみや》八幡《はちまん》、残念《ざんねん》」と、帰

一六 撞木町の揚屋、江戸屋吉兵衛、同じく八幡屋作兵衛(色道大鏡十二)。八幡屋は本文では伝右衛門とする。
一七 撞木町の遊女屋。清右衛門は清左衛門か。
一八 笹屋の南側の小路。局見世が両側にあった。
一九 同じ値段ならば。古くは天神二十八匁、囲い十六匁、半夜八匁。延宝四年(一六七六)八月から囲いが十八匁、半夜が九匁になった(色道大鏡十二)。
二〇 撞木町揚屋のお定まりの料理。
二一 陳米。一年以上の古い米。
二二 奈良茶飯の略。もと奈良の僧坊の創始。茶の一番煎じを取って置き、二番煎じに少し塩を加え、炒《(り)》大豆・赤小豆などを入れて飯を炊き、一番煎じの茶をかけて食す(本朝食鑑二)。
二三 伏見の西北、竹田村の安楽寿院。真言宗智山派。京都市伏見区竹田内畑町内。
二四 撞き始め。時の鐘は最初の一打は捨て鐘といって数に加えない。ここは暮れ六つの鐘。
二五 伏見の京橋。大坂への淀川下りの船の発着場で、近くに旅宿や茶店が多かった。
二六 特に九州をさす。
二七 納めの盃。酒宴の最後の一盃。
二八 原本「蝶」。
二九 参勤交代の大名などの宿泊用に指定された旅館。京橋南浜町・丹波町・尼崎町にあった。

り姿《すがた》のさりとてはいたはしく、見れば赤皃《あかがほ》の大男《おとこ》、鼻《はな》[一]もすぐれて、是《(これ)》又おかし。

此《(この)》町は、一夜《や》かぎりの客《きやく》、めづらしからずといふ。

又、腰張《こしばり》思《おも》ひを残《のこ》せしを見るに、「落月短朝泪移《らくげつたんてうのなみだうつる》」[二]と、「慥《たし》か禅筆《ぜんぴつ》[三]にて、書《かき》ちらす」と申せば、「それもめづらしからず。あまたの出家衆《しゆけしう》にも、なるれば[四]恋路《こいぢ》」と、何事《なに》をも、ありのまゝ語《かた》る女郎《じよらう》あり。其様《(その)さま》いや敷《しく》おもへば、歌《うた》の読《よみ》かた覚《おぼ》へ、大内の事共《(ども)》、見たやうにしるは、是《(これ)》にも子細《しさい》[五]有《(ある)》べし。

一 鼻の大きいのは陽物も大であるといわれた。
二 出典あるか、未詳。
三 禅僧の筆跡。
四 馴染《なじ》めば。
五 撞木町は公家などの忍び遊びの隠里になっていた(色道大鏡十二)。

此里《(この)さと》の替《かわっ》た事を聞《きく》に、六一文字屋の喜右衛門抱《かゝ》への夕霧《ゆふぎり》は、都《みやこ》の人、つね〴〵申《(まうし)》かはせしとや。彼男《かのおとこ》、七八幡《わた》屋伝右衛門かたより、呼《よび》に遣しけるに、黒《くろ》髪切捨《かみきりすて》、身は坊主衣《ぼうずごろも》を着《き》て、「申合《(まうし)あは》せし姿《すがた》に、けふ思ひ立《(たつ)》て、かくのごとし。かたさまには」と申せば、此男泪《(この)おとこなみだ》にしづむ。宿《やど》にはおどろき、親方《をやかた》につげて、様子《やうす》を聞《きけ》ども、申さず。「我計《わればかり》は恨《うらみ》」と申《(まうす)》より、二言《ごん》はなし。太鞁《たいこ》の藤左衛門、いろ〳〵なだめて、「今は八茶筅髪《ちやせんがみ》、殊《こと》におもしろく」、手を尽《つく》してあへども、其《(その)》

六 遊女屋辻村喜左衛門か(色道大鏡十二)。
七 撞木町の揚屋。→一七七頁注一六。
八 後家などの髪形。島田などの髷《まげ》を解き、短く切って元結で結んだまま後に垂らしたもの。→一七五頁挿絵。

挿絵解説 撞木町遊廓の座敷の情景。左半図は、京役者の山川と桔梗屋の最中《もなか》が、互いに小指に灯心をしばりつけて火をつけ、その火の消えるまで顔を見合せて、二世かけての誓いを固めているところ。最中は兵庫髷の髪に、花七宝つなぎの着物、山川は武田菱柄の着物。座敷の襖は両面図とも立浪模様。庭前には松、手水鉢の脇には南天などがある。右半図は別座敷の情景をあしらう。右半図の客は瓜に梅花柄などの着物、女は蜘蛛巣模様の着物で、髪は大島田。隣室からのぞく女は島田髷で、剣弁菊の着物。右半図奥には中庭に面した連子窓が描かれている。

後《のち》は[一]分《わけ》の立事《(たつ)》なし。

又、[二]扇《あふぎ》屋の八左衛門抱《かゝ》への常盤《ときは》は、[三]一条《じやう》の革堂《かうだう》のまへなる、橘《たちばな》の清《きよ》といふ男《おとこ》と、二世のかたらひ、人もしつて浅《あさ》からず。此敵《(この)てき》、いかなる事にや、京の[四]籠《ろう》者《しや》をせしに、深《ふか》くなげきて、髪《かみ》を切《きり》、爪《つめ》をはなち、なを「此時《(この)とき》見捨《すて》じ」と、文書《ふみ(かき)》ておくりて、明暮諸神《あけくれしよじん》をいのるもあり。[五]加門《もん》は、かりそめに[六]上野《かうづけ》に行《(ゆく)》人の情《なさけ》を忘《わす》れず、扇《あふぎ》に残《のこ》されし一首《しゆ》に、毎《まい》日狂乱《きやうらん》して、[七]今班女《いまはんじよ》と名《な》に立《(たち)》て、はるかなる[八]届《とゞけ》の取《とり》やり、是《(これ)》も本恋《ほんこい》なるべしといふ。

又、[九]桔梗屋《きゝやう》の最中《もなか》は、類《るい》なき恋《こい》の[一〇]大奴也《あやつこ(なり)》。歌《うた》一きはうたふて、心中にわきまへあつて、人を見かぎる事なし。女は別《べつ》の事もなくて、人のおもひつく所有《(あり)》ける。いつの比《(ころ)》よりか、京役者《やくしや》[一一]山川といふ美男《びなん》に心をうつし、[一二]問《とい》屋町の[一三]おもはくを[一四]外《ほか》なして、世間取沙汰《せけんとりざた》をもかまはず、ばつとしたる浮名《うきな》なれば、おのづから勤《つと》め淋《さび》しく、親方《おやかた》せつかんに、さま〴〵手を尽《つく》して、折ふし、春雨《はるさめ》の夜《よ》、[一五]桃林《とうりん》に追《おい》出し、明衣《ゆかた》ひとつにつらやの姿《すがた》、[一六]烏羽黒《うばたま》の取《(とり)》あげ髪《がみ》は、しろき筋《すじ》なき滝《たき》と乱《みだ》れて、木陰《こかげ》を宿《やど》の枝《えだ》もる雫《しづく》に、泪《なみだ》をあらそひ、「[一七]春《はる》の夜《よ》の夢計《ゆめばかり》」とも読《よみ》しに、こよひは秋《あき》の夜《よ》ともおもはれ、惜《おし》まぬ曙《あけぼの》はふかく、なをしきりに[一八]車軸《しやじく》して、ゆく水の[一九]流《なが》れ程《ほど》、身《み》のあさましきはなし。泡《うたかた》の今にも命《いのち》は消《きへ》るに、「山川

一　情を交わすこと。
二　撞木町の遊女屋、松本八右衛門か(色道大鏡十二)。「常盤」は当廓最上位の天神。
三　行願寺《(ぎやう がんじ)》の異称。天台宗で当時寺町通荒神口(上京区)にあり、寺領二十石(京羽二重四)。寛弘元年(一〇〇四)行円上人が創建。上人は常に皮衣を着ていたので、皮聖人と呼ばれ、寺を革堂《(こう どう)》という。初め一条小川通辺にあり、天正十八年(一五九〇)前記の地に移っても「一条の革堂」と呼ばれた。宝永五年(一七〇八)の大火後、寺町通竹屋町の現在地(中京区)に移った。
四　牢者とも書き、囚人の意だが、ここは入牢の意なので、牢舎・籠舎と書くべきところ。
五　本文により常盤と同じく扇屋抱えの天神。
六　群馬県の旧国名。謡曲「班女」では吉田の少将が東国に下った折、美濃国野上の里(中山道の宿駅。岐阜県不破郡関ヶ原町内)の遊女と扇を交換する。その野上の里の縁で上野としたか。
七　→一七〇頁注六。
八　届文。特に遊女から客に送り届ける手紙。
九　撞木町の遊女屋、桔梗屋三郎左衛門。
一〇　恋に心意気を示した奴風(勇み肌)の遊女。
一一　天和から元禄ごろの上方の立役。寛文・延宝期は山川内記といって江戸で若衆方(野郎大仏師)、天和ごろ上京し、山川彦左衛門と改名して立役になる(野良立役など)。また内記彦左衛門ともいう(元禄五年・役者大鑑など)。
一二　伏見の塩屋町・大津町・聚楽一丁目をいう。米問屋が多かった(伏見鑑・下)。
一三　思いをかけている相手。最中に夢中の大尽。
一四　外にして。袖にして。
一五　→一七〇頁注七。
一六　烏羽玉。「黒」、転じて「髪」などの枕詞。「烏羽黒《(うば たま)》の髪」(一代女三の四)。

の音《おと》もせぬか」と、なげく。

「世《よ》に情《なさけ》は掛《かけ》て置《をく》まじき物にはあらず。犬《いぬ》さへ我《われ》をかなしみ、宵《よひ》より共《とも》[二〇]にぬれて、物こそいわね、[二一]とぎ共《(とも)》なれり」。竹垣《たけがき》をくゞりて、行方《ゆき》しらず見えねば、是《(これ)》もうたてかりしに、常《つね》の別《わか》れに跡《あと》をしたひて、京の道筋《みちすじ》を覚《をぼ》へて、山川が住《(すみ)》なせる板戸《いたど》に近《ちか》く、声《こへ》のせはしきに、寝覚《ねざめ》をおどろき、門《かど》に立出《(たちいで)》見れば、彼里《かのさと》の犬也《いぬ(なり)》。

「いかさまにも心得がたし」と、其夜《(その)よ》を籠《こめ》て、一番鶏《ばんどり》の[二二]二の橋《はし》で鳴時《なくとき》、やう〳〵かけ付《(つけ)》、[二三]清右衛門に様子《やうす》を聞《(きき)》て、「菟角《とかく》は命が有《(ある)》ゆへに、よしなき思ひ」と、心底極《しんていきは》むるを、色《いろ》〳〵異見《いけん》申《(まうし)》つくして、親方《おやかた》にも内証《ないしやう》申《(まうし)》て、又むかしのごとくあはせけるに、なを二世迄《(まで)》と申《(まうし)》かわし、互《たがい》に小指《こゆび》の先《さき》に燈心《とうしん》をつかねて、油《あぶら》にしたし、おのづと消《きゆ》る迄《(まで)》、皃見合《かほ(あはせ)》て[二四]かためけるは、ためしなき事也《(なり)》。

後には、見るもおそろしく、いづれも親方《おやかた》に、残る年《のこねん》[二五]をもらいて、山川に請《うけ》出して、日比《(ひごろ)》のおもひ出、是《(これ)》ぞかし。此里等《(この)さとなど》[二六]に以前《ぜん》は、かゝるやさしき事のなかりしに、次第《しだい》に女郎《じよらう》、むつかしき世《よ》とはなりぬ。

一七「春の夜の夢ばかりなる手枕にかひなく立たむ名こそ惜しけれ」(千載集・春上・周防内侍、小倉百人一首)による。
一八 車軸のように雨あしの太く降るのをいう。
一九 遊女の意。水の流れと掛ける。ゆく水―泡。
二〇 原本「友に」。
二一 憂さ晴らしの相手。
二二 大和大路二の橋(山城名勝志十六)。東山区大和大路九条に地名が現存する。一番鶏・二の橋と数を続けた表現。
二三 前出の遊女屋、笹屋の清右衛門(一七七頁注一七)。
二四 誓いを固める。
二五 年季。奉公契約の年限。
二六 原本「謎」とあるが、当時の当て字。
▽遊女が間夫に尽して勤めを怠り、親方からひどい仕打ちを受ける話は多く、六の四などにもみられる。本章最中(もなか)のように外に出されて折檻を受ける話は、一代男六の一にもある。一代男の三笠は、奴三笠と評判を残したというが、これも遊女の張り・心意気のあるところからの評言である。また、本章で恋の通路の供をして道を覚えた犬が、最中の危急を告げたというのは、武家義理物語四の二に類似な素材があるなど、両者の舞台が同じく伏見で桃林の叙述があるなど、暗合とは思えない。

人魂《ひとだま》も死《しぬ》る程《ほど》の中

梶《かぢ》[一]の葉《は》に墨筆《すみふで》を手向《たむけ》、「女郎《じよらう》の身《み》が、稀《まれ》にあふ夜《よ》ならば、かなしさ何程《なにほど》」と、初瀬《はつせ》[二]・高間《たかま》[三]、是計《(これ)ばかり》はようゐふた皃《かほ》つき。「恋《こい》しりのやうに聞《きこ》へて、さながら織《をり》[四]姫《ひめ》の盆《ぼん》[五]の仕《し》てがないと、まひとつ無心《むしん》いわれさうなる風情《ふぜい》」と、笑《わろ》ふて、「一とせに一夜の男《おとこ》は、親方社損《をやかたこそそん》なれ、太夫様達《たち》はかまはぬ事。おかへりなされて、旦那《だんな》[六]の皃《かほ》を見ずに、今日井戸替《けふいどがへ》[七]の素麺《そうめん》の延《のび》たをまいれ」と、又笑《わろ》ふて、其跡《(その)あと》は女郎《じよらう》なしに、京屋[八]の端居《はしゐ》して、祇薗《ぎをん》[九]の山鉾《ぼこ》[一〇]の咄し、べん〳〵[一一]と、月落鳥啼《おちとりなき》[一二]、秋《あき》の初霜置《はつしもをき》わたして、軒《のき》も物すごき半天《なかぞら》を、あやしき光《ひかり》の飛《とぶ》は、人魂《だま》也《(なり)》。「其《(その)》形《かたち》杓《しやく》に似《に》た」と申せば、「其《(その)》まゝ秤《はかり》のごとし。あれは女郎《じよらう》衆に、物を高《たか》ふ売《うり》ぬる、小間物《こまもの》屋が死《し》ぬるか」といへば、「いや〳〵、今《いま》の人魂《ひとだま》は、かしに[一三]行物《ゆくもの》であろふ。さなくばあれ程《ほど》、はやうは飛《とぶ》まい」といふ。「あの人魂《だま》は、遣《つかひ》すごした物であろふ。かしらを大《あふ》きに出て、跡《あと》が細《ほそ》かつた」と申《(まうす)》。「彼《かの》人魂《だま》は、大臣《だいじん》で御座《ざ》ろふ事は、物前《ものまへ》[一四]に九軒《けん》を、編笠《あみがさ》[一五]も着《き》ずに通《とを》る」といふ。「人魂《だま》も咄し下手《べた》かして、あたまから消《きへ》た」といふ。「今《いま》の人魂《だま》も、主なしと見へた。

一　七夕の日に硯・机を洗い、七枚の梶の葉に七首の歌を書き、七夕の星に供えた。元来七夕の二星が逢うために天の川を渡る舟の梶の縁。
二　新町下之町、新(あたらし)屋又七郎抱えの太夫。延宝期。「新屋の初瀬」(盛衰記三の一)。
三　新町佐渡島町、藤屋勘右衛門抱えの太夫。延宝期。
四　織姫星の略。琴座の主星。
五　盆の紋日の面倒をみてくれる客。仕て(手)は原本では「仕で」とある。盆は遊廓の紋日。
六　親方。抱え主。
七　七月七日に井戸替えをし、井戸のふたに酒や素麺・瓜などを供える行事(日次紀事・七月)。
八　新町九軒町の揚屋、京屋作兵衛。
九　京都の祇園会(ゑ)。陰暦六月七日の神幸祭、十四日の還幸祭で代表される(滑稽雑談十二)。
一〇　祇園の山車は、大型の「鉾」と、小型の「山」の二種がある。鉾は原本では「鉾」とある。
一一　のんびりと何もせずに時間を過ごすさま。
一二　唐の張継の「楓橋夜泊」の初句、「月落烏啼霜満レ天」(三体詩一など)。当時の遊女評判記の挿絵中の屏風などにも散見する詩句。「烏」は原詩では「烏」。
一三　先客に揚げられている遊女を呼ぶのを「借る」といい、親方や先客からは「貸す」という。
一四　物日(正月・盆・節句など)の前。節季前。支払いなどの決算期。
一五　ひやかしの客は編笠をかぶる。また払いの悪い客は編笠で顔を隠したがる。

夜《よ》ふけて出てありく程《ほど》に」といふ。「但《たゞ》し間夫《まぶ》するか」と、笑《わら》ひ立《(だち)》に、[一六]越後《ゑちご》町へまはれば、[一七]丹波《たんば》屋のこうしより、畳腰掛《たたみこしかけ》を出して、それに座《ざ》して、しめやかに語《かた》る。男《おとこ》はくらがりにて、なでて見《〔ゝ〕》る迄《(まで)》もなし、[一八]鍔《つば》三ぶ也《(なり)》。其東《(その)ひがし》にも、見しつた揚《あげ》屋独子《ひとりご》、[一九]源氏火《げんじび》にて文《ふみ》を読《よむ》など、[二〇]たまかな事也《(なり)》。

其東《(その)ひがし》の門口《かど》に、付紙《つけがみ》をして置《おき》けるは、遣手《やりて》のせく男《おとこ》に、[二一]小宿《こやど》へかへつた間《ま》をしらすため也《(なり)》。「此道《(この)みち》に入《(いり)》て、外《ほか》なる知恵《ちゑ》も出る」と、南《みなみ》がわの軒下《のきした》を行《ゆく》に、禿《かぶろ》が雪踏《せつた》の音《をと》をやめて、[二二]からくり人形《にんぎやう》のありくごとく忍《しの》ぶは、合点《がつてん》ゆかぬと、

立《(たち)》どまりて見るに、[二三]勘右衛門辻《つじ》迄来《(まで)き》て、此所《(この)ところ》には、[二四]糸引化《いとひくばけ》もののあるといふをもおそれず、しばし四方《よも》を見晴《みはら》し、懐《ふところ》より文《ふみ》取出して、井戸蓋《いどぶた》をあけて、念《ねん》比《ごろ》にさし込《こみ》、立《(たち)》のきしが、又見にもどる身振《みぶり》、ちいさきなりして、それ〳〵のかしこさ。いまだ物せまいと思へば、扨是《さて(これ)》には、[二五]宇佐賀《うさが》の森《もり》の神主《かんぬし》も、目利《めぎゝ》違《ちが》ひ有《(ある)》べしと、帰《かへ》る跡《あと》にて取《(とり)》さがして、上書読《うはがきよむ》に、名《な》こそなけれ、其《(その)》太夫が手にはうたがひなし。「人の気《き》のつかぬ状《じやう》の取《とり》やり、恋《こい》は見ゆるせ」と、[二六]あける人に詫言《わびこと》して、其儘《(その)まゝ》に捨《すて》て、[二七]北輪《きたがわ》のつぼねに、鑰盗《かぎぬすみ》出して鎖《じやう》あくる音《をと》、火《ひ》の番《ばん》の[二八]太鞁《たいこ》にあはせて、扨《さて》もすかぬ事也《(なり)》。

爰《こゝ》にも天職《てんしよく》に、[二九]手くだ開山《かいさん》女あり。さる[三〇]こうしには、[三一]紙盃《かみさかづき》に割竹《わりだけ》をつたはせ、

一六 佐渡島町揚屋町の俗称(澪標)。↓五〇五頁付図。
一七 丹波屋善太郎・七兵衛の二軒の遊女屋があり(色道大鏡十三)、そのいずれかは未詳。
一八 大坂の大尽、鍔屋三郎兵衛の替名か。置土産五の三に見える。
一九 燭台の上部に設けた油皿にともした火。一説に宮中で用いた結び灯台の雅名とも。
二〇 つつましい。倹約な。
二一 ここは親方の家。
二二 糸やぜんまい仕掛けで動く人形。
二三 佐渡島町上之町と下之町の四辻。同町年寄佐渡島勘右衛門の本宅があった(色道大鏡十三)。
二四 未詳。人形―操り―糸。
二五 現、富山県婦負(ねい)郡婦中町の鵜坂神社。陰暦五月十六日の祭礼では、神主が参詣の女に男を持った数を尋ね、榊でその数ほど女の尻を打つ奇祭があった。うさかの森は歌語(藻塩草)。
二六 手紙の封を切ろうとする人。
二七 北側。
二八 大坂の夜番は太鼓を用いた(守貞漫稿三)。
二九 手管(遊女が客をだます術策)の元祖の女。
三〇 格子(揚屋の格子造りの出窓)。
三一 この手管に似た、酒の入った天目をこより製の軽籠(かるこ)に載せ、二階から下の間夫に渡す話が一代男七の六にある。

酒《さけ》かはすなど、何事《なに》もすればなる物也《(なり)》。去門《さるかど》には、一小倉《こくら》ちゞみ着《き》たる人、挑燈《ちやうちん》持《もち》て二つくばい、三細目《さいめ》帷子《かたびらき》着て、左巻《ひだりまき》の木綿帯《もめんおび》したる男《おとこ》は、太夫とつめひらき、正《まさ》しく四替男《かへおとこ》にはまぎれなし。或《あるひ》は、座頭《ざとう》は大小を指《さし》、武士《ぶし》は衣《ころも》を着《き》、五前《まへ》だれ置《をき》、手拭《てのごい》にさま替《かへ》、身をやつしてあふ事、世上晴《はれ》ての女郎《じよらう》ぐるひとは、各別《かくべつ》ぞかし。是《(これ)》も其時《(その)とき》のはやり物にして、いかなるこうしにも、弐人三人立《(たた)》ざるはなし。田楽屋《でんがく》の甚吉等《ら》も、昼《ひる》は六袖《そで》なし、夜《よる》は七高宮嶋《たかみやじま》に着替《きかゆる》もおかし。

一 小倉(現北九州市小倉区)産の絹縮。
二 しゃがみ。
三 「さよみ」の変化した語。糸の目の粗い麻布。麻布の下等品。庶民の夏衣や豆腐こしの袋などに用いられた。
四 揚屋に不義理があり遊女に逢えない間夫が、仲間の男を客に仕立ててその遊女を呼ばせ、人目を忍んで逢う手管。見せ男(色道大鏡二)。
五 職人や手間取りなどに変装するのをいう。
六 袖無し羽織。
七 近江国高宮(滋賀県彦根市高宮町辺)は、麻布の産地で、高宮布や高宮晒布(さらし)のほか、麻に絹糸を入れた高宮縞(春日縞)を産した(万金産業袋四)。ここは夏羽織地。

女郎《じよらう》も間夫《まぶ》する時《とき》は、此《(この)》里《さと》はんじやうして、いさむ心から也《(なり)》。いたづらしりながら客《きやく》も絶《たへ》ず、三十日に四十五づゝも売《うり》しに、今時は[八]悪所《あくしよ》もやめて、親方《おやかた》の気《き》に入《(いる)》やうにしられてから、いつも隙《ひま》也《(なり)》。昔《むかし》は客《きやく》の方《かた》から、あき日を頼みしに、今は[九]正月の事を、[一〇]九月十日からはや[一一]せんさくをするもせはし。銀《かね》遣ふ男《おとこ》はまれなるに、それには疎略《そりやく》をして、我《わが》物を遣ふて、男ふびんがるを、人はうつけのやうにいへ共《(ども)》、[一二]間夫《まぶ》する程《ほど》の女郎《じよらう》に、よはきは独《ひとり》もなし。尤《もつとも》、[一三]ぬるき人

八 遊里や芝居をさす。ここは悪所通いの意。
九 正月(大紋日)の面倒をみてくれる客。正月買い。仕着せや祝儀など多額の費用がかかる。
一〇 九月九日(重陽の節句)の物日のすぐ翌日。
一一 探し求める。
一二 本章の目録(一七一頁)小見出しの、「間夫はうつけのならぬ事」に該当する。五の四では、「間夫せぬ女は、物の哀もしらず、おもしろき事かつて有まじ」という。
一三 おっとりしている。

挿絵解説　廓の葬式の情景。野辺送りの、提灯を先頭に俑駕籠(よかご)を囲んで行列が進む。当時は屈葬で、遺体は棺桶に入れ、俑駕籠で運ぶ。行列の後に間夫が忍んで廓から出ようとするところ。編笠を持ち、腰に脇差をさし、変りたすき柄の着物の男がそれか。またその右の渦巻模様の着物の男は通行人か。遊女屋の店先では、頭に置手拭をした雪輪違い模様の着物の仲居女が門火をたく。店先では、三人の遊女、杖をつく老女、禿らが見送っている。三人の遊女は、手前より下げ髪で蜘蛛巣柄の着物、兵庫髷で窠文模様の着物、同じく兵庫髷で松皮菱柄の着物姿。老女は武田菱小紋の着物、禿は立浪模様の着物姿。

の隠《かく》し男《おとこ》は成《なる》まじき事也《(なり)》。

[一]御船《みふね》、都《みやこ》の名に立《(たち)》て、大坂にて勤《つと》めし時《とき》、九軒《けん》の[二]吉喜《よしき》、文迄《ふみまで》もなくなげきしに、偽《いつわ》りになきを見すまし、「いつぞの首尾《しゅび》」と計《ばかり》の御一言《ごん》、うれしく待《まつ》うちに、[三]住吉《すみよし》屋の奥座敷《おくざしき》にて、但馬衆《たじましう》あはれけるに、昼《ひる》から[四]大觚《あふさかづき》かさなりて、[五]ゆり若大臣《わかだいじん》の風情《ふぜい》なれば、片寄《かたよせ》て、[六]伝八に踊《をどり》を、禿《かぶろ》ともに習《なら》はせて、あそばれしに、此透《(この)すき》を見合《(みあはせ)》、住《すみ》四が喜《き》左にしらせて、横《よこ》町の高塀《たかべい》をこす。[七]岩組《いわぐみ》あらけなく、南天《なんてん》のこぶかき所に落《をち》て、すこしはあたりへもひゞき、気《き》をうしなひし時《とき》、「御舟《みふね》それ」といへば、早《はや》のみこみて、筑山《つきやま》を分越《わけこへ》、彼男《かのおとこ》に取《とり》つき、口より口に水をうつして、息《いき》をつがせける。是《これ》は塀《へい》を越《こし》たとおもふより、其《(その)》まゝ水一口くゝみ、懐《ふところ》に木枕《きまくら》一つ入《(いれ)》て、はしり寄《よる》。恋《こい》に此《(この)》かしこさ、うれしさ何程《なにほど》、あまり心のせくまゝ、此男残《(この)おとこのこりをゝ》多き事もありけるを、はるか後《のち》に咄《はな》しける。

又、[八]大橋《あふはし》を[九]ぬるきやうに申せしに、さる此里《(この)さと》の男《おとこ》、是《(これ)》[一〇]もさしわたしてくどきしに、申《(まうし)》分至極《ぶんしごく》して、合点《がってん》は仕ながら、「只今宿《ただいまやど》にかへり、よく分別《ふんべつ》して、御返事を」と、申《(まうし)》捨《すて》にかへる。跡《あと》にて此男《(この)おとこ》しらけて、[一一]きのどく申出してと悔《くや》む所《ところ》へ、まもなく来《き》て、「[一二]揚《あげ》屋は世わたりのさはり」と、人も聞程《きくほど》に異見《いけん》して、前後《ぜんご》一度の思ひをはらさせけるとや。

一 もと京島原太夫町、宮島甚三郎抱えで寛文七年天神となる。名は伝子(色道大鏡十六)。揚屋の丸屋七左衛門と浮名が立ち、大坂新町へ下り太夫となる(難波鉦一・納戸)。一代男六の四にも登場。
二 新町九軒町の揚屋、吉田屋喜左衛門。
三 新町九軒町の揚屋、住吉屋四郎兵衛。
四 大杯。
五 蒙古の大軍を破った右大臣百合若が、玄海の孤島で三日三晩寝続けて、部下に置去りにされた話による(幸若舞曲・百合若大臣)。
六 佐渡島伝八。大坂の道化方役者。一代男六の二に住吉屋・吉田屋などと登場する。
七 庭の築山などの岩を重ねた所。
八 新町中之町、扇屋四郎兵衛抱えの太夫。「大橋は、…心さしはよは〳〵として、諸事禿のしゆんが智恵をかすぞかし」(一代男六の二)。↓四九頁注三四。
九 張りや意地のないさまをいう。
一〇 直接に。差し向かいで。
一一 恥ずかしいこと。きまりの悪いこと。
一二 遊女が抱え主・揚屋などを間夫とすることは、廓内の仲間法度になっていた(けしずみ等)。

高間《たかま》は、やね迄《(まで)》越《こし》て、あぶなき情《なさけ》を懸《かけ》し也《(なり)》。恋《こい》せかれて、身をやつすこそ浮世《うきよ》と、門《もん》に出れば、「太夫に間夫《まぶ》の男《おとこ》とらへて、僉儀《せんぎ》をする」とひしめく。これかなしく身隠《かく》す時《とき》、[一三]鉦《どら》・[一四]如鉢《にょはち》をうちならし、野送《のおくり》の有《(ある)》をよろこび、人もたのまぬ[一五]用乗物《ようのり》の棒《ぼう》に手を懸《かけ》、是《(これ)》にまぎれて出《(いで)》ける。此里《(この)さと》の死《し》人迄《まで》、てくだのたよりとなりぬ。江戸にても、[一六]助左衛門抱《かゝ》への[一七]対馬《つしま》といふ女郎《じよらう》を、[一八]早桶《はやをけ》に入《(いれ)》て、盗《ぬす》み出したるためしも有《(あり)》。世《よ》に間夫《まぶ》ぐるひ、死《し》なずばやむまい。

釜迄《かま(まで)》琢《みが》く心《しん》底《てい》

平城《(へいじやう)》の[一九]袖鑑《そでかゞみ》に、[二〇]能衆《よいしゅ》・[二一]分限者《ぶんげんしゃ》・[二二]銀持《かねもち》とて、是《(これ)》に三つのわかち有《(あり)》。俗言《ぞくご(ん)》に、能衆といふは、代ゝ家職《かしよく》もなく、[二三]名物《めいぶつ》の道具《どうぐ》伝《つた》へて、雪《ゆき》に茶《ちゃ》の湯《ゆ》、花《はな》に歌《か》学《がく》、朝《あさ》夕《ゆふ》世の事業《(こと)わざ》をしらぬなるべし。又、分限《ぶんげん》といふは、所に人もゆるして、商売《しやうばい》はやめず、其家《そのいゑ》の風を、手代《てだい》にさばかせ、其《その》身は諸事《しよじ》をかまはぬなるべし。金持《かねもち》といふは、近代《きんだい》の仕合《しあはせ》、米《こめ》の[二四]あがりを請《うけ》、万《よろず》の[二五]買置《かいおき》、又は銀借《かねかし》、自《じ》身《しん》に帳面《てうめん》も改《あらた》むるなるべし。十千貫《ぐわん》目あればとて、是等《これら》を[二六]歴《れき》〳〵の中に入《(いれ)》て、まじはる事なし。

一三 銅鑼。仏具の鳴り物。
一四 鐃鉢。皿状の銅板二枚を打ち合わせ鳴らす仏具。
一五 棺桶を運ぶ駕籠。俑(よ)駕籠とも。
一六 江戸吉原、江戸町の遊女屋(吉原人たばね)。
一七 前記抱えの太夫。延宝期(吉原人たばね)。
一八 棺桶。

一九 小型な横本仕立ての、京都の長者番付。袖鑑は、袖に入るほどの小さなの意。
二〇 家柄のよい資産家。素封家。
二一 資産家。ここでは成金と区別する。
二二 ここではにわか成金の意。上方では銀本位の経済であったので、金持を銀持と表記する。
二三 由緒ある茶の湯の道具。
二四 相場の安いときに買い込み、高値のとき売ってもうけるのをいう。
二五 値上がりを予想して品物を買い込んでおくこと。
二六 家柄のよい資産家。「歴々の聟となつて」(永代蔵一の三)。

其比《そのころ》、菊《きく》屋とて、引込入道《ひっこみにうどう》[一]、弐千貫目の家徳《かとく》[二]は有ながら、能衆中間《よいしゅなかま》の太鞁持《たいこもち》して、あなたこなたに日を暮《くら》しぬ。有時《あるとき》、嶋原《しまばら》の大坂屋[三]に、内証《ないしゃう》[四]あそび、此人《このひと》ゝを中入《まうしい》るに、稀《まれ》之助・夢松《ゆめまつ》・昼《ひる》太夫と、替名呼《かへなよび》て、皆《みな》六十余《よ》の法師《ほうし》[五]也《なり》。外《ほか》に江戸の客《きゃく》、明石《あかし》[六]三ぶとて、小歌《こうた》の上手《じゃうず》、「秋《あき》[七]も末《すへ》の」「菊《きく》[八]のませ垣《がき》」といふ二ふし、是《これ》はうなつて、「いやはや、どうもならぬ」と、乱《みだ》れ酒《ざけ》になつて、不断《ふだん》の座敷《ざしき》にかはつて、女郎《じょらう》なしに、禿計《かぶろばかり》を弐拾五人、是《これ》も又おもしろし。

勝手《かつて》を見れば、ひとつに三人入《いり》の水風呂《すいふうろ》[九]、所《ところ》〴〵にならべ、どうもいわれぬ裸身《はだか(み)》、釈迦《しやか》になりとも見せて見たし。衆生《しゅじゃう》のまよふは、断《ことわり》申《まうし》て、「のぞく事いや」と申《まうす》。又さはぐうちに、「四つ門《もん》[一〇]うつ」とて触《ふる》れば、名残惜《などりをし》[一一]きは、親《おや》[一二]にかゝり、「母計《はゝばかり》[一三]にして」と、思ふも叶《かなは》ぬ世也《よなり》。宵《よひ》より若《わか》やぎて、別《わか》れに年《とし》をよらしぬ。

爰《こゝ》に浦嶋《うらしま》といふ男《おとこ》、かくれなきじやれもの[一四]にて、人よりさきに万《よろず》の事好《この》む。大坂屋のあけの日すぐに、揚《あげ》屋にて申請《まうしうく》[一五]る。菊《きく》屋の入道《にうどう》、見まふて、献立《こんだて》を聞《きく》に、「いまだ都《みやこ》の人の、口に入《いら》ぬ物一種《しゅ》あり」といふ。帰《かへ》りて此自慢《このじまん》申せば、よばれながら、いづれも腹立《ふくりう》して、「何《なに》にてもあれ、世《よ》に見へ渡らば、喰《くは》で置《おく》べきか。浦嶋《うらしま》が今の初物《はつもの》、推量《すいりやう》せよ」と、思ひ〳〵に申出《まうしいだ》す。「何《なん》の事もなし。

一 商売をやめ引退して、剃髪した人の意。
二 家督。財産。
三 島原下之町の遊女屋、大坂屋太郎兵衛。
四 揚屋でなく遊女屋での遊興なのでいう。
五 俗人でも剃髪して僧体のものをいう。
六 明石三郎兵衛などの替名。
七 歌詞未詳。
八 替りぬめり歌に、「菊のませ垣結ひたてられて、今は中〳〵すいられぬ」(吉原はやり小歌総まくり)。ませ垣は竹や柴などで作った目の粗い垣。
九 風呂桶の下部に焚き口を設けた風呂。蒸し風呂に対して水をわかした風呂をいう。原本振り仮名は「すいふろう」とある。
一〇 島原大門は四つ(午後十時ごろ)に門を閉じ、泊り客以外の客を帰した。
一一 島原通いの小歌、「名残惜さは朱雀の細道」(織留一の一など)による表現。
一二 親掛かり。親に養われている部屋住みの者。
一三 早く父親が死んで家督を継ぐ身になりたい。
一四 戯れ者。ふざけた男。
一五 振舞いに招待する。

きのふより見し、初鮭《はつさけ》なるべし。さらば亭主《ていしゆ》に、いやがらすべし」と、才覚者《さいかくもの》に申付《(まうしつけ)》て、一六にしき・上《かみ》の棚《たな》に、鮭《さけ》の有程《(あるほど)》買求《かいもと》めて、金子《きんす》弐両づゝにして、八本より外《ほか》には、一七絵《ゑ》に書《かく》べきもなし。

膳《ぜん》出し前《まへ》に、魚売《うをうり》四人に手分《てわけ》して、其門《そのかど》を殊更《ことさら》、奥《おく》にも聞《きこ》ゆる程《ほど》に売《うれ》ば、ひそかに呼込《よびこみ》、直段《ねだん》を聞《きく》に、「銭《ぜに》弐百づゝ」と申《(まうす)》。浦嶋驚《うらしまおどろ》き、焼物替《やきものかへ》て出しける。よき時分見合《じぶんみあは》せ、一八菊入声高《きくにうこへだか》に、「御馳走《ちそう》の珍魚《ちんぎよ》は」と申せば、「鍋蓋《なべぶた》をあけて一九悔《くや》しき」と、浦嶋《うらしま》は、台所《だいどころ》ににげ込《こみ》、是《(これ)》も一興《きやう》也《(なり)》。此中間《(この)なかま》の二〇大《あふ》ていなる事、江戸にかへりて、明石《あかし》が語《かた》りぬ。

此男《(この)おとこ》も、二一丹州《たんしう》にのぼりつめ、二二三野《さんや》の道筋《みちすじ》、我《われ》ひとりして踏《ふみ》へらし、明暮《あけくれ》かよふ程《ほど》に、なを女郎《じよらう》は、外《ほか》の勤《つと》めは捨《すて》ての手くだ、親方数度《おやかたすど》の異見《いけん》にもやめず。後《のち》は悪《にく》み深《ふか》く、二三庭《にわ》に追《おひ》おろして、下女《げじよ》のごとくにして遣《つか》へども、思ひもふけてかなしまず。常《つね》より機嫌《きげん》、物毎《ごと》をして、妹女郎《いもとじよらう》にも様付《さま(つけ)》てしたがひ、其後《(その)のち》は、二四襷《たすき》・前垂《まへだれ》の姿《すがた》をも恥《はぢ》ず、門《かど》に出《(いで)》、三ぶが面影《をもかげ》に立添《たちそい》、是《(これ)》をうきとは語《かた》らず。あはぬ日は、懐紙《ふところがみ》に思ひをのべ、消炭《きへずみ》に書《かき》つゞけて、禿《かぶろ》がよしみに、二五出口《でぐち》の茶屋《ちや》迄《(まで)》かいやりて置《おく》に、あらましは消《きへ》て、せめては読《よめ》ぬ間《ま》も、二六浮《うき》をわすれて、思ふ甲斐《かい》なき身《み》の程《ほど》を恨《うら》み、「丹州《たんしう》が心根《ね》も哀《あはれ》、世《よ》に二七浮《うき》め見たり見せたり、大か

一六 当時の京都の鮮魚市場は三つあり、錦の棚（中京区錦小路通の御幸町より高倉通辺）と、上の棚（上京区椹木町通西洞院西入辺）と、六条の棚（下京区六条通室町西入辺）。またそれぞれに東・西の魚屋町があった。
一七 絵に描こうにも実物が全然ないの意。
一八 前文の菊屋の引込み入道の略。
一九 予想がはずれて失望する意の諺の「開けて悔しき玉手箱」を引く。あけて悔しき―浦嶋。
二〇 大体。大げさで派手なさま。豪勢。
二一 ↓一七一頁注一二。
二二 ↓二三頁注二三。
二三 土間。親方の命にそむく遊女は、こらしめのために土間で下働きをさせた。一代男六の一には、島原の三笠が間夫に尽したため、土間働きさせられた話がある。
二四 原本は「介」とある。
二五 吉原大門口の茶屋。
二六 憂き。つらいこと。
二七 憂き目。

たならぬ因果《ゐんぐわ》、是迄《（これまで）》」と、思ひ極《きわ》め、「けふの返事《へん》は待《まつ》べし。死《しね》ば形見《かたみ》となる文《ふみ》を、硯《すゞり》があればとて、あれも不自由《ふじゆ（う）》なるすさみ、我《われ》も又」と、指《ゆび》よりしぼりて、[一]そめ〲と書置《かきをき》して、今《いま》はと一腰《こし》ぬく時、風与《ふと》紙入《かみ（いれ）》に気《き》が付《つき》、「跡《あと》にて人の見ば、おろかなる書捨《かきすて》も」と、ひとつ〱引《ひき》さきて、あだになせるに、[二]日外《いつぞや》の別《わか》れさまに書《かき》つる、我宿《わがやど》の普請《ふしん》のもくろみ、「[三]「綿棚《わただな》をこがまへに、居間《いま》より奥《おく》の間《ま》広《ひろ》く、寝《ね》道具入《どうぐ（いれ）》の押込《おしこみ》、椽《えん》からすぐに、湯殿《ゆどの》、雪隠《せつゐん》の[四]かよひ、庭《にわ》には熊《くま》

一　心をこめて。しみじみと。ソメソメとも。
二　「日外　イツゾヤ」（書言字考）。
三　綿見世。
四　通路。行き来の出来ること。

笹《ざゝ》一色《しき》」といへば、「手水鉢《（てうづ）ばち》の置所《をきどころ》ちかい」と、物好《ごの》みして、「窓《まど》も高《たか》ふして、是《（これ）》もか我《われ》を人の見ぬやうに」と、先《さき》はしれぬ事を申せし、女心の哀《あわ》れや」と、嬉《うれ》みしだく時、禿《かぶろ》の角弥《かくや》、足《あし》は地《ち》をうきてはしり来《き》て、「よろこばんせ。あゝ嬉《うれ》しや、本《ほん》にうれしや。水《みづ》がひとつ呑《のみ》たひ、物がいわれぬ」といふ。「聞《きゝ》たし、何《なに》事じや」と申せば、「[五]浅草《あさくさ》のお寺様《てらさま》の御ざんして、お吸物《すいもの》を居《すへ》まして。先聞《まづきか》しませに参《まいり》ました」と、云捨《いひずて》に立帰《たちかへ》るを、呼《よび》もどせば、「酒持《さけもち》て出まする」と、

五 丹州の抱え主三郎左衛門の菩提寺の住職か。

挿絵解説 吉原丹州の下働きのさま。左半図の丹州は、主人のこらしめは覚悟の前のこと、機嫌よく廓内の豆腐屋で用をたし、帰ろうとするところ。髪は兵庫髷で、花文七宝つなぎ模様の着物姿で、折しも傍輩の遊女に通りで会う。相手の女は兵庫髷で霞形模様の着物。その背後の遊客は、丹州の下働きのさまに見かねてか、袖で顔をかくす。釘抜きの紋の着物で、長脇差を落とし差しにしていて、何か気弱な様子である。あるいは明石三ぶなどを登場させたか。豆腐屋の着物は、武田菱小紋。店の葦簾(よしず)の奥に大きな挽臼が見える。暖簾には中陰菱に三の字が染め抜かれている。なお豆腐の型は、和漢三才図会一〇五などに見える。

跡《あと》をも見ずに申《(まうす)》。

かなしき中《なか》にもおかしく、「是《(これ)》には子細《しさい》の有《(ある)》べし」と、物思ひするに、下男《しもおとこ》の久兵衛が来《き》て、「只今旦那坊《たゞいまだんなばう》の詫言《わびごと》、親方聞分《おやかたきゝわけ》、ことには丹州《たんしう》様、此程《(この)ほど》の仕《し》かた、内義《ないぎ》も泪流《なみだなが》し、今日《けふ》より昔《むかし》に替《かは》らず、御出《(おいで)》あそばす也《(なり)》。「はや一年《とし》も二とせたらずなれば、つねさへ女郎《じよらう》のはやらぬ時分《じぶん》に、此度《(この)たび》のわけなれば、人もうるさくあふ事も有《(ある)》まじ。二なり次第《しだい》に勤《つと》めて、ふびん思ふ男《おとこ》にも、折《をり》ふしは其《(その)》まゝにしておけ」と、遣手《やりて》のかつに申渡《(まうし)わた》されし。おぼしめしのまゝ、晩《ばん》から自由《じゆふ》」と、申《(まうす)》。

さてはと明石《あかし》、三ほの〴〵と夢覚《ゆめさま》したる心して、四清十郎方にて、世間晴《せけんはれ》てあひける。其明《(その)あけ》の日より、心中《しんぢう》かんじ、我《われ》も人もおもひ入《(いれ)》、一日も隙《ひま》はなく、すぎにし時《とき》よりはやり出《(いで)》、二度名《な》をあげける。世には哀《あはれ》をしるにや、揚《あげ》て床《とこ》なしの夜《よる》の友《とも》、後《のち》には三ぶも一座《ざ》になる事、稀ならず。丹州《たんしう》が物《もの》のさばき、女はすぐれもせずして、只《たゞ》かしこく物静《しづか》也《(なり)》。

去時《さる》、五鹿嶋《かしま》のゆりあまり、此里迄《(この)さと(まで)》地震《ぢしん》きびしく、然《しか》も五月の比《(ころ)》、闇なるに、男《おとこ》も女郎《じよらう》も、二階立《かいたち》さはぎて、さま〴〵の疵《きず》を求《もと》むる事有《(あり)》。丹州《たんしう》は、三の糸《いと》つぎかゝりしが、調子迄《ちやうし(まで)》あわして、「六我《われ》世の中《なか》にあらん限《かぎ》りは」と、神歌《かみうた》をうた

一　年季。

二　なりゆき次第に。

三　「ほのぼのと明石の浦の朝霧に島がくれ行く船をしぞ思ふ」(古今集・羇旅など。伝柿本人麿)による。明石―ほのぼのと。

四　吉原揚屋町の揚屋、尾張屋(松本)清十郎。

五　地震の異名。鹿島神宮(茨城県鹿島町)の要石《(かなめ)(いし)》の下に押さえつけられている大鯰が動くと、地震が起こるという俗説があった。

六　京都清水観音の御歌という、「ただたのめしめぢが原のさしも草われ世の中にあらむ限りは」(謡曲・田村)。新古今集・釈教は、初句を「なほたのめ」、三・四句を「させも草わが世の中に」とする。

ひたまひし有様は、「[七]閑人柱《かんじんことぢ》に倚雷公《よつてらいこう》を笑《わろふ》」と、申《(まうす)》事に同じ。かゝる遊女《ゆふじよ》、[八]もろこしにも有《(ある)》まじ。壱年勤《ねんつと》めて後《のち》、此女《(この)》、明石《あかし》が願ひになりける。

帯《おび》は[九]紫《むらさき》の塵《ちり》人手を握《にぎる》

「よい鳥《とり》が掛《か》つた」と、嶋原《しまばら》に[一〇]たとんと、うれしがらんす事有《(あり)》。[一一]大鵬《たいぼう》は九万《まん》里《り》かけり。[一二]周《しう》の穆王《ぼくわう》の乗《のら》れし、「[一三]駒《こま》をはやめて桜町《さくら》」とうたひしは、[一四]三野通《さんやがよ》ひのさはぎ歌《うた》也。此里《(この)さと》は早駕籠《はやかご》、大坂より[一五]四枚肩《(し)まいがた》は、廿四匁の定《さだ》まり、難波《なにわ》の暮《くれ》の七つに乗《のり》出し、[一六]西嶋《さいとう》の[一七]四つ門《もん》さゝぬ内に、請合《うけあひ》、飛《とば》す也《(なり)》。又、[一八]六枚《まい》がたは卅六《(さんじふろく)》匁、是《(これ)》は日暮《ぐれ》より二時《とき》に、[一九]十里《り》半の道《みち》を行《ゆく》事ぞかし。此《(この)》[二〇]大門《あふもん》の鑰《かぎ》は、此里《(この)さと》の年寄《としより》がたへ、毎夜《まいよ》おさめければ、[二一]与右衛門がまゝにもならず。されども、寝《ね》ぬに寝《ね》とぼけて、一時《とき》は曙《あけぼの》はやき事もありける。

[二二]霜《しも》月廿一日二日を約束《やくそく》して、夜《よ》のぼりせはしく、つれは五人、万《(よろづ)》に隙《ひま》入《(いる)》折ふし、[二三]山崎颪《ざきおろし》に然《しか》も雪《ゆき》のかゝるは、袖《そで》にもたまらず。「[二四]是《(これ)》おもしろや、時《とき》もげに」と、謡機嫌《うたひきげん》でやりしが、[二五]はづかしの森《もり》の辺《ほとり》にて、雨《あめ》又しきりに、しばしの難儀《なんぎ》晴《はれ》て、「[二六]『見る人もなき』と、兼好《かねよし》が書《かき》つる月も、遅《をそ》ひ出やう」と申《(まうし)》て、程《ほど》

七 錦繡段、韓致元の雷の詩に、「閑人倚レ柱笑二雷公一、又向二深山一霹二怪松一、必若有下蘇二天下一意上、何如驚二起武侯竜一」による。「閑人」は三国時代の魏の人、夏侯玄。柱に書を書いていると き、落雷で柱がくだかれ衣服も焦げたが、夏侯玄は平然として書き続けていたという。

八 劉向の古列女伝や、仮名草子女訓物で知られたように、中国には気丈な女性が多かった。

九 ↓一七一頁注一三。

一〇 たんと。大変に。

一一 荘子・逍遥遊に伝える想像上の大鳥。

一二 周の穆王は八頭の駿馬を駆って天下を周遊したという(穆天子伝)。

一三 歌詞未詳。

一四 ↓二三頁注二三。

一五 先棒・後棒のほか肩代わりが二人の早駕籠。

一六 東の悪所四条河原に対して西の島原をいう。

一七 ↓一八八頁注一〇。

一八 先棒・後棒のほか肩代わりが四人の早駕籠。

一九 京・大坂間は十二里半といわれた(国花万葉記六など)。「二」の誤脱か。

二〇 島原遊廓内六町にそれぞれ町年寄がいたが、大門の鍵を預ったのは中之町の年寄か(定本)。

二一 島原大門の番人。代々与右衛門を名乗る。

二二 霜月(十一月)二十一日の方は島原の売り日(物日・紋日とも)(色道大鏡十二)。

二三 山城国乙訓郡大山崎村(大山崎町)の天王山より吹きおろす北風。

二四 「面白や時もげに、秋風楽なれや松の声」(謡曲・天鼓)。

二五 羽束師の森。現伏見区羽束師辺。歌枕。

二六 「すさまじきものにして見る人もなき月の、さむけくすめる二十日あまりの空こそ、心細きものなれ」(徒然草十九段)。

なく爰《こゝ》につけば、早門《はやもん》さして、けがない[一]。

大勢《あふぜい》立《(たち)》さはぐに、弥七[二]、出口[三]の茶屋《ちや》より起出《をき》れば、宿《やど》[四]より男《おとこ》ども、「御座《ござ》りましたか」と、声《こへ》〴〵に申《(まうす)》時《とき》、助《すけ》[五]といふ人、当座《とうざ》に、「誰《たれ》じやしれぬめつた[六]弥七が雪《ゆき》の中《うち》」と、発句《ほつく》をすれば、内より弥七、「寒夜《かんや》にようものぼり助四郎」と、かるひ脇《わき》して、「扨《さて》、京《きやう》に此《(この)》程《ほど》、新《あたら》しひ事はないか。神楽《かぐら》[七]が根太《ねぶと》[八]は。甚助[九]が女房《にようぼう》は、いよ〳〵さつたか」と、取《とり》まぜての大笑《あふわら》ひ。爰《こゝ》がおかしひと、丹波《たんば》[一〇]口へ駕籠《かご》の者計《ものばかり》やりて、門《もん》の内外《うちそと》咄《はな》[一一]しがしむ。

太夫達《たち》より、ふせ籠《ご》[一二]に懸《かけ》し衣装《いしやう》、御風《かぜ》のためとて、門《もん》の屋《や》ね越《こし》ておくる。逢《あひ》ました心して、上《うへ》にまとひける。其《(その)》後《のち》、思ひ〳〵の御文《ふみ》、いづれも宵《よひ》に待詫《まちわび》たるすさみ。「ようも〳〵、中間《なかま》談合《だんかう》して、書《かゝ》れた事じや」と申《(まうす)》うちに、盃門《さかづきもん》の下《した》をくゞらせ、五つに銘《めい》〳〵の名《な》をしるして、暑間《あつがん》[一三]にして、「是《(こ)》りや、呑《のめ》」と、生男《きおとこ》計《ばかり》[一四]さしつおさへつ、又下《した》をかよはせ、弥七に間《あい》を頼《たの》む。「見えぬによつて、是非《ぜひ》はないが、かるそうな[一五]」といへば、「此《(この)》寒《さむ》ひに、壱つ請《うけ》ぬは、身をしらぬと申《(まうす)》物じや」と笑《わろ》ふ。

又、文《ふみ》たまはりて、御使《つかひ》に、「太夫さまがたも、此《(この)》御難義《なんぎ》をおぼしめされ、せめて中《うち》[一六]の門《もん》なりとも、自由《じゆう》のならば、是迄《(これまで)》御出あそばし、御伽《とぎ》有《(あり)》たきと、そ

一 人気がなくさびしい。
二 願西弥七。末社四天王の一人。
三 島原大門口の茶屋。↓五〇三頁付図。
四 ここは揚屋。
五 後文に助四郎とある。素姓未詳。
六 「めったやたら」と「弥七」と掛ける。雪の中をがむしゃらにやって来ると、弥七が出迎えてくれたの意。
七 神楽庄左衛門。末社四天王の一人。
八 腫物(はれもの)。おでき。
九 太鼓持。
一〇 島原の入口の丹波街道壱貫町に茶屋・卸宿(おろせやど駕籠かきの宿)があった。
一一 話がはずむ。話に興が増す。
一二 伏籠。香炉や火鉢の上にかぶせ、衣服に香を移したり、暖めたりする。原本は「ふせ香(ご)」。
一三 熱燗。
一四 無骨な男。不粋な男。
一五 盃の酒の少いこと。
一六 廓内の町境にある木戸。↓五〇三頁付図。
一七 原本「御いたまし」と「く」が誤脱。
一八 客商売に抜け目のない。

れは〱爰《こゝ》よりは、[一七]御いたましく御入候《(おんいりさうらふ)》。門《かど》口《(ぐち)》に腰掛《こしかけ》を出させ、あれにも霜《しも》嵐《あらし》もいとはずましますと、申《(まうす)》。「それは[一八]身すぎにかしこい女郎《じよらう》ども」と、悪《わる》口申《(まうす)》片手《かたて》に、「うそにしても、是《(これ)》は[一九]千盃《ばい》じや。ま[二〇]一盃《ばい》してやろ」と、色〱まぎらかせども、今半時《いまはんとき》の待《まち》ひさしく、門《もん》のくゞりを扣《たゝ》ひて、「与右衛門様は爰《こゝ》か」といふ。内から弥七が、「誰《たれ》じや」といふ。「[二一]はした物を、借《かし》てくださりませい。[二二]身あがりの御用《よう》に立物《たつもの》を、かやうにのび〱には迷惑《めいわく》。いつの節季《せつき》にも、宵《よひ》から門《もん》をさして、寝《ね》て御座《(ご)ざ》るは、つれない」と申せば、与右衛門目覚《めさま》して、「何事《なに》じや」といふ。

「恋路《こいじ》しりの親仁《おやぢ》目」と、[二三]袖《そで》へ手を入《(いる)》れば、「まだはやひ」といひながら、鑰《かぎ》とつて来《き》て、門《もん》をあくれば、初春《はつはる》の心して、「[二四]物もふ〱」、[二五]若戎売《わかゑびすうる》まね、ど[二六]つといふたる、[二七]施餓鬼《せがき》の[二八]勧進《くわんじん》、[二九]御坊《ぼう》のよろこび。「今《いま》、泪《なみだ》で[三〇]朝《あさ》がへりの姿《すがた》」と、又奥《おく》へ行《ゆき》て、「あふ心たのしむ」と、只分《たゞわけ》もなふ、「互《たがい》に恨《うらみ》をいわぬがそんか。しづまりたまへ」と、申《(まうす)》時《とき》、[三一]唐土《もろこし》、不断《ふだん》の智恵《ちゑ》出して、「焼《たか》されしお風呂《ふろ》がよい」と申《(まうす)》。是《(これ)》は、入《(いり)》乱《みだれ》て、此《(この)》風情《ふぜい》、揃《そろへ》の明衣《ゆかた》も即座《そくざ》に[三二]捨《すて》たり。[三三]五つの香炉《かうろ》に立《(たち)》のぼり、揚間《あがりま》は、弐間《けん》つゞきの氈《せん》にてふさぎ、[三四]すかし枕《まくら》に[三五]十寸鏡《ますかゞみ》、茶箱《ちやばこ》・[三六]提重《さげぢう》のひかりわたり、板《いた》の間《ま》には敷捨《しきすて》の[三七]円座《ゑんざ》、湯桶《ゆをけ》、其《(その)》外《ほか》新《あたら》しく、[三八]太鼓《たいこ》女郎背《じよらうせ》

一九 千倍。志は千倍もありがたい。
二〇 もう一盃飲んで元気をつけよう。
二一 ここは端女郎。
二二 →六一頁注二六。
二三 袖の下をつかませたの意。
二四 年始の挨拶のまねをした、その声。
二五 恵比須(えびす)像を印刷した紙札を、元日の朝「若えびす〱」と触れ売りする、そのまね。
二六 どっと大勢で笑い声を立てるさま。
二七 施餓鬼会(え)の略。先祖や広く無縁の亡者に供養すること。陰暦七月一日から十五日にかけて、諸寺院で盂蘭盆(うらぼん)の施餓鬼が行われた(日次紀事・七月)。盆や正月の騒ぎをみせたか。
二八 ここは施しの意。大尽が祝儀をまいたのを廓の者たちが群がって喜ぶさまか。
二九 隠坊(おんぼう)。墓守り。墓地に施餓鬼の供物が上がると喜ぶ。男色比翼鳥四の八に見える。「隠坊」は「御坊」とも表記した(書言字考など)。
三〇 島原では、四つ時(午後十時頃)に閉めた大門を八つ時(午前二時頃)開ける。この時帰る客をいう。逆に廓に入る客を朝込みの客という。
三一 →一七一頁注一五。
三二 脱ぎ捨てた。原本振り仮名は「すた」とある。
三三 前頁に五つの盃のことあり、五人の大尽に対するもてなし。「あがり場には立鏡台・鬢道具・薫籠(ふせご)・香盆等をかざる。数は客の多少による。客のあがらぬ内に、香炉共に火をとりて待べし」(色道大鏡三)。
三四 透かし枕。籐または竹などで編んだ枕。
三五 真澄(ますみ)の鏡の略。澄んだ鏡。→注三三。
三六 酒器・皿なども組入れた携帯用の重箱。
三七 菅(すげ)・藁などで渦巻状に丸く編んだ敷物。
三八 歌舞や音曲で宴席に興を添える女郎。位は囲女郎。揚代は昼夜で十八匁、半夜で九匁。

中《なか》を按《かく》[一]。太夫乱《みだ》れ姿《すがた》、内義《ないぎ》もわせてお髭《ひげ》[二]の塵《ちり》、あるじは言葉《ことば》[三]で庭《にわ》はく。是《これ》、日本の色里《いろざと》になき事也《(なり)》。是《(これ)》も算用《さんよう》して、入《(いら)》ば拾両《りやう》入《(いる)》とて、大かたは焼《たか》せぬ也《(なり)》。いづれおろかもなき中にも、もろこし、すぐれて手だれ[四]也《(なり)》。今は其年《そのとし》[五]も尤《もつとも》ぞかし。

勤《つと》めつのりて、脇《わき》[六]ふさがるゝ年《とし》の事也《(なり)》。大坂より、京の色《いろ》しりのかたへ、女《じよ》郎《らう》ぐるひを頼《たの》むのよし、独子《ひとりご》の大吉といふを遣しける。昔日《そのかみ》、幡州《ばんしう》より鎌田屋《かまだ》[七]

一「按摩　カキサスル」(書言字考)。
二 機嫌をとる意の諺。
三 お世辞を言う。
四 客扱いの熟達者。
五 延宝末年(一六七三-八一)には「上座の宿老碩徳」「尤利口発明」と年配で利口と評された(朱雀遠目鏡)。
六 十四、五歳で新造女郎として初めて客をとり、十七、八歳で着物の脇をふさぎ、それまでの振袖を留袖にする。→八九頁注二〇。
七 長者教(寛永四年刊)に、鎌田屋・那波屋・和泉屋の三人の長者の教訓談が載る。

へ、商内《あきなひ》の道《みち》たのむとて遣しける。八各別世界《かくべつせかい》広《ひろ》し。「菟角太鞁《とかくたいこ》なしに、帥《すい》になりたまへ」と申《(まうす)》。「いかにも望所《のぞむところ》」と、九鶴屋《つるや》へ客《きやく》にいたせとの、添状《そへじやう》取《(とり)》て行《ゆき》、其身《(その)み》は木綿嶋《もめんじま》の着物《きるもの》に、一〇脚引《もゝひき》其《(その)》まゝ、一一中脇指《ちうわきざし》に栖袋《すぶくろ》を掛《かけ》、一二さしおろしの菅笠《すげがさ》を被《かづき》て、小者《こもの》に、一三立嶋《たつじま》のふとんを、一四三尺手拭《てのごい》にてからげさせ、一五此《(この)》いや風《ふう》にて、揚屋《あげ》町に入《(いる)》事、大かたの一六胴骨《どうぼね》にてはなるまじ。

一七唐土《もろこし》、丸太屋の見世に、咲初《さきそめ》し菊《きく》を手ふれて、片膝立《かたひざ(たて)》て、蹴《け》出しの裙奥《すそふか》く、

八「格別世界」(格段に違う意)と「世界広し」と掛ける。
九 島原揚屋町東側の揚屋。鶴屋伝三郎と伝兵衛と二軒あった。「鶴屋の伝左」(一の四)。
一〇 股引(もゝひき)。
一一 素袋・寸袋。刀脇差の鞘袋。漆皮製。
一二 作りたての新しい。
一三 縦縞(たてじま)。
一四 長さが鯨尺で三尺ほどの木綿の布。はちまき、頬かぶりなどに用いる。
一五 無粋な格好。
一六 度胸。根性。
一七 島原揚屋町東側の揚屋、丸太屋新兵衛。

挿絵解説　島原朝帰りの情景。大坂の大店の独り息子太吉(左端)が、初登楼をして帰るところ。茶屋の編笠をかぶり、丸に十の字紋の羽織姿。格子縞の着物を着流し、懐手をし脇差を落とし差しにするのは早や遊び馴れた様子を示すものか。供の小者は脇差を差し、卍字紋の法被を尻からげにする。本文に縦縞の蒲団を三尺手拭でからげさせたとあるが、梅鉢柄の蒲団をかつぐ。足元の道がいわゆる朱雀の細道で、稲の刈り終えた田圃や明け烏などの鳥二羽などが描かれる。手前の家並みは一貫町の茶屋らしい。右図の大門では見送りの体。左の花文七宝つなぎ柄の着物で、垂れ髪姿で袖を上げているのが太夫唐土か。その後の兵庫髷の遊女は引舟で、大門右手前の剣弁菊柄の着物姿が禿、またその後の置手拭をして日足車の小紋の着物で、懐手するのが遣手。大門の内は別の客の朝帰り。武田菱の散らし柄の着物に脇差姿の客と、それを見送る兵庫髷で霞柄の着物姿の天神風情の遊女が描かれている。

[一]面向不背《めんこうふはい》の姿《すがた》、見るにぞつとして、「[二]女詩仙美人揃《によしせんびじんぞろへ》」の中《うち》に、桃花愛《とうくわあひ》して居《ゐ》る女、唐人《とうじん》が筆《ふで》をつくして、「本朝《ほんてう》には有《(ある)》まじ」と、わたしける。それは生《しやう》を見ぬもろこしさまと、名《な》を聞《きく》より立寄《より》、此《(この)》男《おとこ》手をとらへても、いな皃《かほ》つきもせず。さもしき着物《きるもの》にも、心をつけず有《(あり)》ける。「かゝる田舎者《ゐなかもの》にも、お情《なさけ》はなきか」といへば、「それに拵《こしら》へたる女」と、うち笑《わら》ひ申されける。遣手《やりて》も先《まづ》お手を取《とり》はなし、恋《こい》を両方へわくる。

すぐに鶴《つる》屋に行《ゆけ》ば、状《じやう》を見て、姿《すがた》をおどろく。[三]九軒《けん》へ[四]石徳《いしとく》が、自身状《じしんじやう》を持《もち》て、[五]甚太方にて[六]野秋《のあき》に逢《あひ》しも、思ひあはせば是《これ》也《(なり)》。[七]石流《さすが》宿《やど》にもあしらいよく、「女《じよ》郎《らう》さまは」と、せんさくする時《とき》、「我《われ》は遠国《をんごく》の者《もの》なれば、かさねて参《まい》るもしれがたし。只《たゞ》国方《くにがた》の咄《はな》しの種《たね》に、此《(この)》所の御太夫様にあはせて」と申《(まうす)》。「[八]今《いま》の野風《のかぜ》さま、[九]今《いま》の薫《かほる》さま、惣じて太夫様達《たち》、俄《にわか》にはなりがたし」と申《(まうす)》。「いかにもさもこそ有《(ある)》べし」と、彼女郎指《かのじよらうゆび》さしておしへ、「あれを是非《ぜひ》」とたのむ。「あれはもろこしさま、今日《けふ》は思ひもよらず」と申《(まうす)》。「今《いま》あひまして、お情《なさけ》と申《(まうし)》た男《おとこ》と、しらせまして[一〇]もらへ」と申《(まうし)》、遣手《やりて》にさまぐ\頼《たの》む。

唐土聞《もろこしきゝ》もあへず、「思ふ子細《しさい》も有《(あり)》。けふのお客《きやく》に断《ことわ》り、行《ゆく》べき」よし、大臣《だいじん》へ文《ふみ》遣し捨《すて》て、其《(その)》まゝの御出《(おいで)》、ためしもなき鶴やが仕合《しあわせ》。[一一]御引合《(おひきあはせ)》の酒事すぎて、

一 初代唐土の評判に「先外相のうはべ、前後左右からみて申分なければ、面向不背の女郎なりと、諸の智者たちの云々」とある(朱雀信夫摺)。
二 詩仙になぞらえて、三十六人の中国の女流詩人の像を描き、上部にその詩を賛したものか(定本)。
三 大坂新町の九軒町。
四 未詳。
五 九軒町の揚屋か。紙屋甚兵衛か。↓五〇五頁付図。
六 新町新(あたらし)屋清助抱えの太夫、野関か。一代男六の七にも登場。
七 当時は流石・石流とも慣用。
八 島原下之町大坂屋太郎兵衛抱えの太夫。名は典子。延宝四年(一六七六)十月に太夫(色道大鏡十六)、同八年冬ごろ退廓か。寛文七年から九年にかけて下之町桔梗屋(北村家)にいた貞子野風に対して「今の」というか。天和・貞享期に大坂屋に二代目野風がいたが(朱雀信夫摺)、後注「今の薫」などから勘案して、典子野風と推定。
九 島原上之町上林(かんばやし)五郎右衛門抱えの太夫。「今の薫」は五代目で、名は姐子(きし)。初名三笠で、延宝四年七月に太夫になり、同年十二月四代目薫の退廓後、薫を襲名。
一〇 先約のある遊女を譲ってもらうこと。
一一 初会の客に遊女を紹介する儀式で、盃の献酬をする。

床《とこ》へは入れども、何とも仕懸《しかけ》もなく、大吉空寝入《そらね(いり)》して、酔《ゑい》にもてなし、あけて其《(その)》まゝ、かへりさまに又の日もけいやくして行《(ゆく)》。

一二本装束《ほんしやうぞく》に仕替《しかへ》、名有《な(ある)》役者《やくしや》弐人めしつれ、小坊主《こぼうず》が袂《たもと》に、一三四角《しかく》な黄色《きいろ》なる物を大分入《ぶん(いれ)》させて、出口から打散《うちちら》して、揚屋《あげや》の居間《いま》も、時《とき》ならぬ一四山吹《やまぶき》の岸《きし》かと見へて、一五口聞《くちきく》宇治《うぢ》の大臣《だいじん》もおどろく。きのふにかはりてけふの一六幅《はゞ》、女郎《じよらう》十三人集《あつ》めてさはげど、一七もろこしはおちつきて、すこしも動転《どうてん》せず。

一日暮《くれ》て、更《ふけ》て又寝姿《ねすがた》となりて、今宵《こよひ》も大吉、態《わざ》との鼾《いびき》をなす。女郎《じよらう》よい時《じ》分《ぶん》見合《あわせ》、「其《(その)》御鼾《いびき》、口合《うそ》にも本《ほん》にもせよ、我《われ》おぼしめすとの事からは、さわあるまじき御事」と、いわるゝ。「さらば此方《(このはう)》にも申《(まうし)》分、其《その》御心ならば、何《なに》とてすぎし夜《よ》は、風をひかしてかへしたまふぞ」と申せば、「それは皆《みな》、御かたさまはわるひ。夢《ゆめ》にもしらぬ時《とき》、一八我《わが》手を取《(とり)》て、情《なさけ》と御申候程《(おまうしさうらふ)ほど》に、いかにもと申《(まうす)》。然《しか》も物数奇《ずき》に、此方からもろふて来《き》て、あいましての上に、身をまかすまじき事には、聊《いさゝか》あらず。さながら初《はじめ》て、おもへばとて、女のさうは申されまじ。けふの御仕懸《しかけ》見て、かく申《(まうす)》にはあらず。きのふの人中にて、是程《(これ)ほど》になき御方の、手《て》を挙《にぎ》りたまふ事、なるべきや」と、ひとつも口をあかせず、死蛤《しにはまぐり》の一九焼《やき》立《(たて)》られ、二〇袖《そで》の海《うみ》の浅《あさ》ひ心に、深《ふか》き所を覚《おぼへ》て、ひさしく見捨《すて》ずあひける。

一二 大尽にふさわしい服装。
一三 一歩金のこと。長方形なので、一角とも。
一四 山城国(京都府)宇治の歌枕。黄色なる物(黄金)―山吹、山吹の岸―宇治。
一五 威勢がよい。羽振りがよい。
一六 全盛ぶり。
一七 唐土は、大吉が世なれた大尽客で、わざと田舎者に扮して来たものと見破っていたので驚かないのである。遊女は客の身分や職業を見定めて応待すべきとされていた(ね物がたり等)。
一八 原本振り仮名は「われ」とあるのを改めた。
一九 盛んにおだてうれしがらせるのをいう。口をあかせず―死蛤、蛤―焼立られ。
二〇 涙で袖のひどく濡れるのをいう。ここは「浅ひ心」の序。

其時《(その)とき》さへなり。今《いま》はあの筈《はず》と、おもふうちに、年《(ねん)》も程《ほど》なくあきて、難波《なには》より思ひ込《こみ》て、昼《ひる》は大坂を勤《つと》め、毎夜《まいや》、早駕籠《はやかご》の大臣《だいじん》と申せし人の一摑《つか》んで、都《みやこ》の水でそだちける。此《(この)》太夫の事は、諸人名残《しよにんなごり》おしさは、二もろこし団子《だんご》へ。

一 身請けする意。

二 遊女の唐土(もろこし)と、歌謡の文句と掛ける。江戸吉原のもろこし節の小歌に、「もろこし団子へ、もろこし団子が不座配ならば、お無垢くはへて押さへろ、それでもでばじやれば、かゝ州添へて押さへろ」とある。もろこし(蜀黍)は、とうきび(唐黍)ともいい、粒が大きく赤色の糯黍(もちきび)で、とうもろこし(玉蜀黍)とは少し違う(本朝食鑑一)。その実の粉末を餅・団子にする。

絵入

好色二代男

諸艶大鑑

七

好《こう》色《しよく》二代男

諸《しよ》艶《ゑん》大《あふ》鑑《かゞみ》　巻七

目《もく》録《ろく》

㈠ 惜《おし》や姿《すがた》は隠《かく》[一]れ里《ざと》

一 女郎に残《のこ》し置《おく》刀《かたな》の事

一 [二]長《ちやう》山《ざん》知《ち》音《ゐん》の敵《かたき》うつ事

一 思ひの[三]数《かず》万《まん》躰《たい》仏《ぶつ》の事

㈡ 勤《つとめ》の身は[四]狼《あふかみ》の切売《きりうり》よりは

一 [五]悪所《あくしよ》銀《がね》かす人絶《たへ》て京《きやう》も淋《さび》しき事

一 [六]風の神《かみ》も見捨《すて》ぬ[七]紙子《かみこ》大臣《だいじん》の事

一 [八]今野《の》風《かぜ》が心入《(いれ)》[九]薫《かほる》が思ひ入《(いれ)》の事

一 世人には知られない山奥の豊かな村落。仙境、桃源境のような所。「姿は隠れ」と掛かる。

二 江戸元吉原、三浦四郎左衛門抱えの太夫。

三 故人の冥福を祈るために作った一万体の仏像。本文では榧《(かや)》の実を拾って作ったという。

四 狼の黒焼きは、寒気による腹痛(疝)や、けいれん(癪)などに効くとされ(本朝食鑑十二)、霜先の薬食いに切売りされた。ここは客を引留めるために指を切る遊女の勤めを、狼の切売りと比べて、生身のつらさを表現する。

五 遊廓・芝居など悪所での遊興費。大変高利で、ひどい例では親が死ねば元金の二倍にして返す死に一倍の契約があった(二十不孝一の二)。

六 風邪をはやらすとされた厄病神。

七 零落して紙子姿となった大尽。

八 ↓一九八頁注八。

九 ↓一九八頁注九。

三

捨《すて》てもとゝ様《さま》の鼻筋《はなすじ》

一　烏賊《いか》[一〇]も太夫がのぼらす[一一]事

一　若衆嫌《わかしうぎら》ひ即座《そくざ》に元服《げんぶく》の事

一　新町《しんまち》よりの捨子《すてご》知《しる》る事

四

反古《ほうご》[一二]尋《たづね》て思ひの中宿[一三]

一　帯《おび》は便《たよ》りをむすぶ事

一　打《うち》[一四]水にぬれて八百《やを》屋見世出す事

一　江戸の井筒《ゐづゝ》[一五]胸《むね》[一六]は富士《ふじ》に立《(たつ)》事

五

菴捜《いをりさがせ》[一七]ば思[一八]ひ草《ぐさ》

一　昼《ひる》は見世[一九]懸姿《かけすがた》の事

一　焼《やかれ》つ焼《やき》つ忍《しの》び肴売《さかなうり》の事

一　堺《さかい》の久米《くめ》[二〇]之介は本衣《ほんごろも》[二一]の事

一〇 烏賊幟(いかのぼり)の略。紙鳶(いかのぼり)。畿内ではいかと言い、関東ではたこと言う(物類称呼)。

一一 凧(たこ)を揚げる意と、遊女が客をおだてていい気にさせる意とを掛ける。

一二 遊女井筒が文反故(ふみほうぐ)を手掛りに、逃げた男の隠れ家を捜し出した、愛執の深い話。

一三 男女の忍び逢いに借りる所。本文末に「火宅」とあるので、「思ひの中宿」は「思ひの家」のもじりか。思ひの家とは、思ひの「ひ」を火に掛けて、愛欲に苦しむ現世を火宅とみる歌語。

一四 「打水にぬれて」に該当する記述は本文にない。

一五 吉原新町建出し、伊左衛門抱えの太夫か。

一六 井筒の胸中の燃ゆる思ひ(火)のせいか、富士の煙の中に井筒の俤が現れたこと。胸―富士の煙、もゆる思ひ―富士、富士―俤(類船集)。

一七 念仏の声もやさしい草庵を尋ねると、庵主は遊女上がりの尼であった話。「捜」は原本では攫とある。攫はツカムと訓む(饅頭屋本等)。

一八 心ひかれる人の意。なお植物の異名では、歌語では女郎花、露草、竜胆(りんどう)、茅などをさす(藻塩草)。俳諧は秋の季語とし、竜胆説が多い(毛吹草、御傘など)。ここは女郎花が適う。

一九 廓の張見世(はりみせ)での遊女の着飾った姿をいうが、ここは尼らしくうわべを取り繕った姿。

二〇 堺乳守(ちもり)の遊女。

二一 本式の僧衣。本心からの出家の意をこめる。

惜《おし》や姿《すがた》は隠《かく》[一]れ里《ざと》

[二]反魂香《はんごんかう》を焼《たき》て、世になき姿《すがた》を見し事、本朝《ほんてう》にも、[三]相州《さうしう》の[四]阿和手《あはで》の森《もり》にてためし有《(あり)》。恋《こい》しき時《とき》の夢《ゆめ》、[五]ゆかしき時の現《うつゝ》、逢《あひ》たき時《とき》の睭《まぼろし》、[六]心はこゝろに移《うつ》る鏡《かゞみ》のごとし。

江戸の遊興町《ゆふきやう》、[七]本吉原《もとよしはら》の時《とき》、[八]三浦《うら》に[九]人置《おき》が申《(まうし)》て、[一〇]遠州浜松《ゑんしうはままつ》の片里《かたざと》より、むかしは名《な》もありし人の息女《そくじよ》を[一一]ふづくり、十五の秋《あき》の比《(ころ)》買取《かいとり》しに、此良《(この)かほ》ばせ、折ふしの月をも猜《そね》み、姿《すがた》は花《はな》を欺《あざむ》く。名《な》を[一二]長山《ちやうざん》と申《(まうし)》、[一三]撞《つき》出しから太夫にして、是《(これ)》沙《ざ》汰《た》の女郎《じよらう》、然《しか》もいやしからぬ心ざしにて、かりなる男《おとこ》も捨《すて》たまはぬこそ、やさしけれ。

其時分《(その)じぶん》、[一四]下谷《したや》の車坂《くるまざか》に身を隠《かく》せし牢人者《ろうにんもの》、長山《ちやうざん》に馴《なれ》そめ、二とせ余《あまり》のやりくり、命《いのち》も惜《おし》からぬ程《ほど》になりける。此男《(この)おとこ》、生国仙台《しやうこくせんだい》の者《もの》にて、国元《くにもと》へ是非《ぜひ》くだる首尾《しゆび》あつて、あかぬ別《わか》れを泪《なみだ》に、夜《よ》もあけがたに長山下着《ちやうざんしたぎ》を取替《とりかへ》、黒髪《くろかみ》切《(きり)》てなげつけ、「勤《つと》めの身とて、きのふは別《わか》れ、けふは又、あはぬ男《おとこ》も縁《えん》となれば、其時《そのとき》の気《き》にかはり、[一五]忘《わす》るる事もならひなるに、是程迄《(これ)ほど(まで)》おもふは、自然《しぜん》の

一　↓二〇二頁注一。
二　漢の武帝が道士に命じて反魂香をたくと、亡き李夫人の姿が現れたという(白氏文集四・李夫人詩、太平記十八など)。
三　尾張国の誤り。
四　尾張国海東郡上萱津村(愛知県海部郡甚目寺町上萱津)の阿波手の森。歌枕。謡曲「不逢森(あはでのもり)」に、ある商人が阿波手の森で反魂香をたき、娘の亡霊に会う話がある。
五　原本は「ゆかしきの」と「時」が誤脱。
六　諺に「思ふことを夢に見る」という。「思ふ事をかならず夢に見るに、うれしき事有(り)、悲しき時あり」(胸算用三の三)。
七　江戸の遊廓は、元は現中央区富沢町・人形町二・三丁目の各一部辺にあり、明暦三年(一六五七)の大火後山谷の方に開かれた新吉原に対して、元吉原という。
八　元吉原京町の遊女屋、三浦屋九郎右衛門、後に四郎左衛門と改名、代々これを襲名する。
九　奉公人の周旋屋。
一〇　現、静岡県浜松市。
一一　うわべをつくろって人をだます。欺く。
一二　↓二〇二頁注二。
一三　突出し。禿上がりの遊女に対し、十四、五歳で買取り、そのまま遊女の勤めに出すのをいう。
一四　車坂は東叡山より下谷へ下る坂で(江戸鹿子一)、坂下東北部が当時の車坂町(江戸方角安見図)。台東区上野七丁目内に当たる。
一五　原本は「忘(すわ)するる事」とある。

因果《ゐんぐわ》、さしころして行《ゆけ》」と、見るうちに狂人《きやうじん》のごとし。

やう〳〵諫《いさ》めて、「又の年の夏《なつ》の比《(ころ)》は、かならずのぼるべし。それのみ、おもふ大願《だいぐわん》叶《かな》ひなば、立帰《かへ》りの旅《たび》なるに、我《われ》にも深《ふか》くなげかせて、乱《みだ》れ心の[一六]忍《しの》ぶ山、[一七]岩手《いわで》の果《はて》はいわずとも、大かたは色《いろ》に見ぬか」と、小者《こもの》に持《もた》せし差替《さしかへ》の刀《かたな》一腰取《こしとり》出し、「是《(これ)》は似《に》あはぬ形《かた》見なれども、又あふ迄《(まで)》に残《のこ》し置《おく》」といへば、一座《ざ》にありし遣手《やりて》・禿《かぶろ》、「是《(これ)》は太夫さまに、ありてもよしなし物」と申《(まうす)》。長山《ちやうざん》取《(とり)》いたゞき、「女なればとて、自害《じがい》に、舌喰切《したくいきり》、首《くび》をくゝり、剃刀業《かみそりわざ》も手ぬるし、いる事もあり」と、各別《かくべつ》なる恋《こい》の別《わか》れ路《ち》、彼男《かのおとこ》は奥州《おふしう》にくだりぬ。其後《(その)のち》、此《(この)》刀《かたな》を見るに、[一八]来国次《らいくにつぐ》弐尺三寸、無疵《むきず》にして、人望《のぞ》めどもはなさず。其年《(その)とし》も暮《くれ》て、あくれば春《はる》のはじめまで、文《ふみ》さへ便《たより》のなきをうらみ、日比《(ひごろ)》[一九]書《かき》つくしたる、[二〇]壺底《つぼそこ》の壺迄《つぼ(まで)》、先《さき》がしれねばやるかたもと、我文我《わがふみわれ》とあけて、読《よむ》さへなかれて、物思ふ折から、国友達《くにともだち》とて、二三度《ど》も一所《しよ》に見えし、津川《つがは》左助様とて、[二一]小太夫にあはんしたる客也《きやく(なり)》。御出《(おいで)》られしく、「角弥《かくや》さまは」とたづねければ、「世は恋《こい》と無常《むじやう》と、ふたつにかためたり。此《(この)》町を別《わか》れてより、国里《くにさと》に忍《しの》び、兄《あに》の敵《かたき》、細井《ほそい》治介をねらひしに、運命《うんめい》のつきて、両眼《りやうがん》あきらかならぬ病中《びやうちう》に、はやり過《すぎ》てのおもひ立《(たち)》、人見違《ちが》へ、下人を切《きり》しまに、治介ぬき合《あはせ》、角弥最後《さいご》の

一六 信夫山。陸奥国信夫郡(福島市付近)の山々。特に福島市北方の山。歌枕(歌枕名寄、一目玉鉾二)。乱れ心―忍ぶ山。

一七 陸奥国岩手郡(岩手県)の岩手山。歌枕(歌枕名寄)。信夫―岩手、岩手―いわず。

一八 山城国の刀工。室町初期、光明院の暦応ごろの人(古今銘尽分類大全・上)。

一九 「みちのくのいはでしのぶはえぞ知らぬ書きつくしてよ壺の石ぶみ」(新古今集・雑下・源頼朝、一目玉鉾一)。信夫―壺の石文(類船集)。

二〇 底の底までの意を前注の古歌により表す。

二一 元吉原京町、吉右衛門抱えの太夫小太夫か(あづま物語)。また京町、三浦九郎右衛門抱えの端女郎小太夫か(同)。

残念《ざんねん》は、帰《(かへ)》り討《うち》に逢《あふ》」と云《いひ》、「殊更妻子《ことさらさいし》もなき身《み》なれば、心に懸《かゝ》る根葉《ねは》も絶《たへ》て、おもふまゝの治介が世の中」と語《かた》る。

聞《きい》てからは、身もあられぬを、長山《ちやうざん》泪《なみだ》も洒《こぼ》さず、「定《さだ》めがたき人の身じやもの」と、盃《さかづき》事静《しづか》にして、宿《やど》にかへる。跡《あと》にて、「女郎程《じよらうほど》、気《き》さんじなる物はなし。それ切《ぎり》の情《なさけ》」と笑《わら》ひぬ。一たふれて来《こ》ぬ人、年寄《としより》て分別《ふんべつ》する人の事迄《(まで)》、おもはば《[く]》、やるせのあるまじ。

一 家が倒れて。破産して。

長山親方《ちやうざんおやかた》に申《まうす》は、「我年《われ》をかさね、今御奉公《ほうこう》も三とせにはたらぬ也《なり》。思ひ籠《こめ》し男《おとこ》、[二]奥筋《おくすじ》にあれば、御暇《(お)いとま》をたまはるべし。年比《ごろ》、人さま達《たち》にもらい溜《たま》りし、衣類諸道具《いるいしよどうぐ》残《のこ》し置《おく》。此《この》身も[三]仙台《せんだい》の色町《いろまち》へ売《うり》て」と、ふかく望《のぞ》みを懸《かけ》、「若《もし》御かなへなくば、浮世《うきよ》にはすまぬ女」と、思ひ極《きは(め)》て申せば、親方《おやかた》も思案《しあん》して、仙台《せんだい》の松嶋《まつしま》屋小兵衛方へ、願《ねが》ひの通《とを》り遣しける。

江戸の[四]太夫下《をり》とて、はやるにつけて、長山《ちやうざん》人の気《き》を汲《くみ》て、[五]山の井のあさくは

二 奥州方面。
三 寛永十四年(一六三七)ごろ若林染師町東裏より本御舟町に移り、万治三年(一六六〇)秋廃止された(定本)。
四 太夫職の遊女が一階級下げられること。太夫おろし。
五 「浅香山影さへ見ゆる山の井の浅くは人を思ふものかは」(古今六帖二、一目玉鉾一)。

挿絵解説 吉原後朝の別れの情景。左半図は仙台浪人角弥の旅立ちに太夫長山が悲嘆にくれるさま。右半図はその騒ぎに人々が立ちのぞくさま。長山は兵庫髷に花文七宝つなぎの着物。角弥は変り格子縞の下着姿。花模様の敷蒲団に、菊水柄の夜具。草花図の屏風に燭台、松を描く襖などが見られる。障子の外では、左から島田髷に大柄の花菱柄の着物の遊女、次に霞形柄の着物の遊女。三番目は武田菱の小紋柄の着物の男(揚屋の男か)。次に兵庫髷に蜘蛛巣柄の着物の遊女。五番目は花柄の派手な下着姿の客。右端は島田髷に九曜紋風の大柄の花柄の着物の遊女で、おっとりとした様子は太夫らしい。

人に見られず、勤《つと》むるうちに、むかしの角弥《かくや》にあいもかはらぬ男《おとこ》、契《ちぎり》は[一]松山のする〻懸《かけ》てと、互《たがい》に申合《(まうし)あは》して、かはらぬ心底《しんてい》見すまし、おもひ入《(いれ)》のあらましを語《かた》れば、此《(この)》男《おとこ》泪《なみだ》にしずみ、「遊女《ゆうじよ》のよしみとて、其敵《そのかたき》うつべき心のはこび、前《ぜん》代《だい》ためしもなき事也《(なり)》。甲斐《かひ》なき我《われ》を人がましく、か〻る大事《だいじ》を頼《たの》まれ、いなとは申さじ。いかにもうたすべき幸《さいわい》あり。其細《そのほそ》井治介こそ、今《いま》は浮世《うきよ》を広《ひろ》く、此《(この)》町へも折ふしは来《き》て、[二]京屋の玉川《たまがわ》に逢《あふ》なれば、頓而《やがて》[三]付《つけ》出し、心まかせにうたすべし。我《われ》も傍輩《ほうばい》の、吉沢《よしざは》権八といふ者也《もの(なり)》」と、此《(この)》事請合《うけあい》、明暮《あけくれ》心懸《がけ》けるに、治介出《(いで)》ざる事百日に過《すぎ》ぬ。

毎夜《まいよ》、長山《ちやうざん》[四]におくれぬ届《とゞけ》を申《(まうし)》て、其後《(その)のち》は恋《こい》もすたりて、義理《ぎり》一筋《すじ》の念比《ねんごろ》、世《せ》間《けん》むきは中絶《なかたへ》て、[五]浅香《あさか》といふ女郎《じよらう》に替《かへ》て、心にそまぬ遊興《ゆふきやう》、酒《さけ》ものまず、床《とこ》に枕《まくら》も定《さだ》めねば、浅香《あさか》もさま〴〵手をつくして取寄《よる》事、内証《ないしやう》しらねばなり。日数《かず》ふりて、[六]宮城野《みやぎの》の萩《はぎ》さへ跡《あと》なく、雪《ゆき》の降初《ふりそめ》る日、[七]お笠《かさ》と中《(まうす)》侍《さむらい》あまた、彼《かの》町に忍《しの》びし中《なか》に、治介も見へければ、「けふをかぎり」と、長山《ちやうざん》にしらせ、治介が定宿《じやうやど》に手をまはして、此所《(この)ところ》のさはぎ歌《うた》うたふ、若《わか》ひ者《もの》共《(ども)》遣し、宵《よひ》より[八]大よせ、大踊《おどり》、一町の女郎《じよらう》こ〻にあつまる。

治介は、玉川《たまがわ》といふ女郎《じよらう》と、よからぬ[九]つめひらき、いづれも立聞《(たちぎき)》して、悪《にく》み

一「契りきなかたみに袖をしぼりつつ末の松山波越さじとは」(後拾遺集・春上・清原元輔、百人一首など)。末の松山は奥州の歌枕。
二 未詳。
三 跡をつけて住居を確かめる意。
四 気おくれしない、心変りはしない旨の手紙。
五 未詳。奥州の歌枕の浅香山にちなむ遊女名。
六 現、仙台市宮城野辺の野で、萩の名所。歌枕。当時はほとんど根絶えて、仙台の町内の庭に咲かせていたという(一目玉鉾一)。
七 次の古歌により、供回りの侍をいうか。「みさぶらひみ笠と申せ宮城野の木の下露は雨にまされり」(古今集・東歌、一目玉鉾一など)。
八 大寄せ。大勢の遊女を一座に揚げての遊興。
九 駆け引き。理屈っぽい応対。

立《(たつ)》る。玉川床《たまがわとこ》を蹴《け》立《(たて)》て出る時《とき》、長山《ちやうざん》、治介が寝姿《ねすがた》見すまし、「角弥《かくや》が女がうつぞ」と、初太刀《しよだち》切付《きりつく》る。物陰《ものかげ》より権八、山伏《やまぶし》にさまかへて、飛《とび》かゝってさしころし、あたりのともし火《び》に着物《きる》なげ懸《かけ》、横手《よこて》の道《みち》へ立《(たち)》のく。[一〇]宿《やど》より立さはぎて、大勢追《おふぜいをつ》かけしに、権八兼《かね》て申合《あはせ》、長持《ながもち》に[一一]取《(とり)》乗《のり》、行方《ゆきがた》しれず。人あらたむるに、長山《ちやうざん》見えぬ事を不思儀《ふしぎ》、僉義《せんぎ》してもしれがたし。

其夜《そのよ》に四里《り》半、山里《ざと》にしのばせけるに、在郷近《ざいごうちか》くなりて、跡《あと》より人の足音《あしをと》もせず、ぬき身を持《もち》ながら来《きた》りぬ。あやしく立留《たちとゞま》り、先長持《まづながもち》もおろして、大事《じ》と待程《まつほど》に、十月十二日の月、雪《ゆき》もあらはに野辺《のべ》も見えわたり、近付男《ちかづくおとこ》は、正《まさ》しく[一二]世になき角弥が面影《おもかげ》、につこと笑《わろ》ふて、其《(その)》まゝに消《きへ》うせぬ。「[一三]草葉《くさば》のうれしくおもひ、ありし姿《すがた》のまゝ見へけるや」と、をの〳〵袖《そで》をしたし、やう〳〵彼里《かのさと》に行《ゆき》て、深《ふか》く身かくせども、所《ところ》は[一四]山姫《やまひめ》の[一五]間遠《まどふ》の衣着《ころもき》なれて、帯《おび》は蔦《つた》のかづらなどにして、紅白粉《べにおしろい》[一六]しやべつもなく、一代[一七]白歯《しらは》の中《なか》なれば、なをしも形《かたち》あらはれける。

「菟角《とかく》は捨《すつ》る身なれば」と、二十三にして髪《かみ》をおろし、峰《みね》に笹葺《さゝぶき》を引《(ひき)》むすび、[一八]夕《ゆふべ》は松の風、今朝《あした》は[一九]まかせ水の音《おと》のみ。手づから拾《ひろ》ひ集《あつ》め、[二〇]栢仏万躰《かやぶつまんたい》、一生《しやう》の大願《ぐわん》とぞ。

一〇　治介が定宿としていた遊女屋。
一一　「取乗せ」とあるべきところ。
一二　原本は「世なき」と「に」が誤脱。
一三　草葉の陰にて、の意。
一四　山を守る女神。長山を山姫になぞらえた。
一五　麻などの織り目の粗い衣（日葡）。なお古歌でいう山姫の衣は、春は霞（謡曲・佐保山）、秋は紅葉である。
一六　差別もなく。分別なく。構わないの意。
一七　子供を産むとお歯黒にした。なお、仙女は一生白歯の生娘であった。
一八　夕は・今朝は、と対句表現で、隠遁者の山居を描く。夕―松風さむし、峰―松（類船集）。
一九　遣水。庭に引入れて流れるままにした水。朝―手水・勤行。
二〇　榧の実に刻んだ仏像。「榧　カヤ、栢　同」（書言字考）。

勤《つとめ》の身狼《あふかみ》[一]の切売《きりうり》よりは

非[二]寺《ひじ》里《り》行燈《あんどう》のひかりを請《うけ》て、大かた隙《ひま》日を暮《くら》しかねたる女郎《じよらう》、夏中《なつぢう》同じ色《いろ》なる、高宮《たかみや》[三]の袷帷子《あはせかたびら》もわる皺寄《じはより》て、竜門《りうもん》[四]の帯《おび》も、裏《うら》おもてにくけ直《なを》し、紅《もみ》の下結《したむすび》[五]も、いや所見へける。是《これ》に気《き》を付《つく》る人[六]がら、本大臣《ほんだいじん》にてはあらず。末《すへ》の女郎《じよらう》が、小[七]揚《こあげ》の者《もの》と念比《ねんごろ》しやうとも、竈《かまど》近く居《ゐ》て膳立《ぜんだて》してやろとも、それは宿《やど》への奉公《ほうこう》、内証《ないしやう》事にて人はしらず。

目に立物《たつもの》は、歌売女郎《うたうるじよらう》[八]の跡《あと》より、風呂敷包《ふろしきづゝみ》・三味線《さみせん》、付送《つけおく》りをやめさせたし。日暮《くれ》て九匁、是程《これほど》やすきものはなし。肩《かた》ひねらせ、髪《かみ》すかせ、消《きゆ》[九]れば火入《ひいれ》のかよひ、世は下職《げしよく》に生《うまれ》あはすこそ、かなしけれ。人たる者《もの》の娘《むすめ》は、[一〇]まだしき時《とき》より、はや縁付《えんづき》の沙汰《さた》もするに、男《おとこ》も持《もた》ぬうちに、脇《わき》[一一]ふさぐ娘《むすめ》もあり。遊女《ゆふじよ》も、太夫は、爪《つめ》も人にきらせ、髪結《かみゆふ》までも二人がゝり、眉作《まゆつくる》も人まかせに、寝間《ねま》の蚊屋《かや》に入迄《いるまで》、引[一二]船《ひきふね》・禿《かぶろ》にあげさせ、腰《こし》をかゞめる事もなく、六七人も前後《ぜんご》をしゆごし奉《たてま》つる。かこひ位《ぐらい》の女郎《じよらう》は、寝《ね》さまに、「茶《ちや》ひとつ、くみてもてこい」といわれても、身過《みすぎ》大事と、おもはるゝこそおかし。

一 →二〇二頁注四。
二 聖行灯。局見世の格子に掛ける行灯。看板代りの役にもした。
三 滋賀県彦根市高宮町辺は、当時麻布の産地で、特に高宮の生平（きびら）は上質なので、多く帷子（かたびら）や羽織に用いられた。「袷帷子」は裏地付きの帷子。
四 →一六三頁注三〇。
五 下紐。腰巻。
六 人柄。人物。
七 駕籠かき。「当道にては、朝夕郭（くるわ）へかよふかごかきの類（たぐひ）を、こあげといふなり」（色道大鏡一）。
八 太鼓女郎。位は囲（鹿恋）。揚代は島原で昼夜十八匁、半夜は九匁。
九 煙草盆の火入れの火種が消えると、取りにやらされること。
一〇 まだその時期にならない時。
一一 振袖の八口（やつくち）を縫いふさぐ。同時に振袖を大人風の留袖にする。男子は十七歳の春、女子は十九歳の秋に行なう。
一二 太夫に付き添う遊女。位は囲（鹿恋）。
▽太夫・天神・囲の格の違いは、一代女一の四、二の一、二の二でそれぞれ詳しく描かれる。

銘〳〵の身を忘《わす》れ、はした女郎《ぢよらう》の分《ぶん》として、後《のち》[一三]の白烏《しろがらす》または嶋原懐草《しまばらふところぐさ》[一四]の形《かたち》の部《ぶ》取《(とり)》ひろげて、「太夫の足《あし》の大きなる」と書《かき》し所を、読《よみ》もあへず笑《わろ》ふ。美人《びじん》両足《りやうそく》は、八文《やもん》[一五]七分《ぶ》に定《さだ》まれり。九文《こゝのもん》ありとて、是《(これ)》又、三分《ぶ》をゆるさず。皃《かほ》に四[一六]つの道具《どうぐ》迄《(まで)》を、寸尺《すんしやく》にあはせり。只今《たゞいま》そしる女の足《あし》は、松千代《まつちよ》[一七]が松原踊《まつばらおどり》[一八]の足元《あしもと》よりは、殊《こと》にさもしけれども、泥水《どろみづ》に棒振虫《ぼうふりむし》有《(あり)》、揚屋《あげや》に紙屑籠《かみくずかご》有《(あり)》、其《その》はづとおもへば、見とがめる事もなし。

むつかしきは、太夫の身也《(なり)》。有時《(ある)とき》、物覚《ものおぼへ》のよはき人、「「[一九]わりなきは情《なさけ》の道《みち》」と書《かき》しは、柏木《かしはぎ》の巻《まき》にはなき」とあらそひ、去《さる》太夫殿へ、源氏物語《げんじものがたり》を借《かり》に遣しけるに、其《(その)》まゝ湖月《こげつ》[二〇]おくられて、即座《そくざ》に其埒《(その)らち》もあけしに、此本《(この)ほん》を見て、「さても〳〵、此里《(この)さと》の太夫もすゑになるかな。むかしは、名《な》[二一]の有《(ある)》御筆《ふで》の歌書《かしよ》を、揃《そろ》へて持《もた》ぬはなし。板本《はんぽん》つかはされて、物毎《ものごと》あさまになりぬ。今時《いまどき》は、東《ひがし》[二二]山の浄《じやう》瑠璃会《るりくわい》にも、嘉太夫[二三]が弟子分《でしぶん》の者共《もの(ども)》、如何《いか》なる縁《ゑん》にや、稀《まれ》なる御筆者《ごひつしや》の書本《かきほん》、大竹集《あふたけしう》[二四]にてかたるぞかし。都《みやこ》の広《ひろ》さ、「碁《ご》のお相手《あいて》になりましよ」といふてありくも有《(あり)》。「筑山《つきやま》を直《なを》しましよ」「人いらずに、家《いゑ》のゆがみを陸《ろく》[二五]にしましよ」「洗《あら》はずに衣類《ゐるい》の衣裏垢《ゑりあか》を落《おと》[二六]そ」「養子《やうし》の肝入《きも(いり)》ましよ」「女郎買《じよらうかい》を、三日のうちに帥《すい》にしましよ」と、自由《じゆふ》なる事を聞《きく》事ぞ」と、此《(この)》口まねを鸚鵡《あふむ》[二七]の吉兵衛・花《はな》[二八]

一三 未詳。「白烏」は島原の遊女評判記(本書一の一)だが、その続編か。
一四 島原遊女評判記。伝存未詳。
一五 一代女一の三にも、「足は八文三分に定め」とある。
一六 目・鼻・口・耳の四つ。一代女一の三に見える。
一七 京都の大道芸人。「松千代が柿頭巾もかづき物ぞかし」(物種集・西鶴自序)。
一八 伊勢踊の別名。
一九 源氏物語・柏木の巻にはなく、仮名草子の心友記、その改題本、衆道物語などが柏木の巻にありと伝える。
二〇 源氏物語湖月抄。北村季吟の注釈書。六十巻六十冊、延宝三年(一六七五)刊。
二一 藤原定家などの古筆をはじめ、当時の公家の自筆をいう。
二二 東山の寺の貸座敷や茶屋で催した。
二三 宇治嘉太夫。延宝五年に受領して宇治加賀掾清澄という。嘉太夫節の祖。
二四 前注加賀掾の段物集。延宝九年刊。
二五 ろく(陸・碌)は、物がゆがまずまっすぐなこと。
二六 「落そ」は原本「落ぞ」とある。
二七 太鼓持。末社四天王の一人。
二八 太鼓持。花咲左吉・花垣左吉とも。

崎《さき》左吉などに語《かた》りて、おかしがらする。

[一]神楽《かぐら》庄左衛門、「黄金《わうごん》あらば、一日にもなるべし。此前《(この)まへ》、[二]長崎《ながさき》の唐人《たうじん》様、[三]百弐拾末社《まつしゃ》を集《あつ》め、芝居《しばい》がへりの揃《そろ》へ駕籠《かご》、三十七挺《てう》、[四]出口にかきつけ、両足《りやうあし》おろして、百足大臣《むかでだいじん》と申《(まうし)》て、我《われ》と帥《すい》になられたり。今《いま》も其時分《(その)じぶん》にかはらねども、京中《きやうちう》に[五]悪所銀《あくしよぎん》の[六]借手《かして》絶《たへ》て、淋《さび》しさもおのづから也《(なり)》。今《いま》でも[七]四万貫目ほしや。[八]水《みづ》薬師《やくし》の門前《もんぜん》に、蔵《くら》たてて《(ゝ)》、[九]かたひ親《おや》にかゝり、分《わけ》のよき人には大分《ぶん》かして、[一〇]世のおもひ出をさしましよ」と申《(まうす)》。

其夜《(その)よ》は[一一]八月廿日、女郎《じよらう》は片寄《かたよせ》、神楽《かぐら》に十露盤《そろばん》おかして、太夫一年勤《ねんつと》める[一二]入《(いり)》目《め》を聞《きく》に、月に十づゝ出て、[一三]五節句《せつく》勤《つとめ》、太夫方《がた》への遣ひ物、万事《ばんじ》こまかに始末《しまつ》をして、正月より暮《くれ》の年迄《(まで)》、弐拾九貫目入る事也《(なり)》。皆《みな》がうれしがる程《ほど》には、かぎりしられず。

[一四]承応《じやうわう》三年の春《はる》の末《すへ》に、江戸より鈴《すゞ》八といふ男《おとこ》、此里《(この)さと》に来《き》て、名乗懸《なのりかけ》てのお敵《てき》、物の見事に、九月のはじめ比《ごろ》までに、八百五拾両遣ひけると也《(なり)》。「右千両、京都《きやうと》の遊山金《ゆさんきん》」と、書付置《かきつけをき》しに、かへりに、品川《しながわ》どまり夜《よ》、壱両二歩あまりしを、「よの事に遣ふもつたいなし」とて、[一五]人留《と》め女にくれて、立《(たち)》けると也《(なり)》。

又、[一六]材木《ざいもく》町の伝《つた》へといふ大臣《だいじん》、[一七]太郎右衛門方《かた》にて、[一八]御船《みふね》にあはれしが、[一九]分知《わけしり》

一 太鼓持。末社四天王の一人。
二 未詳。
三 大勢の太鼓持。伊勢神宮には内宮に八十、外宮に四十の百二十の末社があるが、大尽を大神に掛け、多くの取巻きを百二十末社という。
四 島原遊廓の出口、大門口。
五 →二〇二頁注五。
六 貸手。貸・借は当時カス・カルの両訓あり。
七 銀四万貫匁。途方もない大金の意。「唐の咸陽宮に四万貫目持せても、終には雁門を夜ぬけに近し」(一代男六の七)。
八 京都市下京区西七条石井町、西塩小路通に南面する。真言宗。堂前に近年まであった井戸は、平清盛が熱病で苦しんだ時に、この清水を浴びて涼しくなったといわれる(京童二)。
九 頑固な親がかりの息子で、遊び上手な人。
一〇 この世の楽しい思い。
一一 島原の物日でなく、遊女も気楽な日に当る。
一二 費用。太夫相手に一年遊ぶ経費。
一三 五節句の物日の面倒をみてやること。五節句→五六頁注一二。
一四 一六五四年。
一五 宿屋の出女。おじゃれ。
一六 江戸日本橋の本材木町や新材木町には材木屋が多く(江戸鹿子五)、ここは本材木町の方か。当時江戸橋の南より京橋東の白魚橋までの堀に面して、一―八丁目あり。現中央区日本橋一丁目より京橋三丁目間の首都都心環状線に面したあたり。
一七 島原揚屋町の揚屋、橋屋太郎左衛門か。→五〇三頁付図。
一八 →一八六頁注一。
一九 粋人。諺の「粋が身を食う」に同じ。

の身しらず、江戸より勘定《かんじやう》を吟味《ぎんみ》して、おもしろき中程《なかほど》にて勘当《かんどう》せられ、宿《やど》へ
[二〇]の分《わけ》も五拾両ばかりたゝねども、「其事は捨《すて》て、やさしき心根《ね》を、今《いま》に申《(まうす)》」と
語《かた》るうちに、鉦《かね》・太鞁《たいこ》をうちならし、おかしげなる人形《ひとがた》つくりて、「[二一]風《かぜ》の神《かみ》を
おくる」と、色《いろ》町子共さはぎて、揚《あげ》屋町をまはる。

毎年《まいねん》の事ながら、「[二二]女郎《じよらう》、禿《かぶろ》も出て見よ」といふ時《とき》、まだ秋《あき》ながら、[二三]素紙子《すがみこ》
を着《き》て、深編笠《ふかあみがさ》に竹杖《たけづゑ》、たよりなき風情《ふぜい》して、宿《やど》の門《かど》口に立《(たち)》しを、「手の隙《ひま》が
なひ、通《とを》れ」といふ。此《(この)》男《おとこ》出て行《ゆく》。内義《ないぎ》が見て、「今《いま》の御客《きやく》よびかへせ。物
もらひにしては、いかにしてもいやしからぬ[二四]はづれ」と、人迄《(まで)》もなく、跡《あと》をし
たひ、「誰《たれ》さまでもあれ、はるぐ〵御出まして、など我《われ》に、言葉《ことば》もかけたまは
ぬは、すこし御恨《うらみ》も申《(まうし)》あげたし」と、手《て》を取《とり》、宿《やど》にかへりて、笠《かさ》をとれば、
江戸の伝《でん》様。「是《(これ)》は此《(この)》姿《すがた》は」と、泪《なみだ》を流《なが》す。

伝、恥《はぢ》を捨《すて》て、㒵《かほ》をあげ、「こなたへくるは、よく〵の物しらず。然《しかれ》ども、
なじみをたよりにまいるからは、せめて爰《こゝ》に居《ゐる》うちは、下《(した)》〵に笑《わら》はしてくだ
されな。此度《(この)たび》、[二五]伊与《いよ》の親類方《しんるいがた》へくだりて、せめては一日暮《ぐら》しにして、親仁《おやぢ》が機《き》
嫌《げん》をなをすまで、身の置所頼《をきどころたの》む也《(なり)》。されども、此《(この)》まゝ、人のそしりもあるべし。
古帷子《ふるかたびら》ひとつたまはれ」と申《(まうす)》。折ふし、此座《(この)ざ》に[二六]薫居合《かほるゐあはせ》て、「よろしからねど、

二〇 遊興の支払い。ここは揚屋への払い。
二一 →二〇二頁注六。当時風邪がはやると風の神に見立てた藁人形を作り、風の神を送るといって鉦(かね)や太鼓ではやしながら川に流した。
二二 当時流行の歌謡の一節に掛ける。「太夫のこらず、禿出て見よといふはやりうたに」(盛衰記一の二)。
二三 柿渋を塗らない白紙子。京都の清水坂で製す清水紙子などは素紙子という(雍州府志七)。
二四 褄はずれ。身のこなし。立居振舞い。
二五 愛媛県の旧国名。
二六 →一九八頁注九。御船と同時期は五代目。「今の薫」に当たる。

是《(これ)》にあり」と、お客《きやく》のために拵《こしら》へ置《をき》し、紋付《もんつき》まいらせける。

頓《やが》て着替《きがへ》て、笑《わら》ひ出し、「さても〳〵、けふの首尾《しゆび》、以前《いぜん》にかはらぬ心ざし、身にあまりて、うれしさも今《いま》は、親《をや》の跡《あと》を請取《うけとり》、むかしの分《わけ》を立《たて》に計《ばかり》のぼりける」と、懐《ふところ》より取出し、「都《みやこ》にめづらしからぬ物なれども、是《(これ)》は当座《とうざ》の」と申《(まうし)》て、百両うちける[一]。さて女郎《じよらう》は、「是非《ぜひ》に逢《あふ》てたまはれ」と、薫《かほる》を十日約《やく》束《そく》して、互《たがひ》に物仕《ものし》[二]のつめひらき、諸事《しよじ》あしからぬ色《いろ》ぐるひ、外《ほか》より見て、うら

一 祝儀を与えることを、纏頭(はな)を打つ、露を打つなどいう。
二 色道の巧者。ここは物慣れた者同士の応待ぶりの意。
三 最初から。
四 遊女が指を切って客に贈る場合、爪を付けて切って与えるのは、志の深いしるし。爪の生えぎわより上の節をかけて切ると、肉ばかりか爪

やましがる程《ほど》に仕《し》なしける。太夫も、すいたる男《おとこ》なればこそ、三かしらより四爪掛《つめかけ》て切《きっ》てやる。

五女郎《じょらう》のゆく風俗《ふうぞく》、うつくしき形《かたち》にはよらず。六破体《はで》なる仕《し》出し、又は七名代《なだい》にて、思ひつくもの也《(なり)》。「いや風《ふう》なる敵《てき》、又は年寄《としより》、或は八法師《ほうし》にても、其《(その)》心を請《うけ》て勤《つと》めるは、九傾城程実《けいせいほどじつ》なるはなし」と、一〇焼付《たきつけ》、燃杭草《もへぐいぐさ》に、書集《かきあつ》めたる中《なか》に、是計《(これ)ばかり》は諒《まこと》をしるせる。されども、今《いま》の薫《かほる》、気《き》に入《(いら)》ぬ男《おとこ》を勤《つと》むる事にあらず。様子《やうす》はば

も元のようになるという(色道大鏡六)。

五 遊女の惚れる客の風采や振舞い。
▽本条と類似の文章が一代女一の四にある。「今の世のよねの好(す)きぬる風俗は」以下の条や、「流れの身として、男よくて悩(なづむ)事にはあらず。京の何がし名代(なだい)のある御かた、たとへは年寄法躰(ほつたい)のそれにはかまはず」など。

六 派手な新趣向の服装。ここは派手な遊び方。

七 有名人。

八 俗人でも隠居して剃髪した者のこと。

九 「たきつけ草」では、「女郎よりも男にこそ偽りは多けれ」と論じ、「もえぐゐ」でもそれを承けて、「男に偽ありて、女に偽りなし」、遊女は客次第であると論じる。また、遊女は「似気(にげ)なきほど醜き男にも、情(なさけ)に脆(よは)りて打ち靡(なび)くぞかし」とか、「先づは少し財(たから)に靡くともいふべきは、男の美醜(よしあし)にもよらず、老ひたるにも若きにも、智あるにも愚かなるにも、変はるところなしと見ゆるは、上臈の所作・勤めなればなり」と述べる。

一〇 「たきつけ草」「もえぐゐ」「けしずみ」という三部作の遊女評判記。延宝五年(一六七七)刊。

挿絵解説 島原の風の神送りの風景。右半図は、風の神の形代の人形を作り、廓の子供たちが鉦や瓢箪の底を打ち鳴らし、御幣を振りかざしたりして、川に流しに行くところ。左半図は、その騒ぎを太夫・遣手・禿が見物に出たところ。太夫は霞形模様の着物、遣手は武田菱の小紋模様の着物に赤前垂れ姿で、頭には置手拭をする。禿は中陰松皮菱の着物姿。深編笠の男は、江戸の材木町の伝で、わざと素紙子姿にやつして竹杖をつき、廓の者たちの心をためしにやって来たところである。

つとして、取《とり》入《(いり)》[一]ては、又あるまじき女也《(なり)》。彼男《かのおとこ》と口説《くぜつ》[二]して、次《つぎ》なる指《ゆび》を又切《きり》ける。

有時《(ある)とき》、女郎《じよらう》、衣装《いしやう》を仕《し》つくし、染《そめ》ぬきに本絵《ほんゑ》[三]、太夫にはそなはらず、一重物《(ひと)へもの》の物数奇《ずき》を、思ひ〱に見立けるに、一[四]文字屋《もんじや》の三五、黄紬《きつむぎ》の立嶋《たつじま》、「あれは」と、薫《かほる》申せし時《とき》、末社《まつしや》に申付《(まうしつけ)》、「京中さがして、替《かわ》らぬ嶋《しま》を調《とゝの》へ、進上《しんじやう》申せ」とあれば、「人の中《なか》で御申出し、我等《われら》無心《むしん》申さぬに」と、恨《うらみ》、とやかくもや[五]〱になりて、此男《(この)をとこ》[六]のきて、宿《やど》を替《かへ》、大坂屋の今《いま》[七]の野風《のかぜ》に、手《て》をまはしての初会《しよくはい》、吟味《ぎんみ》[八]もなくあふ事、合点《がつてん》の行かぬ仕懸《しかけ》と思へば、男《おとこ》に心をつくし、どうともいわせぬ取持《とりもち》、薫《かほる》をよびに遣し、ありし通《とを》りに中直《なかなを》しける。此《(この)》太夫、うるはしくやはらかに、今《いま》の世《よ》の女郎《じよらう》なるべし。引舟《ひきふね》[九]の蔵《くら》之介、大分《ぶん》の知《ち》恵《ゑ》をさしくはへ、何《なに》につけてもあしからず。

薫《かほる》はなを、あはねばならぬ太夫也《(なり)》。其後《(その)のち》、又指《ゆび》[一〇]を切《きり》、ひとりの男《おとこ》に、指《ゆび》をならべて三度《ど》切《き》る事、卞和《べんくわ》[一一]が心玉《だま》、惜《おし》きは年《ねん》[一二]のあきまへ也《(なり)》。かやうの太夫は、末《すへ》に出来《でき》まじきに、弐枚[一三]手《て》形《がた》にして、二十年も勤《つと》めさせたし。

一 なじむ、親しくなるの意。
二 痴話げんか。原本は「口話」とある。
三 狩野派・土佐派など本格派の絵を、町絵に対していう。ここは地を白く染め抜き、そこに肉筆で本絵を描かせたもの。
四 島原中之町、一文字屋七郎兵衛抱えの天神(色里案内)。珊瑚とも書く。
五 もめごと。口説(くぜつ)。
六 退く。縁を切る。
七 →一九八頁注八。
八 このような場合、指名された遊女は、その客が前のなじみの遊女と縁が切れているかどうかを吟味し、さらに前の遊女に挨拶をしてから会うのが作法であった。
九 野風の引舟女郎。
一〇 盛衰記三の五、ある大尽の宝物の中に、京の「かほるが一刀三礼の小指」が挙っている。仏像を彫る時の一刀三礼作りのように、真心をこめて指を切ったものの意である。
一一 卞和は中国周代の楚の人。名玉を楚の厲王に献じたが、玉でないとされて左足を断たれ、次いで武王に献じたが、同じく右足を断たれた。文王の時に磨かせると、果して名玉と判明した(韓非子・和氏、蒙求・卞和泣璧)。ここは卞和の玉と心玉(心意気)と掛ける。
一二 年季が間もなく明けること。
一三 遊女の年季は十年で、それを傾城請状(うけじやう)に記してあるから、それを二枚も出させて、二十年も勤めさせたいという。「手形」は証文、ここは傾城奉公請状のこと。傾城請状とも。

捨《すて》てもとゝ様の鼻筋《はなすじ》

一四師走《しはす》に閏《うるう》のある年《とし》、「先《まづ》三十日の遊《あそ》び徳《どく》」と、二月からうれしがる。人の命《いのち》のせまる事はしらず、「今《いま》にも死《しぬ》る身《み》」といへば、「又生《うま》るゝもあり。無用《むよう》の案《あん》じ置《をき》」と申《(まうす)》時《とき》、一五砂場《すなば》の一六取揚《とりあげ》ばゞ、「一七一二九十は、九九六六」と、口たゝきながら走《はし》り行《ゆく》。諒《まこと》に今年程《ことしほど》、女郎衆《じよらうしゆ》のお中の、おかしげなるはなし。なんぼ一八夜《よ》見世一九でくろめたまへども、壁《かべ》に行燈懸《あんどんかけ》たやうなる腹《はら》のなり、十四五人も見へける。「むかしはかやうの事はなかりしに、女郎《じよらう》まことある心からぞ」と、是《(これ)》をわるうはおもはず。

二〇人の心も空《そら》になりて、難波風《なにはかぜ》の暮《くれ》〴〵、二一烏賊幟《いかのぼり》のはやりて、さま〴〵の作《つく》り物《もの》、二二雲《くも》にかけはしのたより、是《(これ)》も二三糸《いと》による恋《こひ》とや、二四藤屋《ふぢや》の総角《あげまき》かたへ、色《いろ》〳〵の唐絹《からぎぬ》つくして、二五天人《てんにん》の羽衣《はごろも》しておくりける。此《(この)》美《び》形《けい》、扇《あふぎ》にまよふ、男《おとこ》の心なるべし。引《ひけ》ば自由《じゆふ》になびく、女郎《じよらう》にあの心をもたせたし。

二六越後《ゑちご》町、二七扇風《せんぷう》かたにて二八大寄《よせ》、三十九人ならべた所、おもしろし。暮《くれ》てはそれ〴〵の床《とこ》の取所《(とるところ)》、かゝる揚《あげ》屋の手広《てびろ》き事、余所《よそ》には見もせぬ事也《(なり)》。居間《いま》は、禿《かぶろ》

一四 十二月が閏月なのは、近い年次で延宝五年(一六七七)。当時は大の月が三十日、小の月が二十九日で、数年おきに閏月といってある月を一か月余計に置く。例えば一月、閏一月などいう。
一五 新町遊廓の西口大門の外、南北の通筋。↓五〇五頁付図。
一六 産婆。
一七 陰陽道で人の死期を予知する方法の語。一旬ごとの一・二・九・十の日は朝晩の九つと六つ時(九九六六、すなわち子・午・卯・酉の刻)が死期。三・四・五の日は八つと五つ時(八五八五、丑・辰・未・戌の刻)、六・七・八の日は七つと四つ時(七四七四、寅・巳・申・亥の刻)という(大雑書)。知死期(ちしご)。
一八 遊女が夜間に店に並んで客を招くこと。↓二五四頁注一三。
一九 ごまかす。取り繕う。
二〇 (春になり)人の心も浮きたつのをいう。
二一 凧揚げ。二月の季語(増山の井など)。日次紀事も二月の条で解説。
二二 及ばぬ恋のたとえにいう諺。
二三 糸にたよる心細い恋の思い。烏賊幟—糸。
二四 新町佐渡島町、藤屋勘右衛門抱えの太夫。延宝期在廓(難波鉦)。
二五 天人の羽衣の変り凧を作って。
二六 新町佐渡島町筋の西一町の俗称(澪標など)。佐渡島町揚屋町(色道大鏡十三)。
二七 同町揚屋、扇屋次郎兵衛。扇風は俳号。
二八 仲間連れの客が大勢の遊女を揚げての遊興。

揃《そろ》へて、[一]のんやほゝ踊《おど》り、中二階《ちうにかい》は[二]遠柳《ゑんりう》が小歌《こうた》、[三]こうしの間《ま》は、[四]外記《げき》が[五]平安《へいあん》城《じやう》の道行《みち(ゆき)》かたれば、[六]おやま甚左衛門が仕《し》出し人形《にんぎやう》、[七]そろま七郎兵衛が二王《わう》のまね、口ふさぎて、見る人に口をあかす。

其又《(その)》の日は、京衆《きやうしう》もてなしに、川一番《ばん》の[八]御座船《ござぶね》、[九]一の洲《す》の[一〇]蜆狩《しじみがり》、[一一]都《みやこ》の山のかはりとて、汐路《しほぢ》遥《はるか》に、遣手《やりて》計《ばかり》を一ふねに乗行《のせ(ゆく)》。横《よこ》ぶとらぬは、独《ひとり》もなし。おもひ〳〵の[一二]出立《(でだち)》、皆《みな》太夫様の[一三]めしおろし、紅裏着程《もみうらきるほど》、おかし。只《たゞ》、常《つね》の[一四]布子《ぬのこ》に[一五]赤《あか》

一 のんやほ節の踊り。寛文・延宝ごろ流行し、その歌詞は松の葉三「のんやほぶし」に見える。「のんやほ〳〵」の囃子言葉を入れる。
二 貞享・元禄ごろの大坂の小歌の名手。「遠流風の小歌」(けいせい色三味線・大坂の一)。
三 通りに面した側が格子造りの座敷。
四 宇治加賀掾のツレ、外記。加賀掾の乱曲集の脇題簽より判明(信多純一)。
五 加賀掾の平安城都遷・第四段中の道行。「みさほの前道行」として小竹集にも所収。
六 女形人形遣いの名手。「仕出し」は新趣向。
七 曾呂間(そろま)はのろまと同意で、道化顔の人形、曾呂間人形の略。ここはその人形遣い手、曾呂間七郎兵衛。
八 ここは町人の遊山用の屋形船。船賃を取るので貸し御座船とも。大名用や大型の御座船は楼造り。「横堀のかし御座」(一代女五の四)。
九 大坂木津川の河口にある。
一〇 二月の季語(毛吹草、増山の井)。
一一 京での遊山。二月では紅梅など遅咲きの梅や、彼岸桜・糸桜など早咲きの桜も見られる。いずれも二月の季語(毛吹草、増山の井)。
一二 身なり服装。いでたち。
一三 召し下ろし。着古し。お下がり。
一四 木綿の綿入れ。また麻布の袷(あわせ)や綿入れ。
一五 以下は遣手共通の身なり格好。遣手の風俗は一代女六の三に詳しい。

前垂《まへだれ》、腰《こし》に鑰付《かぎつけ》一六たる様よし。片肌《かたはだ》ぬぎ掛《かけ》ての酒《さけ》事、是《（これ）》も隠居《ゐんきよ》の中居《い》など、見るやうにもあらず、どこにやらおもしろき所も有《（あり）》。後《のち》は酔《ゑい》心になつて、互《たがひ》におもはずも内証咄《ないしやうばな》し。どの口聞《（きき）》ても、女郎《じよらう》をしからぬはなし。

「遣手《やりて》のすく男《おとこ》は、女郎《じよらう》おもしろからず。女郎《じよらう》の思ふ客《きやく》は、親方《おやかた》のためにはならず。禿《かぶろ》・女郎《じよらう》とひとつになりて、透間《すきま》を見て中戸《なかど》一七の情《なさけ》、内へよき男《おとこ》の名《な》を申《（まうし）》、いそがしき偽《うそ》をつき、諸事《しよじ》を勤《つと》める男《おとこ》には、たま〳〵かすにも、口説《くぜつ》一八を

一六 鍵。「鑰 カギ」（饅頭屋本、易林本など）。
一七 店から奥に通じる土間の仕切り戸。よく男女密会の場所とされた。
一八 痴話げんか。原本は「口話」とある。

挿絵解説　越後町扇屋の大寄せ。格子の間での遊興で、右半図では扇子を持った外記が「平安城」の道行を語り、おやま甚左衛門が新工夫の人形を操っているところ。右端のあごに手をやる男は大尽客の一人。左半図はそろま七郎兵衛が口をふさぐ吽（うん）の仁王の物真似をしている。見物する女性のうち、座敷の三人は囲い風情で、右から左へ示すと、丸髷で色変りの桜花柄の着物、島田髷で色変りの輪違い柄に裾濃の着物、島田髷で唐草に菊柄の着物。右半図の前に立つのは太夫で、兵庫髷で波形の中に武田菱を散らした柄の着物、後が禿で、大弁の菊柄の着物姿。左半図の前に立つのは新造女郎か、どこか初々しく、七宝つなぎ柄の着物で、後に立つのは遣手で、色変り中陰雪輪の輪違い柄の着物で、前垂れを掛け、置き手拭をする。

仕懸《しかけ》て、作病《さくびやう》せらるゝ。我身《わがみ》しらず」と、人の聞《きく》をもかまはず、内からそしりぬ。

「まことまざ〲しき良《かほ》して、腹《はら》いたむなぞと、そばからもおかしき事があつたぞ。此前《(この)まへ》、[一]小ざつま、[二]久宝寺《きうほうじ》の四の二と云男《いふおとこ》、ふり掛《かゝつ》て、俄《にわか》にお中《なか》がいたむとて、しかみ良《がほ》。其色《そのいろ》もかはらず、いたひ良《かほ》つきは見へずして、次第《しだい》に[三]薄《うす》みつちやもしほらしく、唐土《もろこし》の[四]西子《せいし》が美《び》なる面影《をもかげ》も思ひ合《あはせ》、是《(これ)》、傾国《けいこく》の稀者《まれもの》と詠《なが》めしも、うそをおもへば、をそろし。されども、女に逢《あふ》ては、此《(この)》うちにいづれか、目の見へる人有《(ある)》まじ」といふ。

屋形《やかた》に、子細《しさい》らしくかまへて、人の盃《さかづき》もいたゞかず、物をもいわず、小草履《ざうり》取《(とり)》にかしらうたせ居《い》る。此前髪《(この)まへがみ》、十四五にして、大かたの風義《ふうぎ》也《(なり)》。「是《(これ)》に衆道《しゆどう》好《ずき》のましますに、[五]りやうぢを申《(まうし)》た」[六]といへば、此男《(この)おとこ》腹立《ふくりう》して、「私《わたくし》の[七]少人《しやうじん》いやな、証拠《しやうこ》を見せん」と、手箱《てばこ》より剃刀《かみそり》取出し、押《をさへ》て、元服《げんぶく》させける。「扨《(さて)》も[八]みぢかし。日外《いつぞや》、[九]八軒《けん》屋の[一〇]七賢中間《げんなかま》、舟《ふな》あそびに出、先《さき》にて法躰《ほつたい》せし人も有《(あり)》。是程《(これ)ほど》に世を見かぎりし人も、[一一]此道《(この)みち》には取乱《とりみだ》しける」と、笑《わろ》ふて、帰《か》へさは、[一二]長《なが》堀《ほり》の高橋《たかはし》よりあがれば、泣声《なくこへ》のかしこき捨《すて》子《こ》あり。「見れば女郎《じよらう》の子にうたがひなし。良《かほ》を[一三]領《あり》へつつこんで居《いる》」と申せば、「去《さる》太夫に目つき其《(その)》まゝ」「それに

一　小薩摩。佐渡島町下之町、丹波屋(二軒あり)抱えの太夫。延宝期。立ち姿がすらりとして見よい遊女(置土産二の三など)。
二　大阪市中央区北久宝寺町と南久宝寺町辺。当時も各五丁目まであり、ほぼ現在と同じ。「四の二」は六兵衛などの廓での替名。
三　顔に疱瘡の治った跡が少し残るのをいう。
四　西施。中国春秋時代の越の国の美人。呉王夫差の寵妃。西施が胸を病んで顔をしかめたが、そのしかめた顔の美しいのを見た里の女が、まねをしたと伝える(荘子・天運編)。
五　聊爾。失礼。
六　原本「と」なし。
七　若衆。美少年。
八　気が短い。
九　大坂の天満橋南詰から天神橋南詰までの淀川の川岸。現中央区京橋一、二丁目内。なお伏見通いの船の発着場は天神橋南詰より二町東(現京橋二丁目)にあった(宝暦町鑑)。八間屋とも。
一〇　七賢は、中国の晋代、世俗を避けて竹林で詩酒清談を楽しんだ七人の隠者。シチケン・シチゲンとも。当時その七賢を気取った連中が八間屋にいた(俗つれ〲二の二)。「和七賢中間あそびの豊《ゆた》か也」(西鶴独吟百韻自註絵巻。自註に説明あり)。
一一　和七賢といわれた人でも色道で取り乱した例が、俗つれ〲二の二に見える。
一二　長堀川が木津川に注ぐ所に架かる橋(貞享四年・大坂大絵図、元禄十六年・公私要覧)。
一三　襟。原本は「領」とあるが、領の草体の誤りか。「領　エリ」(増補下学集)。
一四　遊女の子に仕立ててしまった。
一五　仏像に魂を入れる儀式を開眼供養といい、

気《き》を付《つけ》て見れば、其時分《そのじぶん》逢《あひ》し男《おとこ》に、鼻《はな》の似《に》た所《ところ》も有《あり》」「耳《みゝ》のいきうつしなる所も有《あり》」。さて、仏師大勢《あふぜい》にて、[一四]作《つく》りたてける。とても の事に、[一五]魂《たましゐ》の入《いれ》てを聞《きき》たし。

[一六]反古《ほうご》尋《たづね》て思ひの中[一七]宿

[一八]命《いのち》を釣替《つりかへ》とは、太夫に生れつく女ぞかし。むかしは、[一九]其《その》身に懸《かけ》あはせ、銀《ぎん》にて渡《わた》すさへ、稀《まれ》に申せしに、近年《きん》、[二〇]千五百両《りやう》に請出す女郎《じよらう》も、[二一]拾弐貫《くわん》目有《ある》なし。是《これ》を九[二二]拾貫目に、高《たか》ひ物とおもふは、ちいさき目から也《なり》。[二三]歩《ぶ》にかゝる家《いゑ》よりは安《やす》し。揚《あげ》づめにして、算用《さんよう》すれば、弐年半には、うつくしき女、只《たゞ》になるぞかし。

[二四]江戸町、助左衛門抱《かゝ》への[二五]大和泉《いづみ》、ひさしくわづらいの後《のち》、よろこび事とて、京橋《きやうばし》の金鎚《かなづち》といふお敵《てき》、五日つゞきて大寄《よせ》、[二六]上野《うへの》の藤《ふぢ》を爰《こゝ》にうつして、[二七]作花《つくりばな》屋内匠《たくみ》が俄《にわか》に咲《さか》して、揚《あげ》屋の台所《だいどころ》迄《まで》、風もいとはぬ花棚《はなだな》。心ある人、手折《たをり》てかざし、「[二八]見ぬ人のため」と、いわれしもやさし。春《はる》は暮行名残《くれゆくなごり》、昼《ひる》の客《きやく》はかへりて、なじみの男《おとこ》は、夜《よる》こそ深《ふか》き情《なさけ》もあれ。[二九]立別《たちわかれ》[三〇]因幡《いなば》が、[三一]近江《あふみ》ぶしの浄瑠利《じやうるり》、隅《すみ》

魂の入手はその導師のこと。ここは捨子の父親。
一六 →二〇三頁注一二。
一七 →二〇三頁注一三。
一八 命を(秤にかけ)金と交換すること。
一九 遊女の体重を秤にかけ、それと同じ重さの身請け金を抱え主に渡した大尽の話がある。
二〇 島原の太夫吉野(三代目)は、延宝七年(一六七九)長崎の源(みなもと)という二十七歳の客に千両で身請けされた(恋慕水鏡二)とも、長崎の鹿という客に千三百両で身請けされた(置土産四の二)ともいわれ、小説や芝居でうたわれた。なおこの吉野は本書一の五に登場。→五頁注二一。
二一 その体重が。
二二 小判一両が銀六十匁替えの計算で、小判千五百両は銀九十貫匁(目)になる。
二三 歩(分)は金利、利回り。ここは家を買った資金の金利より、入手した家の家賃の収益が多いこと。「歩にかゝる家屋敷を求め、楽〱と世を渡り」(盛衰記三の三)。
二四 江戸吉原江戸町。→五〇四頁付図。
二五 「大」は敬称。寛文五年(一六六五)ごろ格子女郎(吉原大全新鑑)、同七年には太夫に出世(讃嘲記時之太鼓)、翌年には格子に下がる。
二六 上野山王社神前の大藤棚(江戸砂子三)。
二七 未詳。江戸鹿子六・作花師の京下りの条には別春・常春・正次・正信などの名がある。
二八 「多祜(たこ)の浦の底さへにほふ藤波をかざして行かむ見ぬ人のため」(万葉集十九など)。
二九 「立ち別れいなばの山の峰に生ふるまつとし聞かば今帰り来む」(古今集・離別など)。
三〇 江戸町助左衛門抱えの格子。寛文期吉原の近江節風の浄瑠璃の名手(讃嘲記時之太鼓)。
三一 江戸浄瑠璃の一つで、杉山丹後の門人近江大掾岡島語斎が始めた。承応から寛文ごろ流行。

町満字《てうまんじ》屋の庄左衛門抱《かゝ》への、[一]浅妻《あさづま》・[二]常盤《ときは》、つれ歌《うた》、一座、春の夜《よ》の夢《ゆめ》心になりて、十八日の月も朧《おぼろ》に、霞《かすみ》に雨雲《あまぐも》にかすかなるを詠《なが》めしに、明《あけ》がたより晴《はれ》て、初蝶《はつてふ》も寝覚《ねざめ》て飛《とぶ》、[三]春色隣家《しゆんしよくりんか》に有《ある》かと、眺《のぞけ》ば、[四]蔦《つた》屋の二階《かい》から、[五]井筒床《ゐづゝとこ》ばなれの白小《しろこ》袖《そで》、軒端《のきば》に帯《おび》をおろす。子細《しさい》らしく見るに、あんのごとく、其《(その)》はしに、文結《ふみむす》び付《(つく)》る男《おとこ》は、[六]江戸町の甚左衛門。

忍《しの》び姿《すがた》を見付《(みつけ)》、ばつと沙汰《さた》せられて、なをやめず。勤《つと》めもおのづとすたれば、[七]親方《おやかた》伊左衛門にもらいて、恋《こい》も自由《じゆふ》になりて、世におもひ残《のこ》す事もなきに、井《ゐ》筒《づゝ》、嫉妬《しつと》ぶかく、後《のち》はきのどく重《かさ》なれども、今更《いまさら》見捨《すて》がたく、其年《(その)とし》も、又の年暮《くれ》て、十月十四日の夜《よ》、[八]浅草《あさくさ》の寺《てら》町へ参《まいる》のよし、宿《やど》を出て、それよりすぐに法《ほつ》躰《たい》して、宗知《そうち》とあらため、[九]本石町《ほんごくてう》の横手《よこて》に、世は捨《すて》ても世わたりのために、八《や》百屋《をや》棚《だな》を出して、其《(その)》身は深《ふか》く忍《しの》びて、月日をおくりぬ。

井筒《ゐづゝ》、此男《(この)おとこ》をこがれしに、出家《しゆけ》のありさま伝《つた》へければ、我《われ》も其《(その)》身にと、黒髪《くろかみ》剃《そり》おとし、三野《(さん)や》を出て、一とせあまり、[一〇]関所《せきしよ》をかぎりに尋《たづね》、さては[一一]国遠《こくゑん》と、恨《うらみ》をなし、[一二]七面《(なな)おもて》の明神《みやうじん》に、百日の参詣《もふで》して、「めぐりあはせたまはずば、忽《たちまち》[一三]火竜《りう》の形《かたち》となり、是《(これ)》なる御《み》池《いけ》に、身をしづめん」と、針《はり》百本を、毎《まい》日指《ゆび》の血《ち》をしぼりて、道芝《みちしば》を染《そめ》ていのる。

一 吉原角町、万字屋庄左衛門抱えの格子、寛文六年(一六六六)六月より太夫に出世。三味線・小歌の上手(時之太鼓)。寛文七年二月ごろ退廓か。
二 吉原新町、仁左衛門抱えの格子、寛文七年正月より太夫に出世(時之太鼓)。
三 三体詩・一・王駕「晴景」の詩に、「蛺蝶飛来過〻牆去、却疑春色在〻隣家〻」による。
四 吉原揚屋町の揚屋、桐屋市左衛門か。定紋が蔦。蔦―垣・軒(類船集)。
五 →二〇三頁注一五。
六 吉原江戸町の遊女屋の主人。
▽遊女と傾城屋との恋は嫌われた。「にくきもの くつわとちいんするけいもじ」(時之太鼓)。
七 井筒の抱え主、新町建出しの伊左衛門。
八 下谷車坂町から浅草菊屋橋に至る通り(台東区上野駅前から菊屋橋までの浅草通り)を俗に新寺町と称し、寺院が多かった(御府内備考二十二、江戸切絵図)。また寺町とも略称。
九 日本橋本石町。四丁目まであり、現、中央区日本橋本石町・室町・本町の各三丁目と四丁目との間の通り町に当たる。本石町は石町とも。
一〇 東海道の箱根、中山道の碓氷の関所通行には女手形が必要で面倒なので、関所までの意。
一一 遠国へ逃げること。
一二 谷中のはずれ、新堀村の日蓮宗延命院。現、荒川区西日暮里の延命寺。
一三 謡曲「道成寺」で、山伏を慕うあまり蛇体となった白拍子が、衆僧の調伏に遭い、猛火を吐いて身を焼き、日高川の深淵に飛び込んだという話などの影響。

其《(その)》しるしもなく、江戸中に住替《すみかへ》て、有時《(ある)とき》、一四白がね町に、一五身を立《(たて)》し時の、遣手《やりて》の梅《むめ》が、我《わが》一六世を持《もち》てありける。爰《こゝ》にたよりて、むかしのよしみとて、十日あまりも程《ほど》ふりて、宵《よひ》は雪《ゆき》、あけては時雨《しぐれ》もいたく音《おと》づれて、物の淋《さび》しく、とふ人もなき日とて、井筒道心《ゐづゝどうしん》をもてなしに、茶《ちや》事の一七花餅《はなもち》などして、娘《むすめ》に胡麻《ごま》を買《かい》に遣しけるに、彼青《かのあを》物屋に行《(ゆき)》て、調《とゝの》へてかへる。包紙《つゝみがみ》を見るに、縁《えん》はつきぬ印《しるし》にや、井筒《ゐづゝ》が書捨《かきすて》の、一八新古今《しんこきん》の反古《ほうご》也《(なり)》。是《(これ)》は不思儀《ふしぎ》と、彼宿《かのやど》に入れば、甚左衛門、姿《すがた》を替《かへ》て、一九根白草《ねじろぐさ》を手してそろゆるに取《(とり)》つき、此《(この)》時のうらみ、二〇三丁目の撞鐘《つきがね》も、二一湯《ゆ》となるべし。

色《いろ》〳〵諫《いさめ》て、又かたらひの枕《まくら》も、次第《しだい》におそろしく、魂《たまし》ひ消入《きへ(いる)》事、夜《よ》の内《うち》に幾度《いくたび》か。そも〳〵恋《こい》を取《(とり)》むすびし時《とき》の事を思へば、勤《つと》めの男《おとこ》さへそねみ、片《かた》時見ぬも、声《こへ》きかぬも、こがれ死《じに》のやうに思ひしに、かほど迄《(まで)》いやなる事、大かたならぬ因果也《ゐんぐわ(なり)》。

此《(この)》女、悪《あく》心にもあらず、形《かたち》のあしきにもあらず。世間《せけん》の人にもほめられ、万《ばん》事かしこく、二二敷嶋《しきしま》の道迄《みち(まで)》も、心ざしふかく、ひとつとしてふそくなきに、我《われ》を大事に思ひ過《すぎ》、夏《なつ》の夜《よ》もすがら、夢《ゆめ》もむすばず、枕近《まくらちか》く居《い》て、団《うちわ》の風を絶《たや》さず。昼《ひる》は、稀《まれ》なる白髪《しらが》をなげきてぬき、宿《やど》を出れば、帰《かへ》る迄門《までかど》に待詫《まちわび》、現《うつゝ》にも我を

一四 注九の本石町の一筋北の通り。四丁目まであり、中央区日本橋本石町・室町・本町の各四丁目内の東西に延びる通りに当たる。合羽屋・傘・指物屋などが多かった(江戸鹿子五)。
一五 流れ(遊女)の身を立てた時。
一六 世は世帯、家庭。
一七 米粉をこねて茹で上げ、くちなしや蓬《(よもぎ)》の汁で色をつけ、花弁や笹の形にした餅。笹餅。
一八 新古今集。書道や和歌も遊女の嗜み(色道大鏡九)。
一九 芹《(せり)》の異名。
二〇 本石町三丁目の北側の新道に、時の鐘があった(江戸砂子一)。
二一 謡曲・道成寺で、撞鐘の中に山伏を隠し置くと、蛇体となった清姫が、「焔を出だし尾をもつて叩けば、鐘は即ち湯と」なった、とあるのによる。
二二 和歌の道。

見ぬ間《ま》をうらむ。是《(これ)》は皆《みな》、浅《あさ》からぬ心からなるに、ふつとあきそめて、皃《かほ》見る事うたてし。かゝる事も有物哉《(あるもの)かな》。世上《せじやう》に、子の有中《(ある)なか》の女房《にうぼう》[一]さるも、こんな事なるべし。

井筒坊主《ぼうず》、かわひがる程《ほど》、いや風《ふう》になり、又、石町《こくてう》[二]も忍《しの》び出《(いで)》、駿河《するが》の国《くに》、安《あ》部《べ》川に、すゐの親類《しんるい》たよりに、尋行《たづねゆく》。三野《(さん)や》のむかし、此《(この)》国より、江戸[三]に引《ひけ》ると也《(なり)》。其《(その)》ゆかりぞかし。

一 離縁する。

二 前出本石町の本名。本石町は神田の新石町(須田町の近隣、一丁目は通り町の一つ西筋)に対しての通称。

三 元吉原の遊廓を開く時、安倍川の遊廓の旅籠町・新町の二町が江戸に移ったことをいう。

折ふしは十二月九日、けしからず高砂《たかすな》を吹《(ふき)》あげ、四浮嶋《うきしま》が原《はら》も松さはがしく、五木枯《こがらし》の森《もり》の辺《ほとり》は、五色《しき》の雲《くも》立かさね、六名山《めいざん》もすいりやうに詠《なが》めしに、海原《うなばら》の朝《あさ》日、紅《くれない》の浪《なみ》を分《わけ》て、空《そら》も静《しづ(か)》に、山もほのかに、煙《けぶり》を見付し時、井筒《ゐづゝ》、情姿《なさけすがた》にて、面《おもて》は雪《ゆき》をあらそひ、我《われ》を見つめし眼《まなこ》ざし、是《(これ)》はと心も消入《きへ(いり)》、七観念《くわんねん》して、しばし程過《ほどすぎ》て見るに、其面影《(その)おもかげ》はなかり。

是《(これ)》に付《(つけ)》ても、浮世《うきよ》と定《さだ》め、八宇津《うつ》の山の東原《ひがしはら》に、八本《やもと》の榎《ゑ》の木《き》の陰《かげ》に、柴《しば》の戸《と》

四 駿河国駿東郡、愛宕山南麓の原野。歌枕。
五 同国安倍郡羽鳥村(静岡市羽鳥)の藁科川ほとりの丘。八幡神社がある。歌枕。
六 富士山。
七 覚悟をする。原本は「勧念」とある。
八 静岡市西端の宇津谷峠の東麓。

挿絵解説 男を慕う井筒の情け姿の図。甚左衛門が暁風の吹きやんだ後の名山を見上げると、富士のほのかな煙の中に思いをこめた井筒の姿がありありと現れたところ。女は窠文(かも)模様の着物に垂れ髪姿で、思いなしかやつれている様子。男は富士見西行の構図よろしく描かれ、山にかかる雲は雲文の装飾画風で、幻妙な趣を添えている。

をむすび、[一]鞠小《まりこ》川を見おろし、仏名《ぶつみやう》を唱《とな》ふ比《ころ》しも、昔日《そのかみ》、此《(この)》山に[二]連歌師《れんがし》の住《すみ》[三]ましまして、「[四]炭《すみ》弐俵《ひやう》 薪《たきゞ》三束《ぞく》年《とし》の暮《くれ》かな」と、読《よま》れし事もおもひ[五]出《(いで)》しは、我《われ》もよしみの人より、春《はる》の朝《あした》をしらせて、[六]花平《はなびら》といふ餅《もち》などおくる。[七]餝《かざり》の松《まつ》は峰《みね》に其《(その)》まゝ、[八]うら白草《じろぐさ》は谷《たに》に、[九]若水岩根《わかみづいわね》の溜《たま》りをたのしみ、老《おひ》の浪《なみ》の寄《より》くるをかなしむ事もなく、[一〇]大年《おふとし》の夜、はじめて此庵《(この)いを》に住《すみ》けるに、生壁《なまかべ》の窓《まど》さむく、枕《まくら》もさだかならず、[一一]夢《ゆめ》にも人にあはぬ身と思ひしに、井筒《ゐづゝ》が形《かたち》、まざ〳〵とあらはれ、物いわぬ計《ばかり》、夜《よ》ともになやまし、明《あく》れば影消《かげきへ》て、又夜《よる》はかよひ、二月の末迄《すへ(まで)》、人にはかたらず、おもひなして、後《のち》はやせおとろひて、おのづからかぎりもしるゝ時《とき》、家《いゑ》に木《こ》の葉《は》埋込《うづみ(こめ)》、[一二]火宅《くわたく》は今《いま》と焼《やけ》うせにける。武蔵《むさし》にありし井筒《ゐづゝ》も、其《(その)》日其刻《こく》に、眠《ねむる》がごとく、みまかりけるとなり。

庵《いをり》さがせば思ひ[一三]草《ぐさ》

[一四]人の心は花になりて、菜種咲野《なたねさくの》は、[一五]牛《うし》の角《つの》さへ常《つね》に替《かは》りて、昔日《そのかみ》、[一六]牡丹花《ぼたんくわ》の乗《のら》れし事も、思ひ出《(いづ)》ればおかしく、世を捨《すて》人の住所《すみどころ》、[一七]難波《なにわ》の嵯峨《さが》と名付《なづけ》て、天《てん》王寺《わうぢ》の[一八]塩《しほ》町、[一九]北山に増《まさ》りて、東《ひがし》に[二〇]生駒《いこま》・[二一]かづらき・[二二]二上《ふたかみ》山も見えわたり、其《その》御[二三]

一 丸子《まりこ》川。宇津山の山中より出て、丸子を経て駿河湾に注ぐ。 二 宗長のこと。宗祇の弟子で、永正元年(一五〇四)宇津山東麓に隠栖し、享禄五年(一五三二)八十五歳で没。
三 丸子の宿の北、泉ヶ谷《や》の吐月峰柴屋軒《さいおくけん》。現在は臨済宗の天柱山柴屋寺となる。
四 宗長の「宇津山記」に、「草庵のだんな安元、歳暮のかず〳〵注文に、炭二籠、薪二把、つとふたつ、大根、牛蒡、かへしをぞ待、なににても返しすべき、草の庵かず〳〵君が心ざしをき所なき年のくれかな」とある。
五 思い出した、というのは、の文意。
六 花弁《はなびら》餅。つきたての餅を蜜漬けにした牛蒡を心にして包んだもの。 七 正月の松飾りの松。 八 うらじろ科の羊歯《しだ》。葉の裏が白い。
九 元日または立春の早朝に汲む水。
一〇 大晦日。オオドシとも発音。
一一 「駿河なる宇津の山辺のうつつにも夢にも人に逢はぬなりけり」(伊勢物語九段など)。
一二 煩悩など苦悩に満ちた現世を火災の家にたとえた仏教語と、実際に家が燃える意とかける。
一三 →二〇三頁注一八。
一四 「花」はうわべだけで真実味のないこと。古今集・仮名序「いまの世の中、色につき、人のこゝろ花になりけるより、あだなるうた、はかなきことのみいでくれば」による。花—菜種。
一五 陰暦五月五日の牛駆けの行事。大坂梅田村では飼牛に新しい鞍を置き、角を茜《あかね》染めやうこん染めの布で巻き、花などを飾り、梅田堤で遊ばせた。牛の藪入りとも(浪華百事談二)。
一六 連歌師肖柏の別号。宗祇の弟子で、よく金箔を塗った牛に乗って歩いたという。
一七 嵯峨(の奥)—隠家・桑門《よすてびと》・尼(類船集)。
一八 船場の塩町(中央区)と区別して、上塩町と

出家《しゆけ》の跡《あと》をまねて、此《(この)》所は、大方比丘尼《あふかたびくに》の菴《いをり》也《(なり)》。

後《のち》の世を願《ねが》ふも、先《さき》の近《ちか》ひ年《とし》ふりて、今死《いましん》でも子共《(ども)》の泣《なか》ぬ人こそ、身の取置《とりをき》所、爰成《こゝなる》べし。見れば、[二四]五尺だちの大振袖《あふふりそで》、又は廿《はたち》をすぎまじき人の、其様《(その)さま》、[二五]仏御前《ほとけごぜん》もかくやとおもふ形《かたち》、何程《なにほど》か、木魚《もくぎよ》を扣《たゝ》き、線香《せんかう》をたやさず、殊勝《しゆしやう》に見せ過《すぎ》て、おかし。是皆《これみな》、上気《うはき》の沙汰《さた》也《(なり)》。

[二六]或《あるひ》は男《おとこ》にはなれ、当座《とうざ》の気《き》にて髪《かみ》を切《きり》、又、親《おや》のなき娘《むすめ》、姨《おば》に懸《かゝ》るをうとみ、縁《あん》につかぬうちに、浮名《うきな》の立《(たち)》し口ふさげ、元《もと》いたづらより四五度《ど》もさられて、外聞《ぐわいぶん》思ひ、いやながら剃《そ》らして、[二七]勝手《かつて》、親よりつずけて、かなしき事も、寒《さむ》き事をもしらぬ身の、「[二八]極楽《ごくらく》は爰《こゝ》じや」と、[二九]浮世《うきよ》坊主《ぼうず》のすゝめ、風与《ふと》一夜聞込《やきゝこみ》、それより乱《みだ》れ、「仏様《ほとけさま》は人に物いはぬがありがたひ」と、不断《ふだん》の[三〇]揚麩《あげぶ》・山《やま》の芋《いも》、干鱈《ひだら》・塩鯑《しほさはら》にかはりて、忍《しの》び肴売《さかなうり》、[三一]張籠《はりかご》の底《そこ》より風《かぜ》を入《(いれ)》、其《(その)》内に、鴨《かも》は[三二]骨貫《ほねぬき》、鯉《こい》は[三三]糸作《いとづく》り、焼卵《やきたまご》、[三四]早鮨《はやずし》、毎《まい》日自由《じゆふ》を調《とゝの》へて、まはりけるとや。

又、[三五]年《とし》がまへなる尼《あま》が、仲立《なかだち》すると見へて、守袋《まもりぶくろ》より取《とり》出して、袖《そで》にかよはせ、人影《ひとかげ》を見て、過去帳《くはこちやう》の咄しに、替《かは》つた事共《(ども)》也《(なり)》。隠《かく》す事にはあらず、後家《ごけ》、是等《(これ)ら》は、[三六]お寺《てら》様の物ぞかし。女郎《じよらう》ぐるひは、殊《こと》にゆるすべし。日外《いつぞや》、嶋原《しまばら》の朝《あさ》がへりに、法師《ほうし》の紋付《もんつき》の羽織《はをり》、大編笠《あふあみがさ》の被振《かづきぶり》、目に立《(たつ)》風情《ふぜい》ありて、見るに、此《(この)》

も呼ぶ。大阪市中央区上汐《(うえしお)》一・二丁目、天王寺区上汐三―六丁目辺。当時楽隠居や後家、にわか道心者などが住んだ(好色旅日記二の一)。
一九 京都の北山。
二〇 生駒山。大阪府と奈良県の境にある。歌枕。
二一 葛城。大阪府南河内郡と奈良県御所《(ごせ)》市の県境にある山。歌枕。
二二 奈良県北葛城郡当麻《(たいま)》町にある山。歌枕。
二三 二上山麓当麻寺で出家した中将姫。藤原豊成の女。十六歳で尼となり、阿弥陀仏を信仰し、蓮糸で曼陀羅《(まんだら)》を織ったという(謡曲・当麻)。
二四 五尺裁ち。袖下二尺五寸の大振袖。
二五 平清盛の愛妾。もと白拍子で後に尼となる。
二六 本条と類似の表現に、「近年世上に女出家のはやり、都より人の娌子《(よめご)》、親にふそく、あるひは男嫌ひ、又は不義の云分に、うき世坊主の形とは成候へども云々」(文反古五の四)がある。　二七 暮らし向き。生活費。
二八 「まことの極楽遠きにあらず」(一二三頁)の文句に托して享楽を奨める。極楽―目の前。
二九 生臭《(なまぐさ)》坊主。
▽本条と類似の表現に、「若びくにのきどくに勤めすますを、悪僧たよりて、いつの程にかそゝのかし、山を立のき、げんぞくする人数をしらず」(文反古五の四)がある。
三〇 あげふ。油で揚げた麩。アゲブとも。
三一 竹籠の内部に紙を張ったものか。
三二 骨抜き。鴨の骨を抜き、中に蒲鉾などを入れて調理する(料理物語)。
三三 糸のように細く作った刺身。
三四 酢でしめた魚と熱い飯を、交互に重ねて重石をかけ、一夜でならしたもの。一夜鮨とも。
三五 年配の。下文の「袖」は尼の袖。
三六 破戒坊主の食い物。

あたりの[一]長老様《ちやうらうさま》。「是《これ》は」とおどろけば、丹波《たんば》口の[二]太郎兵衛、「あれにかぎらず」と笑《わろ》ふ。惣じて、[三]関東《くわんとう》にくだる小僧《こぞう》など、[四]世尊《せそん》もゆるしたまひ、道中《どうちう》は精進《しやうじん》といふ事もなし。

今時《どき》の[五]腥寺《なまぐさでら》と詠行《ながめゆく》に、にしがわの生墻《いけがき》のうちに、張紙《はりがみ》、[六]万葉書《まんやう》にして、「[七]屋《や》弥《や》様《さま》於《お》路《ろ》志《し》薬《ぐすり》あり」とはおかしく、なを南《みなみ》に[八]楽人《がくにん》町、都《みやこ》に恥《はぢ》ぬ笙《しやう》の音《ね》もしずかに、聞過《きゝすぎ》て、[九]衣《ころも》の浦《うら》、[一〇]御所《ごしよ》の芝《しば》、[一一]太刀《たち》造江《つくりへ》も、[一二]敷津《しきつ》につゞきて、名所咄《めいしよばな》しもつ

一 禅宗や律宗で住持を敬っていう。
二 丹波口一貫町南側の茶屋(色道大鏡十二)。
三 関東(江戸・鎌倉など)の学寮(寺院内の修行・学問する所)。
四 仏、また釈迦を敬っていう。
五 俗化した寺。世間寺。原本は「醒寺」とある。
六 万葉仮名。
七 堕胎薬。
八 天王寺区伶人町に当たる。四天王寺の西で、天王寺の雅楽を奏する人たちの屋敷町。
九 未詳。歌枕名寄など未勘国の歌枕とする。
一〇 未詳。
一一 住吉の歌枕。「方角未考、一説東生郡に属すと云ども、所指不詳」(摂陽群談六)。
一二 住吉神社(現、大社)西方の海岸。歌枕。現浪速区・西成区・住之江区辺の昔の海岸。

きぬ[一三]砂道《すなみち》、[一四]今宮《いまみや》の新家《しんけ》といふ一里《さと》に、日中《にっちう》の鉦《かね》打ならし、千日の念仏《ねんぶつ》の声《こへ》、やさしくとうとく、[一五]庵住《あんぢう》は、[一六]堺《さかい》の色里《いろざと》にありし、[一七]久米《くめ》の介《すけ》といへる女郎《じょらう》。

「かくなり替《かわ》る身は、ある人の情《なさけ》にて、請《うけ》出されて後《のち》、折ふしの通《かよ》ひ女となりしが、此《(この)》男《おとこ》、久《く》米《め》之助親《すけおや》を、深《ふか》く恨《うら》む事ありて、[一八]なげきの月日をおくる。親《おや》子《こ》のちなみを、色《いろ》〳〵詫《わび》てもきかず。彼大臣《かのだいじん》、心をふたつに分《わけ》て申《(まうす)》は、「けふより、にくからぬ暇《いとま》をとらす也《(なり)》。世を立《(たて)》て、今迄《(まで)》のごとく、親《おや》の白《かほ》を見まじや。

一三　遠里小野村内の地名にあるが(堺市砂道町)、ここは砂地の道。「つきぬ」は上下に掛かる。
一四　今宮村の堺・紀州街道沿いに出来た集落。現、浪速区東南部。
一五　庵主。
一六　堺の遊廓は、堺の南北二か所にあり、北を高洲(高須とも)、南を乳守(ちもり　津守とも)という。また北は六間町(ちょう)・北高須町ともいい、現北旅籠町東一・二丁辺。南は南高須町ともいい、現南旅籠町東一丁と南半町東一丁辺に当たる。
一七　堺乳守の遊女。
一八　新町投節の「恨みながらも月日を送るさても命はあるものを」による表現。

挿絵解説　堺乳守(ちもり)の門立(もんりう)の情景。「乳守女郎、門立時分にて、浜辺の松陰に人待(ひとまち)顔なるを見て」(椀久一世・上の六)とあるように、本図の松は街道筋の松で、手前の波の寄せるのは、浜近き風土を写す。高床造りで、欄干に丸竹を使う造りなども三都の廓と異なる。また遊女の客待ち顔の出かけ姿が見られるのも、本文に「大坂とは、三里の違ひ有物かな」と叙べられているとおりである。「爰(ここ)乳守の遊女町、折ふし門立時なれば、もし見付けられてはと、小女郎手の編がさを先さがりにかづき、天王寺屋利兵衛といふ揚屋のかどなる冷水(ひやみづ)、をもひ出して、井筒に寄て面影をみれば、此所の四天王と名高きよね共はや見付て、禿つかはし、大坂のわるひ人さま達とまねく」(男色大鑑七の五)などは、本章の趣に類似する。

又、世を捨《すて》、親子《おやこ》のかたらひなすとも、望《のぞみ》にまかせ」とあれば、「ひさ〲の御よしみとて、ありがたし。御かたさまは背《そむ》かず、かさねて男《おとこ》といふ事、思ひもよらず」と、世の勤《つと》めなる髪《かみ》、目の前《まへ》に切《(きり)》て、衣《ころ(も)》も兼《かね》ての用意《やう》。此男《(この)おとこ》も、うたがひ晴《はれ》ての泪《なみだ》、[一]百々《どゞ》川に流《なが》れて、[二]南北《なんぼく》に名《な》をふれける」と、語《かた》り仕舞《しま》へば、皆《みな》住吉《すみよし》の浜《はま》に蛤《はまぐり》とらせ、[三]松露《しやうろ》をさがし、落葉《おちば》集《あつめ》て、「冷酒《ひやざけ》はのまれじ」と、皆〱[四]どれて、立さはぐは、堺《さかい》のやさ男《おとこ》、逢《あふ》たこそ一景《けい》。

朝夕《あさゆふ》の新《しん》町よりはと、[五]乳守《ちもり》にさそはれ、[六]勘兵衛方《がた》に行《ゆけ》ば、[七]門立時分《もんりうじぶん》にて、出《で》懸姿《かけすがた》、大坂とは、三里《り》の違《ちが》ひ有物《(ある)》かな。爰《こゝ》の四天王《てんわう》、[八]市橋《はし》・小沢《こざは》が胸《むね》の疵《きず》も、義理《ぎり》の首尾《しゆび》とてしほらしく、残《のこ》らず[九]かりて、菟角《とかく》は夜《よ》ともに呑《のみ》あかして、[一〇]千秋《せんしう》楽《らく》は、[一一]松風《まつかぜ》といふ男《おとこ》、万歳楽介《まんざいらくすけ》、木清《きせい》といふ人、[一二]大笑《わら》ひは三人づれ、心の行《(ゆく)》にまかせ、又是《(これ)》から、[一三]畳屋《たゝみや》町へ成《(なり)》とも、[一四]越後《ゑちご》町へ成《(なり)》とも。

一 未詳。乳守付近の堀川か。
二 堺の南北の遊廓。北の高洲と南の乳守。
三 ショウロ科のきのこ。海辺の松林の砂地に生える。
四 酔っぱらう。酔いどれる。
五 →二二九頁注一六。現南旅籠町側が遊女町で南半町側が揚屋町(元禄二年・堺大絵図)。
六 乳守の揚屋、角勘兵衛。
七 遊女が夕暮れに門口に立って客を待つ時刻。
八 市橋・小沢は未詳。
九 先客に呼ばれている遊女をこちらの座敷へ貰うこと。
一〇 会の終りに謡曲「高砂」の終りの文句を謡うところから、催しの終りをいう。
一一 以下「高砂」の文句による人物名を配す。すなわち、「千秋楽には民を撫で、万歳楽には命を延ぶ、相生(あいおい)の松風、颯々(さつさつ)の声ぞ楽しむ」。
一二 虎渓三笑の故事による。三人の呵呵大笑。
一三 当時正しくは南畳屋町(明暦元年・水帳)。現中央区畳屋町辺に当たる。畳屋のほか歌舞伎若衆・役者の住居が多かった。
一四 新町佐渡島町の揚屋町の俗称。
▽本条の乳守の門立時分の描写は、男色大鑑七の五の章末の描写に類似する。

絵入

好色二代男

諸艶大鑑

八

好《こう》色《しよく》二代男

諸《しよ》艶《ゑん》大《あふ》鑑《かゞみ》　巻八

目《もく》録《ろく》

(一) 流《なが》れ[一]は何《なに》の因果経《ゐんぐわきやう》[二]

(二) 袂《たもと》[三]にあまる心覚《こゝろおぼへ》

一 遊女。流れの身・流れの女とも。
二 過去現在因果経の略称。因果応報の理を説く。ここは「何の因果」と上文にも掛かる。遊女はなんの因果でそうなったのかと思うと、実は過去の因縁(報い)によるものである、の意。
三 太夫の袂から心覚え帳が落ちたが、人に知られたくない家計の内幕が露顕したという話。
四 航海の船を吸いつけ難破させる山。唐と日本との間にあるとされた(狂言・磁石)。ここは金銀を吸いつける意から、遊廓(島原)をさす。
五 廓では振袖は禿(かむろ)しか着ないが、盆踊りの時だけは遊女が振袖を着ても見とがめないの意。
六 本文に「大踊」とあり、廓の盆踊りのこと。

三

終《つゐ》[七]には掘《ほり》ぬきの井筒《ゐづゝ》[八]

一 [九]八月十五夜《や》思ひの晴《はる》る事

一 [一〇]対《つゐ》松の跡《あと》は作《つく》[一一]り髭《ひげ》に成《(なる)》事

一 借《かつ》てつかへば元《もと》[一二]が利《り》に成《(なる)》事

四

有《(ある)》まで美《び》人《じん》執行《しゆぎやう》[一三]

一 江戸の吉野《よしの》[一四]花より盛《さかり》の事

一 天狗《てんぐ》の慿《つか》む恋《こい》[一五]の山見る事

一 美女《びちよ》は太夫の内《うち》に有《(ある)》事

五

大往生《だいあふじやう》は女色《ぢよしよく》[一六]の台《うてな》

一 新《しん》町阿房宮《ばうきう》[一七]より広《ひろ》き事

一 [一八]一代の悪所《あくしよ》供《く》養《やう》する事

一 [一九]二十五の姿《すがた》目前《もくぜん》にあらはるゝ事

七 新町の井筒がついに身請けされた話。遊女井筒を井戸の井筒に掛け、その縁で「掘ぬき」という。

八 新町佐渡島下之町、丹波屋善太郎抱えの太夫。延宝期(難波鉦)。なお貞享期の井筒は、「今の井筒」と呼ばれ(盛衰記三の四)、抱主は善左衛門の代となる(色里案内)。

九 芋明月の夜。新町の物日。十五夜―芋明月、月―晴るる(類船集)。

一〇 続松。歌がるたなどで、上の句と下の句とを取合わせる遊び。歌がるたについては色道大鏡七に詳しい。

一一 続松で負けた者の顔に墨でひげを付けたのをいう。

一二 利息がかさんで元金以上の額になる意。

一三 ここは修行の意。

一四 吉原新町、彦左衛門抱えの太夫。寛文中期より延宝初めごろ在廓。太夫四天王の一人(時之太鼓)。

一五 臼善光寺(北海道有珠町)の山中に、天狗にさらわれた新町の禿が、その愛妾となっていたのでいう。恋の山は一般には出羽の国の歌枕。

一六 極楽浄土に往生した者が坐るという蓮(はちす)の台(うてな)をもじった表現。

一七 秦の始皇帝が築いた宮殿。東西五百歩(一歩は六尺)、南北五十丈という大宮殿で、完成して間もなく焼失した(史記・秦本紀、古文真宝後集一・杜牧之の阿房宮賦)。

一八 ここは生涯に悪所(遊里)で苦しめた遊女。

一九 二十五菩薩。阿弥陀仏を祈り極楽往生を願う信者には、その臨終に極楽から迎えに来ると言われた、観音・勢至・普賢などの菩薩で、来迎の際は異香薫じ、妙なる楽の音が聞こえるという(謡曲・誓願寺など)。

[一]流《なが》れは何《なに》の因果経《ゐんぐはきやう》

此広《(この)ひろ》ひ世界《せかい》に、身すぎを案《あん》ずる事なかれ。既《すで》に老僧隠元《らうそうゐんげん》[二]は、はるかなる国《くに》より、[三]棒壱《ぼう》本で[四]振売《ふりうり》に渡《わた》り、近年《きんねん》、仏法《ぶつぼう》さかんの仕合《しあはせ》、是自然《(これ)しぜん》の徳《とく》そなはれり。されども、金銀《きんぎん》遣ふすべをしらず、一生《しやう》おもしろい目にもあいたまはず。御遷《せん》化《げ》の後《のち》は、何《なに》になり給《たま》ふも、しつた人もなし。爰《こゝ》をもつて、夢《ゆめ》とは申也《(まうすなり)》。

有時《(ある)とき》、大津《つ》の[五]柴《しば》屋町に、[六]六弥といふ女郎《らう》、昼夜《ちうや》のわかちもなく、鉄砲《てつぱう》の音《をと》を口真似《まね》するを、親方《をやかた》なげきて、異《い》見すれども、やむ事なし。形《かたち》も大かたなれば、客《きやく》もおもひ付《つけ》ども、彼《かの》口かしましきにおどろき、其後《(その)のち》は沙汰《さた》して、色《いろ》の勤《つと》めもやみぬ。

其比《(その)ころ》、[七]関寺《せきでら》のほとりに、尊《とうと》き[八]木食《もくじき》のましまして、此法師《(この)ほうし》、人相《にんさう》を見たまふ事、[九]天眼通《てんげんつう》を ゑたまへり。此《(この)》女の因果《ゐんぐわ》の程《ほど》をおもはれ、抱《かゝ》への女郎《らう》あまたつれて、彼草庵《かのそうあん》に入《(いり)》て見れば、床《とこ》に日月《じつげつ》の懸絵《かけゑ》、[一〇]蓍《めどき》、[一一]古暦《これき》をかざり置《をか》れり。

女を御目に懸《かけ》て、たづねける。しばらく考《かんが》へ、「汝《なんじ》、前世《ぜんぜ》にて、[一二]鏡《かゞみ》山の狩人《かりうど》也《(なり)》。生《しやう》有《(ある)》物の命《いのち》を、かぎりもなく取《(とり)》ぬる、其報《(その)むくい》、今《いま》身にあらはす」と、しめ

一 →二三二頁注一・二。
二 黄檗宗の開祖。明の福州の人、承応三年(一六五四)来朝し、寛文元年(一六六一)宇治に黄檗山万福寺を創建。延宝元年(一六七三)八十二歳で没。
三 如意のこと。僧が法会で持つ骨や木製の棒。
四 触れ売り。町々を触れながら行商すること。
五 大津の遊廓。本名馬場町(色道大鏡十二)。
六 未詳。六弥は禿に多い名(色道大鏡十一)。
七 大津市関寺町にあった三井寺の別院だが、後亡びて、近世では逢坂山中の東海道に面した阿弥陀堂をいう(近江国輿地志略八)。
八 五穀以外の草木の果実を食べて修行する僧。
九 三世の因果・宿命を自在に見通す神通力。てんがんつう。
一〇 筮竹(ぜいちく)。占いに用いる具。蓍萩(めどはぎ)の茎五十本を用いる。
一一 古暦便覧、同大全の類。吉田光由著で、慶安元年(一六四八)を始め、延宝八年等の刊本あり。
一二 滋賀県蒲生郡竜王町と野洲郡との境の山。歌枕。

し給ふ。殊勝《しゆしやう》さ、泪《なみだ》に暮《くれ》て、「諒《まこと》に明日《あす》の事もしらぬ身の上、是《(これ)》に見へわたりたる女郎《らう》、皆《みな》それ〲の少難《しやうなん》あり。とても事に、後世《ごせ》の種《たね》に承《うけたまは》りたし。此《(この)》女のすぐれて色《いろ》の黒《くろ》きは」と申せば、「それは一三小野《をの》の炭焼《すみやき》也《(なり)》。一四草木《さうもく》、心なしとはいわれず。諸《もろ》〲の花咲梢《はなさくこずへ》を切《きり》あらし、煙《けむり》になしけるゆへ也」。

「又、此《(この)》女、一五中《なか》びくなるは」と尋《たづ》ねければ、「元来《ぐはんらい》、一六彦山《ひこさん》の大天狗《てんぐ》也《(なり)》。一七口のおもはくの時《とき》、鼻《はな》のじやまになる事を、諸天《しよてん》をいのりすぎて、今《いま》其《(その)》面影《をもかげ》也」。又、胴間《どうあい》のみぢかき女有《(あり)》。「是《(これ)》は一八河内《かわち》の木綿売《もめんうり》の、うまれ替《かは》り也。一九弐丈《じやう》六尺のうちを、ちぢめたる科《とが》也」。あしてのふとき女郎《らう》有。「是《(これ)》は二〇ほうか師《し》の生《しやう》を替《かへ》て出《(いで)》ける。少年《しやうねん》を扣《たゝき》て、あやうき二一蜘舞《くもまい》のくるしみさせしゆへ也」。

「次《ついで》に御たづね申《(まうす)》べし。同じ女郎《らう》と肩《かた》をならべ、形《かたち》も違《ちが》はずして、三十日ながら売《うる》もあるに、不断淋《ふだんさび》しく、内《うち》にばかり居《い》て、主《しう》のいやなる皃《かほ》つきを見る。此《(この)》せつなさの、何程《なにほど》か」と申せば、「それは前《さき》の世《よ》にて、隠居《ゐんきよ》の親仁《をやぢ》のうまれ替《かは》り也《(なり)》。明暮《あけくれ》碁《ご》をうつて、宿《やど》はなれず、二二ぞめきたがる若《わか》ひ者《もの》ども、手前《てまへ》に引付《ひきつけ》て置《をき》し報《むく》ひなり。又、二三身揚《みあがり》のかなしさは、二四しわひ後家《ごけ》の、今此《いま(この)》世に身を替《かへ》て、思ひしるべし。ひとり隙《ひま》の夜《よ》もすがら、男《おとこ》のむかしをおもひ出し、寝《ね》られぬまゝの二五胸算用《むねざんよう》、遣《つか》ひたがる子共《(ども)》に、少金《しやうきん》も盗《ぬす》まれぬかはりに、此《(この)》あさましき勤《つと》

一三 比叡山の北西麓、左京区大原の中世以前の古称。小野(大原)は古来薪炭の産地。歌枕。小野―炭竈(類船集)。
一四 「草木心なしと申せども、花実の時を違へず」(謡曲・高砂)。
一五 鼻の低い顔。中高(なかだか)に対していう。
一六 福岡県と大分県との県境にある。中岳に彦山権現(現英彦山(えひこやま)神社)があり、古来修験道の霊場。天狗豊前坊が棲むといわれた(謡曲・鞍馬天狗)。
一七 口付け。接吻。
一八 河内国高安郡(大阪府東部)で産した木綿織物は、地が厚くて丈夫。ここはその行商人。
一九 木綿一反の鯨尺での長さ。「布木綿之事、壱端に付、長大工かねにて三丈四尺、幅壱尺三寸」(御当家令条二十九)。
二〇 放下師。曲芸・手品などの芸人。
二一 綱渡りなどの軽業。
二二 遊廓などを浮かれ歩きたがること。
二三 ↓六一頁注二六。
二四 吝(しわ)い。けちな。
二五 胸中での計算。心づもり。むなざんよう。当時は多くムネザンヨウ。

めをする也。一切《さい》の傾城《けいせい》、過去《くわこ》の因果《ゐんぐわ》をあらはせり。それにしては、能《よく》も人の[一]気《き》を取《(とり)》、自然《しぜん》に本《ほん》の泪《なみだ》をも洒《こぼ》し、うそつかぬ日もあるなれば、[二]元《もと》、正直《しやうじき》なれども、偽《いつは》りは皆《みな》、世をわたる業《わざ》なれば、商人《あきんど》の諸旦那《しよだんな》機《き》嫌取《げんとり》に、心は替《かわ》る事にあらず。さら〱悪《にく》むまじきもの也。我《われ》も、今《いま》こそ此《(この)》身《み》なれ、四十五までは恋《こい》にせめられ、情《なさけ》に沈《しづ》み、思《をも》ひあまりて、かくこそなれ。折ふし、[三]秋《あき》も[四]近付《ちかづけ》ば、なき魂《たま》をも吊《とむら》ひ、見ぬ国《くに》のありさまもゆかし。是《(これ)》より越中《ゑつちう》の[五]立《たて》山に心ざす」と、

一 機嫌をとり。
二 「心はもとこれ清けれども、物にふれてうつりやすくけがれやすし」(堪忍記一の一)。「偽(さう)もけいはくも悪心も、皆貧よりおこり申候」(文反古五の一)。
三 お盆。精霊会(しやうりやうえ)。
四 原本振り仮名は「ちかづき」とある。
五 富山県の東南隅に、雄山を主峰とし、剣岳など諸連峰がある。当時は麓に立山権現を祭り、修験道の霊場。剣山(剣岳)南の地獄谷では、地獄に堕ちた亡者の泣き声が聞こえるとされた(和漢三才図会六十八)。

相坂《あふさか》の関《せき》の北《きた》におもむき、浦《うら》の[六]揚燈籠《あげどうろう》も跡《あと》になし、日をかさねて、彼《かの》御山につけば、麓《ふもと》、[七]送《おく》り火《び》かすかに、松の風のみ。心ぼそき谷陰《たにかげ》に、女の泣声《なくこゑ》けしからず。衣《ころも》に草《くさ》を分《わけ》て見るに、男《おとこ》は脇《わき》ざし、女郎《らう》は剃刀《かみそり》、諸国《しよこく》の[八]色《いろ》人、[九]心中死《しんぢうじに》のなりさまを、爰《こゝ》にあらはす。

[一〇]我《わ》がふる里《さと》の、見しりし女郎計《らうばかり》、詠《なが》めけるに、[一一]久《く》代《しろ》屋の紅《くれない》、[一二]紙《かみ》屋の雲井《くもい》、[一三]京《きやう》屋の初《はつ》之丞、[一四]天王寺《てんわうじ》屋の高松《たかまつ》、[一五]和泉《いづみ》屋の喜《き》内《ない》、[一六]伏見《ふしみ》やの久米《くめ》之介、[一七]住吉《すみよし》屋初世《はつせ》、

六 夜間船の出入りの標識のため、竿の先に灯籠を掲げたもの。「浦」は琵琶湖。
七 盆の精霊の送り火。
八 粋人、美人などの意もあるが、ここは遊女。
九 遊女が誠の愛情から客と情死すること。
一〇 大坂をさす。後文参照。
一一 未詳。紅(くれない)は諸国の廓にみられる遊女名(色道大鏡十一)。
一二 新町紙屋角左衛門抱えの太夫。明暦三年(一六五七)天神となり、万治元年(一六五八)七月十三日太夫になったが、懇意の遊客のため同月二十一日無理心中させられた(色道大鏡十五)。名女情(なさけ)くらべ五では、阿波屋某と心中したという。
一三 →六七頁注三六。初之丞は未詳。
一四 未詳。
一五 未詳。
一六 →六七頁注三四。久米之介は未詳。
一七 →六七頁注三九。初世は未詳。

挿絵解説　越中立山の山中(地獄谷か)で、諸国の遊女が男と心中する情景。木食上人が立山の山中に分け入ると、折しもお盆の夜であったが、諸国の色人の心中死にする有様が現前した。男はすべて死を覚悟して、髪を落とした乱れ髪姿で、数珠を手にする者もいる。右半図中央寄りの男は、首に筒守りを掛けており、年の若さが推定され、衆道関係の心中か。

小倉屋[一]《こくら》の右京《うきやう》、柏屋[二]《かしは》の佐保野《さほの》、やまとや[三]の市之丞[四]、新[五]《あたらし》屋のゆきえ、丹[六]《たん》波屋の瀬川《せがわ》、野[七]《の》間《ま》屋の春弥《しゆんや》、新《しん》町ばかりも是《(これ)》なれば、外《ほか》は皃《かほ》も見しらず、名《な》も覚《おぼへ》ず。扨《さて》もおそろしき事かな。半時《はんじ》が程《ほど》は、血煙《ちけぶり》立《(たち)》て、千[八]《ち》種《ぐさ》を染《そめ》しが、夜《よ》あけて見るに、影《かげ》も形《かたち》もなかりき。

されば、此[九]《(この)》おもひ死《じに》を、よく〳〵分別《ふんべつ》するに、義理《ぎり》にあらず、情《なさけ》にあらず。皆《みな》、不自由《ふじゆう》より無常《むじやう》にもとづき、是非《ぜひ》のさしづめ[一〇]にて、かくはなれり。其《(その)》ためしには、残《のこ》らずはし[一一]女郎《らう》の仕業《しわざ》なり。男《おとこ》も、名[一二]《な》代《だい》の者《もの》は、たとへ恋《こい》はすがる[一三]とても、せぬ事ぞかし。雲井《くもい》は、太夫職《しよく》にして、かゝるあさましき最後《さいご》、今《いま》に不《ふ》思儀《しぎ》なり。菟角《とかく》、やす[一四]ものは銭《ぜに》うしないと申せし。

袂[一五]《たもと》にあまる心覚《こゝろおぼへ》

京[一六]《きやう》に船《ふな》あそびならば、夜[一七]《よ》ありきかまはぬ、銀持《かねもち》の親《おや》に懸《かゝ》り、よい事過《すぎ》て、「十[一八]《い》六夜《ざよひ》の月満《みつ》れば」と読《よみ》し、うた[一九]の中山、松[二〇]《まつ》が崎《さき》のおくり火《び》、諸山《しよさん》の高[二一]《たか》灯籠《どうろう》、石[二二]《いし》垣《がき》町の二階《かい》のさはぎ、祇薗《ぎをん》町の十[二三]《と》替《がは》り踊《をどり》、見ぬ事は人にも咄《はな》されず。此夜《(この)よる》の都《みやこ》、朝[二四]《てう》鮮人《せんじん》にも見せたし。らつぱ[二五]・ちやるめら、万《よろづ》の物《もの》の音迄《をと(まで)》もゆたかに、目[二六]《め》

一　未詳。
二　未詳。
三　新町阿波座上之町に二軒、下之町に一軒あるが、抱主名未詳。
四　天和三年(一六八三)五月十七日、大和御所(ごせ)の長右衛門と安井天神境内で心中(佐古慶三)。
五　↓四頁注一一。劔負(ゆきえ)は未詳。
六　↓六七頁注二八。瀬川は未詳。
七　新町野間屋抱えの天神、春夜。承応元年(一六五二)九月二十五日、九軒町の揚屋京屋作兵衛で、揚屋の下男と心中(色道大鏡十五)。
八　千草。秋の各種の草。秋の季語。
九　思い死に。ここは情死。
一〇　差し詰め。せっぱつまった状態。
一一　端女郎。
▽本条と類似の表現が色道大鏡十五にある。「むかしよりよき女郎の死ぬるものにあらず、おほくは端傾城の業(わざ)也」。
一二　世間に名の知られている者。著名な男。
一三　末枯る。衰える。
一四　諺。
一五　↓二三二頁注三。
一六　京で大坂のような船遊びが出来るものならば。かなえられない望みのたとえ。
一七　夜遊び。
一八　典拠未詳。
一九　清水山の南、清閑寺の上の山という(京羽二重二)。歌枕。現東山区歌ノ中山町辺。
二〇　愛宕郡松ヶ崎(現左京区松ヶ崎)。歌枕。陰暦七月十六日の夜、松ヶ崎の西山では「妙」、東山では「法」の字に薪を積み、精霊の送り火を焚く。
二一　盂蘭盆の揚げ灯籠。
二二　鴨川の四条・五条間の両岸は、茶屋が多い。

病《やみ》の地蔵《ぢざう》も、宵《よひ》からは寝られまじ。[二七]さいの川原《かわら》の子共も、思ひ〳〵に作り姿《すがた》、[二八]松竹屋の娘《むすめ》も、昼《ひる》見るよりは、五十八个所《(か)しょ》の水茶屋《みづちゃや》の女も、夜目には白帷子《しろかたびら》に黒《くろ》き帯《をび》ぞかし。

色《いろ》を好《すく》人の、爰《こゝ》に住《すま》ひではと、[三〇]山屋の座敷《ざしき》に、[三一]稀者《まれもの》集《あつま》つて、手《て》を替《かへ》て、遊山《ゆさん》ぜんさく、銘《めい》〳〵の心の行方《(ゆくかた)》申せば、才覚《さいかく》なる男《おとこ》、懐中《くわいちう》せし[三二]方角《ほうがく》見を取出し、「此《(この)》釼先《けんさき》の振方《ふるかた》へ御趣向《しゆかう》」と申《(まうす)》。定《さだ》まつて北《きた》へむかふ針《はり》の先《さき》、西《にし》に幾度《いくたび》もまはる事、不思儀也《ふしぎ(なり)》。[三三]乱酒《らんしゆ》の与左衛門が申《(まうし)》、「是《(これ)》よりにしに当《あた》て、都《みやこ》の[三四]磁石山《じしやくせん》とて、金銀《きんぎん》を吸取里有《すいとるさと(あり)》。[三五]引舟《ひきふね》が、日和《ひより》見るからは、違《ちが》ひなし。是へ乗出《のりいだ》せ」と、野風《のかぜ》にまかせ行《ゆけ》ば、絶《たへ》て久しき、[三六]嶋原《しまばら》の大踊《をどり》、揚屋《あげや》町の門《かど》に、突臼《つきうす》かぎりもなくならべて、長蠟燭《ながらうそく》、天《てん》に移《うつ》り、軒端《のきば》の挑燈《ちやうちん》は、[三七]星林地《せいりんち》に落《をつ》るがごとし。爰《こゝ》かや、[三八]四州《しう》の南《みなみ》、人も百余歳《よさい》へぬべし。[三九]不老門《ふらうもん》の外《そと》にて、見物《けんぶつ》を改《あらた》め、[四〇]中門《ちうもん》にて腰《こし》の物《もの》を預《あづか》り、宿《やど》〳〵の手引《てびき》して、見世は紅《くれない》の敷物《(し)きもの》、老若出家《らうにやくしゆつけ》、忍《しの》び姿《すがた》の中《うち》には、いかなる御方《かた》もしれず。

流石王城《さすがわうじやう》の風俗《ふうぞく》、数千《すせん》、一声《こへ》もあげず、しづまる時《とき》、髪結《かみゆい》の六兵衛が、「踊《をどり》がはじまり」と触《ふれ》る。[四一]弥七・[四二]権兵衛が音頭《をんど》、「[四三]ふる妻《づま》いとし、やつさ、よい〳〵よい」と、拍子《ひやうし》を三つ定《さだ》めぬ。[四四]大坂やの女郎《じよらう》、拾八人、揃帷子《そろへかたびら》に染込《そめこみ》、芦《あし》

二三 祇園町の盆踊り。
二四 天和二年(一六八二)八月、将軍(綱吉)代替りの祝賀のため朝鮮使節が来朝し、長崎より瀬戸内海を経て大坂に上がり、陸路江戸に向かった。
二五 唐人笛(六頁注一一)のような異国の楽器。
二六 東山区祇園町南側の浄土宗仲源寺の地蔵。眼病の霊験があるとされた(京羽二重二)。
二七 四条河原の歌舞伎若衆。地蔵―賽(さい)の川原。
二八 原本「に」が誤脱。
二九 四条の水茶屋か。
三〇 四条の水茶屋か。
三一 達者。巧者。
三二 磁石。
三三 太鼓持。都の末社四天王の一人。
三四 ↓二三二頁注四。
三五 引舟女郎。引舟―日和見る―乗出す。
三六 陰暦七月十五日より一か月、島原揚屋町での盆踊り。時には女性が男装することもあった。
三七 星の林。万葉の古歌より出て星の多く集って見えるのをいう歌語。星林―天の川(類船集)。
三八 須弥山(しゅみせん)の四方に四州あり、南を閻浮提(えんぶだい)といい、人の寿命は百歳を保つという。
三九 島原の大門を洛陽の門にたとえていう。「長生殿の裏(うち)には春秋富めり、不老門の前には日月(じつげつ)遅し」(和漢朗詠集・祝)。
四〇 揚屋町の入口の木戸。
四一 願西弥七。太鼓持。末社四天王の一人。
四二 太鼓持か。
四三 万歳踊歌の囃子言葉。「ああただ憂き世は気ままにやって、踊れやれ振れやれ、ゑい此の、振れ振れ、古妻いとしな」(歌謡・万歳踊)。
四四 島原下之町の遊女屋、大坂屋太郎兵衛。

に蟹《かに》のちらし、一石畳《いしだゝみ》の幅広帯《はゞびろをび》、黒羽織《くろはをり》、夢《ゆめ》といふ字《じ》の大紋《もん》。さて其次《(その)つぎ》は、二恋《こい》の奴《やっこ》出立《(いでたち)》にて、三十人。神主装束《かんぬししやうぞく》、十二人。其跡《(その)あと》は、猿引《さるひき》、十人。小《こ》鷹居《たかすへ》て、十五人、犬《いぬ》は八疋《ぴき》。三黒木《くろき》売《うり》。四庄左衛門は、烏帽子《ゑぼし》着《き》て、目《め》鼻《はな》せはしき作り皃《がほ》、五地《ち》の下《した》の人になる。六あたまなしの唐人《とうじん》有《(あり)》。裸《はだか》で位牌《いはい》持《もつ》も有。太夫・天神《てんじん》、残《のこ》らずも、髪《かみ》は七つっこみ、大振袖《ふりそで》、いづれも美少人《びしやうじん》のごとく、僧俗《そうぞく》心を奪《うば》はれける。中にも目立《(めだつ)》は、八八千代《やちよ》が振《ふり》、九さんご・一〇もろこしが菅笠《すげがさ》、一一九一郎がなげ一二頭巾《づきん》。

一 市松模様。
二 恋のとりことなった男。当時嵐三右衛門が作り髭で恋の奴の物真似芸をして評判をとった芝居事による扮装か(五人女五の五)。
三 一尺ほどの生木をいぶした薪を、京都北郊の八瀬・大原から売りに出た大原女(おはらめ)のこと。
四 神楽庄左衛門。太鼓持。末社四天王の一人。
五 朝廷の行事の際、輿(こし)をかつぐ駕輿(かよちよう)か。
六 唐人笠をかぶらないのをいうか。また唐人風の弁髪にはしていないのをいうか。
七 突込み頭、突込み髪。中剃りを大きく、元結を一寸余りに結ぶ男の髪形。
八 島原中堂寺町、大坂屋伝左衛門抱えの天神。「盆の踊に名をえられたり。艶に風流也」(朱雀信夫摺)。「振」は踊りの所作。
九 珊瑚。島原中之町、一文字屋七郎兵衛抱えの天神。「風俗この〳〵やっこふう」(信夫摺)。
一〇 同じく一文字屋抱えの太夫。→二〇頁注四。「唐土が年寄ての踊笠」(盛衰記三の五)。
一一 未詳。
一二 四角の袋状に仕立てた頭巾の上端を、後ろに折ってかぶるもの。頭巾の下部には厚紙を入れた。
一三 陰暦八月一日より十五日までの間、客の所

「あれもすきに」といふうちに、踊《をどり》はくずれて、おもひやる[一三]新町《しんまち》の座敷踊《ざしきをどり》も、所《ところ》によりて又おもしろしと、世《よ》は[一四]夢《ゆめ》太郎・弥七・庄左衛門・[一五]与平次・[一六]げんかい、難波《なには》でかたりし事もとて、[一七]あらし三郎四郎もたづねて、女郎《じよらう》十一人うち込《こみ》、[一八]むしやうといふ物に呑《のみ》出して、[一九]とろつぴきとろ介《すけ》、後《のち》は油《あぶら》を呑《のむ》もしらず。「今鳴《いまなる》鐘《かね》が、[二〇]七つの突《つき》そこなひ」、しらけてかへるも有《（あり）》。

神楽《かぐら》はかたづけられて、便《たより》なき寝姿《ねすがた》。げんかいは酒乱《しゆらん》、前後《ぜんご》をしらず。願西《ぐわんさい》

望で揚屋の座敷で行なう遊女の総踊り(浪花青楼志三)。
一四 太鼓持。「世は夢」と掛ける。
一五 太鼓持。「びいどろの与平次」(二の三)。
一六 玄海。芝居で配役などの口上を述べる役の男(嵐は無常物語・下の二)。太鼓持もしたか。
一七 江戸に生まれ、延宝六(一六七八)、七年に上方に上り立役に転じ、嵐三郎四郎と改名。六法・濡れの名人と評された(野良立役舞台大鏡)。貞享四年(一六八七)十二月二十七日、義理死を遂げた。嵐は無常物語に詳しい。
一八 三郎四郎の酒好きは、嵐は無常物語・下の四に見える。
一九 酔っぱらいを擬人化した語。
二〇 午前四時ごろの時鐘。

挿絵解説 島原の大踊り。揚屋の門口に搗臼(つきうす)を並べ、長蠟燭を立て、軒端には揚屋(八文字屋と山形屋か)の提灯が見える。踊手は男装の太夫・天神以下遊女の総勢と、太鼓持ら。左半図左端、振袖で口をおおうのが八千代。その手前の二人は、元結を一寸余りも大きく取った突込み頭に鉢巻をして、折れ松葉柄の着物姿に脇差を差す。なおこの扮装の一連が右半図に九人描かれ、うち三人の帯は石畳(市松)模様。左半図手前中央寄りの、菅笠をかぶった男装姿は、珊瑚と唐土。その左に裸で位牌を持つ男、その奥に、黒の異風な頭巾をかぶり、黒の法被に段だら縞の帯の奴風の二人の男が描かれている。またその右の手拭で頰被りをし、渦巻柄の浴衣を着て、扇子で顔をかくす男は音頭取りの歌うたいか。右半図右端寄りの、立烏帽子に横縞の着物、肩衣・袴姿で、顔に目鼻のつまった面をかぶるのが、神楽庄左衛門である。

は、なじみの女郎《じよらう》、あたまをかゝへて、「まだ水か」と、かなしがるもをかし。扨《さて》も都《みやこ》のよは酒《ざけ》、かさねて口をきかせぬために、此《(この)》三人が有様《ありさま》、書付《かきつけ》て、出《で》[一]口の五軒茶屋《けんぢやや》に、張付《はりつけ》て置《をく》[二]。そも〳〵此茶屋《ちやや》は、居所替《ゐどころかは》[三]るも、おもしろの嶋原《しまばら》や。彼張紙《かのはりがみ》を、東寺《とうじ》[四]の百性《しやう》が見て、「又御法度《はつと》が出た」といふもおかし。

女郎《じよらう》はいづれか、酔《よ》ふた白《かほ》もせず見へける。勤《つと》めを大事に思ふからなるべし。諸事《しよじ》に気《き》を付《つけ》て見るに、昼夜《ちうや》に寝間《ねるま》もなく、身のやつれざるは、大方《おゝかた》なるうつくしさともをもはれず。殊更《ことさら》、心の持《もち》やうも、不断《ふだん》にせはしからず。宵男《よひおとこ》かへれば、朝《あさ》[五]ごみ姿《すがた》、只《たゞ》二時《とき》のたのしみ。其内《(その)》に思ひを語《かた》るとも、残《のこ》るべし。「我《われ》等《ら》は旅《たび》のかり枕《まくら》、十日計《ばかり》の居《い》つゞけ、心もなし」といふ所《ところ》へ、今《いま》取出《(とりで)》[六]の大臣《だいじん》らしき弐人、宿《やど》[七]の門《かど》口より、「亭主《ていしゆ》なぐさみにゆかぬか。けふ昼船《ひるぶね》[八]でくだるが」と、暇乞《いとまごひ》に立《(たち)》よれば、二階《かい》でしめやかにかたりし太夫ども、下座敷《したざしき》へをりて、「久しき事か」と、名残《なごり》を惜《をし》む。「四五日」といふ。「南《みなみ》[九]の堀《ほり》ではどなた」といふ。「荒木《あらき》[一〇]与次兵衛座《ざ》にあるが、無用《むよう》の若衆《わかしゆ》せんさく。女の事は吟味《ぎんみ》もせいで」といふ。「いかにもそれを聞《きゝ》たし」と申《(まうす)》。「大坂もむかしの名代《なだい》ものは絶《たへ》て、君《きみ》[一一]川《かわ》・吉田《よしだ》[一二]など、あいそめた。此度《(この)たび》も是《(これ)》に」といふ。「其敵《(その)てき》さま、是にて、今《いま》あいます」といへば、「互《たがい》にしれての間夫《まおとこ》、是《(これ)》なるべし」と申《(まうし)》てから、両方《りやうほう》の咄《はな》

一 島原大門を入った正面の茶屋、右(北)から升屋・丸屋・二文字屋・一文字屋・大和屋。
二 原本の振り仮名は「をき」。
三 他の茶屋と違って大門正面の出口にある。
四 島原遊廓の外は東寺領の田畑。
五 前夜障りがあって来られなかった客が、翌朝開門を待って遊ぶこと。↓一九三頁注三〇。
六 かけ出し。女郎買いのし始め。
七 ここは揚屋。
八 伏見から大坂八軒屋までの淀川の乗合船。三十石船。下りは夜船の利用が多い。その昼船。
九 道頓堀(芝居街)の遊びの相手を聞く。
一〇 道頓堀の歌舞伎芝居。与次兵衛は初代。武道事を得意とした立役の名優で、太夫本も兼ねた。元禄十三年(一七〇〇)、六十四歳で没。
一一 新町の堺屋抱えの太夫(置土産二の三)。延宝期(難波鉦)。堺屋は新町に五軒あるが(色道大鏡十三)、太夫を置くのは佐渡島町下之町の堺屋与市兵衛(色里案内)。
一二 新町佐渡島町、藤屋勘右衛門抱えの太夫。
一三 姿は見なくても気配で様子が知れて。
一四 我ながら少しおかしい。

しのやむ事、しばし有《(あり)》。[一三]見ねども聞《きい》て、すこしは腹《はら》もたてども、何国《いづく》も女郎《じよらう》のならひなれば、よい事させて、うつかりと禿《かぶろ》あいてにして居《ゐる》、[一四]心から心おかし。

[一五]人の勤《つと》める日、男《おとこ》の来《こ》ぬうち、此方《(この)ほう》の物《もの》にしてあそぶなど、長者《ちやうじや》でもいやはなし。客《きやく》を[一六]引込女郎《ひきこむじよらう》の、[一七]道具《どうぐ》おとしは是《(これ)》ぞかし。[一八]大物日《あふもの(び)》の[一九]頼《たのみ》出しも、此上《(この)》に請《うけ》合《あふ》。[二〇]つねは、無《む》心《しん》の返事《へんじ》うとし。昔日《そのかみ》は、客《きやく》から[二一]引《ひき》女郎を頼《たの》みしに、すゑの世になる事かな。

次第《しだい》に身持《(み)もち》はむつかしく、[二二]衣装《いしやう》の御法度《はつと》なくば、[二三]何《なに》か唐織《からをり》、上に着物《きるもの》も有《(ある)》まじ。「万事《ばんじ》に物入《(ものいり)》はあり」といへば、「夜前《やぜん》の踊《をどり》の人くづれに、さる遣手《やりて》の袂《たもと》から、是《(これ)》を落《をと》す。「それ何《なに》やら[二四]袖《そで》から」と申せど、聞《きか》ずにはしり行程《ゆくほど》に、取《とり》て帰《かへ》つた」と、あけて見れば、布《ぬの》の一重袋《へぶくろ》に入《(いれ)》て、太夫さま入帳《(いり)ちやう》・遣ひ帳《ちやう》。

ひろげて見れば、「八拾六匁、[二五]本高宮《ほんたかみや》一疋《びき》。五拾九匁、[二六]二重《へ》蔦《つた》の帯《をび》一筋《すじ》。百五拾目、さらし三疋《びき》。三文、糊《のり》。八匁六分、白粉《をしろい》弐箱《はこ》。三拾文、[二七]はなし鳥《どり》三羽《ば》。金子《きんす》一両《りやう》、おふくろさまへ。六拾四匁、奉書《ほうしやう》弐束《そく》。百文、[二八]玉子《たまご》餅《もち》。弐匁三分、鯉《こい》。小判《こばん》三両《さんりやう》、守本尊様《まもりほんぞんさま》の[二九]手間《てま》。九両《りやう》弐歩《ぶ》、揚《あげ》屋の取替《かへ》。拾八匁、樽《たる》・杉重《すぎぢう》。銭《ぜに》五百、[三〇]あたご様への[三一]代参《だいまい》り。七匁、雪踏《せつた》弐足《そく》。小判《こばん》五両、伽羅《きやら》屋へ。弐匁、

▽「心から心おかし」の表現には、語り手―作者など、作品の構造の一端がうかがわれる。
一五 他の客が物日などを引き請けて、遊女を揚げ詰めの形で面倒をみている日。
一六 原本振り仮名は「ひきこみ」とある。
一七 客をとりこにする仕掛けわな。
一八 物日のうち、正月買い・節句買いなど、特に庭銭(祝儀)など遊興費のかかる日。
一九 依頼をもちかけても。
二〇 普通にもてなしていては、金の無心をしてもなかなか返事をよこさないものだ。
二一 引舟女郎に頼んで太夫に逢ったものだが。
二二 女服に金紗・刺繍・総鹿子を用いることの禁令が出ており、特に天和三年(一六八三)四月十一日に、傾城・役者の衣服について町触れが出た。
二三 唐織どころか次第にぜいたくになって、上に着る物がなくなるであろうの意。
二四 原本「袖からとからと」と重複語句あり。
二五 高宮産麻布の上等品。生平《(きびら)》などは帷子《(かたびら)》や夏羽織地に用いられた。↓一八四頁注七。
二六 大小の蔦の葉を重ねた模様か。「帯は二重菱の柿地」(男色大鑑五の二)。
二七 放し鳥。死者の供養のために鳥を買って放すこと。放生の一つ。
二八 餅米の粉を湯でこね、卵のように梔子《(くちなし)》で中を黄色に染め、厚さ五、六分ばかりに切ってゆでた餅。
二九 細工賃。
三〇 愛宕様 ↓五七頁注三四。特に陰暦六月二十四日は千日詣での日で、参詣客が群集した(日次紀事・八月)。島原では六月二十三日が愛宕と関係した物日(色道大鏡十二)。
三一 他人に代って神仏に参詣すること。ここはその謝礼。

うどん。壱文、耳《みゝ》かき」。聞程《きくほど》おかしく、読捨《よみすて》て、奥《おく》を見れば、正月より盆前《ぼんまへ》迄《(まで)》、合九拾一両弐歩《ぶ》、三匁四分。又、もらひ帳《ちやう》を見合《あはせ》ば、七拾八両壱歩也《ぶ(なり)》。はや七月迄に、拾四五両もたらず。尤《もつとも》、年[一]《ねん》の内《うち》に、弐拾貫目の借銀有《しやくぎん(ある)》べし。精[二]《せい》出しても、そんの行商《ゆくあきな》ひ事也。

終[三]《つゐ》には掘《ほり》ぬきの井筒[四]《ゐづゝ》

此里[五]《(この)さと》の芋《いも》も、名[六]《な》にあふ月見茶碗[七]《ちやわん》とて、井筒《ゐづゝ》やさしき手前[八]《てまへ》にて、弥[九]《や》十・桑[一〇]《くは》五・嵐三[一一]《らんさん》まじりに、茨木屋[一二]《いばらき》の奥座敷《おくざしき》にてのもてなし、別《べつ》して今宵《こよひ》は、気《き》の付《つき》たる道《どう》具《ぐ》かざり、是《(これ)》に付《(つけ)》ての当座《とうざ》発句《ほつく》など、書付《かきつく》る。「紙《かみ》、硯《すゞり》よ」と呼《よび》しに、いづかたも揚屋《あげや》のちぎれ筆《ふで》をなげくに、[一三]の平《へい》、懐中《くわいちう》せしをさゝぐる。日比《ひごろ》すこし、手など好《すく》からに、やさしく、[一四]長左衛門が歌《うた》に、三味線《さみせん》に、更行《ふけゆく》そらを見れば、降《ふり》もせず曇《くもり》て、南《みなみ》の障子《しやうじ》にあやしき影法師《かげぼうし》の移《うつ》る。「誰《たれ》ぞ」と問《とへ》ば、袖野[一五]《そでの》が声《こへ》して、「お月さまが出さんした」といふ。「それはかたじゆけないに、よほひ[一六]〳〵」うとふて、お盃《さかづき》さへ[一七]まはりを忘《わす》れ、「花[一八]《はな》のもとに」と、古詩《こし》に見えしは、太夫達《たち》と乱《みだれ》あそび事なるべし。

一　年季十年の間に。
二　原本は「情」。
三　→二三三頁注七。
四　→二三三頁注八。
五　新町の廓をさす。
六　名に負う月。陰暦八月十五夜は、芋名月として知られる。里芋の新芋を供える。
七　月見の茶の湯の意か。「名にあふ月」と掛ける。
八　点前。茶をたてる作法、また茶の担当者。井筒の茶の湯は有名。「してもせいでもの物、弟の精進、井筒が茶の湯」（盛衰記三の一）。
九　未詳。京の富商那波屋の遊興に、嵐三右衛門らと登場する（男色大鑑七の五）。
一〇　新町丹波屋のお琴を身請けした桑名屋か（古今若女郎衆序）。大塚屋町（現北浜二丁目辺）に富商桑名屋仁兵衛・清左衛門がおり（難波鶴）、その一人か。
一一　嵐三右衛門。→二〇頁注二。
一二　新町佐渡島町の揚屋町の揚屋茨木屋長左衛門。
一三　岩井半四郎（大坂の立役と座本を兼ねる）の手代。俳号を補天という。
一四　注一二の茨木屋の主人。
一五　太夫井筒の禿か。
一六　囃し言葉。
一七　盃の献酬。
一八　白楽天の詩に、「花の下に帰ることを忘るるは美景に因つてなり、樽の前に酔ひを勧むるは是れ春風」（和漢朗詠集・春興）。

[一九]あぐりしやれたる取肴《とりざかな》[二〇]、又呑懸《のみかけ》て、よく〳〵の事の、[二一]三番太鞁《ばんだいこ》がいつ鳴《なつ》たやら、「お客《きやく》たゝしやりませい」の、声《こへ》に驚《をどろ》くは、常《つね》大臣、四も五もかまはぬ男《おとこ》ども、遣《やり》手もしからず、禿《かぶろ》も眠《ねむ》らず、女郎《じよらう》も勤《つと》めとおもはず。なぐさみ替《かへ》て、[二二]対《つい》松取《(まつとり)》、是《(これ)》に勝負《かちまけ》の定《さだ》め、一番《ばん》まけは、丸裸《はだか》にして、[二三]墨髭《すみひげ》作《つく》り、竹杖《づえ》を突《つか》すなり。二番には、袴《はかま》を着《きせ》て、門をはかす。三番には、鼻《はな》つまみて、中がへり。「さあ、はじめよ」と云《(いふ)》程《ほど》に、取負《とりまけ》し男《おとこ》も、取《とり》まけし女郎《じよらう》も有《(あり)》。「右《みぎ》の掟《をきて》のごとく」と申せば、「いかにしても、女郎《じよらう》の裸《はだか》は」と、尻《しり》からげに[二四]嗳《あつか》ひ、作《つく》り髭《ひげ》のかはりに、眉墨《まゆずみ》を一方《ぼう》おとさせ、杖《つえ》の代《かわ》りに、火吹竹《ひふきだけ》を持《もた》せ、[二五]庭《にわ》を三度《ど》まはらす。

おかし過《すぎ》る程笑《ほどわろ》ふて、立帰《(たちかへ)》るに、太夫殿に禿《かぶろ》・宿《やど》の女子《おなご》に、遣手《やりて》・六尺・座《ざ》頭《とう》・末社《まつしや》迄《(まで)》、独《ひとり》の大臣《だいじん》に大道《だいどう》をせばめ、壱丁ばかりのさはぎ道中《どうちう》、女郎《じよろ》買《かい》の[二六]幅《はゝ》は、爰《こゝ》也《(なり)》。迚《とて》もおよばぬ者《もの》の目から、生《うま》れ替《かわ》りてあの身にと、うらやましがるも、さこそとおもはる。彼大臣《かのだいじん》、人を見懸《かけ》ては、友《とも》どちを相手《あいて》に取《(とり)》、太夫を自《じ》由《ゆう》の噂咄《うはさばな》し。脇《わき》から聞《きゝ》て、さりとは[二七]前方《まへかた》におもへども、誰《たれ》ともしれず、[二八]忍《しの》びがへりは、一人もなし。侍《さむらい》も、主《しう》のなき身ならばと、おもはる。町人の、[二九]親方懸《をやかたがゝ》り、するゐは欠落《かけをち》と思ひ定《さだ》めし者《もの》に、[三〇]銀乞《かねごひ》さすこそ因果《ゐんぐわ》なれば、

一九 箸でつつき回されて骨ばかりになった。
二〇 酒の肴。
二一 新町で時を知らせる最後の太鼓。これを合図に大門を閉じた。延宝ごろは亥の刻(午後十時ごろ)(色道大鏡十三)。
二二 →二三三頁注一〇。
二三 墨で髭を書くこと。「墨」は原本「黒」。
二四 仲裁する。ここは勘弁する意。
二五 土間。
二六 威勢。羽振り。
二七 野暮。
二八 こっそり廓から帰ること。
二九 奉公人。
三〇 掛売りの代金の集金をさせること。

菟角《とかく》きびしき仕懸《しかけ》、夜《よ》ありきも吟味《ぎんみ》をすれば、をのづと留《とま》る物ぞかし。門《かど》の戸《と》、一四つ切《ぎり》にしめられ、朝《あさ》がへりの無首尾《ぶしゆび》、膳居《ぜんすは》る時《とき》、旦那《だんな》の㒵《かほ》が見やられ、此《(この)》せつなさ、先《まづ》十日計《ばかり》、大事に勤《つと》めとおもひしが、「あひませひでは、命《いのち》がない」など〔ゝ〕の、音信《をとづれ》の文《ふみ》に、二入日記《(いりにつ)き》付《(つけ)》さいて、懸《かけ》出《(だし)》行《ゆく》。

又、三親掛《をやがゝり》の人は、めしつれの小者《こもの》、機嫌《きげん》を取《とり》、「此《(この)》師走《しはす》には、四角《かど》をも入《(いれ)》さすべし。我《われ》は鮫鞘《さめざや》がよいか、黒《くろ》ぬりが五好《すき》か」と、当意《とうい》のうそをつきまぜ、「今晩《こんばん》

一　四つ（午後十時ごろ）限りに。
二　収入簿。入り帳とも。
三　親がかりの息子。
四　十五、六歳になると、前髪の額の隅を角型に剃り、半元服させること。角前髪。
五　原本は「好」の草体を誤刻し、「婦」と読める。

六は諸礼《しよれい》を稽古《けいこ》して、夜《よ》が更《ふけ》る」と、内の事を申含《(まうし)ふくめ》、「たとへ問《とは》れてもいふな」と、持《もち》なれし七不洗取《ふくさとら》するなど、さま〲親仁《をやぢ》おそろしく、母《はゝ》の心得にして、寝《ね》所《どころ》をさして置《おき》、八めしあはせの戸《と》を、明懸《あけかけ》ておかるゝを、息《いき》づかひ迄静《(まで)しづか》に、さし足《あし》の時《とき》、身をふるはせ、親仁《おやぢ》が鼾《いびき》のせぬ時《とき》、胸《むね》をいたみ、「いつも呑《のむ》、寝酒《ねざけ》の酔《ゑい》が覚《さめ》な」と、九松尾《を》の神に心願《(しん)ぐわん》を懸《かけ》、「明日《あす》は朝《あさ》から一〇公儀《こうぎ》へ行《(ゆか)》るゝ事あれがな」と、我《わが》心ながら物をもふ身や。「さぞ、一一養子《やうし》親《おや》にかゝる人は」と、余所《よそ》の

六 小笠原流の礼式作法。
七 袱紗(ふくさ)。ここは細銀(こまがね)を入れるねじ袱紗。
八 店と奥との間などに設けた引合せ戸。
九 京都市西京区松尾にある松尾神社(現、大社)。酒徳神として知られる(雍州府志三)。
一〇 町奉行所・町会所などをいう。公辺とも。
一一 養父。

挿絵解説 新町街頭風景。八月十五夜、井筒などを揚げ豪遊した客が、井桁紋の揃えの法被を着た自家用の駕籠で帰宅するところ。太夫を始め揚屋の女らに送られ、大道をせばめて一町ばかりのにぎやかな道中。右端手前の少女のみ禿髪。他の四人の遊女は兵庫髷姿。着物の柄は、左から蜘蛛の巣、渦巻き、剣弁菊、花文七宝つなぎ模様。禿は立浪模様に四つ花紋。なお新町遊廓は駕籠で通り抜けることも出来た(置土産二の三)。

無常《むじやう》を[一]観《くはん》ずる。

いまだ[二]内蔵《うちぐら》をまゝならねば、銀《かね》の借《かり》出し、才覚《さいかく》するに、堺《さかい》にて、[三]切《きり》ある薬物《くすり》を[四]買掛《かいがゝ》り、拾貫《くわん》目の物、四貫目に売損《うりぞん》して遣《つか》ふ。小判百両借《かれ》ば、[五]口次《つぎ》・[六]判《はん》代に、拾五両《りやう》引て渡《わた》す。利金《りきん》は然《しか》も八割《わり》の算用《さんよう》。借米《かりごめ》百石、是《(これ)》も万事[七]かゝり引て、七拾五石でわたし、売《うれ》ば、五拾石計《ばかり》の銀《ぎん》子になる。かなしや、[八]身ぬけをさせぬ手形《てがた》を書《かゝ》せ、切《(きり)》近付《ちかづけ》ば、又借替《かりかへ》、年中是にやるせなし。[九]苫茂《とまも》・[一〇]玉市《ぎよくいち》、両人して、[一一]色宿《しきしゆく》に行初《ゆきそめ》、あし懸《かけ》三とせたらずに、利《り》の銀計《かねばかり》、弐百貫目余《あま》り、出しける也《(なり)》。色遊《いろあそ》びのかさだかになる事、皆《みな》かやうの分《わけ》ぞかし。

手前銀《てまへがね》有《(あり)》ながら、遣《つか》はぬは、世のたのしみしらず。先祖《せんぞ》より持《もち》つゞけたる銀《かね》にもあらず。はじめは、[一二]かすかなる親《おや》共、身は絹《きぬ》物あてず、口には濃茶《こいちや》もしらず、鼻《はな》に[一三]木《き》の香《か》も聞《きか》せず、秤《はかり》目かしこく、捨《すた》る塵塚《ちりづか》迄《(まで)》も、[一四]銭《ぜに》さしに拵《こしら》へ、年来《ねんらい》命《いのち》をつなぎため、京《きやう》へも歩行《かち》で登《のぼ》り、袂《たもと》の焼食《やきめし》、[一五]牧方《ひらかた》にて、[一六]笠松《かさまつ》を宿《やど》として、[一七]天《あま》の川の水、手《て》して呑込《のみこみ》、[一八]枴《をほこ》かたげたる男《おとこ》に、[一九]在商《ざいあきなひ》の道《みち》を問行《といゆく》に、其子は土踏《つちふま》ず、[二〇]三枚肩《まいがた》、前《まへ》に[二一]旅筥《たびばこ》、後《うしろ》に紫《むらさき》の綿《わた》入《(いれ)》、里《さと》人に[二二]交野《かたの》をたづね、「[二三]「世の中に絶《たへ》て」と、[二四]業平《なりひら》の読《よま》れし桜《さくら》も、今《いま》は咲《さか》ぬか」と、むかしを尋《たづね》、手鞁《てつゞみ》をうつて、「聞《きこ》へしは[二五]在恒《ありつね》が、娘《むすめ》のふるき名《な》なるべし」とうたひ、「いや、[二六]丹波屋《たんばや》の井筒《ゐづゝ》

一 原本は「歓」。
二 →四五頁注一八。
三 「切り」は貸借関係や取引の受渡し期限。
四 掛けで品物を買う。当時は品物を先に渡し、代金は一定期日に支払う商法が多く行われた。
五 周旋・仲介料。
六 証文に保証人として連判する礼金や手数料。
七 経費。口次・判代・利銀などの出費。
八 責任回避。
九 置土産四の三に「とま」として登場。
一〇 同右に登場し、豪遊の果て零落したという。
一一 揚屋や色茶屋など、色遊びの所。
一二 みすぼらしい。貧しい。
一三 伽羅などの香木の香。
一四 銭緡。銭の穴に通して一束とする縄。銭縄。
一五 河内国に属し、京街道の宿駅。大坂より陸路五里。大阪府枚方市。当時牧方・枚方と表記。
一六 街道筋の傘のように大きく枝を張った松。
一七 枚方宿の北で淀川に注ぐ川。現枚方市の天野川。歌枕。伊勢物語八十二段で知られる。
一八 物を担う棒。天秤棒。オウコ・オウゴとも。
一九 在郷回りの行商。
二〇 →五六頁注五。
二一 旅行のとき雑品を入れる箱。
二二 交野の御野(みの)をさす(国花万葉記四)。枚方宿の東北、牧野・渚(なぎさ)・禁野(きんや)一帯。
二三 「世の中に絶えて桜のなかりせば春の心はのどけからまし」(伊勢物語八十二段)。
二四 惟喬(これたか)親王の別荘、交野の渚院(なぎさのいん)で詠んだ。昔は千本の桜があったと伝え(国花万葉記四)、その跡地が観音寺という(河内鑑名所記)。枚方市渚元町が渚院の跡地。
二五 謡曲・井筒の一節。井筒は業平の幼なじみ。
二六 →二三三頁注八。前注の謡曲・井筒の連想。

は、出たといふか」と、小者《こもの》にとへば、「いかにも一昨日《さく》、宵迄《よひ(まで)》は、何《なに》の事もなき勤《つと》め姿《すがた》、然《しか》も茶《ちや》の湯《ゆ》の案内《あんない》迄して、俄《にはか》にかくの仕合《しあはせ》と、[二七]へんがへして、[二八]西《さい》国《こく》へとも申《(まうす)》。又、[二九]下博労《しもばくらう》へ、根引《ねびき》とも沙汰《さた》いたし、けふは又、[三〇]長堀《ながほり》へとも申《(まうし)》、噂計《うはさばかり》にて、慥成事《たしか(なること)》はしれず。是《(これ)》も、[三一]応長《わうちやう》の比《ころ》の、鬼《おに》が摑《つかみ》申や」といふ。「しらずや、行所《ゆきどころ》を。さて見せ申べし」と、[三二]上代《じやうだい》やう文《ふみ》取出して、「此度《(この)たび》の首《しゆ》尾《び》の別《わか》れ、よしみ迚《とて》、申残《のこ》す、しほらしき届也《とゞけ(なり)》。[三三]鮫《さめ》屋・書物《しよもつ》屋のある橋筋《はしすじ》のにしへ、引取《ひき(とる)》」といへば、「旦那《だんな》の御手《て》に入《(いら)》ぬが、残多《のこりをゝい》」と申。

惣じて、女郎を請《うけ》出して、[三四]べん〳〵と情《なさけ》らしき、合点《がてん》の行《ゆか》ぬ事也《(なり)》。あれはあの里《さと》にてこそ、なぐさみにもなれ、請《うけ》ては、つねの女の、すこし取《(とり)》なりよい分《ぶん》也。それも下屋敷《やしき》の、[三五]通《かよ》ひ女には各別《かくべつ》也。是《(これ)》も半分《はんぶん》は、人の物になれば、同じくはせぬ事也。殊《こと》に、語《かたり》し人にもあい馴《なれ》、其《(その)》心は何《なに》としても残《のこ》るものを、世間《せけん》かまはず、お内義《ないぎ》さまにする事、よろしからねど、是《(これ)》又、[三六]無分別《むふんべつ》、外《ほか》ぞかし。出る〳〵と申《(まうす)》、[三七]総角《あげまき》は、[三八]不老門《ふらうもん》の日月《じつげつ》なり。世には長《なが》いきして見ば、まだ替《かは》つた事もなふては。

二七 変替え。変改《(へんがい)》とも。催しを変更する。
二八 特に九州方面。
二九 西区南堀江四丁目の木津川沿いの町。当時船宿や船荷物積問屋があった。
三〇 長堀川(中央区南部・西区南部を西流する)周辺の地。
三一 徒然草五十段に、応長(一三一一―一二)のころ伊勢から鬼になった女を京都に連れて来たというので評判になったが、噂ばかりでだれも見た者がなかったという話を伝える。人の噂だけで確かでないことのたとえにいう。
三二 上代様の書風で書いた手紙。
三三 刀剣用の鮫皮を売る店。「さめや 高麗橋一丁目」(難波鶴)。また同書によると、書物屋は高麗橋一丁目などにあり、ここは高麗橋筋。
三四 のんべんだらりと女に情けをかけているようなのは。
三五 別宅に囲っておき、男の方から時々通って行く女。
三六 恋の無分別で、思案の外であるよ。
三七 新町佐渡島町、藤屋勘右衛門抱えの太夫。延宝期(難波鉦)。
三八 →二三九頁注三九。ここは廓に長くとどまっているのをいう。

有《(ある)》まで美人執行《びじんしゆぎやう》[一]

山険《けん》[二]にして、海荒《うみあら》く、ましてや美女《じよ》、鄙《ひな》にはあらずといへり。御《(おん)》[三]の字《じ》の太夫は、彦左衛門に吉野《よしの》[四]、三浦《うら》に高尾《たかを》[五]、山本屋に利生《りしやう》[六]、九兵衛に夕霧《ゆふぎり》[七]、其比《(そのころ)》の四天王、御敵《てき》にあふて、よはき事なし。一とせのうち、一日も隙《ひま》といふ事なし。

[八]小《(こ)》船《ふな》町《(ちやう)》の津《つ》[九]田といふ男、吉野をおもひそめしに、花咲春中《さくはるぢう》は、おもひもよらず、四月四日五日、両《りやう》日、やう〳〵約束《やくそく》して、蔦《つた》[一〇]屋の市左衛門かたへ、昼過《ひるすぎ》より出懸《(で)がけ》、女郎《じよらう》を待甲斐《まつかい》もなく、「いかになじみなければとて、暮《くれ》より男《をとこ》[一一]かはりて、かぎりの有《ある》に」、七[一二]つの鐘《かね》の鳴時《なるとき》、然《しか》も道中《どうちう》しづかに、御出《(おいで)》あそばし、[一三]徳兵衛が御引合《あはせ》申《(まうす)》。京の揚《あげ》屋のごとく、男、座敷《ざしき》を取持《とりもつ》も、馴《なる》れば[一四]かとうもおもはず。

盃《さかづき》ざらりとまはり、短《みぢか》ひ咄《はな》し、二つ三つ四つするうちに、筥階踏《はこばしふみ》[一五]ならし、「明日《みやう》」と計《ばかり》いふて、立《たつ》てゆかるゝを、「是《(これ)》、吉野様《よしの》」と、袖《そで》にすがり、「先《さき》程待請《ほどまちうけ》、せめては色《いろ》らしき御言葉《ことば》に、あづかりましてと、おもふ間《ま》も、見ぬうちに覚《さめ》たる夢《ゆめ》とも申《(まうす)》べし。御情《なさけ》に今少《すこし》」と申せば、「我《われ》おぼしめしての御事、

一 修行。
二 原本は「槿」とある。
三 特にすぐれたもの。実に結構なもの。
四 →二三三頁注一四。
五 吉原京町、三浦四郎左衛門抱えの太夫。三代目(西鶴は二代目とする)。太夫四天王の第一。能筆、特にはね字が上手(讃嘲記時之太鼓)。
六 吉原新町、山本峰順抱えの太夫。評判記に四天王並みに扱われる。寛文末(一六七三)ごろ退廓か。
七 吉原新町、九兵衛抱えの太夫。太夫四天王の第四(時之太鼓)。延宝初年(一六七三)退廓か。
八 現中央区小舟(こぶね)町西部の南北の通り。当時は三丁目まであり、米・塩物類問屋、肴問屋などがあった(江戸鹿子五)。当時はコフナ町。
九 未詳。
一〇 吉原揚屋町の揚屋、桐屋市左衛門か。定紋が蔦。あるいは、揚屋蔦屋理右衛門と桐屋市左衛門を混交した命名か(吉原人たばね)。
一一 (太夫は)別な客の約束がある、の意。
一二 午後四時ごろ。
一三 揚屋の男か。
一四 堅うも。堅苦しくも。
一五 箱階子(はしごばこ)。→六六頁注三。

熱《ねつ》[一六]とはおもはれず。又私《わたくし》の身にもなりかはつて見て、道理《どうり》を分《わけ》て、ゆるさんせ」といふ。「尤《もつとも》、今日など、お㒵《かほ》を見合《あはせ》申《(まうす)》事もなるべきとは、兼《かね》て思ひながら、かく申置《をく》は、明日のたよりにもなるべきかとぞんじ、御姿《すがた》を留《とゞめ》て、よしなや。只《たゞ》御免《めん》」と申せば、「明日はおはやう」と計《ばかり》、吉野《よしの》の夏《なつ》[一七]山見えず。

跡《あと》は淋《さび》しく、余所《よそ》の引語《(ひき)がたり》もおかしからず。「菟角《とかく》はかへる」と、揚《あげ》屋町は闇《やみ》。[一八]おくり男の長棒《ながぼう》、土《ど》[一九]手《(て)》の数番屋《かずばん》、燈《ともしび》うつりて、蛍売《ほたるうり》の里童子《わらべ》、沢《さは》の蓮葉《はちすば》かほり、[二〇]色《いろ》こそ見へね、鞘《さや》[二一]とがめに水鶏《くいな》[二二]も扣《たゝ》ひて、にぐる声《こへ》。忍《しの》ぶ人の為《ため》とて、懸髭《かけひげ》[二三]・布頭巾《ぬのづきん》売《(うる)》など、「冷水《ひやみづ》[二四]まいれ」といふ。待馬《まちむま》立《(たて)》つゞき、今宵《こよひ》通《かよ》ふうちに、いかなる御方《かた》もしれず。供宿《ともやど》はるかに、むかしは借乗《かしのり》[二五]物もありしに、近年《きんねん》やみて、舟《ふね》又はやし。

かへりて、あけの日はやく出懸《かけ》て、なずめば、女郎《じよらう》も昨日《きのふ》の言葉《ことば》末《すへ》に、情《なさけ》をふくみ、機嫌《きげん》よく床《とこ》とらせて、枕《まくら》ちかよせ、五七度も逢《あひ》見しやうに移《うつ》[二六]る。此《(この)》里古今《ここん》、物仕《し》[二七]なれば、太夫より身をまかせ来《くる》時、「きのふはお帰《かへ》りをなげ[二八]きしが、けふはびた〳〵[二九]が、いやじや。それに独《ひとり》およれ」と、起《をき》出る。

女郎不首尾《しゆび》にて、是《(これ)》を世に沙汰《さた》する程《ほど》の、事にもあらず。あしき分《わけ》さへなくば、ふる事ふるし。男も初対面《しよたいめん》から、仕こなし㒵《がほ》して、ふらるゝ也《(なり)》。京も大坂

一六　一時の興奮。
一七　吉野の姿の見えなくなったことを、桜花の時分の過ぎた吉野の夏山にたとえていう。
一八　日本堤には追いはぎが出るので、客を警護して送る男。→四の一。
一九　日本堤の要所要所に置かれた番小屋。
二〇　「春の夜の闇はあやなし梅の花色こそ見えね香やはかくるる」(古今集・春上、謡曲・東北)。
二一　相手の刀の鞘が触れたと腹を立てての喧嘩。
二二　「水鶏の音、馬追むしの鳴音も、こきみのあしくおもふに」と、類似の表現あり(四の一)。
二三　いずれも坊主客などの変装用に売る。
二四　「夏日清冷の泉を汲み、白糖と寒晒粉の団を加へ、一碗四文に売る」(守貞漫稿五)。
二五　吉原通いの駄賃馬。
二六　遊女から客に心を寄せる意(色道大鏡一)。
二七　色道の巧者。老練な人。
二八　原本は「なげしが」と「き」が誤脱。
二九　なまめかしく寄り添うさま。

も、替《かは》る事なし。はじめての床《とこ》は、あなた次第に、物いわぬがよし。内証《ないしやう》は、人のしらぬ事也。うそでなりとも、拝《をが》ふでなりとも、[一]分《わけ》を立《たて》ぬは心掛《がゝ》り、我《わが》物遣ひながら、女郎ぐるひ程《ほど》、骨《ほね》のおるゝ物はなし。

生付《うまれつき》たる風俗《ふうぞく》を、俄《にはか》に作《つく》りなおしても、鼻欠《はなかけ》はなおらず。よき風の羽織《はをり》も着《き》たし、わつさりと、物も仕替《しかへ》たし。其時《(その)とき》はやればとて、[二]孔雀織《くじやくをり》、[三]網代《あじろ》、[四]升形《ますがた》、[五]やうきひ、[六]和国《わこく》などの大袖《そで》にて、女郎買《じよらうかい》とはいわれじ。[七]三枚袷《まいあはせ》きる程《ほど》になくて

一「分を立てる」は、情を交わすことをいう。
▽本段は、一の二の目録にいう「初床仕掛の事」に通じる遊女評判記風な叙述がみられる。
二 孔雀の羽のような模様を織り出したものか。
三 網代は、檜皮・竹などを薄く細く削り、交差させながら編んだもので、ここは網代にかたどった模様。
四 枡を入れ子にした模様。
五 未詳。
六 未詳。
七 表と裏との間に、さらに一枚絹布をはさみ入れて仕立てた袷。

は、奥《おく》ぶかには見へず。八ばつとならずば、此里《(この)さと》に出ぬがまし也《(なり)》。おもふまゝ遊興《ゆうきやう》してから、別《べつ》の事もなし。今迄《いま(まで)》、太夫見つくせども、すこしの九おもひ所《(ど)》はあり。「一〇若地女《もしぢ》に美人《びじん》もありや。諸国《しよこく》を尋《たづね》出し、色《いろ》町をやめん」と、心の友《とも》を同行《どうぎやう》して、見ぬといふ里もなく、行《ゆか》ぬ山路《ち》もなく、一とせの夢《ゆめ》に暮《くれ》て、めぐれども、是《(これ)》はとおもふ姿《すがた》もなく、和《わ》国のうち、一一外《そと》の浜《はま》、一二松前《まつまへ》の嶋渡《しまわた》り、人家《じんか》はなれて、枯野《かれの》の薄分《すゝきわけ》て行《(ゆく)》に、一三入海《うみ》三里《り》の気色《けしき》、一四夷《あぞ》が千《ち》嶋の松し一五やれ

八 ぱっと派手にすることが出来ないならば。
九 思い所。気になる所。欠点。
一〇 素人女。
一一 青森県津軽半島の東部の海岸。善知鳥(うとう)の伝説で知られる(謡曲・善知鳥)。歌枕。
一二 現北海道松前郡松前町。貞享(一六八四―八八)ごろは松前志摩守矩広の城下町。「松前の嶋」は、松前の背後の広く北海道をさす。一目玉鉾一に見える。
一三 北海道伊達市の有珠(うす)湾。
一四 古くは北海道の北にあると考えられていた。「此嶋長サ百三十里横十五里、是より北高麗(かうらい)へ十八里、あり／＼見へし」(一目玉鉾一)。
一五 風雨に曝され変った姿を見せていて。

挿絵解説 臼善光寺の風景。世伝と気心の合った友人が、諸国の美人探索の旅に出て、蝦夷(えぞ)千島に渡り、臼善光寺を訪ねるところ。いずれも脚絆・草鞋ばきで、道中笠をかぶり、腰に脇差をさす。三人の先頭が世伝らしい。左半図の、臼善光寺の藁葺きの堂の蔀戸を背にして縁に坐り、袖に香を留めているのが金作。下げ髪で、霞に中陰菱柄の着物姿。背後の風景は、一目玉鉾一にも次のように描く。「離れ小嶋 千嶋の美景、諸木諸鳥の毛色、入江の曝岩(されいわ)、玉敷(たましき)の礒の気色(けしき)、かゝる所を都の人の見残して、古歌さへ稀也。海辺に臼善光寺とて一堂有。本尊は信州と同体也。突臼(つきうす)台座にして有ける」。

て、岩《いわ》、自然《しぜん》の美形《けい》、浪《なみ》に数《かず》よる花貝《がい》[一]、紅雪紫嵐《こうせつしらん》の、眼《まなこ》を奪《うば》れ、夕日礒《せきじついそ》に落《をち》て、八色《はつしき》の玉を洗《あろ》ふ。古木《こぼく》[二]、青竜《せいりう》うごかず、洲崎《すざき》の金鳥《きんてう》、人を見しらず。かゝる風《ふう》景《けい》、くらべては、松嶋、礒《いそ》[三]でもあらず。いにしへの歌《うた》人の、一目見ば、残《のこ》[四]すべきに、月もあたら影《かげ》なるべしと、麓《ふもと》はるかにあがれば、冬咲藤《ふゆさくふぢ》[五]のおぼつかなく、誰《た》[六]が袖の匂《にほ》ひあさく、唐房《からふさ》も色をむかしに埋《うづ》み、落葉《をちば》にまじるに、人皆《みな》おどろき、「依《ゑ》[七]草附木《そうふぼく》の生霊《せいれい》か」と、立寄《より》見るに、「是《(これ)》より臼善光寺《うすぜんこうじ》[八]の道《みち》」と、しるせり。

とてもの事に、ゆかしく分《わけ》のぼれば、藁葺《わらぶき》の堂《どう》に、仏《ほとけ》ばかりあつて、香花《こうはな》[九]をとる坊主《ばうず》もなしと、詠《なが》めめぐれば、南《みなみ》のかたの椽《ゑん》に、上方風《かみがたふう》なる女、袖《そで》に香《かう》など留《とめ》て、ゆたかなるありさま、うたがはれて、又見れども、人間《にんげん》にはまがふ所なし。「御[一〇]身いかなれば、不思議《ふしぎ》」と申《(まうす)》。

此《(この)》女、泪を洒《こぼ》し、「我《わが》ふる里の、人の形《かたち》もなつかし。みづからは、そも〳〵都より、大坂の新町《しんまち》[一一]又次郎方へ、九歳《さい》の時買《かい》とられ、十一歳より禿《かぶろ》に仕《し》立られ、すゑは太夫にといわれしに、蕪口《かぶらか》[一二]鼻《か》より火事《くはじ》の夜《よ》、煙《けぶり》のうつる風雲《かざくも》の空《そら》より、すぐれて鼻《はな》の高《たか》く、羽《はね》のはへたる人に摑《つかま》れ、現《うつゝ》の心して、此所《(この)ところ》に来《き》て、其山伏《(その)やまぶし》の身はもてあそび、馴《なる》れば此年《とし》までも日をかさね、夜《よ》[一三]見世の事もわするゝ。其

一 桜貝の異名。
二 出典があるか未詳。「うごかず」(動かず)は原本では「うこがす」とある。
三 はるかに及ばない。取るに足らない。
四 名歌を残したであろうのに。「かゝる所を都の人の見残して、古歌さへ稀也」(一目玉鉾一)。
五 冬咲く藤かと心もとなく、よく見ると。「山吹のきよげに藤のおぼつかなきさましたる、すべて思ひ捨て難きこと多し」(徒然草十九段)。
六 匂袋の一種。着物の袖の形に作った二つの匂袋を紐でつなぎ、首にかけ両袂へ入れる。
七 死者の精霊が草木により付くこと。
八 北海道伊達市有珠町の浄土宗善光寺。本尊阿弥陀如来が臼を台座とするので、臼善光寺といわれる。有珠善光寺とも。
九 線香や花を供える。
一〇 「御身はいかなる人ぞ」(謡曲・胡蝶など)。
一一 新町下之町の遊女屋、木村(このむら)屋又次郎。
一二 寛文六年(一六六六)十二月八日夜、新町下之町新屋(あたらしや)清春、異名蕪嬶(かぶらかか)から出火し、大火となり、大坂の四分の一を焼失。原本は「蕪目鼻」。
一三 遊女が夜に店に並び客を招くこと。新町の夜見世は、前注の大火後禁じられたが、延宝三年(一六七五)三月に再び許された。ただし三月一日より十月末日までの間(色道大鏡十二など)。再開の時期は、難波鑑、色里案内は延宝四年よりとし、摂陽奇観は以上の両説を掲げる。

時《とき》の禿《かぶろ》の金作《きんさく》、我《われ》なり」と語《かた》り、「かた〳〵さまは、何《なに》のためにか、此嶋《しま》山迄《(まで)》、わたらせたまふぞ」といふ。

「されば、色《いろ》に深《ふか》く、日本《ぼん》の美女《びじょ》を見に修《しゅ》行いたせども、けふ迄《(まで)》も見ぬ世はせばき」と申せば、「をの〳〵心得あしく、名《めい》女の有所《(ありどころ)》をしらせたまはぬ也《(なり)》。[一四]我風車《われふうしゃ》に乗《のり》て、諸国《しよこく》を見立し、美人《びじん》の書付《かきつけ》」と、[一五]畳紙《たゝみがみ》ひとつわたして、いつとなく消《きへ》て、杉村《すぎむら》の木末《こずへ》に声《こへ》のみ。

跡《あと》おそろしくなつて、此山《(この)やま》を立のき、峨《が》陰《け》の草《くさ》なき所に座《ざ》して、彼書《かの(かき)》たる物を見れば、「当《とう》代のうつくし姿《すがた》」としるして、江戸の[一六]花紫《(はな)むらさき》、京の[一七]金太夫、大坂の[一八]総角《あげまき》、其外《そのほか》、[一九]三个《(が)》の津《つ》の太夫どもを書《かき》のせる。さては女郎《じよらう》よりは、美形《けい》なき事を得道《とくどう》して、又、揚《あげ》屋に入《(いる)》とかや。

大往生《だいあふじやう》は女色《ぢよしき》の台《うてな》[二〇]

したひ事して二十年《ねん》の夢《ゆめ》、[二一]春《はる》は花《はな》、秋《あき》は月、気付《きつけ》は人参《にんじん》、女郎《じよらう》ぐるひは銀《かね》の浮世《うきよ》。[二二]本朝《ほんてう》の色所《しきしよ》、のこらず遊回《ゆふくはい》して、今爰《いまこゝ》に難波《なには》の色《いろ》町、[二三]夜《よ》見世の風景《ふうけい》、又くらべて、似《に》たといふべき所《ところ》もなし。[二四]松梅鹿懐案内《しやうばいかふところあんない》にても、中〳〵知《しれ》がたし。

一四 →一七頁注一八。子供の玩具の風車ではない。
一五 畳んだ紙を重ねて懐中し、鼻紙または歌を書き記すのに用いる。懐紙。たとうがみ。
一六 吉原京町、三浦四郎左衛門抱えの太夫。天和・貞享期(大豆俵評判など)。
一七 島原上之町、上林五郎右衛門抱えの太夫。四代目。→二三三頁注二一。
一八 新町佐渡島町、藤屋抱えの太夫。延宝期。→二一七頁注二四。
一九 →七頁注三六。
二〇 →二三三頁注一六。
二一 「花は紅(くれない)、柳は緑」のごとき達観した境地を述べる禅語的表現。「春は花夏は瓜、秋は菓(このみ)冬は火」(謡曲・花月)。
二二 前章の美女を探して諸国を修行し、遊女よりは美女のない事を悟った内容を承けた叙述。
二三 →注一三。
二四 松は太夫、梅は天神、鹿は囲(鹿恋)を示す。新町の遊女評判記らしいが、未詳。

[一]古文真宝《こぶんしんぽう》なる皃《かほ》つきせずとも、[二]千三百余《よ》人《にん》の姿《すがた》を見るべし。
[三]遊山《ゆさん》ぎよつとして、阿房《あはう》もかしこきも出る。揚屋《あげ》、北《きた》に構《かまへ》て、近《ちか》ふして、西に九軒《けん》町、[四]二《じ》川溶《せんよう》〳〵として、[五]鼬堀《いたちぼり》・[六]長堀《ながほり》、流入《ながれ(いり)》、一歩《ぼ》に[七]局《つぼね》、十歩《ぼ》に[八]太夫格子《こうし》、大溝《みぞ》の漲《みなぎる》は、呑《のみ》さし棄《すつる》、雫也《しづく(なり)》。煙《けぶり》の口に横《よこ》たはるは、[九]香《か》ほり莨菪《たばこ》のから、太皷《たいこ》の[一〇]立町《たつまち》に驚《をどろく》は、[一一]長持《ながもち》のかへりをよくる也。
紋挑燈《もんぢやうちん》きゆるがごとく、いつ迄《(まで)》、[一二]此闇《(この)やみ》にまよふも、おろか也《(なり)》。親《おや》世之介より、

一 固苦しい、真面目くさった顔つき。古文真宝→四三頁注二八。
二 「千三百余人の女郎に御伝へあるべし」（一の二）。→二三頁注二八。
三 遊山客は新町のにぎやかさに驚いて。以下本段は古文真宝後集、杜牧之の阿房宮賦のもじり。「蜀山(しょくざん)兀(こつ)として、阿房(あぼう)出づ。…驪山(りざん)北に構へて西に折れ、直ちに咸陽(かんよう)に走(おもむ)く。二川溶々として、流れて宮牆(きゅうしょう)に入る。五歩に一楼、十歩に一閣。…渭流(いりゅう)の膩(じ)を漲(みなぎ)らすは、脂水(しすい)を棄つるなり。煙斜めに霧横たはるは、椒蘭(しょうらん)を焚(た)くなり。雷霆(らいてい)の乍(たちま)ち驚くは、宮車の過ぐるなり」（阿房宮賦）。
四 立売堀(いたちぼり)川と長堀川の二つ。
五 →六九頁注三七。新町遊廓の北側至近の堀川。寛永初期開削されたが、近年埋立てられた。
六 →七二頁注二。新町の南側至近の堀川。近年埋立てられた。
七 局女郎のいる店。一歩は一間に当たる。
八 太夫のいる遊女屋。格子は遊女屋の格子、また遊女屋をもいう。
九 香の特によい煙草。薫煙草。
一〇 竪町。横町に対して表の通り筋。
一一 太夫・天神の寝具を入れて、遊女屋と揚屋の間を運ぶ。
一二 愛欲の闇。
一三 原本は「沙汰せられから」と「て」が誤脱。
一四 原本は「口話」とある。
一五 「イ丁 タ、スム」（増補下学集）。
一六 遊女が揚屋の納戸で軽く腹ごしらえに茶漬

色道《しきどう》の二代男《おとこ》と、沙汰《さた》せられて一三から、何《なに》の事もなし。今迄《いままで》、心にしたがへし女《じよ》郎《らう》の、存念《ぞんねん》もおそろし。つれなき口説《くぜつ》一四を仕懸《しかけ》、泪《なみだ》、湯玉《ゆだま》を流《なが》させ、寒夜《かんや》には、裸《はだか》にして一五イ《たゝずま》せ、秋夜《しうや》に、一六納戸《なんど》食《めし》をくはせず、物に成《(なる)》男にはあはせず、かくす事迄かたらせ、後《のち》には、一七売《うり》日も勤《つと》めず、一八宿《やど》へ内証《ないしやう》の借銭《しやくせん》させ、恋《こい》にせめ付《つけ》、毎《まい》日、一九刻付《とく(づけ)》の届《とゞけ》をさせ、情《なさけ》を忘《わす》れ、哀《あはれ》をしらず、無理《むり》をたくみ、なげきをこしらへ、心は二〇帥《すい》の鬼《おに》となつて、二一燃《もや》してかゝる胸《むね》に、おどろかず。

飯などを食べること。
一七 →六九頁注四四。
一八 ここは抱え主。遊女屋の主人。
一九 至急に先方に届くように頼んだ手紙。封紙に発信の時刻を記す。
二〇 遊女の客をもてなす裏表を熟知しているので、何かと遊女にきびしく注文するような男。
二一 自分に思いをもやしてくる女の心中を知っても、別に何とも思わない。

挿絵解説　世伝の臨終に二十五菩薩に姿を変えた名妓が済度に現れた図。一般の二十五菩薩来迎図の俳諧化。三角の白紙を額にかけた経帷子姿は世伝で、生涯の恋文の山に火をつけ、煙の中で合掌する。五色の雲に乗り来迎する名妓は、いずれも垂れ髪姿。以下右半図から左へ解説するが、着物の柄は(　)内に記す。右端、挿頭(かざし)の花を持つのが夕霧(花文七宝つなぎ)、青磁の香炉に名香をくゆらすのが吾妻(梅花柄)。次に牡丹柄の小蒲団を捧げるのが、京の半太夫(霞形)、その左が古の三夕(籬模様)。左半図右端で、煙管などの煙草盆を持つのが長津(中陰雪輪)、金塗りの渡盞(ときん)に組重盃(くみじゆうさかずき)を持つのが越前(中陰松皮菱)、その背後で三味線を弾くのが古の和泉(撫子模様)。その左手前、七宝の菓子盆を持つのが瀬川(渦巻)。その左手前の銀の燗鍋を提げるのが古の小太夫(水車)で、玉琴を弾くのが和州(剣弁菊)。左端奥、引舟の虎之介(紅葉柄)にいわば天蓋に当たる大傘を差し掛けさせ、頬を襟に埋めているのが古の吉野(七宝つなぎ)。西鶴はこの古の吉野を、一代男などでも最も理想的な遊女として扱っている。半太夫・三夕・和泉・吉野が京の遊女。他は大坂新町の遊女。

[一]はなさせし爪《つめ》は、[二]釼《つるぎ》の山《やま》を筥入《はこ(いれ)》にして、見るがごとし。今はとて、是《(これ)》を信濃《しなの》の国《くに》に、[三]煙《けむり》の立嶽《(たつ)だけ》のあれば、爰《こゝ》にのぼして、灰《はい》となし、[四]切《きら》せし黒髪《くろかみ》、四海《かい》の浮《うき》藻《も》のごとく、捨所《すてどころ》もなくて、[五]高野《たかの》の骨堂《こつどう》におさめ、[六]大師《だいし》八百五拾年忌《ねんき》の折ふし、吊《とむろ》ふ。[七]血書《ちがき》は、千枚《まい》かさね、土中《どちう》に突込《つきこみ》、誓紙塚《せいしづか》と名付《なづけ》、[八]田代《たしろ》孫右衛門と、同じ供養《くやう》をする。[九]指《ゆび》も数《かず》たまりて、[一〇]百八の珠《たま》につなぎ、是を後世《ごせ》の種《たね》となし、[一一]三十三の三月十五日切《ぎり》に、さし引《(ひき)》なしに遣ひ捨《すて》、大臣《だいじん》、大往生《おうじやう》を極《きわ》めける。是《(これ)》、世の中のうかれ男《おとこ》に、物のかぎりを、しらしめんがため也《(なり)》。

「[一二]廿《はたち》よりうちのさはぎは、此道《(この)みち》に入《(いる)》、皆足代《みなあししろ》」と、[一三]分知《わけし》り和尚《わうしやう》もときたまへり。それより十年、[一四]大興《だいきやう》に入《(いり)》て、太夫の有《(あり)》がたひ所を覚《おぼへ》、[一五]四十より内《うち》に、留《とま》る事をさとらずば、[一六]揚銭《あげせん》の淵《ふち》に沈《しづ》む事、まのまへ也《(なり)》。手前《てまへ》に有程《あるほど》、[一七]扣《たゝき》あげて、既《すで》に回向《ゑかう》のかねのない段《だん》に、俄《にはか》にやめるも見ぐるし。

世伝《よでん》に、不思義《ふしぎ》の夢《ゆめ》のつげ、何国《いづく》と定《さだ》めず、[一八]思ひ出《(いで)》、願《ねが》ひの道《みち》に[一九]入野《いるの》の薄《すゝき》、萌出《もへいで》、[二〇]荻《おぎ》の焼原《やけはら》に火を掛《かけ》、一代の[二一]やりくりの文《ふみ》つみかさね、煙《けぶり》の中《うち》に手《て》をあはせ、眠《ねむ》れるやうにりんじうの時《とき》、[二二]半天《なかぞら》五色《しき》の雲引《くもひき》はへ、[二三]一歩小判《ぶこばん》の花降《はなふる》は、日《(ひ》比《ごろ)》蒔置《まきをき》し種《たね》ぞかし。

世を先《さき》だちし太夫ども、年《とし》月の御恩《をん》、此度《(この)たび》と、諸《もろ》〳〵の[二四]菩薩《ぼさつ》に姿《すがた》を替《かへ》、[二五]八葉《やう》

一 心中立に遊女の爪を取らせること。放爪。原本は「はなつさせし」と「つ」が衍字。
二 地獄にあるといわれる。鬼―釼の山。
三 浅間山。　四 遊女の心中立ての一、断髪。
五 ↓一二九頁注九。骨堂は奥の院にある。
六 弘法大師は承和二年(八三五)三月二十一日に没し、貞享元年(一六八四)がその八百五十年忌に当たる。　七 血文とも。↓四六頁注七。
八 肥後国(熊本県)の人で、如風と号す。千人斬りの罪を悔い、罪障消滅のため回国し、慶安三年(一六五〇)十一月十四日、大坂四天王寺西門の東に供養塔を建てた(摂陽奇観十三)。
九 遊女の心中立ての一、切指。　一〇 数珠。
一一 世伝は、一の一では「三十余」とあるから首章と尾章とではあまり歳月の経っていないことになる。ここは「三」を重ねた修辞をとる。
一二 足掛り。基礎。
一三 満散利久佐、色道大鏡の著者藤本箕山等か。和尚はヲショウ・ワジョウともいう。
一四 廓遊びの本当の面白さが分かる境地になる。
一五 「人は四十より内にて世をかせぎ」(織留五の一)などの逆をいうか。
一六 「借銭の淵に足を流す人、目の前にある世中なれば」(たきつけ草)。
一七 財産を使い果す。たたく―鉦(金と掛ける)。
一八 あることを思いつく意。往生を思いたつ。
一九 未勘国(所在未詳)の歌枕(歌枕名寄等)。山城国入野神社(西京区大原野)の辺とも(山城名勝志六)。入野の薄は歌語。「入野の薄霧分けて」(謡曲・紅葉狩)。「道に入る」と掛ける。
二〇 春の野火で焼いた荻原。荻の焼原は歌語。
二一 艶書。恋文。「やりくりの文章」(一代女二の四)。　二二 原本は「天半」とある。
二三 一歩金。花は祝儀の意と掛ける。花―種。

の小蒲団《こぶとん》にすくひ取給《たま》ひ、玉琴《ぎよくきん》に[二六]須賀垣《すがかき》をのせ、[二七]三筋《さんきん》になげぶし、こがね盃《さかづき》、銀《ぎん》の[二八]間鍋《かんなべ》、[二九]七宝《しつぽう》の菓子《くわし》盆《ぼん》、青磁《せいじ》の名香《めいかう》、かざしの枝《えだ》、いづれも身より光《ひかり》をはなち、[三〇]彼岸《かのきし》に、[三一]引舟《ひきふね》の女郎《らう》迄《(まで)》も、爰《こゝ》にあらはれ、[三二]女太鞁《たいこ》の藤《ふぢ》も御機嫌《きげん》とり、[三三]石車《いしぐるま》の伊右衛門がけいはく、[三四]井筒《ゐづゝ》屋の太郎兵衛、勝手《かつて》にひかへ、玉《たま》の箱階《はこばし》あがれば、世界《せかい》の傾国《けいこく》一目に、四方明《あかり》の大二階《かい》、[三五]吉野《よしの》が居姿《いすがた》、[三六]和泉《いづみ》が[三七]奴風俗《やつこふうぞく》、[三八]あづまがしとやか面影《をもかげ》、[三九]三夕《さんせき》が[四〇]物ごし、[四一]小太夫が[四二]花車《きやしや》かたぎ、[四三]夕霧《ゆふぎり》が情白《なさけがほ》、[四四]半太夫がうつくしさ、[四五]和州《わしう》がばつとしたもよし。[四六]長門《ながと》が物いはぬも位《くらゐ》あり。[四七]大橋《おゝはし》が自然《しぜん》とゆたかなる風情《ふぜい》、其外《(その)ほか》、太夫を揃《そろへ》て、一座《ざ》に見る事、前《まへ》の世ではならぬ事なり。是《(これ)》、死《しん》での徳《とく》、無心《むしん》いわれず、[四八]五節句《せつく》かまはず、[四九]常住不断《じやうじゆ(ふ)だん》の上首尾《しゆび》、[五〇]頭北西面《づほくさいめん》の楽床《らくどこ》、かぎりをしらず。

二四 極楽へ導くため来迎の二十五菩薩。
二五 「八葉の蓮華」(極楽往生の象徴)の俳諧化。
二六 清掻き。ここは歌わずに琴だけを弾くこと。
二七 三味線の伴奏で投節(五頁注一四)を歌う。
二八 →九七頁注二四。
二九 ここは金銀など七種の宝石で飾られたもの。
三〇 彼岸。極楽浄土。 三一 太夫に付添い、座敷を取持つ遊女。位は囲(鹿恋)。彼岸—舟(類船集)。
三二 女の太鼓持。
三三 著名な太鼓持。盛衰記三の二などに登場。
三四 新町九軒町の揚屋、井筒屋太郎右衛門。
三五 京都六条三筋町、林与次兵衛抱え。名は徳子。元和五年(一六一九)に太夫、寛永八年(一六三一)退廓。後に灰屋紹益の妻となり、寛永二十年没、三十八歳。一代男五の一に見える。「居姿」は坐っている姿。 三六 島原太夫町、宮島甚三郎抱えの太夫か。名は清子。承応三年(一六五四)天神になり、万治二年(一六五九)に太夫。寛文三年(一六六三)二十三歳で退廓(色道大鏡十七)。
三七 町奴のような侠気のある身なりや態度。
三八 新町佐渡島町、藤屋(佐渡島)勘右衛門抱えの太夫。→四九頁注二四。
三九 六条三筋町時代、上林五郎右衛門抱えの太夫(露殿物語、色道大鏡十六)。→四六頁注一。
四〇 立居振舞い。特に道中姿がよい(二の一)。
四一 新町下之町、木村屋又次郎抱えの太夫。挿絵に「古」とあり名妓の明子小太夫。正保二年(一六四五)太夫となり、承応三年(一六五四)二十三歳で退廓(色道大鏡十七)。 四二 上品で風流な気質。
四三 新町、扇屋抱えの太夫。→四八頁注一〇。「情ふかくて手くだの名人」(一代男六の二)。
四四 挿絵に「京」とあるが、島原の半太夫は未詳。新町の半太夫か。→五三頁注一一。
四五 新町下之町、木村(このむら)屋又次郎抱えの太夫。

右全部八冊、一世の慰草を何がなと尋ねて、二忍ぶ草、靡《なび》き草、皆恋草、是《これ》を集め、令開板者也《かいはんせしむるものなり》。

三貞享元甲子年初夏

大坂四呉服町真斎橋筋角

書林 五池田屋三郎右衛門板

名は屈子。延宝四年(一六七六)島原に移り、翌五年天神に下り、同年早世(色道大鏡十六)。

四六 未詳。挿絵に「なかつ」とあり、長津なら新町中之町、扇屋四郎兵衛抱えの太夫。

四七 同扇屋四郎兵衛抱えの太夫。寛文末(一六七三)ごろ在廓(二の二)。一代男六の二に登場。

四八 →五六頁注一一。

四九 いつでも好きな時に太夫と逢えるのをいう。

五〇 釈迦入滅時の寝姿にまねて、死人を北枕にし、頭を西に向け、(右脇を下に)寝かせること。

一 世の人の心を慰める話の種。

▽一代男の「転合書(いたずらがき)」とは異なり、読者を意識した執筆態度がうかがわれる。「明くれ世間の慰み草を集めて詠めし中に」(新可笑記・西鶴自序)。

二 忍ぶ草・靡き草、これらはすべて恋草(恋情の尽きない話)であるの意か(中村幸彦)。本文に「恋草」「忍草」(以上二の一)、「思ひ草」(七の五)などの用例もある。一説に、忍ぶ草・靡き草・皆恋草の三部の草稿か(森銑三)。

三 一六八四年。甲子は同年の干支。

四 大阪市中央区伏見町四丁目の心斎橋筋角。

五 岡田氏。西鶴諸国ばなし、一代女、武道伝来記などの出版元。

西《さい》鶴《かく》諸《しよ》国《こく》ばなし

井上敏幸 校注

西鶴が最初に考えた本書の題名は「大下馬」で、この題名には、江戸城大手門外に人々を下馬させずにはおかない程に面白い「咄」だとの寓意がこめられていたと思われる。だが実際には「西鶴諸国ばなし」の名で出版された。それは恐らく書肆池田屋の、西鶴の令名を利用した商策だったに違いない。しかし、両者がともに「咄」に焦点を置いていたことに、改めて注目したいのである。

つまり、本書における「咄」の強調は、ほかならぬあの西鶴の創作にかかる古今東西の「咄」の集であるということであり、それは西鶴が最も得意とする「はなしの姿勢」、当代の人々が求める「諸国咄」性に基づくものであると同時に現代の説話として書かれたものであって、まさに、全く新しい現代の説話文学の誕生であるという主張だったのである。

本書の序文冒頭に、「世間の広き事、国々を見めぐりてはなしの種をもとめぬ」と記すごとく、西鶴の取材は日本全国はもとより、中国・印度・エジプト起源の説話にも及んでいた。珍しい面白い「はなしの種」を求める西鶴の姿勢は、そのまま「諸国咄」的であり、世界的スケールであったといえる。しかし、西鶴の「咄」は、単に「はなし」の珍奇さと面白さを求めることに終始するものではなかった。珍奇なものを羅列した末尾に、「是《これ》をおもふに、人はばけもの、世にない物はなし」という通り、西鶴が探索した「はなしの種」は、あくまで、今眼の前に生きている人間、現代社会の中で活発に生を展開している人間の面白さ、意外さ、あるいはその摩訶不思議さを一篇の「咄」の主題として表現するための核として用いられていたのである。いうなれば全ての話材は、西鶴と同時代を生きる人間および人間社会の問題に帰着させられていたのである。各巻目録の題名下に付されている見出し語、知恵・不思議・義理・慈悲・音曲・長生・恨・因果・遊興・報・仙人等々が、実はこのことを最もよく象徴していたのである。

結局、本書は、どこまでも人間を愛してやまない作家西鶴の原質を窺いうる恰好の、かけがえのない作品だったのである。

装丁　大本　袋綴　五巻五冊
刊年　貞享二年(一六八五)正月
底本　東京大学総合図書館霞亭文庫蔵本

入絵

西鶴諸国ばなし

一

一世間《せけん》の広《ひろ》き事、国〱を見めぐりて、はなしの種《たね》をもとめぬ。二熊野《くまの》の奥《おく》には、湯《ゆ》の中にひれふる魚有《うを（あり）》。三筑前《ちくぜん》の国には、ひとつをさし荷《にな》ひの大蕪有《あふかぶら》。四豊後《ぶんご》の大竹は手桶《てをけ》となり、五わかさの国に、弐百余歳《よ》のしろびくにのすめり。六近江《あふみ》の国堅田《かたた》に、七尺五寸の大女房《あふによぼう》も有。七丹波《たんば》に、一丈《じやう》弐尺のから鮭《さけ》の宮《みや》あり。八松前《まつまへ》に、百間《けん》つゞきの荒和布《あらめ》有。九阿波《あわ》の鳴戸《なると》に、竜女《りうによ》のかけ硯《すゞり》あり。一〇加賀のしら山に、ゑんまわうの巾着《きんちやく》もあり。一一信濃《しなの》の寝覚《ねざめ》の床《とこ》に、浦島《うらしま》が火うち筥《ばこ》あり。一二かまくらに、頼朝《よりとも》のこづかひ帳《てう》有。都《みやこ》の嵯峨《さが》に、一三四十一迄大振袖《ふりそで》の女あり。

是《（これ）》をおもふに、人はばけもの、世にない物はなし。

一 諺、「世界は広し」(譬喩尽)。「世界は広し世はさまざま」(諺語大辞典)。西鶴の慣用句。
二 和歌山県東牟婁郡本宮町、川湯温泉。熊野川支流皆瀬川では、川底より湯が湧き、その中に小魚が泳ぐ(紀伊国名所図会・熊野篇)。こうした例は、雲仙(諸国里人談三)、また、伊豆伊東の松川では現在も、じんなら(和名ヤガタイサギ)が泳いでいるという。
三 「蕪、京菜に似て別種なり。すはり蕪(かぶ)、甚大なり。怡土・志摩郡に多し」(筑前国続風土記三十)。
四 「日田郡　土産　大竹…大径七、八寸」(豊後国志)。「苦竹(まだけ)国俗呉竹と云ひ又真竹と云ふ。甚大なる者周尺余」(大和本草九)。「苦竹…大ナル者周(まはり)一尺六寸、長サ六、七丈」(和漢三才図会八十五)。
五 福井県小浜市の熊野山に、白比丘尼の木像が伝えられ、別に八百比丘尼とも(西北紀行・下)。四百歳(本朝神社考六、本朝列仙伝三)、二百歳(康富記・文安六年五月)とも伝えられる。
六 延宝二年、江戸堺町で、近江の国出身の、身長七尺三寸のおよめという大女が見世物に出された(用捨箱・下)、大坂道頓堀でも、江州白髭大明神の変化といわれた七尺二寸の大女房が見世物に出た(続無名抄・上)。
七 京都府綾部市の本宮山にあった杵宮(現在は同市藤山の九鬼魂神社に合祀)に伝わる伝説では、長さおよそ五、六尺とされる。
八 北海道産の荒布の意。荒布(毛吹草では荒和(あらめ))は昆布に似るが、長さは四、五尺の干した海藻。主に南西諸州に産する(本朝食鑑三)。
九 鳴門は竜宮の東門といわれた(太平記十八)。
一〇 石川、岐阜県境の白山大汝(おおなんじ)峰の北に、

近《きん》年《ねん》諸《しよ》国咄《こくばなし》

大《あふ》下《げ》馬《ば》　巻一

目《もく》録《ろく》

地獄の相を示す白山地獄谷があり(白山記)、血の池地獄などがある。

一一 木曾街道上松宿の、寝覚山臨川寺に浦島伝説が伝わる。「浦島がつりせし寝覚の床…大なる岩なり」(木曾路之記・上)。

一二 頼朝自筆の日記残本鎌倉鶴岡別当にあり(一話一言三)。

一三 六尺の大振袖が流行したが、十八、九歳までの女子が着た。

▽地方の特産物、常識では考えられない長大なもの、伝説により実在する珍奇なものを列挙し、現実に不思議なものもあることを強調した上で、実は人間が最も不可解なものであることを、大振袖の女に集約し、人間こそが化物だという作者の人間認識を明らかにすると同時に、本作がその視点により、様々な人間に関する咄を集めたものであることを宣言する。

一四 太鼓を破損することなく勝つ意と、裁判で先例を破ることなくの意をかける。

一五 学頭の知恵と、その知恵を見抜いた奉行所の裁決をたたえた見出し。

一六 男性に見せたくない所は、の意。

一七 不思議。不思儀とも。慣用。

一八 一年の終り、おおみそか。総収支決算の日。

一九 一両小判一枚をめぐる悲喜劇を暗示する。

二〇 品川は、東海道上りの第一番目の宿。日本橋より二里。江戸市中ではないが、江戸の南の入口として、地図・地誌類には必ず記される。

二一 大陸伝来で「から」といい、かぶる笠と区別。

二二 原本「詫」。当時の慣用だが、今「託」に改める。

二三 原本「慈非」。仏語で、いつくしみあわれむ心の意。ここは、仏語の意と色の情の意をかける。

西鶴諸国ばなし

紀州《きしう》の掛作《かけづくり》[一]にありし事

㊄ 不思義《ふしぎ》のあし音《おと》　音《おん》[二]曲《きよく》

伏見《ふしみ》[三]の問屋町《といまち》にありし事

㊅ 雲中《うんちう》の腕《うで》[四]をし　長生《ちやうせい》[五]

箱根《はこね》山熊谷《くまだに》[六]にありし事

㊆ 狐《きつね》の四[七]天《てん》王《わう》　恨《うらみ》[八]

播州姫路《ばんしうひめぢ》[九]にありし事

一 和歌山市嘉家作丁。大和(大坂)街道に沿う町。「府城の北の入口にして、西国順礼又は京・大坂より和歌浦、又は熊野への街道なり」(紀伊国名所図会一之上)。
二 一節切(ひとよぎり)の音色で諸事を占う、調子聞きの名人の話であることを暗示する。
三 京都市伏見区伏見町。濠川西岸塩屋町・大津町・聚楽一丁目を特に問屋町と呼んだ(伏見鑑・下)が、濠川・高瀬川・宇治川派流沿岸を伏見船場・伏見浜と総称し、問屋も多かった。ここは、固有名詞ではなく問屋の多い町の意。
四 腕相撲。腕推(うでおし)・腕押。「腕押は、二夫相対し、供に右手の肱を畳につけ、掌を合せ握り、押て押伏すを勝とす」(守貞漫稿二十五)。義経記三・弁慶生まるる事の条に、弁慶が、ちご・法師等と腕取・腕押・相撲を好んだとある。
五 ながいきの話の意。仙人四代がこの山に住んだという箱根山の伝説(丙辰紀行)等より、仙郷箱根を舞台として、五百年も生きているといわれた常陸坊海尊・猪俣の小平六を登場させた。
六 未詳だが、熊が出るような奥深い谷の意。熊—おく山・捨る世(類船集)。
七 臣下、弟子などの中で最もすぐれたもの四人の称。もと仏教語。ここは、於佐賀部狐の従者の狐のうちすぐれた四匹をいう。
八 狐のむくい、仕返しをいう。「狐ハ、人ヲ惑シ、仇(あだ)ヲ報ヒ亦能ク恩ヲ謝ス」(和漢三才図会三十八)。
九 兵庫県西南部の播磨平野の中心。古来穀倉地帯として知られる地。
一〇 藤原鎌足のこと。古代最高の冠位で、鎌足だけに授けられ、別称となる。冠は原本「冦」。
一一 謡曲・海士の舞台となった香川県大川郡志度町の海岸、志度浦の別称。

公事《くじ》は破《やぶ》らずに勝《かつ》

[一〇]大織冠《たいしよくはん》、さぬきの国房崎《くにふさざき》[一一]の浦《うら》にて、竜宮《りうぐう》[一二]へとられし玉《たま》をとり帰《かへ》さんために、都《みやこ》の伶人《れいじん》[一三]を呼《よび》くだし給《たま》ひて、くはんげんありし唐太鞁《からたいこ》[一四]、ひとつは南都東大寺《なんととうだいじ》[一五]におさめ、またひとつは、西大寺《さいだいじ》[一六]の宝物《ほうもつ》となりぬ。

此《この》太鞁《たいこ》、いつの比か西本願寺《にしほんぐはんじ》[一七]に渡《わたり》て、今《いま》に二六時中《じちう》[一八]を勤《つと》めける。昔日《そのかみ》に、革張替《かわはりかゆ》る時《とき》、此中《うち》を見るに、西大寺の豊心丹《ほうしんたん》[一九]の方組《ほうぐみ》[二〇]を、細字《さいじ》にて書付《かきつけ》ありける也。外《そと》は木《もく》[二一]をあらはし、中《なか》には諸《もろ〳〵》の羅漢《らかん》をさいしき、金銀《きんぎん》[二二]の置あげ、日本《にっぽん》たぐひなき名筒《めいどう》也。

毎年《まいねん》の興福寺《こうぶくじ》[二三]の法事《ほうじ》に入事ありて、東大寺《とうだいじ》の太鞁《たいこ》をかりて勤められしに、有年《(ある)》、東大寺より太鞁をかさずして、ことをかきける。衆徒《しゆと》[二四]・神主《かんぬし》の言葉《ことば》を、「当年計《とうねんばかり》は」と添《そへ》られ、やう〳〵借《かり》て、仏事《ぶつじ》を済《すま》しぬ。其後《そののち》、使《つかひ》を立れども、太鞁《たいこ》をもどさず。寺中集《じちうあつま》[二五]つて、ひやうばん[二六]する。「数《す》年借来《ねんかしきた》[二七]つて、今此時《いまこのとき》に至《いた》り、憎《にく》きしかた也。只《たゞ》はかへさじ、打《うち》やぶつて」といふ者《もの》あれば、「それも手ぬるし、飛火野《とぶひの》[二八]にて焼《やけ》」と、あまたの若僧《じやくそう》・悪僧《あくそう》[二九]いさ

一二 面向不背の玉。「玉中に釈迦の像まします。いづかたより拝み奉れども同じ面なるによつて、面を向ふに背かずと書いて、面向不背の珠と申し候」(謡曲・海士)。
一三 雅楽を奏する人。伶官。原本「冷人」に誤る。
一四 大陸伝来の太鼓。幸若舞曲・大織冠では、左右の楽屋に立てられ、古浄瑠璃・大織冠でも挿絵に一つが描かれている。現在春日大社宝物殿に蔵される一対の鼉太鼓は、天平年間に作られ、頼朝が寄進したものと伝えられる。「伝へ云フ、天平年中大仏建立ノ際、之ヲ新造シ用ヒラルト。其後興福寺へ移リ、同寺ノ大会及当社若宮祭典ニ用ヒ来ル」(社事集)。
一五 聖武天皇の勅願寺、大華厳寺・総国分寺とも。本尊毘盧舎那仏(奈良の大仏)。
一六 奈良市西大寺町にある真言律宗の総本山。南都七大寺の一つ。 一七 京都の浄土真宗本願寺派の本山本願寺の通称。 一八 一日十二時を知らせる役目を勤めている。 一九 諸病にきく丸薬。名物で、俗に西大寺という。
二〇 薬の配合方法。西大寺より出た大太鼓の筒内に、処方が彫られていたという。↓二六八頁注▽項。 二一 木目のこと。
二二 金銀の模様部が胡粉(ごふん)で盛り上げてある。
二三 法相宗総本山。鎌足創建の氏寺を不比等が現在地に移した。法事は十月十日より七日間行われる維摩会。 二四 興福寺衆徒二十家、春日大社社家十七軒をさす(奈良曝五)。
二五 興福寺の子院。当時九十六あった(奈良曝三)。 二六 評議・議論。
二七 借は、貸・借両用。
二八 「東大寺の前に北向の荒神と云ふ有り、其北を飛火野と云ふ」(奈良曝二)。春日野とも。
二九 勇猛な僧侶の意。

みて、[一]方丈《はうでう》に声《こへ》ひゞきわたりて静《しづま》らず。其中《そのなか》に、[二]学頭《がくとう》の老法師《らうほうし》の進《すゝみ》出て、「今《け》朝《さ》より聞《きく》に、何《いづれ》もの申分《ぶん》、[三]皆国土《みなこくど》の費《ついへ》也。某《それ(が)》しが存《ぞんづ》るには、太鞁《たいこ》を其儘当寺《まゝとうじ》の物《もの》に[四]なせる分別《ふんべつ》あり」と、筒《とう》の中《うち》に、[五]東大寺《とうだいじ》と先年《せんねん》よりの書付《かきつけ》を削《けづ》り、新《あたら》しき墨《すみ》にて、[六]元《もと》のごとく東大寺と書《かき》しるし、此《(この)》事沙汰《さた》せず、東大寺《とうだいじ》にもどせば、悦《よろこ》び[七]宝蔵《ほうぞう》に入置《いれをき》、かさねて出す事なし。

明《あけ》の年《とし》また、興福寺《こうぶくじ》の法事《ほうじ》まへに、使僧《しそう》を遣《つかは》し、「例年《れいねん》の通《とふ》り、預置《あづけをき》候太鞁《たいこ》

一 ここは、寺院の表座敷の意。

二 興福寺の学事を統轄する老僧。

三 大変な損失、無駄。西鶴の慣用句の一。

四 原本「なせるなせる」。

五 東大寺という書付のある太鼓が、当時興福寺に蔵されていた。奈良町奉行所与力の記録に、「この鼉太鼓は興福寺の具なり。ただし鼉太鼓の裏に東大寺の文字あり。東大寺の具なり。いつの世にか興福寺の具となりしをしらず。毎歳十一月二十七日春日若宮の祭礼の時、春日野の御旅所黒木御仮屋の社前に舞楽あり。この時、この鼉太鼓を用ふなり」(玉井家文書・大仏殿再建記)。

▽古浄瑠璃・大織冠に描かれた太鼓を、西鶴は、春日大社の古伝により東大寺の文字のある興福寺の鼉太鼓に結びつけた。西大寺の太鼓、及び豊心丹の書付については、幾つかの説がある。雍州府志六は、「南京ノ人苗村氏ノ家、巨鼓ノ筒有リ。裏面ニ西大寺ノ字ヲ刻ス。傍ニ豊心丹ノ方ヲ彫ル。伝ヘ云フ、此ノ胴西大寺ヨリ出ル。…コノ筒今泉南堺ノ浦西本願寺派ノ道場ニ在リ」とし、菟藝泥赴(つぎねぶ)は、西本願寺の太鼓楼の太鼓は、西大寺の古物で豊心丹の方組が筒の内に記されているとする。本願寺七宝由来は、秀吉が朝鮮出兵の折取り寄せ、西大寺に納めたが、後西本願寺に寄進、筒はつつじの木で、中に豊心丹の方組があったと伝えている。

六 原本「元ノごとく」とある。この知恵は西鶴の創作であろう。同趣の話は、陰徳太平記六十八以下、絵本太閤記、真書太閤記に窺える。話は、明智光秀の愛宕山奉納連歌に出座した紹巴が、本能寺の変後、発句に光秀の叛逆心は明らかであると、厳しい吟味を受けた時、紹巴は手をまわし、「時ハ今天ガ下シル五月哉」の「天ガ下シ

を取《とり》にまいつた」と申せば、腹立《ふくりう》して、使《つかい》の坊主《ぼうず》をてうちやくして帰《かへ》しける。
此事[八]奉行所《ぶぎやうしよ》へ申上れば、御[九]僉儀《せんぎ》になつて、太皷《たいこ》を改《あらた》めたまふに、「名簡《めいどう》を削《けづり》て、東大寺《とうだいじ》との書付《かきつけ》、たとへ興福寺《こうぶくじ》からの仕業《しわざ》にても、[一〇]越度《おちど》は、古代《こだい》の書付《かきつけ》しれがたし。自今《じこん》興福寺の太皷」に極《きは》め、先例《せんれい》の通《とふ》り、置所《おきところ》は東大寺にあづけ、年《とし》〳〵入時《いるとき》をうちけるとなん。

ル」を削り、再び「天ガ下シル」と書いて置き、誰れかの悪意だと申し開きをしたというものだが、本話執筆時点でこの話が出来ていたかどうか疑わしい。椋梨一雪の古今犬著聞集一には、師の貞徳から聞いたとして、紹巴の第三「花落ル池ノ流ヲセキトメテ」は、発句の意味がわからない故に、その没落を予見して作ったものだと申し開きをしたことになっている。

七 東大寺の勅符蔵（ちよくふうのくら）、正倉院。

八 奈良町奉行所。「町御奉行、知行三千五百石。大関勘右衛門殿、与力六騎・同心三十人」（奈良曝五）。

九 「僉議」（合類大節用集）。取り調べるの意。

一〇 「ヲツド」（合類大節用集）。手落ち、過失。

▽注五の、東大寺の文字を持つ興福寺の鼉太鼓を、東大寺と興福寺を逆にし、両寺間の争いとしたのは、東大寺の子院東南院に伝わる五獅子の如意の伝説による。和州旧蹟幽考二に「表に三鈷杵を、背に五獅子をえりつけて顕密をあらはせり。…興福寺の維摩会に講師必ずこの如意を持つことになりぬ。もし東大・興福の両寺不和なる時は、かの如意をかす事をせず。…しかある時、みかどに奏聞を経ぬれば、勅を東大寺に下し給ひてより、如意をかしけるとなり（釈書）。なが〳〵恒例のよし、当代猶、東大寺の宝蔵にあり」とある。諸国ばなし巻頭に本話を置いたのは、貞享元年（一六八四）幕府が、大仏殿再興勧進の許可を、公慶上人に与えたというニュースを西鶴が知り得たからであろう。

挿絵解説　右端は南大門。太鼓の唐獅子は、維摩会の五獅子の如意を暗示する。太鼓は、鼉太鼓というより、明らかに時の太鼓と思われる。

見せぬ所《ところ》は女大工《だいく》[一]

道具《どうぐ》箱《はこ》には、錐《きり》・鉋《かんな》[二]・すみ壺《つぼ》[三]・さしがね[四]、皃《かほ》も三寸[五]の見直《なを》し、中《なか》[六]びくなる女《によ》房《ばう》、手あしたくましき大工《だいく》の上手《じやうず》にて、世[七]を渡《わた》り、一条小反橋《ちやうこぞりはし》[八]に住《すみ》けると也。

「都《みやこ》[九]は広《ひろ》く、男《おとこ》[一〇]の細工《さいく》人《にん》もあるに、何《なに》とて女を雇《やとい》けるぞ」「されば、御所方《ごしよかた》[一一]の奥《おく》[一二]つぼね、忍《しの》[一三]び帰《かへ》しのそこね、または窓《まど》の竹《たけ》うちかへるなど、すこしの事に、男[一四]は吟味《ぎんみ》もむつかしく、是《(これ)》に仰《お》せ付られける」と也。

折ふしは秋《あき》もするゑ[一五]の女郎達案内《じよろうたちあんない》して、彼大工《かのだいく》を、紅葉《もみぢ》の庭《には》にめされて、「御寐間《ねま》の袋棚《ふくろだな》[一六]・ゑびす[一七]大黒殿《だいこくでん》迄、急《いそ》ひで打《うち》はなせ」と、申わたせば、「いまだ新《あたら》しき御座敷《ざしき》を、こぼち申御事は」と、尋《たつ》ね奉《たて(まつ)》れば、「不思義《ふしぎ》を立るも断《ことはり》也。すぎにし名月《めいげつ》の夜《よ》、更行《ふけゆく》迄奥《おく》にも御機嫌《ごきげん》よくおはしまし、御うたゝねの枕《まくら》ちかく、右丸《みぎまる》・左丸《ひだりまる》といふ二人の腰本《こしもと》[一八]どもに、琴《こと》[一九]のつれ引《びき》、此《(この)》おもしろさ、座中《ざちう》眠《ねふり》を覚《さま》して、あたりを見れば、天井《てんじやう》[二〇]より四つ手の女、皃《かほ》は乙御前《おとごぜ》[二一]の黒《くろ》きがごとし。腰《こし》うすびらたく、腹這《はらばい》にして、奥《おく》さまのあたりへ寄《よる》と見へしが、かなしき御声《こへ》をあげさせられ、「守刀《まもりかたな》[二二]を持《もち》てまいれ」と仰《おゝせ》けるに、おそばに有《あり》し蔵《くら》[二三]之助《すけ》

一 女大工が居たかどうか不明。ただし西鶴は、京都にはそうした職業がありうると考えた。
二 原本「鉋」。「鉋 カンナ」(同文通考)。
三 墨壺。直線を引くための大工道具。桑・欅の材を用い、真綿に含ませた墨汁を貯える壺を掘り、その中を糸巻車から繰り出す糸を通し、糸の先の推錐(さしぎり)を用材にさし、ぴんとはった糸をはじいて直線を引く(図、訓蒙図彙三)。

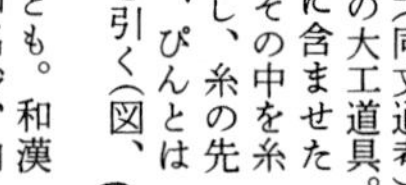

四 曲尺・矩。まがりがねとも。和漢船用集十二に「矩(さしがね)…和名抄、曲尺。和名、麻可利加禰、今さしかねと称す。大中小あり。…今用る所の者、大明改製する所なり。鋼鉄を以て之を作る、能く撓み能く伸る也」とある。
五 諺。何事もよく見れば、多少の誤りはあるものだ、また、少しの欠点は、見慣れれば苦にならなくなるの意。さしがねの縁で出す。
六 鼻が低く、顎と額が出ている、不器量な顔。
七 生計を立てている。渡るは、小反橋の縁。
八 一条堀川にかかる戻橋。一条反(もど)り橋とも記す。　九 京都を讃える西鶴の慣用句。
一〇 ここは、男性の大工のこと。
一一 皇室関連の居所、また摂関家の屋敷。
一二 男女の居所を表・奥に分けた。奥は女性の住む部屋。
一三 盗賊などの侵入を防ぐため、塀などの上にとがった竹・木・鉄などを取り付けた設備。
一四 男子禁制の場所に入るため、素姓の取り調べが特に面倒である。　一五 秋も末と末の女郎をかける。末の女郎は、下働きの女性。
一六 床の間や書院・居間の脇、違い棚の上・下部に、壁から張り出して作り付けられた棚。

とりに立間《ま》に、其面影消《そのおもかげきへ》て、御夢物語《ゆめものがたり》のおそろし。我《わが》うしろ骨《ぼね》とおもふ所《ところ》に、[二四]大釘《あふくぎ》をうち込《こむ》とおぼしめすより、魂《たましゐ》きゆるがごとくならせられしが、されども御身には、何《なに》の子細《しさい》もなく、畳《たゝみ》には血《ち》を流《なが》して有しを、[二五]祇薗《ぎをん》に[二六]安部《あべ》の左近《さこん》とい
ふ、うらなひめして、見せ給《たま》ふに、「此家内《やない》に、[二七]わざなすしるしの有べし」と、三方《ぼう》の壁《かべ》中によつて、残《のこ》らず改《あらた》むる也。用捨《やうしや》なく、そこらもうちはづせ」と、計《ばかり》になして、なを[二八]明障子《あかりせやうじ》迄はづしても、何《なに》の事もなし。

一七 雍州府志二に「凡ソ倭俗恵美須・大黒天ヲ一双トナシ、民家戸々小像ヲ作リ棚ノ頭ニ安置シテ之ヲ祭ル。是ヲ恵美須棚ト謂フ」とある。
一八 主人の側近くに仕える侍女。
一九 琴を二人で合奏すること。琴—うたゝねの枕(類船集)。
二〇 古今著聞集二十「摂津国ふきやの下女昼寝せしに大蛇落懸かる事」の「大きなるくちなは…尾をばたるきにまとひて、頭をさげて落かゝらんとしける」による。一代男四の三の挿絵に同想のものがある。
二一 顔の色は白いが醜女。おたふく、おかめ。
二二 護身用の刀。刀剣問答に「太刀帯刀せぬ人、公家衆・女房衆・小児などは守刀を用る也」とある。 二三 腰元の一人の名前。
二四 釘に打ちつけられた屋守を想定した叙述。
二五 東山八坂神社付近。京都市民遊楽の地。
二六 占師(うらない)は、古来陰陽師の家である安倍氏を名乗るものが多かった。
二七 禍、祟をなす原因となるもの。
二八 明かりを取るため片面だけ紙を張った障子。

挿絵解説 女大工が手に持っているものは、手斧(ちような)。用材の荒仕上げ、表面加工に現在も用いる。錐は、三ツ目錐。L字型のものは、さしがね。右下、上部より、木槌(きづち)、鐁(やりがんな)、鋸(のこぎり)。この鋸は、歯線が直線になった片歯鋸で、和漢船用集三には、「今先(さき)切と云て頭(かしら)方なる者、家工に用ふ。近比に始まる故に鋒(さき)切と云」とある。鑿(のみ)は、広鑿(平鑿とも)。鉋(かんな)は、鐁(やりがんな)と区別してつきかんなと呼ばれた。かんなで通用するようになったのは近世中期。雍州府志七に「是レ近世ノ製スル所ナリ」とある。

「心に掛る物は、是《(これ)》ならでは」と、ゑいざん[一]より御きねんの札板《ふだいた》おろせば、しばしうごくを見て、いづれもおどろき、壱枚《まい》づゝはなして見るに、上《うへ》より七枚下《まいした》に、長《たけ》九寸計《ばかり》の屋守《もり》[二]、胴骨《どうぼね》[三]を金釘《かなくぎ》にとぢられ、紙程薄《かみほどうすく》なりても、活《いき》てはたらきしを、其《(その)》まゝ煙《けふり》になして、其後《のち》は何《なに》のとがめもなし。

大晦日《あふつごもり》はあはぬ算用《さんやう》

榧《かや》[四]・かち栗《くり》・神《かみ》の松《まつ》・やま草《ぐさ》の売声《うりこへ》もせはしく、餅突宿《もちつくやど》の隣《となり》に、煤《すゝ》[五]をも払《はら》はず、廿八日迄髭《ひげ》もそらず、朱鞘《しゆさや》[六]の反《そり》[七]をかへして、「春《はる》迄待《まて》といふに、是非《ぜひ》にまたぬか」と、米《こめ》屋の若《わか》ひ者《もの》をにらみつけて、すぐ[八]なる今の世を、横《よこ》[九]にわたる男《おとこ》あり。

名《な》は原田内助《はらだないすけ》と申て、かくれもなき窂人《らうにん》。広《ひろ》[一〇]き江戸《ゑど》にさへ住《すみ》かね、此《(この)》四五年、品川《しなかわ》の藤茶屋《ふぢちや》[一一]のあたりに棚《たな》[一二]かりて、朝《あした》の薪《たきゞ》にことをかき、夕《ゆふべ》の油火《あぶらひ》をも見ず。是はかなしき年《とし》の暮《くれ》に、女房《にようぼう》の兄《あに》、半井《なから》[一三]清庵《せいあん》と申て、神田《かんた》[一四]の明神《みやうじん》の横町《よこまち》に、薬《くす》師《し》あり。此もとへ、無心《むしん》の状《じやう》を遣《つか》はしけるに、度《たび》〳〵迷惑《めいわく》ながら、見捨《すて》がたく、金子十両包《りやうつゝみ》て、上書《うはがき》に、「ひんびやうの妙薬《みやうやく》、金用丸《きんやうぐはん》、よろづによし」とする

一 比叡山延暦寺の家内安全の祈禱札。
二 トカゲに似て平たく暗灰色。全長十二、三チセン。九寸、二十七チセンは極めて大。
三 胴体の骨。背骨やあばらぼねのこと。
▽古今著聞集の大蛇落懸る話に続く「渡辺の薬師堂にして大蛇釘付られて六十余年生きたる事」、及び醍醐随筆・下の、むかでが札に釘で打ちつけられ二十余年生きていた話を素材としたもの。渡辺から渡辺綱一条戻橋を出し、綱を女大工とし、屋守をめぐる怪異譚を展開したところに、西鶴の話のうまさがある。
四 正月用品振り売りの様子。日次紀事・十二月に、榧・搗栗(かち ぐり)・稚松・歯朶(だし)を含む正月用品を列挙し、これらを「高声ニ市中ニ売ル」とある。榧・搗栗は正月祝儀用の肴。神の松は神棚を飾る松。やま草はしだ、うらじろとも。
五 年中行事として十二月十三日が煤掃・煤払の日と定っていた。西鶴も「毎年煤払は極月十三日に定め」(胸算用一の四)と書いているが、実際は十五日(日本歳時記)、二十日(日次紀事)以後、暮れまで行われた。
六 一時代前に流行した伊達風の朱塗の鞘。
七 刀の刃を上にし、いつでも切るぞと身構える。
八 正しい政治が行われている今の世。当代の政治を称える慣用句。
九 無理無体なことばかりいって生活している。
一〇 江戸は、大江戸八百八町と呼ばれ、人口は元禄年中には、ほぼ百万に達したかといわれる。
一一 一目玉鉾二・妙国寺の項に「浜のかたに藤の茶屋とて、軒端に花を咲かせてかけ作り、殊に夏は爰に寄(よ)らなん」と記すが、現在地不明。
一二 借家、或は長屋を借りの意。南品川宿の妙国寺門前町は青物横町、同内門前は新門前と呼ばれ、後には新長屋といわれた(御府内備考一

して、一五内義《ないぎ》のかたへおくられける。

内助《ないすけ》よろこび、日比《ひごろ》一六別《べつ》して語《かた》る浪人《らうにん》一七仲間《なかま》へ、「酒《さけ》ひとつもらん」と、呼《よび》に遣《つか(は)》し、幸《さいわい》雪《ゆき》の夜《よ》のおもしろさ、今迄《いま》はくづれ次第《しだい》の柴《しば》の戸《と》を明《あけ》て、「さあ是へ〳〵」といふ。一八以上七人の客《きやく》、いづれも一九紙子《かみこ》の袖をつらね、時《とき》ならぬ二〇一重《へ》羽織《はをり》、どこやらむかしを忘《わす》れず。常《つね》の礼義《れいぎ》すぎてから、亭主罷《ていしゆまかり》出て、「私《わたくし》仕合《しあはせ》の二一合《かう》力《りよく》を請《うけ》て、二二おもひまゝの正月を仕《つかまつ》る」と申せば、をの〳〵、「それは二三あやかり物」といふ。「二四就夫《それにつき》上書《かき》に二五一作《さく》有《(あり)》」と、くだんの小判《こばん》を出せば、「さても二六かる口なる御事」と見てまはせば、盃《さかづき》も数《かづ》かさなりて、「能年忘《よいとしわす》れ、ことに長座《ちやうざ》」と、二七千秋楽《せんしうらく》をうたひ出し、二八燗鍋《かんなべ》・塩辛壺《しをからつぼ》を手ぐりにしてあげさせ、「小判《こばん》も先《まづ》、御仕舞《しまい》候へ」と集《あつむ》るに、拾両《りやう》有し内《うち》、一両たらず。座《ざ》中居《ちうゐ》なをり、袖《そで》などふるひ、前後《せんご》を見れども、いよ〳〵ないに極《きはま》りける。

あるじの申は、「其内一両は、去方《さるかた》へ払《はら》ひしに、拙者《せつしや》の覚違《おぼへちが》へ」といふ。「只《たゞ》今迄《いま》慥《たしか》十両見へしに、二九めいよの事ぞかし。菟《と》角《かく》は銘《めい》〳〵の身晴《みばれ》」と、上座《じやうざ》から帯《おび》をとけば、其次《そのつぎ》も改《あらた》めける。三人目にありし男《おとこ》、三〇十面《めん》つくつて物をもいはざりしが、三一膝立《ひざたて》なをし、「浮世《うきよ》には、かゝる難義《なんぎ》もあるものかな。それがしは身ふるう迄もなし。金子《きんす》一両持合《もちあは》すこそ因果《ゐんぐは》なれ。思ひもよらぬ事に一命《めい》を捨《すつ》

〇九)。門前町は免税地、浪人が住むには最適。
一三 半井氏は幕府の惣御医師、千五百石。清庵は不明。許されて半井姓を名乗る町医者か。
一四 千代田区外神田二丁目。平将門を祀り、弓矢の守護神とされた(江戸雀九)。横町は、神田明神周辺の同朋町・西町・門前町辺の横丁、あるいは湯島横町等をさすか。
一五 内儀。内義は慣用。
一六 特に親しく交わっている。
一七 原本「中間」。
一八 都合。全部で。
一九 「蒟蒻根ヲ用ヒテ、洗浄煮熟シ、稃心(んし)ヲ刺シ易ク徹ルヲ度トス。冷シ定メテ皮ヲ剝キ去リ之ヲ擂(すり)テ糊ト成シ、以テ厚紙ヲ続ギ、柿渋ヲ塗リ、晒シ乾シ、足ニテ踏ミ手ニテ揉ミ軟クシテ用フ。一夜露宿スレバ則チ柿渋ノ臭ヲ去ル」(和漢三才図会二十八)。廉価で防寒に適す。紙衣—牢人(類船集)。
二〇 袷羽織ではなく、夏用の羽織。羽織は礼服であり、客達の律義さを示す。
二一 援助。助勢。当時はカウリヨクと清音。
二二 「おもひのまゝの」とあるべき所。
二三 人がその者に似たいと思う程の果報者。
二四 「就レ夫　ソレニツキ」(合類大節用集)。
二五 面白い趣向。
二六 当意即妙の洒落。
二七 謡曲・高砂のキリの文句「千秋楽には民を撫で万歳楽には…」を謡うこと。宴の終り。
二八 酒を温める金属製の小鍋。銚子と同様に用いるのは、賤しい飲み方とされた。
二九 面妖。不思議。
三〇 渋面。「十面　ジフメン」(合類大節用集)。
三一 膝を立て、正座すること。

る」と、おもひ切[一]て申せば、一座《ざ》口を揃《そろ》へて、「こなたに[二]かぎらず、あさましき身なればとて、小判《こばん》一両持《もつ》まじき物にもあらず」と申。「いかにも此《この》金子《きんす》の出所《どころ》は、私《わたくし》持《もち》きたりたる徳乗《とくじやう》[三]の小柄《こづか》[四]、唐物《からもの》[五]屋十左衛門かたへ、一両弐歩《ぶ》に、昨日売候《さくじつうり》事、まぎれはなけれども、折ふしわるし。つねぐ\語合《かたりあは》せたるよしみには、生害《しやうがい》[六]におよびし跡《あと》にて、御尋《たつ》ねあそばし、かばねの恥《はぢ》を、せめては頼《たの》む」と、申もあへず、革柄《かわづか》[七]に手を掛《かく》る時《とき》、「小判《こばん》は是《これ》にあり」と、丸行燈《まるあんどん》[八]の影《かげ》

一 決心をかためて。
二 あなたさま。二人称。「相手の上をいふ時は、そなたといふべきを、頃の人は相手の上を、こなたといふ」(かたこと五)。
三 金工家。後藤家本家第五代。通称は代々四郎兵衛。名は光次、後正房・正家。豊臣家より判金改め、及び分銅役を命じられる。寛永八年(一六三一)、八十二歳没。初代祐乗以来、小柄・笄・目貫の三所物で著名。後藤家の作は、一般の町彫に対し、家彫と称された。
四 鞘の副子《そえこ》の櫃にさす小刀、またその柄。ここは、柄が徳乗の彫金であるの意。
五 舶来品を扱う店、骨董品も取り扱った。
六 自害。自刃。
七 柄《つか》を覆う皮や鮫皮の上を、皮緒や組糸で菱形などに巻き締めたもの。糸・皮巻は実用向。
八 木の円筒・角筒形の枠に紙を貼って風を防ぎ、基底或は中段に蜘手を掛け、灯油を入れる皿を置いて数本の灯心を燃やし、明りをとる。京坂は丸形、江戸は角形(守貞漫稿十六)。
九 諺、物には念を入れよ。「物には念を入るべき事と子細らしき親仁の申き」(五人女一の四)。
一〇 ここは、台所をいう。　一一 自然薯ではなく、栽培された長芋のにしめ。「昼夜芋　角に切り蒸して後、三分一ぶん横にして、生醬油にて煮る」(料理大鑑十四)。和漢三才図会一〇二・山薬《さんやく》の項には「薯蕷、其根尺許、周二三寸、灰黄色、肉白、煮テ食スベシ。之ヲ長芋ト名ヅク、江戸ノ産肥大ニシテ佳ナリ」とある。
一二 山の芋のねばりと湯気で、小判がくっつく可能性はある。　一三 ひたすら。一途に。
▽清庵が妹へ送った十両の金についての話は、可笑記二の養命補身丸の話「むかし大江の文平といへる人、あるかひもなくすりきりはて、せ

内《ない》[一〇]證《しやう》より、内義《ないぎ》声《こへ》を立て、「小判《こばん》は此方《このほう》へまいつた」と、重箱《ぢうばこ》の蓋《ふた》につけて、座《ざ》敷《しき》へ出されける。是は宵《よい》に、[一一]山の芋《いも》のにしめ物を入て出されしが、其[一二]ゆげにて取付《とりつき》けるか。さも有べし。是では小判十一両になりける。いづれも申されしは、「此金子《きんす》、[一三]ひたもの数《かづを》多くなる事、目出たし」といふ。亭主《ていしゆ》申は、「九両の小判《こばん》、十両の僉義《せんぎ》するに、拾一両《りやう》になる事、座中《ざちう》金子を

よりなげ出ば、「扨《さて》は」と事を静《しづ》め、「[九]物には念《ねん》を入たるがよい」といふ時《とき》、

んかたやなかりけん、ある時、玄山と云へる福薬師のがり行て申しけるは、「抑、人間四百四病の其中に、貧ほどつらき病なしと古人もかなしめり。それがしも此年月、貧苦の自病にせん方もなし。御療治無双のきこえあり、一包御じひあれ」と申ければ、玄山あざわらつて、「それこそ此くすしが得手なるりやうぢにて候。さらば調合つかまつらん」とて、寝所へ立入、金子百両うつくしくつゝみ、養命補身丸と銘を書てあたへぬ。先一療治は大けんあり、さいほつはしらず」に拠っている。

類話は、和論語十・俊清法印話の無常丸の話し、或は露新軽口ばなし一の浪人帰参の事など多い。なお「ひんびやうの妙薬、金用丸、よろづによし」は、「何々の妙薬、何々丸、何々によし」という薬袋の上書を趣向したもの。

一両紛失のため客の一人が自害しようとするが、今一人の客に救われる。「あるじ即座の分別」と「座なれたる客のしこなし」の第一段階が軽妙に描かれる。だが、内儀の一両で、再び一座は難題に直面する。しかしこの第二段階も、主の分別と、客達の「しこなし」で、誰れ一人疵つくことなく解決される。西鶴は、極貧の浪人生活のさなかであっても、金銭のために、互いを疵つけることなく人間の尊厳を保とうとする人々がいることを、武家社会の義理に焦点をあててその生き方の美しさを描いた。

挿絵解説　挿絵は、客の一人(左図左端の人物)が、あわや革柄に手をかけようとする場面と、内儀が重箱の蓋にくっついていた小判を座敷へ持ってくる場面(右図)を同時に描く。左図中央の丸行灯は、角行灯であるべきところ。主客および小判の数は、略した描き方である。

持《もち》あはせられ、最前《さいぜん》の難義《なんぎ》をすくはんために、御出しありしはうたがひなし。此《(この)》一両、我方《わがかた》に納《おさ》むべき用《やう》なし。御主《ぬし》へ帰《かへ》したし」と聞《きく》に、誰返事《だれへんじ》のしてもなく、一座《ざ》[一]いなものになりて、夜更鶏《よふけどり》[二]も鳴時《なくとき》なれども、おの〳〵立かねられしに、「此うへは、亭主《ていしゆ》が所存《しよぞん》の通《とふ》りに、あそばされて給《たま》はれ」と、願《ねが》ひしに、「菟角《とかく》あるじの心まかせに」と、申されければ、彼《かの》小判を一升外《しやうます》に入て、庭《には》の[三]手水鉢《てうずばち》の上《うへ》に置《おき》て、「どなたにても、此金子《きんす》の主《ぬし》、とらせられて、御帰《かへ》り給《たま》はれ」と、御客《きやく》独《ひとり》づゝ立しまして、一度《ど》〳〵に戸《と》をさし籠《こめ》て、七人を七度《たび》に出して、其後内助《そののちないすけ》は、[四]手燭《てそく》ともして見るに、誰《だれ》ともしれずとつてかへりぬ。あるじ即座《そくざ》の分別《ふんべつ》、座《ざ》なれたる客《きやく》のしこなし、彼是武士《かれこれぶし》のつきあい、各別《かくべつ》ぞかし。

傘《からかさ》の御《ご》託《たく》宣《せん》

[五]慈悲《じひ》の世《よ》の中《なか》とて、諸人《しよにん》のために、よき事をして置《をく》は、紀州掛作《きしうかけづくり》の、[六]観音《くはんをん》の[七]かし傘《からかさ》、弐十本也《ぼん(なり)》。昔《むかし》よりある人寄進《きしん》して、[八]毎年張替《まいねんはりかへ》て、此時迄掛置《(この)とき(まで)かけをく》也。いかなる人も、此辺《へん》にて雨雪《あめゆき》の降《ふり》かゝれば、[九]断《ことは》りなしにさして帰《かへ》り、[一〇]日和《より》の時律《ときりち》[一一]儀《ぎ》にかへして、壱本《ぼん》にてもたらぬといふ事なし。

一 妙に白けた雰囲気。 二「丑時ヨリ始メテ鳴ク者、一番鳥ト称ス」(和漢三才図会四十二)。 三 手洗いの水を入れる鉢。原本「手水砵」。便所の横、庭の隅に置く。 四 持ち歩き用の燭台、柄と足がある。 五 観音との縁で、慈善事業の行われる、よく治った社会のことをいう。慈悲—観音(類船集)。 六 嘉家作丁には、観音が二か寺、不二山一乗院観音寺と紫雲山千手院弘誓寺とがあり、観音寺は上の観音、弘誓寺は下の観音と呼ばれた。 七 この例は、名古屋大須の観音にもあった。蓬左旧記に「大須の堂に傘を十本、台にかけて寄進したる人あり。是は急雨の節、参詣の人にさしめん為なり。…さりとは珍敷寄進と、世上にてほめたりしが、さしても返へす事なく、一年計はありし、後には無くなりし」とある。 八 嘉家作丁には傘師が多かった。「傘師、本町(嘉家作丁の西)九町目にあり。此所は家並に此職を業とせり」(紀伊国名所図会・二上)。ここの傘は紀州傘と呼ばれ、華奢で上品な傘として全国的に知られた。万金産業袋一に「紀州傘、これ紀州ばかりより出づるにもあらず。今京にてもつぱらこしらゆ。手軽きための物ずきにて、骨細く、柄細く、軒の間の糸までも至極細きをつかひ、紙はみな国栖(ず)紙を用ゆる事なり。糊はわらびの粉の渋合せ、油は荏(ゑ)を二偏ずつ引く」とある(図、人倫訓蒙図彙六)。

九 だれかれに許可を求めることもなく。 一〇 天気のよい時。「俗語・誹諧などには、天気

[一二]慶安《けいあん》弐年の春《はる》、[一三]藤代《ふぢしろ》の里《さと》人、此[一四]唐笠《からかさ》をかりて、[一五]和歌《わか》・[一六]吹上《ふきあげ》に[一七]さし掛《かゝ》りしに、[一八]玉津嶋《たまつしま》のかたより、神風《かみかぜ》どつと、此傘《このからかさ》とつて、行衛《ゆくへ》もしらずなるを、[一九]惜《をし》やとおもふ甲斐《かい》もなし。吹行程《ふきゆくほど》に、[二〇]肥後《ひご》の国《くに》の奥山《おくやま》、[二一]穴里《あなさと》といふ所《ところ》に落《おち》ける。

此里《さと》はむかしより、外《ほか》をしらず住《すみ》つゞけて、[二二]無《む》仏の世界《せかい》は広《ひろ》し、[二三]傘《からかさ》といふ物を、見た事のなければ、驚《おどろ》き、[二四]法躰老人《ほつたいらうじん》あつまり、「此年《とし》迄聞伝《きゝつた》へたる様《ためし》もなし」と申せば、其中《(その)なか》に[二五]こざかしき男《おとこ》出て、「此[二六]竹《たけ》の数《かづ》を読《よむ》に、正《まさ》しく[二七]四十本《ぼん》也。

晴朗の事を常にいへど、連歌には稀なり。明日は日和といへる船人」(俚言集覧)。
一二 きちんと、几帳面に。
一三 一六四九年、諸国ばなし刊行より三十六年前。春は、東風(ちこ)の吹く季節。
一三 和歌山県海南市藤代。歌枕。「藤代、峠有り、眺望無双の地なり。京より熊野への順道なり。岩代・和歌・吹上などほど近し」(名所方角鈔)。
一四 俗に唐笠、傘に通用(和漢三才図会二十六)。
一五 和歌山市西南の海岸。歌枕。和歌の浦風と神を詠み込んだ歌が多い。
一六 和歌の浦の北に続く海岸。歌枕。神・風を詠み込んだ歌が多い。西南風の烈しい所で、傘を吹き上げるに最適の地。 一七 傘をさすと通りかかるをかける。 一八 和歌の浦の玉津島神社。歌枕。風・神を詠んだ歌が多い。 一九 里人が慈悲の世に住む律儀な人物であることを示す。
二〇 熊本県八代郡泉村五箇庄。貞享二年(一六八五)以降幕府直轄、以前は、加藤・細川領。寛永十年(一六三三)以後に知られ、村人が初めて藩主に謁したのは寛文五年(一六六五)といわれる。
二一 実際の地名ではなく、隠れ里の意。話柄にあわせた、ややふざけた言い方。
二二 文化の及ばない世界の意に、「世間は広い」の意をかける。 二三 傘の伝来は、文禄三年(一五九四)といわれる(和漢三才図会二十六)。
二四 隠居し僧形となった老人たち。 二五 ちょっと気が利いている男。 二六 傘の骨の数(軒数)のこと。原本「籹」。数の異体字(異体字弁)。
二七 軒数四十のものは、日傘。涼傘(ひがさ)、日よけがさ、骨三十本・四十本(万金産業袋 一)。

挿絵解説 急雨にあい、貸傘の掛かっている所へ走り寄る、二人の人物を描く。

[一]紙《かみ》も常《つね》のとは各別《かくべつ》也。かたじけなくも、是《(これ)》は名《な》に聞《きゝ》し[二]日の神《かみ》、[三]内宮《ないくう》の御しんたい、爰《こゝ》に[四]飛せ給《たま》ふぞ」と申せば、恐《おそれ》をなし、俄《にはか》に塩水《しをみづ》をうち、[五]荒菰《あらこも》の上《うへ》になをし、里中《さとぢう》山入をして、[六]宮木《みやき》を引《ひき》、[七]萱《かや》を[八]刈《かり》、ほどなふ伊勢《いせ》うつして、あがめるにしたがひ、此《(この)》傘《からかさ》に性根《しやうね》入、五月雨《さみだれ》の時分《じぶん》、[九]社壇《しやだん》しきりになり出て、やむ事なし。

[一〇]御託宣《ごたくせん》を聞《きく》に、「此夏中《なつぢう》、竈《かまど》の前《まへ》を[一一]じだらくにして、[一二]油虫《あぶらむし》をわかし、[一三]内陣《ないじん》迄汚《けがら》はし。向後《きやうこ》、国中《こくぢう》に一疋《ぴき》も置《をく》まじ。又ひとつの望《のぞみ》は、うつくしき娘《むすめ》を、[一四]おくら子《ご》にそなふべし。さもなくば、七日が中《うち》に車軸《しやぢく》をさして、人種《たね》のないやうに[一五]降《ふり》ころさん」との御事、おの〳〵「こはや」と、談合《だんこう》して、指折《ゆびをり》の娘《むすめ》どもを集《あつ》め、それか是かとせんさくする。[一六]未白歯《いまだしらは》の女、泪《なみだ》を流し、いやがるをきけば、「我《われ》〳〵が命《いのち》、とてもあるべきか」と、[一七]傘の神姿《かみすがた》の、いな所《ところ》に気《き》をつけて、なげきしに、此里に色《いろ》よき後家《ごけ》のありしが、「神《かみ》の御事なれば、若《わか》ひ人達《たち》の身替《がわり》に立べし」と、宮所《みやどころ》に夜《よ》もすがら待《まつ》に、「何《なに》の[一八]情《なさけ》もなし」とて、腹立《ふくりう》して、御殿《ごてん》にかけ入、彼傘《かのからかさ》をにぎり、「[一九]おもへばからだたをし目《(め)》」と、引《ひき》やぶりて捨《すて》つる。

一 傘の紙なのでいう。→二七六頁注八。
二 「天照大神。伊勢ニ崇秘《(いつきまつる)》ノ大神《(おおむかみ)》ナリ」(本朝神社考・伊勢)。日傘の日をかけるか。
三 四十で内宮の御神体としたのは、伊勢の総末社数一二〇、内宮八十・外宮四十による。内・外宮を取り違えている所が、この男のこざかしさを示す。 四 伊勢神は、飛神明・今神明と呼ばれ、室町中期より近世前期にかけて各地へよく飛んだ。 五 新薦《(あらごも)》(真俗仏事編一)。清薦とも。 六 神殿造営のための用材を切り出し。
七 屋根に葺く草。屋根を葺く草の総名(東雅)。
八 原本「苅」。刈の俗字。「苅《(かる)》」(黒本本)。
九 原本「社檀」。鳴動は、神が奇瑞を示す前兆。
一〇 神の告げ。伊勢神は、特に神託が多かった。本朝神社考・伊勢の条には、「神殿自ラ開ケ大声ニ唱テ曰ク」といった記述が多出する。
一一 不潔にしているの意。伊勢神は殊に清潔を尊んだ。「清潔ニ斎キ慎メ」(本朝神社考・伊勢)。
一二 「古キ竈ノ間ニ生ズ…好ク油紙ニ着ク」(和漢三才図会五十三)。竈―油虫、油―傘(類船集)。
一三 原本「内神」。御神体を安置する所。
一四 大神宮に奉仕する巫女。御座子・御子良子。
一五 原本「際」に誤る。
一六 原本「末《(いまだ)》」。未婚の娘、処女。
一七 傘の形状を陽根と見たことをいう。
一八 期待した色事もなかった。目録見出しの慈悲が、色事において無慈悲であったの意を含む。
一九 見かけ倒しの奴め。目は原本「奴」。「体ばかり大にて用にたたぬとのこと」(譬喩尽)。
▽傘を陽根に見立てるのは一般的であるが、この一篇では、三尺あまりの榊を白紙にくるんだ伊勢踊の御神木を傘に見立て、後家好色譚でもって落とした所にユニークさがある。
二〇 春秋時代、斉の人。字は子長、孔子の弟子。

不思議《ふしぎ》のあし音《おと》

唐土《もろこし》の[二〇]公治長《こうやちやう》は、諸鳥《しよてう》の声《こへ》をきゝわけ、本朝《ほんてう》の[二一]安部《あべ》の師泰《もろやす》は、人の[二二]五音《ゐん》をきく事を得《え》たまへり。此流《なが》れとや申べし、爰《とゝ》に伏《ふし》見の、[二三]豊後《ぶんご》ばしの片陰《かたかげ》に、篠垣《さゝがき》をむすび、[二四]心をゆく水《みづ》のごとくにして、世を暮《くら》しぬる盲人《もうじん》あり。捨《すて》し身のむかし残《のこ》りて、たゞ人とは見えず。つねに[二五]一節切《へきり》ふきて、万《よろづ》の[二六]調子《てうし》を聞《きゝ》たまふに、違《ちが》ふ事まれなり。

有時《あるとき》に、問《とい》屋町の[二七]北国《ほつこく》屋の二階《かい》ざしきにて、九月廿三夜《や》の月を待《まつ》事ありて、宵《よい》より此所《ところ》の若《わか》ひ者《もの》の集《あつま》りて、お三寸機嫌《みききげん》のこうた・浄瑠利《じやうるり》、[二八]日待《まち》・月まち、何国《いづく》も同《をな》じさはぎぞかし。[二九]旦那《だんな》山伏《やまぶし》の多門院《もんゐん》、めでたき事どもを語《かた》れば、あるじられしさのあまりに、「何《なに》によらず御遊興《ゆふきやう》を、御好《この》み次第《しだい》」、客《きやく》がたより、「彼《かの》一節切《へぎり》を聞《きく》事ならば」との望《のぞみ》、亭主《ていしゆ》ちかづきとて、頓《やが》て呼寄《よびよせ》ける。

[三〇]先《まづ》よし野《の》の山を、所望《しよもふ》してふく時《とき》、茶《ちや》のかよひする小坊主《こぼうず》、[三一]箱階子《はこはしご》をあがる聞《きゝ》て、「油洒《あぶらこぼ》すよ」と申されける。大事《だいじ》にかけて[三二]油《あぶら》さし持《もち》しに、はづし置《おき》たる杉戸《すぎと》こけ掛《かゝ》り、[三三]おはぬ怪我《けが》をいたしける。おのおの「是は」と、[三四]横《よこ》手をうつて、

よく鳥語を解した。鳥のこえ—公治長(類船集)。
二一 未詳。→二七一頁注二六。
二二 人の音声を聞いて占うこと。人倫訓蒙図彙三・占師(うらない)の項に「五音調子の占」をあげる。
二三 豊後橋詰町と向島橋詰町の間の宇治川に架けられた橋。大友豊後守屋敷にちなむ橋名かといわれる。旧名桂橋、現在は観月橋。
二四 心を常に清純無垢に保っての意。論語子罕第九「子、川ノ上(ほとり)ニ在リテ曰ク、逝(ゆ)ク者ハ斯(か)クノ如キカ、昼夜ヲ舎(お)カズ」の朱子の解釈、「水ハ流レテ息(や)マズ」「聖人ノ心純ニシテ亦已(や)マザルナリ」(論語徴集覧九)に従って、盲人の人間性を称えた。
▽この冒頭部は、盲人の一節切の芸が、道を極め、聖人の域に達していることを説いている。
二五「長(たけ)一尺八分、タダ一節ナル故之ヲ名ヅク。…謡歌ノ語ヲナス。三絃ト相比スル者ナリ」(和漢三才図会十八)。
二六 調子聞(ちようしぎき)は職業の一。翁草一五三・当世百人一種(寛文頃)に調子聞坐頭四方都とある。
二七「万物問屋人名、村上町北国屋七兵衛。船宿あはばし北国屋七兵衛」(伏見鑑・上)。この先祖か。
二八 日待ち・月待ちの行事。僧・山伏等を招き酒宴を設けて遊び興じた(日次紀事・正月)。
二九 日頃からその家に出入りしている山伏。古今俳諧師手鑑に、伏見多門院問加の名が見える。
三〇 寛文・元禄頃の流行歌。よし野の山。「吉野のお山を。雪かと見いれは雪てはあああらてむゝ。やこをれの花あのふゝきいよのむゝ。やあこれの」(諸人重宝記二)。
三一 引き出しや戸棚を設けたはしご段。
三二 灯油を油皿に注ぐ磁器・銅製の瓶。手と口がある。
三三 思いもかけない。原本「も」脱か。
三四 驚いたり感動したとき、横で手を打合わすこと。

「只今大道《たゞいまだいどう》を行者《もの》は何人《なに》ぞ」と申せば、足音《あしをと》の調子《てうし》を聞合《きゝあは》し、「是《(これ)》は老女《らうによ》の手を引《ひき》、男《おとこ》は物おもひして行《ゆく》。皃《かほ》つき、足取《あしどり》のせはしさ、取揚《とりあげ》ばゞなるべし」。それかと人をつけて聞《きか》すに、「彼男《かのおとこ》が申は、「しきりがまいつたら、腰《こし》は我《われ》らでも抱《だき》ますが、とてもの事に、むす子《こ》を産《うめ》ば仕合《しあはせ》」と申。大笑《あふわら》ひして、又其《(その)》次《つぎ》に通《とを》る者《もの》を聞に、「弐人じやが、独《ひとり》のあし音《おと》」と。見せにやれば、下女、小娘《こむすめ》を負《あふ》て行《ゆく》。其跡《あと》に通《とを》るものを、「何《なに》」と聞《きく》に、「是は正《まさ》しく、鳥類《てうるい》なるが、おの

一 大通り。北国屋の前の道路をさす。京橋は、村上町を抜けてすぐの所にあった。
二 産婆・助産婦。職業的ではなく、経験豊かな老女を頼むのが一般であった。
三 繰り返す痛みの意より、陣痛をいう。
四 産婦の腰を支えること。当時は座産であったことによる。
五 仏道修行の様を人に見せ歩き、物乞をする乞食僧の一類をいう。
六 「一つばの高木履(ぼく)、頭上に手桶を頂き水を入れ、首にはかねをかけて、聞わけがたき節をうたひて是をたたく。…銭をやれば薄板に戒名をかく。桶の水を樒(しきみ)の枝にてそそぐ。首といひ足といひ、少しもよそ見のならぬ事」(人倫訓蒙図彙七・勧進餬(もらい)部)。
七 それにしてもまあ、評判どおり見事に当てるものだなあ。
八 いっそうの慰みに。
九 縦の格子の間が密で、虫籠のような格子をつけた窓。
一〇 暮れ六つの次、夜の五つ(午後八時頃)。
一一 伏見京橋より大坂八軒屋まで、淀川を上下する便船。今井船の下り船。下り船の一番は、伏見京橋を五つに出し、船賃は一匁、又は百文、時により高下があった(人倫訓蒙図彙三)。今井船は、荷物を主に積むが、人をも乗せた。人を主に乗せる船を、三十石船といい、淀と大坂とを上下した。これは、四つより九つまであり、船賃は、五分、時により高下があった(人倫訓蒙図彙三)。
一二 原本「移」。文意より「映」に改める。
一三 黒色の羽織は、貴人・諸武士・医者が着る(守貞漫稿十三)。
一四 菅(すげ)の葉で編んだ笠。「両日雨用ニシテ貴

が身を大事《だいじ》がる」といふ。また見に行《ゆく》に、五行人《ぎやうにん》、鳥足《とりあし》の六高《たか》あしだをはきて、道《みち》をしづかに歩行《あゆみ》。七さても〳〵あらそはれぬ事ども也。

「八とてもなぐさみに、今《いま》一度《ど》きゝたまへ」と、いづれも九虫籠《むしこ》をあけて待《まつ》に、道筋《みちすじ》も見へかね、一〇初夜《しよや》の鐘《かね》のなる時《とき》、旅人《たび》のくだり舟に、一一乗《のり》おくれじといそぐ風情《ふぜい》、二階《かい》のとも火《び》に一二映《うつ》りて見るに、一人は刀《かたな》・脇指《わきざし》をさして、一三黒《くろ》き羽織《はをり》に、一四すげ笠《かさ》をかづき、今《いま》一人は、一五挟箱《はさみばこ》に酒樽《さかたる》を付《つけ》て、あとにつゞきて行《ゆく》。「あれを」

賤男女、冬夏咸(みな)旅行ニハ必ズ之ヲ用フ」(和漢三才図会二十六)。侍の旅行姿をしていることを印象づけようとしている。

一五 武家が外出する際、衣服・装身具等を納めて従者に背負わせた箱。これも、侍の旅行姿を模したもの。「挟箱ハ近代ノ制ナリ。古ハ板二枚ヲ用ヒ衣服ノ上下ヲ覆ヒ、竹ヲ以テ之ヲ挟ミ僕ヲシテ之ヲ担(かたげ)シメ、挟竹ト名ツク。慶長年中ヨリ始メテ箱ヲ以テシ、棒ヲ挿テ之ヲ担ゲシメ、挟箱ト名ヅク。平士及ビ庶人ハ一箇ヲ用フ。高官ハ二人ヲ並ビ行カシメ一対ノ挟箱ト謂フ」(和漢三才図会三十二)。

挿絵解説　見開きの挿絵全面に、調子聞の盲人が、次々と道行く人を当てる場面が、パノラマ式の手法で描かれている。挿絵の上三分の二強は、北国屋であり、下三分の一弱は京橋への大道。北国屋の二階の人物、右から二人目が盲人で手に一節切を持っている。窓から顔を出している男の首の曲げ方は異様だが、西鶴画の特徴。男達は、真剣に足音を聞きとろうとしている。大道の人物、左から男と取揚婆、下女と負われた小娘、次が鳥足の高あしだ。人倫訓蒙図彙七の高屐(たかあしだ)(下図)に比べると、描写は鳥足の形に焦点があてられており、手先から頭上にかけては、ほぼ省略されている。その次のおかた米屋は、若い女性に描かれており、挟箱持が重そうに担いでいる姿も面白い。大道を行く人々の足音に注目させるべく、左から右へと話の流れに従って、一話全体を臨場感あふれるタッチで描いた挿絵である。

[一]とへば、「弐人づれ也。壱人は女、一人は男」といふ。「宵《よい》からの中《うち》に、是《(これ)》計《ばかり》が違《ちが》ひぬ。我《われ》〱見とめて、なる程《ほど》大小迄さして、侍衆《さむらいしゆ》じや」と申。「いな事也。女にてあるべし。おの〱[二]の目違《ちが》ひはなき」と申せば、又人を遣《つか》はし、様子《やうす》を聞《きか》せけるに、樽持《たるもつ》たる下人に[三]少語《さゝやく》は、「夜舟《よふね》にて、其《(その)》樽《たる》心掛《がけ》よ。酒《さけ》にはあらず、皆銀《みなかね》也。夜道《よみち》の用心《やうじん》に、かく男《おとこ》の[四]風俗《ふうぞく》して、大坂《あふさか》へ買物《かいもの》に行《ゆく》」と申。よく〱聞《きけ》ば、五条《じやう》[五]のおかた米《こめ》屋とかや。

雲《うん》中《ちう》の腕《うで》押《をし》

[六]元和年中《げんわねんちう》に、大雪《あふゆき》ふつて、[七]箱根《はこね》山の玉篠《たまさゝ》をうづみて、往来《ゆきき》の絶《たへ》て、十日計《ばかり》も馬《むま》も通《かよひ》なし。

爰《こゝ》に鳥《とり》さへ通《かよ》はぬ峰《みね》に、庵《いをり》をむすび、短斎坊《たんさいぼう》といふ、[八]木食《もくじき》ありしが、[九]仏棚《ほとけだな》も、世を夢《ゆめ》のごとく暮《くら》して、百余歳《よさい》になりぬ。常《つね》に[一〇]十六むさしを、慰《なくさみ》にさゝれけるに、有《(ある)》時《とき》奥《おく》山に、年《とし》かさねたる法師《ほうし》のきたつて、むさしの相手《あいて》になつてあそびける。其《その》ありさまを見るに、[一一]木葉《このは》をつらぬき肩《かた》に掛《かけ》、腰《こし》には藤《ふぢ》づるをまとひ、黒《くろ》き皃《かほ》より眼《まなこ》ひかり、人間《にんげん》とはおもはれず。[一二]松《まつ》の葉《は》をむしり食物《しよくもつ》として、物い

一 原本「ととへば」の「と」脱か。
二 皆々様に見間違いはありませんか、の意。
三 呫・私言に同じ。 四 よそおい・みなり。
五 若い女主人の米屋。御方は人妻の敬称。北国屋が米問屋とすれば、軽い落ちになる。
▽二七九頁注二六の調子聞四方都、二代男三の三の伊勢の右望都、さらに、窓のすさみ・追加下が伝える話、明暦三年(一六五七)の春、江戸の火災のあった前年の冬、江戸にいた伊勢の四方一が、調子を聞き、常にあらずとして急ぎ伊勢に帰ったというのも、同一人物であろう。当時大評判の調子聞であって、本話の盲人も、この「よもいち」を素材としていると考えられる。二代男と同様に、芸の達人として描きつつ、その人間性にも触れている点に本話の特色がある。
六 一六一五年から一六二四年まで。関東の大雪は、元和元年正月と同五年十二月の記録がある。
七 箱根山中には篠が多く、箱根笹と呼ばれた(古今要覧)。「篠ハ叢生シテ草ノ如シ。俗、笹ノ字ヲ用フ、出処未ダ詳ナラズ」(和漢三才図会八十五)。玉は、美称。
八 五穀を断って修行をする人。
九 設けることなく等が省略された文章。
一〇 十六さすがり・むさしとも。盤上遊戯の一。盤の周囲に十六の子駒を、中央に親駒一つを置く。親駒から動いて二つの子駒の間に入り込むと左右の子駒は死に、子駒が親駒を囲んでしまうと親駒の負けとなる。
一一 仙人の姿の描写。
一二 「松の葉を好き、苔を身に着て、桂の露を嘗め」(謡曲・一角仙人)。
一三 革製の袋。銭や薬を入れ、腰にさげ携行し、口を緒で締める。中世の火打袋の遺風とされるが、ここはその火打袋の意。

ふ事まれにして、是程《ほど》よき友《とも》はなし。

ある夕暮《ゆふぐれ》に、焼火《たきび》にことをかきしに、彼老人《かのらうじん》こしより、[一三]革巾着《かわきんちやく》を取出し、「[一四]「是《これ》は鞍馬《くらま》の名石《めいせき》にて、火《ひ》の出る事はやし」と、[一五]判官殿《はうぐはんどの》にもろふた」と、まさ〱しう語《かた》る。短斎《たんさい》おどろき、「そなたはいかなる人ぞ、其時《とき》はひさしき事」と(い)へば、「我《われ》こそ[一六]常陸坊海尊《ひたちぼうかいそん》、むかしにかはる有様《ありさま》」といふ。是を思ひあはすに、此人の最後《さいご》のしれぬ事を申伝《つた》へしが、さては不思儀《ふしぎ》と、「すぎにし[一七]弁《べん》慶《けい》は、色黒《いろくろ》くせいたかく、絵《ゑ》にさへおそろしく見ゆる」と尋《たづ》ければ、「それは大きに違《ちが》ふた、またなき美僧」とかたる。「[一八]よしつねこそ、丸白《まるがほ》にして、鼻《はな》ひくう、向歯《むかふば》ぬけて、やぶにらみにて、ちゞみかしらに、横《よこ》ふとつて、男《おとこ》ぶりは、ひとつもとりへなし。只《たゞ》志《こゝろざし》が大将《たいしやう》で、其外《そのほか》は、[一九]片岡《かたをか》が万《よろづ》にしはひ事、[二〇]忠信《たゞのぶ》は大酒《あふさけ》くらい、[二一]伊勢《いせ》の三郎は、買掛《かいがゝ》りを済《すま》さぬやつ、[二二]尼崎《あまがさき》・渡辺《わたなべ》・ふくしまの舟《ふな》ちん、侍白《さむらいがほ》して一度《ど》もやらず。[二三]熊《くま》井太郎は、一年中《ねんぢう》[二四]びくにずき。[二五]源《げん》八兵衛は、[二六]ぬけ風《ふう》の俳諧《はいかい》して、埒《らち》の明《あか》ぬもの。[二七]駿河《するがの》二郎は、めいよな事の、夏《なつ》ふゆなしにふんどし嫌《きら》ひ。[二八]亀《かめ》井は、何《なに》をさしても、小刀細工《こがたなさいく》がきいた。[二九]鈴木《すゞき》・[三〇]つぎのぶは、棒組《ぼうくみ》にて、一生《しやう》[三一]飛《とび》子買《か》ふて[三二]暮《くら》す。[三三]兼房《かねふさ》は浄土宗《じやうどしう》にて、後世《ごせ》願《ねが》ひ。此外《ほか》ひとりも、ろくな者《もの》はなかつた」とかたる。

一四 鞍馬山産の火打石は発火が早く有名。
一五 検非違使尉(けびいしのじょう)に任官した義経の別称。
一六 もと園城寺の僧、義経に仕える。「常陸坊海尊ハ義経ニ従イテ勇名有リ。シカレドモ死地ヲ知ラズ。俗伝ニ曰、仙ト為リ今ニ存在スト」(和漢三才図会六十五)。
一七 比叡山西塔の僧、武蔵坊。絵本等一般では弁慶は恐ろしく、義経は美男に描かれていた。
一八 源義朝の子。一一五九―八九年。容貌は、「面長うして身短かく、色白うして歯出たり」(源平盛衰記四十二)といわれ、西鶴も「其の時義経帽子と鉢巻／痛みぬる向う歯反つて猿眼」(大矢数十八)と作っている。
一九 八郎常春(経春)。義経近臣、衣川にて戦死。
二〇 佐藤元治の子、嗣信の弟。嗣信は上戸、忠信は下戸(平治物語・下)、故意に入れ替えたか。
二一 名は義盛。鈴鹿の関で強盗をしていた。
二二 ともに義経が平家を追って船出した所。
二三 名は忠元。義経に従って各地で転戦。
二四 尼姿の売色女。熊野比丘尼・歌比丘尼とも。
二五 源八広綱。一の谷の合戦に名が見える。
二六 付合で、その語を抜いてそれとわかるように作句する手法。談林末期には、自分だけ分ったつもりの句作に陥るものが多かった。
二七 清重。もと雑色。土佐坊昌俊を斬った勇士。
二八 六郎重清。鈴木三郎の弟。
二九 熊野鈴木党の出身。三郎重家。
三〇 佐藤三郎兵衛嗣信。忠信の兄。
三一 十四、五歳の狂言役者で、舞台へ出ぬ者をかげま、他国をめぐるを飛子(人倫訓蒙図彙七)。
三二 原本「暮(らく)ず」。
三三 増尾十郎。義経従者のなかの最年長者。

「さてまた、静《しづか》[一]は今《いま》に中程《ほど》の美人《びじん》か」ととへば、「いや〳〵、十人並《なみ》にすこしすぐれた女房《にようぼう》[二]を、其時《（その）とき》は、判官世盛《はうぐはんよざかり》にて、借銭《しやくせん》[三]はなし、唐織《からをり》[四]・鹿《か》の子の法度《はつと》もなく、明暮《あけくれ》[五]京の水で、みがきぬれば、うつくしい。今《いま》でも大名衆《だいみやうしう》[六]の、妾《てかけもの》ども、[七]御関所《ごせきしよ》のあらためにに見るに、其時《そのとき》よりは、風俗《ふうぞく》がよい」と申て、「まだ咄《はな》したい事もあれども、皆《みな》うそのやうにおもやろ[八]。誰《たれ》ぞ証拠人《しやうこにん》ほしや」といふ折《をり》ふし、柴《しば》の網戸《あみど》をおとづれ、「正《まさ》しく是《これ》に、海尊《かいぞん》のお声《こへ》がしまする。少《ちと》御目に

一 磯禅師の娘、白拍子。義経の妾。禅師は阿波磯崎の人、静は淡路国志津木で出生という。二 ここは女性の意。三 この頃大名で借金する者が多かった。大名借の語も西鶴には多出(二代男一の三、織留二の一)。四 奢侈禁制のために衣服に関する法令も頻発された。天和三年正月の触には、「一、金紗 一、縫 一、惣鹿子 右の品向後女の衣類に之を制禁す。惣て珍敷き織物・染物新規に仕出し候事無用なるべし」(御触書寛保集成三十七)とある。天和三年六月、貞享二年八月、同三年六月と出された。五 京都の水は最高のものとされた。「西京(きよう)ノ水第一タリ、ナカンズク鴨川ノ神流、潔白甘美最タリ。大井・宇治ノ水ニ勝ル。然レドモ二水亦中央ノ美ヲ失セズ」(本朝食鑑一)といわれ、井泉水でも、やはり京都の水に及ぶものはないとされた(同)。六 大名の妾は、京都の女性が多かった。一代女一「国主の艶妾」は、一代女が、京都の女性の代表として大名の妾になった話である。七 箱根の関所、設置は慶長年間(一五九六―一六一四)。「入り鉄炮と出女」の監視は厳しく、女改めは、関所の女役人が行った。八 原本「おもふやろ」の「ふ」脱か。九 庵の主人、短斎坊をいう。一〇 則綱。猪俣は武蔵七党の一。一の谷の合戦で高名第一とされ、大力で知られた。「義経ニ従ヒ戦功多シ。和州吉野ノ奥ニ匿レ、生身(いきながら)山鬼ト為リ、今ニママ佐異ナルコト在リ云々。以上ノ二説(一八三頁注一七の海尊)アマネク人口ニ有リ」(和漢三才図会六十五)。一一 岡山県西部地方、中国山地の奥。一二 珍しいお尋ねだの意。一三 原本「いにしの軍物語」は、「いにしへの軍物語」の意で、「へ」の脱か。

掛《かゝ》りたし」と内《うち》に入。

「やれなつかしや〳〵、命《いのち》ながらへて、又あふ事のうれし。先《まづ》[九]御亭坊《ていぼう》へ引《ひき》あはしましよ。是《これ》は[一〇]猪俣《ゐのまた》の小平六とて、むかしのよしみなるが、今《いま》は[一一]備中《びつちう》の深山《みやま》にすまれますが、此《この》たびは[一二]きどくのたづねなり。自今以後《じこんいご》は、皃《かほ》見しられて、互《たがひ》に」と申て、夜《よ》もすがら、[一三]いにしの軍物語《いくさものがたり》、きのふけふのごとく、「今《いま》に平六、力《ちから》の程《ほど》は」といへば、「さのみ替《かわ》らじ」と、片肌《かたはだ》ぬぐ。常陸坊《ひたちぼう》もうでまくりして、[一四]亀割坂《かめわりざか》にて、[一五]枕引《まくらびき》せし事、おもひ出して、「さらばうでをし」と、両《りやう》人《にん》まけずおとらず、三時《とき》あまりももみあへば、短斎《たんさい》も中《なか》に立《たち》、両方《りやうほう》へ力《ちから》を付《つけ》て、かけ声雲中《こへうんちう》に、ひゞきわたつて、三人ながら姿《すがた》をうしないて、此勝負《しやうぶ》しつた人もなし。

狐《きつね》四天《てん》王《わう》

[一六]諸国《しよこく》の女の髪《かみ》を切《きり》、家《いゑ》〳〵のほうろくを破《わら》せ、万民《ばんみん》をわづらはせたる、[一七]大和《やまと》の源九郎ぎつねがためには姉《あね》也。としひさしく、播磨《はりま》の姫路《ひめぢ》にすみなれて、其身は人間《にんげん》のごとく、八百八疋《ひき》のけんぞくをつかひ、世間《せけん》の[一八]眉毛《まゆげ》おもふまゝに読《よみ》

一四 新潟県柏崎市上輪新田の難所。義経記七の亀割山にて御産の事の舞台は、山形県新庄市と最上郡最上町との境にある亀割山であったが、後世、幸若・とがし、奈良絵本・ゆみつぎなどで亀割坂とし、両者を混同するようになり、西鶴当時は、越後の亀割坂で義経の北の方が御産されたと伝えられるようになった(和漢三才図会六十八)。「腹には恋の産時を待つ／灸するゐて亀割坂はぬくもりて」(大矢数十一)。一五 小さい筥枕を、両方より指先に挟み引きあう遊戯。▽常陸坊海尊は、衣川合戦の直前、近くの山寺を拝みに出たまま行方がわからなくなる。その再来と言われたのが戦国時代奥州に現われた残夢で、源平の合戦を目前に語った。この残夢の出現で、海尊は一躍仙人となり、東国各地、越後・三穂松原・富士山・加賀・能登・常陸に出現した。西鶴はこうした伝説により、箱根に海尊を出現させ、また、猪俣の小平六を呼び寄せた。一方、短斎坊は、箱根権現の聖占仙人以下四仙(筥根山縁起)、或は伊豆走湯権現の松葉仙人以下三仙(走湯山縁起)の伝説等により、箱根を仙郷と見て登場させたのであろう。一六 女が髪を切られる騒ぎは寛永十四、五年(一六三七〜三八)に起り、髪切虫は煎瓦《いりか》(はらゝ)の下に居るということで、家々で打ち破ったという(宝蔵四・煎瓦《いりか》(はらゝ))。一七 狐は人間の俗名で呼ばれた。「大和ノ源九郎・近江ノ小左衛門ノ如キ是也」(和漢三才図会三十八)。一八 眉を読む。いちはやく、人の心を察知することをいう。

挿絵解説　挿絵は本話の最終場面、箱根山中の仙境に浮かんだ雲の上で、腕押をしている常陸坊海尊と猪俣の小平六の二人と、団扇を持って行司役をしている短斎坊とを描く。

て、人をなぶる[一]事自由《じゆう》なり。

爰《こゝ》に本《ほん》町[二]筋《すじ》に、米《こめ》[三]屋して、門《もん》兵衛といふ人、里《さと》ばなれの山陰《やまかげ》を通《とを》るに、しろき小狐《こぎつね》の集《あつま》りしに、何心《なにこゝろ》もなく礫《つぶて》[四]うち掛《かけ》しに、自然《しぜん》[五]とあたり所《どころ》あしく、其《(その)》まゝむなしくなりぬ。ふびん[六]とばかりおもふてかへる。

其夜《そのよ》門《もん》兵衛が屋敷《しき》の棟《むね》[七]に、何《なん》百人《にん》か女の声して、「お姫《ひめ》さま、たま〳〵野《の》あそびましますを、命《いのち》をとりし者《もの》、其まゝはおかじ」と、石《いし》[八]をうつ事雨《あめ》のごとし。

一 嘲弄する。ひやかしからかう。
二 姫路市本町。姫路城大手門の南、西国街道に沿った町筋。
三 播州米は、三白(米・塩・綿)の一つとされ、大坂では姫路天守米と呼ばれ極上とされた。
四 小石を投げかけること。
五 たまたま。偶然にも。
六 かわいそうなことをした。
七 屋根の最も高い水平部分。ここは、屋根の上方での意。
八 門兵衛の礫に自分達のお姫様を殺された狐が、同じ手口で予告的な仕返しに来た。
九 窓を閉ざす蓋、窓の戸。
一〇 家の中にいた全員が、の意。
▽大和の源九郎狐は、源九郎稲荷明神として大和の所々で古くから祭られていたが、大和郡山市洞泉寺町の洞泉寺境内にあった源九郎稲荷が最も有名。天智天皇時代からの白狐といわれ、義経吉野落ちの時、稲荷の使者白狐が佐藤忠信に化けて静を届け、以来源九郎の名を賜ったとの伝説である。一方、姫路城内本丸の刑部(おさかべ)大明神も、御神体は老いたメスの白狐であるとの伝説があった。姫路城のある姫山は、光仁天皇の御后井上内親王と密通し配流された刑部親王の御女、富姫が居られたことによる名であり、刑部大明神は富姫が父を祭ったものであり、富姫自身も祭られ、富姫刑部両社とも呼ばれた。一説に祭神は専女(とうめ)神、又倉稲魂(うかのみたま)ともされるが、それは、姫路の東、なき本の六百歳の白狐およし狐と刑部殿とを混じたところから生じたものといわれる(播磨鑑・飾東郡)。近世中期に入ると、様々な妖怪説とともに、この神を老狐として恐れる説が一般に広まった(播州

白壁《しらかべ》・窓蓋《まどぶた》[九]迄うちやぶれども、其礫《つぶて》ひとつもなし。[一〇]家内《やない》おどろく。

　明《あけ》の日の昼前《ひるまへ》に、[一一]旅《たび》の出家《しゆけ》のきたつて、「お茶《ちや》一ぷくたまはれ」と申されけるに、下女に申付《つけ》てまいらせけるに、間《ま》もなく、[一二]同心《どうしん》らしき大男《あふおとこ》二三十人乱《みだ》れ入て、「[一三]御たづねの出家《しゆけ》を、何《なに》とてかくし置《おき》けるぞ」と、[一四]其断《そのことは》り聞《き》ゝ入ず、亭《てい》主《しゆ》・内義《ないぎ》を押《おさ》へて、坊主《ばうず》になして後《のち》、彼《かの》出家もともに、尾《を》のある姿《すがた》をあらはしてにげかへる。[一五]是非《ぜひ》もなき仕合《しあはせ》なり。

名所巡覧図絵)。西鶴はこうした伝説により、於佐賀部狐を神の使いとしての白狐と考え、源九郎狐の姉とし、また、白い小狐の中に、於佐賀部狐のお姫様が居たと設定したのである。このお姫様は、恐らく刑部大明神と共に祭られた富姫を想定してのことだったかと思われる。門右衛門の妻が、全く無実の罪(かくし男・密通)で髪を削られてしまうのも、刑部親王の密通事件にヒントを得たものと見てよいであろう。
一一 旅装をした僧侶。振り仮名は原本通り。
一二 奉行所の与力に直属する下級武士。治安維持・捜査・逮捕などにあたった。
一三 指名手配中の犯人をかくまった罪。
一四 釈明。申しひらき。
一五 なんともいたしかたない災難。
▽本格的な仕返しが始まり、まず当の門兵衛とその妻が髪を削られてしまった。

挿絵解説　挿絵は、第三次の狐の仕返し、葬礼の場面を描く。左図左端の狐が「導の長老」。死者に引導を渡す僧。長老は一般に住職、主として禅宗に用いる。次の二匹の狐が長老の頭上に差しかけているのは、高張提灯。次の二匹が持つものは幡。葬礼を荘厳にする具。右図左上部の、狐の肩に乗っているのが、位牌を持った孫。位牌は表に戒名、裏に死亡年月日を書くが、火葬場へ行く場面なので、まだ、戒名等は記されていない。孫狐の右は、天蓋、きぬがさとも。その下が「たまの輿」。葬礼の輿であるが、棺を入れる。輿の屋根の鳥は、冥途鳥(めいどどり)。「葬送ノ龕(がん)ナドニヲク、杜鵑(ほととぎす)ノ事」(真俗俗事編四)。輿の後手前の狐は、輿を置く榻(しじ)をかついでいる。右下の泣いている狐は泣女。なきばば、なきてとも。

又門《もん》兵衛が娌《よめ》[一]、むすこの門右衛門、北国《ほつこく》[二]に行て留守《るす》のうちとて、里《さと》にかへりてありしに、彼《かの》門右衛門になりて、四五人づれにてはしり込《こみ》、女房《にようぼう》をとらへ、「我他国《われたこく》の跡《あと》にて、かくし[三]男《おとこ》あらはれたり。命《いのち》[四]はゆるして」と申もあへず、あたまをそられ、「身に覚《おぼへ》のなき事ぞ」と、年《とし》月の恨《うらみ》をいふてなげきぬ。「[五]おのれ証拠《しやうこ》を見せん[六]」と、女を引立《ひきたて》、はるかの山中《なか》に行《ゆき》て、五人立ならび、ひとり〳〵名乗《なのり》ける。「是《(これ)》は[七]二階堂《かいどう》の煤助《すゝすけ》」、「[八]鳥居越《とりゐこし》の中《ちう》三郎」、「[九]かくれ笠《かさ》の金丸《きんまる》」、「[一〇]にはとり喰《くひ》の闇《やみ》太郎」、「野《の》[一一]あらしの鼻長《はななが》」とて、「於佐賀部《おさかべ》殿の、四天王《てんわう》・[一二]ひとり武者《むしや》是なり」と、形《かたち》をかへてぞうせける。此《(この)》事門《もん》兵衛に行《ゆき》て、ふかくなげくに甲斐《かい》なし。

また其《(その)》次日《つぎ》[一三]、午《むま》[一四]の刻《こく》に、大きなるそうれい[一五]をこしらへて、導《みちびき》の長老《ちやうらう》、はた・てんがいをさし掛《かけ》、たまの輿《こし》ひかりをなし、孫《まご》にいはゐを持《もた》せ、一門白衣《もんはくへ》の袖《そで》をしぼり、町衆《しう》は袴《はかま》・かたぎぬにて、野墓《のばか》[一六]のおくるけしき、門《もん》兵衛親里《おやさと》、五六里《り》はなれしが、けはしく人遣《つかは》し、「夜前頓死《やぜんとんし》[一七]いたされ候。御なげきあるべしと、[一八]すこしもおそく御しらせ申なり。すぐに墓《はか》へ御こしあれ」と、此ありさま哀《あはれ》に煙《けふり》となし、親類《しんるひ》ばかり跡《あと》に残《のこ》り、「さても〳〵夢《ゆめ》の世《よ》や、若《わか》ひを先《さき》に立て、おもしろき事もあるまじ。是にて法躰《ほつたい》ましませ」と、俄坊主《にはかぼうず》[一九]になし、姫路《ひめぢ》にかへ

一 門兵衛の息子門右衛門の妻をいう。
二 北陸道の諸国、東山道の出羽国も含む一帯。
三 密夫・まおとこ。夫には、姦夫姦婦を成敗する権利があった。「何方ニテモ寝所ヲ去ラズ、打果スベシ。…証拠無キ事ハ、公儀批判成リ難ク、コレ又夫ノ分別肝要ナリ」(徳川禁令考五十一)とされた。
四 夫が、妻の命だけは助けるが、髪は剃落すという処置をとったことを意味する。
五 妻の抗弁に対し、激しくののしった言い方。密夫の証拠を押さえている自信があるからである。
六 原本は「み見せん」。
七 煤だらけの二階建の堂をねぐらとしている狐の意。以下五匹の戯名は、狐の性癖を巧みに利用したもの。
八 狐はよく鳥居を飛びこすものとされた(本朝食鑑十一)。飛び越えた数でもって稲荷大明神になるとの俗説による。
九 姿が見えなくなる笠。姿を巧みに隠す狐。金隠《きんかくし》の洒落をも含む。
一〇 よく鶏を襲う。主食は動物質で夜捕食する。
一一 季節により植物質の食物にも依存する。ことは、田畑の作物を乱すことによる戯名。
一二 頼光に従った四天王と独武者。「頼光の御内にその名を得たる独武者」(謡曲・土蜘蛛)。
▽第二次の本格的な仕返しで、門右衛門の妻が髪を剃られたことになる。
一三 原本「次の日」の「の」脱。
一四 真昼の十二時。一般に葬礼は夜行った。
一五 葬礼・葬儀・葬列。↓挿絵解説。
一六 火葬場。墓地と同じ場所にあった。
一七 昨夜。火葬は一昼夜を過ぎた以後行う。
一八 お歎きになる事を考え、少しでも遅く。

れば、門兵衛・内義《ないぎ》も姿《すがた》をかへてありし。様子《やうす》聞《きゝ》て悔《くや》めども、髪《かみ》ははへずしておかし。

一九 門兵衛の父親が、最後の仕返しを受け、髪を剃られてしまった。

▽主題を狐の「恨」とし、民話の狐の仕返しに一篇の構想を得たもの。礫の仕返しは、古今著聞集十七「古狸飛礫を打つ事」により、第一次の仕返しは、一般的な民話髪剃狐を用い、第二次の仕返しは、髪剃狐と刑部殿の密通をミックスしたもの。第三次の仕返しは、主に狂言・六人僧を用いたものといえよう。

絵入

西鶴諸国ばなし

二

近《きん》年《ねん》諸《しよ》国《こく》咄《ばなし》

大《あふ》下《げ》馬《ば》　巻二

目《もく》録《ろく》

一 美人が乗っている。姿は美人・美女の意。本文では「二十二三なるが、美人といふは是なるべし」と説明している。 二 空中を飛行する女性用の乗物。 三 摂津国豊島郡池田村。現大阪府池田市。 四 十二人の者が一瞬のうちにつるつるの坊主頭となってしまった話。
五 和歌山県和歌山市北西部の海岸加太にある淡島(粟島とも)神社。淡島(大)明神とも呼ばれ、婦人病に霊験ありとされた。南遊紀行・中に「加太は民家千軒ありと言ひ、富家多し。…淡島大明神の社あり、大ならず。この社は少彦名命(すくなひこなのみこと)なり。日本の医の祖神也。日本紀にみえたり。諸国の人参詣す」とある。
六 地下水脈が流れる道。水の道。ここは、東大寺二月堂の若狭井の水が、若狭の国遠敷(おにゆう)明神の前を流れる音無川の鵜の瀬と、地下で通じているという伝説をさす。
七 東大寺二月堂の若狭井から分岐した脇道。具体的には、若狭井から秋篠寺近くまで通じる地下水脈のこと。実際にあったものではなく、西鶴が想定したもの。
八 越後屋の伝助の女房が、下女ひさの顔に焼火箸をあてて、「いたづら」を咎め折檻したことの報いとして、死んだひさに「焼(やき)がね」をあてられ死ぬことをいう。 九 福井県小浜市。酒井氏、十二万三千石の城下町。北国と上方を結ぶ商業港として栄え、その最盛期は、延宝から元禄・宝永頃までといわれる。
一〇 あとに残ったものは、金の鍋だけだったの意。「残る物とて」は西鶴の慣用句。謡曲・松風の「松風ばかりや残るらん」を、残る、何々ばかり、松風とひっくり返した用法。「残る物とて家蔵ばかり、軒の松風淋しく」(永代蔵四の二)。
二 奈良県の最も西にあり、大阪府との境をなす山。古来重要な大和から河内への交通路。

一二 夢の中で往き来する道をいう。

一三 小円板、四角、花形の紙を貼りつけた竹ひご等の枝を、数本から十本程度まで矢車状にしんに刺し、これを竹柄等の先端に挿し、風で回らせるようにした玩具。紅・青等の色紙《いろがみ》で、春初に多く作られ、京都では祇園、江戸では雑司ケ谷鬼子母神門前の名物として売られた。ただしここでは、「玩具から空想した空飛ぶ乗り物」(角川古語大辞典)の意に用いている(図、訓蒙図彙八)。

一四 俗界を離れた山間僻地等にある村落。仙境、桃源境ともいわれる理想郷であると共に、不思議なことの多い場所ともされた。飛驒の隠れ里については未詳だが、今昔物語集二十六の八「飛驒ノ国ノ猿神、生贄ヲ止メタルコト」の舞台設定と情景描写とは、桃花源記を彷彿とさせ、隠れ里ともいえるものである。

一五 岐阜県北部の旧国名。「東西南北皆山」(版本人国記)。「辺国にして…山多し」(国花万葉記十)。原本「飛弾」、「弾」は慣用。　一六 多くの子供等と一緒に遊ぶことを楽しみとした男を、地蔵菩薩にたとえた話。　一七 夢うつつの遊び。

一八 京都市の北西部、北野天満宮近辺で、片側のみに民家があった町。七本松通り東側の「釈迦片原町」、また、天満宮境内東側の右近馬場通り、北野御前通りの一部が考えられる。

一九 病気にかかっている最中、病気中の意。

二〇 長野県北佐久郡にある浅間山をいうが、ここは、その山麓一帯のとある村里の意。

姿《すがた》の飛《とび》のり物

[一]寛永《くはんゑい》弐年冬《ねんふゆ》のはじめに、津《つ》の国池田《くにいけだ》の里《さと》の東《ひがし》、[二]呉服《くれは》の[三]宮《みや》山、[四]きぬ掛松《かけまつ》の下《した》に、新《あたら》しき女[五]乗《のり》物、誰《たれ》かは捨置《すておき》ける。

[六]柴刈童子《しばかるわらんべ》の見つけて、町《まち》の人に語《かた》れば、大勢集《あふぜいあつ(ま)》りて、[七]戸《と》ざしを明《あけ》て見るに、都《みやこ》めきたる[八]女良《じよらう》の、廿二三なるが、美人《びじん》といふは是《これ》なるべし。黒髪《くろかみ》をみだして、するゑを[九]金《きん》のひらもと結《ゆひ》をかけ、肌着《はだぎ》はしろく、うへには[一〇]菊梧《きくきり》の地無《ちなし》の小袖《こそで》をかさね、帯《おび》は[一一]小鶴《こつる》の唐織《からをり》に、[一二]練《ねり》の薄《うす》物を被《かづ》き、[一三]前《まへ》に[一四]時代蒔絵《じだいまきゑ》の[一五]硯箱《すゞりばこ》の蓋《ふた》に、秋《あき》の野《の》をうつせしが、此中《このうち》に[一六]御所落鴈《ごしよらくがん》・[一七]煎榧《いりかや》、さま〴〵の菓子《くはし》つみて、[一八]剃刀《かみそり》かたし見へける。「[一九]御かたは何国《いづく》、いかなる事にて、かくお独《ひとり》はましますぞ、[二〇]子細《しさい》を御物語《ものがたり》あるべし。古里《ふるさと》へおくり帰《かへ》して参《まい》らすべし」と、いろ〳〵尋《たづ》ねけれども、言葉《ことば》の返《かへ》しもなし。只《たゞ》さしうつむきてまします。目つきもおそろしくて、我先《われさき》にと家《いゑ》にかへりぬ。

「今宵《こよひ》そのまゝ置《おき》なば、狼《あふかみ》が[二一]浮目《うきめ》を見すべし。里《さと》におろして、一夜《や》は番《ばん》をして、朝《あした》は[二二]御代官《だいくはん》へ、御断《ことは》りを申べき」と、また山にのぼれば、彼乗物《かののりもの》は、一里《り》

一 一六二五年。本書出版より六十年前。
二 池田の西南田圃の中に呉服社(南の社)、北の山上に綾織(あやはとり)社(北の社)があり、両社は十町程隔っていた(和漢三才図会七十四、謡曲拾葉抄二)。 三 神社の所領である山。
四 「池田村呉服宮より艮(うしとら)の山頭にあり。二女神ここにおいて絹をかけて裁縫を知らしむ。その末葉を残し植えて絹繋(きぬがけ)松といへり」(摂陽群談十七)。 五 女性用の乗物駕籠。乗物の使用は、公家・高級武士、また儒者・医者・僧・老人・婦女子など、限られた町人が許されていた。
六 薪(たきぎ)用の柴を刈る子供ら。刈は原本「苅」。
七 乗物の横についている引き戸。
八 女性。以下禁中・高家に関連する女性を暗示。
九 金箔を置いた平元結。紙をよった細い髪捻(こひねり)(雍州府志七)に対し、一寸程の幅に切った丈長(たけなが)紙の元結。
一〇 菊と梧の文様を地が見えない程に置いた絹の綿入の着物。慶長より延宝頃まで流行。
一一 小さい蔓草模様。唐織は、中国からの輸入品ではなく日本で織った織物(和訓栞)。
一二 練絹で織った薄い布。女性が外出時に被る。
一三 乗物の中の前にある小さな棚の上にの意。
一四 東山殿、義政時代の蒔絵を時代物という。
一五 硯蓋(すずりぶた)に菓子等を盛るのは中古よりの慣習。 一六 砂糖汁で糯(もち)米の粉をこね、型に入れた乾菓子。越中井波より後陽成帝、越前前田家より後水尾帝へ献上説、小堀遠州創意説等がある。 一七 榧の仁(さね)に砂糖を塗った乾菓子(本朝食鑑四)。 一八 剃刀一挺。女性は眉毛を剃る。 一九 あなたさま。高貴の女性に対する敬称。 二〇 理由、わけ。
二一 憂目。危難をこうむる、危い目にあうの意。
二二 幕府領を支配する役人。当時池田は幕府領。

南《みなみ》の瀬川《せがわ》[一]といふ宿《しゆく》の、砂浜《すなはま》[二]に行《ゆき》ぬ。既《すで》に日も暮《くれ》て、松《まつ》の風《かぜ》すさまじく、往来《ゆきき》の人も絶《たへ》て、所《ところ》の馬《むま》かた[三]四五人、此女良《(この)じよらう》をしのび行《ゆき》て、うき世《よ》[四]の事どもを語《かた》りつくして、「情《なさけ》」[五]といへど、取《とり》[六]あへずましませば、荒男《あらおとこ》[七]の無理《むり》に、手《て》[八]をさしてなやめる時《とき》、左右《さゆふ》へ蛇《へび》のかしらを出し、男どもに喰付《くひつき》て、身[九]をいためる事、大《あふ》かたならず。何《いつ》れも眼《まなこ》くらみ、気《き》をうしなひ、命《いのち》を不思義《しぎ》[一〇]にのがれ、其年中《そのとしぢう》は難《なん》病《びやう》にあへり。

一 大阪府箕面市瀬川。山崎街道が箕面川に接する辺りに位置した宿駅。本陣・旅宿が整えられたのは寛永年中(一六二四―四四)。
二 恐らく箕面川の川原の砂浜の意であろう。
三 荷物や人を乗せる馬を引く者。瀬川宿の馬方でなければならないが、同宿に馬借所が置かれたのは天和年中(一六八一―八四)。 四 男女間の色話。
五 「情けをかけてくれ」と情交を求める意。
六 取りあわないでいらっしゃるのでの意。
七 馬方達をいう。馬方は不作法で人柄が悪く、人の弱みにつけ込んで無理を通しかねない者といわれた。諺に「馬方船頭お乳の人」と並べられ、人倫訓蒙図彙三では「声高にして、何事にも先ず片肌ぬぐは彼等が風俗也」と記されている。
八 手出しをして、悩ましている時の意。
九 体に苦痛を感じさせるの意。
一〇 不思議。義は当時の慣用。
一一 大阪府高槻市内の北西にあった山崎街道の宿駅。瀬川宿より東四里にあり、宿の中を伊勢物語で著名な歌枕芥川が貫流する。
一二 京都府西京区嵐山宮町の松尾神社。嵐山の南松尾山の麓にあり、前面を桂川が流れる。
一三 丹波との国境近くの山へ行きの意。丹波は、現、京都府中部と兵庫県東北部、ほとんどが山地で山国と呼ばれた。松尾山の南方から丹波に越える、唐櫃越・老ノ坂越などがあった。
一四 髪をうなじ辺りで切り揃え、結わずに垂した幼児の髪型をいうが、ここは上位の遊女の小間使いをした六、七歳から十三歳までの童女。
一五 次々と姿を変えていく化け物の描写には、民話の「こんな顔」などに通じる「のっぺらぼう」のイメージがある。 一六 奇妙な思いをした。
一七 約一〇九メートルほど行くと。
一八 疲労。くたぶるの名詞形。くたびれに同じ。

其後《のち》は、のり物、[一一]芥川《あくたがわ》にありともいへり。または、[一二]松《まつ》の尾《を》の神前《しんぜん》にも見へ、つぎの日は、[一三]丹波《たんば》の山ちかく行《ゆき》、片時《かたとき》も定《さだ》めがたし。後《のち》にはうつくしき[一四]禿《かぶろ》に替《かわ》り、または八十余歳《よさい》の翁《おきな》となり、或《あるひ》は㒵《かほ》ふたつになし、[一五]目鼻《めはな》のない姥《うば》とも成《なり》、見る人毎《ごと》に、同じ形《かたち》にはあらず。是《これ》に恐《おそ》れて、夜《よ》に入、里《さと》の通《かよ》ひもなく、世《よ》のさまたげとなりぬ。

此事しらぬ旅人《たびびと》、夜道《よみち》を行《ゆく》に、おもひもよらぬ乗物《のりもの》の棒《ぼう》、肩《かた》をはなれず、[一六]奇《き》異《い》の思《おも》ひをなしける。されども、すこしも重《おも》からずして、[一七]壱町計《ばかり》もすぐると、俄《にわか》に[一八]草臥《くたぶれ》出て、たやすく足《あし》も立ず、[一九]難義《なんぎ》にあへる。[二〇]陸縄《くがなわ》手の飛乗物《とびのり》と申伝《つた》へしは、是なり。[二一]慶安年中《けいあんねんちう》迄はありしが、いつとなく絶《たへ》て、「[二二]橋本《はしもと》・[二三]狐《きつね》川のわたりに、見なれぬ[二四]玉火《たまび》の出し」と、里《さと》人の語《かた》りし。

十二人の俄坊主《にはかぼうず》

およぎならひは、[二五]瓢簞《へうたん》に身をまかせて、浮次第《うきしだい》に、[二六]水《すい》れんの上手《じやうず》となつて、[二七]自然《しぜん》の時《とき》の、心掛《こゝろがけ》ふかし。

折ふし夏海《なつうみ》の静《しづか》に、[二八]かだの浦《うら》あそびとて、[二九]御船《ふね》をよせられしに、[三〇]御台所《だいどころ》ふね

一九 難儀。義は当時の慣用。
二〇 京都府伏見区久我(がこ)。鴨川・桂川合流点の北西の地。ここより山崎へ至る一筋道の道路をいい、徒然草、太平記以来著名。雍州府志九に「下鳥羽ノ西久我ノ渡ヲ渉リ、久我村ニ到ル、是レヨリ西南、山崎ニ到ルノ一条ノ路、是レヲ久我畷ト謂フ」とある。一目玉鉾三参照。
二一 一六四八年から一六五二年まで。寛永二年(一六二五)から約四半世紀を経ている。
二二 京街道の宿駅橋本(京都府八幡町)と淀川対岸の山崎を結ぶ渡し。石清水八幡・河内への道と山崎街道とを連絡する重要な近道。
二三 橋本より上流の小泉川(一名円明寺川)と淀川との合流点一帯の名称。一目玉鉾三参照。
二四 火の玉、人魂の火。摂陽奇観二に、芥川近辺の八町縄手に出る「小女郎火」伝説を載せる。
▽陸縄手の飛乗物は、山崎街道全体に出没したことになるが、原話は未詳。従って目録見出しの因果の意味もいま一つ明確ではない。
二五 水泳の初心者は、瓢簞を利用した浮き具、浮沓(うきぐつ)・浮襷(うきだすき)・浮帯などで体を浮かせた。原本「瓢竿」。　二六 水練。遊泳の術。武芸の一つとされた。　二七 万一。非常事態等が勃発した時の意。　二八 和歌山市加太の海岸。西南が海に面し紀淡海峡を挟んで淡路島の由良に対す。
二九 貴人・大名の乗る大船を御座船・御召船と呼ぶ(和漢船用集五)。ここは徳川頼宣の御座船。
三〇 煮焼きする賄(まかない)船。御座船に付き添うものを台所御座船と称した(和漢船用集五)。

挿絵解説　都の美女を乗せた乗物が空中に浮き、下から蛇が頭を出している場面。右下の男は挑灯を手にした馬方であろう。なお、乗物は惣黒漆に金蒔絵の模様のある最上品を描いている。

自由《じゆう》する事、より、[一]御膳《ごぜん》の通《かよ》ひ、浪《なみ》のうへを行《ゆく》に、[二]腰《こし》よりした計《ばかり》をぬらして、自由《じゆう》する事、畳《たゝみ》の上《うへ》にかはらずして、[三]肶《さかやき》をする人もあれば、[四]中将棋《ちうしやうぎ》をさすもあり。[五]あふむ盃《さかづき》をかはし、[六]曲吞《きよくのみ》するもおかし。[七]曲舞《くせまい》にのせて、[八]小鞁《こつゞみ》をうち、または[九]瓜《ふり》のきよくむき、是さへ奇妙《きみやう》に詠《ながめ》しに、四五人して、[一〇]すぐりわらを何程《なにほど》か、手毎《てごと》に抱《かゝ》へて、海中《かいちう》に入て、出ぬ事[一一]二時《とき》にあまりて、[一二]二王《わう》の形《かた》を作《つく》りて、[一三]手足《てあし》の力身《りきみ》迄を、[一四]細縄《ほそなは》がらみの細工《さいく》、是ぞ仏師《ぶつし》もおよびがたし。

一 立ち泳ぎで膳を運ぶ配膳泳ぎのこと。「立ち泳ぎにて向ふへ膳を据えるなり」(踏水訣)。
二 浮き泳ぎのこと。「両足にて水を踏み両手にて水をおさへ、足につり合ひ浮く時は、胴は半分水より上に浮きてさながら水を歩むが如く見ゆる泳ぎなり」(踏水訣)。
三 月代。額際から頭頂にかけて剃り落した部分の髪を剃ること。
四 室町時代から近世初期にかけて行われた将棋の一。盤面は縦横十二目、駒数は計九十二。
五 鸚鵡貝で作った盃。一般には、曲水の宴に用いる羽觴(うしやう)を鸚鵡盃と称し、春の季語。
六 酒吞み泳ぎのこと。「自分に水上にて酒を盃にて吞事也。この游(およぎ)は立ち游を能く得ざれば、酒のまれぬもの也」(踏水訣)。
七 南北朝頃より流行の拍子を主とした舞。近世初頭は幸若舞が代表的で、武士に好まれ幕府御用となり、格式は能よりも上位であった。
八 左手で調べ緒を取り右肩に載せ、右手で打つ小さい鼓。曲舞は、扇拍子や鼓の伴奏で舞う。ここはその小鼓。
九 瓜むき泳ぎ。「立ち泳ぎの足にて瓜の皮をむき、刀を両手に持て水中に持ち行き、瓜の皮をむき人にあたへる仕方なり」(踏水訣)。
一〇 葉や袴を取り茎を整えた細工用の藁。
一一 現在の約四時間であるが、ここはしばらくの意の一時(ひととき)に対し、やや長い時間をいう。
一二 伽藍を守るため寺院の門の両側に置かれた木像の金剛力士のこと。
一三 金剛力士の筋骨たくましい手足の筋肉。
一四 細い縄をまきつけた仕上げ方。
一五 関口流柔術の祖、関口弥六右衛門氏心(うじむね)、隠居して柔心。紀州藩初代藩主徳川頼宣に仕えた。氏心が創始した柔術。柔(やわら)の根本は組

さまぐ\御遊興《ゆふきやう》の折《をり》から、御舟端《ふなばた》に、[一五]関口《せきぐち》の何《なに》がし、[一六]豊《ゆたか》に遠見《ゑんけん》して居《ゐ》られしに、[一七]小性衆《こしやうしう》に仰《お》せ付られ、「[一八]御意《ぎよい》」と言葉《ことば》を掛《かけ》て、さゞ浪《なみ》の中《うち》へつき落《おと》しけるに、はるかの舟《ふね》にあがりぬ。「いかなる[一九]手者《じや》も、[二〇]だますには」と、大笑《あふわら》ひすれども、すこしも驚《おどろか》ず。[二一]めしふねに乗《のり》うつれば、「何《なに》とて[二二]手もなく、壱人はしづみけるぞ」と仰《をゝ》せける。「[二三]少人《しやうじん》に[二四]あやまりもあればとぞんじ、左《ひだり》の袂《たもと》にしるしを付置《つけをく》」のよし、申あぐる。彼者《かのもの》めして、御覧《らん》あるに、[二五]麻袴《あさはかま》より、[二六]帷子《かたびら》まで弐

打・取手とされるが、それらとの関連で居合が重要視された。人倫訓蒙図彙二・居合の項に「諸流多き中に関口流その名高し」とある。

一六 悠然(ゆうぜん)と遠くの景色を眺めておられた。

一七 武家で、主君の身辺にあって雑用を勤める者。少年が多く、男色の対象ともなった。「今近習伺候ノ人ヲ呼ンデ扈従(こしよう)衆ト曰ヒ、或ハ男寵ノタメニ随侍スル美童モマタ扈従ト曰フ」(和漢三才図会七)。

一八 「主君の御命令だから」と声をかけての意。

一九 一芸に熟達した人。達人。ここは関口氏心をさす。「手とは術の事なり。剣・槍の上手を手者と言ふ」(俚言集覧)。

二〇 諺「だますに手なし」の意を含める。

二一 御召船。頼宣が乗っている船。

二二 何の業を施すこともなくの意。

二三 少年。ここは氏心を突き落した小姓をさす。

二四 怪我でも負わせるようなことがあっては大変だと思っての意。頼宣の寵童であることを知った上でのことであろう。

二五 麻布で仕立てた単(ひとえ)の夏用の袴。

二六 真夏に着る生絹(すずし)や麻の単(ひとえ)の小袖。帷子。

▽本話のモデルは紀州藩初代藩主徳川頼宣であるが、頼宣自身水練に長じ、和歌山に赴いてからは特に力を注いだ。水芸を将軍家光の上覧に供じたこと、自ら瓜剝きをしたこと、また自ら鯨突きをしたことも有名であった(祖公外記、南竜公言行録)。

挿絵解説　加太浦に出現した蟒蛇(うわばみ)を頼宣が長刀で追い払おうとしている所。蟒蛇は人間を呑み込んでおり、「火炎吹き立て」という本文とは食い違っている。

三寸つき通《とを》し、其《その》かすり脇腹《わきばら》かけて、[一]茨槮《むばらがき》のごとく、ほそき筋《すじ》のつきしに、御《ご》[二]前《ぜん》はじめて、おの〳〵横手《よこ》[三]をうちぬ。落さまに、指添《さしぞへ》[四]ぬきてあてしに、その人[五]さへ覚《おぼへ》ねば、まして外《ほか》よりは目にとまらず。はやき事、日本《につぽん》[六]一の御機嫌《きげん》。

おふねは浦《うら》〳〵めぐれば、家中《かちう》の舟《ふね》は、礒《いそ》にさしつけ、阿波嶋《あはしま》[七]の神垣《かみがき》のあたり迄も荒《あら》し、若《わか》き人〳〵酒興《しゆきやう》[八]せしに、俄《にはか》[九]に高浪《たかなみ》となり、黒雲《くろくも》立かさなり、長《たけ》[一〇]十丈《じやう》あまりのうはばみ[一一]の出、鱗《うろこ》は風車《かざぐるま》のごとし。左右《さゆふ》[一二]の角枯木《つのこぼく》と見えて、くはゑん吹立《ふきたて》、山更《さら》[一三]にうごくと見て、いづれもさはぎけるに、間近《まちか》くきたりしに、御長刀《なぎなた》にて払《はら》ひたまへば、おそれて跡《あと》にかへる。大うねりして、小舟《こふね》は天地《てんち》かへしてなやみぬ。

沖《おき》より十弐人乗《のり》し小早《こばや》[一四]、横切《よこきれ》[一五]に押《をす》と見えしが、蛇蝎《うはばみ》一息《いき》に呑込《のみこみ》、身もだへせしが、間もなく跡《あと》へぬけて、汀《みぎは》に流《なが》れつきしを見るに、残《のこ》らず夢中《むちう》[一六]になつて、[一七]かしら髪《かみ》一筋《すじ》もなく、十弐人つくり坊主《ぼうず》となれり。

水筋《みづすじ》のぬけ道《みち》

若狭《わかさ》の国《くに》小浜《ばま》といふ所《ところ》に、猟師《れうし》[一八]の遣《つか》ふ網《あみ》の糸《いと》を商売《しやうばい》して、有徳《うとく》[一九]に世を渡《わた》る人

一　むばらは茨（いばら）。茨搔。棘等で引搔かれること。わずかな傷。槮（しん）は「木長キ貌」（字彙）。
二　御前は頼宣。頼宣を始めとしての意。
三　思わず両手を打ち合わせること。
四　武士の差す大小のうちの小刀。脇差。
五　本人さえ気付かないのだから、他人の目に映るはずがない。氏心の居合術の見事さをいう。
六　「はやき事」と「御機嫌」の上下にかける。
七　淡島神社の神域。→二九二頁注五。
八　酒に酔って興ずること。　九　海上で大蛇や竜が出る時の常套表現。　一〇　長さ約三十《メートル》。
一一　蟒蛇。大蛇のこと。当時は竜や蛟（みずち）の類と混同されていた（本朝食鑑十二）。西鶴も同じ。
一二　角のあるものは蛟とされた（本朝食鑑十二）。
一三　伊勢物語七十七段「山もさらに堂の前に動き出でたるやうになん見えける」による表現。
▽翁草六十九に、頼宣が腰掛けた臥木が竜となって動き出したが、頼宣が志津の長刀を竜の頭に当てるともとの臥木になったという逸話を伝える。この一段は、これを利用したもの。
一四　四十挺立以下の小型で、船足の速い船。
一五　蟒蛇の前を横切って進む。
一六　気を失っての意。
一七　大蛇の腹から出てきた者は、髪はぬけ爪等は落ちるといわれた（本朝食鑑十二）。因果物語・中、醍醐随筆・上等にそうした類話が見える。
▽最後の十二人のつくり坊主の話は、祖公外記が伝える、友ヶ島遊覧の折、頼宣の命令で雷を捕えようとした水主五六人が、雷火で焼け死んだという逸話によっている。ただし本話では、直前の蟒蛇の話に繫ぐ形で、当時広く行われた大蛇に呑まれた者の髪がなくなるという滑稽譚に転じることで、一篇の結びとしている。
一八　漁師に同じ。人倫訓蒙図彙三に「漁人（ぎょじん）海

あり。越後《あちご》屋の伝助《でんすけ》とて、此湊《(この)みなと》にかくれなし。

二〇年切《ねんきり》の女に、名《な》をひさと呼《よび》て、そのすがた、二一北国者《ほつこくもの》にはやさしく、心を掛《かけ》し人、あまたの中《なか》にも、京《きやう》屋の庄吉とて、都《みやこ》より二二通《かよ》ひ商《あきな》ひせしが、なじめば片里《かたさと》も二三住家《すみか》となりて、年《とし》を重《かさね》てありしが、いまだ定《さだ》まる妻《つま》もなし。彼《かの》ひさを忍《しの》び馴《なれ》て、する〴〵迄の事を、申かはせしに、二四親方《おやかた》の女房《にょぼう》二五見とがめ、二六あらけなくせつかんして、「菟角《とかく》は、形《かたち》人並《なみ》なるがゆへに、二七いたづらをするなれば、目の前《まへ》にて思ひしらせん」と、火箸《ひばし》をあかめて、左《ひだり》の脇皃《わきがほ》にさしつけけるに、皮薄《かわうす》なる所やけちゞみて、女の身にしては、此かなしさ、大かた乱気《らんき》になつて、年《とし》月手馴《なれ》し鏡台《きやうだい》にむかへば、皃《かほ》おかしくなるを、身もだへしてなげき、「世《よ》にながらへてもせんなし」とおもひ極《きは》め、心にある事書置《かきをき》して、小浜《おばま》の海《うみ》に身をなげけるに、其夜《よ》は沖浪《おきなみ》あらく、しがひも行方《ゆきかた》しれず。「二八ふびん」とばかり申果《はて》ける。

其比《そのころ》は二九正保元年《ほうぐはんねん》二月九日の事なるに、大和《やまと》の国《くに》三〇秋志野《あきしの》の里《さと》に、田畠《たはた》の要水《やうすい》のために、百性《しやう》集《あつま》りて、ふるき寺地《てらち》の跡《あと》を切《きり》ならして、池《いけ》を掘《ほり》けるに、世間《せけん》よりふかく土《つち》をあぐれども、水筋《みづすじ》にあたらぬ事を悔《くや》み、鋤《すき》・鍬《くわ》のいとまなく、三一三日二夜《よ》ほる程《ほど》に、三二水《みづ》の蓋《ふた》と聞《きこ》えて、車何《くるまなん》百輛《りやう》か引音《ひくおと》して、片隅《かたすみ》に穴明《あなあき》て、それより青浪《あをなみ》立のぼり、俄《にわか》に阿波《あわ》の鳴戸《なると》のごとく、渦《うづ》のまく事二時《とき》あまり、池《いけ》よ

の猟師なり」と説明している。西鶴の慣用。
一九 裕富に暮らしている。原本「有極」。
二〇 二年以上の年限を切って雇った長期契約の奉公人。年季は十年が定めだが、商家では二十年余に及ぶのが普通であった。
二一 北陸道の諸国、若狭・越前・加賀・能登・越中・越後・佐渡、及び東山道の出羽に育った者。
二二 都会から地方へ定期的に商売に行くこと。日帰りと泊りがけとがあるが、ここは後者。なお、京都小浜間は十八里(国花万葉記十二)。
二三 原本振り仮名「すみかと」と誤る。
二四 越後屋の主人伝助の妻。二五 女奉公人の取締りは主人の妻の責任。年季奉公人である「ひさ」は、短期の奉公人(半季居・一季居)よりも厳しくしつけられた。二六 荒々しく責めさいなむこと。二七 好色・淫奔な行為。
二八 かわいそうにとだけで済まされてしまった。
二九 一六四四年。二月九日は、二月一日より十四日まで行われる二月堂の修法にあわせた設定。
三〇 奈良市秋篠町。「名所なり。西大寺の北也…秋篠寺あり」(和州巡覧記)。あきしの里とも。
三一 二月九日より三日間、昼夜兼行で掘り続けたの意。従って、水が湧き出したのは十一日。
三二 地下水脈の上部を蓋っている岩石のこと。和漢三才図会五十七に「掘抜キノ井アリ。土地ニ随ツテ深浅定マラズ。五丈七丈ニシテ錆タル鉄(かね)ノ如クナル者ニ至ル〈俗ニ加弥ト云〉。鉄梃(かなてこ)ヲ以テ急ニ突キ破リ穴ヲ鑿チテ迯ゲ上ル。鉄緩キトキハ則チ湧ク所ノ水勢人ヲ損スルガ如シ。ソノ水極旱トイヘドモ涸レズシテ常ニ幹(いげた)ニ溢ル」とある。本朝食鑑一では、掘抜きとは深く地を掘り進めると巌石に当たる。その巌石を截断すると清泉が涌きあがり地上に溢れ出ると説いている。

り水あまりて、国中《こくちう》大雨《あめ》の思《をも》ひをなし、驚《おどろ》く事かぎりなし。

明《あけ》の日水静《みづしづか》になつて見れば、十八九なる者《もの》、身をなげしが、岸《きし》の茨《むばら》に寄添《よりそへ》しを、「哀《あはれ》」と引あげ見るに、「此里《(この)》〳〵の女とも見えず。殊更《ことさら》十日も以前《いぜん》に、身捨《すて》しありさま、いと不思義《ふしぎ》」と申折ふし、二月堂《どう》の行《おこなひ》に参詣《もふで》せし旅人《たび》、しばし目をとめて、「世には似《に》たる面影《おもかげ》もあるものかな。遠《とふ》き国里《くにさと》をへだてしに、越《あち》後《ご》屋の下女にそのまゝなるは」と、前《まへ》にまはりてあらためけるに、木綿《もめん》きる物

一 原本「没」。 二 二月十二日。 三 岸の茨（いばら）の枝にひっかかっていたのをの意。 四 小浜の海に身を投げた「ひさ」の死体が、十日間以上を経て、秋篠の里の掘井より出現したことになるが、この発想は、小浜の神宮寺で行われる、お水取りに先立つ十日前のお水送りの行事を、ヒントにしての叙述と思われる。この行事は延宝三年（一六七五）以前より行われていた。 五 修二会（しうにえ）・お松明（たいまつ）・お水取とも。天平勝宝四年（七五二）、実忠和尚より始まる。陰暦二月一日より十四日間。日次紀事・二月に、「牛王加持ノ行法有リ。今日ヨリ七日ニ至テ是ヲ上七日ト謂フ。…八日ヨリ十四日ニ至テ則チ是ヲ下七日ト謂フ。…七日ノ夜マタ十二日ノ夜共ニ水屋ノ井ニ於テ、牛王ヲ貼スル所ノ水ヲ取ル」とある。 六 生地は木綿で、鹿子紋を散らした紋様の着物。「きるもの」は「きもの」に同じ。 七 長野市にある天台・浄土兼宗の別格本山、定額山善光寺の本尊、一光三尊阿弥陀如来の尊影。欽明天皇十三年百済国から渡来した阿弥陀三尊像で、推古天皇十年（六〇二）に信濃国に移した。また縁起類では、本堂建立は皇極天皇元年（六四二）などと伝えられる。 八 檀特草の実で作った浄土宗用の数珠。和漢三才図会九十四・檀特花の項に「檀特草、高サ三・四尺、葉ハ芭蕉ニ似テ小ク、甚ダ柔カラズ。…子ヲ結ブ、円黒色、甚ダ硬ク用テ念珠ニ作ル」とある。また同十九・数珠の項「環数珠（わじゆず）」で、「ソノ数三六〈百八ヲ三ニ除ル〉、俗ニ環違（わちがい）ト云フ形ノ如クニシテ浄土宗ニコレヲ用ヒテ以ツテ数万遍ノ修業ニ便ス。参州大樹寺登誉上人始メテコレヲ作リ、永禄三年コレヲ東照神君ニ献ジテ以来、彼ノ宗派常ニコレヲ用フ」とある。 九 案内者一に、「若州遠敷（をにふ）の明神託ありて、我閼伽水（あかのみづ）を

に、鹿子《かのこ》のちらし紋《もん》、帯《おび》はつね〴〵見つけし、横嶋《よこしま》の黄色《きいろ》にして、胸《むね》に守袋《まもり》、是《(これ)》を明《あけ》て見るに、七善光寺《ぜんこうじ》如来《にょらい》の御影《みゑ》、八檀得《だんどく》の浄土珠数《じゃうどじゅず》、書残《かきのこ》せし物をあらまし読《よむ》に、うたがひなく若狭《わかさ》の事也。

「是をおもふに、九奈良《なら》の都《みやこ》へ、若狭より水《みづ》の通《かよ》ひありと伝《つた》へしが、いにしへより今《いま》の世迄、ためしもなきぞ」と、からだは其里《(その)さと》に埋《うづみ》て、さま〴〵吊《とぶら》ひ、おの〳〵右《みぎ》の品《しな》〳〵を持《もち》て、国元《くにもと》にかへりしに、いづれも横手《よこて》をうつて、此物語《かた》りに哀《あはれ》まして、庄吉万事《ばんじ》捨《すて》て、其身を一〇墨染《すみぞめ》になして、秋志《あきし》の里《さと》に行て、塚《つか》のしるしの笹陰《さゝかげ》に、むかしの事ども申つくし、おのづからの草枕《くさまくら》、まだ夢《ゆめ》もむすばぬうちに、火《ひ》もへし車《くるま》に、女弐人とり乗《のり》て、飛《とび》くるを見るに、正《まさ》しく伝助《でんすけ》が女《にょ》房《ぼう》也。是を押《おさへ》て、焼《やき》かねあつるは、我《わが》なれしひさが姿《すがた》の替《かわ》る事なし。「今《いま》ぞおもひを一一晴《は》らしけるぞ」と、いふ声《こへ》ばかりして消《きへ》ぬ。三月十一日の事なるに、日も時《とき》も違《ちが》はず、若狭《わかさ》にて、一声《こへ》さけびて、むなしくなりけると也。

残《のこ》る物《もの》とて金《きん》の鍋《なべ》

一二俄《にはか》に時雨《しぐれ》て、生駒《いこま》の山も見えず、日は暮《くれ》におよび、一三平野《ひらの》の里《さと》へ帰《かへ》る木綿買《もめんがい》、

献ぜんとて、たちまちに黒白の二鵜(いて)石地を穿ち出て、とんで傍(かたはら)の樹上にのぼり、そのあとより甘泉涌出(ゆじゆつ)せり。すなわち和尚、石をたゝみて閼伽井となし今にあり」とあり、この伝説は、本朝神社考、京童跡追、南都名所集など諸書にあって著名。　一〇 墨染めの法衣を着る身となって。　一一 原本振り仮名「晴(はら)」。
▽本話は、秋篠寺阿伽井(香水閣)の伝承を原拠としている。若狭井については脚注の通りだが、香水閣の伝承は、秋篠寺の常暁が、ある時阿伽井の底に忿怒の形の影が現われているのを見る。入唐して太元帥明王を拝し、この像が阿伽井化現の影と同じであることを知り、太元帥の秘法とともに日本へ持ち帰る。よって太元帥法の修法には秋篠寺の香水が用いられた(秘鈔問答十三末、和州旧跡幽考五)。常暁はこの太元帥法によって、大旱に大雨を降らせる(元亨釈書三)。この太元帥法は、怨敵降伏また衆生一切の障難を除く法といわれ、秋篠寺には太元堂も現存する。西鶴は、これらの伝承をもとに掘抜井よりひさの死体を現出させ、更に彼女の怨みを晴らさせたのだった。
一二「俄に…日は暮におよび」は、謡曲・山姥の「あら不思議や、暮るまじき日にて候ふが、俄に暮れて候ふよ」による。なお時雨と生駒は縁語(名所小鏡では生駒—時雨・峰の雨雲・秋篠)。
一三 現大阪市東住吉区。交通の要衝でもあったが、西鶴当時は綿の一大集散地で、摂津・河内・和泉の第一といわれた。

挿絵解説　井桁より溢れ出る水の様は、掘抜井を示すと共に秋篠寺香水閣を思わせ、その前にころがるひさの死体は、秋篠寺阿伽井化現の忿怒の太元帥明王像とイメージが重なっている。

道《みち》をいそぎ、むかし業平《なりひら》[一]の、高安《たかやす》がよひの、息《いき》つぎの水《みつ》[二]といふ所《ところ》迄、やう〳〵はしりつきしに、跡《あと》より八十あまりの、老人《らうじん》きたつて頼《たの》むは、「ちかごろの無《む》[三]心《しん》なれども、老足《らうそく》[四]の山道《やまみち》、さりとては難義《なんぎ》なり。しばらく負《おふ》てたまはれ」といふ。「やすき事ながら、かゝる[五]重荷《おもに》の折《をり》ふしなれば、叶《かな》はじ」と申。「いたはり[六]のこゝろざしあらば、おもくはかゝらじ」と、鳥《とり》のごとく飛乗《とびのり》て行《ゆく》に、一里《り》ばかりも過《すぎ》て、松原《まつばら》の陰《かげ》にて、日和《より》[七]もあがれば、老人《らうじん》ひらりとをりて、「草臥《くたぶれ》[八]の

一 伊勢物語二十三段、業平の河内通いによる。

二 場所は不明だが、業平が休息して水を飲んだ清水。なお、法隆寺前から竜田川を渡り十三峠を越える業平道には姿見の井が、また、河内側では恋の水・別れの水が伝えられており、大竹村には業平の通い路もあった(河内鑑名所記五)。

三 大変勝手で無理なお願いだが、の意。

四 老人の弱い足に、山道はことさらつらい。

五 木綿を沢山買入れて帰る途中なので、あなたを背負ってあげることはできません、の意。この文章は、謡曲・山姥「休む重荷の肩を貸し」の逆の表現であろう。

六 老人へのいたわりの心がおありなら、決して重くかかるようなことはいたしません。

七 時雨もやんで、天候もよくなってきたので。

八 「くたびれ」の訛。原本「草刈」に誤る。

九 お酒を一献さしあげましょう。

一〇 見渡したところ酒を入れた水筒もなく。吸筒は、酒や水を入れる携帯用の竹筒。水筒。

一一 柄二本が長い手さげようの酒樽。「高(たけ)長ク両手有ル者、手樽ト名ヅク」(和漢三才図会三十二)。

一二 酒を飲む時に添えて食べる食べ物。

一三 黄金製の小鍋。小鍋は、一人前ずつ別々に出す料理のために用いる小形の鍋で、この頃は土鍋が普通。題名の「金の鍋」はこの黄金の小鍋。

一四 いっそのこと、このうえの御馳走にの意。馳走は、原本「地走」に誤る。

一五 琵琶琴、琵琶の異称。琵琶の琴とも。

一六 一度口を付けた盃あるいは煙管を飲みさし、人に差すこと。親愛の情を示す。ここは盃。

程《ほど》も、おもひやられたり。せめては、[九]酒《さけ》ひとつもるべし。是《これ》へ」と、[一〇]見へわたりて、吸筒《すいづゝ》もなく、不思儀《ふしぎ》ながら、ちかふよれば、ふき出す息《いき》につれて、うつくしき[一一]手樽《てだる》ひとつあらはれける。「何《なに》ぞ[一二]肴《さかな》も」と、[一三]こがねの小鍋《こなべ》いくつか出しける。是さへ合点《がてん》のゆかぬに、[一四]「とてもの馳走《ちそう》に、酒《さけ》のあいてを」と吹《ふけ》ば、十四五の美女《びぢよ》、[一五]びわ琴《こと》出して、是《これ》をかきならし、後《のち》には[一六]付《つけ》ざしさまぐ\、我《われ》を覚《おぼへ》ず酔《ゑい》出ければ、[一七]「ひやし物」とて、[一八]時《とき》ならぬ瓜《うり》を出しぬ。

一七 冷した料理の総称。料理物語に「大根・瓜・茄子…梨、この外いろいろの時の景物よし」とある。ここは酔いざましとして出した。

一八 季節はずれの意。瓜は夏、本話は冬。

▽本話の原拠は、「陽羨書生」(太平広記二八四・艶異編二十五、続斉諧記等所載)であるが、登場人物の数など内容的に、省略型である西陽雑俎続集四所載話が本話に近い。鵝籠を背負った許彦が、綏安山で二十余歳の書生に遇う。足が痛いというので籠に入れてやるが、重さを感じない。一樹下で籠を出た書生は、銅盤を吐き出し馳走し酒宴となる。十五六歳の美女も吐き出すが、俄に書生は酔って眠る。女は二十余歳の男を吐き出し、三人で酒を飲む。書生がまさに目を覚そうとした時、女は男を呑み込む。書生はやがて女と諸々の物を呑み込み、大銅盤一つを残し許彦に与えて去る。西鶴は、綏安山を生駒山に変え、許彦を平野の木綿買、足が痛いという二十余歳の書生を八十余歳の老人、実は生馬仙人とすることで、外国の話を、まるで昔から日本に伝わっていたような話に作りかえた。

挿絵解説 右図、樹下の岩に腰を下しているのが八十余歳の老人、生馬仙人。仙人の吐く息の上に美女、その美女の息の上、左図上部に若衆が吐き出されている。この仙人のイメージは、「気ヲ吐イテ我ガ身ヲ出現」させた鉄拐仙人であり、美女は、一代女にいう「女鉄拐」である。右図左下に木綿買と金の鍋・燗鍋・重箱を描き、左図右側に、棹秤入れを上に乗せた木綿束の荷、同左下に瓜を描く。この瓜は、生馬仙人が僧明達に馳走した五顆の瓜を暗示したものであるが、瓜が四顆のみ描かれているのは、内一顆は冷し物として食べたという洒落であろう。

此《(この)》自《じ》由《ゆふ》、極楽《ごくらく》のこゝちして、たのしみけるに、彼老人《かのらうじん》、女のひざ枕《まくら》をして、一鼾《いびき》出し時《とき》、女小声《こごへ》になつて申は、「自《みづから》 是《(これ)》なる御かたの、二手掛者《てかけもの》なるが、明暮《あけくれ》つきそひて、三気《き》づくしやむ事なし。御目の明《あか》ぬうちのたのしみに、四かくし妻《つま》にあふ事、見ゆるして給《たま》はれ」と申。言葉《ことば》のしたより、是《これ》も息《いき》ふけば、十五六なる若衆《わかしゆ》を出し、「最前《さいぜん》申せしは此かた」と手を引合《ひきあい》、そのあたりを、五つれ歌《うた》うとふてありきしが、後《のち》にはひさしく、行方《ゆきかた》のしれず。老人《らうじん》目覚《さめ》たらばと、寝《ね》がへりのたび〳〵に、彼女《かの》を待兼《まちかね》つるに、いつとなく立帰《かへ》り、若衆《わかしゆ》を、女呑込《のみこみ》ければ、老人《らうじん》目覚《さま》して、此女を呑《のみ》こみ、はじめ出せし道具《どうぐ》を、かたはしから呑仕《のみし》舞《まい》、金《きん》のこなべをひとつ残《のこ》して、是《これ》を商人《あきびと》にとらし、両方《りやうほう》ともに、六どれになつて、色《いろ》〳〵の物語《ものがたり》つきて、既《すで》に日も七那古《なご》の海《うみ》に入れば、八相生《あいおひ》の松風《まつかぜ》うたひ立に、九老人《らうじん》は住吉《すみよし》のかたへ飛《とび》さりぬ。

商人はしばし一〇枕《まくら》して、夢《ゆめ》見しに、一一花《はな》がちれば餅《もち》をつき、蚊《か》屋をたゝめば月が出、門松《かどまつ》もあれば、一二大踊《をどり》あり。盆《ぼん》も正月も一度《ど》に、昼《ひる》とも夜《よる》ともしれず、すこしの間《あいだ》に、よいなぐさみをして、一三残《のこ》る物とて鍋《なべ》ひとつ、里《さと》にかへりて、此事を語《かた》れば、「生馬仙人《しやうばせんにん》といふ者《もの》、毎《まい》日すみよしより、生駒《いこま》にかよふと申伝《つた》へし、それなるべし」。

一 原本振り仮名「いひゞき」。
二 めかけ。妾(しよう)。「妾(てかけ)…或ハ波之太ト訓ズ。俗ニ云フ手掛ナリ」(和漢三才図会八)。
三 気尽。気をもむ、気疲れすること。
四 ここは、ひそかに会う隠し男。隠夫。密夫。
五 二人以上で節を合わせて歌う歌。
六 どれる、だらしなくなること。ここは、泥酔。
七 大阪市住吉区、住吉大社西方の海。歌枕。「などの海の霞の間より眺むれば入る日を洗ふおきつ白波」(新古今集・春上)の「入る日を洗ふ」で著名(藻塩草五)。ここもこの歌を踏まえる。
八 謡曲・高砂のキリの文句「相生の松風颯々(さつさつ)の声ぞたのしむ」をうたい宴を終えるのが習慣。
九 老人は生馬仙人。仙人は一度深谷に入って、再び山を下りなかった。本朝神社考・下之五は生馬仙人を「生馬(いくまの)仙人ハ摂津国住吉県ノ人ナリ。河内国高安県ノ東山ニ入リ深谷ニ棲ム。寛平九年斗擻ノ僧明達ナル者アリ。東山ノ頂ニ上リ一庵ノ谷中ニ在ルヲ見、下リテソノ処ニ到ル。庵中ニ人有リ。顔色黄粟ニ似、白帽ヲ披ギ素衣ヲ著ス。明達問フ誰ソヤト。答ヘテ曰ク、我レハコレ生馬仙人也ト。五瓜ヲ取リ達ニ啖セテ曰ク、コノ瓜コノ地ノ産以テ飢ヲ療スベシト。達瓜ヲ食フ、ソノ味甚ダ美。達又問フテ曰ク、ココニ居ルハ何ノ為ゾト。生馬仙人答ヘテ曰ク、我レ山ニ入リテ未ダ山ノ脚(ふもと)ヲ見ズ、只道ヲ求ムルノミト。達帰リテコノ事ヲ伝フ」と描いている。元亨釈書十八その他も同内容。
一〇 諺「邯鄲夢ノ枕」を踏まえた文章。
一一 以下、謡曲・邯鄲の詞章「夜かと思へば昼になり、昼かと思へば月またさやけし。春の花さけば紅葉も色こく、夏かと思へば雪もふりて」を生かした表現。　一二 盆踊りのこと。
一三 原本振り仮名「残(のこる)る」。

夢《ゆめ》路《ぢ》の風《かざ》車《くるま》

世には[一四]めいよなる事あり。[一五]飛驒《ひだ》の国《くに》の奥山《おくやま》に、むかしより隠《かく》れ里《さと》のありしを、所《ところ》の人もしらず。

[一六]有時《あるとき》[一七]山人の、道《みち》もなき草木《くさき》をわけ入を、[一八]奉行《ぶぎやう》見付《つけ》て、跡《あと》をしたひ行《ゆく》に、鳥《とり》もかよはぬ峰《みね》を越《こし》、谷《たに》あい三里《り》程《ほど》もすぎて、おそろしき[一九]岩穴《いわあな》あり。彼《かの》山人、是に入ける。のぞけば只《たゞ》くろふして、下《した》には[二〇]清水《しみづ》の流《なが》れ青《あを》し。目馴《なれ》し[二一]金魚多《きんぎよをゝ》し。我《われ》是《これ》迄来《き》て、此中《うち》見届《とゞけ》ずにかへるも、侍《さむらい》の道《みち》にはあらずと、おもひ定《さだ》め、[二二]四五丁くゞるとおもひしが、[二三]唐門《からもん》・階《きざはし》、五色《しき》の玉《たま》をまきすて、[二四]喜見城《きけんじやう》のとは、今《いま》こそ見れ、是《これ》なるべし。折ふしは冬《ふゆ》山を分《わけ》のぼり、落葉《おちば》の霜《しも》をふみてきたりしに、[二五]爰《こゝ》の気色《けしき》ははるなれや。鶯《うくひす》・雲雀《ひばり》の囀《さへづ》りて、[二六]生烏賊《なまいか》・さはら売声《うるこへ》、おのづからのどやかに、[二七]しばし詠《なが》めけるうちに、[二八]眠《ねむ》り出て、是なる草枕《くさまくら》して、前後《せんご》もしらずかり寝《ね》する。

其夢《(その)ゆめ》ごゝろに、[二九]女の商人《あきんど》ふたり来《き》て、跡《あと》やまくらに立寄《たちより》、我を頼《たのみ》て申は、[三〇]「はづかしながら、かゝる面影《おもかげ》をま見へ申也。みずからは、此都《みやこ》のかたはらに、

一四 →二七三頁注二九。
一五 原本「飛弾」。→二九三頁注一五。　一六 或時。
一七 山に住んで生活している人。やまうど。
一八 領内巡視中の高山藩の郡奉行という設定。
一九 隠れ里・仙境は、岩穴を通り抜けた所にあることが多い。「かしこなる岩陰の所を見やりたれば、大きなる穴あり」（御伽草子・かくれ里）。「暗き岩穴」（同・酒呑童子）。「山ニ小口アリ」（桃花源記、陶靖節集五）。
二〇 「かくれ里」に「河水静に流れてまた深からず」、「酒呑童子」に「細谷川に出」とある。
二一 日本へは元和年中に輸入されたといわれる。ここは鑑賞用の飼われる筈の金魚が清流にいるということで、異郷であることを強調した。
二二 「半町ばかり行く」（かくれ里）、「十丈許り潜り」（酒呑童子）、「行クコト数十歩」（桃花源記）のごとく、同趣の文章がある。　二三 「かくれ里」に「棟門(むなかど)・唐門建て並べたり」とある。
二四 須弥山の頂にある帝釈天の住む城で、諸天人の遊戯場。ここは「喜見城の景色とは」の意。
二五 御伽草子・浦島太郎の竜宮城の描写、「春の景色と覚て…鶯の音も軒近く、いづれの木末も花なれや」とあるに似る。
二六 烏賊は二・三月より多くとれ、「鰆は春多き魚なれば鰆の字をかく」（俚言集覧）といわれる。山中に海の魚があることをいって隠れ里を強調した。なお、飛驒の産物として木材の椹(さわら)（毛吹草等）が有名。鰆は、椹からの連想か。
二七 「かくれ里」に「立ち休らひて眺め居たり」とある。　二八 原本振り仮名「ねむゝ」。
二九 謡曲・松風の、「松風村雨二人の女の幽霊これまで来りたり」「枕より後より恋の責め来ればを踏まえた行文。　三〇 謡曲・松風で繰り返される「影恥づかしきわが姿」による。

一嶋絹《しまきぬ》を織《をり》て、世《よ》をわたりしに、何《なに》にふそくなる事もなかりしに、二つれたる人、風《かぜ》のこゝちとて、かりそめのわづらひやむ事なく、最後《さいご》の形見《かた》に、織《をり》ためしきぬ三弐千疋《ひき》たまはり、「子《こ》もなひ者の事なれば、是《(これ)》を売《うり》て、とし月をおくりて、するゞは出家《しゆけ》にもなれ」との名残《なごり》の言葉《ことば》にまかせ、爰《こゝ》かしこの市《いち》に立て、渡《と》世《せい》とす。いまだ一年《とし》も立ざりしに、我《われ》に四執心《しうしん》の文《ふみ》を遣《つかは》しける。おもひもよらぬ事也。其《(その)》男は、谷鉄《やてつ》と申て、此国《(この)くに》に住《すみ》し大力《だいりき》也。五其後《のち》ふみのかへしをせぬ事をうらみ、ある夜《よ》しのび入、ふたりのものを切《きり》ころし、たくはへ置《おき》しきぬ紬《つむぎ》をとりてかへり、しがひは六野《の》末《ずへ》埋《うづ》みける。此事せんさくあそばしけるに、しれずして、今に谷鉄《やてつ》をば七浮世《うきよ》に置《おく》事の口惜《くちをし》や。ことに執心《しうしん》と申せしはいつはり也。只《たゞ》きぬを取《とる》べきはかり事なり。あはれ八国王《こくわう》へ申あげられ、かたきをとつてたまはれ」と、女の首両方《くびりやうほう》より、袖《そで》にすがりてなげく。「それこそやすき事なれども、九何《なに》をかしるべに、申あぐべきたよりもなし」と申せば、「それにこそ証拠《しやうこ》あれ」と、念比《ねんごろ》に語《かた》る。「是《これ》より南《みなみ》にあたつて広野《ひろの》あり。つねは木《き》も草《くさ》もなき所也。一〇我等《われら》を掘埋《ほりうめ》し後《のち》に、二またの玉柳《たまやなぎ》のはへしなり。是しるしに頼む」との言葉《ことば》もつゐ絶《たへ》て、夢《ゆめ》は覚《さめ》ける。

不思義《ふしぎ》とおもひ、彼野《かのの》にゆけば、其里《そのさと》人集《あつま》り、「今迄は、見なれぬ柳《やなぎ》」とお

一 縞(まし)の絹織物。あとに出る「きぬ紬」のことで、最上品である飛驒の紬島(和漢三才図会二十七)、飛驒島(万金産業袋四)を意識した設定。
二 夫。異国なので妻が二人いた。
三 原拠太平広記一二七・蘇娥の「繒帛(そうはく)百二十疋」による。疋は絹織物を数える数詞。
四 恋文。ここは御伽草子・松風村雨で、行平が姉の松風に文を送り「思ひもよらず候」といわれ、また妹村雨に言い寄って「思ひもよらず」と拒否される場面を踏まえた文章。
五 この部分は、原拠で蘇娥と下女の致富が亭長龔寿に殺される場面による。原拠は「臂ヲ捉リテ汗(がけ)サントス。妾従ハズ。寿即チ刀ヲ以ッテ脇ヲ刺ス、妾立チナガラ死ス。マタ致富ヲ殺ス。寿、楼ノ下ヲ掘リ、妾並ビニ婢ヲ埋ミ、財物ヲ取リ去ル」となっている。
六 原本通り。「野末に」の「に」の脱か。
七 この世。ここは隠れ里の中でのこの世。
八 異国性を出すため、支配者を国王と称した。
九 原拠「蘇娥」では、刺史何敞が「今屍骸ヲ発カントス。何ヲ以ッテ験トセム」といっている。
一〇 「蘇娥」では二人の死骸は駅舎の下に埋められるが、松風・村雨も行平が植えた「一木の松」の下に埋められる。御伽草子・松風村雨では、「姉の死骸をとりあげかの一木の松の下に埋め」、「村雨をも一木の松のもとに埋めけり」とある。「二またの玉柳」は、この「一木の松」を踏まえての設定。
一一 原拠には、蘇娥が自分の死骸を「上下皆白衣ヲ著、青糸ノ履ヲハキ、猶イマダ朽チズ」と語り、何敞が掘ってみるとその通りだったとある。
一二 奏聞。国王に申しあげる、奏上すること。
一三 諺「身からだしたるさび」(毛吹草二)を、犯人谷鉄の鉄に言いかけた。　一四 戦国時代頃の

どろく。さてはと、此事国王《こくわう》へ申あぐれば、あまたの人を遣《つか》はし、彼地《かのち》を掘《ほら》せ見たまふに、夢にたがはず、女弐人、一一むかし姿《すがた》かはらず、くびおとしてありける。あらまし一二そうもん仕れば、谷鉄《やてつ》が住家《すみか》に、大勢《ぜい》みだれ入てからめ取《とり》、一三「おのれが身より出ぬるさびなれば」と、一四鉄《てつ》の串《くし》さしにして、ちまたにさらしたまへり。

其後《のち》、彼《かの》さむらいには、御ほうびとて、目なれぬ一五から織《をり》の嶋《しま》きぬ、かず〱

刑の一。木・竹・鉄等の串で胴を刺して殺す刑。ここも、谷鉄の鉄にかける。　一五 外国より輸入された物は皆「唐織物」と称され、日本産は「唐織」といって区別された。ここは、「唐織物」。
▽本話の原拠が、太平広記一二七の「蘇娥」であることは動かない。だが、このことで直ちに西鶴が太平広記を見ていたとすることもできない。この「蘇娥」の話は、貞享三年正月刊・合類大因縁集七―六、享保十七年写・因縁集にも載っているからである。殊に写本因縁集の成立が、寛文末頃まで遡りうることより、当時この話が世間に行われており、西鶴が耳にする可能性もあったと推測される。なお、本話における西鶴の方法は、御伽草子・かくれ里を一篇の枠組とし、その隠れ里の中に、原拠に従って二人の女性を登場させ、その二人を、あたかも謡曲・松風、御伽草子・松風村雨で周知の松風・村雨を彷彿とさせるように描き、異郷の話らしくまとめたといえよう。

挿絵解説　上部の首のない女二人が、絹の箱を荷負っている姿は、謡曲・松風の潮を汲む桶をかついだ松風・村雨(下図、古浄瑠璃・松風村雨)を踏まえたもの。

下方で、眠っている奉行の頭と背中から訴えている女の首は、西鶴愛用の「松風」の詞章「枕よりあとより恋の責めくれば」を意識した戯画となっている。

たまはりて、「汝《なんじ》此国《(この)くに》にては命みぢかし。いそひで古里《ふるさと》にかへれ」と、[一]くれなゐの風車《かざぐるま》に乗《のせ》られ、浮雲《うきくも》とりまきて、[二]目ふる間《あいだ》に、すみなれし国にかへり、[三]ありのまゝに申せば、「其所《(その)》をさがし出せ」と、数《す》百人山入して、谷岑《たにみね》たづね見れども、[四]今にしれがたし。

[五]男《おとこ》地《ち》蔵《ぞう》

北野《きたの》のかた脇《わき》に、[六]合羽《かっぱ》の[七]こはぜをして、其日をおくり、一生夢《しやうゆめ》のごとく、草庵《そうあん》に独住《ひとりすむ》おとこあり。

都《みやこ》なれば、万《よろづ》の慰《なぐさ》み事もあるに、此男《おとこ》はいまだ、西ひがしをもしらぬ程《ほど》の娘《むすめ》の子《こ》を集《あつ》め、すける持《もて》あそび物をこしらへ、是《(これ)》にうちまじりて、何のつみもなく、明暮《あけくれ》たのしむに、後《のち》には[八]新《しん》さいの川原《かわら》と名付て、[九]五町《てう》三町の子供《こども》、爰《こゝ》にあつまり、[一〇]父母《ちゝはゝ》をもたづねずあそべば、親《おや》どもよろこび、[一一]仏《ほとけ》のやうにぞ申ける。

其後《そののち》、此男夜《よ》に入、月影《つきかげ》をしのび、[一二]京中《きやうなか》にゆきて、うつくしき娘《むすめ》を盗《ぬすみ》て、二[一三]三日もあいしては、又帰《かへ》しぬ。是を不思義《しぎ》の沙汰《さた》して、[一四]暮《くれ》より用心《やうじん》して、いとけなき娘《むすめ》を[一五]門《かど》に出ず、都《みやこ》のさはぎ大かたならず。きのふは[一六]六条《じやう》の珠数《じゆづ》屋の子《こ》が

一 紅色の風車に乗せられ、浮雲が取り巻いたかと思うと、一瞬のうちに住みなれた自分の国に帰り着いていたのでした。
二 脇見をする程のごくわずかの時間。
三 「侍の道にはあらず」という冒頭に応じて、職務に忠実な正直者の奉行を描く。真人(まうと)のみが隠れ里に到るという民話の思想を踏まえる。
四 隠れ里の結びの形。桃花源記には「太守即チ人ヲ遣シテ、ソレニ随ツテ往キテ向ノ誌ス所ヲ尋ネシム。遂ニ迷テマタ路ヲ得ズ」とある。
五 目録題には「楽(たのしみ)の男地蔵」とある。
六 肩からかけて全身を包む外套。防寒具、雨具。ポルトガル語。羅紗(らしゃ)や天鵞絨(びろうど)の高級品から紙合羽の下級品まであった。
七 小鉤。合羽・足袋などの合わせ目の端にかけとめる爪形の具。真鍮・象牙・角その他で作る。「こはぜをして」は、賃仕事としての小鉤削りであろう。「南隣は合羽のこはぜけづりて世渡りをせし夫婦なるが」(一代女六の三)。
八 賽の河原は、俗信で、死児の赴く所。死児が父母供養のために小石を積んで塔を作ると獄卒が来てくずすが、これを地蔵菩薩が救うという。ここは毎日子供と遊んでくれる男を、賽の河原の地蔵菩薩にたとえ、近所の人々がその草庵のある場所を、新賽の河原と呼んだのであろう。
九 距離にして五町三町以内の意か。五、三の数字は、西鶴独自の用法。「五日三日はあいして」(本話)、「五里三里の野」(五の六)。「五年か三年」(二十不孝一の一)。
一〇 北野七本松通り以東は、京都第一の産業である絹織物を産する西陣の地で、両親ともに織物関連の仕事に従事し、子供を見るゆとりがなく、親達はこの男の出現を喜んだのである。
一一 人々がこの男を「仏」と呼んだのは、新賽の

見えぬとてなげき、けふは[一七]新町《しんまち》の椀《わん》屋の子《こ》を、たづねかなしむぞかし。

比は[一八]軒端《のきば》に菖蒲葺《あやめふく》、五月の節句《せつく》の、[一九]色《いろ》めける[二〇]室町通《むろまちどをり》の、菊《きく》屋の何《なに》がしのひとり娘《むすめ》、今《いま》七才《さい》にて、其さますぐれて生《うま》れつきしに、[二一]乳母《うば》・腰本《こしもと》がつきて、入日をよける傘《かさ》さし掛《かけ》て行《ゆく》を見すまし、横取《よこどり》にして、抱《いだき》てにぐるを、「それ〳〵」と声《こへ》をたつるに、追《おつ》かくる人もはや、形《かたち》を見うしなひける。此男の足《あし》のはやき事、[二二]京《きやう》より伊勢《いせ》へ、一日に下向《げこう》するなれば、跡《あと》につゞくべき事、およびがたし。

河原の地蔵菩薩だと考えていたからである。
一二 繁華な京の町中に行きの意。
一三 子供をあやす、また、相手をするの意。
一四 誘拐は日暮に起る。「暮方の事なるに行き方知らず失せ給ふ」（御伽草子・酒呑童子）。
一五 家の前の外部、そと。おもて。
一六 下京の東西の通りで、東本願寺前には上・中・下の数珠屋町があった。「じゆずや 東本願寺門前丁」（万買物調方記四）。
一七 京都中央部南北の通り。「椀家具や…新町二条の北にあり」（人倫訓蒙図彙四）、「わん家具 新町ぬり物や」（万買物調方記四）。
一八 端午の節句は、菖蒲・艾(よもぎ)を飾る。日次紀事・五月に「市中ノ家々、菖蒲・艾ノ葉ヲ檐(のき)ノ間ニ挿ス」とある。宮中では四日に葺く。
一九 節句の飾りでにぎやかなことと呉服屋の店頭の色彩が豊かではなやかなことをかける。
二〇 京都中央部南北の通りで、呉服商が多かった。「金襴・今織・唐織諸々の絹類、染小袖。室町通下立売より下、蛸薬師通まで十町之間、ことごとくあり」（万買物調方記一）。
二一 富裕な家の子が大事に育てられるさまをいう成語、乳母日傘(おんばひからかさ)、またおんばひがさによる行文。骨董集に「昔は乳母を召使ふ程の然るべき者の児には、日傘をさしかけさせたる故にさはいふめり。その傘は丹青もて様々の絵をかきしなり。ことに菱川が絵に多く見えて、延宝・天和・貞享の比もはら用ひたり」とある。
二二 京都、伊勢山田の間は、四十三里半（約一七四キロメートル）とされた（和漢三才図会七十二）。

挿絵解説 上部に、軒端に菖蒲と艾(よもぎ)を挿した洛中の町角、下方に、菅笠をかぶり女児をさらっていく男と日傘を持った乳母・腰元を描く。

其《(その)》面影《おもかげ》を見し人のいふは、「先菅笠《まつすげがさ》[一]を着《き》て、耳《みゝ》のながき女」と、見るもあり。「いや白の黒《くろ》き、目のひとつあるもの」と、とり〳〵に姿《すがた》を見替《かへ》ぬ。彼娘《かのむすめ》の親《おや》、いろ〳〵なげき、らくちうをさがしけるに、自然《しぜん》[二]と聞《きゝ》出し、彼子《かのこ》を取《とり》かへし、此《(この)》事を言上《ごんじやう》[三]申せば、めしよせられて、おもふ所を御聞《きゝ》あそばしけるに、「只何《たゞなに》となく、ちいさき娘《むすめ》を見ては、其まゝにほしき心《こゝろ》の出来《いでき》、今《いま》迄何《なん》百人か、ぬすみて帰《かへ》り、五日三日はあいして、また親本《おやもと》へ帰《かへ》し申」のよし、外《ほか》の子細《しさい》もなし。かゝる事のありしに、今迄世間《せけん》にしれぬは、石流都《さすがみやこ》[四]の大やうなる事、おもひしられける。

神《かみ》鳴《なり》の病《びやう》中《ちう》

欲《よく》には一門兄弟《もんきやうだい》の中《なか》も、見すつる事、世《よ》のならひぞかし。信濃《しなの》の国《くに》、浅間《あさま》[五]の麓《ふもと》に、松田藤《まつだとう》五郎と申て、所《ところ》ひさしき里《さと》人のありしが、今年《こんねん》[六]八十八歳《さい》にして、浮世《うきよ》に何《なに》をか思ひ残《のこ》す事もなく、末期《まつご》のちかづく時《とき》、藤六・藤七、二人の子《こ》を枕《まくら》[七]に、「我相果《われあいはて》ゝの後《のち》、摺糠《すりぬか》[八]の灰《はい》迄も、ふたつ[九]に分《わけ》てとるべし。さてまた此刀《かたな》は、[一〇]めいよの命《いのち》をたすかり、此年《とし》迄世《よ》に住《すむ》事の目出度《めでたく》、此

一 実用的で質素な旅行用の笠。「雨日両用ニシテ貴賤男女、冬夏咸(なみ)旅行ニ必ズ之ヲ用フルノ具ナリ」(和漢三才図会二十六)。 二 偶然に。たまたま。 三 京都町奉行所へ訴えた。

四 正しくは「流石」。これは当時の慣用。

▽本話のモデルは、隣の児を抱き、落して殺してしまったが、二十日程たってその児を返しにきた、また、半日に千里を行ったといわれる蒙求「薊訓歴家」の薊子訓で、これに、古今著聞集十七の、七歳の子が誘拐され三日後に返されるという話をミックスしたものであろう。なお、薊子訓は神仙伝に記載された「有道」の人であり、そのために隣の児を殺しても罪にとわれなかった。本話の男が、京都町奉行から罪にとわれなかったのも、薊子訓がモデルだったからであり、本話の見出し「現遊」も、単に「夢うつつ」なのではなく、俗世間を離れた神仙に近い遊びという意味がこめられていたと思われる。

五 浅間山の麓は火山灰地で五穀の成育が殊に悪い地方だが、信濃の国全体も同様で、近世を通して「信州の百姓はいづれも貧しかりし」(古今犬著聞集十二)といわれた。

六 米寿の年。一門一家が集まり長寿を祝う。

七 枕元に呼び寄せの意。遺言をするためである。

八 もみがら。「籾(もみ)ノ皮ナリ。今ノ人礱(すりうす)ヲ以テ穀ヲ磨リ米ヲ取ル。ソノ麤(あらかは)ヲ稃(すりぬか)ト謂フ」(和漢三才図会一〇三)。灰は田畑の肥料とする。なお、原本「灰」は「炭」。

九 財産の相続は、兄弟で全く等分とするようにの意。江戸時代の財産相続には単独と分割とがあったが、庶民の場合は古代より分割相続が原則。ただし、割合は時と所によって異なる。

一〇 めいよのことにの略。不思議なことに。

家《いゑ》の宝物《たからもの》となれば、たとへ[一一]牛《うし》は売《うる》とも、是《これ》をはなつ事なかれ」と、念比《ねんごろ》に[一二]申置《おか》れて、つゐに[一三]仏《ほとけ》の国《くに》へまいられけるに、いまだ[一四]七日も立やたゝずに、はや[一五]跡職《あとしき》をあらそひ、諸道具《しよどうぐ》両方《りやうほう》へわけとる。

くだんの刀《かたな》をば、兄《あに》も弟《おとゝ》も心掛《こゝろがけ》て、論《ろん》ずる事の見ぐるしさに、親類立《しんるいたち》あい、「菟《と》角《かく》[一六]惣領《そうりやう》なれば、此一腰《こし》は藤六に渡《わた》せ」と、いろ〳〵に申せど、弟《おとゝ》はさらに合点《かつてん》をせず、兄《あに》は是《ぜ》非《ひ》にとらねばきかず、いづれも[一七]あつかひに、日を暮《くら》しぬ。

藤六申は、「ふたつに分《わけ》たる家《いゑ》を、皆《みな》藤七にとらすべし」と申せば、やう〳〵嗳《あつか》ひ済《すみ》て、藤六は刀《かたな》ばかりとつて家《いゑ》を出、「向後《きやうこう》百性《しやう》をやめる」と、それよりはる〳〵の都《みやこ》にのぼり、[一八]目利《めきゝ》へ行《ゆき》て、是《これ》を見するに、[一九]奈良物《ならもの》にして、然《しか》も[二〇]焼刃《やきば》もかつてなければ、重《かさね》て人手にもとらねば、また古里《ふるさと》に帰《かへ》り、母親《はゝおや》のかたに行《ゆき》て、刀《かたな》の様子《やうす》を、たづねけるに、老母《らうぼ》かたりけるは、「其むかし、国中《こくちう》、百日の日照《でり》、[二一]ふけ田《た》もひがたとなつて、村《むら》〳〵[二二]水論《みづろん》のありし時《とき》、隣里《となりさと》の男《おとこ》を、親仁《おやぢ》切付《きりつけ》られしに、[二三]しぶり皮《かは》もむけず、あやうき命《いのち》をたすかられし也。其時《とき》此刀《かたな》の、きれぬをよろこび、「命《いのち》の親《おや》」とて、一代《だい》家《いゑ》の宝物《たからもの》とは、申されける。はじめより、[二四]無銘《むめい》の何《なに》の役《やく》にもたゝざる物とは、かくれもなきに、其方《そのほう》が万《よろづ》に替《かへ》ても、ほしがる事の不思義《ふしぎ》也。然《しか》も水論《みづろん》は、[二五]正保《ほ》年中《ねんちう》、[二六]六月はじめつかたの

一一 農耕用の牛。ただし関東では馬、関西では牛が多い（和漢三才図会三十七）。牛馬は貴重な財産で、貧しい農家では相合(あいあい)牛（大矢数七）といって共同で持つことさえあった。
一二 江戸時代の遺産相続は、遺言が原則。
一三 仏の住む浄土、あの世へ行かれたの意。
一四 初七日の法事もすますかすまさないうちに。
一五 跡式相続。「家名ノ相続ニ対シ、財産ノ相続ヲ云フ」（『徳川時代の文学と私法』）。
一六 一番上の子、長子。「総領(そうれう)本朝ノ俗長子ヲ謂テ総領トス」（書言字考）。家名相続をした藤六なのでこういったのであろう。
一七 嗳、扱。仲裁、調停。跡式相続の調停等は、親類・名主・年寄・五人組等の立ち会いによる。
一八 刀剣の鑑定所。京羽二重六に「本阿弥光叔・同光硯、油小路竹屋町上ル町植原自仙」とある。
一九 奈良の産の粗悪な刀をいい、鈍刀の代名詞。雍州府志七に「南都ヨリ来ル者奈良刀ト謂フ、或ハ奈良物ト称ス、…上品ニ非ズ」とある。
二〇 火で焼きぬるま湯に浸して鍛えた刀の刃の部分。ここは、奈良物なので全く焼刃が入っていないことをいう。原本は「なれれば」と誤る。
二一 深田。泥深い田、沼田。ふかだとも。
二二 田に引く水をめぐる争い。すいろんに同じ。
二三 渋皮(しぶかは)（続無名抄）。しぶ皮に同じ。樹木や果実の甘皮、転じて垢抜しない顔色や様子、また皮膚そのものをいう。ここは、皮膚がむけて傷つくこともなかったの意。
二四 刀工の名のはいっていない刀。下等な刀。
二五 一六四四年から一六四八年まで。本書刊行の約四十年前。
二六 「この月まことにあつくして、ことに水泉涸れ尽きたるゆへに、水なし月といふ」（滑稽雑談十一）といわれた。原本「はじめづかた」。

事なるに、両村《りやうむら》の大勢《あふぜい》、[一]千貫樋《せんくはんび》にむらがり、[二]庄屋《しやう》・とし寄《より》[三]、[四]一命《めい》を捨《すて》て、あらそひして、今《いま》ぞあぶなき折ふし、[五]日の照最中《てるさいちう》に、ひとつの太鞁《たいこ》なり、黒雲《くろくも》まいさがつて、[六]赤《あか》ふどしをかきたる火《ひ》神鳴《かみなり》の来《き》て、里人《さと》に申は、「先《まづ》しづまつて聞《きゝ》たまへ。ひさしく雨《あめ》をふらさずして、かく里《さと》〳〵の難義《なんぎ》は、我《われ》〳〵中間《なかま》の業《わざ》也。此程《(この)ほど》は、[七]水神鳴《みづかみなり》ども、若《わか》げにて、[八]夜《よ》ばい星《ぼし》にたはぶれ、あたら[九]水《みづ》をへらして、[一〇]おもひながらの日照《でり》也。おの〳〵[一一]手作《てさく》の[一二]牛房《ごばう》をおくられたらば、[一三]追付雨《おつつけあめ》を請《うけ》

一 用水を引く長大な樋。浅間・蓼科山系に囲まれた佐久地方はこの方法による新田開発が盛んで、寛永八年(一六三一)より天和三年(一六八三)までに、五郎兵衛新田以下十以上が開発され、それらには各五里から十六里におよぶ用水路が設けられていた。本話もこのことを踏まえる。

二 村役人。一村の長として村全般に関する事務を任務とし、特に年貢の納入、戸籍事務、道橋の普請などが重視され、また村内の山林・原野・用水等の管理もした。東日本では名主と称した。なお、西日本で多く庄屋と呼び、東日本では名主と称した。

三 庄屋に次ぐ地位の村役人。庄屋の補佐役で、村内の高持百姓、また旧家の二、三名がなるのが普通。なお、西日本で庄屋・年寄といい、東日本で名主・組頭といった。

四 「庄屋第一ノ勤ハ用水ナリ」(耕作噺)といわれる程、用水に対する責任は大きかった。

五 晴天に雨を伴わない雷を、日雷(火雷)といい、日照りの前兆とされた。また、落雷して火災を起こす雷をもいう。近世における雷は、雲の上に住み、角を生やし、虎の皮の褌を締め、背に連鼓を負い、手に撥を持った姿が定着した。

六 虎の皮の褌ではなく赤褌をしているのは、この火神鳴が、若い水神鳴達の統率者だからか。

七 火神鳴に対し、強雨を降らすだけの雷をいう。

八 流星。倭名抄に「流星、…和名与波比保之」。箋注倭名抄に「流星ノ飛ブコト、蕩子ノ女ノ家ニ就クガ如キ有リ、故ニ与波比保之ト名ヅクルナリ」とある。ここは、水神鳴の水を精液と連想し、夜這星の方を女性としたのであろう。

九 腎水、精液。ここは、情交過多のため精液を減らすことと、雨水が少ないことを掛ける。

一〇 気にかけながらも雨を降らせることができず、ついつい日照りにしてしまいました、の意。

合《あう》」と申。「それこそやすき事なれ」と、あまた遣《つかは》しけるに、[一四]竜《りう》の駒《こま》に[一五]壱駄《だ》つけて天上《てんじやう》して、其明《（その）あけ》の日より、[一六]はやしるしを見せて、ばらり〳〵と、[一七]痳病《しやうかち》けなる雨《あめ》をふらしける」とぞ。

一二 自分の畑で作った、自家消費用の作物。
一三 根菜類の一つである牛蒡は、俗に強精剤とされた。「本邦ノ俗牛蒡ノ根ヲ以テ強陽滋腎ノ薬ト為ス」（本朝食鑑三）。また、利尿の食物。「小便ヲ利ス」（和漢三才図会九十四）。
一四 竜のように天空を駆ける馬。たつのうま・竜馬とも。
一五 馬に負わせる荷の分量。本馬（ほんま）の場合四十貫、軽尻（かるじり）の場合二十貫までであった。
一六 早くも効果があらわれて、の意。
一七 消渇・痟瘍。かちのやまい。のどがかわき小便が出なくなる病気。小便に難儀する痳病と常に混同された。本文で「痳病」を「しやうかち」と読ませたのもこのためか。「しやうかちけ」は、「りんびようけ」と同様尿が出にくくなることから、水などの出しぶるさまをいう。
▽天和三年九月刊・新御伽婢子三の二「夢に妻を害す」の附載話は、旅人がある家を見ると、錆刀を抜いて壇上に崇め礼拝している。そのわけを問うと、亭主は、泥酔して覚えないままに刀を抜き人に切り付けたが、「しぶ皮」もむけなかった。「命の親なるが故、かくあがめ申す」と答えたというもので、本話の類話というべきであろう。

挿絵解説　右図上部に黒雲と連鼓、その下の千貫樋に通じる用水路に降り、喧嘩の仲裁をしているのが火神鳴。ただし、虎の皮の褌をつけている。左図上部中央で、刀に手をかけているのが、藤六・藤七の父親松田藤五郎で、「隣里の男」を切り付けようとしている場面。藤五郎は、恐らく持高百姓で、村の年寄役の一人だったのだろう。

絵入
西鶴諸国ばなし

三

近《きん》年《ねん》諸《しょ》国《こく》咄《ばなし》
大《あふ》下《げ》馬《ば》　巻三

目《もく》録《ろく》

一 延宝年間に長崎より伝わった軽業の一つ。口径四十五センチ、長さ二メートル余の竹籠を櫈(い)の上二メートル弱の高さに横たえ、その中を菅笠を着けた男が跳躍し潜り抜けて地上に立つ。また輪を空中に鉤(つ)り、蠟燭の火を消すことなく潜り抜ける等した(図、和漢三才図会十六)。大道芸として明治期まで続いた。

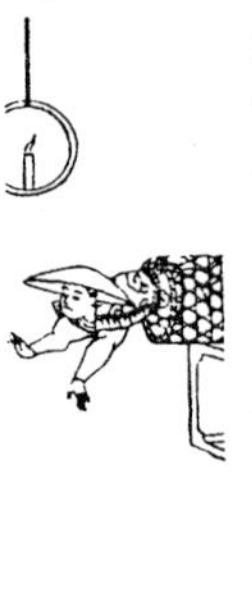

二 静岡県静岡市。貞享期は幕府支配で、駿府城代・同町奉行・同代官所が置かれ、町奉行所が東海道の押さえ、久能山の警衛、また、裁判・御仕置等、町の支配にあたった。
三 焼け焦げてはいるが、かつて養育した主の娘に顔立ちが似ている、焼け残り娘の蘇生譚。
四 上京区上長者町通。土御門通とも。現在の御所の西側の東西の通りで、北に中立売通、南に下長者町通がある。天正年中より、両替商等富裕な者が住し、町名となったと伝える。
五 東西本願寺で修する親鸞上人忌の俗称。十一月二十一日の通夜より正忌の二十八日まで。日次紀事・十一月に「今日(二十一)より二八日ニ至ル、是ヲ報恩講ト謂フ。俗ニ御霜月ト称ス」とある。
六 大坂城玉造口の東南部一帯の地名。元禄年中には、大坂三郷の内の北組玉造に十四町、南組玉造に十三町の計二十七町があった。
七 狐の妖怪。増補下学集「狐」の項に「古ノ淫婦也、其ノ名ハ紫、紫化シテ狐トナル也」とあり、「紫」が狐の異名であることは広く知られていた。ここも狐の異名として用いられている。
八 他の見出し同様音で「むじん」と読ませているが、謡曲・海士その他に多出する、夜な夜な現われる幽霊としての「ゆめびと」の意。

⑤ 一〇行《ゆく》末《すへ》の宝《たから》舟《ぶね》　一一無《む》分別《ふんべつ》

筑前《ちくぜん》の国《くに》九はかたにありし事

一二諏訪《すは》の水海《みづうみ》にありし事

⑥ 一三八畳敷《じやうじき》の蓮《はす》の葉《は》　名《めい》僧《そう》

一四吉野《よしの》の奥《おく》山にありし事

⑦ 一五因《ゐん》果《ぐは》のぬけ穴《あな》　一六敵《かたき》打《うち》

一七但馬《たじま》の国片里《くにかたざと》にありし事

九 福岡市博多区。古代より外国貿易港として栄え、博多津・冷泉津等と称された。北は博多湾、東は箱崎松原に続き、江戸時代は、西に那珂川を隔てて黒田氏の城下町福岡とつながっていた(図、博多古図)。

一〇 行末、死期が見え透いている夢のような宝船の話。　一一 見え透いた話に乗せられた連衆をいう。　一二 長野県の中央部、諏訪盆地西北隅にある湖。天竜川の水源で、標高七五九メートル。周囲十六・二キロメートル、最大水深七・二メートル。

一三 とてつもなく大きな蓮の葉の話。この蓮の葉は、本州・九州・台湾・中国・印度に分布する鬼蓮(おにばす)の葉。鬼蓮はミズブキとも呼ばれる。葉は大きいもので直径三メートル以上になる。和漢三才図会九十一に「芡(みづぶき)…三月葉ヲ生ジ、水ニ貼(つ)イテ荷葉ヨリ大ナリ」とある。なお、寺田寅彦が指摘した「ヴィクトリア・レヂエ」(『西鶴と科学』)は、南米原産の大鬼蓮で別のもの。

一四 奈良県吉野郡の吉野山。「奥山」は、「奥の院の山は、高き所なれども、吉野山の絶頂にはあらず」(和州巡覧記)とある奥の院一帯を広くさしている。　一五 因果の理(ことわり)が象徴的に示されることとなった抜け穴の話。ここでの「因果」は、前世の悪業とその報いとしてのこの世での不運な結果、さらに来世での不幸な結末の三つの意味を重ねていると考えられる。

一六 目上の者が殺された時、目下の者がその恨みを晴らすため、相手を打ちはたすことをいう。

一七 山陰道の一国。現在の兵庫県の北部。

蚤《のみ》の籠《かご》ぬけ

[一]富《ふ》士颪《じおろし》のさはがしく、府中《ふちう》の町も、[二]用心時《やうじんどき》のとしの暮《くれ》になりぬ。世をわたる万《よろづ》の事もふそくなく、[三]武《ぶ》道具《どうぐ》もむかしを捨《すて》ず、[四]歴《れき》〳〵の牢人《らうにん》、津河隼人《つがわはやと》と申せしが、いかなる思ひ入にや、[五]下人なしに只独《たゞひとり》、すこしの板《いた》びさしを借《かり》て住《すみ》けるに、十二月十八日の夜半《やはん》に、盗人《ぬすびと》大勢《ぜい》しのび入しに、[六]夢覚枕刀《ゆめさめまくらがたな》をぬき合《あは》せ、四五人も切立《きりたて》おつちらし、[七]何《なに》にても物はとられず、沙汰《さた》なしにして、[八]近所《きんじよ》も起《おこ》さず済《すま》しぬ。

其《(その)》夜《よ》また、同じ町はづれの[九]紺《こん》屋に夜盗《よとう》入て、家《いゑ》をあらし、[一〇]染絹《そめぎぬ》・[一一]かけ硯《すゞり》をとりて行《ゆく》に、亭主《ていしゆ》[一二]鑓《やり》の鞘《さや》はづして出合けるに、七八人もとりまき、あるじを切《きり》こかし、思ふまゝ諸道具《しよどうぐ》迄を取《とつ》て行《(ゆく)》。

夜明《よあけ》ての御[一三]せんぎに、[一四]下〳〵の申は、「皆髭男《みなひげおとこ》の、[一五]大小を指《さし》てまいつた」といふ。かゝる折ふし、彼牢人《かのらうにん》の[一六]門《かど》に、血《ち》の流《なが》れたる、世間《せけん》より申立《たて》、さま〳〵の[一七]申分《わけ》、其証拠《しやうこ》もなければ、是非《ぜひ》なく[一八]籠者《らうしや》してありける。「昔《むかし》はいかなる者《もの》ぞ」と、御たづねあるに、「此《(この)》身になつて名《な》はなし」と、うち笑《わら》つて申。何《なに》ともむ

一 富士山から吹き下ろす強い風。謡曲に「富士颪に絶えず揉まれて」(富士太鼓)、「胸の煙を富士颪に晴らして」(小袖曾我)のように用いられる。ここでは、師走の寒風に取りなす。
二 盗賊・火事を警戒しなければならない歳末。
三 武具に同じ。特に鎧・兜・具足等をいう。
四 家柄高く由緒ありげな浪人。原本「暦〳〵」。
五 下僕。「歴〳〵の浪人」なら下僕を置くのが普通。　六 枕もとに置く護身用の刀。
七 何も盗まれなかった場合も、そのままに済ますのは違法。「泥棒捕へ候得共、雑物取返し候とて追逃がし候はば、追逃がし候者の方より過料として鳥目拾貫文取り上げ、その上曲事(くせごと)に申つくべく候」(御触書寛保集成四十七)。
八 盗人等を見つけた場合、声をたてて近所に知らせ、近所の者はそれに応じて出合わなければならない。「何方にても夜盗入候節、声を立つべし。然るに於いては早速出合ひ、捕へ申すべく候。自然出合はざる者は、せんさくの上、曲事たるべき事」(御触書寛保集成四十七)。
九 元来藍染めを業とする藍染屋をいうが、ここは染物業者一般の称に用いる。こうや。
一〇 色や模様を染料で染めた絹。高価である。
一一 懸硯箱。四十―五十センチの長方形の箱で、片側に開き戸、中に抽斗(ひきだし)がある。その一つを硯箱とし、他は小金入や帳簿入等とする。箱の上に提手(さげて)があり、持ち運びに便利。
一二 寝間の長押(なげし)の枕鑓には鞘が被せてある。
一三 駿府町奉行所のとりしらべ。御詮議。
一四 奉公人。召使。
一五 刀・脇差。犯人は侍だといったことになる。
一六 家の前。おもて。
一七 申し開き。当時は吟味中も牢に入れられた。
一八 入牢させられたの意。籠者は西鶴の慣用字。

つかしき僉儀《せんぎ》[一]にて、年月《とし》をかさね、七年過《ねんすぎ》て、駿河《するが》の籠者《ろうしや》[二]のこらず、京都《きやうと》の籠《ろう》に引《ひか》るゝ事あり。

又此《（この）》うちにまじり、都《みやこ》[三]のうきすまひ、武運《ぶうん》のつきなり。[四]あまた人はあれども、其《（その）》[五]身に科《とが》を覚《おぼへ》て、今更公義《いまさらこうぎ》[六]をうらみず、命を惜《をし》まず。

ある雨中《うちう》に、[七]くろがねの窓《まど》より、幽《かすか》なる明《あか》りをうけ、蛤《はまぐり》[八]の貝《かい》にて髭《ひげ》をぬくもあり、塵紙《ちりがみ》[九]にて仏《ほとけ》をつくるもあり、色《いろ》[一〇]〳〵げいづくし、独《ひとり》[一一]もどんなる者《もの》はなし。

一 僉議。「儀」は慣用。 二 ここは牢に入れられている者の意。囚人。 三 移された京都の牢屋でのつらい生活。 四 有力な知人も多く出牢のつてはあったが。 五 声を立て近所に知らせなかったこと、犯人をそのまま逃がしてしまったことの二つが、津河隼人の落ち度であるが、間接的には、この隼人の直接の落ち度がなければ、紺屋の主人殺害事件は起らなかったわけで、隼人には、その責任も加わったことになろう。 六 時の権力者幕府、またその下部組織の役所。 七 牢屋の鉄格子の窓。 八 蛤の貝殻二枚で巧みに髭を抜く者。 九 紙細工の上手な者。「今時花(はやる)張貫(はりぬき)の形(すがた)女を紙細工せられし」(文反古・序)。 一〇 牢の中はまるで芸尽しをしているようだ。 一一 愚かなもの。ぐず。

一二 畳表に縁をつけた敷物で莫蓙(ござ)よりは高級。その畳表の縦糸や縁からとった糸。

一三 大工に対する語で、細小な器具を作ること。

一四 松虫・鈴虫など秋の虫、また蛍などを飼う小さな竹などで作った籠。むしかご。虫屋。

一五 人につく虱と蚤は、ヒトジラミ・ヒトノミで、ヒトジラミの寿命は普通一か月、ヒトノミは、雌の寿命が長く最適条件で三百—五百日。十三年・九年は明らかに誇張に過ぎるが、西鶴は、「仙人のごとくなる」人に飼われているのだから長生きできるのだというのであろう。

一六 虱も蚤も、ともに人間の血をエサとする。

一七 殊勝にもよくなついての意。

一八 飼主が出す声、その号令に従っての意。

一九 伎楽・舞楽系の四足の獅子を表現する二人立の獅子舞に対し、一人立の獅子舞をいう。幕をたれた獅子頭をかぶり、腹に羯鼓また太鼓を下げ、背に神籬(ひもろぎ)を負い三頭から十二頭で踊る。頭は獅子よりも猪(いのしし)・鹿(かのしし)・竜などが多く、

其中《そのなか》に髪《かみ》しろくまきあがり、さながら仙人《せんにん》のごとくなるが、[一二]薄縁《うすべり》の糸《いと》にて、[一三]細《さい》工《く》に[一四]虫籠《むしこ》をこしらへ、此うちに[一五]十三年《ねん》になる虱《しらみ》、九年の蚤《のみ》なる是《これ》をあいして、[一六]食物《じきもつ》には、我《わが》ふとも〻を喰《くは》しける程《ほど》に、すぐれて大きになり、[一七]やさしくもなつきて、[一八]其者《そのもの》の声《こへ》に、虱《しらみ》は[一九]獅子踊《ししおどり》をする、蚤《のみ》は[二〇]籠《かご》ぬけする。かなしき中《なか》にも、おかしさまさりぬ。

後《のち》は[二一]石川《いしかわ》五右衛門より、[二二]伝受《でんじゅ》の昼盗《ひるぬすみ》の大事《だいじ》、または、[二三]高名咄《こうみやうばな》しになつて、ち

鹿踊(ししおどり)とも呼ばれる。主として東日本に広く行われ、越後の角兵衛獅子もその一種(図、人倫訓蒙図彙七)。

二〇 蚤用の小さな装置を拵えたのであろう。▽蚤の芸については、近年では昭和三十五年香港から来日した中国人董守経の「ノミのサーカス」の記録で確められる。本文で「食物には我ふとも〻」とあるエサについて、董氏は自分の腕の血を吸わせるといっており、「其者の声に…籠ぬけする」という蚤の芸については、董氏の「かけ声」に従って、ローラーや大砲を引き、ダンスをし、ボールを蹴り、輪とびをするとある。なお、フランスでも、十七世紀に溯って行われ、ルイ十四世も車引き等の曲芸を、拡大鏡で観覧したと伝えられる。

二一 安土桃山時代の大盗。史実は不明な点が多く、遠江浜松、河内石川郡の出身ともいう。文禄三年(一五九四)捕えられ、京の三条河原で子供とともに釜煎(かまいり)の刑に処せられたと伝えられる。

二二 真昼間に堂々と盗む秘伝の盗み方。二十不孝二の一に「色々四十八手の伝授を、印可(ゆるし)まで、この道執行することそうたてけれ」とある。

二三 手柄話。

挿絵解説 紺屋を襲った夜盗八人が、諸道具まで盗み出している様子を描く。右図の右上方で松明と抜身を持つ男が首領格で指揮をしているが、あるいはこれが「ちよろりの新吉」か。同中段の三人は、右から夜着・葛籠・掛硯を、また左図左端の門口からは長持を運び出している。

よろりの新吉《しんきち》といふ男《おとこ》に、片耳《かたみゝ》のない子細《しさい》を聞人《きくひと》に、語《かた》[一]るは、「我《われ》[二]けはしき事に出合《であい》しは、四十三度《ど》、一たびも手[三]をおはざりしに、有時《あるとき》に駿河《するが》にて、牢人《ろうにん》かたへ押込《をしこみ》しに、手[四]ばしかく切立《きりたて》、みな〳〵命をやう〳〵拾《ひろ》ふ。一代《だい》に是程《これほど》、すかぬめにあいつる事はなし。それにもこりず、其夜《そのよ》染物《そめもの》[五]屋へ入て、あるじを切《きり》ころして」と、ありのまゝに語《かた》るを聞《きゝ》て、「我《われ》こそ其牢人の、隼人《はやと》と申者ぞ。其方《そのほう》どもの仕業《しはざ》、我《われ》が難義《なんぎ》となる也。かゝる身《み》となりて、さら〳〵命をおしむにはあらず、侍《さむらい》の悪名《あくみやう》とつて、相果《あいはつ》[六]る事のくちをし。何とぞ此難《なん》の晴《はる》るやうに」と申ければ、盗人《ぬすびと》きゝわけ、「我《われ》〳〵はそれのみならず、此度《たび》は、女をころしての科《とが》、彼是《かれこれ》のがるゝ事なし。御身の事、御訴訟《そしやう》申さん」と、籠番《ろうばん》を頼《たの》み、「な[七]両人《りやうにん》あらましを申あげければ、ひさしく済《すま》ざる事の埒明《らちあき》、牢人《ろうにん》をめされ、「なが〳〵の難儀《なんぎ》の段《だん》おぼしめし、何にても望《のぞ》みを、かなへくださるべき、仰せなり」。牢人ありがたく存《ぞんじ》、「然《しから》ば、此二人が命を申請《うけ》たし。最前《さいぜん》は、かれらゆへの難《なん》にあい候へども、此たびの申分《わけ》にて、武士《ぶし》の名を埋《うづ》まぬ事のうれしさ」、かさね〴〵言上《ごんじやう》[八]申、たすけけると也。

一 以下語るのは、ちょろりの新吉。
二 生命に危険を感じるほどあぶない場面。
三 手傷を負ったことはなかったが、の意。
四 非常に機敏に。手早く。
五 三二一頁注九の紺屋のこと。
六 原本「相果(あいはつる)の事」に誤る。
七 ちょろりの新吉と彼に子細を尋ねた者の二人。
八 目上の人間、ここは奉行へ申し上げること。
▽本話は、御伽草子・三人法師・上で、三条の荒五郎(強盗)・篠崎掃部助・糟谷四郎左衛門(隼人と同じ立場の人物)の三人が高野山のある庵室で順次懺悔話をする場面を、本話後半の牢中での高名咄しの部分に借り用いたもので、両者は、三条の荒五郎とちょろりの新吉、篠崎掃部助とちょろりの新吉から話を聞き出す今一人の囚人、そしてその傍で話を聞く糟谷四郎左衛門と津河隼人という関係で対応している。本話のクライマックスが、ちょろりの新吉の話を聞いた隼人が、その浪人とは自分だと名乗りでる瞬間にあることはいうまでもないが、これは、糟谷入道が二十年前の十二月二十四日の夜、恋人尾上を盗賊に殺害されたのが自分の出家のいわれだと語ると、この話を聞いていた荒五郎が、「その上臈(じょうろう)をば某(それがし)が殺し参らせ候ひし」と名乗り出る場面に基づく設定だった。糟谷入道は、荒五郎の全てを、仏道へ参入するための方便として許すのであるが、津河隼人も、ちょろりの新吉と今一人の囚人を、今度は二人のおかげで「武士の名」を汚すことがなかったといって二人の命を助ける。本話のテーマは、浪人隼人の持つ武士精神の崇高さを称揚することだったといえるが、それは、仏道修行のためにあらゆる障害をのりこえうる強固な精神という「三人法師」の方法を借りることでもって、実現されたとい

面《おも》影《かげ》の焼《やけ》残《のこ》り

九東《ひがし》山の花《はな》に暮《くら》し、一〇広沢《ひろさわ》の月に明《あか》し、浮世《うきよ》の一一かなしき事をしらず、上長者町《かみちやうじや》に一二酒《さけ》つくり込《こみ》、春夏《はるなつ》は隙《ひま》なる、一三たのし屋有《あり》。ひさしく子を願《ねが》ひしに、娘《むすめ》一人もふけて、一四乳《ち》媼《うば》をとりてそだてしに、今《いま》一五十四歳《さい》になりしが、いづれを難《なん》いふべき事もなき、美《び》女《ぢよ》なれば、諸人《しよにん》の思ひ入も深《ふか》かるべし。

母《はゝ》の親《おや》の才覚《さいかく》にて、おそからぬ事を取《とり》いそぎ、縁付《ゑんづき》の一六手道具《どうぐ》迄も、残所《のこる》もなく拵《こしら》へ、あなたこなたの一七云入《いひ》も合点《がつてん》せず、都《みやこ》の花《はな》をと、聟《むこ》見競《くらべ》し折《をり》ふし、風《かぜ》のこゝちとなやみけるに、京中《きやうぢう》の薬師《くすし》に掛《かけ》て、さま〴〵かんびやうすれども甲斐《かひ》なく、惜《をし》や眠《ねむる》がごとく世《よ》をさりける。二親《おや》のなげき限《かぎ》りもなし。一八其日も暮《くれ》て、ひそかに野辺《のべ》のおくりをして、一九千本の二〇みつ鐘《がね》に、無常覚《むじやうさめ》て、二一煙《けふり》をかくる時《とき》、下《した》〴〵の女《をんな》迄も、同じ火《ひ》に飛入《とびいる》ばかりの、思ひをなして帰《かへ》るに、春《はる》の闇《やみ》さへつらきに、雨《あめ》のふり出て、殊《こと》に哀《あはれ》を残《のこ》す。

其夜《よ》の明方《あけがた》、二二七つの時取《ときとり》をして、二三灰寄《はいよせ》に行《ゆく》に、乳《ちゝ》まいらせたる媼《うば》が男《おとこ》、わが宿《やど》よりすぐに、人よりもはやく墓原《はかはら》に行に、道《みち》すがら人も見へず。三月廿七日

えよう。
九 京都東山一帯は桜の名所。中でも清水寺地主(じしゆ)権現の桜が第一とされた(謡曲・西行桜等)。ただし東山には、京都の火葬墓地の一つ鳥辺山(清水寺の西南)もあったことが注意される。
一〇 右京区嵯峨広沢町にある池。「古ヘヨリ月ヲ賞スルノ処也。池ノ西ニ月見ノ壇有リ。八月十五六日ノ間洛人来リ遊ブ」(雍州府志九)。
一一 貧乏な生活のつらさを知らずの意。
一二 酒は秋に仕込み、秋・冬にかけ販売する。
一三 豊かな暮らしをしている富裕な町家。
一四 乳を与えるうば。抱きうばに対していう。
一五 当時の女性の結婚適齢期は十三、四歳から十八歳。「男は十六七歳にてめとり、女は十三四にても嫁する習となり。上々方程早く婚姻をとり行ふ事になりぬ」(女重宝記三)。
一六 嫁入りの折の手廻りの道具類。簾台(れんだい)・衣桁(いこう)・手拭掛(てぬぐいかけ)・手箱・貝桶等(女重宝記二)。
一七 結婚の申し込み。
一八 死者を火葬場まで送る野辺の送りは、夜行われ、また、死後一昼夜以上を経て行われるのが慣例。本話では、死んだその日となっている。
一九 雍州府志八に「船岡ノ西南ヲ惣テ千本(せんぼん)ト称ス。ソノ内、上品(じようぼん)蓮台寺ノ東北、船岡山西ノ麓ニ火葬ノ場有リ、俗ニコノ処ヲモッパラ千本ト謂フ」とある。
二〇 蓮台寺の南、引接寺(いんじようじ)の鐘の音。山城名跡巡行志一に「千本葬送ノ時ノ鐘一声ヲ鳴ラス。コレ衆生ノ妄夢ヲ覚サシムルノ義也」とある。「三つ鐘」は、いわゆる鐘を撞き始める時の捨鐘、三鳴鐘のことをいうのであろう。
二一 棺桶を燃やす薪に火をつけること。
二二 午前四時頃と予め時刻を決めておくこと。
二三 火葬の後骨を拾うこと。骨あげ。原本「炭」。

の空《そら》、宵《よひ》の気色《けしき》よりなを物すごく、焼場《やきば》に行ば、何《なに》とも見分《わけ》がたき形《かたち》、あしもとへ踏当《ふみあて》、「是《(これ)》は」とおどろき、[一]燃《もへ》さしをあげて見れば、死人《しにん》はうたがひなし。「いかなる[二]亡者《もふじや》ぞ」と、念仏《ねんぶつ》申、さて娘御《むすめご》の、火葬《くわそう》を見るに、[三]早桶《はやをけ》たきゞの外《ほか》へ、こけて出けるに気《き》をつけ、彼死人《かのしにん》を見れば、髪《かみ》かしらは焼《やけ》ても、[四]風情《ふぜい》はかはらず。いまだ幽《かすか》に息《いき》づかひのあれば、木《こ》の葉《は》のしずくを口にそゝぎ、我《わが》[五]一重《へ》をぬぎてきせまいらせ、跡《あと》へはよその[六]歯骨《はつこつ》を入置《おき》て、それより負《おひ》たてまつり、[七]土手《どて》町の[八]借《かし》屋敷《しき》に行《ゆき》て、年比《としごろ》目をかけし者《もの》をたゝきおこし、「忍《しの》びて養生《やうじやう》をする病人《びやうにん》」と申、一間《ま》なる所《ところ》へ[九]たて込《こみ》、夜明《よあけ》て見るに、[一〇]惣身《そうみ》[一一]黒木《くろぎ》のごとし。二たび人間《にんげん》にはなりがたきありさまなれども、[一二]脈《みやく》にたのみあれば、[一三]不断《ふだん》のいしやをよびに遣《つかは》し、[一四]はじめを語《かた》りて、しのび〳〵に薬《くすり》を[一五]もれば、次第《しだい》に目をあき、足手《あして》をうごかし、[一六]じねんに見ぐるしき事もやみぬ。

半年もすぎて、様子《やうす》をきけども、[一七]かつて物をいはねば、[一八]現《うつゝ》の人にあへるごとし。是《これ》は薬師《くすし》も合点《がつてん》ゆかず、「占《うら》なはしても見給《たま》へ」と、[一九]安部《あべ》の何《なに》がしをよびて、[二〇]八卦を見るに、「此《(この)》人何程《なにほど》、くすりをつくしたまふとも、[二一]聞事《きく》更《さら》にあるまじ。子細《しさい》は、[二二]親類中《しんるいぢう》に、うき世《よ》になき人の吊《とむら》ひ事をしたまふゆへぞ」と、見通《とを》す様《やう》にぞ申ける。

一 火葬の薪で、まだ火が燃え残っているもの。
二 ここは、いまだに成仏していない者の意。
三 棺桶。死んだ時に手早く作るゆえという(図、一休骸骨三の部分)。
四 様子、格好。ここは顔立ち。本話の題名は、この前後の文章によったと思われる。
五 自分が着ていたひとえの着物。
六 白骨。「歯骨(はつこつ)」は原本通り。

七 豊臣秀吉は鴨川西岸の堤として寺町通りの東側に御土居を造るが、後にはその東側に町家が建ち、土居を切り崩して河原町通り、更に東側に土手町通りが出来た。北は上京区荒神口から南は中京区専修寺別院までの間。
八 保養や遊山の人に賃貸しする家。借家の対。なお、当時「借」は、カル・カス両用。「カルトヨムトキハ音(こゑ)昔(しやく)、カストヨムトキハ音(こゑ)舎(しや)」(節用集大全)。
九 たてこめる。人目を避けるため、戸・障子をしめきって部屋に閉じ込めたことをいう。
一〇 からだ全体。全身。
一一 洛北に産する蒸し焼きにしたそうしん。薪の一種。土窟の中で三四日薫じたのち出すので色が黒く、この名がある(雍州府志六)。火力が強く京都人によろこばれた。くろき・大原木(おはらぎ)とも。
一二 かかりつけで、日頃から出入している医者。原本「いじや」。
一三 脈搏があり見込みがあるの意。
一四 始めからの一部始終を語るの意。始め終りを語るの終りを略した形で、西鶴特有の語法。
一五 盛るで、薬を飲ませることをいう。
一六 自然に、ひとりでに。
一七 全然。まったく。今に至るまで一度も。
一八 正気を失った、夢うつつの人。
一九 占師は安倍清明に因んで安倍(部)姓が多い。
二〇 易経に基づく陰陽の爻(こう)を組み合わせた八

今《いま》はかくして叶《かな》はじと、長者町《ちやうじや》に行《ゆき》て、二親《おや》に段《だん》〳〵[二三]此事をかたれば、夢《ゆめ》の覚《さめ》たるこゝちして、「たとへ姿《すがた》はともあれ、命《いのち》さへ世にあらば、うれしさ是ぞ」と、俄《にはか》に[二四]仏壇《ぶつだん》の[二五]ゐはいをくだき、仏事《ぶつじ》をやめて、[二六]精進《しやうじん》を[二七]魚類《ぎよるい》にひき替《かへ》て、[二八]祝言《しうげん》[二九]にいさみをなせば、たちまち其日《(その)》より、物をいひ出し、此程《ほど》の恥《はじ》をかなしみ、親達《おやたち》のなげきを思ひやり、万の心ざし、常《つね》にたがふ事なし。「[三〇]我無事《われぶじ》、する〴〵は、出家《しゆけ》になして」と、一筋《すじ》におもひ定《さだ》め、其後《のち》は親にも一門《もん》にもあはず。

つの形をもとに、占いをすること。
二一 薬が効くことはの意。「聞」は原本通り。
二二 親類中で、この娘をこの世にいない者として仏事をなさっておられるからだ。
二三 一箇条一箇条。一つ一つ順を追って。
二四 仏像や位牌を安置し礼拝する壇。また一般に仏像や位牌を入れる厨子(づし)、仏龕(ぶつがん)をもいう。　二五 「霊牌(れいはい・いはい)ハ釈氏戒名ヲ書キテ、仏龕(ぶつがん)ノ傍(かたわら)ニ安ンズルモノ、俗ニコレヲ位牌ト謂フ」(和漢三才図会十九)。
二六 仏道修行、命日等で身を慎しむことだが、一般では肉食(にくじき)を断つこと。「今ノ在家(ざいけ)肉食ヲ断ツヲ精進ト云フ」(真俗仏事編三)。
二七 魚類等の肉食に切り替えること。江戸時代を通し、肉食は魚と鳥が中心。　二八 「祝言と云は何事にても祝ひ事なり」(倭訓栞)。ここは娘が蘇生したことを祝った。　二九 活気づくこと。勢い込むこと。　三〇 私もこうして無事に生き返ったからにはの意。原本振り仮名「ふじ」。
▽本話は、民話「死んだ娘」(日本昔話大成十六の三十七)等で周知の蘇生譚を、都を舞台に展開し、伽婢子四「入棺の尸(しかばね)甦へる恠(あやしみ)」でいわれる「葬所にて甦りし者は二たび家に戻さず打殺す」という習俗を参考として一篇に仕立てたもの。蘇えったにもかかわらず、十七で出家を決意する娘の運命は、いわば死、無常にとりつかれたもので、目録見出しの「無常」もこの意味であろう。

挿絵解説　千本の火葬場と蘇生した娘を背負って行く男を描く。上部に松林、その間に卒都婆を立てた塚、狼・犬よけの立竹(たてだけ)をした子供の塚、五輪塔、右下に火葬の薪が燃える様子を描いている。

かくて三年《とせ》もすぎて、むかしに替《かわ》らず美女《びぢよ》となりて、つね〴〵願《ねが》ひ通《どを》り、十七の十月より、身を[一]墨染《すみぞめ》の衣《ころも》になし、[二]嵐《あらし》山の近《ちか(く)》なる里《さと》に、ひとつ庵《いほ》をむすび、後《のち》の世をねがひける。[三]またためしもなき、よみがへりぞかし。

お霜《しも》月の作《つく》り髭《ひげ》

[四]大上戸《だいじやうご》の同行《どうぎやう》四人、いつとても[五]諸白《もろはく》、[六]弐斗切《とうきり》に呑《のみ》ほしける。此《(この)》[七]お寄坊主《よりばうず》、はじめの程《ほど》は、雫《しづく》も嫌《きら》はれしが、人〳〵に進《すゝ》められて、[八]もろ〳〵の小盃《こさかづき》をふり捨《すて》て、[九]阿波《あわ》の大鳴門《あふなると》・小鳴門《こなると》と名付《なづけ》て、渦《うづ》まく酒《さけ》をよろこぶ。いづれも[一〇]小共《こども》に、世をわたし、年《とし》にふそくもなければ、[一一]何《なに》かおもひ残《のこ》する事もなし。

楽《たのし》みは呑死《のみしに》と定《さだ》め、折ふし十月廿八日、今宵《こよひ》[一二]お取越《とりこし》とて、殊勝《しゆしやう》に[一三]お文《ふみ》をいたゞき、ありがたき[一四]お談合《だんこ》に泪《なみだ》を流《なが》し、跡《あと》はれいの大酒《あふざけ》になつて、前後《ぜんご》をしらず、[一五]小歌まじりになぐさみける。其次《そのつぎ》の間《ま》に、近所《きんじよ》の若《わか》ひ者《もの》ども、親仁達《おやぢたち》のさはぎおかしがり、是《(これ)》を聞寐《きゝね》入にして居《ゐ》る中《なか》に、其夜《そのよ》[一六]更《ふけ》てから、[一七]沙汰《さた》なしに、聟《むこ》入をする男《おとこ》ありしが、うれし皃《がほ》に、内《うち》にもいられず、爰《こゝ》に其時分《そのじぶん》を待合《まちあは》すを、彼法師《かのほうし》の見つけて、「此男目《おとこめ》は、今晩《こんばん》むこ入をすると、兼《かね》てきいたり。先《さき》の娘《むすめ》

一 僧尼の着る黒衣。出家することをいう。
二 京都の西郊、大堰川にかかる渡月橋西方の標高三八一メートルの山。歌枕。古来隠遁者の居住地といわれた。「ただ静かなる住居には、ここぞ浮世を遁れたる所ならし」(出来斎京土産六)。
三 聞いたこともない、珍しい蘇生譚だの意。
四 大酒飲みの仲間四人。「同行」は、ここでは浄土真宗の信者仲間のことをいう。
五 「本米・麴米共ニ真精ナル者、故ニ両白《もろはく》ト名ヅク」(和漢三才図会一〇五)。片白《かたはく》(一種のどぶろく)の対。酒の絶美といわれ、南都諸白は夙に著名だったが、摂州伊丹・池田・鴻池・豊田等の産も極上品とされた(本朝食鑑二)。
六 二斗(約三十六リットル)を限度としての意。
七 御寄講、浄土真宗の信徒の親睦会、「おより」に招かれる坊主。月に一、二度、寄合って信心を語り合うことを目的としたが、江戸時代には、酒・茶を飲み、歌い舞う娯楽中心の会合となる。
八 色々の小盃には目もくれず。ここは、報恩講の初夜に読まれる「改悔文《かいげもん》」(大谷派・東本願寺で改悔文、本願寺派・西本願寺で領解文)の冒頭「もろ〳〵の雑行・雑修・自力の心をふりすてて、…御恩報謝とよろこびまうし候」のもじり。なお、「もろ〳〵の…をすてて(なげすてて)」は、「御文《おふみ》」の常套句でもある。
九 鳴門海峡の大小二つの渦にちなんだ命名。
一〇 子供に家督を譲った隠居の身分である。
一一 何ら思い残すこともない身の上である。
一二 大谷派では十一月二十一日の通夜に始まる報恩講の最終日二十八日に開祖親鸞の正当忌を行う(本願寺派は一月)。そこで末寺また門徒が、本山の報恩講参詣のため、十月また十二月に繰り上げて報恩講を修するのをいう。
一三 蓮如が教義を平易に説いて信者に与えた消

のうつくしさ、むかしの一八浄瑠利《じやうるり》御前《ごぜん》も及《およ》ぶまじ。にくやあいつ目が、一九御ぞうしやうに、二〇髪《かみ》さかやきをしすまして、よばぬさきから、女房《にようぼう》じまんなる白《かほ》つきに、二一さらばいわふて釣髭《つりひげ》」と、墨《すみ》すり筆《ふで》に染《そめ》て、物の見事に作《つく》りければ、年寄《としより》ども、其筆《そのふで》をばいあいて、我《われ》も〳〵とつくる程《ほど》に、白《かほ》ひとつ、二二手習《てならい》のごとく書《かき》よごしける。

其後《そののち》二三けはしく宿《やど》にかへり、二四袴《（はかま）》きる迄も、人の気《き》もつかず、其姿《すがた》にて聟《むこ》入せし

息、またその消息集。大谷派で御文(おふみ)、本願寺派で御文章(ごぶんしょう)。「いたゞき」は読んでもらうこと。 一四 御談合。寺院等での説法。「お」は接頭語。 一五 原本「ままじり」。
一六 婚儀は、夜分に行うのがこの時代の慣習。
一七 世間に披露しないで。こっそりと。
一八 三河の国矢矧(やはぎ)の宿の長者の娘で、東国へ下る義経と契った、浄瑠璃姫。十二段草子などに描かれ広く一般に知られた。
一九 貴族や上流武家の子息でまだ部屋住みの者、また源氏嫡流の部屋住みの子息をもいうが、特に源義経の敬称として用いられた。
二〇 髪を結い月代をそること。「髪月代」で一語。
二一 聟入の習俗「墨塗り」が意識されている。なお「釣髭」は、仲間(ちゅうげん)・奴(やっこ)等が威勢を示すため、鍋墨等で書いた先をはね上げた口髭。
二二 習字の稽古紙のように真黒にしてしまった。
二三 けたたましく。慌しくせき立てるように。
二四 「袴肩衣」の略。町人の正装である袴肩衣を着終るまでの意。原本振り仮名「袴(るき)」と誤る。
▽本話は、狂言・六人僧の説話構成、強戯(こわざれ)とそれに対する仕返しを、そのまま一篇の骨格とし、その上に聟入に伴う習俗、「墨塗り」を具体的な話材として採用し、笑話に仕立てたもの。目録見出しの「馬鹿」は、単に酒による馬鹿げた行為をいうのではなく、孫子もある隠居達の心の底に、未に聟入する青年に対する嫉妬心があり、その心が強戯を誘発したのであり、そのために仕返しを受けたということをも、西鶴は語っていたようである。

挿絵解説 脇差・袴肩衣の正装で、髻(もとどり)に「ひきさき紙」を付け、顔に上髭を書いた隠居三人と、同じく上髭を書いた御寄坊主の四人を描く。

に、先《さき》にて興《きやう》を覚《さま》し、[一]指添《さしぞへ》をさげてかけ出《(いづる)》を、[二]しうと留《とゞ》めて申は、「此上《うへ》は、おの／＼かんにんあそばしても、我等《われら》きかず。もはや[三]百年目《ねんめ》」と、[四]死《しに》出立《たち》になりて行《ゆく》を、[五]両《りやう》町きゝつけ、さま／″＼に[六]曖《あつか》へども、きかざれば、やう／＼四人に、つくり髭《ひげ》をさせ、かしらに[七]ひきさき紙《かみ》をつけ、[八]上下《かみしも》をちやくし、日中《にっちう》に詫言《わびこと》、よいとしをして、孫子《まごこ》のある者《もの》共、めんぼくなけれど、[九]しなれぬ命なれば、是《ぜ》非《ひ》もなき事也。中にもすぐれておかしきは、御坊《ごぼう》の[一〇]上髭《うはひげ》ぞかし。

紫《むらさき》女

筑前《ちくぜん》の国、[一一]袖《そで》の湊《みなと》といふ所《ところ》は、[一二]むかし読《よみ》ぬる本歌《ほんか》に替《かは》り、[一三]今《いま》は人家《じんか》となつて、[一四]肴棚《さかなだな》見え渡《わた》りける。

礒《いそ》くさき風をも嫌《きら》ひ、[一五]常精進《じやうしやうじん》に身をかため、仏《ほとけ》の道《みち》の[一六]ありがたき事におもひ入、三十歳《さい》迄妻《つま》をも持ず、[一七]世間《せけん》むきは武道《ぶどう》を立、内証《ないしやう》は出家《しゆけ》ごゝろに、[一八]不断座《(ふ)だんざ》敷《しき》をはなれ、松柏《まつかしは》の年《とし》ふりて、深山《みやま》のごとくなる奥《おく》に、一間《けん》四面の閑居《かんきよ》をこしらへ、[一九]定家机《ていかづくへ》にかゝり、[二〇]二十一代集を明暮《あけくれ》うつしけるに、[二一]折《をり》ふしは冬《ふゆ》のはじめ、[二二]時雨《しぐれ》の亭《ちん》のいにしへを思ふに、物の淋《さび》しき[二三]突揚窓《つきあげまど》より、やさしき声《こゑ》をして、

一 差添。脇差。町人も正装の折は脇差をさす。
二 以下、舅が怒り狂って言った言葉と解釈する。
三 運のつき。最後。切羽詰った時にいう語。
四 死に装束をして出て行ったの意。
五 双方の町の連中が騒ぎを聞きつけての意。
六 和解させるために仲裁を試みること。
七 引裂元結に用いる紙。　八 裃肩衣の俗称。
九 命のつれなさ、意のごとくならない命をいう。西鶴の慣用句。
一〇 口の上の髭。ただしここは、口の上に先をはね上げる形で書いた作り髭のことである。
一一 博多中央部を東西に横切る入海。箱崎の西、博多の東より西の那珂川まで続いていた入海を袖の湊と称した(筑前名寄)。
一二 本歌は伊勢物語二十六段の「思ほえず袖にみなとの騒ぐ哉唐土船の寄りし許りに」であるが、ここでは殊に式子内親王と藤原定家の歌、「影なれて宿る月かな人しれず夜な／＼騒ぐ袖の湊に」「千鳥鳴く袖の湊をとひ来かし唐土船の夜の寝覚に」が意識されている。
一三 天文二十一年(一五五二)以降半世紀弱の間に、袖の湊は埋もれた(筑前国続風土記四)。
一四 江戸時代中頃までの福博図には、那珂川と袖の湊の入海跡が接する地点に冷泉(港)橋があり、その北側は町屋で鰯町などがある。
一五 肉食を断った生活を常に厳しく守っての意。
一六 原本「あたりがたき」と誤る。
一七 世間へは武家であることを示しの意。福岡は武士、博多は商人の町といわれるが、江戸中期まで、冷泉橋から南の内陸部へ、那珂川添いに武家屋敷が続き、その裏、東側は畑だった。
一八 日常生活でいつも居る部屋。居間。
一九 歌人等の用いた小さな机。定家文匣の類。
二〇 古今集から新続古今集まで二十一の勅撰集。

「伊織《いをり》さま」と名をよぶ。女の来《きた》る所にあらねば、不思義《ふしぎ》ながら、有様《ありさま》をみれば、いまだ[二四]脇《わき》あけしきぬの色《いろ》、[二五]むらさきを揃《そろ》へて、[二六]さばき髪《がみ》をまん中にて、[二七]金《きん》紙《がみ》に引《ひき》むすび、此美《うつく》しき事、何ともたとへがたし。是《これ》を見るに、年《とし》月の心ざしを忘《わす》れ、只夢《たゞゆめ》のやうになつて、うつゝをぬかしけるに、此女、袖《そで》より[二八]内裏《だいり》はごいたをとり出して、[二九]独《ひとり》はねをつきしに、「それは[三〇]娌突《よめつき》か」と申せば、「[三一]男ももたぬ身《み》を、娌《よめ》とは人の名を立給《たま》ふ」と、[三二]切戸おし明《あけ》てはしり入、「誰《たれ》でもさはつたら、[三三]つめる程《ほど》に」と、[三四]しどけなき寐姿《ねすがた》、自然《しぜん》と[三五]後《うしろ》むすびの帯《おび》とけて、[三六]紅《くれな》ゐの二のものほのかに見え、ほそ目になつて、「枕《まくら》といふ物ほしや、それがなくば、情《なさけ》しる人の膝《ひざ》がかりたい迄。あたりに見る人はなし、今なる鐘《かね》は[三七]九つなれば、夜《よ》もふかし」といふ。いやといはれぬ[三八]首尾《しゆび》、俄《にはか》に身をもだへて、いかなる御かたと尋《たづ》ねもせず、若盛《わかざかり》のおもひ出、はや曙《あけぼの》の別《わか》れを惜《をし》み、「さらば」と出て行《ゆく》を、まぼろしのごとくかなしく、又の夜《よ》になる事を待兼《まちかね》、人には語《かた》らず[三九]契《ちぎり》を籠《こめ》て、いまだ廿日もたゝぬに、我《われ》は覚ず次第《しだい》にやするを、[四〇]念比《ねんごろ》なるくすしのとがめて、脈《みやく》を見るに、おもふにたがはず、[四一]ゐんきよくはどうの気色《きしよく》に極《きは》まり、「さりとは頼《たのみ》すくなき身《み》の上《うへ》なり。日比《ころ》はたしなみ深《ふか》く見へたまふが、扨《さて》はかくし女のあるか」と、尋《たづ》ねければ、「さやう〱さやうの事は、なき」と申さ

二一 定家の歌「いつはりの無き世なりけり神無月たが誠より時雨そめけん」を下に置いた行文。
二二 定家が愛好した亭の名。所在について、千本大歓喜寺跡、相国寺林光院の中、嵯峨常寂光寺楼門の北等の諸説がある(雍州府志五、十)。
二三 蔀を下から突き上げて開ける窓。天正頃堺の北向道珍が作り始めたとされる(嬉遊笑覧一)。
二四 未婚の女性の着物。衣の袖を身ごろに縫いつけず、腋下(やつくち)を明けておくのでいう。
二五 紫の匂(におい)で、上の深紫(こきむらさき)より下へ薄く着る女房装束。深紫は禁色(きんじき)。親王・四品以上の色。　二六 解き散らし後へ垂らした髪。捌髪(反故集下)。
二七 金箔を置いた平元結。→二九五頁注九。
二八 胡粉(ごふん)の上に殿上人と内裏女房を描き、金銀の箔を押してある京羽子板のことであろう。
二九 羽子板の遊戯法、数取りの突き羽子をいう。
三〇 数取りの羽子突。「一子にふたご、三わたしよめご」と歌うのによる。読み突の転訛とも。
三一 独身の私に浮名を立てようとなさるのですかの意。百人一首の式子の歌「玉の緒よたえなばたえねながらへば忍ぶることの弱りもぞする」を踏まえる。以下、紫女のはすっぱな態度は、式子の忍ぶ恋をひっくり返した行文。
三二 潜って出入する小さな戸口。くぐり戸。
三三 つねる。上方の女性語「つめつめする」に同じ。　三四 しまりがない。だらしない。
三五 江戸中期、未婚の女性は帯を後ろで結んだ。
三六 紅色の腰巻。布二幅を縫い合わせるのでいう。　三七 子の刻。午前零時頃。
三八 いやといわれぬ成り行きとなっての意。
三九 夜毎に深く契り。「籠」を原本「竜」に誤る。
四〇 懇意にしている医者が見とがめての意。
四一 陰虚火動。過度の性交による衰弱症。腎虚。

れける。「我《われ》にしらせ給《たま》はぬは不覚《ふーかく》也。命の程もせまるなり。つね〴〵二別《べつ》して語《かた》り、そのまゝに見捨《すて》てころしけると、三世《よ》のとり沙汰《ざた》もめいわく也。今《いま》より御出入申まじき」と、立行《たち》を留《とゞ》め、「何《なに》をかかくし申べし」と、四段《だん》〳〵はじめを咄《はな》せば、道庵《どうあん》しばしかんがへ、「是《（これ）》ぞ世に伝《つた》へし、紫《むらさき》女といふ者なるべし。是におもひつかるゝこそ、五因果《いんぐは》なれ。六人の血《ち》を吸《すひ》、一命《めい》をとりし事ためし有。菟《と》角《かく》は此《（この）》女を切たまへ。さもなくては、やむ事なし。又七養生《やうじやう》のたよりもなし」と、

一 心得違い。落ちど。　二 特別に親しい間柄でありながらの意。　三 世間の評判となるのは困るの意。　四 順序立てて一部始終を咄したところ。　五 不運、不幸の意。
六 和漢三才図会三十八・狐に「ソノ人ヲ魅スル者多ク人ノ精気ヲ取ル」とあるが、当時流行の怪異譚の常套表現でもある。「王知古ハ狐ノ聟トナリテ命ヲ失フ」(狐眉鈔)、「たちまちに真精の元気を耗(へ)し尽して性分を奪はれ…俄かに黄泉の客となり」(伽婢子三・牡丹灯籠)、「精気を吸はれ給ふ。はやく療治し給はずは、命を失ひ給ふべし」(同二・狐の妖怪)等。
七 病気の手当をする方法もないの意。
八 縁もゆかりもない、どこの誰れとも分らぬ。
九 抜打、抜撃。刀を抜くや否や切りつけること。
一〇 福岡市東区と粕屋郡新宮町・久山町の境界にある標高三六七メートルの立花山。博多の北北東約十キロメートルの地にある。松尾ヶ岳・白岳等六峰を加えた七峰からなる天然の要害の地で、建武年間より江戸時代直前まで立花氏の居城があった。最後の城主鑑連(あきつら)の養子聟宗茂は、島津軍の猛攻を防ぎ、立花山城を守り抜いた。秀吉はこの功を賞し、宗茂を筑後柳川十三万石に封じた。
一一 死んだ姿、幽霊として出てきた姿。→三四一頁注二二。
一二 危うい命を助かったの意で、文章は「助かった」の部分を意識的に省略したもの。　一三 仏道修行者。僧侶。
▽本話は、袖の湊の本歌を詠んだ定家と式子、謡曲・定家に代表される俗説、邪淫の恋に落ちた二人に着目し、式子を狐の妖怪である「夢人」「紫女」とし、定家を「伊織」とすることで、男女の役を謡曲とは逆に設定することで、やや蓮葉(はすっぱ)な当代風の女を描き出し、あたかも流行の怪異譚・牡丹灯籠を思わせる一篇に仕立てたも

すゝめければ、伊織《いをり》おどろき、おろかなる心を取なをし、「いかにも〳〵、[八]しるべもなき、美女《びぢよ》のかよふはおそろし。是非《ぜひ》今宵《こよひ》、うちとめん」と、油断《ゆだん》なく待《まつ》所へ、袖《そで》を皃《かほ》に押当《をしあて》、「さても〳〵、此程の御情《なさけ》に引かへられ、我《われ》をきりたまはんとの御心入、うらめしや」と、近寄《ちかよる》を、[九]ぬきうちにたゝみかくれば、其《（その）》まゝ消《きへ》かゝる。面影《おもかげ》をしたひ行に、[一〇]橘《たちばな》山のはるか、木深《こぶか》き洞穴《ほらあな》に入ける。

其後も心を残《のこ》し、[一一]あさましき形《かたち》見へければ、国中《こくちう》の[一二]道心者《どうしんじや》あつめて、吊《とむら》ひけるに、影消《かげきへ》て、伊織も[一三]あやうき命を。

行末《ゆくすへ》の宝舟《たからぶね》

人間程《にんげんほど》、物のあぶなき事を、かまはぬものなし。信濃《しなの》の国《くに》、諏訪《すは》の湖《みづうみ》に、[一四]毎年氷《まいねんこふり》の橋《はし》かゝつて、狐《きつね》のわたりそめて、其跡《あと》は人《にん》馬《ば》ともに、自由《じゆう》にかよひをする事ぞかし。春《はる》また、きつねの渡《わた》りかへると、そのまゝ氷とけて、往来《ゆきき》をとめけるに、此里《さと》の[一五]あばれ者、根引《ねびき》の勘内《かんない》といふ馬《むま》かた、[一六]まはれば遠《とを》しと、人の留《とむ》るにもかまはず、[一七]我《わが》こゝろひとつに渡《わた》りけるに、まん中過程《なかすぎほど》になりて、俄《にはか》に風あたゝかに吹《ふき》て、跡先《あとさき》より氷消《こふりきへ》て、浪《なみ》の下《した》にぞし

の。また舞台が博多とされた理由は、男主人公のモデルが博多に居たからである。それは黒田藩第三代藩主光之の宰臣立花実山である。三千石を食んだ実山は、和歌を好み延宝八年(一六八〇)二十六歳の折、後水尾院の勅評を受け、また同年光之を博多住吉神社境内の正徹の旧跡松月庵に案内している(梵字艸四)。恐らく正徹筆の松月庵の扁額を入手しえたからであろう(筑前国続風土記五)。正徹が定家宗と呼ばれたこと、冷泉津ともいわれた博多には、人魚の伝説があり、その折の勅使が冷泉中納言で、その御旅館跡の言い伝えがあることも、博多と定家を結びつけるものであった。実山は茶道の南坊流を創始し、深く曹洞宗に帰依したことでも著名だったが、その家系が立花山城主鑑連の娘から出た家柄だったことも無視できないであろう。

一四 和漢三才図会六十八・諏訪湖の条に「毎年小寒ノ後、堅ク凍リ海ヲ塞グ。神獣有リ、始テ氷ノ上ヲ走ル。人足跡ヲ見テ往来スルコト平陸ノ如シ。立春ノ後、又神獣行ク、而シテ後氷解ク。謂フ所ノ神獣ハスナハチ狐ナリ。狐ハモト氷ヲ知ル」とある。これは、結氷の後、南方の諏訪大社上社の側から北方の同下社側に向って一大音響とともに氷に亀裂を生ずる現象で、これを古来御神渡(おみわたり)と称し、応永四年(一三九七)より明治期まで四百数十年にわたる記録がある。西鶴独吟百韻自註絵巻二十三「跡へもどれ氷の音に諏訪の海」の自註は、この文章に近似する。

一五 乱暴者。馬方は無法者の多い職業とされた。

一六 諏訪湖の湖岸を回ると遠いからといって。

一七 自分だけの判断で。独断で。

挿絵解説　妄執を残す「紫女」を、「国中の道心者」が弔う、最後の場面を描く。

づみける。此事《（この）》[一]かくれもなく、哀《あはれ》と申はてぬ。

同し年《とし》[二]の七月七日の暮《くれ》に、星《ほし》を祭《まつ》るとて、梶《かぢ》[三]の葉《は》に歌《うた》をかきて、水海《みづうみ》に流《なが》しあそぶ時《とき》、沖《おき》のかたより、ひかりかゝやく[四]舟《ふね》に、見なれぬ人あまた取乗《とりのり》ける。其中《そのなか》に勘内《かんない》、高《たか》き玉座《ぎよくざ》[五]に居《ゐ》て、其ゆゝしさ、むかしに引替《ひきかへ》、皆《みな》〳〵見違《ちが》へける。舟《ふね》より心静《こゝろしづか》にあがり、前《まへ》につかはれし親方《おやかた》[六]のもとに行《ゆけ》ば、いづれもおどろき、様子《やうす》聞《きく》に、「それがし只今《たゞいま》は、竜《たつ》[七]の中都《なかみやこ》に流《なが》れ行《ゆき》て、大王《だいわう》[八]の買物《かいもの》づかひになり

一 このことは皆に知られたが、可哀相にといったまでで、あとはそのままになってしまった。
二 五節の一つ七夕。この夜一年に一度の逢う瀬を楽しむ牽牛・織女の二星を祭る年中行事。
三 増山井に「この国の風俗(ならはし)に、七夕の歌を手向るに芋の葉の露を硯に滴(したで)て梶に書く」とあり、滑稽雑談「穀葉(かじのは)歌」では、梶は七夕の舟の縁として新古今集の俊成歌「七夕のと渡る船の梶の葉に幾秋書きつ露の玉づさ」を掲げる。なお、上方では前日の六日に梶の葉売りが、江戸では七夕竹売りが来る。
四 この頃は清音。
▽この舟は、七夕の舟と竜宮の舟とをミックスしたもの。俊成歌の「七夕のと渡る舟」は、妻迎え舟・彦星のと渡る舟等とも呼ばれた。また「色々の宝を七いろ舟に積みて手向くる」(俳諧新式)七種(ななくさ)の舟があり、題名の「宝舟」にも、この七種の舟の連想があったと思われる。
五 貴人の座る美しく飾った座席。玉は美称。
六 宿駅の業務を扱う問屋場で、人馬の差配にあたる馬指・人足指などをいうのであろう。
七 竜宮界の都。竜宮は海中のみではなく、湖沼や河川の淵等にもあると考えられていた。
八 竜宮の王様に仕え買物方の役人になっているので、お金は自由自在になるのです。
九 ここは竜宮なので、異国性を強調し銅貨の銭ではなく金貨の銭とした。後の「しろがね(銀)銭」も同様。一貫は二貫文で、金銭二千枚。なお、金銭銀銭は、主に賞賜用として実際に鋳造された。秀吉の永楽・天正・文禄通宝、江戸期の慶長・元和通宝等の銀銭が知られ、また真山青果は「諸大名家は万一の際の準備として銀座に托して自家使用の銀銭金銭を鋳造し、幕府もまた通用銭にあらざる故をもって、その鋳造を禁止しなかった」(『西鶴語彙考証』)といっている。

て、金銀《きんぎん》我《わが》まゝにつかまつる」と、九金銭《きんせん》弐貫《くはん》くれける。「さて爰元《こゝもと》より、米《こめ》もやすし。一〇鳥肴《とりさかな》は手《て》どらへにする。一一女房《にょぼう》はより取《どり》、一二旅芝居《たびしばゐ》の若衆《わかしゅう》もくる。はやり歌《うた》の、一三やろかしなの雪国《ゆきぐに》を、うたひあかして、一四さむひともひだるひともしらず。正月も盆《ぼん》も、爰《こゝ》とすこしも違《ちが》ふた事なし。一五十四日から灯籠《とうろ》も出して、爰《こゝ》と替《かわつ》た事は、一六借銭乞《しゃくせんこひ》といふ者《もの》をしらぬ」と申。「此七月は、我《われ》はじめての盆《ぼん》なれば、一七ひとしほ馳走《ちそう》のために、国中《こくちう》の色《いろ》よき娘《むすめ》、十四より廿五迄、いまだ男《おとこ》を持《もた》

一〇 鳥や魚の意。　一一 ここは女性、女の意。
一二 地方巡業の歌舞伎の若衆方。前髪の美少年の役割をする役者で、売色をする者が多かった。
一三「さんがら節」の一節「あらい風にもようやよやあてまいさまを、やろか信濃の雪ぐにへ、さあささんがらが」(松の落葉四)。この歌の流行の様子を「嵐三右衛門がぬめり奴(やっこ)のふり出し、あらひ風にもあてまい様をといふて手をしめたる所は、恋のはじまり〳〵」(西鶴独吟百韻自註絵巻)と述べており、ここでも、竜宮での恋は無際限に自由であることを強調し、親方や仲間の気分をあおっている。
一四「卑随涙(ひだる)さと寒さと恋と比(くら)ぶれば、恥しながら空腹(ひだる)さぞ増す」(譬喩尽)の逆で、寒さも空腹も感じることなく恋に専念できるの意。
一五 七月十四日は盆の前夜で、「俗ニ十四日盆ト称」し、「今夜ヨリ二十四日或ハ晦日ニ至テ戸々灯火ヲ点」(日次紀事・七月)ずとある(図、和漢三才図会三十二)。
一六 借金取り。十四日の盆前は上半期の収支決算日。
一七 一層のもてなしのための意。原本「地走」。

挿絵解説　右図に諏訪湖・玉船・根引の勘内、左図に、盆用品のあれこれを買い込んで船に戻る勘内の手下どもを描く。左図の右から二人の頭には、尾鰭・ばい貝を、また二人目は河童の頭を描き、竜宮の者らしさを出している。買物品は、右から蓮の花、肩にかついだ木刀と挑灯、右手の団扇、さらに同じく肩の木刀とその先に荷飯(はすのいい)、また右手に麻柯(あさがら)を描く。

ぬをすぐりて、[一]大踊《あふおどり》のこしらへ、それは〳〵またあるまじき事也。[二]其《(その)》用意《やうい》の買《かい》物《もの》にまいつた」と申。めしつれし者《もの》ども、何《なに》とやら礒《いそ》くさく、[三]かしら魚《うを》の尾《を》なるもあり、[四]螺《ばい》のやうなるも有。万《よろづ》の買物《かいもの》をもたせ出行時《ゆくとき》、「あの国《くに》の女の、[五]いたづらを皆《みな》〳〵、見せましたい事じや」といふ。「それはなる事か」といへば、「それがしのまゝなり。十日計《ばかり》の[六]隙入《ひま》にして御越《こし》あれ。[七]しろがね銭《ぜに》を、ふねに[八]一ばいつみてまいらせん」と申せば、「我《われ》はつね〳〵のよしみ」「人よりは念比《ねんごろ》した」と、行《ゆく》事をあらそひける。親方《おやかた》をはじめ、その中《なか》にて七人、伴《ともな》ひける。取残《とりのこ》されし人、是をなげきしに、耳《みゝ》にも聞《きゝ》いれず。くだんの玉船《ぎよくせん》にのりさまに、壱人分別《ふんべつ》して、「命《いのち》に替《かへ》る程《ほど》の用《やう》のあり」とてゆかず。「さらば〳〵頓《やがて》」といふまもなく、舟《ふね》は浪間《なみま》に[九]沈《しづ》み、それより十とせあまりも過《すぎ》ゆけど、たよりもなく、「踊《おどり》を見に」と、[一〇]歌《うた》にばかりうとふて果《はて》ぬ。

此《(この)》六人の後家《ごけ》のなげき、又壱人ゆかぬ人は、今《いま》に命《いのち》のながく、[一一]目安書《めやすがき》して、世を渡《わた》りけると也。

八畳敷《じやうじき》の蓮《はす》の葉《は》

一 盆踊の身繕いを整えた姿。

二 盆用品の買物。七月七日を七日盆と呼び、盆と一続きの行事と考える所も多く、またこの日を盆始めと称し、仏具や墓の掃除、盆花の用意等をする。ここもその盆始めの買物の意である。盆踊用具に「大鼓・団扇・大小ノ木刀・加伊羅木・三尺手巾・奇特頭巾・作リ鬚・金銀薄ノ紋所等」(日次紀事・七月)が、また盆用品に「麻柯(あさがら)・大小ノ土器・供饗ノ膳・破子」(同)などが市中で売られた。

三 →三三五頁挿絵。

四 →三三五頁挿絵。海産の巻貝の一種。「田螺ニ似テ堅ク、田螺ヨリ大ナリ。春夏最モ多ク出ヅ…小児ソノ殻ヲ取リ、頭ノ尖リヲ打チ去リ平均ナラシメ、細キ苧縄(をなは)ヲ纏テコレヲ舞ハシテ戯レトス」(和漢三才図会四十七)とある。

五 淫奔、好色の意。

六 時間がかかるつもりでおいでなさいの意。

七 銀銭のこと。→三三四頁注九。

八 「一ばい」は原本通り。「一ぱい」の意。

九 原本は「深(しづ)み」とある。

一〇 諺。「うたにばかりうたふてゐる」(毛吹草)。

一一 訴状や公用文書などを箇条書きすることだが、ここはそうした文書を書く代書屋の意。なお、一人行かずに長生きしたのは、問屋場の下役で、帳付をしていた男だったのだろう。

▽本話は、民話の巧智譚・馬喰やそ八を典拠としている。その結びは、死んだはずのやそ八が、竜宮の土産だといって旦那に魚荷を与える。自分も竜宮へ行きたいという旦那を淵へ沈めて殺し、その後釜に坐るというもの。本話で、親方以下六人の者が、いとも簡単に口車に乗せられ死んでいくのも、この狡猾漢やそ八の役柄が、そのまま「勘内」に与えられていたからである。

一二 三重県との県境大台が原に発し、西北方へ流れ、和歌山県に入り紀の川となる。

五月雨《さみだれ》のふりつゞき、[一二]吉野川《よしのがわ》もわたり[一三]絶《たへ》て、[一四]つねさへ山家《やまが》は、物《もの》の淋《さび》しやと、むかし[一五]西行《さいぎやう》の住《すみ》たまひし、こけしみづの[一六]跡《あと》をむすび、殊勝《しゆしやう》なる[一七]道心者《どうしんじや》のましますが、所《ところ》の人爰《こゝ》に集《あつま》りて、[一八]せんじ茶《ちや》に日を暮《くら》しぬるに、雨《あめ》しきりに、俄《にはか》にやまも見えぬ折ふし、板縁《いたえん》のかた隅《すみ》に、ふるき[一九]茶碓《ちやうす》のありしが、其[二〇]しん木《き》の穴《あな》より、[二一]長《たけ》七寸計《ばかり》の細蛇《ほそくちなは》の一筋《すじ》出て、間《ま》もなく[二二]花柚《はなゆ》の枝《えだ》に飛《とび》うつりて、[二三]のぼると見えしが、雲《くも》にかくれて、行方《ゆきかた》しらず。麓《ふもと》の里《さと》より、人大勢《あふぜい》かけ付《つけ》て、「只今《たゞいま》此庭《には》から、[二四]十丈《じやう》あまりの、竜《たつ》が天上《てんじやう》した」と申。此声《こへ》におどろき、外《そと》に出て見るに、門《もん》前に大木《たいぼく》の[二五]榎《ゑ》の木《き》のありしが、[二六]一の枝引《えだひき》さけ、其下《そのした》ほれて、池《いけ》のごとくなりぬ。

「さても〳〵大《あふ》きなる事や」と、人〳〵のさはぐを、法師《ほうし》うち笑《わら》つて、「おの〳〵広《ひろ》き世界《せかい》を見ぬゆへ也。[二七]我筑前《われちくぜん》にありし時《とき》、さし荷《にな》ひの大蕪菜《あふかむな》あり。又雲州《うんしう》の[二八]松江川《まつへがわ》に、横《よこ》はゞ一尺弐寸づゝの鮒《ふな》あり。近江《あふみ》の[二九]長柄《ながら》山より、[三〇]九間《けん》ある山の芋《いも》、ほり出せし事も有。[三一]竹《たけ》が嶋の竹は、其まゝ手桶《ておけ》に切《きり》ぬ。[三二]熊野《くまの》に、[三三]油壺《あぶらつぼ》を[三四]引蟻《ひくあり》あり。[三五]松前《まつまへ》に、一里《り》半《はん》つゞきたるこんぶあり。[三六]つしまの嶋《しま》山に、髭《ひげ》一丈《じやう》のばしたる老人《らうじん》あり。遠国《ゑんごく》を見ねば、合点《がつてん》のゆかぬ物ぞかし。むかし[三七]嵯峨《さが》のさくげん[三八]和尚《わうしやう》の、入唐《につとう》あそばして後《のち》、[三九]信長公《のぶながこう》の御前《ぜん》にての物語《ものがたり》に、[四〇]「りやうじ

一三 吉野山への入口にある六田(むつ)の渡のこと。
一四 西行歌「寂しさにたへたる人のまたもあれな庵ならべん冬の山里」(山家集)による行文。
一五 「西行の庵室 四方正面堂(奥の院)より西北にあたる。堂の後より路あり。山の岨(そば)を二町程行て下る。その間に小川あり。小滝あり。苔の清水と云ふ。庵室に西行が絵像あり。西行この所にての詠歌多し。この所に三年住けるとなん。人遠く閑寂なる所也」(和州巡覧記)。
一六 跡に庵をむすびの意。 一七 仏の道に志す人。ここは法師。 一八 葉茶を煎じて飲む一般の茶。茶は吉野名産。「茶 春霞たてるせんじ茶もよしの哉 堺 谷氏永重」(吉野山独案内二)。
一九 葉茶をひいて抹茶を作る石臼。
二〇 臼の下石の真中の心棒に上石の穴を合わせ回転させるが、その上下の穴のこと。
二一 長さ約二十一センチの小さなへびが一匹。「くちなは」は、「小蛇ノ総名」(和漢三才図会四十五)。
二二 柚(ゆず)の一種。実は小さく、四五月に花をつける。花や実の皮を料理に用い香気を珍重する。
二三 ここは和漢三才図会四十五の、小蛇が蘆の梢より昇天する場面に似る。「小石中より竜の出たる物語古今多し」(倭訓栞)とされ、また竜の昇天に関しては、奇異雑談集五の一、大和怪異記三の十一など本話に類似したものが多い。
二四 三十メートル余の竜が昇天しましたよの意。竜は春夏に昇天する(和漢三才図会四十五)。
二五 夏は樹陰が好まれ、道路脇等にも植えられる。落葉喬木で高さ二十・径一メートル余にもなる。
二六 幹から最初に分かれ出ている大枝。
二七 序文の記事と同じ。↓二六四頁注三。
二八 島根県松江市の大橋川か。鮒は松江の名産。
二九 長等山。大津の西にあり比叡山に続く。峰の部分は妹山と呼ばれる(近江国輿地志略十)。

ゆせんの、御池《みいけ》の蓮葉《はちすば》は、およそ一枚《まい》が、[一]弐間《けん》四方《ほう》ほどひらきて、此(この)かほる風、心よく、此葉《は》の上《うへ》に昼寐《ひるね》して、涼《すゞ》む人ある」と、語《かた》りたまへば、信長《のぶなが》笑《わら(は)》せ給へば、和尚《わうしやう》御つぎの間《ま》に立《たち》たまひ、泪《なみだ》を流《なが》し、衣《ころも》の袖《そで》をしぼりたまふを見て、「只今殿《たゞいまとの》の御笑《わら》ひあそばしけるを、口惜《くちをし》くおぼしめされけるか」と、尋《たづ》ね給《たま》へば、和尚《わうしやう》ののたまひしは、「信長公《のぶながこう》、天下《てんか》を御しりあそばす程《ほど》の御心入には、[二]ちいさき事の思《おも》はれ、泪《なみだ》を洒《こぼ》す」と、のたまひけるとぞ」。

三〇 約十六メートルの山芋。山芋は俗にながいもともいう。近江は上質の山芋産地(本朝食鑑三)。
三一 薩摩半島の南、薩南諸島にある竹島。島名は琉球竹が密生していることによる。→二六四頁注四。 三二 熊野に大蟻がいることをいう。→二六四頁注二。 三三 灯油を入れる壺。油瓶(あぶらがめ)。 三四 和漢三才図会五十二・蟻の項に「黒キ者長サ寸(三センチ)許(ばかり)」とある。原本「礒」に誤る。 三五 →二六四頁注八。
三六 長崎県対馬中央部浅茅(あそう)湾の奥にある島。
三七 策彦周良。京都嵯峨の臨済宗天竜寺塔頭妙智院第三世住職。天文年間(一五三二―五五)、大内義隆の請に応じ二度入明。天正七年(一五七九)没、七十九歳。 三八 振り仮名は原本通り。「おしやうとは禅家にのみいふと聞し」(かたこと二)。
三九 織田氏。天正十年(一五八二)没、四十九歳。信長は策彦を招き、異域の人物・風土・山川等を問い、また、自ら妙智院を訪ねたりもした。
四〇 霊鷲山。摩伽陀(まかだ)国王舎城の東北の山。釈迦説法の地。和漢三才図会六十四に、摩伽陀国は「三四月夜少シ涼シク、八九月ヨリ三四月ニ至ルマデ酷暑(はなはだあつく)、毎日三四度冷水ヲ浴ル」とある。

一 「二間四方」は、畳八畳。題名はこれによる。
二 信長の心が小さいとする説と、壮大な心の信長に八畳敷の蓮の葉の話は小さ過ぎると解する説とに分かれるが、ここでは前者に解しておく。
▽都藍尼が竜に乗り金峰山に登ろうとした伝説による竜の池(本朝神社考四)や、青峰(あおね)の麓、奥の院の手前の竜が谷等より舞台を設定したか。
三 槍持を従え、乗り替えの馬を引かせている上級武士。乗り替え馬を持てるのは五百石以上。
四 使番(つかいばん)。君令を帯びて他家・他藩等への使

因果《いんぐわ》のぬけ穴《あな》

[三]鎗持《やりもち》・乗馬《のりむま》をひきつれて、家中《かちう》にまたなき[四]使者男《ししやおとこ》、大河判右衛門《あふかわはん》が[五]風俗《ふうぞく》、[六]世《よ》に見ならへといわれしに、武士《ぶし》の身《み》程定《ほどさだ》めがたき物はなし。きのふ[七]古里豊後《ふるさとぶんご》の国《くに》より、文遣《ふみつか》はしけるを、[八]女筆《によひつ》こゝろもとなく、明《あけ》て見るに、兄娌《あによめ》が書《かき》こしける。「判《はん》兵衛殿事、此十七日の夜《よ》、妙福寺《みやうふくじ》の[九]碁会《ごくはい》に、すこしの[一〇]助言《じよごん》より、[一一]いひあがりて、寺田《てらだ》弥平次[一二]うつて、はや所《ところ》をたちのき申候。子《こ》もなき人の御事なれば、[一三]おの〳〵さまならで、誰《たれ》か外《ほか》にはたよりもなし。女《おんな》の身の是非《ぜひ》もなき仕《し》合《あはせ》」と、哀《あはれ》に中遣《つか》はしける。思案《しあん》におよばず、俄《にはか》に御[一四]暇《いとま》申請《うけ》、一子《し》の判《はん》八ばかりつれて、[一五]武州《むしう》を立出る。

「此弥平次は、殿《との》より[一六]御取立の者《もの》なれば、深《ふか》く隠《かく》して、中《なか》〳〵[一七]手《て》にはまはるまじ。つね〴〵伝聞《つたへきゝ》しは、但馬《たじま》の国《くに》に、里《さと》人に親類《しんるい》ありとや。定《さだめ》て是《これ》へ[一八]のくべし。我《われ》〳〵も此所《ところ》へ行《ゆき》て、心掛《こゝろがく》べし」と、いそぎたじまにくだりて、忍《しの》び〳〵にたづねけるに、あんのごとく、[一九]百性《しやう》の門作《もんつく》りに、二重垣《ふたへがき》をして、[二〇]牢人《らうにん》あまた[二一]かくまへ、用心《やうじん》の犬《いぬ》迄何疋《なんびき》か、夜《よる》は油断《ゆだん》なく、拍子木《ひやうしぎ》をならし、[二二]間《ま》もなふ目を

いをするもの。人倫訓蒙図彙一に「器量をえらび、発明にして、弁舌あざやかにて、礼式をしり、文字をしりて、片言(かたこと)をいはざるを上とす」とある。 五 容姿と身のこなし。身ぶり、態度のこと。 六 皆々も見習うべきだの意。

七 この侍は、現在江戸詰めであるが、その郷国は豊後、今の大分県であることをいう。

八 女性の筆跡だったので、その夫の身に異変でもあったのではないかと心配しての意。

九 囲碁の会。原本「基」に誤る。

一〇 そばから口を出して忠告すること。口添え。

一一 言いあってる内に段々語気が激しくなって。

一二 寺田弥平次が、判兵衛を討っての意。

一三 判兵衛の弟大河判右衛門とその子判八。

一四 主君に対し敵討の暇を願い出て許しを得たことをいう。なお、敵討をする場合、奉行所など各地の管轄所にある公儀の御帳に、その届け出を記載しておき、公認を得ておくことが必要であり、無事討ち果した後もまた、届け出てそのことを記載することとなっていた。

一五 振り仮名原本通り。「ぶ」と読む。

一六 特別に登用された人物であるのでの意。

一七 自分達の手には届かないであろうの意。

一八 退くで、身を隠すの意。

一九 普通の百姓家には門をつけない。ここは、戦国時代以来の武士で、江戸時代もそのまま住みついている郷士等の家の門をいうのであろう。

二〇 牢人・浪人(節用集大全)。「牢人ト書ハイカヾ…浪人ト書ベシ」(志不可起四)。

二一 ここは、ひそかに養っているの意。

二二 絶え間なく、間断なくの意。

挿絵解説 巨大な八畳敷の蓮の葉と花、およびその葉の上で涼む人物を描く。

覚《さま》しける。ある夜《よ》雨風《あめかぜ》はげしく、然《しか》も闇《やみ》なれば、[一]焼食《やきめし》こしらへ、[二]先犬《まづいぬ》どもにちかより、横手《よこて》の塀《へい》を切《きり》ぬき、また内《うち》なる壁《かべ》に[三]道《みち》つけて、[四]広庭《ひろには》にしのび入しが、弥平次聞付《きゝつけ》、「何《なに》者か」といふ。親子《おやこ》ともに板《いた》のきれをくはへ、魚《うを》の骨《ほね》のごとくにもてなし、犬《いぬ》のまねいたせしに、是《これ》を聞《きゝ》て、「いぬにはあたまが高《たか》ひ、皆《みな》起《おき》あへ」とよばはる程《ほど》に、[五]兼《かね》ての若者《わかもの》ども、[六]おめき渡《わた》れど、まだ気遣《きづかい》をして、弥平次は出ず。[七]けはしくなれば、「先此度《まづ(この)たび》は[八]のけ」と、出さまに、[九]鍋釜《なべかま》を提《さげ》て、おもてに捨置《すておき》、はじめのぬけ道《みち》に出るに、老人《らうじん》の[一〇]ふ自由《しゆ》さは、くゞり時隙《ときひま》入処《ところ》を、跡《あと》より大勢両足《あふぜいりやうあし》にとりつき、すこしも身のうごきならず。判《はん》八立帰《かへ》りて、[一一]親《おや》のくびを切《きり》、其《その》くびさげて、にげのびけるに、跡《あと》にて[一二]せんぎさまぐ\、鍋《なべ》かまのやうすを見て、「盗《ぬす》人にはうたがひなし」と、[一三]其通《そのとを》りにすましける。

其後《(その)のち》判八は、我手《わがて》に掛《かけ》し、親《おや》のくびを持《もち》て、[一四]入佐《いるさ》山の奥《おく》ふかく、秋萩《あきはぎ》の下《した》葉《ば》を分《わけ》て、「世《よ》にはかゝる[一五]うきめもある事かな。かたきはうたで、いかなる因《ゐん》果《ぐは》ぞかし。江戸《えど》にまします母《はゝ》の聞《きゝ》たまはゞ、我《われ》を[一六]ふがひなく、御なげきも深《ふか》かるべし。されども一念《ねん》かけし弥平次を、うたでは置《おく》まじ、御こゝろやすかれ」と、御首《くび》に物を語《かた》りて、扨木《さてき》の根《ね》をかへし、埋《うづ》み所《どころ》の穴《あな》をほりしに、下《した》より[一七]しやれからうべひとつ出ける。「是《これ》もいかなる人の、[一八]むかしぞ」と、[一九]しらぬ哀《あは》れな

一 握飯に醤油・味噌等をつけ焼いたもの。焼結び。
二 最初に犬に近づき手なづけておいての意。
三 ここにも穴をあけて通り道を作っておきの意。
四 庭は土間のこと。ここは台所の広い土間。
五 かくまわれていた浪人達をさす。
六 大声をあげてわめき続けるの意。
七 生命も危なくなってきたので。
八 退くで、逃げよう、引きあげようの意。
九 竈(かまど)の鍋や釜を抜き取り、わざと戸外に転がして置き、普通の物取りに見せかけた。
一〇 老人の不自由さで、塀の穴を抜けるのに手間どっている間にの意。原本「自由(ふしゆ)」。
一一 子供が自分の親の首を切る話の典拠は、本話の場合、堪忍記三「父母に仕ふる堪忍十三」中の「貧しき子、その父老たり。親子つれて人の家に盗しに行けり。家主しりて追出し、逃るを追こと急也。竹薮の垣を潜りて逃たるに、親は足弱く遅れて垣を潜りけるに、後より追詰て足を捉へて引止む。その子立戻り親の首打落し取て帰りし」によったか。ただしこの話は注好選・上の八十九・殺父頸孝子、今昔物語集十の三十二・震旦盗人入国王倉盗財殺父語、源平盛衰記二十・楚効荊保の事等でも知られる。なお原話はエジプト生れで、ギリシャのヘロドトスのヒストリア中の話となり、一方で印度に伝わり釈迦本生談の一つとなり、更に唐代の法苑珠林三十一に採録され日本に伝わったといわれる。
一二 詮議。探索、究明すること。
一三 盗人ということにしてすましてしまった。
一四 八雲御抄より江戸期の松葉名所和歌集・名所小鏡まで、但馬の国の歌枕とする。ただし所在については、出石郡出石町の此隈山の続きの嶺という説が強いようであるが、いま一つ不明。

らべてうづめ、[二〇]露草《つゆくさ》を折《をり》て、水《みづ》を手向《たむけ》、其日もまだ暮《くれ》にとをければ、人の目をしのび、夜《よ》に入里《さと》に帰《かへ》らん（と）、塚《つか》を枕《まくら》に、しばしまどろむうちに、彼《かの》しやれからうべ、つげて語《かた》るは、「我《われ》は判《はん》[二一]右衛門が[二二]あさましき形《かたち》也。我為《わがため》とて、かたきを打《うち》に来《き》て、[二三]汝《なんじ》が手《て》にかゝる事は、是定《さだま》る道理《どうり》あり。[二四]前世《ぜんぜ》にて、弥平次が一門《もん》、ゆへなき事に八人迄うしなひ[二五]ければ、天此科《てん（この）とが》をゆるしたま（は）ぬを、今《いま》此身になりて覚《おぼゆ》る。其方《そのほう》とても、是をのがれがたし。[二六]武勇《ぶゆう》の本意《ほんい》をやめて、[二七]墨染《すみぞめ》の

一五 憂目。ひどい仕打ちにあうこと。
一六 自分を全くいくじがない者とお考えになり。
一七 さらされて白骨化した頭蓋骨。「髑髏ヲしやれからベト云モされかうべ也」（志不可起）。
一八 昔の姿の変り果てたものなのだろうかの意。
一九 知らないながらも、その人に哀れを催し、その髑髏と父の首とを並べて埋めたのである。
二〇 滑稽雑談十六に「葉は竹葉に似たり。花の形は鳳仙花に似て碧色也。和名月草とも露草とも云。…万の花は朝日影に当りてこそ咲に、この花は月影に当りて咲けば、月草といふ也」とあり、この部分も、この月草を意識しての行文。
二一 原本通り。「判兵衛」の誤り。
二二 「あさまし」は、「あさましくなる」の意で「死ぬ」ことの間接表現。ここもそれで、死んだ姿、幽霊として出てきた姿の意。
二三 お前の父判右衛門が、お前の手にかかって殺されることとなったのは、の意。
二四 この世に生まれる前の世。ぜんせ・ぜんぜ。
二五 私が八人までも殺してしまったのでの意。
二六 武士の志。ここは敵討への執念をいう。
二七 僧衣をまとう身、僧侶のこと。
▽本話の舞台が、江戸・豊後・但馬と設定されたのは、古今武士鑑二の七が伝える天和二年(一六八二)五月但馬の国村岡で起った敵討を下敷にしていたからである。江戸から兄の敵を追って来た近藤源太兵衛一行は、但馬村岡に隠れていた敵二人の内一人を討ち果し、無事本国肥前唐津へ引きあげる。本話の豊後は、この肥前によるか。

挿絵解説 雇われの浪人三人が、梯子に登り塀の上から犯人を探索している。手に親の首を提げた判八は、犬に追われて逃げ出している。

身となりて、先立《さき》し二人が跡《あと》を、よく〳〵吊《とも》ふべし。此言葉《ことば》の証拠《しやうこ》には、[一]我形《わがかたち》あるまじ。二たびほつて見るべし」と、つげてうせける。

彼塚《かのつか》をほるに、初《はじ》めのしやれからうべなき事、不思議《ふしぎ》ながら、[二]よもやうたで置《をく》べきかと、心をつくせし甲斐《かい》なく、判《はん》八も又、[三]かへり打《うち》にあいぬ。

一 判兵衛の髑髏(しやれこうべ)。もう、私の髑髏は残っていないでしょうの意。

二 どうして敵を討たないでおれようか、の意。

三 返討。敵討に失敗し、却って敵のために討たれること。

入絵

西鶴諸国ばなし

四

近年諸国咄《きんねんしよこくばなし》

大下馬《あふげば》

目録《もくろく》

巻四

一 振る舞い、しぐさ。ここは立ち廻りの様子。人形が昼の演技を真似たことをいう。

二 人形に乗り移った、浄瑠璃に登場する歴史上の人物達の魂をいう。

三 大坂道頓堀の人形操の劇場。蘆分船三・道頓堀図右上から、「天下一播磨/藤原/要栄」の看板、すぐ下に鼠戸を入る客と木戸番、床の上の札売、下方に道頓堀と石垣、浜芝居の「たけだ」からくりを描く。

四 人目を忍んで渡した扇には、長歌が記されており、それには今夜駆落したいとの知らせが読み込まれていたという話。「ながうた」は長歌(ちようか)。「忍び逢ふ」意を懸ける。

五 東京都港区麻布飯倉三、四丁目の俗称。国花万葉記七・西久保通の項に、西久保・土器町・赤羽・三田町とあり、諸売物に土器・瓦台・薬種等をあげる。侘しい町のイメージが強い。「芝の土器町のするに、小家勝ちなる淋しき所に廻りしに、板屋まばらに、しのべ竹の菱垣崩れかかり云々」(二十不孝五の四)。

六 傲慢な天狗の鼻の先の傷に対する報復をとどめるために、一命をかけて自らも天狗となり、高野山の危機を救った話。なお、本文題は「替(かゆ)る」ではなく「替(かは)る」だが、ここは「替(かゆ)る」で解釈した。「鼻の先」は原本「鼻先(はなのさき)」。

七 高野山には、覚海・高林房・昆長房・妙音房等、天狗の伝承が多く、山内の俗人も鎮火の祈願に「南無覚海高林毘張房」と称えたと伝える(紀伊続風土記五十九)。

[一〇]常陸《ひたち》の国鹿嶋《くにかしま》にありし事

㊄ [一一]夢《ゆめ》に京《きやう》より戻《もど》る

泉州《せんしう》の[一三]堺《さかい》にありし事

[一二]名《めい》草《そう》

㊅ 力《ちから》なしの大仏《あふぼとけ》

山城《やましろ》の国[一五]鳥羽《くにとば》にありし事

[一四]大《だい》力《りき》

㊆ 鯉《こい》のちらし紋《もん》

河内《かわち》の国[一六]内助《くにないすけ》が淵《ふち》にありし事

猟《りやう》師《し》

八 和歌山県伊都郡高野町。空海が真言宗の本山金剛峰寺を開き、大塔・金堂を建て、以後霊場として栄えた。標高九百㍍の山地。奥の院に弘法大師廟があり、墓地は日本全国から納骨され、日本最大。

九 高野山西端にある巨大な一山の総門。「高野の入口、西大門(だいもん)、二階門なり」(南遊紀行)。現在の門は、宝永二年の建造(図、高野山之図・大門)。

一〇 茨城県鹿島郡鹿島町。新編常陸国誌に「鹿島神宮ノアル所、今ニ至テ鹿島ト称ス、又ハ宮中ト云フ」とある、現在の鹿島町宮中(きゆうちゆう)。

一一 天皇の夢に現われて歌を詠み、その結果京都より故郷へ戻されることとなった藤の精の話。

一二 金光寺の「白藤」をいう。本文末の「名木名草のきどく」からとった見出し語。

一三 大阪府堺市。海外貿易港として、また豪商達による自治組織を持つ町として栄えた堺は、近世に入って堺奉行所(堺政所(まんどころ)とも)の支配となっても、かろうじて糸割符仲間として繁栄を保ったが、元禄期以降は衰退した。

一四 父親「力なしの大仏」に対し、子供の小仏は「大力」だったことを暗示した見出し。

一五 京都市伏見区下鳥羽。京南郊の出入口で鳥羽街道があり、運送業者車借(しやしやく)が多かった。

一六 大阪府大東市にあった勿入淵(ないりそのふち)趾の新開(ひらき)池。国花万葉記四に「新開 内助が淵」。南遊紀行・上に、大池で魚多く漁家少しありと記す。

形《かたち》は昼《ひる》のまね

浄瑠利《じやうるり》の[一]太夫に、[二]井上播摩《ゐのうへはりま》とて、[三]さま〲のふしを語《かた》り出して、諸人《しよにん》に口まねさせける。有時《あるとき》の[四]正月芝《しば》居に、[五]一の谷のさかおとしの合戦《かつせん》を、[六]五段につくり、人形《にんぎやう》もひとつ〲、[七]細工《さいく》人《にん》こゝろをつくしてこしらへ、[八]役者《やくしや》もめい〲の魂《たまし》ひ入て、源平《げんぺい》にし東《ひがし》にたて別《わか》れ、大軍《あふいくさ》の所《ところ》をつかひけるほどに、[九]大坂中《あふさかぢう》うつして、是《(これ)》見物《けんぶつ》事とて、ひさしくはやりける。

其《(その)》比《ころ》は二月の末《すへ》の事なるに、明暮春雨《あけくれはるさめ》のふりつゞき、万《よろづ》の[一〇]浜芝《はましば》ゐまでやみて、物のさびしき夜半《よは》に、[一一]千日寺の鉦《かね》の声《こへ》、[一二]蛙《かわず》の鳴《なく》より外《ほか》は、きく事もなく、[一三]楽《がく》屋番《ばん》の小兵衛・左右衛門、[一四]木枕《きまくら》をならべ、ともし火《び》かすかにして、はなし寐《ね》入《いり》に、前後《せんご》もしらぬ時《とき》、人のあし音《おと》に目《め》覚《さま》し、二人ともに[一五]夜着《よぎ》の下《した》より、あたまをあげて見るに、遣《つか》ひ捨《すて》たる人形《にんぎやう》ども、物《もの》こそいはね、其まゝ人間《にんげん》のごとく立合《たちあい》、しばしたゝきあい、くひつき、[一六]血煙《ちけふり》たつておそろし。其後《そののち》に、にしの方《かた》より、[一七]越中《ゑつちう》の二郎兵衛と名付《なづけ》し[一八]出来坊《でくるぼう》、ゆたかに出れば、ひがしから、[一九]左《さ》藤次《とうつぎ》信《のぶ》出て、是《これ》は[二〇]半時《はんじ》ばかりも、きりむすびしが、つかれて[二一]あい引にして、つぎの

一 浄瑠璃太夫。太夫は浄瑠璃語りの称号。
二 井上播磨少掾藤原要栄(あきひさ)。大坂における浄瑠璃の祖、あるいは中興の祖といわれる。延宝二一四年(一六四一—一六七六)頃没か。享年五十四歳。
三「フシ・ヲクリ・三重…此類に心を配り、なかんづくうれい・修羅を第一に語られし…一生のふし事数百段あり」(今昔操年代記・上)といわれた。原本「さまの〲」。 四 ここは、正月に興行される人形芝居のこと。 五 播磨の古浄瑠璃正本に「源平軍(げんぺいいくさ)論」(万治四年以前)がある。
六 古浄瑠璃は、初期は十二段、明暦頃は六段、延宝以後は五段が主流。「井上播磨より五段につゞめたり」(声曲類纂一)といわれた。
七 人形を作る人形師。 八 ここは、人形遣い。
九 大坂中の人々がここに移って来ての意。
一〇 大坂の小芝居。道頓堀の南側には主だった劇場が並び、堀に面した北側には種々の見世物小屋があった。道頓堀の浜側にあったのでいう。
一一 浄土宗天竜山法善寺の通称。難波鑑四に、寛永年中に千日の念仏が行われたのでこの名称があり、今に不断念仏の道場で、七月一日の「たたきがね」は、殊に著名であると記す。
一二 当時、芝居小屋の裏は、畑や田圃だった。
一三 楽屋の取り締り、人形の世話、また、役者の走り使いなど、楽屋の雑用をつとめる者。
一四 粗末な木製の枕。 一五 上に掛ける寝具で、着物の形に似て厚く綿を入れたもの。
一六 激しく飛び散る多量の血を煙にたとえた語。
一七 侍大将平盛嗣。室山・水島の合戦で平家を勝利に導き高名をとるが、一の谷では、熊谷直実と一騎討ちをして退却した(平家物語九)。
一八 操り人形。でくのぼう・でこのぼう。
一九 原本通り。佐藤継信。義経四天王の一人。屋島で戦死。→二八三頁注三〇。

ぶは腰《こし》をうつて休《やす》む。二郎兵衛は、そろ〳〵庭《には》にをりて、一天目《てんもく》・二ひしやくを取《とつ》て、三息《いき》つぎの水呑《みづのむ》ありさま、舌《した》の音《おと》して、人にすこしも替《かわ》る事なし。其跡《(その)あと》は、四あつもりの若衆人形《わかしゆにんぎやう》にとりつき、または、五おやま人形《にんぎやう》に六しなだれ、色《いろ》〳〵の事ども、宵《よひ》のこはさやみて、おかしくなりぬ。夜《よ》すがら二郎兵衛の人形、かけまはりけるが、明《あけ》かたに七なりをやめける。

楽屋番《がくやばん》の二人おど(ろ)き、八太夫本《たゆふもと》にて是《これ》を語《かた》る。皆《みな》〳〵九横手《よこで》うつ中《なか》に、四蔵《ぞう》

三〇 一時(いつとき)の半分。一時間。
三一 戦場で敵味方が同時に引くこと。

一 浅く開いた擂鉢形の茶碗の総称。天目茶碗。
二 柄杓。竹や木等で作った湯・水等を汲む用具。
三 原本「息(ぎ)つき」。息継。一息入れること。
四 若衆方の人形。一の谷で熊谷直実に討たれた十六歳の平敦盛に扮し、前髪をつけ、衆道の相手としての匂いを漂わせているのであろう。
五 女方の人形。遊女傾城の類をおやまというにより是をおやま人形という(嬉遊笑覧六)。
六 撓垂る。人に媚び甘えてもたれる、恋情を持って相手に身を寄せる意。
七 物音が絶えて、ひっそりと静かになること。
八 芝居興行の責任者。役者の上に居て万事を監督するものをいう。ただし、江戸では興行主である座元が太夫元を兼ねたため、座元を太夫元とも呼び、興行の全権を持っていた。
九 思わず両手を打ち合わせること。驚いたり、はっと思い当ったりした時にする動作。
一〇 年老いた道化方の人形遣い。道化方の人形は、江戸でのろま、上方でそろま・そろ七・麦間等と呼ばれ、浄瑠璃各段の間に、道化た狂言を演じた。老巧な一座の指導役がこれにあたった。
一一 このことは、「夜の楽屋に師直と判官の人形よすがら争ひたることあり」(広文庫・にんぎやう)、「敵役の人形と実役の人形をひとつに入れ置く時は、其人形喰ひ合ふて微塵になる」(宮川舎漫筆四)のごとく、広く言い伝えられる。
一二 劇場の入口、鼠戸(木戸口)の傍らの台上にいて、入場する客から木戸札を受け取り、また同時に、警備・客の勧誘等の役目をする者。
一三 木戸札を売る役目の者。雍州府志八・芝居に「鼠戸ノ傍ニ床ヲ設ケ、札ヲ銭ニ代テコレヲ売

一〇といふふるき道外《どうけ》のありしが、すこしもさはがず、一一「むかしより、同し人形《にんぎやう》共、くひあふ事は、ためし多《をゝ》し。いかにしても、水を呑《のみ》し事不思議《ふしぎ》なり」と、あけの日、一二木戸番《きどばん》・一三札売《ふだうり》ども、大勢掛《あふぜいかけ》て、一四かつて見るに、年《とし》へし狸《たぬき》ども、ゆかの下《した》より飛《とび》出て、一五今宮《いまみや》の松原《まつばら》へうせにける。一六おそろしきとも中〳〵。

ル。札ハ小牘(だとよ)ニ印ヲ貼シテ徴トスル者ナリ」とある。↓三四四頁注三。
一四 狩ってみる、狩り立ててみるの意。
一五 大阪市浪速区恵美須西一丁目の今宮戎神社一帯、当時は今宮村。道頓堀操橋(のち戎橋)の橋詰より南に今宮への道があった。和漢三才図会七十四・広田神社に「恵比須ノ宮ノ近所松林ノ中ニ在リ」とある「松林」をいうのであろう。
一六 古浄瑠璃段末のきまり文句、「恐しきともなかなか申すばかりはなかりける」の省略表現。
▽人形が狸だったという本話の結びは、狸の芝居、狸合戦等で広く知られる巷説による。芝居小屋の趾に狸が入り、毎夜芝居をするという話は、近代までも行われた(柳田国男「狸とデモノロジー」)。阿波の狸、赤岩将監の話には、狸合戦の陣中讃州軍が、毎夜源平八島合戦の芝居を演じたとある(大語園)。本話は、芝居に登場した人物の精神が人形に宿る話と、この狸に関する巷説とをミックスしたもの。

挿絵解説 人形芝居の舞台を正面観客席より描いたもの。雍州府志八・芝居に「中央正面ニ舞台ヲ設ク。横ノ長サ五間、矮欄(ひくいかき)ヲ構ヘ、ソノ上下幕ヲ設ケテ、偶人ヲ操ル者幕ノ内ニ居テ、人形ヲ上下幕ノ間ニ出ス」とある。なお、下に掲げた人倫訓蒙図彙七・浄瑠璃楽屋の挿絵は、右図に太夫と楽屋、左図に上下の幕・人形・人形遣いを描いている。これは舞台を内側から描いたもので参考となる。

忍《しの》び扇《あふぎ》の長歌《ながうた》

[一]屋かた住《すま》ひ、気《き》づまりも、[二]上野《うへの》の花《はな》にわすれて、諸人《しよにん》の[三]心玉《こゝろだま》うきたつ、春《はる》のありさま、[四]衣装幕《いしやうまく》のうちには、[五]小歌《こうた》まじりの[六]女中姿《じよちうすがた》、ほんの桜《さくら》よりは、[七]詠《なが》めぞかし。

日も暮《くれ》にちかき折《をり》ふし、大名《だいみやう》の奥《おく》さまめきて、先《さき》に[八]長刀《なぎなた》・[九]ふたつ挟箱《はさみばこ》もたせて、[一〇]高蒔絵《たかまきゑ》の[一一]乗物《のり》つゞきて、跡《あと》より廿《はたち》あまりの面影《おもかげ》、[一二]窓《まど》のすだれのひまより見へけるに、其《その》うつくしさ、[一三]和国美人《わこくびじん》そろへのうちにもみへず。うか／＼と付《つい》てまはりける、此男《(この)おとこ》、やう／＼[一四]中小性《ちうこしやう》ぐらいの風俗《ふうぞく》、[一五]女のすかぬ男也。おもふにおよばぬ御かたを恋初《こいそめ》、跡《あと》より[一六]行中間《ゆくちうげん》にたづねしに、「さる御大名《だいみやう》のめいごさま」と、あらまし様子《やうす》を語《かたり》すて行。

さてはと其所《そのところ》をしりて、[一七]奥《おく》かたへの御奉公《ほうこ》を[一八]かせぎしに、よき伝《つて》ありて[一九]相済《あいすみ》、二とせばかり勤《つと》めしうちに、あなたこなたへの御供申せし折《をり》ふし、思ひ入し御乗物《のり》に目をつけけるに、[二〇]縁《ゑん》は不思義《ふしぎ》なり。あなたにもいつともなふ、おぼしめし入られ、[二一]するゞ／＼の女に仰付《おゝせつけ》られ、[二二]長《なが》屋の窓《まど》より、[二三]黒骨《くろぼね》の扇《あふぎ》をなげ入ける。

一　武家屋敷に住んでの生活。
二　東京都台東区上野公園一帯。東叡山寛永寺の境内で、江戸随一の桜の名所。東海道名所記一に「春は並木の桜花咲きつゞく。枝々吉野・初瀬の名所にも越えたり」とある。
三　気分・気持。心だまに乗す(のる)ともいう。
四　小袖などを綱に懸けつらねて幕の代用としたもの。小袖幕とも。「女房の上着の小袖、男の羽織を弁当からげたる細引に通して、桜の木に結び付け仮の幕にして、毛氈・花莚敷きて酒飲むなり」(紫の一本・下)。
五　花見の酒宴で歌う流行歌、俗謡。「鳴物は御法度にて鳴らさず。小歌・浄瑠璃・仕舞はとがむることとなし」(紫の一本・下)。
六　女性の装(よそおい)。「花見小袖とて成程(なるほど)結構に手をこめ、伊達なるもの数奇に好みたるを着て出るなり。花より猶見事なり」(紫の一本・下)。
七　原本「詠(ながめ)め」。
八　長刀は、近世では女性の武器とされた。上級武家の女性の行列に持たせる。
九　対(つい)の挟箱。挟箱は衣服等を入れる箱。上級武家の女性は、行列に対の挟箱を持たせた。
一〇　蒔絵の技法の一。金銀の文様を適当な高さに肉上げして蒔絵を施したもの。
一一　女性用乗物駕籠。蒔絵を施したものは最高品。
一二　乗物の後側上方に小窓があり、その窓に簾がかけてある。↓二九六頁挿絵。
一三　日本の古今の美人を集めた絵本類であろう。
一四　年少の小小性(こどしよう)と年配の大小性の中間で、主君の外出の供・配膳等を務める。「あながち器量を選ばず。時によりて此内より使者役をする事も有り。児小姓上りの中小姓は風俗かくれなし」(人倫訓蒙図彙一)。なお、風俗は風采。
一五　小小性上りではなく、いかにも風采の上らない中小性風の男であることを強調している。

二四若《わか》ひ者《もの》中間より見付て、彼半女《かのはした》と心のあるやうに申を、二五沙汰《さた》なしに酒《さけ》など買《かふ》て、口をふさぎぬ。其夜《よ》御あふぎひらき見るに、筆のあゆみ、只人《たゞ》のぶ二六んがらにもあらず。おぼしめす事ども、長歌《ながうた》にあそばしける。よく〱読《よみ》て見るに、「我《われ》をおもはゞ、今宵《よひ》のうちに、つれて立のくべし。男にさま替《かへ》二七て、きり戸《と》二八をしのび、命《いのち》をかぎり」との御事。此かたじけなさ、身をくだきてもと思ひ定《さだ》め、其時《とき》をまつ二九に、御しらせたがはず、小者姿《こものすがた》三〇にして、御出あそばしけるを、御門

▽簾の隙より面影を見る場面は、いわゆる垣間見であり、この辺りは伊勢物語の雰囲気である。九十九段「車に、女の顔の下簾よりほのかに見えければ、…後は誰れと知りにけり」、また九十三段「身はいやしくて、いとになき人を思ひかけたりけり」などを踏まえた文章であろう。

一六 武家の召使い。士分である足軽と小者との中間の者。常傭いの下僕だが、渡り奉公人。

一七 大名屋敷で女性の住む区域。奥向き。

一八 稼ぐ。ここは職を探し求めること。

一九 希望通り職をうることができたの意。

▽奥向きの勤めをして姫を慕い続けるというのも伊勢物語的。六段「女のえ得まじかりけるを、年を経てよばひ渡りける」、また、六十五段「男、女方許されたりければ、女のある所に向ひ居りければ」などが意識された文章であろう。

二〇 男女の縁の不可思議さをいう。諺「縁は異なもの」同様、その思いがけなさを強調したもの。

二一 奥向きの雑役をする身分の低い女中。おすえ。　二二 屋敷の廻りの道路に面した下級武士用の長屋。　二三 武家で用いる扇は、黒骨が本式。

二四 ここは、同輩の連中。　二五 半女(はした)との噂を立てさせないために、一杯振舞って同輩達の口をふさいだのである。　二六 ここは、文章の書き様。　二七 男装で参りますの意。原本「替(か)へて」。　二八 門扉・塀等の一部を切り抜いた潜り戸。　二九 原本「まづ」と濁る。

三〇 草履取・走り使いをする武家の下僕で、中間(ちゅうげん)の下位。渡り奉公人。

挿絵解説　人目を忍び隠れ住んだ裏棚で姫が手慣れぬ洗濯をしている場面。井戸・釣瓶(つるべ)・盥(たらい)・槌・手桶・物干竿と洗濯物が描かれている。

をまぎれ出、はやその夜《よ》に、一かはらけ町《まち》といふ所に、二よしみの者《もの》有、是《これ》にしのび、すこしの三うら棚《だな》をかりて、人しれず住《すみ》けるに、何《なに》の心もなく出たまへば、四世《よ》を渡《わた》るべき種《たね》もなければ、五御守《まもり》わきざしを、少《わずか》の質《しち》に置《おき》て、月日をおくらるるうちに、またかなしく、六男は夜《よる》〳〵、切疵《きりきず》の七かうやくを売《うれ》どもはかどらず。後《のち》にはせんかたつきぬれば、手《て》なれたまはぬ、すゝぎ八せんだく、見るめもいたはしく、近所《きんじよ》も不思義《ふしぎ》を立《たて》ける。

屋敷《しき》よりは、毎《まい》日五十人づゝ、御ゆく〳〵をたづねしに、半年《はんとし》あまり過《すぎ》て、さがし出し、大勢《あふぜい》とりかけ、彼《かの》男は縄《なわ》をかけて、其夜《そのよ》に九せいばいにあいける。其後姫《ひめ》は、一間《ま》なるかたにおしこめ、一〇じがひあそばすやうに、しかけ置《おき》ても、中〳〵その心ざしもなく、時節《じせつ》うつれば、「いかに、女なればとて一一おくれたり。最後《さいご》をいそがせ」と、大殿《との》より仰《おゝ》せければ、姫の御かたに参《まい》りて、「世《よ》の定《さだ》まり事とて、御いたはしくは候へども、不義《ふぎ》あそばし候へば、御最後《さいご》」と申あぐれば、「我命《われいのち》おしむにはあらねども、身の上《うへ》に不義はなし。一二人間《にんげん》と生《しやう》を請《うけ》て、女の男只一人持《もつ》事、是作法《さほう》也。あの者下《ものした》〴〵をおもふは、一三是縁《これゑん》の道《みち》也。おの〳〵一四世《よ》の不義《ふぎ》といふ事をしらずや。夫《おつと》ある女の、外《ほか》に男《おとこ》を思ひ、または死別《しにわか》れて、後夫《ごふ》を求《もとむ》るこそ、不儀《ふぎ》とは申べし。男なき女の、一生《しやう》に一人の男を、不儀

一 →三四四頁注五。
二 親しい交わりのある者。
三 表借屋に対する裏借屋で、幅三尺の露地によって出入する。棟割り長屋で、一戸九尺間口、奥行二間が標準。井戸や便所は共用。
四 日々の暮しを支える元手もなかったのでの意。
五 護身用の脇差。守り刀に同じ。
六 窮乏してきたのでの意。「たのし」の対。
七 薬を動物の膏(あぶら)で練って作った外用薬。紙や布に塗り切り傷等の患部にはる。膏薬売は、大道で商う者と、編笠をかぶり振売する者とがあった。人目を忍ぶには振売が好都合。ここは更に用心して、夜になって売りに出たのである。
八 洗濯。関西では「せんだく」と濁る。
九 成敗。手討ちにされた。武家では奥向きの女性との私通は厳禁、また身分違いの結婚も許されない。不義者は手討ちが普通。
一〇 自害。自殺。武家では、不義を犯した娘を親が家へ呼び返して手討ちにした例もある。
一一 気おくれしている。おじけづいている。
一二 この結婚観は、諺「貞女両夫にまみえず」に示される当代の基本的な考え方。西鶴は、五人女二の四、二十不孝一の三等でも、ほぼ同様の考え方を示している。
一三 男女間の縁の不思議さというものだの意。
一四 世間でいう不義とは、間男(まおとこ)をすることや再婚することをいっている筈ではないか。
一五 身分違いの婚姻譚は多いが、ここでは現在民話「山田白滝」(日本昔話大成二の一三三、摂陽群談八)等で伝えられる白滝姫と栗花落(つゆ)理左衛門の話が、意識されているのであろう。
一六 男の霊を弔うために自ら尼となられた。
▽本話は、民話「山田白滝」の白滝姫と栗花落理左衛門(摂陽群談八)及び両者の歌の応答を、

とは申されまじ。又下《した》[一五]〴〵を取《とり》あげ、縁《えん》をくみし事は、むかしよりためし有。我《われ》すこしも不儀《ふぎ》にはあらず。その男《おとこ》は、ころすまじき物を」と、泪《なみだ》を流《なが》したまい、此《（この）》男の跡《あと》[一六]とふ為《ため》なりと、自髪《みづからかみ》をおろしたまふと也。

命《いのち》に替《かは》る鼻《はな》の先《さき》

天狗《てんぐ》[一七]といふものは、めいよ[一八]人の心に、おもふ事を其まゝに、合点《がってん》[一九]をする物ぞかし。

有時《あるとき》に、高野《こうや》のおだはら町[二〇]に、檜《ひ》[二一]物細工《さいく》をする者《もの》、杉《すぎ》[二二]の水《みづ》さしまげる折ふし、十二三のうつくしき女の子《こ》、何国《いづく》ともなく来《きた》りぬ。是も此山[二三]にてはめづらしく、気《き》を付《つけ》て見るに、職人《しよくにん》の見世のさきによりて、鉋屑《かんなくず》[二四]をなぶり、「あたら椙《すぎ》[二五]の木をきりて」と、是を惜《をし》み、いろ〳〵じやまをするを、しかれどもきかず。後《のち》は[二六]心腹立《はらたち》、横矢《よこや》[二七]といふ道具《どうぐ》をとりなをして、だましすまして[二八]、ぶたんと思へば、はやしりて、「それでうたるゝ間《ま》には、我《われ》も足《あし》があつて、にぐる」といふ。砥《と》[二九]石《いし》なげうちにとおもへば、「いや〳〵なげうちは、すかぬ事」と笑《わろ》ふ。あきれはてて《〔と〕》、分別《ふんべつ》するうちに、割挟《わりはさみ》[三〇]のせめといふ物、自然《しぜん》とはづれける。是は心[三一]の

姫・男・長歌と設定し、更に白滝姫の姉中将姫が雲雀山で切々と口説く場面を、姫の不義論展開の場に転じたと考えられる。こうした設定が出来たのは、本話が天和二年に大和松山藩で起った矢都姫事件を原拠としていたからである。事件は、江戸で離縁となった姫を家老浅津治左衛門が迎えに行く。帰途京都見物中に姫が病気となり、二人の帰国が遅れる。国元では、二人の恋が噂され、帰国と同時に姫は一室に押込められ、浅津はやがて殺されたというものだった。

一七 近世では、山伏姿で背中に翼があり、朱面で鼻高く、耳長く、牙も長いとされていた。

一八 不思議に。　一九 察知するの意。

二〇 金剛峰寺から東方、奥の院へ行く途中の、高野山の中心小田原谷にあり、町家が並んでいた。南遊紀行には、「大塔を過て、小田原と云ふ町有り」と記す。

二一 檜物は檜の薄板で作った曲物(わげもの)。又曲物一般もいう。人倫訓蒙図彙六・檜物師に「曲物・造物(つくるもの)…杉・檜・槙等を以て造る」とある。

二二 水差。和漢茶誌に「水注(みずさし)…曲(わげ)ノ水指アリ、杉片ヲ以テ屈曲セシム」とある。

二三 高野山の山内は女人禁制。山内の商人達も「皆妻を養はず」(南遊紀行)とある。

二四 鉋屑を玩びの意。「鉋」、原本「鍬」に誤る。

二五 椙は杉の俗字(元和本下学集)。

二六 むかむかといらだつ、むかっぱらがたつ。

二七 檜物師用の横槌、又はかけや(大槌)か。

二八 うまくだましおおせての意。　二九 檜物細工の刃物を研ぐために傍に置いてある。

三〇 曲物に癖をつけるために用いる、木や竹製の先が二股になった工具。責(めせ)は、薄板を挟んだ二股の先端部分を締付けておく金具の輪。

三一 檜物屋が心に思ったことではなかったので。

外《ほか》なれば、鼻《はな》のさきにあたれば、おどろき姿《すがた》(一)を引替《ひきか》へ、天狗《ぐ》となつて、山に飛《とび》行《ゆき》、あまたのけんぞく(二)を集《あつ》め、「さても〳〵世《よ》の中に、檜《ひ》物屋程《ほど》、おそろしき物はなし。かさねて行事なかれ。思へばにくし。けふのうちに、此《この》御山を焼払《やきはら》ひ、細工人《さいくにん》目をはだかになすべし」と、火《ひ》の付所《つけどころ》を手《て》わけして、既《すで》に申《さる》(三)の刻《こく》にきはめける。

折《をり》からほうき院《ゐん》(四)は、昼寐《ひるね》をしてましますが、此声《こへ》に夢覚《ゆめさめ》、当山《とうざん》(五)やくべきとは

一 女の子は天狗となって逃げるが、この檜物屋との問答の部分は、「山姥と桶屋(さとりの化物(ばっこ))」(日本昔話大成七の二六五)によっている。
二 眷属。天狗配下の従者や手下の者達をいう。
三 午後四時前後。
四 宝亀院は西院谷に現存する。西鶴は敢て本話の内容に係らない覚海社近くの寺院をあげたか。
五 この高野山を焼き払ってしまうとは、の意。
六 天狗には、善天狗と悪天狗の二類があると考えられ、悪天狗は、我執憍慢の僧が堕落していく魔道の者であるとされた。ここは、宝亀院が自ら悪天狗となって、彼等の焼き打ちの暴挙を阻止しようと一念発起する場面である。
七 政道。上に立って取り締ること。監督。
八 強く心に念じ、一念発起しの意。
九 明障子。四辺を框(かまち)で囲み、桟を縦横に組み、和紙を張り採光できるようにした建具。
一〇 宝亀院が明障子を両腋に挟みそのまま飛去ったというのは、高野山南谷花(華)王院の開基覚海の伝説による。東国高僧伝九に「山中魔事熾盛ニシテ、動(やや)モスレバ行者ヲ擾(だみ)シ、善事ヲ妨礙(ばうがい)ス。海誓ツテ調伏シ以ツテ教法ヲ護セント欲ス。一日両腋(わき)忽(たちまち)ニ羽翮(うか)ヲ生ジ、門扉ヲ踢翻(てきほん)シテ、空ヲ凌ギテ去ル。…山中今ニイタルマデ往往ニ見ル者有リト云フ」とある。　一一 この宝亀院の弟子坊主は、高野山通念集二・杓子が芝附松の条の伝説「明王院如法上人、久安元年四月十日白日に都率天に往詣し給ふ時、…御弟子帰従(小如法と云ふ)上人の御跡を慕ひ、同じく天上しけると也。その時如何ありけん、杓子と云ふ物を持ちてけるが、ここへものしけるを以て、ここの名とすと俗に言ひ伝へ侍る」による。
一二 盛形。料理や供物を、作法に従い杉・ほや・

かなしく、「我《われ》一山《ざん》の身にかはり、まどう[六]へ落《おち》て、あのせいとう[七]をすべし」と一念《ねん》[八]、あかりしやうじ[九]二枚《まい》、両脇《りやうはき》にはさまれしが、そのまゝ[一〇]羽《はね》となつて飛《とば》れける。弟子坊主《でしぼうず》[一一]、台所《だいどころ》に何《なに》かもりかた[一二]をしてありしが、是《これ》もつゞきて飛《とび》ける。今《いま》に其時《そのとき》の形《かたち》をあらはし、大門《だいもん》のしやくし[一三]天狗《てんぐ》とて、見る事たび〳〵也。

其後《そののち》、不思儀《ふしぎ》なる事は、其寺《てら》のかぶき門《もん》[一四]、数《す》百人してもうごくまじきを、ある夜《よ》やね計《ばかり》を海道《かいどう》[一五]におろし置《おき》ぬ。それより人絶《たへ》て、此寺天狗の住所《すみどころ》となりて、ひさしくうちを見た人もなし。

驚《おどろく》は三十七度《ど》

物は仕入《しいれ》[一六]によつて何《なに》事も。

近年関東《きんねんくはんとう》のかたに、友《とも》[一七]よび鴈《がん》といふ物をこしらへ、広野《ひろの》にはなちがひして置《おき》しに、空行鳥《そらゆくとり》をよびおろし、さま〴〵なつけて、後《のち》はせつしやう[一八]人《にん》の宿《やど》につれて来《き》て、骨《ほね》をもおらず、とらへさす事有。諸鳥《しよてう》迄も、かく奥筋《おくすじ》[一九]はすゝどし[二〇]。

爰《こゝ》にひたちの国、鹿嶋《かしま》のかた里《ざと》に、目玉《めだま》の林内《りんない》といふ者《もの》、世《よ》をわたる業《わざ》もおゝきに、冬《ふゆ》の夜《よ》のあらしをもいとはず、あたりの若者《わかもの》をかたらひ、明暮《あけくれ》鳥の

銀杏等の形に盛りつけること。 一三 南谷の遍照岡東端に覚海社があり、花王院覚海の廟所と伝えられ、古地図には「テング也」と注記したものもある。覚海伝説は昭和初め頃まで行われ、粥杓子・飯杓子を覚海社前の看経所に打ち付け、火伏を祈ったといわれる(『和歌山県の地名』)。 一四 門柱に横木を渡した簡素なものが普通。ただし大名家の外門また城門等大きく立派なものもあり、横木の上に板屋を設けたものもあった。 一五 大門から奥の院への大門通ではなく、大門の外の登山道である高野街道をいうのであろう。▽一山の焼亡を防いだ宝亀院も、後には普通の天狗となって人間に害を及ぼす。ために寺は天狗の住家となりはてたという本話の結びには、元禄の高野山騒動となる、寛永以来の再三に渡る行人と学侶とのいわゆる行学紛争に対する、西鶴の痛烈な批判がこめられていたといえよう。 一六 教え込む、しつける。仕込む。 一七 囮の鴈。連歌で鴈と友呼ぶは付合(合璧集)。本朝食鑑五には、上野・下野では広き所に鳥罠(とりわな)・黐(とりもち)を置き囮を放つ。囮はうまく誘って鴈を罠にかけるとある。また、亨和雑記一・雁おとりにて捕る事には、下総では「飛過る雁を見掛けて此方に飼置きたる雁を放しやれば、其中へ飛交りて、兼て餌をまき黐を仕掛置きたる所へ舞下り来りて、己は其所を廻り飛ぶ時、来りし雁は餌を見て一散に飛下りて黐に掛る也。十四五羽来りても二三羽懸りたるを見れば、残りは皆逃げ散る也。されば此雁にて渡世せり。されど共毎日二三度づつも雁をとる故此雁にて渡世せり。…よきおとりの雁は十両以上の売買也」とある。

挿絵解説 挿絵は、杉の木に登っている杓子天狗と冠木門の屋根を運んでいる天狗を描く。

命をとる事、かぎりもなし。つれそふ女房《にようばう》は、一やさしくも「此事《(この)》とまれ」と、異見《いけん》する事たび〳〵なれどもやめず。是《これ》をかなしく、独《ひとり》ねられぬまゝに、二世《よ》の無常《むじやう》をくはんずる時《とき》、寐《ね》させ置《おき》たる、二人の子《こ》共、三現《うつゝ》に声《こへ》をあげて、びく〳〵身《み》のうごく事、四三十七度《ど》也。次第《しだい》(に)おそろしくなつて、男《おとこ》を待兼《まちかね》るに、夜更《よふけ》て門《かど》をたゝき、「やれ今宵《こよひ》は、五仕合《しあはせ》」といふ。女泪《なみだ》を流《なが》し、「六幾程《いくほど》うき世にあるべきぞ。むくひの程《ほど》をしりたまへ。今夜《こんや》の七鳥《とり》の数《かづ》、三十七羽《わ》有べし。中鳥《ちうとり》八羽《わ》、

一八 猟師の住む家まで連れて来ての意。
一九 奥州、現在の福島・宮城・岩手・青森四県のみではなく、出羽の国、現在の山形・秋田も含めた奥羽地方全域、更に旧白河・勿来関以南の関東北部をも含めたいい方をしている。
二〇 抜けめがない。わる賢い。志不可起に「進疾(すすどし)ト書クヨシ也。物早(ものはや)キ義カ、又するどしカ。ソレナレバ尖ノ字也」とある。

一 殊勝にも。原本「やさくしも」と誤る。 二 この世に生きている人間のはかなさを心深く思い見る意。原本「ぐはんずる」と濁る。 三 夢現(ゆめうつゝ)の時に急に、の意。 四 題名「驚は三十七度」は、これによる。但し「三十七」という数字は、仏教語の「三十七覚品・三十七菩提分法(ぼだいぶんぽう)」(三十七覚分・三十七道品)を意識したもの。悟りへ趣く修行法品類、即ち、悟りの境地(涅槃(ねはん))を実現する智慧(道・菩提・覚)を得るための実践道の種類、四念処(しねんじよ)・四正勤(ししようごん)・四神足(しじんそく)・五根(ごこん)・五力(ごりき)・七覚支(しちかくし)・八正道(はつしようどう)の七種をまとめたもの。題名の「驚(おどろく)」には、目録見出しに殺生とある通り、殺生の罪の恐ろしさに眼を覚す意をかけていると思われる。 五 運がよく沢山とれたの意。
六 いつまでも生きられるこの世ではありません。殺生の報いの恐ろしさを考えてみて下さい。
七「中鳥八羽、大鳥三羽」、従ってその他小型の鳥二十六羽というように、鳥の型と数とにこだわった行文となっている。型については、大鳥は鴻(ひしくひ)・さかつら、中鳥は真雁、小型は白雁と考えられる。大和本草十五に「鴻は鴈より大なる事一倍余なり。…白雁、常の鴈より小也。北土及び武蔵・相模・坂東に多し。…さかつら、鴻に似たり。武蔵の国にも奥州にもこれ有り」

大鳥《あふとり》三羽《ば》」と申。籠《かご》をあけて見るに、しめ鳥数違《とりかづちが》はねば、林内横手《りんないよこで》八をうつ。宵《よひ》より子《こ》どもが、おどろくありさまを語《かた》れば、身ぶるひして、是より万《よろづ》の道具《どうぐ》を塚《つか》につき、色《いろ》〳〵くやうなし、今《いま》に鳥塚《とりづか》とて残《のこ》れり。

とある。次に数については、三十七菩提分法中の「八正道」の八、また、覚者の別に随って立てる「三菩提」の三が意識されていたと思われる。なお、連歌では鴈(かり)と数・涙・思ひつつぬる、が付合となっている(合璧集)。

八驚いたり、感心したり、思い当った折等に、思わず両手を打ち合わせること。

▽本話は、当時大和郡山や大坂で行われた餌指の発心譚を素材としたもの。古今犬著聞集一・餌指発心の事は、郡山城主本多中務家の餌指が猟に出たあと、子供の煩いが十二度起る、と餌指は鳥十二羽を得たといって帰ってくる。その報の恐ろしさを思い夫婦共に出家したというもの。また西鶴没後刊行の教訓世諦鑑三には、大坂餌さし町の餌指の女房が、毎日夫の獲ってくる鳥の数をあてる。それは子供の泣き叫ぶ声で分ったという。夫は道具を焼捨て、夫婦共に発心したとある。この両話を同系統の話とすれば、西鶴もこの系統の話に取材したと考えられる。なお、大坂、またその近郊の話を、常陸鹿島の話として設定したのは、鴈はもともと関東が美味とされ珍重されたこと(本朝食鑑五)、更に、鴈からの言葉の連想「鴈—帯」(山の井)、「帯—鹿島祭」(類船集)によると思われる。

挿絵解説　右図右下芦の葉の陰に主人公と他二名の人物、鳥籠。左図上方左から右上へ羅罾網(むそうあみ)、下に囮の鴈三羽を描く。「友よび鴈」については三五五頁注一七に記したが、享和雑記の頭書に「鶇ニテ捕ルト云フハ非也、ムサウ網ニテ打捕ル也」とある。だが、和漢三才図会二十二・羅(とりあみ)には、「囮ヲ羅ノ傍ニ掛ケ、同鳥ノ声ヲ聞キテ来リ罹(かか)ル」とあり、或いは、鶇と羅罾網(羅)とセットで用いたとも考えられる。

夢《ゆめ》に京より戻《もど》る

[一]桜鯛《さくらだい》・[二]さくら貝《がい》、春《はる》の名残《なごり》の地[三]引《ぢ》、[四]堺《さかい》の浦《うら》に[五]朝《あさ》とくかよふ魚売《うをうり》ども、[六]目《め》籠《かご》を荷《にな》ひつれて行《ゆく》に、[七]大道筋《だいどうすじ》の[八]柳《やなぎ》の町《てう》とおもふ時《とき》、うつくしき女郎《ぢよらう》の、[九]たよ〳〵として、しほれし藤《ふぢ》をかざし、人をもつれず只ひとり、先《さき》に立《たち》て行。[一〇]いづれもさかんの、若《わか》ひ者《もの》どもなれど、[一一]あまりあきれて、言葉《ことば》をもゑかけず、[一二]現《うつゝ》のやうに、心玉《こゝろたま》をとられ行《ゆく》に、此（この）女[一三]朱座《しゆざ》の門《かど》に立、または[一四]両替屋《りやうがへ》のおもてに立《たち》、戸《と》の明《あか》ぬを、うらめしそふに見へける。

さてはい[一五]たづらものには、うたがひなし。いまだ夜《よ》もあけぬ、たのしみに、[一六]南《みなみ》のはしの、[一七]小宿《こやど》にさそひゆかんと、無分別《むふんべつ》をおもひ立《たち》、我《われ》も〳〵とちかより、「夜《よ》のおひとりは心元《もと》なし。何《いづ》かたへなりとも、おくりとゞけてまいらすべし。其（その）花一枝《えだ》、たまはれ」と申せば、「我《わが》くるしむも是（これ）ゆへなり。藤《ふぢ》には春《はる》の雨《あめ》風をだにいとひしに、ましてや人の手《て》して、折《をる》事の情《なさけ》なし。昼《ひる》見らるゝさへ惜《をし》きに、[一八]見ぬ人の為《ため》とて、折て帰《かへ》りし人の、妻《つま》や娘《むすめ》のにくさに、かく取《とり》かへしにありく」と、いふかとおもへば、いつともなふ、[一九]影消《かげきへ》てなかり。

一 桜の頃産卵のため瀬戸内海に入る鯛。「春陽を得て紅鰭(ひれ)赤鬚を増す、是桜鯛」（滑稽雑談六）。堺の浦の名物で殊に美味とされた。季春。
二 淡紅色をした海産の二枚貝。連・俳で季春。
三 地引網。桜鯛も前魚(まえのうお)の一つで三月から六月まで地引網で捕る（堺鑑・下、本朝食鑑八）。
四 冒頭からここまで、為家の歌「行く春の堺の浦の桜鯛あかぬかたみに今日や引くらん」（夫木和歌抄・雑七）を踏まえた行文。
五 和泉名所図会一に「当津の浜にて毎朝諸魚の市あり。和泉の浦々、紀の海よりも漁舟を漕ぎ来つて、ここにて市店(いちたな)を餝(かざ)る。螺貝(ほら)を籟(ふ)いて市の始まりを知らせ、買ふ者多く出で来つて、また、難波・京師へ運送す」とある。
六 目の粗い竹籠。ここは魚荷の籠・目籠を天秤棒でかついだ魚荷持が、列をなして行くさま（図、人倫訓蒙図彙三・魚荷持）。

七 堺の市街を南北方向に貫く幹線道路。両端は各々堀で、南橋・北橋を経て紀州街道に繋がる。
八 北橋を渡り大道筋を南へ六番目の両側町。
九 元気なく弱々しいさま。なよなよとしての意。
一〇 魚荷持は竹籠を荷い夜通し走る「澆山(ぎょうさん)切(つせ)なる事」といわれた職業（人倫訓蒙図彙三）。
一一 上流の若い女性が、供もなく夜明け前一人で歩くことは常識では考えられないこと。
一二 まるで夢のように魂も奪われてしまって。
一三 朱・朱墨の製造・販売の独占権を幕府から与えられた商人。堺では小田（角屋）助左衛門一人で、朱座と通称された。大道筋宿屋町(しゆくやちよう)東

皆《みな》〳〵不思義《ふしぎ》と、所《ところ》の人に此事をかたれば、「おもひあ(た)りし物語《がたり》のあり。むかし二〇後小松院《ごこまつのゐん》の御時《おんとき》、此里金光寺《さとこんこうじ》二一の白藤《しらふぢ》、たぐひなき花房《はなぶさ》をきこしめしおよばれて、藤《ふぢ》を都《みやこ》にうつされ、南殿《なんでん》二二の大庭《あふには》にうへさせられしに、春《はる》ふかくなれども、花の咲《さか》ぬ事を、くやませ給《たま》ふに、ある夜《よ》藤《ふぢ》のせい、御枕《まくら》の夢《ゆめ》にあらはれて、まざ〳〵と読《よみ》ぬ。「おもひきや堺《さかい》の浦《うら》のふぢ浪《なみ》の、都《みやこ》の松《まつ》にかゝるべきとは」と、見へければ、二たび此所《ところ》へ、おくりかへさせ給《たま》ふと伝《つた》二三へし也。もしもさや

南の角に屋敷があった。門は、店の前あたり。

一四 金と銀の交換を業とするが、金融業を兼ねた。宿屋町朱座の角より東へ二筋目が「両替丁」。

一五 身持ちのよくない、淫奔な浮気女。

一六 大道筋の南の端の意。南橋から北へ続く、南半町・南旅籠町のあたりをいう。

一七 男女の奉公人等が密会に使う宿。出会い宿。

一八 「たごの浦の底さへ匂ふ藤波をかざして行かむ見ぬ人のため」(万葉集十九、拾遺集・夏)を踏まえるが、西鶴の引用は謡曲・藤による。

一九 姿は消え失せてしまった。ここも謡曲・藤で、藤の精が消える場面「花の精なりと夕雲の。…寄るかと見せて失せにけり」を踏まえる。

二〇 後小松天皇。永徳二(一三八二)—応永十九年(一四一二)在位。譲位後院政をとる。時代は足利義満の全盛期。

二一 宿屋町の朱座の角から両替丁を過ぎ更に東にあった時宗の寺院。山号松藤山。現在は廃寺。

二二 紫宸殿の南庭。清涼殿の南庭、小庭の対称。

二三 堺鑑・中・金光寺の条に「堂前ニ藤有リ。人王百一代後小松院ノ御宇ニ及ンデ、此藤ヲ帝聞コシ召シテ即帝都へ移シ植ヱサセ玉フニ、程ナク枯ニケリ。或夜、帝夢中ニ「思ヒキヤ堺ノ浦ノ藤浪ノ都ノ松ニ懸ルベキトハ」ト御夢想アリシニ依リテ、正ク彼藤ノ精霊ノ玉体ニ奉シ申シケルヨト御感有リテ、勅筆ニ歌ヲ遊バサレ、又御製ヲ添サセ贈リ返シ玉フヲ植置シニ、程ナク栄エ有リシ由」と伝える。また謡曲でも著名。

挿絵解説 上部に藤の花、左中程に欄干によりかかる後小松帝、右下に藤の精を描く。藤の精のイメージは、藤の根株で、白藤山光照寺の古藤が、「藤根ニ蟠リテソノ太サ臼ノ如」くだった(謡言粗志・外編一)というによるか。

うの事か」と、夜明《よあけ》ておの〳〵、金光寺《こんこうじ》に行て見るに、あんのごとく、見物《けんぶつ》をりてかへりし、花《はな》どものこらず、もとの棚《たな》[一]にあがりし。「さては名木名草《めいぼくめいそう》のきどく」とて、其後《(その)》は下葉《したば》一枚《まい》[二]あだになさじと也。

力《ちから》なしの大仏《あふぼとけ》

長崎《ながさき》[三]半左衛門が、ひしやくの曲《きよく》づくしを、めいよと[四]おもへば、京のこりき町《まち》[五]に、若《わか》[六]ひものども集《あつま》りて、たばね木《ぎ》[七]山のごとくつみかさね、下《した》よりは三間高《げんたか》[八]し。上《うへ》より「茶《ちゃ》が呑《のみ》たい」ととよめば[九]、天目《もく》[一〇]に入《いれ》ながらなぐる。すこしもこぼさず取《とる》事、幾度《いくたび》にてもあぶなからず。また近江《あふみ》[一一]の湖《みづうみ》にて、白髭《しらひげ》の岩飛《いわとび》、よし野《の》[一二]の滝《たき》おとし、是皆《(これ)みな》[一三]れんまなり。飛鳥井《あすか》[一四]殿《どの》の、ゑぼしづけの鞠《まり》を見て、油売《あぶらうり》[一五]一升はかりて、銭《ぜに》の穴《あな》より、雫《しづく》も外《ほか》へもらさず、通《とを》しけると也。「たとへば、無筆《むひつ》[一六]なる者《もの》、将棋《しやうぎ》の駒書《こまかく》に同じ」と、功者《こうしや》[一七]なる人の申伝《つた》へし。

其比《そのころ》、下鳥羽《しもとば》の車《くるま》[一八]つかひに、大仏《あふぼとけ》[一九]の孫《まご》七とて、その生《うま》れつき、千人《せんにん》にもすぐれて、都《みやこ》かよひに、東寺《とうじ》[二〇]あたりの小家《こいゑ》へは、はいる事を、あたまつかへて、めいわくす。されども、すこしも力《ちから》なくて、達者《たつしや》[二二]事に、ひけを[二三]とる事たび〳〵也。

一 折り取った藤棚に戻してあったの意。
二 粗略に扱うというようなことはなかったの意。
▽金光寺の藤は「紫」だと和泉名所図会に記す。これを西鶴が「白藤」としたのは、謡曲・藤が取材した越中多枯の浦白藤山光照寺門前の白藤、及びその「藤の精霊女と化す」という伝説(謡言粗志・外編一)を知っていたからであろう。
三 大坂の長崎半左衛門の手鞠の曲芸。四メートル程の柄の付いた杓を左手に持ち、右手で手鞠四五個を杓の中へ投込むや否や柄を斜にし手鞠を手許へ下し、茶碗で受けてはまた杓の中へ投遣る曲芸(『見世物研究』長柄杓)。
四 不思議、奇妙。
五 樵木町。高瀬川東岸二条から四条までと、同西岸五条までの木屋町通の、近世前期の通称(図、京雀七・樵木町)。

六 若い衆。商家の手代クラスの者達。
七 束にした薪。　八 六メートル近くの高さ。
九 大声をあげて叫ぶ。古くは「とよむ」。
一〇 播鉢形に開いた茶碗の総称。天目茶碗。
一一 琵琶湖西岸北部、滋賀県高島郡高島町鵜川の湖に面した断崖、明神崎の浜を白鬚浜といい、この西南に白鬚神社がある。岩飛は、銭をとりこの断崖より湖水に飛び込んで見せる見世物。
一二 奈良県吉野郡吉野町宮滝の岩飛。和州巡覧記に「里人、岩飛とて岸の上より水底へ飛入りて川下に泳ぎ出て、人に見せ銭を取る」とある。
一三 練磨。修練を重ねて業を身につけること。
一四 飛鳥井家は、蹴鞠・歌道・書道の家。烏帽子づけの鞠は、烏帽子をつけ鞠水干に装束を整え

二四壱斗《と》のおもめ、片手《かたて》にてはあがらず、世間《せけん》の笑《わら》ひものぞかし。此里《(この)さと》の若者《わかもの》、二五一石《こく》弐斗《とう》を、二六中《ちう》ざしにする者《もの》あまた也。

大仏《あふぼとけ》一代《だい》、むねんにおもふうちに、男子《なんし》ひとりもふけぬるに、おとなしくなる事をまちかね、はや二七取立《とりだち》の時分《じぶん》より、二八六尺三寸の棒《ぼう》を持《もち》ならはせ、三歳《さい》の時《とき》は、はや一斗《と》の米《こめ》をあぐる。それより段《だん》〳〵仕込《しこみ》、八歳《さい》の春《はる》の比《ころ》、二九手《て》なれし牛《うし》の、子《こ》をうみけるに、三〇荒神《こうじん》の宮《みや》めぐりもすぎて、やう〳〵うしの子《こ》も三一かたま

た正式の鞠。飛鳥井町の別邸で毎年七夕に「鞠御執行有り、諸人拝見」(京町鑑)とあるごとく、多くの見物人が群集した(譚海)。
一五 灯火用の油の行商人。升と杓は特別精巧で、穴あき銭の穴の縁へかけずに油を通せるようになるのが一人前とされた(柳田国男『火の昔』)。ここは蹴鞠を見ながら油を量り、一滴も穴の外へこぼすことがなかったの意。
一六 将棋は、日本では大体、大・中・小将棋の三種が行われ、駒数は各々一三〇・九二・四〇。ここは、読み書きできない職人が、見事に駒の文字を書くその技術的熟練度の素晴らしさをいう。
一七 世故にたけている人、物知り。　一八 牛に引かせる荷車を扱う者。鳥羽の車借《くるまかし》。
一九 大仏という呼び方は、下鳥羽村一念寺(現、下鳥羽三町)の阿弥陀如来坐像を、「弥陀の大像」(雍州府志五)、「鳥羽の大仏」(『京都市の地名』)等と呼ぶのによるか。
二〇 京都市南区九条町にある、真言宗の本山教王護国寺。付近には貧民が多く住みついていた。
二一 困る、難儀する。　二三 力業。力較べ。
二二 負ける。おくれる。肩身の狭い思いをする。
二四 容量の単位、十升。ここは米の重さ。
二五 一石は十斗。ここも米の重さ。振り仮名「とう」は原本通り。
二六 宙に高々とさしあげること。
二七 幼児が物につかまって立ち上がること。
二八 京阪では六尺三寸が一間。ここは天秤棒。
二九 飼い馴らしてなついている牛。
三〇 ここは牛馬の守護神としての荒神で、特に

挿絵解説　牛を宙差しにしている小仏とそれを見ている遊び仲間の子供を描く。一人は風車、また一人は、竹馬遊びをしている。

り、我《われ》[一]と草村《くさむら》にかけまはるをとらへて、はじめてかたげさせけるに、何《なに》[二]の子細《しさい》もなく持《もち》ければ、毎日《まい》三度《ど》づゝかたげしに、次第《しだい》にうしは車引《くるまひく》ほどになれども、そも〳〵より持《もち》つゞけぬれば、九歳時《さいとき》もとらへて、中《ちう》ざしにするを、見る人興《きやう》を覚《さま》しぬ。後《のち》は親仁《おやぢ》にはかはり、[三]らくちう・らくぐはいの大力《だいちから》、十五歳《さい》より、鳥羽《とば》の小仏《こぼとけ》とぞ名乗《なのり》ける。

鯉《こい》[四]のちらし紋《もん》

[五]川魚《かわうを》は、淀《よど》を名物《めいぶつ》といへども、河内《かわち》の国《くに》の、内助《ないすけ》が淵《ふち》のざこ[六]迄、すぐれて見へける。

[七]此池《(この)いけ》むかしより今《いま》に、水《みづ》のかわく事なし。此堤《つゝみ》[八]にひとつ家《や》をつくりて、笹《さゝ》[九]舟《ぶね》にさほさして、内介《ないすけ》といふ猟師《りやうし》[一〇]、妻子《さいし》も持《もた》ず只《たゞ》ひとり、世《よ》を暮《くら》しける。つね〴〵取溜《とりため》し、鯉《こい》の中《なか》に、女魚《めす》なれどもりゝしく、慥《たしか》に目見しるし[一一]あつて、それ計《ばかり》を売残《うりのこ》して置《をく》に、いつのま(に)かは、鱗《いろこ》[一二]にひとつ巴出来《どもへでき》[一三]て、名《な》を「ともへ」[一四]とよべば、人のごとくに聞《きゝ》わけて、自然《しぜん》となつき、後《のち》には水《みづ》[一五]をはなれて、一夜《よ》も家《や》のうちに寐《ね》させ、後《のち》にはめし[一六]をもくひ習《なら》ひ、また手池《ていけ》にはなち置《をく》。はや年《とし》

牛荒神(うしこうじん)の宮にお参りしたことをいう。荒神祭は、正・五・九月の二十八日(日次紀事・一月)で、ここは正月二十八日であろう。牛を守る神は「野神(ののかみ)」(雍州府志二)とも呼ばれ、下鳥羽近くでは、吉祥院村の「牛巡ノ木」と称された野神が有名だった(近畿歴覧記・東寺往還)。

三 体格がしっかりしてくることをいう。

一 独力で。自力で。

二 何の造作もなく。

三 近世は、秀吉が築いた京都四囲の御土居の内を洛中、隣接する諸地域を洛外と呼んだ。

▽牛を生まれた時から抱き続けていて大力となったという本話は、想を民話の力較べに得ている。日本昔話大成九は、馬を抱き続けて大力となった話を伝える(巧智譚・業較べ)。

四 所々に紋所を散らした模様を持った鯉の話。

五 淡水魚の王は鯉で、「城州淀川」が最良であり(和漢三才図会四十八)、殊に淀の水車付近の鯉が最も美味とされた(日本山海名物図会)。

六 雑喉、雑魚。こざかな。雑喉まで秀れて見えるとは、内助が淵が淀川左岸の、比較的淀城に近い地点にあることからいったのであろう。

七 枕草子・淵はの条で著名となって以来、新開池・深野(ふこうの)池の二つに別れた現在までもの意。

八 他の家と離れ一軒だけある家。一軒家。

九 軽い小さな舟に乗っての意。

一〇 漁師、漁夫。→三〇〇頁注一八。

一一 目見標。見てすぐにわかるしるし。目標。

一二 いろくず。うろこ。和漢三才図会四十八・鯉の項に「脇一道、頭ヨリ尾ニ至ツテ大小ト無ク皆三十六ノ鱗ナリ。鱗毎ニ小黒点有リ。鱗ニ十字ノ文理有リ」とある。

一三 紋所の名で、左右の別がある。

月《つき》をかさね、[一七]十八年《ねん》になれば、尾《を》かしら掛《かけ》て、十四五なる娘《むすめ》のせい程《ほど》になりぬ。

あるとき[一八]内助《ないすけ》に、[一九]あはせの事ありて、同じ里《さと》より、[二〇]年《とし》かまへなる女房《にょばう》を持《もち》しに、内介《ないすけ》は[二一]猟船《りやうせん》に出しに、其夜《そのよ》の留守《るす》に、うるはしき女《をんな》の、[二二]水色《みづいろ》の着物《きるもの》に、[二三]立《たつ》浪《なみ》のつきしを上《うへ》に掛《かけ》、[二四]うらの口よりかけ込《こみ》、「我《われ》は内助殿《ないすけどの》とは、ひさ〴〵のなじみにして、かく腹《はら》には、子《こ》もある中《なか》なるに、[二五]またぞろや、[二六]こなたをむかへ給《たま》ふ。此うらみやむ事なし。いそひで親里《おやさと》へ、帰《かへ》りたまへ。さもなくば、三日の

一四 巴は尾を引いた曲線の円頭を大きく表現した文様。発生については諸説あるが、一説に波頭・水の渦巻を象ったもの、また水の精が出現する時の水のありさまとする説があり、巴という命名もこうした説を意識していたか。なお、摂陽奇観十七・網島大長寺の鯉塚の由来に、寛文八年(一六六八)淀川で捕れた大鯉の左右に巴の紋、また鱗毎に同じ巴の紋があったと伝える。恐らく、西鶴もこの言い伝えを知っていたと思われる(図、標準紋帖)。

一五 和漢三才図会四十八・鯉の条に、古藁を用いて包んでおくと終日水がなくても死なないとある。　一六 列仙伝・子英で、赤鯉に数々(しばしば)米穀を食べさせたという記事がある。

一七 和漢三才図会四十八・鯉の条に、八年の鯉で二尺一、二寸、一年毎に一、二寸長ず、また、三尺有余の者を「尺之鯉」と呼ぶとある。十八年以上を経た巴は、四尺前後であろうか。

一八 「助」は原本通り。

一九 めあわす、夫婦にすること。縁談。

二〇 年構え。年配。

二一 「猟船」は原本通り。漁船に乗って、漁に出ていたのであったがの意。

二二 水の精である鯉の巴なので、それにふさわしい色として水色の着物といったのであろう。

二三 波の逆巻く様を図案化した着物の模様。

二四 家屋の後ろの方の戸口。背戸口。

二五 又候や。またしても、またもや。又ぞろ。

二六 対称で、あなた、そなた。

挿絵解説　巴が船に飛び乗り、「口より子の形なる物を、はき出」すその瞬間を描く。

うちに、一大浪《あふなみ》をうたせ、此家《(この)いゑ》をそのまゝ、池《いけ》に二沈《しづ》めん」と申捨《すて》て、行方《ゆきかた》しれず。

妻《つま》は内介《ないすけ》を待《まち》かね、おそろしきはじめを三語《かた》れば、「さら〳〵身《み》に覚《おぼへ》のない事也。大かた其方《そのほう》も、四合点《がつてん》して見よ。此あさましき五内助《ないすけ》に、さやうの美人《びじん》、なびき申べきや。もし六在郷《ざいごう》まはりの、紅《べに》や・針売《はりうり》の七かゝには、おもひあたる事もあり。それも八当座《とうざ》〳〵にすましければ、別《べつ》の事なし。九何《なに》かまぼろしに見へつらん」と、又夕暮《ゆふぐれ》より、舟《ふね》さして出るに、俄《にはか》にさゞ浪立《なみたつ》てすさまじく、浮藻《うきも》中《なか》より、大鯉《あふこい》ふねに飛《とび》のり、口《くち》より子《こ》の形《かたち》なる物を、はき出しうせける。やう〳〵にげかへりて、一〇いけすを見るに、彼鯉《かのこい》はなし。

「惣《そふ》じて生類《しやうるい》を、ふかくて一一なれる事なかれ」と、其里人《そのさとびと》の語《かた》りぬ。

一 大波を起して、強く打ちつけるぞの意。なお、この部分は、巻一の四・傘の御託宣の、性根の入った傘が村人を脅す部分、「さもなくば、七日が中に車軸をさして、人種のないやうに、降ころさん」という部分に近似している。
二 原本「深」、「沈」に改める。
三 始め終りを語るの省略形。西鶴の慣用語。
四 理解する、判断する。
五 貧しいの意。
六 田舎を回り、紅や化粧品を売る女の行商人。また同じく針や小間物を売り歩く女の行商人。なお、これらの女性達は、かたわら売色もした。
七 嚊・嬶。中流以下の卑しい者の妻をいう。
八 その時その時銭を与えてすましてあるの意。
九 夢うつつの中で、何か幻影を見たのだろう。
一〇 生簀・生洲。池や川の一部を簀で囲い、食用とする魚を放ち飼いにしている所。前出、「手池(ていけ)」も同じ。
一一 手馴づけて馴らすこと。
▽巴と名付けられた鯉が、「ふねに飛のり、口より子の形なる物を、はき出しうせける」という結末を持つ本話は、典拠である奇異雑談集二の五・伊勢の浦の小僧円魚(ゑいのうを)の子の事の「漁師」と「大なる円魚」との性交によって生まれた子供の話を、内介が長年にわたり鯉の口を女性の性器の代りにもてあそんだことに対する恨みを果すために、結婚した内介の目の前に、「口より子の形なる物」を吐き出して見せたという奇話に仕立てたものと考えられる。

入絵

西鶴諸国ばなし

五

近年諸国咄《きんねんしよこくばなし》

大下馬《あふげば》

目録《もくろく》

巻五

一 蠟燭をともす灯火具。近世では携行するもので、折畳みのものもある。訓蒙図彙八に「提灯(ていとう)…てうちん 言ふ心は挑灯也」とあり、提灯・挑灯等と書くのが普通。灯挑は「挑灯」の逆であるが、俗に通用していた。

二 茶道の古称。また、漢称の茶湯(ちやとう)に対する和称或いは雅称。茶室に掛物や花を飾り、茶道具を用い、作法に従い茶また食事を供し、主客が協力し和敬清寂の雰囲気を享受する芸道。

三 現在の奈良市街の東南部、春日神社・興福寺のある春日山麓に展開する春日野一帯の称。

四 商家における分家・別家の総称で、本店に対する支店。関西では出見世、関東では出多奈。

五 現千代田区麹町。半蔵門から四谷御門北までの十一丁の街路は、甲州街道の起点で、両側に町地があり、江戸城西部唯一の流通の中心をなし繁華街であった。ただし、本話の舞台は麹町ではなく下町となっている。恐らく、目録執筆時の西鶴に思い違いがあったのであろう。

六 鱆鮎は猿の年経た玃(やまこ)と河童(かつぱこ)とに似た想像上の獣。ここはその鱆鮎の手を、背中の痒い所を意のままに掻ける孫の手に言いかけたもの。訓蒙図彙八に「爪杖(さうぢやう)今按ズルニまこの て、掻杖ニ同ジ。麻姑(まこ)ハ仙女ノ名、ソノ手鳥ノ爪ノ如シ。蔡経コレヲ得テ背ノ痒キヲ掻センコトヲ念フ」とある。

七 神奈川県南部三浦半島の基部にある鎌倉市。

八 横浜市金沢区。武蔵国久良岐郡六浦荘内の郷村だったが、海辺の景勝地だったため、北条氏の別荘地となり称名寺(金沢文庫)が建てられ、近世に入ってからは金沢八景の地として著名な観光地となった。なお、金沢は鎌倉の続きとみなされるのが一般的。

九 暗闇の中で押された鍋墨の手の形と、関所を

木曾《きそ》[一一]の海道《かいどう》にありし事

⑤ 執[一二]《しう》心《しん》の息《いき》筋《すじ》　幽《ゆう》霊《れい》

奥州南部《あふしうなんぶ》[一三]にありし事

⑥ 身《み》[一四]を捨《すつ》る油《あぶら》壺《つぼ》　後《ご》家《け》

河内《かわち》の国平岡《くにひらをか》[一五]にありし事

⑦ 銀《かね》[一六]がおとして有　正《しやう》直《じき》

江戸《ゑど》に此《この》[一七]仕合《しあはせ》ありし事

通過する際必ず提示しなければならない女手形を持たない旅行者だったことの意をかける。

一〇 不正と知りながらその行為を行うこと。ここでは、出奔・駆落ち・横恋慕という三つの横道が齎した主人公達の悲劇を暗示する。

一一 江戸日本橋より、武蔵・上野・信濃・美濃・近江五か国を通り京都に至る中山道のこと。別に木曾街道・岐蘇路などとも称された。

一二「執心」は、ここでは深く根に持ちあくまでそのことにこだわり続けること。標題は、継子の幽霊の吐き出す息が、深い恨みのため火炎となって継母を焼き尽した話の意。

一三 岩手県盛岡市。奥州南部藩十万石の城下町。

一四 灯明の油を盗み命を落した姥の行為は、まるで油の壺(油瓶)に自ら身を捨てたようなものだの意。わざわざ、髪油を含ませた油綿を入れておく油壺を持ち出してきたのは、主人公が美しい女性であったことを匂わせるため。

一五 大阪府東大阪市の生駒山地西麓一帯、枚岡。平岡とも。平安時代末期より河内の国の一の宮として崇敬された枚岡神社がある。社領百石。祭神四座、天児屋《あめのこやねの》命・葺不合《ふきあえずの》尊・大国主命・天照太神、春日同体とされ、正月十五日の卜田《うらたの》祭と呼ばれる小豆粥《あずきがゆ》による粥占が有名である(国花万葉記四)。

一六 銀《かね》はおかね。江戸は金が主体。関西では銀が通貨の主体であるためにいう。標題は、「おとして有る」と読む(本文標題に「落《おと》してある」とある)。題意は、小判五両を、まるで落ちているように見せかけて、拾わせためでたい話であることを暗示する。

一七 落ちているおかねを拾って、本当に大金持になった人がいたことをいう。

灯《ちやう》挑《ちん》に朝《あさ》皃《がほ》

野《の》は菊《きく》・萩《はぎ》咲《さき》て、秋《あき》のけしき程《ほど》、[一]しめやかにおもしろき事はなし。[二]心《こゝろ》ある人は、歌《うた》こそ和国《わこく》の風俗《ふうぞく》なれ。何《なに》によらず、[三]花車《きやしや》の道《みち》こそ一興《きやう》なれ。

奈良《なら》の都《みやこ》のひがし町に、しほらしく住《すみ》なして、明暮茶湯《あけくれちや(の)ゆ》に身《み》をなし、興福《こうぶく》寺《じ》の[四]花《はな》の水《みづ》をくませ、かくれもなき[五]楽助《らくすけ》なり。ある時《とき》、此《(この)》里の[六]こざかしき者《もの》ども、[七]朝皃《あさがほ》の茶《ちや》の湯《ゆ》をのぞみしに、兼《かね》〴〵日を約束《やくそく》して、万《よろづ》にこゝろを付《つけ》て、その[八]朝《あさ》七つよりこしらへ、[九]此客《きやく》を待《まつ》に、[一〇]大かた時分《じぶん》こそあれ、昼前《ひるまへ》に来《き》て、[一一]案内《あんない》をいふ。[一二]亭主腹立《ていしゆふくりう》して、客《きやく》を[一三]露路《ろぢ》に入てから、灯挑《ちやうちん》をともして、むかひに出るに、きやくはまだ合点《がつてん》ゆかず、[一四]夜《よる》のあし元《もと》するこそ、おかしけれ。あるじおもしろからねば、花入《はないれ》に土《つち》つきたる、[一五]芋《いも》の葉《は》を生《いけ》て見すれども、[一六]其通《そのとをり》也。莬角《とかく》[一七]こゝろへぬ人には、心得《こゝろへ》あるべし。亭主《ていしゆ》も客《きやく》も、心ひとつの[一八]数寄《すき》人にあらずしては、たのしみもかくる也。

むかし[一九]功者《こうしや》なる、茶湯《ちやのゆ》を出されしに、庭《には》のそうじもなく、梢《こずへ》の秋《あき》のけしきを、そのまゝにしておかれしに、客《きやく》もはや心を付《つけ》て、いかさまめづらしき、[二〇]道具《どうぐ》出

一　しっとりとして情趣深いこと。
二　ものの情趣を解し味わうことのできる人は、こうした折和歌を詠むに違いないが、それにしてもやはり和歌は日本固有のならわしである。
三　どのような芸道にも、必ずその芸道固有の興趣があるものだの意。花車の道は、風流の道の意で、文芸・香道・音曲・華道・茶道等をいう。
四　興福寺東金堂脇の「花の水の井」か。南都名所集三・東金堂の挿絵の東金堂と五重塔の間上部に「花の水の井」が描かれているが、説明文はない。奈良名所八重桜十・東金堂の条に「花の井とて古今無双の名水あり」とあり、同十一・西金堂の条にも「花の井とて名水有り」とあって、両金堂に名水があったことが分るが、ここはどちらかの「花の井」であろう。
五　悠々自適の生活をしている気楽な人。ただし楽介は、同義語楽人を人名化した語。
六　小賢しく、利口ぶった、小なまいきな連中。
七　朝顔の花を観賞しながら行う早朝の茶の湯。利休の庭の朝顔が見事だと聞いた秀吉が、茶の湯を所望すると、利休は露地の朝顔の花全部を摘み取り、見事な一輪のみを床に生けて秀吉を迎えた故事による茶事(茶話月指集等)。
八　午前四時頃。
九　朝顔の茶の湯を望んだ小賢しい連中のこと。
一〇　大体参会するには頃合というものがある筈だの意。杉木普斎伝書に「朝ノ茶湯ノ習法…朝七・七ツ半ヨリモ客ハ推参スベシ。夜明ケ五ツマデノウチヲ朝ノ茶湯ノ時分ニ定メ置」とある。
一一　案内を乞う、取り次ぎを頼むこと。
一二　茶席で茶をたて客を接待する人、茶事の主催者をいう。客に対する語。
一三　茶室を囲んでいる庭。茶庭。多く外露地と内露地に分かれ、その間の垣に門をつけ、内露地の奥に茶室が造られている。ここは外露地の

べきとおもふに、あんのごとく、掛物《かけもの》一に、「八重葎《やへむぐら》二しげれる宿《やど》」の、古歌《こか》をかけられける。

またある人に、漢《かん》三の茶湯《ちゃのゆ》を望《のぞみ》しに、諸道具《しよどうぐ》皆《みな》四から物をかざ(ら)れしに、掛物《かけもの》ばかり、あべの五仲麿《なかまる》が読《よみ》し、「天《あま》六の原《はら》ふりさけ見れば春日《かすが》なる、三笠《かさ》の山に出し月かも」の、歌《うた》を掛《かけ》られたり。いづれ七もかんずるに、「此《この》うたは中丸《なかまる》八、もろこしから古里《ふるさと》をおもふて、読《よみ》し歌《うた》なり」と、しばらく亭主《ていしゅ》の、作《さく》九の程《ほど》を詠《なが》めける

寄合(あい)《より》に客を待たせたことをいう。↓挿絵。
一四 夜暗い所を歩くような足取りをするの意。
一五 朝露で土がついている朝顔の葉を思い出させるために、朝顔に似た甘藷(いも)《さつま》の葉にわざわざ土をつけて生けて見せたのだが、の意。甘藷は意外に早くから知られており、農業全書五に「薩摩長崎にては琉球芋又赤芋と云ふて多く作ると見えたり。未だ諸国に普からざれども、南向の暖国にて肥へ柔かなる地に、法の如く作らば甚だ生長すべし。…葉は朝顔に似たり」とある。なお、花は昼顔に似て晩夏に咲く。
一六 何ら気付く様子もなく、また何の変化もない。亭主の皮肉が全く通じないのである。
一七 茶道に心得のない客には、逆に亭主の側がよくそのことを心得ておく必要があるの意。
一八 一般に風流を好む人をいうが、ここは茶道に深い愛着を持つ人をいう。数寄者とも。
一九 茶道に経験豊かな人、上手な人が、の意。
二〇 茶事に必要な道具の総称。装飾道具、点前道具、懐石道具、水屋・待合道具、露地道具の五種に大別される。

一 装飾道具の一つで、茶席の床を飾る表装した書画の軸物類。茶掛(がけ)《ちゃ》。南坊録覚書に「掛物ほど第一の道具はなし。客亭主共に茶の湯三昧の一心得道の物也」とある。
二 「八重葎茂れる宿のさびしきに人こそ見えね秋は来にけり」(拾遺集・秋・恵慶、小倉百人一首)。この歌をめぐる逸話は、ある茶人が千利休を招いた折のことで、和歌の掛物の最初と伝えられる(槐記・享保十三年三月二十二日の条)。
三 中国製の道具類を用いて行う茶の湯。
四 唐物。中国伝来の物品の総称だが、ここは室町時代舶来の宋・元時代の茶道具類。

となり。「客《きやく》もかゝる人こそ、此道《みち》をすかるゝ甲斐《かい》あれ」と、ある人の語《かた》りし。

恋《こい》の出《で》見世《せ》

一〇安部《あべ》茶問屋《ちやとい》して、江戸《ゑど》麹《かうじ》町に、一一よろしき者《もの》あり。年《とし》ひさしく遣《つか》ひし、若《わか》ひものに、長兵衛と申て、一二たまかに商《あきない》の道精《みちせい》一三に入ければ、一四親《おや》かた次第《しだい》にふつきに

五 阿(安)倍仲麻呂。奈良時代の人。養老元年(七一七)渡唐、唐朝に仕え名を仲満、また朝衡等と称した。鑑真と共に帰国しようとしたが果さず、再び唐に入り玄宗等に仕え、宝亀元年(七七〇)七十三歳にて唐土に没。原本「仲麿(なかまる)」。
六 古今集・羈旅、小倉百人一首等に載る。
七 誰れもが一瞬はっと驚かされたのであったが。
八 古今集の詞書に「もろこしにて月を見てよみける」とあり、同左注には、明州にてとあるが、もと漢文で別人による日本語訳とする説や没後の伝説歌とする説等、諸説がある。
九 作意、趣向。この部分も、利休がこの歌の色紙を掛けて秀吉を招いたところ、掛物が和歌であることに不審を懐いた秀吉が尋ねると、利休が、この歌は日本人が唐土で詠んだもので中国の墨蹟に劣るものではないと答えたという逸話(槐記・享保十三年三月二十二日の条)による。
▽本話は、茶道に関する著名な三つの逸話を点綴する形で構成されている。
一〇 駿州安倍郡足久保村(現静岡市)の、原・栗島・谷沢地区を中心に慶長以来生産された煎茶。早く茶年貢が許され生産が急速に進み、後には安倍川の中・下流域及び遠州の茶をも含めた呼称となり、主に江戸へ送られ消費された。
一一 まあまあ裕福だといえる程度の人。
一二 実直に、誠実にの意。 一三 精を出す、はげむの意。原本「情」に誤る。 一四 安倍茶問屋の主人。身柄の抱え主に対する称。

挿絵解説 左図左上部に茶室、その茶室の右下へ内露地、そして右図に外露地を描く。右図の人物三人は待合(まちあい)に居り、前に飛石があって露地門に到る。左図の内露地には、飛石と手水鉢などが描かれている。

なりぬ。はや年《ねん》[一]もあけば、下町《したまち》[二]に見世《みせ》を出せ、国元《くにもと》より母親《はゝをや》をよびよせ、う[三]しろみさせて、よき商人《あきんど》にしたてける。いまだ定《さだ》まる妻《つま》なければ、あなたこなたと聞立《きゝたて》ける。

折《をり》ふしは極月《ごくげつ》[四]のはじめつかた、世間《せけん》[五]せはしき時分《じぶん》に、素紙子《すかみこ》[六]ひとつに、深編《ふかあみ》[七]笠着《かさき》たる男《おとこ》、明《あけ》てより暮《くれ》迄、四五度門《どかど》[八]を通《とを》り、茶棚《ちやだな》[九]を見入、しばし立《たち》とゞまるを、亭主《ていしゆ》もこゝろへず、近所《きんじよ》[一〇]のものも気《き》を付《つけ》て、「是《これ》はね[一一]だれ者《もの》也。油断《ゆだん》したまふな」と申処《ところ》へ、また彼男来《かのおとこきた》つて、内《うち》に入、「長兵衛殿と申は、こ[一二]なたの事か。すこしの御無心《むしん》[一三]に、まいつた」と申せば、「此方《このほう》も世帯《せたい》[一四]の取付《とりつき》にて、御用《やう》に立程《たつほど》の事はなるまじ。少《すこし》の御合力《こうりよく》[一五]は、やすき御事」と申。あたりの人勝手《かつて》[一六]にまはりて様子《やうす》を聞《きく》に、彼牢人《かのろうにん》の中は、「御心入《こゝろいれ》かたじけなし。我等《われら》の望《のぞ》み、さやうの義《ぎ》にはあらず。母親《はゝおや》のなき、娘《むすめ》ひとり持《もち》申候が、我子《わがこ》ながら、さのみいやしからず。そ[一七]のかた心入、兼《かね》て聞《きゝ》および候へば、是非《ぜひ》に聟《むこ》になりてたまはれ」と頼《たの》む。「[一八]それがし旦那《だんな》もあれば、内談《ないだん》申てのうへに、御返事《へんじ》」と申せば、「それ迄間《ま》のなき事ぞ。中掛《かゝつ》[一九]て合点《がつてん》まいらずば、是《これ》迄の命《いのち》」とお[二〇]もひ切《きる》を、いづれも出合《あい》、「爰《こゝ》[二一]は何《なに》とぞあるべし。我《われ》〳〵に御まかせあれ」と申うちに、乗《のり》[二二]物・長持《ながもち》[二三]かき入ける。此娘《むすめ》の美人《びじん》、東《あづま》に見た事もない姿《すがた》、おの〳〵おどろきけ

一 年季奉公の年限が終るの意。年季は十年だが、商家では二十年余の勤めを終えた者に対し、主人より元手金を与え新しい店を構えさせた。

二 武家屋敷のある山の手に対する語で、商工業者の住む低地の町。その範囲は、西鶴頃では、神田・日本橋・京橋辺に限られ、一方では狭義の江戸の意にも用いた。下谷・浅草辺をも含むのは幕末以降。なお、「出せ」は「出させ」の意。

三 ここは日常生活の世話をさせたの意。

四 十二月の別称。

五 年の瀬を迎え、何かとあわただしい折にの意。

六 柿渋を引いていない紙子。雍州府志七・紙衣に「中古清水坂ノ人亦コレヲ造ル。是ヲ清水紙子ト謂ヒ又素紙子ト称ス」とある。

七 藺草(いぐさ)や菅(すげ)で編んだ深くて大きな編笠で、顔を隠すために用いる。別名熊谷笠(くまがえがさ)(和漢三才図会二十六)。延宝(一六七三―八一)頃より流行、天和(一六八一―八四)頃より武士が被り、虚無僧・医師等も用いたが、町人は用いなかった。

八 店の前の道路に面した部分をいう。

九 茶店。店の様子をさぐっているのである。

一〇 当時の慣習で、怪しい者等が現われた場合、隣近所の者はその現場に立ち会い事件の顚末を見届ける義務があった。→三二一頁注八。

一一 強請者。言いがかりをつけ、物をねだり、ゆすったりする者。ねだりものに同じ。

一二 対称。そなた。あなた。

一三 遠慮もなく他人に金品等を要求すること。

一四 店を持って間がないので。原本「滞」に誤る。

一五 他人に金品を与え援助すること。扶助。

一六 店の裏側で、居間や台所のある部分をいう。

一七 商売への心構え、仕事に対する熱心さの意。

一八 私には面倒を見てもらっている主人もいますので、内々に相談いたしました上での意。

る。紙子袖《かみこそで》より、小判《こばん》五百両取出《りやうとり》し、「是はむすめの遣《つか》ひ金《きん》也〔二四〕。刀《かたな》・脇指《わきざし》は、ひきで物《もの》也〔二五〕。今日《けふ》より世《よ》に、親《おや》ありとおもふな」と、いふ声《こへ》の下《した》より、髪《かみ》をきれば、門《かど》より法師《ほうし》の、「おそひ」とよび立《たて》、行方《ゆきかた》しらずなりぬ。其後《そののち》いろ〳〵、子細《しさい》をたづねけれども、泪《なみだ》にくれて、「名《な》もなき者《もの》の、娘《むすめ》也」と計《ばかり》、かさねて物《もの》をも申されず。此事申〔二六〕あげけるに、其通《そのとを》り済《すみ》ぬ。

一九 相談を持ちかけても承知して頂けないのならば、もうこれまでの生命だの意。
二〇 自害する覚悟を示したので。
二一 ここは何とか解決の方法もあるでしょう。
二二 花嫁の乗る乗物。花嫁は暮れ方乗物で輿入れするのが一般。普通の侍の場合、提灯持・若党・長刀持・挟箱持・下女・供乗物等二十数名が行列を作る(嫁娶重宝記一)が、ここは花嫁を乗せた乗物のみをかつぎ込んだのであろう。
二三 嫁入道具の長持。嫁娶重宝記一に、結婚式の「一日前に嫁の道具を遣すなり、是も身代に依」るとして、長持五棹、小袖簞笥一対、小葛籠・大葛籠各一対、琴・三味線箱、衣桁・大長持各一対を運んでいる図を掲げる。
二四 こづかい銭。遣(使)銀(つかいぎん)とも。
二五 婚礼の時舅から聟へ贈る贈物。聟引出物。
二六 町奉行所へ申し上げたところ、そのままその娘は長兵衛の妻となることが認められた。
▽本話の典拠については未詳。なお、参考となる先行類話に、今昔物語集二十九の四「世を隠れし人の聟に成りたること」がある。話は、一人身の男が、裕福な一人身の女のもとに通い、やがて子供をみごもらせる。このことを知った、鬼のような姿の父親が現われ、全ての財産を聟に渡して立ち去るというもの。

挿絵解説 茶屋の店先で、左から娘、娘の父親である浪人、長兵衛の三人が泣いている場面。右上に、安倍茶の俵、その左下の板敷に、茶の葉を撰別する篩(ふるい)や笊(ざる)・盆等が描かれている。

楽《たのしみ》の鱏《ま》鮎《こ》の手《て》

鎌倉《かまくら》の金沢《かなざわ》といふ所《ところ》に、流円坊《りうゑんばう》と申て、世《よ》をのがれたる出家《しゆけ》[一]あり。今《いま》は仏《ほとけ》の道《みち》も、ふかく願《ねが》はず、明暮丹後《あけくれたんご》ぶし[二]の道行《みちゆき》[三]ばかりを語《かた》りて、柴《しば》[四]の網戸《あみと》を引立《ひきたて》、軒《のき》の松《まつ》がえに、蔦《つた》の葉《は》のかゝりて、紅葉《もみぢ》[五]するを見て、秋《あき》をしる。浪《なみ》[六]の月心《こゝろ》をすまし、鴈《かり》[七]のわたるを琴《こと》に聞《きゝ》なし、只夢《たゞゆめ》のやうに日をおくりぬ。たくはへ(た)る物もなければ、露時雨《つゆしぐれ》[八]の折《をり》ふしは、煙《けふり》を立る爪木《つまぎ》[九]もなし。

万其通《よろづそのとを》[一〇]りにして、死次第《しにしだい》と、身《み》を極《きわ》めたまふ折《をり》から、入江《いりへ》にさゞ浪《なみ》たつて、見なれぬいきもの弐疋《ひき》、人におそれず近寄《ちかよる》を、よく〳〵見れば、鱏《ま》鮎《こ》といふものの也。一疋《びき》[一一]は、流《なが》れ木《き》をひろひ集《あつ》めて抱《かゝ》へ、また一疋《びき》は、ほし肴《ざかな》を持《もち》て、物いはぬ計《ばかり》、人間《にんげん》のごとく、かしらをさげて居《ゐる》。此《(この)》心ざし[一二]嬉《うれ》しく、精進《しやうじん》[一三]をやぶりて、是《(これ)》くひける。其後《そののち》は手馴《てなれ》て、淋《さび》しきとおもふ時《とき》には、かならず来て、よき友《とも》となりぬ。ことに[一四]たのしみは、身《み》のうちのかゆさ、云《いは》ねど、自然《しぜん》としりて、思ふ所《ところ》へ手《て》をさしのべ、其《その》こゝろよき事、命《いのち》も長《なが》かるべし。今世上[一五]にいふ、孫《まご》の手《て》とは是なるべし。

一「しゅっけ」に同じ。仏門に入ったもの。

二 江戸浄瑠璃の開祖杉山丹後掾清澄が語り始めた浄瑠璃節。滝野検校直伝の正調で、特に「丹後が本節」(一代男四の四)と呼ばれた。

三 浄瑠璃における道行の一節或いは一章、一場。通過する地名を枕詞・懸詞・縁語等によって列ねつつ、旅の進行と旅情を表現する一種の韻文。

四 柴で編んだ粗末な戸を堅く閉ざしての意。

五 金沢称名寺の青葉の楓を扱った謡曲・六浦の為相の歌、「いかにしてこの一本の時雨けん山に先だつ庭の紅葉葉」の「紅葉」を意識したか。

六 金沢八景歌「洞庭秋月／原といふ所をいへり／秋に澄む水すさまじく小夜更て月をひたせる沖津白波」(鎌倉物語)を踏まえるか。

七 金沢八景の一「平沙落雁／ひらかたと云ふ所をいふ」を意識したもの。但しこの一文は、雁が飛ぶ様を琴柱(ことじ)に喩えることを借りて、雁の鳴き声を琴の音に転じて聞くと表現したもの。

八 露が一杯下りて時雨が降ったようになること。

九 薪(たきぎ)にするための小枝。木切れ。柴。

一〇 全てをあるがままに任せ、死ねばそれまでのことだと覚悟をなさったちょうどその折。

一一 原本振り仮名「びき」。「ぴ」に改める。以下同じ。

一二 鱏鮎の流円坊に対する心遣いをいう。

一三 一切の魚肉を断って仏道修行にはげむという誓いを捨ててしまうこと。

一四 仙女麻姑と蔡経の伝説(三六六頁注六)を踏まえた行文。なお本話の題名もこの部分による。

一五 孫の手の由来を鱏鮎から説いた趣向の文章。

一六 中世までは法親王や特別な高僧にのみ着用が許されたが、江戸時代には由緒ある大寺の住持職、また僧正以上の者には着用が許された。

次第《しだい》になじみけるに、ひとつばかり来て、一疋《ぴき》は、ひさしく見えぬ事をなげき、「もしも命《いのち》のおはりけるか」と申せば、笑《わろ》ふて沖《おき》のかたに指《ゆび》さす。いよ〳〵合点《がつてん》ゆかず。それより百日程《ほど》すぎて、またはじめ(の)ごとく、弐疋《ひき》つれて、夜半《やはん》にきたる。戸《と》ざしを明《あく》れば、なつかしそふに近《ちか》くよる。「何《なに》として此程《このほど》は、見へぬぞ」とあれば、一六紫《むらさき》の衣《ころも》を、たゝみながらさし出す。心《こゝろ》をとめて見るに、正《まさ》しく我古里《わがふるさと》にまします、一七伊勢《いせ》の大淀《あふよど》の一八上人《しやうにん》、円山《ゑんざん》の御ころもなるが、さても

一七 三重県多気郡明和町。景勝の地で歌枕。大堀川河口の伊勢湾岸の港としても繁栄した。
一八 一寺の住職また一宗の長老を敬っていう称。浄土系諸宗、日蓮宗で用い、禅宗その他では稀。
▽本話の主人公流円坊は、新著聞集五の十八の即往をモデルとしたもの。伊勢で成長した久五郎は、相模の国真鶴(まなづる)で船頭となる。二十五歳の折船が難破、命はとりとめるが直ちに出家、一飯も持たず鵐(しとど)の岩屋に籠り念仏する。やがて里人が食物を運ぶ。六、七年後二千日回向をすると毎晩竜灯が上る。三十五歳の折赤沢の海辺で庵を結び念仏をする。村人は日々食事を届ける。ある時、買求めた抹香の中の木屑のようなものの中から観音像が出てくる。翌朝一人の僧が来て「我は伊勢よりの使僧也。昨夜の物ありや」と問うて去る。後、伊豆・相模の高僧達が法論に来るが、誰にも負けない。元禄十年(一六九七)頃八十余歳だった。この即往を「鎌倉の金沢」に住まわせ、更に鎌倉五山第一の建長寺開山大覚和尚に関する伝承を付与することで本話は成立している。伝承の一つは、大覚に侍した女体の乙護童子(本体は竜、玉舟和尚鎌倉記)、二は栄西から残された藕糸の袈裟(沢庵和尚鎌倉記)、三は、団扇を持ち如意のような簪を戴く観音像を描いた大覚形見の鏡(円鑑、新編鎌倉志)である。西鶴は、これらを各々、鱆鮎・紫の衣・孫の手に転じてみせたのである。

挿絵解説 庵の椽に腰掛けている流円坊。手に団扇を持ち、鱆鮎に耳の垢を取ってもらっている。団扇・耳掻は、大覚形見の円鑑の図柄からの連想であろう。中央上部に蔦紅葉のかかった松、上部から左下へ波頭を連ね、下左隅の波の中にいま一匹の鱆鮎を描いている。

〱不思議《ふしぎ》也。「何《なに》とて物《もの》をいはぬぞ。此事《(この)》きゝたし」と、いろ〱おもふ甲《か》[一]斐《い》なく、日数《かづ》ふりしうちに、国元《くにもと》よりのたよりに、円山《ゑんざん》[二]御せんげのよし、しらせける。[三]すゑの世《よ》のかたりくに、彼《かの》御衣《ころも》を持《もち》て、伊勢《いせ》の御寺《みてら》にのぼりぬ。それより此所《ところ》を、[四]衣の礒《いそ》とぞ申けるとかや。

闇《くらがり》の手《て》がた

[五]美女《びぢよ》は身の敵《かたき》と、むかしより申伝《つた》へし。おもひあたる事ぞかし。

今川采女《いまかわうねめ》と申人、[六]生国越後《しやうこくゑちご》にて、[七]段《だん》〱義理《ぎり》につまつて、[八]人をうつてのきしに、親類《しんるい》のなき事、かやうの時《とき》の、よろこびなりしに、なげきあり。此《(この)》二とせあまり、あいなれし女、此[九]別《あか》れをかなしみ、何国《いづく》迄もと、袖《そで》にすがれば、是非《ぜひ》なくつれて、只《たゞ》弐人[一〇]山越《やまごへ》に立《たち》のき、やう〱と、あぶなき国元《くにもと》をはなれ、[一一]信濃《しなの》路《ぢ》にさしかゝりて行《ゆく》に、[一二]追分《おいわけ》より[一三]から尻《じり》をいそがせぬれど、此所《ところ》は[一四]女房馬《にようぼうむま》かたにてはかどらず。[一五]心《こゝろ》ざしぬる宿《しゆく》迄、日の暮《くれ》ければ、[一六]定《さだ》まりの泊《とま》り外《ほか》なる、野《の》づれのひとつ家《や》の、つねは旅《たび》人をとめた事もなきあるじに、さま〲詫言《わびごと》して、情《なさけ》の一夜《や》を明《あか》すに、山風《やまかぜ》のはげしく、[一七]はや此里《さと》は、九月の末《すへ》ずかたより、雪《ゆき》ふ

一 原本振り仮名「かいなく」、今改める。
二 遷化。この世での教化を終え次の世に教化をうつすという意味で、高徳の僧の死をいう。
三 後の世の話の種にもなるかと思って。なお、「かたりく」は語句。かたりぐさ、語種に同じ。
四 未詳。但し、実在する鎌倉の衣の浦（また袖が浦とも）に対し、架空の地名「金沢の衣の磯」を創り出したとも考えられる。
五 諺「美女は男の命を断つ斧」（譬喩尽）に同じ。「命取りとは美女、命の親とは悪女の異名」（譬喩尽）とも。一代女一の一冒頭に「美女は命を断つ斧と古人もいへり」とある。
六 生れた国。生れ故郷。
七 あれやこれやと不義理が重なってしまって。
八 人を討ち果して立ち退くこととなったがの意。
九 わかれること。古語で、わかれに同じ。
一〇 女手形を持たないため、関所のある街道を避けて山間の道を通り抜けること。
一一 越後と信濃の国境は北国街道の関川と野尻の間にある。ここは、野尻辺から上田・小諸を通って中山道の追分に出るまでの道をいう。
一二 長野県北佐久郡軽井沢町にあった中山道の宿場。北国街道はここで中山道（木曾街道）に繫がるが、主人公達は道を左へとり、沓掛・軽井沢方面へ急いだものと思われる。
一三 空（軽）尻馬の略。人一人が乗り小付や布団の他に五貫目までの荷物が付けられる道中馬。荷物のみの場合は二十貫目まで付けられる。四十貫目までの荷が付けられる本馬に対する呼称。
一四 女性の馬方。
一五 目差した宿場へ着かないうちにの意。
一六 公許された宿場の旅籠屋(はたごや)ではなく、野中の一軒家に泊ったことをいう。
一七 岐蘇路記に「軽井沢・沓掛・追分は、三宿共に

り初《そめ》、寒《さむ》さもひとしほまされど、しのぐべき着替《きがへ》もなく、[一八]木曾《きそ》の麻衣《あさぎぬ》の、ひとへなるをかさね、夜《よ》もすがら焼火《たきび》して、[一九]いかき茶《ちゃ》といふ物《もの》を呑《のむ》より、外《ほか》のたのしみなし。[二〇]世《よ》のうきねんぐのたらぬ事、[二一]牛《うし》が一疋《びき》ほしきなど、[二二]咄《はな》し寐入《ね》に、[二三]ゆるりの[二四]松《まつ》かゞり消《きへ》て、[二五]鼾《いびき》ばかり(に)なりぬ。

其比《そのころ》きその赤鬼《あかおに》と、[二六]あざ名《な》をよび、[二七]あばれ者《もの》のありしが、[二八]くみする若者《わかもの》、あまたあつめて、内談《ないだん》するは、「けふのくれかたに、[二九]やしき女をつれて、旅《たび》の者《もの》の通《とを》りしが、さても〳〵其姿《すがた》、何《なに》とも言葉《ことば》にはのべがたし。見そむるより、無《む》理《り》はおぼへて、恋《こい》となり、命《いのち》に替《かへ》てともおもふなり。幸《さいわい》今宵《こよひ》は、宿《しゅく》はづれにとまれば、おの〳〵が力《ちから》を添《そへ》、此おもひを晴《はら》さしてくれよ」と、[三〇]鬼《おに》の目にも、泪《なみだ》を流《なが》して頼《たの》む。[三一]無《む》分別《ふんべつ》ざかりの若者《わかもの》、「[三二]それは手《て》に入たる女也。さらば皆《みな》〳〵形《かたち》をかへよ」と、いろ〳〵[三三]づきんに皃《かほ》かくして、彼《かの》かり宿《やど》の、門《かど》に行《ゆき》て、大勢声《あふぜいこへ》を立《たて》、「[三四]人足《にんそく》出せ」とよべば、亭主《ていしゅ》かけ出るを、[三五]とつてしめ、彼男《かのおとこ》をはじめ、家《や》内《ない》残《のこ》らず、縄《なわ》をかけ置《おき》、[三六]火《ひ》うちのひかりに、女を見付《つけ》、さま〴〵[三七]我《わが》まゝしてにげて行《ゆく》。

おもひよらざる事、是非《ぜひ》にかなはぬ難義《なんぎ》にあい、夜《よ》の明《あく》るを待兼《まちかね》、[三八]奉行《ぶぎやう》へ御訴訟《そしやう》申あぐるに、「なにもとらぬ事の、不思義《ふしぎ》也。ひとりも見しらねば、何《なに》を

浅間が嶽の腰に有て其地尤高し。…寒さ甚しくて五穀生ぜず」、信濃行程記に「此辺(追分)当国第一地高く、…十月氷はりて寒中の如し」とある。なお、「末ずかた」は原本通り。

一八 信濃名産の麻布。毛吹草に「信濃　木曾麻衣(きそのあさぎぬ)」。遠碧軒記に「木曾の谷々、一谷に麻多くとり紬ぎて衣にす。綿をも入れずに、幾重もこれを重ねて着す」とある。

一九 「いかき」は笊(ざる)。笊を用いて煎じた茶。懐硯三の三に「釣鍋(つるなべ)に小さき籮(いかき)を仕かけ、葉茶を煎じて、…我を饗応(もてなし)ける」とある。

二〇 この世で最もつらい年貢未進の話。

二一 農耕用の牛一頭を自分で持ちたいという話。

二二 話をしながらいつか寝てしまうこと。

二三 囲炉裏の訛り。いるりとも。かたこと五に「囲炉裏(いろり)をゆるりはわろし。又いるりとはいふべし。仮名遣の書にいるりとあり」とある。

二四 松篝。割り松の薪を焚き明りとすること。

二五 原本振り仮名「ひゞき」。

二六 あだな。一般に皆が呼んでいる異名。

二七 暴力を振い無法な行為をする者。

二八 いわゆる暴組(あばれぐみ)の若者。

二九 屋敷女。武家方に奉公している女。

三〇 諺「鬼の目にも涙」を「赤鬼」にかけた表現。

三一 最も前後を顧みず暴挙に走りやすい年頃。

三二 最早、その女は手に入れたも同然だの意。

三三 頭巾。ここは、顔を見覚えられないように、頭巾でそれぞれが覆面したことをいう。

三四 伝馬役以外の交通労役に従事させるための人夫。宿役人が夫役(ぶやく)を命じる形を装った。

三五 つかまえてきつく縛りあげること。

三六 火打石の火花の明りで。

三七 思うままに女を弄んでの意。

三八 奉行所へ訴え出たところがの意。

以《もつ》て、一せんさくの種《たね》もなし」と、仰《おゝ》せける。其時《そのとき》、「二それがし、覚の候へば、此《(この)》宿中《しゆくぢう》男《おとこ》残《のこ》らず、三御前《ぜん》へ」と申あぐる。一人ものこらずめされける。女四罷《まかり》出、「此内《うち》に二三人も、背中《せなか》に五鍋炭《なべずみ》の手形《てがた》あるべし」と、かたをぬがして、せんさくするに、あらはれて、此中間《なかま》十八人、六せいばいあそばしける。七扨《さて》もせはしき中に、女の知恵《ちへ》をほめける。是《これ》迄の八因果《ゐんぐは》と、九夫婦《ふうふ》指違《さしちが》へける。

一 取り調べのきっかけ。穿鑿・詮索。
二 わたくし。主に男性が用いるが、ここは女性。
三 御奉行様の前に集めて下さい。
四 かしこまった様子で進みでて。
五 鍋墨。ここは毎日煮炊する鍋・釜の尻に出来た黒い煤煙。なお、鍋墨は薬としてまた女性が眉を画くのにも用いる(本朝食鑑一「釜墨(ふぼく)」)。
六 成敗。死罪に処せられたの意。
七 本当に火急の慌しい出来事のさ中にの意。
八 現世の悪業に対する悪果、現報だと悟って。
九 最も確実に二人が同時に死ぬ方法。互に一方で相手を捉まえ、他方の手の刀で相手を突く。
▽本話は、今昔物語集二十九の二十三「妻ヲ具シテ丹波ノ国ニ行シ男大江山ニシテ縛ラレタル語」を原拠とし、智嚢十・察智部詰姦「僧寺ニ子ヲ求ム」をも合わせ用いている。前半の、采女が女を連れて立ち退く途中、赤鬼一党に襲われ、自分は縄で縛られたまま、目前で女を弄ばれるという話の展開は、今昔物語集の、京の男が妻を生国丹波へ連れて行く途中、大江山近辺で若い男と道連になり、欲につられつい相手の大刀と自分の弓とを交換し、更にうかつにも矢二筋を与えたばっかりに、昼食の用意をしている隙に弓矢で脅かされ、縄で木に縛りつけられてしまう。若い男は女に心をひかれ、男の目の前で女と寝るという話に依っていた。芥川竜之介の「藪の中」が今昔の本話によっていることは周知の通りだが、偶合というべきか。また、後半の「女の知恵」、赤鬼達に弄ばれている最中、咄嗟に鍋墨で手形をつけたという話は、宝蓮寺に子孫堂という子授けの霊験ある堂があった。女が籠る部屋には人が入れない様になっており、女がそこに泊ると夢中に仏が来て子宝が授かるとの噂が高かった。不審に思った役人が、妓女二

執《しう》心《しん》の息《いき》筋《すじ》

一〇 継子《まゝこ》も生長《せいちやう》しては、掛《か》る物なるに、むかしより世界《せかい》の人心、是をにくむ事替《かわ》らず。

南部《なんぶ》の町《まち》に、仙台《せんだい》屋宇右衛門と申て、所《ところ》ひさしき、二 くろがねの商《あき》人あり。仕《し》

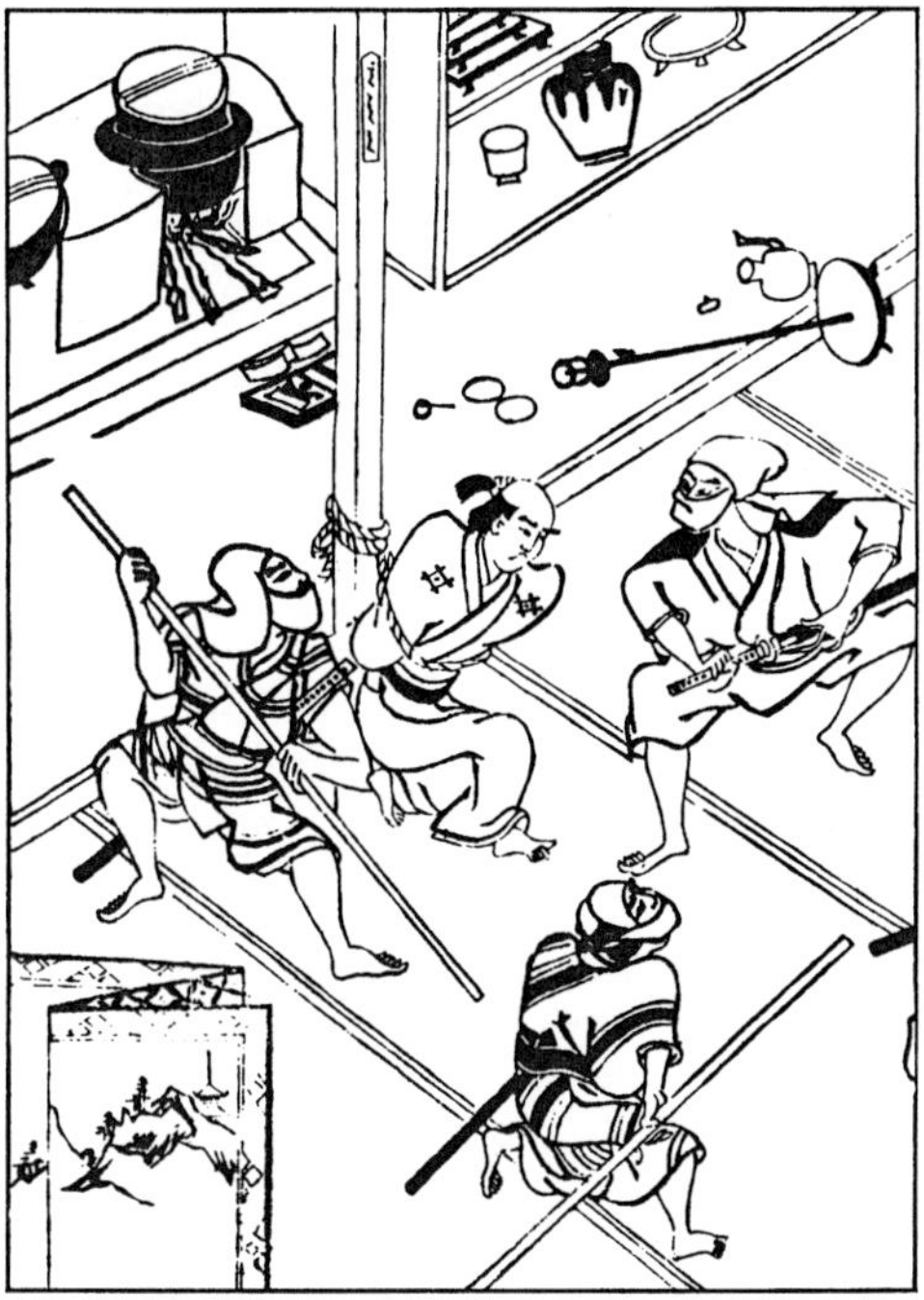

人を使い、朱・墨の汁を入ってきた仏の頭に塗らせる。翌朝、寺僧全員が調べられ、頭に朱・墨の印のある者各々二名が発見される。調べてみると、その部屋には秘密の出入り口があり、多くの僧が女を犯していたという智嚢の話にヒントを得たかと思われる。なお、「木曾の赤鬼」にについては未詳。ただし、西鶴にヒントを与えたかと思われる素材が、信濃行程記にある。一つは、北国街道の信越国境である関川を信濃側へ越えたところに熊坂村があり、賊長熊坂長範の生まれた土地で、関川の水を呑めば盗心を生ずとの伝説があったこと。二つには、北国街道が中山道(木曾街道)に出合う追分のすぐ手前に、「赤土」で「その色血の如し」といわれたにごり川があったこと。三には、追分の入口に鬼神堂があったことである。「木曾の赤鬼」のイメージは、これら三つの素材の取り合わせによるものとも考えられる。

一〇 継子でも成人すれば、継母は逆に継子に養ってもらうことになるものなのに、の意。

二 鉄を扱う商人。盛岡の名産南部鉄器は、九戸や閉伊の砂鉄を原料とし、北上山地の木炭を精錬に用い、近世初期に招かれた釜師や鋳物師の技術を受けつぎ、様々な意匠と工夫をこらして造り出された茶釜・鉄瓶等をいうが、本話の仙台屋もこの原料の砂鉄を商っていたのであろう。

挿絵解説 左図は、覆面頭巾をした暴組が一軒家に乱入し、柱に釆女を繫ぎ三人で見張っている。右図は女二人を弄んでいる所。上部の男が赤鬼で抱かれているのが女主人公か。下の女は家の女房か。左図上部に食器棚・竈・火打道具。右に倒れた灯台と散乱する灯心・油差等を描く。

合《あはせ》よろづに、何《なに》のふそくもなく、男子《なんし》ばかり三人迄持《もち》しに、一世《よ》の無常《むじやう》とて、なじみに別《わか》れ、二万事《ばんじ》をうち捨《すて》しに、三語《かた》る人〴〵、四世間《せけん》をやめさせず、五押付《をしつけ》わざに、また妻《つま》を持《もた》せけるに、六何《なに》に付《つけ》ても、おもはしからねど、かんにんして、はや五年《とせ》あまりもすぎける。

宇右衛門も、なが〳〵わづらひて、今は七うき世《よ》のかぎりの時《とき》、のちづまを、枕《まくら》ちかくよびよせ、「我相果《われあいはて》し後《のち》、八また浮世《うきよ》を立《たて》たまはば、九それがし息《いき》のかよふ内《うち》に、何《なに》にてもほしき物を、とつてのきたまへ一〇」といふ。女泪《なみだ》に袖《そで》をしたし、「かさねて夫《おつと》を持《もつ》べきや」と、黒髪《くろかみ》を切《きれ》ば、「一一扨《さて》はたの(も)しき」と、一二三人の子《こ》どもをあづけ、万《よろづ》のたからを渡《わた》し、今《いま》は思ひ残《のこ》する事もなく、むなしくなりぬ。

いまだ一三三十五日もたゝぬに、子《こ》ども二人一四すぎ行《ゆけ》ば、人もふしぎを立《たて》ける。十九歳《さい》になる兄《あに》むすこにも、後程《のちほど》つらくあたれば、一五ぶら〳〵とわづらひつきて、養生《やうじやう》ためとて、遠《とを》く一六借座敷《かりざしき》に出けるに、一七万事《ばんじ》かつ〴〵にあてがへば、一八かなしき様子《やうす》申せど、ある物をやらず、「一九やう〳〵年《とし》も暮《くれ》ちかし。銭《ぜに》かねも取集《とりあつ》めたらば、遣《つか》はし申べし」といふ。「けふさへおくり兼《かね》しに、口惜《をし》きしかた」と、二〇思ひ極《きは》め、一言《ごん》申残《のこ》すは、「我是《われこれ》迄くる道《みち》にて、雪《ゆき》にあいし人ありて、我傘《わがからかさ》の下《した》

一 この世は無常だというその言葉通り、長年連れ添った妻に死に別れ。
二 俗世間の全てを捨て世をのがれようとしたが。
三 日頃から親しく語り合っている人達がの意。
四 俗世間の生活を続けさせようとしての意。「世間をやめ」るは、隠居或いは出家すること。
五 無理やりに同意させての意。
六 何かにつけて心に叶うことはなかったが。
七 この世の終り、臨終が近づいてきた時の意。
八 この世で普通の暮しを立てていくこと。ただしここでは、再婚するつもりならばの意。
九 中世では、妻側に重科がないにもかかわらず離縁される場合、妻は家の中にある物を何でも手に持てるだけ持って行く権利があった(江戸の離婚)。近世に入っても、この慣習の名残があったのであろう。
一〇 退く。去る、離れる、縁を切るの意。
一一 頼みにできる、心強いの意。
一二 三人の子供の養育を後妻に託し、全ての財産を渡したのである。庶民における相続は、遺言によるのが原則。ここも遺言による相続であろう。
一三 まだ中陰の忌日も明けていないうちにの意。人は死後七日を一期とし次の生をうけるといわれ、七期四十九日(しじゆうくにち)までに必ずどこかに生まれるとされる。三十五日は五十七日(ごしちにち)の忌日で小練忌(しようれんき)とも呼ばれる。四十二・四十九日を切り上げ、三十五日に合わせて済ますのが京阪の通例。　一四 死んでいったのでの意。
一五 良くも悪くもならず、長びいてはっきりしない病気。多く労咳(ろうがい)或いは気鬱症。ここもそのどちらかであろう。ぶらぶらやまい。ぶらぶらわずらいともいう。
一六 保養等のため一時的に借りて滞在する座敷。

へ、頼《たの》むといふ程《ほど》に、「[二一]我宿《わがやど》は是《これ》より、一里《り》あまり有。それ迄行《ゆき》てから、持《もた》してかすべし」と申せば、「其間《そのま》にはぬるゝ」と申た」と、是《これ》を[二二]最後《さいど》の言葉《ことば》にてすぎ行《ゆく》。

今《いま》は我《わが》物と、むかしのごとく、継母髪《まゝはゝかみ》をのばし、[二三]いたづらを立、世《よ》にさかゆる時《とき》、まゝ子《こ》の幽霊《ゆうれい》きたつて、軒端《のきば》より、息吹《いきふき》かくるに、母《はゝ》のかしらに[二四]くはゑん燃付《もへ》、いろ／＼けしてもとまらず、形《かたち》も残《のこ(ら)》ずなりぬ。

一七　必要なものの最低を満たすだけを推し計り、割り当てて与えるようにしたのでの意。
一八　生活が困窮している、貧乏な様子。
一九　年の暮は大節季で、売掛金の総決算日。現金が最も多く集まる時節なのでいう。
二〇　死ぬ以外に方法はないと思い詰めて。
二一　自分の家まで一里(約四キロメートル)余りもあります。
二二　この譬話を最後の言葉として言い残し、兄息子は死んでいったのでしたの意。
二三　淫奔な生活を派手に送っている時に。
二四　火炎。継母の頭髪が炎に包まれたことをいう。

▽本話の原拠は、太平広記一二〇・徐鉄臼であるが、西鶴が直接典拠として用いたのは、その訳の一つである堪忍記七・継子をそだつる堪忍の二「まゝ子を責ころしければ幽霊になりて継母が生ける子につきたる事」である。内容は、継母に責め殺された継子が幽霊となり、継母の子を自分が責め殺された同じ方法で責め殺すというものだが、西鶴は、継母の子ではなく継母を焼き殺す形に変え、さらに、継母が継子を殺す部分に宇治拾遺物語十五の十一「後の千金の事」を上手に滑り込ませ一話としている。宇治拾遺の話は荘子を原拠とする寓話。内容は、今「物食はずは生くべからず、後の千金更に益なし」というものであるが、西鶴は、この寓話を、堪忍記の継子が雪の中で裸にされ木に縛られ飢え凍えて死ぬ場面からの連想で、雪の降る最中であるにもかかわらず傘をすぐに貸してくれなかった話に作り変えたものと思われる。

挿絵解説　継子の幽霊が、軒先より息を吹きかけ、寝ている継母の頭髪を燃やしている場面。なお、この時代の幽霊には足がある。

身《み》を[一]捨《すて》て油壺《あぶらつぼ》

ひとりすぎ程《ほど》、世《よ》にかなしき物はなし。

河内《かわち》のくに、[二]平岡《ひらおか》の里《さと》に、むかしはよしある人の娘《むすめ》、[三]かたちも人にすぐれて、[四]山家《やまが》の花《はな》と、所《ところ》の小歌《こうた》に、うとふ程《ほど》の女《おんな》也。[五]いかなる因果《ゐんぐは》にや、[六]あいなれし男《おとこ》、後《のち》はおそれて、言葉《ことば》もかはさず。十八の冬《ふゆ》より、[八]おのづから後家《ごけ》立《たて》て、八十八に十一人迄、あは雪《ゆき》の消《きゆ》るごとく、むなしくなれば、はじめ[七]焦《こが》れたる里人も、後《のち》はおそれて、言葉《ことば》もかはさず。

さても長生《ながいき》は、つれなし。以前《いぜん》の姿《すがた》に引替《ひきかへ》、かしらに霜《しも》をいたゞき、見るもおそろしげなれども、[九]死《しな》れぬ命《いのち》なれば、世《よ》をわたる[一〇]かせぎに、[一一]棉《もめん》の糸《いと》をつむぎしに、[一二]松火《び》もと[一三]けしなく、[一四]ともし油《あぶら》にことをかき、夜《よ》更《ふけ》て[一五]明神《みやうじん》の灯明《とうみやう》を盗《ぬす》みて、[一六]たよりとする。[一七]神主《かんぬし》集《あつ(ま)》り、「毎夜《まいよ》〳〵御ともし火の消《きゆ》る事を、不思議《ふしぎ》におもひつるに、油《あぶら》のなき事、いかなる犬《いぬ》・けだもののしはざぞかし。かたじけなくも、[一八]御社の御灯《ごとう》は、河州《かしう》一国《こく》、照《てら》させたまふに、[一九]宮守《みやもり》どもの、[二〇]ぶさたにもなる事也。是非《ぜひ》に今宵《こよひ》は、[二一]付《つけ》出し申べし」と、内談《ないだん》かため、弓・長刀《なぎなた》をひらめか

一　「捨(す)て」は原本通り、目録題は「捨(すつ)る」。
二　→三六七頁注一五。
三　容貌、特に美貌であることをいう。
四　片田舎にはもったいない美しさだと、土地の流行歌に唄われる程の美貌の女であった。
五　前世にどのような因縁があってのことだろう。
六　相馴る。なれ親しみ合うの意。
七　恋焦れる。恋の思いが激しく燃え立つ意。原本「恋(こが)れ」と誤る、今「焦」に改める。
八　夫に死別したのでもないのに、いつの間にか未亡人のような生活を続けることとなって。
九　西鶴の慣用句。→三三〇頁注九。
一〇　稼。生活の手段として働くこと。仕事。
一一　綿をつむいで綿糸を作る仕事。近世中・後期を頂点として、大坂周辺特に河内地方の農家が手作・手紡・手織した木綿は河内木綿と総称され著名であった。ここはその河内木綿の手紡の賃仕事をしていたことをいうのであろう。
一二　割り松を焚き明りとすること。
一三　原本「とけなくなく」、今「とけしなく」に改める。暗くてもどかしい、じれったいの意。
一四　灯火用の油。関西では菜種油また桐油(とうゆ)に綿実油をまぜたものが主。灯油。
一五　明神は平岡大明神(国花万葉記四、和漢三才図会七十五)。その大明神に夜通し供える灯火。みあかし。ただし、ここは灯明の油を盗み取ることをいう。なお、原本「盗」を「姿」に誤る。
一六　たのみとする、よりどころとするの意。
一七　神社の神職一般をいう。かむぬしとも。
一八　河内の国全体を照らす御灯明なのだと、一の宮平岡大明神の神威を強調した表現。
一九　神社の番人の意だが、ここは神主に同じ。
二〇　無沙汰。不注意、怠慢の意。
二一　本来尾行するの意だが、ここは、その正体

し、思ひ〳〵の出立にて、[二二]ないじんに忍《しの》び込《こみ》、ことの様子《やうす》を見るに、世間《けん》の人しづまつて、[二三]夜《や》半《はん》の鐘《かね》のなる時《とき》、おそろしげなる[二四]山姥《うば》、御神前《しんぜん》にあがれば、いづれも気《き》を取《とり》うしなひける。中にも弓《ゆみ》の上手《じやうず》あつて、[二五]かりまたを[二六]ひつくはへ、ねらひすましてはなちければ、彼姥《かのうば》が[二七]細首《ほそくび》おとしけるに、そのまゝ火を吹《ふき》出し、天にあがりぬ。夜《よ》あけて、よく〳〵見れば、此《(この)》里《さと》の[二八]名《な》立《たち》姥也。是《(これ)》を見て、ひとりも[二九]ふびんといふ人なし。

を見付け出す、見届けるの意。
二二 内陣。神社本殿最奥の間で、祭神を祀る所。
二三 夜の九つ、午前零時頃を告げる時の鐘。
二四 深山に住む鬼女。やまんば。やまおんな。
▽本話の女主人公のイメージは謡曲・山姥に負う所が大きい。山姥の詞章「恐ろしや…其のさま怪(け)したる顔ばせ」、「髪にはおどろの雪を戴き」、「糸くり紡績の宿に身を置き人を助くる」等々が踏まえられている。
二五 先が二股に開き内側に刃がついている鏃(やじり)。射貫いたり射切ったりするのに効果がある。
二六 弓に矢をつがえること。
二七 細い首をいうが、やや軽蔑した言い方。
二八 悪評判の高い老婆であった。
二九 不憫。かわいそうだの意。
▽本話は河内の国の著名な姥が火伝説によっている。河内鑑名所記五(延宝七年(一六七九)刊)に「姥が火　此の因縁を尋ぬるに、夜る夜る平岡の明神の灯明の油を盗み侍る姥有りしに、明神の冥罰にや当るらし、彼の姥なくなりて後、山の腰を飛び歩く光り物いできて、折々人の目を驚かしけるに、彼の火炎の体は、死しける姥が首よりして吹きいだせる火のごとく見え侍る故に、かの姥が妄執の火にやとて、則世俗に姥が火とこそ伝へけれ。高安・恩地迄も飛び行き、雨けなどには今も出ると也」とある。西鶴は名残の友五の五や俳諧でも用いている。和漢三才図会七十五、諸国里人談三等にも伝えられる。また、近江国輿地志略九十七・油坊火、百物語評判三・叡山中堂油盗人等、類話は各地に頗る多い。

挿絵解説　長刀と大刀を持った神主二人と、空中に舞い上った姥の首が火炎を吐く様を描く。

それよりもよな〳〵出て、往来《ゆき》の人の、心玉《こゝろたま》[一]をうしなはしける。かならず此(この)火《ひ》に、かたをこされて、三年といきのびし者《もの》はなし。今五里三里《り》の、野《の》に出けるが、一里を飛《とび》くる事、目ふる[二]間《ま》もなし。ちかく寄時《よる》に、「油《あぶら》さし」[三]といふと、たちまちに消《きえ》る事のおかし。

銀《かね》が落《おとし》てある

物毎正直《ごとしやうじき》[四]なる人は、天も見捨《すて》たまはず。難波《なには》人ひさしく、江戸に棚《たな》[五]出して、一代世《よ》をわたる程《ほど》もふけて、二たび大坂にかへり、楽《らく》〳〵と暮《くら》されける。

折《をり》ふし秋《あき》の草花《くさばな》などいけて、詠《なが》める時《とき》、ひがし[六]の山里《ざと》より、紅茸《べにたけ》[七]のうるはしきを、おくりける折から、あたりの男《おとこ》きたりて、「何《なに》ぞ」といふ程《ほど》に、「せいじ[八]んの世《よ》にはへる、れいしといふ物」と語《かた》れば、ありがたそふに、手《て》にも取《とら》ず見《けん》物《ぶつ》する、律義者《りちぎもの》[九]也。「けふ御見舞[一〇]《まい》申は、私《わたくし》も爰元《こゝもと》の、しんだい[一一]おもはしからず、今一たび[一二]江戸への心ざし也。こなたには[一三]、数《す》年にて、勝手《かつて》も御ぞんじなれば、今時《どき》は、何商《なにあきない》がよい」と申。「今[一四]は銀《かね》ひろふ事が、まだもよい」と申せば、此

一 気を失わせるの意。和漢三才図会七十五は「雨ノ夜尺許ノ火ノ珠徐(しずか)ニ近郷ヲ飛行ス。之ニ逢ヘバ恐怖シテ死ニ至ル者少カラズ」と伝える。　二 ちょっと脇見をする間。一瞬の間。

三 油差は灯火用の油を取り分けたり油皿(あぶらざら)に注ぐ器具だが、ここでは油盗人だった姥を暗示し、一方で万事が成就するとされる五字陀羅尼の呪文「阿毘羅吽欠(あびらうんけん)」の「あびら」をもじって「あぶ(び)らさし」というとすぐに消えるという洒落で、一話の落ちとした。

四 正直—天道(類船集)。

五 店を出しての意。近世初期には、新興都市江戸に進出し成功した上方商人が多かった。

六 大坂の東方は生駒山麓の丘陵地帯に続く。

七 和漢三才図会一〇一に「陰処ニ生ズ。其ノ繖(かさ)紅色裏白ク細刻有リテ毒有リ。モシコレヲ食ヘバ血ヲ吐キ死スル者多シ」とある。季、秋。

八 王者の徳が草木に及んで生じるのが霊芝で、中国には青・赤・黄・白・黒・紫の六芝があり、日本には、紫・赤・黒色の三種があるとされ、松茸の乾枯朽腐(かんこきゆうふ)したものに似るとされた(本朝食鑑)。風俗文選「紫芝岡賛」に、「霊芝…王者仁慈ある時は必ず生ずと、泰平長久の時をしりける、いとめでたし」とある(図、和漢三才図会一〇一・霊芝)。

九 馬鹿正直な者。馬鹿の戯称。

一〇 お尋ねいたしましたのは、の意。　一一 身代。生活、暮し向きが思うようにいかない。

一二 一度江戸へ下り儲けだしたいと念じております。原本「一だひ」、今「一たび」に改める。

一三 あなた様は、何年も江戸にいらっしゃって。

一四 最早一攫千金の時代ではなく、どんな商売

男《おとこ》まことにして、「是《（これ）》は人の気《き》のつかぬ事也。御影《かげ》にて是非《ぜひ》に拾《ひろ》ふて、まいろふ」といふ程《ほど》に、是おかしく、道中《どうちう》の遣《つか》ひ銭《せん》もとらし、「其元《そこもと》へ、かせぎにくだる者《もの》也。万事頼《ばんじたのむ》」のよし、念比《ねんごろ》なるかたへ状《じやう》を添《そへ》ける。

頓《やが》てくだりつきて、彼《かの》一五人宿《やど》の一六でいしゆになつて、あけの日、一七もゝ引《ひき》・きやはんして出、日暮《くれ》てかへる事、十日計《ばかり》なり。一八亭主心元《ていしゆこゝろもと》なく、「毎《まい》日何方《いつかた》へゆかるるぞ。一九身《み》すぎの内談《ないだん》もなされず」といふ。此男《おとこ》さゝやきて、「あるじさまへはかくすまじ。それがしは爰元《こゝもと》へ、銀《かね》をひろひに、まいつた」と申。二〇亭主腹《ていしゆはら》をかかへ、また大坂から、此男《おとこ》二一をなぶつて、くだしけるとおもひ、「扨《さて》日に〳〵出られて、拾《ひろ》わるゝか」と申せば、「爰元《こゝもと》へまいつて、昨日計《さくじつばかり》が二二不仕合《ふしあはせ》、その外《ほか》はひろひました。あるひは、二三五匁・七匁、二四先《さき》おれの小刀《こがたな》、または二五秤《はかり》のおもり、かたし二六目貫《めぬき》、何《なに》やかや取集《とりあつめ》て、四百二七色程《いろほど》ひろひける」。亭主《ていしゆ》きもをつぶして、「珍敷《めづらしき》お客《きやく》」と、近所《きんじよ》の衆《しゆ》に語《かた》れば、「是ためしもなき事也。はる〴〵正直《しやうじき》にくだる心ざし、咄《はな》しの種《たね》にひろはせよ」と、二八小判《こばん》五両出し合《あい》、ひろはせける。

それより次第《しだい》に、ふつきとなつて、二九通《とを》り町に屋敷《しき》を求《もと》め、三〇棟《むね》にむね、門松《まつ》を立、広《ひろ》き御江戸の、正月をかさねける。

をしても簡単に儲けだすことなど出来ないという意味で、苦労して商売をするよりも、落ちている金を拾った方がまだしもよいといった。
一五 雇人などの周旋をする家。口入家。
一六 出居衆。出稼ぎで町へ出て部屋を借り、独立の家計を営む者。多く日傭取(ひようとり)だが、商家や武家への奉公人も含む。
一七 行商人のいでたちをしての意。股引は腰から脚へ主に股を覆う男性用の下ばき。脚絆は膝から下脛のあたりを覆う布。歩行を軽快にするために用いる。絹や木綿製が普通。和漢三才図会二十八に、脚絆「其ノ脛ヲ纏束シテ足ヨリ膝ニ至ル者」、股引「腰ヨリ膝ニ至リ、下脚絆ニ連ナル」ものとある。

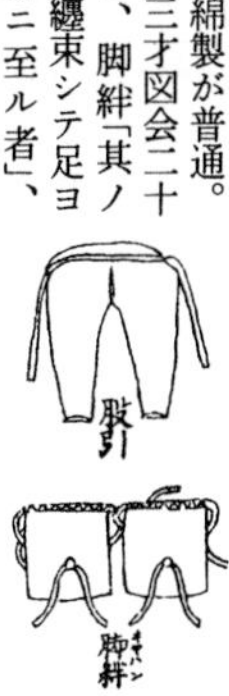

一八 人宿の主人も心配しての意。一九 仕事に関する相談、ここは商売。人宿の主人は、出居衆に対し生活万般にわたる差配をした。
二〇 腹をかかえて大笑いしての略。
二一 嬲る。面白がってからかう、嘲弄するの意。
二二 運悪くあまり拾えなかったの意。
二三 五匁・七匁の豆板銀。小粒銀、細銀(こまがね)とも。
二四 刃先が折れてしまっている小刀。
二五 少量の金銀を量る携帯用秤、釐等(れいてん)具の分銅。二六 刀の柄の目釘を隠す一対の装飾金具の片方。二七 種類。品目。二八 小判一両は、米一石の値段に相当した。二九 江戸の日本橋を中心とした南北の大通りで、最も繁華な通り。西鶴頃は、神田筋違橋から京橋までの間をいう。
三〇 棟に棟を建て並べの意。
▽ 本話は百物語・下十九・聾正直の事による。

一 貞享二年丑正月吉日

二 大坂伏見呉服町真斎橋筋角

三 池田屋三郎右衛門開板

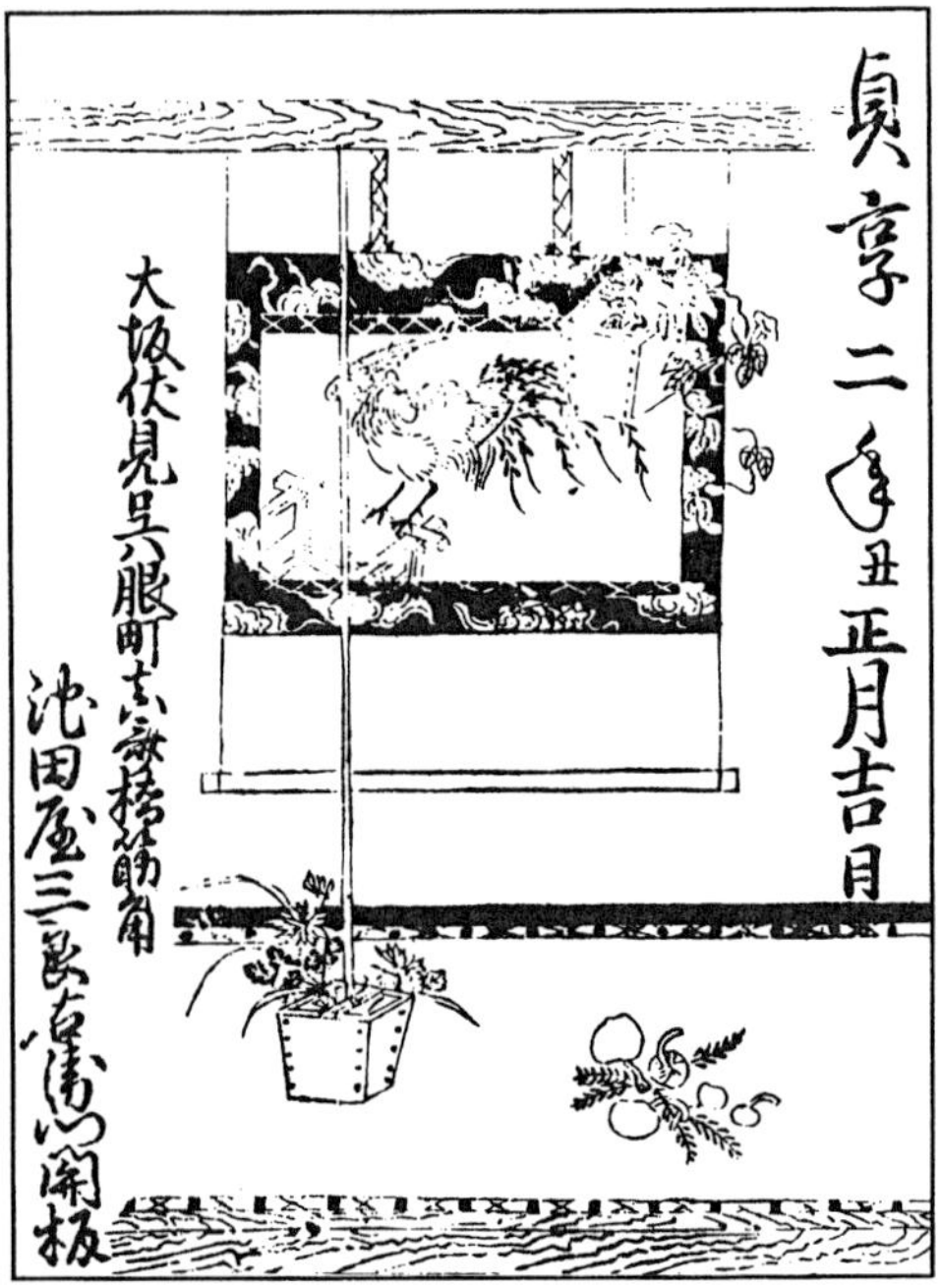

一話は、天竺の「商人に耳つぶれたる人ありしが、ともの商人の都より帰りけるに、今ほど都へは何がむき候べし、教へ給へと問しに、何にてもびく(微軀)次第なりといひて耳を教へければ、語りし事は聞えず、耳を教へしにより、耳に似たる物を商ひ物にせよと心得て、くさびら(茸類の称)の類を多くこしらへ、都へ上りければ、折節大王の崩御にて、一国中に魚肉をたちければ、思ひのほか利徳をえたるといへり。誠に人は正直なるがよしとぞ」というもの。馬鹿正直な主人公の商人、その主人公が経験豊かな人に商売の種類を教えてもらうこと、「くさびら」、茸(きの)の話があること、そして共に「正直」が讃嘆されることで共通している。

一 以下三行は刊記。出版年次・書肆の住所・書肆名を記す。貞享二年は一六八五年。

二 現在、大阪市東区伏見町四―五丁目。伏見呉服町は、呉服町のこと。伏見町の西に続く両側町で、心斎橋筋から御堂筋・御霊筋を経て渡辺筋までの東西の町筋をいう。

三 岡田氏。西鶴本では、二代男、一代女、二十不孝、伝来記、新可笑記の出版元。なお、池田屋は油煙墨所をも兼ねた(万買物調方記)。

挿絵解説 本話の挿絵には刊記が挿入されてしまい、極めて特異な形となっている。挿絵は、井筒に鳳凰の軸物と上に朝顔、下に菊と薄を生けた二つ釣瓶及び床の上の紅茸を描く。軸物と二つ釣瓶の図は、立花訓蒙図彙三が伝える古田織部の逸話によるものであるが、紅茸は、西鶴が本話の内容を暗示すべく書き添えたもの。

本《ほん》朝《ちよう》二《に》十《じゆう》不《ふ》孝《こう》

佐竹昭広 校注

勧善懲悪の小説には二種の別がある。その一を「褒誉」と言い、その二を「誹刺」と言う。「褒誉は仁義礼智等の八行を本として暗に全篇の列伝を設け、その行為の尊むべく仰ぐべきを示して、読者をしておのづから景慕するの念を起さしめて、瞑々裡に良道に導かむことを期す」。「誹刺は全く之れに反して、暴虐非道の行為を述べ、若しくは不義不孝の状をあらはし、あるは痴愚の笑ふべきを写し、あるは醜行の恥づべきを描きてもて、訓戒せむと力むる者なり」(坪内逍遥『小説神髄』)。『本朝二十不孝』は後者、「誹刺」の小説である。「生きとし生ける輩、孝なる道を知らずんば、天の咎を遁るべからず。其例は、諸国見聞するに、不孝の輩眼前に其罪を顕はす。是を梓にちりばめ、孝にすゝむる一助ならんかし」(西鶴自序)。明治の世となって廃止されるまで、目抜きの場所には幕府の高札場が設けられていた。そこに掲げられた各種高札の一つ、「忠孝札」は天和二年(一六八二)五月、五代将軍綱吉の命を受けて制定された。「忠孝をはげまし、夫婦、兄弟、諸親戚にむつび、奴婢等までにも仁恕を加ふべし。もし不忠不孝の者あらば重罪たるべし云々」。明治初年まで立っていた「忠孝札」は正徳元年(一七一一)の制札であるが、趣旨は同じい。

一、親子兄弟夫婦を始め、親類に和睦し、下人を憐み、主人ある者は奉公に出精すべし。

一、家業を励みて懈る事なく、諸事分限を守るべし。

一、虚偽を為し、不法を言ひ、総じて人の害を為すべからず。

一、博奕の類一切停禁すべし。

一、喧嘩口論を慎み、若し、其事あらば猥に出会すべからず。(以下略)

『本朝二十不孝』に登場する二十人の親不孝者とは、具体的にはこれらの掟を破った息子や娘たちである。西鶴も、読者も、興ずるところは「誹刺」の訓戒にあらず、「誹刺」の主人公二十人の「不義不孝の状」自体、彼ら不孝者の演ずる様々な人間喜劇にある。

装丁　大本　袋綴　五巻五冊
刊記　貞享三年(一六八六)十一月(自序、貞享四年一月)
底本　国立国会図書館蔵本

入絵

本朝二十不孝

一

一雪中の笋《たかんな》八百屋にあり、二鯉魚は魚屋《うをや》の生船《いけふね》にあり。世に三天性の外祈らずとも、四夫《それ》〳〵の家業をなし、五禄を以て万物を調へ、六孝を尽せる人、常也。七此常の人稀にして、悪人多し。生《いき》としいける輩《ともがら》、孝なる道をしらずんば、天の咎《とがめ》を遁るべからず。其例は、諸国見聞するに、不孝の輩眼前に其罪を顕はす。是を八梓《あづさ》にちりばめ、孝にすゝむる一助ならんかし。

九貞享三稔孟陬《まうすうの》日

一〇

一 二十四孝・孟宗《もうそう》の故事による。「タカンナ。タケノコに同じ。新しく生える竹。例。セッチュウノタカンナ。雪の中から抜きとる柔らかな筍」(日葡)。「竹筍。多加牟那《たかむな》、俗ニ曰ク、多介乃古《たけのこ》」(新刊多識編三)。
二 二十四孝・姜詩《きようし》の故事による。
三 「天ヨリ受得テ自然ト具リタル性ナリ。是ヲ天性ト云フ」(管蠡抄五)。
四 ソレゾレと濁らない(日葡、和英語林集成)。
五 「ロク。タマモノ、すなわち、タカラ。財貨」(日葡)。　六 原本「教」。「孝」の誤刻か(松田修)。
七 参考「智人ノ曰ク、今ノ世ハ末代ニシテ、人ノ心モ濁レリ。而モ愚痴ニシテ下根ナリ。故ニ不孝ノ者ノミニシテ孝行ナル者ハ稀也」(孝経安知鈔・中)。　八 梓の版木に刻み。但し、日本では多く桜の木を用いた。
九 貞享四年(一六八七)正月の某日。「三。古ノ四ノ字」(字集便覧)。「稔」は「年」に同じ。「みのるといふ心にて祝していふ」(書札重宝記一)。「新稔《しんねん》」。稔は年の字と同じ」(同上)。「孟陬」は正月の異称。なお、この年記は、刊記の「貞享三暦丙寅霜月吉辰」と一致しない。→解説。
一〇 「鶴永」は俳諧師西鶴の初号。「松寿」は彼の雅号、松寿軒。本書の他、男色大鑑(貞享四年正月刊)・武道伝来記(同四月刊)・武家義理物語(同五年二月刊)の序文末尾にも同じ二つの印記がある。
一一 京都。本書最終章(五の四)「古き都」と首尾呼応する。　一二 「仮の世」の意の「仮」と「借物」の「借」を掛ける。　一三 遊郭で消費する遊興費。
一四 高利の借金を斡旋する商売。
▽上図、天秤と針口を叩く小槌。大小五個の分銅。小粒銀などを入れる皿。
一五 大晦日。その年最後の決済日。「大節季まで

本朝《ほんてう》二十不孝《ふかう》目録《もくろく》　巻一

一一今《いま》の都《みやこ》も世《よ》は借物《かりもの》一二

京《きやう》に悪所銀《あくしよがね》一三の借次屋《かりつぎ》一四

一五大節季《(おほ)せつき》にない一六袖《そで》一七の雨《あめ》

一八伏見《ふしみ》に内証《ないしやう》一九掃《はき》ちぎる竹箒屋《たけはゝき》

跡《あと》の剥《はげ》二〇たる娌入《よめいり》二一長持《ながもち》二二

加賀《かゞ》二三に美人《びじん》絹《きぬ》屋

二四慰《なぐさ》み改《(かへ)》て咄《はなし》二五の点取《てんとり》

大坂《ざか》二六に後世《ごせ》二七願《ねが》ひ屋

言延て松」(大矢数一)。　一六 諺に、「ある袖はふれどなひ袖はふられぬ」(かたこと五)。

一七「ない袖」「袖の雨」と掛言葉になる。「袖の雨」は歌語。涙の袖を濡らす雨。

一八「此所(伏見)は深草の南、鳥羽の東、都より巽也。平秀吉関白、此所に広城を築きたまひて、そのかみはいとどにぎ〳〵しう、甍ならべ栄え侍りしとかや」(洛陽名所集五)。「(都カラ)伏見へ　二里半余」(万民重宝記・下)。

一九 家産をきれいさっぱり掃き捨ててしまった竹箒屋。「掃く」と「竹箒」は縁語。竹箒は伏見の名産。「伏見里。此里は舟つきにして旅人絶ぬ所也。葛籠(つゞら)・吹矢・茶筅・竹箒・桃名物」(一目玉鉾三)。
▽左下から、米俵・譲葉(ゆずりは)・羽子板・羽根・松。
二〇「剥 ハグ」(字集便覧)。

二一「嫁」の通用字。「娌入(ヨメイリ)」(俳諧小傘)。

二二 女用訓蒙図彙「女器財(をんなのうつはもの)」参照。

二三「絹は加州より出」(頭書増補訓蒙図彙七)。「加賀絹は加州小松より出す絹なり」(同上)。加賀―絹(便船集、類船集)。
▽加賀絹。上図中央、反物を挟む板に「御絹」の文字。下は巻物。模様は加賀染。
二四 慣用語。「片手では思ひもよらぬ将棋盤／なぐさみかへて発句あそばせ」(独吟一日千句七)。「一日かけて浄土双六／千句ならなぐさみ替て何時も」(飛梅千句二)。　二五 出題に応じて当意即妙の小咄を作り、得点を競う遊び。「点取(てんとり)」(世話焼草一・俳諧之話)。
二六 近世は一般に「大阪」と表記しない。オオザカと濁る。「大坂津　ヲホザカノツ」(書言字考)。
二七 来世の極楽往生を願う人。「珠数取て二十余年の後世願ひ」(大矢数一)。
▽経机の上に香炉と香合。叩き鉦と撞木と数珠。

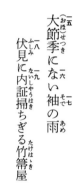

今の都も世は借物《かりもの》

世《よ》に身過《すぎ》は様《さま》〴〵なり。今の都《みやこ》を[一]清水《きよみづ》の西門《さいもん》より詠《なが》め廻《まは》せば、立《たち》つゞきたる軒《のき》ばの[二]内蔵《うちぐら》の気色《けしき》、朝日《あさ》にうつりて、夏《なつ》ながら[三]雪《ゆき》の曙《あけぼの》かと思はれ、豊《ゆたか》なる御よの例《ためし》、[四]松《まつ》に音《をと》なく、[五]千年鳥《ちとせどり》は雲《くも》に遊《あそ》びし。かぎりもなく打闢《うちひら》き、[六]九万《まん》八千軒《げん》といへる家数《いへかず》は、[七]信長時《のぶながじ》代の事なり。今は、[八]土手《どて》の竹藪《やぶ》も洛中《らくちう》になりぬ。[九]それ〳〵の家職《かしよく》して、朝夕《てうせき》の煙立《けぶりたて》ける。

[一〇]千軒《せんげん》あれば友過《ともすぎ》といへるに、爰《こゝ》にて何《なに》をしたればとて[一一]渡《わた》り兼《かね》べきか。[一二]五条の橋弁慶《はしべんけい》が[一三]七つ道具《だうぐ》の紙幟《かみのぼり》を、年中《ねんぢう》書《かけ》る人も有《あり》。又、[一四]子を思ふ夜《よる》の道、手《て》を打《うち》振《ふつ》て当所《あてど》なしに、「[一五]疳《かん》の虫《むし》を指先《ゆびさき》から鑿出《ほりだ》します」と云《いふ》も有《あり》。[一六]鉋《かんな》を持《もち》て[一七]真那板《まないた》しらげに廻《まは》る、大小に限《かぎ》らず三文宛《づゝ》なり。[一八]念仏講《ねんぶつかう》の借盛物《かしもり》、[一九]三具《ぐ》に敲鉦《たゝきがね》を添《そへ》て、一夜《や》を十二文。産《さん》屋の[二〇]倚懸台《よりかゝりだい》、大枕迄揃《をゝまくらまでそろ》へ、七夜《や》の内を七分《ふん》。餅突比《もちつきごろ》の[二一]井楼《せいろう》、昼《ひる》は三分《ぶん》、夜《よる》は弐分《ふん》。薬鍋《くすりなべ》、一七日《いちしちにち》十文。大溝《みぞ》の掃除《さうぢ》、熊手《くまで》・竹箒《ばゝき》・[二二]塵籠《ちんど》まで持《もち》来り、一間《けん》を一文づゝ。[二三]木鋏《きばさみ》かたげて立木《たちき》によらず[二四]作《つくる》を、五分《ふん》。継木《つぎ》、一枝《えだ》を壱分《ぶん》づゝ。一時《いつとき》大工《く》、六分《ぶん》。行水《ぎやうずい》の湯湧《ゆわか》して、[二五]壱荷《か》を六文。夏中《げちう》の借簾《かしすだれ》、[二六]世《せ》

一 清水寺。西門前は産寧坂(さんねいざか)。清水十景(京羽二重一)に「西門遠眺」がある。
二 主屋(おもや)と床続きの土蔵。二階建が普通。
三 蔵壁の白さをいう。「数百軒の問丸、甍を並べ、白土、雪の曙をうばふ」(永代蔵一の二)。
四 松平氏(徳川将軍家)治世の太平を賛える。
五 鶴の異称。「惜哉や、千年(ちとせ)の鳥、名は朽ちずして」(置土産・跋文)。千年―鶴(類船集)。
六 室町末の京都の家数の慣用的数字。「京は九万八千軒」(小町物語・上)。
七 織田信長の時代、即ち旧時代。「信長時代の秋風ぞ吹く/地子許す都の柳かつ散りて」(大坂独吟集)。
八 天正十九年(一五九一)、豊臣秀吉によって、洛中洛外の境に、御土居(おどい)が築かれ、竹が植えられた。
九 →三九〇頁注四。
一〇 諺。「千軒あれば友過ぞかし」(織留三の四)。
一一 「橋」の縁語。
一二 「五条の橋」と「橋弁慶」の掛言葉。
一三 大津絵の一例。斧・鎌・熊手・刺股・槌・鋸を背負い、手に長刀(なぎなた)を持つ。以上七種。腰には太刀を佩く。
一四 「人の親の心は闇にあらねども子を思ふ道にまどひぬるかな」(後撰集・雑一・藤原兼輔)。闇の夜―子をおもふ心(便船集、類船集)。
一五 小児の疳の虫は左右の人指指の横の腹にいるというので、針で突き破って黒血を出す療法があったと、游歴雑記に記す(真山青果『西鶴語彙考証』)。
一六 「鉋」の通用字。「鉋(カンナ)」(俳諧小傘)。
一七 俎(まないた)の面を削って白くすること。「まないた。末那板、長二尺八寸、高四寸五分」(類字仮名遣)。
一八 念仏信者の団体。毎月決まった日に集まり、念仏を唱え法談を聞き、飲食を共にしたりする。
一九 三具足(みつぐそく)。燭台・花瓶・香炉。
二〇 坐産時代の必需品。女用訓蒙図彙・産所の部、参照。

智《ち》がしこき人の心見えすきて、始《し》末《まつ》を所《しよ》帯《たい》の大事といへり。徒《たゞ》居《ゐ》なく手足《あし》動《うご》かせば、人並《なみ》に世は渡《わた》るべし。

爰《こゝ》に、[二七]新《しん》町《(まち)》通《どをり》四条下《(さが)》る所に、格子《かうし》作《づく》りの奇《き》麗《れい》なる門《かど》口に、丸に三つ蔦《つた》の暖《のう》簾《れん》かけて、[二八]五人口を、[二九]親《をや》にかゝりの様《やう》に緩《ゆる》りと暮《くら》しぬ。しらぬ人は、医《い》者《しや》かと思ふべし。長崎屋《ながさきや》伝《でん》九郎とて、京中《(きやうぢう)》の悪所銀《あくしよがね》を借出《かり(いだ)》す男なり。[三〇]かたり半分共《はんぶん(とも)》云《いふ》に、是は元日《ぐはん(じつ)》から、人のよる年を「[三一]若《わか》ふならしやりました」と嘘《うそ》をつき初《そめ》て、大晦日迄《つごもりまで》、ひとつも[三二]真言《まこと》はなかりき。され共《(ども)》、さし詰《つま》りたる時、人の為にもなる者なり。

又、[三三]室町《むろ(まち)》三条の辺《ほと》りに、かくれもなき[三四]歴〻《れき〱》の子に、[三五]替名《かへな》は篠《さゝ》六と云《(いふ)》人。いかに若ければとて、[三六]七年此かたに請取《うけとり》し金銀《きん〴》を[三七]若女《じやくぢよ》ふたつにつゐやし、隠居《ゐんきよ》の貯《たくはへ》有《(ある)》に極《きはま》りし[三八]分限《ぶげん》なれ共《(ども)》まゝならず、俄《にはか》に[三九]浮《うき》世もやめがたく、[四〇]手筋聞出《てすじきゝ(いだ)》し、長崎屋伝九郎を頼《たの》み、[四一]死《しに》一倍《ばい》のかり金《きん》千両[四二]才覚《さいかく》させけるに、都は広《ひろ》し、是に借《かす》人も有《(あり)》て、かり手の年の程を見に遣《つかは》しける。

笹《さゝ》六、美男《びなん》を、俄《にはか》に[四三]逆鬢《さかびん》にして身を見ぐるしうなし、今年廿六なるを「三十一になります」と、しれて有《(ある)》年を[四四]まざ〱と五つ隠《かく》されし。世《せ》上のならひにて、年若《(としわか)》に云《いふ》を悦《よろこ》びしに、[四五]さりとては[四六]不思儀《ふしぎ》晴《はれ》ざりし。銀《(かね)》かす人の[四七]手代《(てだい)》、熟《つく〴み》見定《さだ》

二二「蒸籠」の宛字。「蒸籠 セイロウ。甑類」(反故集)。 二三 屑籠。「塵壺 ぢんこ〈塵籠〉」(蘭例節用集)。 二三「鉸 ハサミ。鋏 同」(運歩色葉集)。鋏―作り木(毛吹草、便船集、類船集)。 二四 作る―植木(便船集、類船集)。 二五 天秤棒で担う前後二つの荷。 二六 世渡りの知恵に聡い人。 二七「新町通。いにしへは町尻通といひしとかや」(京雀三)。「(町尻通八)北は御霊の辻子より南へ七条通まで」(京羽二重一)。

二八 五人家族。「のつしりと何もせいで五人口」(海陸前集一)。 二九 親がかりの身のように。「親にかゝりは寒いも暑いも」(独吟一日千句五)。 三〇 諺。嘘半分。 三一「若栄(わかやが)しやつたとは正月言葉」(譬喩尽)。「新年、良賤相遇テ先ヅ御慶ト称フ。互ニ少成(ワカクナル)ト謂フ。是歳初ノ祝詞也」(日次紀事・正月)。「若やぐといふや互にうそ始」(貞享五年歳旦集)。 三二 本心からの言葉。 三三「室町通。北は鞍馬口上御霊通より南へ東本願寺六条まで」(京羽二重一)。

三四「歴々 れき〱〈すぐれたる人也〉」(和漢通用集)。「一々カゾヘアグベキコトヲ歴々ト云」(斉東俗談三)。 三五 遊郭で客の用いる変名。色道大鏡十一・人名部「遊客名」参照。 三六 十九の歳から。家督相続した年と思われる。 三七 若衆と遊女。男色と女色。 三八「ブゲン。または、ブンゲン。富裕」(日葡)。 三九 遊蕩享楽に日々を過ごすこと。「浮世狂ひ」のこと。 四〇 手づるを聞き求め探し当て。 四一「死一倍の銀はかりの世」(延宝七年刊・見花数寄一)。「死一倍といふ高利の銀借る。悪所銀借る息子畏ろしからず。六年過て親父死、此年数の利、一倍に成る也。七年存命以後は借得なるべし」(譬喩尽)。「一倍」は、もう一倍、即ち、二倍。三九四頁に説明がある。

め、「御歳《(おん)とし》はいくつにもせよ、[一]こなたの[二]御親父《しんぷ》なれば、いまだ五十の前後《ぜんご》なるべし」といへば、「[三]わたくしは、年よられましての子なり。もはや[四]親仁《をやじ》は七十に程ちかし」と云《(いふ)》。

手代合点《がてん》せず、「此中《(このぢう)》も見ますれば、[五]見世《(みせ)》に御腰《(おん)こし》をかけられ、[六]根芋《ねいも》をねぎり給ふ言葉《ことば》つき。大風の朝《あした》、ちり行《ゆく》屋ね板《いた》を拾《ひろ》はせらるゝ心づかひ。あれならば、御養生残《やうじやうのこ》る所有《(ある)》まじ。まだ十年や十五年に[七]灰《はい》よせはなるまじ。死《しに》一倍《ばい》はかされまじき」と云《(いふ)》。

「それは、大きに思《(おぼ)》し召《めし》の違《ちがふ》た事。持病《ぢびやう》に目舞《めまひ》、殊《こと》に次第肥《しだいふとり》は、[八]中風《(ちう)ぶ》下地《ち》。長《なが》うとつて五年か三年、外《ほか》に[九]しまふてやる思案《しあん》も有《(あり)》。ぜひに借《かり》て給《たま》はれ」と云《いふ》。是に時、もろ〳〵の[一〇]末社《まつしや》、口を揃《そろ》へ、「我〻が思ひ入《(いれ)》にて、ながうは有《(ある)》まじ。相詰《(あひ)つめ》し者共《もの(ども)》は、あの親仁様《をやじさま》の[一一]葬礼《さうれい》を頼《たの》みに、此[一二]大臣《じん》に御奉公《ほうこう》申せば、時節《じせつ》を待《また》ず、埒《らち》の明《あけ》さしましやう御座《ござ》る」と云《いふ》。「さもあらば、手形《てがた》の下書《がき》」と云捨《いひすて》て帰《かへ》る。

抑《そも〳〵》、死《しに》一倍《ばい》、金子《(きんす)》千両かりて、其親《をや》相果《はつる》と、三日がうちにても弐千両にてかへすなり。手形は弐千両の預《あづか》りにして、小判《ばん》壱両月壱匁の算用《さんよう》に、壱年の[一三]利金《りきん》計首《ばかりかしら》に取《(とる)》なり。千両の弐百両引《(ひき)》て、八百両にて渡《わた》しける。

四三「才覚。事に触て巧者なるをいふ也。然るを、物を求め尋ぬるを才覚するといふは、手楯《(てだて)》をめぐらすをいふ也」(新撰用文章明鑑)。
四三 毛並が逆立ちそそけた鬢。
四四「正〻《(まさまさ)》と」。→四三三頁注一二。
四五「サリトテハ。驚きを示したり、物事を強調したりする語」(日葡)。
四六「不思議」の慣用字(ぎやどぺかどるの字集、節用集大全、書札調法記)。
四七 商家で丁稚《(でっち)》から昇格した一人前の奉公人。

一 あなた様。二人称の代名詞。丁寧な用語。
二「御親父（ご）しんぷ」(書札調法記)。「シンプ」(日葡)。
三 丁寧な言葉遣い。
四「親父《(をやぢ)》。親仁とも書也」(世話用文章・中)。
五 店。
六 里芋の葉柄の根元。極めて安価。
七 火葬の灰を掃き集めること。死の婉曲表現。
八 中風の素地。「中風　チウブ」(増補下学集、病名彙解二)。
九 片付けてしまう算段もあります。
一〇「末社《(まつしや)》。太鼓持の事也。傾城買の客を本社にたとへ、太鼓を末社に比したる分なり」(色道大鏡一)。
一一「喪礼　さうれい〈喪或ハ葬ニ作ル〉」(節用集大全)。
一二「大臣《(だいじん)》。傾城買の上客をさしていふ」(色道大鏡一)。
一三 利子だけは初めに天引きして取る。「子金　リキン」(雑字類編)。
一四 世間並。仲介料は「十分一」(四〇〇頁注一五)。
一五 連帯保証人として判を押すこと。
一六 多額の借り出しに成功して、その御祝儀と。「今俗に、多き事を大分と云は」(諺草三)。「首尾　しゆび〈成就也〉」(和漢通用集)。
一七 小判の封を切って。
一八「数多　アマタ〈又、余多ニ作ル〉」(書言字考)。

此内、借次《かりつぎ》の長崎屋世並《よなみ》[一四]にて百両取《(とり)》てしめ、「手代《て(だい)》への礼」とて弐十両とられ、[一五]相判《(あひ)ばん》に家屋敷《いへ(やしき)》の有《(ある)》人頼《たの》みしに此二人に「判代《はん》」とて利《り》なしに弐百両かられ、「此程、此事に入用銀《(いりようぎん)》」とてとられ、「此座《ざ》に居賃《ゐちん》」と云《(いふ)》人も有《(あり)》、「[一六]大分《ぶん》、事首《しゆ》尾《び》してお祝《いはひ》」ともらはれ、はらりと[一七]切《きり》ほどきて、千両の物を、手取《て(どり)》は四百六拾五両残りしを、[一八]余多《あまた》の[一九]太鼓持《(たい)こもち》[二〇]いさめて、「是は目出《めで》たし、大臣御立《じん(おたち)》」と、すぐに御供《(おん)とも》申《(まうし)》、[二一]四条の色宿《いろやど》にて、硯《すゞり》・紙《かみ》取出《(とりいだ)》し、払方《はらひ》の覚書《をぼへがき》、久敷埋《ひさしくうづも》れたる[二二]揚屋《あげや》のとゞけ、[二三]弥《や》郎の[二四]花代、茶屋《ちや》の捌《さば》き、「大臣の御意《(ぎよ)ゐ》にて二階《かい》の天井《じやう》仕りました、万事《ばんじ》の払《はら》ひ、十両迄《(まで)》は入《(いら)》ず」と、[二五]遣《つか》ひ日記を御目《(おん)め》にかくる。二三年以前に旅芝《たびしば》居《い》の時損《そん》した事申《(まうす)》やら、覚《をぼ》えもなき奉加帳《ほうがちやう》に取出《(とりいだ)》し、[二六]無縁法界《むえんほうかい》・[二七]六親眷属《(ろく)しんけんぞく》までに書立《かきたて》られ、かなしや此金《かね》、物の見事に[二八]皆《みな》になし、壱両三歩残《ぶのこ》りしを、「さもしや、[二九]旁ゝ《かたぐ》、大臣《じん》に金子《(きんす)》など持《もた》しますは」と、とつてからりと銭箱《ぜにばこ》に抛入《なげ(いれ)》られ、[三〇]うか／＼と酒になる時、「あの夢《ゆめ》の覚《さめ》ぬうちに」と、独《ひと》り／＼立退《(たち)のき》、残るものとて内《うち》よりつきし[三一]六尺壱人、「お宿《やど》[三二]の戸《と》をしめ時《どき》」と、つれまして帰《かへ》りける。

いよ／＼親仁《をやじ》の無事《ぶじ》を歎《なげ》き、江州多賀《がうしうたが》[三三]大明神《みやうじん》に参り、親《をや》の命《いのち》を短祈《みじかくいの》れど、何《なに》をか聞《(きき)》し、此神は[三四]寿命《じゆみやう》神なれば、なを長生《(なが)いき》を恨《うら》み、諸神《しよじん》・諸仏《しよぶつ》をたゝ[三五]きまは

一九　「太鼓持といふは、傾城買の客に付従ふ者をいふ。此名目のおこりは、紀州雑賀跳よりはじまる。鐘を持たる者は首にかけて踊る。その中に鐘を持たぬ者に太鼓を持たする也。是によつて、此名目とす」(色道大鏡一)。
二〇　景気をつけて。
二一　四条橋東詰辺の野郎と遊ぶ宿。→注二二。
二二　「挙屋《(あげや)》。傾城《(けいせい)》を挙《(あげ)》置く宿なるによつて、挙屋といふ」(色道大鏡一)。
二三　「野郎」の宛字。歌舞伎芝居の少年役者。売色を兼ねた。「やらう。歌舞伎若衆也。いつの頃より前髪を剃りて、かづらといふ物をかけて、狂言歌舞しける故、やらうの名有。又かづらをも取りて、前髪のあとに紫のきぬを置きて、狂言す。江戸の木引町、大坂道頓堀、都の四条などに居れり」(好色伊勢物語一)。「野郎《(ヤウ)》」(当流増補番匠童・恋の詞)。
二四　遊女・野郎などを揚げる費用。
二五　その日その日の支出を記入した帳簿。
二六　四字熟語。縁も由縁《(ゆかり)》もない者。
二七　四字熟語。父母兄弟妻子。「六親眷族」(世話焼草二)。　二八　皆無くしてしまい。
二九　いずれにせよ。どのみち。　三〇　「浮々　ウカウカ」(合類節用集、反故集)。　三一　力仕事に従事する下男。　三二　「ヤド。家」(日葡)。
三三　犬上郡に鎮座。伊邪奈岐《(いざなぎ)》・伊邪奈美《(いざなみ)》命を祭る。長寿延命の神。「身に添ふるお多賀の神の守り札／長き寿命の程ぞ知らるる」(新続独吟集・下)。　三四　「江州多賀の社は寿命神と諸人あがめ奉りしに」(新可笑記二の五)。
三五　強請して回り。「叶ハヌ時ノ神タヽキ」(諸録俗語解)。「仏神をたゝきまはし、養老の滝に千日千夜ひたしたり共、二度若やぐべきとは思われず」(女大名丹前能二の二)。

し、「七日がうちに」と調伏《てうぶく》すれば、願《ねが》ひに任《まか》せ親仁《をやじ》眩暝《めまひ》心にて、各〻《をの〴〵》走《かけ》つけしに、笹六《さゝ(ろく)》うれしき片手《かた(て)》に、一年比拵《(とし)ごろこしら》へ置《をき》し毒薬取出《どくやくとりいだ》し、「是《これ》、二気付《きつけ》あり」と、素湯《さゆ》取《とり》よせ、噛砕《かみくだ》き、覚《をぼ》えず三毒《どく》の試《こゝろみ》して、忽《たちま》ち空《むな》しくなりぬ。さま〴〵口をあかすに甲斐《かひ》なく、四酬立所《むくひたちどころ》をさらず、見出《いだ》す眼《まなこ》に血《ち》筋引《すじひき》、髪縮《かみちゞ》みあがり、五骸躰常《からだつね》見し五つ嵩程《がさほど》になりて、人〻奇異《きい》の思ひをなしける。

そのの《〔こ〕》ち親仁《をやじ》は諸息《もろいき》かよひ出《いで》、子は先立《さきだち》けるをしらで、是を歎《なげ》き給へり。欲《よく》

一 年来。 二 気付薬。 三 毒見。諺としては危険極まる試みの意(毛吹草二・世話、世話焼草)。二十四孝の漢文帝はよく母に仕え、「湯薬必親(みづから)嘗(なむ)」孝子だった。「(礼記ニ曰ク)親疾有トキハ薬ヲ飲タマフニ子先ヅ之ヲ嘗ム」(訓蒙故事要言四・父子門)。 四 「孝行なる人には天道福(さいはひ)を与へ、不孝なる人には天罰を下し給ふを報(むくひ)といふなり」(鑑草一)。 五 死骸。
六 「桃ハ仙家ノ玉樹」(邇言便蒙抄)であるという古言の俳諧化。「我が朝に咲くは仙家の桃ならで」(誹諧独吟集)。「我々はわざわざ庭(ジャルデイン)に果物のなる木を植える。日本人はその庭にただ花を咲かせるだけの木をむしろ喜ぶ」(ルイス＝フロイス・日欧文化比較)。「大分の木なら花なら伏見桃」(俳諧住吉御田植)。桃―伏見(俳諧小傘)。
七 「墨染。深草の内也。昭宣公かくれさせ給ひし春、深草の野べの桜し心あらば今年ばかりは墨染に咲け。古今集に有。此歌に付て所の名をも墨染といひ、井あるをも墨染の水といひ、寺をも墨染寺と名づけ、庭花をも墨染桜といふ」(菟芸泥赴四上)。

挿絵解説　本朝二十不孝の制作原理は、第一に本朝孝子伝・今世部二十人の孝子を全員親不孝者に改作すること、第二に二十四孝の孝子説話を必ず使用することの二つであった。
本章において、第一の原則は、本朝孝子伝・今世部一「大炊頭源好房」を素材とすることによって達成された。好房は三河の人、幼時より孝心篤く、父母「疾ニ罹ルトキハ則其側ヲ離レズ、薬必ズ先ヅ嘗メ、食必ズ先ヅ試ミテ而シテ之ヲ進ム」。「成童ニ及デハ紛奢ヲ厭ヒ倹約ヲ守リ、其志ヲ恣ニセズ、言フ所、行フ所、皆父母ノ心

に目《め》の見えぬ金《かね》の借《かし》手は、今思ひあたるべし。

大節季《をゝせつき》にない袖《そで》の雨《あめ》

六桃《もゝ》はかならず貧家《ひんか》に植《うへ》て、花《はな》の盛《さかり》、山城《やましろ》の伏見《ふしみ》の里《さと》、七墨染《すみ》といふ所に、むかしは桜咲《さくらさき》て、都《みやこ》の人をも爰《こゝ》に招《まね》きて入日を惜《をし》ませ、上戸《じやうご》は殊更《ことさら》、下戸《(げこ)》の目にさ

ニ順フ」。「稟性多病」、「春秋僅ニ二十一」、父母に先立って世を去った。

本朝孝子伝の著者、藤井懶斎は「若シ孝子伝ヲ編ムコト有ラバ、則斯人漏ラス可ラズ焉」と賛辞を惜しまず、好房を今世部の第一に据えた。同書に対抗する転合書を狙う西鶴は、だからこそ本朝二十不孝の巻頭に、遊蕩三昧、借金返済のため、父親に毒薬を盛って「先ヅ嘗メ」、失敗して二十六の若さで死んだ笹六という不孝息子を登場させ、孝子好房の反転を展開して見せた。

第二の原則、二十四孝説話からは、「庾黔婁」が選ばれた(徳田進・井上敏幸)。「黔婁の親の身にかはらんと北辰をぬかづきしは孝の心也」(類船集・北斗)。これに対して「親の命を短く」と祈り、「七日がうちに」死ぬよう「調伏」して回ったのが二十不孝の笹六であった(井上)。

西鶴は二十四孝以外の孝子説話をも随時利用して話を面白くする。本章の終りの部分、父親蘇生の件りでは孝子「王鷹」の説話が活かされていると思う。万治三年刊・孝行物語、寛文四年刊・大和孝経などにも載っている孝子譚。

元の王鷹は病篤き父親を悲しみ、夜半、庭に壇を飾り、「願はくは天帝の御あはれみによりて我が命をへらして父の命を延べて給はれ」と祈念した。祈りは空しく父は息絶えた。「しばしありて、又よみがへり侍りけり」。父の語るには、天帝が王鷹の孝心に感じて、十二年の命を延ばしてくれた、「これ我が子の力なりと」(孝行物語三)。同書の「評」に「父の命を延べし事は黔婁が祈りに同じく」と言う。

不孝の報い、「眼前に其罪を顕」して頓死した笹六。直後、「諸息かよひ出」て蘇生した父親。挿絵には両者の皮肉な明暗を見開き左右の画面に描き分けている。

へ、行《ゆく》春の名残酒《なごりざけ》、毎《まい》日見る人こそかはれ、此一木《(いちぼく)》の陰《かげ》にて呑懸《のみかけ》、間《ま》もなき[一]滴瀝《したみ》、露《つゆ》よりかろき事なれ共《(ども)》、積《つも》れば真砂《まさご》の下行《ゆく》川と成《なり》、此根《ね》ざしに流《なが》れ込《こみ》、[二]可愛桜《あたらさくら》は枯《かれ》て、名のみ残りて墨染《すみぞめ》の水と云《いふ》は、其庭《には》にありて、[三]ひで吉公《よしこう》の御茶《(おん)ちゃ》の水共《(とも)》なれり。今は其時にかはりて、[四]京海道《かい(だう)》の[五]辻井《つじゐ》土《ど》となり、町作りも[六]次第《しだい》に淋《さび》しくなりぬ。

此あたり、荒《あれ》たる[七]宿《やど》に住《すみ》なして、[八]火桶《ひをけ》の文助《(ぶんすけ)》といへる男、世をわたる業《わざ》とて竹箒《ばゝき》の細工《さいく》、さはがしく、風《かぜ》の朝夕《あさゆふ》も身を凌《しの》ぐ衣《ころも》もなく、霜夜《しもよ》を埋火《うづみび》に命《いのち》をつなげば、かれが[九]有名《(ある)な》はよばず、「火桶《ひをけ》〱」と呼《よび》ぬ。悲《かな》しや、年の暮《くれ》も餅突《もちつか》ず、松立《(たて)》ず、箒《はゝき》で掃《はき》たるやうに[一〇]薪棚《きだな》絶《たへ》て、米櫃《びつ》にいかな事なんにもなく、[一一]世《よ》に有《(ある)》人の[一二]絹配《きぬくばり》、丹後鰤《たんごぶり》の[一三]肴掛《さかなかけ》をうらやみ、夫婦《ふうふ》こそは老《をひ》の波《なみ》かゝるうき事も是非《ぜひ》なし、せめて子共《(こども)》が正月に太箸《ふとばし》とらぬも情《なさけ》なし、身過《みすぎ》の常《つね》に定《さだ》めなきこそうたてけれ。

数年《すねん》此里に[一四]早桃《さもゝ》と云《いふ》を作《つく》りなし、[一五]梢《こずゑ》の春《はる》より[一六]初秋《しよしう》を待兼《まちかね》、色《いろ》もつかぬを枝《えだ》に見て、京なる[一七]日暮《ひぐらし》の八百屋に遣《つか》はし、売銭《(うり)ぜに》大分《(だいぶん)》に徳《とく》をえて、此幾年《いくとせ》か大晦日《(おほ)つごもり》心やすく越《こし》に、[一八]八月廿三日の大風《をゝかぜ》、諸木根《しよぼくね》をうちかへし、殊《こと》に[一九]年切《としぎれ》して、世《せ》けん並《なみ》とは云《いひ》ながら、勝《すぐ》れて我《われ》ばかり[二〇]悲《かな》しく、板庇《いたびさし》も[二一]榑止《くれとゞめ》のみ残りて、其後《そのゝち》の時雨《しぐれ》には、不思儀《ふしぎ》に売残《うりのこ》せし長持《ながもち》の蓋《ふた》あけて、親子《をやこ》五人是《これ》に蹲《うづくま》りて、片角《かたすみ》に木《(き)》

一 酒の滴《(しずく)》。「瀝 シタム」(倭玉篇)。 二 通常、「可惜」「可憎」(書言字考)などの字を当てる。 三 秀吉公。「ひで」の仮名表記、将軍「秀忠」への遠慮あるか。 四 伏見街道。「伏見海道。五条橋詰東へ三筋目。南は大仏・東福寺・稲荷・藤の森・深草・伏見への道」(正徳四年刊・都名所車)。 五 辻井戸。 六 「いにしへに替る伏見のくづれ家」(独吟一日千句十)。 七 「ヤド。家」(日葡)。 八 伏見と接する深草の地からは火桶を産した。「火桶作《(ひをけつくり)》。火鉢。…深草の里に作る」(人倫訓蒙図彙三)。深草―火桶(類船集)。 九 本名。 一〇 竈の下の薪を積んで置く棚。 一一 今を時めく人。 一二 「きぬくばり。…正月の小袖を師走にくばる事」(俳諧御傘八)。 一三 正月の食料品を吊して土間の入口や竈の上に懸けて置く棹。幸木《(さいわいぎ)》。「肴掛に丹後鰤・雉子を並べ」(永代蔵四の五)。 一四 五、六月に熟す。「早桃《(サモモ)》ハ五月ニ熟シ、冬桃ハ十月ニ熟ス」(新語園十)。「早桃《(サモモ)》」(増山井・六月)。 一五 梢に花咲く春。歌語。「鶯は古巣ながらもかげなびく梢の春を今や知るらむ」(碧玉集)。 一六 七月。早桃の季節としては遅過ぎる。 一七 「日暮《(ひぐらし)》通。北は一条通より南へ二条御城堀ばたまで」(京羽二重一)。 一八 寛文十年(一六七〇)八月二十三日、辰の下刻より午の時にかけて大坂を襲い、甚大な被害をもたらした台風と豪雨(玉露叢二十一)。「寝耳に水とは、過にし八月二十三日の夜は、いかなる風の吹くや、須磨の高浪うちかさなりて」(二代男二の二)。 一九 「くだものの成り成らずなどするを、としぎり、又としぎれと云」(諺草一)。 二〇 貧しく。 二一 葺板を打ち付ける釘。 二二 「掻き詰め」の転。すきまを作るため、間に物を挟み込むこと。 二三 「(京町・両替町・金座町・銀座町ナドデモ)人

枕《まくら》を二二かいづめにして、息出《いきだ》しの不自由《じゆう》さ、浮世《うきよ》の闇《やみ》にまよひ、「可笑《をかし》からぬ命《いのち》」と悔《くや》むにかひぞなき。我家《わがいへ》ながら売《(うる)》に二三買《かい》手なく、さながら二四四間口《(しけんぐち)》人に無直《たゞ》もやられず、「二五樽代《たるだい》に五十目か三十目おこせばやるに。此家《いへ》も二六京橋《ばし》の舟《ふね》の乗場《のりば》なれば、捨《すて》ても六貫《くはん》目が物は有《(ある)》に、十八町《てう》の違《ちが》ひ二七各別《かくべつ》」と、所《ところ》を悔《くや》み身を恨《うら》み過《すぎ》にして、行末《ゆくすへ》を思ひめぐらし、「二八御上洛《ごしやうらく》の有《(ある)》事もがな。二九松は永代《ゑいたい》、此家《いへ》のくまじき」と、我《が》を出《(いだ)》しける。

此者《もの》、三人の子をもつ。三〇惣領《そうれう》は文《ぶん》太左衛門とて、今年《ことし》三一廿七になりぬ。然《しか》も、三二徒俣切《すまたきれ》あがりて大男《をとこ》、生《むま》れ付《(つき)》ての頬髭《ほうひげ》、眼《まなこ》ひかりて、不断笑《ふだんわら》へる皃《かほ》つき、余《よ》の人の三三喧嘩《けんくは》の時《とき》より怖《をそろ》し。然《(しか)》も、猛《たくま》しければ、三四肩《かた》の上《うへ》の働《はたら》きしても、二親過《をやすぐ》しかぬべきにあらず。形《かたち》に人おそれければ、博奕《ばくち》の場《ば》に三五轥込《にじりこみ》て三六讃《にち》をいふても、口過《くちすぎ》なるまじき三七骸躰《からだ》にあらず。

此男、大悪《あく》にん。十六の夏《なつ》の夜《よ》、妹《いもうと》にあをがせしに、いまだ三八七歳《さい》なれば手先《さき》に力《ちから》なくて、団《うちは》の風も「まだるき」とて首筋逆手《くびすじさか》に取《とつ》て抛《なげ》しに、三九庭《には》なる碓《いしうす》のうへにあらけなくあたりて、息絶《いきたへ》、脈《みやく》に頼《たの》みなく、当座《たうざ》に露《つゆ》と消《きへ》しを、母親《はゝをや》なげくにかぎりなく、其しがいに取《(とり)》つき、「身も果《はて》ん」と思ひ極《(きはめ)》しに、其妹《いもと》五つになりしが、童心《わらべ》にも袖《そで》にすがり泣出《なき(いだ)》すに、四〇不便《びん》まさり、前後《ぜんご》を見合《あはす》うちに、近《きん》

に譲りたしとて人が只はもらはず。たとへば五間（んどけ）口なれば、家良うて銀の二十枚も付くるか、古家なれば三貫匁も添へねばならぬ定まり」（立身大福帳五の一）。「やすいこと伏見の町の五間口」（俳諧寄太鼓）。二四 間口（まぐち）四間の家に、文助の望みは欲が深い。二五 酒肴料。二六「京橋は船着にて、道中五十四次の最初、春は諸大名の関札、一切の旅人の往還にて、賑はしき事、参宮人、売人の北国行の荷物、京参り、誠に銭銀のつかみ取りも有さうに見ゆる」（立身大福帳五の一）。二七「各別 かくべつ〈同じからぬ義〉」（和漢通用集）。二八 寛永十一年（一六三四）七月、将軍家光上洛。この時、祝儀として京都の民家三万七千八十六軒に銀子五千貫を下付した（玉露叢九）。また、堺・大坂・奈良も地子銭御免とした（徳川実紀）。伏見が含まれていたかは不明。「シャウラク」（日葡）。二九 御上洛を何時までも待ってこの家から立ち退かない決意。松平氏の「松」と「待つ」を掛ける。三〇「今、俗に、嫡子の事を惣領と云」（諺草三）。三一 既に働き盛りの二十五歳を越えている。道楽息子たる所以。「二十四五までは親の指図を受け、其後は我と世をかせぎ」（永代蔵四の一）。三二 足がすらりと長い。「徒股」は「小股」に同じ。三三 喧嘩。「喧吪 ケンクハ」（邇言便蒙抄）。三四 物を肩に担いで運ぶ重労働。三五「躙」と通用か。「次第に轥出（にじりいで）」（伝来記五の四）。「轥書 ニジリカキ」（反故集）。三六「にちる。ねちるも同意。五音相通なり。物をねだる心なり」（色道大鏡一）。「讃」は「横言」の合字か。三七 体格。三八「（女子ハ）七歳にして歯生ひかはり」（本朝女鑑十一）。三九 台所の土間。四〇「不便 ふびん〈悼む意〉」（和漢通用集）。

所の人「いかに」とと《〔ゝ〕》ひ寄《よる》にぞ気《き》を取《とり》なをし、「時節《じせつ》[一]の怪我《けが》なれば是非《ひ》なし」と、野辺《のべ》の送《をく》りを急《いそ》ぎ、其跡《あと》は隠《かく》しすましぬ。

又、廿七の年、主《ぬし》ある人を横《よこ》[二]に車道《くるまみち》、竹田《たけだ》[三]の里《さと》に毎夜《よ》通《かよ》ひしを、母聞付《ききつけ》て「命の程も」[四]と異見《いけん》[五]するに、ある暁がたに帰りて蹴立《けたて》けるに、母《はゝ》はそれより腰《こし》ぬけ、立《たち》ゐも心にまかせずむなしく年《とし》ふりしに、妹娘《いもと》[六]おとなしくなり、湯茶《ゆちゃ》をも汲《くみ》て孝《かう》をつくしぬ。

父親《てゝをや》に世《よ》をかせがせ、おのれは楽寝《らくね》[七]して朝皃《あさがほ》[八]の花つゐに見た事なく、「親仁《をやじ》世《よ》[九]は露《つゆ》の命《いのち》」とね[一〇]めまはして、「天命《てんめい》[一一]しらず」と人みな指《ゆび》をさせど、ふかく悪《にく》めどまゝならず。因果《ゐんぐは》は親子《をやこ》の中、是にも同じ家《いへ》に置《をき》て、「ない物くはふ」[一二]といひたいまゝに月日をかさね、今といふ今さしつまりて一日《ひとひ》をくらし兼《かね》、水を湯《ゆ》になす生柴《なましば》もなかりき。同《をな》じ枕《まくら》に最後《さいご》を極《きはめ》ぬ。

かゝる時にも母親娘《はゝをやむすめ》をかなしみ、人置《をき》[一三]のかゝを招《まね》き、内証《ないしやう》をかたり、「是が命《いのち》をたすけ、問《とひ》[一四]屋町《まち》のよろしきかたへ奉公《ほうこう》に」頼《たの》みければ、人置《をき》も袖《そで》を絞《しぼ》り、「十分一《じふぶいち》[一五]はとらずに済《すま》し申《まうす》べき」と、つれ行《ゆく》に、足たゝずして、やう〳〵負《をふ》[一六]て行《ゆく》にぞ、涙《なみだ》なる。智恵《ちゑ》はあれ共《ども》ちいさくして、銀借旦那《かねかすだんな》[一七]なければ、「我ばかり身をたすかりて詮《せん》なし」と、又親《をや》もとへ帰り、彼《かの》かゝに私語《さゝやき》しは、「みづから

一 時運の悪い怪我。「俗に、思ひ設けずして疵を被るを怪我(がけ)と云」(諺草五)。 二 横車を押す意の諺「横に車」(春風館本・諺苑)と「車道」を掛ける。「車道」は竹田街道。鳥羽から京都まで人道に沿って牛車通行の石畳の道が通じていた。「押し合ふは葛籠長持車道」(俳諧大句数六)。 三 「竹田(だけ)」。鳥羽の東のかた、京より東洞院の南にあたれり」(京羽二重一)。村の東端を竹田街道が通る。 四 密通は死罪。 五 「異見 イケン〈人ノ悪ヲ直スノ言也〉」(合類節用集)。

六 成人して。時に十六歳。

七 「楽寝は老人の事」(類聚世話百川合海)。「朝寝スルモ昼寝スルモ不孝ナリ」(玲瓏随筆一)。

八 「朝顔や只六つ時を花の昼」(毛吹草六)。

九 「人ノ命ノアダナルヲ露ノ命ト云也」(法華経直談抄五本)。露—命—朝がほ(類船集)。

一〇 睨み回して。親を睨むことは不孝。五の二にも「親を白眼(にらみ)つけ」(四八八頁)とある。「手足叶ワヌニ依テ親ヲ睨ミケレバ、忽眼(マナコ)引ハダカリ、面ノ様子替リ、終ニ癩ニ成リ」(因果物語中の四・親不孝ノ者罰ヲ蒙ル事)。「親を睨まぬもの。是は小児の戯れにも、不孝の貌をなさしめざるなり」(坐臥記)。

一一 天罰の恐ろしさを弁えない者。

一二 「老父の願ひなひ物喰ふ」(独吟一日千句四)。「ナイモノネダリトモ云」(春風館本・諺苑)。

一三 遊女・女の奉公人などの斡旋を業とする女。「墨染あたりに居る人置のかゝが」(胸算用三の三)。 一四 「塩屋町・大津町・聚楽一丁目、右三丁、問屋町と云。米問屋数多有」(伏見鑑)。

一五 仲介の謝礼は一割が相場。

一六 原本、俗字「肙」を使用。以下同じ。

一七 「女郎屋。傾城屋のこと也」(色道大鏡一)。

一八 「艶 ヤサシ」(増補下学集、書言字考)。

賤《いや》しき形《かたち》ながら、それ〳〵の勤《つとめ》もあれば、[一七]傾城《けいせい》屋に身を売《うる》事は」といふにぞ、心ざし[一八]艶《やさ》しく、「いづれの道にも親達《たち》のためなれば」とて、[一九]嶋原《(しま)ばら》の[二〇]一文字《もんじ》屋とかやへつれ行《ゆき》しに、[二一]子《し》細《さい》を聞《きゝ》て情《(なさけ)》をかけ、「[二二]女はさもなけれど、其心《こゝろ》ね、する〴〵たのもし」と、金子《(きんす)》弐十両、[二三]定《さだ》めの年季《き》にして借《かし》ける。伏見に帰《かへ》り、此金《(かね)》親にわたせば、「世はたぐひはあれ共《(ども)》、子に身を売《うら》せ、其金《かね》にて年《とし》とる事は」と歎くを、人置色〻諫《(いさめ)》て[二四]戻《もど》し、跡《あと》にて、子ながら思ひ入《(いれ)》を嬉《うれ》しく、明《(あく)》れば[二五]十二月廿九日、万《(よろづ)》の買《かい》物心当《(こころあて)》しけるに、此事を聞付《(ききつけ)》、商人《(あきんど)》のならひなれば、米屋よりは壱俵[二六]庭《には》に運《はこ》ぶ、味《み》噌《そ》・塩《しほ》酒屋より持《(もち)》かけ、久敷《しく》音信《いんしん》不通《つう》の肴《さかな》屋も「御用《よう》はなきか」と尋ね来り、すこしのうちに「[二七]銀《(かね)》程《ほど》自由なる物はなし」とよろこびし其夜《よ》、惣領《そうれう》の文太《ぶんた》左衛門、弐十両の金子《(きんす)》を盗出《(ぬすみいだ)》し、行方《ゆきがた》しれずなりにき。

程なく明《(あけ)》て、[二八]大年《(おほ)とし》なれど此仕合《(しあはせ)》なれば、[二九]買懸《かい(がか)》り済《すま》すべきやうもなく、皆〻取《(とり)》かへされて、又、夢の間《(ま)》の昔《むかし》になりぬ。今はぜひなく夫《ふう》婦宿を忍びいで、[三〇]又の世の道しるべ、[三一]六地《ち》蔵《ぞう》のほとりに行《(ゆき)》て、[三二]高泉《かうせん》和尚の寺《てら》ちかき[三三]野原《のばら》に座を卜《しめ》て、遠《とを》くは[三四]過去《くはこ》慳貪《けんどん》の果《くは》なる事を思ひ、近《ち(か)》くは[三五]求不得苦《ぐふとくく》を観《くはん》じ、[三六]当来《(たうらい)》を祈らんにはと[三七]仏名《ぶつみやう》繰《くり》かへし、舌《した》喰《くひ》切《(きり)》て、骸《から》は[三八]山犬の物とぞなりける。諸《しよ》人《(にん)》、文太左

一九「島原。是傾城町。洛陽未申の方に当り上の町中の町西洞院中堂寺(揚屋町)下の町合六町なり」(京羽二重一)。
二〇 島原中之町、一文字屋七郎兵衛・一文字屋九左衛門など(色里案内・上)。「風義は一文字屋の金太夫に見増すべし」(一代男六の六)。
二一「子細(シサイ)。物のこまかなる事也」(諺草六)。
二二 器量はさほどでもないが。
二三「公界(くがい)十年」の年季奉公。
二四「戻(もどり)し跡にて」と「り」を補うべきか。
二五 年末の「勘定算用」の日。「(二十九日)勘定算用。上公武両家ヨリ寺社及ビ四民ニ至マデ、金銀米銭、年中ノ出納受与ノ総計、今明日ニ至テ結解(けつげ)一決シ了ル。俗ニ勘定算用ト称ス」(日次紀事・十二月)。 二六 台所の土間。「(暮ニ八)庭に米俵、三月頃までの用意」(永代蔵四の五)。
二七「何国(いづく)に居ても、金銀さへもちければ、自由のならぬといふ事なし」(胸算用五の一)。
二八 大晦日。「終稔 ヲホトシ」(反故集)。
二九 掛け売代金を返済しようもなく。 三〇 来世。
三一「六地蔵といふ事、都のほとりに六所あり。御菩薩(みぞろ)池・山科・伏見・鳥羽・(桂)・常磐にあり。此地蔵はもとは六体ともに伏見の里に有。其所を六地蔵といふなり」(山城四季物語四)。洛中洛外に分置したのは平清盛であると伝える。醍醐・宇治・大津・奈良へ分岐する交通の要地。
三二 天王山仏国寺。延宝六年(一六七八)黄檗山万福寺の唐僧高泉(仏国禅師)開基。「伏見城山の東にあり」(都名所図会五)。 三三 →四六四頁注一。
三四 因果経「為人貧窮者従慳貪中来」に拠る。「此経(因果経)は近道に教え給ふ。たとへば、此世で貧なる人は前世に貪欲なる中より来り」(武道張合大鏡五の二)。 三五 仏教で「八苦」の一つ。「東西ニ馳走シテ物ヲ求ムトモ更ニ苦ヲ得ル也。

衛門を悪《にく》み、「此行衛《ゆく(ゑ)》、東《(あづま)》の方《(かた)》なるべし。[一]相坂《あふ》の関を赦《ゆる》すな」と、追《をつ》かけしに、[二]粟津《あはづ》の松ばらより空敷《むなしく》帰《かへ》りぬ。しらぬ事とて是非《ひ》もなし。文太左衛門は、手近なる[三]鐘木町《しゆもくまち》に忍《しの》び入《(いり)》て、[四]正月買《がい》と浮《うか》れ出《(いだ)》し、あまた女郎を聚《あつ》め、[五]七草《くさ》の日迄《まで》壱歩《ぶ》残《のこ》らず蒔散《まきちら》して、[六]不首尾《しゆび》あらはれ渡《わた》り、[七]宇治《うぢ》の里に立退《(たち)のき》しが、彼《(かの)》二人の親の最後所《さいご(どころ)》になりて足《あし》[八]すくみ、様〻《(さまざま)》身をもだへしに、眼暗《(まな)こくら(み)》て倒《たをれ》しに、[九]二親《(に)しん》のなき骸《から》を喰《(くひ)》し狼《をゝかみ》又出《(いで)》て、[一〇]終夜《よもすがら》嬲喰《なぶりくい》、大かたならぬ[一一]うきめを見せて、其骨《ほね》の節〻《ふしぐ》迄《まで》

…眼前ノ苦也」(阿弥陀経見聞私三)。
三六 仏語、未来。 三七 南無当来導師弥勒菩薩。
三八 「豺 やまいぬ。狼 おほかみ」(訓蒙図彙十二)。本章では二つを区別せずに使う。

一 「夜をこめて鶏(とり)の空音にはかるとも世に逢坂の関は許さじ」(後拾遺集・雑二・清少納言)の歌に拠る。 二 「粟津原 アハヅガハラ〈江州志賀郡〉」(書言字考)。「心細くも主従二騎、粟津の松原さして落ち行き給ふ。…うしろより御かたき、大勢にて追懸けたり」(謡曲・兼平)。
三 「伏見の鐘木町は、本名夷町也。鐘木町とは、油掛通(あぶらかけとをり)東の行き当りの町をいふなり。夷町も町の象(かたち)鐘木に似たりとていひならはしたるなるべし」(色道大鏡十二)。
四 「正月買。年中物日の内の大会なり。是をうけとるを客の規模とす」(色道大鏡一)。
五 鐘木町は元日から七日まで連続して物日(ものび)だった(色道大鏡十二)。 六 「朝ぼらけ宇治の河霧たえだえにあらはれわたる瀬々の網代木」(千載集・冬・藤原定頼)の歌に拠る。
七 伏見から六地蔵を経て宇治に至る「宇治街道」を通って逃走。 八 「強直 スクム」(合類節用集)。 九 「ニシン。フタヲヤ。父母」(日葡)。
一〇 「終夜 よもすがら〈夜一夜、宵より暁にいたりていふ也〉」(新撰用文章明鑑)。 一一 憂き目。
一二 「大亀谷とて山道のおそろしき所也」(一目玉鉾三)。「大亀谷。藤の森の巽(たつみ)の方也。…伏見より大津に至るの道路にして、秀吉公開き給ふ所の新道なり。むかしは六地蔵より醍醐を越へて大津に出る」(伏見鑑)。「物すごきおほかめ谷の道暮れて」(後集絵合千百韻)。「狼 ヲヽカメ」(増補以呂波雑韻)。
一三 大津街道の道端。

を余多《あまた》の狼くはへて、[一二]狼谷《(おほかめだに)》の[一三]海道《(かいだう)》ばたに又人形《がた》を並置《ならべをき》て、文太左衛門が恥《はぢ》を曝《さら》させける。

世にかゝる不孝《かう》の者、ためしなき物がたり、懼《(おそ)》ろしや、忽《たちま》ちに天是《てんこれ》を罰《ばつ》し給ふ、慎《つゝし》むべし〳〵。

挿絵解説　文太左衛門を食い殺した狼が、彼の死骸を大津海道の道端に人の形に並べて恥をかかせたという箇所には、孝子「許致」の説話が利用されていると思う。

二親に死なれた許致は、山の麓に墓を築き、松栢の木を植えて、日夜泣き叫んでいた。獣たちも彼の孝心に感じて集まって来た。

ここに一の鹿ありて、其の植たる墓の松をそこなひければ、許致是を見て悲しむ事やまざりしが、その明る日、余のたけきけだものありて、かの松をそこなひし鹿をかみ殺しつつ、そこねし松の下へ持来り置きにける。所の者、奇異の思ひをなして、其里をば孝順里と名付ける。禍福の報ある事影の形にしたがふがごとし。（寛文四年刊・大和孝経六）

本章、二十四孝との関係は「孟宗」（矢野公和）。「孟宗の竹」から、「竹」「伏見」「伏見の里」（類船集）と場所が決まる。厳冬の季に「竹の子」を欲した孟宗の母が、伏見名産「竹箒屋」の不孝息子「ない物くはふ」の文太左衛門に成りすました所も愉快である。

直接の反転対象とされた本朝孝子伝は今世部三「雲州伊達氏」の治左衛門。「左衛門」名の共通も偶然ではないかも知れぬ。薄俸の治左衛門は美食を好む父母のわがままに朝夕欣然と仕えた孝子。文太左衛門は「父親に世をかせがせ」、「ない物くはふ」の不孝息子。治左衛門の「壮健」な身体は老父母を背負うため、文太左衛門の「猛《(たくま)》し」い骸躰《(からだ)》は妹を投げ殺し、母を蹴倒すためであった。西鶴に前者の「和厚温純」を逆転させると、後者のような「獰猛無頼」に一変する。二十不孝制作の方法を示す好個の一例と言って良いだろう。

跡《あと》の剥《はげ》たる娌《よめ》入長持《もち》

聟入娌取《むこいりよめどり》に礫《つぶて》[一]をうつ事、狼藉《らうぜき》なり、いかなる故《ゆへ》ぞと思ふに、是悋気《(りん)き》[二]の始なり。人がよき事あればとて、脇から腹立《(はらだち)》けるは、無理の世の中の人心《(ひとごころ)》、我子《わがこ》さへ親のまゝならず不孝《かう》となり、女子《(にょし)》縁付《えん(づき)》[三]の年《とし》の程《ほど》ありて、人の家に行《(ゆき)》、其夫《(をつと)》にしたしみ、親里《をやざと》をわすれぬ。此風義《ふうぎ》[四]、何国《(い)づく》[五]もかはる事なし。

加賀《かゞ》の城下、本町《(ほんまち)》[六]筋に、絹問屋《きぬどひ》左近右衛門《(さこゑもん)》といふ、所《ところ》久しき商人《(あきんど)》、身躰《(しんだい)》[七]不足《そく》なく其身堅固《けんご》に暮《くら》し、子弐人有《(あり)》しが、屋継《つぎ》[八]は亀《かめ》丸とて十一歳《さい》、姉《あね》は小鶴《つる》と名付《(なづけ)》、十四才なるが、形《かたち》すぐれて一国《こく》是《(これ)》[九]ざたの娘なり。不断《だん》も加賀染《かゞぞめ》[一〇]の模様よく、色を作《つく》り品《しな》をやれば、誰《たが》いふ共《(とも)》なく「美《び》人絹《きぬ》屋」と門《(かど)》に人立絶《だちたへ》ず、折ふし縁付《(えんづき)》比《ごろ》なれば、あなたこなたの所望《もう》、此返《へん》事、母親も迷《めい》惑して申《(まうし)》のべし。手前よろしければ、兼《かね》て手道具《だうぐ》[一一]は高蒔絵《たかまきゑ》[一二]に美《び》をつくし、衣装《いしやう》は、御法度《はっと》[一三]は表向《おもてむき》は守り、内証は鹿子《(かのこ)》[一四]類さま〳〵調へ、京より仕《し》[一五]付方の女を呼寄《よびよせ》、万事おとなしく身をもたせ、「今は誰殿《たれどの》の姪子《よめ(ご)》にもおそらくは」と、母親《をや》鼻の高《たか》き事、白山《(はくさん)》[一六]の天狗《てんぐ》殿《どの》も皃《(かほ)》を振《ふっ》て逃《にげ》給ふべし。実《げに》や娘《むすめ》の親《をや》のならひにて、化《ばけ》[一七]物尽《づくし》の咄《はなし》の本の中程に、

一 婚礼の夜、若者たちが婚家に石を投げつける風習。幕府の禁制であった。「一、町中嫁祝儀之刻、籬を破り或は礫など打猥之者於有之、拾人組之者ども罷出捕可申事」(万治三年七月十日・金沢町中御法度之帳)。

二 嫉妬。西鶴は礫打ちを悋気による行為だと言う。「まことに二柱のはじめ、男神女神のそれよりこのかた、人皆悋気より起りて、かく礫を打つ事よと」(懐硯三の一)。同書一の四にも。

三「此国のならひにて、十四・五・六にて嫁する也」(しぶうちわ)。 四「風儀」と通用。ならわし。 五 慣用字。→四二四頁注二。

六 金沢の町人地は、本町・七ケ所・地子町に分れ、本町には名字帯刀・乗物御免の御用商人をはじめとする上層町人が居住。 七 財産。本来の表記は「進退」。 八 家の跡継ぎ。 九 もっぱらの評判。 一〇 加賀絹に施した精緻な柄の模様染め。後の加賀友禅。「染」「模様」と「色」とは縁語。

一一 日常の手回り品。 一二「凡ソ金銀ヲ細末シテ粉ト為シ、漆器ニ撒キ、或ハ花草鳥獣ノ形ヲ作ル。倭俗ニ蒔絵ト謂フ」(雍州府志六)。その紋様を高く盛り上げて施した物が「高蒔絵」。

一三 五代将軍綱吉の倹約令。いわゆる衣装法度。天和三年(一六八三)正月の法度には女衣類制禁之品として金紗・縫・総鹿子を挙げる。「此春の花見姿をおもひやられて。衣装法度桜になげく生れ時　西鶴」(『刪補西鶴年譜考証』)。

一四 絞り染の一種。全体にわたる「総鹿子」は特に華美。延宝から天和・貞享にかけて美服の随一ともてはやされた。

一五 礼儀作法。「諸礼者。小笠原家の記録、是武家の礼式として庶人に至るの礼法なり。是を知る人を諸礼者といひ、其式法を躾《(しつけ)》方といふなり」(人倫訓蒙図彙二)。シツケガタと濁るか

赤《あか》子を頭《かしら》から噛喰《かぶりくら》ふ皃《(かほ)》つきなる娘も、花見・紅葉《もみぢ》みの先に立《たて》て、搗臼《つきうす》の歩行《ありく》様《(やう)》なる後《うしろ》から黒骨《くろ(ぼね)》の扇にてあふぎ行《ゆく》は、懐《かはゆ》きばかりにはあらず、母の目からは、むかしの伊勢《いせ》・小町《こまち》・[一八]紫《むらさき》の抱帯《かゝへをび》、前からみても横《よこ》から見ても[一九]采躰《とりなり》よしと思ふ、おかし。是《これ》さへかくあれば、左近《さこ》右衛門[二〇]姫《むすめ》に衣類《いるい》・[二一]敷銀《しきぎん》を付《つけ》しは、よい事ばかり揃《そろへ》て、人のほしがるも尤《もつとも》なり。

此姫《むすめ》の物好《ものごの》みに、「男よく、姑《しうとめ》なく、同じ宗《しう》の[二二]法花《ほつけ》にて、奇麗《きれい》なる商売《しやうばい》の家《いへ》に行《ゆく》事を」と云《いへ》り。千軒《げん》も聞《きゝ》くらべ見定《さだ》め、願《ねが》ひのごとく[二三]呉服《ごふく》屋に遣《つかは》しけるに、両方[二四]牛角《ごかく》の分限《ぶげん》、「[二五]馬《むま》はむまづれ、絹《きぬ》屋・呉服《ごふく》屋、さも有《(ある)》べし」と沙汰《さた》しけるに、此娘《むすめ》、半年も立《たゝ》ざるに此男を嫌《きら》ひ初《そめ》、たび〳〵里に帰《かへ》れば、昵《なじみ》も薄《うす》く成《(なり)》て、[二六]暇《いとま》の状を遣《つかは》しける。間《ま》もなく其跡《あと》へ[二七]呼《よべ》ば、娘《むすめ》もまた、[二八]菊酒《きく(ざけ)》屋とて家名《いへな》高《たか》き所へ[二九]娵《よめ》らせけるに、爰《こゝ》も、「[三〇]秋口より物かしまし」とていやがれば、「縁《えん》なきものよ」と、呼返《よび(かへ)》しぬ。其後《(そののち)》、[三一]借銀《かし(がね)》して仕舞《(し)まふ》たやへ遣《(つかは)》しけるに、爰《(ここ)》も人ずくなにして算用する内を嫌《きら》ひ、名残をしがる男《をとこ》を見すて、恥《はぢ》をも構《かま》はず帰《かへ》るを、親《をや》の因《ゐん》果《ぐは》にて捨《すて》がたく、三《(み)》所四《(よ)》所[三二]さられ、長持《もち》の剥《はげ》たるを昔《むかし》のごとく[三三]塗直《ぬりなを》して、[三四]木薬《(きぐすり)》屋に送《をく》りけるに、[三五]男に子細《(しさい)》もなく身上《(しんしやう)》に云《いひ》分なければ、[三六]隙《ひま》状取《(とる)》べき事もならねば、作病《さくびやう》に癲癇疾《てんかんやみ》出《(いだ)》し、目を見出《(みいだ)》し、口に泡《あは》を吹《ふき》、手足《あし》ふるはせければ、是《(これ)》見

(日葡、和英語林集成)。　一六 西は越前、北は加賀、東は越中、南は飛騨に跨る高山。修験道の霊山、また、白山大権現の信仰で著名。
一七 書名未詳。「いでやこの外題(げだい)に草の陰高き／妖物(ばけもの)揃へ葎(むぐら)閉ぢけり」(誹諧七百五十韻)。　一八 紫式部の「紫」を抱帯の「紫」に掛ける。「紫の抱帯」は紫縮緬のしごきの腰帯。当時の流行は前結び。紫―抱帯(俳諧小傘)。
一九 風采。「容態 トリナリ」(書言字考)。
二〇 「姫 ひめ・むすめ」(落葉集・小玉篇)。
二一 持参金。　二二 法華宗。日蓮宗。　二三 人倫訓蒙図彙四、呉服屋の絵参照。「上品の着物を呉服とはいふ也」(同上)。　二四 「牛角 ごかく〈互角、同〉」(節用集大全)。　二五 諺。
二六 離縁状。去り状。三行半。「一筆に三行半の末の秋」(西山宗因千句)。　二七 嫁を迎えたので。
二八 「菊酒は加賀の名物にして、重陽の御祝の水、久しき代々のためしぞかし」(新可笑記五の五)。「調へん重陽前の月の暮／酒に成たる菊の下かげ」(西山宗因千句)。
二九 「嫁入る」から転じた「嫁(よ)る」という動詞。
三〇 酒作りは秋から翌年春までの間。　三一 店舗を張らず、金貸をする家。　三二 離縁されて。
三三 女から離縁を申し出た場合、持参金は戻らないが、諸道具は返還される。小鶴はその長持を何度も塗り直して嫁入する。　三四 未調剤の生薬(しやうやく)を売る店。　三五 男ぶりも財産も申し分ないので。　三六 「暇(いとま)の状」と同意。

一 何の根拠もない告げ口。　二 女子は通常十九歳の秋、振袖の脇明(わきあけ)を塞ぎ、丸袖にする。
三 離縁に際しての慣習法に拠る。「それ世の中

て堪忍《にん》成《(なり)》がたく、窃《ひそか》に戻《もど》すを悦び、親には「先の男《をとこ》に嫌《きら》ふ難《なん》病あり」と、[一]跡《あと》形《かた》もなき告《つげ》口、此報《むく》ひ有《(ある)》べし。程なく振袖似《ふりそでに》合《(あは)》ず、[二]脇塞《わきふさ(ぎ)》てからも二三度も縁《えん》組《ぐみ》、十四より娌入《よめ(いり)》しそめ、廿五迄《まで》十八所さられける。「女にもかゝる悪《あく》人ある物ぞ」と、後《(のち)》に聞及《きゝをよ》び、すて所なく年《とし》をふりける。

娌《よめ》入の先《さき》ゞにして子を四人産《うみ》しが、[三]皆女の子なれば暇《いとま》に添《そへ》られ、[四]是も親《をや》に養《やつ》介《かい》を懸《かけ》て撫育《そだて》しに、夕《(ゆふべ)》に泣出《なき(いだ)》し朝《あした》に煩《わづら》ひ、憂《うき》目を見せて、叱うるさき事、薬《やく》

の言草にも、男子は父に付、女子は母に付くと言ひ置きし其掟をば知らざるや」（大倭二十四孝二十三）。

四 既に出戻りの小鶴自身が厄介者なので「是も」と書く。「養介 ヤカイ〈ヤシナイタスクル〉」（邇言便蒙抄）。 五 死ぬのにまかせること。

六 「フギ。あやまち、あるいは、放逸」（日葡）。

七 この年齢、本章の素材、玉造小町子壮衰書の「二十三ニシテ弟ヲ死(ころ)セリ」と一致している。↓挿絵解説。 八 自宅。 九 「俗に、さぞと云ふは、尤もと領承すること也」（諺草六）。

一〇 全部失い。皆無にし。 一一 下男を夫として。

一二 原本「犬を釣(つり)をつれば」。意改。犬釣の業は永代蔵四の四に「人外なる手業(てわざ)」という。

挿絵解説 「貧女は髪を結ふや結はずに」（独吟一日千句二）、零落した小鶴が二本の竹筒を右手に「髪の油」を売り歩く姿。彼女の親不孝は知らぬ者とてない。蔑視、指弾、私語。小鶴の売声のみが徒らに空しい。二階建の商家の揚げ店に母親と並んで立つ初々しい娘は若き日の小鶴その人である。鶴の丸の暖簾に大きな格子窓の家は小鶴の第一の婚家、呉服屋。軒に酒箒を出している家が第二の婚家、菊酒屋。小鶴の一生を異時同図法によって描き出した巧妙な挿絵である。この構図は多分、御伽草子・小町草紙古版の挿絵を下敷きにしたものであろう。

本朝孝子伝・今世部十一は「備前国岡山府紺屋町」の「染工」「赤穂惣大夫」の孝行を叙する。「紺屋」「染工」。凡そ絹を染めて加賀染の金沢に勝る所はない。「聞けば聞くほどうそらしき事／絹屋殿加賀訛りとは思われず」（俳諧替狂言）。加賀の絹屋の人気を裏付ける句である。

本町筋の豪商「絹屋左近右衛門」、不孝者小鶴

代《だい》にて世を渡る医者《いしゃ》も、後《のち》には見まはず、死次第《しにしだい》[五]に不便《びん》をかさねける。弟亀《をとゝかめ》丸、女房呼時《ばうよび》なれ共《ども》、姉《あね》[六]が不義ゆへ其相手《あい》もなく過《すぎ》ぬ。亀丸ぜひもなき思ひと成《なり》、[七]廿三歳《さい》にて果《はて》ぬ。ふたりの親も世間を恥《はぢ》て宿《やど》[八]に取籠《とりこも》り、悔《くや》み死《じに》[九]、さぞ口惜《をし》かるべし。其後《そののち》は独《ひと》り家《いへ》に残れど、夫《をっと》になるべき人もなく、五十余歳迄《よさいまで》、有《ある》程《ほど》を皆になし、[一〇]親《をや》の代《よ》につかはれし下男《しもをとこ》[一一]を妻《つま》として、所を立《たち》さり、片里《かたさと》に引《ひき》込《こみ》、一日暮《ひとひぐら》しに男は犬[一二]を釣《つ》れば、おのれは髪《かみ》の油《あぶら》を売《うれ》ど、聞伝《きゝつたへ》て是をかはず、

は彼の一人娘であった。

さまざまに品変りたる恋をして
浮世の果は皆小町なり　（猿蓑集五）

美人小鶴の一生は、「美人」の付合語「小町」（類船集）の一生と大筋において合致する。

小町が果は乞食となる
花の色は移りにけりな蚤虱（伊勢山田俳諧集）
姿の花は夢の一時
春風にむせぶ涙の玉造　（阿蘭陀丸二番船）

西鶴は小鶴を玉造小町子壮衰書の筋に沿って没落させていった。

世間から見捨てられた小鶴が老いて「犬釣り」の妻となった一件は、壮衰書の小町が「猟師」の妻となったという箇所に対応する。加賀名産の一つは「鼓の皮」（毛吹草、国花万葉記十二、類船集）。鼓には犬の皮を張る。

ただべうべうと打つ浪の音
鼓にも犬の皮をやかけぬらん　（鷹筑波三）

「加賀」の小鶴には「猟師」の妻よりも「犬釣り」の妻こそふさわしかった。一方、小鶴が手にしている「竹の筒」は「犬引」と付合にもなる（便船集、類船集、俳諧小傘）。

西鶴は「竹の筒」に固執している。「竹の筒」に生魚を入れて母に送った孝子杜孝の逸話（勧懲故事一、父母恩重経鼓吹五末など）が彼の念頭から去らなかったためと思う。二十四孝では孝子王祥が厳冬の氷の上に臥して母に与える生魚を得ている。二十四孝の孝子譚との連絡も迂路を経ながら辛うじて保つことができているようだ。西鶴としては何らかの形で必ず二十四孝と結び付けることが本朝二十不孝制作の至上命令であった。多少の無理は已むを得ない場合がある。話自体の出来栄えは一代女の縮約版と言っても良く、決して悪くない。

けふをおくりかねて、朝《あした》の露《つゆ》も[一]咽《のんど》を通りかね、目前《(もくぜん)》の限《かぎ》りとなりぬ。[二]花に見し形《かた》ちは昔《むかし》に替《かは》り、野沢《のざは》の岩《いは》ねに寄添《よりそひ》、[三]身比羅《みひら》のごとくなりて死《しに》ける。

惣《そう》じて、女《をんな》の一生《しやう》に、男といふ[四]者《ものひと》独りの事なるに、其身持《もち》あしく、さられて後夫《こうふ》を求《もと》むるなど、するゞの女の事なり。[五]人たる人の息女《そくぢよ》は、たしなむべき第《だい》一なり。縁結《えんむす》びて二たび帰《かへ》るは、女の不孝《かう》、是より外《ほか》なし。もし又、夫縁《をつとえん》なくて、死後《しご》には比丘尼《びくに》になるべき本意《ほんい》なるに、「今時《いまどき》の世上、勝手《かつ》づくなればとて、心のさもしき事よ」と、[六]偽《いつは》りを商売《しやうばい》の仲人《なかうど》屋も、是《これ》は[七]真言《まこと》をかたりぬ。

慰改《なぐさみかへ》て咄《はな》しの点取《てんとり》

「南無阿弥陀仏〳〵、何《なに》もいらぬ浮世《うきよ》とは思へ共《(ども)》、一日《(ひとひ)》も喰《くは》ねば[八]為飢《ひだる》し、[九]人は盗《ぬす》人、火《ひ》は焼亡《じやうもう》」と、[一〇]舞《まひ》まいの[一一]又太夫が言葉《ことば》のするゝ。去程《さるほど》に、今時《いまどき》の出家形《しゆつけかた》気程《ぎほど》おかしきはなし。智恵《ちゑ》・才覚《さいかく》にはかまはず、武士《ぶし》の家にては、弓馬《きうば》の芸《げい》に疎《うと》く、又病者《びやうじや》にして勤《つとめ》の成《(なり)》難《がた》きを進《すゝめ》て衣《ころも》をきせ、町人は、算用おろかに、秤《はかり》め覚えず、[一二]日記付《(につきつけ)》さへならざるを、「迚《とて》も商人《あき(んど)》には思ひもよらず、世《よ》を楽《らく》に[一三]墨染《すみぞめ》になれ」と、親類《しんるい》[一四]了簡《れうけん》の上《うへ》にて髪《かみ》をおろさせ、[一五]生玉《(いくだま)》の辺《ほと》り、[一六]高津《たかつ》の宮の方陰《かたかげ》、

一「咽　ノンド・ノド」(書言字考)。　二 小野小町の「花の色は移りにけりな徒らに我が身世にふるながめせし間に」の歌に連想を誘う。

三「次第に身いらのごとく成、つゐに眠れるやうに命終りぬ」(桜陰比事二の九)。「人の干死たるをミイラといふ」(松屋筆記五十六)。延宝・天和の頃、南蛮の妙薬と喧伝され、ミイラの服用が一時大流行した(八十翁疇昔話)。

四 原本「者(もの)もの」に誤る。　五 立派な人。「直なる今の御代を豊かにわたるは、人の人たるがゆへに、常の人にはあらず」(永代蔵一の一)。

六「仲人(なかうど)の虚言(そらごと)」(尤の草子・上・いつはる物の品々)。当時、既に結婚斡旋を業とする「仲人屋」があった。　七 →三九三頁注三二。

八「為飢(ひだる)き苦」(懐硯三の四)。

九 諺(毛吹草二)。人を見たら泥棒と思え、火を見たら火事と思え。「夢想国師曰、夏は暑かるべし、冬は寒かるべし、人は盗人、火は焼亡、返々も油断申さじ〳〵」(月庵酔醒記)。

一〇 幸若舞。　一一 大坂道頓堀の舞座の座元の一人(難波雀)。　一二 日々の帳面付け。

一三「住み」と「墨染」を掛ける。「当世は真実の子でも、家業無精なれば、無理出家にして、一人扶持をあてがい、性念見据ゑし僕あがりの手代に養ひ娘を祝言して、家督を譲ることがはやりものなり」(傾城難波みやげ一の一)。

一四「料簡」に同じ。→四三一頁注三八。

一五 生玉神社。「生玉　イクダマ〈摂州東生郡〉」(書言字考)。　一六「高津宮(たかつのみや)」。(祭神)仁王十七代仁徳天皇」(一目玉鉾四)。「高津社(かうつのやしろ)」。西高津にあり。…石段の下の植木店は和漢の草木多く貯へて四時花たへず」(摂津名所図会四)。

一七 貞享四年刊・新撰増補大坂大絵図に「しほ丁すじ」とある。一丁目から四丁目まで。「塩町一

一七塩町《しほ(ちやう)》の裏《うら》に一八合力庵《かうりよくあん》を結《むす》び、はじめの程《ほど》は法師珍《めづら》しく、一九朝水手向《あさみづてむけ》、二〇夏花摘《げはなつむ》など殊勝《しゆしやう》に、二一世間《(せ)けん》の取遣《とりやり》の物前《ものまへ》にも、根付《ねつけ》にする二二瓢箪《ひやうたん》の口を細工《さいく》にしてゐるなど、二三山椒《さんせう》は辛《から》し、昆布《こんぶ》出《だ》しは甘《あま》し、万《よろづ》の精進物《しやうじん(もの)》を覚《をぼ》え、むかしの二四鰒汁《ふぐじる》も二五忘《わす》れ果《はて》て、二六おもしろや此境界《きやうがい》と、思ふた計《ばかり》にして、又の世《よ》の仏《ほとけ》の道《みち》をも、二七心の駒《こま》の匕次第《はねしだい》にしらず、衆生《しゆじやう》をすゝめる基《もとで》もなく、二八布袋肥《ほていごへ》に二九斎米《ときまい》を費《ついや》し、三〇娑婆塞《しやばふさげ》に今の世《よ》に多《をほ》き物は、三一供《(とも)》壱人つれし医師《くすし》と三二道心者《だうしんじや》、扨《さて》も三三坊主《ばうず》がちにぞ成《(なり)》にける。殊更近年《ことさらきんねん》、三四女の墨染《すみぞめ》も、仏《ほとけ》の身ならば、彼《かれ》らが心底《しんてい》を聞《きゝ》たし。後《のち》の世願《よねが》ふは稀《まれ》なるべし。

三五只夢《たゞゆめ》なれや、難波津《なにはづ》の大湊《をゝみなと》、三六横堀《よこぼり》あたりの三七問丸《とひまる》に、塩《しほ》屋の何某《なにがし》、年久敷子《としひさしくこ》のなき事を歎《なげ》きしに、適《たま〱》男子《なんし》を設《もう》け、花《はな》にも月にも詠《なが》め、大事に育《そだて》しかひありて、十五歳《さい》にして三八脇《わき》を塞《ふさ》ぎ、三九六の年角《としすみ》を入《(いれ)》て、然《(しか)》も美《び》男なれば、世の四〇讃草《ほめくさ》も靡《なび》き、ふたりの親も我子自《(わがこ)じ》まんして、「此上の富貴《ふうき》に、何にても望《のぞ》みなし。此子が四一娌《(よめ)》なるべき四二容《よう》儀もがな」と、やう〱尋ね、堺の四三大道《(だいだう)》、よし有《(ある)》人の息《そく》女を四四縁《えん》極《ぎはめ》して、四五表屋作《をもて(やづく)》りの大《(おほ)》普請《しん》、万事に清《(きよ)》らを尽《つく》し、はなれて隠《ゐん》居拵《(こしらへ)》、此霜《しも》月の吉日を待《(まち)》しに。

其比《ころ》は、咄《(はなし)》作りて点取《てんとり》の勝負はやりしに、おりふしの四六兼題《けんだい》に、「還咲《かへりざき》の花の陰《かげ》に哀《(あはれ)》に四七可惜《をかし》物」「初霜《しも》の朝《あした》に四人泣《なく》は悲《かな》しき物」「世の中にあればいやな物、

丁目。長堀北側より一筋内の丁。東横堀より西へ」(宝暦六年刊・万代大坂町鑑)。「世を捨人の住所、難波の嵯峨と名付て、天王寺の塩町、…其所は大方比丘尼の庵也」(二代男七の五)。 一八 親類の「合力」(→四一二頁注二)という経済援助制度に依存する庵。 一九 振仮名「たむけ」とあるべきか。 二〇 夏安居《げあんご》九十日間、毎朝仏前に供える花。「夏花《ゲハナ》を摘む人は朝の間につとむるぞ」(類船集・朝)。 二一 世間が集金や支払に忙しい節季の間際にも。 二二 瓢箪―山椒(類船集)。 二三 山椒―昆布(類船集)。原本「昆布」。 二四 鰒の味噌汁。 二五「隙なく魚を食ふ時は、罪も報いも、後の世も、忘れ果てて面白や」(謡曲・鵜飼)に拠る。 二六 風流だな、今の身の上は。「風流 おもしろ」(不断重宝記大全・万世話字尽、万民重宝記・下)。 二七 煩悩の押さえ難いことを勇み逸る駒に譬えた語。「ヒカレナバアシキ道ニモ入リヌベシ心ノ駒ニ手綱ユルスナ」(和漢新撰下学集)。 二八 腹―布袋(類船集)。 二九 僧の食事用に施す米。 三〇 世の中に不用な者。 三一 供―医師(俳諧小傘)。 三二 ダウシンジャと濁る(日葡、書言字考)。「道心者《だうしんじや》といふもの、忌日・命日に持仏堂の掃除をさするよりほか一つも役なし。まことに国家の遊民といふべし」(人倫重宝記五の二)。「庵あり日頃よしみの道心者／勘当の子やよるべ求むる」(信徳十百韻)。 三三 医者も坊主頭であった。三九七頁挿絵参照。「なふ〱お僧は医者にて候か」(俳諧当世男)。 三四「若キ女ノ髪ヲソリ衣ヲ着タル者、予ガ若キ比マデハ稀ナリシ。此二三十年以来ニ尼ノ多ク成タル事ハ昔ニ百倍セリ」(河内屋可正旧記五)。 三五「津の国の難波の春は夢なれや葦の枯葉に風渡るなり」(新古今集・冬・西行)。 三六 西横堀川。

なければほしき物」「はじめ懼《をそろし》く、中程はこはく、後《(のち)》はすかぬもの」「時雨《しぐれ》の夜は跡先《あとさき》のしれぬ物」此五つの題を取《(とり)》て、あけ暮案《くれあん》じ入《(いり)》、咄程の事ながら、心をそれになして、安達《あだち》が原の鬼共《(とも)》一胸《むね》を燃し、人の物をやらぬ分別《べつ》も出《(いで)》、今もしれずと二無常《じやう》を観《くはん》じ、けふの首尾、太夫はいかに暮《くら》しけるぞと思ひ、様〻《(さまざま)》に移気《うつりぎ》、魂《たまし(ひ)》我ながら定《さだ》めかね、現《うつゝ》に枕《まくら》引《(ひき)》よせ、寝入《ね(いり)》もやらぬ耳《みゝ》ぢかく、三十月十五日の暁がたに、四浮《うき》世念仏《ぶつ》のつれ声《ごゑ》、艶《やさ》しく殊勝《しゆしやう》に思ひ入《(いり)》、明《(あく)》るを待兼《(まち)かね》、出家の書《かき》

三七 問屋。 三八 振袖の脇を縫って詰袖にし。 三九 十六歳で、額の左右の角(みす)を四角に剃り込み。元服一、二年前の少年が、六月十五日、「半元服」の日に剃刀を入れてもらう。元服時に前髪を落し、月代(さかやき)を作り、男髷に結う。 四〇 ほめ言葉。「草」「なびき」は縁語。 四一 「嫁」と通用。→三九一頁注二一。 四二 「容儀 ようぎ〈かたちよきなり〉」(和漢通用集)。 四三 堺の中央部を南北に縦貫する道幅四間半の大道。両側に奥行十五間の家が並ぶ。 四四 縁定めして。 四五 奥に長い敷地の表通りに面して店舗、その後に住居を連続させた町家の家屋形式(『日本民家語彙集解』)。 四六 会の日より前にあらかじめ出して置く題。兼日(けんじつ)の題。本来は歌道の用語。 四七 「あたら」と読む字。「をかし」ならば「可咲」「可笑」などと書くべき所。

一 謡曲・安達原の鬼の台詞、「胸を焦す焔」。
二 「無常ト云ハ、凡ソコノ世ノハカナクシテ人ノ命ノ定メナキ事ナリ」(仏説盂蘭盆経鼓吹(三))。
三 浄土宗「十夜法事」の最終日。「(十月五日)今日ヨリ十五日ニ至リテ是ヲ十夜ト称ス。夜ニ入テ宗門ノ男女群リ集リ、各々高声ニ弥陀ノ号ヲ唱フ」(日次紀事・十月)。
四 今流行の調子をつけて歌う歌念仏の合唱。
五 四天王寺。 六 遠国へ逃亡すること。
七 五年以上も待ったのに。「(両親ハ)五歳あまり待詫、二人共にはかなくなりぬ」(四二八頁)。
八 筑後国山本郡所在。浄土宗鎮西派の本山。聖光上人弁阿開基。十三世紀初建立の堂宇は戦国末に焼失。第三十四世詮誉上人阿量の代(延宝四—八年)、常念仏開闢。延宝七年(一六七九)、善導大師一千年忌。同八年、本堂再建。この年は二十不孝の刊行六年前。

置《おき》して、[五]難《なん》波の寺に入《いる》を、各《おのおの》ことばを世に有程《ある》尽《つく》し、異見《けん》を聞《きき》わけず、[六]国遠《こくえん》して、面影《をもかげ》もなかりき。二人の親、又もなく渧憔《なきこが》れ、[七]五年あまりも待《まつ》に、おとづれなきを猶《なほ》悔みて、思ひ死《じに》の時、「誰《たれ》に残《のこ》して」と、可惜財宝《あたらざいほう》をなくなし、其家《いへ》名絶《たへ》て後《のち》は、云出《いひいだ》す人もなし。

難波《なんば》を出《いで》て筑紫《つくし》潟《がた》にくだり、[八]善導《だう》寺に勤《つとめ》しが、又、心とり乱《みだ》して、跡《あと》を顧《かへりみ》ず還俗《げんぞく》して、登りの舟路《ぢ》にて精進をあげ、むかしに帰《かへ》る家もなく、心当《あて》も大きに

挿絵解説　『長崎県郷土誌』(昭和八年刊)に「孝子田」と題する南高来郡加津佐町の伝説が載っている。「延宝の頃、津波見の里に安永安次と云ふ孝子が住んでゐた。天性至孝で父母の命によく服従して、些かも逆らふ所がなかった云々」。本朝孝子伝・今世部十四所載「安永安次」についての伝説である。「肥前国嶋原管内加津佐村ノ津波見名、孝子之在ル有リ。姓ハ安永、名ハ安次」(本朝孝子伝)。

俳諧師西鶴は、肥前の孝子安永安次を、「肥前」と「土器(かはらけ)」の付合(便船集、類船集)を仲介に、「高津焼」の地、大坂の不孝息子に転じた。「土焼物類。道頓堀ほり詰。同、高津焼」(難波雀)。「浪人して、土人形の彩色して、高津の辺に住めるも有」(盛衰記四の三)。

挿絵では、その「堀詰の新道」に旧家来の「合力」を得て小店を構えた塩屋の不孝坊が土人形の彩色をしている。還俗直後、まだ頭髪も生え揃っていない。この絵の構図、本朝孝子伝の安永安次の挿絵に類似しているとの印象が強い。

隣は高津名物の植木屋。画面右上は高津の宮。下は道頓堀に沿って南側に並ぶ芝居小屋の櫓。「芝居の表に床(ゆか)を設け、外に幕を張り、名代(なだい)座本の紋をしるして某の芝居なる事を知らしむ。其体城の櫓に似たるを以て櫓と称す。…歌舞伎の元祖於国(おくに)はじめて芝居興行の時は幣(へい)を立つる。明暦の比より今の麾(ざい)となせり。古き図を見るに皆幣を立て鑓の形三本を並べり」(扁額軌範三)。座本の紋から伊藤出羽掾の浄瑠璃小屋であることが判る(冨士昭雄)。

本朝孝子伝の安永安次を不孝息子に転ずると同時に、西鶴は、妻子官禄をも捨て、万難を排して遠路帰国、遂に老母との対面を果した二十

違《ちが》ひ、責《せめ》ては已前《いぜん》の[一]家《け》来にすこしの[二]合力《かうりよく》を請《(うけ)》て、[三]堀《ほり》づめの[四]新道《しん(みち)》に宿《やど》をもとめ、[五]南京《(なんきん)》獅《し》子笛の細工、[六]土《つち》仏の水あそび、をのづから身けづりし。

無用の道心、何の見付所《(みつけ)》もなく、尊き事をも弁《わきま》へず、無我・無分別《べつ》の発《ほっ》心、親《をや》に思はざる外《ほか》の気《き》を悩《なや》ませ、是、[七]競《ならび》なき不孝坊《かうばう》といへり。

本朝二十不孝巻一終

四孝の朱寿昌と、親の異見に耳を藉さず、無分別な出家・出奔を行い、二親を焦れ死させた塩屋の不孝坊との相違を際立たせた(徳田進)。本朝孝子伝と二十四孝説話の逆用交叉法である。


一「家来(けらい)」。主人、召使をさして云詞也。又は家頼共」(新撰用文章明鑑)。

二「合力(カウリヨク)」。力を合するとよむ。一分(イチブン)のはからひがたきを、他より助くるをいふ也」(邇言便蒙抄)。ここは特に近世大坂で行われた「合力」という親族・下人等による扶養・扶助の制度が適用されたことを意味する。即ち、大坂に舞い戻った塩屋の不孝息子は「むかしに帰る家もなく」、旧使用人の主人に対する「合力」義務に頼り、小さな家を得ることができたのである。

三「ほりどめ。又ほりづめ共いふ也。東よこぼり道頓堀の角、二つ井戸の辺」(万代大坂町鑑)。

四 堀詰の大和橋の南に「シンミチ」が通じていた(新撰増補大坂大絵図)。

五 頭に獅子の飾りをつけた子供用の笛。

六 諺(春風館本・諺苑、譬喩尽)。自滅の行為を言う。「土仏の水あそび、いつとなく身をくづして」(置土産三の三)。「土人形の水あそび、次第にさびしくなつて」(同三の一)。

七「競」と同意に使用。

絵入

本朝二十不孝

二

本《ほん》朝《てう》二十不《ふ》孝《かう》 目《もく》録《ろく》

巻 二

一「加茂川の下に釜が淵といふは、石川五右衛門を煎りたる釜の流れとまりしと也」(類船集・釜)。「釜淵(かまがふち)。東福寺門前鴨水の中にあり。伝ヘ云、天正年中、石川五右衛門と云者あり。藤の森の南に住居す。是盗人の酋長にして、其徒党又多し。民家に乱れ入、金銀衣服等を盗取る。京師の人之を畏れ、豊臣秀吉公、京師の尹徳善院玄以法印に命じて石川五右衛門を搦捕り、つゐに大なる釜にて三条の橋の南にて之を煎る。此釜久しく其所にありしに、一年洪水漲り出て此所に流れ留る。其所淵となり、釜水底にありと云」(京羽二重織留四)。 ▽釜が淵の釜。 二 寄り集まっている家。

三 謡曲の僧の名乗に擬す。「一見は奈良三輪初瀬吉野山／寺をも持たぬ僧にて候」(西山宗因千句・上)。「勤めにと木曾路を出し僧にて候」(梅翁俳諧集)。「旅行の暮」は熟語。「旅行の暮に宿も定めず」(俳諧大句数一)。「是は又旅行の暮の自身番」(西鶴五百韻)。 四 紀州熊野。

五 草葺の家。 ▽野辺の草むらに残された旅僧の檜笠(ひのきがさ)。

六 何処とも知れぬ国の「土」となったという意に、諺「土仏の水あそび」の意を重ね、親不孝な主人公が自らの行為ゆえに自滅した意を併せ持たせた。 七「浮き」は「憂き」の掛言葉。 ▽釣針を強調して大きく描く。

八 遺言状の結びの決まり文句。永代蔵五の三には「書置仍而如件」ともある。 九 金持ち風を吹かす。「虎うそぶけば風さはぐ」(毛吹草二、諺草一)。「虎嘯イテ風生ジ、竜吟ジテ雲起ル」(和漢新撰下学集)。虎―風吹(類船集)。風―虎(同)。原本「ふかず」と誤る。 ▽富士。五輪塔。卒都婆。煙―無常・富士(類船集)。

一〇 二十四孝・郭居の黄金の釜のような儲け物は、

我《われ》と身《み》をこがす釜《かま》が渕《ふち》

[一〇]鏐《こがね》の釜《かま》の穿出《ほりだ》し、今《いま》の世《よ》にはなかりき。富貴《ふうき》にしても苦《く》あり、貧賤《ひんせん》にしても楽《たのしみ》あり。一切《いつさい》の人間《げん》、応《をう》ぜぬ分限《ぶんげん》をねがひ、身《み》を[一一]滅法《ほろぼ》す、古例其数《これいそのかず》をしらず。

[一二]濤波《さゞなみ》や大津《つ》の浦《うら》より[一三]矢橋《やばし》に渡《わた》す[一四]舟翁《ふなをさ》の身《み》は、[一五]比叡《ひゑ》の山風《やまかぜ》の[一六]燈《ともしび》と危《あやう》く、入相《いりあひ》の鐘《かね》を聴《きけ》ば、命《いのち》の内外《うちそと》の気遣《きづかひ》、俄《にはか》に[一七]雲《くも》と成《なり》、雨《あめ》と成《なる》、[一八]鏡山《かゞみ》も人皃《がほ》見えず[一九]合蒐《くれかゝ》り、旅人《りよじん》心のいそげば、「爰《こゝ》は一勢出《せいいだ》し、艪《ろ》を[二〇]蚤《はやめ》て」など、声ゝ《こゑ〴〵》に頼《たの》めば、「[二一]我《われ》、老《をひ》の波《なみ》、六十に余《あま》れ共《(ども)》、今時《どき》の若者《わかもの》、[二二]拙者《せつしや》が[二三]袒《はたら(き)》、思ひもよらず」と、諸肌《もろはだ》を脱《ぬぎ》しに、肩《かた》さきより手首迄《てくびまで》、きり疵明所《きづあきどころ》もなく、[二四]枝《えだ》を深山木《みやまぎ》の漆《うるし》のごとし。なを背中《せなか》に[二五]うきめを見せける。「あれでも、死《しな》ぬものかな」と、をの〳〵横手《よこで》を打《うつ》て、「是《これ》は、いかなる故《ゆへ》に、かくまた身を[二六]あやしめけるぞ」。親仁《をやじ》、問《とは》れて、泪《なみだ》に[二七]袖簑《そでみの》を浸《ひた》し、「されば、人間《げん》、[二八]先生《ぜんじやう》の因果《ゐんぐは》をしらず。[二九]それがし、抑《そも〳〵》は、石川《いしかは》五太夫とて、[三〇]しがの片里《かたさと》に住《すみ》なして、あまたの人馬《じんば》をかゝへ、[三一]物《もの》つくりをして、[三二]世《よ》の中《なか》の秋《あき》にあひ、春《はる》をお《〔ゝ〕》くり、然《しか》も、一子《し》に五右衛門とて、勝《すぐ》れたる大力《だいりき》、殊《こと》に諸芸《しよげい》に達《たつ》し、老《をひ》のする〴〵頼《たの》もしかりしに、己《をの》が[三三]農作《のうさ》を外《ほか》に、無用《むよう》の武芸《ぶげい》

今の世にはないというものだ。「鏐　リウ。コガネ」(増補以呂波雑韻)。「当代、高き物をやすく買ふを掘出しといへば」(貞徳誹諧記・上)。「穽」はアナ・オトシアナの意。或いは「穿」の誤刻か。

一一「滅亡」の宛字。「家の滅法」(四三一頁)。

一二「大津」の枕詞。「さざなみや大津の宮はあれぬれど春は旧さず立ち宿るかな」(松葉名所和歌集八)。　一三 大津の打出(うちでの)浜から湖東の矢橋まで、渡し船で五十丁。「矢走」とも表記。普通「やばせ」という。　一四 船頭。　一五 歌語。「とにかくに身にしむものは神垣や比叡の山風御津の河浪」(松葉名所和歌集十三)。　一六「風前の灯」のように危く。　一七「手ヲ翻セバ雲ト作(な)リ、手ヲ覆(がへ)(ひる)ヘセバ雨トナル」(杜甫・貧交行)。ここは天候の変わり易いことの譬え。　一八 歌枕。「鏡山　カガミヤマ〈江州蒲生郡〉」(書言字考)。「面影鏡山に映し」(新可笑記五の三)。

一九「入」と「日」の合字か。　二〇「蚤　ハヤシ」(字集便覧)。　二一 自分はすでに人間の寿命六十歳を過ぎているけれども。「今ハ人寿六十ガ定命ナレバ」(阿弥陀経見聞私六)。

二二「拙者(セツ)(シヤ)」。つたなきものとよめり。謙の辞也」(邇言便蒙抄)。「今俗、自称して拙者と云」(諺草七)。　二三 用字未考。四六五頁にも例がある。「袒」はカタヌグ・ハダヌグなどと読む字。

二四 腕を見ると、深山の漆の木のように切傷だらけである。「エダ。木の枝。また、腕」(日葡)。「深(み)」は「見」と掛言葉。「難義を駿河」(四二九頁)、「入加減、よしといふ女」(四四七頁)、「帰り、三笠山」(四九三頁)の類。

二五 憂き目。　二六 痛め付けたのか。　二七 蓑の袖を濡らし。蓑—舟長(フナ)(ヲサ)(類船集)。　二八「前生ぜんじやう」(節用集大全)と同意。　二九「ソレガシ。(ワタクシと共に)話言葉にだけ使う」

をたしなみ、[一]軟《やはら》・取手《とりで》を稽古《けいこ》に、闇《やみ》の夜《よ》の衢《ちまた》に出《（いで）》、往来《わうらい》の人をなやましけるが、後《のち》は欲心《よくしん》おこりて、[二]勢田《せた》の橋《はし》に出《いで》て[三]水《みづ》を呑《のみ》、[四]盗跖《たうせき》・[五]長範《ちやうはん》にまさり、[六]国《くに》に盗人《ぬすびと》の司《つかさ》となり、[七]類《るい》に集《あつま》る悪人《あくにん》、[八]関寺《せきでら》の番内《ばんない》、[九]坂本《さかもと》の小虎《ことら》、[一〇]音羽《をとは》の石千代《いしちよ》、[一一]膳所《ぜぜ》の十六、[一二]此四人をはじめ、其外《ほか》、鎰放《かぎはづし》の長丸《ちやうまる》、手鞴《てふいご》の風之助《かぜすけ》、穴掘《あなほり》の団八《だん》、縄《なは》すべりの猿松《さるまつ》、窓《まど》くゞりの軽太夫《かるだゆふ》、格子毀《かうしくづ》しの銕伝《てつでん》、猫《ねこ》のまねの闇右衛門《やみゑもん》、隠炬《かくしたいまつ》の千吉《せんきち》、白刃取《しらはとり》の早若《はやわか》、これらをそれ〱の[一三]役分《やうぶん》して、近在所《きんざいしよ》〱《（しよ）》に入《（いり）》て、夜《よ》

（ロドリゲス・日本大文典）。　三〇 近江国志賀郡の片田舎。　三一 農夫。「農　のう〈俗云、ものつくり〉」（訓蒙図彙四）。　三二 稔りの秋。豊作の秋。　三三 農作《のうさく》。「農作　ノウサ」（易林本）。

一 柔術と捕縛術。「予按ルニ、拳法・手搏・把勢、是世ニ所謂トリテ也。…柔術（ヤハラ）ハ、モロコシニハナシ。日本紀伊国ノ関口氏ヨリ始ル」（漢字和訓二）。　二 琵琶湖南端、勢多川に架かる橋。「勢田の橋。此橋九十六間」（一目玉鉾三）。
三 諺「渇しても盗泉の水を飲まず」の裏返し。
四 中国春秋時代の大盗賊（荘子・雑篇・盗跖二十九）。　五 熊坂長範。謡曲・熊坂、烏帽子折などに登場する大盗賊。　六 諺「国にぬす人」（毛吹草）と「盗人の司」を掛ける。国―盗人（類船集）。
七 類―盗人・友（類船集）。　八 逢坂の関の近くにあった寺。番―関（類船集）。　九 比叡山の東麓、琵琶湖に臨む。　一〇 音羽山。「石千代」は頑健者の擬人名。「音羽山」「石」「千代」は縁語。「音羽山岩根に生ふる玉椿八千代はかへる時はなりけり」（夫木和歌抄二十九）。
一一 膳所城の所在地。「膳所《ぜぜ》」。本田下総（隠岐ノ誤リ）守殿城下」（一目玉鉾三）。　一二 四天王に擬す。
一三 役割を分ける意か。
一四 アダと濁らない（日葡）。　一五「日比　ヒゴロ」（易林本等）。　一六「呵責　サイナム」（続無名抄・下）。　一七 生死輪廻の苦しみの果てしなさを海に譬えた仏教語。その海を琵琶湖に取り成し、「渡し舟」と掛言葉にした。

毎《ごと》に寝耳《ねみゝ》をおどろかし、万人《ばん》の煩《わづら》ひとなりぬ。此事次第《しだい》につのれば、「天《てん》の咎《とがめ》、世《よ》の穿鑿《せんさく》、いかなるうきめにあひつらん」と、頻《しきり》に異見《ゐけん》するに、却《かへつ》て[一四]怨《あた》をなし、現在《げんざい》の親《をや》に縄《なは》をかけ、「それにて思ひしれ」と、捨置《すてをき》、おのれが宝《たから》をおのれと盗《ぬす》み、眷属《けんぞく》めしつれ、都《みやこ》の方《かた》に行《ゆき》ける。其跡《あと》にて、[一五]日比《ひごろ》五右衛門に恨《うら》みふかき狼藉者《らうぜきもの》乱《みだ》れ入《(いり)》、「子のかはりに此親《をや》を、死《しな》ぬ程切《ほどきれ》〳〵」と、此《(この)》ごとく身《み》を[一六]呵責《さいなまれ》、是《これ》にも、おしきは命《いのち》、世《よ》の業《わざ》かへて、[一七]生死《しやうじ》の海《うみ》のわたし舟《ぶね》」。さりとは〳〵か

挿絵解説　文禄三年(一五九四)八月二十四日、石川五右衛門が三条河原で釜煎の刑を執行されたことは史実である(言経卿記)。「油で煮られたのは、ほかでもなく、イシカワゴエモンとその家族九人か十人であった」(アビラ=ヒロン・日本王国記・ペドロ=モレホン注)。

巷間流布した辞世の歌。

石川や浜の真砂は尽くるとも
　世に盗人の種は絶えせじ
（都の錦・沖津白波四の二・元禄十五年刊）

名所小鏡(延宝六年刊)の「大津」の項に「浜真砂」とある。

便船集「盗人」の付合語「近江」、類船集「近江」の付合語「盗人」。これが俗諺の形を採れば、「近江泥棒伊勢乞食」(春風館本・諺苑)となる。かくて五右衛門を「近江泥棒」と規定した西鶴は、本朝孝子伝・今世部四の孝子「中江惟命(藤樹)」、高名の「近江聖人」と真っ向から対峙させる。五右衛門の親不孝は特に力説しなければならない。西鶴は、父親の口を通して常軌を逸した五右衛門の親不孝を語らせた。生きながらえた父を矢橋の渡しの船頭に仕立てる趣向は、「身は近江舟かや、死なでこがるる」(閑吟集)以来の歌謡から得た(松田修)。

本章冒頭部「鏐の釜の穿出し、今の世にはなかりき」を一読すれば、西鶴は明らかに二十四孝・郭居の「釜」を意識している。郭居のような「孝子譚など、今時どこを捜したとてある筈はない。今の世の釜に関する咄とは、不孝譚の典型としての石川五右衛門の釜茹でくらいなものだ」(井上敏幸「本朝二十不孝の方法」)。

便船集、類船集、共に「釜」の付合語は「地獄」「風呂」「子を埋む」。「今の世」の五右衛門は油の煮えたぎる「釜」の底に「子を埋」めた。

なしき物《もの》がたりの内《うち》に、舳《へ》向岸《さききし》につけば、おの〳〵あがり、「かゝる悪人《あく(にん)》も有《ある》物《もの》ぞ。[一]天竺阿闍世《てんぢくあじやせ》、唐土《もろこし》の悪王《あくわう》にもおとらじ」と、みな〳〵涙《なみだ》になりて別《わか》れし。

彼《かの》五右衛門は、都《みやこ》にて[二]昼中《はくちう》に、[三]鑓《やり》を三人ならびの手振《てぶり》を先《さき》に立《たて》、其身《そのみ》は乗馬《のりむま》、跡《あと》より[四]挟箱持《はさみばこもち》・[五]沓籠《くつかご》、歴〻《れき〳〵》の侍《さぶらひ》と見せて、[六]見分《けんぶん》にまはり、大盗《をゝぬすみ》の[七]手便《てだて》をして、中間《なかま》に子細《しさい》あれば、[八]大仏《だいぶつ》の鐘《かね》を撞《つき》ならし、是相図《これあひづ》に集《あつま》り、おのれは、[九]六はらの[一〇]高藪《たかやぶ》のうちにかくれゐて、[一一]爰夜盗《こゝよたう》の学校《がくかう》とさだめ、[一二]命冥加《いのちみやうが》の有盗人《あるぬすびと》に此一通《(ひと)とを》り指南《しなん》をさせ、[一三]前髪立《まへがみだち》の野等《のら》には巾着切《きんちやくきり》を教《をし》へ、[一四]大胆者《だいたんもの》には追剝《をひはぎ》の働《はたらき》をならはせ、[一五]人躰《じんたい》らしき者《もの》には[一六]詐《かたり》の大事をつたへ、里《さと》そだちの者《もの》には[一七]木綿《きわた》を盗《ぬす》ませ、色《いろ》〳〵四十八手の伝受《でんじゆ》を、[一八]印可迄《ゆるしまで》、此道《みち》[一九]執行《しゆぎやう》する[二〇]社《こそ》うたてけれ。後《のち》は、[二一]三百よ人の[二二]組下《くみした》、石川《いしかは》が掟《をきて》を背《そむき》、昼夜《ちうや》わかちもなく京都《きやうと》をさはがせ、程《ほど》なく搦捕《からめとら》れ、世《よ》の見せしめに[二三]七条河原《でうがはら》に引出《(ひきいだ)》され、大釜《をゝがま》に油《あぶら》を焼立《たきたて》、是に親子《をやこ》を入《(いれ)》て煎《にら》れにける。其身《そのみ》の[二四]熱《あつさ》を七歳《さい》になる子《こ》に払《はら》ひ、迚《とて》も遁《のが》れぬ今のまなるに、一子《し》を我下《わがした》に敷《しき》けるを、みし人笑《わら》へば、「[二五]不便《びん》さに最後《さいご》を急《いそ》ぐ」といへり。

「己《をのれ》、その弁《わきまへ》あらば、かくは成《なる》まじ。親《をや》に縄《なは》かけし酬《むくひ》、目前《もくぜん》の[二六]火宅《くはたく》、[二七]猶《なを》又の世《よ》は[二八]火《ひ》の車《くるま》、鬼《をに》の[二九]引肴《ひきざかな》になるべし」と、是《これ》を悪《にく》まざるはなし。

一 古代インド、マガダ国の阿闍世王。父を殺し、母を幽閉して王位についた。　二 用字未考。　三 槍持三人が槍を振りながら進む行列は、国守・大名など格式の高い者に限る。「(五右衛門ハ)国大名に学んで、昼は乗物に乗り、鑓、長刀、弓、鉄砲をかつがせ」(慶長見聞集七)。　四「ハサミバコ。中に着物を入れて蓋をし、それを一本の棒に横に通して背にかついで運ぶ箱」(日葡)。　五 大名行列などで、主人の履物を入れた籠を持って従う者。沓籠持。　六「検分」と同意。　七 用字未考。通常「手段」「方便」などと表記。　八 京都東山、方広寺の鐘。天正十四年(一五八六)豊臣秀吉の建立。座像六丈の木造の大仏を安置、慶長元年(一五九六)地震で崩壊。「方広寺。五条ノ東ニ在リ。世ニ大仏ト謂フ」(雍州府志四)。　九 六波羅。鎌倉末以降荒廃し、畑地となる。五条と七条の間あたり。　一〇 高い竹藪。「南高藪(たかやぶ)殿(との)隣」(世話焼草二)。　一一「夜盗(よたう)」。「ヨタゥ」(日葡)。是はやたうといふべきとなれども、やたうはわろしと云り」(かたこと・湯桶言葉)。　一二 神仏の加護に恵まれて生き延びている盗人。　一三 前髪付き、まだ元服前のごろつき者。「今俗に、何の所業もなく、あそびありく者を、のらものと云は」(諺草四)。「世のひとり子のみな野等(らの)になり」(俳諧ひこばえ)。　一四「俗に、勇気の勝ちたる者を大胆者と云」(諺草三)。貞享二年刊・難字訓蒙図彙三に「大胆者」の挿絵を掲げる。　一五 人品卑しからず見える者。　一六 詐欺。　一七「コノ木綿(きわた)、本朝ニ伝ハルコトハ永禄天正ノ間ナリ」(漢語大和故事五)。綿作は十七世紀初め頃から盛行。五右衛門の時代に木綿(きわた)は貴重品。「(八月)木綿取」(当流増補番匠童)。　一八 免許状。「インカ。ユルシヲダサルル」(日

旅行《りよかう》の暮《くれ》の僧《そう》にて候

「[三〇]雪こん〳〵や、丸雪《あられ》こん〳〵」と、小妻《こつま》[三一]に溜《ため》て、里《さと》の小娘《こむすめ》、嵐《あらし》の松陰《まつかげ》に集《あつま》り、[三二]脇明《わきあけ》の寒《さむ》けき事は厭《いとは》ず、夕暮《ゆふぐれ》を惜所《をしむところ》へ、[三三]熊野《くまの》参詣《さんけい》の旅僧《りよそう》、[三四]山ゝ《やま〳〵》の難所《なんじよ》を越《こへ》、漸ゝ《やう〳〵》麓《ふもと》にさがり、此童子《どうじ》の方《かた》に立《たち》より、息《いき》も絶ゝ《たへ〴〵》の声《こゑ》して、「人の住家《すみか》は、遠《とを》いか」と、足腰爰《あしこしこゝ》を立《たち》かねしを見て、皆ゝ《みな〳〵》、宿《やど》にはしりぬ。

其中《なか》に、[三五]岩根《いはね》村の勘太夫《かんだゆふ》が娘《むすめ》、小吟《こぎん》といへるは、いまだ九歳《さい》なりしに、[三六]長卿《をとな》しく、「今《いま》少し行《ゆけ》ば、我《わが》かたなり。湯《ゆ》をも進《まいら》すべし」と、御出家《ごしゆつけ》に力《ちから》を付《つけ》、道《みち》しるべして宿《やど》にかへれば、夫婦《ふうふ》立出《たちいで》、小吟《こぎん》が心ざしを思ひやり、また旅人《りよ(じん)》あはれと、萩柴折焼《はぎしばをりたき》、さま〴〵饗応《もてなし》しける。法師《ほうし》、草臥《くたびれ》をたすけられ、よろこび限《かぎ》りなく、心静《こゝろしづか》に[三七]油単包《ゆたんづゝみ》をあらため、かたにかけて、「某《それがし》、国里《くにさと》は、越前福井《ゑちぜんふくゐ》の者《もの》なるが、過《すぎ》し年《とし》二人の親に別《わか》れ、それより世《よ》をすて、かく墨染《すみぞめ》の袖《そで》に、涙はしばしも干兼《ほしかね》て、せめては[三八]死跡《なきあと》の供養《くやう》に、諸国《しよこく》を順《めぐ》りける身なれば、重《かさね》て又もや」と、手《て》を[三九]合《(あはせ)》て拝み、[四〇]夜《よ》を籠《(こめ)》て立行《(たちゆく)》跡にて、娘《むすめ》中《(まうし)》けるは、「今の[四一]坊様《ぼんさま》は、[四二]ふろ敷包《しきづゝ》みの中に、[四三]小判のかさたかく、[四四]革袋《かはぶくろ》に入《(いれ)》させ給ふを見付《(みつけ)》たり。おひとり

葡)。　一九「執行(しゆぎやう)。物事とりをこなひ、つかさどる也」(新撰用文章明鑑)。　二〇 慣用字。「社 コソ」(増補以呂波雑韻)。　二一 平家物語一・禿髪(かぶろ)、六波羅における平清盛配下の禿の人数「三百人」に因む(小西淑子)。　二二 組頭の配下の者。　二三 釜煎の刑は三条河原で行われたが、七条河原とする伝承もある(沖津白波四の二)。　二四 諺「あつ火子にはらふ」(毛吹草)、「熱き火は子にはらふ」(世話焼草)。自分の危難を遁れるためには、我が子を犠牲にするという譬え。　二五 熱さに苦しむ我が子を憐れみ、釜の底に敷いて早く死なせた。この説、浄瑠璃・石川五右衛門(松本治太夫正本)、沖津白波四の二などにも。　二六 釜煎の刑を仏教の「火宅」に擬した。仏教では三界を、燃えさかる家(火宅)に譬える。　二七 来世。　二八「火車(かしや)」。獄卒がこれに罪人を乗せて地獄に運び、責めさいなむという。名残の友一の四挿絵参照。　二九 引物(ひきもの)の肴。供応の膳に添えて出す肴。

三〇 童謡。「雪こん〳〵よ、霰こん〳〵よ、お寺の茶の木にちよつととまれ、こんよ」(春風館本・諺苑)。「雪やこんご、霰やこんご、お寺の柿の木に、ふれやたまれや、どんど」(済生堂五部雑録)。「丸雪 アラレ」(増補下学集)。

三一 着物の裾の先。霰─小褄(ツマ)(俳諧小傘)。

三二 脇を明けて縫ってある小児用の着物。

三三 熊野詣で。「熊野三山 クマノサンザン〈本宮・新宮・那智〉」(書言字考)。「熊野 クマノ〈…号シテ日本第一大霊験熊野三処権現ト曰フ〉」(増補下学集)。　三四 熊野街道山間部には難所が多かった。「難所 ナンジヨ」(書言字考)。「ナンジヨ。ワルイミチ」(日葡)。　三五 西行法師の歌「松がねの岩根の岸の夕涼み君があれなとおもほゆる哉。右、熊野へ参て、岩根と云所にて

なれば、人のしる事にもあらず、殺《ころ》して金《かね》を取給《とり》へ」と私語《さゝやき》けるに、思はざるよく心《(しん)》おこり、[一]山がたなをさして、[二]枕鑓《(まくらやり)》提《ひつさ》げ、跡《あと》を慕《したふ》て追《(おつ)》かけ行《(ゆく)》。いまだ此むすめ九歳《さい》の分《ぶん》として、かゝる事を親にすゝめけるは、悪人なり。殊更熊野《ことさらくまの》の山家《やまが》なれば、[三]干鯛《ひだい》も木《き》になる物やら、[四]傘《からかさ》も何《なに》の為《ため》になる物をもしらざる所に、[五]小判《こばん》といふ物見しりけるも不思議《ふしぎ》なり。かの出家《しゆつけ》、広野《ひろの》に枯《かれ》し[六]草分衣《くさわけごろも》の裙高《すそだか》にとりて、霜《しも》月十八日の夜《よる》の道《みち》、宵《よひ》は月もなく、推量《すいりやう》に[七]縹行《たどりゆく》に、脇道《わきみち》より人の足《あし》を怪《(あやし)》く、立《(たち)》どまりけるに、大男、鑓《(やり)》の鞘《さや》はづして飛蒐《とびかゝ》るを、これは悲《かな》しく、逃《(にげ)》さまに顧《みかへ》れば、最前情《さいぜんなさけ》にあづかりし[八]亭主《ていしゆ》なり。言葉《ことば》をかけて、「我《(われ)》、出家の身なれば、命おしきにあらず。然《(しか)》れ共《(ども)》、何《なん》の[九]意《い》趣ありて、かく害《がい》し給ふぞ。路《ろ》銀《ぎん》を取《とる》べき望《のぞみ》あらば、命《いのち》にかへておしまじ」と、小判《こばん》百両ありのまゝに抛出《なげいだ》せば、是《これ》を請取《うけとり》、「[一〇]銀《かね》が敵《かたき》となる浮世《うきよ》と思へ」と、脇腹《わきばら》をさし通《とを》せば、[一一]困《くる》しき声をあげ、「おのれ、この[一二]一念、幾《いく》程かあるべし。口おしや〳〵」と云《(いふ)》息の次第《しだい》によはり、野沢《のざは》の汀《みぎは》に倒《たをれ》しを、おさへて止《とゞめ》をさし、死骸《しがい》を浮藻《うきも》の下《した》に沈《しづ》め、窃《ひそか》に宿《やど》に帰《かへ》れど、世間にしる人もなく。

其後《のち》は、家栄《いへさかへ》て、[一三]牛も独《ひと》りして持《(もち)》、田畠《(たはた)》も求め、[一四]綿《わた》の花ざかり、米の秋《あき》、思ふまゝなる月日をかさね、小吟も[一五]十四の春《はる》になりて、[一六]桜色《さくらいろ》なる白《かほ》を作《つく》れば、山

読て、京へつかはしける」(松葉名所和歌集一・岩根岸)による。　三六 大人びた態度で。　三七 防水・防湿のため桐油を引いた紙。「休ましやれ清水流るゝ此所／西行法師油単(油単包)おろして」(俳諧大句数一)。　三八「死跡　なきあと」(早引節用集)。　三九「あはせ」か「あはし」か不明。仮に「あはせ」(下二段)と読む。「手を合(はあ)して拝み」(四六三頁)。「兄の作弥は手を合(はあ)せ」(四七六頁)。　四〇 まだ夜深いうちに。　四一 児童語として使用。　四二「名乗らせ給へ旅の御僧／風呂敷に今は何をか包むべし」(物種集)。「炬燵の上に見えし風呂敷／旅人の立行くあとを追かけて」(同上)。　四三 一両小判。銭四貫文相当。　四四 革製の巾着。

一「倭俗、麁悪ノ刀ヲ以テ恣ニ山木ヲ伐ル。是ヲ山刀ト称ス」(日次紀事・六月)。　二 枕もとに置く護身用の短い槍。　三 鯛の干物。「世界はひろし海みぬ国もあるぞかし」(西鶴自画賛)。　四 原本「傘」。「傘」の通用字。「傘　サシガサ〈手ニ持テ之ヲ傘ト謂フ也。墨傘・唐傘(カラカサ)是也。字形ヲ以テ之ヲ知ルベシト云々〉」(増補下学集)。　五「さても京より此所十五里はなかりしに、小判見知らぬ里もあるよと」(五人女三の四)。　六「枯し草」と「草分衣」と掛ける。「草分衣」は歌語。「狩人の草分衣ほしもあへず秋の嵯峨野の四方の白露。…山分衣・草分衣あり」(桂林集注)。「草わけ衣。草を分け通る心なり」(雲喰ひ・中)。　七 原本振仮名「さとりゆく」。「縹　カロクアガル」(字集便覧)。「瀃」の誤りか。「瀃行　たとりゆく」(万民調宝記・下)。「瀃　タドル」(合類節用集、反故集)。「縹行(たどりゆか)れし道は」(一代女一

里には殊更に目立《(めだち)》、是を恋忍《こひしの》ぶ人、限りなし。姿《すがた》の自慢《じまん》より男撰《(をとこえらび)》して、終《(つひ)》に夫をさだめず、身《み》を[一七]存在《ぞんざい》に持《(もち)》て、[一八]うき名の立《(たつ)》事、うたてし。様々《さま〴〵》異見《ゐけん》するに、[一九]かつて親のまゝにもならず、「此富貴《ふうき》は、[二〇]自《みづから》が智恵付《ちゑつけ》て、箇様《かやう》に成《なり》ける」と、折々《をり〳〵》大事をいひ出《(いだ)》し、子ながらもて余《あま》しける。有時《(あるとき)》、我《(われ)》と男を見立《みたて》、「あれならば」と云《いひ》ける程に、「とかくは、心まかせに」と、人頼《だの》みして[二一]橋《はし》をかけ、「世をわたる[二二]挊《(かせぎ)》に愚《(おろか)》ならぬ聟《むこ》なり」と、一しほよろこび、[二三]契約《けいやく》の酒事《(さかごと)》迄済《(すみ)》て後《のち》、この男の耳《みゝ》の根《ね》に、見ゆる程《ほど》にもなき出来物《できもの》の跡《あと》をきらひ、[二四]和哥《わか》山の姥《(うば)》のかたへ逃行《にげゆき》しを、所に置《をき》かね、[二五]屋敷方《がた》の[二六]腰本《こしもと》づかひに遣《つかは》しける。

[二七]其身いたづらなれば、[二八]奥様の手《て》前を憚《はゞ》からず、旦那《だんな》に[二九]戯《たはぶ》れを仕《し》かけて、いつとなく我物《(わがもの)》になしける。流石武士《さすがぶし》の息女《そくぢよ》なれば、「世《よ》に有《(ある)》ならひ」と、しらぬ振《ふり》し給ひて過《(すぎ)》ぬ。小吟募《こぎんつのつ》て、此恋止《こひやめ》ず、家《いへ》も乱るゝ程になれば、世上《せじやう》の取《とり》さた思《(おぼ)》し召《めし》て、此事へだてぬ夫婦《ふうふ》の中に語《かた》り給へば、旦那《だんな》、今迄の謬《あやまり》、至極《しごく》の心になりて、それより此道《みち》かたく止《やめ》させ給《たま》ふを、小吟、奥様《さま》をふかく恨《うら》み、有夜《あるよ》、[三〇]御番《ごばん》の留守《るす》を見合《あは》せ、御寝姿《(おん)ねすがた》の夢《ゆめ》の枕もとに立寄《たちより》、[三一]御守刀《(おん)まもりがたな》にして心臓《こゝろもと》をさし通《とを》しければ、[三二]おどろき給ひ、「おのれ、遁《のが》さじ」と、長刀《なぎなた》の鞘《さや》はづして、[三三]広庭《ひろには》まで追《(おつ)》かけ給へ共《(ども)》、かねて[三四]抜《ぬけ》道こしらへをき、行方《(ゆきがた)》しらずなりにき。色々《いろ〳〵》御身《(おん)み》

の一)。 八 宿の主《(あるじ)》。 九 恨み。 一〇 諺「金ガ讎《(カタキ)》ノ世ノ中」(春風館本・諺苑)。「銀《(かね)》は命の親又命の敵《(かたき)》」(譬喩尽)。「女の身の因果、此うき目にあふも、銀《(かね)》がかたきの世の中にぞ有ける」(色里三所世帯・上の二)。 一一「困 クルシム〈苦也〉」(合類節用集)。 一二 思い詰めた執念。 一三 小農は自力で牛を飼えないので、共同で飼った。小吟の家はそれだけ豊かになったのだ。 一四「木綿《(きわた)》」の合字か。木綿を採取する花盛りは旧暦八月。↓四一八頁注一七。 一五 娘盛りの年頃。旅僧を殺してから五年目。 一六 薄花桜の色のような美しい顔に化粧をすると。「桜色。薄紅《(ウスクレナヰ)》ノ色ナリ」(和漢新撰下学集)。「それ見たか年の程、十四か五にもせよ、いまだ若木のつぼみ、桜色とは是ぞ此丸額の当世顔」(俗つれ〴〵四の四)。 一七 なげやり。原本振仮名「そんざい」。 一八 悪い評判。 一九 全然。全く。否定辞と呼応して用いられる。 二〇 一人称代名詞。 二一 縁談の交渉をして。ハシカケは方言に残る。「紀州の有田郡では仲人の交渉を橋掛けといふが、信州の飯田などではオハシカケは最初に話をする人のことで、それが媒人になることもあれば、他に適当の人を選ぶこともある」(『婚姻習俗語彙』)。 二二「挊 カセグ」(反故集)。 二三 見合が済んでから行われる婚約の儀式と酒宴。結納の前段階。もはや特別の事情のない限り、破談はできない。小吟は平然とそれを破る。 二四 和歌山城下に住む叔母か伯母。 二五 武家方。 二六 武家の家に奥様の侍女として仕えること。「腰本女は、官家・大名・町人までに召使ふ物なり。されども、武家には法度きびしければ、男と通ずる事あたはず」(色道大鏡十四)。 二七 淫奔。好色。「徒

を揉《もみ》給へ共《(ども)》、深手なれば、よはらせ給ひ、「小吟めを、打《(うち)》とめよ」と、二声《こゑ》三声めよりかすかに、はや命《いのち》はなかりき。御次《(お)つぎ》にふしたる女共《(ども)》、事過《すぎ》て起《(おき)》あはせ、「是《これ》は」と歎《なげ》くに、かひなく、小吟《こぎん》が逃延《にげのび》し道筋《みちすじ》に、追《をつ》手をかけしに、女《をんな》[一]には健《けなげ》に立退《たちの(き)》し。「小吟《こぎん》が出《いづ》るまでは、[二]其親《をや》共《(ども)》籠舎《らうしや》」とありて、[三]うきめを見せける。いよ〳〵出《いで》ぬにきはまり、「霜《しも》月十八日に[四]成敗《せいばい》」と仰出《をほせいだ》されしに、此者《もの》あづかりし役人《やくにん》、不便《ふびん》におもひ、「子ゆへに、かくはなりゆくなり。臨終《りんじう》を覚悟《かくご》して、

女(いたづら女)。…以為(おもはく)らしき尻目づかひ、立居咳ばらひの声ざし、目の内、言葉の外れ、立居の身振りにいたるまで、こと〴〵く人に気を持たすしかけ、触らば落ちんとの有様見えすいてあり」(人倫糸屑)。 二八 武家の夫人に対する敬称。 二九 小吟の方から仕掛けたところが「いたづら」女たる所以。 三〇 旦那様お城に御宿直。
三一 護身用の刀。 三二 あっと目を覚まされ。
三三 主屋に面した広い庭。 三四 二十四孝の大舜が、彼に井戸を掘らせ、その中に埋め殺そうとする継母の謀計から遁れるため、かねて抜穴を掘って置き、脱出したという故事(二十四章孝行録抄など)に拠る。抜穴―舜の堀井(類船集)。

一 女ながら勇敢に。「健」は原本「建」。誤刻であろう。「健 健気 けなげ」(節用集大全)。
二 両親は入牢。「籠舎 らうしや」(節用集大全)。「ろうしや。籠舎。罪科人の入」(類字仮名遣)。
三 憂き目。
四 斬罪。主殺し犯の同姓の一族は死罪という縁座制に基づく。
五 満七年目ならば、あの時九歳だった小吟は当年十六歳。七回忌に当たる年ならば十五歳。
六 霜月十八日。
七 因果応報、こうなって当たり前。
八 悪人は悪人にしても。

挿絵解説 松明・箱提灯をかざして右往左往する追手。次の句を絵にしたような状景。
十六歳は品物にこそ
振袖や今宵はじめて人殺し

又の世《よ》を願《ねが》へ」と、夜《よ》もすがら酒《さけ》をすゝめけるに、此親仁《をやじ》め、機嫌《きげん》よく、更《さら》になげくけしきなし。「外《ほか》にも、科《とが》ありて命をとらるゝ者《もの》、我悪《わがあく》はいはで歎《なげ》きしに、汝《なんぢ》は、子《こ》のかはりに、かゝるうき事に」といへば、此者、出家を殺《ころ》せし因《ゐん》果《ぐは》の程《ほど》をかたりて、「[五]七年目《ねんめ》にめぐり、[六]月も日もあすに当《あた》れり。[七]此筈《はづ》」と思ひさだめ、観念《くはんねん》したる有様《ありさま》、[八]悪《あく》は悪《あく》人にして、今《いま》此心ざしを、皆ゝ《みな〱》あはれに感《かん》じける。

木戸番そこで出合や出合へ
（大矢数千八百韻十）

画面右側、本文の記述は、小吟が奥方の「夢の枕もとに立寄、御守刀」で刺す、気丈な奥方は「長刀の鞘はづして」小吟を追い、力尽きて果てる。しかし、画面は違う。奥方が針仕事をしている所を襲われたような描き方である。長刀も見えない。画面左、小吟の手にある刀も「御守刀」にしては少し長過ぎる。或いはこの絵の語る通りが西鶴の初案だったのだろうか。

本朝孝子伝・今世部七、幼少の「神田五郎作」は、罪に陥ちて拷問を受ける老父の身代わりになりたいと官に懇願し、親の命を救った。小吟はその逆、彼女の代わりに捕えられた老父を見殺しにした。前者の孝、後者の不孝、好一対の対照である。

「諸国見聞」の一例に、西鶴は本章を紀伊国の事件とした。「紀伊」の付合語には「蜜柑」と「熊野」（類船集）がある。類船集「蜜柑」の項の付合語にも「紀の国」。注記に「陸績が橘をふところにせしも蜜柑とこそなけれ、猶みかんの事也」。「橘」の俗称「蜜柑」については、新刊多識編（寛永八年刊）、訓蒙図彙（寛文六年刊）、和漢事始（元禄十年刊）等々を参照。二十四孝の「陸績懐橘」、幼少六歳の陸績が母の土産にと密かに懐中した「橘」の実も、日本では類船集の注記同様、「蜜柑ノ事ゾ」（貞享元年刊・父母恩重経鼓吹五末）と解されていた。陸績の蜜柑。蜜柑の紀州。紀州の熊野。親に強盗殺人をそそのかした天性の悪人、恐るべき幼女小吟。対して、天性の孝心より発した二十四孝・陸績のいじらしい「蜜柑」盗み。本朝孝子伝の「神田五郎作」及び二十四孝の「陸績懐橘」を抜きにして本章を把握することはできない。

迚《とて》も遁《のが》れぬ道をいそがせ、首打《くびうつ》ての明《あけ》の日《ひ》、親《をや》の様子《やうす》を聞《きゝ》て、隠《かく》れし身をあらはし出《(いで)》けるを、其まゝ是《これ》[一]もうたれける。「[二]何国《いづく》までか、一度《ど》はさがさるゝ身をかくしぬ。おのれ出《いづ》れば、子細《(し)さい》なく[三]たすかる親を。是、ためしもなき女なり」と、[四]憎《にくま》ざるはなかりけり。

人はしれぬ国《くに》の土仏《つちぼとけ》

[五]御経《をんきやう》にも、「命《いのち》は水《すい》上の泡のごとし」と有《(あり)》。浪《なみ》は風のたゝせ、人は友《とも》の噪《さはが》しぬ。

伊勢《いせ》の国《くに》、[六]鳥羽《とば》といふ大湊《みなと》に、出崎《さき》の藤内《とう(ない)》とて、貧家《ひんか》に[七]煙《けぶり》をたて、蜑《あま》の手業《わざ》の釣針《つりばり》の鍛冶《かぢ》住《すみ》しが、藤助と名付《(なづけ)》て、一人の子を持《もつ》。老《(おい)》の立《たち》ゐの[八]手祐《たすかり》、[九]鉱《あらかね》の槌《つち》をうたせ、かゝる浮世習《うきよならひ》にて、[一〇]親は憐《あはれ》み、子は孝を[一一]竭《つくす》を道なり。此浦辺《うらべ》に、近年の[一二]出来《でき》分限《(ぶ)げん》、神部《かんべ》屋といへる人、仕合《しあ(はせ)》丸とて[一三]大船《(たい)せん》を作《つく》りて、[一四]大廻《まは》しの江戸《(え)ど》商《あきなひ》、此舟の[一五]上乗《(うは)のり》に、若《わか》き者の抱《かゝ》へられしに、藤助《とうすけ》、家職《かしよく》を捨《すて》て是を望《のぞみ》しを、二人の親《をや》深《ふか》く歎《なげ》き、「身過《(みすぎ)》は様ゝ《(さまざま)》なり。万里の[一六]海上《かい(しやう)》を行《ゆく》事、ひとつの命《いのち》を[一七]二つ物がけ。ぜひに思ひとゞまれ」と、大かたならず旅《たび》の名残《ごり》を惜《をし》み、死別《しにわか》るゝが

一 主殺しは最高の重罪。二日晒、一日引廻、鋸引の上、磔と決まっていたが、ここは和歌山藩の仕置か。　二 慣用字。　三 彼には旅僧殺しの重罪がある。いずれにせよ死罪は免れなかったろう。　四 前章の結語「是を悪(にくま)ざるはなし」と同じ形。西鶴にしては変化の妙が無い。　五 涅槃経に「一切衆生の寿命の定まらざること、水上の泡の如し」(三十・師子吼菩薩品)。「命は水上の泡、風に随って経めぐるが如し」(謡曲・歌占)。「水上」はスイシヤウ(日葡、書札調法記)、スイジヤウ(書言字考)両形。　六 志摩の国に属する鳥羽を伊勢の国と書いたのは一般的慣用。「伊勢の鳥羽より飛脚到来」(俳諧大句数十)。「神風や伊勢の鳥羽といふ所より」(世間子息気質四の三)。「伊勢の鳥羽より遠州の大山へ、七里」(日本分形図)。　七 煙(ケブリ)―賤が住家・あまの住家(類船集)。　八 助かりのために。「祐タスク」(倭玉篇、字集便覧)。「手」は添え字。　九 「アラカネ。鉱山から掘り出される粗鉱で、まだ精錬しない金属」(日葡)。「鉱 アラカネ」(四声伊呂波韻大成)。ここでは、釣針に打つ生鉄の意。「鉱の土」を「槌」に掛ける。「あらかね。土と云枕言葉也」(至宝抄)。　一〇 儒教の模範的な親子の在り方。「六順(リクジユン)。君ハ義アリ、臣ハ行ヒ、父ハ子ヲ慈ミ、子ハ親ニ孝ヲ尽シ、兄ハ弟ヲ愛シ、弟ハ兄ヲ敬フ」(和漢新撰下学集)。憐(アハレミ)―親と子の中(類船集)。　一一 「竭 ツクス〈尽也〉」(増補以呂波雑韻)。
一二 俄か成金。→四四七頁注四〇。
一三 所謂「千石船」。船名の仕合丸は懐硯二の二にも所見。　一四 大坂から江戸へ酒・米等々の物資を搬送した遠距離の海運。本多利明の河道(寛政十二年)に「殊更志州鳥羽の泊にも船持の豪富有て、渡海の運送を以て家業とせり。兵庫

如《ごと》く、涙[一八]は、めの前の海共《(とも)》なりぬ。此有様《(ありさま)》をかまはず、「東路《(あづまち)》見るためなれば、此たび計《ばかり》」と出《(いで)》て行《(ゆく)》。其跡《あと》は、風の夕暮《ぐれ》、雨《あめ》の朝《あした》を物案じして、諸神に大願《(たい)ぐはん》、諸仏《ぶつ》に歩《あゆ(み)》を運《はこ》び、後世《ご(せ)》を忘《わす》れて現世《げん(ぜ)》[一九]を祈《いの》り、我子のぶじ願《ねが》ひしに、明《あく》る年の春《はる》の風、舟は異《こと》[二〇]なく湊《みなと》に着《つき》て、二度《(ふたたび)》皃《(かほ)》を見し事、悦《(よろこび)》の酒《さけ》の上に、様々《(さまざま)》の誓言《せいごん》[二一]にて、「親《をや》たる人の心を背《そむ》くなれば、重《(かさね)》ては思ひよらぬ舟の上」と、言葉《ことば》にて安堵《あんど》させしが、心底《(しんてい)》には、中々《(なかなか)》思ひとゞまる事にあらず。

欲《よく》は人の常《つね》なり、恋《こひ》は人の外《ほか》なり。最前《さいぜん》下《(くだ)》りし時、伊豆《づ》の下田[二二]に舟《(ふな)》がゝりせしに、其笘《とま》[二三]の屋の女に仮初《かりそめ》の誓《ちかひ》して、古郷《ふるさと》の住《すま》ゐを捨《すて》、をの〳〵に暇乞《いとまごひ》なしに、出船《せん》有《(ある)》を幸《さいはい》に乗《のり》行《(ゆく)》。折節《ふし》は、中[二四]の秋空《あきそら》おそろしく、雲《くも》の村立《(むらだち)》けるが、日和《より》見も定《さだめ》なく、此舟沖《をき》に出《(いづ)》ると、寅《(とら)》の刻《(こく)》より大風吹暮《ふきくれ》、九日流《ながさ》れ、月の光《ひかり》に昼《ちう》夜《や》の差《わかち》を漸々《やう〳〵》に覚え、夢《ゆめ》心になつて行程《ゆくほど》に、浅瀬《あさせ》に舟底《ぞこ》さはると思ふ時、皆々魂《たましゐ》を取直《(とりなほ)》し、目を開《ひらき》てみしに、国里《(くにさと)》の草《くさ》の形《かた》ちは有《(あり)》て、芦《あし》の枯《かれ》はの芭蕉《ばせう》のごとく成《(なる)》中に、二《(に)》角《かく》後《うしろ》へ生《をへ》る獣《けだもの》、是ぞ水牛《すいぎう》[二五]ならめ。其外《ほか》、人形《がた》有《(あり)》て羽《はね》の有《(ある)》物、声《こゑ》はさながら犬にして壱丈《でう》余《あまり》耳《みゝ》の長き物、ひとつもめ[二六]なれず、物冷《すご》く、ちかづくに身をちゞめける。山も里も見る事絶《たへ》て、船《せん》中卅二人、男泣《なき》にして暮《くれ》ぬ。米《こめ》はあれ共《(ども)》、水をきらし、咽《のんど》[二七]かはけば、伊[二八]丹《たみ》・鴻《かう》之池《いけ》の四[二九]斗入《(いり)》を汲《くみ》[三〇]かはし、此

及大坂より江戸へ運送すべき荷物あれば、無事着を請合、高運送賃を取て運送する也。世人是を名付て鳥羽の請合船と云なり」とある。

一五 積荷の番人として船に乗り込む者。

一六 「カイシャウ」(日葡)。

一七 二つのうちの一方に賭けること。危険この上もない冒険をいう。「忍び返しよ二つものがけ」(阿蘭陀丸二番船)。

一八 涙―海(類船集)。「泪の海に舟がわれるか」(大坂談林桜千句)。

一九 ゲンゼと濁る(日葡、和英語林集成)。

二〇 無事に。「無異 ブヰ」(書言字考)。順風ならば船は一気に鳥羽へ帆走する。「伊豆の下田を朝山巻けば、晩にや志州領の鳥羽浦へ」(『俚謡集』三重県三重郡・船歌)。

二一 「誓言などは一世に一度の大事の折ならでは立てざる物なり」(かたこと一)。藤助の誓言は酒の上の放言。

二二 海上交通の要地。廻船は往路帰路必ず寄港し、下田奉行の司る番所で「廻船改め」(積み荷・船足極印の点検・切手の発行等)を受けた。

二三 港の遊女としばしの契りを交わして再会を誓い。「伊豆の下田に長居はおよし、縞の財布が空になる」(『俚謡集拾遺』静岡県・雑謡)。「笘」は「苫」と通用。「蓬・笘 トマ」(運歩色葉集)。

二四 八月の空。二月と共に航海には最も危険な月。「二八月に思ふ子舟に乗するな」(毛吹草二)。「二八月荒れ右衛門」(春風館本・諺苑)。

二五 訓蒙図彙十二の挿絵参照。

二六 目慣れず。

二七 →四〇八頁注一。

二八 「伊丹酒。(河辺郡)伊丹村の市店に造り、神埼の駅に送り、諸国の津に出す。香味甚美にして、深く酒を好む人之を味ふ」(摂陽群談十六)。「鴻池酒。同郡鴻池村に造之。香味の宜しきこと他に勝たり」(同)。

二九 四斗樽。江戸へ搬送のため積み込んであった。樽―大廻シ舟(俳諧小傘)。

三〇 原本「扱」。

中《(なか)》にても酔《ゑひ》にうきを忘《わす》れ、鹿《しか》[一]の巻《まき》筆の小哥唄《うたへ》ば、観音経読《くはんをんぎやうよむ》[二]も有《(あり)》。六字《じ》[三]南無右衛門節《ぶし》の浄るりを語《かた》るも有《(あり)》。下戸《(げこ)》は荷《に》物明《あけ》て、旅硯《たびすゞり》に露《つゆ》をそゝぎ、願《ぐはん》[四]状を書《(かき)》ぬ。又は、一歩《(いちぶ)》小判を取出《(とりいだ)》し、「四五年に折角延《せつかくのば》[五]しけるかひなし」と、算用《さんよう》してゐるも有《(あり)》。今果《はつ》べきもしらぬ命《いのち》のうちに、「足《あし》がさはつた」と口論《こうろん》をする機嫌《きげん》[六]も有《(あり)》。来《らい》年の正月の事を云《(いふ)》もあり。人[七]の心は様ゝ《(さまざま)》にかはれど、此舟爰《こゝ》をさらぬ難儀《なんぎ》、思日出《(おもひいだ)》[八]せば、惣泣《そうなき》に、哀《あは》れはとふ人もなく、伏《ふし》しづみぬ。猶《(なほ)》立《たつ》波荒《あら》く、

一 鹿の巻筆を題材にした当時流行の小歌の一つであろう。「昔は爰も遊女ありて、淡路に通ふ鹿の巻筆とうたひしが」(一代男五)。 二 法華経・第二十五品普門品の称。風難・水難など諸難を救う功徳があると信じられていた。 三 近世初期京都で活躍した浄瑠璃の女太夫。 四 神仏に奉納する祈願の文書。例えば「敬白所願の事」と書き始め、「仍て願状件の如し」で結び、年月日・署名を付す。 五 一生懸命貯めて増やした甲斐もない。 六 機嫌の悪い者。 七 類似の描写が桜陰比事三の一に見える。 八 「思ひ」の慣用字。 九 「鯉 ナマグサシ」(書言字考、増補以呂波雑韻)。 一〇 濁点、原本のまま。 一一 宴曲・海辺の一節、「伊勢の海の清き渚の、玉敷く浜辺に拾ふ貝」の応用。 一二 シャニンと読む(日葡、節用集大全等)。神官。宮人。伊勢神宮のお告げであろう。 一三 彼だけが神の言葉を聞き入れなかったので一人逃げ遅れた。この筋立、観音経の一節「風難の文(もん)」から着想。同経の注釈に「外国ニ百余人有テ獅子国ト云フ国ヨリ海ニ泛ベテ日本国ノ南ニ向フ。忽チ悪風ニ放サレテ鬼国ニ吹落サル。鬼即チ悉ク人ヲ食ントス。一船ノ人々恐怖シテ皆観音ノ名号ヲ唱フ。中ニ一人ノ沙門アリ。観音ヲ信ゼズシテ名号ヲ唱ヘズ。鬼カノ一人ノ沙門ヲ求ム。其時、沙門アハテテ唱フル事ヲ学ベバ又マヌカルル事ヲ得タルトナリ」(寛文元年刊・観音経抄一)。 一四 伊勢神宮に因んでいう。神風―内外の宮(類船集)。 一五 「大淀浦 ヲホヨドノウラ〈勢州度会郡、又云、多気郡〉」(書言字考)。

挿絵解説 本朝孝子伝・今世部十七「鍛匠孫次郎」が本章「釣針の鍛冶」藤助に変身する。孫次

九鯹《なまぐさ》き風吹《ふき》て、また此舟を散《ちら》し、遥《はるか》なる磯辺《いそべ》に着《つき》て、岩組《いはぐみ》にあがれば、清き流《なが》れの幾《いく》筋かありて、是を結《むす》びあげ、舟にもたくば一〇へをして、命を繋《つなぎ》ぬ。心静《しづか》に詠《なが》めければ、諸木五色《しき》の枝を垂《たれ》、一一玉敷光《たましくひか》りに驚《をどろ》き、我も〳〵と拾《ひろ》ひしに、ふしぎや老《おい》たる一二社人《しや(にん)》顕《あら》はれ、「ひとつも取《とる》事おろかなれ。やれ、舟に乗《のれ》」と有難《がた》き教《をしへ》に任《まか》せけるに、一三藤《とう》助ばかり聞入《きゝ(いれ)》ず、玉拾《たまひろ》ふうちに、どつと吹《ふき》くるは、一四是神《これかみ》風ならん、波路《なみぢ》心にまかせ、子細《(し)さい》なく伊勢《いせ》の一五大淀《よど》の浜《はま》に戻《もど》りて、藤介《とうすけ》が身のうへ

郎は「窮匱殊甚」しく「体ニハ常ニ全衣無ケレドモ而モ供奉ハ頗ル厚」い孝行息子であった。一方二十四孝には「親の為に裸になりて蚊にくらはれしは呉孟也」(類船集・裸)の孝子呉孟がいる。

夏夜無ニ帷帳一　蚊多不ニ敢揮一
恣ニ渠膏血飽一　免レ使レ入ニ親闈一

…いつも夜もすがら裸になり、我身を蚊にくはせ、親のかたへ蚊の行かぬやうにして仕へたるとなり。(新板二十四孝)

「膏血とはあぶらづきたる身のししむらや、血の事也」(天和二年刊・首書二十四孝)。二十不孝の藤助は、「見なれぬ唐人」から「人油」を絞られた。「鍛治」(本朝孝子伝)・「裸」(同上、二十四孝)・「膏血」(二十四孝)。藤助はこの三項目を一身に充足している。人油絞られる件りの素材を得た宇治拾遺物語は万治二年(一六五九)板行、西鶴は本書を愛読していた(→四七五頁挿絵解説)。

藤助一行の難船漂流譚は、貞享元年(一六八四)八月、伊勢国度会郡の十二人が江戸航海の帰途、荒天下を漂流三十二日、翌二年アマカワの沖の島に漂着、六月長崎に帰国、七月帰郷という当時話題の事件を、いちはやく取り入れて書いたものとされる(井上敏幸、前田金五郎)。

挿絵の船は描き方が簡略に過ぎるが、菱垣廻船ではなく、酒荷搬送の樽廻船と見る。「伊丹・鴻之池の四斗入りを汲みかはし云々」も樽廻船だからこそで、刎荷(はねに)の残り物であろう。

船には肝心の帆柱がない。入港出港時に使われるだけの櫓・櫂を操っているのも異常である。船の全長の九割に及ぶ高い帆柱、それに当たる風力は優に船を転覆させるに足りた。嵐に遭遇した時は、帆を下ろし、積荷を刎ね、最後は帆柱を切って捨て、漂流に運を任せるしかなかった。

かたりければ、夫婦の人こがれ泣《なき》、五歳《とせ》あまり待詫《まちわび》、二人共《(とも)》にはかなくなりぬ。

彼藤介《かのとうすけ》は、嶋《(しま)》に残《のこ》され有《あり》しを、見[一]なれぬ唐人《たうじん》あまた来り、取囲《(とり)かこみ》て連帰《つれかへ》り、銕《てつ》門《もん》の緊《きびし》き人家《(ひとや)》[二]に入《(いれ)》て、銅《(あかがね)》の柱《はしら》に貫《(ぬき)》[三]とをせし中程《ほど》に、逆倒《さかさま》[四]に釣揚《つりあげ》、手足《あし》の筋《すぢ》をとりて、人油《(じんゆ)》[五]を絞《しぼ》られしは、生《しやう》[六]をかへずに地獄《ごく》の責《せめ》にあひぬ。よはれば薬《くすり》を与《あた》へて、生《いけ》つ殺《ころ》しつ、日数《かず》ふる内に、日本より渡唐《ととう》[七]の僧《そう》、四百余州《よしう》[八]を順《めぐり》て此所《ところ》にきたり、暫《しばし》彳亍《たゝずみ》[九]、此有様《ありさま》を見給ふに、藤助《とうすけ》むかしの形《かたち》は、眼《め》ばかり動《うご》きて、右《みぎ》の小指《(こ)ゆび》[一〇]をくひきり、左《ひだり》のたもとに心の程《ほど》を書《かき》て見せける。「自《みづから》は、生国勢州鳥《しやうこくせいしうと》[一一]羽《ば》の湊《みなと》、藤介《とうすけ》と云《いふ》ものなり。おもはざる難風《なんぷう》に逢《あひ》て爰《こゝ》に流《なが》され、かゝるうき事に身を責《せめ》らるゝは悲《かな》し。此所《ところ》は纐纈城《かうけつじやう》[一二]とて、懼《をそろし》き国《くに》なれば、命《いのち》をとられ給《たま》ふな」と書付《かきつけ》て見せしにおどろき、爰《こゝ》を立《たち》のき、執行《しゆぎやう》[一三]の後《のち》、帰朝《きてう》し給ひ、此里《さと》に来《きた》りて、此物がたりあそばしける。

聞人《きく》涙《なみだ》にくれて、「此藤助《とうすけ》が身《み》の難儀《なんぎ》は、皆《みな》、親《をや》[一四]の言葉《ことば》を背《そむ》きし罰《ばち》ならん」とおもひやりぬ。

親子《をやこ》五人仍書置《よつてかきおき》如《ごとし》レ件《くだんの》

一 以下、宇治拾遺物語十三の十「慈覚大師纐纈城に入り行く事」を典拠とする(山口剛)。 二 「ひとや」と読み、牢獄の意に解する。 三 柱と柱との間を渡し貫く横木。 四 「逆倒 さかさま」(蘭例節用集)。 五 宇治拾遺では血を絞られる。此所が「纐纈城」である以上、人油より血の方が正確である。 六 死なないまま、この現世で。生きながら。 七 唐に渡った僧。宇治拾遺の慈覚大師に当たる。 八 中国全土の総称。 九 当時はタタズム・タダズム、両形併存。但し、ここの振仮名のようなタダスムの形もあったか。 一〇 遣唐使軽大臣は彼地で毒を飲まされて唖となり、灯台鬼にされてしまった。その子、弼宰相が渡唐して父と邂逅、灯台鬼は「涙を流しつつ、指端を食切りて、その血を以て、「我は是日本花洛客…」」と書き連ねた(源平盛衰記十・有王渡硫黄島事)。西鶴はこの説話に拠って、藤助に小指を食い切らせ、血書させたのだろう。 一一 宇治拾遺は、「木のきれをもちて…土に書く」。 一二 「シャウコク」(日葡、和英語林集成)。 一三 宇治拾遺に、「これは纐纈城なり。これへ来たる人には、まづ物言はぬ薬を食はせて、次に肥ゆる薬を食はす。さてその後、高き所に釣り下げて、所々をさし切りて、血をあやして、その血にて纐纈を染めて売り侍るなり」。「纐纈」は絞り染め。 一三 「修行」の意。 一四 「親の言葉を背く」こと、即ち親不孝である。「父母在マストキハ遠ク遊バズ」(論語)が孝行の要件であるのに、藤助は「親の言葉を背き」、「万里の海上」へ出て、再び帰らなかった。これに過ぎる親不孝はない。「孝行は夜の目もろくに寝(ね)ばこそ／博奕は打てど遠く遊ばず」(阿蘭陀丸二番船)。罰—不孝(類船集)。 一五 無常の煙、即ち、火葬の煙。富士—煙(世話人はみな[一五]煙《けぶり》の種《たね》、[一六]ふじの山、はげしき[一七]風病《かぜやまひ》はやりて、[一八]難義《なんぎ》を[一九]駿河《するが》の町《まち》に、医《くす》師《し》隙《ひま》なく、[二〇]旦那寺《だんなでら》の門《もん》を敲《たゝ》き、[二一]無常《むじやう》はいつをさだめがたし。折《をり》ふしの寒空《さむぞら》にも、[二二]経帷子《きやうかたびら》ひとへを、浮世《うきよ》の旅衣《たびごろも》。

爰《こゝ》に、[二三]呉服町《ごふくまち》二丁目《め》に、虎屋《とらや》善左衛門《ぜんざへもん》とて、分《ぶ》限《げん》[二四]国中《こくちう》に沙汰《さた》し、棟高《むねたか》き家有《いへあり》。[二五]年栄《としさかへ》ん時より、法躰《ほつたい》しての[二六]十徳《(じつ)とく》、名《な》を善入《ぜんにう》とよばれて、何《なに》の役《やく》なし坊《ばう》となりぬ。惣領《そうれう》を善《ぜん》右衛《ゑ》門《もん》、是《これ》に[二七]家督《かとく》を渡《わた》し、[二八]二男善助《なんぜんすけ》には殿方《とのがた》の商《あきなひ》、三男善吉《ぜんきち》に町屋《まちや》、善《ぜん》八に寺方《てらがた》と、それ〴〵に商売《しやうばい》の道筋《みちすじ》をつけ、いづれも[二九]若盛《わかざかり》にして器用《きよう》に勝《すぐ》れ、[三〇]笛《ふへ》・鼓《つゞみ》・太鼓《たいこ》をならべて、朝暮《てうぼ》、[三一]座敷能《ざしきのう》を、善入《ぜんにう》[三二]太夫《たいふ》をし給へば、四人の子共《(こども)》[三三]囃方《はやしかた》を勤《つと》め、手代《てだい》あまたあれば、[三四]ワキ・[三五]ツレ・[三六]地謡《うたい》迄《まで》家《か》内《ない》にて仕舞《しまひ》、歓楽《くはんらく》ならびなく、いつ年《とし》のよるべき物共《もの(とも)》しらぬみの、夕暮《ゆふぐれ》より風心《かざごゝろ》と、少《すこ》しの事《こと》の覚《さめ》がたく、色〻《いろ〳〵》医術《いじゆつ》を尽《つく》す。[三七]験気《げんき》もなく、次第《しだい》よはりの枕《まくら》に、四人の子、御機嫌《きげん》の程《ほど》を窺《うかゞ》ひけるは、又もなく[三八]美〻《びゝ》敷《しく》、人は病家《びやうか》を他人《たにん》に見せけるは、悲《かな》しき物《もの》なり。かゝる時節《じせつ》には、妻子《さいし》ならでは頼《たの》みなし。

善入《ぜんにう》、浮世《うきよ》の限《かぎ》りと思ひ定《さだ》め、[三九]書置状《かきをきじやう》を残《のこ》さんと、四人の子共《(こども)》ちかく寄《よせ》、通《かよ》ひ口《ぐち》の戸《と》をしめて、「我《われ》、此度絶命《たびぜつめい》なれば、申置事外《(まうし)をくことほか》になし。兄善右衛門《あにぜんゑもん》を[四〇]親《をや》にして、我《われ》に随《したが》ひしごとく、何《なに》によらず少《すこ》しも背《そむ》く事なかれ。扨《さて》、世間《せけん》を思ひ

焼草、便船集、類船集)。無常―煙(同上)。
一六 富士山。「三国無双の美山也」(一目玉鉾二)。
一七 はやり風邪。「はげしき風」から「風病」へと掛言葉で続く。
一八 「難儀」に同じ。「難義 なんぎ」(書札調法記)。「する」から「駿河」に掛かる。
一九 現、静岡市。「府中(ふちう)」。町の右の方に御城有。館つづきて山々に寺社多し」(一目玉鉾二)。
二〇 その家が代々帰依している寺。菩提寺。「又俗家より菩提寺を旦那寺と云」(守貞漫稿三)。
二一 死。
二二 死者の衣装。白衣に経文などを書き付けたもの。
二三 家康の駿府城修築以来の町並。地子免除。一丁目から六丁目まであった。
二四 「コクチュウ」(日葡)と清む。
二五 まだこれからという壮年時代に剃髪して楽隠居(四六四頁注一二)の身となり。
二六 俗人の剃髪者が着た羽織状の着物。
二七 商家では、家屋敷・家産・屋号など。
二八 二男は武家担当、三男は町家担当、四男は寺の担当と仕事を分担させた。
二九 凡そ二十歳前後から三十歳くらいまでを指す。「少壮 ワカザカリ」(邇言便蒙抄)。
三〇 「笛・小鼓・大鼓・太鼓、是を四拍子(しびやうし)といふなり」(頭書訓蒙図彙二十一)。
三一 座敷で催す能。町人の演能は「僭上」の沙汰である。呉服町の虎屋が特権的上層商人であったことを示す。
三二 能のシテ、即ち、主役。「太夫 たいう〈してともいふ〉」(頭書訓蒙図彙二十一)。「タユゥ」(日葡)。
三三 「四拍子」を演奏する役。
三四 シテの相手役。
三五 シテ・ワキに随伴する助演の役。
三六 シテ・ワキなどの謡わない部分の謡曲を斉唱する役。舞台では右脇の地謡座に座して謡う。
三七 病気の直る徴候。
三八 華やかで。「美々敷 びゞしく〈花麗の義〉」(和漢通用集)。
三九 遺言状。
四〇 兄親(あにおや)にして。「弟は兄を親の如く敬ふべし」(松のさかへ三)。

まはすに、[一]見分《けんぶん》よりない物《もの》は金銀《きんぐ》なり。此家久敷栄《いへひさしくさかへ》て、外《ほか》よりの思はくには、五万《まん》両も有《（ある）》べきやうに見ゆべし。汝等《なんぢら》、先《さき》として頼《たの》もしく思ふべけれど、人には聞《きか》せぬ事、さりとは各別《かくべつ》の内証《ないしやう》なり。[二]内蔵《うちぐら》の[三]鑰渡《かぎわた》すなれば、諸道具《しよだうぐ》改《あらた》むべし。[四]我名跡《わがみやうせき》をつがせぬれば、此[五]屋敷《やしき》、[六]万事《ばんじ》を此まゝ、善《ぜん》右衛《ゑ》門《もん》にとらすなり。有銀《ありぎん》は、甲乙《かうをつ》なしに、四《よ》つにわけて譲《ゆづ》るなり。爰《こゝ》に、[七]秘蜜《ひみつ》の内談有《ないだんあり》。[八]手前《てまへ》よろしき人には、大分《だいぶん》の金銀《きんぐ》をもあづけ、縁組《えんぐみ》の為《ため》にもなり、[九]彼是勝手《かれこれかつて》のよきおほし。それによつて、我分別《われふんべつ》して、世《よ》の聞《きこ》え計《ばかり》に、ない金子《きんす》を書置《かきをき》する事ぞ。必《かなら》ず心にて済《すま》すべし。漸《やう》ゝ小判《こばん》弐千両ならでは、[一〇]浅間《せんげん》を誓文《せいもん》にて、外《ほか》になし。是を八千両《りやう》にして、「壱《いち》人に弐千両づゝ」と書置《かきをく》なり。無用《むよう》の[一一]潜上《せんしやう》なれ共《（ども）》、人間《にんげん》は[一二]外聞《ぐはいぶん》」と申されければ、いづれも、御《（おん）》心ざしに泪《なみだ》を流《なが》し、「たとへ御《（おん）》譲《ゆづり》なきとても、願《ねが》ひ申《（まうす）》にあらず。[一三]自然《しぜん》御死去《しきよ》あそばす共《（とも）》、[一四]あに親《をや》の事なれば、随分《ずいぶん》御心に随《したが》ひ、世《よ》わたりを精《せい》に入《（いれ）》、するゞ繁昌《はんじやう》になし申《（まうす）》べし」と、言葉《ことば》を揃《そろ》へて申《（まうし）》ければ、善入《ぜんにう》うれ敷《しく》、「今は思ひ残《のこ》す事もなし」とて、此通《とを》りに[一五]遺言状《ゆいげんじやう》を認《した》ゝめ、それより四五日過《すぎ》て、極《きはま》る往生《わうじやう》を各《をの》ゝ悲《かなし》み、野辺《のべ》の送《をく》り、花《はな》をふらし、[一六]死光《しにびかり》と[一七]や、挑燈《てうちん》[一八]道《みち》をかゝやかし、葬礼迄《そうれいまで》を人うらやみける。[一九]地獄《ぢごく》・極楽《ごくらく》の道《みち》も銭《ぜに》ぞかし。四十九日迄《まで》の[二〇]吊《とふら》ひ、諸僧《しよそう》の経《きやう》の声絶《こゑたへ》ず、人皆《みな》、是《これ》を殊勝《しゆしやう》に思ひしに。


一 見かけ。　二 →三九二頁注二。　三「鑰 やく〈かぎ〉」(訓蒙図彙四)。　四「家名」と「跡式」。家督。　五 家屋を含めた敷地全部。「倭俗、宅地ヲ屋敷ト曰フ」(雍州府志八)。　六 虎屋善入は、物領に不動産を単独相続させ、動産を兄弟四人に等分に分割相続させたい意向。　七「秘密」の通用字。「三鳥の秘蜜の内かほととぎす」(万治二年刊・伊勢俳諧新発句帳・夏)。「秘蜜 ひみつ」(寛延三年刊・懐宝節用集)。　八 手元の豊かな者には。　九 好都合なことが多い。

一〇 浅間神社の名に誓って。延喜元年(九〇一)富士山麓の本宮を勧請して、府中(静岡市)賤機山の南に鎮座。祭神は木花咲耶《（このはなさくや）》姫。「(二月二十日)浅間祭」(毛吹草二)は府中総町の祭礼として賑わった。

一一「僭上」の宛字。分不相応な奢り。字面通り、「潜（ひそか）にかくして上のまねするを云」(世話用文章・中)と解する一説もあった。

一二「体面 グハイブン」(雑字類編)。

一三「シゼン。もし。ひょっとして」(日葡)。

一四 兄親。父同然に従うべき長兄。

一五「遺言《（ゆいげん）》の状」(新可笑記四の四)。「遺言 ユイゲン」(増補下学集)。

一六「葬りの結構なるを死びかりといへり」(類船集)。「死光りやらしやつた」(譬喩尽)。「借着して来る婿もありけり／明日よまた誰が身の上の死光り」(俳諧せみの小川)。「あやかりたいと思ふ事なり／九十まで生仏殿死光り」(へらず口)。

一七「提燈 テウチン〈…挑燈〈俗此字ヲ用ルハ謬乎〉」(書言字考)。

一八 葬送は夜に入ってから行われた。「かゝやかし」は「カガヤカシ」と濁らない。

一九 諺「地獄の沙汰も銭がする」(世話焼草二)。

二〇「人のいたみを弔ふを、とぶらふといふは宜

二男善助《じなんぜんすけ》、二一七日もたゝぬうちより悪心起《あくしんをこ》り、香花《かうはな》をもとらず、二二十露盤枕《そろばんまくら》にして思案《しあん》をめぐらし、善吉《ぜんきち》・善《ぜん》八をまねき、「此程《ほど》つく〴〵おもふに、いかにしても、此家《いへ》に弐千両ばかりの有金《ありきん》、世上《せじやう》にも誠《まこと》にせぬ事なり。是は、善《ぜん》右衛《ゑ》門《もん》、親仁《をやじ》を二三詐《たら》し、かくは書置《(かきおき)》をさせける。八千両金子《きんす》あるに極《きは》まりし事なり。其上、大分《だいぶん》の道具《だうぐ》をとるなれば、是非《ぜひ》、書置《かきをき》の通《とを》り金子《きんす》請《うけ》とれ」と申《(まうし)》出《いだ》せば、欲《よく》に目《め》の見えぬ若者《わかもの》、二四すゝみて、「二五段ゝ《だん〳〵》親仁《をやじ》しかた悪《わる》し」「兄貟《あにがほ》をして善《ぜん》右衛門にくし」「書置《かきをき》を証拠《しやうこ》に此金子《きんす》請《うけ》とれ」と、跡先《あとさき》かまはず、二六談合《だんかう》しめ、此通《とを》り申せば、善《ぜん》右衛門駭《をどろ》き、「二七其方《そのはう》二八皆ゝ《みな〳〵》相対《あいたい》にて、親仁《をやじ》世《よ》にまします時、二九よく〳〵合点《がつてん》して、今更加《いまさらか》様《やう》に申《(まうす)》は、いかなる事ぞ。人に聞《きか》すな、心もとなし」といへば、三人顔色《がんしよく》かへて、「何《なに》か隠《かく》す事には非《あら》ず。親《をや》の三〇遺言《ゆいごん》の通《とを》りに、金子《(きんす)》渡し給へ」と、三一詮《せん》義におよばず、せめ付《(つけ)》られ、善右衛門身にしては、扨《さて》も悲しく、「親の辱《はぢ》を顕《あらは》し、又三二断《ことは》り申せば、家《いへ》の三三滅法《ぼう》。色ゝ異《い》見《けん》させても、中《(なか)》〳〵聞《きゝ》入《(いる)》る気《き》色もなし。三四証文の立《(たつ)》世上なれば、是非《ぜひ》もなき三五仕合《(しあはせ)》なり。よしなき外聞《ぐはいぶん》をおぼしめしての三六跡識《あとしき》、忽《たちま》ち難《なん》儀となり、我《(われ)》壱人の迷惑《めいわく》。三七おのれらも三八了簡《れうけん》の上にて、此首尾に済《すま》し、いつわりなき某《(それがし)》を疑《うたがふ》事、天命《めい》遁《のが》るべきか。是を思ふに、大方ならぬ因果《ゐんぐは》なり。世に三九ながらへて嬉《うれ》しからず」と思ひ究《きは》め、「親の名を下《(くだ)》す事、後《のち》

しからじと云り。とむらふといふやうにいふべし。仮名にはとふらふと書くなり」(かたこと二)。

二一 遺言状は一七日、四十九日、百ケ日の忌日が過ぎてから、証人立会の下に開封される。善左衛門の場合は多分、四十九日過ぎに行われたと思われる。「百日過て、諸役人親類立会、遺言の状箱、封を切り、内見せしむるに」(新可笑記四の四)。

二二 「十露盤 ソロバン〈算盤也〉」(合類節用集)。

二三 あざむきだまして。「欺ヲタラストモヨム也。世話ニ、童ヲスカスト云、タラス義也」(見聞愚案記十二)。

二四 勢いこんで。　二五 一つ一つどれも。

二六 相談して取り決め。「倭俗、相共ニ事ヲ謀ルヲ談合ト謂フ」(雍州府志八)。ダンガウと濁らない(日葡)。

二七 二人称代名詞。あなた。丁寧で、広く行われる(ロドリゲス・日本大文典)。

二八 当事者同士が直接話し合い。

二九 十分納得して。

三〇 「遺言 ユイゴン〈臨終之言〉」(合類節用集)。

三一 「もろ〳〵あつまりて事を選びはかるを僉義《(センギ)》と云。…又、詮議の字をも用べし」(諺草七)。　三二 お上に訴えて出れば。

三三 →四一五頁注一一。

三四 証文が物を言う世の中。

三五 めぐり合わせ。

三六 遺産相続。

三七 接尾語「ら」は、相手に対する軽蔑の気持が「ども」よりも遥かに強い。

三八 「了簡 れうけん〈思案する也〉」(和漢通用集)。

三九 「ながらへ。長久。存命」(類字仮名遣)。

の世迄《まで》の不孝《かう》なり。命惜《をし》からじ」と、夜更《ふけ》て宿忍《やどしの》び出《(いで)》、親達《たち》の墓《はか》に参り、此段《だん》[一]〳〵を歎《なげ》き、卵塔《らんたう》[二]の水艇《ぶね》[三]に腰《こし》をかけ、四十二[四]の十一月五日の明《(あけ)》がたに、腹掻割《はらかききさい》て、夢《ゆめ》とはなりぬ。野寺《でら》[五]の坊主《ばうず》、訃音来《つげきた》[六]りて、又もや、愁《うれへ》に沈《しづ》みぬ。中にも善右衛門妻《つま》の歎《なげ》き、理《ことは》りせめて哀《あはれ》にこそ。三人の弟共《をとゝ(ども)》、他《た》の人の白《(かほ)》して、「死《しに》[七]たはけ」と申《(まうし)》なし、乱気《らんき》[八]のさたになりて済《(すみ)》ぬ。

其後《(そののち)》、三人の者《もの》、蔵《くら》の鎰請取《かぎうけ(とり)》、吟味《ぎんみ》をするに、小判弐千両の外《ほか》になし。此行《ゆき》

一 一々の次第を悲しみ訴え。 二「卵塔 らんたう〈はか也〉」(和漢通用集)。「らんたう。卵塔。鳥の卵のなりに切たる石塔なり」(類字仮名遣)。 三 水を入れる石槽。「ミヅブネ」(日葡)。 四 厄年である。「(厄トハ)七歳・十六歳・二十五歳・三十四歳・四十二歳・五十二歳・六十一歳なり」(年中重宝記四の三)。 五 野中の寺。「ノデラ」(日葡)。 六 漢語「訃音」は「訃告」と同意、死んだという知らせ。ここは「(死ノ)告げ」の意で用いた。「訃 ツグル〈告喪也〉」(増補以呂波雑韻)。 七 死ぬ必要もないのに死ぬ馬鹿。 八 気違いだという結論になって終わった。 九 金貨銀貨を収納する錠前つきの戸棚。 一〇 俤《(おもかげ)》—夢(類船集)。 一一「女房 にうばう」(書札調法記二)。 一二「正々 マザ〳〵」(反故集)。「正ゝ《(まざまざ)》と語れば」(四五四頁)。「まざ〳〵としたる夢の告げ」(色の染衣三)。 一三 亡父四十二歳の子が今二歳であることに注目すべきである。 一四 原本「姥《(うば)》か」。 一五 添い寝して乳を飲ませること。 一六「留め刺し」の意。「留目螫 とゞめをさす〈親のかたき也〉」(和漢通用集)。 一七 心臓を刺し貫いて死んだ。「消え」「露」「霜」「はかなき」は縁語。

挿絵解説 天和二年(一六八二)三月、駿河国富士郡今泉村の農民、五郎右衛門は将軍綱吉からその至孝を旌表された(徳川実紀)。二年後、この五郎右衛門は本朝孝子伝(今世部二「今泉村孝子」)に名を連ねる。同書に対抗意識を燃やす西鶴は、駿河からも悪人を出して見せるべく本章を作した。彼が話の骨子を二十四孝の三田兄弟(田真・田広・田慶)から採って、得意の逆転を行った手

方《がた》の詮《せん》義止《やむ》事なく、其夜は、三人ながら、蔵《くら》なる[9]金戸棚《(かねと)だな》の前《まへ》に臥《ふし》ける。夜《や》半に、善右衛門[10]俤《をもかげ》を顕《あら》はし、わが[11]女房《にうばう》に、心を残さずまざ[12]〳〵と語《かた》りければ、夢《ゆめ》のうちにも胸《むね》をさだめ、目覚《さめ》て猶《なを》一念《ねん》やめず、枕《まくら》にかけし長刀《(なぎ)なた》取《(とり)》のべ、蔵《くら》にかけ入《(いり)》、善助・善吉・善八を漏《もら》さず切《きり》すへ、[13]二歳《さい》になりし男子《なんし》を、[14]姥《うば》が[15]添乳《そへぢ》をせし懐《ふところ》より取出《(とりいだ)》し、自害《じがい》せられし善右衛門脇《わき》ざしを持添《もちそへ》させ、「目前《もくぜん》に、親の敵《かたき》打《(うつ)》ぞ」と、三人共《(とも)》に[16]とゞめさし、此事姥《うば》にかたり置《(おき)》、其身も[17]心さしとをし、

口は既に判明している(徳田進・井上敏幸)。

此三人は兄弟也。親におくれて後、親の財宝を三つにわけて取れるが、庭前に紫荊樹とて、枝葉栄へ、花も咲き乱れたる木一本あり。是をも三つにわけて取るべしとて、夜もすがら三人詮議しけるが、夜すでに明けゝれば、木を伐らむとて、木下へいたりければ、昨日まで栄へたる木が俄に枯れたり。田真是を見て、草木心ありて、伐りわかたんと言へるを聞きて枯れたり。まことに人として是をわきまへざるべしやとて、わかたずして置きたれば、また再びもとのごとく栄へたると也。
(新板二十四孝)

河内屋可正旧記に曰く、「兄弟は他人の始と昔より言ひ慣はせり。浅間敷ことばなるべし。親の有時は一本の樹の枝をつらねたるが如し。親死すると否や、跡式を論じ、出入りに取結び、仲を違ひ、様々悪口を吐き出して、五倫の次第を乱す事、国々所々に多し」。それほど国々所々に多い典型的一例が、駿河の虎屋兄弟だったと言うのだ。「親の死たる跡にて、兄弟不和に成たる者共、家の栄ると云事不可有。大形は子孫亡べし」(可正旧記)。虎屋の場合、子孫滅亡の因として、西鶴は、もう一つ「四十二歳の二つ子」を加えた。その結果、話が「因果物語」の色彩を濃くしてしまったことは否めない。

挿絵に関しては、「(母親)二歳になりし男子を、姥が添乳をせし懐より取出し、自害せられし善右衛門脇ざしを持添させ」、三人の留めを刺させたと本文に記しながら、画の方では、乳母が遺児に脇指《(わきざし)》を持たせて介添えしている所、就中奇怪である。本文の「姥が」の「が」、連体助詞の「が」を、絵師が「懐より取出し」の主格と誤解して、このような画を描いたか。

消《きへ》ける。露の世の朝《あした》の霜、これ程はかなき事はなし。

子細聞《(きき)》つたへて、弟《をとゞ》一三人の大悪《(たい)あく》二をにくみ、兄《あに》の心底《てい》おしはかりて、見ぬ人迄《(まで)》も袖を滴《した》三しける。其跡《あと》は、二つ子《(ご)》四の善《ぜん》太郎にしらせけるとなり。家栄《さか》へ、家滅《いへほろ》ぶるも、皆これ、人の孝《かう》と不孝とにありける。

本朝二十不孝二終

一 原本振仮名「をとゞ」。「をとゝ」の誤りか。四七七頁には「おとゝ」とある。
二 ダイアクと濁らない。「タイアク」(日葡)。
三 滴らせの意か。或いは、ヒタシの訛か。「涙を袖にしたしける」(四七六頁)。「掛乞、宵よりの事ども段〻見て、袖をしたし」(四八四頁)。
四 男親が厄年四十二の時、二歳である子。「四十二の二つ子」と言って忌まれた。「四十二のふたつ子。世俗、男の四十二歳を厄といふ。四十二を略すれば、四二なり。是、死(し)に通ずといひ、四十二歳にて二歳の子あれば、父子の年を合せて四十四、略すれば四々なり。これ死に通ずといひて、子を捨つるものあり」(本朝俚諺七)。「四十二の二歳子(ふたつご)は親に祟る」(譬喩尽)。「四十二の二つ子は一家一門に祟るとの諺」(子孫大黒柱六の一)。

絵入

本朝二十不孝

三

本朝二十不孝 目録　巻三

一「十三四より十六七なる娘盛を」(御入部伽羅女二の八)。　二 曝(サラ)ス—恥・葛の粉(類船集)。▽花の名所として「桜」。名物の「吉野葛」。文字は「上ゝ」「吉野葛」。
三 真っ先に金を賭けた愚かな男。「先斗」はポルトガル語 Ponto の宛字。「ポントに張る」という形で、前後の分別もなく真っ先に金を賭ける意のカルタ用語となった。原本の振仮名「ぼんと」。「思ひかね扨もつれなき丸裸/ぽんとに張つて露よ涙よ」(西鶴評点湖水等三吟百韻断簡)。「うつけものを『をいてきた』と下々の世話なり」(しぶ団返答)。　四「堺津 サカヒノツ〈又云、泉南。泉州大鳥郡。蓋シ泉州ト摂州トノ界ナルヲ以テ爾云〉」(書言字考)。
五 堺には金利で暮らす「仕舞うた屋」が多かった。「しまふた屋よい取置(とりおき)の堺衆」(二葉集)。「すつきりと仕舞うた(キレイサッパリ片付イテシマッタ)」の意を掛ける。
▽南蛮渡来の遊戯で博奕の具として玩ばれた「ウンスン賀留多」は、十二枚ずつ四種の札から成る。裏面は黒。上図の紋標は、左上から右回りに、オウル(貨幣)の九、コップ(酒盃)の二、オウルの七、ハウ(棍棒)の五と三、オウルの二。裏の黒い札はイス(剣)かも知れない。
六 呑む—蛇(類船集)。　七「宇都宮。日光山の御成道有。…此所の町並都の風俗に少しも変らず。男女ともにしとやかなり。東に稀なる大所、物の自由も爰也。名物の縮布出る」(一目玉鉾一)。　八 漆を商う商売。「はな(離)れぬ」は「漆」の縁語。漆は接着性が強い。
▽竜蛇と漆桶。
九 主人公の台詞「当社へ御案内申ます」による。
一〇 次第に枯れて行くさま。「藤」の縁語。
▽旅館の食器。左から、食膳・燗鍋・盃・酒台子

娘盛《むすめざかり》の散桜《ちりざくら》

大和国吉野《やまとのくによしの》の里《さと》に、[一一]内裏雛《だいりびな》を立《(たて)》て、娘友達《むすめともだち》あつまり、[一二]弥生《やよひ》の節句《せつく》遊《あそ》び。[一三]菱《ひし》の餅《もち》、[一四]桃《もゝ》の酒《さけ》をおくれば、[一五]かへす袂《たもと》の色はへて、人は育《そだち》にて形《かたち》の見よげなるぞかし。

爰《(ここ)》に住《すみ》なれて、曝葛屋《さらしくづ》の彦《ひこ》六といへる人有《(あり)》。家栄《いへさか(え)》て、何事に不足《ふそく》もなし。[一六]雑書《ざつしよ》の通《とを》り、[一七]娘《むすめ》の子《こ》計《ばかり》五人、[一八]いづれも生れ付《(つき)》てうつくしみ、女《をんな》は仕合《しあはせ》の種《たね》なり。[一九]惣領《そうれう》お春といへるを、其里のよろしき方《(かた)》へもらはれ、縁組《えんぐみ》の間《ま》もなく懐胎《くはいたい》の身となれば、日《ひ》を算《かぞへ》、月を繰《くり》、[二〇]産《むま》れぬ先《さき》[二一]乳嫗《ちうば》を定《さだ》め、鶴亀《つるかめ》のつきし小袖《こそで》を拵《こしら》へ、夜更《よふけ》て松吹風《まつふくかぜ》の戸《と》に音信《をとづる》るをも、「其事か」と、母《はゝ》の親《をや》、目もあはず気遣《きづか》ひせしに、悲《かな》しや、腹痛《はらいたみ》て身を悩《なや》み、五七日も憂目《うきめ》を見せし。常ゝ《つねぐ〻》[二二]子安《こやす》の地蔵《ちぞう》に祈《いの》り、[二三]腹帯《はらをび》の明神に宿願《しゆくぐはん》かけしかひもなく、惜《をし》や命《いのち》、十六の、[二四]卯月《(うづき)》ひとへの明《あけ》がたに、[二五]無常鳥《むじやう(どり)》の鳴出《なき(いだ)》し、親兄弟《をやきやうだい》にふかく歎《なげ》かせ、[二六]猶袖《なをそで》の雨降《あめふり》つゞき、五月《さつき》の[二七]比迄思《ころまでをも(ひ)》日に沈《しづ》みしを、「世には独《ひと》りの子をうしなふも有《(ある)》に、いまだ数《(かず)》ある事なれば、愁《うれ》へをはらせ」と、道理《だうり》をよく考《かんが》へし人にいさめられて、思ひ流《なが》する

(ん《とき》)・飯匕・飯櫃。

一一 「内裏雛とて、家毎に禁裏の体を模し、天子皇后の形容を並べ尊ぶは」(年中故事五)。内裏―雛・吉野の奥(類船集)。 一二 三月三日の雛の節句。 一三 菱形に切った蓬の草餅。 一四 桃の花を浸した酒。病を除き、顔色を潤すという。 一五 返礼を「返す」と、袂を「反す」の掛言葉。 一六 暦日・方角・相性などの吉凶を記した占いの書。「三世相」の類。 一七 例えば正保五年(一六四八)刊「まんねんこよみ・大ざつしよ」の「男女相性之事」には、「一、男金女水。大によし。子五人ふつきにして命ながし。心田畠おほし。よく〳〵氏神をまつりて吉。心のまゝ也」などとある。 一八 「美目(みめ)は果報の基」(毛吹草)であるとされた。「うつくしみ」は美しさの意。 一九 ここは長女の意で使用。 二〇 諺「むまれぬさきのむつきさだめ」(毛吹草)をもじる。 二一 生後、二、三日間、母親の代りに乳を与える乳母(ばう)。乳付(けちっ)親。生まれた子が男子の場合は女子の母親、女子の場合は男子の母親に依頼した。 二二 安産を授ける地蔵。 二三 これも安産の神。妊婦が腹帯を掛けて祈った。「倭俗、妊娠五箇月ニ至テ必帯ヲ著ケ腰ヲ結フ。児ヲシテ成大ナラシメザランガ為也」(雍州府志四)。 二四 四月一日。「ひとへ」は「ひとひ」の転。ホトトギスは立夏の日から鳴くと言う。「四月立夏、土用過ぐるとひとしく、ほとゝぎす山にも里にも鳴き渡る」(百姓伝記一)。 二五 ホトトギスの異名。「此鳥ハ無常ヲス丶ムルト云リ」(毘沙門堂本・古今集注)。「脈のあがる手を合してよ無常鳥」(独吟一日千句一)。 二六 →三九一頁注一七。 二七 「思ひ」の慣用字。

[一]吉野《よしの》川《がは》、泡《うたかた》の消《きゆ》るならひと、それが事を忘《わす》れ、其次《つぎ》の娘《むすめ》お夏《なつ》、程《ほど》なく十六になりて、然《しか》も、[二]風俗姉《ふうぞくあね》に見まさりて、彼是《かれ(これ)》こがるゝ中《(なか)》に、此所の[三]庄屋《しやう》を捌《(さば)》き、聟《むこ》にしてもくるしからぬ方《(かた)》へ契約《けいやく》して、諸道具《しよだうぐ》拵《こしら》へしが、「当《たう》年は十六、姉《あね》が事思へば、[四]吉凶《きつけう》あしき」とて、其としを延《のべ》て、十七の正月に、[五]祝言取《しうげんとり》いそぎけるに、是も懐妊《くはいにん》して、月をかさね、姉がごとく[六]持籠《もちごもり》にして果《はて》ける。「いかなる因《ゐん》果《ぐは》ぞ」と、二親《をや》是《これ》を悔《くや》む事かぎりなく、野べのおくりせし時、さる人のさし出《いで》ていへり。「かくある死人《しにん》は、[七]左鎌《ひだりがま》をうたせ、[八]其身二つになさでは浮《うか》む事なく、後《のち》の世《よ》[九]覚束《をぼつか》なし」といふにぞ、猶《なを》かなしく、[一〇]沐浴《もくよく》、其通《そのとを》りに[一一]念仏講中《ねんぶつかう(ぢう)》を頼《たの》みける。女の身程、はかなきはなかりき。

され共《(ども)》、世《せ》上に住《(すむ)》ならひとて、次第《しだい》に跡《あと》を忘《わす》れて、又、三ばんめの娘《むすめ》お秋《あき》といひしも、はや十五歳《さい》になりぬ。とりわき奇麗《きれい》なる形《かたち》、心ざしも[一二]やさかたに、情《なさけ》ふかし。近所《きんじよ》の人ゝ[一三]取持《(とりもち)》て、「よしある人の子どもに美男《びなん》なるを、[一四]入縁《(いり)え》にとらせ、思ひはらしに」といはれけるに、何事をも打《うち》まかせて、其男子《なんし》を養《やしな》ひ、程なく[一五]家督《かとく》を譲《ゆづ》り、夫婦《ふうふ》一度《ど》に[一六]法躰《ほつたい》して、[一七]「世の楽《らく》と云《いふ》事今ぞ」と嬉《うれ》しく、尊《たつと》き寺《てら》へ参下向《(まゐり)げかう》の道に暮《くらし》ける。明《あく》れば入聟孝《(いり)むこかう》をつくし、[一八]遠《とを》き海魚《うみうを》をかゝる山家《が》に調《とゝの》へ、せはしき事はよ所《そ》の吹《ふく》風に聞《きゝ》なし、雪《ゆき》にも焼火《たきび》して[一九]冬《ふゆ》なき国《くに》の守《かみ》をも

一 本流は大台原を水源とし、西北に流れて北支源の小川と合流し、西へ上市・下市・五条などを経て和歌山県に入り、さらに西流、和歌山市で紀伊水道に注ぐ。長さ一三六キロメートル。古来有名な歌枕。
二 「風俗とは、たちふるまひの事なり」(女重宝記一)。 三 「倭俗、一村邑豪ヲ庄屋ト称ス。此人毎(ねつ)ニ下民ヲ令シ、秋米収納之事ヲ掌ル」(日次紀事・三月)。 四 縁起が悪い。
五 「倭俗、婚姻ヲ祝言ト謂フ」(雍州府志六)。
六 胎内に子を宿したままで死亡した。
七 左手に持った鎌を打ち込ませ。
八 臨月近い妊婦が死んだ場合、鎌で開腹、胎児を取り出して葬る古習。「孕みてむなしくなりたる者はいとゞ罪深く候へば、いそぎ掘り起し、腹のうちなる人を取り出し、よく〳〵菩提をとひてたび候へ」(高野物語)。
九 「おぼつかなし 無覚束」(類字仮名遣)。「無覚束 おぼつかなし」(和漢通用集)。
一〇 死者の体を洗い清めること。湯灌(ゆかん)。
一一 念仏講の仲間。「念仏講中沐浴の露」(西鶴五百韻)。→三九二頁注一八。
一二 やさしく、しとやかなこと。
一三 中に立って斡旋して。「執持(とりもち・とりもつ)。物の挨拶をなし、媒(なかだち)をし、又は他人のなす事を主(ぬし)と同じくはたらくをもいふ也。然るを執持(とりもち)と書くは俗字也」(新撰用文章明鑑)。
一四 入り婿。 一五 家業・土地・家産など一切。
一六 頭を剃って。
一七 「楽隠居」(四六四頁注一二)の気楽さとは今の事だと。 一八 →四四〇頁挿絵解説。
一九 「冬無き国」と「国の守」の掛言葉。冬を寒さ知らずに過ごさせ、分不相応と咎めるかも知れない「国の守」をも恐れることなく。

恐《をそ》れず、此上に願《ねが》ひもなかりしに、いつの比《ころ》よりか、[二〇]お秋《あき》青梅《あをむめ》をすけるにぞ、度〻《たび〳〵》懲《こり》てうたてく、諸神《しよじん》に祈誓《きせい》をかけ、「[二一]平産《へいさん》は身の養生《やうじやう》、是を大事」と、ことになれたる[二二]祖母《ばゞ》を雇《やと》ひ、[二三]腹帯《はらをび》のしめ加減《げん》、[二四]庭《には》ばたらきに身をこなし、腰《こし》をすこしもひやさず、[二五]目通《どを》りより高《たか》く手をあげさせず、寝姿《ねすがた》も足《あし》を伸《のば》さず、かしらは[二六]関枕《せきまくら》にてとゞめ、身をかたむるに残る所なく、[二七]喰物《くいもの》をもあらため、産《うみ》月を待《まち》けるに、是も、五躰《たい》をもだへ、十日計《ばかり》もうき事にあひて、眠《ねぶ》るごとくに息絶《いきたへ》、さりとては外聞《ぐはいぶん》もよろしからず、不便《ふびん》は外《ほか》になりて、死骸《しがい》にかさなり夫婦自害《ふうふじがい》と見《(みえ)》しを、おの〳〵取付《(とりつき)》、色〻言葉《ことば》を尽《つく》し、至極《しごく》の異見《いけん》を聞《きか》せ、思ひとどまりて後《のち》、三十五日もたつを待兼《まちかね》、「四ばんめの娘《むすめ》お冬《ふゆ》を、すぐに[二八]娵《めあはせ》し給へ」といへば、ふたりの親《をや》、「万《ばん》事は、人〴〵の御料簡《れうけん》はもれじ」と、「何とぞ、我〻《われ〳〵》にはきかせ給はず共《(とも)》、此首尾《しゆび》頼《たの》む」と、先立《(さきだち)》し三人の娘《むすめ》のため、仏《ほとけ》をたつとみ、僧を供養《くやう》し、着《き》なれし小[二九]袖《そで》の皆〻脇《わき》さへふさがざりしを、[三〇]幡《はた》天蓋《がい》に縫《ぬは》せ、「かゝる歎《なげ》きの、またも有《(ある)》べきか」と、泪《なみだ》は袖行水《そでゆくみづ》に、[三一]経木《きやうぎ》を書《かい》て[三二]流《なが》れ灌頂《くはんでう》を立《たて》、親《をや》の身の子を吊《とぶら》ふは、[三三]逆《さかさま》川に沈《しづみ》て死《し》なれぬ命《いのち》のつらく、[三四]お冬に縁組《えんぐみ》の事、をの〳〵いひも果《はて》ぬに、声《こゑ》をあげて泣出《なき(いだ)》し、泪片《なみだかた》手に[三五]挟箱《はさみばこ》の蓋《ふた》を明《あけ》て、麻《あさ》の衣《ころも》の墨染《すみぞめ》、[三六]浄土珠数《じやうどじゆず》を取出《(とりいだ)》し、「[三七]自《みづから》が縁《えん》は、仏様《ほとけさま》にむすぶ心ざしなり。此たびの

二〇 妊娠したことをいう。
二一 安産。　二二 「取り上げ婆」の略称。「祖母」は「婆」の宛字。　二三 「日本の女性は出産まで帯をきわめてきつく締める。帯と肉体との間に手を入れることができない位である」(ルイス=フロイス・日欧文化比較二)。
二四 台所の土間仕事の類。
二五 目の高さ。　二六 未詳。固定した枕か。
二七 嫁娶重宝記二に「産前懐胎きんもつ」「懐胎に食してくるしからざる物」を列挙。　二八 「娵(あめはせ)し給へ」は原本のまま。「し」は衍字か。
二九 三人ともまだ振袖の「脇」さえ塞がないでいたのを。　三〇 「幡」と「天蓋」。法会の時などに立てる「仏幡(ぶっばん)」と、仏像・棺などを覆う絹傘、即ち「宝蓋(ほうかい)」。訓蒙図彙、和漢三才図会等にその図が載る。「哀れや、物好きの小袖も、旦那寺の幡・天蓋となり、無常の風にひるがへし」(五人女三の五)。　三一 供養の経文を書く細長い薄板。　三二 妊産婦が死亡した場合、道端の小川またはその辺りに四本の竹もしくは板塔婆を立て、それに一尺四方ほどの布を張って、道行く人に柄杓で水をかけてもらう供養。「産で死んだら血の池地獄、あげておくれよ水施餓鬼」(『産育習俗語彙』)。「流灌頂　ながれくわんぢやう」(節用集大全)。
三三 逆縁の譬え。「水ハサカサマニ流レヌ」(春風館本・諺苑)もの、親が子を弔うこともあってはならぬこと。
三四 原本「お秋」に誤る。
三五 女用訓蒙図彙に「女器物(をんなのうつはもの)」として挿絵がある。　三六 浄土宗で用いる環(わ)数珠。三十六珠の環三つが環違いになっている。
三七 私。自称の代名詞。

愁《うれへ》のなきうちから、夢幻《ゆめまぼろし》と思ひさだめし世中《よのなか》、姉さまたちの跡《あと》をもとふべしと願《ねが》ひしに、一此宿《やど》を出兼《でかね》、又もやうき二めを見し。三乱《みだ》れ心の黒髪《くろかみ》有《ある》故《ゆへ》」と、手づから切《きる》を、やう〳〵にとゞめ、「さもあれば、親《をや》の不孝《かう》の第一なり」と、四親類《しんるい》あつまり、殊《こと》には、五下市《しもいち》の里に住《すま》れし姨《をば》たる人を呼《よび》よせ、さま〴〵に云《いひ》なだめ、「せめては三日成共《なりとも》、男《をとこ》と云《いふ》ものにあひ馴《なれ》、其後《そのゝち》は、出家《しゆつけ》になり共《とも》心まかせ」と、泪《なみだ》にくれて、魂《たましゐ》の入《いり》かはる六迄教訓《までけうくん》して、おし付合点《つけがつてん》させ、七祝義《しうぎ》の事済《すみ》て、

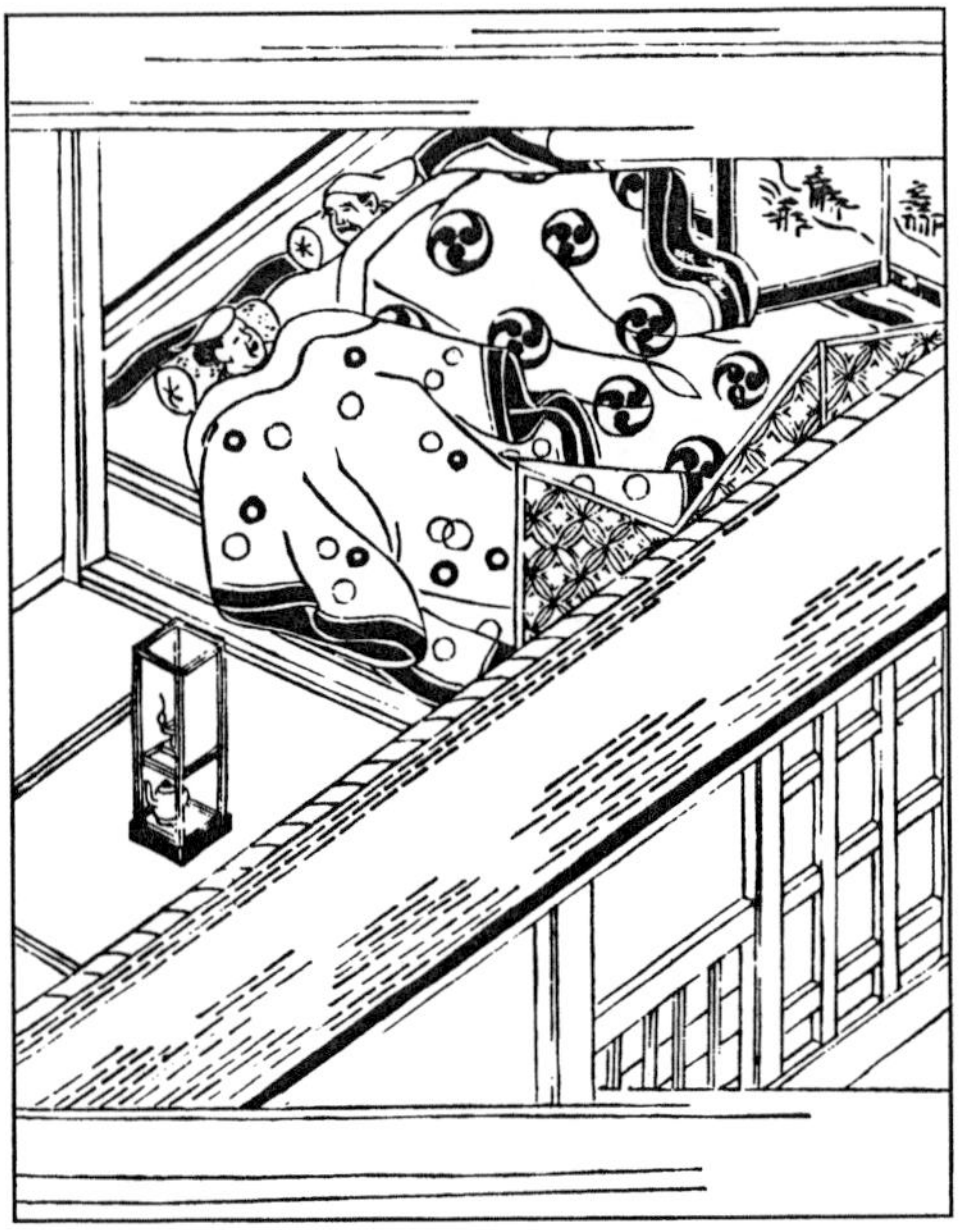

一 家。 二 憂き目。辛い目を見ることになりました。 三 乱(ミダル)―髪・心(類船集)。 四 近世では配偶者、直系家族、傍系家族では伯父母から甥・姪・従兄弟従姉妹、直系卑族(子孫)の配偶者などの総称。 五 現吉野郡下市町。当時、郡下随一の商都だった。「山家(やまが)なれども下市や都、大阪商人(あきんど)の津でござる」(『大和下市史』米搗歌)。 六 忠告・訓戒して。 七 「祝儀」と通用。「祝義 しうぎ」(早引節用集)。 八 何の異常もなく、喜んでいたところが。 九 月水。 一〇 前世。→四一五頁注二八。 一一 ほんとうにつくづく嫌だ。 一二 「いよ〳〵。いよゝトモ。弥・愈」(類字仮名遣)。 一三 期間を限らず長く続ける精進。原本振仮名「じやうじやうしん」。「常精進(じやうじやうじん)」(置土産一の三)。 一四 絶え間なく念仏を唱えて。 一五 主屋。「母屋(モヤ)。本宅(ホンタク)の事也。俗におもやといふ也。…又、本屋・身屋とも書也」(邇言便蒙抄)。 一六 昔とはすっかり変わり、荒れ果てて。 一七 野良犬の寝場所。「野犬(のべこ)」の語、傍証を得ない。 一八 「出るとも入るとも月を思はねば心にかかる山の端もなし」(風雅集・釈教・夢窓国師)。類船集「出入」の項にも載る。

挿絵解説 第五女、乙女夫婦が夜陰にまぎれて両親の隠居所に忍び入り、「少しの貯物」を盗んで行く場面。男は葛籠(つゞら)を担いでいる。本文には両親の寝ている上に「畳」を乗せ、苦しんでいる間に盗みを働いたとあるけれども、画面の両親は睡眠中で、「畳」は乗っていない。

西鶴は四人の姉を「お春」「お夏」「お秋」「お冬」と四季の名を付けた。その下敷きは二十四孝の

いつとなく契《ちぎ》りふかく、四年あまりも過行《すぎゆけ》ば、[八]子細《しさい》なく、よろこびしに、又月[九]とまりて、産月《うみづき》にたらず、是《これ》も空敷《むなしく》なりぬ。

「四人迄《までをな》同じ最後《さいご》なりしは、世《よ》に例《ためし》なき事。[一〇]先生《ぜんじやう》に、いか成悪縁《なるあくえん》を結《むす》び、親《をや》となり子《こ》となり、今の難義《なんぎ》にあふ。[一一]扨《さて》もうるさし」と、[一二]弥《いよいよ》菩提心《ぼだいしん》を起《をこ》し、常[一三]《じやう》精進《じやうじん》の身《み》と成《なり》、[一四]称名《せうみやう》の暇《いとま》なく、香花《かうはな》を摘《つみ》て、四人が跡《あと》を吊《とぶら》ひ、片陰《かたかげ》に取籠《とりこもり》ければ、[一五]表屋《おもや》は[一六]昔《むかし》とあれて、[一七]野犬《のべぬ》のふしどと成《〔と〕なり》ぬ。発心《ほつしん》の身と成《なり》ても、[一八]心にかゝる

黄香だったと見られる。
　冬温レ衾煖
　夏天扇レ枕涼　（二十四孝・黄香）
「冬月ノ寒キニハ父ノ衾ヲ温メテ父ヲ暖カナラシメ、夏日ノ熱キニハ枕ヲ扇イデ涼ウシ、四時ニシタガッテ、親ノ行住ヤスカラン事ヲセリ」（二十四章孝行録抄）と注され、「黄香は四季に分けて孝行せり」（謡曲・箱崎物狂）と謡われた二十四孝の「黄香」説話である。

乙女が父母の寝ている上に畳を置いたという残酷さも、黄香の孝心と表裏一体を成す。

三番目の「お秋」の婿が、「遠き海魚をかゝる山家に調へ」たという記事は、本朝孝子伝・今世部十五、肥後国天草郡「大矢野孝子」、三男喜左衛門の妻が、山を下りて海浜に黒鯛を釣り、病床の老父を喜ばせたという記事、及びその挿絵の印象を無視できない。加えて、西鶴が喜左衛門夫妻の孝誠を強く意識していた決定的な証拠は、夫妻が山中に「葛」を掘って老親に供した行為であろう。

「葛」と「吉野」は俳諧の付合語（類船集）。西鶴は「葛」から「吉野」「吉野葛」へ、そして「吉野の葛屋」へと、例の如く付合の連鎖を操りながら、肥後の孝子説話を吉野の不孝子伝に改作したのだ。

末娘の名「乙女」も謡曲・吉野天人の五節の舞姫に因む。「（五節の）舞姫、五人なり」（案内者六）。

　軽い出立の乙女の姿
　咲く花の吉野おろしてはし局　（物種集）
また、顔氏家訓等に「盗不レ過二五女之門一」という俗諺が見える。娘五人の家に、しかも当の五番娘が盗みに入ったとする趣向、或いはこれに拠るところあるか（立川美彦）。

山《やま》の端《は》は、乙女《をとめ》と云《いひ》て五人めの娘《むすめ》、今は十五になりぬ。是も縁付比《えんづきごろ》をうたてく、乙女《をとめ》に出家《しゆつけ》を勧《すゝめ》、「最前《さいぜん》、お冬《ふゆ》が心から願《ねが》ひの道《みち》をとゞめて、よしなき男《をとこ》をもたせ、帰らぬ事を悔《くやみ》ぬ。思へば〳〵、現《うつゝ》の間《ま》なり。そなたは、髪《かみ》をおろし、姉《あね》共《ども》が命日《めいにち》を問《とひ》なば、未来《みらい》もあしからじ」とすゝめしに、以《もつて》の外《ほか》の心入《こころいれ》、「たま〳〵人間《げん》に生《しやう》を受《うけ》て、男と云物《いふもの》もたでは、口《くち》をしかりき。親達《をやたち》の養介《やくかい》にはならじ」と、忍《しのび》て庵《いほり》を立退《たちのき》、行方《ゆきがたしら》知ず成《なり》ぬ。

是《これ》をも親《をや》子の中なれば、ふかく歎《なげ》かれしに、音信不通《ゐんしんふつう》になりて、をのれと夫《をつと》を定《さだ》めける。しかも、此男《をとこ》、山だちをして渡世《とせい》とす。有夜《あるよ》、風あらく雨降《あめふり》て、人をとまれなる時《とき》を見合《あはせ》、乙女《をとめ》が案内《あんない》をして、男をつれて、我親《わがをや》のかたに立《たち》入《いり》、夫婦《ふうふ》のねられしうへに畳《たゝ(み)》を置《をき》かけ、此くるしみの内に、少《すこし》の貯《たくはへ》物を盗《ぬすみ》、岨《そは》づたひににげ行《ゆき》しに、此大悪《たいあく》、いづく迄《まで》か遁《のが》るべし。踏馴《ふみなれ》し道筋《みちすじ》の岩《いは》も、人影《かげ》と見えて、心のやるせなく、知《しれ》たる渕《ふち》に飛入《とびいり》、男も女も、眼前《がんぜん》に恥《はぢ》をさらして、葛屋《くづや》の名をくだしぬ。

先斗《ぽんと》に置《をい》て来《き》た男《をとこ》

一　末娘の意の「乙女」と、謡曲・吉野天人の五節の舞姫の「乙女」と両義を兼ねる(松田修)。「乙女。おさなき女也。又は舞姫をいふ」(雲喰ひ・中)。　二　以前。　三　あなた。丁寧な用法。

四　未来世。来世。　五　出家して両親の扶助の下に暮らすなどまっぴらご免だ。「養介」は四〇六頁の振仮名には「やつかい」。　六　両親が念仏三昧の毎日を送っている「片陰」の住まい。

七　「少女(をとめ)の姿…行方(ゆくへ)も知らずぞなりにける」(謡曲・吉野天人)。　八　山賊。「毎(つね)ニ山野ニ竄居テ夜出テ往来之貨ヲ奪ヒ、或ハ衣服ヲ剝取ル。之ヲ山賊(夜末太知)ト名ク。又逐剝ト謂フ」(和漢三才図会十)。「ヤマダチ」(日葡)。

九　「岨(そは)」は、山の斜面。崖。「ソワヅタイヲスル。山の横斜面に沿ったり、伝ったりして、危険な所や狭い所を通って行く」(日葡)。

一〇　ダイアクと濁らない(日葡)。

一一　「やる瀬なく」で「淵」と縁語。

一二　家名を失墜させた。不孝の極み。「揚名トハ父母ノ名ヲアラハシ我ガ名ヲアグルヲ云」(道春・孝経見聞抄・下)。

一三　原本の振仮名「ぽんと」。

一四　代々の家名・家業などを誇っていても、一度、風波が立って来ると、「主人の身の修め方が悪いからだ」と、世間から指弾されるのはまことに残念だ。風―吹く、波―浦(類船集)。

一五　「堺」に同じ。「(堺ハ)人の身持しとやかにして十露盤(そろばん)現にも忘れず、内証細かに見かけ、奇麗に住みなし、物事義理を立て、随分花車(きやしや)なる所なり」(永代蔵四の五)。　一六　内端。控え目。「堺は始末で立つ」(永代蔵四の五)。

一七　法令・義理などに背かないこと。リチギとも。

一八　優雅なこと。「花車(きやしや)にやさしく見ゆる商ひ／人ごとにとりもてあそぶ唐物屋(からものや)」(立

人の心程《ほど》かはり易《やす》きはなし。[一四]静《しづか》なる浦《うら》に家《いへ》の風《かぜ》を吹《ふか》し、浪《なみ》のさはがしきも、「身《み》をおさめぬが故《ゆへ》」と、世間《せけん》より指《ゆび》さゝれけるは、口惜《をし》。ことに泉州《せんしう》の[一五]境《さかい》は、よろづに古風残《こふうのこ》りて、物ごと[一六]うちばにかまへ、[一七]律義《りつぎ》を本《もと》として、人みな[一八]花車《きやしや》に、[一九]世智《せち》がしこく、[二〇]灸《やいと》ばしにて目《め》をつくごとく、其[二一]狡《せは》しさ、息《いき》も鼻《はな》もさせぬ所《ところ》なり。

爰《こゝ》に、大道筋《だいだうすじ》の、南向《みなみむき》、[二二]弐拾七八間、檜木《ひのき》作《づく》りの[二三]台格子《だいがうし》に、二重座《ぢうざ》の[二四]砲釘《べう》を打《うち》かゝやき、奥深《をくぶか》に豊《ゆたか》なる住居《すまゐ》、見るさへ浦山《うらやま》し。何《なに》を世渡《よわた》り共《(とも)》しれがたし。むかし、[二五]唐《たう》へ抛銀《なげがね》して仕合《しあはせ》、[二六]次第分限《しだいぶげん》となつて、今、此金銀《きん〲》もふけにくい世《よ》の中に、「しまふた屋殿《やどの》の八五郎」といはれぬ。され共《(ども)》、「二親《をや》に不孝《かう》」と取《(とり)》さたする程《ほど》の事、悪人《あく》なり。不断《ふだん》の仕業《しわざ》、塩肴《しほざかな》も[二七]目《め》にかけて直段《ねだん》をし、計芋《はかりいも》も「百を何程《なにほど》」と数読《かずよみ》て買《かい》、夢《ゆめ》にも十露盤《そろばん》を忘《わす》れず、銭溜《ぜにため》る分別《ふんべつ》ばかりして、[二八]袋町《ふくろまち》・乳森《ちもり》の遊女《ゆうぢよ》をしらず、[二九]夷嶋《あびすじま》の常芝居《じやうしばゐ》見た事もなくて、世帯《せたい》もちかたむる鑑《かゞみ》にもなりぬべき人なり。

ある時、小家《こいへ》にあつまり、[三〇]賀留多《かるた》の勝負《しやうぶ》をはじめける。加様《かやう》の人の、小判《こばん》を二十両づゝ[三一]先斗《ぼんと》にはられしをみて、近所《きんじよ》の人、是《これ》を驚《をどろ》き、「こなたには、気《き》が違《ちが》ふてや。かゝる博奕業《ばくちわざ》をあそばしける事、思ひもよらず」といへば、[三二]彼挟《かのしは》き人、打笑《うちわら》い、「其方《はう》の不思議《ふしぎ》、尤《もつとも》なり。今時《いまどき》、何商《なにあきなひ》をしても、[三三]一倍《ばい》になる事、

圃長興両吟奉納誹諧千句)。
一九 世渡りに抜け目がなく。
二〇 灸治の時、艾(もぐさ)を挟む竹の箸。
二一 原本、手偏に作る。意改。「狡 セバシ。狭〈同字〉」(いろは字)。 二二 大道筋の家は奥行十五間であるから、宏壮な住居である。
二三 竪組子が格子台と人見梁とに作り付けになっている格子(『日本民家語彙集解』)。「台格子 だいかうし」(頭書増補訓蒙図彙三)。
二四 門扉・長押・箱櫃などに打った釘の頭を隠すための飾り金具。釘隠し。「砲釘」二字で「べう」と読む。「砲頭丁 ベウ」(合類節用集、書言字考)。「砲頭 ベウ」(反故集)。
二五 江戸時代初期、有力商人が朱印船貿易商、ポルトガル商人、中国商人に対して行った銀の貸し付け。無担保、一航海約半年の利率は三割から八割に及ぶ高利だった。投機的資本なので「抛銀(なげがね)」と言う。 二六 次第に財産を蓄積して成った金持ち。 二七 秤の目にかけてから値段を付け。「直段(ねだん)」(世話焼草二・市之話)。
二八 二つとも堺の遊女町。「乳森」は、津守・乳守とも言った。「袋町」は妙国寺南門前にあった。「北のはし女郎町より南のはしまで道のり十八九町も間有。北を高須、南のかたを乳森といふなり。袋町、今は絶へてなし」(色里案内・中・堺ちもりの事)。 二九 「戎島」は寛文四年(一六六四)、堺の西沖に現われた小島。延宝五年(一六七七)、常打ちの芝居と茶屋が公許され、繁華な港町となる。「海に出来たる島の繁昌」(阿蘭陀丸二番船)。
三〇 幕府はカルタを禁止していたが、一向に守られなかった。「よき人はかりにも手にふれ給ふべからず」(人倫重宝記三)。 三一 まっ先に賭けられたのを見て。 三二 吝嗇な人。原本「挟気(しはき)」。「挟」は「狭」の誤りか。 三三 二倍。

是より外《(ほか)》になし。長崎《ながさき》[一]へ銀《かね》を下《くだ》すは、長ゝ《なが〱》の気遣《きづかひ》なり。これは一思ひの早業《はやわざ》。千両がたちまち二千両になる物を、此としまでしらぬ事の、残《のこ》り多《をほ》し。舟荷《ふなに》を積《つみ》て、住吉大明神《すみよしだいみやうじん》[二]に祈誓《きせい》を懸《かけ》んより、金銀《きん〱》置《をき》かけて、かるた大明神[三]を祈《いの》るが近道《ちかみち》」と、心実《しんじつ》からの皃《かほ》つき、さりとは、しれぬ物は人ぞかし。是みな、欲《よく》心よりの思ひ立《たち》、「止《やむ》まじき」と推量《すいりやう》しけるに、案《あん》のごとく親《をや》にうとまれ、此事異《ゐ》見《けん》を聞《きか》ず、是に身を染《そめ》、おのづから人がらも賤《いやしく》なりて、世上《せじやう》のつき合《あひ》もかき、

一「長崎。大湊也。此所は唐舟の入津にして、薬種・端物・糸・鮫・伽羅、万の唐物商売、人家つゞきて竈数九千弐百九十三軒の所也」(一目玉鉾四)。
二 海上安全の守護神。「すみよしの神。此御神は往来の舟を守給ふ故に」(呉竹集十)。
三 カルタ遊びの徒が信仰した神。「かるた大明神といふは、吉田の帳にも見えず」(庭訓染匂車四の一)。
四 詐欺師、すり、盗人の類。「盗人を、すつぱ・すつぱのかわなどゝいふは如何」(かたこと三)。
五 外見だけは大名のように立派だが、内蔵の中は空っぽな素寒貧。
六「(堺ニハ富豪ガ多ク)名物の諸道具・唐物・唐織、先祖より五代このかた買置きして内蔵に納め置く人も有」(永代蔵六の三)。
七 夜開かれる古道具のせり市。「凡ソ倭俗、物毎ニ多ク一所ニ聚テ之ヲ売ル。買フ者モ亦聚リ会フ。是ヲ市ヲ立ツルト云フ。故ニ仕舞物ノ市ト謂フ。或ハ夜ニ入リ、灯ヲ張テ之ヲ売ル。是ヲ夜市ト謂フ。多クハ真偽ヲ乱リ、或ハ新旧ヲ欺ク」(雍州府志七)。
八「惜しき事ではないか」と、売り立ての言葉「ないか〱」とを掛ける。「もないか〱古道具市」(独吟一日千句七)。
九 扶助せず。↓四〇九頁注一八。
一〇 姻族。概ね、夫・妻の二等親に当たる者。

挿絵解説　博打場には大蠟燭を立てた。

妻子《さいし》をみ捨《すて》、人の物を只取事《たゞとる》おもしろく、此道《みち》のすつぱ[四]のかはに出合《であひ》、徐〻取《そろ〳〵とり》あげられ、いつとなく「[五]内蔵虚大名《うちぐらからだいみやう》」と云立《いひたて》られ、互《たがひ》にかしかりもならず、[六]久《ひさ》しき家《いへ》に伝《つたは》りし諸道具《しよだうぐ》を[七]夜市《よいち》に出《いだ》すは、惜《をし》き事では「[八]ないか〳〵」と売立《うりたて》られ、銀《かね》めになる程《ほど》の物《もの》は、年〻《ねん〳〵》の茶湯振舞《ちやのゆぶるまひ》に出《いで》、親代《をやだい》に人も見知《みしり》て、眼前《がんぜん》の恥《はぢ》をさらしぬ。

後《のち》には、一門《もん》も見かぎり、[九]合力《かふりよく》をせず、[一〇]縁者《えんじや》に《〔と〕》くまれ、女房《にようばう》を取帰《(とり)かへ》され、

大博奕八声の鳥屋のなくも哉
蠟燭太く出られにけり　(伊勢宮笥)
尋ね入る博奕の魔所の岑高く
大蠟燭の焔盛んに　(投盃三)

八五郎たちの「賀留多の勝負」も広間の大蠟燭が一際目立つ。当時は貴重品だった蠟燭の太さ、次々と運び込まれる酒肴。頭を搔く八五郎は敗色既に濃く、片肌脱いだ男の左手が小判の山の方へ延びている。

家産蕩尽、大道筋の邸宅は蠟燭どころか辛うじて油火一つ、八五郎、果ては安立町の借家住居にまで落ちぶれて行く。両親は貧窮極まって自殺。愛想を尽かした近所の者は葬式の付き合いもしてくれない。本朝孝子伝・今世部十三「蘆田為助」とはあらゆる意味で正反対の極悪人と言える。

河内屋可正旧記は親不孝の第一に「博奕」を挙げた。不孝者八五郎の打ち込んだ博奕、「うんすん賀留多」の札は四十八枚、裏は黒色、コップ・イス・オウル札の紋標は赤色が主。二十四孝の孝子蔡順が母のために拾い分けた二籠の桑の実の色に等しい。

蔡順ハ後漢ノ代ノ人ニシテ、汝南ト云ヘル所ヨリ出タリ。ヨク親ニ孝ヲ尽セル人ナリ。少(わか)ウシテ父ニ離レ、孤(みなしご)トナリ、母ヲ養ヒ、孝ヲ勤メケリ。王莽ガ乱作(おこつ)テ、天下大ニ乱レテ、母を養フ粮(かて)ナシ。桑ノ実ヲ拾イ、母ニ供ヘント思イ、桑ノ実ノ赤キ黒キ、器ヲ異ニシテ拾ヘリ。(二十四章孝行録抄)

蔡順を襲った盗賊等は二籠の桑の説明を聞き、彼の孝心に感じて殺さず、牛米を与えて去った。二十不孝の八五郎は、両親の死骸を入れた二つの葛籠を「あばれ組」に奪われ、斬殺されてしまった。西鶴の下した「天の咎」である。

[一]下々《したぐ》も隙《ひま》もらひ捨《すて》て、季《き》時《どき》[二]を待《また》ず出《いで》て行《（ゆけ）》ば、伽藍《がらん》のごとく成《（なる）》家居《いへゐ》に燈《ともしび》ひとつ立《たて》、正月に餅《もち》を突《つか》ず、盆《ぼん》に鯖喰《さばくは》[三]ず、親子三人暮《くら》し兼《かね》、屋敷《やしき》を売《うり》て、又其銀《かね》を其日より打出《うち（いだ）》し、十日も立《たゝ》ぬに負《まけ》て、其後《そのゝち》は、[四]安立町《あんりう（まち）》の中程《ほど》に借家《しやく》住《ずま》ゐ、むかしのなごり紫縮綿《むらさきちりめん》を着《き》ながら、母親《はゝをや》の手馴《てなれ》ぬに朝夕《てうせき》の食《めし》を焼《たか》せ、父親《てゝをや》に[五]水仙《すいせん》の早《はや》咲《ざき》を作《つく》らせ、又は山刀豆《なたまめ》・胡瓜《きうり》の種《たね》うらせ、おのれは[六]勝間《こつま》辺《あた》りの海道端《かいだうばた》に出《いで》、[七]渋紙《しぶかみ》を敷《しき》て、[八]曲物《まげ》に一から十五迄の木札を入《（いれ）》、右の手に錐《きり》を持《もち》て、「[九]天狗《ぐ》頼《たの》もし」と名付《なづけ》、道行人《みち（ゆく）》を詐《たら》し、馬奴《むまかた》・古着《ふるぎ》買《かい》・味噌《みそ》漉売《こしうり》をまねき、是《これ》も博奕業《ばくちわざ》にて[一〇]相取《あひどり》を拵《こしら》へ、おろかなる人の銭《ぜに》を取《とり》て、仕合《しあはせ》なれば、直《すぐ》に[一一]出茶屋《でちや》の女に戯《たはぶ》れ、酒《さけ》に其日を暮《くら》し、[一二]宿《やど》には帰らず、年よられし親《をや》には浜《はま》ちかき塩《しほ》さへあたへず、折節《をりふし》の寒空《さむぞら》、[一三]丸雪《あられ》松原《ばら》の荒神《くはうじん》の前も淋敷《さびしく》、[一四]割木《わりき》の絶《たへ》て、[一五]悲《かな》しき事思ひ詰《つめ》てや、夫婦《ふうふ》同じ枕《まくら》に、[一六]心元《もと》を突刺《つきさし》、[一七]遠里《とをさとを》小野《の》の霜《しも》とは消《きへ》ぬ。隣《となり》に近き[一八]櫛屋《くしや》・針《はり》屋・筆《ふで》屋のかけ付《（つけ）》見しに、早《はや》こと切《きれ》て、ぜひもなく、各《をのく》不便《ふびん》に思ひぬ。

かゝる時《とき》、一子《し》の八五郎帰り、此[一九]分野《ありさま》をみても更《さら》に歎《なげか》ず。人々是をにくみ、死《し》がいの[二〇]取置《とりをき》にも構《かま》はず、野べに送《をく》る人もなし。八五郎、壱人して、明葛籠《あきつゞら》二つに二人死《し》がいを入《（いれ）》て、[二一]一荷《（いつ）か》にかづき、[二二]鳶《とび》田の墓《はか》に急《いそ》ぎしに、[二三]岸《きし》の姫《ひめ》松の辺《ほと》りにて、夜も明《（あけ）》がた成《（なる）》に、此所[二四]放埒組《あばれぐみ》、後《うしろ》より八五郎を切《（きり）》て、つゞらを手毎《てごと》に持《もち》

一「シタジタ。部下、または、下級の者」(日葡)。 二 奉公人の「出替り」時。春秋、三月五日と九月十日。 三 刺鯖(さしさば)。盆の食用。 四 住吉郡に属した。現大阪市住之江区。 五 初冬から咲く水仙を、早く晩秋から咲かせたもの。住吉―水仙(便船集、類船集)。「住吉や水仙見れば忘れ草」(毛吹草追加)。「堺のいたり昔より秋/早咲の花の水仙露を払ふ」(投盃四)。 六 西成郡に属した。村の東端を紀州街道が通る。八五郎はこの街道端に出て通行人を博打に誘う。 七 シブガミと連濁しない(日葡、和英語林集成)。 八 檜・杉などの薄板を円筒形に曲げ、底を付けた容器。 九 曲物(まげもの)に入れた当り札を錐で突き当てる博打。錐の棒を天狗の鼻に譬えていう。盛衰記二の一の挿絵参照。 一〇 相棒。共謀者。 一一 小屋掛けの茶屋。「住吉の岸辺の茶屋に日のさして」(立圃長興両吟奉納誹諧千句)。 一二 自分の家。 一三「霰松原(あられまつばら)。今の安立町をいふ。昔は皆松原なり」(摂津名所図会一)。「荒神祠(くはうじんのやしろ)。安立町にあり。社地を霰松原といふ。祭神三座」(同上)。 一四 小割りにした薪。 一五 貧窮。 一六 心臓部。 一七「遠里小野(とをさとをの)。住吉より東也」(名所方角鈔)。「遠里小野。…霜」(名所小鏡)。 一八 櫛・針・筆は住吉の名産(摂津志二二)。「(安立町)櫛」(摂陽群談十六・名物土産の部)。「みすや針」(五畿内産物図会・摂津之部・安立町産)。「安立町(アンリウマチ)ノ筆」(摂陽群談・同上)。 一九「分野 ありさま〈形勢とも書也〉」(世話用文章・上)。 二〇 埋葬処理。 二一 前後の荷にして天秤棒で担い。「担 ニナフ・カヅク」(書言字考)。葛籠(つゞら)―死骸(俳諧小傘)。 二二「鳶田墓所(トビタノムシヨ)。東生郡。今の鳶田地にあり。四天王寺、並びに近里の諸人、死を葬の処也」(摂陽群談九)。

て、[二五]あべ野に隠《かく》れぬ。此盗《ぬす》人の仕合《しあはせ》、[二六]明《(あけ)》て悔《くやし》かるべし。

心をのまるゝ蛇《じや》の形《かたち》

[二七]極月《(ごくげつ)》十三日の明《あけ》がたより畳《たゝみ》を[二八]扣《たゝき》たて、春待《まつ》宿の煤払《すゝはら》ひ、小笹《をざゝ》の[二九]当座箒《たうざばゝき》も塵《ちり》に埋《うづも》れ、人は猶埃《なをほこり》を被《かづ》きぬれば、[三〇]水風呂《すいふろ》を焼《たい》て、「入加減《(いり)かげん》[三一]よし」といふ女[三二]のいへば、男[三三]聞《(きき)》て、「[三四]新湯《あらゆ》は人の身に毒《どく》なり。先《(まづ)》、[三五]隠居《ゐんきよ》の親仁《をやじ》を入《(いれ)》よ」と、心にある事を、口に出次第《でしだい》にいひける。

不孝《ふかう》は是にて万《(よろづ)》も知《しれ》たる人、[三六]陸奥《みちのく》宇津《つの》宮と云《いふ》所に住《(すみ)》し、漆《うるし》屋武《ぶ》太夫と云《(いふ)》商《あき》人《(んど)》なるが、始《はじめ》は、纔《わづか》に[三七]硫黄《ゐわう》・[三八]灯心《とうしん》を[三九]肩《かた》に置《(おき)》て、山家《(や)まが》にかよひて、世をわたりけるが、未《いまだ》四五年に、[四〇]出来分限《でぶげん》、人もふしぎ立《(たて)》ける。され共《(ども)》、此男、常ゝ《つねぐ》子《し》細《さい》なき者なれば、さのみ人も疑《うたが》はず、「[四一]大黒殿《(だいこくでん)》の袋《ふくろ》を拾《ひろ》ふか、[四二]狐《きつね》福ならん」と沙《さ》汰《た》し侍る。人の仕合《し(あはせ)》は、しれぬ物ぞかし。

然《しか》れ共《(ども)》、[四三]分限《ぶげん》に品ゝあり。世間にかはらず、其身相応《おう》の衣類《ゐるい》を着《き》て、朝夕《ゆふ》も折ふしの魚鳥《ぎよてう》を味ひ、貧《ひん》なる親類を取立《(とりたて)》、下ゝ《(したじた)》を憐《あはれみ》、神を祭《まつり》、仏の道を願《ねが》ひ、親に楽《たのしみ》をあたへ、他《た》人の義理《り》をかゝず、万事直《すなを》にして富貴《ふうき》なるは、天の恵《めぐ》みふ

二三「久しくなりぬと詠ぜし岸の姫松は、今の街道(住吉街道)より少し東にて、方八丁が程、松の林ものふりて残るぞ昔の事もおもひ出られておかしけれ」(住吉名勝図会一)。　二四 無頼の徒。「こゝに其比(そのころ)のあばれ組」(懐硯二の三)。
二五「安倍野。東生郡安倍(今阿倍に作る)野村より、住吉郡住吉に至るの間を云へり。…往来人家遠くして道冷(すさま)じ」(摂陽群談六)。「安倍野(あべの)。東成郡住吉街道なり」(住吉名勝図会四)。松の木が多く「阿倍野松原」と呼ばれた。「放埒組」はこの松原に隠れたのだろう。「安倍野(あべの)松原」(名所方角鈔)。　二六 諺「明けてくやしき玉手箱」と掛ける。
二七 十二月十三日。この日、大掃除の「煤払ひ」を行う。「極月 ゴクゲツ〈十二月〉」(易林本)。
二八「扣 たゝく」(節用集大全)。　二九 その日だけの使い捨ての箒(ほうき)。　三〇 下部に湯を沸かす焚き口のある桶風呂。伝来記八の四に挿絵。
三一「よし」は女の名と懸ける。「糸物を練りよしといふ下女(しもをんな)」(西鶴評点政昌等三吟百韻巻)。ここは「孝(よし)」の意を込めて皮肉ったか。
三二 主人公武太夫の妻女。　三三 武太夫。
三四 まだ誰も入っていない、沸かし立ての湯。　三五「今俗に、家禄を子に譲りて致仕するを隠居と云」(諺草一)。
三六 宇都宮は下野国(東山道)に属する。奥州道中は宇都宮から日光道中と分岐するので陸奥と言ったか。陸奥も下野も良質の漆を産した。
三七 硫黄の付け木。「凡ソ檜木(ひのき)、長サ五寸許リニ之ヲ割キ、小片ト為シ、硫黄少シ許リヲ其端末ニ塗リ、火ヲ其末ニ点ジテ薪柴ニ著ク。是ヲ硫黄木ト謂フ」(雍州府志六)。
三八 灯油に浸して火をともす紐状の心(しん)。細藺(ほそい)の髄、綿糸などを用いる。

かく、人の本意《い》なり。世の有様《さま》をみるに、まこと有《(あり)》て世上《せじやう》に住《(すむ)》人、稀《まれ》なり。それは、一当分家栄《たうぶんいへさかへ》ても、滅亡《めつばう》するに程なし。只《(ただ)》、正直にして二なりはひに一生を送《をく》らんは、心の取置《(とりおき)》ひとつなり。此武太夫、俄《にはか》に三たのしければ昔を忘《わす》れ、時えて我《(わが)》まゝを四振舞《ふるまへ》ば、所に憎《にく》み立《(たて)》られ、人の付会《つきあひ》絶て、我内《(わが)》の五竈将軍《かまどしやうぐん》、寒《さむ》ひもあついもしらず暮《くら》しぬ。

そもく、六有徳《うとく》に成《(なり)》けるは、山里に通ふ時、七大隈《くま》川の水上《(みなかみ)》に細き八枝河《えだ(がは)》の続《つゞ》き、

三九 原本「屓」に誤る。 四〇 俄か成金。「米の俵を運ばせうとて／新艘を作りおろしの出来分限」(西鶴評点政昌等三吟百韻巻)。
四一 「大黒天」と同意。七福神の一。「袋といふも雲なり風なり／転合に大黒殿の中がへり」(大矢数四)。 四二 稲荷の使である狐から授かった、思いがけない福徳。「拾ひ出す一文銭は狐福」(独吟一日千句一)。 四三 裕福。金持ち。

一 その当座。原本の振仮名「だうぶん」。
二 生業。「活業 ナリハヒ。活計 同」(書言字考)。
三 この「たのし」は裕福の意。 四 原本の振仮名「ふるまひ」。 五 家の内で我がまま勝手に振るまい、威張り散らす亭主。諺(毛吹草二)。
六 富裕。 七 阿武隈川。「大熊川」とも書く。
八 「エダガワ」。川の支流」(日葡)。
九 鋭く尖っているさま。
一〇 大熊の滝か。「余、白川の地より入りて、其(阿武隈川ノ)河源を尋ぬるに、大熊の瀑(たき)ありて、凡十一郡を経て奥の荒浜に出て、遂に海に入る」(中陵漫録十二)。阿武隈川の水源、大熊滝は福島県西白河郡西郷村の旭岳(一八三五メートル)山麓にあり、高さ三十丈、幅一間半、これを雄滝という。その下流一里に雌滝、高さ三丈、幅三間。 一一 動詞「茂む」の連用形(ロドリゲス・日本大文典)。 一二 「不断時雨」という複合名詞か。 一三 阿武隈―ちとせ氷(便船集)。
一四 鮭科の淡水魚。「その味も鮭のごとしやあめの魚」(桜川)。「江鮭魚 アメノウオ。水鮭〈同上〉」(増補下学集)。「江鮭 アメノウヲ」(便船集・四季之詞・八月)。 一五 「スイレンヲエタヒト。水泳や川渡りなどに熟練した人」(日葡)。
一六 漆の密採取は藩の禁制。「抜け漆夜な夜な取

其流《なが》れの元《もと》は、谷ふかく、岩組《いはぐみ》[九]するどにして、落《をち》かゝる滝《たき》[一〇]の音に耳《みゝ》を轟《とゞろ》かしぬ。木立《こだち》茂《しげ》[一一]みて、陰闇《かげくら》く、葉《は》ずゑに白《しら》玉砕《くだ》き、不断時雨《ふだんしぐれ》[一二]のごとし。水底《(みな)そこ》、夏さへ[一三]氷《こほり》を破《わり》ぬ。此川に江鮭《あめ》[一四]の魚住《すみ》けるに、武《ぶ》太夫水練《すいれん》[一五]をえて、是に入《(いり)》、手《て》どらへにして、たび／＼人をもてなしける。有時《(あるとき)》、渕《ふち》と思ふ所を捜《さがし》けるに、黒《くろ》き物、山のごとく見へけるを、一抓取《つかみとり》てあがれば、峰《みね》より年々流《なが》れ込《こみ》てかたまりし漆《うるし》なれば、忍《しの》びて器《うつはもの》を拵《こしら》へ、我宝《わがたから》にして取《(とり)》[一六]て帰り、是を商売《しやうばい》するにぞ、只取《(ただとる)》金銀、

て出来分限」（俳諧替狂言）。

挿絵解説　大熊滝の淵、漆盗みに潜った武太夫父子に襲いかかる竜。息子の武助は今や呑み込まれようとしている。

水底の漆を独り占めするため、彫り物師に作らせ、沈めて置いた竜に精気が宿り、その悪人を一呑みにしたという類の説話は今も各地に残る（日本昔話集成）。柳田国男『日本の昔話』所収、日向の米良の話は元禄十七年（一七〇四）刊、金玉ねぢふくさ三・米良の上うるしに所見。文政九年（一八二六）成、中陵漫録八には、「備中松山より作州の温泉へ行く路に漆淵と云ふ淵あり云々」と同趣の伝説を載せる（松田修）。

西鶴はこの民間伝承を活かして、二十四孝の孝子「楊香」を不孝者に反転させた（井上敏幸）。

「楊香」説話の要旨は、「楊香は一人の父をもてり。父と山中へ行きしに、荒き虎にあへり。楊香、父の命を失はん事を恐れ、虎を追ひ去らんとすれども、かなはず。天の御あわれみをたのみ、ねがはくは我が命を虎に与へ、父を助け給へと祈りければ、虎もあはれみ、たけき虎、にはかに尾をすべて逃げ去りぬ。父子ともに虎口の難をのがれしは孝行のしるしとかや」（正徳五年刊・立新節用和国蔵）。

虎ぞなさけの道思ひにき
いはけなきも只孝行を知らでやは（時勢粧五）

二十不孝の挿絵は、孝子楊香が敢然と虎に立ち向かう二十四孝の挿絵を、竜に襲われた武助親子に置き換えたものと思われる。虎―竜・孝行（類船集）。淵―竜（同上）。

本章は本朝孝子伝・今世部六、貧しい絵屋兵衛夫妻が瓦石を入れた箱を金箱と偽って父を安心させたという孝子譚の裏返しとして作られた。

後《のち》には置所《をき》もなかりし。人みな気《き》を付《(つけ)》ければ、猶欲心《なをよく》深《ふか》きたくみして、細工《く》[一]の上手《じゃうず》に竜《りやう》[二]をつくらせ、水中《すい》に沈《しづ》め置《(おき)》しに、さながら生《いき》て動《はたら》くごとく、日数《ひかず》[三]ふりて是をみるに、口を動《うご》かし、尾《を》を延《のべ》、劔《けん》[四]を縮《ちゞ》め、それとは知《しり》ながら恐《をそ》ろし。此事、宿に帰り、親《をや》に語れば、「されば、人間《げん》は欲《よく》に限《かぎ》りなし。此上の願《ねが》ひ、何か有《(ある)》べし。平《ひら》に止《やめ》よ」と、様〻《さま〴〵》異見《けん》せしに、帰《かへつ》て親《をや》に仇《あた》[五]をなし、己《をの》が一子《し》に武《ぶ》助《すけ》といひし十四[六]になるを引連《ひきつれ》て、彼渕《かのふち》に行《(ゆき)》て、次第を語《かた》り聞《(きか)》せ、「我《(わが)》ごとく取《(とり)》ならへ」と、親子共《をやこ(とも)》入《(いり)》しに、最前《さいぜん》の竜《りやう》に精《せい》有《(あり)》て、武助《ぶすけ》を喰《くはへ》て振《ふる》とみへしをかなしく、藻屑《もくず》の下に身を沈《しづ》め、弐人共《(とも)》に息絶《いきたへ》て、二十四時《(とき)》[七]を過《すぎ》て骸《からだ》[八]の上《(あが)》りけるにぞ、見る人、「親《をや》の恥《はぢ》なり」と憎《にく》み、「哀《あはれ》」と云《いふ》者なし。

此事顕《あら》はれ、数年《すねん》か様《やう》の事を押領《をうりやう》[九]せし科《とが》とて、此家《いへ》闕《けつ》[一〇]所《(しよ)》せられて、親は所を[一一]立退《(たち)のき》、漸〻《やう〳〵》命を助《たす》かり、悲《かな》[一二]しき浮世《うきよ》に住《(すみ)》ぬ。女は、親類《しんるい》とてもなき者なれば、其まゝの乞食《こつじき》と成《(なり)》て、恥《はぢ》を顧《かへりみ》ず、人の門《(かど)》に立《(たち)》ぬれ共《(ども)》、姑《しうとめ》につらく当《あた》りし者とて、[一三]すたり行《(ゆく)》水をもやらず、程なく飢死《うへじ(に)》にあひぬ。

当社《たうしゃ》の案内《あんない》申《(まうす)》程《ほど》おかし

一 工芸に堪能な職人。 二「竜 りよう〈たつ〉」(和漢新撰下学集)。 三 旧(古)りて。 四 竜の尾先には剣があるという。 五 アダと濁らない(日葡)。 六「十四」という年齢は孝子「楊香」の年齢(日記故事大全、二十四孝絵抄、三綱行実図、孝行物語など)に合わせてある。 七 丸二日を過ぎて。 八 死骸。 九 他の所有地や財産を不法に奪い取ること。 一〇 没収刑に処せられて。「闕所 けつしよ〈本朝ノ人、公命ニ依テ罪人ノ家財ヲ破ルヲ、之ヲ闕所ト曰〉」(節用集大全)。 一一「追放」の刑を受けてその地を立ち退き。財産没収の「闕所」は「追放」の付加罪。 一二 貧しいこの世。 一三 鮮度が落ちて使えなくなって行く水。 一四 月の朔日・十五日・二十八日を「三日(きんじつ)」と呼び、赤飯・膾などで祝う習慣があった。浄土宗は世間並にその祝を行っていたのであろう。浄土 一五「門徒宗」即ち浄土真宗は、二十八日が宗祖親鸞の忌日に当たるので「精進日」と言い、魚鳥を口にしない。「殊に二十八日は本願寺宗には精進日にて、堅く殺生を忌む事なるに」(河内屋可正旧記十八)。 一六 仏法の盛んな意をいう「仏法の昼」をもじり、仏法の衰えかけた意を表す。「今仏法の昼ぞかし」(胸算用五の二)。 一七 真言律宗。開山、忍性。開基、北条重時。 一八 近世、鶴岡(つるがおか)八幡宮ここでは「西は極楽浄土」に掛け、本章の舞台を鎌倉に設定した。 一八 近世、鶴岡(つるがおか)八幡宮背後の山の特称(承応頃刊・相州鎌倉之本絵図など)。現、大臣山。 一九 鎌倉山の南麓、八幡宮前面に位置。「(雪の下村)旅店を開き、生業の資とする家多し」(新編相模国風土記稿八十二)。 二〇 宿屋。旅籠屋。 二一 容貌。 二二「星月夜とは、星の多く有てあかきをいふ也」(随葉集)。古来、鎌倉の枕詞のように用い

縁付《えんづき》に、あらためて、同じ宗門《しうもん》を願《ねが》ふこそ、理《ことは》りなれ。浄土《じやうど》は[一四]廿八日を祝《いは》ふに、[一五]門徒《もんと》は精進日《しやうじんび》といへり。今の世は、[一六]後生《ごしやう》の昼《ひる》にさがり、西《にし》は、[一七]極楽寺《ごくらくじ》ぞ有難《がた》し。

[一八]相州鎌倉《さうしうかまくら》山、[一九]雪《ゆき》の下《(した)》と云《いふ》所に、藤沢《ふぢさは》屋の木工《もく》右衛《ゑ》門、旅人《りよじん》の[二〇]留《とめ》宿をして世《よ》を渡《わた》りしが、娘《むすめ》壱人有《(あり)》て、後《のち》、木工右衛門夫婦《ふうふ》、世をはやうなりぬ。此娘《むすめ》、廿六七迄縁遠《までえんどを》き事、[二一]形《かたち》おもはしからぬ故《ゆへ》なり。いつとなく軒荒《のきあれ》て、影《かげ》もる[二二]星月夜《ほし(づきよ)》も独《ひと》り寂《さび》しく、浮世《うきよ》も叶《かな》はぬから、[二三]捨《すて》心になつて、朝《あさ》夕、親《をや》の香《かう》花《(はな)》を取《(とり)》て、涙《なみだ》に暮《くら》しぬ。人皆《みな》不便《ふびん》をかけ、「似合《にあひ》の事もがな」と思ふに、[二四]幸《さいはひ》なくて年ふるうちに、けふを送《をく》り兼《かね》し。

其比《(そのころ)》、[二五]若宮《わかみや》八幡の前に、[二六]才覚《さいかく》らしき男《をとこ》、[二七]鬢付跡《びんつきあと》あがりにして、[二八]上髭《うはひげ》子《し》細《さい》らしく置《をき》て、棉嶋《もめんじま》の袴《はかま》に、[二九]馬乗《むまのり》あけし長羽織《ながばをり》に、[三〇]割鞘《わりざや》の大脇指《をゝわきざし》さして、神主《かんぬし》にも非《あら》ず、[三一]地下《ぢげ》人《(にん)》共《(とも)》見えず、海《うみ》の者《もの》共《(とも)》、山家《やまが》の者《もの》共《(とも)》しれぬ男《をのこ》、金太夫《きんだゆふ》と名《な》を付《つき》、此所《ところ》はじめて参詣《さんけい》の人に先立《さきだち》、「当社《たうしや》へ御案内《おあんない》申《(まうし)》ます」と、早口《はやくち》に腰《こし》をかゞめ、「是《これ》なる[三二]銀杏《いちやう》の木《き》の葉《は》は、[三三]頼朝《よりとも》のお内義《ないぎ》の[三四]丸鏡《まるかゞみ》の下《した》へ入《(いれ)》られし残《のこ》りじやと、申《(まうし)》伝《つた》へました。あれなる[三五]切石《きりいし》が、[三六]梶原様《かぢはらさま》の碓《からうす》部屋《べや》の跡《あと》。[三七]鶴《つる》が岡《をか》と申《(まうし)》まするは、昔《むかし》、仏《ほとけ》の[三八]蠟燭立《らうそくたて》を爰《こゝ》で鋳《ゐ》ました所と申《(まうす)》。是が、[三九]静御前《しづかごぜん》の[四〇]綿帽子掛《わたぼうしかけ》の松《まつ》。[四一]小《こ》

られた語。また、極楽寺の切通し下に「星月夜の井」がある。星月夜—鎌倉(類船集)。　二二 浮世を捨てた心になって。捨(ルツ)—浮世(類船集)。　二四 良縁に恵まれず。　二五 鶴岡八幡の古来の呼称。石清水八幡を勧請した分社なので「若宮」と称した。　二六 機転の利く利口そうな男。　二七 鬢(びん)の形が後上りになるように月代(さかやき)を剃った髪型。貞享の頃には既に古風・野暮。　二八 鼻の下の髭。　二九 後の裾に入れた切り込み。　三〇 刀の鞘の表裏の色を違えて作ったもの。　三一 土着の住人。　三二 八幡宮本社石段下西側に立つ銀杏の大木。通称「隠れ銀杏」。別当公暁がこの蔭に隠れていて将軍実朝を暗殺したと伝える。　三三 源頼朝の正妻、政子。　三四 円鏡。悪鬼を払うため、鏡の裏に梛(なぎ)の葉を入れる習俗があったが、梛の木は熊野の神木であることから、金太夫は、銀杏を鶴岡の神木に見立てて、でたらめを言った。　三五 敷石。石畳。　三六 梶原平三景時。源氏の武将。頼朝の死後失脚、幕府を追放され、駿河で滅亡した。　三七 「鶴が岡。世には雲井の嶺といへり。若宮八幡宮なり」(名所方角鈔)。　三八 仏前の三具足(花瓶・香炉・蠟燭立)の蠟燭立ては亀の背に鶴が乗っていた。「一挺きり蠟燭立ての鶴が岡」(二葉集)。　三九 源義経の愛妾。捕えられて鎌倉へ送られ、文治二年(一一八六)四月八日、若宮廻廊で歌舞した。　四〇 白拍子(しらびようし)の冠る烏帽子(えぼし)の顎紐「烏帽子懸」を、柱に烏帽子を掛ける釘「烏帽子懸」に取り成し、「綿帽子掛の松」と滑稽化。烏帽子—白拍子(便船集)。　四一 「鎌倉七口」と言い、七つの切通し(山を切り開いて通した道)が通じていた。「小袋坂」は、その一つ、北の「山ノ内」から八幡宮へ至る坂道。

袋坂《ふくろざか》と申《まうす》は、[一]大黒殿《だいこくでん》の墓所《はかどころ》なり。[二]切通《きりどを》しと申《まうし》ますは、[三]土佐坊《とさばう》が[四]読《よみ》かるたをう[五]つた所。[六]扇《あふぎ》が谷《やつ》と云《いふ》は、[七]浅利《あさり》の与市《よいち》が出見世《でみせ》。[八]此岩《いは》に疵《きづ》の御ざるは、[九]朝比奈《ひな》が下駄《げた》の跡《あと》。それに[一〇]杉《すぎ》の大木《ぼく》の見えますが、[一一]和田《わだ》の酒屋《さかや》の跡《あと》」と、[一二]酔《ゑふ》た皃付《かほつき》して、[一三]偽《うそ》八百、銭《ぜに》をとらぬと云事《いふこと》なし。此者《もの》、生国《しやうこく》は丹波《たんば》の[一四]笹山《さゝやま》の町人《てうにん》なりしが、親《をや》の心を大きに背《そむ》き、[一五]旧里《きうり》を切《きら》れてさまよひ、爰《こゝ》に来《きたり》て、[一六]口がしこく近付《ちかづき》を求《もと》め、幽成片庇《かすかなるかたびさし》をかりて、一日《(ひとひ)》暮《ぐら》しも気散《きさん》じなる世《よ》なり。

一「大黒天」に同じ。袋―大黒(類船集)。↓四四七頁注四一。 二 小袋坂切通し。金太夫はカルタ用語「切り」の連想から以下のでたらめを言う。「歌も又人きることとも上手也／かるたの裏の黒い目をして」(大矢数千八百韻十二)。 三 土佐坊昌俊。源頼朝の命を受け、京都の義経に夜討ちを掛けて失敗、六条河原で切られた(平家物語十二、義経記四)。 四 手持ちのカルタの札を一二三と順序を追って場へ出し、早く出し尽くした者を勝ちとする遊び。「人々得ル所ノ札、一二三ノ次第ヲ数ヘ、早ク持ツ所ノ札ヲ払尽ス。是ヲ勝ト為ス。是ヲ読ミト謂フ」(雍州府志七)。 五「打つ」もカルタの用語(雍州府志七)。 六 八幡宮西方にある谷あいの地名。鎌倉七口の一つ、化粧坂(けわいざか)口に通じる。「扇」の付合語として「浅利与一」を出す。「かい集めたる扇何本／蛤に並ぶあさりの与一殿」(犬子集四)。「置扇檀那めぐりをこころざし／あさりの与市様書の文」(両吟一日千句二)。 七 浅利与一遠忠。源平壇浦の合戦で、船上に扇を開いて遠矢を招く平家の新居紀四郎宗長を射倒し、源氏の恥辱を雪いだ(源平盛衰記四十三)。 八 鎌倉物語一に、八幡の「石坂の上わきに竜の爪跡の石」とあるのがこれか。 九 朝比奈三郎義秀。和田義盛の三男。曾我五郎の鎧の草摺を引きちぎった大力の剛者(曾我物語六、幸若・和田宴)。 一〇 杉の葉を束ねた「酒ばやし」は酒屋の看板(四〇六頁挿絵)であるところから、「和田の酒屋」という出まかせが生まれる。杉―酒はやし(類船集)。 一一 和田義盛。「一門九十三騎を引き具し、山下宿河原の長者の宿所にうち寄り、夜日三日の宴は面白うこそ聞えけれ」(幸若・和田宴)。酒盛―和田の一門(類船集)。 一二 酒の縁語を活かした技法。 一三「ウソ八百」(春風館本・諺苑)。八

此男《をとこ》、小判《ばん》を溜《ため》て、人の思はくの外《ほか》なる内証《ないしやう》なれば、木《も》工《く》右衛《ゑ》門《もん》が娘《むすめ》のかたへ入《(いり)》聟《むこ》取持《とりもち》、一七首尾《しゆび》残《のこ》る所《ところ》なし。枕《まくら》をならべ、親《した》しくなりて後《のち》、此娘《むすめ》、毎日《まいにち》持仏《ぶつ》堂《だう》を明《あけ》て一八御焼《みあかし》を揚《あぐ》るを見て、彼男《かのをとこ》、「是《これ》は何《なに》の為《ため》ぞ」と、散〻《さん〴〵》仏前《ぶつぜん》をあらしぬ。女心に悲《かな》しく、「いかに宗旨《しうし》違《ちが》へばとて、一九後世《ごせ》に隔《へだて》の有《ある》べきや。自《みづから》に添《そひ》給へば、我親《わがをや》も、そなたの親同前《をやどうぜん》。其位牌《ゐはい》をうち砕《くだ》き給ふはつらし。子のない中《なか》ならば、身《み》を抛《なげ》はつべき物を。儘《まゝ》ならぬ浮世《うきよ》」と、日数《ひかず》ふりて、此子三才に成《なり》ぬ。有《(ある)》よ

百ーうそ(類船集)。　一四 兵庫県多紀郡篠山。一五 親子の関係を切られ。「旧里」は「久離」とも表記。「諸国の旧里切られを請込み」(四九四頁)。一六 口達者に。「辨口　クチガシコシ」(合類節用集)。　一七 すべて都合よく運んだ。　一八「仏灯　トウメウ・ミアカシ」(雑字類編一)。「御焼」は宛字か。
一九 来世に区別のあるべきはずはありません。

挿絵解説　油売殺しの場。「雨風のして、二月九日、虫出し神鳴ひゞき渡りし」情景は、二十四孝の孝子「王裒」墓前の雷雨を想い出させる(中村幸彦)。

二十四孝説話と本章との直接的な関係は、不孝な妻によって顔を焼き焦がされた母の木像が、妻改心の三年後、「一夜風吹き雨降りて」、外から家の中へ戻って来たという「丁蘭」木母の説話以外に考えられない(徳田進)。

作者西鶴は、本朝孝子伝・今世部十九、備前児島郡「小串村孝女」、もし婿を迎えてそれが親不孝者であった場合を危惧して、ついに婿取りをせずに通したこの孝女を藤沢屋の一人娘に、「丁蘭」の不孝な妻を、両親の位牌を荒らす入婿金太夫に仕立て直した。「諸国見聞」の一例として、鎌倉という場所が選ばれたのは、鎌倉光触寺の頬焼阿弥陀伝説に因む(井上敏幸)。

「親の因果が子に報い」、油ばかりを好んで飲む金太夫の不気味な一人息子の造型には、同時代の「中山勘解由(かげゆ)鬼勘ケ由」の奇談が織り込まれていると思われる(塩村耕)。

延宝四年五月、二歳になる勘解由の男子、乳母が次々と暇を乞う。問い訊してみると、「夜中に私の寝入り候ふ鼻息を聞きて、若様、懐より這出、行灯の油をうまさうに呑み給ふ。その

のね[一]覚《ざめ》に、枕《まくら》もと近《ちか》き灯《ともしび》の油土器《あぶらかはらけ》を引傾《(ひき)かたぶ》け、酒《さけ》のごとく一滴《てき》も残《のこ》さず呑《のみ》ける。其後《そのゝち》、ためしけるに、毎夜《まいよ》呑《のま》ざる事なし。是かくれなく、あなたこなたにて呑《のま》せ、「[二]前代《ぜんだい》、珍敷《めづらしき》事ぞ」と[三]さたせざる所なし。人、猶《なを》ふしぎに思ひ、泣時《なくとき》「油《あぶら》」といへば、其まゝにきげんをなをしける。

程なく五才《さい》になりて、常《つね》の人に勝《すぐれ》て賢《かしこ》し。殊更《ことさら》、物《もの》いふ事おとなのごとし。夫婦《ふうふ》悦《よろこ》び、[四]花《はな》の春《はる》を時《とき》えて、[五]袴《はかま》の着初《きぞめ》させて、近所《きんじよ》[六]ひけらかしけるに、此子《こ》、[七]大勢《をゝぜい》の中《なか》に[八]畏《かしこま》り、申出《(まうしいだ)》すこそ恐《をそ》ろしけれ。「[九]私《わたくし》の親《をや》は、ともし油売《あぶらうり》が肌《はだ》に金子《きんす》八十両付《つけ》しを、[一〇]此五年あとに切《きつ》て、それより[一一]手前《てまへ》よくなられし。しかも、其夕《そのゆふ》暮《ぐれ》は、雨風《あめかぜ》のして、二月九日、[一二]虫出《むしだ》し神鳴《かみなり》ひゞき渡《わた》りし」と、[一三]正ゝ《まざ〳〵》と語《かた》れば、をの〳〵[一四]肩風《ぞつと》して、此[一五]悴《せがれ》が皃《かほ》をながめし。「いかにも〳〵、其比《そのころ》、[一六]亀《かめ》がゐの谷《やつ》にて、油売《あぶらうり》を闇打《やみうち》、色ゝ《いろ〳〵》御鑿穿《せんさく》、今にしれず」と、[一七]有《あつ》て過《すぎ》たる事を思ひ合《あはせ》て、駭《をどろ》きける。

物《もの》に因果《ゐんぐは》あり。其中《そのなか》に、其油売《そのあぶらうり》が従弟有《いとこあり》て、この事を聞《きゝ》とがめ、「此まゝはおかじ」と、俄《にはか》に親類《しんるい》を集《あつ》め、内談《ないだん》するを聞て、金太夫《きんだゆふ》たまりかね、科《とが》もなき女《をんな》をさし殺《ころ》し、己《をのれ》も同《をな》じ枕《まくら》の見ぐるしく、最後《さいご》を取乱《とりみだ》しぬ。[一八]其分《そのぶん》に済《すみ》て、悴子《せがれ》は[一九]たゝずむかたもなく、其日は我家《わがいへ》に有《(あり)》しが、[二〇]暮天《くれてん》に行方《ゆきがた》見えずなりにき。今

ありさま忽ち顔色変り、額に二つの角を生じ、眼は日月の光、口は耳際まで裂けて、まことに絵にかける鬼のごとくなり。…(ソノ夜、勘解由ガ)屛風のかげに隠れ、窺ひ居ければ、夜ふけて、件の小児、そつと乳母が懐より這出て、行灯に取りつき立て、とぼし油をぐつと一口に呑みける顔色、その怖しきこと言ふばかりなし。これを見るより勘解由、走り寄つて、たゞ一討に切殺しける。この子、額に角二つ生じ死たりける。これより世上にて鬼子を設けしとて評判して、鬼と異名をつけけるとなり」(久夢日記)。

一 寝覚め。原本「祢覚(ねざめ)」。 二 「前代未聞(みもん)」の略語。 三 沙汰。評判。 四 新春の吉日を選んで。悦(ヨロコビ)—春の始(類船集)。 五 袴着(はかまぎ)の式を行い。男の子にはじめて袴・裃を着けさせる儀式。「袴着。五歳の正月なり」(万案紙手形鑑・上)。 六 見せびらかしたところが。 七 式の後、袴・裃を着けて、産土(うぶすな)神に詣で、挨拶回りをし、自宅に親族・知人を招き祝宴を催した。 八 「倭俗、膝ヲ屈シテ人ニ対スルヲ慇懃ト曰フ。又、加志古麻留(カシコマル)ト謂フ」(雍州府志五)。 九 私の父親は。ワタクシは自称の丁寧語。話言葉で使う(ロドリゲス・日本大文典)。 一〇 今から五年前。彼はまだ生まれていない。 一一 暮らし向きが良くなられました。 一二 春はじめて鳴る雷。別名「虫起しの雷」。「初雷(はつがみなり)を虫出しといふ」(譬喩尽)。「初雷〈虫出し雷〉」(当流増補番匠童・二月)。 一三 →四三三頁注一二。 一四 原本「肩風(ぞつと)として」。「肩風」の用字未詳。「冷 ぞつとする」(重宝記大全・下)。「戦慄 ゾツトスル」(反故集)。 一五 「悴 セガレ〈本朝ノ俗、我ガ子ヲ謂テ悴ト為

に、不思議《ふしぎ》の晴《はれ》ざる事。

本朝二十不孝三終

ス〉」(書言字考)。　一六「幾千歳鶴が岡べにともなひて齢あらそふ亀がゐのやつ」(道興・廻国雑記)。現、亀が谷(やつ)。扇が谷の北の谷あい。八幡宮赤橋から西へ、亀が谷寿福寺前から北へ、化粧坂に出る道を武蔵大路といい、鎌倉七口の一つだった。油売りはこの道中で襲われたか。
一七 今はもう過ぎ去った昔の事件。
一八 事件は、犯人が自殺したので、それ以上の追及もなく終りとなって。　一九「たゝずむ 佇立、イ亍」(類字仮名遣)。「イイ タヽズム」(和漢新撰下学集)。イ(タタ スミ)―化生ノ物・迷子(俳諧小傘)。→四二八頁注九。　二〇 夕暮。薄暮。

絵入

本朝二十不孝

四

本《ほん》朝《てう》二十不《ふ》孝《かう》 目《もく》録《ろく》

巻 四

一「善悪の二つ」は善友と悪友。友―善悪(便船集、類船集)。「二つ」から「二つ車」へ掛かる。挿絵(四六〇頁)の車は四輪車であるが、このような乞食車を「片輪車」と呼んだので、「片輪車」を一輪車の意に取りなし、戯れて「(善悪の)二つ車」と称した。 二「棒組」は相棒。「厄払」に扮した二人の友が手に持った棒に因んでいう。▽備前岡山における彼らの乞食小屋、賤者の住む「藪構(やぶがまえ)」を描く。「節高に生ひ立つ藪の一構へ」(俳諧白眼)。

三 土佐―鰹ふし、削る―鰹(類船集)。「身」と「削る」は縁語。▽枕・筆・硯箱。硯の石は土佐の名産。「硯石。土佐石、性よし。かたし」(万金産業袋一)。

四 ソデグチと連濁しない(日葡、和英語林集成)。

五「木陰」「糠」の縁語。 六 籾殻(もみがら)買い。→四七〇頁注三。 ▽籮に入れた捨子。「道の辺の別れの涙籮の哀れ」(杉のむら立十二)。傍に立つ札は捨子札。捨子―四辻・辻・札(類船集)。

七 現北海道松前郡松前町を中心とする一帯。「松前。松前志摩守殿城下。…諸国の商売人爰に渡り、万(よろづ)上方のごとく繁昌の大湊也」(一目玉鉾一)。松前志摩守矩広(のりひろ)は寛文五年(一六六五)から享保五年(一七二〇)までの城主。同年十二月没。六十二歳。 八「虫薬」は、子供の腹痛の原因となる寄生虫を治す漢方薬。「松」「鳴かす」「虫」は縁語。原本「鳴」の振仮名「なく」。意改。▽主人公八弥が「本に其人の面影」を射た半弓と矢。蝦夷(えぞ)―松前・半弓(類船集)。西鶴は、伝来記二の四「命とらるゝ人魚の海」でも、主人公の松前藩士に半弓を持たせる。

九 厳島(いつくしま)。新町という遊女町があった。「情の海宮島の色町は、都を大かたに移して、女郎もさのみいやしからず」(盛衰記四の四)。

善《ぜん》悪《あく》の二《ふた》つ車《ぐるま》

能友《よきとも》はすくなく、悪《あ》敷《しき》つれは有《ある》ものぞかし。

同《をな》じ心の海《うみ》ふかく、安芸国《あきのくに》の[九]宮嶋《みやじま》にかよひ、遊女狂《ゆふぢよぐる》ひに身を焦《こが》し、[一〇]切火縄《きりひなは》一寸のうちに、[一一]五里の所《ところ》を早船《はやふね》にて、毎夜《まいよ》の噪《さは》ぎ中間《なかま》二人。心から姿《すがた》から、是程《これほど》似《に》たる人、[一二]世間広嶋《せけんひろしま》にも又有《ある》まじ。壱人《いち》は備中屋《びつちうや》の甚《ちん》七、ひとりは金田屋《かなだ》の源《げん》七といへり。此ふたり、[一三]親《をや》にかゝりなれば、浮世《うきよ》の挊《かせぎ》をしらず。数年《すねん》[一四]貯《たくば》へおかれし金銀《きんぐ》、我物《わがもの》を盗《ぬすみ》つかひ、所《ところ》の長者《ちやうじや》といはれしも、家次第《いへしだい》にさびて、十年余《ねんあま》りに浅《あさ》ましく成《なり》ぬ。親仁《をやじ》、若盛《わかざかり》にいろ〳〵の[一五]堪難《かんなん》を砕《くだ》き、今、[一六]老《をひ》の入前《いりまへ》、かゝる身なし。朝夕《てうせき》も、烟絶《けぶりたへ》ゝになりぬ。縁付比《えんづきごろ》の妹《いもと》ありて、[一七]母親《はゝをや》自然《じねん》拵《ごしら》への衣類《いるい》、手道具《てだうぐ》迄《まで》、盗出《ぬすみいだ》して売払《うりはら》ひ、其銀《そのぎん》も、[一八]あげ屋の物《もの》となりぬ。娌《よめ》も、[一九]裸《はだか》では呼《よぶ》人なく、哀《あはれ》や、腰本《こしもと》づかひの奉公《ほうかう》に出《いだ》され、世上《せじやう》の兄親《あにをや》のやさしき仕形《しかた》をみて、一しほ恨《うらみ》ぬ。なを、[二〇]日南《ひなた》に氷《こほり》のごとく、水《みづ》ばかり残りて、後《のち》は[二一]火《ひ》嘘力《ふくちから》もなく、其年《そのとし》の波《なみ》、胸《むね》に噪《さはが》しく、節分《せつぶん》の夜《よ》、闇《くら》きをかまはず、甚《ちん》七・源《げん》七、[二二]紙子頭巾《かみこづきん》を被《かぶ》り、棒組《ぼうぐみ》の口《くち》を揃《そろ》へ、お[二三]厄払《やくはら》ひに出《いで》ける。誠《まこと》に、[二四]乞食《こつじき》に仕《し》ならひなく、死《し》な

一〇 短く切った木綿火縄。煙草の火種用。「焦し」の縁語。　一一「厳島は安芸の国西海中にあり。府城広島を去ること五里、佐伯郡に属せり」(厳島図会一)。「広島より草津といふまで(陸路)二里。三里は舟の上を乗る。この舟、色里へ行くに、急げば櫓一丁壱匁五分にてゆきもどり、上下共にいかほどにても櫓を立て行く」(色里案内・中)。　一二「世間広し」と「広嶋」の掛言葉。　一三 親がかりの身。
一四「たくばへ」の濁点、底本のまま。
一五「艱難 カンナン〈又云堪難〉」(合類節用集)。
一六 生涯の終り頃。　一七 普段から少しずつ支度して置くこと。　一八 揚屋。→三九五頁注二二。
一九 裸同然の身では嫁に迎えてくれる人もなく。
二〇 次第に消えてなくなる譬え。「日南(ひなた)に氷釣った如く」(譬喩尽)。「日南」は「日向」に同じ(書言字考)。　二一 赤貧の譬え。「火吹く力も無ひ」(譬喩尽)。「嘘 フク〈吹也〉」(合類節用集)。
二二 紙子(紙衣)の紙で作った頭巾。紙子は広島の名産(毛吹草四・名物)。「着ばやと思ふ広島紙子/世を安芸の国より出し道心者」(重頼編・寛永二十一年誹諧千句十)。「かぶらなん紙子頭巾を取出し」(新続独吟集・下)。
二三 乞食の一。節分の夜を徹して人家を回り、祝言を唱え、鶏の鳴き真似をして、施しを乞うた。頭巾で頭・顔を覆い、手に棒を持つ。「今夜、乞人綿巾ヲ以テ頭面ヲ覆ヒ、自ラ厄払・厄落シト称ス。終夜、街衢ニ往来シ、暁ニ至ツテ止ム」(日次紀事・十二月)。「世俗に、立春の前夜乞人家々に行て厄払ひ〳〵と呼ぶ。其翌年厄にあたる歳の人、銭を出して与ふれば、祝詞をのべ、終りに鶏の鳴くまねをす」(日本歳時記七)。
棒―厄払(俳諧小傘)。　二四 乞食をするのに前もって実習の必要はなく。諺であろう。

れぬ命《いのち》の恥《はぢ》ながく、「[一]東方朔《とうばうさく》が九千歳《せんざい》」と、声《こゑ》おかしげに喚《わめけ》ども、是にさへ仕《し》合《あはせ》なく、夜明《よあけ》がた迄《まで》かけ廻《まは》りて、漸〻《やう〳〵》二人の中《なか》に、[二]銭《ぜに》十八文、煎豆《いりまめ》弐百粒《つぶ》ばかり。

「是《これ》では、埒《らち》もあかぬ世《よ》や」と、親達《をやたち》をさらり[三]と西《にし》の国《くに》に捨置《すてをき》、源《げん》七・甚《ちん》七、古里《ふるさと》を去《さつ》て、備前岡《びぜんをか》山より路銭《ろせん》なくて、此所《このところ》に足《あし》を踏《ふみ》とめ、[四]袖乞《そでごひ》するに、いまだ昔《むかし》のなごり額《ひたい》に見へ、色白《いろじろ》にして、鬢《びん》つきの奇麗《きれい》なれば、[五]門立《かどたち》もふしぎがり

一 厄払の唱える祝詞の一節。「やあら目出たや、鶴は千年、亀は万年、東方朔は九千歳と、年越の夜の厄払ひが高声」(男色大鑑八の一)。

二 厄払には銭と煎大豆を紙に包んで与えた(人倫訓蒙図彙七)。 三 厄払の祝詞の末尾の言葉、「西の海へ、さらり〳〵、さつさ、こきやかう(鶏ノ鳴声)」を踏まえる。 四 施しを乞うこと。

五 門立—にらむ眼(マナコ)(類船集)。

六 さっさと立ち去れと追い払う言葉。「ヤットコ来れ、トコ来れ、旦那様一文お呉れんか、通れ通れと仰言れど、通る位の身上なら、丁稚の一人も引連れて、大小袴で引廻す」(『俚謡集拾遺』石川県河北郡・万歳)。

七 摂津国豊島郡産の藺(い)製の粗末な筵(むしろ)。

八 備前岡山藩の名君、池田光政の時代。光政は、寛永九年(一六三二)、鳥取から岡山へ移封、寛文十二年(一六七二)致仕、天和二年(一六八二)没。七十四歳。

九 藩主光政の重用した熊沢蕃山の儒学。

一〇 人心も素直に改まり。戦国末成立の人国記に、備前の人は利根ではあるが極めて利己的、しかし、「能(よ)き人ありて、この気質を離るる工夫をなさしめば」、「五十年にも及びなば、その風儀直(すなを)になるべきか」。

一一 一文無しの二人は知恵を出し合って、この際、親孝行の乞食になりすまそうと計る。

一二 野宿の乞食。「乞児(こつじ)は乞丐人なり。又乞食(こつじき)ともいふ。ものもらひなり。又、非人ともいふ。人非人外の義なり」(頭書増補訓蒙図彙四)。 一三 足萎えの者を乗せる車。

一四 以下、片輪車に親を乗せた乞食の物乞いの決まり文句であったこと、次の例から察せられる。「なにがしの因果は爰にめぐり来て/片輪車に一銭給はれ」(独吟一日千句七)。「生れ付片輪車の音羽川/国を申さば滝の水上」(胴骨)。

て、「[六]通《とを》れ〳〵」の言葉《ことば》あらく、身の置所《をきどころ》もなく、過《すぎ》にし奢《をごり》の事共《(ども)》思ひ出《いだ》し、男泣《をとこなき》の泪《なみだ》、[七]豊嶋莚《てしまむしろ》をもつて、よ所《そ》の見るめも恥《はづ》かし。[八]其比《そのころ》、備前《びぜん》は[九]心学盛《しんがくさかん》にして、[一〇]人の心も直《すなを》になり、主《しゆ》人に忠《ちう》ある人、親《をや》に孝《かう》ある者《もの》は御《(おん)》恵《めぐ》み深《ふか》く、おのづから其道《そのみち》に入《(いり)》て、国《くに》の治《をさま》る此時《とき》なれば、[一一]二人の才覚出《さいかくいだ》して、足腰《あしこし》の立《たゝ》ざる[一二]野臥《のぶし》の非《ひ》人をかたらひ、甚《ぢん》七は、[一三]かた輪車《わぐるま》をつくりて、七十にあまる老人《らうじん》を乗《のせ》て、町筋《まちすじ》に出《いづ》るより涙《なみだ》ぐみ、「[一四]国《くに》を申せば安芸《あき》の国《くに》、年《とし》を申さば[一五]廿三、いかなる因《ゐん》

一五「十年余り」の放蕩歴だから、実際は二十三以上であったはず。

挿絵解説　右は備中屋の甚七。片輪車の老人の足もとに面桶(めんつう)と袋。左、老人を背負う男が金田屋の源七。

本章は本朝孝子伝・今世部八、備中浅口郡の孝子「柴木村甚介」を不孝者甚七に、その兄を悪友源七に改造し、日記故事大全所収・二十四孝の一人「江革」の孝子説話に、三綱行実図所載の「江革」説話を加味して構成された。三綱行実図(浅井了意和訳)の「江革巨孝」、また、孝行物語(了意作カ)の「江革」に、老母を車に載せて江革自らこれを曳いたという記事と挿絵がある。

老親を背負う似せ孝子の趣向は、当時の巷説に拠る。

寛文の末、凶年打続ける故、乞食共多く、柳原土手に小屋を掛け、御扶持を下されける所に、下谷三枚橋に老いたる母を背に負たる非人有り。着すべき衣類もなく、腰の立たぬ母を養ふ也。…孝心、台聴を動しける。此事を伝へ聞き、奸悪の者、母を負て往来する者あり。是は仮に雇たる母なれば、日暮に及べば東西へ分れ去る。其時、貰ひし米銭の数を互に論じ、握み合などしける。此事、上を偽るに似たる事なれば、悉く禁じらるべきやと、町奉行より申立て、評議の時、(老中板倉)重矩申されけるは、悪事さへ似せたる者は本罪より軽かるべし。況や善事を似せたるに罪すべき事かは。殊に孝行の似せこそやさしけれ。其儘差置くべし。実ならぬ者は労倦して長くは続かざるものぞと申されしが、果して其詞の如く、終に止みたりしと也。(明良洪範 一二)

類話は他にも種々各地に伝わる。

果《ぐは》の報《むくひ》にや、ひとりの[一]親《をや》を養《やしな》ひかね、面《をもて》をさらし[二]勧進《くはんじん》す。何《なに》もお慈悲《じひ》は御ざらぬか」と、声《こゑ》かなしく、誠《まこと》がましく歎《なげ》きしに、人施《ほどこ》して、銭《ぜに》・こめ、すこしのうちに山なして、後《のち》は車《くるま》に積《つみ》あまりぬ。源《げん》七も、年老《をひ》たる者《もの》を負《をひ》て、其《その》ごとくありきしに、人みな心ざしを感《かん》じて、情《なさけ》をかけられければ、野末《のずへ》に篠竹《しのだけ》をかこひ、朽木《くちき》の有《ある》に任《まかせ》て拾《ひろ》ひ集《あつ》め、棟《むね》をならべて、菴《いほり》の形《かたち》を作《つく》り、雨露《あめつゆ》わが家《いへ》にて凌《しの》ぎ、「昨日迄《きのふまで》は、雲《くも》を見て臥《ふし》たる事を思へば、今宵《こよひ》の[三]たのしみ、此上《うへ》何か有《(ある)》べし」と、土釜《つちがま》に野沢《のざは》の水《みづ》を汲《くみ》こみ、貰《もらひ》し物《もの》をひとつに焼《たけ》ば、つかぬ米有《こめあり》、新《しん》米有《まいあり》、[四]赤米《あかごめ》・[五]真搗《まづき》・小豆《あづき》に限《かぎ》らず、様〻《さまざま》の色《いろ》なして、[六]天目《てんもく》に竹窓《たけまど》、「[七]生《しやう》あれば食《じき》有《(あり)》」と、腹《はら》ふくるゝに、外《ほか》の願《ねが》ひもなし。

甚《ぢん》七、老人《らうじん》に按摩《あんま》をとらせ、終夜《よもすがら》[八]蚊をはらはせ、年寄《としより》の草臥《くたびれ》をゆるさず、[九]眠《ねぶれ》ば胴骨《どうぼね》を踏《ふみ》たゝき、「[一〇]迚《とて》も腰抜役《こしぬけやく》のおのれめ」と、つらくあたるを、源《げん》七は、各別《かくべつ》にいたはりて、「さりとは、さやうにすべき事に非《あら》ず。まづは親《をや》と名付《なづけ》、然《しか》も[一一]其影《そのかげ》にて、今日《けふ》の[一二]身うへをたすかれば、其恩《をん》は忘《わす》れじ」と、[一三]念比《ねんごろ》にあたるを、却《かへつ》て甚《ぢん》七嫉《そね》み、それよりは、[一四]笹戸《さゝど》一重《え》の中《なか》を隔《へだて》て、[一五]松火《まつび》の取《とり》かはしもせざりき。天《てん》まことを照《てら》し、善悪《ぜんあく》をとがめ給ふにや、甚《ぢん》七、いつとなく人の慈悲《じひ》を受《うけ》かね、[一六]渇《かつ》〳〵になりぬ。源《げん》七は、日にまし、心のまゝに勧進《くはんじん》ありて、後《のち》は雨《あめ》

一 親を養うことは孝子三行の第一。「孝子三行。養・喪・祭」(書言字考)。「養(ヤシナフ)トハ、衣服飲食ヲ以テ、父母ニ与ヘソナフルヲ云」(訓蒙故事要言四)。

二 「今俗に乞食(こつじき)するを勧進すると云は」(諺草四)。「勧進ハ人ヲ勧メテ善ニ赴カシムルノ謂也。中世以来、仏神供給ノ為ニ米銭ヲ請フ。是亦勧進ト謂フ。今ノ如キハ専ラ諸物ヲ乞取ルノ義トナル也」(雍州府志八)。

三 豊かさ。

四 外皮が赤いのでいう。大唐米・大冬米などと呼ばれた中国渡来の下級米。

五 水に浸した麦を搗き、日に乾した後、また搗いたもの。「真舂」とも書く。

六 天目茶碗一つと竹窓だけの小屋。最低の貧しい生活。

七 諺(譬喩尽)。「生あれば食あり、世に住むからは、何事も案じたるが損なり」(永代蔵四の五)。

八 類船集の付合に、「蚊—親をあはれむ」とあるのは、二十四孝の孝子呉猛(ごもう)の故事。夜通し親に蚊を払わせた甚七は対極的な不孝者。

九 居眠りをすれば、肋骨を足で蹴りつけ。

一〇 どうにもこうにも役立たずの老いぼれ野郎。「ヲノレ。おまえ。下賤な者と話すのに用いる」(日葡)。「ヲノレメ。おまえ。一層下品な言い方」(同)。

一一 そのお陰で。　一二 「身の上」に同じ。

一三 親切に接する。「念比 ネンゴロ」(易林本)。

一四 笹竹で作った粗末な枝折戸(しおりど)。

一五 松の榾(ほた)の火種。

一六 「渇々(カツカツ)。俗、貧シクシテ物ナキコトヲ渇々ト云」(斉東俗談六)。「渇々 カツ〴〵」(反故集)。

風《かぜ》の時《とき》は出《いで》ず、此老人《らう》をまことの親《をや》のごとく孝《かう》をつくしぬ。隣《となり》なる親仁《をやじ》の是《これ》を見て、世《よ》を歎《なげ》き、甚《ぢん》七を恨《うらみ》、「けふ限《かぎ》りと、舌喰切《したくいきつ》て果《はつ》べし」と、胸《むね》をさだめし。この人、「抑《そも〳〵》は賤《いや》しからず。越後《ゑちご》にて名《な》の有侍《あるさぶらひ》。子細《しさい》あつて牢人《らうにん》[一七]の後《のち》、身《み》を隠《かく》し、今浅《いまあさ》ましく成《なり》ぬ」と、むかし物語《ものがたり》を、甚《ぢん》七が留主《るす》の折《をり》から、源《げん》七に聞《きか》せて、是非《ぜひ》もなき泪《なみだ》を漏《こぼ》し、「我《われ》、空敷成《むなしくなり》て後《のち》、何《なに》[一八]をしからねど、せめて、骸《からだ》[一九]を犬《いぬ》・狼《をゝかみ》のせゝり[二〇]捜《さが》さぬやうに、影隠《かげかく》[二一]して」と頼《たの》まれけるにぞ、一しほ哀《あはれ》まさりて、「自然《しぜん》[二二]の事有《あり》とても、其気遣《そのきづかひ》はし給ひそ。我《われ》此所に有《ある》うちは、悪敷《あしく》[二三]は取置《とりをき》申《(まうす)》まじ。少しも心にかけ給ふな」と、頼《たの》もしくいふにぞ、老人《らうじん》、手《て》を合《あは》して拝《をが》み、「扨《さて》[二四]も〳〵嬉《うれ》しや」と、袖《そで》に玉《たま》[二五]をながしぬ。

かゝる時、旅人《りよ(じん)》と見えて、馬乗物《むまのり》[二六]をつらせ、用有《よう(あり)》げに彳亍《たゝすみ》[二七]、此老人《らう》の面影《をもかげ》をしばらく見定《さだ》め、「橋本内匠様《はしたくみさま》か」と、取付《(とりつき)》ぬれば、「金弥《(きんや)》か」と、親子の縁きれず、是にてあふ事の悦び、限りなし。「我事《(われ)》[二八]、武州[二九]に下《(くだ)》りて、随分身躰《(しんだい)》[三〇]をかせげども、有付《(ありつき)》[三一]おそく、あなたこなたを見合《み(あは)》せしに、望《のぞみ》かなひて、先知《(せん)ち》[三二]五百石にて東国《とうごく》がたへ相済《すみ》、此度《たび》[三三]御暇《いとま》申上《(まうしあげ)》、御迎《むか》ひに参りしに、五十日[三四]の訴詔《そせう》なるに、尋《たづ》ね兼《かね》て、日数《かず》かさなりしに、けふ、爰《(ここ)》にて値《あひ》[三五]奉る事、武運《ぶうん》の尽《つき》ぬしるし」と、よろこびぬ。老人《らう》、此程の難義《なんぎ》語り給ふにぞ、涙干間《なみだほすま》はなかりし。

一七　「牢人(ラウニン)。知行扶持などにはなされたるものを云り。又浪人とも書也。今、牢人浪人を通じて用ゆ」(邇言便蒙抄)。「牢人は字さへあさまし穴冠(あなかぶり)牛か午(まう)かと人にいわれてと云歌有」(世話用文章・中)。
一八　何も惜しいものはないが。
一九　死骸。死体。
二〇　つつき散らさないように。
二一　姿を隠して下さい。
二二　万一のこと。もしものこと。死を意味する。
二三　亡き後の処置、悪くは計らいません。
二四　「サテモ。驚嘆の感動詞。サテモサテモ。同上」(日葡)。
二五　大粒の涙。「涙の玉」の略。
二六　未詳。馬の背に人を乗せる台を吊(つ)ったものか。「馬乗物を拵へて」(二代男五の三)。
二七　原本振仮名「たゝすみ」。→四二八頁注九。
二八　私は。「キデンコト(貴殿事)は、あなたは、あなたに就てはの意」(ロドリゲス・日本大文典)。
二九　武蔵の国。ここでは江戸を指す。
三〇　仕官しようと努力しましたが。
三一　職を得ること。
三二　先に受けていた知行。以前の俸禄。
三三　休暇を賜わることをお願いして。
三四　五十日間のお願いであるのに。原本「訴詔」の「訴」を「訢」に作る。「訴詔 そせう」(早引節用集)。「訴詔」は「訴訟」と通用。「訴詔 ソセウ」(文明十一年本下学集、枳園本節用集、和漢通用集など)。「ソショウ。目上の人に何事かを乞うこと」(日葡)。
三五　原本「植」に誤る。

かゝる時、甚七《ちん》かへりて、是を驚《をどろ》きぬ。金弥《や》、捕《とつ》て押《をさ》へ、「情《なさけ》しらずのおのれ、此まゝ置者《をくもの》にあらねど、命を行末《(ゆく)すへ》に、自然《しぜん》に思ひしるべし」と、[一]此庵《いほり》を腐《くつ》し、むかしの野原《の(ばら)》となし、「源七は、此たびの心ざしを感《かん》じ、[二]我抱《かゝ》へ申《(まうす)》べし」と、今壱人の乞食《こつじき》も、老足《らうそく》なれば[三]駕籠《かご》に乗《のせ》、東路《あづまち》に下《(くだ)》りぬ。残《のこ》るものとて[四]滅形《めげ》合器《がうき》・[五]貝杓子《かいじやく(し)》、[六]古筵《むしろ》の朝露《あさつゆ》、夕部《べ》に風の身を責《せめ》、甚七《ちん》が[七]かなしさ。此事聞《(きき)》つたへて、其後《(そののち)》は所をおつたてられ、なをゆくさきせまりて、其としの雪《ゆき》のころ、[八]幡磨《はりま》の[九]書写《しよしや》でらのふもとにて、[一〇]立《(たち)》すくみて死《(しに)》ける。

枕《まくら》に残《のこ》す筆《ふで》の先《さき》

都《みやこ》には今、四十《よそじ》の内外《うちそと》をかまはず、[一一]法躰《ほつたい》して[一二]楽隠居《らくゐんきよ》をする事、専《もつば》らにはやりぬ。頭《かしら》丸めしとて、金《かね》さへあれば、[一三]色《いろ》里の太夫《(たいふ)》も、それにはかまはず、自由《じゆう》になる。[一四]川原《かはら》の弥郎《やらう》も、猶《なを》、遊山《ゆさん》にかはる事なし。世《よ》の[一五]六《むつ》かしきめに逢《あは》ぬが此徳《とく》、何《なに》にかはかゆべし。され共《(ども)》、女心は愚《をろか》にして、娵子《よめ(ご)》に[一六]家《いへ》を渡《わた》す事、いつ迄《まで》もをしみぬ。京も田舎《いなか》も、見るに聞《きく》に、其通《とを》りなり。

土佐《とさ》の[一七]畑《はた》と云《いふ》所に、[一八]鰹《かつほ》屋の助《すけ》八とて、[一九]猟船《れうせん》を仕立《したて》出《(いだ)》す者有《(あり)》しに、かしこく

一「ひきよせて結べば柴の庵(いほり)にて解くればもとの野原なりけり」という釈教歌を踏む(一休和尚法語、法華方便品以下註、見聞愚案記一、譬喩尽など)。「野原」はノバラと濁る(日葡、和英語林集成)。 二 私が召し抱えましょう。

三「箯輿(あんだ)」の駕籠であろう。

四 欠け損じた漆塗りの飯椀。ここの「がうき(合器)」は「ごき(五器)」の転訛(中村幸彦)。

五「杓」は「杓」の譌字(同文通考)。 六 古びた豊島筵。 七 貧窮。 八「播磨」の通用字。

九 兵庫県姫路市にある天台宗の寺。山号書写山。西国三十三所の二十七番の札所。「書写寺。本名如意輪寺。播州」(合類節用集)。

一〇 強直(スクム)—寒空(サムソラ)・手足(俳諧小傘)。「弁慶ガ立スクミノ如シ」(左伝聴塵三十)。「書写寺」「弁慶」「立すくみ」の連想による。

一一「ホッタイスル。髪をおろす、あるいは、剃髪者になる」(日葡)。

一二 家督を相続者に譲りわたして気楽な身分になること。「四十過より法体きはめ、若隠居して大黒姿」(御入部伽羅女一の二)。

一三 遊郭で最高位の遊女。「太夫職。傾国において最も重んずべき職なり」(色道大鏡一)。「タユウ」(日葡)。 一四 京都四条川原の歌舞伎役者。「弥郎」→三九五頁注二三。

一五 うるさく、煩わしい目。「六借 ムツカシ〈文云、六个敷〉」(合類節用集)。 一六 家政取り仕切りの責任を譲ること。「杓子渡し」をすること。

一七「幡多」とも書く。明暦二年(一六五六)から元禄二年(一六八九)廃絶まで中村藩。三万石。

一八 足摺崎半島地峡部西側、土佐清水あたりの鰹漁の有力船元か。延宝・天和の頃には地元有力者が紀州漁民から習得した鰹漁業に乗り出し、十人乗以上の大型漁船で操業していた。特に足

世《よ》をわたる海《うみ》の上《うへ》を心におさめ、次第《しだい》に分限《(ぶ)げん》になりて、助《すけ》太郎と云《いへ》る子を持《もち》ける。[二〇]独《ひと》りもひとりからと、利発《りはつ》にして、親《をや》の気《き》を助《たす》け、諸人《しよ(にん)》の讃《ほめ》られ者《もの》、親《をや》の身にしては一しほ嬉《うれ》しかりき。[二一]十九の時、同《をな》じ所の美《び》なる娘《むすめ》を見立《たて》、何に不《ふ》足《そく》なく娌《よめ》に取《とり》、此上《うへ》に思ひ残《のこ》せし事もなく、表屋《をもや》の裏《うら》に座《ざ》敷造《しきつく》りて、助八是に引込《(ひき)こみ》、万《よろづ》の鎰《かぎ》を助《すけ》太郎に渡《わた》し、商売《しやうばい》は、律義《りつぎ》なる手代二人、[二二]後見《うしろみ》させければ、此身躰《しんだい》、[二三]鬼《をに》に金持《かねもた》せ、根強《ねづよ》ひ事隠《かく》れなし。助太郎[二四]夫婦《ふうふ》あひのよき事を、[二五]ふたりの親《をや》、かぎりもなく嬉《よろこ》び、此上に孫《まご》の皃《かほ》見る事をねがひ、いまだ[二六]振袖《ふりそで》の身なれば、[二七]下々《(したじた)》も我《(わが)》まゝ出《だ》して、台所《だいど(ころ)》そこ〳〵に、始末《しまつ》の事も心もとなく、母親幾《はゝをやいく》度《たび》となく[二八]見舞《まひ》て、末々《すへ〴〵》迄《まで》気《き》を付《(つけ)》給へば、あまたの[二九]下子《(げ)す》共《(ども)》、奉公《ほうこう》を大事に、[三〇]影《かげ》なく働《はたら》きぬれば、万事[三一]艫《とも》の廻《まは》りて、「舟問屋《ふなどひ》の勝手《かつて》は、是で持《もつ》た、[三二]かみ様《さま》の[三三]御飯《おだい》貝《がい》」といへり。朝夕《てうせき》おかしき事計《(ばかり)》仰《(を)ゝせ》られ、御年《(おとし)》はよられてもお心ざし[三四]和颯利《わつさり》と、いづれも行末《(ゆく)すへ》頼《たの》もしく、身を任《まか》せ、骨《ほね》を〔ゝ〕しまず祖《はたらき》ける。

　され共《(ども)》、娌《よめ》の[三五]習《なら》ひとて、是程あしからぬ姑《しうとめ》を嫉《そね》み、春雨《さめ》のふりつゞき、物の[三六]淋敷曙《さびしきあけぼの》に、「久々の[三七]部屋《へ》住《ずま》ひ、今といふ今《いま》、[三八]気《き》を懲《こら》しぬ。おいとしさ限《かぎ》りなきに、[三九]思ふ中の別路《わかれぢ》、うきよとはかゝる事ならん」と、[四〇]長枕《ながまくら》の端《はし》に書残《かきのこ》し、男の夢《ゆめ》にもしも見られぬうちと、閨纏計《ねまきばかり》の乱《みだ》れ姿《すがた》にして、此宿を忍《しの》び出《(いで)》、身の行《(ゆく)》

摺崎西南端、臼碆は鰹の好漁場だった(『土佐清水市史』)。「熊野灘辺を急げよ鰹、土佐の臼碆で待ち受ける」(『幡多郡誌』)。　一九 漁船。

二〇 諺。子供が一人しかいないこと。「一人も一人からとて上者息子じや」(譬喩尽)。四九一頁にも再出。

二一「今年十九、男盛り」(風流夢浮橋一の一)。

二二 後見人(こうけんにん)。商家では、跡継が幼少の時、手代を後見人として指定することが多かった。

二三 諺「鬼に金棒」を利かせる。　二四 夫婦仲。

二五 原本「ふふり」。意改。　二六 嫁入りしても十九の秋までは袖脇を詰めず、振袖を着ていた。

二七 奉公人。　二八 自分で見に行って。

二九「下子 ゲス〈又作下種〉」(書言字考)。「ゲス。すなわち、イヤシイ モノ。奴僕、または、下婢」(日葡)。　三〇 陰日向なく。

三一 物事が円滑に運び。「不廻艫 トモガマハラヌ」(反故集)。「艫」と「舟問屋」の「舟」は縁語仕立。　三二 隠居した老母の敬称。

三三「御台」(御飯)をすくう匙(かい)。「ヲダイガイ」(日葡)。ここは、老母が杓子を嫁に渡さず、家計をしっかり取り仕切っていること。

三四 明るくさっぱりと。「酒に憂へもわつさりとなる」(新続独吟集・上)。　三五 原本「習(なら)ひ」。

三六 淋敷(さびしき)―雨中(類船集)。　三七 諺に「部屋住み三年は山伏の峰入」(毛吹草二)と言う通り、婚家で親がかりの生活をする嫁には辛い毎日だった。「部屋」は主屋の背面側の狭い寝室。

三八 気も懲りごりとなりました。　三九「世の中は月にむら雲花に風、思ふに別れ思はぬに添ふ」(日本風土記)。「思ふ事叶はねばこそ浮世なれ」(譬喩尽)。　四〇 二人寝用の長いくくり枕。「長枕」(毛吹草二・誹諧恋之詞)。「夜も長枕とんと一人寝」(誹諧絵合・上)。枕―書置(俳諧小傘)。

末《すへ》は定《さだめ》ず成《なり》ぬ。助《すけ》太郎、目覚《めさめ》て、枕《まくら》に筆《ふで》の[一]形《かた》み、「是は」と男泣《なき》、大かたならぬ歎《なげ》き、各《をの〳〵》驚《をどろ》き尋ねけるに、山本ちかき[二]比丘尼寺《びくにでら》に懸込《かけこみ》、「此身、出家《しゆつけ》の望《のぞみ》はなくて、只《(ただ)》よを捨《すつ》る」と云《いふ》にぞ、「子細《しさい》有《(ある)》べし」と、様〻《さま〴〵》[三]詮義《せんぎ》の折ふし、皆〻《みな〳〵》爰《こゝ》に尋ね値《あひ》、庵《いほり》の主《あるじ》に能〻《よく〳〵》此人を預《あづ》け置《をき》、宿《やど》に帰りて此事を申《(まうす)》にぞ、両《ふたり》の親達《をやたち》安堵《あんど》して、其《(その)》後《のち》迎《むか》ひを遣《つかは》しけるに、更《さら》に帰《かへ》る気色《けしき》なし。助太郎、此女を恋《(こひ)》焦《こが》れ、[四]親《をや》の事は外《ほか》になして、彼寺《かのてら》に行《(ゆき)》て、[五]夫婦《ふう》は二世《せ》と[六]戯《たはぶ》れ、[七]日数《ひかず》を重《かさ》ね、宿に

一 形見。 二 尼寺に駆け込み。下ノ茅(現土佐清水市下ノ加江)の光明寺が一時尼寺だったらしいが、勿論、此処と断定はできない。彼女の駆け込んだ尼寺がいわゆる「駆込寺」の役を果したこと、以下の台詞によっても明らかである。「駆込寺」(「駆入寺」とも)は、嫁が離縁を望む時、一時的に逃げ込んだ尼寺。いわゆる「縁切寺」。そこで三年間、有髪のままでも尼としての勤めに従えば、離縁の効果が成立した。鎌倉松岡東慶寺が特に有名。 三 →四三一頁注三一。

四 親不孝の典型である。「孝。妻子ヲサシヲキテ親ヲ愛敬スルヲ云フ」(和漢新撰下学集)。「其ノ妻子ヲ愛シテ父母ニ違戻スル者ハ始ヨリ不孝ノ子ナリ」(無量寿経鼓吹十)。

五 「今世俗に、子は一世、妻は二世といふ」(婦人養草五)。「夫婦は二世、師は三世、親子は一世」(春風館本・諺苑)。

六 「タワブレ。…また、比喩。姦淫する」(日葡)。この転義、ここの文脈に叶う。

七 男子禁制のはずの尼寺に入りびたり、情事を重ねていた不埒。仏教では「堂坊寺院ノ内、仏前等ニテ犯ス」行為は「四種邪淫」の一(元禄八年刊・三界義鼓吹三)。

八 若嫁の身になれば、何時までも家計を譲らず、事々に口を出して世話を焼いた事こそ最大の科だっただろう。 九 無慈悲。意地悪。

一〇 覚悟を固め。 一一 死の婉曲表現。

一二 死ぬべき時が来ての死。 一三 親不孝な嫁である。「もし人の嫁となり、部屋住みに飽きて、わが世にならんを待ちわぶる心あらば、不孝の罪冥加なかるべし」(姫鑑二)。

挿絵解説　比丘尼寺に駆け込み、事情を訴える若嫁(右側)と、見舞に訪れた姑(左側)を描く。

戻らず。科《とが》[八]なき母親《をや》、邪見《じやけん》[九]の名を立《(たて)》ける。

それにもかまはず、独《ひと》りの子なれば、不便《ふびん》とばかり思ひ込《こみ》、「兎角《と(かく)》は、娌《よめ》、我《われ》をうるさく思ふ故《ゆへ》ぞ」と、終夜《よもすがら》物案《あん》じて、「我《われ》さへ身を捨《すて》ければ、子の命のかはり」と思ひ詰《つめ》て、観念《くはんねん》[一〇]し、「心《(ここ)》ち悪《あし》き」と云出《いひ(いだ)》し、其日より湯《ゆ》水も飲《のま》ず、十九日めに、はかなく世[一一]の夢《ゆめ》と成《なり》給ふ。助太郎は、「時節《じせつ》[一二]の死去《しきよ》」と、歎《なげ》かず。女房《ばう》は悦《よろこ》[一三]び、それより宿に帰り、むかしのごとく世間を勤《つと》め、独《ひと》りの親仁《じ》をも、

憤懣やるかたない嫁の不平面(づら)が、柔和な姑の笑顔と対照的に示されているところは効果的であるが、本文には、「皆〻、爰に尋ね値、庵の主に能〻此人を預け置、宿に帰りて此事を申にぞ、両の親達安堵して、其後迎ひを遣しけるに、更に帰る気色なし」とあり、姑自身が見舞ったとは書いていない。

心優しいこの姑は、結局、「我さへ身を捨ければ」と、断食して死ぬ道を選んだ。

老いて飲食も不可能となった姑に自ら乳を含ませて養った二十四孝「唐夫人」の孝子譚、(姑ノ長孫夫人ハ)年よりて、歯一枚もなきゆへに、食物もくらふ事を得ず。余命もいよいよ旦暮に迫らんとす。然るに、婦の唐夫人が姑につかふるの礼敬を篤く存じて、毎日髪を櫛(くしけづ)り、身を洗ひきよめて、姑の居れる堂にのぼりて、姑の長孫夫人に我が乳房を含ましめたるほどに、長孫夫人、粒(いなつぶ)をくらはざる事、四五ヶ年の久しきを経れども、康寧堅固に光陰を送りぬ。　(二十四孝絵抄)を逆転させれば、親不孝な嫁を持った姑が遂には餓死するに至ったという話に裏返すことができよう。これが本章における二十四孝説話逆設定の手法であった。

本章の場所を「土佐の畑」とした理由は、本朝孝子伝・今世部二十「宍粟孝女」の主人公名「紀伊」から、付合語を伝って、紀伊―鱣―土佐―畑(類船集)と移動させたところに求め得る。

「宍粟孝女」紀伊は、母亡き後、「辛ヲ含ミ、蓼ヲ茹(クラ)テ以テ父に孝ス。供奉扶持、敢テ懈ルコトナシ」。鱣屋の若嫁は、姑を自殺に追い込み、残る「独りの親仁をも、耳の遠きを幸に」、幽閉同然、遂に顔も見せなかった。

耳《みゝ》の遠《とを》きを幸《さいはひ》に、[一]あるにかひなくをしこめて、顔《かほ》見る事もなかりき。

一とせあまりも程過《すぎ》て、書置《かきをき》せし枕《まくら》、とり出《いだ》しみれば、はゝ親の筆《ふで》にして書《かき》付《つけ》おかれし。「世を見るに、[二]娌《よめ》としよりて姑《しうとめ》となる。[三]人の心のおそろしきに、艶《やさ》しき狼《をゝかみ》を恐《おそ》れる。子の[四]かはゆさあまりて、おしからぬ身なれば、[五]千《ち》とせもちらぬ花娌子《よめご》に、命をまいらす」と書残《かきのこ》されし。是を聞《きゝ》つたへ、人のつき会《あひ》かけて、おのづから取《とり》こもりてありしが、夫婦《ふうふ》さし違《ちがへ》て果《はて》ける。

木《こ》陰《かげ》の袖《そで》口《ぐち》

[六]曇《くも》りなき身をうたがはるゝ程、世に迷惑《めいわく》なる事はなし。天《てん》まことをてらし給へ共《ども》、其時節《そのじせつ》を待《また》ず、身を失《うしな》ふも悲《かな》し。心の浪風《なみかぜ》たつも、人の云《いひ》なしにして、是非《ぜひ》なき事有《あり》。

越前《ゑちぜん》の国[七]敦賀《つるが》の大湊《をゝみなと》に、榎本《ゑのもと》万左衛門とて、[八]百性ながら、商人半分《あきびとはんぶん》の者有《ものあり》。随分《ずいぶん》かしこく立《たち》まはり、此所の[九]市《いち》に出見世《いでみせ》、[一〇]都《みやこ》の春《はる》の花を、爰《こゝ》の秋《あき》に咲《さか》せ、[一一]馬《むま》引《ひき》・[一二]野人《やじん》をまねき、[一三]生牛《いきうじ》の目をぬき、[一四]亀井算《かめゐざん》などは[一五]中《ちう》ぐゝりに、[一六]巾着《きんちゃく》の口をしめ、世間《せけん》の人《ひと》を[一七]腰《こし》にさげる程なれ共《ども》、仕合《しあはせ》は思ふにまゝならず、する程《ほど》の事ひ[一八]

一 生きている甲斐もないように閉じ込めたまま。
二 「大徳寺真珠庵宗純(一休)の歌に、世の中の嫁が姑に早成れば人も仏になるは程なし」(為愚癡物語一)。「嫁が姑に成るは程もなし」(世話焼草)。「嫁が姑になる」(毛吹草二、諺草三)。
三 我が子だけには優しい狼を恐れるとは何としたことか。「虎狼だもその子をばくらはず」(中江藤樹・鑑草五)。「艶(や)(さ)しき」→四〇一頁注一八。
四 「可愛(カハ)(ユシ)。人をいとおしむに云詞也」(諺草二)。
五 何時までもお美しい花嫁さん。痛烈な皮肉である。「千歳経るとも散らざる花と、心のかはらぬ人もがな」(隆達小歌)。「嫁の古いのがこんな祖母(ばば)になるものじや。千年も皃(ほか)に皺の寄らぬものではないぞの」(俗つれ〴〵四の一)。
六 本章の素材には、異本系孝子伝の伯奇の説話が採用されている。西鶴は一条兼良の語園(上)所載伯奇説話の「伯奇、咎無テウタガハル、事ヲロ惜ク思テ自害シテ死ケリ」に拠って本章の冒頭を書き起こす。
七 当時、年間の入船千八百艘、米四十万俵、大豆十一万俵が入津、五万本の茶が積み出された裏日本最大の港だった。「里はさかゆく越前の国／数々の船は着きけり敦賀の津」(誹諧独吟集)。
八 「百姓」の通用字。
九 八月十日、気比神宮の祭礼に立つ市。十日―敦賀の市八月(類船集)。
一〇 「殊更秋は立つゞく市の借屋(かり)(や)、目前の京の町、男まじりの女尋常に、其形気(かた)(ぎ)北国の都ぞかし」(永代蔵四の四)。
一一 「敦賀の市には馬を引く」(類船集・市)。
一二 「粗野で下賤な者」(日葡)。
一三 「生馬(いき)(うま)の目を抜く」と同類の諺。人をはしこく出し抜く譬え。「生牛の目も抜く様(や)(う)な」(類聚世話百川合海)。
一四 和算の割り算の一法。掛け算の九々によっ

だり前《まへ》に成《(なり)》て、元手《もとで》をへらし、裸《はだか》になりぬ。かならず悪事《あくじ》はつゞき、田畠《たはた》も取《とり》[一九]目《め》なく、四五年の荒野《あれの》となりて、皆《みな》御年貢《ねんぐ》に売取《うりとり》[二〇]、かなしき中[二一]にも、無用《むよう》の智《ち》恵《ゑ》有《ある》顔を日比《ひごろ》出《いだ》し置《(おき)》、和利《わり》[二二]なく頼《たの》まれ、人の公事《くじ》[二三]ざたにかゝりがましきものと て、後《のち》には、親類《しんるい》さへ音信不通《ゐんしんふつう》になりぬ。なを又、連《つれ》そふ女房《にようばう》にも思ひ[二四]をさせ、気《き》を悩《なやみ》て月日を過《すご》し、次第《しだい》よはりになりて、廿六の五月《さつき》のするに、うき世《よ》を闇《やみ》となりぬ。

二人の中に、万《(まん)》の助《(すけ)》とて、いまだ乳房《ちぶさ》を忘《わす》れぬ一子《(いつし)》ありて、なげきも一しほ止《やむ》事なく、それより四十九日迄《まで》は、香花《かうはな》をとりて、万之助が枕蚊屋《まくらがや》[二五]に寄添《よりそひ》、しばしも夢はむすばず、泣出《なきいだ》す時、こと更にかなしく、摺粉《すりこ》[二六]・地黄煎《ぢわうせん》[二七]をあたへ、膝《ひざ》の上《うへ》に抱《だき》あげ、鶏ゝ《とゝ》[二八]ゆぶれ共《(ども)》、涕《なき》やまず、夜《よ》は明《あけ》ず、今《いま》の刹《(せつ)》[二九]なさ、子といふ[三〇]者なくてあらなんと、鼻口《かか》[三一]が事を思ひ出《(いだ)》して、面影《をもかげ》にたつ。男計《をとこばかり》にして住《すみ》うき事を、思ひあたりて歎《なげ》き、身[三二]のくるしき時、子《こ》を捨《すつ》る藪垣《やぶがき》を忍《しの》び出《いで》、半道計《はんみちばかり》、野末《のずへ》なる念仏寺《ねんぶつじ》の門前《もんぜん》に行《(ゆき)》て、辻堂《つじだう》[三三]のうちに万《まん》之助を捨置《すてをき》、立帰《たちかへ》れば、人の身《み》をはなれて、板敷《いたじき》のひゆるを覚《をぼ》えて、声《こゑ》をあぐれば、魂《たましゐ》も飛出《とびいで》、又懐《ふところ》に入《(いれ)》て、「捨《すて》ねばならぬぞ」と云《(いふ)》時、夜《よ》も明《あけ》がたに成《(なり)》て、軒端《のきば》成雀《なるすゞめ》の囀《さへづ》りて、おのが子をさまぐ\に育《はごくむ》をみて、「たまく\[三四]此身を受《うけ》て、此心ざし口惜《くちをし》き」と、また宿《やど》

て割り算を行うので「九々引算」とも呼ばれた。「小遣帳の出入りも人に付けさせず、どの棚には何が何程あるまで、中にくゝりて、さしも数有る商物、みじんも忘れず」(好色染下地一)。 一六 それ程の締まり屋で。 一七 思いのままにあしらう程の才能ではあるが。腰—巾着(類船集)。 一八 計画通りに運ばず、不運なこと。「左マエ。蹉跎ノ意」(春風館本・諺苑)。 一九 収穫。 二〇 売って金に替え。 二一 貧しい暮らしの中にあっても。 二二 「わりなし。無理にと云心也。詮方なきをも云也。無和利」(類字仮名遣)。 二三 訴訟事件に口を出したがるうるさい奴だと。「辺鄙ノ民、相論シテ上ニ訴ルコトヲ公事(ジク)ト云フナリ」(斉東俗談二)。「百官ノコト、理非分明ニヱラビワカツヲ沙汰ト云フ」(同二)。 二四 心配をさせ。底本「思ひをよせ」。「よ」は「さ」の誤刻と認める。 二五 幼児の頭部を覆う小さな蚊帳。竹の骨組みに麻布を張ってある。 二六 米の粉をすったもの。湯に溶いて、母乳の代用とする。 二七 飴の一種。米の胚芽、麦のもやしを粉末にし、地黄の汁を合わせ、とろ火にかけて練り作ったのでいう。虚弱な体に良い甘い滋養剤。 二八 「ととく\」とゆすぶり動かしても。「とと」は鶏を呼ぶ声なので「鶏々」と書いた。「お父ちゃんだよく\」という呼び掛けか。「とゝよかゝよと朝夕にいふ/鶏や犬飼ふ事を能として」(犬子集四)。「かゝを置きてとゝゝゝゝの別路に/涙を流す目を突きおつた」(天満千句)。 二九 用字未考。後出「刹なく」(四八一頁)。 三〇 徒然草から出た諺。「わが身のやんごとなからむにも、まして数ならざらむにも、子といふもの無物、なくてありなん」(六段)。「子といふもの無

に帰《かへ》り、一五十日の吊《とぶら》ひ、精進《しやうじん》をもあげて、其日より、里〻《さとぐ》へ二通《かよ》ひ商《あきなひ》の、三糟買《かすがい》も、身過《すぎ》の種《たね》として、かた〱四の籠《ふご》に五万《まん》太郎を入《いれ》て行《ゆく》、道すがら、六泪《なみだ》を片荷《かたに》に、漸《やう》〻《やう》一村に入《いり》ぬ。此里、艶《やさし》くも是をいたはり、色〻、此子の七人なる事を申《まうし》ぬ。折ふし、庄屋の八広庭《には》に、女九計《ばかり》茶事《ちやごと》して集《あつま》りしが、此中《なか》に、一〇似合敷後《にあはしきご》家有《あり》て、一一いづれも取持《とりもち》、かる〲敷縁組《しくえんぐみ》を急《いそ》ぎぬ。此女房、見ぐるしからず、然《しか》もし一二ほらしき心底《しんてい》。夫婦《ふうふ》の取組悦《とりくみよろこ》ぶに非《あら》ず、ちかき比《ころ》に子をうしなひ、其乳《ち》のあがり

くて有りなん」(譬喩尽)。　二一「口鼻」とも、「嘷」とも書く。「柴口鼻がいたゞき帰る米袋」(俳諧小松原)。「嘷(かゝ)」(世話用文章・上)。
二二「守(モ)ル二守(ラモ)レヌ子ハ藪ニ棄テヨ　和漢故事」(春風館本・諺苑)。
二三 四辻に建つ小さな仏堂。辻・四辻—捨子(類船集)。四辻—捨子(俳諧小傘)。
二四 たまたま人間の身に生まれながら。「たま〱人間に生(うしやう)を受て」(四四二頁)。

一 四十九日の翌日を「忌明け」とし、仏事を行い、精進落しをして日常の生活に戻る。　二 行商。
三 籾殻(もみがら)買い。この「糟」は脱穀した後の摺糠(すりぬか)、即ち、籾殻。「カス。葡萄の搾り滓のように、物を搾ったあとに残る物、または、日本の酒や油などに残る滓。また、小麦などの糠」(日葡)。
四 片方、即ち、一方の「ふご」に。「ふご」は藁製の籠のような容器。赤子の容器としても用いられた。籮(ゴフ)—緑子(便船集、類船集)。籮—乳呑子(俳諧小傘)。↓四五八頁目録挿絵。
五 以下、「万之助」から「万太郎」に変わる。誤刻か。しばらくこのままとする。六 天秤棒で担う一荷(いっか)の荷の片方。
七 人成る。四段動詞。成長する意。
八 農家の主屋の前の空地。屋外農作業場として使われる。
九 仕事の中休みに皆で煎じ茶などを飲むこと。
一〇「ヲットニヲクレタルヲンナ」(日葡)。
一一 皆が二人の間を斡旋し。
一二 つつましく優しい心根。「塩らし。俗に、人のみやびやかなるをしほらしと云」(諺草六)。

もやらず有《ある》なれば、人間ひとりたすくる思《をも》ひをなして、我子《わがこ》かはらず、万太郎を撫育《そだて》、世のかせぎを大事《じ》に、一三夕《ゆふべ》に織《をり》て、朝《あした》に売《うり》棉《もめん》して、三人共《とも》に飢《うへ》ず、寒《さむ》からず。

程なく家富《とみ》て、其後《のち》は、下〻《したぐ》もあまたつかひ、万太郎も十六に成《なり》て、一四角前髪《すみまへがみ》の一五釆体《とりなり》も、是をうらやみぬ。され共《ども》、一六形《かたち》に心《こゝろ》は違《ちが》ひ、不孝《かう》第一の悪人。年中《ねんぢう》、一七親の気を背《そむ》きしを、継母《けい》よろしく取《とり》なし、ひそかに異見《ゐけん》をする中にも、人の

一三 夜なべに下機（しもばた 木綿機）で木綿を織り、翌朝それを売って。　一四「角（すみ）」を入れた前髪。両額の左右の生え際を四角に剃り込んだ髪。半元服の髪形。→四〇九頁注三九。　一五 風采。　一六「顔に似ぬ心」（諺草二）。　一七 父親。

挿絵解説　脱穀に忙しい庄屋の広庭に万左衛門が糟（籾殻）を買いに入って来た。本文に述べる「茶事」の状景ではない。「ふご」の中の万太郎（万之助）に優しく言葉をかけているのが、最近我が子を失ったばかりの後家。この後家がやがて万太郎の良き継母となる。

本章が孝子伝の伯奇説話を素材として利用していることは明らかであるが、越前敦賀の話として描かれていることを通じて二十四孝の閔子騫（びんしけん）説話との関係が察知される。厳冬に邪悪な継母から芦の穂綿しか与えられなかった閔子騫。

着るものも芦の穂綿や寒からん　（野犴集）
中入綿は知れぬ芦の穂
一子寒し憂き秋ながら分別者　（大矢数二）
芦の穂を中に包んだ心から
継子とて世には
（西鶴評点如雲等五吟百韻巻）

俳諧では「芦の穂」と「綿」とが付合（毛吹草、世話焼草、便船集、類船集）。その「綿」は一方で「越前」（便船集、類船集）、「敦賀の津」（類船集）とも結び付いている。二十四孝・閔子騫の「芦の穂」から「綿」へ、「綿」から「越前」「敦賀の津」へと、西鶴は本章の場所を設定して行った。彼は本朝孝子伝・今世部十八、不慈の舅に仕えて忍従よく孝を尽くした備中国三田村孝婦と二十四孝の閔子騫とを主軸に、伯奇説話を巧みに取り入れて、この一篇を構成したのである。

嫂《(よめ)》など[一]たよるを頻《しき》りに申せば、かへつて悪心をおこし、日比《(ひごろ)》の恩《をん》を忘《わす》れ、継《けい》母《ぼ》の難《なん》をたくみ、追出《をひいだ》すべしと思ひて、父《ちゝ》に申せしは、「迷惑《めいわく》ながら、いはね[二]ば天命《てんめい》を背《そむ》くなり。母人《(はゝびと)》、我《われ》への戯《たはぶ》れ、さりとては面目《めんぼく》なく、随分堪忍《かんにん》して、今迄はつゝみし。[三]自然《ぜん》、わきから見し人あらば、罪《つみ》なくて指さゝれんも、無《む》念《ねん》」と、[四]満更《(まんざら)》ない事に、涙こぼしぬ。父親《てゝをや》、驚《をどろ》きながら、「よもや、さやうの事有《(ある)》まじき」といへば、「御うたがひ、もつ共《(とも)》なり。其証拠《しやうこ》を御目に懸《かけ》候べし。[五]宿《やど》を出《(いで)》給ふ躰《てい》にて、物かげより見給へ」と、親仁《(おやぢ)》を外《そと》へ出《(いだ)》し置《をき》、庭前《てい》の[六]柿《かき》のさかりなれば、「梢色《(こずゑ)》づくを取《(とる)》べし」といひけるにぞ、母《はゝ》も立出《たちいで》、詠《なが》められしに、万太郎、よき首尾《しゆび》を見合《あはせ》、木陰《こかげ》に入《(いり)》て、「[七]頭筋《くびすじ》・背《せ》中に、いかなる[八]虫《むし》か入《(いり)》て、身《み》をいためける。はやく取《(とり)》て給はれ」といへば、母親《はゝをや》、何《なに》心もなく、左《ひだり》の袖《そで》口より手をさし入《(いれ)》、しばらくさがして、「何《なに》も手にあたらず。され共《(ども)》、心もとなし。[九]着物脱《きるものぬい》で、内をあらためよ」といはれし。父親《てゝをや》、はるかなる生垣《いけがき》より是《これ》を見て、「扨は、それよ」と、一筋《すぢ》に思《をも》ひさだめ、年月の恩愛《をんあひ》一度にわすれ、子《し》細《さい》はいはで、暇《いとま》の状《じやう》出《(いだ)》され、「[一〇]俄《にはか》にあかせ給ふは、いかに。あしき事あらば、日比《(ひごろ)》のよしみに、一通り仰せられてのうへは、恨《うら》みもなき」と[一一]歎《なげ》くに、万左衛門聞《(きき)》いれねば、ぜひにかなはぬ身とて、黒髪《くろかみ》切《(きり)》て[一二]家を出《いで》、[一三]殊勝《しゆしやう》なる法師《ほうし》となり

一 近づき言い寄る。　二 天の道に背くことになります。　三 もし。万一。
四 全く。「満更 マンザラ」(合類節用集、反故集)。「まんざら。真更(マッサ)カ」(志不可起)。
五 家からお出かけになるふりをして。
六 柿は八、九月に熟す(新語園十、和漢三才図会八十七)。「柿モ八月九月ニ処中ニ熟ス。十月ニハ早、串柿ニシ、或ハ熟柿ニ成ル也」(見聞愚案記十)。　七「頭 クビ」(書言字考)。
八 この虫、孝子伝の伯奇説話では蜂。「(継母ハ)伯奇ヲ悪(にく)ミテ、有時、蜂ヲ取テ針ヲ刺シ、我衣ノ上ニ置タリ。伯奇其トハ知ラデ其蜂ヲ取ントス。母イト荒ラカナル声ヲ出シテ、伯奇吾ヲ引クトゾ叫ビケル。(父)吉甫、疑フ心アリ。伯奇、咎無テ疑ハルヽ事ヲ口惜ク思テ自害シテ死ケリ」(語園・上・蜂ヲ以テ継子ヲ讒スル事)。蜂―継子(類船集)。
九 着物(きもの)。「キルモノ。衣服」(日葡)。
一〇 原本「あか勢(せ)」。「飽かせ」の意。お嫌いになる。　一一 哀訴するのに。　一二 家を出る―さられ女(類船集)。「家を出づる」(世話焼草一・釈教之話)。　一三 心がけ神妙な尼法師となった。
一四 諺。「悪事千里」(世話焼草、春風館本・諺苑)。「あくじ千里をはしる」(毛吹草、漢語大和故事一)。　一五 沙汰。取り沙汰。　一六 都の方。
一七 敦賀から南へ、愛発山(あらちやま)を越えて、近江湖北の海津(かいづ)へ通ずる山道。七里半越。「敦賀より貝津まで道やすらかなり。七里半の間には、引坂ばかり有」(東路記)。
一八 季節外れの落雷に打たれて死んだということが、親不孝者の受けた天罰。この地方は雷が極めて少なく、落雷は年間を通じて二回くらいしかないという(『敦賀郡誌』)。西鶴は永代蔵四の四にも、同じく敦賀の悪人の葬送に、春のの

ぬ。

まことに、[一四]悪事《あくじ》千里《せんり》。万太郎が仕業《しわざ》、誰《たれ》いふ共《(とも)》なく、所にさたして、[一五]諸人《しよ(にん)》憎《にく》みたて、身の置《をき》どころもなく、[一六]上《(かみ)》がたへ立《(たち)》のきしに、[一七]七里半の道中《だうちう》にて、時《とき》ならぬ大雷神鳴《かみなり》、おちたるとも覚えず行《ゆく》うちに、[一八]万太郎を乗《のせ》たる馬《むま》ばかり残りて、口引《(くちひく)》おとこ、立《(たち)》帰り、此ふしぎをかたりける。

本《ほん》に其《その》人の面影《をもかげ》

[一九]無仏世界《むぶつせかい》なる国里《くにさと》、[二〇]和朝《わてう》すゑ〴〵迄、今はなかりき。

殊更《ことさら》、世の掟《をきて》も静《しづか》なる松前《まへ》の城下《じやうか》に、久しき浪人《らう》、岩越数馬《いはこしかずま》といひしが、近年《きんねん》、[二一]孔子頭《こうしあたま》にかへて、名《な》も夢遊《むゆう》と改《あらた》めける。世に住《すめ》ば、夢《ゆめ》にもあそぶ暇《いとま》なく、[二二]むし薬《ぐすり》を合《あはせ》て、けふをくらしぬ。よる年の口おしく、奉公《ほうかう》の望《のぞみ》も絶《たへ》て、[二三]七十歳にて入道し、其後《(そののち)》は[二四]丸腰《ごし》になつて、武士《ぶし》の皃《かほ》つきもせず、檰着物《もめんきるもの》のうへに、[二五]縮《ちり》緬《めん》の[二六]単羽織《ひとへばをり》をかけ、[二七]三十年になる編笠《あみがさ》、折《をり》目を裏《うら》より[二八]紙子《かみこ》にてつゞくり、被《かぶ》れば、[二九]日影者《かげもの》といはれて、腫物《しゆもつ》・切疵《きりきづ》の[三〇]膏薬売《かうやくうり》て、姿《すがた》も心も町人になりぬ。内儀《ぎ》も、歴〻《れき〳〵》の息女《そくぢよ》なりしが、むかしを捨《すて》て、朝夕《てうせき》の[三一]米をかしき、手足《あし》もおのづか

どかな日、突如大雷雨して、落雷、死骸を乗せていた駕籠だけが残ったという一件を語る。
一九 仏法の及んでいない未開野蛮の地。「総じてこの松の山家と申すは、無仏世界の所にて」(謡曲・松山鏡)。「無仏世界。頑愚ノ者ヲ云」(春風館本・諺苑)。 二〇 「ワチョウ。日本」(日葡)。
二一 儒者の総髪頭。
二二 虫薬、即ち、虫下しの薬を調合して。
二三 七十歳は、仕官していても老衰隠居を願い出る年齢。 二四 帯刀しないこと。
二五 「縮緬(チリメン)」(邇言便蒙抄)。
二六 羽織は武士も医者も着用した。↓三九七頁挿絵。 羽折―医者・武者(類船集)。 二七 浪人してから三十年は経っていることを表す。 窂人―編笠(類船集)。「しばし程経て買はん編笠／窂人と見知らるるとも是非もなし」(鶏鷺俳諧)。
二八 着古した紙子の紙で繕い。「紙子」は紙衣(かみぎぬ)ともいい、厚紙に柿渋を塗り、日に干して乾燥させた後、一夜、夜露を含ませ、それを手でもみ和げて作った衣服。僧・浪人・貧者などが着た。「浪人の紙子の袖や薄からん」(新撰抜粋抄)。
二九 日の目を見ない落ちぶれ者。
三〇 浪人の内職を正業としたのである。 膏薬―窂人(俳諧小傘)。
三一 カシギと濁らない(日葡、和英語林集成)。

一 貧しい暮らしの中でやっと育て上げ。
二 みずみずしくて見とれるように美しく。
三 男色の稚児として最も魅力的な年頃。「十五より八を盛りの花と極め」(よだれかけ五)。
四 恋慕する。「恋情 シノブル」(合類節用集、節用集大全)。 五 美貌の若衆。
六 さばけて気がきいている事。

ら荒《あれ》たる宿《やど》に、是非《ぜひ》もなき年月を送《をく》るうちに、男子《なんし》弐人、作弥・八弥とて、[一]かなしき中に漸〻《やう〱》と育《そだて》、十七、十五になりぬ。

流石《さすが》、うまれつき[二]美敷《うるはしく》、[三]若衆《わかしゆ》ざかりにして、執心《しうしん》の人絶《たへ》なく、門《かど》に市《(いち)》をなしぬ。後《のち》は、命《いのち》をかけて作弥を[四]忍《しの》ぶ人あり、八弥をしたふ者あり。此[五]美少《びしやう》、[六]気《き》のとをりたる事、[七]衆道《しゆだう》の只中《たゞなか》、[八]情《なさけ》を本《(もと)》として、其道理《だうり》のわきまへ深《ふか》く、[九]悩《なづ》める人に心をうつせど、親《をや》の夢遊《むゆう》、油断《ゆだん》なく守《まも》りて、[一〇]気《き》の毒《どく》なる恋《こひ》の関《せき》、まゝならぬ

七 男色の最高の達者で。「(衆道ト八)十四五六八の男子、生れ付よきは勿論、大体の生れ付にても、念者といふもの持たぬ若衆は壱人もなし。此是を兄弟契約と云ひし。又、男色ともいふ。此事に付、やゝもすれば大出入り出来、人亡る事夥くあり。…されば生付よき子持たる親は、明暮是を苦労にし、深窓に込めて油断せず、適々他出の時は、親たち同道して出る」(むかし〱物語)。 八 「もと」とも「ほん」とも読める。

九 「なづむ。おもひ入れて執着する心なり。心外(ほか)にあらずして、一筋に傾く皃(かたち)也」(色道大鏡一)。

一〇 迷惑至極な恋の関所。関—恋路(類船集)。

一一 夢(夢遊)という名の通り、はかなく成られ。

一二 悲嘆。 一三 度が過ぎて気味が悪かった。

一四 背丈。「背(せい)」は「勢(せい)」から転じた語であるから、「勢」の字の使用は誤りではない。

一五 後家になっても髪を切らないまま、しかも身だしなみを一切止めてしまったので。

一六 「スサマジイ。ぞくぞくして恐ろしく、気味のわるい(こと)」(日葡)。日葡にはスサマシイという語形も掲出。

一七 葬場に野辺の送りをし、荼毘(だび)に付した。

挿絵解説 若衆姿の八弥が半弓を引き絞って、母の姿に化けた狸を射ようとしている。その右手にはもう一本、乙矢(おとや)を手挟んでいるが、彼は見事、甲矢(はや)一本で仕留めた。左絵、手を合わせて拝む兄は、本文に照らせば母の方を向いているべきで、これでは方向が合わない。

本章、話の素材には宇治拾遺物語八の四「猟師ほとけを射る事」が採用されている(中村幸彦)。古狸の変化(へんげ)を普賢菩薩の来迎と信じて歓喜礼拝する聖と、怪しいと睨んで弓で射殺

身を恨みぬ。夢遊《むゆう》、程なく、[一一]名の夢《ゆめ》になり給ひ、作弥《さくや》・八弥が[一二]かなしみ、殊更《ことさら》、母人《はゝ(ひと)》、なげきのやむ事なく、世間《せけん》も恥《はぢ》ず、かなはぬ人を世《よ》に有《(ある)》やうに、[一三]あまり気《け》うとかりき。此形《かたち》、二人の若衆《わかしう》とは各別違《かくべつちが》ひ、[一四]勢《せい》たかく、痩《やせ》かれて、色あをざめて、皃《かほ》ながく、常《つね》さへ醜《みにく》かりしに、此たび愁《うれへ》に沈《しづ》み、[一五]髪《かみ》かしらを其まゝに、身を捨《すて》ければ、[一六]すさまじげになりて、他《た》人は見るさへ嫌《きら》ひぬ。是も、其程なく、夫《をつと》の事をいひ死《じに》に、哀《あはれ》や、[一七]無常野《むじやう》におくり、煙《けぶり》とはなしぬ。

した猟師の話である。西鶴はこの話を二十四孝の「郯子」説話と結びつけた(井上敏幸)。

郯子は親のために命をすてんとしける人也。其故は、父母老てともに両眼を煩ひしに、眼の薬なりとて鹿の乳を望みけり。郯子孝なる者なれば、親の望を叶へたく思ひ、鹿の皮を着て、あまた有鹿の中へまぎれ入り、乳をとらんとしければ、狩人是を誠の鹿ぞと思ひて、弓に矢をつがひけり。其時、郯子、是は誠の鹿にはあらず、郯子といふ者成が、親の望を叶たく思ひ、偽て鹿の形となりたりと、声を上ていひければ、狩人驚て其故を問へば、有の侭に語る。されば孝の心深き故、矢をのがれけり。そも人として、鹿に乳を求むればとて、いかでか得さすべきなれども、思ひ入たる孝の志を人々感じけり。(首書二十四孝)

郯子の被った「鹿の皮」は、和朝「松前」の名産(毛吹草四、国花万葉記十一)。類船集「松前」の付合に「鹿皮」。

本朝孝子伝との対応は、今世部十二、淡路国津名郡「由良孝子」である。本章冒頭文の「無仏世界なる国里、和朝するゝ〳〵迄、今はなかりき」は、「由良孝子」の論、「古ハ王宮国都ヨリ以テ閭巷ニ及ブマデ学有ラズトイフコト莫シ」を明らかに倣っていると思う。「由良孝子」久左衛門は「頑然タル一野夫」であった。彼のような頑愚一徹の孝子はもはや「今はなかりき」という意を含めて、西鶴は冒頭の一文を書いたのであろう。

「淡路」の付合語は「鹿」(類船集)。「鹿皮」の名産地「松前」に本章の場所を定めることに問題はなかった。「諸国見聞」する最北端の例話がここに成立した。

其夜《そのよ》は、雨《あめ》[一]ふりて、物淋《さび》[二]しく、近所《きんじよ》に人の歎《なげ》きをかまはず、月待《まち》[三]して、音曲《をんぎよく》のかず／＼過《(すぎ)》て帰るに、臆病《をくびやう》者共《(ども)》、何《なに》が目に見えける、「作弥・八弥が母《はゝ》人の幽霊《ゆうれい》[四]来る」と、仮初《かりそめ》に云出《いひ(いだ)》し、其後《(そののち)》は、「我も見し」「人もあひつる」と、よしなき取《(とり)》さたをして、夜《よ》に入れば往来《わうらい》とまりて、所《ところ》の噪《さは》ぎとなれば、作弥《さくや》・八弥が身にしては、世の外聞口惜《ぐはいぶんくちをし》く、兄弟《きやうだい》[五]ね覚《ざめ》にも是を忘《わす》れず。其折から、窓《まど》の明《あけ》音《をと》、あり／＼と、母親《はゝをや》の面影《をもかげ》[六]、庭《には》に見とめ、親《をや》子の中ながらおそろしく、兄《あに》の作弥《さくや》は手《て》を合《あは》せ、「など成仏《じやうぶつ》はし給はぬ。さりとはあさましき御事《(おんこと)》や」と、涙《なみだ》を袖《そで》[七]にしたしける。弟《をとゝ》の八弥、かひ／＼敷《しく》、枕《まくら》に有《(あり)》し半弓《はんきう》つがひ、放《はな》ちければ、形《かた》ちは消《(きえ)》て、はつと[八]光《ひかり》あり。立《たち》よりてみるに、年《とし》ふりし狸《たぬき》の、鼻筋《はなすぢ》より射《ゐ》通《とを》し、いまだ息《いき》の荒《あら》きをとゞめ[九]さして、噪《さは》ぐ気色《けしき》もなく取置《とりをき》[一〇]ける。是は、此所よりひがしの宮《みや》[一一]山に住《すみ》て、今迄いか程か人を悩《なや》ましけるに、「此後《のち》、野道《のみち》の子細《しさい》[一二]あらじ」「此度《たび》の手柄《てがら》[一三]、八弥《や》なり」と、「いにしへの頼政《よりまさ》[一四]・秀郷《ひでさと》にもおとらじ」と、是を讃《ほめ》ざる人はなし。

此事《こと》、国守《こくしゆ》[一五]のさた[一六]におよび、文武《ぶんぶ》の道者立合《たつしやたちあひ》[一七]、詮義《せんぎ》の有《(あり)》しは、下ゝ《した／＼》[一八]に思ふとは各別《かくべつ》なり。「兄《あに》の作弥《さくや》、二たび見えし母《はゝ》[一九]をかなしむの所、是《これ》、武士《ぶし》[二〇]のまことある心底《しんてい》を感《かん》[二一]じ入られ、当分《たうぶん》[二二]二十人扶持《ぶち》下《(くだ)》し置《をか》れ、末ゝ《すへ／＼》御取立《(おん)とりたて》あるべき」との

一　狸の化物を出すための設定か。狸—雨夜(世話焼草)。
二　「凄凉　ものさびし。寂莫　同」(節用集大全)。
三　ここは二十三夜の月待行事。「月待」は、月の出を待って、これを拝するための講の寄り合い。十五夜・十六夜・十七夜・十九夜・二十二夜・二十三夜等々の月待があり、特に二十三夜が最も広く行われ、各地に石塔が残る。二十三夜のように月の出の遅い夜籠りには、講員一同、眠気覚ましに、飲食・雑談・遊興・音曲を楽しんだ。
四　原本「幽灵」。「灵(れい)。俗字」(新撰用文章明鑑)。
五　寝覚め。原本「祢覚(ねざめ)」。
六　俤—幽霊(世話焼草、便船集、類船集)。
七　→四三四頁注三。
八　ぱっと。或いは「ばっと」か。
九　留めを刺して。
一〇　死骸の始末をした。
一一　神社のある山。
一二　不都合。支障。
一三　「手柄と書くは俗字なれども、世上通用也」(新撰用文章明鑑)。
一四　源三位頼政と俵藤太秀郷。両人とも弓の名手。頼政は夜な夜な近衛天皇を悩ました鵺(ぬえ)を射殺し、秀郷は朱雀天皇の頃、近江の国三上山の百足(むかで)を射止めた。鵺—頼政、弓—頼政(類船集)。蜈蚣(ムカデ)—俵藤太、三上山—百足・俵藤太(類船集)。
一五　松前矩広。
一六　沙汰。「理非を吟味するを沙汰するといふ也」(世話重宝記五)。
一七　「(達者ト ハ)道に通達する者」(諺草三)なので「道者」と書いたか。
一八　下々(しもじも)の者の分別とは根本的に違う。

二三仰渡《をゝせわた》されなり。「二四おとゝ八弥事《こと》、二五変化《へんげ》にもせよ、親《をや》の形《かたち》と見て、是に手づから弓矢《ゆみや》の敵対《てきたい》、不孝《ふかう》の心ざしふかし」と、御取《(おん)とり》あげもなく、此国《くに》を立退《たちのき》ける。

本朝二十不孝第四

一九「手を合せ、「など成仏はし給はぬ」と悲しんだこと。
二〇「武士の実(まこと)有心底を感ぜられし」(武家義理三の二)。
二一「カンジイリ。心底からほめる」(日葡)。
二二 さしあたり。当座。
二三 御下命。「ヲゥセワタシ。言い渡す、または、他人に言う」(日葡)。
二四 弟。
二五 化物。変化—狐・狸・もどり橋・猫また・土蜘(類船集)。

絵入

本朝二十不孝

五

本《ほん》朝《てう》二十不《ふ》孝《かう》目《もく》録《ろく》　巻五

一 借金を払わねばならないので胸がどきどきする盆前の意と、盆前から盆踊に胸がわくわくする意とを兼ねる。「貧しきは胸や踊らむ盆節季」（伊勢正直集・秋上）。「盆の前より躍る娘ら」（貞徳誹諧記・上）。踊（ヲドリ）―胸（便船集、類船集）。二 盂蘭盆。「盂蘭盆　ウラボン〈七月十五日ヲ曰フ〉」（合類節用集）。三 迷ふ―六道の辻（類船集）。「六道の辻」は、「六道」へ行く道の分岐点。「六道　ろくだう〈地獄・餓鬼・畜生・修羅・人（にん）・天〉」（和漢通用集）。▽辻屋の「大廻し」の帆船。四 謡曲の題名「七人猩々」をもじる。「猩々講」は酒飲みの結成した講。「しやうじやう。猩々。好酒獣也」（類字仮名遣）。▽「上諸白」の酒壺。長柄杓。盃。五 力―相撲（類船集）。六 「「亀はいかほど生くる物ぞ」「万年生くる」といふ」（醒睡笑二）。▽相撲の軍配団（うちわ）。七 謡曲・百万の一節、「奈良の都を立ち出て」に拠る。「古き都」は奈良。巻一第一話の表題「今の都も世は借物」の「今の都」と首尾呼応させた。八 「奈良」の慣用字。「南良八景はどれもどれなり」（季吟興行巻・寛文十年四月六日）。九 奈良と刀は付合語（便船集、類船集）。「形見とてくれし刀にさび出でて／ならば何ともなれ奈良の京」（誹諧独吟集）。「追剝にあひ恥奈良ざらし／月影や切れぬ刀の後疵」（草枕）。奈良刀は大量生産・安価・なまくらで悪評だった。▽主人公、刀屋徳三郎の出世の契機となった大根一把。大根は江戸の名物。「江戸。鮭・鰹・大名屋敷・鰯（なまいわし）・比丘尼・紫・冬葱（ねぶか）・大根」（一話一言三十九、譬喩尽）。一〇 桃・柿・梨は盆の供え物。「三いろ」と称して売られた（守貞漫稿二十四）。蓮の葉の上に載せて供えたところから、次の「蓮の葉商」に続く。

胸《むね》こそ踊《をど》れ此盆前《このぼんまへ》

一〇桃《もゝ》や柿《かき》や梨《あり》の子《み》、是《これ》ぞ一一蓮《はす》の葉《は》商《あきなひ》、七月十三日の曙《あけぼの》、夕暮《ぐれ》は一二麻柯《あさがら》の焼火《たきび》して、世《よ》になき一三玉《たま》を祭《まつ》る業《わざ》の、哀《あはれ》は秋《あき》なり。

一四露《つゆ》に涙《なみだ》に、両袖《りやうそで》の湊《みなと》、筑前《ちくぜん》の国福岡《くにふくをか》の町はづれに、辻《つぢ》屋長九郎といふ舟《ふな》のり有《(あり)》しが、なが〳〵筋骨《すぢほね》をいたませ、次第《し》に老《をひ》の浪立《なみ(たち)》よはりて、彼岸《ひがん》に、眠《ねぶ》るごとく尽《つき》ぬ。其跡《あと》を、後家《ごけ》、楫《かぢ》を取《とつ》て、世帯《せたい》を能持《よくもち》かためける。子弐人有《(あり)》しが、惣領《そうれう》は長八郎、次《つぎ》は娘《むすめ》にて、小さんと名付《なづけ》し。是には入聟《むこ》を取《(とり)》けるに、長八と心をあはせて、親《をや》の時にたがはず、一五大廻《まは》しの渡海《とかい》を乗《のり》て、独《ひと》りの母親《はゝ》をふたりして一六介抱《はごくみ》ける。思へば、波《なみ》の上《うへ》の仕合《しあはせ》、さだめがたく、内証《ないしやう》のあしきは、阿波《あは》の一七鳴渡《なると》より渡《わた》りかね、盆《ぼん》も正月も、一八宿《やど》にて年を取《(とる)》事なし。

一九此節季《せつき》も、留主《るす》ながら、二〇借銭《しやくせん》の渕《ふち》はゆるさず、二一売懸《うりがけ》したる人々、二二庭《には》に立《(たち)》ならび、節供前《せつくまへ》とは各別《かくべつ》、いやでも応《おう》でも、二三百貫《くはん》に塗笠一蓋《ぬりがさ(いつ)かい》、母親《はゝをや》せがむにぞ、身も置所《をき》なくかなしく、もどらぬ聟《むこ》・子《こ》を恨《うら》み、「せめて、断《ことは》り文《(ぶみ)》なり共《(とも)》下《くだ》しぬれば、おの〳〵様《さま》の御腹《(お)はら》の立《たゝ》ぬ事ぞ」、手《て》を合《(あは)》して二四詫事《わび(こと)》、さても〳〵二五刹《せつ》なく、

一一 盂蘭盆用の蓮の葉のように、限られた季節のごく短い間しか売ることのできない際物商売。
一二 迎え火。「麻骨 アサガラ」(合類節用集)。「(七月十三日)今夜、世俗の人、なき魂(また)の来る夜とて、火を燃(ほと)し、門外に出て迎る事あり」(日本歳時記五)。 一三 玉祭。「今いくとせか玉祭せん／袖の上にかはらぬものは露涙」(白山万句・寛文二年霜月八日)。盂蘭盆―玉祭(世話焼草三)。「(七月)十三日。今宵より十六日まで、家々に聖霊祭(しやうれうまつり)とて種々の供物をそなへて亡き人の魂を迎へもてなす」(年中重宝記三の一)。 一四「露」と「涙」とが濡らす「両袖」と、地名「袖の湊」の掛言葉。玉祭(タマヽツリ)―袖の露泪(類船集)。「博多の東には入海ありて…船舶入津の埠頭となれり。所謂袖湊(ソデノミナト)は即ち是なり。蓋し其轡入の形、衣の袖に似たり。…然も其名は終に又博多の異称ともなれり」(筑前志)。
一五 遠距離の海運。大坂方面への渡海か。
一六「介抱 カイハウ〈養育ノ義〉」(合類節用集)。
一七 鳴門海峡。渦潮の巻く難所。「鳴渡 ナルト〈阿波〉」(増補下学集)。 一八 自分の家。
一九 盆の節季。「(七月十四日)今日を際(はき)として売人(ばいにん)正月より半季の間の売掛を乞ふ」(年中重宝記三の一)。「盆節季是も浮世の慣(ならひ)也」(大矢数三)。 二〇 渕―借銭(便船集、類船集)。「借銭の淵にはあらじ金菊(こがねぎく)」(境海草)。
二一 掛売り。信用販売。買い手の方から言えば「買懸(かひがかり)」。「賖、ウリガケニシテヲク」(常話方語)。 二二 台所の土間。
二三「百貫ノカタニ笠一カイ」(春風館本・諺苑)。「百貫の方に編笠一蓋(かい)」(類聚世話百川合海)。
二四 ワビゴトと濁らない(日葡、和英語林集成)。「詫言 ワビコト〈又云侘言〉」(合類節用集)。
二五 →四六九頁注二九。

「銭《ぜに》が一文御ざらぬ」と、入物《(いれもの)》を明《あけ》て、「箱崎《はこざき》[一]の明神を誓文《せい(もん)》[二]に入《(いれ)》て、二人[三]の者《もの》の帰《かへ》る迄」との断《ことはり》、漸〻《やう〳〵》に聞分《(きき)わけ》、四十五六人掛乞《かけこひ》[四]、迚《と》ても済《すま》ぬ事に、挑燈蠟燭《てうちんらうそく》の費《つゐへ》を算用《さんよう》して、立帰《(たちかへ)》りぬ。

其中に、博多《はかた》より通《かよ》[五]ひ商人《あきんど》、「味噌《みそ》・酒《さけ》の売懸《うりがけ》、とらではかへらじ」と、壱人跡《あと》に残り、角《つの》なき鬼《をに》の皃《かほ》つきして、「埒《らち》があかぬと、鍋釜《なべかま》[六]ぬく」と、広敷《ひろしき》[七]に座《ざ》を組《くみ》て、いつとなく眠《ねぶり》[八]の出《(いで)》、人の物云《いふ》も幻《うつゝ》[九]に聞《(きき)》ぬ。母親《をや》、他《た》人のある共《(とも)》しら

一 箱崎宮（ぐう）。箱崎八幡。福岡市東区箱崎に鎮座。「箱崎。八幡宮立せ給ふ。…此国の一の宮也」（一目玉鉾四）。 二 誓約の言葉の中に入れて。 三 長八郎と小さんの婿。 四 掛売り代金の集金人。カケゴヒと連濁しない。「盂蘭盆―懸乞（俳諧小傘）」。 五 行商人。 六 借金取りの脅迫。事実、持ち去る場合もあった。 七 主屋（おもや）の土間の上手に張り出して作った板床。挿絵左端。 八 居眠り。 九 夢現（うつつ）に聞いていた。「幻 ウツツ」（文明本）。

一〇 みじめな者。 一一 聖霊棚に供物も飾らず。 一二「（七月十五日）今日を中元と云。国俗、蓮葉飯を製して、来客に饗し、親戚に贈る」（日本歳時記五）。糯米を蒸した飯を蓮の葉で包み、上に刺鯖（さしさば）を乗せて、親戚と贈答し合う。「文月やめでたく炊（かし）く蓮の飯」（玉海集三）。 一四 →四八八頁注八。 一三「手束 タバヌル」（続無名抄・下）。 一五 轆轤細工の女の髪油の容器らしいが、未詳。「内儀の櫛道具に気を付て、髪の油やありけんと、ろくろびきといふ物を盗みに行きしに」（浮世栄花一代男四の三）。 一六 最後の一滴まで滴らせたが。 一七 この灯火の消える前に死んでしまいたい。 一八 盆踊の練習・稽古。「倭俗、預メ其ノ事ヲ習フ。是ヲ奈羅志（シナラ）ト謂フ」（日次紀事・十二月）。「ならし」（世話焼草一・踊之話）。 一九 お前の年齢。「わが」は二人称。小さんに対する蔑称として使用。

挿絵解説　軒先に灯籠を掲げてはいるものの、仏壇には盆の飾りが何もない。借金取りに責め立てられる女三人の留守宅。左から、母親、総領長八郎の若嫁、彼の妹小さん。一人、小さん

で、「此国《くに》に、我ほど[一〇]浅《あさ》ましき者《もの》、また有《(ある)》べきか。つれあひの[一一]仏棚《ほとけだな》もかざらず、[一二]蓮《はす》の飯《いゝ》を祝《いは》ふべき始末《しまつ》もなく、[一三]手束木《たばね(ぎ)》も絶《たへ》て、今朝《けさ》よりは雨戸《あまど》を毀《はつ》して焼《たく》など。[一四]煎茶《せんじちや》きれて、煙草《たばこ》なく、燈火《ともしび》の油《あぶら》も事かき、娌《よめ》が[一五]轆轤《ろくろ》引《びき》より雫《しづく》を[一六]瀝《したみ》しが、今の間《ま》の光《ひかり》にて、頼《たの》みなし。[一七]是より先《さき》に、命消《きへ》たし」と、母《はゝ》の歎《なげ》きをかまはず、娘《むすめ》は庭《には》におりて、身振《ぶる》ひに色科《いろしな》やりて、明日《あす》の晩《ばん》よりの[一八]踊《をどり》のならし。「いかに若《わか》きとて、去迚《さりとて》は心なし。人の手前《まへ》、世《よ》の思はく、身の程も恥《はぢ》ぬべし。[一九]我《わが》年は十

だけは、殊勝らしい態度とは裏腹に、明日の晩からの盆踊に、心中、胸が高鳴っているだろう。

本朝孝子伝・今世部十六「中原休白」も筑前の人。その孝たるや、例えば年五十に及んでも、老父の前にあっては「愉愉如」、「其情態、恰モ嬰孩ノ慈母ニ於ケルガ如」くであった。

わらべのごとく親のおもひ子
孝行は老いていよ〳〵つとむらし(鶏鶯俳諧)

中原休白を詠んだ句ではない。「二十四孝随一也」(節用集大全)と賛えられた老莱子、「七十にして身にいつくしき衣を着て、幼き者のかたちになり、舞たはぶれ」た老莱子の孝を詠んだ句である。

国は筑前、「胸こそ踊れ此盆前」の小さんは、本朝孝子伝の中原休白を経て二十四孝の老莱子にまで遡って行く。老莱子戯舞の「綵衣」、転じて盆踊の「染浴衣」(俳諧小傘)となった。

小さんと兄嫁、情強の借金取りとの関わり方は、二十四孝の張孝・張礼兄弟の説話に準拠。

(張礼)木の実を拾ひに行きたれば、いかにも餓に及びたる者来りて張礼を殺してくらはんといふ。張礼いふやう、我家に老いたる母を持たり、今日いまだ食を参らせず、しばし暇を給はれ、母に食を与へて来らん、此約束たがはば家に来て殺し給へといひて帰る。
(天和二年刊・首書二十四孝)

約束を果たして再び賊の許に戻る張礼を兄張孝が追い、「自分の方が弟よりも肥えている、食うなら自分を食え」と賊に申し出る。兄弟互いに譲らず、「彼不道なる者も此孝行を感じて、米二石・塩一駄与へたり。是孝の徳なり」(同上)。小さんの兄嫁は張礼の順用、張孝を不孝者に逆転させたのが小さん、「角なき鬼の皃つき」した掛乞が「不道なる者」。

八、姪《よめ》十六なれど、世間《せけん》の思ひやり有《あり》て、あのごとく身を捨《すて》て、内証《ないしやう》を隠《かく》し、親里《をやさと》へも是をしらせず、かゝる前後《ぜんご》を凌《しの》がるゝは、女の[一]鑑《かゞみ》にも、末〻迄《すへ〲まで》しらすべき、[二]最愛《いとをし》き人なり。いまだ、此春縁組《はるえんぐみ》して、半《はん》年も立《たつ》やたゝぬに、衣類《いるい》・敷《しき》銀・手道具《だうぐ》までをなくして、姪《よめ》なればとて[三]面目《めんぼく》なし。我とあの人がやうに、心ざしもかはる物か」といひもはてぬに、娘《むすめ》は、帯《はき》たる[四]雪踏《せつた》を親《をや》になげ付《つけ》、不断《ふだん》の寝間《ねま》に行《ゆく》を、母《はゝ》も今《いま》は堪忍《かんにん》ならず、手元《もと》に有《あり》し[五]爪切持《つまきりもつ》て立《たた》れしを、姪《よめ》、懐《いだき》とめて、漸〻《やう〲》に是を詫済《わびすま》して、片陰《かたかげ》に立忍《たちしの》び、うつくしき髪押《かみをさ》への[六]さし櫛《ぐし》・[七]笄《かうがい》を抜出《ぬきいだ》し、玉子色の帯《をび》を、ほそき[八]組帯《くみをび》に仕《し》かへて、此三色持《いろもち》て出《いで》しが、しばらく有《あり》て帰《かへ》り、右《みぎ》の袂《たもと》より銭《ぜに》百四五十取出《とりいだ》し、左《ひだり》の手《て》に[九]塩鮫《しほがます》五つ、[一〇]素麪《そうめん》弐把《は》、懐《ふところ》より白《しろ》き餅《もち》を出《いだ》し、姑《しうとめ》にあたへければ、四五度《ど》もいたゞき、泪《なみだ》を流《なが》し、「此恩《をん》、いつ報《ほう》ずべき。嬉《うれ》しや、[一一]そなたの御心ざし」と、丸団《うちは》にて姪《よめ》を扇《あを》ぎたて〲、よろこばれし。掛乞《かけこひ》、宵《よひ》よりの事ども[一二]段〻《だん〲》見て、袖《そで》を[一三]したし、「かゝる艶《やさ》しき女の有《ある》べきか。扨《さて》も〲」と感《かん》じ、闇《くらがり》より出《いで》ければ、おの〲、是を忘《わす》れて、おどろき、「夜《よ》の明《あく》る迄《まで》まし〲てから、[一四]只今《たゞいま》才覚《かく》もならず」と、又断《ことは》りを申《まうす》時《とき》、掛乞《かけこひ》、涙《なみだ》にくれて、「不孝《ふかう》なる娘《むすめ》も有《ある》に、此姪子《よめご》の心入《こころいれ》、さりとては肝《きも》に銘《めい》じて、何《なに》と讃《ほむ》べき言葉《ことば》もなし。この上《うへ》ながら念比《ねんごろ》にし給へ」と、財布《さいふ》の

一 女の手本。正保四年(一六四七)に鑑草(中江藤樹著)、寛文元年(一六六一)に本朝女鑑(浅井了意作カ)など、女子の教訓書が刊行されている。 二「いとおし…最愛」(類字仮名遣)。 三「面目ナイハ、ハヅカシイト云フ心ゾ」(湯山聯句抄・上)。 四 裏に牛の革を張った草履。「天正年中、泉州境ノ邑(とき)の茶人千利休と云ふ者、作意を加へ、雪の比(ろこ)、茶会の時、露地入のために、草履の裏に牛の皮を付けさせ用ける也。雪をふむといふ義にて、雪踏(せった)と名付けたりとかや」(和漢事始二・衣服門)。 五 爪切り用の柄の長い小刀。「ツマキリ」(日葡、合類節用集)。女用訓蒙図彙に図示。 六「挿梳 さしぐし」(節用集大全)。訓蒙図彙に図示。 七「笄(けい)。かんざし。…かみかき・かうがい」(訓蒙図彙十一)。 八 真田紐の帯。訓蒙図彙に図示。 九 盆肴(ぼんざかな)の刺鯖(さしさば)の代用であろう。 一〇 これも盆—さし鯖(世話焼草、類船集)。 一五 蘭盆—素麪(ソウメン)(俳諧小傘)。 一一 あなた。「ソナタ。丁寧で、広く行われる」(ロドリゲス・日本大文典)。 一二 →四三一頁注二五。 一三 →四三四頁注三。 一四「唯今(たゞいま)。…少しの間もなき当座をいふ也」(新撰用文章明鑑)。 一五 小粒銀。「こまがね」と濁る例もある。 一六 歌枕。上からは「生き」の意、次の「千代も」とは縁語。「生松原(いきのまつばら)」。西南東は陸、北は海あり。博多より西也」(名所方角鈔)。「生の松原。…生きる心に詠めり」(国花万葉記十四下)。生松原—君が千とせ(類船集)。 一七「波の鼓どうと打ち、声澄み渡る浦風の」(謡曲・猩々)。 一八 杉—酒ばやし(便船集、類船集)、酒の神「松尾大明神」へと続く。社(やしろ)—杉村(類船集)。 一九「(松尾明神ハ)世云、造酒ヲ司

口《くち》をあけて、銭《ぜに》弐貫《くはん》三百、[一五]細金《こまかね》五十目《(め)》ばかり、「有《(ある)》にまかせ、此娌《よめ》に進《しん》ずる」と云捨《いひすて》て、帰《かへ》りぬ。

孝《かう》あるゆへに天のあたへ、うき所を凌《しの》ぎしうちに、長八も聟《むこ》とひとつに、おもふまゝなる仕合《しあはせ》にて、二たび国もとにかへりて、家《いへ》さかへし。娘《むすめ》と娌《よめ》の善悪《ぜんあく》を語《かた》れば、長八、胸《むね》にすへかね、此家を追出《をひ(いだ)》し、聟《むこ》には、外《ほか》よりよろしき人のむすめを子にもらひて、はじめのごとく夫婦《ふうふ》となし、なをかはらずして[一六]生《いき》の松《まつ》、千《ち》よもと、契《ちぎ》りをこめける。

八人の猩〻《せう〴〵》講《かう》

[一七]波《なみ》の鼓《つゞみ》の色《いろ》もよく、長崎《ながさき》の湊《みなと》にして、猩〻《せう〴〵》講《かう》を結《むす》び、[一八]椙村《すぎむら》のうちに[一九]松尾大《まつのおだい》明神《みやうじん》を勧請《くはんじやう》申《(まうし)》、甘口《あまくち》・辛口《からくち》二つの壺《つぼ》をならべ、名《な》のある八人の大上戸《だいじやうご》、爰《こゝ》にあつまる。[二〇]大蛇《をろち》の甚《ぢん》三郎、酒呑童子《しゆてんどうじ》の[二一]勘内《かんない》、[二二]和《わ》東坡《とうば》の藤助《とうすけ》、[二三]常夢《じやうゆめ》の森《もり》右衛門、[二四]三人機嫌《きげん》の四平《しへい》、[二五]鉤掛升《つるかけます》の六之進《しん》、[二六]早意《いらち》の久《きう》左衛門、[二七]九日の菊《きく》兵衛。此者共《(ども)》の参会《さんくはい》、元日《ぐはんじつ》より[二八]大年《(おほとし)》まで、酔《ゑい》の覚《さめ》たる時もなく、いつとても[二九]千秋楽は、酒《さけ》のみかゝる時うたふて仕舞《しまひ》、兎角正気《とかくしやうき》のあるうちは、[三〇]身を酒瓶《さかがめ》の底《そこ》にしづめ、万《(よろづ)》、

テ末世ヲ結縁シ玉フ」(南北二京霊地集・下)。「(松尾神社)縁起ニ曰ク、(当社ノ神徳ヲ)酒徳神ト為ス。酒ヲ醸スル者、専ラ尊崇シテ酒福神ト為ス」(雍州府志三)。二〇 八岐大蛇。「甚三郎」と名付けた理由不明。二一「勘」に酒の「燗」を掛けたか。二二 日本の蘇東坡。蘇東坡は宋代の散文家・詩人。酒を愛した。「東坡が石の数も及ばじ／呑み尽す酒のはね木に千代かけて西鶴」(雲喰ひ・下)。二三 酔って何時も夢見心地である意。歌枕「夢の森」と掛けて「森右衛門」とした。「夢森 (国名)未勘。夫木待ちかねてまどろむ程に時鳥夢の杜(もり)にて今ぞ鳴くなる」(松葉名所和歌集十二)。二四 酒飲みの上機嫌の度合いをいう。独機嫌・二人機嫌などが普通。「三」と「四」の言葉遊びで「四平」。二五 容量の過不足を見るため、鉄の弦を対角線に渡した升。「洛下伊豆倉屋丼ニ鍛冶屋清水某斯ノ両家之ヲ造リ、鉄印ヲ貼シテ而之ヲ売ル。其外ハ之ヲ造ルコト能ハズ」(雍州府志七)。「焼印(やきじるし)山は霞とおもふかな／升に渡せる弦のかけ橋」(ほの〴〵立)。「六之進」の「六」は「陸(ろく=水平)」の洒落で、なみなみと満ちている意か。二六 せっかちの急左衛門の意。「早意 イラツ」(反故集)。二七 九月九日、菊の節句の祝に菊酒を飲む。これに因んで付けた名。二八 →四〇一頁注二八。二九 酒宴の最後に謡う謡曲・高砂のキリの小謡。「納むる手には寿福を抱き、千秋楽には民を撫で、万歳楽には命を延ぶ。相生の松風さつ〳〵の声ぞ楽しむ、〳〵」。彼らの酒盛には終りがないので、始めに謡って置くのである。「酒宴なら千秋楽よ年の暮」(貞享五年歳旦集)。三〇「酒瓶にわが身を入れて腐(くた)さばやひしほ色には骨はなるとも」の古歌(藻塩草、類船集)を踏まえる。紀貫之作とも伝える(遠近草)。

よのたのしみ、是にきはめける。外《(ほか)》より浦《うら》山敷《し(く)》、随分《ずいぶん》の遊《あそ》びずき、[一]ひとつなる口の男、此中間《(なかま)》に今迄《まで》いくたりかまじりて、身を[二]腐《くづ》し、命を酒《さけ》に呑《のま》れし者、其数をしらず。

折ふし、豊前《ぶぜん》の[三]小倉《(こ)くら》より此所に[四]宿を引《(ひき)》て、[五]嶋絵《しまゑ》を書《(かき)》て世《よ》をわたる、墨《すみ》屋団《だん》兵衛と云《いふ》者、先祖《せんぞ》より[六]酒の家《いへ》に生《むま》れ、[七]「あから呑《のめ》」といはれて此かた、終《つゐ》に上戸《じやうご》に出あはず。[八]十九さいにて都《みやこ》にのぼり、[九]三十三間《げん》の[一〇]矢数酒《やかずざけ》、[一一]「咽《のんど》を通《とを》る勢《いきほ》ひ、

一 一杯いける酒好き。 二 →四六四頁注一。 三 小笠原藩十五万石。「小倉の城主。小笠原遠江守殿」(一目玉鉾四)。 四 家を引っ込んで。 五 オランダ渡来の油絵の写生画。ここは唐絵に似せて描いた粗雑な墨絵であろう。 六 酒の強い家系。 七 「赤ら顔の呑んべえ」と呼ばれて以来。 八 男盛りの年齢。 九 「三十三間堂」の略称。後白河院の勅願により建立。千一体の千手観音像を安置する。西鶴時代の堂宇は文永三年(一二六六)再建、慶安四年(一六五一)解体修理のもの。「蓮華王院。世ニ三十三間堂ト謂フ也。…近世、武家射芸ノ者、初夏毎ニ此堂ニ登リ、暁ヨリ暮ニ至テ矢ヲ放ツ。其数一万ニ至ル。其内、直ニ発ツ者、是ヲ通リ矢ト謂フ。…凡ソ三十三間、一間毎ニ量法二間也。故ニ其矢ヲ放ツノ際(あひだ)、六十六間也」(雍州府志四)。「三十三間堂矢数、毎年四五月永日之中、晴天ヲ俟テ此事ヲ作ス」(日次紀事・臨時部)。 一〇 三十三間堂の「矢数」に倣い、堂の後縁、南の端から北の端まで一間ごとに酒盃を置き、続けさまに飲み進んで酒量を競う(前田金五郎)。 一一 →四〇八頁注一。 一二 「寛文九年五月二日に尾州星野勘左衛門、通矢(とほりや)八千、総矢一万五百四十二本。今は紀州和佐大八郎、天下通矢、八千百三十三本、総矢一万三千五十三本なり」(人倫訓蒙図彙二)。和佐大八郎の矢数は貞享三年(一六八六)四月二十七日(大江俊光記)。彼の記録を破った者はいない。 一三 天下一。 一四 京都「下立売室町西へ入町 花橘」(貞享二年刊・京羽二重・名酒屋)。元禄二年刊・京羽二重織留には「堀川丸太町上ル町 花橘 坂田屋」とある。 一五 金箔を置いた儀礼用の熨斗鮑(あわび)。「キンパク」(日葡)。 一六 矢数の際、天下一が出た時に振られる金の采配を得た気分で。「天下一なり

一二星野《ほしの》勘《かん》左衛門・和佐《わさ》大八が弓勢《ゆんぜい》にも、其道《みち》〳〵にて劣《をと》らじ。一三天下の上戸」と、名も一四橘《たちばな》といふ酒屋より、一五金箔置《ばくをき》の熨斗肴《のしざかな》、是を出《(いだ)》しけるに、一六金《きん》の範《ざい》こゝちして、それよりのみ自慢《じまん》して、一七長崎《さき》は酒所を望《のぞ》みて、一八盃《さかづき》見せを出《(いだ)》しける。此所の下戸《こ》並《なみ》といふが、外《(ほか)》の国の呑《のみ》大将にもまくる事にあらず。

団《だん》兵衛、猩ゝ《せう〴〵》中《(ちう)》へ乱《みだ》れ入《(いり)》て、夜日《よる(ひる)》十三日の続《つゞけ》のみ、一九兵《つはもの》のまじはり、弱《よは》ひ所顕《あら》はれ、すこし草臥《くたびれ》つきて、無理《む》に我《が》を立《たつ》る時、母親《はゝをや》、異見《ゐけん》せられしは、「去《さり》

山吹の色／梓弓春日に金の麾《(ざい)》を見て。天下一の矢数、夏する事は近き事也。昔は二千、三千にて天下一になり候間、春ありし事、度々に候」(俳諧長刀)。「範」の用字未考。 一七 長崎は酒所だからと特に望んで。「爰(長崎)の下戸といふが、上方の呑自慢するよりは大分強し」(盛衰記二の三)。酒―長崎人(俳諧小傘)。 一八 盃店。 一九「やたけ心の一つなる、兵の交はり、頼みある中の酒宴かな」(謡曲・羅生門)。

挿絵解説 計八人、猩々講の連中である。三十三間堂の矢数酒、団兵衛の挑戦が今始った。

初学に小学や孟子を学んだ者なら、大酒が五不孝の第二であることくらいは知っていた時代である。本朝孝子伝・今世部五、京都の商家に生まれた「川井正直」は、五十歳近く、初めて小学を学び、翻然これまでの大酒を断ち、孝道に励む。二親没後は服喪怠りなく、年六十余に及んで猶「父母ヲ慕フノ心、益々切」だったという。

同書の挿絵は両親の位牌の前に泣き伏す正直の姿。孝子王裒が、雷鳴の度ごとに母の墓前に参り、「王裒此に在り、母親《(ぼしん)》惧るゝこと勿れ」と拝跪している二十四孝の挿絵に連想を誘う。少なくとも西鶴はその両者を結び付けることができた。

「雷」の付合語には、「(王裒ノ)親の古塚」があり、また、風神雷神の像で知られる「三十三間堂」がある(類船集)。

長崎の大酒飲み団兵衛は本朝孝子伝の川井正直の逆設定であること、団兵衛による三十三間堂「矢数酒」興行が二十四孝の王裒の故事から着想された趣向であること、以上二点が本章制作の経緯を成している。

とては大酒《ざけ》をやめよ。[一]そちが父親《ちゝ》団《だん》右衛門も、不《ふ》断《だん》このまれ、碁会《ごくはい》の座《ざ》敷《しき》にて、宵《よひ》より明《(あけ)》がた迄《まで》の酒宴《しゆえん》、内嶋休卜《うちしまきうぼく》と云《いへ》る[二]針立《はり(たて)》と、当座《たうざ》の[三]口論《こうろん》、さのみいふ程《ほど》の事にもあらぬを、互《たがひ》に酔《ゑい》のまぎれに、次第に言葉《ことば》あらく、差違《さしちがへ》て、あたら浮世《うきよ》を果《はて》られしを、両方共《りやうはう(とも)》に世上《せじやう》のわらひもの、草《くさ》ばの陰《かげ》までよろしからぬ名《な》のみ残り、女の身にさへ口惜《をし》く、「孫子《まごこ》に伝《つた》へて、酒といふ物、一滴《てき》も呑《のま》せじ」と思ひしに、親《をや》ながらまゝならず、汝幾度《なんぢいくたび》か人の云事《いふこと》を聞《(きか)》ず、余《よ》にすぐれての酒興《しゆけう》、命の程も雲落《あへなし》。[四]向後《きやうこう》とまりて、母《はゝ》が心を休《やす》めよ。然《しか》れども、俄《にはか》にやむ事もなるまじ。此[五]一夏《(いち)げ》を断《ことは》りて、[六]日《ひ》に三度《ど》、夜《よ》に三度の限《かぎ》りをさだめ、一度《ど》に五合《がふ》づゝ、一日一夜まではゆるす」とあれば、団《だん》兵衛、親《をや》を[七]白眼《にらみ》つけ、「そなたの[八]煎茶《せんじちや》を、のみとまる事はなるべきや。世のたのしみ、是より外《ほか》はなし。酒に捨《すつ》る命、何をしからぬ。今にも我往生《わうじやう》せば、沐浴《もくよく》も[九]諸白《もろ(はく)》をあびせ、棺桶《くはんをけ》も伊丹《いたみ》の四斗樽《だる》に入《(いれ)》、[一〇]花山《くはさん》か[一一]紅葉《もみぢ》の洞《ほら》に埋《うづま》れたし。春秋の[一二]遊山《ゆさん》人の[一三]吸筒《すいづゝ》の滴《したゞ》りかゝれる願《ねが》ひもあり。後世《ご(せ)》さへ、かく思へば、まして現世《げんぜ》に、此たのしみをやめまじき」と、なを〳〵のみあかし、酔《ゑい》くれて、五日七日もつゞけさまにねて、世《よ》の事を外《ほか》になしぬ。

是をおもひとなりて、母果《はゝはて》らるゝにも、枕《まくら》をあげず、此[一四]死《しに》めにあはず、はる

一 お前。「ソチ、又は、ソチガ。ヲノガ。身分の低い者や召使と話すのに用いる卑態」(ロドリゲス・日本大文典)。 二 鍼(はり)師。 三 いさかひ―酒ノ酔(類船集)。 四 今後は止めて。 五 夏(四・五・六月)の三か月、九十日間。 六 地獄の責苦について用いる語。団兵衛の度数はそれを遥かに上回っていた。「修羅道へ堕せられ、夜に三度、日に三度の戦ひに」(虎寛本狂言・武悪)。 七 「白眼 にらむ」(類字仮名遣、合類節用集など)。親を睨むことは親不孝である。↓四〇〇頁注一〇。 八 葉を煮出して飲む茶。「今時、町も里も家々寺々に昼夜の分ちもなくもてはやす煎じ茶と云事は、寛永の末、正保の比までは、かつて以てなかりし也。引茶を常に用ひけり」(河内屋可正旧記六)。「姥も爺(おほぢ)も寄りて煎じ茶/名月を見てや昔の若盛」(俳諧塵塚・下)。「所に人、爰に集りて、煎じ茶に日を暮しぬるに」(諸国ばなし三の六)。 九 精白した米と麹で醸造した上等の酒。「諸白。さかい・大坂・鴻の池」(万金産業袋六)。 一〇 「クヮサン。非常に花の多い山、または、樹木が花を咲かせている山」(日葡)。 一一 歌枕。名所小鏡など、国名未勘とする。ここも特定の場所は指さない。 一二 「野ニ遊ビ、河ニ遊ビ、気ヲ伸べ、情ヲ遣ルヲ、総ジテ遊山トイフ」(漢語大和故事三)。「今俗に遊楽することを遊山といふ」(諺草六)。 一三 酒を携帯するための竹筒。「吸筒(すゐづゝ)」(世話焼草一・酒宴之話)。 一四 「不孝ナル子ハ、親ノ大病ナルヲ見テモ苦トモ思ハズ、却テ心ニハ咲(ヱミ)ヲ含ミ、四方ヘ出テ、親ノ死目ニモ値(ア)ハヌ人、世ニ多キ也」(孝経安知抄・中)。 一五 「凡ソ相撲ノ勝負ヲ別ツヲ行事ト謂フ」(日次紀事・臨時部)。 一六 軍配団扇(ぐんばいうちわ)。「唐団扇 たううちわ」(節用集大全)。 一七 勧進相撲を興行す

かの後《のち》に夢《ゆめ》さめて、なげくにかひぞなかりき。

無《む》用《よう》の力自《ちからじ》慢《まん》

[一五]行司《ぎやうじ》、[一六]唐団《たううちは》をかざして、四本柱《(し)ほんばしら》のうちに立《(たて)》ば、[一七]勧進本《くはんじんもと》の[一八]大関《ぜき》は[一九]丸山仁太夫、つゞきて和哥《わか》の助《すけ》、蔦《つた》之助。[二〇]寄関《よりせき》には扉閉《とびらたて》右衛門、関脇《せきわき》に塩釜《しほがま》、白藤《しらふち》。[二一]左右《さう》に立《(たち)》わかれ、前相撲《まへずまふ》はじまりて、次第に[二二]形《かたち》の山高《たか》く、[二三]金比羅《こんぴら》の祭《まつり》に余多《あまた》の見物《けんぶつ》、[二四]讃岐円座《さぬきえんざ》の[二五]所せきなく、上《かみ》がたの[二六]手取《てとり》、在郷《ざいがう》の力業《ちからわざ》、見て面白さ、是ぞかし。其後《(そののち)》は、相撲《すまう》はやりいで、里の牛飼《かひ》、山家《(や)まが》の[二七]柴男《しば(を)》までも、段子《どんす》の[二八]二重《え》廻《まは》りをかきて、[二九]四十八手にほねを砕《くだ》き、片輪《かたわ》になる事もいとはず、無《む》用の達者《たつしや》を好《この》みぬ。

爰《(ここ)》に、高《たか》松の[三〇]荒礒《あらいそ》と[三一]名乗《なのり》て、力《ちから》ばかりを自慢《じまん》して、[三二]昨今取出《さくこんとりで》の男、丸亀《かめ》の才兵衛とて歴〻《れき〳〵》の町人、両替見世出《りやうがへみせ(いだ)》し、世間にしれたる者には、慰《なぐさみ》ながら是は似合《に(あは)》ざりき。「それ、人のもてあそびには、[三三]琴碁書画《きんぎしよぐは》の外《ほか》に、茶《ちや》の湯《ゆ》・鞠《まり》・楊弓《やうきう》・謡《うたひ》など、聞《きゝ》よし。なんぞや、[三四]裸身《はだか(み)》となりて、五躰《たい》[三五]あぶなき勝負《しやうぶ》、さりとは宜《よろ》しからず。自今《じこん》、是《これ》を止《やめ》て、よき友《とも》にまじはり、[三六]四書《ししよ》の素読《そよみ》ならへ」と、親

る際、本方(もと/かた)に属する力士集団。勧進方(かた)。これと東西に分れて勝負を争う他の一方を寄方(より/かた)という。 一八 力士の最高位。 一九 寛文・延宝頃の京都の力士。三尺の空間を横にならなければ通れなかった程の巨漢、また、大力無双だったという(画証録)。「腰の骨いたくもあるゝ里の月/又投げられし丸山の色」(延宝七年・見渡せば百韻)。 二〇 寄方(より/かた)の大関。 二一 体格が大きくなり。「山高く」は、山麓に金比羅(金刀比羅宮)の鎮座する琴平山(象頭山)の高さをも意味する。 二二 相撲に即していえば、東西。 二三 「毎十月十日祭礼。近国ノ人、群集」(和漢三才図会七十九)。 二四 藁を編んで作った円い敷物。「元(もと)讃岐ノ国ヨリ出ヅ。之ニ依テ或ハ讃岐藁座ト称シ、又讃岐円座ト称ス」(雍州府志七)。「伊予も讃岐も立つ秋の空/簾捲き円座敷き見る月のもと」(犬子集八)。 二五 所狭しと。 二六 「テトリ。達人、又は上手。相撲取りにいう」(和英語林集成)。 二七 柴刈り男。 二八 二重に回した下帯を締め込んで。 二九 「惣じて四十八手之有と云々」(世話焼草一・相撲之話)。 三〇 松―礒(類船集)。 三一 「名乗(なの/り)」(世話焼草一・相撲之話)。「相撲取高円山と名乗りけん」(大坂独吟集)。 三二 相撲を取り始めたばかりの駆け出し者。 三三 四字熟語。「琴碁書画とも学び得たり」(名残の友一の二)。「琴碁書画 きんぎしよぐわ」(節用集大全)。 三四 裸―相撲取り(類船集)。 三五 人倫重宝記三の八「相撲のはじまり」の項に、「相撲といふもの、下﨟の業(わざ)にて、血気さかんなる年わかき者のこのむ事にして、打撲(うち/み)、骨たがひ、年寄りて土用八専におこりて、病身となる事眼前なり。扶持を望む者は各別なり。慰みには要らざる事也」。 三六 大学・中庸・論語・孟子の素

仁《じ》、分別《ふんべつ》らしき異見《ゐけん》。「こんな事が耳《みゝ》に入《(い)》れば、一両年も跡《あと》に家譲《ゆづ》り、万《(よろづ)》にかまはぬ物を」と、母親は、男勝《まさ》りの智恵《ちゑ》を出《(いだ)》して、才兵衛をひそかにまねき、「一もまた、そなたも、二十九の春なれば、花見がてらの都《みやこ》にのぼり、金銀ためしはこんな為なれば、嶋原に行《(ゆき)》て、太夫を残《のこ》らず見尽《つく》し、大坂の三芝居子《しばゐ》に出合《(であひ)》、其若衆気にいらば、すぐに身請《(みうけ)》して、四三津寺《(みつでら)》新屋敷《(あらやしき)》とやらに家でも買《かふ》てとらせ、心やすき立《(たち)》より所にせられよ。この度《たび》、千両弐千両つかへばとて、跡《あと》の減《(へる)》内《(うち)》五

読(そどく)。この男、初学の経書さえろくに学んでいない。「四人の子共に四書の素読をさせけるは殊勝なり」(永代蔵五の四)。「素誦 ソヨミ」(書言字考)。「素読 そどく・そよみ」(蘭例節用集)。

一「もう、また」の転。もうすでに。軽い非難の気持を含む。 二 男盛りの年。四九二頁にも再出。→四八六頁注八。 三 歌舞伎若衆。 四 元和六年(一六二〇)、耕地から市街地と成る。故に「新屋敷」と称したか。道頓堀に近いので、役者が多く住んでいた。 五 →三九二頁注二。 六 全く納得せず。 七 反語。何の楽しい遊びなどあるものかの意。 八 諺。→四六五頁注二〇。 九 悔しがった。残念がった。 一〇「今宵一輪肥満しにけり/肉食に心の花の乱れくる」(投盃)。「肉食」と「肥満」は付合。

挿絵解説 十月九日、「夜宮にきほふ月の夜相撲」(立圃長興両吟奉納誹諧千句九)。荒磯が真砂に埋められる土俵は、四本柱に沿って四角形である。

貞享五年(一六八八)刊、色里三所世帯・上の一「恋に関有女相撲」の挿絵の土俵も四角形。喜多村信節・画証録に「爰に縮図を出すは、寛文・延宝頃、四条河原の図中、丸山仁太夫相撲の処也」として示された土俵もまた方形。古書目録の写真で、これも寛文頃か、舞台の上で御前相撲を取っている絵巻の断簡を見たことがある。土俵はやはり四本柱の間を方形に並んでいた。甲子夜話に言う、「奥州南部は相撲の土俵場を円形にせず、方形に置て其角々に四本柱を建つ。…蓋し古風の遺れるか」(巻十四)。古く、「土俵は外を角に、中を丸く、以上二重」(遊芸園随筆)

蔵《ぐら》でもなし。首尾《しゆび》は母にまかせよ」と、うまい事いふて聞《きか》しても、才兵衛、[六]一円合点《えんがてん》せず、「只世中《たゞよのなか》に、相撲取《すまふとる》より外《ほか》に、[七]何《なに》が遊興《ゆうけう》なし」と、中〻《なかなか》やむる事にあらず。[八]独《ひと》りもひとりからとかなしく、今は教訓《けうくん》の言葉《ことば》もつきける。あまたの手代、不審《きゝ》耳《みゝ》を立《たて》て、「かゝる親達《たち》を持《もつ》て、心のまゝなる色あそびをせば、うきよに思ひ残《のこ》す事有《ある》まじ。扨《さて》も、若旦那《だんな》のわる物ずき」と、深《ふか》く[九]悔《くや》みぬ。其《その》後《のち》は、力業《ちからわざ》の異《ゐ》見《けん》、いふ事ならずして、いやましに[一〇]肉食《にくじき》を好《この》み、筋骨《すじほね》たくまし

とは限らなかったことを認める必要があろう。本書挿絵の行司の羽織無し、裁著(たちつけ)姿も、人倫訓蒙図彙、色里三所世帯などの画と較べて略式の感がある。田舎相撲だからであろうか(画証録参照)。

「身体髪膚受二之父母一、不二敢毀傷一孝之始也」(孝経)。丸亀屋の才兵衛は無益な勇力のために片輪者となり、「勿躰なくも、親達に足をさすらせ、大小便とられ」る罰当りの不孝者となった。

本朝孝子伝・今世部九、備中浅口郡「西六条院村孝孫」の兄弟は、母と二人、老いて聾啞、手脚麻痺、起居不能の祖父に事え、大小便の世話を厭わず、寒夜には交々寝床に足を暖めるなど、孝順至らざる無かった。祖父の死後、兄は妻を迎え、妻もまた夫の教えを守り、謹んで母に孝を尽した。連年、祖父の介護に忙しかった一家は田を耕す暇も無く、荒れ放題であったが、他家の稔りより豊かな収穫を得た。「的カニ知ル、是、冥々ノ中、之ニ祐ハヒスル者有テ、而テ然ルコトヲ」。この個所、仮名本朝孝子伝には「是、天地神明の孝にめでさせ給ふ故とぞ人はみな申しあひける」とある。「冥加に尽きし」丸亀屋の才兵衛とは何と対照的なことか。

日記故事大全所収・二十四孝の孝子「仲由」即ち子路。「孔門に遊ばざる時、勇力を好めり。後に孔子にしたがひて、前非を改めたり」、家貧しく、「人の為にやとはれて、米(よね)を百里の外の遠きに負ひ、其賃を以て親を養ふ」(寛文十二年刊・二十四孝絵抄)。有名な「子路負米」の故事である。同書の挿絵は米俵を背負う子路。

俵から土俵、相撲。相撲といえば讃岐。本章の背後には、この付合的連想が読み取られなければならない。

く成《(なり)》て、十九の時三十ばかりに見えて、前の形《かたち》はかはり、[一]各別《かくべつ》になり給ひぬ。

一門中《(ぢう)》、内談して、「とかくは、縁組をとり急《いそ》ぎ、よろしき妻《つま》あらば、おのづから心ざしもなをるべし」と、相応《さうをう》の人の息女《そくぢよ》もらひ、祝言《しふげん》、事済《(すみ)》て後《(のち)》、一度《ど》も[二]部《へ》屋に入《(いる)》事なく、首尾《しゆび》のあしきを歎き、乳《(ち)》まいらせて育《そだて》あげたる姥《うば》に、此事をいはせければ、「男ざかりに力落しては、口惜《をし》。[三]弓矢《や》八幡、摩《ま》利支《し》天、南無不動明王《ふどうみやうわう》、[四]身が燃《もへ》て、女はいや」と云切《(いひきり)》て、あたら花娌《(はなよめ)》をたて[五]物にして淋《さび》しがらせ、我独《われひと》り、ねまの戸の明暮《あけくれ》、「相撲《すまふ》より外《ほか》に、楽《たのし》みなし」と、[六]毎日執行《まいにちしゆぎやう》つのりて、後は、力あり手あり、「荒礒《あらいそ》」と名乗《なのれ》ば、[七]尻《しり》に帆《ほ》かけて逃《にげ》、相《あひ》手もなく、四国一番の取手《(とりて)》に成《(なり)》ぬ。

「今は[八]おそらく、我に立《(たち)》ならび、手合《(てあは)》する人もや」と[九]広言《くはうげん》、皆〻《みな〳〵》悪《にく》みし折ふし、山里に[一〇]夜宮《(よみや)》相撲ありて、才兵衛、罷出《まかり(いで)》しに、在所《ざいしよ》より[一一]強力《がうりき》すゝみ出《(いで)》て、才兵衛と引組《ひつくん》で、何《なに》の手もなく[一二]中《(ちう)》にさしあげ落《をと》しける程に、[一三]捨舟《すてぶね》の荒礒《あらいそ》に埋《うづも》れしごとく、[一四]大かたは真砂《まさご》に熱込《にへこみ》、[一五]骸骨《あばらぼね》くだけて、漸〻《(やうやう)》[一六]乗物《のりもの》にかき入《(いれ)》られ、うき事に逢《あひ》て、宿に帰り、さま〴〵養生《やうじやう》する程に、[一七]果敢《はか》どらずして、我と[一八]心腹《(こころばら)》たて[ゝ]て、すこしの事に人をあや[一九]しめければ、下〻《(したじた)》おそれて、後《のち》は、病家《びやうか》に行《(ゆく)》人なく、勿躰《(もつたい)》なくも、親達《たち》に足《あし》をさすらせ、大小便《べん》とられ、[二〇]冥加《みやうが》につきし身《み》のはて、

一「格別」に同じ。見違える程立派に成られたと、揶揄的に賛嘆して敬語「給ひぬ」を使用。 二→四六五頁注三七。 三 誓いの言葉。「弓矢八幡」「摩利支天」は共に武勇の神。「弓矢の神は、八幡宮なりとも、摩利支天なりともいへり」(神道問答)。 四 たとえ身が燃えても。不動―焰・火焰(類船集)。 五 単なる飾り物にして。「立て物」は、本来、威容を誇示するため、兜の鉢に立てる装飾。 六「修行」の意。→四一八頁注一九。 七 諺。 八 憚りながら。 九 傲慢不遜な言葉。 一〇 本祭の日の前夜に催される相撲。「名乗る相撲や真砂地の上／夜宮から賑ふ秋の神事にて」(誹諧独吟集)。 一一 力持ち。 一二 宙の意。「中」が本来の用字。 一三 捨小舟―磯(類船集)。「荒磯」に二つの意味を持たせてある。 一四 体の大部分は土俵の砂にめり込み。真砂(まさご)―相撲(類船集)。 一五「骸骨 アバラボネ」(続無名抄・下)。 一六 镩輿(あんだ)に抱え乗せられ。 一七 原本「早敢」。誤刻か。「果敢取 ハカドル」(書言字考)。 一八 自分からむかっ腹を立てて。 一九 咎め立てをしたので。 二〇 神仏の加護から見放された。 二一 罰―親・不孝(類船集)。 二二 相撲用語を用いて読者の笑いを誘う。 二三「ならざか」。大和名所。今の般若寺坂也」(謡抄・采女)。「定めなきかな神無月、時雨降りおく奈良坂や」(謡曲・千手)。「時雨ふり行より棒の先／奈良坂や南円堂を打廻り」(梅翁俳諧集)。時雨―奈良坂(類船集)。 二四 陰暦十月に降る通り雨(便船集・四季之詞・十月の部)。時雨―神無月(類船集)。「仕形計を時雨降行く／印むすぶ顔かと見えて神無月」(大矢数三)。 二五「菅笠」と通用。「管笠 スゲカサ」(運歩色葉集)。「スゲガサ」(日葡)。 二六 奈良市手貫町。東大寺の西面、最北の大門「転害門(てがいもん)」の門前町。

「親のば[二]ちあたり」と名《な》[三]のりける。

ふるき都《みやこ》を立出《たちいで》て雨《あめ》

[二三]奈良坂《ならざか》や、[二四]時雨《しぐれ》に[二五]管笠《すげがさ》もなく、[二六]手貝《がい》といふ町より、[二七]夜《(よ)》をこめての旅出立《たびで(たち)》、鶏《にはとり》も我《われ》と鳴《なき》くらべして、[二八]行《(ゆく)》は誰子《たが》ぞ。

[二九]刀屋徳内といふ者のせがれ、諸芸《しよげい》に器用《きよう》なりしが、[三〇]鋼鉄反《はがねむね》へまはり、[三一]ぬけ鞘《さや》持《もつ》ての喧嘩《けんくは》ずき、親にいく度《たび》か[三二]袴《はかま》を着《き》せ、常《つね》にも不孝《かう》なれば、[三三]目せばき所よりいひ立《(たて)》、[三四]旧里《きうり》きらせて、其里を[三五]追出《をひ(だ)》しの鐘《かね》の鳴《なる》とき、春日野《かすがの》を跡《あと》に、「いつか仕合《(しあはせ)》よく帰り、[三六]三笠山《みかさ》も、今が見おさめと成《(なり)》なん事も」と、何とやらかなしく、[三七]大明神を恨《うら》み、「[三八]氏子《うぢ》は千金にもかへ給はぬとの御事《(おんこと)》、金子《(きんす)》壱歩《(いちぶ)》もなくて、遥ゝ《はる〴〵》の東路《あづまぢ》にくだるを、哀《あは》れととふ人もなし」と独《ひと》り言《ごと》の、[三九]浪《なみ》に声有《(あり)》て、「[四〇]佐《さ》保《ほ》の川をうち渡《わた》りて」と、[四一]謡《うた》ひを門ゝ《かど〱》にて唄《うた》ひ、[四二]勧進《くはんじん》して、漸ゝ《やう〱》四十七日めに御《(お)》江戸に付《(つき)》て、[四三]糀町《かうじまち》六丁目に[四四]請人屋《(うけにんや)》の九助といふ方《かた》へ、友達状《ともだちじやう》をつけしを頼みに、尋《たづ》ねけるに、細《こま》かに様子《やうす》も聞《きか》ず、「[四五]爰元《こゝもと》かせぎの為《ため》とや、其若盛《ざかり》にては、何をいたされても、口過程《(くちすぎ)》の事は気遣《きづか》ひなし。扨《(さて)》、先《まづ》、何を望《(のぞみ)》給ふぞ。すこ

多くの宿屋が軒を並べていた。「奈良の都に立ち越え、てんがいあたりに宿を取り」(さよひめ)。 二七 「夜をこめて鶏(とり)の空音にはかるとも世に逢坂の関は許さじ」(後拾遺集・雑二・清少納言)の歌に拠る。次の「鶏」も、この歌からの連想。 二八 次の「刀屋」を登場させる伏線の本歌取り。「白かねの目貫の太刀をさげはきて奈良の都をねるや誰が子ぞ」(拾遺集・神楽歌)。「古郷となりても奈良は奈良めきて／刀さしつつねるはたが子ぞ」(季吟興行之巻・寛文十三年八月二十八日)。 二九 右の「誰が子ぞ」という問の答えが、「刀屋徳内といふ者のせがれ」。 三〇 刀の焼きが刀背(みね)にまで回って。無用の長物の譬え。 三一 他人の喧嘩でも傍から加勢に飛び出す程の喧嘩好き。「ぬけさやもたん」(毛吹草二)。「ヌケサヤモタン。和漢古諺。汝刀ヲ抜ケ、我室(さや)ヲモタント云事ナリ」(春風館本・諺苑)。「余所にのみ見てや居られぬ花に樽／ぬけ鞘持ふ鑓梅の陰」(大矢数五)。「喧嘩・口論ミナ不孝」(玲瓏随筆一)。 三二 正式に謝罪に赴かせ。袴―侘言(類船集)。 三三 人目のうるさい土地の者どもから言い出して。 三四 親子・親族の関係を切らせて。連帯責任や後難を免れる目的で行われた。厳密には「勘当」と異なる。「父子兄弟其外近親類ノ義絶スルヲきうりきるト云ハ、旧里ヲ離ノ義カ。マタ、久離ト書クモアリ」(志不可起)。 三五 夜明け、東の空の白む頃に打ち鳴らし、奉公人や旅人の目を覚まさせる鐘。「ヲコシガネ。目をさまさせる鐘。本来の正しい語は、ヲイダシ、または、ヲイダシノカネである」(日葡)。追出シ―暁の鐘(類船集)。東雲(しののめ)―旅人・追出の鐘・奉公人(同上)。 三六 「顧み」の意で下の「三笠」に続く。「奈良の都を立ち出て、かへり三笠山、佐保の川をうち渡

しのもとでは有《ある》か」と尋《たづ》ねしに、[一]貫《くわん》ざしに十八文、残《のこ》る物とて米八合《がふ》、徳《とく》三郎も、返事《へんじ》しかねて赤面《せきめん》し、迷惑《めいわく》そうなる様子を見て、亭主《ていしゆ》もとをり者[二]、「金銀あれば、爰《こゝ》へはくだられぬはづなり。それを儲《まふけ》にこそ」と合点《がつてん》して、情《なさけ》をかけぬ。「先《まづ》、此家、吉凶《きつけう》[三]と思はれよ。今迄《まで》、何程《なにほど》といふかぎりもなく、諸《しよ》国の旧《きう》[四]里切《りきら》れを請込《うけこみ》、首尾《しゆび》よく帰宅《きたく》せぬもなし。そなたも、追付《をつつけ》、仕合《しあはせ》有《ある》べし。其内は、[五]われらを親《をや》と思はれよ。さて、一両年は奉公《ほうこう》いたさせ、其後《そののち》は分別《ふんべつ》有《ある》べし。先《まづ》、[六]出《で》替《かは》り時迄は、纔《わづか》の[七]棒手《ぼうて》振《ふり》なり共《とも》いたされよ。後《のち》大名になつても、それが身につゐ《ゐ》て居る物ではなし」と、[八]霜先《しもさき》の朝《あさ》道を急《いそ》ぎ、四谷《よつや》の町はづれに里《さと》人を待《まち》、大根《こん》の[九]出《で》買《がい》して、夕《ゆふべ》に売仕《うりし》舞《まひ》、むかしの楽《たのしみ》を今思ひあたれり。

ある日、雨《あめ》風のはげしきにも、身《み》をいとはず売出《うりいで》、芝《しば》の[一〇]土器《かはらけ》町《ちやう》のするに、[一一]小家《こいへ》勝《がち》なる淋《さび》しき所に廻《まは》りしに、板《いた》屋まばらに、[一二]しのべ竹の[一三]菱垣崩《ひしがきくづれ》かゝり、北《きた》窓《まど》を「[一四]御文《おんふみ》殊更《ことさら》」の清《きよ》書にて張塞《はりふさ》ぎ、門柱《ばしら》に「関《せき》川内匠《たくみ》宿《やど》」と、用に[一五]立《たつ》手にて張札《はりふだ》、浪《らう》人らしく見えて、内《うち》は枯《かれ》〴〵に、名は仰山《げうさん》にしらせり。此草戸《くさど》あけて、[一六]十四五なる若衆《しゆ》、うるはしき形《かたち》を、いつ髪撫《かみなで》つけし風情《ふぜい》もなく、此寒空《さむぞら》に、きれ〴〵の絹袷《きぬあはせ》ひとつになり、細縄《ほそなは》の帯《をび》して、鞘《さや》はげ、柄《つか》のきれたる大脇指《わきざし》にて、雪踏《せつた》・草履《ざうり》[一七]かたし〴〵はきてかけ出《いで》、我呼《よば》るゝ程に、立《たち》帰《かへ》れば、ものいは

りて」(謡曲・百万)。「ならはぬ旅に奈良坂や、かへり三笠の山かくす、春の霞ぞ恨めしき」(謡曲・海士)。　三七 春日大明神。　三八 当時の慣用句か。「氏子は千金にもかへじと大切に思し召す子共を」(世間子息気質一の一)。　三九 声―波(類船集)。「此浦の波に声ある破損舟」(二葉集)。
四〇 謡曲・百万の一節。↓注三六。
四一 謡曲をうたって門付をして歩く乞食。「門謡(かどうたひ)」―乞食(俳諧小傘)。「謡(うたひ)」(人倫訓蒙図彙七)。　四二 ↓四六二頁注二一。
四三 当時の麴町は山の手の銀座とも言うべき繁華の地。一丁目から十丁目まであった。
四四 自分が保証人となって奉公先の斡旋をする口入れ屋。人宿(ひとやど)。「(勘当息子ハ)近年は江戸々々と下りけるに、当所(あてどころ)なしにも、請人屋あつて、命をつなぎぬ」(盛衰記五の一)。
四五 当地。「爰元 こゝもと」(書札調法記二)。

一 銭一貫文(九百六十文)を刺し通す細縄。
二 万事よく心得た者。通人。　三 ↓四三八頁注四。ここは「吉」の方の意。　四 親子の関係を切られた息子を引き受け。「請込 うけこむ」(早引節用集)。「ウケコム。…同義語、ヒキウケル」(和英語林集成)。　五 私を父とお思いなさい。「われら」は一人称、自謙の用法。　六 奉公人の交代期。半季契約の場合は、初め二月と八月であったが、後、三月五日と九月十日に定着(日次紀事)。デガワリと連濁しない(日葡、和英語林集成)。　七 天秤棒を担いで売り歩く商い。
八 十月・十一月頃の称。この頃、寒さに備えて体力を付けるため鳥獣を食べることを「薬喰(くすりぐひ)」と言った。「霜月(十一月)。…薬喰ひ」(毛吹草二・誹諧四季之詞、便船集・四季之詞)。「ゆふつげ鳥(鶏)を処の霜先/一升鍋かけてぞ頼む空

ぬさきに泪《なみだ》をこぼし、懐《ふところ》より汗手拭《あせてぬぐひ》の、なかば穢《よごれ》たるを取出《とり(いだ)》し、「是に、其大根《こん》、すこし、かへてほしき」とのねがひ、聞《(きく)》より物哀《あは》れにて、「替《かゆ》る迄《まで》もなし。やすき御事《(おんこと)》」と、壱把提《いちはさげ》て内にいれば、此子の二親《をや》と見えしが、[一八]過《すぎ》にし夏《なつ》の紙《し》帳《ちやう》を身《み》にまとひ、小升《こます》・[一九]横槌《よこづち》を枕《まくら》として、目ばかり[二〇]うごつき、「嬉《うれ》しや、それを喰《くふ》て、けふの命を」と、洗《あら》ふまを待兼《まちかね》、夫婦《ふうふ》手にふれて、親仁《をやじ》は漸々《やうやう》一口かぶりて、跡《あと》は捨《すて》られし。母《はゝ》は、「思ひながら、咽《のんど》を通らぬ」と、手に持《(もち)》ながら、涙《なみだ》に沈《しづま》れし。徳《とく》三郎、是をみて、扨《(さて)》も浅《あさ》ましき有様《さま》と、思はざる袖を絞《しぼ》り、「いかなる故《ゆへ》に、かゝるうき事にあはせ給ふ」と尋《たづ》ねしに、此若衆《しゆ》、問《とは》れて猶《なを》悲《かな》しく、「我々は、子細《しさい》有《(あり)》て、ながなが浪《らう》人。かくも武運《ぶうん》の尽《(つ)き》ぬるものか、此七日八日は、二人の親達《をやたち》に湯《ゆ》を進《まいら》すべきも、薪絶《たきゞたへ》て。[二一]堅固《けんご》なる生れ付《(つき)》、其儘《まゝ》に見殺《みごろ》す事の、口惜《をし》き」とかたれば、親仁《をやじ》、枕《まくら》をあげ、「おろかなり、虎《とら》之助《すけ》。しらぬ人に何を申《(まうす)》ぞ。だまれ。[二二]御所柿《ごしよがき》のよきは、百につき何程《(なにほど)》か、[二三]鴨《かも》は、番《つがひ》で[二四]幾等《いくら》程か、其[二五]八百屋《やをや》に問《と》へ」と、此身になりても、流石《さすが》むかしを忘《わす》れぬ[二六]潜上《せんしやう》、聞《きけ》ば、いたはしき中《(なか)》にもおかし。

徳《とく》三郎は、それより、[二七]何となく宿に帰《かへ》り、米《こめ》・味噌《みそ》・肴《さかな》を調《とゝの》へ、彼家《かのいへ》にいそぎ、門《かど》の戸《と》を明《あく》れば、最前《さいぜん》の若《わか》しゆ闇《くらがり》に泣声《なくこゑ》あやしく、「昼《ひる》の大根売《だいこんうり》なるが、

の月」（胴骨）。　九 こちらから行って直接買取ること。　一〇 現港区麻布台二丁目。嘉永三年切絵図の「カワラケ丁」は町家となっている。
一一 小家がせせこましく建ち並んでいるさま。
一二 「其ノ茎細長ニシテ、其ノ葉片大也。是ヲ女竹ト称シ、又忍竹（シノベダケ）ト謂フ。是ヲ建テ比並シテ垣ト為ス」（雍州府志六）。「長間竹　シノベタケ」（反故集）。「長間竹　しのめだけ」（節用集大全）。　一三 菱形に結び合わせて作った垣。
一四 書簡の返状の常套句「御文殊更云々」と清書した紙で北窓の破れを張り塞ぎ。落ちぶれた浪人が習字を教えて貧しい暮らしを立てていた様子の描写。　一五 達者な筆跡。
一六 挿絵によれば、まだ元服前。
一七 片足片足。「カタシガタシハク。片方は自分の履物を、片方は他人のものをはく、または、種類の違った履物をはく」（日葡）。
一八 原本「過」の振仮名「すこ」に誤る。
一九 平たく作った側面で打つ槌。砧や藁を座して打つのに適した。　二〇 動きはたらいて。
二一 頑健。強健。　二二 「大和御所柿。和州御所村より出。柿の極品なり」（日本山海名物図会二）。「大和柿　やまとがき〈御所柿也〉」（節用集大全）。「御所柿やなりさがりてもくらゐ物」（夢見草三）。貞享三年（一六八六）五月の御触書は「御所柿。九月節より十一月迄」と定める。
二三 霜先の薬喰用の鴨。「十一月。…鴨」（便船集・四季之詞）。「霜先鴨も冬ごもる雪」（大坂独吟集）。鴨―霜先・八百屋（俳諧小傘）。
二四 「幾等（いくら）。…今は商売によって価（あたい）を問ふ詞に用る也」（新撰用文章明鑑）。　二五 「棒手振」の大根売りを「八百屋」と呼んだことも、この浪人の虚勢。　二六 →四三〇頁注一一。
二七 さりげなく。

心もとなし」と尋《たづ》ねけるに、「母は、[一]七つの鐘《かね》の鳴《なる》時、夢《ゆめ》のごとく果《はて》られ、親《をや》仁《じ》は、只《たゞ》今、息絶《いきたへ》ける」と云《いふ》に、おどろき、近《きん》所にて油をとゝのへ、みるに、哀《あはれ》ふかし。虎《とら》之助、燈《ともしび》にて二人の㒵《かほ》を拝《をが》み、「今は」と自害《じがい》するを留《とゞ》め、「[二]恥《はぢ》は跡《あと》に残りし物」と、断《ことは》りせめて、心を沈《しづめ》させ、二人のなき骸《から》を、母《はゝ》は虎《とら》之助《すけ》に負《をは》せ、父《ちゝ》は徳《とく》三郎肩《かた》に掛《かけ》、[三]野《の》墓《ばか》の烟《けぶり》となし、其夜《よ》は、[四]虎之助が伽《とぎ》して、難義《なんぎ》のはじめ終《をはり》をかたり、「此度《たび》の御恩《をん》、[五]命の内には送《をく》りがたし」と、[六]おとなしくい

一　午後四時頃。
二　後には恥だけが残る物となりますよ。
三　火葬場。
四　虎之助の話相手をして。
五　生きている間に御恩返しは到底できません。
六　大人びた態度で。
七　疎かにすること。「如在(ジョサイ)」。論語ノ八佾篇ニ出タリ。俗、人ニ疎略スル事ヲ如在スルト云ハ、頗ル意義アル也」(斉東俗談二)。
八　「神妙　しんべう〈人をほむる也〉」(和漢通用集)。
九　「ともなふ。倡行」(類字仮名遣)。

挿絵解説　徳三郎は虎之助の実父から「金子百両給はり」と本文に記しているが、画面では馬・口取・槍持・挟箱持を従えて虎之助を迎えに来た家臣が献上している。徳三郎に対する深甚の感謝と敬意は、「給はる」よりも、このような形で描き出す方が、見る者には迫力があろう。

虎之助の実父は「扨も頼もしき心底、武家にもめづらし」と、徳三郎を賞賛した。褒められた徳三郎の原型は、本朝孝子伝・今世部十、備前津高郡「横井村孝農」太郎左衛門。「身至賤ナリト雖モ、而モ之ニ事ルノ恭シキ、恰モ士大夫

ふにぞ、徳三郎、奈良《なら》にて親達《をやたち》への如在《ぢよさい》七、身に応《こたへ》てかなし。

それより十日ばかり、毎日《まい》見まふうちに、生国信濃《しやうこくしなの》より、歴〻《れき〳〵》の武士《ぶし》尋《たづ》ね給ひ、段〻《だん〳〵》様子《やうす》を聞《(きき)》て、「年《とし》月の事共《(ども)》、さぞ〳〵」と、泪《なみだ》に目はあき給はず。折ふし、徳三郎居合《ゐあは》せしを、「扨《(さて)》も頼《たの》もしき心底《しんてい》、武家《ぶけ》にもめづらし。此虎之助は、某《それがし》が実子《じつし》なるが、十一才より関川内匠方《せきたくみかた》へ養子《やうし》に遣《つかは》しけるに、永《なが》の浪人《らうにん》のうち孝《かう》つくせし事、我子《わがこ》ながら、神妙《しんべう》八なり。いざ、国本《もと》へ」と、倡《ともない》九、徳《とく》三郎に

ノ善ク其親ヲ敬スルガ若シ」。
本朝孝子伝の挿絵は、野良仕事の合間、柔らかい草の上に父を座らせ、食膳を供して平伏する太郎左衛門を描く。平伏という構図において、二十不孝とよく似ている。

武士鰹大名小路広小路紫茶店火消し錦絵
(落語・奈良の鹿)
江戸は将軍家御膝元、武士の都である。故に挿絵にも武士を描いて江戸の雰囲気を匂わせた。画面左の松の木は、「永代、松の朶を鳴さず」という祝意の象徴。
目次の団扇絵の通り、振売りの大根一把が徳三郎に出世の道を開いた。一把の大根、俳諧師西鶴は二十四孝・姜詩の「膾《(なます)》」から「大根」へと飛躍することができた。「大根」と「膾」は俳諧の付合語である(毛吹草、便船集、類船集)。

舎側甘泉出　一朝双鯉魚
子能知レ事レ母　婦更孝二於姑一
姜詩は母に孝行なる人なり。母つねに江の水を飲みたくおもひ、また生魚の膾をくひたくおもへり。即ち姜詩、妻にいひ付て、六七里の道をへだてたる江の水をくませ、又、魚の膾をよくこしらへてあたへ、夫婦ともにねんごろにつかへたり。
(首書二十四孝・姜詩)
母に味良い江水を飲ませようと尽した姜詩と両親に湯を与えることさえ叶わなかった虎之助と、いずれ劣らず相通する孝心である。
首書二十四孝の挿絵は、姜詩の妻が双鯉と水桶を天秤に担いで母のもとへ運んで行く所。この情景は、餓死寸前の虎之助の家へ「米・味噌・肴を調へ」て急ぐ徳三郎の姿とまさに重なり合う。西鶴は首書二十四孝を傍に置いていたのではないか。

は、金子《(きんす)》百両給はり、末ゝ《すへ〴〵》の事迄《まで》申合《(まうしあは)せ》て、別《わか》れける。

其後《(そののち)》、徳三郎は、[一]通町《とをりてう》に[二]棚出《たないだ》して、[三]商《あきなひ》の道広《ひろ》く、程なく分限《ぶげん》に成《なり》て、[四]南都《なんと》より二人の親《をや》を向《むか》へ、朝夕孝行《てうせきかう〳〵》を尽《つく》し、人の為となり、慈悲善根《じひぜんごん》をして、[五]直《すぐ》なる世をわたりて、[六]日本橋《(にほん)ばし》のほとりに[七]角《かど》屋敷《しき》、次第に家さかへ、[八]昔《むかし》の奈良《なら》刀、今金《(きん)》作《づく》りにして、[九]箱《はこ》に脩《おさめ》、[一〇]永代《ゑいたい》、[一一]松の[一二]朶《えだ》を鳴《なら》さず、此御時、江戸に安住《あんぢう》して、猶《なを》、悦《よろこび》を重《かさね》ける。

[一三]貞享三暦
丙寅
霜月吉辰

江戸青物町
[一四]万谷清兵衛

大坂呉服町八丁目
[一五]岡田三郎右衛門

同平野町三丁目
[一六]千種五兵衛

一 日本橋を中心として南北に通ずる大通り。北は筋違橋から南は金杉橋までの間。「此時君が代の道広く、通町十二間の大道所せきなく」(永代蔵三の一)。 二 見せ棚。店。棚―商(便船集)。棚―商・八百屋(類船集)。 三 通町十二間の道幅のように、商売も益々手広く。「道広く」は祝言の用語。「すめらぎの畏き御代の道広く、国を恵み民を撫でて、四方に治まる八洲の波、静かに照らす日の本の」(謡曲・難波)。「いふまでない事治て御代/道広く筆に書くとも尽きはせじ」(飛梅千句六)。「八百日行く浜の真砂は尽きぬ道広く、かかる豊かなる時世に住める万人、仕合ぞかし」(織留三の一)。 四 奈良。 五 政道正しい世を渡って。 六 天和二年(一六八二)十二月二十八日の江戸大火で焼け落ちた日本橋は、二十不孝の刊記年の前年、貞享二年(一六八五)五月、仮橋から本橋に改架されている(『東京市史稿』橋梁篇)。 七 三叉路や四つ辻に位置し、二面が道路に面している敷地。豪商の占有地である。 八 諺「昔の剣(は)今の菜刀」(毛吹草二、世話焼草二、類船集等々)の逆用。「金作り」は黄金作り。昔は奈良刀のようななまくら者だった徳三郎も、今は堂々たる金満家になったという意を込める。→四八〇頁注九。 九 天下太平を表わす。「其頃は天下大平に治まり、弓を袋に入れ、太刀を箱に納め」(順礼物語・上)。「鑓は鞘剣は箱に収まりて/是から江戸道ひろき君が代」(物種集)。 一〇「永代 ゑいたい〈末代也〉」(和漢通用集)。 一一 松平氏(徳川将軍家)を指す。巻一第一話「松に音なく」(三九二頁)と呼応。最後にまた徳川の治世を賛えて本書を結ぶ。「ちとせの松風枝をならさず」(一目玉鉾二・江戸)。 一二 天下太平の世を寿福する慣用句。「風枝ヲ鳴サヌ御代(よみ)。論衡ニ曰、太平之世、五日一風、十日一雨、風不鳴枝、雨不破塊。コノ心ヲ千載集賀ノ歌ニ、フク風モ木々ノ枝ヲバナラサネド、山ハ久シキ声ゾ聞ユル」（漢語大和故事一）。「尭舜ノ代ノゴトク、風ハ吹トモ枝ヲナラサズ、雨ハフレドモツチクレヲナガサズ」（孝経見聞抄・下）。　一三 一六八六年。西鶴四十五歳。「吉辰きつしん〈吉日の義〉」（和漢通用集）。自序の「貞享三年」との不一致については解説参照。一四 正しくは「万屋」。本書の江戸における取次ぎ・売捌き元。貞享四年刊・武道伝来記の刊記に「江戸日本橋青物町　万屋清兵衛」とある。一五 屋号「池田屋」。次の千種と共に本書の版元。武道伝来記の刊記に「大坂呉服町真斎橋筋角岡田三郎右衛門」とある。　一六 本書初見の書肆。

付録

京・島原遊廓図（『色道大鏡』『朱雀遠目鏡』より）

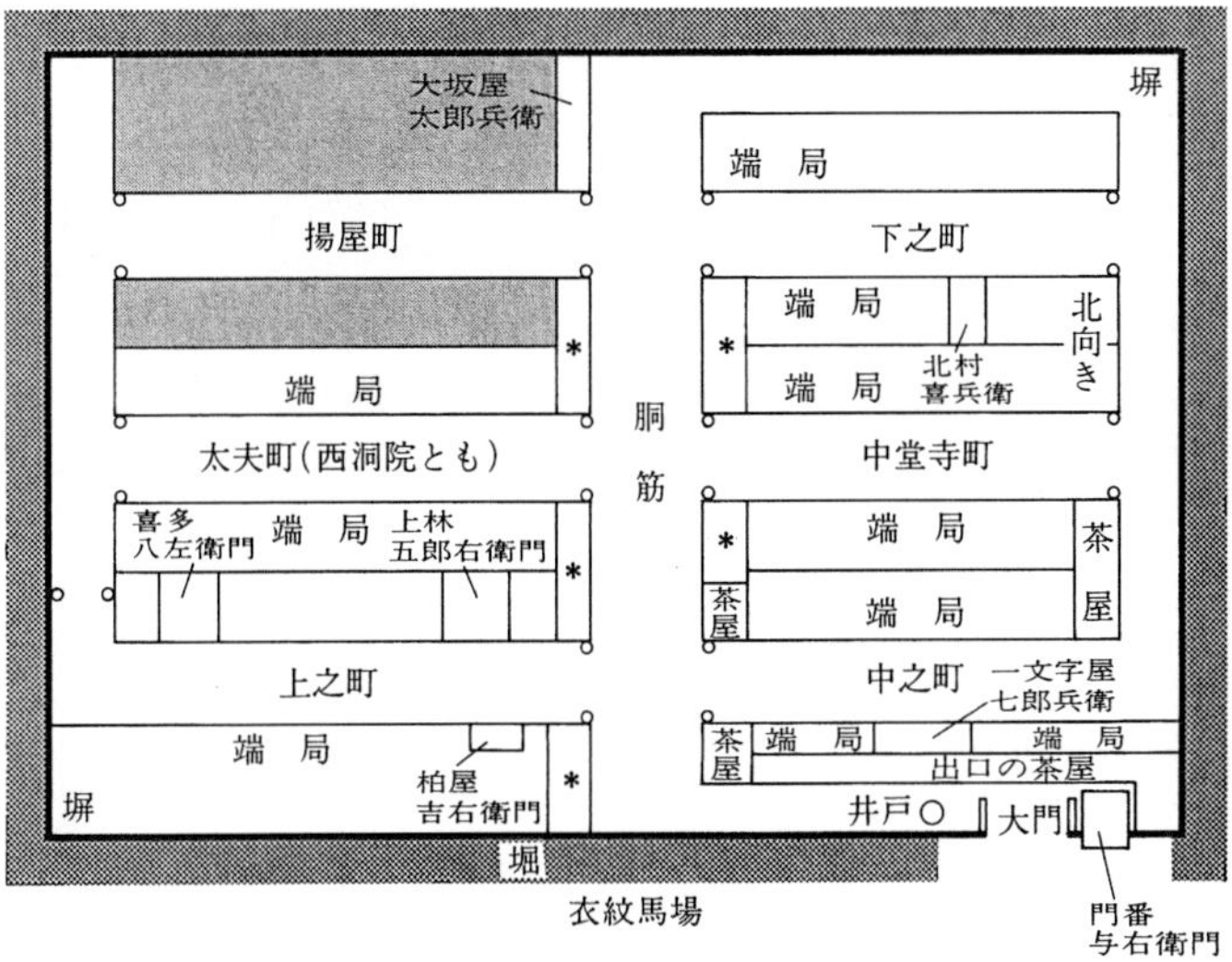

＊＝小間物屋・楊枝屋・紙屋・銭屋・豆腐屋・八百屋・餅屋・質屋など

島原揚屋町図（同上）

江戸・吉原遊廓図（元禄二年吉原「大画図」より）

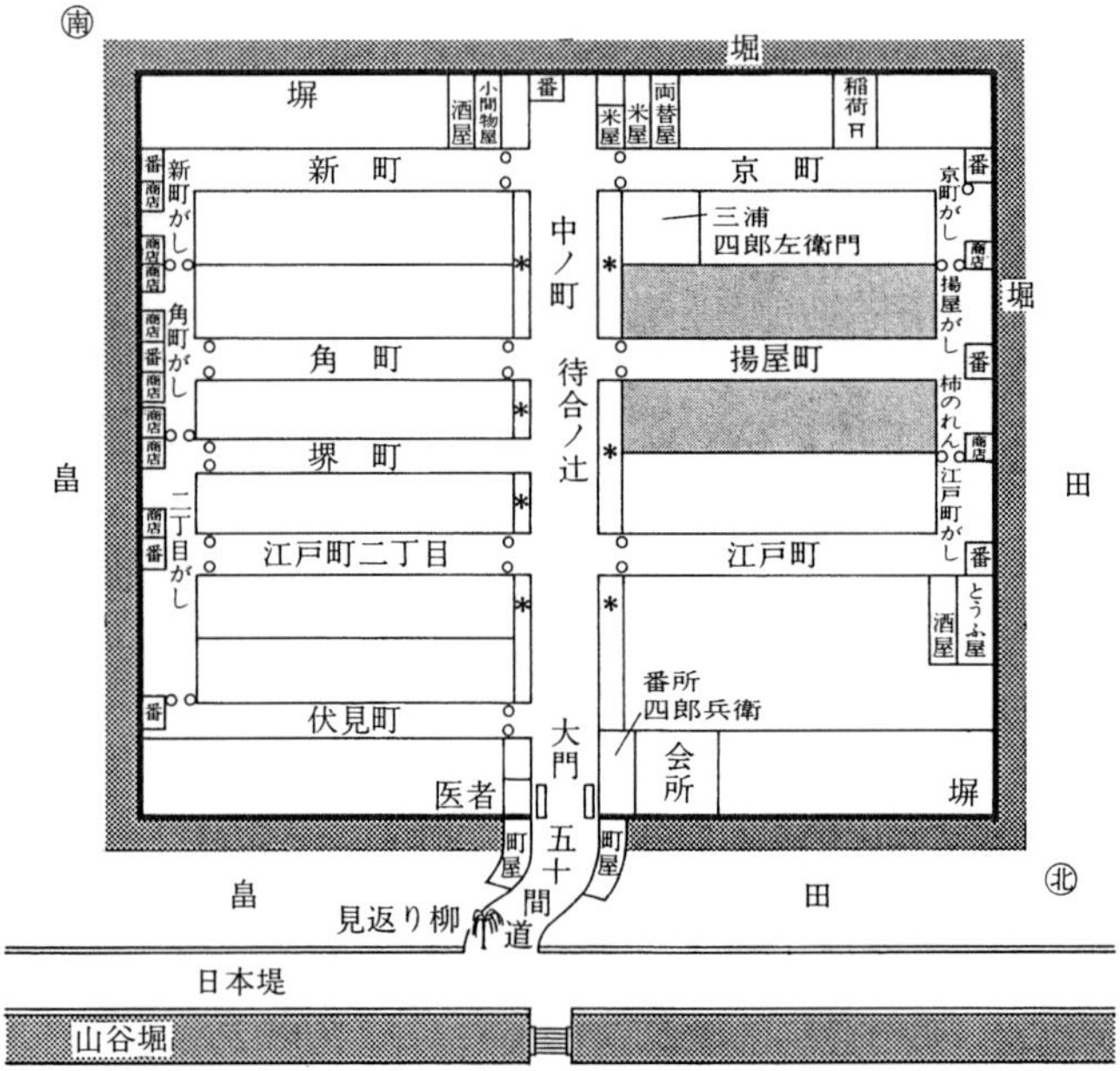

＊＝茶屋・小間物屋・薬種屋・煙草屋・うどん屋・足袋屋など

吉原揚屋町図（同上）

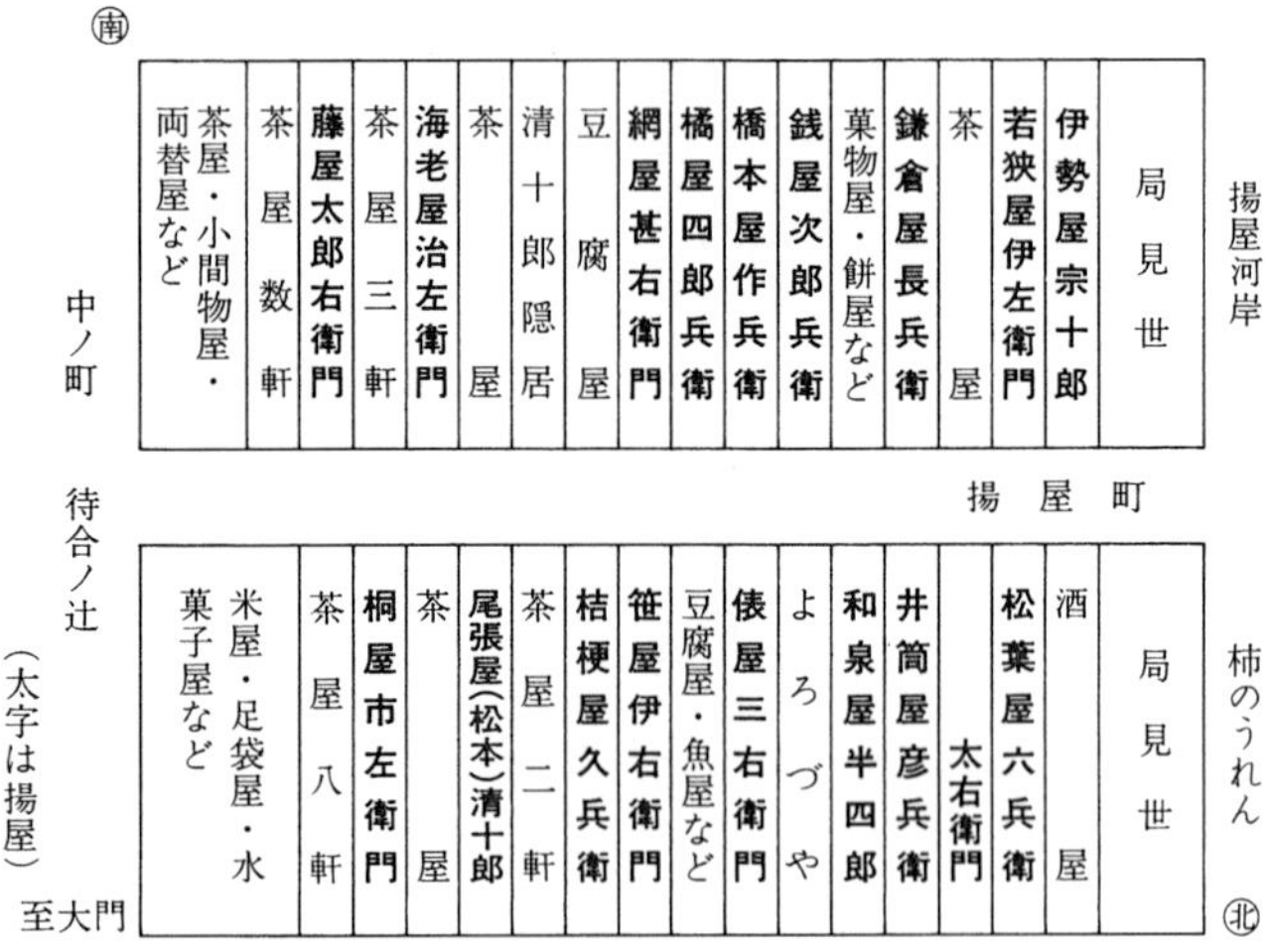

大坂・新町遊廓図（『色道大鏡』より）

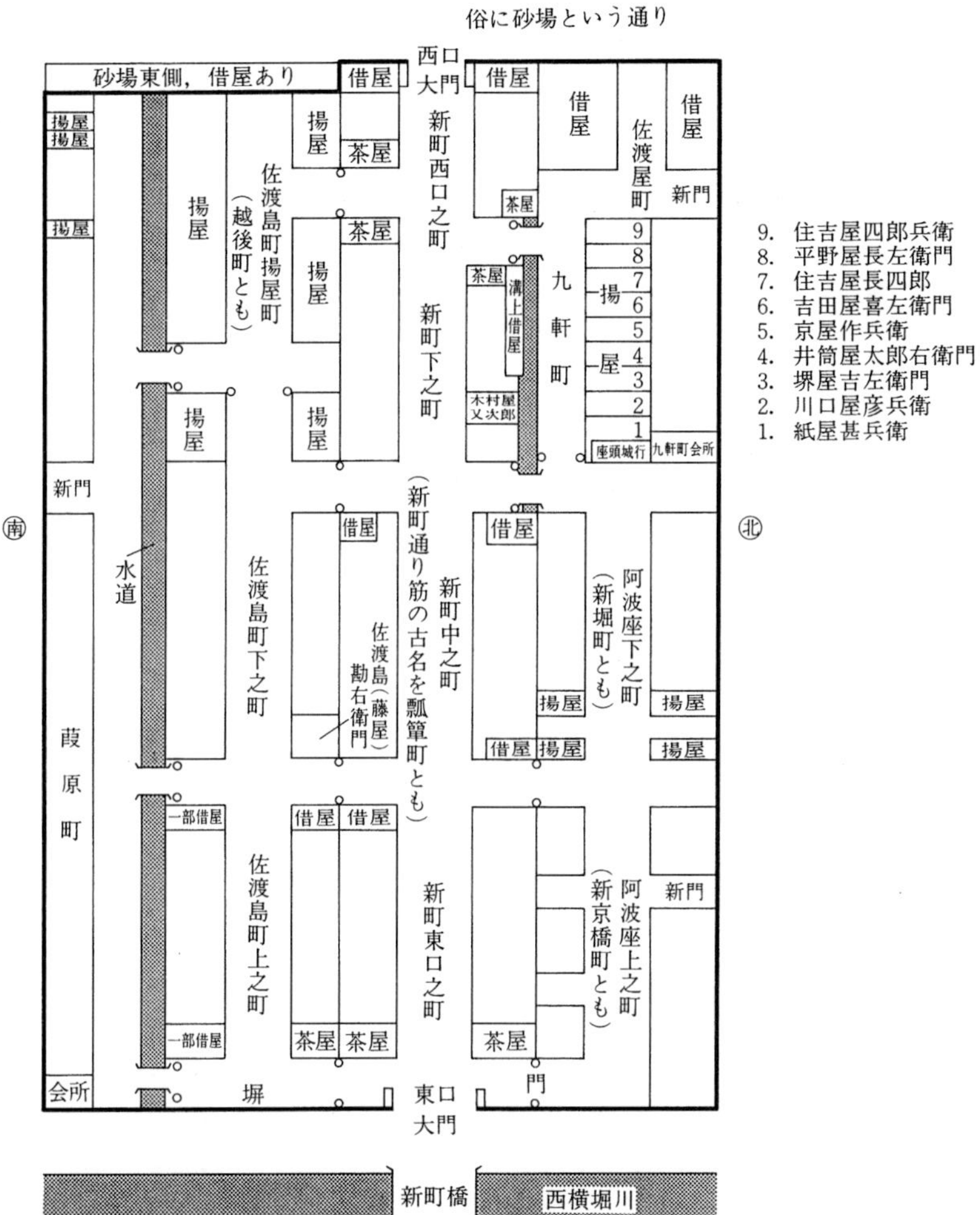

揚屋＝九軒町に 9 軒，佐渡島町に 17 軒，阿波座町上下に 6 軒，葭原町に 3 軒，計 35 軒あり

西鶴略年譜

年号	西暦	年齢	西鶴関係事項
寛永十九	一六四二	一	この年、大坂に生まれる。井原氏。また平山氏、名は藤五(見聞談叢)。
明暦　二	一六五六	一五	この年、俳諧への志を立てる(西鶴大矢数・巻四跋)。
寛文　二	一六六二	二一	俳諧の点者となる(石車・巻四)。
六	一六六六	二五	三月、長愛子編『遠近集』刊。初めて鶴永の号で発句三句入集。
七	一六六七	二六	夏、初めての連句、郭公独吟百韻成る。延宝三年刊『大坂独吟集』に入集。
延宝　元(九月改元)	一六七三	三二	春、大坂生玉社別当南坊で万句俳諧を興行し、六月に『生玉万句』として刊行。九月『俳諧歌仙画図』(仮題)刊、十月『歌仙大坂俳諧師』として改版刊行。冬、俳号鶴永を改め、西鶴と号す。
三	一六七五	三四	四月三日、西鶴の妻病没、享年二十五歳。三人の子を残す。同八日、亡妻追善の郭公独吟千句を詠み、『誹諧/独吟一日千句』として刊行。この月、編者未詳『大坂独吟集』刊、宗因批点の郭公独吟百韻一巻入集。この年、西鶴法体す。
四	一六七六	三五	十月『古今誹諧師手鑑』刊。
五	一六七七	三六	四月、中村西国に『俳諧之口伝』一巻を授ける。五月、大坂生玉本覚寺で、二十五日暮れ六ツより翌二十六日暮れ六ツまで一夜一日、千六百句独吟の矢数俳諧を興行し、『西鶴/俳諧大句数』として刊行。
六	一六七八	三七	秋、西鶴編と思われる『大硯』『俳諧/虎渓の橋』刊。十一月『俳諧/物種集』刊。
七	一六七九	三八	三月『西鶴五百韻』刊。八月『句箱』刊。十月、大坂天満天神で門弟らと一日千句を興行し、『飛梅千

*太字の書名は西鶴の小説。

			句』として刊行。
八	一六八〇	三九	五月七日・八日、大坂生玉社別当南坊で再度の矢数俳諧を興行し、一夜一日に四千句独吟を成就す。翌年『西鶴大矢数』として刊行。
天和 元（九月改元）	一六八一	四〇	四月、前年の四千句の矢数俳諧『西鶴大矢数』刊。
二	一六八二	四一	十月**『好色一代男』**刊。
三	一六八三	四二	一月、役者評判記『難波の㒵は伊勢の白粉』刊。三月、西山宗因一周忌追善俳諧を興行し、『俳諧本式百韻／精進膾』として刊行。
貞享 元（二月改元）	一六八四	四三	四月**『好色二代男』**（**『諸艶大鑑』**）刊。六月五日・六日、大坂住吉神社で矢数俳諧を興行し、一夜一日に二万三千五百句独吟を成就。この後二万翁とも称す。十月『古今俳諧女歌仙』刊。
二	一六八五	四四	一月、宇治加賀掾のために浄瑠璃『暦』を新作刊行。同月**『西鶴諸国ばなし』**刊。二月**『椀久一世の物語』**刊。春、加賀掾のために『凱陣八嶋』を新作刊行。
三	一六八六	四五	二月**『好色五人女』**刊。六月**『好色一代女』**刊。十一月**『本朝二十不孝』**の板刻成る。翌四年正月、改めて序を加えて刊行。
四	一六八七	四六	一月**『男色大鑑』**刊。三月**『懐硯』**刊。四月**『武道伝来記』**刊。
元禄 元（九月改元）	一六八八	四七	一月**『日本永代蔵』**刊。二月**『武家義理物語』**刊。同月、市井において鶴屋の家名及び鶴紋の使用禁令が出た。西鶴もこの年十一月より元禄四年三月まで一時西鵬と改号。三月**『嵐は無常物語』**刊。六月**『色里三所世帯』**刊。九月以前**『好色盛衰記』**刊。十一月、**『新可笑記』**刊。
二	一六八九	四八	一月、地誌『一目玉鉾』刊。同月**『本朝桜陰比事』**刊。三月、磯貝捨若作『新吉原つね〴〵草』刊、一代男世之介の匿名で戯文の注を加える。
三	一六九〇	四九	六月、作者未詳『真実伊勢物語』刊。序文に「西くはく」の署名があるが、偽作。
四	一六九一	五〇	一月**『椀久二世の物語』**刊。八月、難波松魂軒の匿名で『俳諧石車』刊。可休の『誹諧／物見車』を論

			駿する。
五	一六九二	五一	一月『**世間胸算用**』刊。三月、盲目の一女没。法名光含心照信女。秋、紀州熊野に遊び、「日本道に山路つもれば千代の菊」を発句とする独吟百韻成る。後にこれに自注を加え、画巻『西鶴独吟百韻自註絵巻』(仮称)とする。
六	一六九三	五二	一月『**浮世栄花一代男**』刊。八月十日、大坂にて没。享年五十二歳。法名は仙皓西鶴。寺町(現大阪市中央区上本町西四丁目)の浄土宗誓願寺に葬られる。辞世の句は、「浮世の月見過しにけり末二年」。冬、遺稿『**西鶴置土産**』刊。
七	一六九四	没後一	三月、遺稿『**西鶴織留**』刊。
八	一六九五	没後二	一月、遺稿『**西鶴俗つれ〴〵**』刊。
九	一六九六	没後三	一月、遺稿『**万の文反古**』刊。
十二	一六九九	没後六	四月、遺稿『**西鶴名残の友**』刊。

解説

好色二代男　解説

冨士昭雄

『好色二代男』は、大本八巻八冊の体裁で、貞享元年(一六八四)四月に刊行された。天和二年(一六八二)出版の『好色一代男』に続く西鶴好色物の第二作である。『二代男』の書名は正しくは『諸艶大鑑』という。原本は『諸艶大鑑』という題簽と目録題の右肩に、「好色二代男」と傍題があり、版心に「二代」とある。これは好評を博した『好色一代男』にあやかろうとした出版書肆の企画によるものかと思われるが、世間一般でも「諸艶大鑑」という固苦しい題名にはよらず、「好色二代男」として呼びならわしている。

本書の版下は、以前はすべて西鶴の自筆とされたが、現在は巻一・巻二は西鶴自筆、巻三以後は別筆で、筆者未詳とする(金井寅之助氏「諸艶大鑑の版下」『西鶴考　作品・書肆』所収)。挿絵は西鶴自画と推定されている。

そもそも好色一代男とは、西鶴が「親はなし、子はなし、定まる妻女もなし」(『一代男』巻八の五)と叙べるように、一生定まる妻もなく跡継ぎもなく、好色の追求に生涯を捧げた男の意である。ところで『二代男』の主人公世伝は、「親世之介より、色道の二代男と沙汰せられ」(巻八の五)、「世伝が二代男」(巻一の一)などと記されており、世伝とは世之介の世継ぎの意と知られる。そうして二代男とは、世之介を一代目として二代目の男の意に用いているのである。

本書の正式の書名『諸艶大鑑』の題名は、その内容などから推して、諸国の遊里における色道の諸相を描いた書、あるいは様々な遊女の逸話を集めた書などの意をこめている。その題名は、後述する遊女評判記『色道大鏡』を意識したものであり、また『色道大鏡』がその凡例で記すように、遠く平安朝の『大鏡』の題名にも関連があろうかと思われる。『大鏡』は、一名「世継の翁の物語」(『徒然草』六段)とも呼ばれ、大宅世継と夏山繁樹という二人の故老が、その見聞した歴史を物語り、三十ばかりの侍が聞き手となるという構想をとる。一方、『二代男』では語り手は遣手の開山古狸のくにで、聞き手は三十余りの世伝となっている。そこで二代男世伝とは、世之介の世継ぎの意のほかに、『大鏡』ゆかりの世継の意もこめた命名とも思われる。

『二代男』の構成は、八巻各巻五章、全四十章から成る。本書を二代男世伝の一代記として、長編小説を期待する向きがあるかも知れない。しかし実際には、世伝は首章と末尾の章の二章にしか登場しない。全四十章のうち、首尾の二章を除く三十八章は、扉の解題(二頁)でも触れたように、前述の「諸艶大鑑」の題意を文字どおり具現化したものである。世伝の登場する章は、この個々独立した三十八の短編小説を統括する枠組の役割を果している。首章において世伝が、遣手のくにの話を聞書にして、これを基に一書を編むというのは、『大鏡』序や『宇治拾遺物語』序と同様の趣向をとるものであって、いわば小説全体の大序に当たるのである。

『二代男』の創作の動機は、おそらく前作『一代男』執筆中に強まったものと思う。『一代男』の後半の巻々では、三都の遊里における世之介の粋人遊びが展開する。ところがそこでは、その相方の名妓の心意気や振舞いの描写が主となり、むしろ世之介が脇役に回る場面が少なくない。作者の描く対象への力点が移動しているのである。しかし『一代男』は、世之介を主人公とする長編小説として書き起こされ、また本文の版下が各章二丁半という制約が設けられていたので、西鶴としては遊里の世界を十分に描き尽くしていないうらみが残ったに違いない。また『一代男』執筆時から、題材収集の過程で先行の遊女評判記を参照すると、あるものは「書《かく》につきせず」、つまり描写不足で、あるものは「すいりやうの沙汰多く」、またあるものは「見分計《けんぶんばか》りにておかしからず」、つまり表面的な観察の域にとどまり、深い洞察にとぼしいと、批判せざるを得ない。そこで西鶴は、新たに構想を練り、遊里に関する諸分《しよわけ》(しきたり)や遊女の実態を、それこそ網羅的に題材として取扱い、新趣向の小説として編もうとしたもののようである。遺手のくにの語る遊里の裏話を聞書にしたとか、近年の色人の加筆についての言及は、『二代男』の内容が前作より一層現実的で多彩なこと、洞察がより深く客観的であることを標榜するものである。

『二代男』は、世伝が都の末社(太鼓持)四天王と共に、島原の出口の茶屋で、通りかかった古狸のくにという遺手に「諸国の諸分《しよわけ》」を語らせ、それを聞書して、これを端緒として世伝を始め「近年の色人」が筆を加えたものであるという。この「近年の色人」について考えてみよう。『一代男』巻六の二「身は火にくばるとも」には、新町の揚屋の住吉屋と吉田屋、役者関係の佐渡島伝八との平、それに世之介という、「今の世のきゝ男」「色道まれもの(達人)」の五人が集まったのを幸い、当代の太夫の品定めをする話がある。これは登場人物といい、舞台といい、『二代男』にみられる世界と酷似する。浅野晃氏はこの点から「近年の色人」を西鶴周辺の遊里関係者や歌舞伎関係者であることに注目し、西鶴が彼等との密着した談笑の場から情報を得て『二代男』が創作されたという(「『一代男』と『諸艶大鑑』との間」『西鶴論攷』所収)。傾聴すべき所説で、今、それらを基に、私説(後述の藤本箕山などの太鼓持)を加えて、「近年の色人」の実像、その範囲について考えてみたい。

(一)揚屋・遊女屋の主人

新町の揚屋＝吉田屋喜左衛門、住吉屋四郎兵衛、扇屋次郎兵衛(俳号扇風)など。島原の遊女屋＝奥村三四郎(評判記『秘伝書』の著者)。

(二)演劇関係者

(1)歌舞伎役者＝嵐三右衛門、佐渡島伝八、の平(岩井半四郎の手代、俳号補天)。

(2)浄瑠璃太夫など＝外記、おやま甚左衛門、曾呂利七郎兵衛。

(三)太鼓持(末社とも)

(1)昔は大尽で零落しての末社＝素仙法師こと、藤本箕山(評判記『まさり草』『色道大鏡』の著者)。

(2)著名な末社＝願西の弥七、神楽の庄左衛門、鸚鵡の吉兵衛、乱酒の与左衛門(以上は都の末社四天王)。

石車の伊右衛門、花崎左吉など。

これらが「近年の色人」である。『二代男』でも度々登場するが、遊里の事情に精通し、西鶴に情報を提供し得る者たちである。例えば、「けふ吉田屋の喜左衛門咄《ばな》し、きゝやつたか」(巻二の五)とか、「揚屋ながらにはじめての宿／なんと亭主替つた恋は御ざらぬか／きのふもたはけが死んだと申」(大句数・第八)など、揚屋の主人は情報通である。

これら揚屋の主人や末社たちが、「色人」と目されることを、『色道大鏡』で例証しよう。同書の巻五・二十八品は、『法華経』の二十八品になぞらえて、遊客を野暮より粋の大極まで、二十八の段階に分けて、その到達度を論評する。

(一)の揚屋の主人などは、第二十四「大秀品」に相当する。日頃遊女の扱いにすぐれているためで、一般の遊客がこの域に達するのは稀という。第二十四品から二十八品までは「極粋」の段階とされ、至極の粋人といえる。

(二)の演劇関係者(『色道大鏡』は「河原の役者」「偶人」という)は、(一)と同じく第二十四品に相当するが、(一)の者に準じる位という。役者は、廓者と違い、常日頃遊女に親しむ間柄ではないが、器量の悪い者は稀で、身なり格好も洗練しており、遊女から慕われるという。浄瑠璃太夫らは、遊び上手でもなく、器量・風俗もさほどでもないが、よく祝儀をはずみ、鷹揚であるのがよいと評されている。

(三)(1)の、昔は大尽で零落しての末社は、第二十「等賤品」で、「本粋」の域に達している。彼等は今では捨鉢になり、昼夜廓に居すわり、遊女屋・揚屋のだれからも見知られ、親しまれる。遊女の内密の相談相手になり、本人も今の貧窮を忘れ楽しんでいる。しかし「真の粋」に達する者はなく、大半は功者で終るという。

(三)(2)の著名な太鼓持は、第十四「催興品」に相当する。第十二品より第十八品までも、「粋」の段階とされており、彼らも一応粋人として扱われる。

以上の『色道大鏡』二十八品の分類や評語は、箕山のやや衒学的な究明の所産だが、西鶴の「近年の色人」の解明に当って、一つの目安となるだろう。

『二代男』の主人公世伝の経歴を、首尾の二章よりたどってみよう。世之介の遺児だが、慶安四年(一六五一)の秋、京に生まれると、直ちに捨子となる。幸い裕福な商家に拾われ、十四歳で養父母を亡くしたが、家業は人任せに安楽に暮らし、三十余の正月、父世之介より色道の秘伝を授かる初夢を見る。これを契機に先行の遊女評判記を批判し、新しい色道の文学を編もうとする（首章）。世伝は首尾の二章を除く三十八章の遊里文学を紹介した後では、色道ばかりかこの世まで見限り、三十三歳の三月十五日に大往生を遂げた（末尾の章）。本文に「したひ事して二十年の夢」とあるから、養父母の亡くなった十四歳からすでに遊里に足を踏み入れていたらしい。

さてこのような経歴をもつ世伝の、いわばモデルと思われる人物が西鶴の周辺に実在する。先の「近年の色人」の一人とも目される素仙法師こと、藤本箕山である。箕山は遊女評判記『満散利久佐《まさりぐさ》』（一冊。以下『まさり草』と表記）、及び『色道大鏡』（十八巻十四冊）の著者で、その伝記は野間光辰氏の論考に詳しい（「藤本箕山の生涯」『完本色道大鏡』及び『色道大鏡　上中下』所載）。西鶴作品では、「素仙法師の語りぬ」（『一代男』巻七の二）、「素《そう》法師がかたりぬ」（『二代男』巻一の五）などと、直接伝聞した形で描かれる。また『まさり草』は『一代男』巻六の七、『二代男』巻一の一に引用されている。『色道大鏡』は、遊里の全盛期寛文時代を理想として、格・式を設けて遊里の諸分《しよわけ》を説き、野暮から粋に至る過程を『法華経』の二十八品になぞらえて論じ、諸国の遊廓の規模とその由緒を記述し、名妓の列伝を漢文体で叙べるなど、その記述は詳細多岐にわたり、質的にも格調高く、いわば色道の百科全書ともいうべきものである。初撰本は延宝六年（一六七八）に成り、補正浄書した再撰本は元禄初年に完成した。今、『まさり草』序文及び『色道大鏡』の凡例・再撰本跋文などからその経歴をまとめてみよう。

箕山は京の紅染屋、小堀屋（小紅屋とも）に生まれ、幼年時に父母に先立たれたが、家業は手代任せで、貞門の俳諧に親しみ、古筆鑑定を学んだ。十三歳の秋から「花肆の色門」に入り、翌年暮れより自ら「恋慕対談の実否」をただしたいと志し、早くも二十歳で評判記の著作を思い立った。しかし遊興で家産を蕩尽し、二十一歳頃には大坂に移住した。以後は末社となる（古今若女郎衆序）。零落後は、「心やけになりて、人口をも恐れず、貧窮をもいとはず、当道を琢き、道の祖たらんことを」願ったという。三十歳の明暦元年(一六五五)冬の『まさり草』の序文によると、「世に出て三十年、道を見る事十有八年、旦夕断絶なく」、道を修し、当道至極の理を知り、色道と名付けた。また「色道の開基」となって世人の迷いを解くため、「大極の格式」を定めようと悲願を興し、旧年(承応三年)の春より「深秘決談抄」(後の『色道大鏡』)の編著を始めた。まだ進捗しないでいた折、人より新町の評判記がないからと懇望され、『まさり草』を著した。これは翌明暦二年四月に出版された。そうして遂に五十三歳の延宝六年(一六七八)、前述の畢生の大著『色道大鏡』初撰本を完成した。

なお箕山は、貞享頃には再び京都に在住、太鼓持の境遇はすでに脱して、晩年は古筆所了因として世に知られ、宝永元年(一七〇四)七十九歳で没している。

以上の箕山の経歴のうち、『まさり草』出版の三十一歳以前の行実と、二代男世伝のそれとは、節目節目で酷似する。両者の家庭環境、廓に足を入れる早熟ぶり等。三十三歳の世伝が、「したひ事して二十年の夢」というのは、三十歳の箕山が「道を見る事十有八年」と記すのと対比される。特に両者が質は異なるにしても、それぞれ色道の書を編もうとする点は同じである。また京生まれの箕山は、諸国の遊里の風俗を、人伝てでなく知りたいと、二十歳頃から は関東より九州まで遍歴しては、大坂に戻っている。一方『二代男』は、巻八の四の後半部で、末尾の章(巻八の五)とのつながりをみせ、世伝が「おもふまゝ遊興してから、別の事なし」、地女に美人がいるなら色町の遊びをやめようと、同じ心の友と日本遍歴の旅に出て、結局遊女より美人がいないことを悟る話があり、巻八の五で「本朝の色所、のこらず遊廻して」、大坂の色町に入ることになる。以上の設定も類似する。さらに世伝が三十三歳で往生するのは、「世の中のうかれ男に、物のかぎりを、しらしめんがため也」など、大層らしいことを言うのは、『まさり草』

序文で、三十歳の箕山がわれこそ色道の開基となって、「若輩の妄人」に教え示したいと、「救世の大願」を起こしたというのと軌を一にする。

以上概略列挙したように、二代男世伝の人物像、とりわけ色道の書を三十余歳で編むという趣向は、箕山の『まさり草』序文、及び『色道大鏡』凡例などを通して、啓示なり示唆を受けたのではなかろうか。

なお世伝に関して付言すれば、作中人物の作者として色道の書を編み終えた世伝は、当然退場することになるのだが、その往生の仕方が、生涯の艶書を積み重ね、煙の中に大往生したという。これは西鶴の宗旨でもあった浄土教などで行われた捨身の行にほかならない。すなわち、焼身・投身・入水・断食などで、わが身を捨て他者を救う行である。いまだ色道の迷路にある者を救い、併せてわが身も極楽往生しようとするものである。兼好は、「命長ければ恥多し。長くとも、四十《よそぢ》にたらぬほどにて死なんこそ、めやすかるべけれ」(徒然草・七段)と述べているが、世伝の三十三歳は三十三身・三十三所など観音所縁の数でもあった。彼岸に迎えるのは二十五菩薩に姿を変えた古今の名妓たちで、「死《しん》での徳」というような世界に入ることになる。『一代男』の結末とは別趣のおかしみを出しているのである。

『二代男』の内容は、その首章で先行の遊女評判記を批判して、従来の評判記とは異なる新文学を意図するものだけに、きわめて評判記的な内容に富む。例えば目録の各章題には、それぞれ三項目の見出しが掲げられている。巻一の二「誓紙は異見の種」では、「一、江戸京大坂初床仕掛の事」「一、雨の中宿に女郎の難義工《たくむ》事」「一、新《あたらし》屋の小太夫古今無類《るいなき》志の事」とあり、これらは評判記的な内容を端的に示している。

当時の評判記の中には、厳密な意味での遊女の容姿などの評判のほか、諸分秘伝書・名寄細見・案内記などに属するものが含まれており、しかもこれらの要素が同一の書の中に混在していることが多い。『二代男』では、遊女の容貌・風儀・言語・教養から心意気・根性までの、具体的で仮借ない評判が全巻にわたってみられる。そうして諸分秘伝書的な記事は、振ると振らぬの仕掛け（巻一の二）、揚屋の夜起き（巻一の三）、遊女の指切り（巻二の二）、遊女の封じ文や印判の初め（巻三の一）、太夫一年間の入目（巻四の三）、間夫の手管（巻六の三）などがある。また遊里案内記的な話としては、吉原の揚銭と散茶（巻二の四）、撞木町通いの早駕籠と夜見世（巻六の二）、太鼓女郎の勤め（巻七の二）、島原の大踊り（巻八の二）、吉原の送り男・土手の数番屋・猪牙船（巻八の四）などがある。そうしてこのような評判記的な要素をもつ『二代男』が、実際にどのように評判記を超えて浮世草子となっているかについては、野間光辰氏のすぐれた解明があるので参照されたい（「浮世草子の成立」『西鶴新攷』所収）。

ここでは『二代男』で取扱う遊女評判記的な内容のうち、諸分秘伝書的な事項、すなわち遊里のしきたりや遊興の機微にかかわる事項のいくつかについて考えてみたい。

〔**振る**〕 客を振る、遊女が床の内で客の意に従わず、すげなくすることである。振るにも様々あり、太夫の体面を汚されるような場合、太夫としての見識や意地で振る場合がある。客が他になじみの遊女がありながら遊びに来たような場合は、振らねばならなかった。また、いやな客にわがままで振る場合もある。さらに客扱いの手管の一として、一度はわざと振って客の心を引き留める場合などがある。

巻一の二「誓紙は異見の種」は、目録の見出しが前掲のように三つあるが、筋の上でも大別三部に分かれ、第一部では三都の廓の初会の床入りの作法が紹介され、遊女の客を振る秘伝が描かれる。この秘伝は評判記『色道大鏡』巻四・寛文式下の「初対面の席法」などで論評するが、『吉原すゞめ』（寛文七年刊）の記述が『二代男』の描写に近い。

例えば「はじめてはなす床入の事」「ふる事」など項目の立て方も似ているが、次のような記述がそうである。

されればふるといふ事、ひたぶるのやぼすけには、せぬ事也。すこしはり合もあり、心いれ有《ある》ものと見ざれば、ふるものにてはなし(吉原すゞめ)。

これは『二代男』の次の例文に類似する。

皆目のやぼ太郎は、むごうてふらず、中位なやつは、いつとてもとばすなり(巻一の二)。男も初対面から、仕こなし㒵《がほ》して、ふらるゝ也。京も大坂も、替る事なし。はじめての床は、あなた次第に、物いわぬがよし(巻八の四)。

このように部分的には類似な節がみられるが、『二代男』は評判記の一般論風の観念的な記述とは格段に相違する。一例を示そう。

(寝間の)灯心かゝげて、其《その》あたりあらはになし、莨菪《たばこ》吸付て、煙の輪などを吹出し、又は鼻からかよはせ、てんがうの有程尽して後、吸口拭《のご》ふて、「まいりませい」とさし出す(巻一の二)。

このように振る場合の情景の描写は精彩を帯びている。

〔**間夫**〕間夫とは「表向の買手にあらずして、密通する男をいふ。真実におもふ夫といふ事なり」(『色道大鏡』)、真夫とも書き、また手段を弄して忍んで逢うので、手管男ともいった。遊女と相思相愛の仲となった客は、足繁く通うので、勢い懐が不如意になる。それが親がかりの者だと勘当されて、身の置き所のないことになる。女は何とか工面して逢おうとするので、自然遊女の勤めを欠くことになり、間夫ありとの噂が立つと客足も遠のく。そこで抱え主(親方)は間夫に逢うのを禁じたり、逢うのを堰《せ》くが、女が言うことをきかない場合は、女を折檻するということになる。これを一般大衆の側からみると、真実の愛情の発露であり、金になる客を捨ててまで、男に尽くす女の振舞いを讃えることになる。そうしてここに文学がかかわってくる。遊女評判記は、一般の遊客側に立つので、往々にして間夫を咎めがちであるが、芝居や『二代男』では讃えることになる。

『二代男』巻五の四の中で、次のような条りがある。

菟角《とかく》間夫せぬ女は、物の哀《あはれ》もしらず、おもしろき事かつて有まじ。都の吉野は、鉄職にま見へ、江戸の尾崎は、病難人に身を任す。大坂の夕霧は、座頭も一度は。これらこそまことのけいせいぞかし。

この文中の大坂の夕霧が座頭に情けをかけた件は未詳であるが、『一代男』巻六の二で、世之介ら五人の「色道まれもの」が太夫品定めをした際、この夕霧を、「又類ひなき御傾城の鏡」、容姿は美しく、床は上手、「情《なさけ》ぶかくて、手くだの名人」と讃えている。

歌舞伎でこの夕霧を主人公とする場合、男は藤屋伊左衛門である。延宝六年(一六七八)正月六日、夕霧が病没すると、早くも二月三日より「夕霧名残の正月」が上演され、坂田藤十郎が紙子姿の伊左衛門に扮して評判となる。翌七年には「夕霧一周忌」、同八年には「夕霧三回忌」が上演され、藤十郎扮する伊左衛門のやつし芸は世に知られた。そうして西鶴は、『二代男』巻二の一「大臣北国落」の「遊女掛物ぞろへ」では、八人の名妓の中に夕霧を入れ、巻八の五の極楽の名妓揃えの中にも、「夕霧が情皃《なさけがほ》」として登場させている。

また巻七の二「勤の身狼の切売よりは」では、江戸の伝へ(伝とも)という大尽が、島原での豪遊が親元に知れて勘当の身となり、ある秋のこと、深編笠をかぶり紙子姿で揚屋の門口に立ったが、居合せた薫が情けをかけるという、紙子姿のやつし芸から出た間夫が描かれる。

また『二代男』には、間夫に関して遊女の俠気と真情を讃える話がある。巻六の二「恋の焼付《たきつけ》」では、伏見の最中《もなか》は京都の役者山川と浮き名が立ち、勤めがさびしくなり、親方からこらしめに、春雨の冷たく降る夜浴衣一つの姿で挑林に追い出される。同趣の話は、『一代男』巻六の一「喰さして袖の橘」でも描かれ、島原の三笠が初雪の日に丸裸で庭の柳にくくりつけられる話があり、その俠気は奴《やっこ》三笠、すなわち町奴のような心意気の遊女と謳われたという。前出の最中は「類なき恋の大奴」と称えられている。

なお、巻六の四「釜迄琢く心底」における江戸吉原の丹州の話も同様な趣のものである。

遊女の間夫に関して、相手が遊女屋の主人(轡《くつわ》とも)であることもあり、本書でも描かれる。一般に廓内に間夫を持つことは禁じられていたが、島原の評判記『ね物がたり』(明暦二年刊)の「忍妻」では、これを取上げ、遊女八橋の説明として、物日に客がつかないとき遊女は揚代を自弁しなければならないが、揚屋やくつわの息子を知音《ちいん》(ここは情人の意)に持てば、その身揚がりの面倒をみてもらえるから助かると、きわめて打算的な手段であることを暴露している。また同じく島原の評判記『けしずみ』(延宝五年刊)では、好色な遊女屋が、身勝手に間夫として関係に及ぶからくりを紹介している。『けしずみ』では、「手管して逢ふ中」として、わざと名前を伏せてはいるが、島原の揚屋丸屋七左衛門と天神の御舟《みふね》(御船とも)の心中事件に触れている。御舟だけは助かって、後に大坂新町に移り太夫となるが、大坂でも、揚屋の吉田屋喜左衛門と関係して浮き名が立った。新町の評判記『難波鉦』(延宝八年刊)は、前掲『ね物がたり』の記事を粉本とするが、巻一「納戸」で御舟を廓内の間夫の精通者として扱っている。

ところで『好色一代男』巻六の四「寝覚の菜好」では島原時代の御舟、一方、本書巻六の三「人魂も死ぬる程の中」では新町時代の御船(御舟とも)を取扱う。両者ともそれぞれの地の揚屋の主人との情愛深い話が描かれている。

西鶴の描いた御舟は、『けしずみ』や『難波鉦』にいう打算的な遊女ではない。張りも意地もある女、機転のきく女として描かれているのである。

〔心中〕『二代男』には、心中立てに関する逸話が描かれている。『色道大鏡』巻六・心中部によると、心中には、放爪《ほうそう》・誓詞付血書・断髪・入れ墨・切指・貫肉を挙げているが、この他にいわゆる情死としての心中がある。

巻五の三「死《しな》ば諸共《もろとも》の木刀」では、江戸の半留《はんる》という大尽が、身請けして本妻にしたいと思う太夫若山の本心を様々に確かめようとした話である。遊女が金で買われる身であるだけに、半留は若山が自分に尽くすのが果して本心かと、一抹の疑念がどうしても拭い切れなかったという淋しくも不幸な顚末を描く。本章の素材は『色道大鏡』巻十五・雑談部にある(前田金五郎氏「西鶴片々」『山口剛著作集』巻一付録月報所収)。堺のある遊女と親しくする男が、女の本心を試めそうとして心中を約束させ、毒薬だと偽って、町で買って来た一貝の丁子円を目をつぶって半分飲み、身体を振るわせて倒れてみせると、女ははだしで逃げてしまう。後にこの遊女は丁子円とあだ名がつき、客もつかなくなり、西国の廓に売られたというのである。それを西鶴は若山をより純情な女として、『色道大鏡』の一挿話より小説化された話に仕立てている。

なお、『色道大鏡』巻五・二十八品では、第十八「大偽品《たいぎぼん》」の条で、半留のような男を次のように評している。

或時は其身堅固ながら、女郎を志《(の)》をみんため、流牢《るろう》のすがたを顕し、いとまを乞《こひ》てさらんとし、又諸共《もろとも》に死なんとくるひて刃《やいば》の光をあて、……偽を以て偽を顕はす。此心を暁《さと》り得る人少なし。

なお『色道大鏡』では、第十二品より第十八品までも「粋」の段階としており、半留のような男も一応粋人の下部に入れられるようだ。

〔**身請け**〕巻六の一「新竜宮の遊興」は、島原の左門が、両替屋の大黒屋に身請けされた後、尼となっていたところ、三井秋風に懇望されて、鳴滝の遊山屋敷に囲われた実話(古今若女郎衆序)を基に潤色したもので、曙時分の御室の桜花の美景の下の二人の出会い、尼姿の左門に秋風が執心の言葉をかける場合などは、まるで夢幻劇のような趣を呈している。鳴滝の山荘に囲われた後の華やかな描写も楽しませてくれる。総体に漢詩文脈を織り込んだ雅俗折衷文なのだが、俗を写しながら意外に雅趣あふれるものとなっている。なお、『色道大鏡』巻十四・雑女部の「遊女之姿」では、一度身請けされた後、妾ではなくなっている者を聞出して妾とするという、秋風と同様な場合の評判がなされ、「一たび傾城たりし者は、人にもまれ心琢かれて、其挨拶他に異なり、人の機嫌をよくしりて慮《おもんばかり》ふかし」と、遊女上がりの妾を称美している。

その他、巻五の五「彼岸参の女不思議」、巻七の五「菴さがせば思ひ草」でも、身請け後の遊女がそれぞれ美しく暮らしているのを眺めて感嘆する話を描く。

〔**まこと**〕「偽《うそ》は女郎の商売」(『好色盛衰記』巻三の二)などと言われるが、『二代男』には遊女のまことの話が描かれている。

巻一の四「心を入て釘付の枕」では、江戸吉原の薄雲が、自分の道中の供をする男衆が、意外にも京島原の高橋のなじみ客で、訳あって身を落としていることを知る。しかも深間の仲の高橋へは、江戸に下ることを知らせていないと聞くと、長く音信も絶えているようでは、思いつめた高橋の命のほども危いと思い、直ぐに都へ帰そうと、抱え主の許しを取り、色々と心尽くしの旅仕度をさせ、男と浮気ならぬ枕まで交わしてやり、送り出したというのである。

本文には、

此里の事は、皆偽りかとおもへば、折ふしはまことも降《ふり》けり。時雨も初めの薄雲ほど、情ふかきはなし。

とあり、目録見出しにも「薄雲の情は恋の外《ほか》の事」とある話である。なお本文の「まことも降けり」とは、言うまでもなく定家の、「いつはりのなき世なりけり神無月誰《た》がまことより時雨そめけむ」の古歌により、時雨ならぬ真心からの涙の雨が降ることもある、の意の行文である。

また巻一の二「誓紙は異見のたね」では、新町の小太夫が、長年のなじみ客に「我思ふとの誓紙をかけ」と言われた際に、「実は縁なきにや、それ程にはぞんぜぬ」と、思い切った応対をした。男は腹のたつところを抑えて、それならば「ほれぬといふせいし」を書けと言うと、小太夫は「それはまことで御座る程に」と、その旨の誓紙を書いたという。一風変った誓紙を受取った男は、自分の本心を思い切って告白した小太夫の心意気に感心し、身請けできるほどの金を与えて廓から遠ざかった。小太夫の方もかねてから用意していた客の着替え用の着物や、身辺の出来事を報告する大巻物などを贈り、真情はともかく遊女として出来る限りの誠意を示したというのである。

この話には後日談がある。小太夫から変った誓紙を貰った男は、半年後には傾城狂いもこれまでと遊興をやめた。老後になり子供や手代たちの前に例の誓紙を取り出し、「悪所ぐるいにも、よひ程しるべし」などと、処世の教訓を垂れたという。この話はこのようなおちに終っており、小説らしいおかしみを出している。

なお、『恋慕水鏡』(天和二年刊)巻三の一によると、延宝期の小太夫は、「はりのつよきは類もなく、いかなる水にあふとても、一度や二度のなじみにて、うちとくるいろもなく」などと記されている。張り(意地)が強く、どんな粋人に会ってもなかなかうちとけない振り手であったようで、『二代男』の小太夫とは張りの強さでは一脈通じるところがある。しかし西鶴は、小太夫をまこと(真情)を決然と言い切る理想的な遊女として描いているのである。

最後に首章(巻一の一)に立ち返り、西鶴の方法を確認しておきたい。

されども替名にして、あらはにしるしがたし。此道にたよる人は、合点なるべし。其里、其女郎に、気をつけて見給ふべし。時代前後もあるべし。

ここに西鶴は彼の創作の方法を明示している。例えば、巻一の二の小太夫は『恋慕水鏡』に伝えるような客をよく振る意地悪い太夫ではない。モデルとは異なり、まことのある太夫として描かれている。また巻一の五「花の色替て江戸紫」では、延宝期の「中古のよし野」が話題となっているところに、寝顔のままで出て来ても美しかったという、六条三筋町時代の「むかしの太夫吉野」(『一代男』巻八の五など)の逸話が重ね合せて描かれている。時代の前後する話もある。また、「替名」といえば、『一代男』巻六の七「全盛歌書羽織」の野秋は、『まさり草』の野関をモデルにしていることは周知のところであるが、『二代男』巻一の三の野秋は、島原の野関の替名である。

さらに『二代男』首章では、この作品は折にふれて面白い話を書きとめたのだが、それは水に映る月影のような、影も形もないそらごとではない。また見聞きしたことは数々あるのだが、とりわけ心の綺麗な話ばかりを書き表わしているという。しかもその題材は根も葉もない、単なる噂話などではなく、確実な情報源に基づくものであることを揚言する。西鶴は根拠のない作り言は嫌ったようである。と言うのは、西鶴は「寓言と偽とは異なるぞ。うそなたくみそ、つくりごとな申しそ」という言葉を残しているのである(『団袋』俳諧一言芳談)。ここでは寓言と、うそ(偽)・つくりごととを峻別している。西鶴のこの俳諧面における寸言は、小説面にも適用されよう。寓言(たとえばなし)は、今日いう虚構に通じる。西鶴は嘘《うそ》は否定し、寓言――真実を伝えんがための虚構は肯定し、実践しているのである。

それが前掲の「替名」や「時代前後」の話を産む方法となっている。また収集・見聞した題材の中から、「よしなきこと」は掃き捨て、「心の綺麗なる事」ばかり書き表わす手法となっているのである。

さて、『二代男』が『一代男』共々に、浮世草子という新分野を拓いたという評価を蒙るのは、一つにはその俳趣豊かなユーモラスな文章にある。それは時には漢詩文や謡曲文を織り込んだ雅俗折衷文である。日常の俗語が巧みに取り込まれているのは、俳諧における俳言の駆使で、すでに習熟していたせいであろうか。「阿房宮賦」を下敷きにし、これをもじって新町遊廓の殷賑を叙べたり(巻八の五)、あるいは「吉野の花も夜までは見られず、姨捨山の月も、世間にかわつて、毛がはへてもなし」(巻一の二)などと、戯文を弄する箇所もある。

また、一つには読む者をして破顔一笑させる興趣にある。ある太夫が、客の前なので食べられない葡萄を思いつめながらうたた寝をしたところ、その袂より鼠が飛出して葡萄に食いついたという話(巻四の二)や、百物語をする遊女たちの前に遊客の幽霊が現れたが、物賢い遊女に揚屋の払いの残りはと言われると、たちまち姿を消したという話(巻二の五)などは、滑稽なうちにさめた現実を写していて哀感がある。あるいは謡曲(巻四の三)、狂言(巻二の二、三の四)、浄瑠璃(巻二の一)、歌舞伎(巻四の五)に示唆を受けて趣向をこらした話などもあるが、総体に笑話性の濃い遊里文学となっている。

そうして何よりも、遊女評判記と同じ題材を扱っても、鋭い人間観察に基づく叙述、例えば男女の機微をうがつ描写によって、見事評判記を超えた小説となっているのである。本書はその跋文において、読者に「世の慰草」を提供しようとする意欲的な執筆態度を示しており、前作『一代男』が俳諧の余技に成る「転合書」があったのに対し、西鶴が小説作者として自覚をもった記念すべき作品である。如上の種々の勝れた諸要素により、本書は『一代男』共々に浮世草子を樹立したという文学史の上でも注目すべき作品なのである。

西鶴諸国ばなし　解説

井上敏幸

貞享二年(一六八五)正月に出版された『西鶴諸国ばなし』大本五巻五冊は、各巻七話計三十五話よりなる短篇説話集である。『西鶴諸国ばなし』という書名は、外題簽に「絵入西鶴諸国ばなし」とあるのによるが、各巻の目録題は「近年諸国咄大下馬」となっており、また、本文の柱刻にも「大下馬」の「大」の一字があり、西鶴が考えた書名はもともと「大下馬」であって、右肩にやや小さく書かれている「近年諸国咄」という五文字は、「大下馬」の内容を説明した副題であった。ということになれば、「絵入西鶴諸国ばなし」という外題は、売らんかなの書肆池田屋が、あるいは出版間際に思いついた題名だったかとも推測される。本書が、三つの題名を持っている理由は、恐らく以上のような事情があってのことと思われるが、それにしてもこれらの三つの題名が、ともに「咄《はなし》」を強く意識していることは改めて注目されねばならないであろう。

西鶴が初め題名にしようとした「大下馬」が、江戸城大手門外濠端の下馬札のことであることは周知の通りであるが、西鶴の本書における意図は、天下のあらゆる人々を下馬させる程に面白い「咄」なのだという寓意をこめたものであり、そこには西鶴の自負と意気込みが窺えることはすでに指摘されているとおりである(宗政五十緒「『西鶴諸国はなし』の説話性」『説話文学研究』三、昭和四十四年六月。江本裕『西鶴諸国はなし』解説、桜楓社、昭和五十一年四月）。「大下馬」が、西鶴の「咄」への自負と意気込みを示すものであったとすれば、副題の「近年諸国咄」にも、単なる内容の説明を越えた、西鶴の「咄」の意識が反映されているといってよいであろう。内題と副題とを以上のように考えてみれば、あるいは書肆池田屋が与えたかと思われる「西鶴諸国ばなし」という外題は、『好色一代男』で、また、一昼夜二万三千五百句の矢数俳諧で、一躍脚光を浴びることとなった「西鶴」の令名を利用した、売らんかなの発想のみではなく、本書の特性あるいは西鶴の特性そのものをも同時に捉え得た書名だったといってもよいように思われる。つまり、この三つの題名が主張していることは、本書が、ほかならぬ西鶴の創作にかかる、現代の古今東西に及ぶ「咄」の集なのだということだったのである。

では、これほどに強調される西鶴の「咄」を、我々はどのようなものとして受けとめればよいのであろうか。西鶴の話芸としての「はなし」について、最も早く最も象徴的な批評を残してくれたのは、西鶴の「はなし」を直接聞くことのできた筑前の黒田侯であり、現代の研究では野間光辰の「はなしの姿勢」の指摘が、我々にこの問題の重要性を喚起しているといえよう。黒田侯の批評は、西鶴に関する唯一の伝記資料でもある伊藤仁斎の第二子伊藤梅宇の随筆『見聞談叢』に載る、

　黒田侯御帰国の時、大坂の御屋敷へ召して、次にてはなさせ聞き玉ひ、世上へ出し、使番、聞番、留守居の役にいひつけ侍らば、かゆき所へ手のとゞくやうにあらん人がらと称し玉ふよし

という記事である。黒田侯の前で、咄の衆あるいは咄家として咄した、その「はなし」を通しての西鶴評が、もし西鶴を藩士として抱え、重要な役職につけたならば、「かゆき所へ手のとゞくやうに」そつなく完璧に役目がはたせる

人柄だというのは、西鶴が咄した「はなし」の内容が如何なるものだったかを端的に物語っていたといえよう。それは恐らく、人間社会のくまぐま、古今東西にわたる「はなし」であり、かつ眠けざましの艶笑譚、落ちのきいた笑話も含まれたものであり、また、黒田侯に最もふさわしい現代の武家社会の「はなし」も必ずや含まれていたに違いない。しかしこの黒田侯の批評は、話芸としての西鶴の「はなし」に対するものであって、西鶴の文学作品である「咄」に対するものではなかったことに我々はやはり注意しておく必要があろう。

一方野間光辰は、西鶴の全作品が短篇形式をとるのは、全作品を支える「はなし」の姿勢、「はなし」の方法が結果したものであり、同時に西鶴の全作品が諸国咄的、雑話物的性質を帯びるのも、近世人の知的要求としての「はなし」に対する熾烈な要求と貪婪な好奇心とに答えたものだったためであり、また、「はなし」自体が本質的に持つ新奇性、多様性を要求することに基づいていたからだと指摘している(「西鶴の方法」『西鶴新新攷』岩波書店、昭和五十六年八月)。だが、我々が考えなければならないことは、西鶴の全作品に「はなしの姿勢」「はなしの方法」があるというだけでは、西鶴が持っていた作家としての基本的資質を説明したことにはなりえても、そのことでもって西鶴作品が何故に秀れた文学作品である「咄」として成立しえたのかを説明したことにはなりえないということである。野間光辰は、はなすことと書くこととの間に種々の条件の違いがあることを認めつつも、作家西鶴の営為を、西鶴の出発点である「転合書」(『好色一代男』跋)に関連づけて、転合の本来の意味である「転合の気まぐれ」が、「『世の慰草《なぐさめぐさ》を尋ね』「はなしの種をもとめ」る「はなしの態度」、またそのことに怡楽と幸福を感ずるはなしの気分の下に、はなしそのままを文字の上に写すことを思ひつかせた」のだと主張する。専門の咄家として、黒田侯に咄した「はなし」そのものを文字に写すことで西鶴の作品は成立するとの意味であるかも知れないが、そもそも「はなしそのままを文字の上に写す」こと自体がある意味では不可能なことであり、何らかの意味での作家的営為を含まない文学作品の成立がありえないことは自明のことだといわねばなるまい。ということは逆に、咄の衆、咄の専門家としての自負と、自家薬籠中のものとしての「はなし」そのものを、如何なる文学意識に基づき、また如何なる方法を用いることでもって、文学作品としての「咄」を成立させることができたのかが問われねばならないことになろう。

西鶴における文学の出発点は、周知のごとく十五歳の折の俳諧(『大矢数』跋)であり、その後「三十余年の執行」(『俳諧石車』四)を続けたとは自らの言であり、一昼夜二万三千五百句の矢数俳諧の成就を記念して二万翁と号し、最晩年まで俳諧師を自負していたことは疑う余地がない。しかして西鶴が自負する俳諧師の内実は、「我三十年点をいたせし」(『俳諧石車』四)という通り、「二十年を経て八百八品のさし合を中に覚《ちう》へ、是より見合せ、文台に当座の了簡」(『西鶴織留』三)を限りなく発揮し、一座をさばく俳諧点者であり続けたの意であり、芭蕉のごとく点業を捨てることで俳諧における詩的達成を目ざしたものではさらさらなかった。したがって西鶴にとっての俳諧は、いわば一種の習い事・芸事なのであって、正統な文学である和歌や連歌に対し、一段品下った、あくまで和歌・連歌にいたる階梯としての現代の俗なる文学と把握されていたのである。また俳諧師は一方で、中世の連歌師同様、咄の衆の役目をも伝統的に受けついでいたと考えられる。西鶴が黒田侯に召されたのもこの故であったが、同世代の江戸の俳諧師其角もまた大名に召されて咄をしていたことは夙に指摘されており(石川八朗「其角晩年の生活について」『語文研究』第十九号、昭和四十年二月)、咄の流行に乗じて咄の点取りを行ない、それらを咄本として出版する俳諧師もいたのである。

こうした意味での咄の衆、咄の専門家であった西鶴と、俳諧師西鶴とは、上述の意味において何の矛盾もなく重っていたわけであるが、現代の我々から見れば、俳諧における西鶴は矢数俳諧という一種の競技に熱中する町の習い事・

芸事の師匠に過ぎなかったといってよく、天賦の才は、今一方の「はなし」の姿勢に基づく新しい散文作品「咄」の創始者としての作家的資質にあったといわねばならなかったのである。

結局、和歌・連歌あるいは伝統的歌学に対する基本的素養を持たなかった西鶴は、それらに対し一段下の現代の俗なる文学俳諧に終生こだわりつづけること、いわば俗の世界を自己の世界として徹頭徹尾追求すること以外に自分を生かす方法を持たなかったといってよかったのである。

ところで本書の外題「西鶴諸国ばなし」の「はなし」及び副題の「近年諸国咄」の「咄」が、ともに現代の文学作品としての「咄」であることはいうまでもないが、こうした現代文学としての「咄」が、延宝年間すでに自己の存在を主張する程に成長していたことも事実であった。俳諧師幸佐編の延宝八年(一六〇)刊『囃物語』は、現代の「囃《はなし》」三十と和漢の典籍より抜き出したそれに似通った三十話を各々組み合わせて一書としたものであるが、その序文に「囃」と「物語」の違いが明確に記されている。秋雨の夜、友を迎えた主人が、まず「囃」を始める。首を切られた盗人が自分の首を懐に入れて逃げのびる。訴えを受けた奉行は、首のない者を見たら直に搦めよと命じたと。これを聞いた友人は、「さやうの事を咄しとこそいふなれ。世の噂にもまことしからぬ儀を人の語れば、夫《それ》ははなしにてぞあらめと言ふにても弁《わき》まへ知られよかし」、「物語」とは出所正しきを言うとして、将門の首の物語をし、「かやうに出所有事を物語といふ」と主張する。しかし主人は「予はかつて知らずかし、所詮僕《やつがれ》は囃し侍らん。そこには似通ひたる事を物語し給へ」といって互に話し語ったとある。この「物語」と「囃」の関係は、近世初期の啓蒙を事とした仮名草子の典拠主義と当代社会に生起している説話をそのまま現代の「囃」として認めようという主張の対立であり、換言すれば、「物語」の典拠とされた和漢の典籍類は古典としての明確な地位を獲得し、「囃」は現代文学としての地位を主張し始めていたのだといえよう。だが、西鶴が求めた「咄」の立場は、『雌物語』のごとく古典である「物語」と対立するのみのものではなかった。西鶴はあくまで現代の文学「咄」の側に身を置きつつ、自在に古典をも取り込むことで、単なる現代の「咄」の域を越えた西鶴固有の全く新しい創造的「咄」の世界を現出させることにあった。したがって本書の成立は、野間光辰が指摘したような単純な「はなし」の姿勢・方法が齎したものではなかった。専門の咄家としての技術を西鶴が自家薬籠中の物としていたことは、「咄」の作家西鶴が出現するにはまことに好都合であったとはいえるが、専門の咄家は、そのまま「咄」の作家ではなかったからである。西鶴の「咄」の文学の成立は、いうまでもなく西鶴の作家的営為が齎したものだった筈である。しかして本書には、そうした西鶴の作家的営為が最も端的に示されていたといえるのである。

古今東西の説話的話材の全てを、徹頭徹尾現代の「咄」に仕立てていこうとする西鶴の方法は、基本的に俗文学の立場からの「咄」の文学の主張であった。『宇治拾遺物語』等の説話集や中国伝来の説話等が、伝統的古典的文学、『雌物語』のいう「物語」であって、いわば雅文学と考えられたのに対し、現代の作家西鶴にとって、現代社会で行われている雌は、現代の生活そのもの、俗そのものとして把えられたのである。文学作品としての西鶴の「咄」は、こうした意味における俗を徹頭徹尾描き尽してみようとするものだったのである。そしてこの西鶴の方法は、現代社会の中で具体的に生きている人間を肯定する、俗を肯定しようとする時代思潮に支えられたものだったともいえるからである。

西鶴における創作態度の根本が、こうした意味での俗世界を描き尽すことであったと把えてはじめて、本書序文冒頭の「世間の広き事、国〳〵を見めぐりてはなしの種をもとめぬ」という「咄」の方法の提示の意味も理解できる。

序文は続けて熊野の湯の中で泳ぐ魚以下、鎌倉の頼朝の小遣帳まで、実在する物から伝説上の物、また架空の物までを並べて見せているが、これを実際に旅を好み、広く日本全国を経めぐった西鶴の諸国見聞の所産とのみ読んではなるまい。西鶴は「世間の広き事」という言葉にあわせて、きわめて象徴的に地理的歴史的空間的な広がりの例を示したに過ぎないのであって、その表現の真意は当然のことながら人間社会の全体、政治的経済的文化的な方面、さらには人間の内面、倫理的情緒的心理的な面へも関心を広げ、「咄の種」を求めたという意味だったのである。したがって、典籍等を通して入手した「咄の種」、また日常生活の中で聞くことの多い時空を越えた伝説や伝承、さらに民話巷説の類も、当然のこととして序文中の言葉に含まれていたのである。こうした人間社会全体の中に「咄の種」を求める姿勢こそが、作家西鶴の俗世界を描き尽そうとする根本的姿勢にほかならなかったのである。

序文は最後に、「都の嵯峨に、四十一迄大振袖の女あり。是をおもふに、人はばけもの、世にない物はなし」と記すが、これは想像もしないような人間の生き方があることを言ったものであるには違いないが、煎じ詰めれば、人間の心のあり様は千差万別、千変万化のものであって、その不可思議さは測りようがない、この世で最も不可思議なる生き物は人間だといっていたのである。結局序文は、人間及び人間社会全体を「見めぐ」る、即ち俗世界を見尽した上で、その摩訶不思議さの一端を本書に綴ってみました、どうぞお読みになって下さいといっているのである。

以上のように読んでみれば、本書の序文は、まさに西鶴の創作態度の基本を述べたものであったことが諒解されるが、残念ながら一篇一篇の具体的な創作方法について述べたものではない。したがって、本書における西鶴の具体的な創作方法については、全篇の読みと分析を通して把握されねばならないことになる。今、紙幅の許す範囲内で、全篇に共通する基本的な特徴三点を中心に考えつつ、出来るだけ異ったタイプの作品を取りあげ、いささか具体的な検討を加えてみることにする。

本書における基本的特徴の第一に、西鶴の創作は、まず一篇の原拠、即ち典拠あるいは原素材を得て一篇の「咄」のモチーフが決定されることがあげられるが、それらは大きく次の二つのグループに大別される。

一つは和漢の典籍に窺える原拠、いわゆる典拠であり、いま一つは、西鶴が自分の耳目を通して集めた「はなしの種」、原素材である。和漢の典籍を原拠とする作品は、巻二の四・五・六、巻三の一・七、巻四の七、巻五の二・四・五・七の十篇である。なお西鶴と同じ時代、特に延宝・天和・貞享期に成立した書に、原拠または類話が見いだせるものが五篇あり、それらは巻二の七(『新御伽婢子』(天和三年刊))、巻五の三(『新著聞集』(天和―元禄間成立))、巻四の四(『古今犬著聞集』(天和四年成立))、巻四の五(『堺鑑』(貞享元年刊))、巻五の六(『河内鑑名所記』(延宝七年刊))のごとくである。しかしこれらは、西鶴自身の手による蒐集ということも考えられ、一応典拠からは除外したが、これらをも入れるとすれば十五篇ということになる。

一方、「はなしの種」を原素材とするものは、書籍類に原拠を持つものを除いた二十五篇、同時代の書物類を加味すれば二十篇ということになり、どちらにしても典拠を持つものよりもきわめて多いことが確認される。序文にいう通り西鶴自身が「国〳〵を見めぐりて」得た原素材であるということになるが、それらは民話(巻一の三、巻三の二・五、巻四の一・二・三・六)、伝説(巻一の六・七、巻二の一、巻四の五、巻五の六)、伝承(巻一の一・四、巻二の三)、あるいは習俗(巻三の三)、また著名人の逸話(巻二の二・七、巻三の四・六、巻五の一)、奇話(巻一の二・五、巻四の四、巻五の三)と広範囲に及び、バラエティーに富んだものとなっている。民話・伝説・伝承だけで十五話に及んでいるが、これらはやはり『西鶴諸国ばなし』のベースとなって、西鶴的「咄」の雰囲気を醸成していたことが改めて注目されるのである。また著名人の逸話五篇と奇話四篇の中に、当代の実話に登場する人物、いわゆるモデルが確認できる作品が半数を越える五篇にも達していることも注目される。恐らく原素材撰択の時点で、現代性・当代性が強く意識されていたからであろう。奇話四篇という数値は、従来ともすれば珍談・奇談集と呼ばれて来た本書に、実はそうした要素が意外に少いことを示していたこともここで確認しておくべきであろう。

第二に、原拠、典拠あるいは原素材によって一篇のモチーフを得た西鶴は、そのモチーフに添って作品を構築していくことになるが、この段階において西鶴の創作方法は最も顕著にその独自性を発揮することになる。これもまた次の二点に集約されよう。

一つは、典拠あるいは原素材とは一見無関係と思われる素材を多用すること、つまり媒材の自在なる活用であり、いま一つは、それら媒材によって典拠あるいは原素材の俤《おもかげ》さえもが感じられない程に、全く「あらぬ事にしなす」（岡西惟中『破邪顕正評判之返答』）という操作が加えられるということである。

いま作品について見てみると、巻二の四「残る物とて金の鍋」の場合、原拠である「陽羨書生」の話を、綏安山を生駒山に、許彦を平野の木綿買に、足が痛いという二十歳余の書生を八十余歳の老人生馬仙人とすることで、まるで昔から日本にあった話のごとくに作り変えているが、このことのために西鶴は、謡曲「山姥」のイメージでまず老人を登場させ、挿絵には画題としても著名な鉄枴仙人、更には女鉄枴のイメージをもオーバーラップさせ、平野・生駒山という地理的設定のもとに、『元亨釈書』、『本朝神社考』の伝える生馬仙人を持ち出し、また生馬仙人に出会って瓜五顆を振舞われたという僧明達の話をもひそかに挿絵に匂わせるという、まことに用意周到な配慮のもとに、一篇は驚くほどの緊密さで構成されていたことが知られるのである。

次に、巻四の二「忍び扇の長歌」の原素材は天和二年(一六八二)に大和松山藩で起った矢都姫事件だと考えられるが、こうした現実の事件に原拠を求めた場合も、典拠と同様に、否、現代社会の実話であるだけ典拠の場合よりも一層神経質に、実話を「あらぬ事にしなす」操作、いわば原拠隠しが行われたと考えられる。本話で男が姫を見初め、つてを求めて姫に近寄る場面は、『伊勢物語』の九十二・九十六段、同六・六十五段が用いられ、身分違いの婚姻譚としては民話「山田白滝」が用意され、さらにその白滝の姉中将姫を最後に登場させては、最後の不義論を中将姫末期の説法にことよせて展開させるという、徹底した原拠隠しが行われていたのである。もって媒材の活用が如何に重要であるかが理解されるが、一方でこの媒材の適切なる活用は、そのまま一篇の緊密なる構成を得ることとなり、また他方では原拠隠しが見事に行われうるという、まさに西鶴の創作過程における要諦であったといって過言ではなかったのである。

第三に、一篇の主題が常に現代性・当代性に焦点をあてる形で設定されていることを、自明のことながら本書全体の特徴として明確に押さえておくことが重要である。ともすれば我々は、作品中の年号等に従って作品世界の年代を考えがちであるが、西鶴は自ら記した年号をも顧慮することなく、執筆時点である現代に焦点をあてて書いているからである。例えば巻一の六冒頭で「元和年中(一六一五―二三)」と書きながら、文中で天和三年(一六八三)の「唐織・鹿の子の法度」のことを書くといった具合にである。また先に、原素材による作品の伝承に分類した巻一の一、同じく奇話巻一の五、著名人の逸話の巻三の四、民話の巻四の二・三、さらには典籍を原拠とする巻三の七なども、明らかに時の話題・トピックスを当て込む、または取り込むという形で創作されていると考えられる。その他の典籍を原拠とするもの、あるいは伝説・習俗を原素材とするものも、それらはあくまで現代の伝説・習俗として把えられており、結局、西鶴の創作の立場がとことん現代にあること、即ち俗世界を徹底的に描き尽すことでもって西鶴における新しい「咄」の文学の世界の創出があったのだといえるのである。

なお、全巻を通して各作品の主題が、各巻の目録題の下に、巻一の一の「知恵」以下巻五の七の「正直」まで、全三十五話に明示されていることも本書の大きな特色の一つである。この明快な主題の提示は各篇の「咄」としての完成度の高さを示していたともいえるし、また西鶴が大いに「咄」の主題の達成に努めたことの証明だともいえる。従って我々は、この目録見出しをも充全に読み解く必要があったのである。

以上、私なりに本書に窺われる西鶴の基本的方法の概略を述べてみたが、意を尽したものではない。そこで、以下紙幅の許す範囲内ではあるが、巻二の三を例に、いま述べた西鶴の方法に添いつつ、少しく具体的に作品の分析と読みを試みることとし、この解説を終えることにする。

巻二の三「水筋のぬけ道」は、目録副題に「若狭の小浜にありし事」、同見出しに「報《むくひ》」とあるものであるが、この一篇の原拠は明らかになっていない。従来の注釈類は、若狭と奈良東大寺二月堂に地下水脈が通じているという若狭井の伝説をあげているが、それは確かに重要な媒材ではあっても、決して原拠といえるものではなかった。また、本話の舞台が秋篠の地であることより、あるいは秋篠寺の開山善珠僧正の伝によるかとの説も出されているが、善珠伝に地下水脈やお水取りに係わるものはなく、また同伝中の本話にかさなる部分も、勤学が過ぎ、猛暑のなか頭が腫れ鬢髪が悉く落ちたといったもので、西鶴話の素材とは、やや遠い感じである。結局我々は、秋篠寺に関連し、お水取りにも関係を持ち、地下水脈が通じても不思議ではなく、更に本話の主題である「報」、つまり、主人の女房の為に脇顔に焼火箸を当てられ、狂乱し入水自殺をした下女「ひさ」が、後に怨霊として現われ、その復讎として全く逆に、主人の女房に焼火箸を当て「今ぞおもひを晴らしける」と叫んで、「報」を果すという話の展開の悉くを支えてくれるような原素材を求めなければならないのである。

そこで、こうした視点より秋篠寺周辺を見直してみると、秋篠寺の阿伽井(近世は香水閣と呼ぶ)にまつわる常暁の太元帥明王化現の故事が、本話の原拠ではなかったかと考えられてくるのである。この伝承を最も具体的に伝えているのは『秘鈔問答』巻第十三末(大正新修大蔵経巻七十九)で、それには、

常暁律師、昔秋篠寺ノ閼伽井ニ臨ミシ時、水底ニ忿怒ノ形影現ハレ、自身ノ背後ヲ覆ヒ、シカモ長大ナリ。頭上ヲ顧視スルニ更ニ物ナキモ、底ニハ猶コレ在リ。奇異ノ思ヒヲナシ、則チソノ形ヲ図絵シ、身ニ帯シテコレヲ持ス。渡海入唐ノ時、自然ニコノ尊法ニ遇フコトヲ得。先ヅ本尊ヲ拝見スル処、本国秋篠寺化現ノ像トコレ同ジナリ。ココニ知リヌ、機縁甚ダ深ク、明王先立チテ示現シ給フコトヲ。コレニ依リテ、今モ毎年御修法ノ香水ハ、カノ寺ノ阿伽井ノ水ヲ汲ミ用フルナリ。

とある。この常暁が請来した太元帥法は、逆臣をしりぞけ国の怨敵を調伏する真言の大秘法とされ、また祈雨の法ともされるもので、その主尊太元帥明王像は、現在も秋篠寺に存し、異形の忿怒像で、背に火炎付き輪光背を負ったものである。承和七年(八四〇)に常暁がこの秘法を修して以来、毎年正月元旦より七日まで宮中で行われ、その御修法のための香水は、秋篠寺より献上され(『日次紀事』正月)、同寺の阿伽井は著名となったのである。以後、保延元年(一一三五)の罹災の折も直ちに阿伽井は再建され、近世に入っても香水閣修復の料米五十石が、慶安二年(一六四九)・延宝八年(一

六〇）・正徳三年（一七一三）と下賜されていることが知られる（『大和古寺大観五・秋篠寺』岩波書店、昭和五十三年三月）。さらに、宮中の御修法の折の護摩壇に塗る土が献上されていたことも知られ（『山城名勝志』「法琳寺」）、注意されるのである。

いま検討した常暁および秋篠寺の阿伽井にまつわる太元帥明王化現の故事を、本話の原拠と見做すことで、どのような新たな読みが可能となってくるのであろうか。

まず、一篇の主題から見ていくと、本話はきわめて明快な報復譚の形をとっているといえよう。報復は、越後屋の下女「ひさ」の、主人の女房に対するものであるが、これを主人の女房から見れば、自分が「ひさ」に与えたのと全く同じ方法で殺されるわけで、まさに「報」を受けたことになる。しかして今一度「ひさ」の立場に戻ってみれば、小浜の海に入水自殺した「ひさ」の死体が、若狭より二月堂へ通じる「水筋」を通って秋篠の里まで運ばれ、秋篠の地に埋められたということは、実質的に、秋篠の古寺の土を死体に塗り付けてもらったことに等しいわけで、太元帥法の法力、調伏の力を「ひさ」の死霊が獲得しえたことを意味したと考えられる。よって「ひさ」の死霊は、その調伏の法力でもって、いとも簡単に若狭にいる主人の女房を取り押さえ、焼火箸を当てて取り殺し、積年の恨みを晴らすことができたのである。また、「火もへし車」に「ひさ」と主人の女房とが乗って現われるのも、太元帥明王像が、背に火炎の輪光背を負っていたこととイメージ的に関連していたからだと思われる。

以上のごとく、本話の原拠に常暁および秋篠寺の阿伽井にまつわる太元帥明王化現の故事を想定することで、目録見出しに示されている一篇の主題「報」の意味は、より一層明確に把握できるといってよいであろう。

次に、西鶴は若狭井の伝承を用いることによって容易に「ひさ」の死体を、若狭より二月堂まで地下水脈を利用して運ぶことができたのであるが、その水脈は決して秋篠の里まで通じていたわけではない。では西鶴は、いかなる方法を用いることで、二月堂から秋篠の里まで地下水脈を通すことができたのか、以下、作品に即した形で考えてみることにする。

用水を求めていた秋篠の里の百姓達が、水脈を掘り当てた次の日の二月十二日、池に浮いている「ひさ」の死体が発見される。里の女でもなく、また十日も前に入水した様子を不審がっている所へ、御水取りに参詣した旅人が通りかかり、越後屋の下女「ひさ」であることを確認する。このことを聞いた百姓達は、若狭より奈良へ地下水脈が通じているとの伝えは確かに聞いているが、秋篠の里まで通じているとは全く聞いた例もないといって驚く。この百姓達の会話で確認された地下水脈についての事実は、そのまま西鶴の知識であったと考えられる。つまり西鶴は、秋篠の里へは伝承の上でも通じた例はなかったと設定していたのである。にもかかわらず、「ひさ」の死体を秋篠の里まで運ぶことができたのは、本話の原拠に、秋篠寺の阿伽井にまつわる太元帥明王化現の故事が用いられていたからにほかならない。しかし本文は「明の日水静になつて見れば、十八九なる者身をなげしが、岸の茨に寄添し」とあって、原拠の太元帥明王化現の故事との関連はとうてい見い出しえない。実は、本文のこの部分は挿絵とともに読まれる必要があったのである。

太元帥明王化現の故事とは、つづめて言えば、阿伽井の「水底に忿怒の形影」が現われたということであった。一方「ひさ」の死体は、百姓達が掘り当てた掘井の底をくぐり抜けて出てきた筈であるが、本文では池の岸辺に寄り添っていたとあるだけである。だが、挿絵における「ひさ」の死体は、箱型の井筒から噴出する水勢とともに勢いよく飛び出したと思われる形で、地上にゴロンと横たわっているのである（本文三〇二頁挿絵参照）。この図における箱型の井筒こそは、現在に伝わる香水閣の箱型石井(一辺一・七四メートルの板状一枚岩各一枚よりなる正方形、山本博『井戸の研究』綜芸舎、昭和四十五年七月)そのものであり、また、井の底に横たわっている筈の死体を、そのままの形で地上にゴロンと横たわらせることができたのも、太元帥明王化現の故事をそのままイメージ化したゆえではなかったかと考えられる。ということであれば、二月堂から秋篠の里まで地下水脈を通すことができたのは、結局、西鶴のこのイメージ力だったということになろう。ところでこの挿絵は、井の底の死体を水勢で噴出させたことになるのであるが、これは西鶴当時の最先端を行く掘り抜きの技術を考えれば、実際的にも起りうることだった。『和漢三才図会』巻五十七「井」の項には、最後の岩盤を掘り抜く時に、逃げ遅れるようなことがあれば人命にかかわるとの記事もあるからである。だとすればこの挿絵は、八百年以上も伝承された秋篠寺の太元帥明王化現の故事を、当代の掘り抜きの技術を借りて見事に戯画化してみせたものだったといってよかったのである。

以上のように読んでくれば、「ひさ」の死体を秋篠の里に噴出させえたのは、結局、原拠としての秋篠寺の阿伽井にまつわる太元帥明王化現の故事の持つ力であったということになるが、同時にそれは、そうした原拠を用いることで一篇の「報」譚を成立させた西鶴の「咄」の力、換言すれば西鶴の創作力にほかならなかったのである。ということになれば、この一篇における二月堂若狭井伝説の役割は、あくまで秋篠寺の阿伽井にまつわる伝承を、本話の原拠としてより有効ならしめるための補助的素材、いうところの媒材に過ぎなかったといわざるをえないのである。

最後に、秋篠の里の百姓達が地下水脈に掘り当った日が二月十一日で、国中が大雨かと驚いたという設定も、一方で、媒材であるお水取りの規式の日二月十二日に繋がりを持たせるためであり、また、若狭から秋篠の里までより自然に地下水脈を導くためだったのであり、さらには、「ひさ」を確認できる男を登場させるために、結局は、専ら一篇の構成のために利用されたとも解されるのである。またいま一つの、大雨かと驚く場面の設定も、太元帥法の目的の一つである祈雨の法が意識されていたからだといってよいであろう。あるいは『元亨釈書』巻三「釈常暁」の末尾の記事、「天下大旱ス。勅ニヨリ神仙苑ニオイテ太元法ヲ修ス。白竜幡上ニ現ジ、大雨普ク灑《そそ》グ」が広く知られていたからかも知れない。

以上、巻二の三「水筋のぬけ道」の解読を試みたが、紙幅の都合上意を尽したものとならなかったことを諒解いただきたい。詳しくは、拙稿「『西鶴諸国ばなし』三題」(『江戸時代文学誌』第七号、平成二年十二月)を参照されたい。

付　記　脚注の記述は先行の研究業績に負うところ大であるが、スペースの都合上、その都度氏名・論文名を掲げなかった。ただし、参考させて頂いた研究論文の主たるものは、一括して参考文献欄に掲げさせて頂いた、御諒解頂ければ幸甚である。

本朝二十不孝　解説

佐竹昭広

一

全二十話から成る『本朝二十不孝』を通読して、作者の側に「霜月」或いは「十一月」という月に対する一種思い入れのようなものがあることに気付く。

よし有人の息女を縁極《えんぎはめ》して、表屋作りの大普請、万事に清らを尽し、はなれて隠居拵《(ごしらへ)》、此霜月の吉日を待しに。(巻一の四・慰改て咄しの点取)

かの出家、広野に枯し草分衣《くさわけごろも》の裙高《すそだか》にとりて、霜月十八日の夜の道、宵は月もなく、推量に縹行《たどりゆく》に、(巻二の二・旅行の暮の僧にて候)

小吟が出《いづ》るまでは、其親共籠舎とありて、うきめを見せける。いよ〱出《いで》ぬにきはまり、霜月十八日に成敗と仰《をほせ》出《いだ》されしに、(同右)

四十二の十一月五日の明がたに、腹搔割《かきさい》て、夢とはなりぬ。(巻二の四・親子五人仍書置如件)

最終章、「ふるき都を立出て雨」(巻五の四)になると、話の季節自体が「霜月」の設定である。刀屋徳内の一人息子、喧嘩好き「抜け鞘持ち」の不孝息子徳三郎が、旧里切られて、時雨降る奈良を後にして江戸に上る。時雨は十月の季語。門謡いの乞食をしながら四十七日目に江戸に着いた。明らかに十一月。口入屋の勧めに従って、当分は大根の行商をすることになった。その日は、たまたま芝土器町の外れ、「小家勝なる淋しき所」を通った。陋屋に逼塞する浪人の一家。息子の虎之助が出て来て大根を所望する。餓死寸前の老父が、それでも虚勢を張って虎之助に命ずる、「御所柿のよきは、百につき何程か、鴨は、番《つがひ》で幾等程か、其八百屋に問へ」。「御所柿」も「鴨」も、共に十一月の食物である。同情した徳三郎、早速、米・味噌、肴を工面して戻ってみると、先刻の老父母は既に死亡、虎之助一人、途方に暮れていた。虎之助は徳三郎の介添で両親の亡骸を焼場に運び、野辺の送りを済ませる。

それより十日ばかり、毎日見まふうちに、生国信濃より、歴々の武士尋ね給ひ、段々様子を聞て、年月の事共、さぞ〳〵と、泪に目はあき給はず。折ふし、徳三郎居合《ゐあは》せしを、扨も頼もしき心底、武家にもめづらし。此虎之助は、某《それがし》が実子なるが、十一才より関川内匠方へ養子に遣《つかは》しけるに、永の浪人のうち孝つくせし事、我子ながら、神妙なり。いざ、国本《もと》へと、倡《ともない》、徳三郎には、金子百両給はり、末々の事迄申合て、別れける。其後、徳三郎は、通町に棚出《たないだ》して、商《あきなひ》の道広く、程なく分限《ぶげん》に成て、南都より二人の親を向へ、朝夕孝行を尽し、人の為となり、慈悲善根をして、直《すぐ》なる世をわたりて、日本橋のほとりに角屋敷、次第に家さかへ、昔の奈良刀、今金作りにして、箱に脩《おさめ》、永代、松の朶《えだ》を鳴《なら》さず、此御時、江戸に安住して、猶、悦《よろこび》を重《かさね》ける。

『本朝二十不孝』はこの一文をもって完結する。直後に刊記。

貞享三暦　　　　　江戸青物町　　　万谷清兵衛
丙寅　霜月吉辰　　大坂呉服町八丁目　岡田三郎右衛門
　　　　　　　　　同平野町三丁目　　千種五兵衛

最終章「ふるき都を立出て雨」の「霜月」設定は、刊記の「霜月」と完全に契合している。『本朝二十不孝』が「霜月」刊行を目指して構想されたことの証であろう。西鶴が所々で「霜月」という月を強調しているかの如き印象も、「霜月」刊行の予定である以上、著者の心理の露頭として理解できる。

『本朝二十不孝』の序文は、刊記より二ケ月後、「貞享四年正月」となっている。刊行が遅れたためか、それとも「四年正月」の予定を繰り上げて「三年霜月」に出したのか、両説が併行しているけれども、以上の事実に鑑みれば、刊行が遅れて翌年に持ち越したと解釈せざるを得ない。正月刊に変更となったので、急に序を書き加えたものと察せられる。

巻五の二「八人の猩々講」という題名が、謡曲「七人猩々」のもじりであろうことは脚注に記した。「七人猩々」はいわゆる番外曲の一つ、貞享三年(一六八六)刊九月下旬、書肆林和泉掾刊「二百番之外百番」(三百番本)によって広く知られるようになった。もし西鶴が本書を通じて「七人猩々」を知ったと仮定すると、同書入手の時期は早くても貞享三年九月下旬以後である。だとすれば、「八人の猩々講」は、三年九月下旬以降の執筆でなければならず、到底「霜月」刊には間に合わない。謡曲に詳しい西鶴のことであるから、三百番本に拠るまでもなく「七人猩々」を知っていた可能性もあるので一概には言えないが、三百番本に拠ったと仮定すれば、到底「霜月」刊行の間に合わない。ともあれ、『本朝二十不孝』は年が改まってから世に出た。正月刊と決まった時点で、少しは正月向けに手直しすれば良いのに、その形跡も認められないようだ。刊行を急ぐべき、よほどの事情があったに違いない。

二

最終章「ふるき都を立出て雨」は、めでたし〳〵の結末で終わる。『二十不孝』を西鶴作と認めず、北条団水の執筆であると主張する森銑三氏の評は、

『二十不孝』は不孝者の話を集めたものなのだから、終始それで一貫して差し支えないのに、旧い型を守って行こうとする団水は、尾章に不孝者が心を入替えて、末栄える話を書いて、「此御時江戸に安住して猶悦を重ねける」として全巻を閉じているのが紋切型で詰まらない。（『井原西鶴』昭和三十三年刊）

一書の末尾を祝言で結ぶという形式は「旧い型」である、そのような「紋切型」に西鶴ともあろう人が満足するはずはないと確信する論者には、『好色五人女』（貞享三年二月刊）の最終章「金銀も持ちあまつて迷惑」の祝言止も、『武道伝来記』（貞享四年四月刊）末尾の祝言止、「古今武士の鑑、刀は鞘におさめ、御代長久、松の風静なり」（巻八）も、地誌『一目玉鉾』（元禄二年一月刊）巻末の祝言止、「久かたの入日の海まで浪風ゆたかに舟よくわたりて、浦々島々の名所是に書つゞけて、真砂はつきぬ今の御代の広き道の道を見るためにもなりぬべし」も、そもそも『好色一代男』以外はすべて西鶴作ではないのだから取り上げるに足りないことなのであろう。しかし、祝言止を「旧い型」・「紋切型」と規定する、その規定の仕方が既に価値貶下の感情から発している。「伝統に則って」とでも言い直せば、たちまち肯定の言辞になるものを。『漢語大和故事』（蔀遊燕著・元禄四年刊）のような故事俗諺の注解書ですら、

末尾には「弓ヲ袋ニ納ム」という諺を据え、祝言の詞を連ねた時代である。

弓ヲ袋ニ納ムトハ、治マレル代ヲ謂フ也。(中略)如今、聖代太平無事ノ時、干戈弓矢ノ務ナク、民ハ泰山ノ安ニ枕シ、君ハ垂拱シテ四海安寧ナリ。吁拙ガ如キ、此安穏ノ世ニ生テ閑ヲ山林寂莫之境ニ偸ミ、釣耕之逸民ト為ルコト、悦ビテモ尚悦ブベキ者カ。(巻五)

『二十不孝』の祝言止を、祝言止であるからという理由で非難することは言い掛りに近い。しかも、『二十不孝』の祝言止の内容は、決して一筋縄ではない。

最終章の主人公徳三郎は、改心して大根の振売りから身を起こし、分限者となり、江戸日本橋に角屋敷を構え、末繁昌した。『本朝二十不孝』の刊記、書肆名の筆頭に「江戸青物町　万谷清兵衛」とある。正確には「江戸日本橋青物町　万屋清兵衛」(『武道伝来記』刊記)である。所は同じ江戸日本橋、大根売と青物町、単なる偶合とは思えない。西鶴は『二十不孝』の江戸取次・売捌元となった江戸日本橋青物町の万屋清兵衛に対する挨拶として、徳三郎に大根を売らせ、江戸日本橋に角屋敷を持たせたものと考える。「永代、松の朶を鳴さず」と徳川将軍家を祝福する挨拶に加えて、西鶴は本書江戸進出の成否を握る万屋清兵衛に対しても、こういう形で如才なき挨拶を送っていたのだと思う。これが「紋切型で詰まらない」祝言止だろうか。反対に西鶴の行き届いた配慮と言うべきではないだろうか。

主人公の名、徳三郎の「徳」も徳川氏の「徳」、「虎之助」の「虎」も「貞享三暦、丙寅」の「寅」に因んだ命名であったかも知れない。臆測の如くであるなら、本書が「貞享三暦、丙寅」に刊行する予定で書かれたことの強力な傍証となり得るであろう。

西鶴が、寅年即ち貞享三年の霜月に『本朝二十不孝』を出そうとした理由については、暉峻康隆氏の説が最も説得力に富む。

徳川幕府の教化政策の根本は、いうまでもなく忠孝奨励であった。特に西鶴当時の五代将軍綱吉は好学で、湯島の聖堂や江戸城における諸大名相手の経書の講義は毎度のことであった。その綱吉が天和二年(一六八二)五月、諸国に令して、忠孝をはげまし、不忠不孝の輩は重罪に処すべき旨の「忠孝札」を建てさせたことは、『徳川実紀』の伝えるところである。そういう当代将軍の熱意に答えて登場したのが、西鶴を擁する新興の大阪出版界と対峙していた京都で出版された『本朝孝子伝』(大本三冊)で、『二十不孝』に先立つこと二年の貞享元年のことであった。山崎闇斎門下の京儒・藤井懶斎の漢文体の著述で、上巻に天子四人、公卿十六人、中巻に士庶二十人、下巻に婦女子十一人と近世人二十人を収め、本朝の高位から士庶の孝子を顕彰している。漢文体であったにもかかわらず、これが時流に乗って大当りで、翌貞享二年に再版、翌々三年八月に三版、なおまた翌四年には、仮名にやわらげた大衆版の『仮名本朝孝子伝』が出るというベストセラーぶりであった。すでに去年、貞享二年正月刊の京都西村版の『宗祇諸国物語』の刊行を察知して、作者の命名した本題「大下馬」、副題「近年諸国咄」を片寄せ、『西鶴諸国ばなし』という題簽を表紙に貼りつけて、同時に売り出した大阪出版界であった。それに、今回は江戸の版元も加わっての企画であるから、時流に乗った『本朝孝子伝』の存在に目を付けて、『孝子伝』の三年八月三版刊行の情報をキャッチして、にわかに西鶴に同工異曲の作品を要請した結果の急作であった、と私は推定する。(中略)そして『孝子伝』の三版刊行を横目にしての競合作品のことでもあり、かつ「二十不孝」というタイトルや内容から言っても、新春の読み物として適当でないという版元の配慮もあって、年内十一月出版に持ち込んだのが、序文の年記と奥付の刊記が食いちがった理由であろう。(「『男色大鑑』の成立」『西鶴新論』)

『本朝二十不孝』執筆刊行の動機を『本朝孝子伝』便乗の商魂に求められた慧眼に賛成する。但し、西鶴が十一月刊行に固執したのは、藤井懶斎が近々、仮名書の『本朝孝子伝』を出すという情報が入ったためであろうと私は推測する。『仮名本朝孝子伝』の懶斎序によれば、彼は三年秋には仮名への和らげを終えている。早ければ年内の出版も可能であろう。それと同時期、もしくは一歩先んじて鼻を明かそうとすれば、是非とも十一月には出したい。西鶴がひたすら「霜月」の季に狙いを定めて『二十不孝』を執筆した所以ではなかろうか。

しかし、九月に入っても彼の仕事は終わらなかった。十一月刊行は断念しなければならない。やむなく翌四年正月に延期されたというのが実情だったか。懶斎の『仮名本朝孝子伝』の方も延引した。刊記に「貞享四丁卯年五月吉祥日　西村孫右衛門蔵板」と刻してある。

『仮名本朝孝子伝』の企画を西鶴が何時知ったのかは定かでないが、貞享三年の夏には執筆中だったことを匂わせる個所がある。巻一の一冒頭部、

世に身過ぎは様々なり。今の都を清水の西門より詠め廻せば、立つゞきたる軒ばの内蔵の気色、朝日にうつりて、夏ながら雪の曙かと思はれ、

「夏ながら云々」は、季節が夏でなければ出て来ない言葉ではなかろうか。「夏さえも雪の曙にまがう美しさ」（日本古典文学全集）という訳は「ながら」の語に対して適切を欠く。「夏なのに雪の曙かと思われる景色は」（暉峻『本朝二十不孝』現代語訳西鶴全集）という訳ならば適切である。執筆時の季節が夏であったからこそ「夏ながら」と何気なく書いた個所ではなかったろうか。この年六月中旬『好色一代女』刊行。その前後、四月五月六月に『本朝二十不孝』の執筆が開始されたのではないかと想像させる個所である。その間、『男色大鑑』（全八巻・貞享四年正月刊）執筆の仕

事もあって、貞享三年の西鶴は多忙を極めた。

三

暉峻論文の続きを引用する。

もちろん、版元は幕府への翼賛を求めたのではなく、商品価値のある読み物を求めたのであるから、そこは西鶴だけあって、「本朝」は本朝でも、中国の二十四孝をもじって「二十不孝」とネガティブな親子関係をテーマとし、反面教師をよそおって、見るとおりの興味津々たる悪漢小説《ピカレスク》を書き上げたのである。『本朝二十不孝』が中国の「二十四孝」の俳諧化であることは西鶴の自序、「雪中の笋八百屋にあり、鯉魚は魚屋の生船にあり」を一読するだけで十分だろう。

一子寒し親孝行の袖の月
どこにあらうぞ雪の笋
小芝居に虎ふす野辺や囲むらん　（『俳諧大句数』第八）

今時、「雪中の笋」の美談などあるものか、現実には竹の名所、伏見の竹箒屋の不孝息子を見るがいいと、西鶴は『二十不孝』巻一の二「大節季にない袖の雨」の章を作った。

「一子寒し」といえば、「二十四孝」の孝子、閔子騫のことに決まっている。

(閔子騫)母にをくれて継母にそへり。後の母に二人の子あり。母我子を愛して、閔子をにくみ、蘆の穂をとりて、きるものに入れ、着せけるほどに、身もひえてたえかねければ、父後の妻を去らんとしければ、閔子、父をいさめて、母なき時は、三子寒し、母ある時は、一子寒しとて、終に去らせざりければ、継母もこれを感じて、それより我子のごとく愛しける也。(『二十四孝諺解』)

この閔子騫も、「どこにあらうぞ」とばかり、俳諧の付合を駆使して越前敦賀の親不孝者に変換してしまう西鶴(巻四の三・木陰の袖口)。

『二十不孝』巻二の一「我と身をこがす釜が渕」の書き出しは、「鏐の釜の穿出《ほりだ》し、今の世にはなかりき」。当世、「二十四孝」郭居の釜のような結構な話などあるはずがないと断わりながら、西鶴は釜煎の刑に処せられた石川五右衛門の親不孝を語る。

「虎ふす野辺」の「虎」は「二十四孝」楊香の虎である。

虎に食はれん身こそつらけれ
楊香が天に祈るはあはれにて　(『新撰抜粋抄』)

楊香は孝心天に通じて危うく虎口を免れたが、西鶴は不孝者武太夫の親子を容赦なく虎ならぬ竜の好餌に供した(巻三の三・心をのまるゝ蛇の形)。

西鶴の「二十四孝」は、貝原篤信『和漢名数』(延宝六年刊)の挙げる、

二十四孝。大舜・文帝・曾参・閔損・仲由・董永・剡子・江革・陸績・唐夫人・呉猛・王祥・郭居・楊香・朱寿章・黔婁・老莱子・蔡順・黄香・姜詩・王裒・丁蘭・孟宗・黄庭堅。一本ニ張孝・田真有テ江革・仲由無シ。

と同じく、『全相二十四孝詩選』の「二十四孝」と『日記故事大全』の「二十四孝」との両者に亘る。したがって後

者所収の仲由も江革も『本朝二十不孝』に採用された。仲由は巻五の三「無用の力自慢」、江革は巻四の一「善悪の二つ車」に、それぞれ変換の跡を辿ることができる。

巻二の一「我と身をこがす釜が渕」の石川五右衛門について、西鶴は彼の生国を近江と設定した。五右衛門の生国など誰も知りはしない。それをあえて近江に設定した西鶴の意図は、彼を近江泥棒の巨魁として、近江聖人、中江藤樹と張り合わせるためであった。『本朝孝子伝』今世部四「中江惟命」、母の側近く仕えるために禄を辞して帰郷した中江藤樹を、懶斎は「于嗟篤孝性乎学乎」と絶賛した。それならば近江出身、極悪の親不孝者を紹介しようと、西鶴は五右衛門を近江泥棒の巨魁に仕立てた。

西鶴は懶斎が採り上げる孝子に必ず不孝者を対置する。備中浅口郡の孝子柴木村甚介(今世部八)には、備中屋甚七という不孝者(巻四の一・善悪の二つ車)を、駿河国富士郡今井村の孝子五郎右衛門(同二)には、駿河国府中の虎屋の不孝息子(巻二の四・親子五人仍書置如件)を、筑前国遠賀郡の孝子中原休白(同十六)には、筑前福岡の不孝娘小さん(巻五の一・胸こそ踊れ此盆前)をというように、『本朝孝子伝』とは逆の、似ても似つかない不孝者を創造する。

『本朝二十不孝』という書名が中国の「二十四孝」をもじった書名であるということは一面の事実には相違ないが、『本朝孝子伝』と競合する目的で書かれた本書は、第一義的には西鶴による『本朝不孝子伝』である。『本朝孝子伝』巻下「今世」部の孝子二十人、西鶴が目を付けたのは彼ら二十人であった。今世部の孝子二十人を悉く親不孝者に解体再構築して見せる、これが彼の構想した『本朝不孝子伝』であり、『本朝二十不孝』であった。『本朝二十不孝』の「本朝」、「二十不孝」の「二十」という数の由来は此処にこそ見出されて然るべきであろう。約言すれば、『本朝二十不孝』は『本朝孝子伝』に対する西鶴一流の転合書なのだ。

『本朝二十不孝』	『本朝孝子伝』巻下・今世	「二十四孝」
今の都も世は借物(巻一の一)	大炊頭源好房(一)	庾黔婁
大節季にない袖の雨(同二)	雲州伊達氏(三)	孟宗
跡の剋たる娌入長持(同三)	赤穂惣大夫(十一)	王祥
慰改て咄しの点取(同四)	安永安次(十四)	朱寿昌
我と身をこがす釜が渕(巻二の一)	中江惟命(四)	郭巨
旅行の暮の僧にて候(同二)	神田五郎作(七)	陸績
人はしれぬ国の土仏(同三)	鍛匠孫次郎(十七)	呉孟
親子五人仍書置如レ件(同四)	今泉村孝子(二)	田真・田広・田慶
娘盛の散桜(巻三の一)	大矢野孝子(十五)	黄香
先斗に置て来た男(同二)	蘆田為助(十三)	蔡順
心をのまるゝ蛇の形(同三)	絵屋(六)	楊香
当社の案内申程おかし(同四)	小串村孝女(十九)	丁蘭
善悪の二つ車(巻四の一)	柴木村甚介(八)	江革
枕に残す筆の先(同二)	宍粟孝女(二十)	唐夫人
木陰の袖口(同三)	三田村孝婦(十八)	閔子騫
本に其人の面影(同四)	由良孝子(十二)	剡子
胸こそ踊れ此盆前(巻五の一)	中原休白(十六)	張孝・張礼／老莱子
八人の猩々講(同二)	川井正直(五)	王裒
無用の力自慢(同三)	西六条院村孝孫(九)	仲由
ふるき都を立出て雨(同四)	横井村孝農(十)	姜詩

制作に当って、西鶴は「二十四孝」説話を縦横無尽に活用した。『本朝孝子伝』を縦軸とし、「二十四孝」を横軸として、『本朝二十不孝』の話がどのように制作されたか、その経緯は本書脚注「挿絵解説」の欄に全二十話のすべてについて検討を試みた。改めて一覧表を作り、後賢の訂正を俟つことにする。西鶴は「二十四孝」以外の孝子説話も補助的に利用してはいるが、横の主軸はあくまで「二十四孝」である。

四

解体再構築に費やした西鶴の方法は変幻自在、あらゆる技巧を総動員して『本朝孝子伝』とは正反対の不孝者を造型しようと努めている。「故事も来歴もそのまゝ句作りては自分の作聞えず。もとの事をふくみてそれをあらぬ事になすを俳諧とす」(岡西惟中『俳諧破邪顕正評判之返答』延宝八年刊)。一昼夜に二万三千五百の大矢数を成就した俳諧師西鶴にして初めて可能な芸当であった。

縦軸と横軸の組み合わせには『本朝孝子伝』・「二十四孝」の挿絵も西鶴の着想に寄与するところ少なくなかった。『二十不孝』の挿絵のなかには、確かに右二書の挿絵と関連しているものがある。『本朝二十不孝』の題簽は各巻『絵入　本朝二十不孝』(天理図書館蔵本)と「絵入」の二字が冠してあった(本大系の底本、国会図書館蔵本は全題簽剝落)。「倭俗、国字ノ仮名ヲ以テ書ヲ作ル。草子ト謂フ」、「其間ニ絵ヲ加ルヲ絵草子ト称ス。或ハ絵入ト謂フ」(『雍州府志』七)。『二十不孝』は歴然たる「絵草子」である。左右見開き、目の前に迫ってくるような大きな画面の世界を楽しむ喜びも読者には約束されている。また、西鶴は本書各巻の目録に団扇絵を描いて読者の興を唆る。『二十不孝』に限ったことではないが、特に西鶴の浮世草子は挿絵と一体の「絵草子」であることを忘れないようにしたい。『本朝二十不孝』について述べるべき事柄は他にも数々あるが、最後に助作者の問題に言及する義務がある。『好色一代男』を除く西鶴本は西鶴作にあらず、西鶴はただ編集に携わり、或いは助作者として参加したに過ぎないとする森銑三氏の説は『本朝二十不孝』に該当するか否かという問題である。森氏の列挙した根拠に関する限り、これを否定することは容易である。しかし、本大系月報四(一九八九年四月)、中村幸彦氏の「西鶴助作者論義」、西鶴作品に助作者・協力者のあった可能性について、「私はこの『二十不孝』こそ、上に述べた西鶴の企画編輯を、もっともはっきり示している作品と考えるものである」と述べられたことに対して、可能性は否定できないと内心賛意を抱きつつも、不敏、ついに手がかりを摑み得なかった。明日の宿題として残して置きたい。

参考文献

野間光辰　『西鶴新攷』 筑摩書房　一九四八年（『西鶴新新攷』 岩波書店　一九八一年）

暉峻康隆　『西鶴 評論と研究』上　中央公論社　一九四八年

野間光辰　『西鶴年譜考証』 中央公論社　一九五二年（『補刪西鶴年譜考証』 同社　一九八三年）

野間光辰編　『完本色道大鏡』 友山文庫　一九六一年、同影印本　八木書店　一九七四年

野間光辰監修　『西鶴（図録）』 天理図書館　一九六五年

野間光辰編　『西鶴論叢』 中央公論社　一九七五年

好色二代男

『諸艶大鑑』（古典文庫） 古典文庫　一九五一年

『諸艶大鑑』（近世文学資料類従西鶴編3） 勉誠社　一九七四年

頴原退蔵・暉峻康隆・野間光辰　『諸艶大鑑』（定本西鶴全集1） 中央公論社　一九五一年

横山　重　『好色二代男』（岩波文庫） 岩波書店　一九五八年

麻生磯次・冨士昭雄　『諸艶大鑑』（対訳西鶴全集2） 明治書院　一九七九年

山口　剛　「西鶴好色本研究」「好色二代男考」『江戸文学研究』 東京堂　一九三三年（山口剛著作集1　中央公論社　一九七二年　再録）

小野　晋　「「評判記と西鶴」序説」 西鶴研究5　一九五二年十月

堤　精二　「「好色一代男」と「諸艶大鑑」—その成立をめぐっての試論—」 国語と国文学31-7　一九五四年七月（『日本文学研究資料叢書 西鶴』 有精堂　一九六九年　再録）

小野　晋　「「好色二代男」の成立について—『諸艶大鑑』首尾二章の理解—」 国語と国文学34-7　一九五七年七月

岡本隆雄　「「諸艶大鑑」について—素材の構成にみられる特色—」 北大国語国文研究24　一九六三年一月

村田　穆　「「諸艶大鑑」管見」 国語国文32-12　一九六三年十二月

浅野　晃　「『一代男』と『諸艶大鑑』との間」 国語国文35-9　一九六六年九月（『西鶴論攷』 勉誠社　一九九〇年　再録）

金井寅之助　「諸艶大鑑の版下」 文林2　一九六七年十二月（『西鶴考 作品・書誌』 八木書店　一九八九年）

再録）
吉江久弥　「「好色一代男」の寓言性と「諸艶大鑑」」『西鶴文学研究』　笠間書院　一九七四年
浅野　晃　「西鶴と歌舞伎・浄瑠璃—浮世草子の場の形成—」共立女子大学紀要16　一九七〇年五月（『西鶴論攷』　勉誠社　一九九〇年　再録）
谷脇理史　「「諸艶大鑑」への一視点—その創作意図をめぐって」『西鶴論叢』　中央公論社　一九七五年（『西鶴研究序説』　新典社　一九八一年　再録）
吉江久弥　「遊女評判記からの超脱」　仏教大学人文学論集9　一九七五年十月（『西鶴 人ごころの文学』　和泉書院　一九八八年　再録）
田中　伸　「『諸艶大鑑』の意義と方法」『近世文芸論叢』　中央公論社　一九七八年（『近世小説論攷』　桜楓社　一九八五年　再録）
冨士昭雄　「「諸艶大鑑」の世界」　日本文学32-7　一九八三年七月
西島孜哉　「「我身の上」考—諸艶大鑑論序説」　武庫川国文29　一九八七年三月
染谷智幸　「「死ば諸共の木刀」考—「きびしき男」の物語」　茨城キリスト短大研究紀要28　一九八八年十二月

西鶴諸国ばなし

『西鶴諸国はなし』（古典文庫）　古典文庫　一九五三年
近藤忠義　『西鶴』（日本古典読本9）　日本評論社　一九三九年
藤村　作　『西鶴諸国はなし』（日本古典全書）　朝日新聞社　一九五一年
頴原退蔵・暉峻康隆・野間光辰　『西鶴諸国はなし』（定本西鶴全集3）　中央公論社　一九五五年
宗政五十緒　『西鶴諸国ばなし』（日本古典文学全集39）　小学館　一九七三年
麻生磯次・冨士昭雄　『西鶴諸国ばなし』（対訳西鶴全集5）　明治書院　一九七五年
江本　裕　『西鶴諸国はなし』　桜楓社　一九七六年
後藤興善　「「古今著聞集」と西鶴の説話」　西鶴研究2　一九四二年十一月
前田金五郎　「西鶴題材小考」　語文　一九五二年十一月
早川光三郎　「西鶴文学と中国説話」　滋賀大学学芸学部紀要3　一九五四年
岸　得蔵　「『西鶴諸国はなし』考—その出生をたずねて—」　国語国文26-4　一九五七年四月（『仮名草子と西鶴』　成文堂　一九七四年　再録）

岸　得蔵　「海尊伝説と『西鶴諸国はなし』」国語国文26-12　一九五七年十二月(仮名草子と西鶴　成文堂　一九七四年　再録)

藤井　隆　「西鶴諸国ばなし小考」名古屋大学国語国文学4　一九六〇年二月

重友　毅　「西鶴諸国咄二題」文学研究15　一九六〇年八月(重友毅著作集1　文理書院　一九七四年　再録)

近藤忠義　「西鶴『大下馬』原話一、二」文学28-11　一九六〇年十一月

岸　得蔵　「インド説話の東と西—西鶴の作品に触れて—」国語国文30-7　一九六一年七月(『仮名草子と西鶴』成文堂　一九七四年　再録)

江本　裕　「西鶴諸国はなし—説話的発想について—」近世文芸8　一九六二年十一月

堤　精二　「「近年諸国咄」の成立過程」『国文学論叢—近世小説研究と資料』一九六三年十月(『日本文学研究大成　西鶴』国書刊行会　一九八九年　再録)

宗政五十緒　「西鶴と仏教説話」文学34-4　一九六六年四月(『西鶴の研究』未来社　一九六九年　再録)

金井寅之助　「「忍び扇の長哥」の背景」文林1　一九六六年十二月(『西鶴考　作品・書誌』八木書店　一九八九年　再録)

宗政五十緒　「『西鶴諸国はなし』のあとさき」『西鶴の研究』未来社　一九六九年

冨士昭雄　「西鶴の素材と方法」駒沢大学文学部研究紀要27　一九六九年三月(『日本文学研究資料叢書　西鶴』有精堂　一九六九年　再録)

宗政五十緒　「『西鶴諸国ばなし』の説話性」説話文学研究3　一九六九年六月

冨士昭雄　「西鶴諸国はなし」国文学解釈と鑑賞34-11　一九六九年十月

井上敏幸　「「紫女」の素材と方法」近世文芸22　一九七三年七月

井上敏幸　「忍び扇の長哥の方法」国語と国文学50-12　一九七三年十二月

岸　得蔵　「ニュースと西鶴」静岡女子大学国文研究7　一九七四年三月

白方　勝　「浄瑠璃は人形にかかるということ」愛媛国文と教育6　一九七四年十二月

井上敏幸　「「西鶴諸国はなし」の素材と方法—巻一ノ一「公事は破らずに勝つ」—」静岡女子大学国文研究8　一九七五年二月

江本　裕　「西鶴諸国はなし—伝承とのかかわりについて—」伝承文学研究17　一九七五年二月

長谷川強　「西鶴作品原拠臆断」『西鶴論叢』中央公論社　一九七五年九月

冨士昭雄　「西鶴の構想」『西鶴論叢』

宗政五十緒　「『西鶴諸国はなし』の成立」『西鶴論叢』

井上敏幸　「『西鶴諸国はなし』攷—仙郷譚と武家物—」国語国文45-10　一九七六年十月

井口　洋　「鯉のちらし紋―『西鶴諸国ばなし』試論―」叙説　一九八一年十月
岩田秀行　「『西鶴諸国はなし』巻四―二「忍び扇の長歌」について」　跡見学園女子大国文学科報10　一九八二年三月
中川光利　「「命に替る鼻の先」の素材と方法―『西鶴諸国はなし』考―」　近世文芸稿27　一九八三年三月
井口　洋　「春の初めの松葉山―『本朝桜陰比事』試論」　叙説12　一九八六年三月
井上敏幸　「艶笑譚の背景―「傘の御託宣」小考―」『江戸の笑い』　明治書院　一九八九年三月
宮澤照恵　「「楽の鱏鮎の手」の素材と方法―『西鶴諸国はなし』の研究」　国語国文学研究82　一九八九年三月
井上敏幸　「『西鶴諸国はなし』三題」　江戸時代文学誌7　一九九〇年十二月

本朝二十不孝

『本朝二十不孝』(近世文学資料類従西鶴編6)　勉誠社　一九七七年
穎原退蔵・暉峻康隆・野間光辰　『本朝二十不孝』(定本西鶴全集3)　中央公論社　一九五五年
横山重・小野晋　『本朝二十不孝』(岩波文庫)　岩波書店　一九六三年
松田　修　『本朝二十不孝』(日本古典文学全集39)　小学館　一九七三年
麻生磯次・冨士昭雄　『本朝二十不孝』(対訳西鶴全集10)　明治書院　一九七六年
暉峻康隆　『本朝二十不孝』(現代語訳西鶴全集8)　小学館　一九七六年
森　銑三　『西鶴と西鶴本』　元元社　一九五五年(森銑三著作集10　中央公論社　一九七一年　再録)
森　銑三　『井原西鶴』(人物叢書11)　吉川弘文館　一九五八年
徳田　進　『孝子説話集の研究　近世篇』　井上書房　一九六三年
森　銑三　『西鶴一家言』　河出書房新社　一九七五年
森　銑三　『西鶴三十年』　勉誠社　一九七七年
暉峻康隆　『西鶴新論』　中央公論社　一九八一年
谷脇理史　『西鶴研究序説』　新典社　一九八一年
中村幸彦　『近世小説史』(中村幸彦著述集4)　中央公論社　一九八七年
佐竹昭広　『絵入本朝二十不孝』　岩波書店　一九九〇年
中村幸彦　「西鶴と説話」　日本文学5―2　一九五六年二月
中村幸彦　「西鶴の創作意識とその推移」『近世小説史の研究』　桜楓社　一九六一年(中村幸彦著述集5　中

央公論社　一九八九年　再録）

前田金五郎　「近世前期文学用語散考」　近世文芸7　一九六二年三月

井上敏幸　「『本朝二十不孝』の方法―『二十四孝』説話を手懸に―」　語文研究31・32　一九七一年十月

矢野公和　「『本朝二十不孝』論―アイロニイとしての孝道奨励について―」　国語と国文学50-6　一九七三年六月

中村幸彦　「編輯者西鶴の一面」『西鶴論叢』中央公論社　一九七五年（中村幸彦著述集5　中央公論社　一九八二年　再録）

前田金五郎　「西鶴散考」『西鶴論叢』

井上敏幸　「『本朝二十不孝』の一典拠」　香椎潟26　一九八一年三月

井上敏幸　「近世―近世的説話文学の誕生―」『説話文学の世界』　世界思想社　一九八七年

塩村　耕　「『本朝二十不孝』の一原拠」　東海近世創刊号　一九八八年三月

小西淑子　「近江・五太夫・五右衛門―『本朝二十不孝』を中心に―」　淑徳短期大学研究紀要29　一九九〇年三月

新 日本古典文学大系 76
好色二代男　西鶴諸国ばなし　本朝二十不孝

1991 年 10 月 30 日　第 1 刷発行
2013 年 4 月 5 日　第 4 刷発行
2024 年 10 月 10 日　オンデマンド版発行

校注者　冨士昭雄《ふじあきお》　井上敏幸《いのうえとしゆき》　佐竹昭広《さたけあきひろ》

発行者　坂本政謙

発行所　株式会社 岩波書店
〒101-8002 東京都千代田区一ツ橋 2-5-5
電話案内 03-5210-4000
https://www.iwanami.co.jp/

印刷／製本・法令印刷

ISBN 978-4-00-731484-1　Printed in Japan